U0993853

日本東京大學東洋文化研究所藏

朝鮮版五臣注文選

下

〔梁〕蕭統 選編

〔唐〕吕延濟 劉良 張銑 吕向 李周翰 注

鳳凰出版社

文選卷第十七

梁昭明太子撰　五臣注

騷下

屈平九歌六首

九章一首

卜居一首

漁父一首

宋玉九辯五首

招魂一首

劉安招隱士一首

枚叔七發八首

曹子建七啓八首

九歌六首　屈平

銑曰楚南郢之邑沅湘之間其俗信鬼好祠作鼓舞以樂諸神原既放逐含懷憂恚見俗人祭祀之禮舞之樂其辭鄙陋因爲作九歌之曲上言事神之敬下寄見黙之情以諷焉九者陽數之極自謂否極取爲歌名矣

吉日兮辰良，穆將愉兮上皇。向曰穆敬愉樂也上皇謂東皇太一也太一星名天之尊神祠在楚東以配東帝故云東皇

撫長劍兮玉珥，璆鏘鳴兮琳琅。翰曰玉珥劍鐔也琳琅皆玉名以之爲璆鏘然鳴

瑤席兮玉瑱，盍將把兮瓊芳。翰曰言己以瑤爲席美玉爲瑱靈巫何不持瓊枝以爲芳香皆取美潔也

蕙肴蒸兮蘭藉，奠桂酒兮椒漿。良曰以蕙草蒸肉以蘭藉飲食以桂置酒中以椒置漿中皆取芬芳也肴肉也蕙蘭皆香草也奠薦也桂椒皆香美木也

揚枹兮拊鼓，疏緩節兮安歌，陳竽瑟兮浩倡。銑曰揚舉也枹鼓杖也拊擊也疏希也浩大也使節希緩而安音清歌徐陳列竽瑟大倡作樂以極其情

靈偃蹇兮姣服，芳菲菲兮滿堂。向曰靈巫也偃蹇舞皃姣好也菲菲香氣也

五音紛兮繁會，君欣欣兮樂康。翰曰五音宮商角徵羽之音紛紛盛貌繁會錯雜也君謂東皇也欣欣和悅貌康安也言脩潔酒食極陳樂神尚歡欣而降之福自傷忠信事上卒不見明而遭放弃以至危苦也

東皇太一　濟曰每篇之目皆楚之神名所以列於篇後者亦猶毛詩題章之趣

浴蘭湯兮沐芳，華采衣兮若英。靈連蜷兮既留，爛昭昭兮未央。良曰蘭若皆香草也采五色也靈巫也連蜷導引神貌爛光也昭昭明也央極也言將祀之事先使靈巫沐浴蘭芳衣五色之服其容又飾若英也導引也雲中君使留於出神光爛然明明極雲中君雲師屛翳也

謇將憺兮壽宮，與日月兮齊光。銑曰謇辭也憺安也壽宮祠神所也神既安樂德又光明乃與日月齊也

龍駕兮帝服，聊翱遊兮周章。翰曰言神駕龍之車爲五方帝服翱遊周章往來迅疾皃

靈皇皇兮既降，猋遠舉兮雲中。翰曰靈神也

正　宗

皇美皃雲中神所居也言神既降饗飲食猋然遠舉復還其居 覽冀州兮有
餘橫四海兮焉窮 濟曰窮極也言神所居高絕下覽冀州横望四海皆有餘而無極也冀州堯所都也思有道之君故覽之
思夫君兮太息極勞心兮忡忡 勑忠反 良曰夫君謂靈神以喻君忡忡憂也言思君所居高遠下制有國我之思君終不可見故歎息而憂心也

雲中君 六臣雲中君作湘君

君不行兮夷猶蹇誰留兮中洲 銑曰君湘水神也夷猶猶豫也蹇語辭也言神樂其所居猶豫不[illegible]於此誰將留待於中洲乎欲神之速至[illegible]
美要眇兮宜脩沛 普賴 吾乘兮桂舟 向曰要眇好皃思神容儀美好又宜脩飾也沛行皃我復乘桂舟以迎神也舟用桂者取香絜之異
令沅湘兮無波使江水兮安流 翰曰願神使波安流而我不危殆也 沅湘二水名
望夫君兮未來吹參差兮誰思 夫君神也 謂神肯來斯而我作樂吹聲參差當復思誰言思神之甚
駕飛龍兮北征邅 張連 吾道兮洞庭 良曰征行邅轉也原思既畢念反楚國願駕飛龍北行轉道於洞庭而上而直歸也
薜 薄閉 荔 麗 栢兮蕙綢蓀 全匕 橈兮蘭旗 銑曰薜荔蕙荃蘭皆香草拍搏壁也橈楫也原言我居家縛香草以搏四壁亦以為楫棹亦以為旌旗芬芳有如此也
望涔陽兮極浦橫大江兮揚靈 向曰涔陽浦接於楚都極遠也言我遠游此浦將横絕大江揚其精誠於君側冀君感悟復命我也
揚靈兮未極女嬋媛兮為余太息 翰曰極已也女謂屈原姊女嬃也嬋媛牽引也言姊

山　洞

揚精誠未已女嬃虛引時事以為不變節從俗然不可而為我嘆息也
橫流涕兮潺湲隱思君兮陫側 良曰潺湲流皃陫側也感女嬃之言泣涕流隱伏側陋思君子
桂櫂兮蘭枻斲冰兮積雪 銑曰櫂楫也枻船旁板也桂蘭取其香也言六不通猶乘舟值天盛寒舉其楫棹斲冰而凍紛如積雪徒為勤苦而不得前也
采薜荔兮水中搴芙蓉兮木末 向曰薜荔香草也生於陸荷華也生於水言已施忠信行求合於君亦猶入水池之中而采薜荔登山木之末而取芙蓉固無遂理
心不同兮媒勞恩不甚兮輕絕 翰曰為婚姻使者其心不同徒使媒人勞苦恩情不甚厚者則必輕易離絕事君之道亦類此焉
石瀨兮淺淺飛龍兮翩翩 濟曰瀨湍水也淺淺流皃原既憂愁下視水石淺淺而流仰觀飛龍翩翩而舉物皆遂性我獨不然也
交不忠兮怨長期不信兮告我以不閒 音閑 良曰言君與臣下為交而臣為不忠則怨而責之已為不信則以為閑爾其君初欲與已為治後遂相背焉
朝騁騖兮江皋夕弭節兮北渚 銑曰朝喻盛也夕喻衰也喻已盛少之時願驅騁於君前及衰謝之日反安意於草野自節之辭也騁騖疾行也弭按也弭節安意也
鳥次兮屋上水周兮堂下 向曰次舍也言鳥已在江湖之中為上于屋水周繞于堂
捐余玦兮江中遺余佩兮澧 禮 浦 濟曰捐遺皆置也玦珮皆飾服之飾置於江澧二水之涯者冀君命已猶可以用也
采芳洲兮杜若將以遺兮下女 良曰芳洲多生香草也故於此采杜若焉下女喻賢臣也欲將己之美投於賢臣者思與同志復為治道
時不

春

何兮再得聊逍遥兮容與銑曰自言憂愁欲以決死死不再生何由復遇逍遥容與待君之命冀得盡其誠心焉

湘君

帝子降兮北渚目眇眇兮愁予向曰帝子謂堯二女娥皇女英隨舜不及墮於湘水之渚因爲湘夫人也眇眇好皃其神儀德美好愁我失志焉

嫋嫋兮秋風洞庭波兮木葉下翰曰嫋嫋秋風搖木皃洞庭湖名言秋風疾則草木搖落江湖生波喻小人用事則君子弃逐白薠煩

兮騁望與佳期兮夕張去聲叶韻良曰薠秋生草騁平也佳期謂湘夫人也言已願以此夕設祭祀張帷帳冀夫人之神來此歆饗以脊張設忠信以待君

命鳥萃兮蘋中罾何為兮木上濟曰萃集也蘋水草也鳥

禪

當集木上今在水中罾宜置水中今在木上以喻己志反覆失所也沅有芷止

兮澧有蘭思公子兮未敢言銑曰芷蘭皆香草也喻己之善也公子謂夫人喻君未敢言君欲待賢主也

慌荒忽兮遠望觀流水兮潺湲向曰慌忽無形皃言遠望不見但覩流水潺湲麋何食兮

庭中蛟何為兮水裔翰曰麋獸名也蛟龍類也麋當在山野今在庭中蛟當在深泉今在水際以喻君子小人翻覆失所也裔際也朝馳余馬兮

江皋夕濟兮西澨時制切濟曰澤畔曰皋澨水涯也言朝夕往來不出於湘之閒

譯聞佳人兮召予將騰駕兮偕逝良曰佳人謂湘夫人也偕俱也逝往也冀聞夫人召我將騰馳車馬與使者俱往喻有君命亦將然

表築室兮水中葺之兮以荷蓋銑曰葺蓋也自傷困

寺

於世上願築室於水底用荷葉蓋之欲以清潔託附於神而居也荃壁

兮紫壇播芳椒兮成堂向曰荃香草也紫貝椒香木也以此物飾屋壁壇堂也

桂棟兮蘭橑老辛夷楣兮葯房翰曰桂香木蘭辛夷葯香草也橑椽也楣門楣也又以馨香為房之飾罔薜荔

兮為帷擗蕙櫋兮既張濟曰櫋屋聯也薜荔蕙皆香草罔結以為帷帳擗析以為屋聯盡張設於中也白玉兮為鎮疏石蘭

兮以為芳良曰以玉鎮坐席也石蘭香草疏布其芳氣芷葺之兮

荷屋繚之兮以杜蘅銑曰芷杜蘅皆香草繚縛束也以芷草及荷葉葺以蓋屋又束縛杜蘅置於水中合百草兮實庭建芳馨

兮廡門向曰百草實滿也建樹馨香廡屋也言又以為門屋美所藥實於此者欲

什

與夫人為降也九疑繽兮並迎去靈之來兮如雲翰曰舜葬九疑山使其山之神靈來迎二女其來之眾繽紛如雲也捐余袂兮江

中遺余褋牒兮澧浦良曰袂袖也褋襌襦袖禰也皆事神所用也令夫人既去君復背己無所用也故弃遺之搴汀洲兮杜若將以遺

兮遠者濟曰搴取也汀平也杜若以喻誠信遠者神及君也時不可兮

驟得聊逍遥兮容與銑曰驟數也

劉安招隱士

秋蘭兮蘪蕪羅生兮堂下綠葉兮素枝芳菲

菲兮襲予上聲向曰菲菲香氣襲及也皆喻懷忠絜也夫符人自

有兮美子蓀何為兮愁苦翰曰夫凡也蓀香草謂司命也言凡

物

人各自有美愛臣子、司命何為愁苦而司主之、蓋自傷也、司命、星名、主知生死、輔天行誅惡護善也

秋蘭兮青青、綠葉兮紫莖、滿堂兮美人、忽獨與余兮目成、濟曰、滿堂、喻天下也、謂天下亦有善人、而司命獨與我相目結成親親者、為我脩道德爾、謂初與己善時

入不言兮出不辭、良曰、司命神初與己善、後乃往來飄忽、出入不言不辭、乘回風兮載雲旗、良曰、乘風載雲、以喻君之心、與我相背也

悲莫悲兮生別離、樂莫樂兮新相知、銑曰、喻己初近君而樂、後去君而悲也

荷衣兮蕙帶、儵而來兮忽而逝、向曰、言神被服香絜、儵忽往來、終不可以喻君

夕宿兮帝郊、君誰須兮雲之際、翰曰、須、待也、謂神宿於天帝之郊、青雲之際、將誰待乎、冀君猶待己而命之

與汝遊兮九河、衝飈起兮水揚波、與汝沐兮咸池、晞汝髮兮陽之阿、濟曰、汝、謂司命神也、九河、天河也、衝飈、暴風也、咸池、星名、天池也、晞、乾也、陽阿、日行處也、言己願與神俱沐髮於咸池而乾之於日者、共為情絜也、喻己與君俱行政教以治於世

望美人兮未來、臨風怳兮浩歌、良曰、美人、神也、以喻君之使未來、臨風悅然而大歌也、浩、大也

孔蓋兮翠旍、登九天兮撫彗星、銑曰、又欲以孔雀翡翠毛為車蓋旍旗、登于天、撫掃彗星、言願將忠正義行、還於君前、蕩讒賊矣

竦長劍兮擁幼艾、蓀獨宜兮為民正、向曰、竦、執也、艾、長也、蓀、香草、謂神也、言神若能執長劍、誅邪臣、擁護國之幼長、若如此、則神實宜為天下萬人之正者矣、喻其君焉

少司命

若有人兮山之阿、被薜荔兮帶女羅、翰曰、言山阿若在於山曲、被帶美草以為飾

既含睇兮又宜笑、子慕予兮善窈窕、良曰、言山鬼貌美、既宜含睇、又宜笑、子即山鬼也、亦以慕我美行好姿、故宜見其容也、喻君初與己忠誠而親之矣、歸親近窈窕美貌

乘赤豹兮從文狸、辛夷車兮結桂旗、濟曰、赤豹文狸、皆奇獸也、將以乘騎侍從者、異於眾也、又以芳香草木為車旗者、將以自飾也

被石蘭兮帶杜蘅、折芳馨兮遺所思、銑曰、所思謂君也、言己被帶忠信、又以嘉言而納於君也

余處幽篁兮終不見天、路險難兮獨後來、力知切、向曰、幽、深也、篁、竹叢也、言己處江山竹叢之間、上不見天、道路險阻、欲東神遊、獨在諸神之後、喻己不得見君、讒邪填塞、難以前進、所以索居於此

表獨立兮山之上、雲容容兮而在下、音戶、翰曰、表、明也、雖明然自異立於山上、終被雲蔽其下、使不通也、容容、雲出貌

杳冥冥兮羌晝晦、東風飄兮神靈雨、濟曰、杳、深也、晦、暗也、羌、語辭也、言雲氣深厚冥冥、使晝日昏暗、東風至、神靈應之、沛然而雨、此因言陰陽相感而有風雨、自傷讒識信不能感君也

留靈脩兮憺忘歸、歲既晏兮孰華予、上聲、良曰、靈脩謂君、言君若能除去讒邪、我則可延留止於君所、不然、則歲晏衰老、誰能榮華我

采三秀兮於山間、石磊磊兮葛蔓蔓、莫盤反、叶韻、銑曰、芝草一歲三秀、磊磊、石兒、蔓蔓、葛兒、芝、草仙藥、采不可得、但見葛石、爾亦猶賢哲難逢、讒諛者眾也

怨公子兮悵忘歸、君思我兮不得

閒　辛曰公子謂子椒子蘭而不肯遠之於君故悵然失志而忘歸也　君思我而不得閒暇召我也　小人在側

山中人兮芳杜若　翰曰山中人自謂也　飲石泉兮蔭松柏　言居山中以杜若為芳美飲清潔之水蔭貞木　君思我兮然疑作　君雖有思我之時而讒邪在側之人起其疑惑也

雷填填兮雨冥冥　翰曰雷聲冥冥雨貌　猨啾啾兮狖夜鳴　以喻讒言也　風颯颯兮木蕭蕭　翰曰風颯颯木蕭蕭喻人政令　思公子兮徒離憂　良曰君不能用賢使我若此但使我憂愁也

山鬼

九章一首　自述其志　翰曰屈原放逐又作九章

余幼好此奇服兮年既老而不衰　銑曰衰退也言少

帶長鋏之陸離兮冠切雲之崔嵬　長鋏劍名陸離長貌切雲冠名崔嵬高貌

被明月兮佩寶璐　明月珠名寶璐美玉

世溷濁而莫余知兮　濟曰溷濁猶不清也

吾方高馳而不顧　駕青虬兮驂白螭　吾與重華遊兮瑤之圃

登崑崙兮食玉英　與天地兮比壽　與日月兮齊光

哀南夷之莫吾知兮　旦余濟乎江湘　濟曰南夷謂楚也

乘鄂渚而反顧兮　欸秋冬之緒風　翰曰乘登也鄂渚地名

步余馬兮山皋　邸余車兮方林　方林地名

乘舲船余上沅兮　舲船有窗之船也　齊吳榜以擊汰　榜船棹也汰波也

船容與而不進兮　淹回水而疑滯

朝發枉渚兮　夕宿辰陽　枉渚辰陽皆地名也

苟余心其端直兮　雖僻遠之何傷

入漵浦余儃佪兮　迷不知吾所如　漵浦水名儃佪運轉也

深林杳以冥冥兮　乃猨狖之所居　良曰冥冥暗貌

山峻高以蔽日兮　下幽晦以多雨　以喻君之蔽於讒也

霰雪紛其無垠兮　雲霏霏而承宇

哀吾生之無樂兮　幽獨處乎山中　吾不能變心而從俗兮　固將愁苦而終窮

接輿髡首兮　桑扈臝行　良曰接輿楚狂者也髡首自刑也桑扈隱者也臝行不衣也

忠不必用兮　賢不必以　伍子逢殃兮　比干葅醢

曰以亦用也伍子胥竭力於吳王夫差而賜劍自殺故云逢殃比干正諫於紂而剖其心故云葅醢　與前世而皆然兮吾又怨乎今之人　銑曰言觀接輿桑扈子胥比干自抑之辭也則我亦何怨此　余將董道而不豫兮固將重昏而終身　向曰董正也豫猶豫也言我守正道而不猶豫終思其君使心闇亂以終其年也　涉江

卜居一首　翰曰屈原往太卜之家卜己宜何所從因述其辭

屈原既放三年不得復見竭智盡忠蔽鄣於讒心煩意亂不知所從往見太卜鄭詹尹　濟曰鄭詹尹卜者姓名　曰余有所疑願因先生決之詹尹乃端策拂龜　良曰策蓍也端立蓍拂龜以展敬也　曰君將何以

選十七　十一

教之　銑曰詹尹言君將何以教我問其要也　屈原曰吾寧悃悃款款朴以忠乎將送往勞來斯無窮乎　向曰悃款勤苦貌朴質也送往勞來隨時以此二事問其所宜　寧誅鋤草茅以力耕乎將遊大人以成名乎　翰曰大人謂君貴幸者　寧正言不諱以危身乎將從俗富貴以媮生乎　濟曰媮樂也　寧超然高舉以保真乎將哫訾慄斯喔咿嚅唲以事婦人乎　銑曰哫訾慄斯喔咿嚅唲強言笑以求媚也婦人謂君之寵妃　寧廉潔正直以自清乎將突梯滑稽如脂如韋以絜楹乎　向曰突梯滑稽委曲順俗

如脂如韋柔也絜楹謂同諂諛也　寧昂昂若千里之駒乎將氾氾若水中之鳧乎與波上下偷以全吾軀乎　翰曰千里駒才力也水中鳧與波上下也偷全軀苟免也　寧與騏驥亢軛乎將隨駑馬之迹乎　濟曰騏驥喻賢才駑馬喻不才之臣亢軛舉也軛車轅也　寧與黃鵠比翼乎將與雞鶩爭食乎　良曰黃鵠喻賢士也雞鶩喻讒夫也比翼並有也爭食猶爭祿也　此孰吉孰凶何去何從　銑曰問詹尹所從也　世溷濁而不清蟬翼為重千鈞為輕　向曰喻世俗顛倒君子三十斤曰鈞重小人　黃鐘毀棄瓦釜雷鳴　翰曰黃鐘樂器之上者喻賢士瓦釜喻庸下之人雷鳴者　讒人高張賢士無名　濟曰高張謂朝堂也　吁嗟默默兮誰知吾之廉貞　良曰默默不言貌　詹尹乃釋策而謝曰　銑曰釋捨也謝辭也　夫尺有所短寸有所長物有所不足智有所不明數有所不逮神有所不通　向曰逮及也　用君之心行君之意龜策誠不能知事

選十七　十二

漁父一首　翰曰漁父避世而隱於漁者也屈原因之而敘其辭

屈原既放遊於江潭行吟澤畔顏色憔悴形容枯槁　漁父見而問之曰子非三閭大夫與何故至於斯　良曰三閭大夫屈原舊官　屈原曰世皆濁

我獨清衆人皆醉我獨醒是以見放耳漁父曰聖人不凝滯於物而能與世推移世皆濁何不淈（胡骨）其泥而揚其波（銑曰淈泥揚波謂隨其流也淈濁也）衆人皆醉何不餔（晡）其糟而歠（昌悅）其釃（向曰餔糟歠釃同其事而餔食也歠飲也糟釃酒滓）何故深思高舉自令放為（翰曰深思謂憂君與民也）屈原曰吾聞之新沐者必彈冠新浴者必振衣（濟曰彈振去其塵也）安能以身之察察受物之汶汶者乎（向曰察察絜白也汶汶塵若也）寧赴湘流葬於江魚腹中安能以皓皓之白蒙世俗之塵埃乎（翰曰皓白喻貞絜塵埃喻黙汚也）漁父莞（胡板）爾而笑鼓枻（以制）而去（濟曰莞爾微笑也鼓枻叩船舷）乃歌曰滄浪之水清兮可以濯我纓（良曰清喻明時可以脩飾冠纓而仕也滄浪水江水名也）滄浪之水濁兮可以濯我足（銑曰濁喻亂世足可以抗足遠去）遂去不復與言

九辯五首　宋玉

（向曰宋玉屈原弟子惜其師忠信見放故作此辯以辯之皆代原之意九義亦與九歌同）

悲哉秋之為氣也蕭瑟兮草木搖落而變衰（翰曰蕭瑟秋風皃言屈原枉見放逐其情如秋節之悲故託言秋之為狀而盛述之）憭（了）慄（栗）兮若在遠行登山臨水兮送將歸（濟曰憭慄猶悽愴也）泬（血）寥兮天高而氣清（濟曰泬寥曠蕩皃）寂漻（聊）兮收潦而水清（良曰寂漻虛靜貌潦雨水）憯（千感）悽增欷（虛毅）兮薄寒之中人（銑曰憯悽悲痛皃欷泣數薄迫也有似迫寒之傷入）愴怳懭（廣）悢（朗）兮去故而就新（向曰愴怳懭悢皆悲傷也去故就新別離也）坎壈（力感）兮貧士失職而志不平（翰曰坎壈困窮也失職亡其財物也）廓落兮羇旅而無友生（濟曰廓落空寂也）惆悵兮而私自憐（良曰惆悵悲哀也）燕翩翩（羽扁）其辭歸兮蟬寂漠而無聲（銑曰言秋深也翩翩飛貌寂寞無聲也）雁廱廱（邕）而南遊兮鶤雞啁（竹交）哳（陟轄）而悲鳴（向曰廱廱啁哳皆聲也）獨申旦而不寐兮哀蟋（悉）蟀之宵征（翰曰申至宵夜征行也）時亹亹（尾）而過中兮蹇淹留而無成（濟曰亹亹行皃過中謂漸衰暮也蹇語辭也念已將老淹留草澤無所成者也）悲憂窮戚（子六）兮獨處廓有美一人兮心不繹（亦）（良曰廓空也謂已窮處於空澤者也美人謂君也繹解也言思君之心常不解也）去鄉離家兮來遠客超逍遙兮今焉薄（銑曰遠客謂放逐江南也超逍遙無所依也焉何也薄止也）專思君兮不可化君不知兮可奈何（向曰化變也）蓄怨兮積思心煩憺（徒濫）兮忘食事（翰曰憺憂也言思君煩憂忘其飲食）願一見兮道余意君之心兮與余異（良曰願一見君道忠信之意君心以是為非故）

奭余昊实車駕兮朅而歸不得見兮心悲濟曰朅去
也將去歸国而君不見察故心悲也倚結軨零兮大息涕潺湲
兮霑軾銑曰軨車木闌後涕疏見軾車上所憑者慷慨絕兮不
得中瞀莫亂兮迷惑銑曰數與相絕而不見使中昏亂迷或也瞀昏
也私自憐兮何極心怦怦普萌兮諒直翰曰自悴失志
也拯窮也然而心存諒直日不足也怦怦心不足見総
皇天平分四時兮竊獨悲此凜秋濟曰言秋氣凜然而
萬物搖落喻己為讒邪所害是以播遷故竊悲此也白露既下降百草
兮奄離披此梧楸良曰言秋氣傷物之甚也奄同離披猶凋百草而
摧折同罹此患百草喻百姓樹木喻賢人去白日之昭昭兮襲長

夜之悠悠銑曰白日喻君言放逐去君襲長夜謂因受覆蔽也悠悠無窮也
離芳藹之方壯兮余萎約而悲愁向曰芳藹盛皃言辭
去芳盛之德方壯之年使余萎弃而悲愁也約弃也秋既先戒以白露
兮冬又申之以嚴霜翰曰喻暴虐相濟爲害也申重也收恢
台之孟夏兮然欿傺而沈藏濟曰夏長以養物台長養
也止也言收斂長養之氣使居止也沈藏以喻殺物矣告喻楚之君臣良曰言草
葉菸邑而無色兮枝煩挐而交橫良曰言草木菸邑也傷也煩挐亂也無色
顏淫溢而將罷兮柯彷彿而萎黃銑曰顏容也淫溢積漸也萎黃衰也柯枝也彷彿黃萎凋
萷櫹槮之可哀兮形銷鑠而瘀傷向曰萷櫹

槮華葉既落疏貌也喻己雖愁苦也惟其紛糅而將落兮
恨其失時而無當翰曰惟思也紛糅雜也言思其雜亂將落也
又恨失其明時而無所當也攬騑轡而下節兮聊逍遙以
相佯濟曰為此擥轡按節徐行逍遙相佯也
忽忽而遒盡兮恐余壽之弗將良曰忽忽運行皃遒盡也
悼余生之不時兮逢此世之俇攘立王日悼傷也銑
也不時不遇明時旌旗也澹容與而獨倚兮蟋蟀鳴
此西堂向曰澹容與徐步也倚立也心怵惕而震蕩兮何
所憂之多方翰曰怵惕震蕩心驚動也方猶端也仰明月而太
息兮步列星而極明濟曰極至也

竊悲夫蕙華之曾敷兮紛旖旎乎都房銑曰旖旎盛貌都大房
良曰曾重敷布也旖旎盛好貌也都大房也喻君初好善有如此也何曾華
之無實兮從風雨而飛颺銑曰喻其後隨佞人之言以為
君獨服此蕙兮羌無以異於衆芳向曰我謂君獨好美
行乃無異於人之心而莫佞也羌發聲也閔奇思之不通兮將
去君而高翔閔傷也奇思謂忠信也高翔遠去也心閔憐之
慘悽兮願一見而有明濟曰心之憂傷願見君而自明也重無怨而生離兮中結軫而增傷良曰重念自念無
怨咎於君而生離常心中結怨軫憂而增悲傷豈不鬱陶而思君兮
君之門以九重銑曰雖思見君而君門深邃不可至也猛犬

狺而迎吠兮關梁閉而不通向曰猛犬狺狺開口兒迎吠距賢人使不得進也閉關喻塞賢路也皇天淫溢而秋霖兮后土何時兮得乾塊獨守此無澤兮仰浮雲而永歎翰曰言衆人皆蒙君澤而我獨不霑故仰望而長歎也霖多雨也后土地也塊獨也何時俗之工巧兮背繩墨而改錯七故反濟曰喻信諛偽弃忠正易置禮法也錯置也却騏驥而不乘兮策駑駘徒哀而取路良曰喻賢才而親不肖也騏驥良馬喻賢才也駑駘喻不肖當世豈無騏驥兮誠莫之能善御銑曰言豈無賢才但君不能用也御謂御馬者見執轡者非其人兮故駶跳條而遠去向曰言見君非好善之主而賢皆避而遠去駶即騏驥也跳走兒鳧鴈皆唼所甲夫梁藻兮鳳愈飄翔而高舉翰曰喻不肖者食祿則賢人高舉而不留也唼鳥食也粱米藻水草也圜員鑿而方枘內兮吾固知其鉏牀舉鋙語而難入濟曰君鑿圓穴所方木內之而必參差不相入喻邪佞在前忠賢何由能進鉏鋙相距兒衆鳥皆有所登棲兮鳳獨遑遑而無所集良曰喻群邪皆有其位賢才竄逐獨無所託遑遑不得所兒願銜枚而無言兮嘗被君之渥洽銑曰我亦欲不言而自弃為昔者嘗受君之厚澤故復不能已銜枚所以止言者也渥厚也洽澤也太公九十乃顯榮兮誠未遇其匹合翰曰太公呂尚年九十而窮困遭西伯而用之當未遇之時故無匹偶而與相合也言己所以

不遂者其行亦不與君意同也謂騏驥兮安歸謂鳳皇兮安棲向曰騏驥安歸在於良樂鳳皇安棲在於聖明自喻時無知己也變古易俗兮世衰今之相者兮舉肥濟曰言代衰之時則必變古之法改常之道將相士而用蓋舉肥美者騏驥不言其才行此疾時之深焉易改也伏匿而不見兮鳳皇高飛而不下鳥獸猶知懷德兮何云賢士之不處驥不驟進而求服兮鳳亦不貪餧於為而妄食君弃遠而不察兮雖願忠其焉得良曰皆喻已也服御也餧食也欲寂漠而絕端兮竊不敢忘初之厚德濟曰言我將心不思於君不能忘君昔之厚德爾寂寞止息兒獨悲愁其傷人兮馮鬱鬱其何極向曰馮鬱鬱愁心滿結也極窮也

招魂一首翰曰玉哀屈原憂愁山澤魂魄飛散其命將落故作招魂欲以復其精神延其年壽外陳四方之惡內崇楚國之美以諷于君冀其覺悟而還之

朕幼清以廉潔兮身服義而未沬音昧濟曰朕我幼少沬已也皆代原為辭主此盛德兮牽於俗而蕪穢良曰主守也言己主執仁義忠信之德為讒佞所牽迫使荒蕪穢汙而不得進上無所考此盛德兮長離殃而愁苦銑曰上君也考察羅罹也帝告巫陽向曰帝天也陽巫名也玉假立天帝及巫陽以為辭端曰有人在下我欲輔之翰曰人即原也輔祐也魂魄離散汝筮予之

之翰曰筮曰筮使筮其所宜而與招其魂使復其精神巫陽對曰掌夢
上帝其命難從去若必筮予之恐後謝不能
復用巫陽焉濟曰陽對天帝云招魂者乃掌夢官之主也帝既難從志欲使
陽若必筮而招之恐後代謝去卜筮之法但以招魂爲事陽意不欲以筮與招相次而
行以爲不筮而招亦足可也乃下招曰魂兮來歸去君之
恒幹何爲兮四方些蘇賀反良曰君謂原也恒常幹體也言原魂何
爲去常體游四方些辭也捨君之樂處而離彼不祥些銑曰
捨去也羅羅也魂兮歸來東方不可以託些長人千
仞唯魂是索些向曰七尺曰仞索求也言魂而食矣皆假立其惡而甚
言之十日代出流金鑠石些彼皆習之魂往必

選十七　十九

釋些翰曰謂熱也彼方人皆慣習之而得不毁魂往彼必見消釋鑠融也歸來
不可以託些魂兮歸來南方不可以止些雕
題黑齒得人肉以祀以其骨爲醢海些良曰南方
人鏤額墨齒祀祭也醢肉醬也雕鏤也題額也蝮福蛇蓁蓁側巾封狐
千里些向曰蝮蛇毒蛇名蓁蓁聚皃封狐大狐也其長千里雄虺九首
往來倏忽吞人以益其心些魂兮歸來不可
以久淫些濟曰虺亦蛇名也九首九頭也倏忽疾皃益其心助其毒也淫淹也
魂兮歸來西方之害流沙千里些旋入雷泉
爢散而不可止些銑曰言魂若涉於流沙必轉入雷公之泉其體爢碎
而尚不得休止幸而得脫其外曠宇些翰曰幸得免此處其外則

歸來歸來往恐危身些　六臣如此作　有此二句

野無人赤蟻若象玄蜂若壺些翰曰言蟻與蜂有大如此壺器
名五穀不生叢菅是食些濟曰西極之人但食菅草其土
爛人求水無所得些良曰爛人言熟彷蒲忙徉無所倚
廣大無所極些銑曰彷徉遊行皃倚依極窮也歸來歸來恐
自遺賊些向曰賊害也魂兮歸來北方不可以止
些增冰峨峨飛雪千里些翰曰增積也峨峨高皃歸來
不可以久止些魂兮歸來君無上天些虎豹
九關啄害下人些向曰天門九重皆使猛虎守其關鑰執天下欲上之
人而啄害之一夫九首拔木九千些良曰又有多力之夫一身
九首從朝至暮拔木九千株豺狼從子恭目往來侁侁所臻些

選十七　二十

銑曰從竪也侁侁衆貌懸人以娭投之深淵些向曰懸人之首
以爲嬉樂而又投之於深淵也致命於帝然後得瞑些翰曰致送
也送人之命於天帝然後得眠也魂兮歸來君無下此幽都
些濟曰幽都謂地下后土所治處土伯九約其角觺觺疑些
良曰約屈也土伯后土之諸侯也其身九屈其角鋭利而觺觺害人觺觺鋭利皃敦脄
妹血拇母逐人駓駓丕丕些銑曰敦厚也脄背拇指也駓駓走
皃言土伯之狀廣有厚背而走手中有血執人而汚之參目虎首其
身若牛些向曰參三也此皆甘人歸來恐自遺災
些翰曰甘人者食人以爲甘美遺與也魂兮歸來入脩門些濟曰
脩門郢城門使原之魂歸楚郢入郢門欲以感激於君工祝招君背行

先些良曰工祝良巫也君謂原言工祝背行在先君宜隨後秦篝古侯齊

縷鄭綿絡些銑曰篝落縷線也綿纏也言爲君魂作衣乃使秦人織其篝齊人作縷齊國之工緆繫之使好妙招具該備永嘯呼些向曰

言撰設招魂之具無不該備故長嘯大呼以招君魂兮歸來反故居

些天地四方多賊姦些翰曰言天地四方多賊害姦惡如上文所

說者皆謂君魂不可往也人像設居室靜閒安些言

君於此造設室宇結像居清淨寬閒甚可安居高堂邃宇檻層軒

些濟曰邃深宇室檻欄層重也軒檻上板層臺累榭臨高山些

良曰層累皆重也臺上有木曰榭網戶朱綴刻方連些銑曰織網

於戶上以朱色綴之又刻鏤爲文章連於上使之方好冬有突烏弔夏

夏室寒些向曰突夏重屋冬月居之使以溫也夏則居於深室之中使以寒涼

川谷徑復流潺湲些翰曰徑往復反也潺湲流皃

光風轉蕙氾崇蘭些濟曰言日光之風氣轉氾薄於蘭蕙崇

經堂入奧烏到朱塵筵些良曰奧室也塵承塵也言風自奧室承塵薦蕙

高也經入於奧砥旨室翠翹挂卦曲瓊些銑曰以砥石爲室取

此平也又以翠羽相飾之挂之於中又以玉鈎

其言翡翠之色相齊然光曼向曰翡翠珠被爛齊光些

曲也弱阿席曲替之以壁帳張也蒻阿拂壁羅幬張些

些翰曰以纂組結帳中又以綺縞也纂組綺縞結琦璜些

濟曰以綺繡結束帶也言其飾帳用琦璜也

室中之觀多珍怪些良曰異也怪蘭膏明燭華容

備些銑曰以蘭練膏取其香也華容謂美人也二八侍宿射亦遞

代些向曰又使好女十六人侍君寢宿射猒也君或猒之則遞代進矣九侯

淑女多迅衆些翰曰九國諸侯淑善之女其來迅疾衆多於此盛鬋

不同制實滿宮些良曰鬋鬢也制法也言飾理其鬢不同制實滿

宮於室中也容態好比順彌代些濟曰比密也言容貌相親

次順於代也弱顏固植謇其有意些銑曰固堅也植志也謇

以和相之意正直則有禮之皃意姱苦瓜容脩態絙亘洞房些良曰姱好

脩長組也竟也蛾眉曼睩祿目騰光些翰曰曼長睩視

也騰發光也靡顏膩女理遺視矊綿些濟曰靡好膩膩滑也矊

視言目淸子見其睟子相然離榭脩幕侍君之閒些良曰

離別榭脩長也別館長幕之內又令美人侍君而閒於靜宮

翡帷翠幬飾高堂些銑曰帷帳也以翡翠爲帷帳也紅壁沙版玄玉之梁些

向曰沙謂丹沙以飾于屋梁畫於軒版又以玉飾之也

仰觀刻桷角畫龍蛇些翰曰刻桷椽也畫爲龍蛇文

坐堂伏檻臨曲池些濟曰言坐於堂上伏於欄檻以觀水物

芙蓉始發雜芰荷些良曰芰菱之也芙蓉芰荷水草也

紫莖屏風文緣波些向曰屏風水草也名其色紫莖生於水中起風吹波文也

文異豹飾侍陂陁些良曰陂陁長陛也侍從之人皆異文豹飾之衣侍君於階陛之上也

軒輬既低步騎羅些翰曰軒輬車名也低屯也羅列也

蘭薄戶樹瓊木籬些濟曰木叢生曰薄言以蘭爲薄種於戶又以瓊玉爲木編以爲籬

也
魂兮歸來何遠為些良曰言此足可安居何用遠去為也室
家遂宗食多方些銑曰宗衆也言君室家遂衆皆造飲食亦多方矣
稻粢子夷穱側角麥挐尼居黃粱些向曰粢稷也穱擇也挐糅也黃
粱穀名言稻粢則用稉稻糅稷也擇麥以黃粱和糅使香滑也大苦鹹酸辛
甘行些翰曰大苦豉也鹹鹽也酸酢也辛薑也甘蜜也皆和之使其味行也肥
牛之腱紀言臑而若芳些濟曰腱筋肉也臑爛熟也和酸若
苦陳吳羹些良曰吳人羹依羹調適酸苦皆得中和胹鱉炮
羔有柘漿些銑曰胹鱉炮炙也柘甘柘也言用甘柘之汁以為漿也鵠
酸臇鳧煎鴻鶬些向曰臇臛也以鵠為羹以鳧為臛又用
煎鴻鶬使各以肥美也露雞臛蠵厲而不爽些翰曰厲烈

選十七　二十三

爽敗也露雞露棲雞也蠵大龜也又以為臛其味辛烈而不過敗也粔巨籹女蜜
餌有餦張餭皇些濟曰粔籹以蜜和米麵煎作之又擣黍作餌餦餭餳也
瑤漿蜜勺實羽觴些良曰瑤漿玉漿也和蜜也勺實滿也觴酒器
也挫糟凍飲酎清涼些銑曰挫捉也宗醇酒也言於上可飲
以之涼可使清涼也華酌既陳有瓊漿些向曰夏
華酌謂置酒中既有瓊玉之漿歸來反故室敬而無
妨些翰曰君宜歸於此故使無害也陳子孫養而無妨
肴羞未通女樂羅些濟曰肴膳羞進也言肴膳既進賓
主之情未通則女樂已羅列於前陳鍾
按鼓造新歌些良曰按猶擊也涉江采菱發揚荷些
銑曰涉江采菱揚阿皆曲名當為阿美人既醉朱顏酡些

選十七　二十四

些向曰酡醉色嬉光眇視目曾波些翰曰嬉戲也言美人既醉為
戲樂光彩橫出眇視目若水波被文服纖麗而不奇些濟曰
文謂錦繡也纖謂羅縠也麗美也不奇言奇也長髮曼鬋萬艷陸
離些良曰曼澤也鬋鬢也豔陸離美色見二八齊容起鄭舞些
銑曰使美女十六齊容儀起為鄭國之舞衽若交竿撫案下
些向曰衽衣襟也言舞人迴轉衣襟相交如竿也以手撫按其節而徐行也竽瑟
狂會搷田鳴鼓些翰曰狂並也搷擊也宮庭震驚發激
楚些濟曰衆樂並奏而庭宇震驚又作激楚之聲吳歈俞蔡謳奏
大呂些銑曰吳蔡皆國名歈謳皆歌大呂律名士女雜坐亂而
不分些放陳組纓班其相紛些向曰士女相樂放陳其冠

纓印綬斑然相亂不拘禮節鄭衛妖玩來雜陳些翰曰鄭衛國名
妖玩美好之女陳列也激楚之結吉獨秀先些良曰激結
頭髻也言鄭衛之妖女工於服飾其髻形詭異而先進於前崑昆
蔽象棊有六簙些良曰又作六簙之戲崑蔽玉著也各投六著行
棊故謂之六簙矣分曹並進遒相迫些銑曰曹耦遒道急也言務以
求勝成梟而牟呼五白些向曰倍勝為牟言棊也梟當成於牟又呼
五白以助簙也五白簙齒也晉制犀比費白日些翰曰制作
也言晉國之人作簙棊著比集犀角為飾如白日之光見費鏗古耕鍾
搖簴巨揳古八梓瑟些銑曰鏗擊也簴懸鍾格也言擊鍾則搖動其格揳
擊也以梓木為瑟也娛酒不廢沈日夜些向曰言日夜娛樂沈酒而

不敢故事蘭膏明燭華鐙登錯些翰曰言以蘭膏取其香也華日

謂有光華又錯鐙使舉好取結撰至思蘭芳假些古額蘭芳日

喻賢人也言我能撰深心以思賢人至賢人當至人有所極同心

賦些良曰盡賦聚也賢人也盡至則同心相聚君可還酎飲盡歡樂

先故些銑曰言飲酒作樂所以歡欣者是用樂君先祖及故舊也魂兮歸

來反故居些亂曰獻歲發春兮汩吾南征

些向曰獻進也汨疾也言歲進春發萬物遂往疾日吾見放逐南行此亦代原爲辭

菉綠蘋煩齊葉兮白芷生翰曰菉蘋草名其葉始齊白芷

香草名皆言春時路貫廬江兮左長薄濟曰廬江名長薄皆地名貫

出也在其左也倚沼畦瀛兮遙望博良曰倚立畦沼也

選十七　二十五

巨也澤中曰瀛言猶江而行入池澤區之間遠望平博青驪結駟兮

齊千乘銑曰驪黑也言君與官屬駕驪或青或黑連千乘也

懸火延起兮玄顏烝向曰懸火懸燈也言從君夜獵懸燈於林之中其

火起燒野澤黑煙上於天烝於色之步及驟處兮誘騁先箭言

時有徒步有走驟者有處止者已獨騁爲先導之誘導也抑騖若通兮

引車右還濟曰抑止也君止騖通獵者使順通獵事引車右還以避

會獸轄也遐與王趨夢兮課後先良曰楚人名草中爲夢言與君

王但獵趨於草之中課獵者後至先至君王親發兮憚青兕

徐姊反銑曰發射也憚懼也青兕獸名時君王親射青兕懼其不能制故佐君殺之言昔

時晉侍從今遺放弃益自傷也朱明承夜兮時不可淹向曰朱明

日也言日夜相承四時不得淹止皐蘭被徑兮斯路漸子廉

日蕩沒也言澤中香草茂盛覆被徑路無人揉用則埋沒明賢人久處山野而君不

用亦將害矣湛湛江水兮上有楓音風濟曰言江水浸潤楓木彼

之鬱茂自傷不蒙君惠而見放逐不如水之得所矣目極千里兮傷春

心良曰春時草短目窮千里益傷其心魂兮歸來哀江南銑曰欲使

原復歸于郢故言江南之地可哀如此皆諷君之辭

招隱士一首

劉安

向曰漢書云淮南王安爲人好書招致賓客數千人後謀反自殺招隱士

者淮南小山之所作也初安好士八公之徒咸慕其德而各竭才智著述七篇

章分其辭以類相次或稱大山小山猶詩有大雅小雅也小山之徒傷

屈原與山澤無故作招隱之賦以章其志

選十七　二十六

桂樹叢生兮山之幽翰曰桂香木喻忠良而窮在草澤偃

蹇連卷兮權枝相繚居休反美兒亦喻原之美行良曰皆桂樹之

山氣巃嵸兮力孔先孔石嵯峨嵳銑曰巃嵸雲氣兒嵯峨高兒

谿谷嶄仕咸巖兮水增波銑曰嶄巖險峻兒猨狖余救群嘯

兮虎豹嗥胡高反銑曰嘷皆聲也言原於山中與此爲偶也攀援桂

枝兮聊淹留翰曰援持也言原引持行淹留於此以待明君美王孫

遊兮不歸春草生兮萋萋濟曰原與楚同姓故云王孫萋萋草

色歲暮兮不自聊蟪蛄鳴兮啾啾良曰歲暮喻老也不

自聊心煩憂也蟪蛄夏蟬啾啾聲也坱烏朗兮軋乙黠翰曰雲霧暗也山曲㟧

佛盤銑曰盈也心淹留兮洞荒上忽向曰心淹留若絕望也洞荒忽
憂思深也罔兮沕音勿濟曰失志皃憭聊兮慄音栗良曰傷切皃
虎豹穴銑曰既危苦又進虎豹之穴叢薄深林兮人上慄
向曰慄戰也嶔欽崟吟碕綺礒蟻兮硱欺磳在磈
硊於魚委反翰曰山嶮峻皃樹輪相糾兮茷蒲末骪音委濟曰
交錯扶踈枝葉盤好皃輪橫枝也青莎新樹兮薠煩草靃髓
靡良曰莎薠皆草名靃靡隨風皃白鹿麏居麚加兮或騰或
倚銑曰白鹿麏麚皆獸名騰倚猶走往狀貌崟崟吟兮峨峨淒
淒兮漇漇疏綺反向曰崟崟峨峨頭角高皃淒淒漇漇毛衣潤貌獼猴
兮熊羆慕類兮以悲翰曰言山中之獸猶慕儔類而悲哀放弃獨處

實難為心也上皆陳山林傾危草木茂盛麋鹿所居非君子所處也欲使原歸於郢攀
援桂枝兮聊淹留虎豹鬭兮熊羆咆蒲交反濟曰咆
聲也禽獸駭兮亡其曹良曰駭驚也曹耦也務述山中不可居而使原
歸也王孫兮歸來山中兮不可以久留

七發八首　枚叔

銑曰漢書云枚乘字叔淮陰人也善屬辭賦為吳王濞郎中令吳王反乘
諫不從乃事梁孝王孝王薨歸於淮陰武帝即位知其賢以蒲輪徵之乘
死於路孝王時恐孝王反故作七發以諫之七者少陽之數欲發陽明於
君也八首者上一首是序中六是所諫不欲犯其顏末一首始陳正道以
干之假立楚太子及吳客以為語端矣

楚太子有疾，吳客往問之曰：伏聞太子玉體
不安，亦少閒乎？向曰少閒差也太子曰：憊敗謹謝客。
翰曰憊極苦也謝辭也客因稱曰：今時天下安寧，四方
和平，太子方富於年。濟曰富盛也意者久耽安樂，
日夜無極，邪氣襲逆，中若結轖。音色良曰言以意察之也
極窮襲因也言邪氣因為逆迕於腹中也轖車藉交革也其結有此矣紛屯徒門
澹淡，噓唏煩酲，翰曰紛屯澹淡混亂也噓唏哀歎皃煩酲言有病酒者
惕惕怵怵，臥不得瞑。良曰怵惕驚皃瞑寐也虛中重聽，
惡聞人聲，向曰虛中精氣竭也重聽事不審也精神越渫，百病
咸生。濟曰越散渫發咸皆也聰明眩曜，悅怒不平。良曰聽明

耳目也眩曜惑也不平失常也久執不廢，大命乃傾。太子豈
有是乎？銑曰執猶處也廢止傾隕也豈有是乎設疑問也太子曰：謹
謝客，賴君之力，時時有之，然未至是也。向曰言賴
我君之力使我安樂如客言者而未甚至於此客曰：今夫貴人之子，
必宮居而閨處，內有保母，外有傅父，欲交無
所。翰曰傳保謂傅訓保養者欲為交遊自放故無所也飲食則溫淳甘
膬昌芮腥星醲濃肥厚，濟曰膬美也腥肉之精醲酒之上者言剝口之
病形衣則雜遝沓曼萬，煖燂似廉爍舒灼熱暑，良曰
也皆衣裳厚暖而成其疾雖有金石之堅，猶將銷鑠而挺
辭也況其在筋骨之間乎哉？銑曰挺動也故曰：縱

耳目之欲，恣支體之安者，傷血脈之和。且夫出輿入輦，命曰蹷(厥)痿(於為)之機；(向曰：蹷，足不能行。痿，痹也。輿輦之安，乃為此病之幾兆也。)洞房清宮，命曰寒熱之媒；皓齒蛾眉，命曰伐性之斧；甘脆(清歲)肥醲，命曰腐(輔)腸之藥。(翰曰：腐，爛也。)今太子膚色靡曼，(萬)四支委(平)隨，筋骨挺解，血脈淫濯，手足惰窳。(音庾)(濟曰：靡曼，美好也。委隨，不相著也。淫濯，不通也。惰窳，無力也。)越女侍前，齊姬奉後，(良曰：齊、越二國美人所出。)往來游讌，縱恣乎曲房隱間(閑)之中，此甘餐毒藥，戲猛獸之爪牙也。(銑曰：言害人必矣。)所從來者至深遠，淹滯永久而不廢，雖令扁鵲治內，巫咸治外，尚何及哉。(向曰：巫咸、扁鵲，皆古之良醫。廢，止也。)今如太子之病者，獨宜世之君子博見強識，承間(閑)語事，變度易意，(其)尚無離側，以為羽翼，淹沈之樂，浩蕩之心，遁佚之志，其奚由至哉。(翰曰：語，說也。常在左右如羽翼也。淹沈，耽好也。浩蕩，無猒也。遁佚，過度也。奚，何也。)太子曰：諾，病已，請事此言。(濟曰：諾者，敬納之辭。言既病矣，願將事客言。已，助句也。)客曰：今太子之病，可無藥石針刺灸療而已哉，可以要言妙道說而去也。(良曰：去，除也。)不欲聞之乎？(銑曰：問辭也。)太子曰：僕願聞之。客曰：龍門之

桐，高百尺而無枝，中鬱結之輪菌，(丘貧)根扶疏以分離。(向曰：龍門，山名，出桐木，堪為琴。中，謂木中也。鬱結輪菌，文理鬱盤委曲貌。)上有千仞之峯，下臨百丈之谿，湍流遡波，又澹(徒敢)淡之。(翰曰：湍，疾流也。澹淡，洗擢之皃。)其根半死半生。冬則烈風漂霰飛雪之所激也，夏則雷霆霹靂之所感也。朝則鸝黃鳱(吕旦)鴠(知葛)鳴焉，暮則羈雌迷鳥宿焉。獨鵠晨號乎其上，鵾雞哀鳴翔乎其下。(濟曰：鸝黃、鳱鴠，皆鳥名。羈雌，孤鳥也。鵾雞亦鳥名也。)於是背秋涉冬，使班爾斫斬以為琴，野繭之絲以為絃，(良曰：秋冬之間，木成定也。班，公輸班；爾，王爾，皆古之工人。野繭，野蠶繭。)孤子之鉤以為隱，九寡之珥以為約。(丁亦反)(銑曰：鉤、珥，皆琴上飾。取孤子寡婦之寶而用之，欲其聲多悲。聲九寡，九度寡也。)使師堂操暢，伯子牙為之歌。(向曰：師堂，子京；伯子牙，古之善鼓琴者。操，張琴也。)歌曰：麥秀蔪(子廉)兮雉朝飛，向虛壑兮背槁(考)槐，依絕區兮臨迴溪。(翰曰：蔪，麥芒也。槁，枯也。絕區，謂危絕之地。迴溪，曲澗也。)飛鳥聞之，翕(許急)翼而不能去，野獸聞之，垂耳而不能行，蚑(巨宜)蟜(矯)螻蟻聞之，拄喙而不能前。(濟曰：皆感琴而然也。翕，斂也。蚑蟜螻蟻，皆小蟲名。喙，口也。拄口而聽。)此亦天下之至悲也，太子能彊起而聽之乎？太子曰：僕病，未能也。

客曰犓（楚俱）牛之腴菜以筍蒲（良曰犓牛以芻養者腴腹下肉也筍蒲竹筍蒲心）肥狗之和冒以山膚（銑曰冒山膚也雉白）楚苗之食安胡之飯（向曰言用楚地之粳稻為之食故云楚苗又用彫胡草實以為飯安胡即彫胡也）摶（徒丸）之不解一啜（常劣）而散（翰曰摶之不解言黏也啜嘗也一嘗而散言滑也）於是使伊尹煎熬易牙調和（濟曰伊尹負鼎干湯以至味故使煎熬也易牙嘗知淄澠之水故使調和也）熊蹯（煩）之臑而勺藥之醬（良曰熊蹯熊掌也臑爛也勺藥調和也言又以醬調和之）薄耆之炙鮮鯉之鱠（銑曰取獸薄耆上著滑肉為炙鯉魚名）秋黃之蘇白露之茹（良曰秋時蘇黃露下葵滑皆可食也茹菜之稱）蘭英之酒酌以滌口（酒中漬蘭英取其香也蕩滌於口以自適也）

山梁之餐豢（患）豹之胎（翰曰論語云山梁雌雉子曰時哉故云山梁之餐豢養之豹取其胎也）小飯大歠（昌悅）如湯沃雪（良曰歠飲也如湯沃雪言食之易也）此亦天下之至美也太子能彊起而嘗之乎太子曰僕病未能也客曰鍾岱之牡（莫后）齒至之車（濟曰牡馬也鍾岱之地在北皆宜良馬公羊云先軫曰君馬齒至矣言以此手馬駕車矣）前似飛鳥後類距虛（銑曰言此馬類鳥獸之飛走距虛獸名善走）穱（側角）麥服處躁（祖到）中煩外（向曰以穱麥食此馬馬既逸則中躁急而外煩擾服駕也）羈堅轡附易路（翰曰羈勒也堅牢易平也）於是伯樂相其前後王良造父為之御秦缺樓季為之右（濟曰伯樂古之善相馬者王良與造父皆善御車者秦缺樓季皆善走者右車右也）此兩人者馬佚能止之車覆能起之（良曰兩人即王良造父也佚驚也）於是使射千鎰之重爭千里之逐（銑曰射猶賭也言賭千鎰之金而爭逐千里之道）此亦天下之至駿也太子能彊起乘之乎太子曰僕病未能也

客曰既登景夷之臺南望荊山北望汝海左江右湖其樂無有（向曰景夷臺名汝海水名無有者言無有過之）於是使博辯之士原本山川極命草木比物屬事離辭連類（翰曰言使博學辯辭之士陳說山川之原本盡名草之所出比象其物而屬文章離別辭句以類相次）

浮游覽觀乃下置酒於虞懷之宮（濟曰浮游猶徘徊虞懷宮名）連廊四注臺城層構紛紜玄綠輦道邪交黃池紆曲（良曰注連也層重也紛紜盛皃以玄綠之色以飾臺城輦道也隍池城紆曲也）溷章白鷺孔雀鵾鵠鵷鶵鵁鶄翠鬣紫纓（銑曰皆鳥名鬣首纓毛也）螭龍德牧邕邕群鳴（向曰螭雌龍也鳳背上文曰德牧腹下文曰德邕邕聲也）陽魚騰躍奮翼振鱗（翰曰魚者陰陰之陽也）漻𣹢蓼蔓草芳苓（良曰漻𣹢草在水中皃蓼蓼蔓芳苓皆水草名）女桑河柳素葉紫莖（濟曰女桑河柳皆木名）松柏豫章條上造天（銑曰豫章亦木名造至也）梧桐并閭極

望成林向曰梧桐并櫚皆木名極窮也衆芳芬鬱亂於五風翰曰衆芳草木之香也芬鬱香氣也五風宮商角徵羽之風也從七容從容猗靡濟曰從容猶舉動也猗靡隨風皃消息陽陰消息翻覆也葉有陽面陰面也列坐縱酒蕩樂娛心景春佐酒杜連理音良曰景春縱橫之術者佐酒助飲也杜連即田連善鼓琴者理音謂理其琴音也滋味雜陳肴糅錯該銑曰陳列也肴肉也糅錯皆雜也該備也練色娛目流聲悅耳向曰練選也於是乃發激楚之結風揚鄭衛之皓樂翰曰激楚結風皆歌曲名鄭衛二國名皓樂善倡也使西施徵舒陽文段干吳娃佳閭娵足傅予與之徒濟曰皆美婦人雜裾垂髾所交目窕心與良曰裾衣也髾髻也美目窈窕心與心相許也揄俞流波雜杜若蒙清塵被蘭澤嬿宴服而御銑曰揄引也謂目之光若引水之波杜若香草也其衣之香與此相雜望其氣如蒙霧清塵覽其髮如被沐蘭澤也蘭澤以蘭漬膏者也嬿好御侍也此亦天下之靡麗皓侈廣博之樂也太子能彊起而游之乎太子曰僕病未能也向曰靡美也皓明侈盛也博亦廣也

客曰將爲太子馴騏驥之馬駕飛軨零之輿翰曰馴擾也騏驥馬名飛軨輕輿也乘牡莫后駿之乘右夏服之勁箭左烏號之雕弓濟曰夏服箭名烏號弓名勁堅也雕鏤也遊涉乎雲林周馳乎蘭澤弭節乎江潯良曰雲林雲夢澤也蘭澤澤中生蘭也弭節低志徐行也江潯江畔渚也掩青蘋遊清風陶陽氣蕩春心銑曰掩蔽也蘋大萍也遊向也恐鳥獸聞故逆風行也陶暢也蕩動也逐狡獸集輕禽於是極犬馬之才困野獸之足窮相御之智巧向曰狡輕捷疾也相謂相馬者御謂御車者恐虎豹慴之涉鷙質二鳥逐馬鳴鑣魚跨麋角翰曰慴驚也鷙鷹鷂之類鑣馬銜也言行急故銜鳴也魚跨謂入於水麋角謂投其角而發之履游麕居蘭蹈踐麖京鹿汗流沫墜冤於袁伏陵窘寄殞反濟曰麕麖皆獸名履游蹈踐所著者皆汗流沫墜於地冤窘陵侵迫也無創而死者固足充後乘矣此校獵之至壯也太子能彊起游之乎太子曰僕病

未能也然陽氣見於眉宇之間侵淫而上幾平滿大宅良曰陽氣喜色也眉宇眉額間也侵淫漸進皃幾近也大宅謂面也客見太子有悅色也遂推而進之曰冥火薄天兵車雷運銑曰冥遠也謂燒火四遠而至也雷運取其猛速旌旗偃蹇羽旄肅紛向曰偃蹇高皃羽鳥羽也旄旄牛尾執以指麾者肅紛持旄皃馳騁角逐慕味爭先翰曰角競味美也徼古堯墨廣博望之有圻翰曰徼墨謂燒田之墨廣博寬大皃圻界也純粹荀翠全犧獻之公門濟曰純粹美好不雜也體完曰全色純曰犧公門諸侯之門太子曰善願復聞之

客曰未既也於是榛仕臻林深澤煙雲闇漠兕

虎並作向曰木叢曰榛闇漠不明也兒兕亦猛獸名作起也毅武孔
猛袒但裼身薄先歷翰曰毅嚴孔甚也袒裼肉袒也身薄空手執獸白
刃磑磑五哀矛戟交錯濟曰刃兵也磑磑白色矛謂也交錯言多也
收獲掌功賞賜金帛良曰多收獲者掌主記其功而與金帛掩
蘋肆若為牧人席銑曰掩蘋肆陳也周禮有蘋若牧人藏言蘋陳青蘋杜若
之草為牧人之席旨酒嘉肴羞炰膾灸古外以御賓
客銑曰旨美也嘉善也肴肉也羞食也炰合毛燒者也膾生肉也御食之也涌觴
並起動心驚耳誠必不悔決絕以諾貞信之
色形于金石高歌陳唱萬歲無斁翰曰涌觴言滿於器也並起言多也動心驚耳言非常所聞見者也誠必不悔不可卷也決絕以諾重之至也斁厭也
也貞信形於金石感之深也斁厭也此真太子之所喜也能彊
起遊之乎太子曰僕甚願從直恐為諸大夫
之累去耳然有起色矣濟曰敬於客故謂之大夫恐已之病為人之累

客曰將以八月之望與諸侯遠方交遊兄弟
並往觀濤乎廣陵之曲江良曰望十六日月相望也廣陵地名
至則未見濤之形也徒觀水力之所到則
卹思律然足以駭矣銑曰卹然驚貌駭驚也觀其所駕軼逸
者所擢拔者所揚汨于筆者所溫汾者所滌汔
者向曰駕軼陵過也擢拔起也揚汨乞上疾度也溫汾結聚也滌汔蕩也雖有

心略辭給固未能縷形其所由然也翰曰心略心計也辭給辯士也縷形謂說其由言如此之多端人亦不可
怳兮忽兮聊兮慄兮混汩汩兮濟曰怳忽聊慄戰懼皃混汩汩相合
之疾流皃皆言濤形而類於此忽兮慌兮俶兮儻兮浩瀇
瀁兮慌曠曠兮翰曰忽慌廣遠皃俶儻浩瀇瀁大皃湛深廣皃
乎胡廣虛而行皃秉意乎南山通望乎東海虹去洞兮
蒼天極慮乎崖涘良曰言濤之秉意將南與山相接東與海相望也陵於虹洞相連皃言若天與海相連不能入其盡思盡慮於山崖海涘矣
者相繞思至極無窮歸神日母銑曰流攬周流博攬也然後歸至於日出之處日母者也
汨于筆乘流而下降兮或不知其所止良曰
陽之母

也汨或紛紜其流折兮忽繆往而不來翰曰
紛紜沸皃折曲往猶往也繆似
而臨朱汜而遠逝兮中虛煩
而益怠莫離散而發曙兮內存心而自持良曰
朱汜南方水涯也思濤之形使人中心虛煩益於疲怠不能離散至于天明然後存心自
持止其所思於是澡概胸中灑練五藏澹澉徒監
手足頮濯髮齒揄弃恬怠輸寫淟濁聽典
濁分決狐疑發皇耳目銑曰澡概灑練澹澉頮濯皆盥滌也恬安
怠漫也淟濁垢也皇明也當是之時雖有淹病滯疾猶
將伸傴起躄發瞽披聾而觀望之也向曰
傴曲也躄不能行者也況直眇小煩懣莫本醒醲病酒之

徒哉（翰曰眇亦小也懣悶也醒醲中酒也）故曰發蒙解惑不足以言也（濟曰蒙不明也）太子曰善然則濤何氣哉客曰不記也然聞於師曰似神而非者三疾雷聞百里江水逆流海水上潮（良曰此一也言如疾雷之聲聞於百里）山出內雲日夜不止（銑曰此二也其形又不如山之出雲氣爾）衍溢漂（匹妙）疾波涌而濤起（向曰其三也衍溢平滿皃漂疾急流貌然後涌而濤起）其始起也淋淋焉若白鷺之下翔（翰曰淋淋波之聲）其少進也浩浩溰溰（五哀）如素車白馬帷蓋之張（濟曰浩浩溰溰波白而高皃）其波涌而雲亂擾擾焉如三軍之騰裝（良曰言如雲氣之亂又如三軍之裝束也）

選十七　二十七

其旁作而奔起也飄飄焉如輕車之勒兵六駕蛟龍附從太白（銑曰旁作橫出也勒兵習兵也六駕駕六龍也太白河伯）純馳浩蜺前後駱驛（向曰純專浩大也言似專融大蜺駱驛不絕也）顒顒（愚恭）卬卬（昂）椐椐（居）彊彊莘莘（所臻）將將（七將反翰曰顒顒卬卬高大皃椐椐彊彊相連皃莘莘將將相激皃）壁壘重（平）堅雜沓似軍行（濟曰言似軍營壁壘重而且堅雜沓衆盛皃軍行如軍之行列）訇（呼宏）隱匈（上）磕（苦蓋）軋（烏黠）盤涌裔原不可當（良曰訇隱匈磕皆大聲也軋盤涌裔皆沸騰也原其形勢盛不可當）觀其兩傍則滂（普忙）渤怫（扶勿）鬱闇漠感突上擊下律（盧骨）有似勇壯之卒突怒而無畏（銑曰兩傍謂濤之兩邊也滂渤怫鬱怒激皃闇漠感突起皃似勇卒之無畏也）（衝）

蹈壁衝津窮曲隨隈踰岸出追（都回）遇者死當者壞（向曰壁深岸也津渡處也隈亦內也踰過也追高皃也）初發乎或圍之津涯荄（該）軫（真忍）谷分迴翔青篾（莫結）銜枚檀桓（翰曰或圍津名荄龐也軫隱也言如山龐之相隱如川谷之區分青篾檀桓皆地名迴翔謂旋流也銜枚謂無聲）弭節伍子之山通厲胥母之場（翰曰弭節低志徐行也海畔山有子胥祠故名焉通厲上於高也胥母地名）陵赤岸篲扶桑橫奔似雷行（良曰陵上也赤岸地名篲埽也扶桑日出處其奔勢如雷之行）誠奮厥武如振如怒沌沌（徒本）渾渾（胡本）狀如奔馬（銑曰誠如奮其武勢也沌渾盛流皃）混混（胡本）庉庉（徒本）聲如雷

選十七　三十八

鼓（向曰混庉流聲也）發怒庢（底）沓清升踰跇（余滯反翰曰發怒激涌也庢止也沓合也清升澄上皃踰跇遠跳也）侯波奮振合戰於藉藉之口（濟曰侯波陽侯之波也藉藉地名合戰謂波相鬭也）鳥不及飛魚不及迴獸不及走（良曰言濤之急）紛紛翼翼波涌雲亂（銑曰紛紛翼翼交錯皃又如雲之亂飛也）蕩取南山背擊北岸覆虧丘陵平夷西畔（向曰蕩取散上也背迴也覆虧蔽沒也平夷滿溢也）險險戲戲（許宜）崩壞陂池決勝乃罷（翰曰險戲危皃陂池皆為之崩壞所衝擊也無不決勝乃罷而長遊也）瀄（側筆）汩（于筆）潺湲披揚流灑橫暴之極魚鼈失勢顛倒偃側沋沋（尤）湲湲（爰）蒲伏連延也（濟曰瀄汩潺湲皆）

流皃或飛或揚淩儷爲纍之拯矣沆沆淩後皆聲也蒲伏連延魚鱉起伏不絶之皃
物怪疑不可勝言直使人踣焉洄闇悽
愴焉 良曰踣前伏也洄闇悽愴焉不躬也由此故悽愴焉 此天下怪異詭
觀也太子既能彊起觀之乎太子曰僕病未
能也
客曰將爲太子奏方術之士有資略者 銑曰奏進也資用也啓智暫也
若莊周魏牟楊朱墨翟便蜎詹何之倫 向曰六者皆辯士也 使之論天下之精微理萬
物之是非孔老覽觀孟子持籌而筭之萬不
失一 翰曰孔老孔子老子孟子也筭謂筭精微之理 此亦天下要
言妙道也太子豈欲聞之乎於是太子據几
而起曰渙乎一聽聖人辯士之言涊然汗
出霍然病已 濟曰渙明也涊汗出疾皃已止也

七啓八首 并序　曹子建

良曰啓開也發天下令歸正道故託言賢人在山林待明君而後出

昔枚乘作七發傅毅作七激張衡作
七辯崔駰作七依辭各美麗余有
慕之焉遂作七啓并命王粲作焉
玄微子隱居大荒之庭 銑曰假立玄微以爲精微之人以爲隱居大荒曰

渾沌未分萬物紛錯與道俱隆 翰曰太極天地之前本混沌爲一氣也紛錯言相亞而生也 蓋有形必朽有跡必窮
芒芒元氣誰知其終 濟曰芒芒廣大皃元氣一氣也言若以獨運周而復始誰知其終乎 名穢我身位累我躬竊慕
古人之所志仰莊老之遺風假靈龜以託喻
寧掉尾於塗中 良曰古人謂高尚者也莊子釣於濮水楚王使二大夫往焉曰願以境內累矣莊子曰楚有神龜三千歲矣王巾笥而藏之廟堂之上此龜者寧其死留骨而貴乎寧其生曳尾塗中乎二大夫曰寧生曳尾塗中莊子曰往矣吾將曳尾於塗中矣
鏡機子曰夫辯言之豔能使窮澤生
流枯木發榮庶感靈而激神況近在乎人情
僕將爲吾子說游觀之至娛演聲色之妖靡
論變巧之至妙敷道德之弘麗願聞之乎 銑曰豔美也窮亦祐也妖好靡妙敷布弘大也
玄微子曰吾子整身傲
世探隱拯沈不遠遐路幸見光臨將敬滌耳
以聽玄音 向曰拯救也不遠遐路不以遐遠爲遠也滌洗也玄音者敬也
鏡機子曰芳菰精稗霜蓄露葵 銑曰菰草名稗蒲名其實如細米可以爲飯蓄菜名此物鮮美宜於霜露之時 玄熊素膚肥豢
膿肌 濟曰素膚白也豢養也膿肌肥也 蟬翼之割剖
纖析 先微累如疊縠離若散雪輕隨風飛
刃不轉切 良曰皆割切之細薄也縠紗也刃刀也 山鵽斥 鵽丁刮

（月所入之地寄遠以言之）飛遯離俗，澄神定靈，（向曰飛遯易卦也取其隱遯之義爾）輕祿傲（五到）貴，與物無營，耽虛好靜，羨此永生，獨馳思乎天雲之際，無物象而能傾。（翰曰求也雲際言高也萬物之象不可傾動於心言執情定矣）於是鏡機子聞而將往說焉。（濟曰鏡機言能鏡照幾微之事亦假立以應之）駕超野之駟，乘追風之輿，（良曰超然追風言其疾也）經迥漠，出幽墟，入乎泱漭之野，遂屆玄微子之所居。（銑曰迥漠幽墟皆遠方之地泱漭廣大也屆至也）其居也，左激水，右高岑，背洞壑，對芳林。（向曰激急洞深也）冠皮弁，被文裘，（翰曰皮弁皮冠文裘鹿裘也）出山岫之潛穴，倚峻巖而

選十七　四十

嬉遊，志飄飄焉，嶢嶢（堯）焉，似若狹六合而隘（烏賣）九州，（翰曰岫山穴也潛深也飄飄遠皃嶢嶢高皃）若將飛而未逝，若舉翼而中留。於是鏡機子攀葛藟（累）而登，距巖而立，（濟曰葛藟蔓草名距倚也）順風而稱曰：予聞君子不遯俗而遺名，智士不背世而滅勲。今吾子棄道藝之華，遺仁義之英，耗精神乎虛廓，廢人事之紀經，（良曰耗費廓空也紀經常理也）譬若畫形於無象，造響於無聲，（銑曰識其為物生情獨守異見）未之思乎何所規之不通也。玄微子俯而應之曰：嘻！有是言乎？（向曰嘻歎聲也有是言者重問之）夫太極之初，渾

娛（晏）珠翠之珎，（銑曰山鵽斥鷃皆鳥名珠之珎蚌肉及翠鳥肉以為珎）（好也珠生於蚌）搴芳蓮之巢龜，膾西海之飛鱗，（向曰搴取也有神龜在江南嘉林中常巢於芳蓮之上文鱗魚每夜從東海飛向西海也鮮則魚也）臛（呼各）江東之潛鼉（徒何），臇（子兗）漢南之鳴鶉（常倫），（翰曰江東漢南鼉鶉之所出也臛臇小臛也）糅（女又）以芳酸，甘和既醇，（濟曰糅雜也醇美也）玄冥適鹹，蓐收調辛，（良曰孟冬之月其神玄冥其味鹹孟秋之月其神蓐收其味辛故使調適其味也）紫蘭丹椒，施和必節，滋味既殊，遺芳射越，（銑曰蘭椒取其香也施張調和必使有節滋美射越言及遠也）乃有春清縹酒，康狄所營，應化則變，感氣而成。（向曰縹帶白色也杜康儀狄古之善作酒

選十七　四十二

者淮南子云物類相應東風至酒泛溢東方木也味酸入於酒故酢此則變也春秋說題辭云為酒據陰乃動麥陰也黍陽也先漬麴而投黍是陽得於陰而沸而乃成感矣故云感氣也）彈徵（張里）則苦發，叩宮則甘生。（翰曰月令云孟夏之月其音徵其味苦中央土其音宮其味甘故彈此二音而其味隨之而生矣）於是盛以翠樽，酌以彫觴，浮蟻鼎沸，酷烈馨香。（濟曰翠樽以翠飾樽也觴酒器亦彫飾之酒初開其浮蟻如鼎之沸也酷烈香氣盛）可以和神，可以娛腸，此肴饌之妙也。子能從我而食之乎？玄微子曰：予甘藜藿，未暇此食也。（良曰甘美也藜藿賤菜布衣之所食）鏡機子曰：步光之劒，華藻繁縟（音辱），（銑曰步光越王之劒）

也其光可照數步華藻上文也繁縟彩色也飾以文犀彫以翠綠
綴以驪龍之珠錯以荊山之玉向曰文犀犀角有文章者
又形飾翠綠二色於上驪龍頷有千金之珠也荊山出美玉皆取以飾劎也理玉曰錯
陸斷犀象未足稱雋隨波截鴻水不漸刃子廉
翰曰言劎之利也犀象之獸其皮堅漸濕也九旒之冕散耀垂文
華組之纓從風紛紜濟曰周禮上公之冕九旒組綬類纓冠者也紛紜盛貌
佩則結綠懸黎寶之妙微符采照爛流景揚輝
良曰結綠懸黎宋之寶符采光也照爛明盛也景暉皆光也黼黻之
服紗縠之裳金華之舄動趾遺光繁飾參
銑曰黼黻服之文也縠亦紗類舄履也以金為華而飾之趾足差微鮮若霜

選十七　四十三

遺餘也參差相雜也微鮮明如霜之絜白也緄佩綢繆或彫或
錯琢玉故薰以幽若流芳肆布向曰緄織帶也綢繆綠交連也彫錯謂
為文章幽若杜若也幽蘭肆陳也雍容閑步周旋馳曜南威
為之解顏西施為之巧笑翰曰雍容美皃閑雅也融曜生光也
南威西施皆美婦人此容飾之妙也子能從我而服之
乎玄微子曰予好毛褐未暇此服也濟曰毛褐皮布也
也
鏡機子曰馳騁足用蕩思去遊獵可以娛情
僕將為吾子駕雲龍之飛駟飾玉輅之繁盤
纓良曰蕩散也雲龍飛駟以龍馬駕也玉輅以玉飾車繁纓馬飾垂宛於元宗工

之長綏而隹抗招搖之華旍銑曰綏車上所執者也虹曲如虹之
狀也抗舉也招搖旗名華旍捷忘歸之矢秉繁弱之弓向曰忘歸
箭名繁弱弓名忽躡景而輕騖逸奔驥而超遺風翰曰
躡景言步日景也輕疾驚馳逸奔皆遒也遺風皆良馬名於是磎填谷
塞榛藪平夷緣山置罝彌野張罘下無漏
跡上無逸飛鳥集獸屯然後會圍濟曰大澤
水曰藪夷亦平也罝罘皆網也彌遍也遺逸也會合也獠徒雲布武騎
霧散丹旗燿野戈殳皓旰良曰獠徒獵人也雲布
霧散言多也燿照也戈殳皆兵器也皓旰白色也曳文狐揜狡兔捎
鸇鷂銑曰文狐狐有大者狡兔善走捎取也鸇鷂
鵰鶡霜拂振鷺也

選十七　四十四

皆鳥名猶當軌見藉值足遇踐向曰藉躐也飛
軒電逝獸隨輪轉翰曰飛軒輕車也電逝言疾也隨輪言驅迫之甚輕
翼不暇張足不及騰動觸飛鋒舉挂畢
濟曰雚運也飛鋒罥網也搜林索險探薄窮阻
騰山赴壑風厲猋舉機不虛發中必飲羽
銑曰搜索皆求也草木叢生曰薄言如風火之速也機弩也飲上羽也
言於於是人稠網密地逼勢脅哮呼
之獸張牙奮鬣志在觸突猛氣不慴反之
曰迫也哮闞怒皃乃使北宮東郭之疇生
拉貔豹分裂貙豻肩形不抗手骨不隱拳批

熊碎掌拉虎摧斑野無毛類林無羽羣積獸如陵飛翮成雲翰曰北宮東郭皆勇者名抗曀類也貔亦猛獸名當亦批擊也掌熊掌也拉摺也班虎文也言多毛類獸也羽羣鳥也獸疊如陵翮落如雲言多也於是駭鍾鳴鼓收旌弛旆頓綱縱網罷獠迴邁駿騄齊驤揚鑾飛沫俯撫金較角翠蓋雍容暇豫娛志方外濟曰獸鳴弛解也頓徹也夫也綱亦網也獠獵也邁行也駿騄皆良馬也鑾車上鈴也行疾而馬口中飛沫也較車横木以金飾之翠蓋以翠羽飾之蕪猶也此羽獵之妙也子能從我而觀之乎玄微子曰余性樂恬靜未暇此觀也

選十七　四十五

鏡機子曰閑宮顯敞雲屋晧旰崇景山之高基迎清風而立觀去聲良曰閑大敞高也雲屋高如雲也晧旰明皃崇重景大也取其虛涼也觀樓閣之類逈風形軒紫柱文榱衰華梁綺井含葩金墀玉廂銑曰形赤色軒欄檻也榱椽也皆飾以文華又於屋間為井形中有蓮花下垂之也葩花也墀塗地也廂房也皆以金玉飾之溫房則冬服絺綌清室則中夏含霜向曰絺綌皆葛也言房溫故服之含霜言室涼也華閣緣雲飛陛陵虛俯視流星仰觀八隅升龍攀而不逮眇天際而高居翰曰緣雲陵虛言高也飛陛閣道也又謂閣高俯視流星在八隅八方也升龍飛龍也攀不逮亦謂高眇遠皃繁巧神怪變容異形班輸

無所措其斧斤離婁為之失精濟曰繁巧怪異也班輸魯國公輸班巧者也離婁明目者也無所措斧斤失其目精言妙細之甚也羣草交植殊品詭類綠葉朱榮熙天曜日良曰草麗芳草也植種也詭異也熙照也曜日言樹之光明照天日也素水盈沼叢木成林於是飛翮陵高鱗甲隱深銑曰翮飛鳥也鱗甲水族也逍遙暇豫忽若忘歸乃使任子垂釣魏氏發機向曰任子任公子善釣者魏氏善射者機弩牙也芳餌沈水輕繳酌弋翼飛落翳雲之翔鳥援九淵之靈龜然後采菱華擢水蘋翰曰餌釣食也繳弋射也翳雲言高也援引也淵深也弄珠蚌戲鮫人濟曰菱蘋皆水草也擢拔也蚌生珠者水蟲也鮫人水居者

選十七　四十六

諷漢廣之所詠觀游女於水濱良曰詩序云漢廣德廣所及也詩云漢有游女不可求思諷誦也燿神景於中沚被輕縠之纖羅遺芳烈而靖步抗皓手而清歌銑曰神景則游女之光也沚小渚也靖安也皓素也縠紗類纖細也烈香盛也歌曰望雲際兮有好仇天路長兮往無由佩蘭蕙兮為誰脩嬿婉絕兮我心愁良曰仇匹也蘭蕙香草也嬿婉美皃言遠望靈仙欲與為匹無由致之佩服香草將謂誰脩飾也美皃隔絕故使心憂此宮館之妙也子能從而居之乎玄微子曰予耽巖穴未暇此居也

鏡機子曰既游觀中原逍遙閑宮情放志蕩

溱樂未終，亦將有才人妙妓，遺世越俗，揚北
里之流聲，紹陽阿之妙曲。翰曰：才人，才能之人。妙妓，謂女樂也。
北里，紂樂也。紹，繼也。陽阿，曲名。爾乃御文軒，臨彤庭，琴瑟交
彈，左竽右笙，鍾鼓俱振，簫管齊鳴。濟曰稱還也文
軒飾爲文彩也。彤庭，以丹漆飾庭也。揮，動也。竽，管也。振，舉也。然後姣人
乃被文穀之華袿，振輕綺之飄颻，戴金搖
之熠燿，揚翠羽之雙翹。良曰：姣，美也。文穀，紗類。華袿，婦人
上服。綺羅類。飄颻，飛揚皃。金搖，釵也。熠燿，光色也。又飾以翡翠之羽於上翹華也。揮
流芳，耀飛文，歷盤鼓，煥縟組，長袖隨風，悲歌
入雲。銑曰：揮，奮也。耀，照也。飛文，謂光相照也。盤鼓，曲名。煥，明也。縟組，盛皃。袖，裾也。入

雲，言清徵也。蹻捷若飛，蹈虛遠蹠，陵躍超驤，蜿
於遠。蟬時闇揮霍。向曰：皆舞皃。踏，輕也。蹠，跳也。陵躍踊身也。騰，舉也。蜿蟬，盤屈也。
揮霍，奮迅也。翔爾鴻翥，濈然鳧沒。翰曰翻翩輕皃翥奮
飛奮迅然沉皃。縱輕體以迅赴，景追形而不逮。濟曰：
言迴之疾也。景，影。逮，及也。飛聲激塵，依違厲響，才捷若神，
形難爲象。良曰：激，飄也。言善歌飛聲飄起梁塵。依違，乍合乍離也。厲，盛也。捷，疾
也。若神，謂妙也。象，比也。於是爲歡未渫，白日西頹，散樂
變飾，微步中閨。銑曰：渫，猶盡也。變飾，改服也。微步，緩步也。玄眉弛
兮鉛華落，收亂髮兮拂蘭澤，形媠服兮
揚幽若。向曰：弛，廢也。鉛，謂粉也。精，好也。幽若，猶蘭杜若香草也。言美人歌聲既畢，

粉黛微落，乃復整理鬟鬢，拂塗蘭膏，衣以好服，揚其芬芳。紅顏既笑，睇眄
流光，時與吾子，攜手同行。翰曰：睇眄，皆視也。流光，生光彩也。吾
子，謂玄微子。行，列也。踐飛除，即閑房，華燭爛，幄幙張，動
朱脣，發清商，揚羅袂，振華裳，九秋之夕，爲歡
未央。濟曰：踐，履也。飛除，高階也。即，就也。清商，歌秋聲也。振，舉也。華，文彩也。央，窮也。
此聲色之妙也，子能從我而遊之乎？玄微子
曰：予願清虛，未暇此遊也。
鏡機子曰：予聞君子樂奮節以顯義，烈士甘
危軀以成仁，是以雄俊之徒，交黨結倫，重氣
輕命，感分遺身。故田光伏劍於北燕，公叔畢

命於西秦。良曰：燕太子謂田光曰：丹所言，國之大事，願先生勿泄。光曰：諾。退見
荊軻曰：吾聞長者爲行，不使人疑。今太子疑光。遂自殺以激軻也。公叔，書傳所不載，或云
荊軻字公叔，刺秦王不中而死，故云畢命。果毅輕斷，虎步谷風，威
慴萬乘，華夏稱雄。辭未及終，而玄微子曰：善。
銑曰：果毅，謂威勇也。其倫黨相應，如風虎之相應。慴，懼也。萬乘，天子也。華夏，中國矣。
鏡機子曰：此乃遊俠之徒耳，未足稱妙也。若
夫田文無忌之儔，乃上古之俊公子也。向曰：田文，
齊公子孟嘗君也。魏無忌，魏公子信陵君者也。皆好仁義之士，門下食客三千餘人。皆
飛仁揚義，騰躍道藝，遊心無方，抗志雲際，陵
轢諸侯，驅馳當世，揮袂則九野生風，慷慨

則氣成虹蜺 去聲叶韻翰曰神妙無方也抗擧也雲際高也陵轢干犯也 當謂形要者也生風成 言盛也九野謂九州之野也 吾子若當此之
時豈能從我而友之乎玄微子曰予亮願焉
然方於大道有累 去 如何 良曰亮信也言以勢利相傾於大道
有累也如何 者復問之辭
鏡機子曰世有聖宰翼帝霸世 良曰植謂其父魏太祖者
也爲漢丞相故 云聖宰翼佐也 同量乾坤等曜日月玄化參
神與靈合契惠澤播於黎苗威靈振乎無外
向曰黎九黎也少昊九黎亂德苗三苗也舜 時三苗不循道命禹征之如此之國太祖皆
布德及之而兵威神靈震慴 無外者言盡天下無有外矣 超隆平於殷周

選十七　四十九

踵羲皇而齊泰 向曰殷周湯武之朝也踵繼 也羲皇伏羲也泰天下泰平
也 顯朝惟清王道遐均民望如草我澤如春
翰曰王道三王之道也遐遠均齊也下之望 上如草之仰雨上之惠下如春之降澤言和
之也 至 河濱無洗耳之士喬岳無巢居之民 濟曰
濱畔也喬高山也堯讓天下於許由由以 爲其言不善遂臨河洗耳堯時有隱士年老
常以樹爲巢而時號巢父此等之士皆我 君化盡已仕矣故河畔高山皆無也 是
以俊乂來仕觀國之光 良曰尚書云俊乂在 官易云觀國之光皆
謂時 得賢 舉不遺才進各異方 銑曰異方 言非一方 讚典禮
於辟雍講文德於明堂 向曰辟雍天子學 也明堂布政之處 正
流俗之華說綜孔氏之舊章 翰曰華說謂不 實者也綜理也

孔子刪定詩書 禮樂故云舊章 散樂移風國靜民康 濟曰康 安也
神應休臻屢獲嘉祥 良曰休美臻至 嘉善祥瑞也 故甘露
紛而晨降景星宵而舒光 銑曰甘露景星皆 瑞應也紛盛皃晨
朝宵夜 舒發也 觀游龍於神淵聆鳴鳳於高岡 向曰 游龍
鳴鳳亦瑞應也 聆聽也岡山脊 此霸道之至隆而雍熙之盛
際 翰曰雍 熙廣也 和 然主上猶尚以沈恩之未廣懼
聲教之未厲 濟曰沈深 厲高也 采英奇於仄陋宣皇
明於巖穴 良曰英奇皆賢才也皇明 天子之詔也仄陋幽處 此甯子
商歌之秋而呂望所以投綸而逝也 銑曰甯 戚爲商
歌以干齊桓公呂望釣於渭水之陽 周文王載之所以歸也綸即釣綸也 吾子爲

選十七　五十

太和之民不欲仕陶唐之世乎 向曰吾子謂 玄微子也太
和太平也陶唐堯舜是 也不欲仕者問辭也 於是玄微子攘袂而
興曰偉哉言乎 翰曰攘袂宣 袖也偉美也 近者吾子所述
華淫欲以厲我祇攪吾子心 濟曰攪 亂也 至聞天
下穆清明君莅國覽盈虛之正義知頑素之
迷惑 良曰穆和也莅臨也 盈實也頑素自謙也 令予廓爾身輕若
飛願反初服從子而歸 銑曰廓開悟皃 初服未隱居時服

文選卷第十七

文選卷第十八

梁昭明太子撰　五臣注

七下　張景陽七命八首

詔　漢武帝詔一首

賢良詔一首

册　潘元茂魏王九錫文一首

令　任彥升宣德皇后令一首

教　傅季友為宋公脩張良廟教一首

脩楚元王墓教一首

策秀才文　王元長永明九年策秀才文五首

永明十一年策秀才文五首

任彥昇天監三年策秀才文二首

七命八首　張景陽

張協字景陽，載之中弟，西晉仕至中書郎，河間內史。

沖漠公子含華隱曜，嘉遯龍盤，越世高蹈。向曰：沖漠，幽寂也。公子蓋假言之，以爲問荅。其含華美之德，潛隱其光曜也。良曰：嘉，善；遯，避也。公子善守其德，以避人世，如龍盤山川之中，人莫之知，越時俗以習高跡也。游心於浩然，玩志乎衆妙。銑曰：浩然，大道之氣也。玩，習也。衆妙，謂大道之門。絕景乎大荒之遐阻，吞響乎幽山之窮奧。濟曰：絕，滅；景，影；遐，遠；窮，極；奧，深也。謂公子滅跡於大荒遠阻之地，吞其聲響於幽山極深之處，使人不見不聞也。於是徇華大夫聞而造焉。濟曰：徇，求；造，就也。假立此求華大夫聞沖漠公子，就而謁焉。乃整雲輅，驂飛黃，良曰：輅，車也。驂，駕也。飛黃，神馬也。求華大夫乘此車馬，往沖漠之所。越奔沙，輾流霜，銑曰：越，過；奔，流也。流沙，北地，寒常多霜，故車輾之。轢行流飛也。陵扶搖之風，躡堅冰之津。向曰：陵，乘虛而行。躡，以足躡行也。堅冰之津，謂寒處。旌拂霄堮，軌出蒼垠。翰曰：旌，旗也。乘空而行，故旌旗拂於雲霄之崖。車跡出於蒼天之畔。堮，崖也。軌，跡也。垠，畔也。天清泠而無霞，野曠朗而無塵。濟曰：泠，晴也。故無霞也。曠，遠；朗，明也。無人居，故無塵也。臨重岫而攬轡，顧石室而迴輪。良曰：重岫、石室，皆所行歷險阻之處。攬轡、迴輪，皆求華大夫之車馬也。

居也。崢嶸幽藹，蕭瑟虛玄。向曰：崢嶸、幽藹，深貌。蕭瑟、虛玄，靜貌。溟海渾濩涌其後，胡本、胡郭。嶰谷嶆𡾋張其前。向曰：溟海，海名。渾濩，水涌聲也。嶰谷，山名。嶆𡾋，險貌。張，列也。尋竹竦莖，蔭其壑；百籟群鳴，籠其山。良曰：尋，長；竦，立；莖，蔭其水也。谷謂長立。百籟，謂林木孔穴激風成聲者，及鳥獸之類，群鳴皆聾聒於山中也。衝飆發而迴日，飛礫起而灑天。翰曰：衝飆，急風也。此風忽發，故能迴日光，使卻行也。飛礫，石因此風而起，激拂於天。於是登絕巘，遡長風，陳辯惑之辭，命公子於巖中。銑曰：絕巘，高山也。遡，向也。求華大夫陳分辯疑惑之辭，命沖漠公子於巖穴之下，乃與之言。曰：蓋聞聖人不卷道而背時，智士不遺身而匿跡，

正　宗

向曰不卷藏其道以背於時君不遷弃其身而隱匿名跡　生必耀華名於
王牒殁則勒洪伐於金冊　翰曰玉牒金冊并國史也殁死勒記
洪大伐功也謂生必須垂名記功於史冊以示天下傳於後代也　今公子違
世陸沈避地獨竄　濟曰避代自隱曰陸沈竄藏也　有生之歡
滅資父之義　良曰平生歡娛之道滅而君臣之義廢失資於事父以事
君　愁洽百年苦溢千歲　翰曰愁心多於百年苦思盈溢於千歲洽猶多也
何異促鱗之游汀濘寧　短羽之棲翳薈
烏會反　翰曰促鱗小魚也汀濘小水也短羽小鳥之棲於蒿草　今將榮子以天
人之大寶悅子以縱性之至娛　向曰天人之大寶謂富貴
娛謂聲色滋味也縱性之至樂華也　窮地而游中天而居　良曰所游
處大所居處處所也　傾四海之歡殫九州之腴　翰曰傾盡天下
所樂膏腴之美盡悅之也殫盡也　鑽屈轂之竅　護　解跡屬玉市
之拘子欲之乎　向曰齊有田仲者屈轂見之謂仲曰轂有大瓠堅如石
厚而無竅無可以救之仲曰堅如石不可剖也厚而無竅不可以受之吾無用此也今大夫
公子入仕鼓君如贊之聚殺之以其使用也喻以大夫之才而無所用也
中今公子自苦於深隱之地而大布衣於帝加以桎梏致其於疏屬之山昔
貴及於公子亦如此疏屬之拘桎梏也
之問於公子謂　公子曰大夫不遺來萃荒外錯
在不敬聽嘉話　濟曰大夫不遺弃下快反　不材來集
敬聽嘉話也　萃集來說雖不達敬聽嘉話也
大夫曰寒山之桐出自太冥　翰曰太冥北方　含黄鍾

山　洞

以吐幹橡蒼岑而孤生　銑曰黄鍾音律之長也幹枝也蒼岑山
也　既乃瓊巘嶒崚　金岸崥崹　嵯峨
王山也金岸岸之生金者嶒崚崥崹陵高皃　右當風谷左臨雲谿
良曰風所生之谷雲所出之谿　上無陵虛之巢下無跖石之實
之蹊　翰曰跖蹋蹊路也上無飛鳥之巢下無跖石之路謂險極　操刖月峻
挺茗　莫冷　邈茗嶢　濟曰刖危也峻高也挺出也茗邈茗嶢遠高皃　睎
三春之溢露遡九秋之鳴颷　銑曰睎乾颷風也謂根木向
之葉春露既乾向秋颷風　零雪寫其根霜封其條　向曰零落
也根謂桐根也封著也　木既繁而後綠草未淬而先凋
向曰謂衆木既繁而桐木猶未綠秋草未衰而枝葉先凋素謂衰也　於是構雲
梯陟峥嶸　翰曰梯也陟升也峥嶸高貌　翦靈寶之陽柯剖
大吕之陰莖　銑曰翦伐也靈寶仙夏陽時也大吕仲冬陰時也陰莖合陽用也
琴也　營匠斲其樸伶倫均其聲　銑曰營匠人也伶倫古匠
之善音者　器畢樂奏促調高張　翰曰器畢謂琴成也高張請調音
朗　號鍾韻清繞梁　濟曰號鍾繞梁並琴名也朗情者謂勝於此二琴也
追逸響於八風采奇律於歸昌　良曰八風八方之風歸昌鳳鳴也
啓中黃之少宮發蓐收之變商　濟曰中黃黃帝
也蓐收秋神也黃帝聲佐之以少宮之音秋神聲佐之商音如臣佐君也　若乃龍
火西頹暄氣初收　良曰龍火大星秋則西南見也　飛霜迎節
高風送秋　翰曰節氣遷改君迎秋也　羇旅懷土之徒流宕

禪　春

百罹之疇向曰悵士謂思歸也流宕謂遠遊百罹憂也撫促柱則酸鼻揮危絃則涕流銑曰柱軫也撫而促之使急也酸鼻鼻中悲酸也揮彈也危高也若乃追清哇赴嚴節銑曰清哇謡聲也赴疾鼓曰嚴節奏綠水吐白雪激楚迴流風結翰曰綠水白雪琴曲名激楚流風歌曲名迴謂聲之迴還也結謂聲繁也悲蓂莢之朝落悼望舒之夕缺翰曰蓂莢草日生一葉至十六日後日落一葉至月終則盡月小餘一葉望舒月也十五日已後則缺皆悼歲月之易往也嫈嫠為之擗摽避辟孀老為之嗚咽向曰嫈嫠孤獨人也孀寡婦也此孤獨寡若之人聞此琴則驚心悲咽也擗摽驚心也嗚咽悲也王子拂纓而傾耳六馬噓天而仰秣銑曰王子仙人也拂其衣纓傾耳來聽伯牙鼓琴六馬仰秣謂噓者開口鼻也仰秣者有草而不食仰首而聽曲也此蓋音曲之至妙子豈能從我而聽之乎公子曰余病未能也向曰病此事未能從大夫而聽之

選十八　五

大夫曰蘭宮祕宇彫堂綺櫳音聾良曰蘭香祕深也櫳疏也上既說琴而公子未能聽之故述此香宮深宇彫綺之飾欲以發其心也雲屏爛汗瓊璧青葱翰曰屏牖也畫之為雲爛汗文色貌瓊璧以玉飾壁青葱玉色應門八襲旋臺九重濟曰應門正南門也襲重旋曲也表以百常之闕圜以萬雉之墉向曰表立也百常高也闕樓也圜繞也墉牆也三板曰雉言百常者多也爾乃嶢榭迎風秀出中天銑曰嶢高秀特也有木曰榭翠觀岑青彫閣霞連翰曰翠色觀

什　寺

曰檐如山岑之青彫畫閣道如雲霞相連長翼臨雲飛陛陵山如鳥翼之臨雲也邑陛階道也言高如鳥邑而陵上於山望玉繩而結極承倒景而開軒濟曰玉繩星名言陛此星結構棟宇以為極標也倒景近天而下看日之處軒門也赬素炳煥枌拱嵯峨銑曰赤白之色雜於室中枌栱屋之木名炳煥光皃嵯峨高壯皃陰虬負檐陽馬承阿向曰虬龍陰物馬陽物謂刻作其象負荷檐梁之勢承接木石之曲阿曲也錯以瑤英鏤以金華翰曰鏤金玉於室宇之中美華皆謂美也方疏含秀圓井吐葩向曰疏窗也圓井謂屋內向下作井形畫以蓮花若吐於中也葩花也重殿疊起交綺對幌銑曰重為殿堂相疊而起交為綺綵以對窓幌也幽堂晝密明室夜朗良曰晝密謂深也夜明謂

選十八　六

高敞焦螟飛而生風尺蠖烏郭動而成響翰曰室之深者自生風易響應故雖焦螟微虫亦成風尺蠖小物動乃成音故其宜也若乃目厭常翫體倦帷幄携公子而雙游時娛觀於林麓濟曰翫習也倦勞也山下林曰麓登翠阜臨丹谷良曰阜小山也華草錦繁飛采星燭銑曰華草雜色如錦文繁又似星之照燭陽葉春青陰條秋綠向曰陰條謂竹柏松桂之流華實代新承意恣觀翰曰華與實更代而新承任其意恣為觀賞仰折神蘂俯采朝蘭向曰神蘂香草遡素惠風於蘅薄眷椒塗於瑤壇銑曰遡向也蘅香草也薄聚也椒亦香木種之於玉陛之道塗道也壇猶階也爾乃浮三翼戲中沚音止良曰三翼船也沚池中

物

至秋

潛鯤駭驚翰起濟曰鯤之潛魚以船而驚也翰鳥鯤魚駭驚也
沈絲結飛矰理翰曰絲網也矰弋鳥箭也挂歸翮於赤霄
之表出華鱗於紫淵之裏向曰用飛矰以弋鳥故於赤霄之外
施沈網以取魚故出於深淵之下歸翮鳥也華鱗魚也紫淵謂其深淵然也然後
縱棹隨風弭楫乘波吹孤竹撫雲和翰曰逆水上謂
故須縱棹以接風勢順流下故正揖而從流行也孤竹管也雲和琴也弭止也楫亦棹也
淵客唱淮南之曲榜人奏采菱之歌良曰淵客
榜人並行舟人也淮南采菱並曲名歌曰乘鷁舟兮為水嬉臨
芳洲兮拔靈芝銑曰鷁舟舟名婧也珊水畔芝香草戚樂以忘
戚游以卒時窮夜為日畢歲為期向曰歲晏辛終窮盡

選十八　七

也言窮樂久也此蓋宴居之浩麗子豈能從我而處
之乎濟曰宴安浩大麗美也公子曰余病未能也
大夫曰若乃白商素節月既授衣翰曰謂秋九月授衣
天凝地閉風厲霜飛翰曰天凝謂霜也地閉謂冰也厲嚴也柔
條夕勁密葉晨稀將因氣以效殺臨金郊而
講師銑曰木之柔條至秋則成勁密葉遇於風霜日見稀也因氣殺言獵也金郊
西郊也講師謂講武鼓戰也爾乃列輕武整戎剛建雲髦
啟雄芒向曰輕武車名戎剛兵之剛猛者建立啟開也雲髦旌旗之屬雄芒劍戟
之利駕紅陽之飛鷰唐公之驌驦音肅霜銑曰
紅陽唐公人也並有良馬名飛鷰驌驦也驌亦駕也拖羽隊於外林縱

輕翼於中荒濟曰屯聚也羽隊持箭者為隊伍輕翼謂鷹鷂之類爾乃
布飛羅張脩罝以陵黃岑挂青巒盡長谷以
為限帶流谿以為關翰曰羅罝網也將此網陵於黃岑挂青巒也長川
者謂山居上假黃道日行處也畫謂分長以為限界控帶流谿以為關守恐失禽也
既乃內無疏蹊外無漏跡良曰網罩既密關守已周故獸無疏
遺走之路征叩鉦數校舉麾讚徒向曰叩擊鉦鼓以數立功
校之法舉麾號令論其所獲賞罰之制以示衆人然後讚美也麾謂白旄之旌以
指揮衆者軍鼓金機鳴鏑的剛豪落勁翮
銑曰鼓張弓金機弩牙也鳴鏑箭也剛豪獸也勁翮鳥也翦落傷也連騎競鶩
驊武齊轍濟曰鶩馳並武跡也翕忽揮霍雲迴風烈

選十八　八

聲動響飛形移景發良曰並飛走亂急也景影也舉戈林
竦揮鋒電滅翰曰竦驚也電滅言疾也仰傾雲巢俯殫地
穴向曰雲巢高巢也殫盡鳥獸也地穴獸居處謂傾盡鳥獸也乃有圓文之斑
斑題之從音宗銑曰斑從獸名圓文者其文圓也斑斑題額也鼓
獮風生怒目電騣七容反銑曰鼓動鬐鬣風生怒目如電光也
口霜刃足撥飛鋒濟曰刃也此五皆獸與人爭鬭鼻忽林
蹶石扣跡叩末步幽叢向曰恐懼馳走急也鼻以鼻搖之謂
足過扣跛擊排也幽叢深木林也於是飛黃奮銳賁育逞
伎六子封狶音喜僨馮豕翰曰飛黃中黃賁孟賁育夏育
並古之壯勇人也皆奮起其勇逞示力伎巧也封大也僨偃也狶豕獸也拉

合麚叔挫解貔宅句古爪摧鋸牙捍北買反銑曰魁
麙解貔猛獸名既為勇士拉挫爪牙雖知句鋸之利並見摧捍者也闌漫狼藉
傾榛倒壑殞嵓疾賜挂山僵踣蒲北掩澤濟曰闌漫狼籍
言獸死者多也傾於榛林倒於溪壑落肉挂於山峯僵斃掩於川澤榛木林嵓肉也僵踣
斃也藪為毛林隰為丹薄翰曰藪澤之中禽獸之毛為林原隰之木
塗禽獸之血為薄薄亦林也丹赤也於是撤圍頓罔卷旆收鳶
音綠良曰撤去頓下也言獸已盡開去其圍頓下其網卷藏旆旗鳶為者剝鳥皮置之竿上
虞人數獸林衡計鮮向曰虞人林衡並人掌山澤官命數其所獲之
獸計其鮮者新殺日鮮論最犒苦到勤息馬韜弦向曰最謂功第
一者犒勞也勤勞韜藏也謂論其第一之功以勞其勞息馬而藏其弓弦也肴駟

連鑣酒駕方軒良曰肴膳也鑣銜也方並軒車也謂宴軍士其行膳以駟
馬連銜並車駕酒而行之千鍾電釂子曜萬燧星繁翰曰鍾酒器電
疾釂盡也燧謂爨火以知酒盡星繁言火多也陵皐霑流膏谿谷厭
芳煙良曰宰割炮炙多陵皐之閒霑流脂膏谿谷之內厭其香烟也芳香也此

歡極樂殫
迴節而旋
善本有此兩句
善曰鄭玄周禮注曰節信也行者所執之信也

亦田游之壯觀子豈能從我而為之乎公子
曰余病未能也
大夫曰楚之陽劍歐冶所營翰曰陽劍名歐冶善為劍者
營作也耶谿之鋌徒鼎赤山之精濟曰耶谿赤山並山名出銅鐵
也鋌鐵名精銅之妙者銷踰羊頭鏷葉越鍛丁亂成翰曰鑄鐵
不消以羊頭骨灰置之乃銷鏷鐵鋌也成謂濟南鍛成之劍踰越皆過也乃鍊東

乃鑠始略萬辟必亦千灌銑曰鍊鑠辟灌並鍛鑄鍛鍊之名千言多也
豐隆奮椎直追飛廉扇炭向曰豐隆雷師也奮亂也飛廉風師也使
雷師亂椎風師扇炭以鑄劍也神器化成陽文陰縵莫半向曰神器
劍也成言其若造化而成劍兩面有陰陽有文章陰則平縵之既而流綺星
連浮彩豔發翰曰流綺謂文章也星連謂精氣衡天与星連也浮彩謂色也
豔發謂光起也光如散電質如耀雪霜鍔水凝冰刃
露潔濟曰鍔鋒其利如霜其色如水寒亦冰也潔清也氣色凜凜若霜之清潔形
冠豪曹名珎巨闕銑曰豪曹巨闕並劍名也冠謂勝也珎謂重也指
鄭則三軍白首麾晉則千里流血向曰楚有寶劍晉鄭
二君求之不得乃興兵圍楚三年楚王持劍登城麾之鄭晉之軍皆白首而死者流血千

里豈徒水截蛟鴻陸洒奔駟向曰蛟龍也鴻鳥也越有宝劍
而有駕駟車奔騰者以劍指之奔駟上飛不知其極洒猶擊也斷浮翮以為
工絕重甲而稱利云爾而已哉翰曰浮翮謂鳥也工能也
絕亦斷也重甲兵之兩重亦得斷之云爾而已哉並助辭也若其靈寶則
舒辟無方奇鋒異模形震薜燭光駭風湖濟曰
薜燭風湖二人知劍者也言此劍神靈之寶舒卷不常奇模異狀乃能震動驚駭此人
辟卷也神劍者皆柔可卷而振之復可舒用之也價兼三鄉聲貴二
都翰曰越王句踐持純鈎劍以示薜燭曰有買之以市鄉二又以千戶之都可與之乎
薜燭曰雖傾城量金珠玉滿河猶不得此一物況三鄉二都何足言也言此劍價兼於彼
聲貴若此二鄉而景陽云三鄉取對二都文之失或馳名傾秦或夜

飛去吳。良曰吳王有湛盧劍而王無道劍去入水楚王得之秦王聞之求不得興師伐楚楚平不与之此乃先去吳而後傾秦者今先云秦者蓋取韻也是以
功冠萬載，威曜無窮，揮之者無前，擁之者身雄。濟曰此劍功爲万載之首威及无窮揮之則敵不敢前執之者爲雄伯也冠首擁揮抗也
可以從容服九國，橫制八戎。翰曰可以破從約之親服九國之服制御八方之戎九國楚燕趙韓魏宋衛中山也橫大也吐謂齊
爪牙景附，函夏承風。向曰爪牙猶英雄人也景影也言此劍之威天下英雄未附者皆如影之附形也函夏中夏也亦言承風而慕矣
此蓋希代之神兵。向曰劍威天下故比之神兵
子豈能從我而服之乎。公子曰余病未能也。

選十八　十一

大夫曰：天驥之駿，逸態超越。銑曰驥馬也奇逸之態超越众馬
稟氣靈淵，受精皎月。向曰靈淵淮也月精爲馬皎明也
眸莫候瞯閑黑照，玄采紺發。翰曰眸眼也瞯白睛也言眼黑白分明玄色也采黑色也紺青赤色此馬赤黑之色
沫如揮紅，汗如振血。銑曰沫口沫也揮散也紅沫色也汗流赤色如振血
秦青不能識其眾，尺方堙不能覩其若滅。濟曰秦青方堙二人名皆善相馬知其尺寸遲速众相也若滅者言良馬行疾若滅也
爾乃巾雲軒，踐朝霧。翰曰巾飾也謂馬行疾若入雲霧
越春衢，整秋御。良曰越春衢者所以遊於春時以騁其駿也秋御者御駕也所以秋乘也
蚪踊蜩騰，蛟驤龍翥。銑曰蚪螭亦龍也驤神也踊騰超翥並疾皃也
望山載奔，視林載赴。

向曰載則赴告也
氣盛怒，發星飛雷駭。濟曰駭驚也
志陵九州，勢越四海。翰曰神駿之心遠也
影不及形，塵不暇越。翰曰行疾影不及隨其形塵雖起行已去塵遠也
浮箭未移，再踐千里。翰曰浮箭謂水漏刻日時節者言刻未移已再及於千里之道
爾乃踰天垠，越地隅。向曰垠畔隅界也
過汗漫之不遊，躡章亥之未跡。銑曰汗漫能遊天者也太章竪亥亦捷行步者也言此馬行過此三人之跡
歷陽烏之頹羽，李父爲之投策。銑曰陽烏日中烏也李父鄧李父杖策能走此馬行過之故烏則下羽而李父投棄其策也頹下也
斯蓋天下之儁乘。銑曰此馬天下儁乘也
子豈能從我而御之乎。濟曰御乘也
公子曰余病未能也。

選十八　十二

大夫曰：大梁之黍，瓊山之禾。良曰大梁郡出黍瓊山出禾此將說滋味口腹也此篇所述鳥獸魚蟲之類皆謂食也
唐稷播其根，農帝嘗其華。向曰后稷主播種百穀也播布也神農帝嘗百草味將使人食之華苗也
爾乃六禽殊珍，四膳異肴。良曰六禽鴈鶉鴳雉鳩鴿也四膳四時所食各異其肉也肴肉也
窮海之錯，極陸之毛。向曰海中滋味者錯雜言多也陸毛獸也
伊公爨鼎，庖子揮刀。爨音暋　翰曰伊公伊尹也爨然也鼎爨器也庖子庖丁
味重九沸，和兼勺藥。也所以宰割肉也伊尹云五味九沸乃可食之取其熟九陽數之極勺藥五味相和也
晨鳧露鵠，霜鷄黃雀。向曰鳧鵠鷄雀皆鳥名晨晨飛露露宿霜霜飛也
貞梭星亂，方丈華錯。濟曰貞梭方丈食器也星亂華錯言

雜也多而美封熊之蹯翰音之跖之石反濟曰封大也熊獸
名蹯掌也翰音雞也跖足也鷰髀米薄猩脣髦殘象白良曰鷰鳥
也猩猩髦犛皆獸也殘謂爲猛獸所食之殘者亦猶豺殘也白謂脂也亦猶熊白也靈
淵之龜萊黃之鮐翰曰靈淵深淵也萊黃地名出鮐魚也丹穴之
鷚玄豹之胎向曰丹山之穴鳳鷚也玄豹獸名胎謂小者燀昌善以
秋橙直耕黏添以春梅向曰燀炙黏和也梅果實也其味酸以炙和撐
諸味橙秋熟梅春熟接以商王之箸直慮承以帝辛之杯
銑曰商王即帝辛紂也用象牙爲箸玉爲杯也范公之鱗出自九
溪濟曰范蠡養魚之池中爲洲渚數有九也溪池也赬尾丹鰓
紫翼青鬐音耆翰曰赬丹赤色此說魚尾鰓翼鬐之顔色也爾乃命

選十八　十三

支離飛霜鍔紅肌綺散素膚雪落翰曰支離善割人
也鍔刃也霜者利也肉之紅者如綺素之白者如雪肌膚皆肉散落爲刃所破之婁子
之毫不能廁其細秋蟬之翼不足擬其薄翰曰
婁子古之明目人也廁比也謂廚人切割魚細薄之妙雖明目者能割折毫釐之小者亦
不能比此細也繁肴既闋苦決亦有寒羞向曰有膳謂終也寒羞
朝之食也謂繁多之膳既終亦有請朝所進滋味者羞進也商山之果漢
皋之楱七豆反向曰商山名漢皋水之畔楱果名析龍眼之
房剖椰子之殼口角反向曰龍眼椰子果名剖開破也房殼皆皮也
芳旨萬選承意代奏良曰芳香旨美奏進也謂香美之味萬度選擇
承意所欲更代而進之乃有荊南烏程豫北竹葉良曰荊南

豫北地名烏程竹葉酒名浮蟻星沸飛華萍接銑曰酒上有浮者如
蟻星沸言多亂也如花之飛萍言相連接者也玄石嘗其味儀氏
進其法向曰玄石古之知酒者儀氏善造酒者傾罍一朝可以
流湎千日良曰罍酒器也流湎千日酒一醉千日也言單醪
可使三軍告捷翰曰昔有與晉戰或人進王單醪一器王欲與軍士共之
則少而不徧乃傾酒於水上源令衆士飲之士卒皆醉乃感惠盡力而戰晉師大敗之
酒謂單醪也告捷謂克勝之名斯人神之所歆羨觀聽之
所燁曄也銑曰歆食羨貪也觀謂見聽謂聞也燁曄盛貌此酒味與人神所
羨見者盛也斤豈能彊起而御之乎濟曰御食也
子曰耽樂口之饌甘腊昔毒之味濟曰耽樂爽亡

選十八　十四

也腊乾肉腊腐腸之藥御亡國之器翰曰人欲以
爲務以理天下此皆有益於時藥味於口專食肥鮮則必喪亡其正道之味故比之
者腐腸之藥可以害人亡國之器謂美著玉杯紂用而亡也雖子大夫之
所榮故亦吾人之所畏余病未能也
大夫曰蓋有晉之融皇風也金華啓運大人
有作良曰融闡運應也上言公子皆入今就晉朝之德以讚之言晉通上皇
至理之風也晉金德王故曰金華開也大人天子也繼明代照配天
光宅良曰晉德之明繼日照於天下比天覆於萬物而大居中土也配比光大宅
居也其基德也隆於姬公之處岐銑曰基本也處
王也言以德爲本則於文王之處岐山之陽其垂仁也富乎有殷

之在亳向曰有殷湯也亳湯所都地名也南箕之風不能暢
其化離畢之雲無以豐其澤翰曰南箕星名主風風所以養
物暢通也畢星主雨離著也月行著畢則雨也雨可以潤物雲所以致雨言晉德如風之
養物雨之潤物故通其政化豐其惠澤皇道煥炳帝載緝熙向曰
皇大帝天緝安熙廣也言大道照明天之法則安人廣惠炳煥謂照明也乃導氣
以樂宣德以詩濟曰導引也言引和氣以樂宣帝德以謳謠也詩謂謳歌
者也教清於雲官之世治穆乎鳥紀之官翰曰雲官
黃帝時鳥紀少昊帝時教化也穆美也王猷四塞入聲函夏謐靜
銑曰猷道謐安也函夏謂中國也言王道四方充塞中國安靜也丹冥投烽
青徼叫釋警銑曰丹冥南方遠處謂蜀也言蜀以破投去烽火不設兵守青

徼東方謂吳巳平釋捨戎候不用辛也南方赤故云丹冥遠徼邊也却走馬於
糞車之轅銘德於昆吾之鼎翰曰糞田也兵甲不用却走馬
以糞田農也車謂田之車鼎鑄金為器有德銘於上昆吾地名作鼎之處羣氓反
素時文載郁向曰羣氓民也反素謂反於純素之時文謂禮樂也載則也郁
美也耕父推畔魚豎讓陸向曰推亦讓也魚豎謂捕魚人也凡釣魚
者撩於陸而臨於水今沐王化皆能有讓不先自安於己也樵夫恥危冠
之飾輿臺笑短後之服翰曰樵夫采薪者也輿臺賤人也危冠短
後服戎士衣也恥危冠願事君也笑短服不用兵也六合時邕巍巍蕩
蕩良曰六合四方蕩蕩上下也邕和也巍巍功高也蕩蕩德廣也玄齠徒堯巷
歌黃髮擊壤濟曰齠亦髮也謂玄髮童子黃髮壽人並歌謠於衢巷田壤之

中也堯治天下大和有擊壤歌曰日出而作日入而息帝何力於我哉並和平之至也
解羲皇之繩錯陶唐之象銑曰古者文字未生而伏羲氏畫八
卦以代之言晉之和平法令寬理道出百王亦猶伏羲解去結繩之政也陶唐堯也堯為
象刑象法也言晉德雜於文法也若乃華裔之夷流荒之貊
莫百反銑曰華中國也裔遠也流荒窮遠之也貊夷狄總名謂中國之遠窮荒之地夷狄
皆來王於晉德也語不傳於輶軒地不被乎正朔向曰
輶軒輕車也被及也正朔日月歷數之數也莫不駿奔稽顙委質重
譯翰曰駿疾也稽顙手至地而拜也委質謂言委身也重譯謂易夷狄之言以宣於帝聽
也于時昆蚑岐感惠無思不擾向曰于時謂當時也昆蚑
昆蟲也帝德及於昆蟲故感惠也而天子之心無所不及也擾猶及也苑戲九

尾之禽囿棲三足之鳥向曰苑囿天子育禽獸九尾禽狐也三足
烏烏也皆天子有至德此物見狐游戲於苑禽與獸遊言乃鳴鳳在林夥
綢於黃帝之園翰曰黃帝齊宮有鳳皇來止於帝園數多也有龍
游淵盈於孔甲之沼良曰帝孔甲好養龍盈過也沼池也萬物
烟因熅於云天地交泰良曰烟熅和氣也泰通也言天地和氣交通而
不亂也義懷靡內化感無外濟曰王者之義心懷所感無內外皆
同此無私之意靡亦無也林無被褐山無韋帶翰曰被褐之衣逸人
服也韋皮帶亦野人之帶山林之中無隱逸之人皆悅王道而來皆象刻於
百工兆發乎靈蔡濟曰象刻百工傅說也兆發靈蔡太公也高宗夢得
說使百工刻其形象而求之文王卜出田於渭陽得太公以歸靈蔡龜也蔡謂龜出蔡地

搢紳濟濟軒冕藹藹良曰搢紳軒冕衣冠服也濟濟藹藹美盛皃
功與造化爭流德與二儀比大良曰二儀天地言未
終公子蹶然而興濟曰蹶然而興謂跳起也曰鄙夫固陋
守此狂狷濟曰公子聞晉德之盛驚之而言堅志於狹陋守愚蒙之性堅
固也狂狷愚蒙也蓋理有毀之而爭寶之訟解言有
怒之而齊王之疾痊翰曰初大夫喩公子以音樂田遊之事而公子
怒而不應今聞皇風聖美而稍解疾瘳亦如昔有仙人見二人爭寶仙人自毀千金之
璧二人曰彼千金璧尚且不愛而毀之何況此乎爭訟遂止齊威王有疾文摯云王疾得
大怒必痊文摯乃不脫屨登王牀王大怒殺文摯疾乃痊也痊差也向子誘我
以聵耳之樂棲我以蔀家之屋向曰蔀家幽闇也

選十八　十七

田游馳蕩利刃駿足既老氏之攸戒非吾人
之所欲故靡得而應子向曰游獵也蕩遊也利刃謂劍也駿足天
馬也老氏老子也攸所也老子云五音令人耳聾馳騁田獵令人心發狂靡無也應從也
至聞皇風載韙于時聖道淳銑曰載則韙是淳厚也舉
實為秋摛藻為春銑曰舉用賢能亦如秋時萬物成實也發禮樂文章
如春之萬物榮美也摛發也藻文也下有可封之人上有大哉
之君銑曰堯治天下和平比屋可封爵也謂下人皆還善也大哉之君則堯也余
雖不敏請從後塵向曰不敏猶不達也公子請從大夫後塵以從仕也

詔一首　漢武帝

向曰漢書云武帝諱徹景帝中子諡曰武詔照也天子出言如日之照於

天下也此詔下州郡求賢良焉
詔曰蓋有非常之功必待非常之人故馬或
奔踶而致千里翰曰以馬比賢人也踶蹋也士或有負
俗之累而立功名翰曰賢人或以小節犯負時俗而見棄累者則藏器
於內可以立功名泛駕之馬跅弛之士亦御
之而已濟曰泛敗也跅逐弛發御用也良馬奔而有餘力者必敗駕車之儀也人
有才器卓異必見疾而逐之而嫉之也此亦在人善用之而已其令州縣
察吏民有茂才異等可為將相及使絕國者
銑曰其辭也察求也吏謂在官者民謂百姓也茂美盛也令其美才殊異於等倫堪任將
相及奉使遠國者進之絕遠也

選十八　十八

賢良詔一首銑曰前詔郡國求賢良而賢良畢至此詔問之策也
朕聞昔在唐虞畫象而民不犯銑曰畫衣冠之象以殊於
常服將使犯法者服之以當刑罰而人乃無犯者日月所燭莫不率
俾良曰燭照率循俾使也帝德廣運日月所照之地皆循順帝道而求使用周之
成康刑錯不用德及鳥獸向曰成王康主也錯置也教
通四海海外肅慎北發渠搜氐羌來服向曰肅慎
北發渠搜氐羌四國名皆來服帝命星辰不孛勃日月不蝕翰曰
孛亂也山陵不崩川谷不塞翰曰和氣流通麟鳳在郊
藪河洛出圖書濟曰藪澤也天子有道則河出圖洛出書皆應瑞也烏
虖何施而臻此乎濟曰烏呼歎美之辭也臻至也言堯舜求康施何德

惠以至於此哉至今朕獲奉宗廟夙興以求夜寐以思若涉淵水未知所濟良曰獲得夙早興起寐臥端深也言早起以求賢良夜臥思安宗廟若涉於深水未知所濟度言危懼也猗歟偉歟何行而可以彰先帝之洪業休德向曰猗歎辭也偉大也歎宗廟事大有以行道可以明光先帝大業美德者也上參堯舜下配三王翰曰參及配比也三王禹湯武王也朕之不敏不能遠德良曰敏達也言我不達不能遠比堯舜三王之道此子大夫之所覩聞也向曰子大夫謂賢良人也此天子之敬辭覩見也賢良明於古今王事之體受策察問咸以書對著之于篇朕親覽焉翰曰察明也言受我策文明我疑問皆書之以對述于篇章當親覽之咸皆述也

選十八　十九

冊魏公九錫文一首　潘元茂

向曰文章志云潘勗字元茂陳留中牟人也少有逸才爲尚書右丞也冊符命也諸侯進爵受於玉冊書其功績魏公曹操也錫賜也賜之九物以云功之重

制詔翰曰此漢獻帝之制也制者王者言必爲法制也使持節丞相領冀州牧武平侯良曰持執也節出外令得專事以示天子之信以明重臣之忠節也領統也朕以不德少遭閔凶越在西土遷于唐衛翰曰不德謂無德也閔病也謂靈帝崩也越遠也西土長安也唐謂安邑堯所居也衛謂河內也當此之時若綴旒然銑曰

旒冠上垂珠而綴於冠者言帝室之危如旒之懸然辭也宗廟乏祀社稷無位羣凶覬覦遠帶城邑一人尺土朕無獲焉良曰言天下叛逆而我無人之棲尺土之分獲得也即高祖之命將墜于地向曰墜落也朕用夙興假寐震悼于厥心濟曰夙早興起也假寐不脫衣冠而寢震驚悼痛厥其也曰惟祖惟父股肱先正其孰恤朕躬銑曰先正謂先帝之政也言非曹操祖父爲股肱之臣以輔佐先帝之政其誰憂我身者言曹公憂我也乃誘天衷誕育丞相向曰誘進衷心也誕謂生也言曹公祖父憂深於國乃進至忠之心於上天遂生丞相終保漢室丞相即曹公也保乂我皇家弘濟于艱難朕實賴之翰曰言曹公安理我國家大濟艱難我實蒙賴其功

選十八　二十

德保安人理弘大也今將授君典禮其敬聽朕命翰曰將封爲魏公授其古先常行之禮使曹公敬承我命也典常聽承也昔者董卓初興國難羣后釋位以謀王室君則攝進首啓戎行此君之忠於本朝也向曰董卓爲亂之首故云初也興起也羣后謂諸侯也諸侯見王室遭難皆去其位爲王室謀安定之策而曹公則引進忠誠先開兵戎之行伍以除亂也攝進啓開也後及黃巾反易天常侵我三州延于平人君又討之翦除其跡以寧東夏此又君之功也翰曰黃巾賊張角自稱黃帝天兵三十六萬皆著黃巾於首也反易天常而謂亂天之常道也侵我三州謂青州兗州東平郡延于平人謂延及禍難於平居之人也而曹公討之大破翦除其跡謂盡殺也寧安也東夏洛陽也

韓暹楊奉專用威命又賴君勳克黜其難良曰
韓暹楊奉並董車將也專擅其威於關中賴曹公之功能退其禍難也勳功克能黜退也
遂建許都造其京畿設官兆祀不失舊物天
地鬼神於是獲乂此又君之功也向曰兆壇域祀祭也
建立造作獲得乂治也時洛陽宮室並爲董卓焚毀遷立都於許作我京兆封畿設置官
班始爲壇塋祭祀不失漢家舊事禮樂之物者也袁術僭逆肆于淮
南懾涉之憚君靈用丕顯謀蘄其陽之役橋蕤
授首稜威南厲術以殞潰此又君之功也翰曰
肆恣也懾憚猶畏難也丕大役患稜奮厲嚴殞死潰亂也言表術僭號爲帝於淮南曹公
征之術畏難公之威靈大明之謀術乃弃軍而走曹公斬其將橋蕤於蘄陽蘄陽地名也
授首謂斬獲其首公奮其神威而淮南之逆懼公嚴整而表術死亂迴戈東指

（選十八　二十一）

呂布就戮濟曰征表術迴兵而東又破呂布而殺之乘轅將返張
揚沮慈與斃眭雖固伏罪張繡稽伏此又君之
功也向曰破呂布而還也轅車也張揚眭固皆敗而誅死也張繡降曹公沮敗斃死
也伏罪謂誅之也稽拜也袁紹逆常謀危社稷憑恃其衆
稱兵內侮銑曰表紹逆亂常道恃其兵衆內懷輕侮天子之心當此之
時王師寡弱天下寒心莫有固志翰曰寡少也寒心謂
戰慄所懼漢室不全戰士無堅固之志君執大節精貫白日翰日
精誠明信通貫白日者天下所見明也言曹公之心亦如日也奮其武怒運
其神策致屆官渡大殲醜類良曰致及屆至也官渡地名殲
盡也醜惡也言至官渡殲惡類謂破袁紹也大
俾我國家拯於危墜
此又君之功也良曰俾使拯拔隆落也言使我拔危於若落之中也濟
師洪河拓定四州袁譚高幹咸梟其首濟曰洪大
拓定也四州謂青冀幽并表譚高幹二人名也咸皆梟懸也言皆斬首而懸之海盜
奔迸黑山順軌此又君之功也銑曰海盜黑山二賊據處
也言其奔散或來順善跡而降也迸散軌跡也烏丸三種崇亂二世
袁尚因之逼據塞北東馬懸車一征而滅此
又君之功也翰曰烏丸三種北狄也崇大也言其大亂已經二主故云二代
袁尚因烏丸大亂近據塞北之地以爲叛逆而曹公經行險阻束馬懸車以上下也一行
盡逆皆滅逼近也劉表背誕不供貢職濟曰誕欺也言背國家不

（選十八　二十二）

供貢之職賦王師首路威風先逝濟曰首向逝往也言天子大軍
將行向其嚮路而威風聲已先往所止而聞也之百城八郡交臂屈
膝此又君之功也銑曰百城八郡謂劉表所據地也交臂屈膝謂來降
自縛拜也馬超成宜同惡相濟濱據河潼求逞所
欲向曰馬超成宜據關中反同爲惡逆以相濟濱據臨河也河潼二水名逞縱也所欲
謂竊篡逆也殄之渭南獻馘古麥萬計翰曰殄盡也言盡殺之於
渭水之南馘割耳也戰勝則割死人之耳以獻於君蓋計數也萬計言多也遂定
邊城撫和戎狄此又君之功也鮮卑丁令重
譯而至箄于白屋請吏帥職此又君之功也
向曰鮮卑丁令單于白屋皆夷狄之名重譯謂使人傳易夷人言以宣於君也請吏謂請

爲官吏帥職謂帥其職貢君有定天下之功重之以明德班敘海內宣美風俗翰曰以曹公之明德班述天下宣而行之以爲風俗之美旁施勤教恤慎刑獄良曰勤惠恤憂也吏無苛政民不回慝銑曰苛繁回姧慝惡也敦崇帝族援繼絕世舊德前功罔不咸秩濟曰敦重崇尊援引罔無秩序也百官絕世無嗣者引而繼之有者舊美德前代立功之人無不皆序其功德也雖伊尹格于皇天周公光于四海方之蔑如也翰曰格至也伊尹之高德上至皇天周公之明德遠照于四海比之曹公則無如德者若此蓋禮言之辭過實也方並蔑無也朕聞先王並建明德胙之以土分之以民向曰先王謂周武王明德謂周公太公祚之以土地封疆分之以民

選十八　二十三

使主治之建立福祚也崇其寵章備其禮物銑曰物文色之類所以藩衛王室左右厥世也良曰蕃衛誠援護也言左右輔佐其時王也厥其也世時也其在周成管蔡不靖懲難念功翰曰周成謂成王管叔蔡叔也靖安也言其不安者謂其作亂也懲息也言息管蔡之難太公之功也乃使邵康公錫齊太公履濟曰錫賜也履足履使得行於四方專征伐之意東至于海西至于河南至于穆陵北至于無棣五侯九伯實得征之向曰穆陵無棣地名也五侯公侯伯子男也九伯九州之長伯長有罪者太公實得往征伐也世祚太師以表東海銑曰祚福也太師則太公也爲周王之師言世福於我太師以明表於東海東海者齊也爰及襄王亦有楚人不

供王職又命晉文登爲侯伯錫以二輅虎賁鈇鉞秬鬯弓矢大啓南陽世作盟主良曰襄王之時楚叛王命晉侯與之戰楚人敗績王乃命晉侯爲諸侯之長賜以二輅車虎賁勇士鈇鉞兵器也秬黑黍鬯香草也令祭宗廟用之大開南陽之地以屬於晉晉於是當代作諸侯會盟之主蓋尊之矣故周室之不壞繫二國是賴翰曰繫發歎也二國謂齊晉也言周室不壞亂是賴齊晉二國以爲援護蓋將封錫曹公乃引此古典者也今君稱丕顯德明保朕躬奉答天命導揚弘烈向曰上引古人此重述曹公也言曹公大明之德明安我身奉當天命引明大業也丕大保安朕我躬身答當導引揚明弘大烈業也綏爰九域罔不率俾向曰綏安爰於也九域天下也罔無率循俾使也功高乎

選十八　二十四

伊周而賞卑乎齊晉朕甚恧女六焉翰曰伊尹周周公言曹公之功高於伊尹周公賞尚卑於齊晉二國我甚慙也恧慙也朕以眇身託于兆人之上良曰眇小也帝自謙也永思厥艱若涉淵水非君攸濟朕無任焉濟曰言思其艱難若涉深水之危懼也非曹公所濟我無委任之所焉淵深攸所也今以冀州之河東河內魏郡趙國中山鉅鹿安平甘陵平原凡十郡封君爲魏公使持節御史大夫慮銑曰慮謂御史大夫郗慮也授君印綬冊書金虎符第一至第五竹使符第一至第十向曰金虎竹使符漢家符名第五第十符之數右錫君玄土苴子余以白茅爰契尒龜用建冢

社向曰諸侯有功則各以其方土賜之裹以白茅魏在北故云玄土變於契灼也言於此灼灸龜以卜用立冢社也冢社立如天子社稷然也昔在周室畢公
毛公入為卿佐向曰畢毛二國名皆入為天子之卿佐周邵師
保出為二伯銑曰周公為太師邵公為太保出歸於國則為二長外內
之任君實宜之翰曰上言畢毛周邵為內外之職此言曹公實互居之
其以丞相領冀州牧如故翰曰其語辭也言丞相兼統牧如故
今更下傳璽肅將朕命以允華夏其上故傳
武平侯印綬銑曰曹公先封武平侯言今更下傳魏國之璽敬將我命以信
治華夏之人故武平侯印綬所傳授者宜今上還於我此言如入武平侯印於天子也
又加君九錫其敬聽後命以君經緯禮律為

人軌儀使安職業無或遷志銑曰言無得或有遷移其志
是用錫君大輅各一玄牡二駟良曰輅車也玄牡馬也二
駟八匹君勸分務本嗇所力人昏作良曰嗇愛昏彊也粟
帛滯積大業惟興濟曰勸人農桑故粟帛滯積而多也是用錫
君袞冕之服赤舄性亦副焉翰曰袞三公服也舄履也君敦
尚謙讓俾民興行濟曰敦重俾使也少長有禮上下
咸和是用錫君軒懸之樂六佾之舞向曰軒懸諸侯
樂也佾列也謂以舞為行列有六行行六人也君翼宣風化爰發四
方翰曰翼佐爰於也言佐我宣布風化發於四方也遠人回面華夏
充實良曰回面謂臣服也華夏充實謂人富也是用錫君朱戶以

居濟曰朱戶天子禮貴之君研其明哲思帝所難向曰研精
明智思天下之所難也哲智也帝天也官才任賢羣善必舉銑曰
官者必以其才任使者必用其賢有善必舉之於朝是用錫君納陛以
登翰曰納陛者致於殿兩階之間使其上殿君秉國之均正色處
中濟曰秉執也正色謂無私也處中處大中之道也纖毫之惡靡不
抑退良曰百姓百官有纖毫之姦惡者無不抑折而退之棄無也是用錫
君虎賁之士三百人向曰虎賁勇人也壯勇曰賁君糾虔天
刑章厥有罪銑曰糾察天子刑法明其有罪也糾察虔敬章明厥其也無
犯關干紀莫不誅殛翰曰犯國家之關禁干亂綱紀者莫不舉力反
誅之死是用錫君鈇鉞各一濟曰鈇鉞兵器君龍驤虎視

旁眺八維向曰驤舉也八維天下四方四角也言君如龍舉謂高也虎視謂威
也旁眺天下恐不安也掩討逆節折衝四海良曰掩襲征討其逆
亂天子之節制者折挫其惡衝突彊敵於四海之內是用錫君彤弓
一彤矢百玈弓十玈矢千盧銑曰彤弓矢也諸侯有功賜之
君以溫恭為基孝友為德翰曰基本也明允篤誠
感乎朕思向曰允信篤厚也是用錫君秬鬯一卣酉
珪瓚副焉濟曰秬鬯黍香草所以為酒使供祭祀也卣樽也瓚杓也以珪為
柄珪瓚玉名也皆魏國置丞相以下群卿百寮皆如
漢初諸王之制良曰魏公之國置丞相官及卿大夫百卿如漢諸侯之法
君往欽哉敬服朕命銑曰君往欽敬哉敬我命欽敬服用也用簡

恤余衆時亮庶功用終爾顯德翰曰當簡閱憂恤汝衆士
是信衆功用終汝明德也買汝時是亮信庶衆也對揚我高祖之休
命向日對當揚明休美也言當明我高祖之美命以安我漢之社稷

宣德皇后令一首 任彦升

良曰蕭子顯齊書云宣德皇后王氏鬱林王昭業之母鬱林即皇帝位尊爲皇太后稱宣德梁王蕭衍定京邑太后欲禪位於梁王王固辭沈約等奏太后勸進令昉爲太后令令梁王受禪秦法皇后太子稱令令命也

宣德皇后敬問具位濟曰具位謂在位百官也夫功不在
賞故庸勳之典蓋闕銑曰有功存時而不賞者則用功之常典是闕
而不行也庸用勳功也施侔造物則謝德之途已寡翰曰

梁王德功等造化之成於萬物答謝之道少者蓋爲功至大不可報謝也侔等途道也
要不得彊爲之名使箋宰有寄向曰雖不可答然要不可
不彊爲立名以主天下使君臣有所寄託也箋君也宰臣也公實天生德
齊聖廣淵向曰公謂梁王也淵深也不改參辰而九星仰
止不易日月而二儀貞觀良曰不改參辰不易日月謂定天下
不經久時也九星謂九州也仰止謂九州之長皆仰望而至止也二儀天地也貞正觀視
也暴亂既除則正視於天下也在昔晦明隱鱗戢翼濟曰梁王在昔
齊時暗潛其明如龍鳳隱鱗翼也晦暗戢斂也博通群籍而讓齒乎
一卷之師銑曰謂潛隱之時賢通經籍推尊師傅也博廣也讓齒謂推尊之也
讀書云一卷之書必立之師劒氣陵雲而屈迹於萬夫之

下翰曰劒氣謂勇氣也太公六韜云屈於一人之下申於萬夫之上此謙厚之道必致
尊也辯折天口而似不能言向曰辯折謂分別事理也七略
云齊人田駢好談論時世號爲天口似不能言若大辯若訥文擅雕龍而
成輒削其藁良曰言專擅於文若雕龍之彩飾成也則輒削除其藁草之本
爰在弱冠首應弓旌濟曰弱冠二十時也首初也凡天子招引賢良
皆使使執弓旌以爲天子之信客游梁朝則聲華籍甚銑曰客游
梁朝謂齊朝司馬相如枚乘之徒游於梁孝王門聲名籍甚於天下謂梁王衍初爲巴
陵王府法曹故以比也薦名宰府則延譽自高翰曰薦進也梁
王遷爲太尉王儉府祭酒宰相也道德深遠爲天下所嚮而高者也隆昌季年
勤王始著建武惟新締構斯在向曰崇昌建武並年號也

勤於王室之事於此末年始爲著威結合謀策又在此年也季末也惟新謂初也締結構
合也功隆賞薄嘉庸莫疇良曰嘉善庸功莫無疇報也一馬
之田介山之志愈厲濟曰田十井爲通通十爲城一馬言少也介山
介之推也謂介之推不受晉侯祿也言以梁王功多禪之帝位以報功猶如封一馬之
田未爲多也然執志固辭益高於介推也愈益厲高也六百之秩大樹
之號斯存銑曰漢邴曼容位至六百石辭謝病而去亦比梁王辭爵祿也漢馮
異每舍止處諸將並坐論功而馮異獨屏於樹下不共論功軍中號爲大樹將軍言梁王
不受功號亦撝存也及擁旄司部一馬不敢南牧翰曰擁執
也旄旌旗之屬以麾衆也司部司州也代謂北胡也梁王鎮司州胡馬不敢南牧放也
推轂樊鄧胡塵罕嘗夕向曰王者遣將必跪而推其車轂曰

王將兵，據鄧二城，則胡兵之塵，希能久趣也。惟彼狡童，竊[illegible]虐，銑曰：衮，亂也。童謂東昏侯，即位暴虐，誅戮良善，比之童僕也。衣冠泯絕，禮樂崩喪。濟曰：泯，滅也。謂東昏侯無道。既而鞠旅誓眾，言謀王室。良曰：鞠，告也。言告其軍旅，誓戒眾士。白羽一麾，黃鳥底定。翰曰：白羽，白旄也。武王伐紂，陳兵起自黃鳥，至于赤斧。武王三軍之士失色，武王命太公把白旄一麾而紂軍平。定，言眾王除暴虐亦如之。黃鳥，地名。底，平也。甲既鱗下，車亦瓦裂，向曰：言凶徒既殄，其兵甲若鱗之下。推鱗而下之，車破如瓦碎裂。致天之屆，拱揖羣后。銑曰：屆，誅也。言致天之誅，徂拱手以揖百官公卿而已。后，謂百官。豐功厚利，無得而稱。濟曰：豐大之功，厚利於人，無得而稱。言功之多，不可盡說。是以祥光揔至，休氣四塞。良曰：祥光休氣，亞和平之瑞氣也。塞，滿也。五老游河，飛星入昴。翰曰：堯見五老入于河，一老人曰：河圖將來告帝期。又一日，河圖推龜告帝謀。又一日，山川魚鱉荷恩。又一日，河圖推龍銜玉緘，歌玉老飛于天入于昴。言眾王亦有此瑞，蓋美言之，其實無也。元功茂勳，若斯之盛。濟曰：元，大；茂，盛；勳，功也。而地狹于四履，勢卑乎九伯，帝有恧焉。向曰：周賜太公履東西南北方行之地。狹謂地狹於太公也。九伯，九州之長。言眾王勢卑於此也。恧，慙也。輶軒萃止。銑曰：輶軒，輕車也。萃，聚也。今遣某位某甲等率茲百辟，人致其誠，庶匪席之旨，不遠而復。良曰：某官某甲者，謂百官名，不可具載於此，故略不言也。百辟謂百官，皆致其誠信也。詩云：我心匪席，不可卷也。言眾王讓位不受，有不可卷動之義，故率百官以朝之，庶使此志不爲久遠而反復之。

謂帝位宜定也。

為宋公修張良廟教一首　傅季友

翰曰：沈約宋書云：傅亮字季友，北地人也。博涉經史，尤善文辭，官至散騎常侍，後爲太祖所誅。宋公謂宋高祖劉裕也。晉封宋公，時北伐，過彭城張良廟，乃下此教。泰法，諸公王稱教。教者，教示於人也。

綱紀。濟曰：綱紀謂主簿之司也。教旨主簿宣之，故若先呼之，亦猶今出制首言門下是也。夫盛德不泯，義存祀典。向曰：泯，滅也。祀典謂祭祀之常典。微管之歎，撫事彌深。銑曰：管仲相齊而國理，禮樂大興，故孔子歎曰：微管仲，吾其被髮左衽矣。微，無也。被髮左衽，夷狄之服。言無管仲爲相，則禮樂大壞，吾其夷狄也。此孔子歎美其功也。今宋公撫思此事，彌深於情也。張子房道亞黃中，照鄰殆庶。良曰：易坤卦之六二爻辭云：君子黃中通理，正位居體，美在其中。言子房之道亞次於此。易繫辭云：顏氏之子，其殆庶幾乎。子房之行與顏回照明，以爲鄰近也。風雲玄感，蔚爲帝師。翰曰：易云：雲從龍，風從虎。此深感應也。玄，深也。蔚，鬱也。夷項定漢，大拯橫流。向曰：夷，平也。子房能平項羽，定漢祖。拯，拔也。橫流謂亂也。固已參軌伊望，冠德如仁。良曰：固已參也。軌，跡也。伊，伊尹；望，呂望。言子房之近跡於此二賢臣也。冠，首也。仁德乃爲管仲之首。孔子謂管仲如其仁。若乃神交圯上，道契商洛。翰曰：子房受黃石兵法於圯橋，黃石公，神也。商洛之山名，四皓居其中也。子房爲呂后畫策迎之，以得天子位，遂定契合也。顯默之際，窅然難究。銑曰：明默，窅然深遠，難究也。以淵流浩瀁，莫測其端矣。濟曰：言子房之德深

賓浩瀁不測其端涯也塗次舊沛，佇駕留城向曰宋公行途次沛
國立駕留城留城子房所封留侯之地也靈廟荒頓，遺像陳昧像形
昧暗也撫跡懷人，永歎寔深翰曰寔實也過大梁者銑曰
或佇想於夷門，游九原者，亦流連於隨會
太史公過大梁之墟求問其所謂夷門夷門大梁城之東門也言太史公佇思想侯嬴之
跡也趙文子與叔譽游於九原晉大夫葬所也文子曰死而可作吾誰與歸叔譽曰其陽
處父乎文子曰利君不忘其身謀身不遺其友我則隨武子乎武子則隨會也文子留連
於隨會以思擬之若人，亦足以云向曰擬比也若人言此人
謂侯嬴隨會亦足以言子房也可改構棟宇，脩飾丹青，蘋蘩
行潦，以時致薦濟曰蘋蘩水草也行潦雨水言守以忠信雖物之微可時
薦祀也抒懷古之情，存不刊之烈翰曰抒中刊缺烈業也
主者施行

為宋公脩楚元王墓教一首翰曰楚元王名交漢
高祖異母弟也封於彭城謚曰元墓在彭城宋公過見故脩之
綱紀：夫褒賢崇德，千載彌光；尊本敬向曰彌益也
始，義隆自遠。良曰本始謂先祖宋公蘭之孫也楚元王積仁
基德，啓藩斯境；素風銑曰基本啓開也斯境謂彭城彭城屬楚故也
道業，作範後昆。銑曰素風儉約純素之風道業謂博通經學範法也後昆
後嗣也本支之祚，實隆鄙宗濟曰支體祚福宗盛也宗盛我鄙賤
之宗鄙者謙也遺芳餘烈，奮乎百世翰曰烈業奮發也而千

封翳然，墳塋莫翦向曰封壃界也翳然荒蕪莫翦謂無人爲除灑掃
感遠存往，慨然永懷良曰感傷遠化存思往事慨然爲歎而長懷者
也夫愛人懷樹，甘棠且猶勿翦銑曰愛其人懷其德者則
召伯之植甘棠且猶不翦甘棠木名追甄墟墓，信陵尚或不
泯濟曰甄察也泯滅也漢詔信陵君守冢五家寔爲不滅況瓜瓞所
興，開源自本者乎翰曰言召伯信陵尚且如此況我與元王如瓜瓞所
封相連開源自本也蔭覆也可蠲復近墓五家，長給灑
掃，便可施行向曰蠲免復除也謂免除近墓五家謂長給灑掃便可常行也
永明九年策秀才文五首 王元長
翰曰齊書云王融字元長琅邪人也少而神明警惠博涉有文才爲中

書郎帝疾欲先立竟陵王子良及即位下廷尉於獄中賜死
問秀才高第明經翰曰秀才者言其人如草木之發華秀見
若愛之高第明經謂德行高遠明於經國之道第一者也
朕聞神靈文思之君，聰明聖德之后良曰后君也此
述古之聖君至治者也體道而不居，見善如不及濟曰體躬
大道功成而不居見其善者如望之不可及也是以崆峒有順風之
請向曰廣成子在崆峒山黃帝順下風而進再拜而問治身之道華封致
乘雲之拜良曰華封人謂堯曰使聖人壽且富多男子堯往見之
堯曰多男子則多懼富則多事壽則多辱封
人曰多男子則授之職則何懼之有富則使
人分之則何事之有千歲厭世去而上僊乘
彼白雲至于帝鄉何辱之有堯拜之後或揚

旌求士或設虞待賢翰曰揚舉也舉善之旌旌幡也求謂求
賢士虞鍾架也禹治天下以五聲爲銘於虞曰有賢者教我以道者擊鼓教以義者擊鍾
教以事者振鐸語以憂者擊磬語以獄者揮鞞用能數化一時餘烈
千古良曰數布也言欽奉天烈美也朕寅奉天命恭惟永圖銑曰寅敬
惟思求長也言敬命恭思經國之長圖審聽高居載懷祇懼
向曰審其聽受高居思危則懷敬懼也載則祇敬也雖言事必史而參
闕未箴濟曰雖言事則左史書之而象魏之闕未有直言之戒象魏天子闕也所
以命百官爲箴戒之言懸之於上言未箴者未有直言之士寤寐嘉猷延
佇忠實翰曰寤寐之間思于善道延首佇立以渴待忠實之臣嘉善猷道也
大夫選名升學利用賓王良曰言當選名之秀進於大學利於
時用賓佐王道升進也懋陳三道之要以光四科之首

銑曰懋美也三道之要謂國體人事直言也此三者何者爲要四科一曰德行高妙志節
清白二曰學通行脩經中博士三曰明曉法令足以決疑才中御史四曰剛毅多略遭事
不惑才任三輔劇縣令此四者何爲通也鹽梅之和屬有望焉向曰
以子大夫如鹽梅和羹實所屬望
又問昔周宣惰千畝之禮虢公納諫濟曰周宣王即
位不脩籍田千畝之禮以爲農先虢文公諫曰民之大事在於農宣王遂納其言漢
文缺三推之義賈生置言翰曰漢文帝即位亦不脩籍田
賈誼諫曰一夫不耕或受之飢帝乃躬耕以勸百姓也籍田之禮天子三推良以
食惟民天農爲政本良曰人以食爲天若無人不生也金湯

非粟而不守水旱有時而無遷翰曰征戍以金爲城以湯
爲池雖廢困非粟不可守也雖遭之旱水災有粟持之無遷流亡散者也朕式照
前經寶茲稼穡向曰前經謂籍田也寶重也種曰稼斂曰穡祥正
而青旗肅事土膏而朱紘戒典濟曰祥善也擇善之日將
有籍田之禮也青旗籍田之旗也肅敬也青膏腴也朱紘冕飾也戒勑典法也言勑正其
常法持徒杏苑菑葉耕穫不愆翰曰月令云杏花生種百穀呂
氏春秋曰菖生於是耕也穫收也愆失也清甽泠風述遵無
廢良曰甽田中爲隴廣尺深尺所以停水以溉田故云清映於風所以養苗明述其義
使人法之農事無廢也遵法也而釋耒對佩牛相沿莫反向曰
釋廢也耒耕具也漢書曰龔遂爲渤海太守見人佩刀劍者謂之曰何爲佩牛春夏不

趣田畝言刀劍可以易牛而耕也此云有惰業之人變耕而佩牛者相習而爲如水之流
不返也言情業之人不復知安也無貪擅富浸以爲俗銑曰富家
兼并貧人常奪其利以自事擅其事爲時俗之常然如人求浸物日以毀壞言兼并之家可
以壞國如此也若爰井開制懼驚擾愚民翰曰爰易均田也言
欲使人易田開其制度以上中下均易之懼驚煩愚民也擾煩也瀉赤鹵魯
可腴恐時無史白濟曰瀉鹵薄地也若使此地可致膏腴恐則時無吏
起白公爲渠引水溉之也史起引漳水溉業人田人利之白公引涇水溉黍地人利之
興廢之術夫陳厥謀向曰夫直也言易田引渠之術可廢興者直陳其謀
又問議獄緩死大易深規良曰大易易也易云君子以議獄緩

惡議其輕重之情以綏赦刑人命深重也觀則也敬法恤刑虞書茂
典向曰虞書舜典也舜典云欽哉欽哉惟刑之恤哉欽敬恤憂茂盛也敬法憂刑恐其
不中此爲盛典自氓俗澆弛式氏法令滋彰銑曰氓民也弛廢也
言民俗澆薄變本逐末也滋多也胏石少不寃之民棘林多
夜哭之鬼翰曰周禮大司寇以胏石達窮民之寃胏石赤石也致之於闕有寃
訟者主於傍主司收之春秋元命包云樹棘槐聽訟於其下鬼哭謂誅無辜也言寃人且
多復有無辜者朕所以明發動容昃食興慮濟曰明發謂夜
待明也昃食晚食也言見此刑法未中早起晚食動容皃與思德言憂也傷秋荼
之密網惻夏日之嚴威銑曰荼草也其葉繁密謂刑法酷暴亦如
之又如夏日赫然威嚴可畏也網刑也言如張網者也永念畫冠緬追

刑厝良曰堯畫其衣冠使異於常人之飾有犯罪者使服之人皆不犯故求念之周
成王康王刑厝不用厝置也故遠追之緬遠也徒以百鍰環輕科反
行季葉四支重罰爰倉前古向曰徒但也百鍰金刑以金贖
罪者周穆王有此刑於季葉則穆王時四支謂墨劓宮割也爰於創始也前古謂周也
訪游禽於絕澗作霸秦基翰曰韓子云董安于爲趙上地守行
部邑見深澗因謂左右曰有人及狂童禽獸入此乎曰無安于曰此不入者良由深峻也
我若明爲峻法天下寧有敢犯者遂作峻法韓非商鞅皆用此治秦乃霸也歌雞
鳴於闕下稱仁漢牘銑曰齊太倉令淳于公有罪當刑淳于公少女
緹縈詣闕歌雞鳴之詩上書曰妾父爲吏皆稱清平今坐法當刑妾傷死者不可復生雖
欲改過自新亦無由也妾願入爲官婢以贖父罪使得自新書奏文帝憐悲其意遂除

令天下除肉刑故稱漢文帝爲仁列於史牘二途如爽所用無通
昌言所安朕將親覽濟曰二途謂一用峻法一用寬法如有所乖爽
不能必行則寬猛兼而用之明所安者何也昌明也
又問聚人曰財次政曰貨良曰財者人之所資貨利之而聚書
云一曰政二曰貨次於政故曰次貨者通萬物之名下泉流表其不匱
懋遷通其有無向曰表也匱乏也財貨比之泉流使其不乏也懋勉也遷
有貨至於無貨之處以遂其利皆勉力爲之既龜貝積寢緡
舉兩專用翰曰古者貨用貝寶用龜比今之用錢以緡緡貫穿之積寢謂積世寢廢
也緡繩也皆錙也世代滋多銷漏參三倍良曰謂用錢年代多則銷
磨鑄漏減薄三倍也下貧無兼辰之業中產闕濟歲之

貲銑曰下貧謂貧人不濟者兼辰謂兩日也中產謂中平之生者濟歲謂再歲也貲猶
用也惟瘼莫恤隱無捨矜歎向曰惟思瘼病恤憂也言此貧人不
濟者思而病之憂隱於心不捨哀矜嗟歎之至也上帝溥臨賜朕休
寶印巨斜之谷開而出同銅濟曰言上天廣臨下民賜我美寶山
中開而出銅也帝天溥廣朕我休美也印斜蜀中山名且有後命事茲
鎔範翰曰謂此銅後將命工人事此鎔而用之爲錢以利於民鎔鎔範法也
都內之金紹圜府之職良曰金錢也紹繼也太公爲周立九府圜
法圜法錢也今將繼太公之職事但赤仄深巧學之患揄莢
難輕重之權向曰赤仄錢也以赤銅爲稜言下有奸巧而私鑄者深以爲患
揄莢亦錢也漢時以秦錢重難用更爲揄莢錢而後甚多而益輕也言今欲鑄錢赤仄揄

英輕重難為權宜也開塞所宜悉心以對銑曰開用塞除悉盡也
之輕重用者除者盡心以對之
又問治歷明時昭還革之運翰曰理其歷數以明其時則知
帝王遷變改易之運改憲敕法審刑德之原濟曰帝王之興改其
法度者當法其刑德之本而行之分命顯於唐官文條炳於
鄒說及嵎夷廢職昧谷虧方良曰唐堯之官炳明也
鄒說謂鄒衍說天五勝歷數之事堯時乃命羲仲嵎夷嵎夷山名日出處也廢職謂夏羲
和湎淫廢時亂日也昧谷以不處舊方謂失其方位漢秉素祇之徵魏
稱黃星之驗向曰漢高祖斬白蛇高祖常執此以自負故云秉素祇也秉執
祇神徵應也魏氏將興乃有黃星見於楚宋閒驗亦應也紛諍空軫疑論

無歸銑曰謂律歷五行日月之理紛諍其事者甚多而疑論竟無所指歸朕獲
纂洪基思弘至道翰曰纂繼洪大弘亦大也至道謂妙道也庶令
日月休徵風雨玉燭濟曰言令日月光耀美而相應風雨四時和順
也四時和日玉燭克明之旨弗遂欽若之義復還於
子大夫何如哉良曰克能旨美也堯命羲和欽若昊天言令欲使如堯能
明俊德之美不遠而羲和敬順天時復還其於理何哉言可致此道乎子大夫秀才也
驪翰改色寅丑殊建別白書之濟曰夏后氏尚黑戎事乘
驪驪黑馬也建寅月為正則今正月也殷人尚白戎事乘翰翰白馬也建丑月為正今十
二月也言夏殷黑白改色寅丑殊建其何為可分別明白書之

永明十一年策秀才文五首

問秀才朕秉籙御天握樞臨極翰曰籙符也秉執也天子
受命執之以御天下也樞北斗第一星握之此以臨八極者以取萬物所仰而知四時之
不失也五辰空撫九敘未歌向曰五辰五行之時也撫順也九敘
謂六府三事也六府謂水火金木土穀三事謂正德利用厚生也書云九功惟敘九敘惟
歌今未歌者謂其未治至於思政明臺訪道宣室銑曰明臺
明堂也天子布政之宮宣室謂漢召賢良之處也吾豈每勤
如傷之念恆軫良曰曾云君隆左傳云親民如傷今每念
勞而痛也故恤貧緩賦省徭慎向曰寬賦稅憂貧人
役慎刑獄而四境無虞三秋式稔濟曰四境無虞之事謂不起
甲兵三秋之穀用有豐稔也虞度也而多黍多稌杜不興兩穗

之謠無褐無衣必盈七月之歎翰曰稌稻也後漢張堪
為漁陽太守人歌之曰桑無附枝麥穗兩岐張君之德樂不可支言今不與此歌謠也豳
七月詩云無衣無褐何以卒歲言今必多此歎者盈多也豈布政未優將
疲民難業銑曰問豈由布政之未優洽將為疲弊之民難成產業也
爾於朝是屬宏議罔弟于心以啟厥辟良曰爾汝
宏大罔無匿厥其辟君也言登汝於朝是屬望大議以安治天下無不同心正其君也
又問惟王建國惟典命官向曰惟辭也建立也典常也言王者
立國常命賢良居其官秩上叶星象下符川嶽濟曰叶合也符同也上
合星象者三台星三公位也下同川嶽九卿象河海三公又象五嶽也必待天
爵具僚紀咸事然後治守授位撰務分司

翰曰仁義忠信禮樂曰天爵人有此六者具循則爲人紀綱皆可從於王事然後因才以授其位度事以分其司主也是以五正置於朱宣下民不忒向曰少昊之立鳳皇至故以鳥名官以鳳皇爲歷正玄鳥司分伯趙司至青鳥司閉丹鳥司閉此五正也朱宣則少昊之號也忒差也言下人皆不差失九工開於黃序庶績其凝良曰工官也黃帝將興有瑞雲故以雲爲官名有五又有同德者四人以五合四爲九官也黃序則黃帝也庶衆績功凝成也周官三百漢位無倍銑曰周建官有三百也漢位兼而倍之歷茲以降游情寔繁濟曰歷從此降下也謂從游散之官息情之職者實繁至多也若閑冗畢弃則横去聲議無已翰曰冗散官言若閑散之官盡爲弃廢則徒横議無已冕笏不澄則坐談彌積向曰冕笏官之服飾也若官不事澄清之道則坐爲談議者益復多積也彌益也何則可脩善詳其對銑曰則法也言用捨二途何法可脩而行之善爲詳審以對我也

又問昔者賢牧分陝良守共治濟曰賢牧分陝謂邵公也良曰言雖小邑必樹其風下邑必樹其風子鄉可以爲績化也五刑爲鄉萬二千五百家也績功也至有旦撫鳴琴日置醇酒翰曰宓子賤爲單父宰身不下堂彈琴而治曹參爲丞相日置醇酒賓客來者皆欲有言參輒飲以醇酒目醉客終不得言文而無害嚴而不殘故能出人於阽鹽危之域濟俗於仁壽之地良曰賢吏雖守文法不害於人也雖嚴肅而不殘暴於下故能濟出臨危之人俗爲仁義故使

選十八 三十九

人登壽考也阽臨也域亦猶地也是以賈誼有言下之有吏之罪也銑曰吏之仁賢黎民不犯吏之不肖則民有惡則吏之罪也頃深汰太珪符妙簡銅墨濟曰頃猶向來也汰謂沙汰珪符謂刺史銅墨謂縣令而春雉未馴秋螟不散良曰魯恭爲中牟令是時郡國螟傷苗稼而獨不入中牟河南尹袁安聞之疑不實使仁恕掾肥親往觀之親與恭俱坐桑下有雉過止其傍傍有兒童親曰何不捕之兒曰雉方育子也親乃曰所以來者察君之迹耳蟲不犯境一異化及鳥獸二異童子有仁心三異也言今雖沙汰刺史妙簡縣令而春雉且未馴秋螟復不散也馴行也螟蟲所以食苗者入在朕前湊其智略出連城守闕爾無聞銑曰漢廣立壽王出爲東郡守有詔賜壽王書曰子在朕前之時智略輻湊及十餘城之守職事並廢甚不稱在前時向也言今所選刺史縣令亦如此豈薪槱由之道未弘爲網羅之目尚簡翰曰槱積弘大簡略也詩云芃芃棫樸薪之槱之此言如山木茂盛萬民得採之爲薪而積用之亦如賢人衆多國家得用也文子云有鳥將來張羅而待之得鳥者羅之一目今爲一目之羅無可得鳥言求賢不廣何由得賢者也目網孔也言今之求吏未得賢者豈薪積之未久爲復網羅之目尚略悉意正辭無侵執事向曰悉盡也無侵執事謂無恐侵誤執事之臣不盡意正辭以對

又問朕聞上智利民不述於禮大賢彊國罔圖惟舊銑曰上智之人且利於民而不述於禮大賢之人彊於國無謀於舊法皆取權宜以爲制度但利民彊國而已豈非療飢不期於鼎食拯溺無待於規行濟曰權宜應時之理豈非飢者不擇飧拯溺沉溺者豈待

選十八 四十

爲規矩之行步貴矩之而已 是以三王異道而共昌五帝殊風而並烈 良曰三王謂夏殷周也五霸謂齊桓晉文楚莊宋襄異道謂異其道殊風謂殊其風化霸長烈盛也 今農戰不脩文儒是競 翰曰濟理也今田農及兵戰之事並不理文儒之人皆用馳騖 弃本徇末厥弊滋多 向曰徇求厥其也 昔宋臣以禮樂爲殘賊漢主比文章於鄭衛 濟曰宋臣謂墨翟也漢主謂宣帝也鄭衛謂淫樂也 豈欲非聖無法將以既道而權 銑曰巳盡禮樂文章豈欲非先聖之道而以爲無法乎以窮道而權時之宜既窮也 今欲專士女於耕桑習鄉閭以弓騎 良曰今欲專男士爲耕女士爲桑以資衣食習於鄉閭之間習於弓騎以備戎也 五都復而事庠序四民富而歸文學 翰曰五都謂臨淄宛洛邯鄲成都也于時此五都人欲先農戰後庠序待民富歸文學之道庠序亦學 其道奚若爾無面從 向曰奚何昔如前政也而謂對面順從而退有異言

又問有晉氏不綱關河蕩析 翰曰不綱謂失其紀綱也關河州郡爲寇賊分析以潛侮之 宋人失馭淮汴崩離 濟曰宋人宋帝也失馭謂亂也淮汴分崩離散也淮汴二水名 朕思念舊民永言 銑曰舊民謂晉家經離亂之民永言思其所遊也歡所也 故選將開邊徼勞來安集 良曰選軍將開邊境慰勞百姓之勤苦賜來其復居者使安集散 加以納欵通和布德脩禮 曰我納言款誠通其和親而我明布德以從之脩禮以制之 歌皇華而遣使賦

賁雨而懷賓 翰曰詩云皇皇者華君遣使臣也皇華美也言奉君命爲美也季武子如晉晉侯饗之范宣子賦黍苗武子再拜曰小國之仰大國也如百穀之仰膏雨是言今有外蕃懷德來賓亦仰我如膏雨 所以關洛動南望之懷獯夷遂北歸之念 濟曰關秦也洛洛陽南望謂亂巳平齊都江南故云南望獯夷北狄也言其魏北有歸化於國家之念 夫危葉畏風驚禽易落 銑曰危葉謂秋木之葉沾霜而畏風鳥之驚猶聞弦乃落此喻北齊後魏也 無待干戈聊用辭辯 良曰言其易爲伐蓋用辭辯亦可定之 片言而求三輔一說而定五州 向曰三輔魏所都五州北齊所據片言之辯一說可求而定之京兆左馮翊右扶風曰三輔陝青徐兗冀州曰五州 斯路何階人誰或可進謀誦志以沃朕心 翰曰斯路詞辯之路何階言此路何以及之誰人或堪爲此事謂述也沃猶洗也

天監三年策秀才文三首　任彥昇

銑曰天監梁武帝年號

問秀才朕長驅樊鄧直指商郊 濟曰樊鄧地名商郊紂都也而齊東昏侯無道比之於紂 因藉時來乘此歷運 向曰謂東昏無道武帝伐之而齊禪位於帝故曰時來而乘此曆數運會也 當衰永念猶懷慙德 向曰天子屏風也慙德謂謙無德而爲人君也 何者百王之敝齊季斯甚 翰曰百王謂古來之王也 衣冠禮樂掃地無餘 銑曰言如掃地而淨一無餘者 彫斲刓方經綸草昧 銑曰斲刓方飾圓方也經綸理也草昧謂物之始於冥昧也言欲營理造禮樂也 誥

揔三王之禮冠履粗分因六代之樂宮羽初
辨向曰三王夏殷周也粗略也六代黄帝及堯舜三王也宮天子之懸樂判卿大夫也言上下禮樂略有分辨
而百度草創倉廪未實良曰百度法制也草創造始也言法制造始倉廪無儲
若終畝不税則國用靡資翰曰若不税賦百姓則國家所用無資也靡無也
百姓不足則惻隱深慮銑曰惻隱內憂於心
每時入芻藁歲課田租濟曰芻藁草也以供廐馬之食課斂也
愀然疚懷如憐赤子向曰愀然憂色也疚病也言憂病在懷也赤子嬰兒言憐下民如此
今欲使朕無滿堂之念民有家給之饒濟曰一人向隅則滿堂不樂言令下民未安欲令其安使我無不樂之念人皆有資給之足可得乎饒足也

選十八　四十三

登九年之蓄稍去關市之賦銑曰九年耕有一年之畜以少至多故云漸登蓄積也古者税關市謂出入由關市之門者税錢今將去之可乎
子大夫當此三道利用賓王翰曰三道謂國體人事直言也利用賓王謂才可以利於時用爲帝王之賓客
斯理何從佇聞良説良曰國家足用百姓不足此理何從謂少賦税求國家足用百姓不足此理何從而致佇立待也良善也
問朕本自諸生弱齡有志向曰諸生謂諸生少時有志於學
閉戶自精開卷獨得濟曰精專於學開書卷而獨得其趣也
九流七略頗嘗觀覽六藝百家庶非牆面翰曰九流一曰儒二曰道三曰陰陽四曰法五曰名六曰墨七曰從横八曰雜九曰農六藝禮樂射御書數百家謂諸子凡有一百八十九家言其大數庶近也牆面謂面向牆而無所見

言我好學非此流也
雖一日萬機早朝晏罷聽覽之暇三餘靡失向曰冬者歲之餘夜者日之餘陰雨者月之餘靡無也
上之化下草偃風從銑曰言上之化下如草之偃卧必從於風而我好學
此虛寡弗能動俗虛寡弗能得動於時俗推此帝自謂也
昔紫衣賤服猶化齊風良曰齊桓公好服紫國盡服紫公患之管仲
長纓鄙好且變鄒俗翰曰鄒君好長纓國人皆長纓君甚患之因自斷之而國中皆不服也上之化下有如此者
雖德慚往賢業謝前事向曰言以德薄於往賢而業則優於前事意欲儒學化下也
且夫搢紳道行祿利然也濟曰搢紳官也言此道之所行者蓋以祿利之役然也
朕仰心駿骨非懼真龍銑曰說苑曰郭隗說燕昭王云古之君有以千金市千里馬三年不得或人請求之三月得馬馬已死乃以五百金市死馬骨而還君大怒人曰馬骨且猶買之天下知君之好馬必有自至者後一年果有千里馬至者二馬今三識賢求士從郭隗始新序云葉公子好龍室屋皆畫龍天龍聞之窺頭於牖拖尾於堂葉公見之棄而走失其魂魄是葉公不好真龍言今傾心好馬而市駿馬之骨而不懼見於真龍也

選十八　四十四

好學輜軿丁薄青紫如拾地芥良曰輜軿車也青紫貴位之服也芥草也言好學明於經術以取貴位之服如似車載之多也取之易如拾地草也
而惰游廢業十室而九翰曰言學者嬾惰好謂游戲以廢道業者十家有九
鳴鳥蔑聞子衿不作濟曰周書云收周易不及苟造德不降我則鳴鳥不聞此欲收教不自勗勉之人不及道義者化之恐不降意爲之則功不成也且天子聖明而功業成則鳳皇見不然則鳳鳥

今人不自勗勉無學故鳴鳥聞鳴鳥自勵也蔑無也詩云青青子衿刺廢學校也言不作詩欲刺之是不勸也弘獎之路斯既然矣向曰弘大獎勸斯此也既然猶則如此猶其寂寞應有良規銑曰秀才猶如衆實之中以書奏良善之規事使致善道而見於目也道生於實故言也問朕立諫鼓設謗木於茲三年矣良曰立鼓於朝有欲諫者擊之欲誹謗木於闕有誹謗使人書之者立之已三年矣比雖輻湊闕下多非政要日伏青規罕能切直翰曰言諫人多昧政要日伏於庭希能切直諫天子內庭也以青色規之而諫者伏其上將齊季葉諱風流遂往將謂朕空慕古虛受弗弘向曰謂齊末法令多所忌諱此風流而遂去乎言謂空有慕古之志而虛心受物不大乎

此最明之謂然自君臨萬寓介在人上翰曰寓國介獨也何嘗以一言失旨轉徙朔方李曰後漢蔡邕上疏爲左右讒之帝遂下邕於洛陽獄詔死一等與家屬徙於朔方也徙遷也睚眦有違論輸左校翰曰李膺爲河南尹究陵大姓羊元群有贓罪膺將罰之元群乃行賂於官豎膺乃坐論輸於左校睚眦不和親輸役也言從役於左隊之中而使直臣杜口忠讜絕路銑曰讜正也杜塞也將恐弘長之道別有未周向曰言我雖不聞有讒邪所爲而直臣忠正絕路恐大長之道有所不周悉心以陳極言無隱良曰悉盡也言盡心以陳無有所隱

文選卷第十八

長　門

文選卷第十九　　表十九首

梁昭明太子撰　　五臣注

萩　府

為褚諮議蓁讓代兄襲封表

為范始興作求立太宰碑表

薦禰衡表一首　孔文舉

翰曰范曄後漢書云孔融字文舉魯國人也幼有異才性好學舉高第拜御史後爲曹操奏誅之下棣弃市

臣聞洪水横流帝思俾乂銑曰洪大俾使乂治也堯遭大水横流天下思使治者而衆官舉禹治之而定旁求四方以招賢俊向曰旁非一方也招引也言於四方招引賢能俊異之人昔世宗繼統將弘祖業疇咨熙載羣士響臻濟曰世宗武帝廟號統理弘大疇誰咨嗟熙廣載事臻至也言武帝繼理大業亦咨嗟廣求賢能事者故其衆士響應而至者也

陛下睿聖纂承基緒良曰陛下獻帝也睿亦聖也纂繼緒業也言以聖德承繼大業遭遇厄運勞謙日昃翰曰厄困也董卓破洛陽遷帝長安也日昃日晚也書勤勞謙恭日晚不食以求賢也惟岳降神異人並出銑曰詩云惟岳降神生甫及申此竊言山岳降靈間生異人謂禰衡也竊見處士平原禰衡年二十四字正平淑質貞亮英才卓躒向曰處士不從官者也淑善亮明英美也卓躒高絶皃言善美明才高絶於人初涉藝文升堂覩奧濟曰涉歷也藝文章也奧深也升堂覩奧言初學則見道藝之深目所一見輒誦於口耳所暫聞不忘於心性與道合思若有神良曰稟性淳和與天道合思謀深遠有若神明也弘羊潛計安世

正　宗

默識以衡准之誠不足怪翰曰桑弘羊能以心計事也張安世嘗從武帝幸河東亡書三篋安世乃闇記得所亡書校之一無遺失潛深默闇也言此二人雖聰俊比之於衡彼不足怪忠果正直志懷霜雪見善若驚疾惡若讎銑曰果敢斷決也霜雪言潔白而肅物也言執性決斷懷其潔白見善可慕者驚之若不及聞爲惡不忠者憎之如仇讎也任座抗行史魚厲節殆無以過也向曰任座魏文侯臣抗舉高舉行執直也史魚衛大夫邦有道邦無道不改高直之節厲高也殆幾也言此二人之直幾不過於衡也鷙鳥累百不如一鶚使衡立朝必有可觀良曰言立衡於朝忠正廉能有可觀矚飛辯騁辭溢氣坌涌蒲悶解疑釋結臨敵有餘翰曰坌壅也涌起解判結盛也言辯論之辭溢滿之氣如坌氣也至於判疑解臨於所敵必綽有餘

昔賈誼求試屬國詭係單于銑曰屬國典夷狄官詭奇也賈誼請設奇計以係單于之頸單于匈奴號終軍欲以長纓牽致勁越向曰漢與南越和親終軍請願受長纓牽覊南越王致之闕下勁彊也弱冠慷慨前世美之近日路粹嚴象亦用異才擢拜臺郎衡宜與為比濟曰弱冠二十以上也慷慨壯節也美之謂美賈誼終軍之壯氣也路粹嚴象讚末時人皆以高才擢拜尚書郎言衡之才何與此數子爲比用者也如得龍躍天衢振翼雲漢良曰天衢雲漢以喻省闥也龍躍振翼喻任用得施揚聲紫微垂光虹蜺足以昭近署之多士增四門之穆穆翰曰揚聲垂光言光儀高也昭明增益也四門四方之

之門也。拼美也。鈞天廣樂，必有奇麗之觀；帝室皇居，必畜非常之寶。若衡等輩，不可多得。銑曰：鈞天廣樂，天帝樂也。奇麗之觀，謂有奇異可觀也。帝室皇居，謂天子宮闕也。畜，養也。非常之寶，謂賢人也。言衡才有異觀，可謂國寶，不可多得，言少有也。激楚、陽阿，至妙之容，掌技者之所貪；向曰：激楚、陽阿，音曲名。言舞此曲妙容者，主技樂之人所以貪愛也。飛兔、騕褭，絕足奔放，良、樂之所急也。濟曰：飛兔、騕褭，皆駿馬名。良，王良；樂，伯樂，皆古善御者。急，謂急於所求。臣等區區，敢不以聞？陛下篤慎取士，必須效試，乞令衡以褐衣召見，良曰：區區，猶勤勤也。篤，厚；慎，重也。褐衣，短衣也。言天子厚重取士，則必須試，願令衡以短衣引見而問之，若行無可觀采也。必無可觀采，臣等受面欺之罪。翰曰：欺，誑也。面欺，謂對面誑天子也。

出師表一首　諸葛孔明

銑曰：蜀志云：諸葛亮字孔明，琅邪人也。時先主屯新野，徐庶謂先主曰：諸葛孔明乃卧龍也，將軍豈欲見之乎？先主遂詣見之。及即帝位，拜爲丞相。後主立，亮率軍北駐漢中，臨發上疏也。

臣亮言：先帝創業未半，而中道崩殂。今天下三分，益州疲弊，此誠危急存亡之秋也。向曰：先帝，謂備也。創，制也。崩殂，死也。分吳魏蜀。益州，蜀也。言蜀小兵弱，大國敵，故云疲弊。危頃迫也。言傾迫存亡在今時者也。然侍衛之臣不懈於內，忠志之士忘身於外者，蓋追先帝之遇，欲報之於陛下也。濟曰：懈，惰也。內，宮中也。志士，節士也。亡身，謂以身許國於邊疆也。言此人等皆追先帝顧遇，欲申報於陛下。誠宜開張聖聽，以光先帝遺德，恢志士之氣；不宜妄自菲薄，引喻失義，以塞忠諫之路也。良曰：恢，大也。菲薄，輕脆也。誠須開耳目，察善道，以光先帝之德，大志士之氣；不宜妄爲輕賤，引喻非義，以拒忠言之路。宮中府中，俱爲一體，陟罰臧否，不宜異同。若有作姦犯科及爲忠善者，宜付有司論其刑賞，以昭陛下平明之治，不宜偏私，使內外異法也。翰曰：宮中，禁中也。府中，大將軍幕府也。陟，升也。臧否，善惡也。姦犯，謂姦偽犯科條也。罰也。偏私，謂[illegible]。

侍中、侍郎郭攸之、費禕、董允等，銑曰：郭攸之、費禕、董允，皆蜀之侍中、黃門郎。此皆良實，志慮忠純，是以先帝簡拔以遺陛下。向曰：良，善也。實，不虛浮也。純，美也。遺，與也。言先帝揀拔以與陛下。愚以爲宮中之事，事無大小，悉以咨之，然後施行，必能裨補闕漏，有所廣益。濟曰：咨，謀也。裨，益也。闕，猶缺也。漏，落也。言宮中之事，謀郭、費等，必能益補缺落也。將軍向寵，性行淑均，曉暢軍事，試用於昔日，先帝稱之曰能，是以衆議舉寵以爲督。愚以爲營中之事，悉以咨之，必能使行陣和穆，優劣得所也。良曰：向寵，蜀將也。淑，善；均，平；曉，明；暢，達；督，率也。言寵性善平，曉達軍事，先帝嘗經試用衆

臣乘以爲率與謀營中之事必能使士卒和美彊弱得其所宜也親賢臣遠
小人此先漢所以興隆也親小人遠賢士此
後漢所以傾頹也先帝在時每與臣論此事
未嘗不歎息痛恨於桓靈也翰曰頹壞也桓靈後漢二帝用閹
豎所敗也侍中尚書長史參軍此悉貞亮死節之
臣也銑曰侍中尚書謂陳震長史參軍謂蔣琬也此二人皆亮所進用出師後恐帝
不能用故屬之貞正亮明也願陛下親之信之則漢室之
隆可計日而待也臣本布衣躬耕於南陽苟
全性命於亂世不求聞達於諸侯先帝不以
臣卑鄙猥自枉屈三顧臣於草廬之中諮臣

以當世之事向曰布衣庶人服也南陽郡名卑鄙猥賤也諮謀也言先帝自屈
衆人枉屈其身三度顧聘我於廬之中也當代事謂陳匡復之義由是感激
遂許先帝以驅馳後值傾覆受任於敗軍之
際奉命於危難之間爾來二十有一年矣濟曰
感三顧之至內激於心遂許與先帝經營臣復之事值逢傾覆者曹公敗先主也亮時使
吳請周瑜等拔之故公奉命危難之間也先帝知臣謹慎故臨
崩寄臣以大事也良曰寄委託也大事謂社稷也受命以來
夙夜憂歎恐託付不效以傷先帝之明故五
月渡瀘深入不毛翰曰受命謂顧託之命夙早也早夜憂歎恐不辦所
職哉先帝聰明也瀘水名中有瘴氣不毛謂不生草木也時南中諸郡皆叛亮親率衆渡

征之諸郡悉平今南方已定甲兵已足當獎帥三
軍北定中原庶竭駑鈍攘除姦凶興復漢室
還于舊都此臣之所以報先帝而忠陛下之
職分也銑曰諸侯三軍也中原謂魏也竭盡也駑鈍馬亮自比也攘却也姦凶謂
曹丕也備中山王後故云興復漢室也舊都謂雒陽二州兩漢所都也相則謀存社稷事
則開拓境土而亮兼之故云職分也至於斟酌損益進盡忠言
則攸之褘允之任也願陛下託臣以討賊興
復之效不效則治臣之罪以告先帝之靈責
攸之褘允等之咎以彰其慢向曰言事得宜又盡忠節則郎
攸之費褘董允堪此任也託委也效功也委我興功如無功則理我之罪以告先帝君攸

之等有罪咎則亦責之以彰其慢使衆知之陛下亦宜自謀以諮
諏善道察納雅言深追先帝濟曰謀事曰咨咨事曰諏
宗視也言當謀咨政事視紘正言深追先帝之意也臣不勝受恩感激
遠離臨表涕泣不知所云良曰言不勝受恩之重內感於懷今
當遠別悲傷失次故不知所云

求自試表一首　曹子建

翰曰試用也植以抱器無所施上疏求自試以已爲君用
植言臣聞士之生世入則事父出則事君
曰言內孝於事父家分忠於國事父尚於榮親事君貴於興
國故慈父不能愛無益之子仁君不能畜無

用之臣向日榮親謂爵祿名器輿國謂服叛威遠也無如是者父君所不愛也
夫論德而授官者成功之君也量能而受爵
者畢命之臣也濟曰君授臣之官先觀德優劣量材能以授與之是以能
成功自度所能受君爵賞者是盡命之臣畢盡也故君無虛授臣無
虛受虛授謂之謬舉虛受謂之尸祿詩之素
飧所由作也良日謬誤也尸祿謂善惡都不言而食祿也詩日彼君子兮不
素飧兮此詩刺素飧也昔二虢不辭兩國之任其德厚
也旦奭不讓燕魯之封其功大也翰日二虢虢仲虢叔
王季之親俱封於虢而不辭者以有厚德於國也周公旦封於魯召公奭封於燕而不辭
讓者亦以有平殺之功也今臣蒙國重恩三世于今矣正

選十九　八

值陛下升平之際沐浴聖澤潛潤德教可謂
厚幸矣銑曰三世謂武帝文帝明帝也升平太平也潛潤也言已無功於時陰蒙
恩澤可謂辛甚矣而竊位東藩爵在上列身被輕煖
口厭百味目極華靡耳倦絲竹者爵重祿厚
之所致也向日竊偷也謂無德偷居其位植封鄄城王在國東藩輕煖謂衣服
鮮厚也百味謂調和百種也華靡絲竹謂伎樂也言得如此者祿厚故也退念古
之受爵祿者有異於此皆以功勤濟國輔主
惠人今臣無德可述無功可紀若此終年無
益國朝將挂風人彼已之譏是以上慙玄冕
俯愧朱紱濟日言古之受爵祿者皆以功勤濟國也挂懸也詩云惟鵜在梁不
濡其翼彼己之子不稱其服此譏無德而衣玄冕言我無功德以益國朝而空衣紱冕恐
懸此譏是以慙也方今天下一統九州晏如良日方今魏朝
也統理晏安也言天下理九州之地皆晏然也一顧西尚有違命之
蜀東有不臣之吳使邊境未得脫甲謀士未
得高枕者誠欲混同宇內以致大和也翰日敵國
未平故武士不得脫甲胄謀臣不暇安枕席混大也大和則大同也故啟滅有
扈而夏功昭成克商奄而周德著啓夏王名也有
扈夏之諸侯不供職貢而啓伐之昭明也成王時淮夷徐奄之君皆叛周公誅之著明
也言二王皆伐叛誅亂而功德著明今陛下以聖明統世將欲
卒文武之功繼成康之隆向日言武帝文帝功成也言明帝欲

選十九　九

能平吳蜀成祖父之業云繼成王康王之盛也故簡賢授能以方叔
邵虎之臣鎮衛四境為國爪牙者可謂當矣
濟曰方叔邵武皆宣王賢臣言明帝授任鎮蕃爪牙之臣皆如方叔之賢然而
高鳥未挂於輕繳淵魚未懸於鉤餌者恐鉤
射之術或未盡也良日高鳥喻蜀也淵魚喻吳也繳繒射也鉤釣也射
釣未息謂吳蜀尚勞征伐也言我有異術能擒之昔耿弇不俟光武
亟擊張步言不以賊遺於君父翰日耿弇光武臣也俟待
也弇為張步所攻上聞自救之未至陳俊謂弇日虜盛可閉營休士以待上來弇日乘輿
至臣子當以牛酒待百官反欲以賊虜遺君父耶遂出擊之及夜而破完武救始至也
故車右伏劍於鳴轂雍門刎首於齊境若此

二子豈惡生而尚死哉誠忿其慢主而陵君
也（銑曰齊成王出獵忽然車之左轂鳴車右請死王曰工人之罪也日臣見轂鳴不見
工人遂伏劍而死雍門狄齊烈士也越伐齊寇至齊境雍門狄請死王曰金鼓未接而死
何也對曰昔車右爲先君御車轂鳴而車右自殺今越兵至境甚於轂鳴也安得不死乎
遂伏劍而死越軍聞齊有烈士遂退刎剄也慢主謂轂鳴陵君謂越兵）夫君之
寵臣欲以除患興利臣之事君必殺身靜亂
以功報主也（向曰寵謂厚其爵祿也殺身謂見危致命以靜暴亂）昔賈
誼弱冠求試屬國請係單于之頸而制其命
終軍以妙年使越欲得長纓纓其王羈致北
闕（翰曰屬國官名纓繞也單于匈奴號越南越也言羈繞之使王北闕稱臣於漢）

此二臣者豈好為夸主而曜世俗哉志或鬱
結欲逞其才力輸能於明君也（良曰謂賈誼終軍也夸大
也此豈好大言於主而曜於俗哉但以志有鬱結欲輸誠於君）昔漢武為霍
去病治第辭曰匈奴未滅臣無以家為（翰曰霍去
病漢將也治驃騎也第宅也）夫憂國忘家捐軀濟難忠臣之
志也今臣居外非不厚也而寢不安席食不
遑味者以二方未剋為念（銑曰捐棄軀身寢卧遑暇也二方吳
蜀未剋言未靜也）伏見先帝武臣宿兵年耆即世者
有聞矣（向曰先帝謂武帝也武臣將也宿老謂宿素習練之兵者耆者也即世謂沒
也言將士雖死我有聞前事也）雖賢不乏世宿將舊卒由習

戰也竊不自量志在效命庶立毛髮之功以
報所受之恩若使陛下出不世之詔效臣錐
刀之用使得西屬大將軍當一校之隊（濟曰雖世
不乏賢亦可習耳效致也毛髮喻小也陟受之恩謂爵祿也不世之詔謂非常代所稀覩
之詔謂許行之詔也效呈錐刀言小用也西謂蜀也大將軍謂曹真也一校偏師也謙不
敢當大將）若東屬大司馬統偏舟之任（良曰東謂平吳大司
馬曹休也統理也偏舟亦偏師也吳未戰故云偏舟）必乘危躡險騁舟
奮驪突刃觸鋒為士卒先雖未能禽權馘亮
庶將虜其雄率殲其醜類（翰曰危險謂吳蜀之路驪馬也禽執
也馘斷耳也虜獲也殲盡雄大醜惡也）必效須臾之捷以滅終

身之愧使名挂史筆事列朝榮雖身分蜀境
首懸吳闕猶生之年也（銑曰效致也須臾少時也捷勝也愧謂虛
食祿之愧言我以勳勝之功滅虛祿之愧名書史筆爲朝廷所榮雖身遭吳蜀所分斬亦
猶生也）如微才弗試沒世無聞徒榮其軀而豐
其體生無益於事死無損於數虛荷上位而
忝重祿禽息鳥視終於白首此徒圈牢之養
物非臣之所志也（向曰沒盡忝辱也禽息謂如鳥獸之視息但求食畏
人而已無雜慮白首謂老也言受祿標無益勞時亦猶異爲牢圈以養畜也如此非我
之志）本
流聞東軍失備師徒小衄（女六反濟曰流傳衄縮也
東軍謂伐吳之軍失守備也曹休爲陸議所敗故云此也時）輟食弃餐奮

秋撫劒東顧而心已馳於吳會矣良曰輟止也奮袂舉袖也撫按也按劒東顧馳吳會思報然也臣昔從先
武皇帝南極赤岸東臨滄海西望玉門北出
玄塞翰曰武皇帝謂操也極盡也赤岸謂朱崖郡也玉門西域關名玄塞謂幽山
伏見所以行師用兵之勢可謂神妙也故兵
者不可豫言臨難而制變者也銑曰言已見先帝用兵之
要然兵事貴密不可豫前說之言此恐有所間也變謂事異者也志欲自效
於明時立功於聖世每覽史籍觀古忠臣義
士出一朝之命以徇國家之難向曰一朝不久也以身從
國曰徇言觀史書見古忠義之士皆時不久之命以徇國家之急也身雖屠裂

而功銘著於景鍾名績垂於竹帛未嘗不撫
心而歎息也濟曰裂謂割斬也景大也古無紙史書皆竹帛也言見古義
士身雖爲國割斬而功銘於大鐘名記史典則撫心歎息思與之同撫拍也臣
聞明主使臣不廢有罪故奔北敗軍之將用
秦魯以成其功良曰秦將孟明氏爲晉所敗晉歸之秦穆公
是戰也復使爲政卒敗晉也晉襄公與其戰三敗也晉侯割壤邑之地以和後濟桓與
曹子曹于柯桓公登壇執七手劫桓公公日子何以?陳已會圖侯魯亦已甚矣公乃其圖
之公乃盡還侵魯之地絕纓盜馬之臣赦而楚趙以濟
其難翰曰楚莊王與羣臣夜宴燭滅有引王美人衣者美人乃援絕其纓以告王曰飲
人以酒而何責人以禮乃命羣臣皆絕纓然後舉火與晉戰有人常力戰斬首以退問

之乃絕纓者晉公失馬野人取之公自求之見野人方食之公曰食駿馬肉不飲酒恐傷之
乃賜飲而去後晉人與穆公戰公忘晉援之野人幸三百餘人舉力疾鬬逆于龍晉獲之
秦以報此事而言趙書之議也盡時遣著歟焉使故有兵引也臣竊感
先帝早崩威王棄世銑曰先帝武帝也威王任成威王彰也去世謂
死也臣獨何人以堪長久常恐先朝露填溝壑
墳土未乾而身名並滅向曰朝露不可久也壑坑也恐已不久
而死填於溝坑棄功名易滅也臣聞騏驥長鳴伯樂昭其
能濟曰昔騏驥駕鹽車上吳坂遇伯樂仰而鳴知伯樂識其能也盧狗悲
號韓國知其才良曰盧黑也謂黑狗也齊人韓國相狗於市遂有狗號鳴
而國知其善是以效之齊秦之路以逞千里之任

試之狡兔之捷以驗搏噬之用翰曰效致呈見也狡兔東
郭之兔捷疾噬咬也言狡兔之疾盧狗能搏而咬之今臣志狗馬之微
功竊自惟度終無伯樂韓國之舉是以於邑
而竊自痛者也銑曰惟思也於邑猶憂也言已有志欲立犬馬之功自
恐無見舉用是以歎息而自傷也夫臨博而企竦聞樂而竊
抃者或有賞音而識道也向曰博棊也企竦驚立見於棊節者
識棊之道知樂之音明已識兵家之要行也昔毛遂趙之陪隸猶
假錐囊之喻以寤主立功濟曰趙平原君選客將求救於楚毛
遂請備員而行平原曰夫賢士處世譬如錐之處囊中其末立見遂曰使遂早得處囊中當穎
脫而出非特末見而已因與行至楚盟約卒由遂成也何況巍巍大魏

多士之朝，而無慷慨死難之臣乎。夫自衒
自媒者，士女之醜行也。良曰巍巍盛皃衒鬻其也媒達也士自露其
能女自達其容皆可醜也干時求進者，道家之明忌也。
忌畏也時不可進而求進者必有恥辱故有道者所畏也而臣敢陳聞於
陛下者，誠與國分形同氣，憂患共之者也。銑曰
分形同氣謂與文帝兄弟也憂愁患害也冀以塵霧之微補益山
海，螢燭末光增輝日月。向曰言已知塵霧之微螢燭之光也山海
日月喻國也願效末能增其國也是以敢冒其醜而獻其忠，
必知為朝士所笑，聖主不以人廢言。濟曰冒覆也醜矣知
謂自媒衒也笑謂笑其所謂也言聖人不以人輕而廢其言也伏惟陛下少

垂神聽，臣則幸矣。良曰垂聽謂傾聽自試之意

求通親親表一首銑曰植以文帝不聽諸王入朝故上表求存問親戚也

臣植言：臣聞天稱其高者，以無不覆；地稱其
廣者，以無不載；日月稱其明者，以無不照；江
海稱其大者，以無不容。故孔子曰：大哉堯之
為君，惟天為大，惟堯則之。翰曰大哉歎美之辭則法也夫
天德於萬物，可謂弘廣矣。蓋堯之為教，先親
後疏，自近及遠。其傳曰：克明俊德，以親九
族。九族既睦，平章百姓。銑曰聖人與天地合故曰天德克能俊深

九族謂玄孫之親也睦親也及周文王亦崇厥化，其詩曰：
刑于寡妻，至于兄弟，以御于家邦。向曰化謂和睦親族
之化寡妻嫡妻也御理也言文王以禮接其妻至於宗族以爲此政又能理於家邦是
以雍雍穆穆，風人詠之。濟曰雍和穆美也風人詩人也謂歌其和
美也昔周公弔管蔡之不咸，廣封懿親以藩屏
王室。良曰管叔蔡叔周公之弟咸和也言周公以二弟不和故廣封樹親戚以爲王
室之藩屏傳曰：周之宗盟，異姓為後。翰曰周之爲盟會列其
位皆以同姓居先異姓爲後言此以勸親誠骨肉之恩，爽而不離，
銑曰骨肉謂兄弟也爽差也言雖有差外不至離隔也親親之義，寔在
敦固。向曰親親骨肉之義寔在厚固未有義而後其君，仁而

遺其親者也。濟曰言義士不後君主仁者不弃親戚未有遺此道而行仁義
者也伏惟陛下咨帝唐欽明之德，體文王翼翼
之仁，惠洽椒房，恩昭九族。良曰帝唐堯也欽敬也謂聰明之德
翼翼恭敬皃惠恩也皇后稱椒房者美其繁興也羣臣百寮，番休遞
上。翰曰寮官遞迭也言衆臣百官宿衛當番以次休息遞爲上下執政不廢
於公朝，下情得展於私室，親理之路通，慶弔
之情展，誠可謂恕己治人，推惠施恩者矣。銑曰
言我願安居宿衛則所持戟不發於公朝亦不發也展寄也私室謂賀喜曰慶問哀
曰弔恕己謂以己身度人如此可謂推恩惠於親也至於臣者，人道
絕緒，禁固明時，臣竊自傷也。不敢乃望交氣

類脩人事欲人倫向曰言兄弟所親人之常道而今絕其端緒禁固謂不許朝拜也氣類脩交也倫道也近且婚媾不通兄弟永絕
吉凶之問塞慶弔之禮廢恩紀之違甚於路
人隔閡之異殊於胡越濟曰婚媾婚姻也不通謂不得相見也恩紀謂慶有恩情相紀錄處告知路人也閡亦隔也胡在北越在南言親戚乖隔亦猶是也
今臣以一切之制永無朝覲之望至於注心
皇極結情紫闥神明知之矣良曰一切猶一縣也春見曰朝秋見曰覲皇極紫闥天子所居也言我一縣拔制長無朝覲之望注結心情於天子之居神明知我心也
然天實為之謂之何哉濟曰言此實天子為之也
退惟諸王常有戚戚具爾之心願陛下沛然

選十九　十六

垂詔使諸國慶問四節得展銑曰惟思也戚戚憂思貌具爾謂具愛思於身也沛然猶恩澤也四節謂四時之節得展禮於君也以敘骨肉
之歡恩全怡怡之篤義向曰怡怡兄弟和樂兒篤厚也妃妾
之家膏沐之遺歲得再通齊義於貴宗等惠
於百司濟曰膏脂也沐甘漿之屬貴宗謂外戚及諸公也惠恩也恩同百司之官
如此則古人之所歎風雅之所詠復存於聖
世矣良曰古人歎謂大哉堯之為君以親九族風雅謂鹿鳴棠棣之詩也臣伏
自惟省無錐刀之用及觀陛下之所拔授若
以臣為異姓竊自料度不後於朝士矣翰曰拔謂簡賢授事也料度商量也言己之材用不在朝士之後也若得辭遠遊

武弁銑曰辭謝因遠遊謂出征也武弁武士之冠解朱組佩青紱向曰組綬皆綬也言解諸侯朱紱佩將軍青紱也駙馬奉車趣得一
號濟曰駙馬謂都尉也奉車掌御之官趣疾也言將立功績疾取一號號也安宅
京室執鞭珥筆出從華蓋入侍輦轂承答聖
問拾遺左右良曰珥插也插筆謂侍中職也蓋華蓋輦轂天子車飾也侍謂侍從答謂應答君命拾遺謂拾其遺闕於君之左右乃臣丹情之至願不
離於夢想者也遠慕鹿鳴君臣之宴中詠常
棣匪他之誡翰曰鹿鳴詩篇名美君臣宴也棠棣詩篇名刺兄弟不睦也
下思伐木友生之義終懷蓼莪罔極之哀銑曰伐木詩篇名宴朋友故舊也詩曰蓼蓼者莪又曰欲報之德昊天罔極每四節

選十九　十七

之會塊然獨處左右唯僕隸所對唯妻子高
談與所陳發義無所與展未嘗不聞樂而拊
心臨觴而歎息也翰曰僕隸下士言所對兼賢雖可與陳說申展故拊心歎息也臣伏以為犬馬之誠不能動人譬人之
誠不能動天崩城隕霜臣初信之以臣心況
徒虛語爾濟曰犬馬蓋自喻也言人之誠不能動天若能動天天子應知我也杞梁妻其夫戰死於莒城妻哭之城爲之崩鄒衍盡忠於君燕惠王信讒而繫之鄒子仰天而哭正夏而天降霜今我懸誠過於前人不見報應故曰徒虛語爾若葵藿
之傾葉太陽雖不為之迴光然向之者誠也良曰葵藿草也傾葉於日雖不爲迴光終是向日之誠心也臣竊自比葵

藿。若降天地之施，垂三光之明者，寔在陛下。翰曰三光日月星

臣聞文子曰：不爲福始，不爲禍先。銑曰此言三光文象避言以爲於君也 向曰福始禍先謂諸王皆不上表植獨先表故云

今之否隔，友于同憂，而臣獨唱言者，銑曰否隔不通也獨唱謂先陳表也 竊不願於聖世使有不蒙施之

物。有不蒙施之物，必有慘毒之懷。向曰慘毒猶憂怨也 銑曰惠言物不蒙恩惠則憂怨也 故柏舟有天只之怨，谷風有

棄予之歎。濟曰詩柏舟曰母也天只不諒人只 谷風詩曰將恐將懼寘予于懷將安將樂棄予如遺 伊尹恥其君不爲堯舜，良曰伊尹賢臣也 尹云我不能使其君如堯舜其心愧恥若撻于市 孟子曰：不以舜之

所以事堯事其君者，不敬其君者也。翰曰言舜有聖德能盡忠以事於堯豈事君得不敬其君者也

選十九 十八

臣之愚蔽，固非虞伊，至於欲使陛下崇光被時雍之美，宣緝熙章明之德者，銑曰蔽闇也言我固不如虞舜伊尹然欲其光大被時和之美雍和也緝熙光也 是臣慺慺之誠，竊所獨守，寔懷鶴

立企佇之心。向曰慺慺謹敬也 翰曰鶴立企佇久也 企舉踵以望恩澤也 敢復陳聞者，向曰立不轉中也 企舉 冀陛下儻發

天聰而垂神聽也。濟曰自上下曰垂 聽

讓開府表一首　羊叔子

良曰臧榮緒晉書云羊祜字叔子太山人也能屬文爲中書郎及晉受魏

禪爲車騎將軍開府儀同三司祜以此表讓不受讓推也

臣祜言：臣昨伏聞恩詔，拔臣使同台司。臣自

出身以來，適十數年，受任外內，每極顯重之

地。翰曰台司儀同三司儀式與三公同也重謂爵祿厚也 常以智力不

可彊，恩寵不可久，夙夜戰慄，以榮爲憂。銑曰言膂少力弱雖被榮寵早夜戰懼者自量不堪故以榮爲憂 臣聞古人

之言：德未爲眾所服，而受高爵，則使才臣不

進；功未爲眾所歸，而荷厚祿，則使勞臣不勸。

今臣身託外戚，事遭運會，向曰祜同產姊配景帝爲弘訓太后 言因外戚遭運會而蒙尊寵非有才德也 誠在過寵，不患見遺，而

選十九 十九

猥超然降發中之詔，加非次之榮。濟曰猥頓超越也 過之息中詔謂授儀同三司非次謂不依班次 臣有何功可以堪

之，何心可以安之？以身誤陛下，辱高位，傾覆

亦尋而至，言傾覆敗禍所授之蹤讒謗累先人也謂祖父舊居 願復守先人之敝廬，豈可得哉！良曰

違命誠忤

天威，曲從即復若此。翰曰忤逆也曲從謂受開府也即復若此言傾覆也

蓋聞古人申於見知，銑曰古人申於知己屈於不知己 大

臣之節，不可則止。向曰大臣以道事君不可則止 臣雖小

敢緣所蒙，念存斯義。今天下自服化以來，方

漸八年，雖側席求賢，不遺幽賤，濟曰緣因也所蒙開府之

職斯義謂不可則止之義服化謂服晉化猶虛謂虛其正位以待賢也然臣等不能推有德進有功使聖聽知勝臣者多而未達者不少假令有遺德版築之下有隱才屠釣之閒良曰版築傅說也屠釣太公也言或有如此之人遺才德於卑賤之役而朝議用臣不以為非臣處之不以為愧所失豈不大哉翰曰雖朝議用我以為得人而我處之不愧儻有如賢者遺才德於卑賤其失豈不大哉且臣不竊雖以未若今日兼文武之極寵等宰輔之高位也銑曰兼文武謂為將軍兼儀同也儀同同於三公故云等宰輔高位也臣所見雖狹據今光祿大夫李熹秉節高亮正身在朝向曰秉執亮明也

光祿大夫魯芝絜身寡欲和而不同濟曰言代事與和而貞節不同光祿大夫李胤莅政弘簡在公正色良曰正色不阿諂也皆伏事華髮以禮始終雖歷內外之寵不異寒賤之家翰曰服事謂衣冠以事君也華髮白髮也內謂相外謂將不異寒賤言不奢侈而猶未蒙此選臣更越之何以塞天下之望少益日月是以誓心守節無苟進之志銑曰此選謂儀同三司也越過三人也塞滿也言已偏蒙此選是不滿天下望也日月喻天子也所以讓者望益天子之明是以守節不爲進也今道路未清方隅多事乞留前恩使臣得速還屯向曰盜賊通行邊隅未靜留速上前恩謂止儀同也勒兵而屯曰屯不爾留連必於外虞有闕濟曰留連謂令作儀同則於外恐寇至虞度之事有闕也臣不勝憂懼謹觸冒拜表惟陛下察匹夫之志不可而奪良曰觸冒聖情冒上之顏也匹夫獨夫也言獨夫執志亦不可奪

陳情表一首 李令伯

翰曰蜀志云李密字令伯犍爲武陽人父早亡母何氏更適人密見養於祖母以孝聞侍疾日夜未嘗解帶蜀平後晉武帝徵爲太子洗馬詔書累下郡縣逼迫密上疏武帝覽其表嘉其誠款賜奴婢二人使郡縣供祖母奉膳服還漢中太守也

臣密言臣以險釁夙遭閔凶生孩六月慈父見背行年四歲舅奪母志祖母劉愍臣孤弱

躬親撫養臣少多疾病九歲不行零丁孤苦至于成立銑曰險釁艱難禍罪也閔憂也謂父憂也背死也奪志謂舅嫁其母不得守節愍痛也撫矜憐也零丁危弱皃成立謂二十成人也既無叔伯終鮮兄弟門衰祚薄晚有兒息外無期功彊近之親內無應門五尺之僮向曰衰微祚福也期功謂大功小功之親彊盛也僮僕也煢煢孑立形影相弔濟曰煢單也弔問也而劉夙嬰疾病常在牀蓐臣侍湯藥未曾廢離逮奉聖朝沐浴清化前太守臣逵察臣孝廉後刺史臣榮舉臣秀才以臣供養無主辭不赴會詔書特下拜臣郎中尋蒙國恩除臣

況馬猥以微賤當侍東宮非臣隕首所能上
報良曰聖朝謂晉朝也逵榮並刺史字也無主謂無人主奉供養之事猥頓也微賤自
謙也隕落也言自斷萃其首不能報此恩臣具以表聞辭不就職
詔書切峻責臣逋慢郡縣逼迫催臣上道州
司臨門急於星火臣欲奉詔奔馳則以劉病
日篤欲苟順私情則告訴不許臣之進退實
為狼狽音貝翰曰前除洗馬時以有表辭逵縷慢倨也篤病甚也許謂許於州司
也進謂欲去退謂欲住也狼狽猶悽惶也伏惟聖朝以孝治天下
凡在故老猶蒙矜育況臣孤苦特為尤甚且
臣少仕偽朝歷職郎署本圖宦達不矜名節

今臣亡國賤俘至微至陋銑曰偽朝謂蜀朝也郎署謂尚書郎
言我本謀為官職非隱逸以名節自矜也軍所虜獲曰俘蜀為晉滅故云此過蒙
拔擢寵命優渥豈敢盤桓有所希冀但以劉
日薄西山氣息奄奄向曰拔擢謂郎中洗馬也優饒渥厚也盤桓不
進皃有所希望言但為侍養非敢望高官也日迫西山喻劉年老暮也奄奄將絕也人
命危淺朝不慮夕濟曰危易落淺易拔慮謀也言朝不謀至夕之生也
臣無祖母無以至今日祖母無臣無以終餘
年母孫二人更相為命是以區區不能廢遠
良曰餘年殘年也區區猶勤勤也發遠謂廢養而遠離祖母臣密今年四
十有四祖母劉今年九十有六是臣盡節於

陛下之日長報劉之日短也烏鳥私情願乞
終養翰曰烏鳥反哺其母言我有此鳥之私情乞畢祖母之養也臣之辛
苦非徒蜀之人士及二州牧伯所見明知皇
天后土實所共鑒銑曰二州謂梁州益州也牧伯謂榮逵也言非但人
知我辛苦天地亦知也願陛下矜愍愚誠聽臣微志庶
劉僥倖保卒餘年向曰庶冀保安卒終也冀祖母蒙僥倖之恩安終殘
年也臣生當隕首死當結草濟曰魏武子有嬖妾無子武子疾命
子顆曰吾死嫁之及困又曰殺以殉顆乃從初言嫁之後與秦將杜回戰顆見老人結草
以抗杜回回躓為顆所獲中夜夢結草老人曰予妾父也報君不殺之心臣不勝
犬馬怖懼之情謹拜表以聞

謝平原內史表一首　陸士衡
良曰成都王表理機起為平原內史到官上表謝
陪臣陸機言銑曰諸侯之臣於天子朝稱陪臣此及姓也機前任吳王郎中
令故稱此今月九日魏郡太守遣兼丞張含齎板
詔書印綬假臣為平原內史拜受祗竦不知
所裁翰曰含太守下丞齎持也板冊文假言假借不久也祗竦懼懼皃制裁也臣
本吳人出自敵國世無先臣宣力之效才非
丘園耿介之秀銑曰敵國謂仇敵之國也先臣謂父祖也宣用效勤也言
非有功於國耿絜介獨也言負才德清絜獨居丘園不仕之人也皇澤廣被
惠濟無遠擢自羣萃累蒙榮進入朝九載歷

官有六身登三閣官成兩宮向曰擧聚也言拔於羣聚之中入朝謂入晉朝也歷官六為揚駿祭酒太子洗馬吳王郎中尚書郎中殿中郎又為著作郎三閣謂秘書郎掌內外三閣經書也兩宮東宮及上臺也服冕乘軒仰齒貴游振景拔迹顧邈同列施重山岳義足灰沒濟曰冕冠也軒車也齒列也貴游謂與公子同游也言振其光景拔迹越衆迴顧自省遠於同列蒙恩施之重我於事義足為灰沒以報恩德遭國顛沛無節可紀雖蒙曠盪臣獨何顏俛首頓膝憂愧若厲良曰遭國顛沛謂趙王倫篡位遷帝金墉無節謂不能見危授命曠盪謂蒙寬宥何顏謂自慙也頓膝謂拜跪也厲危也而橫為故齊王冏九求所見枉陷誣臣與衆人共作禪文翰曰枉曲誣加也禪文謂

禪位之文幽執囹圄當為誅始臣之微誠不負天地倉卒之際慮有逼迫銑曰幽隱執繫也囹圄獄名誅始謂先合誅也言我幽繫之信不欺天地但恐急懸之閒不得申說乃與弟雲及散騎侍郎袁瑜中書侍郎馮熊尚書右丞崔基廷尉正顧榮汝陰太守曹武思所以獲免向曰言此六人初皆同坐共思所以獲免之計也陰蒙避迴崎嶇自列片言隻字不關其閒事蹤筆跡皆可推校濟曰陰蒙避迴謂發疾喪不預倫事崎嶇傾側也自列謂自分雪也片言隻字皆不關趙王倫事也而一朝翻然更以為罪蕞爾之生尚不足吝區區本懷實有可悲畏逼天威即罪惟謹

良曰翻反蕞爾小貌區區勤懇也可悲謂遭枉橫實可悲痛也逼迫天威言逼天威之慈而就罪也鉗口結舌不敢上訴所天翰曰鉗以鐵為劫束也結繫也束口累舌言不敢語莫大之釁日經聖聽肝血之誠終不一聞所以臨難慷慨而不能不恨者唯此而已銑曰釁罪也人之罪莫大不忠不孝日經聖聽謂日日經天子聽察也肝血謂赤心誠實也慷慨失志也恨恨悲也志無所申但悲而已重蒙陛下愷悌之宥迴霜收電使不隕越向曰宥寬也雷電喻威隕越死也蒙天子寬迴收其威使至不死地復得扶老攜幼生出獄戶懷金拖徒我紫退就散輩濟曰散輩謂不除名爵散官之輩感恩惟咎五情震悼跼天蹐地若無所

容良曰震懼也跼曲也蹐累足行也思尚得罪五情震驚心自愧責於天地若無所容也不悟日月之明遂垂曲照雲雨之澤播及朽瘁忘臣弱才身無足采哀臣零落罪有可察苟削丹書得夷平民翰曰日月喻君也播布朽腐瘁病削除也丹書定罪之書夷亦平也平民凡民也言蒙天子照察除其罪書為凡民也則塵洗天波謗絕衆口臣之始望尚未至是銑曰塵喻罪也天波喻天子恩澤謗枉也言初所尚未至天恩洗罪猥辱大命顯授符虎使春枯之條更與秋蘭垂芳陸沈之羽復與翔鴻撫翼向曰猥頓也大命天子命也符虎謂金虎符也謂授內史也陸沈謂無水而沈喻已也翔鴻喻朝士也言我頓蒙天恩再得與朝士齊列也

安國免徒起紆青組張敞亡命坐致朱軒濟曰漢韓安國事梁孝王爲中大夫有罪在徒中漢使張羽拜安爲內史張敞爲京兆尹殺人被罪逃走後冀州有賊天子賜敞使治之敞晻詣拜爲冀州刺史青組朱軒並二千石之車飾方臣所荷未足爲泰豈臣蒙垢含吝所宜忝竊非臣毀宗夷族所能上報喜懼參并悲慙哽結拘守常憲當便道之官良曰垢濁也吝恨惜也忝辱言我含此污濁豈能辱竊此位也喜謂喜得內史懼不勝任也參并言雜半也憲法也當時之法據官者便之任也不得束身奔走稽顙城闕瞻係天衢馳心輦轂臣不勝屏營延仰謹拜表以聞翰曰稽顙拜也言爲奉法赴任不得奔走謝城闕也覲天子衛衢不得往故馳心也輦天子車轂屏營迴惶也

勸進表一首　劉越石

銑曰閔帝爲劉曜所殺琅邪王睿在江南時劉琨在并州段匹磾在冀州此表勸睿爲天子是爲元帝琨作此表然所點竄封印既畢對使者流涕而遣之

建興五年三月癸未朔十八日辛丑使持節散騎常侍都督河北并冀幽三州諸軍事領護匈奴中郎將司空并州刺史廣武侯臣琨使持節侍中都督冀州諸軍事撫軍大將軍冀州刺史左賢王渤海公臣磾頓首死罪上

尚書臣琨臣磾頓首頓首死罪死罪臣聞天生蒸民樹之以君所以對越天地司牧黎元向曰蒸衆樹立對配越揚司主牧養也言衆人須立君長配揚天地以主養之聖帝明王鑒其若此知天地不可以乏饗故屈其身以奉之知黎元不可以無主故不得已而臨之社稷時難則戚藩定其傾郊廟或替則宗哲纂其祀濟曰饗歆也天地神明依人而行故聖人屈身以奉祭祀難屯難也替廢也言社稷屯難郊廟禮廢當取親戚藩王之英哲以繼祀宗廟也所以弘振遐風式固萬代三五以降靡不由之臣琨臣磾頓首頓首死罪死罪伏惟高祖宣皇帝肇基景命良曰弘大式用靡無由從也言使宗子繼者將以大振遠風堅固萬代三五謂三皇五帝也自此以下無不從其繼絕之道也肇始景大也世祖武皇帝遂造區夏三葉重光四聖繼軌翰曰三葉謂宣景文帝也各有文明之德故重光四聖謂武帝惠帝懷帝也軌迹也惠澤侔於有虞卜年過於周氏銑曰侔齊也周公卜年七百言晉過之自元康已來禍難繁興永嘉之際氛厲彌昏向曰元康惠帝年號永嘉懷帝年號禍謂趙王倫作亂氛惡氣厲危也謂劉聰石勒等昏亂王室也宸極失御登遐醜裔國家之危有若綴旒濟曰宸極君也失御謂失御人之道天子崩曰登遐醜惡裔遠也謂懷帝死綴延也旒冕旒上綴珠下垂而危言國家似之賴先后之德宗廟之

靈皇帝嗣建舊物克甄良曰類蒙也先后謂上四帝也皇帝謂秦
王也洛陽破後秦王即位長安以嗣懷帝使舊禮物能明也誕授欽明服
膺聰哲玉質幼彰金聲夙振翰曰誕大也言大授欽明之德
而又聰睿幼少夙早也詩云金玉其相相質也振書也冢宰攝其綱百
辟輔其治四海想中興之義羣生懷來蘇之
望銑曰冢宰官位掌邦治以佐王也綱紀也百辟百官也輔佐也言四海衆人皆思想
中興懷其蘇息不圖天不悔禍大災荐臻向曰不圖不意也荐
重臻至也言大災重至謂劉曜破長安也國未忘難寇害尋興逆
胡劉曜縱逸西都敢肆犬羊陵虐天邑濟曰肆縱
也犬羊喻劉曜虐害也天邑長安也臣等奉表使還仍承西朝

以去年十一月不守主上幽劫復沈虜廷良曰
仍因也言琨等使人奉表詣長安還因知閔帝沒也不守不能守備幽囚劫脅也虜廷謂
劉蒙塵平陽也神器流離再辱荒逆翰曰神器天子位也流離崩喪
也再辱謂懷帝先沒閔帝又沒也荒逆謂劉曜也臣每覽史籍觀之
前載厄運之極古今未有銑曰困厄之運甚於古今苟在
食土之毛含血之類莫不叩心絕氣行號巷
哭向曰毛草也言聞帝蒙塵食土草及有生之類無不推心痛絕而已況臣等
荷寵三世位廁鼎司濟曰琨家三代俱事晉為著職鼎司三公也謂
琨為司空承問震惶精爽飛越良曰惶恐爽亡也問謂聞破亡人也
事也飛越猶飛揚也且悲且惋五情無主翰曰悲謂王之亡惋謂惋

賊之亂興哀朔垂上下泣血銑曰朔垂謂并州臣琨頓
首頓首死罪死罪臣聞昏明迭用否泰
相濟向曰否塞泰通言物不可久塞當還明通謂國雖亡亦當通濟也天命
未改歷數有歸濟曰言歷數未改晉當復歸或多難以固
邦國或殷憂以啓聖明是以齊有無知之禍
而小白為五伯之長晉有驪姬之難而重耳
主諸侯之盟良曰初齊公子無知作亂殺襄公鮑叔牙奉公子小白出奔莒
後雍廩殺無知莒人奉小白歸國是為桓公疆盛居五伯之先也五伯齊桓晉文秦穆宋
襄楚莊公也晉獻公以驪姬為夫人乃譖公子重耳出奔後獻公薨重耳還國是為文公
以主諸侯之盟多難謂遭小白之難殷憂謂獻驪姬之譖也固邦國謂桓公也啓聖明謂

文公也言此以喻君也社稷靡安必將有以扶其危黔
首幾絕必將有以繼其緒伏惟陛下玄德通
於神明聖姿合於兩儀翰曰陛下謂元帝也玄德謂潛行道德也
兩儀天地也言道德通神明舉動合天地能扶持社稷之危繼續黔首之命黔首百姓也
應命世之期紹千載之運銑曰紹繼也聖人千載一出言元帝
繼此千載之數也符瑞之表天人有徵中興之兆圖
讖垂典自京畿隕喪九服崩離向曰謂江左有符瑞而興
讖文應之畿謂王畿千里九服侯甸采衛蠻夷鎮藩也隕喪墜失也崩離壞散皃天
下囂然無所歸懷雖有夏之遘夷羿宗姬之
離犬戎蔑以過之濟曰囂然憂傷皃夏太康出畋為羿所逐夷羿氏也

姬周姓幽王爲犬戎所滅遘遇離羅竝言此二主遇難無能過於晉也茂無也陛
下撫寧江左，奄有舊吴，柔服以德，伐叛以刑。良曰
元帝本恭王長子居琅邪時加撫揚州諸軍事故云撫寧江左今復歸江南故云奄有舊
吴奄布也承安也言服用刑德以安播服叛亂也抗明威以攝不類，
仗大順以肅宇内，純化既敷，則率土宅心，義
風既暢，則遐方企踵。翰曰抗舉懾服也不類謂異國也大順謂順天
人也純厚也敷布宅居暢通也言純厚之化通仁義之風遠方之人皆企踵而慕之百
揆時序於上，四門穆穆於下。銑曰揆度也四門四方之門穆
穆和悦皃言度百事有次序於上使四方和悦於下昔少康之隆，夏訓
以爲美談。向曰少康夏后相之父爲寒浞所殺少康逃出後卒滅浞復禹之功

夏訓夏書也美談美其成功談說也宣王之興，周詩以爲休詠。
濟曰蒸民尹吉甫美宣王也任賢用能周室中興故詩人詠之況茂勳格于
皇天，清輝光于四海。良曰勳功格至也清輝謂天子之化蒼生
顒然，莫不欣戴。濟曰顒然仰德皃戴荷戴也聲教所加，願
爲臣妾者哉。銑曰聲響教化所加被者皆願臣於君也且宣皇之
胤，惟有陛下。向曰元帝宣帝之曾孫億兆攸歸，曾無與
二。濟曰攸所也言萬姓歸附無二心也天祚大晉，必將有主，主
晉祀者，非陛下而誰。良曰祚福也祀祭祀是以邇無異
言，遠無異望。翰曰無異望謂遠邇皆望於帝謳歌者無不吟
詠徽猷，獄訟者無不思于聖德。銑曰徽美猷道也言人皆

吟詠其美道聖德天地之際既交，華裔之情允洽。日
裔遠允信也言天地交通華夏遠裔皆與天地信合一角之獸，連理之
木，以爲休徵者，蓋有百數。濟曰一角獸謂麒麟也連理木異本
同末皆王者之美瑞百數言多冠帶之倫，要荒之衆，不謀而
同辭者，動以萬計。良曰冠帶謂四方士人要荒謂要服荒服也言外内
士人諸侯同爲勸進之辭者萬計也是以臣等考天地之心，因
函夏之趣，昧死以上尊號。翰曰考度也函夏中國趣向也尊號
天子號也願陛下存舜禹至公之情，狹巢由抗矯
之節，以社稷爲務，不以小行爲先。銑曰舜禹皆受禪以
濟時故願存之巢父許由皆舉高節不仕領狹小之行推讓也言勸爲至公無爲推讓

以黔首爲憂，不以克讓爲事。良曰黔首百姓克能也上
以慰宗廟乃顧之懷，下以釋普天傾首之望，
則所謂生繁華於枯荑，育豐肌於朽骨，神人
獲安，無不幸甚。向曰慰安也謂宗廟神祇乃願於君言立君當上安神祇
之顧下赴天下傾首之望美者揚之秀萬人得君猶枯木朽骨生其枝葉肌肉也神謂宗
廟也獲得也臣琨臣磾頓首頓首，死罪死罪。臣聞
尊位不可久虚，萬機不可久曠。虚之一日，則
尊位以殆；曠之浹辰，則萬機以亂。方今鍾百
王之季，當陽九之會。濟曰曠空殆危也浹及辰時也自甲及癸爲一
時鍾當也季末也九者陽數之極則有災會謂與厄相會也狡寇窺窬

國瑕隙齊民波蕩無所繫心安可以廢而不
恤哉良曰孜孜謂劉聰劉曜也窺窬欲伺候齊平也波蕩動散也言聰曜欲候我國
家瑕隙而平人動散無所託伺可闕而不矜恤陛下雖欲遜巡其君
宗廟何其若百姓何翰曰遜巡猶退讓也昔惠公虜秦
晉國震駭呂郤之謀欲立子圉外以絕敵人
之志內以固闔境之情故曰喪君有君羣臣
輯穆好我者勸惡我者懼銑曰晉與秦戰秦獲晉侯以歸郤乞
呂甥謀立孺子諸侯聞之曰喪君有君羣臣輯和甲兵益多好我者勸惡我者懼駭驚也
圉孺子名台輯和也闔前事之不忘後世之元龜也向曰
元大也大龜可卜知吉凶但能不忘前晉侯之事亦可為今之大龜陛下明並

日月無幽不燭深謀遠慮出自胷懷濟曰幽暗燭照
言謀慮深遠皆在陛下胷臆不假臣等不勝大馬憂國之情遲
覩人神開泰之路良曰遲久也開泰泰為泰平是以陳其乃
誠布之執事翰曰乃誠勸進之誠執事君之左右臣等各忝守
方任職在遐外不得陪列闕庭共覩盛禮踊
躍之懷南望罔極銑曰盛禮冊尊號之禮踊躍歡喜也罔無也謹
上臣琨謹遣左長史右司馬温嶠主簿臣薛
闔訓臣磾遣散騎常侍征虜將軍清河太守
領右長史高平亭侯臣榮劭輕車將軍事闕
內侯臣郭穆奉表臣琨臣磾等頓首頓首死

罪死罪

為吳令謝詢求為諸孫置守冢人表一首　張士然

翰曰孫盛晉陽春秋云張悛字士然吳國人也元康中吳令謝詢表為孫
氏置守冢人悛為文詔報之

臣聞成湯革夏而封杞武王入殷而建宋銑曰
革改也湯伐桀改封夏之後於杞杞國名周滅紂封微子於宋宋國名春秋征
伐則晉脩虞祀燕祭齊廟向曰晉伐虞而滅之而立虞廟而祀
樂毅為燕將伐齊緡王出亡常脩其廟而祭之夫一國為一人興先
賢為後愚廢誠仁聖所哀悼而不忍也故三

代敦繼絕之德春秋貴柔服之義濟曰三代夏殷周敦
厚也言湯武仁聖不忍絕國乃封杞宋是繼絕也傳云伐叛刑也柔服德也昔漢
高受命追存六國先諸絕祚一時普祀良曰六國
韓魏燕趙齊楚也高祖定天下皆存其後使為之祀諸絕祚謂諸公子絕祀者皆祀焉
親與項羽對爭存亡逮羽之死臨哭其喪翰曰
逮及也臨謂濟屍哭也將以位嘗侔尊力嘗均勢雖功
奪其成而恩與其敗且暴與疾顛禮之若舊
銑曰侔齊也言項羽嘗與高祖齊尊而勢力均平功奪其成謂破之也恩與其敗謂哭之
也暴興疾顛謂羽卒趣亡若舊謂禮與六國同殘戮之尸乃以公
葬向曰殘戮謂分斷其身也公葬謂以魯公葬之君使羽位承前緒

世有哲王一朝力屈全身從命則楚廟不墮許規
有後可冀濟曰使項羽承諸侯之緒代有哲王力屈於漢全身歸命則必楚廟不廢可冀楚也
伏惟大晉應天順人武成止戈良曰言用文德不用干戈
西戎有即序之人京邑開吴蜀之
館翰曰西戎遠國也序謂有朝聘之次序吴蜀歸序各築館京邑以館之興滅
加乎萬國繼絶接于百世雖三五弘道商周
稱仁洋洋之美未足以喻銑曰言國家興滅繼絶雖三皇五帝之行大道湯武之稱盛之美不足比也
仁是以孫氏雖家失吴
祚而族蒙晉榮子弟量才比肩進取懷金侯
服佩青千里向曰孫氏謂諸子弟也祚福也金印也青綬也言孫氏子弟比

肩為諸侯佩晉印綬也千里謂諸侯封疆
當時受恩多有過望濟曰過望謂恩澤也
臣聞春雨潤木自葉流根鴟鴞恤功良曰自葉流根謂吴子孫蒙晉官爵榮先祖也鴟鴞鳥也言此鳥憂
愛子及室毀其室故詩云寧取我子無毀我室子喻諸也室喻吴國
故天稱罔極之
恩聖有綢繆之惠翰曰詩云昊天罔極又云徹彼桑土綢繆牖戶言此恩惠深也
追惟吴偽武烈皇帝遭漢室之弱值亂
臣之彊首唱義兵先衆犯難破董卓於陽人
濟神器於甄井銑曰孫堅追謚武烈皇帝也當漢獻之末逢亂臣董卓彊暴堅先舉義兵破之於陽人陽人地名濟得也時於洛城南甄井上見有異氣使漉之得漢傳國璽璽則神器也
威震羣狡名顯往朝桓王才武

約冠承業向曰羣狡謂董卓之徒也往朝謂漢朝也堅子策以才武定亂謚曰長沙桓王也承業謂承父堅業
招百越之士奮鷹揚之勢濟曰招集也百越南越之號也言集彼武士奮舉之勢如鷹鳥飛揚之皃
西赴許都
將迎幼主雖元勳未終然至忠已著良曰時漢帝都許策陰謀欲襲許以迎漢帝未發為吴郡太守許貴容所殺也大功雖則不終至極之忠亦為著明矣
夫家積義勇之基世傳扶危之業進
為徇漢之臣退為開吴之主而蒸嘗絶於三
葉園陵殘於薪采翰曰義勇謂起義兵也扶危謂扶漢社稷也義徇營也開吴謂為吴主也三葉謂堅策權也言陵墓園邑為樵薪者殘毀也
臣竊悼之
伏見吴平之初明詔追録先賢欲封其墓恩

謂二君並宜應書銑曰破吴之時武帝有詔追録先賢也恩謝詢自稱也二君堅策也言應書其名自申也
故舉勞則力輸先代論德
則惠存江南正刑則罪非晉寇從坐則異代
已輕向曰言論功勞則嘗救力於漢在德則經存養江南百姓言正刑則漢魏之時征伐不為晉寇也若緣孫諸之坐則是遠祖應輕也
若列先賢之數蒙
詔書之恩裁加表異以寵亡靈則人望克厭
誰不曰宜濟曰裁減表明克能厭足也言加明異於常人寵貴亡者則百姓意望足皆云合宜也
二君私奴多在墓側今為平民乞
差五人蠲其傜役使四時修護頹毁掃除塋
壟永以為常良曰平民百姓也蠲免也

讓中書令表一首 庾元規

翰曰何法盛晉紀云庾亮字元規爲中書郎肅祖欲使爲中書監上疏肅祖紛亮言封永昌公監令不同蓋相類也

臣凡庸固陋少無檢操昔以中州多故舊邦喪亂隨侍先臣遠庇有道爰容逃難求食而已銑曰固陋小也檢操猶節操也中州洛陽舊邦潁川也庾氏所居喪亂謂遭劉聰劉曜破亡也先臣謂亮父琛爲會稽太守庇蔭也有道謂元帝也爰於也言我客遊逃難以求食而已不悟邀時之福遭遇嘉運先帝龍興垂異常之顧眷同國士又申之婚姻向曰時福謂蒙授爵祿也運會也龍興謂先帝中興異常謂眷殊於平人也國士謂分義之士申重也婚姻謂亮妹爲太子妃遂階親寵累忝非服弱冠濯纓沐浴玄風濟曰階因累重服任也玄風道教也言因親寵重厚非常之任弱冠二十也濯纓入仕也言少登仕宦沐浴天子道教頻繁省闥出總六軍良曰頻數繁多也省闥謂黃門郎散騎侍郎天子六軍也總六者謂爲王敦中領軍也十餘年閒位超先達翰曰言爵祿越先進之人無勞被遇無與臣比小人祿薄福過災生止足之分臣所宜守銑曰言無功而被顧遇無有與臣爲比者然無德而居厚祿則災害生止足之分臣將宜守之而偷榮昧進日爾一日謗讟既集上塵聖朝始欲自聞而先帝登遐向曰謗毀讟謗也塵猶穢也天子死曰登遐言我竊冒榮祿日復一日毀謗既聚是穢明朝以此事聞徹而元帝崩

區區微誠竟未上達陛下踐祚聖政惟新濟曰區區猶勤勤也竟終祚福也言明帝升位政教法令改舊自新也宰輔賢明庶寮咸允康哉之義實存至公而國恩不已復以臣領中書則示天下以私矣何者臣於陛下后之兄也良曰庶衆寮官咸皆允信也書曰庶事康哉至公無私也國恩於臣不已令臣領中書則非至公之理是示天下私情也何者自發問之辭姻婭之嫌實與骨肉中表不同雖太上至公聖德無私翰曰姻婭妻族之親骨肉謂兄弟中表內外姨舅兄弟也此意言毋姨之親猶可而妻族最涉嫌疑也故云不同太上謂天子德也言天子之德無私然世之喪道有自來矣悠悠六合皆私其姻者也人皆有私則謂天下無公矣是以前後二漢咸以抑后黨安進婚族免向使西京七族東京六姓皆非姻黨各以平進縱不悉全決不盡敗今之盡敗更由姻昵銑曰言大道既喪天下之人皆私厚妻族以爲更無至公之人咸皆也抑謂抑止后之宗黨不令過寵也如此則宗黨安若后族進用者則宗族危亡七族謂前漢呂竇衛上官霍許王后也六姓謂後漢鄧馬竇閻梁何后也言此諸黨以才平進者則決少敗而今盡敗者則親所厚近謂德懷等后家臣歷觀庶姓在世無黨於朝無援於時植根之本輕也薄也苟無大瑕猶或見容向曰庶姓謂與國無親者朝無黨援豈非輕薄也然且小過或見寬容瑕猶過也至於外戚

憑託天地勢連四時根援扶疎重矣大矣而
猥居權寵四海側目 濟曰憑依也天地喻前天子皇后也四時根援喻
諸王也財淺也淺居權寵之地則四方側目而懼之 事有不允罪不容
誅身既招殃國為之弊 良曰允信也不容誅謂罪大死刑之中亦
不足容受也弊頓仆也 其故何耶直由婚媾之私羣情
之所不能免故率其所嫌而嫌之於國 翰曰其故
何耶自設問故如是言由婚姻涉衆情之嫌故致敗於國 是以疏附則
信姻進則疑積於百姓之心則禍成重闈
之內矣此皆往代成鑒可為寒心者也 銑曰疏附
謂異姓用賢也姻進謂外戚用事也重闈宮門也言外戚用則賢臣不進而禍亂之成由
於內矣征伐謂呂霍等也以此為戒足為寒心戰懼也 夫萬物之所不
通聖賢因而不奪冒親以求一才之用未若
防嫌以明公道 向曰言物有不通達者聖人因而任之陛下冒親戚嫌疑
求一小才之用不如防備嫌疑慮以明公正之道 今以臣之才兼如此
之嫌而使內處心膂 旅 外總兵權 濟曰以臣才言薄才
也如此嫌謂是后兄也膂脊也言中書令為天子心脊總兵謂為于軍中領軍也 以
此求治未之聞也以此招禍可立待也 良曰言用
我以求理未聞其可致我以此招禍敗佇立可待也 雖陛下二相明其
愚款 翰曰二相左右丞相款誠也 朝士百寮頗識其情天
下之人何可門到戶說使皆坦然耶 銑曰寮官也

坦然明白見衆不能明無私情故生疑也 夫富貴寵榮臣所不
能忘也刑罰貧賤臣所不能甘也今恭命則
愈違命則苦臣雖不達何事背時違上自貽
患責耶 向曰愈勝苦憂貽遺也言恭榮寵甘貧賤知恭君命受職則勝違君命
則憂雖不知何事違君命自遺患責亦 仰覽殷鑒量已知斂身
不足惜為國取悔 濟曰數厚悔禍也言厚寵前代之戚度已必敝誠不
惜身恐為國禍 是以悾悾屢陳丹款而微誠淺薄
未垂察諒憂懼屏營不知所厝 翰曰悾悾誠也屢數也察
諒信也懼惶懼也屏營徘徊也厝置也 以臣今地不可以進明
矣且違命已久臣之罪又積矣歸骸私門以
待刑書 銑曰今地謂嫌疑之地違命謂不受中書令積多也歸骸謂乞骸骨歸家
以待罪 願陛下垂天地之鑒察臣之愚誠則雖
死之日猶生之年矣 向曰天地鑒察日月之明愚誠款也

薦譙元彥表 桓子元
濟曰何法盛晉書云桓溫字子元譙國人為琅邪王文學後為征西將軍
至蜀見譙秀惡李雄之亂逃竄不仕故表薦之

臣聞大朴既虧則高尚之標顯道喪時昏則
忠貞之義彰 良曰大朴大道也高尚隱逸也標表也喪亡昏闇彰明也言
薄之代則隱逸見貴亂之時則忠貞明 故有洗耳投淵以振玄
邈之風 翰曰洗耳河上謂許由也湯以天下讓務光務光不受遂自投清冷泉而

以振玄遠之風也 亦有秉心矯跡以敦在三之節 銑曰秉執矯擇敦厚也在三謂父生之師教之君食之言士有執心擇迹厚君父師之節 是以上代之君莫不崇重斯軌所以篤俗訓民靜一流競 向曰謂堯讓許由禹禮伯成軌迹也皆崇重高尚之迹言重此以厚人俗訓人不爲奔競也 伏惟大晋應符御世運無常通時有屯蹇神州丘墟三方圮裂 濟曰符瑞也言世運無常通之理時有險難之道圮毀裂分也神州洛陽也丘墟荒廢也諸處皆被賊虜所據晋唯有江南之地故三方分毀 兎罝絕響於中林白駒無聞於空谷有識之所悼心大雅之所歎息者也陛下聖德嗣興方恢天緒 良曰兎罝網也詩云

選十九　四十

肅肅兎罝紂之賢人退於山林網禽獸而食之詩云皎皎白駒在彼空谷此刺宣王不能留賢也絕響無聞謂賢人之無遺也悼傷也雅正也言古之賢謂大雅君子所傷歎 臣昔奉役有事西土鯨鯢既懸思宣大化 銑曰事役謂將軍征蜀也鯨鯢大魚能吞食小魚喻李勢也既懸謂梟首而平蜀也言思布大化 訪諸故老搜揚潛逸庶武羅於羿浞之墟想王蠋於亡齊之境 銑曰平蜀之後搜舉逸人也武羅夏之賢人羿不用寒浞殺羿而自立王蠋齊賢人樂毅代齊欲封之蠋曰忠臣不仕二主生而無義不如絕脰而死言庶幾思想此人於亡國之墟 竊聞巴西譙秀植操貞固抱德肥遯揚清渭波 濟曰植立操志也肥遯隱逸也揚舉也渭水濁波喻李勢也言立貞固抱德隱逸之德在李勢之朝能舉清潔之行

時皇極遘道消之會群黎蹈顛沛之艱 良曰皇君極中遘遇也道消謂君子道消也黎衆顛沛僵仆艱難也 中華有顧瞻之哀幽谷無遷喬之望 翰曰中華中國也顧瞻而哀也詩云出自幽谷遷于喬木幽谷謂衆賢高也此謂賢者相呼召登仕之意望無此望也 凶命屢招姦威仍逼 銑曰凶命謂李雄李壽或以禮招或以威迫秀終不應命 身寄虎吻危同朝露 濟曰虎吻口也喻危也 而能抗節玉立誓不降辱杜門絕跡不面偽庭進免龔勝亡身之禍退無薛方詭對之譏 良曰抗舉也玉立言貞也誓不仕亂朝龔勝漢王莽時徵不就因不食而死薛方亦爲莽徵辭曰堯舜在上下有巢許由之節

選十九　四十一

雖衰綺之棲商洛管寧之默遼海 翰曰秦末四皓避秦亂隱於商洛山夏公綺里季管寧避漢末公孫度之亂隱於遼東也 方之於秀殆無以過于今西土以爲美談夫旌德禮賢化導之所先崇表殊節聖哲之上務方今六合未康豺豕當路遺黎偷薄義聲不聞 銑曰方比也西土蜀也言皆美秀之節也言禮賢德表異行是先聖上務也康安也豺豕喻亂賊也偷薄澆競也道義之聲無聞 益宜振起道義之徒以敦流遯之弊若秀蒙蒲帛之徵足以鎮靜頹風軌訓囂俗 濟曰流遯不返當振起澆薄之人以勸免澆俗也言良時曰古之徵賢者以束帛之禮

毀車輪而微之積壞執法囂薄也言以禮徵秀必能鎮其壞風法教薄俗幽遐仰流九服知化也良曰幽遐遠夷也九服謂九服諸侯也言皆仰風流而知淳化

解尚書表一首　殷仲文

翰曰檀道鸞晉陽春秋云桓玄僭位仲文以佐命親貴帝初反正抗表自解

臣聞洪波振壑川無恬鱗驚飈拂野林無靜柯銑曰振動恬安拂擊也言大波動於壑驚飈擊於林則魚無安而條無靜也何者勢弱則受制於巨力質微則莫以自保於理雖可得而言於臣寔所敢喻向曰勢弱謂林魚也巨力謂風波也言已微弱受制於桓玄不能自保也於理則然於臣是不敢以此喻以與玄親也昔桓玄之代誠復驅逼者衆至於愚臣罪實深矣進不能見危授命以身徇國濟曰逼迫也徇營也言桓玄之時衆人皆被驅迫於己有親罪則實深在進不能見君之危以死命而營國也退不能辭粟首陽拂衣高謝良曰伯夷叔齊不食周粟死於首陽山言已不能效之拂衣以謝世遂乃晏安昏寵叨昧僞封翰曰晏安謂晏然自安昏亂之朝寵貴也叨貪也僞封仲文爲東興公也錫文篡事曾無獨固銑曰桓玄進到姑熟羣臣勸九錫及禪位冊文皆仲文依言曾無獨固者謂拒之也名義以之俱淪情節自茲兼撓女教宜其極法以判忠邪鎮軍臣裕翰曰[illegible]

判分也言宜加重法以分忠正邪僞也裕劉裕也匡復社稷大弘善貸濟曰匡正也貸謂假借人性命也謂誅桓玄反正晉之社稷廣爲善以假借人命抒一戮於微命申三驅於大信良曰抒洩也三驅之禮去三面而留二面言寬仁也謂用三驅之人網漏我微命危縱令人大信順之既惠之以首領復引之以縶知立維翰曰惠首領謂不殺也詩云縶之維之謂不解尚書于時皇輿否隔天人未泰用忘進退唯力是視銑曰言此時天子爲臣下閉塞天道人事未得大通故忘進退之理爲尚書以力效軍旅也是以僶俛從事自同令人向曰僶俛俯仰也令善也言我屬軍旅亦定故俯仰從尚書之任自同令善之人也今宸極反正唯新告始憲章既明品物思舊濟曰宸極帝位言天子反正更新禮法條章皆舊太平之時臣亦胡顏之厚可以顯居榮次良曰胡何也言何能以此厚愧之顏居尚書之次序乞解所職待罪私門翰曰所職尚書私門私家之門違謝闕庭乃心慊戀謹拜表以聞

為宋公至洛陽謁五陵表　傅季友

銑曰晉書云義熙十二年洛陽平裕命修晉五陵置守備也

臣裕言近振旅河湄揚旍西邁向曰振整也舉邁行也湄水涯旍旗類將届舊京威懷司雍濟曰届至也洛陽晉所都故云舊京威懷謂以威德懷人也司雍二州名河流遄疾道阻且長加以伊洛榛蕪津塗久廢伐木通徑淹引時月

良曰遥遠阻險也伊洛二水名蕪荒穢也徑道也淹遲也始以今月十二日次故洛水浮橋山川無改城闕為墟宫廟隳頓鍾虡空列觀宇之餘鞠為禾黍翰曰晉舊都故觽隳頓廢壞也虡鍾格言都邑荒蕪唯有鍾格虛設宫觀之餘盡為田疇而生禾黍也廛里蕭條雞犬罕音感舊永懷痛心在目銑曰廛古也里居里蕭條空迥皃感舊感昔全盛時而目所見者皆痛心焉以其月十五日奉謁五陵向曰謁拜也五陵謂文帝武帝宣帝景帝惠帝等陵墳塋幽淪百年荒翳天衢開泰情禮獲申故老掩涕三軍悽感瞻拜之日憤慨交集濟曰幽暗淪沒也自懷帝至安帝近百年墳陵荒廢也情謂臣子拜謁也禮謂祭物儀也憤慨悲感也行河南太守毛脩之等既開翦荆棘繕脩毀垣職司既備蕃衛如舊良曰繕補也謂脩理荒穢備置蕃衛如舊儀伏惟聖懷遠慕兼慰翰曰遠慕謂思念父祖彝復慰安陵廟不勝下情謹遣傳詔殿中中郎臣某奉表以聞

為宋公求加贈劉前軍表一首銑曰劉穆之為將軍卒追贈儀同三司裕表於天子重贈侍中司徒

臣聞崇賢旌善王化所先念功簡勞義深追遠向曰崇重旌表簡別也言重賢表善王化所尚也念功績別勤勞義在追思遠事也故司勳秉策在勤必記德之休明沒而彌著濟曰司勳官名主録公勤也有休美之德者身沒之後終益著明故尚書左僕射前軍臣劉穆之爰自布衣協佐義始內竭謀猷外勤庶政良曰協合也義始謂初起義兵得穆之合佐竭盡[illegible]道也言內盡謀策之道外勤軍旅之事密勿軍國心力俱盡密勿僶俛也言於軍旅之中心盡謀慮力盡行陣及登庸朝右[illegible]京畿敷讃百揆翼新大猷銑曰登升庸用也朝右謂僕射尹[illegible]也敷布讃奏揆度翼輔猷道也謂為丹陽長布奏以度百事輔新君之大道[illegible]戎車遠役居中作捍撫寧之勳實洽朝野識量局致棟幹之器也向曰言宋公出征穆之居中以為捍禦有持安之功以合朝野局曲致至也識度曲至有棟梁貞幹之器方宣讃盛化緝隆聖世志績未究遠邇悼心皇恩褒述班同三事濟曰緝光績功究盡悼傷也言未盡其志而死遠近傷心焉褒厚也班同三事謂贈儀同三司榮哀既備寵靈已泰良曰生榮死哀人理既備寵其神靈[illegible]亦以奢泰臣伏思尋自義熙草創艱患未弭翰曰義熙晉安帝年號草創初始也弭止也艱患謂桓玄作亂外虞既殷內難亦荐時屯世故靡有寧歲銑曰虞度殷衆荐重[illegible]也外度謂慕容超[illegible]為邊患言也難多故無有安寧之年臣以寡乏負荷國重[illegible]穆之匡翼之勳豈唯讜言嘉謀溢于民聽向曰初弱穎蒙匡正翼佐也讜善言也謂溢滿也言穆之善言善謀滿於人聽若乃忠規密謨潛慮帷幕造膝詭辭莫見其際濟曰[illegible]

潛慮謂有帷幄之筭造膝謂近天子紛諫言也詭辭謂人問則詭對之莫見其際謂屢而言
不見事隔於皇朝功隱於視聽者不可勝紀所
以陳力一紀遂克有成良曰言隔別皇朝其功不為天子聞見者
多也一紀十二年言陳力十二年遂有成也出征入輔幸不辱命
微夫人之左右未有寧濟其事者翰曰言稍之出將入
相皆不辱君命也微無也言無此人不能安濟軍國之事履謙居寡守之
彌固銑曰履踐也言踐謙居寡欲之道守之彌益堅固每議及封爵
輒深自抑絕所以勳高當年而茅土弗及向曰
抑絕謂拒封爵也古者天子建諸侯以白茅封五色土賜以為社不及言不封撫事
永念胡寧可昧讜宜加贈正司追甄土宇濟曰

選十九　四十六

胡何也言撫此事何可昧而不言也讜者宋公意也正司謂正為三公也甄表也謂表其
所居土宇俾忠貞之烈不泯於身後大賚所及永
秩於善人良曰俾使烈業泯滅賚賜也秩祿也言使身沒而不朽長賜祿秩於
善人臣契闊屯夷旋觀終始金蘭之分義深情
感是以獻其乃懷布之朝聽所啓上合請付
外詳議翰曰契闊勤苦也屯難夷傷也觀終始謂觀盡之終始也金蘭謂與宋公
為交道其堅如金其臭如蘭言分義既深獻其懷抱布之天聽如合上意即請付議

為齊明皇帝作相讓宣城郡公第一表

一首　任彥升

銑曰齊明皇帝名鸞初立爭昭文以帝錄尚書事封宣城郡公固讓不受後廢帝自立

臣公言被臺召以臣為侍中中書監驃騎大
將軍開府儀同三司揚州長史錄尚書事封
宣城郡開國公食邑三千戶加兵五千人臣
本庸才智力淺短太祖高皇帝篤猶子之愛
降家人之慈向曰篤厚也猶子謂高祖兄世子也家人當家之人慈愛也
祖武皇帝情等布衣寄深同氣濟曰世祖高祖長子布衣
猶平人也同氣兄弟親之也武皇大漸實奉話言良曰大漸
言病進將死也話善言也謂屬後事以輔政也雖自見之明庸近所
蔽愚夫一至偏識量已翰曰言自見者為明庸人近暗此事愚夫

選十九　四十七

自謂也一至猶偏識也言我偏識之材過量已之分蔽暗也實不忍自固
於綴衣之辰拒違於玉几之側銑曰綴衣王將崩之時命
設衣於庭而王憑玉几言不忍固違拒此時受詔之言遂荷顧託導揚
末命向曰荷負也導引揚明也末命臨終之命也雖嗣君棄常獲
罪宣德濟曰嗣君鬱林王也棄常謂廢常道也得罪於宣德太后王室不
造職臣之由良曰造成也鸞輔佐天子不成功是我之罪也何者親
則東牟任惟博陸徒懷子孟社稷之對何救
昌邑爭臣之譏翰曰漢東牟侯興居惠王子也誅諸呂有功封博陸侯霍
光字子孟武帝使輔昭帝帝崩後輔昌邑王賀賀無道以太后命發賀賀曰天子有爭臣
不失天下光曰臣寧負王不負社稷也自發問言何因由我正以我與親任與彼同令空

懷此無投 王讓之言 四海之議，於何逃責。且陵土未乾，訓誓在耳。銑曰言四海聞廢王皆歸咎責於 我陵土未乾言帝崩在近約束之言未離 於耳 家國之事，一至於斯，非臣之尤，誰任其咎。向曰言家者語其親言國者謂天下一 至於斯謂廢鬱林王也尤過任當也 將何以肅拜高寢，虔奉武園，悼心失圖，泣血待旦。濟曰虔敬也高寢高祖寢廟也武 園武帝園陵也悼傷也言心之傷痛失 所圖謀也無聲 而泣下日血也 寧容復徽榮於家，恥晏安於國危。良曰徽遊也家恥謂嗣君弃常也 晏亦安也國危謂鬱林廢後也 驃騎上將之元勳，神州儀刑之列岳。銑曰驃騎上 將軍漢置位 在三司上神州謂楊州也儀刑謂天 下儀飾刑表也列岳謂此於諸侯 尚書古

稱司會中書，實管王言。向曰今之尚書古稱 司會爲主天下之大 計也中書官名掌出納王言 此等官當用賢言已不稱也 且虛飾寵章，委成禦侮，臣知不愜，物誰謂宜。濟曰寵章謂封 侯也禦侮謂爲 驃騎愜可也言自 知不可誰以爲得 但命輕鴻毛，責重山岳，存沒同歸，毀譽一貫。良曰言命有可輕如鴻毛 可重如山岳言我不能輔 主其命如鴻毛矣貴事也言今 輕已故存沒毀譽皆歸一事爾 辭一官不減身累，增一職已黷朝經，便當自同體國，不爲飾讓。翰曰黷污經法也同體爲已與國親 是同一體不爲假飾而求讓名也 至於功均一匡，賞同千室，光宅近甸，奄有全隕，越爲期，不敢聞命。銑曰均同匡正隕 墜也管仲相桓公一匡

天下千室謂諸侯之封也近甸謂宣城去都 近言令使用管仲而爲侯先其所居令大有 全國雖則隕墜而 死終不敢受也 亦願曲留降鑒，即垂順許，鉗此之懇誠，彌國永昌之丹慊，苦草 獲申。向曰 許謂 許所請也晉羊祜封鉅平子武帝受禪加開 府儀同三司祜讓不受庾亮破沈充功封求 昌縣開國公固讓不 受懇信也慊不足也 乃知君臣之道，綽有餘裕。濟曰綽寬 裕優也 苟曰易昭，敢守難奪，故可庶心弘議，酌己親物者矣。不勝荷懼屏營之誠。良曰 苟且也且以我情淺近易昭察然我匹夫 之志難奪也弘大酌度也屏營猶驚惶也 謹附其官某甲奉表以聞。

為范尚書讓吏部封侯第一表 翰曰雲 與梁武

同事竟陵王情義親密及梁武之即 位用爲吏部尚書兼封侯以爲太重 故不 敢受

臣雲言：被尚書召，以臣爲散騎常侍、吏部尚書，封霄城縣開國侯，食邑千戶。奉命震驚，心顏無措。中謝 臣素門凡流，輪翮無取。銑曰素本 也輪謂軨 運之功翮謂輔翼 之用言我無此能 進謝中庸，退慙狂狷。古縣 反向 曰中庸謂中常之人狂狷 性狂也慙謝皆謂不及也 固嘗鑽厲求學，而一經不治，篆刻爲文，而三冬靡就。濟曰鑽 先王之 道勉厲於學不能精治一經也篆謂篆書刻 謂雕刻文章也東方朔學書三冬文史足用 靡無 成也 負書燕魏，空躡蔬粟，躡屩脚齊楚，徒

知貧賤良曰蘇秦負書游說於燕趙二國也殫盡也菽豆也田子方謂魏太子曰志不得則授履而適楚安往而不得貧賤也躡踏屩履也既而分虎出守以囊被見嗤持斧作牧以薏意苡以興謗翰曰漢儀郡國銅虎符囊衣袋也嗤笑也持斧謂諸侯有功者以斧鉞得專征伐也王吉爲益州刺史好事車馬衣服及去職不過囊衣而已馬援爲交阯太守出薏苡可治瘴氣後取一車將還時人以爲南土珍怪因而流謗也此謂雲爲始興太守而被解落也赭衣為虜見獄吏之尊除名為民知井臼之逸銑曰古得罪之人皆著赭衣虜獲也言爲執法者所獲也下獄之時畏其執法之吏而尊之除名謂除其官爵以爲凡人也井臼謂操舂汲之事而以爲逸樂百年上壽既良曰徒然如其誠說亦以過半亂離斯瘼莫欲

以安歸向曰徒然空言也誠信也雲以上壽百年爲空言縱是信說亦年已過半矣亂離東昏侯作亂也瘼病也安歸不仕也閑門荒郊再離寒暑濟曰野外曰郊離經也寒暑冬夏也兼以東皐數畝控帶朝夕關外一區悵望鍾阜良曰皐澤也控引也帶繞也朝夕謂海也丹陽齊門外也一區謂宅悵望失志貌鍾阜鍾山雖室無趙女而門多好事祿微賜金而歡同娛老折芰蕃枯此爲自足翰曰趙女歌舞妓也好事謂相知者陳廣得賜金歸與鄉人日同歡娛言我祿則微薄賜金然歡娛同之菱也可以藉坐也枯乾魚芰陛下應期萬世接統千祀三千景附八百不謀銑曰陛下謂梁武也祀年也謂應萬代千年之聖也武王有臣三千惟一心八百諸侯不謀而同會于孟津也景影

也言天下之人如影之附於身亦猶武王矣臣疊等離心功勲同德泯首在顏輿棺未毀締構草昧敢叨天功向曰疊陳也離心謂紂臣離心離德也等謂己爲齊臣武王有臣同心同德言不能爲梁立功故勲之降者泯首輿棺以歸命也顏面也言泯猶在輿棺猶未毀締結構也草昧謂初也叨貪也天功天子之功也獄訟謳歌示同民志而隆器大名一朝總集顧己及躬何以臻此濟曰獄訟之事與歌謠皆歸於梁武所望亦一人之例爾器謂珪璋也總集謂集於身帝見任用也躬身至也自顧其身不堪至此大官政當以接閑白永列宅舊豐忘捨講之尤存諸公之費良曰吳漢與光武同居白水鄉盧綰與高祖同居豐邑雲與梁武居止相近故云也初光武學長安時過朱祐宅祐

留上待講竟乃談話及帝登位駕幸祐第問曰得無去我講乎祐曰不敢尤過也上初學長安賢者往來南陽資用乏與同舍生韓子合錢買驢令從僦以給諸公之費俯拾青紫豈待明經翰曰古人明經而取青紫如俯拾地芥言今不待明經而得也臣雲中謝夫銓衡之重關諸隆替遠惟則哲在帝猶難銑曰銓衡所以平輕重關猶存也替廢也皐陶云知人則哲惟帝其難言吏部之任難遠思之自知不可也漢魏以降達識繼軌雖俗所歸唯稱許郭向曰繼軌言達識者多然所稱者唯許劭郭林宗能超拔人士而用之也拔十得五尚曰比肩濟曰龐統曰拔擢十人而得五人亦可以有志自勵不亦可乎淳于髡一日薦七士宣王曰寡人聞千里一士尚日比肩今一朝見七士不亦衆乎其餘得失未聞偶察童幼天

機槧發顧無足算良曰其餘謂許郭之外聞得失也偶有鑒察壹初之異天然自知無足稱數也在魏則毛玠公方居晉則山濤識量以臣況之一何遼落翰曰毛玠魏尚書典選舉用公方清正之士山濤晉吏部尚書亦取正直之人以我比二賢一何遼落而不相及也齊季陵遲官方淆亂銑曰季末也陵遲零落也官方謂王政淆亦亂也鴻都不綱西園成市向曰鴻都學府也不綱謂無綱紀也漢靈帝時太后臨西園賣官齊亦如此金章有盈笥之談華貂深不足之歎濟曰金章印也笥謂盛衣器華貂侍臣之服飾也趙王倫爲亂諺曰金章蒲籍尚不可長又曰貂不足狗尾續言小人在位者衆故云此矣草創惟始義存改作恭已南面責成斯在良曰創造言初造國政當存改敝風天子南面恭已而已選任賢能責成於此尚書豈宜妄加寵私以乏王事附蟬之飾空成寵章求之公私授受交失翰曰言不可以私恩而加尊寵關之王事侍中之冠飾以黃金附蟬寵章珪章也無於而蒙此者於公則失授於私則失受近世侯者功緒參差或足食關中或成軍河內銑曰緒業也參差不齊也蕭何留守關中常以食給漢王即位封酇侯也寇諭守河内收租四百萬石轉給光武軍光武即位封雍奴侯皆言有功而封或制勝帷幄或門人加親向曰高祖云運籌帷幄之中決勝千里吾不如子房可封留侯光武即位拜鄧禹爲前將軍詔日孔子云自吾有回門人益親可封爲酇侯或與時抑揚或隱若敵國或策定禁中或功成野戰或盛德如卓

選十九　五十二

茂或師道如桓榮或四姓侍祀已無足紀翰曰漢叔孫通以抑揚禮教拜稷嗣君後漢吳漢爲將帝使人視之方見作攻具帝曰善人意隱若敵國封廣平侯安帝時鄧騭定策禁中封上蔡侯曹參有野戰之功封平陽侯卓茂爲密令蝗蟲不入境光武即位慕盛德封侯桓榮爲明帝師拜尚書明帝外戚樊氏郭氏四姓封爲小侯以馬氏侍祭祀紀錄也五侯外戚且非舊章而臣之所附唯在恩澤良曰漢元后弟王崇譚商鳳根皆以外戚之重而封侯是名五侯言此非漢本約故云非舊章漢有恩澤侯無功勳但以恩澤而封侯言我今封既在於此義異疇庸實榮乖儒者雖小人貪幸豈獨無心翰曰疇酬庸功也言我無功可酬又非儒德雖小人之性貪幸爵祿豈獨無愧於心者哉臣本自諸生家承素業門無富貴易農而仕銑曰諸生書生也素謂朴素之業也仕謂祿以代農故曰易農乃祖玄平道風秀世爰在中興儀刑多士位栽元凱任止牧伯向曰玄平范雲高祖之父也道風謂妙達玄理秀出也中興謂東晉也刑法也多士衆士栽淺也元凱八元八凱皆堯之賢臣也言遠祖之任淺於元凱止及刺史而已牧伯謂刺史高祖少連夙秉高尚所富者義所乏非時薄宦東朝謝病下邑濟曰秉執也高尚不仕也富義謂富於道也所乏非時言當太平之時東朝謂經任宋太子諮議郎也下邑所居邑先志不忘愚臣是庶且去歲冬初國學之老博士爾今茲首夏將亞冢司良曰先志謂先祖隱逸之志將庶幾不志之亞次也雖千秋之一日九遷茍奚

選十九　五十三

之十旬遠至方之徵臣未爲速達翰曰車千秋自園寢郎論戾太子事一日超九級至大鴻臚荀爽間董卓輔政逃遯吏持之急不得去行至宛陵徵爲光祿勳已而又拜司空從徵時及登台司經九十五日言此二人之達不足比於我也臣雖無識唯利是視至於爵名損實爲國身知其不可不敢妄冒銑曰言雖無識好利至於名實不當損國弃身亦知不可故不敢欺冒而進達也陛下不弃菅姦蒯苦怪愛同絲麻向日菅蒯草名可以爲索云自喻也言不以我下材而垂愛與絲麻同也絲麻喻賢良也儻平生之言猶在聽覽宿心素志無復貳辭濟日平生言謂與帝相知之時有隱逸之言聽覽猶耳目也無復貳辭謂將不移平生之言也矜臣所乞特廻寵命則彝章載

穆物知免臣今在假不容詣省不任荷懼之至謹奉表以聞良曰乞請也言哀我所請廻此尊寵之命於常法則和穆也微物蓋云自謂也免謂免咎責也

爲蕭揚州作薦士表銑曰蕭遙先爲揚州刺史齊建武初有詔舉士故以此表薦琅邪王暕及薦王僧孺

臣王言臣聞求賢暫勞垂拱永逸濟曰任昉爲始安王作表故本集云王言撰集者因舊文而錄之言求賢人雖暫勞得而任之則君上垂衣拱手求爲逸樂方之疏壤取類導川向日疏通導引也通壤引川則賢者安任賢用能則亂者理伏惟陛下道隱旒纊信充符璽濟日旒以蔽視纊以塞聽言天子之道潛隱而信滿四外如符璽焉充滿也符璽印

飛同塵五讓高世良曰文帝乘六飛則六馬也文帝襲王代邸西向讓者三南向讓者再是爲五讓言今塵迹與之同白駒空谷振鷺在庭翰曰白駒賢者所乘空谷言賢人出仕而谷空也振鷺也鷺白鳥也以喻絜白之士在庭謂在王庭猶懼隱鱗卜祝藏器屠保銑曰隱鱗謂君子如龍之隱也卜祝謂嚴君平也藏器謂藏治國之器也屠謂太公屠牛於朝歌保謂伊尹爲酒家傭保物色關下委裘河上向日物色謂關令尹喜望見氣色知老子之至也委裘河上謂河上公言恐有賢同此隱者故有詔舉非取製於一狐諒求味於兼采濟日製裘非一狐之皮求美必兼采衆味論爲國者資衆賢而五聲倦響九工是詢良日大禹治天下以五聲聽理工官也詢問也九工謂九官謂六府三事之官言天子倦以聲聽故問於九官

寢義廟堂借聽輿皁翰曰廟堂謂貴臣輿皁賤士也言寢息卿相之議借聽微賤之言臣位任隆重義兼家邦實欲使名實不違徼倖路絕銑曰任重謂始安王揚州刺史義兼家邦謂與國爲兄弟也言欲所任人皆取實材而絕徼倖徼倖猶苟且也勢門上品猶當格以清談向日勢門謂權勢之門格舉也言勢門之人有清談者猶舉之也英俊下僚不可限以位貌濟日僚官也言英俊之材居於下職豈可以位卑見陋而不用竊見秘書丞琅邪臣王暕年二十一字思晦七葉重光海內冠冕良日七葉謂自王祥以下至暕父曇首凡七代冠冕不絕故云重光而謂海內所推美也神清氣茂允迪中和翰曰迪踏也言神情俊茂允踏中和之氣叔寶理遣之談

庠輔名教之樂銑曰衛玠字叔寶善談玄理樂廣字彥輔能崇名教言俱有故以暉映先達領袖後進向曰暉映光明也領袖可爲人之儀則居無塵雜家有賜書濟曰塵雜謂俗班彪家有賜書此言亦有辭賦清新屬言玄遠室邇人曠物踈道親良曰邇近曠遠也言文章清妙屬言幽玄心遠居近親道踈物也養素丘園台階虛位翰曰素朴也台三台星三公也言此人守朴立園則三公之位虛庠序公朝萬夫傾首銑曰言居庠序立朝則萬人皆傾首欽慕豈徒荀令可想李公不亡而已向曰荀顗字景倩太尉彧之子高祖輔政見顗曰荀令君之子李固者司徒郃之子究覽墳典京師學者而歎曰是復有李公矣言暕繼祖父之德亦如是前晉安

選十九　五十六

郡侯官令東海王僧孺年三十五理尚棲約思致恬敏既筆耕爲養亦傭書成學濟曰理謂意趣也恬靜敏達也言棲意儉約思至靜達筆耕謂以筆代耕種以取紹傭貨至乃集螢映雪編蒲緝柳良曰車武子勤學貧無以燈夏則拾螢盛練囊中以爲明冬取雪以映之孫敬貧居太學編柳簡以寫經溫舒少貧牧羊澤中常截蒲寫書先言往行人物雅俗甘泉遺儀南宮故事翰曰言古人言行無不備知正俗無不知銑曰胡廣作天子出行甘泉鹵簿鄭弘爲尚書令所有益王政者著之南宮寫爲故事帝則用之名曰甘泉鹵簿畫地成圖抵掌可述向曰張千秋爲中郎擊烏丸還問以戰鬬方略山川形勢千秋口對兵事畫地成圖無所忘失抵掌謂擊手也豈直鼲鼠有必對之

辯竹書無落簡之謬濟曰竇攸舉孝廉爲郎光武大會靈臺得鼠如豹文以問羣臣莫能知者攸對曰此鼲鼠也詔問何以知攸曰見爾雅詔使案之如攸言賜帛百匹人有於嵩山下得簡一枚上兩行科斗書人莫能識司空張華以問束晳晳曰此明帝顯節陵中策文檢之果然暕坐鎮雅俗弘益已多僧孺訪對不休饋疑斯在良曰言暕進益於俗多僧孺有應對定疑之美也並東序之祕寶瑚璉之茂器翰曰東序講道之處祕寶奇珍也瑚璉黍稷器也言二人可以爲宗廟之任誠言以人廢而才實世資銑曰信有以言而廢人其人之才實可爲世之資用臨表悚戰猶懼未允不任下情

爲褚諮議蓁代兄襲封表向曰蓁南康郡公褚淵子少出外繼有庶兄賁長大賁上表請歸封於蓁天子許焉而蓁既讓於賁上此表也

選十九　五十七

臣蓁言一昨被司徒符仰稱詔旨許臣兄賁所請以臣襲封南康郡公臣門籍勳蔭光錫土宇臣賁載世以家允膺長德濟曰司徒掌邦教也勳功錫賜也土宇謂南康郡也爾雅家允信膺當也言兄賁信當年長而復有德所以家業所封郡可承之而深鑒止足脫屣千乘良曰言兄有止足之鑒視所封郡如脫屣也遂乃遠謬推恩近萃庸薄能以國讓弘義有歸匹夫難奪守以勿貳翰曰謬誤也言推此恩諫遠而萃聚也庸薄自謂也弘大也言大義合歸兄也國讓謂讓南康也

己熟匹夫之志終無二心昔武始追家臣之策，陵陽感鮑
生之言，張以誠請，丁為理屈銑曰張純封武始侯臨終勑家
丞曰我無功於時猥蒙爵土身死之後勿議傳國後先武封其子奮嗣侯以父遺勑違詔
不受有詔書下獄懼乃受也丁綝王莽末以為潁陽尉卒先武封為陵陽侯綝卒子鴻
當嗣上書讓於弟盛不受遂於東海為佯狂後同門生鮑駿讓之鴻乃感悟因還就國也
理屈也
且先臣以大宗絕緒，命臣出纂傍統，禀
承在昔，理絕終天，永惟情事，觸目崩隕向曰先臣
謂父也大宗謂伯父宗絕緒謂無嗣也纂繼承大宗稟父在昔之命則理絕終天之哀長
思此情觸目則心摧墜矣若使貴高延陵之風，臣忘子臧
之節濟曰吳季札封延陵有高讓之風曹公子臧諸侯立以為曹公嗣子臧曰聖達

選十九　五十八

節次守節君義嗣也誰敢奸之是廢德舉，豈曰能賢良曰宋公疾召
大司馬孔父而屬殤公焉對曰羣臣願奉馮也公曰先君以寡人為賢使主社稷若弃德
不讓是廢先君之舉豈曰能賢業引此以存讓陛下察其丹款，特賜
停絕不繼，投身草澤，冀遂愚誠爾翰曰停絕謂不襲封
也若不見免當投窮草澤以遂己志不任丹懇之至，謹詣闕拜
表以聞。臣誠惶誠恐

為范始興作求立太宰碑表一首銑曰竟陵
郡王子良薨有詔追贈太宰范雲是故吏上表請為子良立碑事不行
臣雲言：原夫存樹風猷，沒著徽烈，既絕故老
之口，必資不刊之書向曰猷道徽美烈業刊削也言風教道德死當

者其美業故老既沒必資於銘記不可削除故云不刊也而藏諸名山，則
陵谷遷貿，府之延閣，則青編落簡濟曰遷移貿易也延
閣書府也言若書藏名山則恐山谷移易置諸書府則復編簡殘毀言不如立碑之長久
也然則配天之迹，存乎泗水之上，素王之道
紀於沂川之側良曰漢以高祖配天而祀泗水亭有漢高碑孔子稱為素
王沂水之側有孔子碑由是崇師之義，擬迹於西河翰曰
子夏事夫子於洙泗之間是崇師退居西河西河之人皆疑之以為夫子是擬迹也尊
主之情，致之於堯禹銑曰伊尹恥其君不如堯舜是尊主今言禹者
變文也故精廬妄啓，必窮儁勒之盛，君長一城
亦盡刊刻之美。況乎甄陶周召，孕育伊顏向曰

選十九　五十九

精廬謂寺觀也一城謂牧宰言寺觀之開致宰之美精尚刊勒碑頌況竟陵王有周公召
公之化伊尹顏回之德而不立銘記也故太宰竟陵文宣王臣
某，與存與亡，則義形社稷，嚴天配帝，則周公
其人濟曰社稷之臣主在共理其事主亡則行其政令言義理形見是社稷臣也嚴
事也然尊主配天則與周公同功也體國端朝，出藩入守，進思
必告之道，退無苟利之專良曰體國謂為政化之體以正朝廷
出藩謂為刺史也入守謂為司徒也進用忠以告君之美道退不苟且於利以事擅其事
五教以倫，百揆時序翰曰五教謂父義母慈兄友弟恭子孝倫理揆
度也百事皆有次序若夫一言一行，盛德之風，琴書藝
業，述作之義銑曰謂人有一言一行之善者藝道藝也述作謂著文章以述

明聖之義道非兼濟事止樂善亦無得稱焉向曰言小才能之人非夫道兼濟之事且獨樂一善者亦不得可稱而況大者乎人之云亡忽移歲序鴟鴞東徙松檟成行濟曰周公東征管蔡作鴟鴞詩以遺成王今子良有代宗之義而帝亦嫌焉故假鴟鴞之東徙以喻焉松檟木名言成行者明年月深遠六府臣僚三藩士女良曰竟陵王前後六爲開府也三藩謂會稽太守徐兗二州刺史僚官也人蓄油素家懷鉛筆瞻彼景山徒然望慕昔晉氏初禁立碑翰曰蓄積也油素縑也鉛粉筆也所以理書也景謂景行謂高山仰止也言藩府士女皆積懷素筆瞻望王之景行空然思慕願欲立碑魏舒之亡亦從班例而阮略既泯故首冒嚴科爲之者竟免刑戮置

之者反蒙嘉歎銑曰晉時令諸墓者不得作碑而司徒魏舒死特賜之碑阮德規爲齊國內史風化大行卒於郡郡人欲爲立碑時官制嚴峻不許立齊人思之因與冒禁立碑詣闕請罪朝廷聞之尤歎美其惠泯滅也爲謂作文者置立也至於道彼如仁功參微管本宜在常均之外向曰彼及也孔子謂管仲曰如其仁又曰微管仲吾其被髮左衽矣言人有大功如管仲者則宜在尋常均禁之外故太宰淵丞相嶷親賢並軌即爲成規乞依二公前例賜許刊立濟曰褚彥回及豫章王宜儀並謂立碑軌迹也言竟陵王賢與褚同迹親與嶷同規請爲立碑以依二公之例寧容使長想九原樵蘇罔識其禁駐蹕畢長陵轜由軒不知所適良曰九原晉大夫葬地樵蘇采新人也禁謂不許也駐蹕

止行也長陵蕭何曹參陪葬之所和帝詔曰朕望長陵見二臣之壟每有感焉輶軒使車也使采異方之言無碑使無所問臣里閭孤賤才無可甄值齊網之弘弛賓客之禁策名委質忽焉二紀翰曰閭里門也孤賤范雲自稱也豔明弘大弛廢也言我逢齊網之寬廢禁賓客游王門之法得委質事太宰已經二十四年慮先犬馬厚恩不答而敝帷毀蓋未薦螻蟻珠襦玉匣遠飾幽泉銑曰敝帷不棄用以埋馬敝蓋不棄用以埋犬薦藉也螻蟻名雲自方犬馬故云此也漢法侯王葬皆用珠襦玉匣襦衣玉匣苟屬以珠玉飾之言我常恐先死不得郡恩誰知我亦藉螻蟻而太宰已在幽泉陛下弘獎名教不隔微物使臣得駿奔南浦長號北陵良曰弘大獎勸也隔謂蔽塞也微物雲謙言也

駿大奔走也南浦迎喪處也北陵謂竟陵王葬處既而逢前施實仰覬後澤儻驗杜預峴之言庶存馬駿必拜之感濟曰前施謂先許送葬也覬幸也後澤者謂望許立碑也杜預好立身後之名作碑敘平吳之功立於峴山扶風王司馬駿都督涼州諸軍事後薨吏人爲立碑長老者見之無不拜也言其人遺愛如此臨表悲懼言不自宣

文選卷第十九

長　民

文選卷第二十

梁昭明太子撰　五臣注

上書

啓

彈事

牋

選二十　一

莪　府

奏記

上書秦始皇一首　李斯

良曰史記云李斯楚上蔡人也西説秦王拜為客卿會韓使鄭國來間秦以作漑渠已而詐覺秦之大臣皆言秦王曰諸侯人來事秦者大抵為其主游間耳請一切逐客斯議在逐中乃上書王乃除逐客之令復斯官爵始皇帝以斯為丞相及二世信趙高之譖具斯五刑腰斬咸陽市

臣聞吏議逐客竊以為過矣銑曰吏百官也昔者穆公求士向曰士謂賢才也西取由余於戎東得百里奚於宛迎蹇叔於宋來丕豹公孫支於晉此五子者不産於秦而穆公用之并國三十遂霸西戎翰曰戎小國名産生也孝公用商鞅之法向曰公孫鞅衛人也號為商君移風易俗民以殷盛國以富彊百姓樂用諸侯親服獲楚魏之師舉地千里至今治彊翰曰舉猶開也今秦之治國因此而彊惠王用張儀之計良曰秦至惠王始稱王張儀魏人也拔三川之地西并

選二十　二

正　宗

選二十　三

巴蜀，北收上郡，南取漢中，包九夷，制鄢偃郢，東據成皐之險，割膏腴之壤，遂散六國之從，子容使之西面事秦，功施到今。銑曰：拔，除也。上郡，地名。漢中、蜀地名。包，兼也。九夷，蠻夷通稱。鄢郢，楚都也。成皐，地名。膏腴，良地也。壤亦地。關東為從，關西為衡。從者，關西六國合而攻秦，用張儀之計，散敗之，而不得合也。施，惠也。昭王得范雎，廢穰侯，逐華陽，彊公室，杜私門，蠶食諸侯，使秦成帝業。向曰：范雎，魏人也。穰侯，魏冉，秦相也。華陽君，芈氏也。皆秦之用事者也。杜，塞也。言如蠶之食葉。此上四君，皆以客之功。翰曰：四者，穆公、孝公、惠王、昭王也。以用也。此數人者，皆非秦人，故云客也。由此觀之，客何負於秦哉？向使四君卻客而不納，疏士

而不與，是使國無富利之實，而秦無彊大之名也。今陛下致崐山之玉，有和氏之寶，垂明月之珠，服太阿之劔，乘纖離之馬，建翠鳳之旗，樹靈鼉之鼓。濟曰：和氏寶，則卞和之璧。太阿，劒名。纖離，良馬也。以翠羽為鳳形而飾旗也。鼉皮可以冒鼓也。此數寶者，秦不生一焉，而陛下悅之，必秦國之所生然後，則夜光之璧不飾朝廷，犀象之器不為玩好，而趙衛之女不充後庭，駿馬駃決騠啼不實外廐，江南金錫不為用，蜀之丹青不為采。良曰：犀角、象牙也。駃騠，良馬名。廐，馬屋。可以飾後宮，充下陳，娛心意，悅耳

山　洞

選二十　四

目者，必出於秦然後可，則是宛於元珠之簪，傅璣之珥，阿縞古老之衣，錦繡之飾，不進於前。銑曰：充，滿。陳，列也。以宛珠飾簪，傅璣飾珥。珥，璫也。縞，繒帛也。出阿縣。而隨俗雅化，佳冶窈窕趙女不立於側也。向曰：雅化，閑雅變化也。冶，美也。窈窕，美貌。美女出於趙也。夫擊甕叩缶，彈箏搏髀陛，而歌呼嗚嗚快耳者，真秦之聲也。翰曰：甕，汲瓶也；缶，瓦器也。秦人鼓之以節樂。搏，擊也。髀，股也。嗚嗚，歌聲也。鄭衛桑間、韶虞武象者，異國之樂也。銑曰：桑間，地名。而鄭衛桑間之樂，皆淫樂也。韶虞，舜樂。武象，周樂也。今棄擊甕而就鄭衛，退彈箏而取韶虞，若是何也？快意當前，適觀而已矣。今取人則不

然，不問可否，不論曲直，非秦者去，為客者逐。然則是所重者在乎色樂，而所輕者在乎民人，此非可以跨海內、制諸侯之術也。濟曰：跨，據也。臣聞地廣者粟多，國大者人眾，兵彊者則士勇。是以泰山不讓土壤，故能成其大；河海不擇細流，故能就其深；王者不卻眾庶，故能明其德。是以地無四方，民無異國，四時充美，鬼神降福。良曰：率土之內，皆為王臣，何四方異國之有乎？四時交會，充於內，鬼神歆饗，降福於中。此五帝三王之所以無敵也。今乃棄黔首以資敵國，卻賓客以業諸侯。銑曰：黔首，民也。業，事

春　禪

也
使天下之士退而不敢西，裹足不入秦。良曰
言雖裹足以欲得秦而不得入此所謂籍寇兵而齎資盜糧
者也。翰曰藉借也寇賊齎遺也夫物不產於秦可寶者多，
士不產於秦願忠者衆，今逐客以資敵國，損
民以益讎，內自虛而外以樹怨諸侯，求國無
危，不可得也。

上書吳王一首　鄒陽

濟曰漢書云鄒陽齊人也仕吳王濞王以太子事陰有邪謀陽奏書諫之其事尚隱故不欲指斥言之故先引秦爲喻因言胡越齊趙淮南之難然後致其意焉

臣聞秦倚曲臺之宮，懸衡天下，畫地而人不
犯，兵加胡越。良曰曲臺秦所居宮名懸衡懸法度也畫地不犯教令也胡越
南北邊之國也至其晚節末路，張耳陳勝連從子容兵
之據，以叩函谷，咸陽遂危。銑曰晚節末路謂二世時也叩擊也
函谷關名咸陽秦所都也何則？向曰設問辭列郡不相親，萬室
不相救也。翰曰言苦秦之政也今胡數涉北河之外，上
覆飛鳥，下不見伏兔，濟曰胡即匈奴也言胡人馬盛揚塵於野不見
鳥獸鬬城不休，救兵不止，死者相隨，輦車相屬，
轉粟流輸去千里不絕。良曰輦車運輦之車屬及也言轉輸千里
不絕於道此假言吳與諸國并力爲漢所拒胡而實言諸國怨漢與吳連兵北伐於漢臣

寺　什

哉說諸國之心不齊必無成矣下文言其所由也何則？彊趙責於河
閒，銑曰趙幽王爲高后所幽死文帝立其長子遂爲趙王取趙之河閒立弟辟彊爲河
閒王至子襄王無嗣國除欲求復還河閒之地責求也趙大國故云彊也六齊
望於惠后，向曰惠帝時齊悼惠王入朝呂后欲鴆殺之獻城陽地尊魯元公主
而得免至文帝乃立悼惠王六子於齊將閭爲齊王志爲濟北王賢爲菑川王雄渠爲膠
東王卬爲膠西王辟光爲濟南王此六王之心常追怨惠帝及高后城陽顧於
盧博，翰曰城陽王喜也喜父章與弟興居討諸呂有功本約盡以趙地王章梁地王
興居文帝聞其欲立齊王乃以城陽郡王章濟北王興居章失職歲餘薨興居誅死盧博
興居所治處喜顧念而思之也三淮南之心思墳墓。濟曰文帝憐淮
南厲王不軌遷而失國乃立厲王三子於淮南安爲淮南王勃爲衡山王賜爲廬江王言

三子皆望墳墓思其父見遷殺之大王不憂，臣恐救兵之不
專，良曰言諸國皆有私怨不爲吳也今大王不憂其不可若舉兵伐漢天子來討諸國
但有其意無敢相救蓋不能專一可以明矣此陽之微言也胡馬遂進窺
於邯鄲，越水長沙，還舟青陽。銑曰邯鄲趙都也長沙郡名還
聚也青陽水名雖使梁并淮陽之兵，下淮東，越廣陵
以遏越人之糧，漢亦折西河而下，北守漳水
以輔大國，胡亦益進，越亦益深，此臣之所爲
大王患也。向曰此陽惡指斥其事因雜亂其言意者欲以沮吳之計使不舉兵
而務隱其言詞矣越假比吳也輔猶拒也胡比趙也言吳趙欲來伐漢漢必使梁并淮陽
之兵已止吳人之糧漢截西河以拒於趙如此則吳趙各深不能相濟事則必敗故爲大

物

王憂也臣聞蛟龍驤首奮翼則浮雲出流霧雨咸集聖王砥節脩德則游談之士歸義思名翰曰言自然相感者也驤舉也龍無翼言翼御鱗也砥礪也將致其意也今臣盡智畢議易亦精極慮則無國而不可干飾固陋之心則何王之門不可曳長裾乎濟曰言易精思極盡謀慮也固陋謙詞也裾衣裾也然臣歷數王之朝背淮千里而自致者非惡臣國而樂吳民也竊高下風之行尤說大王之義良曰言來游於吳已歷數王也自鄒至吳度淮千里也下風之行言王之美行及人如風之馳下也高敬尤甚也故願大王無忽察聽其至向曰忽輕也至謂至情也臣聞鷙

選二十　七

至鳥累百不如一鶚向曰鷙鳥之類比諸侯鶚大鳥比天子夫全趙之時武力鼎士袨服叢臺之下者一旦成市不能止幽王之沈患翰曰全謂未分之時鼎士力舉鼎者趙幽王反高后殺之沈沒也淮南連山東之俠死士盈朝不能還厲王之西也濟曰死士輕義之士盈滿也朝王朝也南厲王長謀反廢遷蜀故云西也然則計議不得雖諸賁不能安其位亦明矣良曰諸專諸賁孟賁皆古勇士也不安其位言無益於事故願大王審畫而已銑曰畫謂畫策始孝文皇帝據關入立寒心銷志不明求衣向曰寒心銷志見國家多難也不明求衣言早起聽朝也自立天子之後使東牟朱虛

東褒儀父之後翰曰天下已定文帝使東牟朱虛侯東諭齊王嘉其首舉兵欲誅諸王亦猶春秋褒邾儀父也邾魯國也儀父諡也功與齊相類故引而連之矣深割嬰兒王之濟曰文帝封齊王六子為王其中有小嬰兒皆厚割地與之言於骨肉厚也壤子王梁代益以淮陽良曰壤子猶愛子也言文帝王其愛子揖為梁王參為代王武為淮陽王後梁王揖薨徙武為梁王也益加也卒僕濟北囚弟於雍者豈非象新垣等哉銑曰仆頓也濟北王興居聞帝之代乃反使將擊之興居自殺故謂頓也淮南王來帝弟也流徙之至雍不食而死則謂囚也所以然者二國有姦臣如新垣平等勸王反耳今天下新據先帝之遺業左規山東右制關中變權易勢大臣難知向曰今天子景帝也先帝文帝也規猶帶也變易權

選二十　八

勢合道也大臣難知難測也欲其戒慎大王弗察臣恐周鼎復起於漢新垣過計於朝則我吳遺嗣不可期於世矣翰曰新垣平詐言鼎在泗水中云望見東北汾陰有寶氣鼎在中不迎則不至為吳計者猶新垣平之言周鼎終不可得前言豈非象新垣平中言恐周鼎復起下言新垣過計失國亡白邪臣詐誤故陽引此為諫言王為此謀則吳嗣必不在於世矣過誤也高皇帝燒棧道灌章邯兵不留行收敝人之倦東馳函谷西楚大破濟曰高祖自漢中絕所燒之棧道至雍以灌章邯而破之不瀦留收弊疲之兵出函谷關而破項羽西楚則項羽所都也水攻則章邯以亡其城墮擊則荊王以失其地良曰此墮上此文荊則楚也此皆國家之不幾者也翰

大王熟察之（銑曰言羽等甚強盛尚見破滅為國家者不可不慎其幾微也）（熟猶深也）

於獄上書自明一首　鄒陽

（向曰陽知吳不可說之從梁孝王游陽為人忼慨不為苟合介立於羊勝公孫詭之間勝等疾陽惡之於孝王孝王怒陽下獄吏將殺之陽從獄上書孝王立出之）

臣聞忠無不報信不見疑臣常以為然徒虛語耳昔者荊軻慕燕丹之義白虹貫日太子畏之（翰曰燕太子丹使荊軻往刺秦王使相氣見白虹貫日不徹而畏其事不成）衛先生為秦畫長平之事太白蝕昴昭王疑之（濟曰秦使白起伐趙破長平軍欲遂滅趙遣衛先生說昭王益兵為應侯所害事不成故云昭王疑也是時太白食昴昴趙分也將有兵故蝕焉蝕干歷也）夫精誠變天地而信不諭兩主豈不哀哉（良曰變動諭明也兩主燕太子秦昭王也）今臣盡忠竭誠畢議願知左右不明卒從吏訊為世所疑（銑曰言左右者不敢斥於王也）是使荊軻衛先生復起而燕秦不悟也願大王熟察之昔者玉人獻寶楚王誅之李斯竭忠胡亥極刑（向曰卞和得玉璞獻之楚武王武王以為非玉刖其右足誅亦刑也李斯忠諫於秦二世而具五刑於市胡亥二世名也）是以箕子佯狂接輿避世恐遭此患也（翰曰箕子見紂無道佯狂為奴接輿避世之亂亦佯狂而

選　二十　九

歌也）願大王察玉人李斯之意而後楚王胡亥之聽無使臣為箕子接輿所笑臣聞比干剖心子胥鴟夷（濟曰比干諫紂紂剖其心而觀焉子胥諫吳王吳王賜之死取其屍以鴟夷之革沈之於江鴟夷以皮作鴟形）臣始不信乃今知之願大王熟察少加憐焉（良曰知忠而獲罪也）語曰白頭如新傾蓋如故（銑曰言人不相見自少至者其猶新知情若相得傾蓋之間有同故交也）何則知與不知也故樊於期逃秦之燕藉荊軻首以奉丹之事（向曰於期為秦將得罪於秦而逃於燕荊軻見於期曰今聞秦購將軍之首金千斤邑萬家今有一言可以解燕國之患報將軍之仇何如於期曰為之奈何軻曰願得將軍之首以獻於秦王王必喜見臣臣因左手持其袖右手椹其胸於期從之遂自刎藉借也丹即燕太子）王奢去齊之魏臨城自剄（古郢）以卻齊而存魏（翰曰王奢自齊亡入魏齊伐魏奢登城謂齊將曰今君之來不過以奢故也義不苟生以為魏累遂自剄齊兵遂卻）夫王奢樊於期非新於齊秦而故於燕魏也所以去二國而死兩君者行合於志而慕義無窮也是以蘇秦不信天下為燕尾生（翰曰蘇秦於天下則反覆無信於燕則盡有尾生之信也）白圭戰亡六城為魏取中山（良曰白圭為中山將亡六城中山君將誅之亡入魏魏文侯厚之還拔中山也）何則誠有以相知也蘇秦相燕人惡之於燕王燕王按劍而怒食以駃（決）騠（音啼銑曰燕王

選　二十　十

慾其讒者而轉重蘇秦而更烹一駿馬以食秦也駃騠駿馬名白圭顯於中
山中山人惡之於魏文侯投以夜光之璧向曰文侯不信讒者而更親白圭而贈以寶玉也何則兩主二臣剖心
析肝相信豈移於浮詞哉故女無美惡入
宮見妬士無賢不肖入朝見嫉昔者司馬喜
臏腳於宋卒相中山翰曰司馬喜爲宋所刖而說中山之君而王以爲相也臏刖也范雎摺脅折齒於魏卒爲應侯
濟曰范雎爲魏相魏齊之所笞擊折齒摺脅雎得出入亡秦說秦王王以爲應侯也此
二人者皆信必然之畫捐朋黨之私挾孤獨
之交故不能自免於嫉妬之人也是以申徒
狄蹈雍之河徐衍負石入海向曰申徒狄諫殷不聽自投於河水自河出爲雍徐衍惡周末之亂負石投於海中不容身於世義
不苟取比周於朝以移人主之心銑曰比周朋黨也
故百里奚乞食於道路繆公委之以政甯戚
飯牛於車下而桓公任之以國此二人者豈
素宦於朝借譽於左右然後二主用之哉感
於心合於意堅如膠漆昆弟不能離豈惑於
衆口哉故偏聽生姦獨任成亂昔魯聽季孫
之說逐孔子向曰齊人饋女樂季桓子受之三日不朝孔子去之魯用季氏故云聽其說宋信子冉之計囚墨翟翰曰宋用子冉而囚繫翟

夫以孔翟之辯不能自免於讒諛而二國
以危濟曰宋魯競弱故云危也何則衆口鑠金積毀銷骨
是以秦用戎人由余而霸中國齊用越人子
臧而彊威宣良曰秦穆公取由余於戎而用之穆公爲霸主齊用越人子臧而威主宣主所以彊盛此二國豈拘於俗牽於世繫奇
偏之辭哉公聽並觀垂名當世銑曰奇獨也公聽並觀言無私也故意合則胡越爲昆弟由余子臧是也
不合則骨肉爲讎敵朱象管蔡是矣向曰丹朱堯子
而不肖也象舜弟常欲殺舜管叔蔡叔皆周公弟也流惡言以疑周公周公誅之言此四
人於堯舜周公則爲骨肉而不率父兄之德故爲讎敵也今人主誠能用
齊秦之明後宋魯之聽則五伯不足侔而三
王易爲比也翰曰五伯齊桓秦穆晉文宋襄楚莊也侔比也三王禹湯武也
是以聖王覺悟捐子之之心而不說田常之
賢良濟曰捐弃也燕噲王屬國於子之子之南面行王事齊國因伐燕燕國君噲死
子之亡豈可弃也齊田常弒簡公而立平公以常爲相五年齊國之政皆歸田常何足悅也
封比干之後脩孕婦之墓故功業覆於天下
何則欲善無厭也良曰紂剖比干剖孕之婦武王封其後而脩其墓
夫晉文公親其讎而彊霸諸侯齊桓公用其
仇而一匡天下銑曰讎謂寺人勃鞮爲晉獻公之使斬文公之袪文公即
位用其言而免呂郤之難遂以彊霸仇謂管仲爲公子糾射桓公中鉤而桓公以爲相而

(一匡天下)何則慈仁殷勤誠加於心此不可以虛
辭借也至夫秦用商鞅之法東弱韓魏立彊
天下而卒車裂之越用大夫種之謀禽勁吳
而霸中國遂誅其身是以孫叔敖三去相而
不悔於(烏)陵子仲辭三公為人灌園(向曰孫叔敖楚之賢士三為相而不喜知其才得之三去相而不悔知其非己罪於陵子仲楚王欲以為相使使往迎子仲子仲與其妻逃去為人灌園也)今人主誠能去驕
傲之心懷可報之意披心腹見情素隳肝膽
施德厚終與之窮達無變於士則桀之犬可
使吠堯而跖(隻)之客可使刺由(翰曰隳開也跖盜跖由許由也)

選二十　十三

何況因萬乘之權假聖王之資乎(濟曰言苟能盡心於人人無有不可使者)然則荊軻沈七族要離燔妻子
豈足為大王道哉(濟曰荊軻為燕刺秦王不成其七族坐之沈沒也吳王將殺王子慶忌要離詐以罪亡令吳王燔其妻子而揚其灰要離走見慶忌因以劒刺之)
臣聞明月之珠夜光之璧以暗投人於道
路衆莫不按劒相眄者何則無因而至前也
蟠木根柢輪囷離奇而為萬乘器者何則以
左右先為之容也(銑曰眄顧也蟠木曲木也柢本也輪囷離奇屈盤高下也萬乘天子也)故無因而至前雖出隨侯之珠夜
光之璧秖足結怨而不見德故有人先談則

枯木朽株樹功而不忘(向曰德重者人不以為德故也)今天
下布衣窮居之士身在貧賤雖蒙堯舜之術
挾伊管之辯懷龍逢比干之意(翰曰蒙被術法也伊管伊尹管仲也龍逢比干皆忠臣也)欲盡忠當世之君而素無根
柢之容雖竭精神欲開忠信輔人主之治則
人主必襲按劒相眄之跡矣是使布衣之士
不得為枯木朽株之資也(翰曰襲因也)是以聖王
制世御俗獨化於陶鈞之上而不牽乎卑辭
之語不奪乎衆多之口(良曰陶鈞造瓦器者制方圓大小任其所欲故比之矣)故秦皇帝任中庶子蒙嘉之言以信

選二十　十四

荊軻之說而匕首竊發周文王獵涇渭載呂
尚而歸以王天下(銑曰荊軻既至秦持千金之資以遺秦寵臣中庶子蒙嘉使為先言於秦王曰燕王願舉國為內臣貢職如郡縣謹斬樊於期之首及燕督亢之地圖秦王聞之喜而見軻軻以匕首擿秦王故謂竊發也周文王獵於渭之陽載太公以歸其國塗逢辛遇若鳴鳥之暴集而卒以共成王業也)秦信左右而亡
周用烏集而王何則以其能越拘攣之語馳
域外之議獨觀於昭曠之道也(向曰拘攣淺近昭曠大明也)
今人主沈於諂諛之詞牽於帷牆之制(翰曰沈溺也帷牆妻妾所居也)使不羈之士與牛驥同皁此鮑
焦所以忿於世而不留富貴之樂也(濟曰不羈賢才)

無所拘繫也駮良馬也阜飼牛馬櫪也鮑焦忿世不用採蔬於道子貢難之曰既非其世而採其蔬乃弃蔬而立枯於河路之上　臣聞盛飾入朝者不以私汙義，砥礪名號者不以利傷行。故里名勝母，曾子不入；邑號朝歌，墨子迴車。良曰惡有勝母之名紂作朝歌之音朝歌者不時也朝朝而歌無所用心故醜之　今欲使天下恢廓之士，誘於威重之權，脅於位勢之貴，回面汙行，以事諂諛之人，而求親近於左右，則士有伏死堀巖穴藪之中耳，安有盡忠信而趨闕下哉。銑曰恢廓廣大也誘進脅迫也

上書諫獵一首　司馬長卿

向曰是時天子方自擊熊豕馳逐野獸相如因上疏諫之

臣聞物有同類而殊能者，故力稱烏獲，捷言慶忌，勇期賁育。翰曰孟賁夏育也　臣之愚，竊以為人誠有之，獸亦宜然。今陛下好陵阻險，射猛獸，卒然遇軼才之獸，駭不存之地，犯屬車之清塵，輿不及還轅，人不暇施巧，雖有烏獲逢蒙之伎，力不得施，用枯木朽株盡為難矣。濟曰軼才過於衆也駭驚也不存謂勢不可以存也屬車從車言犯清塵不敢指斥之也　是胡越起於轂下，而羌夷接軫也，豈不殆哉。良曰起轂接軫有如戎狄不遠矣軫車後橫木　雖萬全無患，然本非天子所宜近也。且夫清道而後行，中路而馳，猶有銜橛之變，銑曰橛鉤也　而況乎涉豐草，騁丘墟，向曰豐茂也騁馳也　前有利獸之樂，而內無存變之意，其為害也不亦難矣。夫輕萬乘之重不以為安，而樂出萬有一危之塗以為娛，臣竊為陛下不取也。翰曰萬乘天子也　蓋明者遠見於未萌，而智者避危於無形，向曰萌始也形見也　禍故多藏於隱微而發於人所忽者也。銑曰忽輕也　故鄙諺曰：家累千金，坐不垂堂。銑曰懼瓦墮而傷之　此言雖小，可以喻大。臣願陛下留意幸察。

上書諫吳王一首　枚叔

濟曰乘為吳王濞郎中濞初怨望將謀逆乘奏書諫不聽遂之梁

臣聞得全者昌，失全者亡。翰曰全謂安全之道　舜無立錐之地，以有天下；禹無十戶之聚，以王諸侯；湯武之土，不過百里，上不絕三光之明，下不傷百姓之心者，有王術也。濟曰三光日月星也不絕其明者言舜禹湯武與天合德日月不食五星不亂也　故父子之道，天性也；忠臣不避重誅以直諫，則事無遺策，功流萬世。良曰遺失也　臣乘願披心腹而效愚忠，惟大王少加意念惻怛之心於臣乘言。銑曰效進也惻怛傷也　夫

以一縷之任係千鈞之重上懸之無極之高下垂之不測之淵雖甚愚之人猶知哀其將絕也向曰縷綫也三十斤曰鈞不測言至深不可得知也馬方駭鼓而驚之係方絕又重鎮之係絕於天不可復結墜入深淵難以復出翰曰駭驚也鼓擊也鎮壓也結續也其出不出閒不容髮濟曰事之幾微切急其間不容一髮言改其過謀猶其政道不可失於今日也能聽忠臣之言百舉必脫良曰言雖百度舉措不失善道是盡脫於禍也必若所欲為危於累卵難於上天變所以欲為易於反掌安於泰山銑曰欲為謀逆之計變改也今欲極天命之上壽敝無窮之

樂究萬乘之勢不出反掌之易居泰山之安向曰極窮究盡也而欲乘累卵之危走上天之難此愚臣之所大惑也人性有畏其景而惡其迹卻背而走跡逾多景逾疾不如就陰而止景滅而迹絕欲人勿聞莫若勿言欲人勿知莫若勿為欲湯之滄諒一人炊之百人揚之無益也不如絕薪止火而已濟曰景影滄寒也不絕之於彼而救之於此譬由抱薪而救火也良曰不絕於彼謂逆謀也救之於此謂以逆求福也養由基楚之善射者去楊葉百步百發百中楊葉之大加百中焉可謂

善射矣然其所止乃百步之內耳比於臣乘未知操弓持矢也銑曰言養由基所得百中者百步內耳言己為謀慮深遠與人相比則養由未解持弓矢操持也福生有基禍生有胎向曰基初胎始也納其基絕其胎禍何自來泰山之霤穿石殫極之綆斷幹翰曰泰山之水霤久而滴穿其石也殫盡也綆索也幹井上木也言盡極井索用久而刻斷其木也水非石之鑽索非木之鋸漸靡使之然也濟曰靡無也夫銖銖而稱之至石必差寸寸而度之至丈必過銑曰銖權分十參之重也言自銖銖稱之寸寸度之至石丈必有盈縮差過皆不中也石稱丈量徑而寡失良曰徑疾寡少也若石稱丈量則疾而且易所

失又少矣言事大略斷之則定以小智成之則敗也夫十圍之木始生而蘖足可搔而絕手可擢而拔銑曰三尺曰圍十圍言大也蘖小也搔撥也擢斷絕擢搖也據其未生先其未形也向曰言制事在於未發磨礱砥礪不見其損有時而盡種樹畜養不見其益有時而大積德累行不知其善有時而用棄義背理不知其惡有時而亡翰曰為事不已必見其效此所以諫王久為逆謀恐一朝見用矣磨礱砥礪皆磨石願大王熟計而身行之此百代不易之道也

上書重諫吳王一首濟曰晁錯為御史大夫定制度削諸王地吳王與諸國既舉兵叛以誅晁錯為名漢聞之斬錯以謝諸侯乘復

上書諫王使罷兵也

昔秦西舉胡戎之難，北備榆中之關，南距羌筰昨之塞，東當六國之從，子容反。良曰：言秦三面有敵，而又能東向以當六國矣。六國，韓、魏、燕、趙、齊、楚。關東連兵曰從。距，至也。羌筰，夷名。六國乘信陵之籍，明蘇秦之約，厲荊軻之威，銑曰：信陵君無忌嘗率五國兵逐秦至函谷關，其後六國乘藉其力。蘇秦又約六國連兵以拒秦，燕復使荊[illegible]以刺秦王。并力一心以備秦。然秦卒禽六國，滅其社稷，而并天下者，何也？則地利不同，而民輕重不等也。今漢據全秦之地，兼六國之衆，脩戎狄之義，而南朝羌筰，此其與秦地相

選二十 十九

什而民相百，大王之所明知也。向曰：項羽分漢，全有之，故云全秦。而盡有六國之衆，又脩恩義以撫戎狄，而羌夷來朝。比之於秦，其地十倍，其人百倍過之。今夫讒諛之臣為大王計者，不論骨肉之義，民之輕重，國之小大，以為吳禍，此臣所以為大王患也。夫舉吳兵以訾於漢，譬猶蠅蚋而銳之附群牛，腐輔肉之齒利劍，鋒接必無事矣。翰曰：訾，量也。蚋，蚊也。蠅蚊固不能害牛也，朽肉觸劍，徒自斷耳。吳之犯漢，有類於斯。無事，言必敗無成事也。腐，朽也。齒，猶觸也。天下聞吳率失職諸侯，願責先帝之遺約，濟曰：失職，謂削地也。責，求先帝約，謂本封。今漢親誅其三公以謝前過，良曰：三公，謂晁錯也。

御史大夫，而言三公者，重其事也。前過，謂削地也。是大王之威加於天下，而功越於湯武也。夫吳有諸侯之位，而富實於天子；有隱匿之名，而居過於中國。銑曰：隱匿，謂僻在東海也。居過中國，謂勝於京師。夫漢并二十四郡，十七諸侯，方輸去錯出，運行數千里不絕於郊，其珎怪不如山東之府。向曰：方輸，謂貢萬物也。錯，雜也。珎怪，寶玩也。山東府，吳府名也。轉粟西向，陸行不絕，水行滿河，不如海陵之倉。濟曰：海陵，縣，有吳太倉。脩治上林，雜以離宮，積聚玩好，圈奇免守禽獸，不如長洲之苑。良曰：上林，天子苑。長洲，吳苑名。游曲臺，臨上路，不如朝夕之池。

選二十 二十

銑曰：曲臺，漢宮臺名。臨上路，言臺下臨路矣。朝夕池，海也。漢宮池小，故不如也。塹深壁高壘，副以關城，不如江淮之險。向曰：壁壘，單城也。副，重也。關城，函谷、嶢武等關。淮南，吳之所以為固也。此臣之所為大王樂也。今大王還兵疾歸，尚得十半。翰曰：十中有五得免禍。不然，漢知吳之有吞天下之心，赫然加怒，遣羽林黃頭循江而下，襲大王之都。濟曰：羽林黃頭，襲水戰者也。掩其不備曰襲。都，謂吳都廣陵也。魯東海絕吳之饟失讓道，良曰：魯、東海，二郡也。使之絕吳人饟饋之道。梁王飾車騎，習戰射，積粟固守，以備滎陽，待吳之饑，大王雖欲反都，亦不得已。銑曰：梁王，武也。滎陽，縣名。夫三淮南之計

不負其約 向曰三淮南謂淮南王安衡山王賜廬江王勃也及吳楚反皆守[illegible]約不從吳也 齊王殺身以滅其迹 翰曰齊王將閭及吳楚反堅守而不從後欒布聞初與吳楚有謀欲伐王懼自殺漢書云齊王聞吳楚平乃自殺今委巳言之不知謬誤也 四國不得出兵其郡趙囚邯鄲此不可掩亦已明矣 濟曰四國謂三淮南及齊也言不得出於郡也趙王遂發兵應吳漢將酈寄圍邯鄲故云囚也此事以彰不可掩覆 今太王已去千里之國而制於十里之內矣 良曰吳地方千里梁下也 張韓將北地弓高宿左右 銑曰兵方十里言王必見制於此地張羽韓安國將北地兵在吳軍之北弓高侯韓穨當宿吳軍之左右 兵不得下壁軍不得太息 向曰言吳兵之急壁軍城 臣竊哀之願大王孰察焉

選二十　二十一

詣建平王上書一首　江文通

向曰宋建平王景素好事淹隨至南兗州廣陵令郭彥之得罪連繫州獄淹既上書景素覽書即日出之詣謁也

昔者賤臣叩心飛霜擊於燕地 翰曰賤臣[illegible]衍也事燕惠王左右譖之被繫於獄仰天而哭盛夏天為之降霜叩心言恨也 庶女告天振風襲於齊堂 濟曰齊庶女少寡無子養姑姑有女欲利母財而殺其母誣告庶女庶女以冤告天天為雷電齊景公臺也襲及也 下官每讀其書未嘗不廢卷流涕何者士有一定之論女有不易之行信而見疑貞而為戮是以壯夫義士伏死而不顧者此也 良曰伏死不顧究之深也此謂由此也 下官聞仁不可恃善不可依謂徒虛語乃今知之伏願大王鞮停左右少加憐察 銑曰停左右欲其靜察 下官本蓬戶桑樞之人布衣韋帶之士 向曰言自微賤 退不飾詩書以驚愚進不買名聲於天下日者謬得升降承明之闕出入金華之殿 翰曰日者猶頃者謬得謙詞也升降出入於承明闕金華殿謂嘗官於朝廷也 何嘗不局影凝嚴側身扃禁者也 濟曰局影側身皆戒懼也凝堅嚴敬也扃禁宮闕之間也 竊慕大王之義復為門下之賓備鳴盜淺術之餘豫三五賤伎之末 良曰孟常君入秦昭王因之將以殺焉孟嘗使人於昭王幸姬求解姬曰妾願得君狐白裘此時孟嘗君有一裘以獻於昭王無有他裘門下客莫能對最下客曰臣能得狐白裘乃夜狗盜以入秦宮藏中取所獻裘孟嘗君得以獻幸姬幸姬為言昭王孟嘗得出即馳至函谷關關法雞鳴方出客孟嘗恐追至客居下坐者能為雞鳴遂得出出有頃而追至關下已不及矣抱朴子軍術曰大將軍當明案九宮視年在何宮常就三吾五五為死三為生能知三五橫行天下淹言於王門備須此事賤伎之末謙詞也 大王惠以恩光顧以顏色實佩荊卿黃金之賜竊感豫讓國士之分矣 銑曰荊軻之燕太子東宮臨池而觀軻拾瓦投龜太子令人奉盤金軻用抵盡復進軻曰非為太子愛金但臂痛耳佩猶荷也荊卿即軻也豫讓為智伯將刺趙襄子而不成襄子責之曰子事范中行氏智伯滅之不為報讎臣事智伯智伯而

選二十　二十二

子獨何以為之報讎也讓曰范中行以衆人遇我我故衆人報之智伯以國士遇我以國士報之分分義也常欲結纓伏劍少謝萬一向曰手迫孔悝於廁彊盟之子路曰太子無勇若燔臺未半必捨孔叔太子聞之懼而下石乞盂黶敵子路以戈擊之子路斷纓子路曰君子死冠不免結纓而死晉侯將殺里克語之曰子弒二君與一大夫為子君者不亦難乎對曰若不有廢君何以興欲加之罪其無辭乎臣聞命矣伏劒而死淹言願殺身如此萬中有一以補於王也剖心摩踵翰曰比干不避殺身而忠諫於紂紂剖其心而觀焉墨子兼愛摩頂放於踵以利天下放至踵足也所天謂建平王以報所天不圖小人固陋坐貽謗缺濟曰小人固陋淹自謙也貽取也缺毀也迹墜昭憲身限幽圄履影弔心酸鼻痛骨良曰墜陷也昭憲明法也限隔幽圄謂獄也下官聞虧名為辱虧形次之是以每一念來忽若有遺銑曰虧損遺失也言如有所失加以涉旬月迫季秋天光沈陰左右無色身非木石與獄吏為伍此少卿所以仰天槌直追心泣盡而繼之以血者也向曰涉歷也伍對也少卿李陵字也陵與蘇武書曰何圖志未立而怨已成此陵所以仰天槌心而泣血也言已之恨同於李陵下官雖乏鄉曲之譽然嘗聞君子之行矣其上則隱於簾肆之間臥於巖石之下翰曰蜀有君平卜筮於成都市日閱數人得百錢則閉肆下簾而受老子谷口有鄭子真耕於巖石下名震京師次則結綬金馬之庭高議雲臺之上濟曰蕭朱結綬謂相薦達也

馬待詔處也高議論政理也漢宮有雲臺退則虜南越之君係單于之頸良曰終軍自請長纓必羈南越王而致之闕下賈誼曰行臣之計必係單于之頸而制其命俱啓丹册並圖青史銑曰漢論功臣定封爵重以丹書之信也啓開也册書也又有青史子古史官寧當爭分寸之末競錐刀之利哉下官聞積毀銷金積讒磨骨向曰言毀讒之深能銷磨金石之堅遠則直生取疑於盜金近則伯魚被名於不義翰曰直不疑為郎其同舍告歸誤持其同舍郎金郎已去而同舍郎妄意不疑不疑謝有之買金償之後告歸者至而歸金亡金郎大慙後漢第五倫字伯魚補淮陽國醫長從王入朝得會見帝戲倫曰聞卿為吏篣婦公不過從兄飯寧有之邪對曰臣三娶妻皆無父少遭飢亂實不妄過人食帝大笑不義謂篣婦公不過兄也彼之二子猶或如是況在下官焉能自免昔上將之恥絳侯幽獄名臣之羞史遷下室良曰絳侯周勃持兵北軍故曰上將後就國有誣告反而下廷尉是謂恥也太史司馬遷為白李陵而下之蠶室故云名臣之羞蠶室刑人之所至如下官當何言哉夫以魯連之智辭祿而不返接輿之賢行歌而忘歸銑曰魯仲連為趙却秦軍趙欲封之不受而去接輿佯狂避世而行歌也子陵閉關於東越仲蔚杜門於西秦亦良可知也向曰嚴光字子陵餘姚人與光武同游於學光武即位光隱身不見餘姚越人閉關謂不出也張仲蔚扶風人亦隱身不仕杜門與閉關義同扶風秦地也良可知言皆恐患難故去於代若使下官事非其虛

罪得其實亦當鉗口吞舌伏匕首以殞身翰曰鉗口吞舌不言也匕首劒也殞自殺也何以見齊魯奇節之人燕趙悲歌之士乎齊魯燕趙義俠所出也悲歌謂高漸離燕市相和歌燕趙大夫悲歌慷慨者也方今聖曆欽明天下樂業良曰聖曆謂天子也曆曆數也欽敬也青雲浮洛榮光塞河銑曰青雲榮光皆休明之瑞也西洎臨洮狄道北距飛狐陽原向曰皆邊名洎郡皆至也莫不浸仁沐義照景飲醴翰曰言傍及四夷皆浸沐天子之仁義景景星醴醴泉皆瑞也謂照景星之明飲醴泉之味照明也而下官抱痛圓門含憤獄戶濟曰圓門亦獄門抱痛含憤恨之深一物之微有足悲者良曰凡一物失其所足可以悲而況人乎

仰惟大王少垂明白則梧丘之魂不愧於沈首鵠亭之鬼無恨於灰骨銑曰齊景公田於梧丘夜夢五大夫稱無罪以問晏子晏子曰先君靈公田五大夫驚獸皆殺之斷其頭而同葬命曰五大夫丘掘而得之五頭同穴公令厚葬故云不愧沈首也交州刺史周敞行部至鵠奔亭夜有婦人來告冤曰妾夫亡妾欲還鄉行至此爲亭長所殺埋井中敞掘之果然言冤得明假使灰粉亦不恨也不任肝膽之切敬因執事以聞

奉荅勑示七夕詩啓一首　任彥升

向曰梁武詔昉曰聊爲七夕詩五韻殊不近詠歌卿雖訥於言而辯於才可即制付使者

臣昉啓奉勑并賜示七夕五韻竊惟帝迹多

緒俯同不一託情風什希世罕工翰曰緒事也俯下不一言多也風什謂篇章也罕少也言造代以來少有如帝善文如此也雖漢之四世魏稱三祖濟曰謂武帝雖當漢之四世魏三祖謂武帝文帝明帝也高貴鄉公詔云昔在三祖故因言也此皆有文之主故昉引之寧足以繼想南風克諧調露良曰舜彈五絃之琴造南風之詩克能諧和也四節不相違謂之調露之樂皆謂帝文章音律若此讚魏之主不足以繼想耳性與天道事絕稱言銑曰言帝之性合於天道不可得而稱也豈其多幸親逢早暮向曰莊子云萬代之後若一遇大聖知其解者若旦暮遇之也自言多幸而親逢聖人也臣早奉龍潛與賈馬而入室晚屬天飛比嚴徐而待詔翰曰易云潛龍勿用謂帝在齊朝時昉已得承奉也法言云以孔子之門論賈誼升堂相如入室昉自言彼時已有升堂入室之聲也又易曰飛龍在天謂帝建梁而登極也漢嚴安徐樂上疏言世務昉自云此時同此二人而待詔矣惟君知臣見於訥言之旨取求不疵表於辯才之戲濟曰古人有言知臣莫若君楚文王謂申侯曰惟我知汝余取余求不汝疵瑕也言帝知我訥言戲云辯才也謹輒率庸陋式詶天獎良曰庸陋謙詞也式用也詶荅也獎猶恩也拙速雖效蚩鄙已彰銑曰謂荅詩便成而附使上也拙速蚩鄙皆謙詞也效呈也蚩輕鄙小彰露也臨啓慙恧女六罔識所寘音至恧愧也寘置也謹啓

爲卞彬謝脩卞忠貞墓啓一首翰曰卞彬官至綏建太守彬高祖壼永嘉中除著作蘇峻稱兵爲尚書令右將軍領右衛

夒至東陵口六軍敗績壼乘馬被甲赴賊二子眄盱見之隨從俱爲賊所害贈侍中開府謚忠貞公

臣彬啓伏見詔書幷鄭義泰宣勑脩理臣亡高祖晉故驃騎大將軍建興忠貞公壼墳塋臣門緒不昌天道所昧忠構身危孝積家禍濟曰緒胤也昧不明也忠謂壼死王事孝謂眄盱死父難也名教同悲隱淪惆悵良曰名教謂當時士大夫爲之悲傷也隱淪謂徵士翟湯也嘗歎曰父爲忠臣子爲孝子忠孝之道萃于一門而年世貿遷孫裔淪塞銑曰貿易裔嗣淪沈也言年代遷易後嗣孤弱而沈塞也遂使碑表蕪滅丘樹荒毀狐兎成穴童牧哀歌向曰言壼墓摧殘若此也表石表也

蕪沒也丘墳也狐兎穴其中童兒牧豎登其上而歌也感慨自哀日月纏迫翰曰言彬自傷感纏迫急速也因此而增歎也陛下弘宣教義非求效於方今濟曰弘大宣示也言壼是晉臣而梁武大示教義故脩理之非求功效於今也壼餘烈不泯固陳力於異世良曰言壼餘德不滅而彬仕梁代也烈業泯滅也陳力謂入仕也異代謂梁也但加等之渥近闕於晉典良曰渥厚也諸侯薨於朝會葬之加一等死王事加二等言壼爲晉死王事而不加爵賞故云闕於晉典樵蘇之刑遠流於皇世銑曰秦攻齊令曰敢有柳下季壟樵採者死此刑久絕今天子脩壼之墓是遠流此代臣亦何人敢謝斯幸向曰非分而得謂之幸言非身所敢謝也不任悲荷之至謹奉啓以聞謹啓

蕭太傅固辭奪禮啓一首翰曰昉爲尚書殿中郎父憂去職居喪不知鹽味冬月單衫廬于墓側齊明作相乃起爲建武將軍驃騎記室再三固辭帝見其詞切亦不能奪禮

昉啓濟曰昉家集諱其名但云君撰者因而録之近啓歸訴庶諒窮款奉被還旨未垂哀察良曰諒信也款心也還旨謂不許其辭也悼心失圖泣血待旦銑曰言憂感深悼傷也失圖荒迷也昉於品庶示均鎔造于祿祈榮更爲自拔竄教廢禮豈關視聽所不忍言具陳茲啓向曰鎔造造化所鎔鑄者也言我於衆類之中微細示同造化之一物耳而干祿榮寵自拔擢於衆其損禮教不堪關於視聽皆謙也昉往從末宦祿不代耕翰曰言祿

薄也飢寒無甘旨之資限役廢晨昏之半良曰甘言飲食晨昏定省由飢寒限役廢闕其半膝下之歡已同過隙銑曰言父母生之膝下以養父母此歡有如駟馬過隙之疾也几筵之慕幾何可憑向曰言神靈依憑几筵三年內能幾何時也且奠酹不親在安寄晨暮寂寥闃若無主翰曰奠酹祭祀也言不親祭祀則祭神如神在何所寄也晨暮無人哭臨則寂寥無祭主矣闃空也所守既無別理窮咽豈及多喻濟曰言爲服喪無別理也窮咽哀泣也多喻多比喻也明公功格區宇感通有塗良曰格至也區宇天地也塗道也若霈然降臨賜寢嚴命銑曰言降臨恩澤霈然如雨是知孝治所被爰至無心向曰如此則是明王孝治天下

聖人無常心以百姓心爲心也爰於也錫類所及，匪徒教義。翰曰詩曰孝子不匱永錫爾類言以此及人非徒以教義爲化也不任崩迫之情，謹以啓事陳聞。濟曰崩迫切急也謹啓。

奏彈曹景宗一首 良曰曹景宗爲郢州刺史初司州被圍詔荆郢二州發兵往救景宗及荆州援軍至三關頓兵不進聞司州没即日退還延頸敵人縱暴緣邊景宗不能禦遂失三關有司奏景宗罪輒去州詣闕侶首待罪帝一無所問

御史中丞臣任昉稽首言：臣聞將軍死綏，咫步無却；顧望避敵，逗撓奴教有刑。銑曰司馬法云將軍死綏有前一尺無却一寸八寸曰咫漢書廷尉王恢逗撓當斬逗曲行避敵也撓者顧望也至乃趙母深識，乞不爲坐；魏主著令，抵罪已輕。向曰趙王使趙括爲將以拒秦軍括母上書曰括不可使之將軍趙王曰母置之吾已決矣母曰括有不稱妾無坐乎王許諾括果敗而母不坐故云深識魏武令曰自今將征行但賞功不罰罪非國典也諸將出征敗軍者抵罪失利者免官爵已輕言輕於常法是知敗軍之將，身死家戮；爰自古昔，明罰在斯。臣昉頓首頓首，死罪死罪。竊尋獯勳獫險侵軼邊擾疆陲，王師薄伐，所向風靡。翰曰獯獫匈奴名也謂後魏王也師謂梁軍也是以淮徐獻捷，河兖凱歸。濟曰淮徐河兖皆屬梁地也捷軍所獲也師有功則凱樂而歸東關無一戰之勞，涂途中罕千金之費。良曰言破敵之易東關涂中皆地名也凡起十萬之師日費千金也而司部懸隔，斜臨寇境。銑曰司部司州也懸隔去都遠也故使狡虜憑陵，淹移年月。向曰憑陵依據也故司州刺史蔡道恭率勵義勇，奮不顧命，全城守死，自冬徂秋，猶轉戰無窮，亟摧醜虜。翰曰道恭少以勇力聞及病猶自力戰守城數日不能起聞戰鼓聲憤吒而卒衆猶拒守無有二心攻圍二年無有叛者入狄衆兩洪闔一位城頽壯士猶戰不降及城陷撫其餘衆求恭屍不能得也盈棘也方之居延，則陵降而恭守；比之疏勒，則耿存而蔡亡。良曰漢武帝遣都尉李陵將步卒五千人出居延與單于戰陵兵敗降匈奴後漢耿恭爲戊已校尉恭以疏勒城旁有澗水可固乃據之匈奴復來攻恭於城中穿井十五丈不得水恭仰歎曰聞昔貳師將軍拔佩刀刺山飛泉涌出令漢德神明豈有窮哉乃整衣服向井再拜爲吏士禱有飛泉奔出衆皆稱萬歲乃令揚泉示虜虜以爲神明引去言蔡道恭過於李耿之感若使郢部救兵，微接聲援，則單于之首，久懸北闕。銑曰單于後魏王也豈直受降可築，沙安啓土而已哉。向曰漢武帝使因杅將軍公孫敖築受降城沙安侯於單于以匈奴太子降是謂開夷狄之土寔由郢州刺史臣景宗受命致罰，不時言邁。翰曰受命不即行也故使蝟結蟻聚，水草有依。良曰言景宗縱魏兵使如蝟蟻之結聚而依水草也方復按甲盤桓，緩救資敵。銑曰按下也盤桓不進皃資助也遂令孤城窮守，力屈凶威。向曰孤城謂司州也雖然，猶應固守三關，更謀進取。

而退師延頸自貽釁厚也取 細疆埸侵駭
是之由不有嚴刑誅賞安寘 濟曰駭驚寘用也
臣謹案使持節都督郢司二州諸軍事左將
軍郢州刺史湘西縣開國侯臣景宗擢自行
間遘茲多幸 銑曰言拔自行陣之間也遘遇也非分而得謂之多幸 指
蹤非擬獲獸何勤 向曰漢高祖曰獵者追殺獸者狗也而發蹤指示
人也言景宗指蹤非擬蕭衡獲獸勤勞不同諸將 賞茂通侯榮高列
將 翰曰茂重也 負檐丁濫裁弛式 濟曰負檐賤役 氏鐘鼎遽列
也裁僅通也弛廢也擊鐘鼎食貴事也遽疾也 和戎莫效二八已陳
良曰魏絳爲晉悼公和戎狄而賜女樂二八景宗無此功效而亦當此賜也 自頂

至踵功歸造化潤草塗原豈獲自已 銑曰踵足也造
化喻君也言景宗之身受君之恩也爲國苦戰以膏血塗潤原草豈宜有辭 且道
恭云逝城守累旬景宗之存一朝棄甲 向曰棄甲
退敵也 生曹死黛優當若是惟此人斯有靦面
目 翰曰人斯謂景宗也靦強也 昔漢光命將坐知千里 濟曰
鄧興與將數百騎攻賈覽覽上狀微至光武知其必敗報書日欲復進兵恐失其頭首詔書到
興與爲覽所殺長史得檄以國家坐知千里也 魏武置法案以從事
良曰太祖自作兵書諸將征伐皆以新書從事從令者克違令者敗 故能出必
以律鎦銖無爽 銑曰易云師出以律鎦銖輕重也爽差也 伏惟聖
武英挺略不世出 向曰挺拔也略謀也不世出言非世人所能出也

之嚴制變萬里無差奉而行之實弘廟筭 翰曰
出征者必祭廟筭吉凶而後行 惟此庸固理絕言提 濟曰庸固謂景
宗也詩云匪面命之言提其耳理絕言提不可與言也 自逆胡縱逸久
慁諸夏 良曰逆胡後魏也諸夏中國也 聖朝乃顧將一車書
銑曰聖朝謂梁也乃顧謂眷顧天下也一車書謂欲平天下使車同軌書同文 憖彼
司氓累辱非所 向曰憖傷也司司州之人也 早朝永歎載
懷矜惻致茲亹喪何所逃罪 翰曰載則矜憐惻惜也
正刑書肅明典憲 良曰肅敬憲法也 臣謹以劾 胡代反劾發其罪
請以見事免景宗所居官下太常削爵
土收付廷尉法獄治罪其軍佐職僚偏裨

將帥絓 胡卦 諸應及咎者別攝治書侍御史隨
違續奏 銑曰條官也偏裨皆小將也絓沾也咎罪也攝追也隨違謂隨所犯之事
臣謹奉白簡以聞 向曰簡略狀也 臣昉誠惶誠恐頓
首頓首死罪死罪臣昉稽首以聞 翰曰稽首首至手謂
拜表

奏彈劉整一首

御史中丞臣任昉稽首言臣聞馬援奉嫂不
冠不入氾 凡 毓 育 字孤家無常子 良曰後漢馬援事寡
嫂雖在閨內必衣冠然後入見晉氾毓敦睦九族兗土號其家兒無常母衣無常主 義
士節夫聞之有立千載美談斯爲稱首 銑曰

有立謂立志也　臣昉頓首頓首死罪死罪謹案齊故
西陽内史劉寅妻范詣臺訴列稱出適劉氏
二十許年劉氏喪亡撫養孤弱叔郎整恒欲
傷害侵奪分前奴教子當百并已入衆又以
錢婢姊妹弟温仍留奴自使又奪寅息逡婢
緑草私貨得錢并不分逡寅第二庶息師利
去歲十月往整田上經十二日整便責范米
六斗哺食米未展送忽至戸前隔箔攘拳大
罵突進屋中屏風上取車帷准米去二月九
日夜婢采音偸車欄夾杖龍牽范問失之意

整便打息逡整毋并奴婢等六人來共至范
屋中高聲大罵婢采音舉手查范臂求攝撿
如訴狀輒攝整亡父舊使奴海蛤到臺辯問列
稱整亡父興道先為零陵郡得奴婢四人分
財以奴教子乞大息寅寅亡後第二弟整
仍奪教子云應入衆整便留自使婢姊及弟
各准錢五千文不分逡其奴當百先是衆奴
兄弟未分財之前整兄寅以當百貼錢七千
共衆作田寅罷西陽郡還雖未別火食寅以
私錢七千贖當百仍使上廣州去後寅喪亡

整兄弟後分奴婢唯餘婢緑草入衆整復云
寅未分財贖當百又應屬衆整意貪得當百
推緑草與逡整規當百行還擬欲自取當百
遂經七年不返整疑已死亡不回更奪取婢
緑草貨得錢七千整兄弟及姊共分此錢又
不分逡寅妻范云當百是亡夫私贖應屬息
逡當百天監二年六月從廣州還至整復奪
取云應充衆准雇借上廣州四年夫直今在
整處使進責整婢采音劉兄弟二息師利去
年十月十二日忽往整墅停住十二日整就

兄妻范求米六斗哺食范未得還整怒仍自
進范所住屏風上取車帷為質范送米六斗
整則納受范今年二月九日夜云失車欄子
夾杖龍牽等范及息逡道是采音所偸整聞
聲仍打逡范喚問何意打我兒整毋子爾時
便同出中庭隔箔與范相罵婢采音及奴教
子楚玉法忠等四人于時在整母左右整
語采音其道汝偸車校具汝何不進裏罵之
既進爭口舉手誤查范臂車欄夾杖龍牽實
非采音所偸進責寅妻范奴苟奴列稱娘去

二月九日夜失車欄夾杖龍牽，疑是整婢采
音所偷。苟奴與郎逡往津陽門糴米，遇見采
音在津陽門賣車欄龍牽。苟奴登欲捉取，逡
語苟奴：已爾，不須復取。苟奴隱僻少時伺視，
人買龍牽售五千錢。苟奴仍隨逡歸宅，不見
度錢。並如采音苟奴等列狀，粗與范詳相應。
重覈，當百教子列稱：被奪，今在整處，使悉與
海蛤列不異。以事訴法，令史潘僧尚議：整若
輒略兄子逡分前婢貨賣，及奴教子等私使，
名無官令，輒收付近獄測治，諸所連逮，繼應

選二十　三十三

洗之源委之獄官，悉以法制從事。如法所稱，
整即主。臣謹案新除中軍參軍臣劉整，閭閻
闒仕合茸而勇，名教所絕。向曰閭閻里巷也闒茸小人也名教謂士君子
也絕弃也直以前代外戚，仕因紈袴。翰曰前代外戚謂是齊郭
后妃之親也紈綺繻袴謂外戚驕奢之服也惡積釁稔，親舊側目。
濟曰釁罪也稔熟也側目言惡之甚也理絕通問，而妄肆醜辭。
良曰禮嫂叔不通問故云理絕肆陳也醜辭謂罵言終夕不寐，而謬加
大杖。銑曰或問第五倫曰公有私乎對曰吾兄子嘗病一夜十往退而安寢吾子有
病雖不省視竟夕不眠豈謂無私乎舜之事父瞽叟小杖則受大杖則走言整私其子則
竟夕不寐惡其姪則妄加大杖薛包入財，取其老弱。向曰漢薛包

好學篤行弟子求異居不能止乃中分財奴婢取其老弱者曰我共事久矣汝不能使田
廬取其荒頓者曰吾少時所理意所戀矣器物取其朽敗者曰我素所服習所安也高
鳳自穢，爭訟寡嫂。翰曰後漢高鳳南陽人名著聞太守連召請恐不
得免自言本巫家不應爲吏又詐與寡嫂爭訟遂不仕未見孟嘗之深
心，唯傚文通之僞迹。向曰孟嘗薛包字文通高鳳字昔人睦
親，衣無常主。良曰衣無常主則汜整之撫姪，食有故人。
愛也公孫弘爲漢丞相故人高賀從之食以脫粟飯蓋之於姪其薄如此何其不
能折契鍾庾，而檐昌占帷交質。徵二反翰曰漢高帝貫酒酒家
折券弃債六斛四斗爲鍾十六斗爲庾言婢雖負鍾庾之多亦宜折券不論而整爲六斗
米而取婢車帷爲質言整之罪深襜帷裳也人之無情，一何至此。

選二十　三十六

實教義所不容，紳冕所共棄。向曰紳冕衣冠也臣等
參議，請以見事免整新除官，輒勒外付廷尉
法獄治罪。諸所連逮，應洗之源委之獄官，悉
以付制從事。婢采音不款偷車欄龍牽，請付
獄測實。宗長及地界職司，初無糾舉，及諸連
逮，請不足申盡。臣昉誠惶誠恐，頓首頓首，死
罪死罪。稽首以聞。

奏彈王源一首　　沈休文

吳均齊春秋曰永平八年沈約爲中丞

給事黃門侍郎兼御史中丞吳興邑中正臣

沈約稽首言，臣聞齊大非偶，著乎前誥；辭宗
不婚，垂稱往烈。良曰：左傳云，齊侯欲以文姜妻鄭太子忽，忽辭之。人問其
故，太子曰：人各有偶，齊大非吾偶也。漢不疑為京兆尹，霍光欲以女妻之，不疑畏其盛
大，而辭不肯。誥，書；烈，業也。若乃交二族之和，辨伉苦浪合之
義，升降窊烏瓜隆，誠非一揆。銑曰：二族，夫妻二姓也。伉，合，相敵而
合也。窊，下；隆，高；揆，度也。固宜本其門素，不相奪倫。向曰：使有
倫理次第。使秦晉有匹，涇渭無舛。昌尭反。翰曰：襄羸謂晉文公曰：
秦晉匹也，何以卑我。涇水清，渭水濁。舛，猶雜也。自宋氏失御，禮教彫
衰，衣冠之族，日失其序，姻婭亞淪雜，罔計廝
斯庶。濟曰：淪，混也。罔，無也。廝庶，皆賤人也。販鬻祖曾以為賈舌

道。良曰：以祖曾之高門家子女而取財利，有如商賈之道。明目腆土典顏，
曾無愧恨。銑曰：明目，張目。腆，厚也。若夫盛德之胤，世業
可懷，向曰：胤，嗣也。世業，謂上代德業也。後嗣子孫，宜常安之，不可改也。纓紱
之家，前徽未遠，翰曰：纓紱，皆晉大夫，其家以此當時公卿之族。徽，美也。
既壯而室，竊貲莫非皁隸。濟曰：禮，三十壯有室。室，妻也。皁隸，賤
者也。言嫁娶之家，貴賤雜偶，以相竊其貲也。結縭離以行，箕帚之誘
咸失其所。良曰：女將嫁，母為結其縭。縭，帶也。婦人適於人而執箕帚也。今則非
其匹偶，是以失所。志士聞而傷心，舊老為之歎息。自
寵歷御寓，弘革典憲，銑曰：寵歷，天子歷數也。御寓，謂御天下也。以
大，革，改；憲，法也。雖除舊布新，而斯風未殄。向曰：殄，滅也。殄叱

選二十　三十七

下所以貿衰紀於興言思清激俗者也。翰曰：衰，昇風也。
天子所居後有昇風，故言衰。激俗，謂雜為婚姻也。臣實懦奴亂品謬宰
天憲，濟曰：懦，弱也。御史主天子法，自說已謬妄而在此司。雖埋輪之志
無屈權右，而孤鼠微物，亦蠹大猷。良曰：後漢張綱御史。
為御史，順帝遣八使行風俗，綱埋其車輪於洛陽都亭，曰：豺狼當路，焉問孤狸。遂奏大將
軍梁冀。權，勢也。右，用事也。賈誼曰：城狐不掘，社鼠不熏。蠹，敗也。猷，道也。言雖有張綱埋
輪之志，未能屈服權勢用事者，而王源事同孤鼠，蠹有承藉，一失綱紀，亦敗大道也。
聞東海王源，嫁女與富陽滿氏。銑曰：源，東海人。滿璋之，富
陽人。源雖人品庸陋，冑實參華，向曰：冑，代也。華，榮華也。曾
祖雅，位登八命。翰曰：雅為右僕射。周禮八命作牧，王者之三公亦八命。

祖少卿，內侍帷幄。濟曰：少卿為侍中常侍。帷幄，謂在天子左右也。父
璩升采儲闈，亦居清顯。良曰：璩為東宮官。采，事也。儲闈，東宮也。
源頻叨諸府戎禁，預班通徹，銑曰：諸府，諸禁府也。通徹，通侯
也。源預列此官。而託姻結好，唯利是求，玷辱流輩，莫斯
為甚。源人身在遠，向曰：在遠，在南郡郡丞。謂輒攝媒人劉
嗣之，到臺辨問，嗣之列稱，吳郡滿璋之相承
云是高平舊族寵奮胤冑，家計溫足，見託為
息鸞覓婚。王源見告窮盡，即索璋之薄閥伐。
見璋之任王國侍郎，鸞又為王慈吳郡正閤
主簿。源父子因共詳議，判與為婚。璋之下錢五

選二十　三十八

萬以爲聘禮源先喪婦又以所聘餘直納妾如其所列則與風聞符同竊尋璋之姓族士庶莫辨滿奮身殞西朝胤嗣殄没武秋之後無聞東晉翰曰滿奮爲司隸爲苗願所殺故云殞身西朝謂晉初都洛陽也胤嗣子孫也殄死也滿奮字武秋言奮後不聞子孫在東晉其爲虛託不言自顯王滿連姻寔駭物聽潘楊之睦有異於此濟曰駭驚也潘岳楊仲武誄曰潘楊之睦有自來矣言王滿與此異也且買妾納媵因聘爲資施衿之費化充牀笫良曰媵從婦者也儀禮云女嫁母施衿結帨帨帶也牀笫帳之間也言買妾納媵本因聘婦之資而取之今源以嫁女之財而納妾成帷房之私累甚也鄙情贅行造次以之糾慝

選二十　三十九

得繩違允茲簡裁銑曰贅惡也言源情行鄙惡造次用之爲事慝亦惡也允信也簡裁即略狀奏聽裁制之源即罪主臣謹案南郡丞王源忝藉世資得參纓冕向曰世資祖父之業也參謂入仕也同人者貌異人者心以彼行媒同之抱布翰曰禮男女非有行媒不相知名詩云氓之蚩蚩抱布貿絲匪來貿絲來即我謀言源以行媒之禮同抱布之事且非我族類往哲格言薰不猶雜聞之前典濟曰季文子曰非我族類其心必異哲智也往哲即文子也格至也家語云顏回曰聞薰蕕不同器而藏薰香草蕕臭草也前典即家語也豈有六卿之冑納女於管庫之人良曰周禮有六卿言源祖父之貴也冑胤也管掌庫職人宋子河魴同穴於輿臺之鬼銑曰詩云豈其食魚必河之魴豈其娶妻必齊之姜豈其娶妻必宋之子姜姓也言源如此等家之子孫而使其女嫁於輿臺之賤同穴爲鬼也高門降衡向曰衡橫木之爲門凡庶家也言以已高門自降與凡庶連親乃是輕祖考辱親戚也蔑無也雖自己作蔑祖辱親於事爲甚此風弗翦其源遂開點世塵家將被比屋翰曰翦除本塵污也聖明之代比屋可封恐此風被及也宜寘以明科黜之流伍使已污之族永愧於昔辰方媾之黨革心於來日濟曰伍等也已污謂王氏也方媾謂復如此婚姻者也臣等參議請以見事免源所居官禁錮終身輒下禁止視事如故良曰言禁止視事使如昔無官之時也源官品應黃紙

選二十　四十

臣輒奉白簡以聞臣約誠惶誠恐云云

答臨淄侯牋一首　楊德祖

銑曰楊脩字德祖謙恭才博舉孝廉除郎中丞相主簿是時軍國多事總知外內事皆稱意自魏太子以下爭與交好是時臨淄侯植才捷愛幸數與脩書脩答牋後曹公以脩前後漏泄言教交關諸侯乃收殺之曹植時爲臨淄侯

脩死罪不侍數日若彌年載豈由愛顧之隆使係仰之情深耶向曰彌終也豈由言豈不由也隆重也損辱嘉命蔚矣其文翰曰蔚盛也嘉命植書也辱污也誦讀反覆雖諷雅頌不復過也濟曰諷猶詠也詩有大雅小雅商頌魯頌

仲宣之擅漢表，陳氏之跨冀域，徐劉之顯青豫，應生之發魏國，斯皆然矣。良曰仲宣王粲字也寓於荊襄故云漢表陳琳屬於袁氏故云冀域徐幹昌於高密故云青劉楨寓於許京故云顯於豫應瑒時居於汝潁本祖食邑故云魏此疊植書室於脩者聽采風聲，仰德不暇目周章於省覽，何遑高視哉。銑曰周章馳逐也遑暇也植書云足下高視於上京故有此答伏惟君侯少長貴盛，體旦之資，有聖善之教。向曰體同也發武王名旦周公名資用也聖善謂植父武帝也遠近觀者，徒謂能宣昭懿德，光贊大業而已，不復謂能兼覽傳記，留思文章。翰曰宣布昭明懿美也贊佐也大業父業也今乃含王超陳，度

選二十　四十一

越數子矣。觀者駭視而拭目，聽者傾首而竦耳。非夫體通性達，受之自然，其孰能至於此乎。濟曰竦耳傾聽又嘗親見執事握牘持筆，有所造作，若成誦在心，借即書於手，曾不斯須少留思慮。仲尼日月，無得踰焉。脩之仰望，殆如此矣。良曰執事謂植也尊敬之故不指斥而言左右執事也牘書板也斯須須臾也子貢曰仲尼日月無得而踰焉比植文章不可及也是以對鶡鶡而辭作暑賦彌日而不獻，見西施之容，歸憎其貌者也。銑曰植曾作鶡鳥賦命脩作脩辭不爲也又命作暑賦脩雖造成終日不敢獻亦由見西施之美自憎其惡伏想執事不知其然，猥受顧錫，教使刊定。向曰植書云僕誰相知定吾文耶是使脩刊定也脩以辭能頓受者顧賜命矣猥頓錫賜也春秋之成，莫能損益；呂氏淮南，字直千金，弟子拑口，市人拱手者，賢聖卓犖，固所以殊絕凡庸也。翰曰孔子在位聽文辭有可與共也不獨有也至於爲春秋筆則筆削則削子夏之徒不遂贊一辭秦相呂不韋聚智畧之士作呂氏春秋漢淮南王聘天下辯通之士以著篇章書成皆布之都市懸千金以延示衆士而莫能有變易者此皆聖賢用心高大以殊於凡庸之所由致也卓犖高大之皃今之賦頌，古詩之流，不更孔公，風雅無別耳。濟曰植書云今往僕少小所著詞賦一通相與更經也脩言令植之賦頌乃與古詩相類雖不經孔子刪定與詩之風雅無異焉脩家子雲，老不曉事，彊上著一

選二十　四十二

書，悔其少作。良曰植書云揚雄猶云壯夫不爲雄法言曰或問吾子少好賦曰然童子雕蟲篆刻俄而曰壯夫不爲是悔其少作也子雲雄字也與脩同姓故云脩家著一書法言也即若此，仲山周旦之儔，爲皆有諐耶。銑曰仲山甫作周頌周公作鴟鴞詩言如雄言則此二人皆有過也君侯忘聖賢之顯迹，述鄙宗之過言，竊以爲未之思也。向曰鄙宗過言謂壯夫不爲也若乃不忘經國之大義，流千載之英聲，銘功景鍾，書名竹帛，斯自雅量素所蓄也，豈與文章相妨害哉。翰曰魏顆追秦於輔氏其勳銘于景鍾景公鐘也書名竹帛謂史書也雅量謂植之度量素常也植書云吾雖薄德位爲蕃侯猶庶幾勠力上國流惠下人建永世之業流金石之功豈以翰墨爲勳績詞賦爲君

子哉故𢡺此言荅也以輒受所惠竊備矇蒙瞍叟誦詠
而已濟曰所惠謂賜文章也言己備誦詠之人而已矇瞍昏耄脩謙詞也敢望
惠施以忝莊氏良曰植書云其言不慙恃惠子之知我也脩言已豈敢望
比惠施之德以忝辱於莊周之相知乎周喻植也惠施莊周相知者也故引之華季
緒璅璅何足以云銑曰植書云劉季緒好詆訶文章脩云何足以云璅
璅小器也反荅造次不能宣備脩死罪死罪

與魏文帝牋一首　繁休伯

向曰文章志云繁欽字休伯潁川人少以辨知爲丞相主簿文章集序云
上西征余守譙繁欽從還牋與余其文甚麗繁步何反

正月八日壬寅領主簿繁欽死罪死罪近屢

選二十　四十三

奉牋未足自宣頃諸鼓吹廣求異伎時都尉
薛訪車子年始十四翰曰鼓吹音樂也伎能也都尉官名薛訪車子
姓名能喉轉引聲與笳同音濟曰笳簫也白上呈見
果如其言良曰上主上也文帝時未受禪即日故共觀試乃
知天壤之所生誠有自然之妙物也濟曰壤地也
潛氣內轉哀聲外激大不抗越細不幽散聲
悲舊笳曲美常均銑曰抗高越過也幽散絕也笳簫也均曲也及
與黃門鼓吹溫胡迭唱迭和喉所發音無不
響應曲折沈浮尋變入節向曰黃門樂官名溫胡姓名也迭更
也變曲會也自初呈試中間二旬胡欲傚其所不

知尚之以一曲巧竭意匱既已不能翰曰傚斆尚勝
竭盡匱乏也言竟不能勝而此孺子遺聲抑揚不可勝窮
優游變化餘弄未盡良曰化變弄曲也暨其清激悲
吟雜以怨慕詠北狄之遐征奏胡馬之長思
悽入肝脾哀感頑豔濟曰北狄征胡馬思皆古歌曲皆能喉囀爲之
悽傷也頑鈍豔美者皆感之是時日在西隅涼風拂衽背
山臨溪流泉東逝同坐仰歎觀者俯聽莫不
泫泣殞涕悲懷慷慨銑曰衽衣衿泫流皃殞墜也慷慨歎息皃自
左驥都年史妠奴紺謇姐名倡向曰左驥史妠謇姐皆樂人名倡樂
也能識以來耳目所見僉曰詭異未之聞也

選二十　四十四

翰曰詭奇也竊惟聖體兼愛好奇濟曰兼愛多所愛也是以
因牋先白委曲伏想御聞必含餘懽與事速
訖旋侍光塵寓目階庭與聽斯調宴喜之樂
蓋亦無量銑曰御進也事謂西征也訖竟也光塵美言之與及也斯調喉囀也
欽死罪死罪

荅東阿王牋一首　陳孔璋

向曰文章志曰陳琳字孔璋廣陵人避亂冀州袁紹辟之使典文章紹死
太祖辟爲軍謀祭酒典記室東阿王曹植也

琳死罪死罪昨加恩辱命并示龜賦披覽粲
然翰曰辱命謂得植書粲然明白皃也君侯體高俗之材秉青

蓱干將之器（濟曰王即諸侯也故云君侯高俗言才高過一代青蓱干將皆劍名也）拂鐘無聲應機立斷（良曰西門過謂船人曰干將莫耶之劍拂鐘不錚試物不知然以之綴履曾不如兩錢之錐今子持檝乘舟子所能也君試與我東說諸侯子蒙蒙然無異於未視之狗也錚聲也夫所以貴於干將莫耶者貴於立斷截也皆謂植之才藝同於此矣）此乃天然異稟非鑽仰者所庶幾也（銑曰顏回曰鑽之彌堅仰之彌高言植之文堅而且高鑽仰者終不可近而致之）音義既遠清辭妙句焱絕煥炳（向曰焱絕煥炳言文詞光明也）譬猶飛兔流星超山越海龍驥所不敢追況於駑馬可得齊足（翰曰飛兔流星神駿也馬八尺以上為龍驥良馬名可得言不可得也）夫聽白雪之音觀綠水之節然後東野巴人蚩鄙益著（濟曰白雪綠水楚之上曲也比植文也東野巴人趣之下曲琳自比其文見植文之美而覺已文之惡矣）載懽載笑欲罷不能謹韞櫝玩耽以為吟頌（良曰載則也歡言美之也韞藏櫝匱玩吟耽好也為吟頌者愛之深也）

答魏太子牋一首　吳季重

（銑曰魏志云吳質字季重濟陰人以為文帝所善為朝歌長官至振威將軍文帝為太子時重答此牋也）

二月八日庚寅臣質言奉讀手命追亡慮存恩哀之降形於文墨（向曰手命謂太子與質書也其書云二三諸友零落略盡此追亡慮存者也形見也）日月冉冉歲不與我（翰曰冉冉行皃不與我言不留也）昔侍左右廁坐眾賢出有微行之游入有管絃之歡置酒樂飲賦詩稱壽自謂可終始相保並騁材力效節明主（良曰謂在太子所侍也廁列也眾賢謂陳徐之流也微行謂微服而行也）何意數年之閒死喪略盡臣獨何德以堪久長陳徐劉應才學所著誠如來命惜其不遂可為痛切（銑曰陳琳徐幹劉植應瑒也來命謂來書之言不遂謂皆死不遂其才志）凡此數子於雍容侍從實其人也若乃邊境有虞羣下鼎沸軍書輻至羽檄交馳於彼諸賢非其任也（向曰雍容善和皃虞度也有虞謂寇至也輻至言眾如車輻之湊於轂也羽檄徵兵之書）往者孝武之世文章為盛若東方朔枚皐之徒不能持論即阮陳之儔也（翰曰孝武漢帝也阮瑀陳琳也儔類也）其唯嚴助壽王與聞政事然皆不慎其身善謀於國卒以敗亡臣竊恥之（濟曰嚴助虞立壽王甚見任用後淮南王反與助等相連皆棄市）至於司馬長卿稱疾避事以著書為務則徐生庶幾焉（良曰言徐幹比之相如顏復近也）而今各逝已為異物矣後來君子實可畏也（銑曰謂後俊者也孔子云後生可畏）伏惟所天優游典籍之場休息篇章之圃發言抗論窮理盡微摛藻下筆鸞龍之文奮矣雖年齊蕭王才實

百之此衆議可以歸高遠近所以同聲也向曰
所天謂君屬太子也言以文章典籍爲場圃而優游休息於其間也抗高也摛亦發也藻
文也鸞龍有五色文章也奮振也更鼎始封彈宏武爲蕭王光武曰吾三十時在軍中太
子書云吾德不及蕭王年與之齊矣故質以此荅之百謂勝百倍也同聲言俱謂然也
然年歳吾隆今質四十二矣白髮生鬢所慮
日深實不復吾平生之時也但欲保身勑行
不蹈有過之地以爲知己之累耳翰曰墜失勑正蹈履
也游宴之歡難可再遇盛年一過實不可追
臣幸得下愚之才値風雲之會濟曰易云雲從龍風從虎
聖人作而萬物覩言已與太子幸得同此際會也時邁齒截徒結猶欲

選二十　四十七

觸胷奮首展其割裂之用也良曰邁往齒年截大也觸胷奮
首割裂謂冒鋒刃甘死而效其用以報德焉不勝慺慺音婁銑曰慺慺敬皃
以來命備悉故略陳至情質死罪死罪
在元城與魏太子牋一首向曰質遷爲元城令之官
遷鄴辭太子
臣質言前蒙延納侍宴終日曜靈匿景繼以
華燈翰曰謂辭太子時曜靈日月匿藏也雖虞卿適趙平原入
秦受贈千金浮觴旬日無以過也濟曰虞卿說趙孝成
王一見賜黃金百溢秦昭王遺平原書曰寡人聞君高義願爲布衣之交君幸過寡人願
與君十日之歡平原君遂入秦也千金言多也浮汎也觴酒器也言此不能過也受太子

[illegible]宴小器易盈先取沈頓醒寤之後
識所言良曰沈頓酒困也不記醉時所言恐有虧失即以五日到
官初至承前未知深淺銑曰謂前人之教化然觀地形
察土宜西帶恒山連岡平代向曰岡山脊也平代二郡北
鄰柏人乃高帝之所忌也翰曰鄰近柏人縣名漢高帝擊韓信餘
寇東垣還過趙趙相貫高等陰謀欲殺高祖高祖欲宿心動問縣名曰柏人祖曰柏人者
迫於人也去不宿故云所忌重以泜祗水漸漬疆宇喟然
歎息思淮陰之奇譎亮成安之失策濟曰漸漬浸也
疆界宇居也漢使韓信擊趙信使窺之知趙相成安君陳餘不用李左車之計乃引兵來
至井陘口選輕騎二千人持赤幟從間道萆山而望趙軍又使萬人先行背水陣平旦信建

選二十　四十八

大將旗鼓出井陘口大戰良久信棄旗鼓走水上復疾戰趙軍空壁爭信旗鼓萆山二千
人入趙壁拔趙幟立漢赤幟趙軍望之大驚乃亂敗遂斬成安泜水上信後爲淮陰侯胃
紛數聲亮信也不用左車之言而敗故云失策也南望邯鄲想廉藺
之風良曰廉頗藺相如趙國之賢將也故想其風邯鄲趙所都也東接鉅
鹿想李齊之流良曰漢文帝謂唐曰吾居代時吾尚食監高祛數爲我
言趙將李齊之賢戰於鉅鹿下吾每食飯未嘗不思之鉅鹿縣名也都人士女
服習禮教皆懷慷慨之節包左車之計向曰慷慨
謂貞廉也左車即李左車而質闇弱無以莅之翰曰闇弱謙也莅臨
也善乃邁德種恩樹之風聲使農夫逸豫於
疆畔女工吟詠於機杼固非質之所能也濟曰邁行

謠也。樂至於奉遵科教，班揚明令，下無廢禮之
吏，邑無豪俠之織。賦事行刑，資於故實，抑亦
懍懍有庶幾之心。良曰：賦，布也。威福，擅作威福於人者。懍懍，敬皃。庶幾，
慕近也。往者嚴助釋承明之歡，受會稽之位，壽
王去侍從之娛，統東郡之任，其後皆克復舊
職，追尋前軌，今獨不然，不亦異乎。銑曰：漢嚴助為中大
夫，得侍從容。上問所欲，對曰：願為會稽太守。數年，賜詔曰：君厭承明之廬，出為郡吏久
不聞問。助恐，上書謝，願奉三年計最。詔許，因留拜侍中也。故云皆克復舊任軌迹也。今不
然者，贊自言未得重入侍，與彼異也。張敞在外，自謂無奇，陳咸
憤積，思入京城。向曰：漢張敞為膠東相，與朱邑書曰：值敞遠守劇郡，馭於

選二十　四十九

繩墨，曾聽固結，無奇矣。陳咸為南陽太守，數賂遺陳湯，與書曰：即蒙子公力，得入帝城，死
不恨矣。故云憤積是也。彼豈虛談夸論，誑曜世俗哉，斯
實薄郡守之榮，願左右之勤也。翰曰：彼謂張敞、陳咸，薄輕
也。輕居郡守，願在左右亦貴之心。古今一揆，先後不貿，攜莫焉
知來者之不如今。濟曰：揆，致。貿，易也。焉知來者不如今，謂己情亦與張
敞、陳咸相類也。聊以當覲，不敢多云。良曰：覲，見也。貧死罪
死罪。

為鄭沖勸晉王牋一首　阮嗣宗

良曰：鄭沖為太傅。魏帝封晉公，太原等十郡為邑，進位相國，備禮九錫。太
祖讓不受，公卿將相皆詣府勸進，籍為辭。

沖等死罪死罪。伏見嘉命顯至，銑曰：嘉命，即魏冊命。竊聞明
公固讓，沖等眷眷，實有愚心，以為聖主作制，
百代同風，褒德賞功，有自來矣。向曰：自，從也。昔伊
尹，有莘氏之媵臣耳，一佐成湯，遂荷阿衡
之號；周公藉已成之勢，據既安之業，光宅曲
阜，奄有龜蒙；呂尚磻溪之漁者，一朝指麾，乃
封營丘。翰曰：伊尹欲干湯，乃為有莘氏媵臣，佐湯伐桀，以為阿衡。武王既成王業，
天下既安，而封周公之子伯禽為魯侯，治曲阜。有龜蒙，魯之山名。光，大。宅，居也。呂尚
釣於磻溪，故云漁者。文王用以為師。武王伐紂，用其計，左杖黃鉞，右秉白旄以誓，而滅殷，
故云指麾。武王封於齊，都營丘。自是以來，功薄而賞厚者不

選二十　五十

可勝數。然賢哲之士猶以為美談，況自先相
國以來，世有明德，濟曰：先相謂宣帝為魏丞相也。世有言不絕也。翼
輔魏室，以綏天下，朝無闕政，人無謗言。良曰：綏，安
也。前者明公西征靈州，北臨沙漠，榆中以西，
望風震服，羌戎東馳，迴首內向。銑曰：姜維隴右上，帥輕兵
到靈州，擊大破之。沙漠、榆中，皆邊地名。震，驚也。東馳內向，皆來朝服。東誅叛逆，
全軍獨尅，禽闔閭之將，斬輕銳之卒以萬萬
計。威加南海，名懾之涉三越。向曰：叛逆謂諸葛誕反，上親臨圍之，
四面並攻。誕閉城自守，遣小子靚至吳請救。吳遣唐咨、王祚來應誕。唐咨等皆降。吳兵萬
眾，器杖軍實山積。兵法全軍為上。尅，勝也。闔閭，吳王也，以比孫氏。將則唐咨等，輕銳勁羽。

之兵也萬萬計言多也加陵也南海吳界懾服也三越謂越及南越閩越也宇內康寧苛慝不作翰曰寧安作起也苛慝繁懸之政是以殊俗畏威東夷獻舞濟曰殊俗遠方東夷東方之夷也獻舞獻樂舞故聖上覽乃昔以來禮典舊制開國光宅顯茲太原良曰謂封爲晉公明公宜承聖旨受茲介福允當天人銑曰旨意也聖意謂魏帝之意也介大允信也天人謂天意人事也元功盛勳光光如彼國土嘉祚巍巍如此向曰元大也光光明皃如彼謂破姜維之類國土嘉祚如此謂晉原之地巍巍高皃內外協同靡愆靡違翰曰協合靡無愆失也內外其心合同無相違也由斯征伐則可服濟江掃除吳會銑曰由從斯此也吳會吳地名掃除也謂滅吳也西塞江源望祀岷山向曰岷山江所在蜀也西塞言滅蜀也望祀謂祭此山焉迴戈弭節以麾天下翰曰弭按也麾天下謂平一也遠無不服邇無不肅濟曰肅敬邇近也令大魏之德光于唐虞明公盛勳超于桓文良曰唐虞虞舜也桓文齊桓公晉文公皆輔翼周室而公超越之然後臨滄洲而謝支伯登箕山以揖許由豈不盛乎濟曰言公宜受封爵後立功如此然後退身豈不盛也舜於上讓天下於子州支伯曰余有幽憂之疾未暇理天下也堯朝許由於沛澤曰請屬天下於夫子許由遂之箕山揖謝皆讓也至公至平誰與爲鄰何以勤勤小讓也哉向曰鄰比也等不通大體敢以陳聞翰曰不通謙詞也

選二十　五十一

拜中軍記室辭隋王牋一首　謝玄暉

濟曰朓爲隨王府文學世祖勅朓可還都遷新安王記室牋辭隨王也

故吏文學謝朓死罪死罪即日被尚書召以朓補中軍新安王記室參軍朓聞潢汙上黃下烏之水願朝宗而每竭驚蹇之乘希沃若而中疲良曰潢汙雨水也蹇跛也沃若良馬行貌言此水雖欲朝宗于海此馬欲希良馬之行必見竭涸蹇跛無由致也自喻菲鄙才强小胥願事於王不由於己所以終莫遂也何則皐壤搖落對之惆悵歧路西東或以嗚悒烏合反銑曰皐壤搖落謂秋也歧路東西謂別也惆悵嗚悒皆悲傷也皐壤川原歧路行道也恐乃服義徒擁歸志莫從向曰言服習王之道義但以擁塞使我歸上之志莫從也邈若墜雨翩似秋蔕音帝翰曰墜雨離於雲秋蔕去於樹翩已別王也邈遠翩落也朓實庸流行能無算濟曰謂謙詞也言才足數屬天地休明山川受納良曰川澤納汙山藪藏疾言遇休明之代容受我不肖之人同於山川之納藏也褒采一介抽揚小善故捨耒場圃奉筆兔園銑曰捨耒罷耕也場圃田園也奉筆兔園請事於王也梁孝王有兔園東亂三江西浮七澤向曰王爲東中郎將會稽太守後遷西將軍荊州刺史三江會稽越境也七澤荊州楚境也越東楚西絕流曰亂浮游也契闊戎旃從容讌語翰曰謂從行也契闊勤苦也戎兵也旃旌也長裾日曳後乘載脂濟曰鄒陽書曰何王之門不可曳長裾乎裾冠衣之裾也曳謂朝夕遊王門也翾文帝書云

選二十　五十二

文學記乘於後詩曰載脂載轄車榮立府庭恩加顏色沐髮晞陽未測涯涘良曰言沐王之德深故不測崖際也楚詞云朝濯髮於湯谷夕晞余髮乎九陽晞乾也撫臆論報早逝肌骨銑曰言撫持肌臆論報恩澤將往銘鐫肌骨而不忘逝往也不寤滄溟未運波臣自湯向曰寤覺也滄溟海也莊子云鯤化為鵬海運將從於南溟又謂監河侯曰用視車有鮒魚曰我東海之波臣也滄溟未運王未還轉也波臣自喩也萬失也渤澥方春旅翮先謝翰曰渤澥朝云若渤澥之鳥也渤澥海名方春鳥鴈時也喩王左右居也故翮先謝自喩去王也謝去也翮鳥羽也清切藩房寂寥舊蓽濟曰藩房謂王府也蓽門也謂朓舊所居也清切悽傷也寂寞無人也輕舟反泝素弔影獨留良曰朓王乘輕舟反向而望心已飛於王

選二十　五十三

左右矣而形影相弔則留疑矣白雲在天龍門不見去德滋永思德滋深銑曰西王母為天子謠曰白雲在天山陵自出道路悠遠山川閒之將子無死尚能復來楚詞云過夏首以西浮顏龍門而不見言已想望於王猶白雲在天既與王隔猶龍門不見唯待青江可望候歸艎於春渚翰曰言已不可得往唯待王還京都也青江亦春晚也艎舟名王乘也朱邸方開效蓬心於秋實濟曰朱邸謂王在京之邸朱其戶也蓬心非特達朓自謙也揭挑李秋取其實報王也朓願因得效已同於此而少報王如其簪屨或存衽席無改良曰言王如或能存故情於我也少原之野有婦人刈薪而失簪哭甚哀言不忘於舊也楚昭王亡其蹄屨已行三十步而還之左右曰何惜此王曰吾悲與之俱出不俱反自是楚國無捐弃者晉文公至河令席蓐捐之咎犯哭曰席蓐所卧也而君弃之臣不勝哀衽席單席也雖復身填溝壑猶望妻子知歸攬涕告辭悲來横集銑曰横交也不任犬馬之誠

到大司馬記室牋一首　任彥升

向曰齊宣德皇后令以梁高祖武帝為大司馬錄尚書事以昉為司馬下記室昉到官而謝之

記室參軍事任昉死罪死罪伏承以今月令辰肅應典册翰曰令善辰時肅敬應當也典册謂受大司馬德顯功高光副四海濟曰副被也含生之倫庇身有地良曰含生有生之類庇託也況昉受教君子將二十年銑曰君子

選二十　五十四

謂高祖與昉有舊也咳苦改唾為恩眄睞力代成飾向曰睞視也恩飾謂光益於己也小人懷惠顧知死所翰曰言懷惠自顧知以身命報德也昔承嘉宴屬有緒言提挈苦結之言形乎吾諾豈謂多幸斯言不渝濟曰始高祖遇昉于竟陵王於西邸從容曰我登王府當以卿為記室昉亦戲高祖曰我登三事當以卿為騎兵以高祖善射也至是故引昉符昔言也嘉宴乃謂於竟陵王席也緒末也提挈謂許以為記室也旨意也形是諾渝猶變也雖情謬先覺而迹淪驕餌良曰言謬不能先覺高祖之必貴而仕齊是淪沒於驕君之餌餌食也湯沐具而非弔大廈構而相歡銑曰淮南子曰湯沐具而蟣蝨相弔大廈成而鷰雀相賀此高祖殺東昏侯昉免死復相弔也高祖既成大業而得相歡也明公道

旡二儀勳超遂古向曰明公謂高祖也冠猶高也二儀天地也勳功也遂古往古也將使伊周奉轡桓文扶轂翰曰伊尹周公輔佐殷周也桓文謂齊桓晉文翼戴周室也使之奉轡扶轂謂高祖之功過之神功無紀作物何稱濟曰謂高祖如神妙之功無能紀述造化萬物何以稱之也府朝初建俊賢翹首良曰府謂司馬府也建立翹舉也維此魚目唐突璵璠銑曰魚目似珠自喻也璵璠美玉也喻高祖唐突猶抵觸也顧己循涯寔知塵忝向曰涯分寔是也忝辱也千載一逢再造難答翰曰言千載一逢聖人不誅已罪又與之官是再成於已其恩難以答也造成也雖則殞越且知非報濟曰言雖致命亦所能報也殞喪越墜也不勝荷戴屏營之至謹詣廳奉白牋謝聞死罪死罪

選二十　五十五

百辟勸進今上牋一首良曰今上謂梁高祖武皇帝也初齊詔授高祖梁公加九錫高祖辭之於是左史王瑩等勸進高祖猶謙讓未許瑩等又牋並助之辭

近以朝命蘊策冒奏丹誠銑曰朝命天子之命也蘊藏策書奏進也丹誠赤心也冒赤心謂授策也奉被還命未蒙虛受向曰言高祖還讓帝命不虛心而受之搢紳顒顒翰曰搢紳謂百官也顒顒敬仰見未達言不知高祖之意蓋聞受金於府通人之弘致濟曰魯國之法為人臣妾於諸侯有能贖之者取金於府子貢贖魯人於諸侯來辭不敢取其金孔子曰賜也失之矣自今已往魯不贖人矣皆此言者言

祖讓弘大也不可復高蹈海陽匹夫之小節良曰舜以天下讓其友石戶農夫石戶農夫負妻戴子以入海終身不反謂此者言高祖不可如斯也匹獨也是以履乘石而周公不以為疑增玉璜而太公不以為讓向曰武王崩成王小周公東宮履乘石爲假天子七歲而不疑者蓋爲天下未已也乘石天子所登之石也太公即磻溪之水釣其涯得王璜刻曰姬受命呂佐之報在齊及佐周剋殷遂封於齊而不讓者既功得之又天命也況世哲繼軌先德在民翰曰言況高祖之家代有聖哲有遺德在人也經綸草昧歎深微管謂高祖父順爲齊侍中兄懿監郢州濟曰經綸理也言經理草創在冥昧之時比孔子之歎管仲吾其被髮左衽矣此又深也微無也加以朱方之役荊河是依良曰高祖兄懿爲豫州刺史鎮歷陽

選二十　五十六

護軍將軍崔惠景反破左興盛十萬衆於鍾山宮城拒守懿聞難投袂而起戰於越城破之惠景走丹徒追斬之除侍中遷爲尚書令朱方丹徒也荊河豫州也言齊所以破惠景實依高祖之兄懿之功也王師振旅大造王室銑曰班還也師入曰振旅造成也室言齊室也雖累繭救宋重胝存楚向曰公輸班爲楚攖將以攻宋墨翟聞之百里舍重繭而見公輸使無攻宋也吳入楚申包胥重胝七日七夜至於秦告急於秦王乃發兵破吳以存楚也累亦重也以今觀古曾何足云翰曰以懿觀之墨翟申包不足云也而惑甚盜鍾功疑不賞濟曰言東昏侯欲掩已言無德也而不能賞懿之功歸政闇豎而鴆殺懿也有偷鍾者將推毀之恐人聞之自掩其耳喻東昏侯欲自掩過也書曰功疑惟重漢蒯通曰功高天下者不賞喻懿有惟重不賞之高功矣皇天后土不

其酷是以王馬駿奔表微子之去金版出地告龍逢之怨銑曰酷當痛也紂惑妲己王馬走宋宋謂微子開於宋也玉馬喻賢人也以喻東晉無道賢人歸於高祖矣桀殺龍逢於庚子之日有金版出於庭中地日族王禽龍逢與夏同姓故稱族王禽言桀必見禽也謂東晉殺懿懿與齊同姓其怨咎有如此也明公掾筆毀哭厲三軍之志獨居掩涕激義士之心向日孫權兄策為許貢客所殺權悲感未視事張昭謂權曰方今天下鼎沸何得伏哀戚乃扶權上馬陳兵而出漢光武兄伯升為更始所害光武獨居不御酒肉枕席有涕泣之處言高祖於兄如此二主三軍義士為之激厲也穀止也故能使海若登祇罄圖效祉翰曰楚辭云使湘靈鼓瑟兮海若舞海若海神也齊桓公北伐見一小兒在馬前走管仲曰登山之神曰俞兒霸王之君興則見祇神也山海之神罄盡而致其福祉

選二十　五十七

山戎孤竹束馬景從伐罪弔民一匡靖亂良曰齊桓公曰寡人北伐山戎過孤竹束馬懸車上辟耳之山景從天下如日景之從人也湯伐葛伯殺其君予其民一匡天下靖亂謂除逆也言高祖征伐之事而類於此匪叨天功實勤濡足銑曰介之推曰竊人之財猶謂之盜況貪天之功以為己力申胥欲兆其世將投于河崔嘉閭而止之日聖人之父母今為濡足投不救人可予言高祖實同天功兼竊叨而得為天下父母儒足以投於人也且明公本自諸生取樂名教向曰言高祖起自諸生取樂於名教之間道風素論坐鎮雅俗翰曰雅俗謂正風俗不習孫吳遘茲神武良曰孫子吳子皆兵法也遘成也驅盡誅之氓濟必封之俗銑曰桀紂之人比屋可誅堯舜之人比屋可封

言變風俗若此龜玉不毀誰之功歟向曰季氏將伐顓臾冉有季路見於孔子曰虎兕出於匣龜玉毀於櫝中誰之過也今則不然誰之功歟言高祖之功也兕為君子使伊周何地翰曰言為君子將使伊尹周公何地而立也其等不達通變實有愚誠不任悾款忝心重謁伏願時膺典冊式副民望

奏記詣蔣公一首　阮嗣宗

濟曰晉太尉蔣濟聞藉有俊才而志倜儻問王黙然後辟之藉詣都亭奏記初濟恐不至得記欣然遣吏卒迎而藉已去濟大怒恚王黙黙懼與藉書鄉親共喻乃就後謝病歸

藉死罪死罪伏惟明公以含一之德據上台之位良曰書云伊尹作咸有一德含咸也三台星三公位也濟為太尉即三公言上台重之也羣英翹首俊賢抗足開府之日人人自

選二十　五十八

以為掾以銷屬辟書始下下走為首子夏處西河之上而文侯擁彗自歲反銑曰子夏卜商字也魏文侯師之於西河西河魏地名擁彗申恭敬之禮彗帚也鄒子居於黍谷之陰而昭王陪乘向曰鄒子鄒衍也燕有谷寒不生五穀鄒衍吹律而溫氣至生黍稷衍時居焉燕昭王敬其德而陪乘也夫布衣窮居韋帶之士王公大人所以屈體而下之者為道存也翰曰布衣韋帶皆賤服韋皮也藉無鄒卜之德而有其陋濟曰陋鄙也猥煩大禮何以當之良曰猥煩也大禮謂辟命方將耕於

東皐之陽輸黍稷之稅以避當塗者之路銑曰東皐藉之所居之東也澤畔曰皐翰曰當塗謂事貴人也負薪疲病足力不彊者向曰孟子有疾王使問之孟子曰昔者有王命時有負薪之憂藉言力不可彊不勝王事補吏之日非所克堪乞迴謬恩以光清舉翰曰克能也藉已無德則辭命爲謬恩迴以與賢則無光於所舉矣

文選卷第二十

選二十　　十　　五十九

長

別

文選卷第二十一　　五臣注

梁昭明太子撰

書上

李少卿答蘇武書一首

司馬子長報任少卿書一首

楊子幼報孫會宗書一首

朱叔元與彭寵書一首

孔文舉論盛孝章書一首

陳孔璋爲曹洪與魏文帝書

阮元瑜爲曹公作與孫權書

魏文帝與朝歌令吴質書

選二十一　　一

又與鍾大理書一首

曹子建與楊徳祖書一首

又與吴季重書一首

吴季重荅東阿王書一首

應休璉與滿公琰書一首

與侍郎曹長思書一首

與廣川長岑文瑜書一首

與從弟君苗君胄書一首

荅蘇武書一首　　李少卿

翰曰漢書云李陵字少卿天漢二年陵率步卒五千人出居延北

荻 府

蛮乃降匈奴中與蘇武相見武得歸爲書與陵令歸漢陵作此書答之
子卿足下良曰子卿蘇武字古人貴呼其字者字所以表德也勤宣令
德向曰令善也策名清時榮問休暢幸甚幸甚銑曰
策立休美暢通也清時謂清平之時保榮令問之德美通時君之道遇之甚也再言之者
美之甚也幸遇也遠託異國昔人所悲濟曰昔人謂雍門子謂孟
嘗君云臣之所能令悲者遠赴異國無相見期望風懷想能不依依
翰曰望風謂遠望也依依愁思也昔者不遺遠辱還答良曰不遺
舊情也陵前與蘇武書武有還答今陵又答慰誨勤勤有踰骨肉
向曰慰誨謂慰勞誨教也諭過也陵雖不敏能不慨然濟曰敏達
也言雖不達事理豈不慨歎其情深於人致此耶自從初降以至今

選二十一　二

日身之窮困獨坐愁苦終日無覩但見異類銑曰
翰曰異類不同類於已者韋韝毳幕以禦風雨
韋皮也韝衣袖毳毛也帷以皮爲袖以氈爲幕也戎夷之服也羶肉酪漿以
充飢渴舉目言笑誰與爲歡胡地玄冰邊土
慘裂良曰冰厚故色玄土地也慘裂寒之甚也但聞悲風蕭條之
聲涼秋九月塞外草衰夜不能寐側耳遠聽
胡笳互動牧馬悲鳴翰曰笳笛之類胡人吹之爲曲吟嘯成
羣邊聲四起向曰笳曲馬鳴鼓吹之聲晨坐聽之不覺淚
下嗟乎子卿陵獨何心能不悲哉銑曰自而遠呼
子卿也聞此之聲陵獨何以爲心而不悲也與子別後益復無聊

正 宗

念老母臨年被戮妻子無辜並爲鯨鯢濟曰武帝
以陵降匈奴殺其母妻也鯨鯢魚名喻不義以務吞食也身負國恩爲世
所悲子歸受榮我留受辱命也如何身出禮
義之鄉而入無知之俗良曰禮義中國也無知謂匈奴違棄
君親之恩長爲蠻夷之域良曰域國也傷已令先
君之嗣更成戎狄之族又自悲矣翰曰陵自傷令爲祖
父之後嗣今乃成戎狄之族又戎悲也功大罪小不蒙明察向曰陵有
戰功甚大爲罪小不蒙天子明察孤負陵心區區之意銑曰國家
孤負其心不察區區之意見誅母妻每一念至忽然忘生濟曰每念
國家不明察陵心忽然不知生之有生陵不難刺心以自明

選二十一　三

刎頸以見志良曰難懼也何見以刀自斷顧國家於我
已矣翰曰顧念已止也言我自明念國家於我恩情止也殺身無益
適足增羞故每攘臂忍辱輒復苟活向曰攘奮
也忍恥辱在匈奴中苟求於活左右之人見陵如此以爲不
入耳之歡來相勸勉異方之樂秖音支令人悲
增忉怛耳銑曰在陵左右之人見陵憂情此乃以音樂相勸勉也不入耳則
不樂也秖辭也忉怛內悲也嗟乎子卿人之相知貴相知
心前書倉卒未盡所懷故復略而言之濟曰
略言之明下事也昔先帝授陵步卒五千出征絕域
翰曰依書時是漢昭帝時而言先謂武帝也絕域遠國也五將失道陵獨

洞　山

遇戰（良曰五將謂軍將有五與陵有期期而不至故稱失道獨遇匈奴與之合戰）而裹萬里之糧帥徒步之師（向曰師衆也）出大漠之外入彊胡之域以五千之衆對十萬之軍（銑曰匈奴軍有十萬也）策疲乏之兵當新羈之馬（濟曰疲勞倦也新羈之馬謂胡人驅散馬以被之羈以皮絡馬頭也）然猶斬將搴（居展）旗追奔逐北（翰曰斬賊之將取賊之旗敗曰北賊敗走而陵軍逐之軍）滅跡埽塵斬其梟帥（良曰殺敵之易如滅行之跡埽塵則無跡矣梟帥謂賊之勇將而陵軍逐之）使三軍之士視死如歸（向曰謂得人心）陵也不才希當大任（銑曰希少也）意謂此時功難堪矣（濟曰堪勝也言此功大難可勝比）匈奴既敗舉國興師（翰曰匈奴所為陵所敗遂退盡其國中更起六軍以敵陵）更練精兵彊踰十萬單于臨陣親自合圍客主之形既不相如（而去）步馬之勢又甚懸絕（良曰陵入匈奴之境則匈奴為主陵為客客且不如主矣陵步卒匈奴馬騎步勢又懸絕也）疲兵再戰一以當千然猶扶乘創痛（良初）決命爭首（向曰扶其創乘其痛以少敵衆見傷者多然士卒用命皆扶其創乘其痛爭為先首而戰也）死傷積野（濟）餘不滿百（銑曰餘兵不滿百人）而皆扶病不任干戈（濟曰百人之中扶持創痛不堪戰也）然陵振臂一呼創病皆起舉刃指虜胡馬奔走（翰曰虜謂匈奴奔走猶懼威也）兵盡矢窮人無尺鐵（良曰窮亦盡也尺鐵兵器）猶復徒首奮呼（火故）爭

春　禪

為先登（向曰徒空也言無兵器空首奮迅叫呼猶將先登而戰也）當此時也天地為陵震怒戰士為陵飲血（濟曰飲血謂飲泣也）單于謂陵不可復得便欲引還（濟曰單于將為與陵戰不復可得欲引兵還）而賊臣教之遂便復戰故陵不得免耳（銑曰賊臣謂陵軍候管敢得罪亡入匈奴而單于恐漢有伏兵欲引兵還管敢乃言曰必無伏兵唯大將爾匈奴便復與戰陵急乃降遂不免難）昔高皇帝以三十萬衆困於平城當此之時猛將如雲謀臣如雨然猶七日不食僅乃得免（翰曰高祖將三十萬衆伐韓王信於平城為匈奴所圍七日不得食用陳平奇計得免如雲如雨言多）況當陵者豈易為力哉（良曰高祖尚如此況當陵者豈容易致力也）而執事者云云苟怨陵以不死（向曰云云謂多言也以不死謂不以死力為國也）然陵不死罪也（濟曰言陵之不死亦是罪也所以有）子卿視陵豈偷生之士而惜死之人哉寧有背君親捐妻子而反為利者乎然陵不死有為也故欲如前書之言報恩於國主耳（翰曰陵前書云若將不死功成事立則將上報厚恩下明祖考此之是也）誠以虛死不如立節滅名不如報德也昔范蠡不殉會稽之恥曹沫（亡貝）不死三敗之辱卒（子律）復句踐之讎報魯國之羞區區之心竊慕此耳（銑曰范蠡越之賢也吳王伐越越敗王走於會稽山後七年用蠡計遂滅吳是復句

什　　寺

之讎逃殉死也向曰燕王名曹沫與齊三敗失其境土後魯與齊盟曹沫以匕首劫桓公於壇上曰反所侵地桓公許之於是遂得其地是報魯國之羞慶遂心慕此欲為數漢功何圖志未立而怨已成，計未從而骨肉受刑濟曰骨肉謂母與子此陵所以仰天椎心而泣血也。足下又云：漢與功臣不薄。子為漢臣，安得不云爾乎翰曰武與陵書云漢與功臣不薄武為漢臣何得不云如此其實薄也昔蕭樊囚縶，韓彭葅醢良曰蕭何樊噲韓信彭越皆高祖功臣而蕭樊囚縶韓信見誅而彭越為醢偏賜諸侯鼂錯受戮，周魏見辜向曰景帝時表盎譖言誅鼂錯也周勃免相國人告其反下獄魏其侯竇嬰坐為灌夫田蚡事棄市辜罪也其餘佐命立功之士，賈誼亞

選二十一　六

夫之徒銑曰佐命謂佐王命也亞夫周亞夫皆信命世之才，抱將相之具翰曰命名也言其名流播於時代而受小人之讒，並受禍敗之辱，卒使懷才受謗，能不展彼二子之遐舉，誰不為之痛心哉向曰文帝欲以賈誼任公卿之位絳灌東陽侯馮敬之屬盡害之乃毀之曰洛陽之人少小初學專欲擅權於是天子疎之不用以出為長沙王太傅梁孝王與尉亞夫有隙孝王每朝常言其短景帝欲討皇后兄王信亞夫曰自高祖約非有功不得侯令信雖皇后兄無功侯之非約也後謝病免竟下獄歐血而死是不展周賈二子遠舉之才以行其術誰不為痛心哉陵先將軍功略蓋天地，義勇冠三軍良曰先將軍廣也功謀甚大可蓋於天地義男冠出於三軍之上也徒失貴臣之意，剄

物

身絕域之表翰曰貴臣謂衛青也廣與青出征匈奴責廣失道廣曰廣結髮與匈奴大小七十戰而今失道豈非天哉且廣年六十餘終不能復對刀筆之吏遂引刀自剄也剄割也絕域遠國表外也此功臣義士所以負戟而歎者也銑曰功臣義士見有功者誅有才者死故負戟而長歎何謂不薄哉翰曰此國家於功臣才子甚薄而武何謂云不薄哉且足下昔以單車之使，適萬乘之虜濟曰武奉使入匈奴單車謂衆少萬乘謂兵甲多也虜則匈奴號也遭時不遇，至於伏劍不顧，流離辛苦，幾巨依死朔北之野良曰武奉使入匈奴中匈奴有變武曰以節辱命雖生何面目以歸漢乃引刀自刺氣絕日復息匈奴徙武於北海上無人處幾近也丁年奉使，皓首而歸向曰丁壯皓白武在匈奴中十九年始還白

選二十一　七

首老母終堂，生妻去室濟曰武奉使老母死妻嫁也去室謂嫁也終堂謂母亡此天下所希聞，古今所未有也。蠻貊亡百之人，尚猶嘉子之節，況為天下之主乎銑曰言匈奴善武志節後得還漢天子為天下之主而不知乎況陵謂足下當享茅土之薦，受千乘之賞翰曰茅土千乘皆謂封諸侯之事也受也薦進也聞子之歸，賜不過二百萬，位不過典屬國向曰武自匈奴還賜錢二百萬今之二千貫屬國今鴻臚卿無尺土之封，加子之勤良曰勤勞也而妨功害能之臣盡為萬戶侯，親戚貪佞之類，悉為廊廟宰濟曰謂廊親戚及貪財巧佞之廟貴土居處宰官也臣。子尚如此，陵何望

哉且漢厚誅陵以不死銑曰厚謂誅其家也不死謂不爲國家盡死節薄賞子以守節翰曰謂歸於漢也欲使遠聽之臣望風馳命此實難矣向曰聽聞也所以每顧而不悔者也良曰每內顧雖身辱甚矣而不爲悔陵雖孤恩漢亦負德也濟曰力屈而降則孤恩也漢誅陵母亦負德也昔人有言雖忠不烈視死如歸陵誠能安而主豈復能眷眷乎銑曰昔人雖有忠心不能烈勇者尚能處節義視死如歸陵志誠儻能安於此事主上豈能眷眷念陵也男兒生以不成名死則葬蠻夷中誰能屈身稽顙還向北闕翰曰稽顙拜也北闕天子所居也使刀筆之吏弄其文墨耶向曰刀筆之吏獄吏也安能使其弄文墨於我爲辨對之事耶願足下勿復望陵良曰勿復望陵歸於漢嗟乎子卿夫復何言濟曰自嘆而呼子卿也夫復何言謂不復可言此畢竟之辭相去萬里人絕路殊生爲別世之人死爲異域之鬼長與足下生死辭矣幸謝故人勉事聖君銑曰幸猶厚也言求別故人厚謝勤勤之辭也勉勵以事聖君相勗戒義足下胤子無恙勿以爲念翰曰胤子武之子也武在匈奴中胡婦產一子勿以爲念言勿憂之努力自愛時因北風復惠德音良曰上云人絕路殊故云北風以惠德音謂使我聞道德之聲北風謂南風向北也李陵頓首

報任少卿書一首　司馬子長

向曰漢書云司馬遷字子長河內人也有良史才武帝將誅李陵母妻遷盛言李陵才器不可誅之後有讒遷與陵書故爲游說遂下獄受割刑後爲中書令修史記益州刺史任安字少卿與遷書責以進賢之義遷以此書報也

太史公牛馬走濟曰太史公遷之父走猶僕也言己爲太史公牛馬之僕蓋自卑之辭司馬遷再拜言少卿足下曩者辱書賜教以順於接物推賢進士爲務翰曰曩昔教示也言教示接於人物推讓賢才以進用士子爲務謂遷爲中書令意氣勤勤懇懇苦本反良曰情切之辭若望僕不相師而用流俗人之言僕非敢如此也銑曰而如也言少卿書若怨望我不相師用以少卿勸戒之辭如流俗之人所言我非敢如此僕雖疲駑奴亦嘗側聞長者之遺風矣向曰疲極也駑鈍馬也自比之鈍馬謙也亦嘗耳聞長者之遺風謂古賢人也顧自以爲身殘處穢濟曰殘謂被刑穢穢惡名也動而見尤欲益反損是獨鬱悒邑而誰與語翰曰身爲殘刑動見猜過本於益而反損既不得志則與誰語此事諺曰銑曰諺言也古今相傳之言曰諺誰爲去聲爲之孰令聽之良曰少卿書教遷推賢進士遷意云君非聖明動則有過爲誰爲之又令誰聽用我也蓋鍾子期死伯牙終身不復鼓琴銑曰蓋辭也鍾子期古之知音者伯牙善鼓琴鍾期知其妙理期既死則無人知音故不復鼓琴矣今君不察是無知音使我何爲何則士爲知己者用女爲說己

者容向曰何則謂自發問上事何則如此也士為知於己心者必盡誠而為之用女子為愛於己貌者必飾其容今人不知我心不悅我道亦何所為若僕大質已虧缺矣雖才懷隨和行若由夷終不可以為榮適足以見笑而自點耳翰曰大質身也虧缺為被刑也雖才如懷隨侯之珠卞和之玉行若許由伯夷之貞潔何以為榮足以見天下所笑自取點污耳書辭宜荅會東從上來濟曰得少卿書詞宜即荅才用為東從天子來故未也東東游也上天子又迫賤事相見日淺卒卒卒忽無須臾之間閒得竭志意良曰從天子來且復荅書又迫於職掌事卑各在一方少卿相見時近卒卒無暇不得與書述志意也日淺謂時少也竭盡也今少卿抱不測之罪向曰安為戾太子事囚於獄不測謂

選二十一　十

生死不可知涉旬迫季冬銑曰近季冬冬將刑也僕又薄從上雍紆共反翰曰薄迫也上天子也言又迫從天子將祠祭於雍雍祠神所恐卒然不可為諱濟曰卒然言速也不可為諱謂死也是僕終已不得舒憤懣本門以曉左右銑曰恐安死未荅書是我終身不得抒憤懣以曉明少卿左右猶足下也則長逝者魂魄私恨無窮良曰長逝者死也言不荅書而少卿死私心之恨無窮也請略陳固陋闕然久不報幸勿為過向曰固陋猶鄙也言今荅書略陳固陋之志幸勿以為過僕聞之修身者智之府也翰曰府聚也愛施者仁之端也銑曰端首也取與者義之表也翰曰取謂受惠與謂行德也恥辱者勇之決也向曰受恥辱者是勇者之

決性立名者行之極也士有此五者然後可以託於世而列於君子之林也濟曰言君子之德如林之茂故禍莫憯於欲利良曰多欲而求利者禍必至憯痛也悲莫痛於傷心行莫醜於辱先銑曰辱先代祖考謂遷被刑詬莫大於宮刑濟曰詬恥也害人之恥者宮刑為大也刑餘之人無所比數非一世也所從來遠矣濟曰遷自謂也翰曰刑餘之人不足比數非此一代然所從來處乃遠言自古已來有之謂下文也昔者衛靈公與雍渠同載孔子適陳向曰雍渠閹人載謂同車而行靈公與此閹人同車孔子為次車孔子恥之去衛之陳也商鞅因景監見趙良寒心良曰商鞅秦相也初因閹監景監見穆公既得用之後為

選二十一　十一

趙良之說以為恥事寒心謂愧恥也同子參乘袁絲變色自古而恥之向曰同子者謂宦者趙談也與遷父同名故易言同子景帝與之同車袁盎變色伏諫曰臣聞天子所共其六尺輿皆天下英俊今漢雖乏人柰何與刀鋸之人同此常也絲盎之字也則自古恥之也夫中才之人事有關於宦豎莫不傷氣而況於慷慨之士乎銑曰中才謂常才也事有關於閹人皆且傷其氣類不同況慷慨高節之士乎如今朝廷雖乏人奈何令刀鋸之餘薦天下之豪俊哉良曰刀鋸宮割用刀也餘謂餘生遷歎與宦豎無異柰何得進賢士乎薦進也豪俊賢士也僕賴先人緒業濟曰先人祖考也緒餘也得待罪輦轂下二十餘年矣銑曰常懼不繼先人之業若待罪譴也所以自惟上

之不能納忠效信有奇策才力之譽自結明主 銑曰惟思效用譽名也結謂託奉也 次之又不能拾遺補闕招賢進能顯巖穴之士 向曰拾國家遺失之事補國家闕亂之職 巖穴之士謂隱逸人也 外之不能備行伍攻城野戰有斬將搴旗之功 濟曰斬前敵之將拔前敵之旗搴取也 下之不能積日累勞取尊官厚祿以為宗族交游光寵 向曰交游朋友也光美寵盛也 四者無一遂苟合取容無所短長之效可見如此矣 銑曰言上所述四者無一遂苟且合時取容執事於國無損益之驗可見之志乃如此也言無所甚矣效驗也 鄉 許亮 者僕亦常廁下大夫之列 翰曰鄉者謂昔者也謂未刑之時廁閒也遷為太史大夫也列次也 陪奉外廷末議 濟曰陪奉謂曾朝堂之議也外廷朝堂也末餘也 不以此時引維綱盡思慮 良曰不以下大夫之時舉綱維盡思慮以進賢士也引舉也 今已虧形為埽除之隸在闒茸之中 向曰虧形為被刑也埽除糞除道也隸僕隸也闒茸小人不肖之類 乃欲仰首伸眉論列是非不亦輕朝廷羞當代之士邪 翰曰伸舉也言我所遭刑餘在小人之中乃欲仰首舉眉論列是非意亦羞之當代之士謂天下之人 嗟乎嗟乎如僕尚何言哉尚何言哉 銑曰恨之甚 且事本末未易明也 濟曰本末謂終始也言凡事始終之理甚難顯明 僕少負不羈之行 良曰自言性行不羈不可繫也 長無鄉曲之

譽 向曰時無知音故不知其才乃無善譽 主上幸以先人之故使得奏薄伎出入周衛之中 翰曰先人謂遷父也故事奏進伎才也周衛謂朝廷也言天子幸以遷父之事繼為太史得進薄才出入朝廷之中 僕以為戴盆何以望天 向曰戴盆則不見天既為太史欲兼諸事恐曠先人之業故欲絕諸事以專其職位 故絕賓客之知亡室家之業日夜思竭其不肖之才力 銑曰竭盡也不肖謂不才也言欲盡不才之力以成先人之業也 務一心營職以求親媚於主上 濟曰言一心事營其職求親愛於天子也媚愛也 而事乃有大謬不然者夫 良曰主上不知此心有信謬言辛見刑割事之始終難明不然者也夫助句也 僕與李陵俱居門下 翰曰謂同為侍中官 素非能相善也趨舍異路 向曰素心非能與陵相善好趨進退舍否異於路也 未嘗銜盃酒接殷勤之餘懽然僕觀其為人自守奇士事親孝與士信臨財廉取與義 銑曰自守奇節之士 分別有讓 良曰廉清也言清不濫取與必有義也 恭儉下人 翰曰下謂謙卑不爭 常思奮不顧身以徇國家之急其素所蓄 丑六 積也僕以為有國士之風 濟曰以身從事日徇素本也 夫人臣出萬死不顧一生之計赴公家之難斯以奇矣 向曰奉天子命出邊不念計生事赴國家之患難此亦以奇節矣 今舉事一不當 丁浪反 銑曰謂陵事迫降匈奴一不當者也 而全軀保妻子之臣隨而媒孽 魚列 其

短，誠私心痛之。翰曰，朝臣能全養其身之功，妻子不能立適時之
陵有此一失，乃隨後搆結以生其短，枉加誅戮，誠私心所痛也。軀，身也。媒蘗，猶搆結也。蘖
生也。且李陵提步卒不滿五千，深踐戎馬之地，
良曰，提，挈也。足歷王庭，垂餌虎口，銑曰，王庭，匈奴廷也。垂餌，猶送
食也。橫挑徒鳥彊胡，仰億萬之師，濟曰，橫行挑弄引之，欲其戰
也。仰謂遠望師衆也。與單于連戰十有餘日，所殺過平聲
當。去聲。向曰，言陵軍兵少，所殺匈奴倍多，故曰過當。當，敵也。虜救死扶傷
不給，旃裘之君長咸震怖，乃悉徵其左右賢
王，舉引弓之人，翰曰，言胡虜兵傷死多，故其救之扶之不能自濟，其君長
震恐懼，乃盡徵其國內之士，舉集善射之人也。旃裘，言所服用也。咸，皆。怖，懼。悉，盡也。左

選二十一　十四

右賢王，並匈奴王之號。一國共攻而圍之。良曰，引弓之人，善射之人也。
匈奴一國兵共攻陵而圍之。轉鬬千里，良曰，轉謂相馳逐鬬戰也。矢盡
道窮，救兵不至，銑曰，救兵不至，謂五將失道也。士卒死傷如
積。子智然陵一呼勞軍，士無不起，濟曰，士卒傷者
爲陵撫勞，無不感而復起戰也。躬自流涕，沬血飲泣，音妹向曰，躬謂
李陵之身。涕，淚也。血沾面曰沬，淚入口曰飲。張空拳，擢冒亡北白刃，
北嚮爭死敵者。翰曰，張，舉也。言矢盡道窮，人無尺鐵，故猶舉空拳以
冒白刃之敵也。北嚮，謂向賊也。爭死者，謂爭勇死於首敵，謂得於人心也。陵未
沒時，使有來報，漢公卿王侯皆奉觴上市丈壽。
翰曰，言有使報漢，謂報剋捷也。而羣臣皆喜陵之功，故賀天子，奉觴上壽，謂喜賞上天子。

酒也。後數史柱日，陵敗書聞，向曰，聞，奏於天子也。主上爲之
食不甘味，聽朝不怡。翰曰，怡，悅也。大臣憂懼，不知
所出。銑曰，大臣，相也。僕竊不自料其卑賤，見主上慘
愴怛都割悼，濟曰，悼，病也。誠欲效其款款之愚，向曰，款款，
勤心貌。以爲李陵素與士大夫絕甘分少，能得
人之死力，雖古之名將不能過也。翰曰，味之甘者絕而
不食，食之少者必與衆分而共也，故得人死力也。身雖陷敗，彼觀其
意，且欲得其當而報於漢。良曰，彼觀，猶觀彼也。言其意且欲爭
得兵敵將報漢，當敵也。事已無可奈何，銑曰，不得已，謂其所
摧敗，功亦足以暴蒲沃於天下矣。濟曰，言其得士卒死力者

選二十一　十五

戰邊摧敗匈奴，亦可以暴露於天下。暴，露也。僕懷欲陳之而未
有路。向曰，運心懷此事，欲陳於天子，而未有便也。適會召問，即以
此指推言陵之功，翰曰，此指，謂上所述陵也。欲以廣
上之意，塞睚魚懈眦柴懈之辭。向曰，廣，猶開也。睚眦，怒貌。未能
盡明，明主不曉，以爲僕沮才呂貳師，而爲李陵
游說，遂下於理。良曰，稱未能盡明說之，而主不曉察遷意也。初天子遣
貳師將軍李廣利爲將，助兵及陵，遇戰而貳師無功，天子乃以遷誣罔，欲沮止貳師以成
李陵，而爲其游說也。下獄理，謂獄官也。遂拳拳丘辨之忠，終不能自
列，翰曰，拳拳，猶勤誠也。列，分也。因爲誣上，卒從吏議。翰曰，有司
以遷爲誣罔天子，終從獄吏之議。上，謂天子也。卒，終也。家貧，貨賂不足

以自贖（向曰法百金贖死罪而遷家無之）交游莫救視左右親近不爲一言身非木石獨與法吏爲伍（銑曰伍對也）深幽囹圄之中誰可告愬者此真少卿所親見僕行事豈不然乎（濟曰囹圄獄也）李陵既生降隤其家聲而僕又佴之蠶室（銑曰隤壞也頹壞家聲謂陵祖考皆名將而陵乃降故也佴次也蠶室漢行割刑之室使其避風養創者言我又次之於此刑）重爲天下觀笑悲夫悲夫（良曰爲天下所看而笑）事未易一二爲俗人言也（翰曰言此二事難爲俗人委曲而言者謂俗人不知也未委曲也一二謂計）僕之先人非有剖符丹書之功（向曰先人謂遷父也剖符丹書皆謂之符契有功者執之遷言其父無此功也）

文史星歷近乎卜祝之間固主上所戲弄倡優所畜流俗之所輕也（銑曰遷父爲太史掌天文律歷卜筮祠祝之事爲天子所戲弄如倡優女樂所畜以爲調戲者故人俗之所輕也）假令僕伏法受誅若九牛亡一毛與螻蟻何以異（濟曰遷刑餘雖不死假令受誅死若九牛亡失一毛不戚其少命之輕賤與螻蟻不殊蓋俗所輕之也）而世俗又不能與死節者次比（良曰言世人輕我見誅死亦不知與死節王事者相比以哀不惜也）特以爲智窮罪極不能自免卒就死耳何也（翰曰特獨也免猶脫也卒終也言遷之死代人不知獨以遷爲智力窮盡罪累重極不能自脫終就死耳何也者設疑以發下文也）素所自樹立使然也

（翰曰遷自恨之甚故假云皆自樹立使然也）人固有一死死或重於太山或輕於鴻毛用之所趣異也（銑曰人生必有一死若生不值明君不以義相及則命重於太山若遇明君臨之以義命則輕於鴻毛故死則一也用之所歸趣殊矣）太上不辱先其次不辱身（濟曰太上謂第一也辱先謂不忠於君是辱先人祖考辱身謂忠於君君不見明察以見刑罰也）其次不辱理色（良曰理義色顏色）其次不辱辭令（翰曰辭文辭令善也）其次詘體受辱其次易服受辱（向曰易服謂堯畫衣冠罪人服之是也）其次關木索被箠楚受辱（銑曰關木杻械也索繩也以拘縛之也箠杖也楚荆也）其次剔毛髮（他狄）嬰金鐵受辱（濟曰剔毛髮謂髡刑嬰金鐵謂鉗鍱也嬰繞也）其次毀

肌膚斷支體受辱最下腐刑極矣（良曰腐刑遷之所刑也極重也）傳曰刑不上大夫此言士節不可不勉勵也（翰曰傳謂禮也刑不上於大夫之任天子必擇賢者使居之天下威儀表萬人法則刑所以禁小人故不上大夫也士君子不可以不勉勵）猛虎在深山百獸震恐及在檻穽之中搖尾而求食積威約之漸也（銑曰檻圈也穽穿地爲坑以取猛獸也搖尾求食謂求矜以自免也遷自喻志節之士爲刑所加威力挫折也）故士有畫地爲牢勢不可入削木爲吏議不可對定計於鮮也（銑曰牢獄也勢不可入者謂形勢不可入也吏獄官也不可對者不可辨也此惡言刻也鮮明也言人當自決定計度於身不可對於獄吏也）今交

乎，受木索，暴肌膚，受榜箠，幽於圜牆之中。良曰暴露榜擊也圜牆獄也當此之時，見獄吏則頭搶七良地，視徒隸則正惕息。濟曰徒衆也隸奴也言既被拘繫見衆奴之類則正容驚惕喘息而以求自免何者？積威約之勢也。翰曰何為如此言者是積累畏懼約之勢使然也及以至是，言不辱者，所謂強顏耳，曷足貴乎？向曰言人拘繫至此而言不足為辱者乃謂強為辱顏何足貴也曷何也且西伯，伯也，拘於羑里；銑曰西伯文王伯長也紂以其賢畏之拘囚於羑里羑里獄名李斯，相也，具於五刑；良曰李斯相秦為趙高譖乃先行劓墨宮剕臏等四刑而後大辟是具五刑也淮陰，王也，受械於陳；濟曰淮陰韓信也高祖初定天下封信為楚王後有告信反者

上用陳平計偽游雲夢信謁帝帝乃令武士縛信而械之陳猶徧也言扭械徧於身也彭越、張敖，南面稱孤，繫獄抵罪；翰曰彭越梁王高祖將誅陳豨徵兵於梁越稱病上捕之因於洛陽張敖嗣父耳為趙王人告其反捕繫之南面稱孤者皆言為諸侯也抵罪猶伏罪絳侯誅諸呂，權傾五伯，囚於清七淨室；向曰絳侯周勃也呂后崩諸呂欲危劉氏勃盡誅之立文帝五伯古之齊桓公晉文公之輩言絳侯權勢傾之言盛於後也後有告絳侯謀反者遂囚於清室清室囚人所也魏其，大將也，衣赭，關三木；銑曰魏其竇嬰也赭赤色也罪人之服關穿三木謂扭械枷也季布為朱家鉗奴，灌夫受辱於居室。濟曰季布任俠有名項籍使為將數窘漢王漢王求之乃匿於濮陽周氏周氏髡鉗之賣於朱家也丞相田蚡娶燕王女為夫人太后詔列侯宗室皆往賀之

灌夫為丞相所怒乃縛之以其不敬繫於居室居室用蚡所居之室也此人皆身至王侯將相，聲聞鄰國，向曰此人謂上至從西伯下至灌夫九人也及罪至罔加，不能引決自裁，在塵埃之中。古今一體，安在其不辱也？翰曰罔猶法也言不能引志決列以自裁毀免在於拘執之中此古今一理人亦何在於不辱也塵埃猶拘繫也安向一也由此言之，勇怯，勢也；彊弱，形也。審矣，何足怪乎？向曰勇怯彊弱皆形勢也勢彊則勇形弱則怯此亦人情共所知亦何怪也夫人不能早裁繩墨之外，銑曰言不能自裁早至亡滅以出獄吏繩墨之外以稍陵遲，至於鞭箠之間，乃欲引節，斯不亦遠乎？濟曰不能早自裁以出繩墨而猶遲疑則至鞭杖欲引節槩此不亦

遠於知幾古人所以重施刑於大夫者，殆為此也。良曰直猶難也言大夫明於事理故難加刑近為此汙辱殆近也夫人莫不貪生惡死，念父母，顧妻子，至激於義理者不然，乃有所不得已也。翰曰至於感激義理者則不貪生念顧者義不得已也今僕不幸，早失父母，無兄弟之親，獨身孤立，少卿視僕於妻子何如哉？向曰言父母兄弟已喪無可念矣視我於妻子如何哉言何足顧也且勇者不必死節，銑曰勇者不必知義理故不必為人死節怯夫慕義，何處不勉焉！良曰慕分義若雖怯夫必勉力焉僕雖怯懦奴亂反欲苟活，亦頗識去就之分矣，何至自沈溺縲紲之辱哉！濟曰縲紲謂拘繫也言

亦識去就。何至自沈溺此辱。蓋欲成先人之業。故未能死也。且夫臧獲婢妾由能引決，況僕之不得已乎。翰曰，荆楊之間呼奴爲臧，呼婢爲獲。言此卑賤之流，或有引決自殺者。況我不得已，言當須自殺也。所以隱忍苟活，函含糞土之中而不辭者，恨私心有所不盡，鄙陋向曰，不藉於生名者，糞土中也。言不辭糞土之中者，恨於私心有所不盡。鄙陋，謂僭史也。没世而文采不表於後世也。濟曰，没，死也。死於此代，文章之不見於後世。采，事。表，見也。古者富貴而磨滅，不可勝記，唯倜儻非常之人稱焉。翰曰，遷將述史記，云古之富貴名皆磨滅不可勝記，述之，唯奇才高遠之人乃稱之也。蓋西伯拘而演周易，良曰，西伯，文王也。拘，因也。演，廣也。周易本八卦，而文王廣

之成六十四卦。仲尼厄而作春秋。銑曰，孔子厄於陳蔡，還，作春秋。屈原放逐，乃賦離騷。良曰，原事懷王，遭讒放逐，乃作離騷歌以諷之也。左丘失明，厥有國語。良曰，左丘，左丘明也。失明，謂無目也。厥，其也。孫子臏脚，兵法修列。濟曰，孫臏與龐涓俱學兵法。涓既事魏，使人召臏至，恐其賢於己，乃刑斷其兩足而黜之。刑斷足曰臏。因此時皆呼爲孫臏。修作兵法，列美也。不韋遷蜀，世傳呂覽。翰曰，秦始皇遷呂不韋於蜀。於是著書以爲八覽六論十二紀，名呂氏春秋，代傳讀之，言覽者，謂八覽。韓非囚秦，說難孤憤。翰曰，韓非入秦，秦爲李斯毀之，下獄，而非著孤憤說難十餘萬言。秦王悔而之赦，乃書奏秦王。後李斯方毀之下獄，未囚而後作也。遷但取比類，以有才不見用而遭刑也。詩三百篇，大底音指賢聖發憤之所爲作

也。向曰，厎，致也。言詩三百篇，大雅之致，而賢聖發憤之所作也。此人皆意有所鬱結，不得通其道，故述往事，思來者。翰曰，述往古興亡，賢愚之事，思來者，以作戒也。及如左丘無目，孫子斷足，終不可用，退而論書策，以舒其憤，思垂空文以自見。濟曰，策，即兵法也。言身遭刑，不堪爲用，是垂空文以自見其發志也。僕竊不遜，近自託於無能之辭，濟曰，遜，順也。言我避不順於古人，志謙也。近，自說憤思於不才之辭。無能，猶不才也。網羅天下放失舊聞，向曰，言網羅天下放棄亡失之文。舊文，謂先賢所傳而聞之也。考其事，綜其終始，銑曰，考，量。綜，理也。言所述史記，略量古人行事，理其終始也。稽其成敗興壞之紀，翰曰，稽，考。壞，亡。紀，記也。上計軒

轅，下至于茲，翰曰，軒轅，黃帝也。下茲，漢武也。爲十表，本紀十二，書八章，世家三十，列傳七十，凡百三十篇。濟曰，史記凡一百三十卷。亦欲以究天地之際，通古今之變，成一家之言。向曰，究，盡也。謂人事成敗，天文地理，亦可以盡天地之際，通古今之變也。草創未就，會遭此禍。良曰，草創，制作。會，逢也。言作史記未成，遭此刑矣。惜其不成，是以就極刑而無慍色。銑曰，當被刑時，惜所述作未成，故就刑，而無恨色，不然，亦自裁而死也。僕誠已著此書，藏之名山，良曰，言當時無聖人可傳，故深藏之名山。傳之其人通邑大都。濟曰，其人，謂君知音人也。通邑，大邑也。言冀傳大都也。則僕償前辱之責，良曰，償，還也。恥辱刑負責於國，今史且成

可以還於所負也雖萬被戮豈有悔哉向曰雖萬被刑戮亦無悔恨矣然此可為智者道難為俗人言也銑曰俗人不知難為言之且負下未易居下流多謗議銑曰且不失忠義之節而為臣下者其地不易居下流至賤在有邪佞多生謗議君則信也僕以此語遇遭此禍翰曰此語忠義語論李陵功也之重為鄉黨所戮笑翰曰朝廷以辱笑是一也為鄉黨辱笑是重也戮辱也以汙辱先人亦何面目復上父母之丘墓乎雖累百世垢彌甚耳銑曰垢穢也是以腸一日而九迴翰曰憂思迴復於心腸一日至九九數之極也居則忽忽若有所亡出則不知其所往銑曰忽忽愁亂貌亡失也不知所往憂而心迷也

選二十一　二十二

每念斯恥汗未嘗不發背霑衣也良曰斯恥謂被刑也身直為閨閤之臣寧得自引深藏巖穴邪濟曰閨閤臣閹官引出也故且從俗浮沈與時俯仰以通其狂惑濟曰隨時吉凶高下以生也浮沈吉凶俯下仰高也狂惑謂小人也言將順從與之通游焉今少卿乃教以推賢進士無乃僕私心剌繆乎向曰剌戾也繆誤也與我心戾誤不同也今雖欲自彫琢曼音萬辭以自飾銑曰曼美也無益於俗不信銑曰雖欲自飾其美恐益為人俗所不信也秪足取辱耳良曰耳辭也要之死日然後是非乃定翰曰遷自言及死後名譽流於千載也要及也書不能悉意故略陳固陋翰曰固猶鄙也

謹再拜

報孫會宗書一首　楊子幼

濟曰漢書云楊惲字子幼華陰人也為常侍與太僕戴長樂相失詔免為庶人惲既失位以財自娛其友人安定太守孫會宗與惲書諫戒之惲見廢內懷不服其後有日蝕之變人告惲驕奢不悔過日蝕之咎此人所致下廷尉按驗又得與會宗書宣帝惡之遂腰斬之

惲材朽行穢文質無所底銑曰底音旨致也幸賴先人餘業得備宿衛翰曰先人謂惲父敞為丞相也餘業常侍散騎宿衛官人也故此言之遭遇時變以獲爵位向曰霍山霍雲謀反惲先覺之霍氏伏誅此曰時變惲以此有功封平通侯也終非其任卒與禍會

選二十一　二十三

良曰非其任者謙也禍會謂見廢也卒亦終也足下哀其愚矇賜書教督以所不及殷勤甚厚銑曰矇暗督正也所不及謂智所不能及也然竊恨足下不深惟其終始而猥隨俗之毀譽也濟曰惟思也猥猶曲也言其不深思事之終始乃曲隨俗中相毀譽也言鄙陋之愚心則若逆指而文過默而息乎恐違孔氏各言爾志之義翰曰謂會宗曲隨毀譽有書見責惲故言鄙陋愚心以報答此理又如逆會宗指意以惲為文飾其過若默息不言則違孔子各言爾志之義故敢略陳其愚唯君子察焉向曰君子謂會宗惲家方隆盛時乘朱輪者十人銑曰謂父敞為丞相也以丹漆塗車轂十人謂宗族十人乘之也位在列卿爵為通侯

良曰通侯諸侯也總領從官與去聲聞政事濟曰總領羣官之長與聞國家政事曾不能以此時有所建明以宣德化翰曰建立也言不能有所立明正之道以宣布天子德化又不能與羣僚同心并力陪輔朝廷之遺忘音望向曰僚官也陪助輔正也言又不與羣官同心并力助朝廷遺忘闕失之事已負竊位素餐之責久矣銑曰竊偷也素猶空也言不能宣化輔遺是偷安官位食天子之祿也已負此責久矣懷祿貪勢不能自退遂遭變故橫被口語身幽北闕妻子滿獄良曰變故口語謂見發也惲禁在北闕不在常禁人之所謂帝官內當此之時自以夷滅不足以塞責濟曰夷殺塞止也豈意得全首領復奉先人之丘

墓乎伏惟聖主之恩不可勝量音良惟思也君子游道樂以忘憂向曰游無欲之道小人全軀悅以忘罪銑曰軀身也忘罪謂悅樂忘昔日之罪竊自思念過已大矣行已虧矣長為農夫以沒世矣良曰沒終也是故身率妻子戮力耕桑灌園治產以給公上濟曰治執作也公君也以給君上之賦稅謂免官為庶人故也不意當復用此以為譏議翰曰言不意會宗以治產業起宅室以財自娛為譏謗之議也夫人情所不能止者聖人不禁向曰人之情好不可止者故雖聖人弗可禁也故君父至尊親送其終有時而既銑曰既盡也言君父至尊然臣親送其終亦已掩藏其哀有時而盡也臣之得罪

已三年矣田家作苦歲時伏臘亨羊炰羔斗酒自勞良曰惲自謂也上言親送其終有時哀盡況我得罪已三年矣田家之作多所勤勞之苦伏臘歲節以勞宴為樂烹羔炰炙也家本秦也能為秦聲翰曰謂作樂秦聲擊缶也婦趙女也雅善鼓瑟奴婢歌者數人酒後耳熱仰天撫缶而呼嗚嗚濟曰缶樂器陶土為之嗚嗚歌聲也其詩曰田彼南山向曰田作也南山陽地而高喻其君蕪穢不治良曰喻朝政亂也種一頃豆落而為萁銑曰一頃百畝也喻百官也萁豆莖也言百官無才若豆零落不實空有莖而無益於時用也人生行樂耳須富貴何時向曰須待也言國既無道但當行樂欲待富貴職位亦何時也言不可求之是日也拂

衣而喜奮袖低卬頓足起舞向曰奮舉也低卬高下也誠淫荒無度不知其不可也銑曰樂之極不知此事不可也為但適性而已惲幸有餘力糴賤販貴逐什一之利良曰糴其時之賤者乘貴而出之十分中取一分利也販易也此賈豎之事污烏臥辱之處惲親行之濟曰賈賣也豎小人也求利則為污辱之處下流之人衆毀所歸不寒而慄翰曰我在下流之中衆人毀所歸集不寒而懼戰慄言懼也雖雅知惲者猶隨風而靡尚何稱譽之有向曰雅知者謂會宗也言會宗猶復隨口知風之靡草亦何求稱善之譽也謂會宗書教其求譽之故乃答之董生不云乎明明求仁義常恐不能化人者大夫之意也銑曰

善仲舒對策文也求仁義之人以居位常恐不堪化理天下此大夫之意明明求財利常恐困乏者庶人之事也故道不同不相為謀翰曰大夫庶人道不同也我亦與子殊矣今子尚安得以卿大夫之制而責僕哉濟曰謂復爲庶人也夫西河魏土文侯所興有段干木田子方之遺風漂然皆有節槩知去就之分也良曰西河會宗居處也魏文侯所與依段干木田子方皆清素節槩之人言會宗當得其遺風知去就之分理漂然高遠貌也頃者足下離舊土臨安定安定山谷之閒昆戎舊壤子弟貪鄙豈習俗之移人哉向曰昆戎西戎也其人子弟多貪鄙之性知子有節槩清素之風豈能使鄙俗習子之風而移其人心乎言我志亦不可遷也於今乃覩子之志矣方當盛漢之隆願勉旃無多談翰曰勉彊旃之也言願子彊爲國家之事無多談以憂及我也

為幽州牧與彭寵書一首 朱叔元

翰曰范曄後漢書云朱浮字叔元沛國人也初光武拜爲大將軍幽州牧而王莽時故吏二千石皆引置幕府多發倉廩給其妻子漁陽太守彭寵聞之大怒以兵攻浮浮作此書責寵後爲大司空坐事賜死也

蓋聞智者順時而謀愚者逆理而動常竊悲京城太叔以不知足而無賢輔卒自棄於鄭也向曰京城太叔鄭武公少子也武公夫人姜氏愛太叔而惡長子莊公及武公薨莊公即位姜氏請京城使少子居之謂之京城太叔既而驕奢不知足且無賢輔乃將欲與姜氏期襲莊公而代之莊公遂伐之太叔出奔是自弃於鄭也京城地名太叔號也伯通以名字典郡有佐命之功臨人親職愛惜倉庫銑曰伯通彭寵字名字謂舉譽也典郡謂太守也佐命佐天子命也而浮秉征伐之任欲權時救急二者皆為國耳翰曰秉執也即疑浮相譖何不詣闕自陳而為族滅之計乎良曰言寵疑浮以引置王莽故吏而有異心欲以此相譖於上何不詣天子闕下自陳說所由起兵作逆為誅夷之事朝廷之於伯通恩亦厚矣委以大郡任以威武事有柱石之寄情同子孫之親翰曰朝廷天子也柱石如屋下柱石然受重寄之義匹夫媵以證母尚能致命一餐向曰匹夫媵母皆卑賤無識之人言此無識之人有感一餐之惠尚能致死命以報惠也豈有身帶三綬職典大邦銑曰言寵身帶三官綬綬服飾也大邦漁陽也而不顧恩義生心外叛者乎良曰言匹夫之類尚感恩惠而寵受天子厚恩深義心生背叛也伯通與吏民語何以為顏行步拜起何以為容濟曰言其不顧恩義而爲背叛朝夕與人言辭拜起豈不厚顏坐臥念之何以為心翰曰言豈不內愧也引鏡窺影何施眉目向曰窺見影也言其引鏡見影豈不恥哉舉措建功何以為人銑曰舉措猶進退也建立也言進退自思受王厚恩不欲立功自建何以為人生於天地間也惜乎棄休令之嘉名造梟古堯鴟昌夷之逆謀良曰

侍美令善嘉順也梟鴟不孝鳥也先食母而後飛以喻逆臣子也捐傳世之慶祚良曰言光武封寵為建忠侯可傳後世子孫慶善福祚也招破敗之重災翰曰謂謀逆必見破敗也高論堯舜之道不忍桀紂之性生為世笑死為愚鬼不亦哀乎向曰言寵為叛逆常高論堯舜之美道而不弃桀紂之惡性故生死可哀伯通與耿俠游俱起佐命同被國恩銑曰上谷太守耿况字俠游與寵俱起義心任光武之命俠游謙讓屢有降挹之言而伯通自伐以為功高天下良曰降挹臣伏也而伯通心懷不義自矜恃其功以為高於天下也自矜功曰伐往時遼東有豕生子白頭異而獻之向曰遼東人以白頭豕為奇異獻之天子行至河東見羣

選二十一　二十八

豕皆白懷慙而還若以子之功論於朝廷則為遼東豕也翰曰言寵自矜伐其功以為天下第一朝廷之人如寵功者不少亦如遼東之豕自以為異今乃愚妄自比六國向曰時伯通自號國為藩故自比於昔者六國之時六國之時其勢各盛廓土數千里勝兵將百萬銑曰廓開也勝彊也將猶近有也故能據國相持多歷年所良曰所數也今天下幾里列郡幾城濟曰幾者假設問辭言今天下廣於六國時而為一家奈何以區區漁陽而結怨天子翰曰區區小貌結怨天子謂怨光武不以故舊禮接之而以叛臣禮待故怨此而反此猶河濱之人捧土以塞孟津多見其不知量也向曰孟津河流迅以一日捧之土塞之

六臣曰前後作
為幽州牧與彭寵書一首　朱叔元

難夫前人事見此人不知事宜不量其力亦如寵以一小郡欲結怨以敵天下之心也方今天下適定海內願安士無賢不肖皆樂力各立名於世銑曰不肖愚也皆歡樂而立志義之名於時也世謂時者也而伯通獨中風狂走自捐盛時良曰言寵之叛逆如病者中風而徒狂走無所成事終自弃死不見顧之盛時內聽驕婦之失計外信讒邪之諛言濟曰寵常與妻度計軍國事諫虛也長為羣后惡法永為功臣鑒戒豈不誤哉翰曰寵為叛逆必見誅戮則為同時立功之臣指之以為見惡而戒身也實為誤哉鑒見也為定海內者無私讎勿以前事自疑向曰言光武不計私讎寵勿以前事有過懼誅疑而不改逆歸順也願留意顧老母幼弟銑曰若叛逆見

選二十一　二十九

誅必害老母幼弟願留意改節以顧母弟凡舉事無為親厚者所痛良曰不義而死於親厚故痛之而為見讎者所快濟曰後見誅斬為讎者所快也

論盛孝章書一首　孔文舉

翰曰是書與魏太祖曹操也會稽典錄云盛憲字孝章會稽人也嘗未為吳郡大守孫策定江東以憲江東首望恐人歸之因禁欲殺之故融作書論之欲使曹公致書於吳以救之書未致已誅矣初盛憲為臺郎路逢童子容貌非常憲怪而問之答曰魯國孔融時年十餘歲憲以為異乃載歸與之言知其奇才便結為兄弟升堂見親也

歲月不居時節如流五十之年忽焉已至公

爲始滿融又過二向曰公曹公也始滿五十過二謂五十二海內知識零落殆盡銑曰零落死也殆近也惟會稽盛孝章尚在其人困於孫氏妻孥湮沒良曰孫氏謂策也孥子也孤危湮沒謂喪亡也單孑獨立翰曰無右臂曰孑言無援助如無右臂愁苦若使憂能傷人此子不得復永年矣春秋傳曰諸侯有相滅亡者桓公不能救則桓公恥之翰曰齊桓公也時桓公爲諸侯長故有相滅亡者必救之不救則恥弱也言曹公雖霸比於桓公欲使救盛憲於吳故云此今孝章實丈夫之雄也天下談士依以揚聲向曰孝章好士故天下談文史之士皆依倚孝章以發揚美聲而身不免於幽執命不期於旦夕銑曰幽執囚也不期朝夕言欲將見殺也是吾祖不當復論損益之友而朱穆所以絕交也良曰吾祖謂孔融是二十一代孫孔子所云損者三友朱穆著絕交論若時人澆薄於交道也言今孝章有此困厄若不救之是無損益之交而有澆薄之譏公誠能馳一介之使加咫尺之書濟曰一介謂單使也長八寸曰咫言加短書以言之則可不假多則孝章可致友道可弘也向曰可致可至弘大今之少年喜謗前輩或能譏平皮柄孝章翰曰平議也言譏議孝章得失也孝章要一召爲有天下大名九牧之人所共稱歎銑曰要盛也九牧九州也孝章雖少年謗議然盛爲有天下大賢之名爲九州牧伯所共稱歎燕君市駿馬之骨非欲以騁道里

乃當以招絕足也良曰昔者燕君好千里馬以千金市之三年不得人曰請以三月得之而駿馬死矣此人以五百金市骨而還君大怒其臣妄費金也其人曰且駿馬之骨君猶市之天下必知君之好馬後必有馬自至者後一年果至此則非欲騁道里蓋欲以招遠近之駿足也言孝章縱非賢良可收天下名望以救之必知公好賢人必至而用之惟公匡復漢室宗社將絕又能正之正之之術實須得賢向曰正猶繼也言漢室危亂宗社將絕公能匡正復其帝位而繼之之術實須得賢人而共佐成之珠玉無脛胡定而自至者以人好之也況賢者之有足乎銑曰脛足也珠玉遠在深山廣海且無足而至者時君好之故也況賢人者有足而君王好之而不來者乎昭王築臺以尊郭隗隗雖小才而逢大遇竟能發明主之至心故樂毅自魏往劇辛自趙往鄒衍自齊往翰曰燕昭王卑辭厚幣以招賢人郭隗說曰大王必欲得賢者至先從隗始王乃爲之築臺以師事之是發明主之至心也於是樂毅劇辛鄒衍等至乃破齊國威震諸侯假使郭隗倒懸而王不解居蟹臨溺而王不拯則士亦將高翔遠引以刃莫有北首音獸燕路者矣濟曰向若郭隗勤誠雖如倒懸之急而王不爲解急臨在沈溺又不拯濟則賢士亦將以遠去無有北向燕路者顯王賢明好賢之至乃得羣賢也引去首向也凡所稱引自公所知而有云者欲公崇篤斯義也銑曰稱引謂稱引古義自曹公所知而我復云曹公崇厚招賢之義也篤厚也斯義招賢之義因表不悉良曰言因孝章以表

見此忠不盡所懷也悉盡也

為曹洪與魏文帝書一首　陳孔璋

向曰曹洪字子廉文帝從父琳為之作書報文帝文帝觀其辭知琳所為

十一月五日洪白前初破賊情奓意奢說事頗過其實翰曰破賊情喜故著侈說事過實賊謂破蜀將張魯也得九月二十日書讀之喜笑把玩無猒亦欲令陳琳作報琳頃多事不能得為良曰言琳公事多念欲遠以為歡故自竭老夫之思銑曰曹洪不工為文辭多不令人所歎弄故云自竭其思念使文帝為歡也辭多不可一二粗祖古舉大綱以當談笑濟曰一二委曲也

漢中地形實有險固四嶽三塗皆不及也向曰漢中謂蜀也四嶽四方之嶽三塗山名彼有精甲數萬臨高守要一夫揮戟萬人不得進翰曰彼謂蜀山而我軍過之若駭鯨之決細網奔兕之觸魯縞古考未足以喻其易銑曰駭驚也鯨大魚也長千里細網魚網也魯縞細繒也言我軍過彼險固若大魚之破密網奔兕之觸細繒其破甚易猶未足為喻言更易也兕猛獸也雖云王者之師有征無戰濟曰天子之兵有征伐而渠者不敢拒戰也不義而彊其古今常有良曰不義謂逆也言逆臣常有故唐虞之世蠻夷猾夏翰曰猾亂也夏謂中國周室之盛亦彈大邦詩書歎載言其難也翰曰言夷狄大國之難敵也詩云蠢爾蠻荊大邦

蠻書云蠻夷猾夏寇賊姦宄此為詩書所歎載也皆謂其難敵也斯皆憑阻恃遠故使其然是以察茲地勢謂為中才處之殆難倉卒銑曰察蜀之地勢言中庸之才處之近難以急取也殆近也倉卒謂急速也來命陳彼妖惑之罪序王師曠蕩之德豈不信然向曰來命謂文帝書陳彼賊妖惑之罪曠蕩威大也豈不信然謂豈不如此也是夏殷所以喪苗扈所以斃婢袂反良曰夏殷桀紂也無道所以喪亡苗有苗不歸舜舜命禹討之扈有扈氏威侮五行並為暴亂故以見斃斃死也我之所以克彼之所以敗也翰曰有道則勝無道則敗勝也克不然商周何以不敵哉濟曰商紂也周武王也言若非有道伐無道不然則紂與武王何以不敵也蓋為紂無道故然昔鬼方聾

昧崇虐讒凶殷辛暴虐三者皆下科也然高宗有三年之征文王有退修之軍盟津有再駕之役向曰鬼方匈奴也闇昧言其自不分別是非也崇侯武紂之臣好讒邪也殷辛紂也此三者皆下等也高宗伐於鬼方三年乃克文王伐崇侯武且還修德武王伐紂至于孟津而還歸是再駕役難也然後殪戎勝殷有此武功焉銑曰殪一也言武王既退盟津之師然後一服戎衣而勝殷紂成此武功也未有星流景集飈奪霆擊長驅山河朝至暮捷若今者焉良曰焉何也星流景集飈舉霆擊言疾速也古之聖賢皆積年歲以克敵何有疾速長驅山河之間朝至暮勝若今日之盛威也景日影飈風奮舉捷勝也由此觀之彼固不逮下愚則中才

之守不然明矣翰曰彼謂張魯也逮及也有德則全無道則滅由此見之
則張魯固不及下愚之人則又知中才也守險不如此則明矣不然猶不如此也在中
才則謂不然而來示乃以為彼之惡稔雖有
孫田墨氂方而猶無所救竊又疑焉向曰來示謂來書也
稔積也孫武田單墨翟禽滑氂之言書乃至以為張魯惡積雖有田單之
智墨翟又妙巧之道禽滑氂之辯無所較之又辯疑此理為不然也何者濟曰自發
問上文所疑辭述其理古之用兵敵國雖亂尚有賢人
則不伐也是故三仁未去武王還師宮奇在
虞晉不加戎季良猶在還楚挫謀銑曰三人謂微箕三人
微子箕子比干是也武王欲伐紂聞此三人在朝武王乃還兵也宮之奇虞之賢臣晉欲

選二十一　三十四

伐虞以宮之奇在朝而不加兵季良隨賢臣也楚將伐隨知季良在而不為伐挫止也
曁至眾賢奔絀三國為墟明其無道有人
猶可救也翰曰曁至也眾賢謂上三仁及宮之奇季良也三國謂殷虞隨也及
至此三國不用此眾賢之謀奔絀於外而三國已亡故無道有賢人可救也墟謂丘墟無
人矣且夫墨子之守縈帶為垣高不可登折箸
為械堅不可入向曰公輸子為雲梯將以攻宋墨翟聞之乃往解衣帶繞
以為城以箸為械公輸之攻械已盡矣而墨子之守不可入書其有道而攻城也縈繞垣城
也城戰名單器若乃距陽平據石門向曰陽平古關名石門古鎮名
並在據八陣之列騁奔牛之權焉乾一背土崗
魚灞向曰據布騁馳也八陣謂孫吳兵法田單守即墨城為奔牛所攻

城牛千餘頭畫以五色為龍文橫致刃於角束葦草灌油括於牛尾火燒之鑿城為穴夜
縱牛出壯士五千人隨其後牛驚痛而怒奔燕軍燕人驚亂死傷無數言張魯若距關
鎮復用孫吳之法以布行列又用田單之權者何肯潰敗也土崩魚爛謂潰敗也設
令守無巧拙皆可攀附則公輸已陵宋城樂
毅已拔即墨矣濟曰設令據守之人無有巧拙不由賢愚則其攻城者皆
可攀附而上之則公輸已上於宋城樂毅已拔齊於即墨矣即墨城名墨翟之
術何稱田單之智何貴老夫不敏未之前聞
向曰不敏猶不達也文帝言用賢智不救無道之國我未之聞於前古也蓋過高
唐者效王豹之謳使一游睢惟息渙者學藻繢之
綵間自入益部仰司馬揚王之遺風有子勝

選二十一　三十五

斐然之志翰曰高唐齊邑也善歌者綿駒居是焉而齊右之人皆善歌為歌者言
風俗漆人王豹亦善歌者居汧今云過高唐效王豹之謳歌也睢渙二水名其處人能
織藻繢錦綺有游於此亦將學其風土所為也我近自入益部乃仰司馬長卿揚雄
王褒之遺風將述辭也間猶近也子勝猶小子也斐然彊進之貌故頗奮文
辭異於他日怪乃輕其家丘謂為倩七靖人是
何言歟銑曰頗少發也他日謂舊日也乃東汝也舊人不識孔丘聖人乃云我
家丘者吾知之矣言輕人所丘言汝輕我辭家丘謂我文辭皆倩人所作是也何言怪辭
也夫騄綠驥垂耳於坰牧鴻雀戢翼於汙鳥音
池良曰騄驥良馬也垂耳謂未效用其力故耳垂也坰牧野外也鴻雀大鳥也戢斂也
汙池小水也褒之者固以為園囿之凡鳥外廄之

下乘也。濟曰：轡，輕也。虎育馬所。及其整蘭筋，揮勁翮，翰曰：蘭筋，馬筋節堅者，千里足也。陵厲清浮，顧眄千里，豈可謂其借翰於晨風，假足於六駮哉。向曰：厲，高也。陵高清浮鴻也。顧眄千里，馬也。言此亦可謂高飛遠逝，豈可借翰於晨風，假足於六駮之駿乎。晨風，鷙鳥也。六駮，馬名也。恐猶未信丘言，必大噱也。洪白。翰曰：噱，笑也。

為曹公作書與孫權一首　阮元瑜

良曰：魏志云：阮瑀字元瑜，陳留尉氏人也。宏才卓逸，不群於俗。曹公為司空，召為軍謀祭酒，轉丞相倉曹屬。初，孫策與曹公俱事漢，後孫氏割據江東，稱吳王。曹公與此書，說以禍福，令歸事漢。孫權，策之弟。

離絕以來，于今三年，無一日而忘前好，猶婚媾之義，恩情已深，違異之恨，中間尚淺也。銑曰：猶，如也。言姻媾之義，亦如舊不移。曹公以女配策之弟匡，又為子章取孫賁女，言所以違異而恨者，恨中間違事結好，相知日淺，旋即離絕矣。孤懷此心，君豈同哉。翰曰：孤，曹公自稱也。豈同，謂豈不同也。每覽古今所由改趣，向曰：言人心所有改變向者。因緣侵辱，或起瑕釁，心忿氣危，用成大變。翰曰：因事緣情有所侵奪，乃起報釁者，心有忿忿，心氣危勇，用成大變。變，亂也，謂下韓信。若韓信傷心於失楚，彭寵積望於無異。良曰：韓信為楚王，人告信反，高祖乃徙為淮陰侯，信因此遂反，是傷心失楚也。初光武以彭寵為漁陽太守、大將軍，恃功高，欲帝以殊禮待之，及後見上，上際之與群臣無異，乃懷怨望，逆反叛也。盧綰嫌畏於已隙，英布憂迫於情漏，此事之緣也。銑曰：陳豨反，高祖與綰偵擊豨，綰乃陰與豨通謀，及豨敗事覺，高祖召綰，綰稱疾不行，則是疑畏高祖，已有嫌隙故爾。淮南王英布聚兵謀反，為中大夫賁赫上書告之，事既漏，布便發兵。此皆事之緣情而為之反也。孤與將軍恩如骨肉，向曰：將軍謂孫權也。骨肉，兄弟也。割授江南，不屬本州，豈若淮陰捐舊之恨。翰曰：本州，本朝也。言權既授江南之地，又不奪其國，令不屬本朝以為阻絕，豈若高祖奪韓信之國，捐弃舊情以致於怨恨乎？蓋自逆臣道也。淮陰，韓信也。抑遏劉馥，相厚益隆，寧放朱浮顯露之奏，放，方往反。濟曰：遏，絕也。寧，豈也。放，學也。壽州刺史劉馥每請伐吳，而曹公常遏絕不許，蓋抑厚之情崇也。漁陽太守彭寵見光武有怨色，光武知之，以問幽州牧朱浮，浮曰：寵恃功，欲握手交歡，今既不然，故怨矣。曹公自言與權相厚，豈學朱浮明露進言於天子，論權非乎？奏，謂進言於天子。以無匿張勝貸故之變。良曰：張勝，燕王盧綰之臣也。高祖與綰擊陳豨，陳豨求救於匈奴，綰亦使張勝於匈奴求救擊豨。勝至胡，乃為人所說曰：公何不令燕緩擊陳豨，而與胡和，得長育燕國。勝以為然，乃令匈奴擊燕兵，綰疑勝與胡反，上書請族殺勝。勝還報綰意，綰乃許與論他事以脫勝家屬，此為匿藏張勝而恩貸之故，以為亂變。言權無此，皆是自為之也。匪有陰構賁赫之告，賁音肥。銑曰：淮南王英布陰謀反叛，其大夫賁赫告之。固非燕王、淮南之釁也。向曰：言非與盧綰、英布同事。而忍絕王命，明弃碩交，實為佞人所構會。翰曰：王命，謂天子之命。碩交，謂朋友也。曹公相屬言濫，所以絕命弃交，實為諂佞之人所構作會合。

也當非權獨成也　夫似是之言莫不動聽因形設象
易爲變觀　古亂反翰曰乃使人之言皆似是加以辯利故能動聽因形勢以設
比象故易改觀心必信而爲之者多　示之以禍難激之以恥辱
丈夫雄心能無發憤　濟曰諸侯之人相示以禍難之理動以辱恥之以
惡則[illegible]心能無發憤　昔蘇秦說韓羞以牛後韓王按劒
作色而怒雖兵折　舌　地割猶不爲悔人之情
也　向曰蘇秦說韓王云寧爲雞口不爲牛後今交臂事秦何異牛後乎以大王之賢有
牛後之名竊爲大王羞之韓王作色攘臂曰寡人雖死不能事秦當是時韓王雖兵敗地
割亦不悔此辯佞巧辭以發怒其情也折猶敗也　以　仁君年壯氣盛緒
信所嬖　必計反銑曰仁君權也相敬之辭壯也少也氣勇氣也緒順嬖寵也言權年
少勇氣方盛順信所寵之臣也　既懼患至兼懷忿恨　翰曰患謂敵國
之患難也忿恨謂恨敵國之未滅也　不能復遠度　大各　孤心近慮
事勢　濟曰孤心謂曹公之心　遂齎見薄之決計秉翻
子夷　然之成議　良曰齎持也秉執也言權持輕薄之決計執翻然高飛之成議
謂眾言　加劉備相扇揚事結釁連推而行之　向曰
劉備蜀帝也權與之結好聘問相通爲影援孫權也推而行行不問臣也　以想暢
本心不願於此也　銑曰暢心不通也言我想通孫權本心不願此事劉備扇
揚而成　孤以薄德位高任重幸蒙國朝將泰之
運　翰曰往蜀亂朝喪亂今幸將欲秉平也運會也　盪平天下懷集異
類　良曰盪除也言我除天下逆亂四方夷狄懷德而來也異類謂夷狄　喜得全

選二十一　三十八

功長享其福而姻親坐離厚援生隙　向曰姻親厚援
皆謂權也援謂援護也隙釁也　相　常恐海內多以相責以爲　濟曰海內天下
老夫包藏禍心陰有鄭武取胡之詐
也老夫曹公自謂昔者鄭武公伐胡先以其子妻胡君以定其意其後群臣言伐胡者殺
之曰胡兄弟之國也何以爲伐之胡君於是謂鄭之親於己遂不備鄭鄭於是襲取也曹
公與孫氏親姻恐天下相責望爲我包藏禍心有此謀之詐也　乃使仁君翻
然自絕　銑曰言權恐我陰有詐謀翻然高舉遂自與我阻絕　以是忿忿
懷慙反側常思除棄小事更申前好　翰曰小事謂
爭　二族俱榮流祚後嗣　良曰二族謂曹孫也　以明雅素
中誠之效　濟曰雅素猶平生也誠心劾勤也　抱懷數年未得
散意　向曰抱此平生之懷三已上日數　昔赤壁之役遭離疫
氣燒船自還以避惡地非周瑜水軍所能抑
挫　銑曰曹公臨荊州權遣周瑜擊之戰於赤壁大破曹公燒其船權士卒飢疫死者太半
而曹公此書以避惡地非瑜抑挫者恥言敗也赤壁謂江岸赤也役難也　江陵之
守物盡穀殫無所復據徙民還師又非瑜之
所能敗也　翰曰曹公還留曹仁於江陵固守之歲餘所殺傷甚眾仁弃城
而已又云物盡穀殫人還師非瑜良敗之亦謬矣物謂軍資也殫盡徙移侵陵也　荊
土本非己分我盡與君冀其餘非相侵肌膚
有所割損也　向曰荊本非吳分謂屬蜀也哉與君謂曹仁弃城而走其地入
吳也志望益權國之地故曰冀其餘非相侵割者言無傷於孤也冀望也　思計

選二十一　三十九

此變，無傷於孤，何必自遂於此，不復還之。良曰我思計權此變亂，亦無傷我，權何必自遂其志，迷於臣子之道，不復還悔其心。高帝設爵以延田橫，光武指河而誓朱鮪，榮美君之負累，力瑞豈如二子，是以至情，願聞德音。銑曰高帝即位，田橫逃海中，帝使謂之曰：橫來，大者王，小者侯。以其設爵以延引也。朱鮪守洛陽，光武招之曰：來，爵位可保，吾不食言，河水在此。故曰指河為誓。言權負罪累，何如二人也。豈猶何也。是以曹公見田朱之事，故願報孫權歸漢之言，德音猶美譽。往年在譙，新造舟船，取足自載，以至九江，貴欲觀漅七交反，又子小之形，定江濱之民耳，非有深入攻戰之計也。濟曰譙，國名。載，乘也。九江，江流有九也。漅，湖名。初曹公恐江濱郡縣為吳所略，當徙其人居也，故曹公觀其形而安定之，非有攻吳之計。將恐議者大為已榮，自謂策得，長無西患，重以此故，未肯回情。翰曰是時江西戶十餘萬渡江入吳，恐權之君臣議者大為己國之榮，以自得長無漢患，重以此事，當未肯回信事漢也。西患謂漢也。然智者之慮，慮於未形；達者所規，規於未兆。向曰達謂達理者。規，度。兆，見也。是故子胥知姑蘇之有麋鹿，輔果識智伯之為趙禽。濟曰吳王不用伍子胥之諫，子胥知吳王之必亡，故子胥曰：臣恐麋鹿游姑蘇之臺。言國亡荒廢，故為麋鹿所游。姑蘇，吳臺名。智伯，晉卿也，專權彊盛，請地於趙，趙不與，因韓魏共圍晉陽，韓魏反之於外，趙應於內。智伯弟智果必知其兄為趙所擒，乃改姓輔氏，而智伯遂亡。此乃慮未形度未兆也。穆生謝病，以免楚難；

選二十一 四十

鄒陽北游，不同吳禍。濟曰穆生者，漢楚王戊門下客。穆生嗜酒，王常設醴，後忘設之。穆生曰：可以逝矣，王意怠也。穆生乃謝病免而去。鄒陽事吳王濞，濞謀反，鄒陽諫不絕，乃北游梁孝王。後楚王、吳王三並與七國連反誅也。穆生、鄒陽皆不見禍難，此亦慮未形度未兆也。此四士者，豈聖人哉，徒通變思深，以微知著耳。良曰四士謂子胥、輔果、穆生、鄒陽也。此戒權通變以歸漢也。以君之明，觀孤術數，量君所據，相計土地，豈勢少力乏，不能遠舉，割江之表，晏安而已哉？甚未然也。翰曰相計土地人力，我豈少乏不能遠舉兵甲，割彼江外，晏然懷毒者哉？甚未然者，言能取也。若恃水戰，臨江塞要，欲令王師終不得渡，亦未必也。向曰但論眞逆，不在要險，故云亦未必也。夫水戰千里，情巧口茅萬端。銑曰謂水戰之情巧。越為三軍，吳曾不禦。翰曰越伐吳，越為三軍潛度，當吳中軍，吳軍大敗，棄敵也。漢潛夏陽，魏豹不意。銑曰漢王使韓信擊魏王豹，信為疑兵，陳船欲渡臨晉，伏兵從夏陽以木罌引兵浮渡之。魏豹出其不意，驚而引兵逆信，信虜豹。夏陽，地名。江河雖廣，其長難衛也。向曰言江河雖長遠，難為衛護，亦不可恃也。廣，闊也。凡事有宜，不得盡言。良曰事有權時，遂其所為之，此不得盡言也。將修舊好而張形勢，更似為威脅重敵人之心。濟曰曹公言所以致此言者，將修舊故好，乃張心事之形勢，更以威相脅，重生敵人疑沮之心也。敵人謂權也。然有所恐，恐書無益，何則？往者軍逼而自引還，今日在遠而興慰納辭，

選二十一 四十一

遂意扶謂其力盡適以增驕不足相動向日亦璧

自引軍還而吳以爲勝我已有微亦今復在遠而我起慰問之書以納勤誠而辭順意小

亦謂盡力恐恃赤望之役適以增驕不足相動也但明效古當自圖

之耳翰日但明古人之義當謀之效學圖謀也昔淮南信左吳

之策隗囂納王元之言彭寵受親吏之計三

夫不寤終爲世笑銑日漢淮南王劉安謀反信其臣左吳之策後漢隗

囂反用王元之言可以一丸泥東封函谷關此萬代一時也光武時彭寵反書受親近婦

人及宮吏之計此三人皆不覺事理以見亡滅爲時人所笑也梁王不受詭

勝竇融斥逐張玄二賢既覺福亦隨之願仁

君少留意焉翰日梁孝王總袁盎遂與公孫詭羊勝陰謀刺殺袁盎天子疑

選二十一　四十二

有謀使案覆詭勝皆潛王宮韓安國諫主之詭勝皆自殺上遂赦解也不受謂出之

後漢竇融行河西大將軍事聞光武即位欲心歸光武辯士張玄說融不可歸漢宜各據

土地可爲六國也融不從其言乃斥逐之決策歸漢光武封爲安豐侯拔校尉司空二賢

梁王竇融也既覺謂覺其事理也願權留意衆前事思禍福也吾能內取子

布外擊劉備良日張子布吳臣也擢委文武內外之事取謂殺也以

效赤心用復前好者則江表之任長以相付

高位重爵坦然可觀濟日坦然寬也上令聖朝無東

顧之勞下令百姓保安全之福翰日謂不興兵甲也君

享其榮孤受其利豈不快哉向日謂享榮受利二好俱也

吾忽至誠以處僥倖婉彼二人忍不加罪所

謂小人之仁大人之賊大雅之人肯爲此也

銑日忽迷姚親也二人謂劉備張子布也言孫權親此二人不忍加罪則爲小人也若悔

內之人以起兵甲是害大仁道也賊害也大雅謂君子吾憐子布願言

俱存亦能傾心去恨順君之情更以從事取

其後善翰日君欲歸漢憐子布不忍加罪願與俱來我亦能傾心除去宿恨順權

之情更以子布從事任用於朝取其後善亦掩前惡但禽劉備亦足爲

效開設二者審處一焉向日效功也開設二者設內取子布外擊

備一也若憐子布但禽劉備是二也此二者審詳處置其一計也關荊揚諸

將並得降者良日荊揚州將得吳降者漢皆言交州爲君

所執豫章距命不承執事濟日吳交州刺史遣使通曹公權覺

選二十一　四十三

之執而囚焉又揚州刺史劉正禮濟江保豫章以距權命不承吳執事之故也疫旱

並行人兵損減各求進軍其言云云銑日謂吳遭疫

旱人兵損減備將各求進軍棄弊擊吳云云謂辭多略而不能載也孤聞此言

未以爲悅良日謂不憂人不賢故不悅然道路既遠降者難

信幸人之災君子不爲翰日未信有降者自謙之意也言吳有早

疫之災若棄此敝以襲於人君子所不爲也我亦不許諸將進軍幸猶遇也且又

百姓國家之有加懷區區樂欲崇和庶幾明

德來見昭副不勞而定於孤益貴良日言加意區區然

以憂百姓庶幾猶冀望明德謂孫權言我冀望君來昭然爲副貳言不勞兵馬而得君來

是故按兵守次遣書致意古者兵是於禎更益實之

交，使在其中。願仁君及孤，虛心迴意。銑曰：安，止也。次，不前也。言止兵守道，而不前也。古者雖兵相交，而通使往還，必在中。及孤，謂思思及我也。虛心，謂寬心，能容納衆善之言。是以應詩人補袞之歎，而慎周易牽復之義。濟曰：詩云：袞職有闕，仲山甫補之。袞冕，君之上服也。仲山甫補之，善補過。言權若來降，是補前過矣。易云：牽復，吉。言相引復歸順道，以爲善也。牽，引也。濯鱗清流，飛翼天衢，良時在茲，勖之而已。良曰：言若去逆歸順，安跱明時，爵祿榮美，亦如龍魚濯鱗於清流之水，如鳥飛翼於高天之衢路。來降之時，正在此日，勖勉而已。

與朝歌令吳質書一首　魏文帝

翰曰：朝歌，縣名。時文帝爲魏王太子，在盟津小城，與質此書。

五月二十八日，丕白：季重無恙。向曰：丕，文帝名。季重，吳質字也。恙，憂也。言無憂者，猶言季重安否。塗路雖局，官守有限，銑曰：局，近也。願言之懷，良不可任。濟曰：願言，謂相思也。良，猶實也。任，堪也。足下所理僻左，書問致簡，益用增勞。良曰：謂勞所理朝歌，僻左遠路，書問難以致見，故增勞。簡，見也。每念昔日南皮之遊，誠不可忘。既妙思六經，逍遙百氏，翰曰：南皮，縣名。文帝嘗與質同遊焉。六經，謂詩、書、禮、樂、易、春秋。百家，謂百氏諸子書。彈棊閒設，終以博奕，向曰：彈棊、博奕，竝戲玩之事。高談娛心，哀箏順耳。銑曰：娛，樂也。哀箏，謂箏聲清也。所欲則奏，故云順耳。馳騁北場，旅食南館。濟曰：旅，衆也。浮甘瓜於清泉，沈朱李於寒

白日既匿，繼以朗月，良曰：匿，沒也。同乘並載，以遊後園。翰曰：同乘並載，連車騎。輿輪徐動，賓從無聲，向曰：輿，車也。徐，緩也。賓從，謂侍從之人。無聲，謂嚴憚也。清風夜起，悲笳微吟，樂往哀來，愴然傷懷。銑曰：笳，笛類。言物極反，樂極則哀，故愴然傷懷。余顧而言，斯樂難常，濟曰：我相顧而言，此樂難常如此。足下之徒，咸以爲然。良曰：足下謂質，徒謂諸友。今果分別，各在一方。元瑜長逝，化爲異物。翰曰：元瑜，阮瑀也。長逝，死也。化，變也。異物，謂生死爲物各異。每一念至，何時可言！向曰：念其死生之事，時與質言之。方今蕤賓紀時，景風扇物，銑曰：仲夏之月，律中蕤賓。夏至之日，景風至也。天氣和暖，衆果具繁。時而

遨遊北遵河曲，濟曰：時駕車馬而爲遨遊。遵，循也。從者鳴笳以啓路，文學託乘於後車。良曰：啓路，謂引前也。文學，官名。託附也。時帝爲太子，故文學附乘後車以從前也。節同時異，物是人非，我勞如何！翰曰：時異，謂此時不同遊也。時物雖是，而友朋非舊，我心相思爲如何。今遣騎到鄴，故使枉道相過。行矣自愛！丕白。向曰：騎，使也。鄴，鄴都也。朝歌僻遠，故云枉道。行矣自愛，謂勉行政治，自愛聲譽。

與吳質書一首

濟曰：是時魏都疫病，諸友多死，故與質此書叙情也。

二月三日，丕白：歲月易得，別來行復四年。銑曰：行，謂四時遲行復，謂寒暑往復也。三年不見，東山猶歎其遠，

況乃過之，思何可支！濟曰詩云我徂東山慆慆不歸自我不見于今三年此歎三年爲遠況四年思何支時也過之爲過三年 雖書疏往反，未足解其勞結。良曰結謂憂心之結 昔年疾疫，親故多離其災，徐、陳、應、劉，一時俱逝，痛可言邪！翰曰離遭也徐幹陳琳應瑒劉楨俱死其痛何可言也 昔日游處，行則連輿，止則接席，何曾須臾相失！向曰輿車騎也止坐也 每至觴酌流行，絲竹並奏，酒酣耳熱，仰而賦詩，當此之時，忽然不自知樂也。銑曰樂極不知所以言故不自知樂 謂百年己紀分去聲可長共相保，濟曰百年之權是己分之有可長指保也 何數年之間，零落略盡，言之傷心！良曰零落死也

頃撰其遺文，都為一集，觀其姓名，已為鬼錄。追思昔游，猶在心目，而此諸子，化為糞壤，可復道哉！翰曰壤土也可復道哉謂不可復追也 觀古今文人，類不護細行，鮮能以名節自立。向曰類例護拘鮮少也言古今文人例不拘細行文章或負小瑕少能以美名奇節獨立於時 而偉長獨懷文抱質，恬淡寡欲，有箕山之志，可謂彬彬君子者矣。銑曰許由隱箕山言幹之志彬彬文質皃偉長徐幹字文質兼備恬淡寡欲有隱人之十 著中論二十餘篇，成一家之言，辭義典雅，足傳于後，此子為不朽矣。濟曰徐幹著書二十篇號曰中論典雅足以傳後代言此子之文爲不朽也 德璉力展常斐

然有述作之意，良曰德璉應瑒字斐然彊爲之辭述作謂作文章也 其才學足以著書，美志不遂，良可痛惜。翰曰言瑒不遂志而死良實也 間者歷覽諸子之文，對之抆亡粉淚，既痛逝者，行自念也。向曰間時也痛死者逝去行復自念於己終當於此 孔璋章表殊健，微為繁富。銑曰孔璋陳琳字也章書也 公幹有逸氣，但未遒耳，其五言詩之善者，妙絕時人。濟曰遒盡也言未盡美矣妙絕時人謂過於時人也 元瑜書記翩翩，致足樂也。良曰元瑜阮瑀字記亦書類翩翩美貌言其文雅之致足爲樂也 仲宣獨自善於辭賦，惜其體弱，不足起其文，至於所善，古人無以遠過。翰曰仲宣王粲字獨善辭賦其體稍弱不足起文至於所善妙若雖古人無過也或有

昔伯牙絕絃於鍾期，仲尼覆醢於子路，痛知音之難遇，傷門人之莫逮。音代向曰伯牙善鼓琴而鍾子期妙知伯牙琴音故鍾期死而伯牙絕絃不復鼓琴痛知音之難遇也衛人殺子路而醢之仲尼盡覆之傷子路之賢門人莫及也逮 諸子但為未及古人，亦一時之雋音俊也。銑曰諸子謂徐陳應劉阮王也言未及古人亦一時之才也 今之存者，已不逮矣。濟曰言今文人存者已不及徐陳諸子也 後生可畏，來者難誣，然吾與足下不及見也。良曰言後生文章亦有可畏而難欺安知不如今者恐我與季重老矣不及見來者之文也來者亦後生也 年行已長大，所懷萬端，翰曰謂爲太子時所懷者萬事也 時有所

意至乃通夜不瞑（莫經切）志意何時復類昔日（向曰通達也言思慮志意不類昔日也）已成老翁但未白頭耳（如老翁也）光武有言年已三十餘在兵中十歲所更非一（向曰光武漢光武帝也更猶歷也）吾德不及之年與之齊矣（銑曰言德不及光武年與光武等）以犬羊之質服虎豹之文無衆星之明假日月之光（濟曰文帝自謙非才實而居太子之位也）動見瞻觀何時易乎（良曰言既非其才而處重位舉動為人所瞻觀故恐長不得與）恐永不復得為昔日遊也（出入遊從）少壯真當努力年一過往何可攀援（翰曰昔日南皮之遊）古人思秉燭夜遊良有以也（漢曰乃思少壯之時真可努力以追歲月一過而往不可攀援而駐之故秉燭夜遊實有以也）頃何以自娛頗復有所述造否東望於邑裁書敘心（向曰頃近娛樂頗少也否謂不得志也裁制也）丕白

與鍾大理書一首

（銑曰鍾繇字元常潁川長社人也為大理時文帝為太子在孟津聞繇有玉玦意願得而難公密使子建因人說之繇即送玦太子作書與之）

丕白良玉比德君子珪璋見美詩人（濟曰禮云君子比德於玉焉顒顒卬卬如珪如璋此蓋美之也珪璋亦玉也）晉之垂棘魯之璵璠（音煩）宋之結綠楚之和璞（良曰皆美玉名）價越萬金貴重都城（翰曰魏田父耕於野得玉以獻魏王王召玉工工曰此天下寶也王問其價工曰無以當之五城之都可以一觀之王乃賜之）有稱疇昔流聲將來（向曰疇昔古也此言寶物古至今來以稱聲）是以垂棘出晉虞虢雙禽（銑曰晉獻公以屈產之乘垂棘之璧假道於虞以伐虢虞公貪其寶遂許之晉既滅虢還而滅虞）和璧入秦相如抗節（濟曰秦昭王聞趙得和氏璧請以十五城易之趙使藺相如奉璧入秦秦王無意與城相如乃紿曰璧有瑕請指示王王授璧相如持璧卻立倚柱怒髮衝冠曰大王必欲急臣臣頭與璧俱碎於柱矣抗節立也）竊見玉書稱玉白如截肪（方）黑譬純漆赤擬雞冠黃侔蒸栗（良曰肪猶脂也譬比也擬猶也侔類也蒸栗黃色鮮美玉有如此色者也秦亦實也）

側聞斯語未覩厥狀雖德非君子義無詩人高山景行私所仰慕（翰曰景明也言雖非君子然願覩美玉）（向曰古人德如高山賢行所以心慕仰也）然四寶邈焉已遠秦漢未聞有良比也（向曰四寶謂上白黑赤黃之四寶也言遠秦漢已來無有良玉比此四也）求之曠年不遇厥真私願不果飢渴未副（銑曰言我求美玉積年不逢其真也果遂也言常思見良寶有如飢渴今猶未副此情也）近日南陽宗惠叔稱君侯昔有美玦聞之驚喜笑與抃會（濟曰君侯謂繇也玦美玉為之也言聞此寶喜笑同會）（抃音卞拊手也會謂笑與抃同時也）當自白書恐傳言未審（自白書謂手書也）是以令舍弟子建因荀仲茂時從容喻

鄙旨良曰君以遠來欲之嗜爲子建意也先容猶以意勸喻乃不忽遺厚見周稱翰曰言乃不輕遺顓厚見周至以稱述謂我也有書鄴騎既到寶玦初至向曰鄴都騎到謂使從盟律捧匪跪發五內震駭銑曰匪以盛玦者跪坐以開發其匪喜悅并集故五情震駭縄窮匣開爛然滿目濟曰縄繫匣也言縄繫去盡匣開見來故滿目也爛然光色也猥以蒙鄙之姿得觀希世之寶良曰蒙暗也鄙陋也謙也不煩一介之使不損連城之價翰曰一介單使也連城謂十五城言易者言亦不損我也乃得奇寶既有秦昭章臺之觀而無藺生詭奪之誑向曰趙得和氏璧秦昭王坐章臺上相如奉璧於秦昭王言秦美之觀則如昭王而無欺

與楊德祖書一首　　曹子建

植白數日不見思子爲勞想同之也僕少小好爲文章迄至于今二十有五年矣然今世作者可略而言也昔仲宣獨步於漢南孔璋鷹揚於河朔翰曰漢南荊州也鷹揚謂文體如鷹之飛揚也河朔北也偉長擅名於青土公幹振藻於海隅向曰青土謂青州海隅謂文也德璉發跡於此魏足下高視於上京濟日足下謂脩也其文最高視上京謂帝都也當此之時人人自謂握靈蛇之珠良曰珠寶也家家自謂抱荊山之玉向曰言人皆自以其才如玉也吾王於是設天網以該之頓八紘以掩之今悉集茲國矣翰曰設天網下該盡也八紘八方也言太祖乃設天網下垂於八方遍掩而取之今盡在此京都也然此數子猶復不能飛騫絕跡一舉千里也銑曰騫高飛貌絕遠也言文章猶不能高遠以孔璋之才不閑於辭賦而多自謂與司馬長卿同風譬畫虎不成反爲狗者也前有書嘲之反作論盛道僕讚其文濟曰子建前有書與陳琳嘲譏其文琳反以爲論其盛道而讚美其文言其不知音夫鍾期不失聽于今稱之吾亦不能妄歎者畏後世之嗤余也翰曰鍾子期知音聽必不失至今稱之我亦不可妄歎陳琳文美恐後代笑我也嗤笑也世人著述不能無病僕常好人譏彈其文有不善應時改定昔丁敬禮嘗作小文使僕潤飾之僕自以才不過若人辭不爲也翰曰言我以才不過古卧人語辭不爲潤飾也敬禮謂僕卿何所疑難文之佳麗吾自得之後世誰相知定吾文者耶銑曰不爲潤比人謂若人也言君何所疑難不爲潤飾其文君卿我今稱也向曰佳好也但潤飾之後代誰知我文定吾文也吾常歎此達言以爲美談昔尼父之文辭與人通流濟曰孔子文辭亦與人通流其議乃成焉至

於制春秋游夏之徒乃不能措一辭過此而言不病者吾未之見也翰曰孔子制春秋辯美惡則子游子夏之徒莫能置一辭過此已往作者而言不病者我未所見也蓋有南威之容乃可以論於淑媛有龍淵之利乃可以議於斷割向曰南威美女也淑美也媛姬也美姬君王之後宮者有美女之容乃可以論後宮之有寶劒之利乃可議其斷割此言知音者可得論其文章也劉季緒才不能逮於作者而好詆訶文章掎摭利病銑曰逮及也掎偏摭拾利善病惡也言偏拾人善惡昔田巴毀五帝罪三王訾五霸於稷下一旦而服千人濟曰齊有稷門談說之士田巴期會於下者甚衆而田巴

毀罪五帝三王五霸而稷下服之者有千人訾亦毀也五帝謂少昊顓頊高辛唐虞三王夏殷周五霸齊桓晉文秦穆宋襄也魯連一說使終身杜口翰曰魯仲連聞田巴毀五帝在稷下見而謂曰今[illegible]軍南趙伐高唐亡在朝夕今臣將罷南陽之師還高唐之兵所貴談說此之謂也如先生之言有似梟音人皆惡之田巴於是杜口易業終身不談也劉生之辯未若田氏今之仲連求之不難可無歎息乎翰曰劉季緒詆訶之辯且不如田巴今人談如仲連才過季緒者求之不難豈可不歎息此辯哉人各有好尚蘭茝蓀蕙之芳衆人所好而海畔有逐臭之夫良曰蘭茝蓀蕙皆香草昔有人身大臭妻妾親戚無能與居此人自居於海海畔有人說其臭晝夜隨之亦如文人所鑑各異咸池六莖之發衆人所

樂而墨翟有非之之論豈可同哉向曰咸池六莖黄帝顓頊樂也而古今所共樂之而墨子著書乃非之豈可言不可也鑒文好惡類於見也今往僕少小所著辭賦一通相與夫街談巷說必有可采擊轅之歌有應風雅匹夫之思未易輕棄也向曰往之也一通猶一卷也擊轅野人歌也猶言今之我少小所著文章一卷相與衆人論之雖街談巷說野人匹夫之言言我又病必可采於風雅不可輕棄辭賦小道固未足以揄揚大義彰示來世也昔揚子雲先朝執戟之臣耳猶稱壯夫不爲也銑曰章明也揚雄爲郎執戟宿衞昔法言云雕蟲篆刻壯夫不爲也吾雖薄德位爲藩侯猶庶幾戮力上國流惠

下民建永世之業流金石之功濟曰藩侯謂諸侯金石言堅也不豈徒以翰墨爲勳績辭賦爲君子哉良曰勳功也績皆功也則建功業是吾道不行若吾志未果吾道不行翰曰果遂也言我若未遂志將采庶官之實錄辯時俗之得失向曰庶衆也植將著書述百官時俗事實錄謂不隱其善惡也定仁義之衷成一家之言銑曰衷心也雖未能藏之於名山將以傳之於同好非要之皓首豈今日之論乎其言之不慙恃惠子之知我也翰曰要約也皓白也言著此書永約至於白首尚不已豈獨今日之論乎今我有此言而不慙恃子思之知我明早相迎[illegible]不[illegible]曹

植白、

與吳季重書一首

植曰、季重足下、前日雖因常調、得為密坐、在卧反 向曰常調謂密坐謂環坐也 雖讌飲彌日、其於彌終

別遠會稀、猶不盡其勞積也、若使觴酌陵波

於前、簫笳發音於後、足下鷹揚其體、鳳觀去

虎視 濟曰言酒多如水之波瀾也足下謂季重也鳳觀言有和容也虎視謂有威儀

也 謂蕭曹不足儔、衛霍不足侔也、良曰蕭何曹參文吏也衛青霍去病武臣也言吳質文武之道不可以此四子并 左顧右

眄、謂若無人、豈非君子壯志哉、過屠門而大

選二十一 五十四

嚼、雖不得肉、貴且快意、翰曰有文武之道不見用也言我

見賢容戚顏眄君人雖不用於時且快我意亦如過客者之門而開口大嚼雖不得食其

肉亦且快意也 也搵自訛也 當斯之時、願舉泰山以為肉、傾

東海以為酒、伐雲夢之竹以為笛、斬泗濱之

梓以為箏、向曰雲夢澤名泗水名梓木名 食若填巨壑、飲若

灌漏卮、其樂固難量、豈非大丈夫之樂哉、銑曰

巨壑大坑也言食多卮酒盃也言飲酒盡如灌漏盃酒不停於盃中 然日不

我與、曜靈急節、濟曰日不我與言不與我等速也曜靈日也急節謂運速

也 面有逸景之速、別有參商之闊、良曰面謂相見日也

逸過也參商二星名常不相見也言相見過度光景之速別離則如參商之闊也

夫君子而不知音樂古之達論謂之通而蔽 六臣本有此二句

思抑六龍之首、頓羲和之轡、翰曰抑止也六龍日車也羲和日御也言惜光景之速思抑止六龍頓下其轡使日留而不去

折若木之華、閉濛汜之谷、天路高邈、良無由緣、良曰若木日所入處折若木而蔽之閉濛汜日入之谷使日不入然天之高遠實無由緣

懷戀反側、如何如何、向曰懷戀不安也反側謂眼不寐如何猶奈何也

得所來訊、文采委曲、曄若春榮、瀏若清風、銑曰訊問也曄盛美貌瀏清美貌言吳質書美如此也

申詠反覆、曠若復面、濟曰曠遠也復面謂若相見也

其諸賢所著文章、想還所治復申詠之也、良曰還所治謂所治之處公事之暇

可令憙事小吏諷而誦之、翰曰憙事謂好事少事

選二十一 五十五

夫文章之難、非獨今也、知文者寡為朝歌令言小史者其佐史也 古之君子猶亦病諸、向曰病猶難之也 家有千里驥

而不珍焉、人懷盈尺和氏而無貴矣、銑曰人皆有良馬美玉以為常有之則不以為珍寶亦如文然矣不可輕而不申詠

墨翟不好伎、何為過朝歌而迴車乎、足下好伎而正值

墨氏迴車之縣、想足下助我張目也、濟曰墨翟不好樂而朝歌非伎樂何謂過之而迴車也是其有不知音之蔽也足下正值此縣想亦助我張目好樂之心知音也

又聞足下在彼、自有佳政、夫

求而不得者有之矣、未有不求而自得也、良曰佳善也言求而不得善者有之未有不求而自得善者言吳質為政有

也
且改轍而行非良樂之御易民而治非楚鄭之政願足下勉之而已矣
翰曰王良伯樂善御馬者也以
良曰比吳質於良馬之御車不移改轍易跡不
變易行非吳質善政無速教也易俗移
而為時理非楚之政鄭之子產也此
二子俱不易ノ而治故願贊勉之也
此適
嘉賓口授不悉往來數相聞曹植白
向曰客口授
使者而制此書殊不盡意往
使數相問也悉盡聞問也

答東阿王書一首　吳季重
銑曰東阿王曹植也

質白信到奉所惠貺發函伸紙是何文采之巨麗而慰喻之綢繆乎
濟曰惠貺賜也所奉
思賜謂得前書也發
開伸展也綢繆
謂殷勤之意也
夫登東嶽者然後知眾山之邐迤也奉至尊者然後知百里之卑微也
良曰邐迤小貌
而相連貌
翰曰至尊天子也借
喻百里縣令之任質自謂而為
自旋之初伏念五六日至于旬時精散思越惘若有失非敢羨寵光之休慕猗頓之富也誠以身賤犬馬德輕鴻毛
向曰自從旋還越失也
謂質前從朝歌至鄴又
從鄴還之時也伏念寵宴之事惘然驚懼
而非敢羨望寵貴光榮之美猗頓之富誠以
身賤德輕故也惘若驚懼
貌猗頓古之巨富人也
至乃歷玄闕排金門升玉堂伏檻於前殿臨曲池而行觴
玄北也金門以金飾也玉堂美言之也
也檻欄也言憑欄於前殿以

盃也
既威儀虧替言辭漏渫（思列反）
濟曰樂甚不知威儀盡失言辭過度漏泄而出言陪宴時
雖恃平原養士之懿愧無毛遂燿穎之才
良曰趙公子平原君趙勝
懿美也平原君無
適楚門下求勇士二十人得十九人餘之無可
者毛遂請行平原君曰賢士處世若錐
囊其末立見今先生處左右未有所聞是先生
生無所有也毛遂曰臣乃今日請處囊中
而出使平原君若早處囊中乃穎脫
勇之出首及到楚皆莫當之辯
深蒙薛公折節之禮而無馮諼三窟之效
翰曰薛公孟嘗君田文封於薛薛公田文下門
客馮諼爰火（三窟）
能及誰習之會計能為文收債於薛馮諼謂
客能之先生曰乃有意焉吾日
而債爭文書約車載券契之問曰
債乃反文曰於是視家無所有者
諸人當償者盡來合券既合券
賜諸人無者乃焚其券命以債
券皆悉焚萬歲
諸民稱萬歲
還文曰何市而返曰君云視吾家所寡有者
君家所寡者義耳竊以為君市義
乃矯命以債賜諸民因燒其券民稱萬歲臣以此為君市義
後齊王曰寡人不敢以先王之臣為臣孟嘗君就國於薛
民扶老攜幼迎君道中孟嘗君顧謂馮諼曰先生所為文市義者
乃今日見之馮諼曰狡兔有三窟僅得免其死耳今君有一窟未得高枕而臥也請為君復鑿二窟
孟嘗君予車五十乘金五百斤西遊於梁謂梁王曰齊放其大臣孟嘗君於諸侯諸侯先迎之者富而兵強
於是梁王虛上位以故相為上將軍遣使者黃金千斤車百乘往聘孟嘗君馮諼先驅誡孟嘗君曰千金重幣也百乘顯使也齊其聞之矣梁使三反孟嘗君固辭不往也
齊王聞之君臣恐懼遣太傅齎黃金千斤文車二駟服劍一封書謝孟嘗君馮諼誡孟嘗君曰願請先王之祭器立宗廟於薛廟成還報孟嘗君曰三窟已就君姑高枕為樂矣
屢獲信陵虛左之德又無侯生可述之美
向曰信陵君魏公子無忌也公子方置酒大會賓客公子從車騎虛左自迎夷門侯嬴侯嬴遂為上客
上不救趙趙平原君使求救於魏魏王使將晉鄙將十萬眾救趙魏王懼秦使人止晉鄙
晉鄙留軍壁鄴名為救趙實持兩端公子患之侯生為公子畫計竊符奪晉鄙兵以救趙卻秦
救趙者必十萬兵伐之

單公子諫救趙王不從用侯生計盜兵符使朱亥殺晉鄙代之將以救趙邯鄲遂解此美為侯生述之意可凡此數者乃質之所以憤積於胷臆懷眷而悁邑者也銑曰數者謂毛遂馮諼侯生也質所以憤積懷眷於古人願效志誠也悁邑憂貌若追前宴謂之未究濟曰究盡也欲傾海為酒并山為肴伐竹雲夢斬梓泗濱然後極雅意盡歡情信公子之壯觀去非鄙人之所庶幾也翰曰此並疊書文也肴肉也公子謂植也鄙人質自謂也庶幾近也若質之志實在所天向曰所天謂所尊也言志所尊敬在於子建此人通言尊敬之意非諂也古思投印釋黻朝夕侍坐銑曰縣令佩銅印黻冠蔽投辭釋去此職恒侍坐於子建鑽仲

父之遺訓覽老氏之要言濟曰仲父孔子也遺訓老氏老子也遺訓謂六經要言謂五千文也對清酤戶而不酌抑嘉肴而不享良曰清酤酒也抑止享食也言得侍坐子建雖對清酒而不酌止肉不食亦無醉飽也使西施出帷嫫摸母侍側斯盛德之所蹈明哲之所保也翰曰西施美女也嫫母醜女也質自言侍子建如美女使醜者也為侍也相與覽孔子之遺訓老子之要言道義捐合此可謂盛德所履明智所安也路哲智也保安也若乃近者之觀實蕩鄙心向曰近者之觀謂子建所述飲宴之時也蕩動也鄙心質自謂秦箏發徽二八迭奏銑曰徽美也二八謂十六人也迭遞也奏進也塤簫激於華屋靈鼓動於座右濟曰塤簫樂器也激發也靈鼓鼓也亦動也耳嘈嘈於無聞

情踊躍於鞍馬良曰嘈嘈喧甚也謂情極踊躍如鞍馬也可北懾肅慎使貢其楛矢南震百越使獻其白雉又況權備夫何足視乎翰曰肅慎百越夷狄名權孫權備劉備言音樂之和盛可令夷狄貢獻於國家也懾懼也楛矢箭也還治諷誦所著觀省英瑋賦頌之宗作者之師也思郢向曰還謂侍公之暇乃諷誦子建所賜之文觀省英美也衆賢所述亦各有志昔趙武過平鄭七子賦詩春秋載列以為美談銑曰趙武與諸侯大夫會于宋過鄭鄭伯享之七子從鄭伯武曰請皆賦詩以終君惠亦以觀七子之志於是各賦詩也子謂子展伯有子西子太叔子產印段公子段故春秋書之以為美談也質小人也無以承命

濟曰言無文才以承君命又所答貺辭醜義陋申之再三赧然汗下良曰貺賜也所賜書也赧然謂慚恥而得汗下此邦之人閑習辭賦三事大夫莫不諷誦何但小吏之有乎翰曰此邦謂鄴也三事大夫官名蓋休戚致仕居朝歌者謂植之清文三事大夫皆為諷誦何但小史而已植書文可令憙事小史諷而誦之者苦重惠苦言訓以政事惻隱之恩形乎文墨向曰政理政事也惻隱深也墨子迴車而質四年雖無德與民式歌且舞銑曰墨子過朝歌即日迴車而質四年言久也雖無德以與下人用歌且舞言人歌樂也式用也儒墨不同固以久矣濟曰儒道尚樂墨子非樂不同亦以久也然一旅之衆不足以揚名銑曰

人曰歘言翰歌吳小不足爲揚名歘武之間不足以騁巧翰曰武亦跡也言歩跡之間地小何足使良馬馳騁其軌跡也此託言朝歌小邑不足見擧若不以騏驥易御將何以效其力哉向曰此疊子建書改轍易行言也贊託言若不改轍大任將何以驥之力也今處此而求大功猶絆良驥之足而責以千里之任銑曰絆良馬之足何以行千里之道檻猨猴之勢而望其巧捷之能也濟曰致猨於檻中不可見巧捷之形也不勝見恤謹附遣白答不敢繁詞銑曰恤憂也吳質白

與滿公琰書一首　應休璉

翰曰滿炳字公琰爲別部司馬

璩白昨者不遺猥見照臨向曰言炳至璩處雖昔侯生納顧於夷門毛公受眷於逆旅無以過也向曰言猥照臨則雖侯嬴納無忌之顧毛遂受趙勝之眷實無以過此夷門魏門逆旅主所居客舍也外嘉郎君謙下之德內幸去才見誠知已銑曰嘉善也郎君謂炳也才璩自謂也言炳見我志識知已也炳父寵爲太尉故呼曰郎君歡欣踊躍情有無量濟曰亮無過也是以奔騁僕御宣命周求良曰驅也言奔馳車馬宣我命周求饌食以給公琰陽書諭於詹何揚倩說於范武翰曰陽書教子賤釣道詹何善釣也昔人揚倩有酤酒者酒甚美而不售人問曰其狗猛人畏故也范武古之善爲酒者此言求酒使陽書詹何

選二十一　六十

令其釣之陽倩言說范武使其酤之故鮮魚出自潛淵芳旨發自幽巷向曰芳旨美酒也發出也繁俎綺錯羽爵飛騰銑曰俎几也言繁布於几上如文綺錯亂羽爵酒盃也飛騰言盃速也牙曠高徵義渠哀激濟曰牙伯牙善鼓琴曠師曠善樂宮也徵調也義渠國名其樂哀也激重也當此之時仲孺不辭同產之服孟公不顧尚書之期良曰漢朝灌夫字仲孺有姊服丞相田蚡欲與過魏其侯仲孺不敢辭有姊服而與之行也同產謂姊也陳遵字孟公嘗有所部刺史奏事過孟公值孟公方飲刺史候孟公醉突入見孟公母叩頭曰嘗對尚書有期會狀母遂令從後閤而出言今樂醉則不顧尚書之期徒恨宴樂始酣白日傾夕驪駒就駕意不宣展翰曰驪駒馬也就駕言將行而歸也言日暮言歸樂意猶未宣展追惟耿介迄于明發向曰惟思言樂猶未盡情追思不安至于夜曉介不安也迄至也明發曉時也適欲遣書會承來命知諸君子復有漳渠之會銑曰會遇也來命謂炳有使來也濟曰漳水名夫漳渠西有伯陽之館北有曠野之望良曰伯陽謂老子廟曠遠也高樹翳朝雲文禽蔽綠水翰曰文禽綠之鳥也蔽水言多也沙場夷敞清風肅穆是京臺之樂也得無流而不反乎向曰夷平敞明也言水畔多沙場平坦而光明也肅清風貌京臺楚國高臺也是爲楚國觀望之臺亦可謂此之京臺忘歸之樂也流謂樂之不反之情如流水之不反適有事務須自經營不獲侍坐良增邑邑銑曰不得往侍坐同樂實增悒悒也

選二十一　六十一

不得志之貌也

因白。不悉。璩白。

與侍郎曹長思書一首（濟曰曹長思書傳所不載）

璩白：足下去後，甚相思想。叔田有無人之歌，（良曰詩云叔于田巷無居人又云豈無居人不如叔也）闉闍有匪存之思。（銑曰詩云出其闉闍有女如荼匪我思存此皆謂相思之意也）風人之作，豈虛也哉。（風人謂詩人也）王肅以宿德顯授，何曾以後進見拔，皆鷹揚虎視，有萬里之望。（翰曰宿舊也授謂拔擢而任用之鷹揚虎視言其雄勇之士有萬里之望謂富貴也）薄援助者，不能追參於高妙，復斂翼於故枝。（向曰薄援助謂親朋在朝之貴者高妙謂朝之貴者言不能追參復斂翼栖於故林）塊然獨處，有離群之志。（銑曰塊然獨居貌）汲黯樂在郎署，何武恥爲宰相，千載揆之，知其有由也。（言千載思度其事知有所由也）德非陳平，門無結駟之跡；（良曰結駟連騎也陳平家貧好學長者車轍多所居窮巷而門多）學非揚雄，堂無好事之客。（翰曰揚雄嗜酒而好事者載酒從之遊學）才劣仲舒，無下帷之思；（向曰董仲舒常下帷讀書自言）家貧孟公，無置酒之樂。（銑曰陳孟公好賓客置酒爲樂孟公家貧於此無樂也）悲風起於閨闥，紅塵蔽於机榻。（視案也）幸有袁生，時步玉趾，樵蘇不爨，清談而已，有似周黨之過閔子。（良曰時袁生來與璩言談而已亦無足食也玉趾者君子也樵蘇無可爨也時周黨每過閔仲叔仲叔無以食之故有此言）夫皮枯者毛落，川涸者魚逝，（翰曰逝謂死也）春生者繁華，秋榮者零悴，自然之數，豈有恨哉。（向曰秋物雖榮者必零悴也）聊與大弟陳其苦懷耳。（大弟謂曹長思也）想還在近，故不益言。璩白。

與廣川長岑文瑜書一首（濟曰岑文瑜爲廣川縣令）

璩白：頃者炎旱，日更增甚，沙礫銷鑠，草木焦卷。（良曰礫石也）處涼臺而有鬱蒸之煩，浴寒水而有灼爛之慘。（濟曰雖在涼臺浴寒泉亦熱之氣蒸也慘憂也）宇宙雖廣，無陰以憩。（翰曰憩息也）雲漢之詩，何以過此。（向曰雲漢詩美宣王側身脩行以求雨也言宣王之德不能過於今日）土龍矯首於玄寺，泥人鶴立於闕里。（濟曰土龍泥人並祈雨之事玄寺謂祈雨祈鬼神之寺也言祈雨者立於寺之中如鶴之望也闕里天子故里也）修之歷旬，靜無徵效。（良曰祈雨不降）明勸教之術，非致雨之備也。（銑曰在於精誠）知恤下民，躬自暴露，拜起靈壇，勤亦至矣。（翰曰恤憂也暴露謂身立於日也）昔夏禹之解陽旴，殷湯之禱（向曰靈壇所祈雨壇也）[illegible]

桑林，言未發而水旋流，辭未卒而澤滂沛。濟曰禹治水以身祈于陽盱之河禹言未發而水治矣旋流不息也湯大旱以身禱於桑林湯辭未終而雨已滂沛桑山之林能興雲雨今者雲既積而復散，雨垂落而復收，得無賢聖殊品，優劣異姿，割髮宜及膚，翦爪宜侵肌乎。銑曰此蓋精誠不至而賢聖道殊品優劣之異及膚侵肌者言用心苦切也則湯在桑林之禱自割髮爪以爲犧牲雨乃大至周征殷而年豐，衛伐邢而致雨，善否之應甚於影響，未可以爲不然也。翰曰殺邪無道征伐之而年豐致雨明其善與不善之應如影隨形響應聲也不可以爲不如此也想雅思所未及，謹書起予。向曰恐其不致至識不知善否之應故以書起發其章

應璩白。六臣此有二字

與從弟君苗君冑書一首

此書言欲歸田故報二從弟也

璩報，閒者北遊，喜歡無量。銑曰閒近也登芒濟河，曠若發矇。濟曰芒山名濟渡也曠然遊覽開發矇暗之思以至明達也風伯掃途，雨師灑道。向曰風伯雨師致風雨以掃灑道路者按轡清路，周望山野，亦既至止，酌彼春酒。良曰言所至止之處則酌春酒接武茅茨，涼過大廈。翰曰武迹也言相與行跡於茅茨之室其清涼已過大廈之室也茅茨以草爲屋大廈大屋也膚寸肴脩，味踰方丈。銑曰厚四指曰膚肴肉脩脯也言肉脯雖少味過方丈之饌逍遙陂塘之上，吟詠菀柳之下。濟曰池水也菀猶茂也結春芳以崇佩，折若華以翳日。向曰春芳香華崇充也結此以充佩服蘗其香比德君子也若華日所過處言折取以翳日使景駐其弋下高雲之鳥，餌出深淵之魚，蒲且讚善，便嬛稱妙，何其樂哉。雖仲尼忘味於虞韶，楚人流遁於京臺，無以過也。翰曰弋射餌釣也蒲且古之善射人也讚述也便嬛古之善釣者我之所美雖孔子在齊聞韶三月不知肉味楚王游京臺而忘歸亦無以過我是樂也逍遊也韶樂名故云虞韶京臺遊觀之處也臺名也班嗣之書，信不虛矣。良曰班嗣報桓譚書云漁釣一壑則萬物不干其慮棲遲一丘則天下不易其樂今此如之信是言不虛也來還京都，塊然獨處，營宅濱洛，困於囂塵。濟曰近也思樂汶上，每發寤寐。銑曰璩思隱逸不離寤寐也季氏使閔子騫爲費宰子騫曰善爲我辭焉如有復我者則吾必在汶上矣故璩思此樂也汶水名言度此水不仕也昔伊尹輟耕，郅惲投竿，思致君於有虞，濟蒸人於塗炭。向曰伊尹耕於有莘之野湯使聘之伊尹曰我處畎畝之間豈若使吾君如堯舜之道乎遂往應命後漢郅惲與鄭敬都隱於弋陽山郅惲歎曰天生俊士爲天下人豈可爲巢許而去堯舜乎遂舉孝廉爲郎塗泥也炭猶火也言人之如墜泥火意欲出其難也而吾方欲秉耒耜於山陽，沈鉤緡於丹水，知其不如古人遠矣。銑曰秉執也耒耜田器也山陽縣名鉤緡並取魚物丹水水名然山父不貪天下之樂，曾參不慕晉楚之富，亦其志也。翰曰山父許由

也堯大其志欲禪爲天子由曰放髮優游所以安不懼也非以貪天下爲樂曾參云晉楚之富不可及彼以富我以仁彼以爵我以義吾何憂哉此二人亦其美志也前者邑人念弟無已良曰鄉邑之人念其才行也欲令州郡舉禮師官授邑誠羨意也濟曰欲令州郡之舉禮教取弟爲衆官師教授鄉邑誠美意也歷觀前後來入軍府至有皓首猶未遇也徒有飢寒駿奔之勞俟河之清人壽幾何翰曰俟待也黃河千年一清而聖人出焉言待聖人出則人壽促何可待也且宦無金張之援游無子孟之資而圖富貴之榮望殊異之寵是隴西之游越人之射耳向曰金金日磾張張安世子孟霍光字也並用勢漢朝淮南子云隴西之游愈躁愈急也言

游者欲疾而益沈也越人學遠射仰天而發矢矢在五步之內言求官無金張子孟之援而謀富貴殊異亦如欲疾而沈射遠而近也圖謀也幸賴先君之靈免負擔之勤銑曰謂賴祖考之餘慶免負擔之勞也勤勞也追蹤丈人畜雞種黍良曰子路從夫子之後遇丈人以杖荷蓧子路問曰子見夫子乎丈人曰四體不勤五穀不分孰爲夫子植其杖而耘止子路宿殺雞爲黍而食之見其二子焉明日子路行以告子曰隱者也言從蹤此丈人乃養雞種黍以爲田家享也潛精墳籍立身揚名斯爲可矣濟曰精思也墳籍爲典墳也無成游言以增邑邑翰曰游言謂不當言也邑邑失志皃郊收之田宜以爲意向曰郭外曰郊郊外曰野謂負郭之田也廣開土宇吾將老焉銑曰言不用廣開土地宇吾將老矣何所用也屋室

杜二生想數往來朱明之期已復至矣良曰劉杜璩友人也生者有德之稱也朱明夏節也相見在近不復爲言翰曰言劉杜二生相見在近故此不言慎夏自愛向曰慎夏熱之氣以自保愛也璩報

文選卷第二十一

長　門

文選卷第二十二

梁昭明太子撰　五臣注

書下

嵇叔夜與山巨源絶交書一首

孫子荆為石仲容與孫晧書一首

趙景真與嵆茂齊書一首

丘希範與陳伯之書一首

劉孝標重答劉秣陵沼書一首

劉子駿移書讓太常博士一首

移

孔德璋北山移文一首

檄

司馬長卿喻巴蜀檄一首

陳孔璋為袁紹檄豫州一首

檄吴將校部曲文一首

鍾士季檄蜀文一首

難

司馬長卿難蜀父老一首

與山巨源絶交書一首　嵇叔夜

翰曰山濤為吏部郎欲舉康自代康怒不知己故作此書自言不堪流俗而非湯武大將軍聞而惡焉

康白足下昔稱吾於潁川吾嘗謂之知言銑曰山嶔為潁川太守時山濤謂嶔云康性不勘仕懽康之志故以為知言也然經怪此意尚未熟悉於足下何從便得之也向曰經常尚猶也言常怪足下從何便得吾此心

萩　府

前年從河東還顯宗阿都説足下議以吾自代濟曰公孫崇字顯宗晉尚書郎阿都呂仲悌小名事雖不行知足下不知之良曰不行謂不許也不知謂不知我情也足下傍通多可而少怪翰曰傍通謂博通也多可言多有許可也少怪謂少有怪責於人言寛容也吾直性狹中多所不堪偶與足下相知耳銑曰直性謂不從物狹中謂不能容人也偶然相知非本意也間聞足下遷惕然不喜恐足下羞庖人之獨割引尸祝以自助向曰閒頭也遷謂為大司馬也惕懼也庖人割牲之人也尸主也祝謂祭時讀辭之人也言若山濤羞為獨割引我以為尸祝之助也手薦鸞刀漫之羶腥濟曰薦進也鸞刀上鈴也漫汙也羶亦腥也

故具為足下陳其可否吾昔讀書得并介之人或謂無之今乃信其真有耳良曰并謂兼利天下也介謂孤介自守也言我昔讀書得古人有如此者或謂無之今信有耳謂濤兼利而已自守也性有所不堪真不可強今空語同知有達人無所不堪外不殊俗而內不失正與一世同其波流而悔吝不生耳翰曰強勸也空語謂虛說也言已不堪不可勸也虛語謂有通達之人於世事無所不堪也內謂心也吝恨也言跡能同俗而心不失正道與時同流而悔恨不生者耳言聞有始是人也老子莊周吾之師也親居賤職柳下惠東方朔達人也安乎卑位吾豈敢短之哉銑曰柳下惠讀書

正　宗

之書故云師也賤職謂柱下史漆園吏抑下
惠為士師東方朔為侍郎是安卑位豈敢短
之言不敢以四人居
位下而非短之也又仲尼兼愛不羞執鞭
子文無欲卿相而三登令尹是乃君子思濟
物之意也向曰兼愛謂兼物愛人羞恥也執
鞭下士也子文三為令尹無喜色
三已之無慍色是皆不
富貴而屈身齊物也所謂達人能兼善而
不渝窮則自得而無悶濟曰古人窮則獨善
其身達則兼善天下
而不變其本志也審塞不還亦贍也
然自得而不以為憂悶矣不渝變也以此觀之
故堯舜之君世許由之巖栖良曰堯舜為君
於世許由隱於
山巖子房之佐漢接輿之行歌其揆一也翰曰張良
字子房佐漢楚狂接輿者行歌不仕言
堯舜子房安其業并之善皆由其揆守其介

選二十二　三

特之志援度也
安不同度之一也所仰瞻數君可謂能遂其志
者也銑曰數君堯舜已下
也遂志謂遂本情也故君子百行殊塗
而同致循性而動各附所安向曰百行言多
也君子之行所
由各殊而同歸順性
俱得其安也循順也故有處朝廷而不出入
山林而不反之論濟曰言仕者不出隱
者不仕各有所短也且延
陵高子臧之風長卿慕相如之節志氣所託
不可奪也良曰吳子諸樊既除喪將立季札
札辭曰曹宣公之卒也曹人立
子臧曰聖達節次守節君為君非吾節也
汝季子慕之而不仕司馬相如字長卿其親
名之犬子慕藺相如之為人更名
相如言此二人志氣所寺亦不可移奪改易
也每讀尚子平臺孝威傳慨然慕之想其為

山　祠

人翰曰尚長字子平王莽時司徒王邑請之
固辭後遂入山隱也臺佟字孝威採藥自
業隱於武安山終身不出歎息也康自言少
隱逸之志故太息想慕此二子為人也
加孤露母兄見驕不涉經學性復疏懶筋駑
肉緩銑曰疏懶慢也筋
駑謂鈍緩若駑馬也頭面常一月十五
日不洗不大悶癢不能沐也每常小便而忍
不起令胞中略轉乃起耳又縱逸來久情意
傲散簡與禮相背懶與慢相成向曰傲謂不
恭言性簡略
與禮相
違背而為儕類見寬不攻其過又讀莊老
重增其放濟曰儕輩寬恕攻擊也莊老
忘榮辱齊是非故增放逸也故使
榮進之心日頹任實之情轉篤此由禽鹿少

選二十二　四

見馴育則服從教制長而見羈則狂顧頓纓
赴蹈湯火良曰馴擾也任實謂用本情也篤
固也馴擾育養羈縶纓縻赴奔蹈蹈
也雖飾以金鑣饗以嘉肴逾思長林而志在
豐草也翰曰鑣馬銜也肴俎實也逾益也此
康言少自寬縱長見羈束雖有榮祿
終思遁道阮嗣宗口不論人過吾每師之而未能
及至性過人與物無傷唯飲酒過差耳銑曰
師法
至大差失也言每法嗣宗不論人而人不過之事
能及之然嗣宗曠大之性過人而不傷於物
唯飲酒之失
後有過失至為禮法之士所繩疾之如讎幸
賴大將軍保持之耳向曰禮法之士謂何曾
也阮籍在司馬文王坐
時居母喪飲酒食肉曾曰卿任性放誕毀禮
傷教宜擯之四裔文王曰此子羸瘠卿其忍

春　禪

之文主時爲大將軍言爲而曾以禮法糾繩如仇讎也吾不如嗣宗之賢而有慢弛之闕濟曰弛緩闕失也又不識人情闇於機宜無萬石之慎而有好盡之累良曰機事之微也宜事也石奮有子四人仕皆至二千石并父爲萬石父子皆以謹慎著名康言我遲事便發不能忍慎如萬石也好盡謂好盡發人之事機是以爲累也久與事接疵釁日興雖欲無患其可得乎又人倫有禮朝廷有法自惟至熟翰曰疵病釁瑕倫理熟審也言我久與人事相接則瑕釁日起豈得無患乎又加禮法自思至審必有不堪也有必不堪者七甚不可者二臥喜晚起而當關呼之不置一不堪也銑曰不堪不可實不中任用也僕置當關之人欲睡即至門時人使

選 一 五

起言康晚起爲吏行之不放置放也抱琴行吟弋釣草野而吏卒守之不得妄動二不堪也危坐一時痹不得搖性復多蝨把搔無已而當裹以向曰弋繳射也痹濕病也裹猶著也章服揖拜上官三不堪也章服冠衣也上官尊臣也素不便書不喜作書而人間多事堆案盈机不相酬答則犯教傷義欲自勉強則不能久四不堪也濟曰堆積也机亦案也教禮教義名義也不喜弔喪而人道以此爲重已爲未見恕者所怨至欲見中傷者良曰言不爲人所諒但多怨者又有欲中傷者雖瞿然自責然性不可化翰曰瞿然自驚言懼也化謂改變

寺　什

也欲降心順俗則詭故不情銑曰詭詐也言欲下意順人則爲詐之道情不願爲亦終不能獲無咎無譽如此五不堪也向曰咎凶也譽美聲也不喜俗人而當與之共事或賓客盈坐鳴聲聒耳囂塵臭處千變百伎在人目前六不堪也濟曰言與流俗同事則不奈此喧聒塵臭伎巧之物在於前也心不耐煩而官事鞅掌機務纏其心世故繁其慮七不堪也良曰鞅掌煩多皃機事纏繞其事也言事繁於思慮也又每非湯武而薄周孔在人間不止此事會顯世教所不容此甚不可一也翰曰湯與武王以臣伐君故非之周公孔子立禮使人饒競故薄之言非薄不止則必會明於

選 一 六

世則爲禮教之人不容我也剛腸疾惡輕肆直言遇事便發此甚不可二也銑曰剛腸謂彊志也肆放也言見惡便道不能慎言也以促中小心之性統此九患不有外難當有內病寧可久處人間邪向曰統理也九患謂上七不堪二不可言我以褊狹之心理此數患縱免外禍亦當內病也又聞道士遺言餌朮黃精令人久壽意甚信之濟曰道士謂得道之士也餌食也朮黃精藥名也游山澤觀魚鳥心甚樂之一行作吏此事便廢安能捨其所樂而從其所懼哉夫人之相知貴識其天性因而濟之良曰行從也懼謂畏上不喜之事天性本志也禹不偪伯成子高全其節

也翰曰伯成子高堯時諸侯及禹登位退耕於野禹問曰何也高曰今有賞罰是刑
自此始也耕而不顧禹曰難化矣乃不偪之是全節也仲尼不假蓋於
子夏護其短也銑曰孔子將出而天雨門人曰商有蓋請假焉孔子曰商
為人短於財吾聞與人交者推長而違短故久吾非不知商有蓋恐不借而彰其過也護
短也近諸葛孔明不偪元直以入蜀向曰徐庶與諸葛亮
拒曹公為曹公所破徐庶之母見獲於曹公庶乃辭先主指其心曰本與將軍圖霸業者
以此一寸之地今已失老母方寸亂矣無益於事請別以詣曹公且先主許之言孔明不
偪者謂孔明舉先主之命亦不偪留之孔明亮字也元直庶字也華子魚不
強幼安以卿相濟曰強勸勉也華歆舉管寧寧遂將家屬浮海還郡詔寧
為太中大夫寧辭不受歆字子魚寧字幼安此可謂能相終始真

相知也足下見直木必不可以為輪曲者必
不可以為桷蓋不欲以枉其天才令得其所
也故四民有業各以其志為樂良曰謂上角仲尼諸葛亮
華歆是識其性而首末相知也天才謂質性直者亦可曲曲者亦不可直任輪輞也桷椽
也四民士農工商也言為者各樂其得志唯達者為能通之此似
足下度內耳不可自見好章甫強越人以文
冕也翰曰言人各有所樂唯達者可知故云度內耳章甫殷冠也越國之人斷髮為
飾不用文冕豈可以已好而強使者之言此喻不好爵祿也自以嗜臭腐
養鵷雛以死鼠也銑曰鵷雛鳳也非竹實不食非醴泉不飲豈可以已
臭爛而以死鼠養鵷雛言此譏濤也吾頃學養生之術方外榮

華去滋味游心於寂漠以無為為貴縱無九
患尚不顧足下所好者向曰術法也外疎也滋味美味也寂漠安
靜也無為無事也言我好養生疎榮華縱無九患亦不顧足下所好榮華也又有
心悶疾頃轉增篤私意自試不能堪其所
不樂濟曰頃時已來疾病增篤自度必不堪已所不樂之事也自卜已審
若道盡塗窮則已耳足下無事冤之令轉於
溝壑也良曰言我自決以審定也道盡塗窮謂死也冤猶枉也溝壑坑也吾
新失母兄之歡意常悽切女年十三男年八
歲未及成人況復多病顧此悢悢如何可
言翰曰歡愛也悢悢悲恨也今但願守陋巷教養子孫時

時與親舊敘離闊陳說平生濁酒一盃彈琴
一曲志願畢矣足下若嬲奴了之不置不過欲
為官得人以益時用耳足下舊知吾潦倒麤
疎不切事情自惟亦皆不如今日之賢能也
若以俗人皆喜榮華獨能離之以此為快此
最近之可得言耳向曰嬲惱也置止也言惱我不止欲為官求人益
國利時也我則疎懶又不如當代賢能矣此言俗人皆喜榮華我獨以離榮為快此最近
我情也可得言耳然使長才廣度無所不淹而能不
營乃可貴耳濟曰若取其大度量之人無所不淹而又不求富貴乃可重也
言我則多病非為有大才也若吾多病困欲離事自全以

保餘年，此眞所乏耳。良曰：言我以病困，自全眞性之所乏短，不同長才廣度之士而不曾求。豈可見黃門而稱貞哉。若趣欲共登王塗，期於相致，時爲歡益，一旦迫之，必發其狂疾。自非重怨，不至於此也。翰曰：黃門，閹人，本絕陽道，豈是貞哉。趣，急也。王塗，天子路也。相致，謂其薦任也。是時必以爲歡悅相益也。迫，偪也。言煩事偪則發狂病也。野人有快炙背而美芹子者，欲獻之至尊，雖有區區之意，亦已疏矣。銑曰：快，喜也。宋有田夫自暴於日，顧謂其妻曰：負日之暄，人莫知之，今吾獻之至尊，必蒙厚賞。其妻曰：美人有美芹子者，獻於鄉豪，嘗之而苦於口，衆而怨之，斯亦子之類也。言雖有愛心而遠於事理。區區，愛也。願足下勿似之。其意如此。既以解足下，并以爲別。嵇康白。向曰：解，謂解足下鄙我之意也。

爲石仲容與孫皓書一首　孫子荊

翰曰：太祖輔政，石苞領鄴督揚州諸軍事。太祖使徐劭至吳，苞令參軍孫楚作書與皓也。

蓋見幾而作，周易所貴；小不事大，春秋所誅。良曰：幾者，事之微也。貴，重也。易曰：君子見幾而作，不俟終日。左傳曰：楚子伐鄭，子展曰：小所以事大，信也。小國無信，兵亂日至，亡無日矣。誅，討也。此乃吉凶之萌兆，榮辱之所由生也。翰曰：兆，見也。言吉凶榮辱在於見幾。是故許鄭以銜璧全國，曹譚以無禮取滅。也。楚子伐許，許男面縛銜璧，楚子命之使復其所。楚子圍鄭，鄭伯肉袒牽羊以逆。楚子曰：其君能下人。退三十里而許之平。之是全國也。曹，晉公子重耳過曹，曹共公不禮之。後晉國遂滅曹。齊桓公出過譚，譚不禮焉。至冬，齊師滅譚。譚是皆無禮而取滅亡也。鄭非銜璧，然以同降，故連用之。載籍既記其成敗，古今又著其愚智矣，不復廣引譬類，崇飾浮辭。銑曰：載籍，謂史書也。著，明也。成智，謂許鄭也。敗愚，謂曹譚也。浮，虛也。言史籍所記，非飾虛辭也。苟以夸大爲名，更喪忠告之實。今粗論事勢，以相覺悟。向曰：夸，奢。喪，失。粗，麄。悟，明也。昔炎精幽昧，曆數將終。漢火德，故云炎精。幽昧，謂暗亂無道也。曆數，錄籍也。終，盡也。桓靈失德，災釁並興，豺狼抗爪牙之毒，生人陷塗炭之艱。濟曰：言桓靈失道，災釁並起也。豺狼惡獸，喻亂臣。抗，張。毒，害。塗，泥。炭，火也。言百姓皆如陷於火而難苦也。

於是九州絕貫，皇綱解紐。良曰：貫，綱也。紐，結也。言九州之事斷絕，而皇王綱紀解其結也。四海蕭條，非復漢有。太祖承運，神武應期。翰曰：四海，四方也。蕭條，空遠貌。太祖，魏武帝也。言太祖有神武之德，而應期代漢運也。征討暴亂，克寧區夏。銑曰：暴亂，謂袁紹董卓之徒。克，能。寧，安也。協建靈符，天命既集。向曰：協，同也。靈符，謂神靈之瑞符也。集，會也。言天命與人心相會也。遂廓洪基，奄有魏域。濟曰：廓，開。洪，大。域，國也。土則神州中岳，器則九鼎猶存。良曰：神州，洛陽也。中岳，嵩山也。九鼎，九州之金鑄鼎也。存，在也。鼎可烹，故云器也。世載淑美，重光相襲，固知四隩之攸同，天下之壯觀也。翰曰：載，則。淑，善也。重光，謂文帝也。襲，因也。四隩，四方也。攸，所也。壯，盛也。

周作故
天下作帝有
塗作荼
人作靈
陷作擢
難作雜
勤一作要

淵作氏　盤桓作磐盤　流作海　足用作之力　陵作轢

謂壯大觀望也公孫淵承藉父兄世居東裔銑日孫淵
東侯度之子康之孫故云承藉父兄裔遠也擁帶燕胡馮陵險遠
講武盤桓不供職貢向日擁持也燕胡匈奴也馮依陵乘也盤桓不
進兒言恃險遠不脩之貢內傲帝命外通南國乘桴滄流銑日
交酬貨賄葛越布於朔土貂馬延乎吳會
傲慢也南國吳也桴木渡水日桴滄流海也酬報也葛越南布也出於吳朔土北方也貂
鼠皮也言公孫淵與孫權以方物相連結也自以為控弦十萬奔
走足用信能右折燕齊左振扶桑陵轢沙漠
南面稱王良日控弦引弓之士也燕齊二國在遼西故右折扶桑在海東故云
左振陵乘轢踐也言彌恃此威力故稱為王南面以自尊也宣王薄伐猛

選二十二　十一

銳長驅翰日宣王司馬懿也薄伐用威武也猛健銳利也長驅遠伐也師次
遼陽而城池不守枹鼓一震而元凶折首銑日
次至也遼陽縣名不守謂不能監守也枹打鼓也震動元大凶惡也折首猶斬首也然
後遠跡疆場亦列郡大荒良日疆場邊畔也言魏斬公孫淵乃
遠開邊疆置郡邑於大荒也收離聚散咸安其居民庶悅
服殊俗款附濟日咸皆也殊謂異國也言皆送款誠附我魏國也自茲
遂隆九野清泰良日九野八方中央也言此之盛天下清通也東夷
獻其樂器肅慎貢其楛矢曠世不羈應化而
至翰日樂器謂樂舞之器也肅慎國名楛矢箭也曠遠也言遠代不羈縻者皆應我皇
之化而至也巍巍蕩蕩想所具聞也銑日巍巍蕩蕩言帝德

枹作抱　一震作鼙鳴　然後作於是　跡作迹　咸作大　民作衆　遂隆作以降　介作由　列作領　于作茲

遠也想謂想當已具聞也孫吳之先主起自荊州遭時擾
攘播潛江表向日擾攘亂也言吳先主遭時亂播遷於江外也表外也
劉備震懼亦逃巴岷翰日劉備蜀先主名也巴岷蜀二山遂依
丘陵積石之固三江五湖浩汗無涯假氣遊
魂迄于四紀良日積石之固謂蜀多山也三江五湖之水浩大無涯為吳之
固也言吳蜀恃此山水假借遊魂也迄至也十二年日紀二邦合從子容東
西唱和互相扇動距捍中國自謂三分鼎足
之勢可與泰山共相終始翰日二邦吳蜀也言相合翕動併力
以禦中國自謂與中國為鼎足之形言持久可與太山齊其終始也相國晉王
輔相帝室文武桓桓志厲秋霜銑日輔佐也帝室謂魏室

選二十二　十二

桓桓武兒厲嚴也秋霜殺物也廟勝之算應變無窮獨見之
鑒與眾絕慮向日窮盡鑒明也言謀算無盡思慮絕於眾人也主上
欽明委以萬機濟日萬機萬事也長轡遠御妙略潛
授偏師同心上下用力稜威奮伐罙入其阻
良日長轡遠御謂有長遠之策也潛授謂密奮振彌深也入阻謂入蜀險阻也并敵一
向奪其膽氣翰日兵法日并敵一向千里殺將言其膽氣威可奪蜀將士
之膽氣也小戰江介則成都自潰曜兵劍閣則姜
維面縛銑日介間也成都蜀郡也潰謂亂破也曜示也劍閣蜀山也姜維蜀
將也面縛請魏將鄧艾也降開地五千列郡三十師不踰
時梁益肅清向日梁益二州名蜀之後置郡三十梁益清謂平定也

以自下以為　虎下武　武下猛　伐樹ノ以下廿八字傳本無之

絲號之雄，稽顙絳闕。翰曰鑄號之雄謂劉禪也稽顙謂首至地也絳闕魏門也球琳重錦，充於府庫。良曰球琳玉名重錦美錦也充滿也言蒲我魏之府庫也夫虢滅虞亡，韓并魏徙，此皆前鑒之驗，後事之師也。翰曰晉滅虢次及於虞秦并韓而魏徙居大梁此舉前事可明於後世言蜀吳亦為次師法也又南中呂興，深覩天命，蟬蛻內附，願為臣妾。銑曰南中嶺南也交阯郡吏呂興殺太守孫諝使如魏請太守及兵是覩天命也背違向吳如蟬之蛻皮也外失輔車脣齒之援，內有毛羽零落之漸。向曰輔車陪乘也吳蜀初資猶陪乘之與脣齒也外失謂蜀亡也內漸謂呂興叛吳降魏亦如鳥之毛羽零落也援助也而徘徊危國，冀延日月，此猶魏武侯

選二十二　十三

却指河山以自彊大，殊不知物有興亡，則所美非其地也。濟曰危國謂吳也魏武侯與吳起浮西河至中流顧謂起曰美哉山河之固此魏之寶也起曰在德不在險若君不脩德則舟中之人盡為敵國也武侯曰善此言吳王恃險自彊不知滅亡之將至也方今百僚濟濟，俊乂盈朝，虎臣武將，折衝萬里。良曰僚官也折推衝突也言武之盛可以衝突萬里國富兵彊，六軍精練，思復翰飛，飲馬南海。翰曰練擇也翰高飛也為將伐吳故云飲馬南海也自頃國家整治器械，兵仗也脩造舟楫，簡習水戰，伐樹北山，則太行木盡。向曰伐斫也太行山名言斫伐以脩舟楫木盡者廣言以之濬決河洛，則百川流通，樓船萬艘，勞蘇則千

盛之上有殷字　邁下發　為字下有觀字　藩字下有輔字　式下頃　益下梁

里相望。濟曰濬深也艘亦船之名自劉氏以來，舟車之用，未有如今之盛者也。良曰黃帝刳木為舟言我以水陸並進其盛如此也驍勇百萬，畜力待時，役不再舉，今日之謂也。翰曰驍健畜養也役不再舉謂一伐必平也然主上眷眷，未便電邁者，以為愛民治國，道家所尚，銑曰眷眷迴顧皃邁行也電邁言急也猶人命不欲害國是至道之所重也崇城自卑，文王退舍，向曰文王聞崇侯亂而伐之軍三旬而不降退脩教而復伐之因壘而降舍止也故先開示大信，喻以存亡，殷勤之旨，往使所究。若能審識安危，自求多福，翰曰請示見諭曉也謂服則存不服則亡往去究盡也言能識安危而擁臣是求多福也蹶然

選二十二　十四

改容，祇承往告。良曰蹶然驚起皃言能驚起改尊倨之容敬承所往之書告也追慕南越，嬰齊入侍，翰曰南越王胡立漢使嚴助往諭因使其子嬰齊入侍宿衛也北面稱臣，伏聽告策，則世祚江表，永為藩輔，銑曰策書也言能從臣聽所告之書則永世有福於江外長為諸侯藩輔謂諸侯也豐報顯賞，隆於今日矣。向曰豐多也言能臣伏則多報明賞盛於常日若侮慢不式王命，然後謀力雲合，指麾風從，濟曰式用也命令也言若輕漫不用我魏之教令謀臣武士當雲合風從而討之雍益二州，順流而東，青徐戰士，列江而西，荊揚兗豫，爭驅入衝，征東甲卒，虎步秣陵。翰曰雍益青徐荊揚兗豫並州名征東將軍存甚自謂也秣陵吳郡名此說征

言字下有乀疾
疑字下有乀慮

討之勢以齊之也爾乃皇輿整駕六師徐征羽校燭日旌旗流星翰曰六師六軍也羽羽葆也燭日謂赤羽昔日也旌旗也畫星辰於上故云流星游龍躍路歌吹盈耳銑曰馬高八尺日龍武王誅商萬國咸喜前歌後舞躍路盈耳言騎樂之盛也士卒奔邁其會如林向曰邁行也如林言多也煙塵俱起震天駭地渴賞之士鋒鏑爭先忽焉一旦身首橫分宗祀屠覆取誡萬世引領南望良以寒心濟曰震動驚也渴賞謂貪賞也勢兵爭先也寒心痛心也夫治膏肓者必進苦口良曰膏心下也肓膈上也之藥決狐疑者必告逆耳之言言理此病必須服苦口之藥也決定也也孤疑不定也逆耳謂忤已之言也如其迷

謬未知所投恐俞附見其已困扁鵲知其無功也翰曰謬誤投歸也俞附扁鵲皆古之良醫也凡病則良醫見其可療及入骨髓則良醫雖理亦無功也言吳國有亡之疾今用我言而歸服保全首領是猶可療也若微侵情險不即從化則猶疾入骨髓雖欲思療亦無功也勉思良圖惟所去就銑曰圖謀也言勉力思其善謀任為去就石苞白

與嵇茂齊書一首　趙景真

翰曰干寶晉紀云呂安字仲悌東平人也時太祖遂安于遠郡在路作此書與嵇康安子紹集序云景真與茂齊書且晉紀國史實有所憑紹之家集未足可據何者時紹以太祖惡之書又父與康同誅懼時所疾故發此書於景真考其始末是安所作故以安為定也

安白昔李叟入秦及關而歎梁生適越登岳長謠向曰叟老稱李老子也楊朱南游於沛老子西入秦至梁相遇於道中老子仰天而歎曰始以汝為可教也梁生鴻也岳即邙山也謠歌也梁鴻登北邙山作五噫之歌以傷時肅宗聞而求之因奔走於吳吳則遯也夫以嘉遁之舉猶懷戀恨況乎不得已者哉銑曰嘉遁者隱也謂老子梁鴻也戀恨謂數及誅也不得已謂被遷也惟別之後離羣獨逝背榮宴辭倫好經迴路涉沙漠雞鳴戒旦則飄爾晨征濟曰逝往倫輩也沙漠安流處所經涉也晨征曉行也日薄西山則馬首靡託良曰薄近靡無也言日沒車馬之首無所託也尋歷曲阻則沉思紆結乘高遠眺則山川悠隔或乃迴

飈狂厲白日寢光崎嶇交錯陵隰相望徘徊九臯之內慷慨重阜之巔翰曰飈急風也厲猛也寢隱也崎嶇不平兒九臯九折之澤也慷慨失志兒阜山巔上也進無所依退無所據涉澤求蹊披榛覓路嘯詠溝渠良不可度斯亦行路之艱難然非吾心之所懼也銑曰蹊徑也榛密林也言雖艱難吾所不懼其所懼者謂已下之事也至若蘭茝傾頓桂林移植根萌未樹牙淺絃急常恐風波潛駭危機密發斯所以怵惕於長衢按轡而歎息者也銑曰蘭茝香草也桂林香木也以喻君子傾頓移植自謂也根萌未樹謂危也牙弩牙絃弓絃言風波急則根易傾牙淺絃急則機易發此喻讒邪為忠正之

風也俶儻驚皃獨道也 又北土之性難以託根投人夜
光鮮不按劍 濟曰言北土寒不宜蘭生也鮮少也夜光良玉也以暗投人不
知者必而按劍 今將植橘柚於玄朔蔕華藕於脩
陵表龍章於裸壤奏韶武於聾俗固難以取
貴矣 良曰橘柚木名生於南方華藕蓮也生於水龍章袞龍之服也裸壤不衣之國
也韶舜樂武武王樂也聾俗耳病之人不貴音也言此四者各失其宜故難以為美也玄
朔北方也脩陵高阜也 夫物不我貴則莫之與莫之與
則傷之者至矣 翰曰不我貴猶不貴我也言北土不貴我則當傷我也
飄颻遠遊之士託身無人之鄉總轡遐路則
有前言之艱懸鞶陋宇則有後慮之戒 銑曰飄颻

選二十二 十七

謂羈旅也無人之鄉謂安所從處也攬也前言謂經過路涉沙漠也懸鞶懸車也後慮
謂蘭蕙傾頭之事戒懼也 朝霞啟暉則身疲於遄征
謂明也遄速征行也 太陽戢曜則情劬於夕惕 濟曰大陽日也
戢斂也斂謂夜也劬勞惕懼也 肆目平隰則遼廓而無覩 向曰啓
極聽脩原則淹寂而無聞吁其悲矣心傷悴
矣然後乃知步驟之士不足為貴也若迺顧
景中原憤氣雲踊哀物悼世激情風烈龍睇
大野虎嘯六合猛氣紛紜雄心四據 良曰遼廓遠也
脩長淹久悴憂也步驟謂驅馳行役之人也言己自經此乃知不足貴也顧景恐時不再
來也憤慮悼傷激急烈猛睇視也紛紜多也雄心四據謂威德盛也 思躡雲梯

橫奮八極披艱掃穢蕩海夷岳 翰曰雲梯以攻守
思躡此者言高也橫奮謂縱橫奮振也八極八方也披散也言將散艱難掃凶惡也蕩除
夷平也 蹴崑崙使西倒蹋太山令東覆平滌九
區恢廓宇宙斯亦吾人之鄙願也 銑曰崐崙太山喻權
臣也滌除也九區九州也恢大廓空也宇宙謂天地也鄙小也 時不我與垂
翼遠逝 向曰垂翼謂不遂志也逝往也遠往謂徙也 鋒鉅靡加六
翮摧屈自非知命誰能不憤悒者哉 濟曰鋒鍔也言
不加鋒鍔而六翮自摧屈也命天命憤悒也 吾子植根芳苑擢秀
清流布葉華崖飛藻雲肆 良曰草生也生於芳苑猶生於美族
也喻承家世德盛而生也擢出也言道德如草之出秀清流喻其志潔清也藻文

選二十二 十八

章也肆布也雲布言才藻也 俯據潛龍之淵仰蔭游鳳之
林榮曜眩其前豔色餌其後良儔交其左聲
名馳其右 翰曰潛龍游鳳喻君子也亦相感動之意榮曜喻富貴也眩惑豔美
餌念儔類也聲名令聞也 翱翔倫黨之間弄姿帷房之裏
從容顧眄綽有餘裕俯仰吟嘯自以為得志
矣 銑曰翱翔游樂也倫黨朋黨也姿態綽寬裕優也吟嘯自得志皃 豈能與
吾同大丈夫之憂樂者哉去矣嵇生永離隔
矣煢煢飄寄臨沙漠矣 向曰煢煢獨單獨也 悠悠三千
路難涉矣攜手之期邈無日矣思心彌結誰
云釋矣無金玉爾音而有遐心 濟曰悠悠長皃涉度邈遠

彌深釋解退遠也言我思爾金玉之音無能聞之使我有遠心相望也身雖胡越意存斷金良曰胡在北越在南言相去遠也金雖堅剛人同其心則能斷之各敬爾儀敦履璞沈翰曰儀善敦厚璞真沈深也謂交道也繁華流蕩君子弗欽臨書悢然知復何云銑曰繁多華盛也言自多其盛而為流蕩者君子之所不敬也悢不平皃何云言事既盡何所言也

與陳伯之書一首　丘希範

向曰梁平南將軍陳伯之初仕齊齊東昏侯遣伯之將兵拒梁武伯之為勢蹙乃降梁至是又以衆降魏故遲與此書以諭之

遲頓首陳將軍足下無恙幸甚幸甚將軍勇

選二十二　十九

冠三軍才為世出濟曰恙憂冠首也言勇可以為三軍首也才謂文武之才也世出謂應時而出也弃鷰雀之小志慕鴻鵠以高翔良曰鷰雀小鳥也鴻鵠大鳥也弃小志謂背齊也慕高翔謂歸梁也昔因機變化遭遇明主翰曰機者事之微也化謂背齊歸梁也明主即武帝也立功立事開國稱孤銑曰事業也開國謂為江州刺史也同侯王例故稱孤寡以賤為稱也以朱輪華轂擁旄萬里何其壯也向曰朱輪華轂謂以丹漆飾之也擁持旄幢也萬里言威化遠也如何一旦為奔亡之虜聞鳴鏑而股戰對穹廬以屈膝濟曰奔亡之虜謂降魏也鳴鏑髇也股髀也穹廬氊帳也屈膝拜也又何劣邪魏本匈奴人故云穹廬尋君去就之際非有他故直以

不能內審諸己外受流言良曰去謂之魏謂歸國際謂交會之聞也他異審詳也流言反間之言也沈迷猖獗以至於此沈迷惑猖狂蹶倒也言惑亂使行至於此也聖朝赦罪責功弃瑕銑曰聖朝梁朝錄用推赤心於天下安反側於萬物此將軍之所眞求也用謂可施行也言聖朝推赤心於天下不疑滯於物也知非假僕一二談也朱鮪涉丁牒血於友于張繡剚刃於愛子漢主不以為疑魏君待之若舊銑曰殺人流血曰涉友于兄弟也朱鮪更始守洛陽光武令岑彭說鮪使降鮪與謀殺光武兄伯叔怕不敢降光武使謂曰建大事不忌小怨今降官爵可保呪罰手魏王曹操與張繡戰於宛長子昂被流矢所中繡後降曹公封為侯剚揷也刃也

選二十二　二十

況將軍無昔人之罪而勳重於當世夫迷塗知反往哲是與濟曰無昔人之罪謂朱鮪張繡殺兄子之罪哲智不遠而復先典攸高良曰謂迷者不遠而迴是不迷也易曰不復無祗悔攸所也主上屈法申恩吞舟是漏翰曰網法網漏於吞舟之魚也言輕法而重恩也將軍松柏不翦親戚安居銑曰松柏不翦謂不毀損其先代墳墓也高臺未傾愛妾尚在向曰愛幸也言宅守幸妾皆未追役也悠悠爾心亦何可言悠悠憂傷之皃今功臣名將鴈行有序佩紫懷黃讚帷幄之謀乘軺音遙又音韶建節奉疆埸之任良曰鴈飛成行列有尊卑之序故以比焉金印紫綬列侯之飾也謀策謀也軺使車也節旌節也疆埸

臨也並刑馬作誓傳之子孫翰曰刑殺也諸侯會盟取白馬之血歃之以爲誓使太山如礪求陣國於子孫也將軍獨靦顏借命銑曰靦強借假也謂假借少時之命驅馳也驅馳氈裘之長寧不哀哉而爲夷狄驅馳也哀哉傷痛之聲夫以慕容超之彊身送東向曰慕容超起河北高祖伐之執建軒於市姚泓之盛面縛西都建康市鎮西將軍與姚泓戰大破之姚泓將妻子請降也故知霜露所均不育異類也濟曰均平也謂洛土中也異類匈奴也姬漢舊邦無取雜種良曰姬周姓也言成王光武皆都洛陽故云舊邦也種類也北虜僭盜中原多歷年所惡積禍盈理至燋爛翰曰北虜謂拓拔珪僭稱王也中原中國也積多盈滿也言惡既滿理當滅亡也況

選二十二　二十一

偽嬖昏狡自相夷戮銑曰蕭衍廢其雛主寶融自立稱曰梁爲宣武偽嬖蓋指宣武也狡亂也曰相夷戮謂廢寶融也部落攜離酋豪猜貳良曰部落謂種類酋豪上也攜亦離也酋豪帥也猜忌也貳謂貳心也繫頸謂以繩繫項也蠻邸藁街皆置蠻夷之館也方當繫頸蠻邸懸首藁街而將軍魚遊於沸鼎之中燕巢於飛幕之上不亦惑乎濟曰魚遊沸鼎燕巢飛幕言危之甚言魏朝夕將破而將軍居之亦同魚燕之危飛幕軍幕也暮春三月江南草長雜花生樹群鶯亂飛見故國之旗鼓感生平於疇日撫絃登陴豈不愴悢良曰北至寒故以江南物色舊鄉之美感動之旗鼓言所用也疇日昔日也撫持也絃弓也陴城上女牆也愴悢悲恨也所以廉公之

思趙將吳子之泣西河人之情也將軍獨無情哉翰曰廉頗爲趙將攻魏之繁陽攻之而後襄王使樂乘代之頗攻樂乘樂乘走頗奔魏之大梁後趙困於秦兵趙王思復得廉頗頗亦思爲趙用也吳起事魏守西河後以魏君聽讒乃奔楚望西河而泣之左右曰君西河乎起曰不然不忍見秦之取西河是以泣其後西河果入秦不思舊用泣西河皆入情也乘情謂不思舊國想早勵良規自求多福銑曰勵勉也良善也規圖也書是多福也言早當今皇帝盛明天下安樂向曰皇帝謂梁武帝也安寧也樂謂樂其德化也白環西獻楛矢東來濟曰舜時西王母獻白環周時肅慎國貢楛矢也夜郎滇池解辮請職朝鮮昌海蹶角受化良曰夜郎滇池皆南夷國名解辮謂其辮髮以就衣冠朝鮮遠國名昌海

選二十二　廿二

南海也蹶角謂以額角叩地也唯北狄野心掘強沙塞之間欲延歲月之命耳翰曰北狄謂魏也野心謂野譬之心掘強猶強梁也延引也歲月言不久也中軍臨川殿下明德茂親摠茲戎重銑曰臨川王高祖弟也時爲中軍將北討魏殿下者不斥言王也若今言皇太子殿下然也茂親謂帝弟也摠總也戎兵也方弔民洛汭伐罪秦中向曰弔慰也洛汭洛北曰汭秦中關中也若遂不改方思僕言聊布往懷君其詳之丘遲頓首濟曰僕遲自稱也謂君因此書不改謂終不改也因偏方思我言也聊且也往懷謂此書也詳審也

重答劉秣陵沼書一首　劉孝標

良曰劉峻自序云峻字孝標平原人也八歲遇桑梓顛覆身充僕圉後逃

還京師詔令掌石渠後乞骸骨隱京陽金華山初孝標以仕不得志作辨命論秣陵令劉沼作書難之言不由命由人行之書答往來非一其後沼作書未出而死有人於沼家得書以示孝標孝標乃作此書答之故云重也

劉侯既重有斯難，值余有天倫之感，竟未之致也。翰曰難謂運命之書也余標自謂也天倫之感謂兄弟死也致至也謂沼書竟未至孝標處也尋而此君長逝，化為異物，緒言餘論，蘊而莫傳。銑曰長逝謂死也緒遺也蘊藏也莫無也言沼之遺言餘論皆蘊藏而不傳於我也或有自其家得而示余者，余悲其音徽未沫，眛而其人已亡，向曰徽美沫滅也其人謂沼也

青簡尚新，而宿草將列，濟曰書簡札也古無紙用以為書宿草陳根也列行列也朋友之墓有宿草則不哭也泫然不知涕之無從也。良曰泫然淚流皃雖隙駟不留，尺波電謝，翰曰隙穴也駟馬馳而過也穴喻速也波永逝與電光昔不久停言人命如之而秋菊春蘭，英華靡絕，銑曰言文章之美如蘭菊英妙之華來無絕也故存其梗槩，更酬其旨。向曰梗槩粗略也酬報旨意也若使墨翟之言無爽，宣室之談有徵，濟曰墨子曰周宣王無罪殺杜伯後宣王出田杜伯持弓射宣王中心折脊而死漢文帝坐宣室問賈誼鬼神之本賈誼具言所由也爽差徵驗也言二人誑鬼神事有實則我可答書也冀東平之樹，望咸陽而西靡；蓋合山之泉，聞絃歌而赴節。良曰宣帝子封東平

恒思長安及死東平家上樹盡皆向西而靡蓋山有寄泉者昔寡氏之女伐新於此忽然坐地牢挽不動其伴還歸告其家比來唯見清泉母曰吾女性好音樂乃作絃歌於泉上忽有朱鯉一雙躍出而赴節但懸劍空壟，有恨如何！翰曰延陵季子將西聘晉帶寶劍以過徐君徐君不言而色欲之季子知之使還當與及回徐君已死乃脫劍置墓樹而去言今所答亦猶懸劍於墓樹而已

移書讓太常博士一首　劉子駿

銑曰漢書云劉歆字子駿少通詩書能屬文成帝時與父向俱領校書講六藝傳記後王莽篡位為京兆尹殺易也謂以我情報易彼意讓責也太常則謂之宗佑也博廣大也謂調用廣大謂之博士

歆親近，欲建立左氏春秋及毛詩、逸

禮、古文尚書，皆列於學官。向曰歆為光祿大夫故云親近建立也逸失也謂下三十九篇者左氏傳毛詩佚禮古文尚書四經漢初已來皆不置博士歆欲立此四經列學官而君之哀帝令歆與五經博士講論其議，諸儒博士或不肯置對，濟曰言諸博士不肯與歆論議相對也歆因移書太常博士，責讓之曰：

昔唐虞既衰，而三代迭興，聖帝明王，累起相襲，其道甚著。良曰言堯舜禪讓道衰至夏殷周更代起也累重襲因著明也道謂帝王之道也周室既微，而禮樂不正，道之難全也如此。翰曰言天子微弱政教不行故國家之道所以不全也是故孔

于是道不行歷國應聘自衛反魯然後樂正
雅頌乃得其所銑曰歷經應受聘問也衛魯二國名雅正也美事曰頌也
脩易序書制作春秋以記帝王之道向曰易謂作脩
十翼也序書謂作尚書五十八篇序而兼脩春秋及夫子沒而微言
絕七十二子終而大義乖濟曰夫子孔子也微言要妙沒死也
之言也七十二子謂孔子弟子達者之數也大義謂詩書禮樂之義也重遭戰
國棄籩豆之禮理軍旅之陳孔氏之道抑而
孫吳之術興良曰遭過也戰國謂七雄之時也籩豆禮器也二千五百人為
軍五百人為旅陳謂行列之法孔子之道謂詩書禮樂也抑止也孫子吳起並著兵法
法興起也陵夷至于暴秦燔經書殺儒士設挾書

選二十二　廿五

之法行是古之罪道術由此遂滅翰曰謂毀禮也
秦暴虐百姓故曰暴秦燔燒也秦之法有燔書不殘及以古非今者皆族之賈聖之道
由是滅亡漢興去聖帝明王遐遠仲尼之道又絕
法度無所因襲時獨有一叔孫通略定禮儀
銑曰聖帝謂堯舜也明王謂三王也遐遠也襲亦因也叔孫通漢世博士高祖定天
下權制禮儀也天下唯有易卜未有它書至於孝惠
之世乃除挾書之律向曰秦燒詩書唯以易卜筮不禁至漢惠帝除
挾書律挾藏也然公卿大臣絳灌之屬咸介冑武
夫莫以為意濟曰周勃封絳侯灌嬰介冑兵器也言漢初公卿皆武夫軍
旅之士莫有措意於經術也至孝文皇帝始使掌故晁錯

從伏生受尚書良曰掌故官名伏生秦博士也秦伏生於壁中藏得尚書
二十篇至漢初教於齊魯之間文帝使晁錯往受之尚書初出於屋壁
朽折散絕今其書見翰曰古書以竹簡寫用韋編連之故云朽折散絕
在時師傳讀而已詩始萌芽天下眾書往往
頗出皆諸子傳說猶廣立於學官為置博士
在朝之儒唯賈生而已銑曰萌芽謂初始也眾書謂禮公羊春秋
諸子孔子弟子學官博士也在朝之儒生有賈誼作左傳訓詁為文帝博士也至孝
武皇帝然後鄒魯梁趙頗有詩禮春秋先師
皆出於建元之間向曰鄒魯梁趙四國名鄒人慶忌受詩於浮丘伯梁
人[illegible]受禮於后蒼賈誼為訓詁授於趙人[illegible]先師謂前進者建元武帝年號也當

選二十二　二十六

此之時一人不能獨盡其經或為雅或為頌
相合而成濟曰雅頌皆詩也雅以正事頌以讚事泰誓後得博
士集而讀之良曰孝文末人有得泰誓於壁中者獻之使博士會讀而傳之
今泰誓篇也故詔書曰禮壞樂崩書缺簡脫朕甚
閔焉翰曰詔武帝詔也缺簡脫誤閔憂也時漢興已七八十年
離於全經固以遠矣銑曰全經謂未焚之時數足也離此日遠也
及魯恭王壞孔子宅欲以為宮而得古文於壞
壁之中逸禮有三十九篇書十六篇天漢之
後孔安國獻之遭巫蠱倉卒之難未及施行
向曰魯恭王景帝子也孔安國孔子後悉得壁中書獻之會武帝訊戾太子巫蠱之事

延年不及施行天漢武帝年號及春秋左氏丘明所脩向曰左姓也丘明名也皆古文舊書多者二十餘通藏於
祕府伏而未發孝成皇帝愍學殘文缺稍離
其真乃陳發祕臧校理舊文得此三事以考
學官所傳經或脫簡傳或閒編濟曰通卷也言藏猶滿也漸發頗離真正也校考也舊文古文也三事即尚書左傳逸禮也閒差也編次也
傳問乃閒則魯國桓公趙國貫公膠東庸生
之遺學與此同抑而未施翰曰桓公貫公庸生皆先進大儒也考校與此古文三事同然抑止之未施行於世此乃有識者之所歎
愍士君子之所嗟痛銑曰歎愍嗟痛皆惜其不施行也往者

綴學之士不思廢絕之闕苟因陋就寡分文
析字煩言碎辭學者罷老且不能究其一藝向曰綴緝也陋隱也言緝學之士不思其闕失但就隱少之中分析碎辭使學者不成其才藝
信口說而背傳記是末師而非往古至於國
家將有大事濟曰口說末師即鄒魯諸儒也傳記往古文者也大事謂封禪也若立辟廱封禪巡狩之儀則幽冥而莫知其原良曰辟廱講藝之所也封謂封太山禪謂禪梁甫也巡狩謂勞賚諸侯也冥暗也
猶欲保殘守缺挾恐見破之私意而
亡從善服義之公心翰曰殘缺非古文者挾謂帶私情也恐立左氏破其先師文義也亡無服用也言無從善用義之正心也或懷疾妬不考

情實雷同相從隨聲是非銑曰疾妬謂不欲立左氏也雷同謂雷之發聲同時而應是非相同不別善惡也抑此三學以尚書為
不備謂左氏不傳春秋豈不哀哉向曰抑止也三學謂三事也劉歆欲立者當時學者尚書唯有三十篇以為備矣不知有百篇謂左氏傳別行不傳春秋如此豈不哀哉言可哀也今聖上德通神明繼統揚業
亦愍此文教錯亂學士若茲雖深照其情猶
依違謙讓樂與士君子同之濟曰上謂哀帝也統紀揚明也文教謂經教也學士謂當時博士也情謂有私意也依違謂不是非也言帝深知其疾私情而推讓賢士故因而不違也故下明詔試左氏可立否遣
近臣奉旨銜命將以輔弱扶微與二三君子

比意同力冀得廢遺今則不然良曰言下詔令試左氏可立不可立臣歆自謂也微弱謂諸經有闕失者二三君子謂諸博士言同心用功望得廢遺以補闕少也今則不然謂不肯也深閉固距而不肯試猥以
不誦絕之欲以杜塞餘道絕滅微學夫可與
樂成難與慮始此乃衆庶之所為耳非所望
士君子也翰曰猥頓也不誦絕之謂諸博士皆云不經君誦以杜塞論試也樂成謂事成則樂而從之慮謀也言如此者乃凡人耳非君子所當然也且此數
家之事皆先帝所親論今上所考試其古文
舊書皆有徵驗內外相應豈苟而已哉銑曰數家之事謂歆所立者先帝成帝也應當也言古文與時所行者相當豈為苟且而已夫

禮失求之於野，古文不猶愈於野乎。向曰愈勝也
言禮失其序，尚求之於鄙野之人，今取古文豈不勝求野人乎，言勝也 往者博
士書有歐陽，春秋公羊，易則施孟。濟曰歐陽生字伯和
受尚書於伏生，施讎孟喜言此二人善於春秋公羊易等 然孝宣帝猶復
廣立穀梁春秋，梁丘易，大小夏侯尚書。良曰穀梁
字名赤，梁丘賀字長翁，夏侯勝之先始從張生之受尚書，後族子始昌傳勝，故書有小大
夏侯之學也 義雖相反，猶並置之。何則，與其過而
廢之，寧與過而立之。傳曰：文武之道未墜於
地，在人。賢者志其大者，不賢者志其小者。向曰
言諸家雖義理相反而並置者，寧失於存也。墜落也，言文武之道未落於地，在於人也。志

選二十二　二十九

記也，謂使賢愚各盡其分 今此數家之言，所以兼包大小
之義，豈可偏絶哉。若必專己守殘，黨同門妬
道真，違明詔，失聖意，以陷於文吏之議，甚為
二三君子不取也。銑曰包含也，守殘謂諸生守殘缺之業，黨助也，同門
曰朋，道真謂古文也，陷墜也，言違詔書當使刀筆之吏議其罪，不取謂不可也

北山移文一首　孔德璋

向曰蕭子顯齊書云孔稚珪字德璋，會稽人也，少涉學，有美譽，仕至太子
詹事。鍾山在郡北，其先周彥倫隱於此山，後應詔出為海鹽縣令，欲却過
此山，孔生乃假山靈之意移之，使不許得至，故云北山移文

鍾山之英，草堂之靈，濟曰蔣子文自謂青骨，死當為神，後吳主為立
祠於鍾山下，因改山為蔣山也，昔蜀有法阿居於草堂，及東歸至此，就彼林泉之美，乃
於此山南作草堂，以焉。英靈，二神也 馳煙驛路，勒移山庭。夫
以耿介拔俗之標，蕭灑出塵之想，良曰驛傳也，謂山之
美靈驅馳煙霧，刻移文於山庭也。耿介謂執節之士也，拔出也，蕭灑脫落也 度白
雲以方絜，干青霄而直上，吾方知之矣。翰曰隱君
之志清高也，絜清，干觸也，方之言有如此也 若其亭亭物表，皎皎
霞外，芥千金而不盼，屣萬乘其如脫，銑曰亭亭高聳
皃，表外也，物表霞外，言志高遠也，芥草也，千金萬乘，俗皆貴之，此高絜之人，視之如草芥
脫屣而已，言輕也 聞鳳吹於洛浦，值薪歌於延瀨，固
亦有焉。向曰周靈王太子晉吹笙作鳳鳴，游於伊洛之間，蘇門先生游於延瀨，見

選二十二　三十

一人採薪，謂之曰：子以終此乎。薪人曰：吾聞聖人無懷，以道德為心，何怪乎而為哀也，遂
為歌二章而去，言有堅固如此 豈有終始參差，蒼黃翻覆，淚
翟子之悲，慟朱公之哭。濟曰參差不一也，翻覆不定也，翟墨翟，朱
楊朱，墨子見練絲而泣之，曰可以黃可以黑，楊朱見岐路而哭之，曰可以南可以北，言
其二定之志，故舉此二人悲哭以譏之 乍迴跡以心染，或先貞
而後黷，何其謬哉。良曰乍暫也，言周顒迴跡向山中，而心猶染於俗
也，貞正，黷若，謬誑也 嗚呼，尚生不存，仲氏既往，山阿寂
寥，千載誰賞。翰曰嗚呼歎辭，尚長字子平，男女嫁娶訖，便隱而不出，仲長統
嘗歎曰，若得背山臨水，游覽平原，此即足矣，何為區區於帝王之門哉，言此二人無使山
阿空虛，千載已來無人賞樂 世有周子，雋俗之士，既文既

慱亦玄亦史然而學遁東魯習隱南郭銑曰周子
謂庠儒也儁俗俗中之儁士也博大通也玄謂莊老之道也史謂文多質少也東魯謂顏
闔也南郭子綦也言顯無本性但習學此二人之隱道也竊吹草堂濫巾
北岳之向曰竊盜濫僭也南郭處士盜居吹竽位巾隱者之服也北岳即北山也言
頭盜居草堂僭服幅巾有茹南郭濫吹竽也誘我松桂欺我雲壑
雖假容於江皋乃纓情於好爵濟曰誘謂引誘也欺詐也
言雖假其容皃於江澤然纓情志好於爵祿也其始至也將欲排巢
父拉許由傲百氏蔑王侯風情張日霜氣
橫秋或歎幽人長往或怨王孫不游良曰排推也巢
父許由隱者之最也百氏謂百家諸子也王侯爵之貴也拉折也傲蔑皆輕也張大橫蓋
也幽人王孫隱者之稱慕其長往故歌之爽其不游故怨之言顒初至如此談空

選二十二　三十一

空於釋部覈玄玄於道流翰曰空以空明空也釋部謂
佛經也覈考也玄玄謂玄之又玄也道流謂老子也務光何足比涓子
不能儔銑曰務光涓子皆古隱者比方儔匹也及其鳴騶入谷
鶴書赴隴向曰騶使也鶴書謂鶴頭書古者用之以招隱士也隴謂山陵也
形馳魄散志變神動爾乃眉軒席次袂聳筵
上焚芰製而裂荷衣抗塵容而走俗狀濟曰
辟書既至則神魄動散也軒舉也舉眉謂言喜也火側也袂衣袖也袂聳謂將臂也芰製
荷衣隱者之服言皆焚裂之舉塵俗之容狀抗舉走騁也風雲悽其帶
憤石泉咽而下愴望林巒而有失顧草木而
如喪翰曰悽愴憤咽皆愁怨皃言此等雖無情見山人去亦如有喪失而愁怨也
至其紐金章綰墨綬良曰紐繫綰貫也金章銅印也銅章墨綬縣令
之章飾也跨屬城之雄冠百里之首張英風於海
甸馳妙譽於浙右銑曰跨越也會州之城爲屬城言越衆城而爲縣宰
之獮首也英風妙譽皆美聲也海甸言所理邑近海而在浙江之右也道帙長
擯法筵久埋敲扑諠囂犯其慮牒訴倥孔
傯裝其懷向曰帙書衣也擯弃也敲扑謂打人聲也牒文牒也訴告也倥
傯繁倨皃言道書講席久從弃埋而聽訟通於懷抱也琴歌既斷酒賦
無續常綢繆於結課每紛綸於折獄濟曰琴歌酒賦
皆逸人之務言今斷絶無續也綢繆親近也紛綸衆多之皃結課考覈也折獄謂審刑書

選二十二　三十二

也籠張趙於往圖架卓魯於前籙音錄良曰張敞趙廣
漢並爲京兆尹有名望魯恭卓茂咸善爲令言將崇樹風猷以龍架之希蹤三輔
豪馳聲九州牧翰曰謂城以西爲右扶風長安以東爲京兆長陵以北爲
左馮翊此謂三輔也秩皆二千石故蹤跡也言希跡及之馳聲譽以過之長使我
高霞孤映明月獨舉銑曰我謂鐘山神所稱也言霞月徒舉映無人
賞玩也青松落陰白雲誰侶澗戶摧絶無與歸
石逕荒涼徒延佇向曰摧絶破壞也荒涼蕪穢也言山人之去松蘿零
落白雲無與爲偶不復更歸徒爲延望也至於還飆入幕寫霧出
楹蕙帳空兮夜鶴怨山人去兮曉猿驚昔聞
投簪逸海岸今見解蘭縛塵纓翰曰飆風寫吐楹柱也

香草山人葺以為帳此因山言之故託猿鶴以寄驚怨也投棄也謂蹤賓棄官而歸東海也鶴人佩蘭故云解蘭縛絷也塵纓世事也

於是南岳獻嘲北隴騰笑列壑爭譏攢峯竦誚慨游子之我欺悲無人以赴弔

良曰南岳謂南山也嘲調也隴亦山也騰起竦上誚譏也言皆譏笑此山初容此人也慨歎也游子謂周顒也歎誑弔問也言山為周顒所誑傷懷所喪而無人相問也

故其林慙無盡澗愧不歇秋桂遣風春蘿罷月騁西山之逸議馳東皋之素謁

翰曰託林澗以申其愧也風月所以滌松桂之美言今無人故遣罷之馳騁宣布也逸議謂隱逸之議皐澤也素貧素之交謁告也謂布告於人使知也

今又促裝下邑浪拽[illegible]制上京雖情投於魏闕或假步於山扃

銑曰促迫也下邑謂山陰也浪鼓也拽棹也言山陰縣因向京而過山也上京建業也魏闕朝廷也扃山門也言顒情實在朝廷而假跡於此山門

豈可使芳杜厚顏薜荔無恥碧嶺再辱丹崖重滓塵游躅於蕙路汙淥池以洗耳

向曰芳杜薜荔皆香草言豈可使芳草懷恥愧以相見崖嶺再被滓穢更以俗跡塵點我蕙草之路汙濁我洗耳之池也

宜扃岫幌掩雲關斂輕霧藏鳴湍截來轅於谷口杜妄轡於郊端

濟曰扃門也岫幌山窗也雲關謂以雲為關鍵藏斂湍霧使無聞見也來轅妄轡謂周顒之車乘也谷口郊端山之外也恐其親近故遠杜絕之

於是叢條瞋膽疊穎怒魄或飛柯以折輪乍低枝而掃跡請迴俗士駕為君謝逋客

良曰條木枝也穎草穗也言條穗瞋怒擊折飄之輪掃去其跡也俗士逋客謂周顒也謝去也文言草木謂為山靈除去之不許來也

喻巴蜀檄一首　司馬長卿

翰曰檄皎也喻彼使皎然知我情也此周末時韓王令蔡公謀為戰讓之詞以責狄人之情此檄之始也唐蒙通夜郎滅發巴蜀吏卒因軍興法誅其渠帥巴蜀大驚上聞之使相如作此檄以責唐蒙因諭巴蜀人非上本意之事也

告巴蜀太守蠻夷自擅不討之日久矣時侵犯邊境勞士大夫陛下即位存撫天下安集中國然後興師出兵北征匈奴單于怖駭交

臂受事屈膝請和

銑曰蠻夷外國之通名擅享也不討謂不征伐日久而侵犯邊境勞士大夫征討也陛下謂武帝也存恤撫安也單于匈奴君也怖恐駭驚也交臂拱手也屈膝拜也和謂降服也

康居西域重譯納貢稽首來享

向曰康居國名重譯傳易其言納貢獻於中國也稽顙至地也享亦獻也

移師東指閩越相誅右弔番禺太子入朝

良曰閩越南夷國名也相誅謂自相誅殺一而降弔問罪也番禺南越王遣太子嬰齊入宿衛也

南夷之君西僰蒲北之長常效貢職不敢惰怠延頸舉踵喁喁然皆爭歸義欲為臣妾

良曰僰捷謂蠻夷名長君效具惰怠懈慢也

翰曰踵足也喁喁衆口向上之皃言蠻夷之人皆喁然向風義願為臣妾

道里遼遠山川阻深不

能自致夫不順者已誅而爲善者未賞故遣中郎將往賓之（濟曰中郎將謂唐蒙也賓服也）發巴蜀之士各五百人以奉幣帛衛使者不然（良曰幣帛和戎之貨也衛護也不然謂不虞之變也）靡有兵革之事戰鬬之患今聞其乃發軍興制（翰曰靡無也言意不許爲兵戰之患其辭也發軍興制謂起軍法誅將帥也）驚懼子弟憂患長老郡又擅爲轉粟運輸皆非陛下之意也（銑曰擅專也言唐蒙自專而爲轉運非上本意也）當行者或亡逃自賊殺亦非人臣之節也（向曰當行者謂巴蜀人唐蒙征者也自賊殺自相劫奪也）夫邊郡之士聞烽舉燧燔皆攝弓而馳荷兵而

走（濟曰烽燧者舉火以警似也燔燒攝持也兵矛戟之屬）流汗相屬唯恐居後觸白刃冒流矢議不反顧計不旋踵人懷怒心如報私讎彼豈樂死惡生非編列之民而與巴蜀異主哉（良曰言邊郡之士觸刃冒矢不轉足者決志隋陣也讎仇也編列謂編戶齊民也異主哉言與巴蜀人不異主也）計深慮遠急國家之難而樂盡人臣之道也故有剖符之封析珪而爵（翰曰言能急國家之難故得剖符受封生則榮貴死則忠節析分也珪王也）位爲通侯處列東第（翰曰第次也西爲尊東爲下言爲通侯列在天子之下次）終則遺顯號於後世傳土地於子孫行事甚忠敬居位甚安逸名聲施

於無窮功烈著而不滅是以賢人君子肝腦塗中原膏液潤野草而不辭也（向曰號謂王侯之號也行用也言國家重功臣厚爵賞故賢人君子用命至死而不辭也腦髓也膏脂也）今奉幣役至南夷即自賊殺或亡逃抵誅（濟曰南夷謂夜郎也抵觸言自爲賊殺觸我兵之誅也）身死無名謚爲至愚（良曰謚者行之跡言爲賊而死故謚爲至愚之人也）恥及父母爲天下笑人之度量相越豈不遠哉（翰曰言巴蜀之人不立忠節身殺誅戮恥及父母也與此境立功之人相去遠也）然此非獨行者之罪也父兄之教不先子弟之率不謹寡廉鮮恥而俗不長厚也其被刑戮不亦宜乎陛下

患使者有司之若彼悼不肖愚民之如此故遣信使（銑曰獨行謂逃亡者也言非逃亡者之罪亦父母之教不至而子弟不修謹又不崇廉厚之風誅戮亦宜矣有司謂唐蒙也悼傷也愚人謂巴蜀之人）曉喻百姓以發卒之事因數之以不忠死亡之罪讓三老孝悌以不教誨之過（向曰曉明喻告也言明告百姓發卒奉幣和戎之事也數讓皆責也景帝時郡置三老者年有德者三人以爲三老以教人孝悌也）方今田時重煩百姓已親見近縣（濟曰重慎煩擾也言農時煩擾百姓已親見此相妨自謂也近縣近蜀之縣也）恐遠所谿谷山澤之民不徧聞檄到亟下縣道使咸喻陛下之意無忽（良曰亟急咸皆忽輕也言恐山谷之人不徧聞可急下檄書者）

之使皆知非天子之意，輕忽也。

為袁紹檄豫州一首　陳孔璋

翰曰：琳避難冀州，袁本初使典文章，作此檄以告劉備，言曹公失德不堪依附，宜歸本初也。後紹敗，琳歸曹公。曹公曰：卿昔為本初移書，但可罪狀孤而已，何乃上及父祖邪？琳謝罪曰：矢在弦上，不可不發。曹公愛其才，不責之。

左將軍領豫州刺史郡國相守：銑曰：刺史，劉備也。相國，謂侯王相國也。守，郡守也。蓋聞明王圖危以制變，忠臣慮難以立權。是以有非常之人，然後有非常之事；有非常之事，然後立非常之功。向曰：圖，度也。權，勢也。言

古明君皆度其危亡，思其險難，因事立勢，以成其賢聖之功也。非常之人，謂賢聖也。夫非常者，故非常人所擬也。曩者彊秦弱主，趙高執柄，專制朝權，威福由己，時人迫脅，莫敢濟曰：擬，度也。言非常之事，則非常平之人能度之。正言，終有望夷之敗。之。彊，暴也。弱主，二世也。趙高，秦相也。柄，國之要也。威福，賞罰也。迫脅，怕懼也。言百姓懼高之威，皆不敢正言於君也。望夷，秦宮名。趙高使閻樂殺二世於此宮也。祖宗焚滅，汙辱至今，永為世鑒。及臻呂后季年，產、祿專政，內兼二軍，外統梁、趙，擅斷萬機，決事省禁，下陵上替，海內寒心。良曰：鑒，戒。臻，至。季，末也。呂產為相國，封梁王；呂祿拜將軍，封趙王。擅，專也。萬機皆專斷於己也。陵，犯。替，廢也。海內，國內也。寒心，謂

心也。於是絳侯、朱虛興兵奮怒，誅夷逆暴，尊立太宗，故能王道興隆，光明融顯，此則大臣立權之明表也。銑曰：漢道興盛而明，長者是周勃等權計之儀表也。紹此言者，亦將為權道匡漢室也。司空曹操祖父中常侍騰，與左悺、徐璜並作妖孽，饕餮放橫，傷化虐民。向曰：曹騰，操祖，桓帝時位加特進，與小黃門左悺、中常侍徐璜同作妖妄，取媚於君，為貪亂之行，以殘害人也。饕餮，貪食也。父嵩乞匄攜養，因贓假位，輿金輦璧，輸貨權門，竊盜鼎司，傾覆重器。濟曰：操父嵩本夏侯氏之子，騰無子，乞養之。匄，乞也。贓，賄賂也。輿、輦，車也。權，勢也。靈帝時賣官，嵩以車載賄寶，以輸勢門，而官至太尉。言竊也。良曰：鼎司，謂司空。非才而居此位，故云竊也。重器，謂

天子政教也。言傾覆天子政教。操贅閹遺醜，本無令德，翰曰：贅，餘肉著身也。閹，宦人也。令，善也。贅，喻當也。言操是此種類，元無善德以及也。僄狡鋒協，好亂樂禍。銑曰：僄，勁捷。狡，健也。言操性與兵器相合，故好樂禍亂也。幕府董統鷹揚，掃除凶逆。向曰：幕府，謂紹也。董，督也。鷹，鷙鳥也。言紹督理鷹揚，掃除閹官也。凶逆，即閹官也。續遇董卓，侵官暴國。濟曰：續，相連也。侵官，謂冒官也。暴國，謂卓遷獻帝於西京也。於是提劍揮鼓，發命東夏，收羅英雄，棄瑕取用。良曰：提劍揮鼓也。初，卓欲廢帝，紹因橫刀長揖而出，奔冀州。卓乃拜紹渤海太守，因舉兵以攻卓。東夏，即渤海也。收羅，謂采之眾，謂采訪賢才，棄瑕釁而取能者。故遂與操同諮合謀，授以裨師，謂其鷹犬之才，爪

忒音德

爪牙可任。翰曰部議裨偏也紹表操爲兗州刺史授以偏帥與同議合謀欲匡復漢
室者謂其有鷹犬將摯之能可爪牙之任也言鷹犬以比操也至乃愚佻
短略輕進易退銑曰佻輕也言操輕薄少有法度也傷夷折
衄女六數喪師徒向曰夷殺衄縮也師徒衆也幕府輒復分
兵命銳脩完補輯表行東郡太守領兗州刺
史濟曰輯專銑精完全也言操數敗喪師而紹專以精兵脩輯之而又表天子令操
領東郡太守也被以虎文獎蹴子六威柄
而被虎文者乃紹蓋勸蹴以成威福之柄言向曰獎賛羊也
冀獲秦師一剋之報翰曰秦將孟明氏數敗秦師穆公不罪遂得敗晉以報秦故云一剋之報言操數敗我不罪以爲
者亦冀操一剋之報而操遂承資跋扈肆行凶忒銑曰
跋扈謂掘強也肆縱忒惡也割剝元元殘賢害善向曰割剝殘害
也元元謂衆人也殘害殺戮也故九江太守邊讓英才俊偉
天下知名直言正色論不阿諂身首被梟懸
之誅妻孥受灰滅之咎濟曰偉奇阿曲也斬首懸之曰梟孥子也
操爲兗州邊讓言議頗侵於操操殺讓而族其家故云灰滅也自是士林憤
痛民怨彌重一夫奮臂舉州同聲良曰林言多也憤怒
奮舉也言士人怨怒舉手同聲皆欲討之故躬破於徐方地奪於
呂布彷徨東裔蹈據無所翰曰操爲徐州刺史陶謙所破又爲
呂布襲於濮陽爲布所敗而走故云地奪也彷徨驚皃蹈踐據依也言無所依據也幕
府惟強幹弱枝之義且不登叛人之黨翰曰幹本

喻君也枝喻諸侯也登成也叛人謂呂布也言我欲強君而弱諸侯故不成呂布之強也
故復援旌擐甲席卷起征金鼓響振布衆奔
沮慈與反向曰援引擐貫金鉦沮壞也言紹聞操敗引軍擊布破之軍與奔壞也拯
其死亡之患復其方伯之位則幕府無德於
兗土之民而有大造於操也濟曰拯救也死亡之患謂遭呂
布之破也復反也方伯謂兗州刺史也無德於兗土之人謂已舉操爲兗州而操害賢善
也造恩也有大恩謂救之後會鑾駕反旆群虜寇攻良曰鑾駕
天子車也旆車飾也時董卓徙天子都長安後揚奉韓暹以天子還洛陽也羣虜則董卓
韓暹也寇盜也時冀州方有北鄙之警匪遑離局翰曰
時公孫瓚出軍也槃河遂舉兵攻紹紹時爲冀州刺史人衆悉叛紹降瓚十破紹軍鄙邊
邑也遑暇也局部分也故使從事中郎徐勳就發遣操
使繕脩郊廟翊衛幼主操便放志專行脅遷
銑曰鬼神所居曰廟翊輔衛護也幼主謂獻帝也脅劫遷移也當御
當御省禁卑侮王室敗法亂紀坐謂萬事自當理之不令上知也省亦禁也
領三臺專制朝政向曰侮輕紀綱也領統也三臺謂中臺外臺憲臺也制斷也
爵賞由心刑戮在口所愛光五宗所惡
滅三族濟曰由心不論勳賢也在口不依法令也宗謂上至高祖下至玄孫也三族
父族母族妻族也言操之暴如此也羣談者受顯誅腹議者蒙隱戮
良曰羣談謂議朝政者腹議謂口不言而心惡之者隱戮謂詐別事而殺之
百寮鉗口道路以目翰曰寮官也鉗閉也言百官畏法不敢言

道路之人，但以目相視而已。尚書記朝會，公卿充員品而已。故太尉楊彪，典歷二司，享國極位。操因緣眥睚，被以非罪，榜楚參并，五毒備至，觸情任忒，不顧憲綱。又議郎趙彥，忠諫直言，義有可納，是以聖朝含聽，改容加飾。操欲迷奪時明，杜絕言路，擅收立殺，不俟報聞。

又梁孝王，先帝母昆，墳陵尊顯，桑梓松柏，猶宜肅恭，而操帥將吏士，親臨發掘，破棺裸尸，掠取金寶。至令聖朝流涕，士民傷懷。操又特置發丘中郎將、摸金校尉，所過隳突，無骸不露。身處三公之位，而行桀虜之態，汙國虐民，毒施人鬼。加其細政苛慘，科防互設，罾繳充蹊，坑穽塞路，舉手挂網羅，動足觸機陷，是以兗豫有無聊之人，帝都有吁嗟之怨。歷觀載籍，無道之臣，貪殘虐烈，於操為甚。莫府方詰外姦，未及整訓，加緒含容，冀可彌縫。而操豺狼野心，潛包禍謀，乃欲摧撓棟梁，孤弱漢室，除滅忠正，

專為梟雄。往者伐鼓北征公孫瓚，彊寇桀逆，拒圍一年。操因其未破，陰交書命，外助王師，內相掩襲，故引兵造河，方舟北濟。會其行人發露，瓚亦梟夷，故使鋒芒挫縮，厥圖不果。爾乃大軍過蕩西山，屠各左校，皆束手奉質，爭為前登，犬羊殘醜，消淪山谷。

鹿腸山斬賊下毒等滅之又擊左校郭大賢及西管屠各屠各匈奴種也束手謂縛也質
以物相屬也前登謂爭先而降也犬羊殘醜謂羌狄雜類也消亡淪沒也言皆畏威亡沒
於山谷之中也於是操師震慴，晨夜逋遁，屯據敖
倉，阻河為固。翰曰震慴驚懼皃逋竄遁迷屯聚據依也敖倉地名中有大倉
俯臨黃河言操懼紹依此地以為固也欲以螳蜋之斧禦隆車
之隧。銑曰螳蜋蟲也前有兩足舉之如執斧之象也隧猶轍也言此蟲舉斧禦大車
之轍亦猶操之拒紹軍也幕府奉漢威靈，折衝宇宙，向曰折擊
衝突也宇宙四方上下也長戟百萬，胡騎千羣，奮中黃
育獲之材，騁良弓勁弩之勢。濟曰戟戈屬也胡匈奴也百萬
千羣言多也中黃伯夏育烏獲皆古之力士也騁縱良善勁強也言紹士卒之盛以威操

曲部也并州越太行，青州涉濟漯，他答反良曰紹甥高幹領
并州越逾也紹子譚領青州涉度也濟漯二水也大軍汎黃河而角
其前，荊州下宛葉而掎其後。翰曰汎濟掎觸也劉表為
荊州刺史與紹相結宛葉二縣名掎擊也雷震虎步，並集虜庭，銑曰
雷震虎步皆軍士威勢也虜庭謂操之庭也若舉炎火以焫飛而拙
蓬，覆滄海以沃熛炭，有何不消滅者哉！向曰焫燒
飫灌也熛火飛也舉炎盛之火而燒枯蓬傾海水以灌飛火言紹之伐操勢亦如此何有
不消滅者哉又操軍吏士，其可戰者，皆出自幽冀，
或故營部曲，咸怨曠思歸，流涕北顧。濟曰幽冀二州
名故營謂紹之故營部曲之兵也怨別曠久也言皆怨別鄉之久而北顧思歸也其

餘兗豫之民，及呂布張楊之遺眾，覆亡迫脅，
權時苟從，各被創夷，人為讎敵。若迴旆方徂，
登高岡而擊鼓吹，揚素揮以啟降路，必土崩
瓦解，不俟血刃。良曰張楊與呂布善布被曹操圍張楊將救之其將楊醜
殺張楊以應曹操楊醜之將眭固又殺醜欲以眾也合袁紹操遣史渙破之盡收其眾覆
敗也張楊之眾皆敗亡權勢無如之何且從之耳然已被操傷害皆以操為讎敵也旆旗
祖往也紹言若我回旗方往登高山擊鼓吹角舉白幡以開降路則操之軍士皆不待血
刃而崩離也素白揮幡也土崩瓦解謂崩離俘降也方今漢室陵遲，綱
維弛絕，聖朝無一介之輔，股肱無折衝之勢。
翰曰陵遲猶漸壞也維紀弛廢也一介謂經紀也言漢室漸壞綱紀無一介之臣以為輔

佐九服股肱臂也言手足之臣皆無折衝陷陣之權勢方畿之內，簡練
之臣，皆垂頭搨翼，莫所憑恃，雖有忠義之
佐，脅於暴虐之臣，焉能展其節？銑曰天子內千里曰畿
內簡練謂選擇也搨斂憑依脅懼也暴虐之臣謂操也言忠義之士懼操不敢展其誠節
又操持部曲精兵七百，圍守宮闕，外託宿
衛，內實拘執，懼其篡逆之萌，因斯而作。向曰宮闕
天子所居也拘止執持也逆而奪取曰篡萌始作起也此乃忠臣肝腦
塗地之秋，烈士立功之會，可不勗哉！濟曰言操之逆
亂如此是忠臣用命之時烈士立功之際可不勉力哉操又矯命稱制，
遣使發兵，恐邊遠州郡過聽給與，彊寇弱

王，違衆旅叛。良曰：矯、詐、過、誤，裨，助也。言撰詐稱制，發其兵，恐州郡誤聽給與，是強寇賊而弱天子也。如此則違衆人以助叛逆也。舉以喪名，為天下笑，則明哲不取也。翰曰：舉，謂舉兵立忠正之名。哲，智也。言明智者不取也。幽、并，紹中子熙所領也。即日幽并青冀四州並進。書到，荊州便勒見兵，與建忠將軍協同聲勢。銑曰：張繡為建忠將軍，與劉表相合，以攻操。勢，力也。州郡各整戎馬，羅落境界，舉師揚威，並匡社稷，則非常之功於是乎著。向曰：羅落，布列也。匡，正也。非常，謂立大功也。著，明也。其得操首者，封五千戶侯，賞錢五千萬。部曲偏裨音脾將校諸吏降者，勿有所問。廣宣恩信，班揚符賞，布告天下，咸使知聖朝有拘偪之難，如律令。濟曰：部曲，謂隊帥也。偏裨，小將也。諸吏，謂官屬也。勿有所問，言不與罪也。廣，遠。宣，通。班，布。揚，舉也。將書者也。言布舉軍書賞賜之數，使天下知天子為操所拘偪之難。如律令，謂賞賜一如律令之法。

選二十二　四十五

檄吳將校部曲文一首

良曰：此當公檄江東諸軍將校部曲，令背孫權而歸於魏。

年月朔日，子尚書令彧，翰曰：子，發檄時也。荀彧為尚書令，彌舉者以官高也。告江東諸將校部曲及孫權宗親中外：蓋聞禍福無門，唯人所召。銑曰：孫權，吳主也。召，招也。言禍福無有異門，但人心所招也。夫見機而作，不處凶危，上聖之明也。向曰：幾，事之微。言見事微者，不處凶危之地。臨事制變，困而能通，智者之慮也。濟曰：能制變通之理，在困窮而能通，是智者之思慮也。漸漬荒沈，往而不反，下愚之蔽也。良曰：漬，浸。荒，廢也。沈，謂醉冥也。言漸浸變不思迴復，是下愚之蔽也。是以大雅君子，於安思危，以遠咎悔。翰曰：大雅，詩篇名，以美君子，言其能居安思危，故能遠離咎悔也。小人臨禍懷佚，以待死亡。二者之量，不亦異乎。銑曰：佚，樂也。二者，謂君子小人也。量，度也。言度量殊異也。孫權小子，未辨菽麥，向曰：菽，豆也。未辨菽麥，言其無識之甚也。要領不足以膏齊斧，名字不足以汙簡墨。濟曰：領，頸項。膏，潤也。斧所以整齊軍旅，故曰齊斧也。簡墨，謂刑書也。言權之要領不足潤斧鉞，名字不足汙刑書也。譬猶鷇卵，始生翰毛，而便陸梁放肆，良曰：鷇，鳥子也。翰，羽也。陸梁，跳躍貌。肆，縱也。此喻權如鳥獸始生，顧行吠主，而放縱，還視以吠其主，不從皇化也。戰國策曰：跖之犬可使吠堯也。謂為舟楫足以距皇威，江湖可以逃靈誅，不知天網設張，以在綱目，爨鑊之魚，期於消爛也。翰曰：皇威，天子之威也。靈，神靈也。誅，討也。言我國家張布天網，而權以在網目之中也。爨，炊。鑊，鼎也。言游鼎之魚，期於消爛不遠也。若使水而可恃，則洞庭無三苗之墟，子陽無荊門之敗，銑曰：三苗，國名，左洞庭，右彭蠡，降禹而滅其國為墟。公孫述字子陽，據蜀稱帝，遣其將任滿守荊門，光武使岑彭攻之，滿大敗。言此等以推折，由水之固也。朝鮮之壘，不刊；南越之旌，不拔。

選二十二　四十六

也。向曰朝鮮遼東國名壘軍壁也刊除也該鮮國叛使荀彘擊平之定朝鮮為四部帥嘉據南越而叛帝使楊僕征之而平旌旗也此亦據險而已昔夫差承闔閭之遠跡，用申胥之訓兵，棲越會稽，可謂彊矣。翰曰吳王夫差承父闔閭遠跡用子胥訓兵之法大破越棲越王句踐於會稽之山謂為強盛申胥本伍奢之子胥也奔於吳吳封申地故曰申胥及其抗衡上國，與晉爭長，都城屠於句踐，武卒散於黃池，終於覆滅，身罄越軍。良曰抗衡謂舉對以爭輕重也夫差比會諸侯於黃池欲霸中國而與晉定公爭長晉人具師於黃池之大破吳軍於是越王聞之舉兵襲吳吳王聞之遁去晉而歸與越戰不勝遂圍吳宮殺夫差罄盡也及吳王濞浦扒驕恣屈崛彊猖昌猾胡刮始亂，翰曰吳王濞高帝兄子也封於吳至景帝時乃舉兵叛於廣陵恣縱也屈彊不順兒猖猾狂狡兒始亂謂為亂首也自以兵彊國富，勢陵京城，太尉帥師，甫下滎陽，則七國之軍瓦解冰泮。銑曰太尉周亞夫也甫始也滎陽郡名濞與所封七國同叛也瓦解冰泮言破敗之甚也解泮皆破也濞之罵言未絕於口，而丹徒之刃以陷其胸。向曰罵惡言也濞敗後與麾下將士七千人夜亡走丹徒東越溪使人以利啗東越使誆吳王吳王出勞軍使人鏦殺之陷入也刃入於胸謂鏦殺何則？天威不可當，而悖逆之罪重也。且江湖之眾，不足恃也。濟曰悖亂也言夫差與濞皆為亂逆而誅不足恃也自董卓作亂，以迄于今，將三十載，其間豪桀縱橫，熊據虎跱，彊如二袁，勇如

呂布，良曰迄至也豪桀縱橫言多也熊虎猛獸也跱止也以比當時英雄也二袁謂紹術也呂布驍將故云勇也跨州連郡，有威有名者，十有餘輩。其餘鋒捍特起，鷙視狼顧，爭為梟雄者，不可勝數。翰曰跨據也其餘謂諸小賊也捍勇特獨也鷙鷙鳥狼惡獸梟惡鳥也雄長也小賊如此鳥獸殘害者不可勝數言其多也然皆伏鈇嬰鉞，首腰分離，雲散原燎，罔有孑遺。銑曰鈇椹鉞斧也言亂賊之徒皆從椹斧之誅如火燒燎原草無有餘遺也孑餘也近者關中諸將，復相合聚，續為叛亂，向曰馬超揚扶叛於關中遣曹公討之超奔屯潼關曹公與諸將因關西兵埤之堅壁勿與戰續次也阻二華，據河渭，驅率羌胡，齊鋒東向，氣高志遠，似若無敵。丞相秉鉞鷹揚，順風烈火，元戎啟行，未鼓而破，濟曰二華大華少華二山名河渭二水名馬超阻依此山河險固驅率羌胡自為無敵矣而曹公討之如順風縱其盛火天兵未及鼓怒而賊以破亡也傳曰時惟鷹揚又曰一鼓作氣元大戎兵也伏屍十萬，流血漂櫓魯，此皆天下所共知也。良曰漂浮也櫓大楯也是後大軍所以臨江而不濟者，以韓約、馬超逋逸迸脫，走還涼州，復欲鳴吠。翰曰逋竄逸失迸散也鳴吠猶叛亂也大軍所以不濟江伐吳者為伐韓約馬超也逆賊宋建僭號河首，同惡相救，並為脣齒。銑曰宋建自稱平漢王聚兵犯命與馬超等同惡以相救援如脣齒相副焉又鎮南將軍張魯，負固不恭，向曰張魯以鬼道教人自號師

君負倚也倚巴漢之固而不恭帝命皆我王誅所當先加故且觀兵旋旆復整六師長驅西征致天下誅濟曰言謂韓遂等當加意先誅也觀兵旋旆謂臨征將伐兵乃引軍西討建約等致天下誅謂奉帝命討罪也偏將涉隴則建約梟夷旌首萬里良曰偏將謂夏侯淵也涉度也隴謂隴山也殺人懸首曰梟夷滅旌表也首謂建約之首萬里謂自涼州入帝都也軍入散關則群氐率服王侯豪帥奔走前驅翰曰散關關名曹公西征張魯氐王竇茂恃險不服攻而屠之向曰自是氐羌侯王豪帥皆奔走事天子也進臨漢中則平陽不守銑曰平陽關名曹公討張魯魯使弟衛據平陽關曹公遣高祚乘險夜襲大破之故云不守也十萬之師土崩魚爛張魯逋竄走入巴中

選二十二 四十九

懷恩悔過委質還降向曰十萬之師謂張魯之衆也土崩自下魚爛從內潰亦竄也巴中地名也魯初欲走入巴中曹公遣人慰喻魯盡家屬出降也巴夷王朴胡賨琮邑侯杜濩胡郭各帥種落共舉巴郡以奉王職濟曰種類也落聚落也巴賨皆地名朴胡杜濩皆夷王姓名也奉職謂奉天子職事鉦鼓一動二方俱定利盡西海兵不鈍鋒良曰鉦鐃也二方謂蜀與漢中也司馬錯曰今之伐蜀利盡西海兵不鈍鋒言不用也若此之事皆上天威明社稷神武非徒人力所能立也諭曰徒空也言皆憑天子之威靈而服群叛也聖朝寬仁覆載允信允文銑曰聖朝謂獻帝也言以寬厚之仁覆載萬物著誠信於文德大啓爵命以示四方魯及胡濩

皆享萬戶之封魯之五子各受千室之邑向曰爵謂封侯也命謂一命受職示見也胡濩子弟部曲將校為列侯將軍已下千有餘人百姓安堵四民反業濟曰將校謂其下軍師也皆為列國侯將軍已下節給小官千餘人堵牆也安於牆堵不失家業也四民士農工商反還也而建約支屬皆為鯨鯢良曰支屬謂親黨也鯨鯢謂大戮也超之妻孥焚首金城翰曰孥子焚燒也金城郡名父母嬰孩覆尸許市銑曰嬰孩小兒也許市言皆戮於許郡市非國家鍾禍於彼降福於此也逆順之分不得不然良曰鍾聚也彼謂建約等此謂魯等逆反順從也夫鷙鳥之擊先高攫俱搏鷙之勢也牧野之威孟津之

選二十二 五十

退濟曰攫鷙也言鷙鳥擊物必先高飛者其勢也牧野地名紂率衆於此與武王戰而滅紂是孟津退師之勢也此言前不伐吳之意也今者枳棘翦扞戎夏以清良曰枳棘惡木也喻戎賊也翦齊刊削也言殘賊齊削戎狄與華夏皆清平也萬里肅齊六師無事故大舉天師百萬之衆與匈奴南單于呼翰曰六師六軍也天子之衆也百萬言多也完廚及六郡烏桓丁令屠各湟中羌僰蒲墨反銑曰並戎狄号也霆奮席卷自壽春而南向曰霆霹靂也奮振也席卷謂盡發其兵也壽春邑名言如霹靂之急自壽春入伐吳也又使征西將軍夏侯淵等率精甲五萬及武都氐羌巴漢銳卒南臨汶江搤厄據庸蜀濟曰武都氐羌郡名巴漢地名

□也汶江名搖扼也庸蜀地名言使守扼不令為吳之援也江夏襄陽諸
軍橫截湘沅以臨豫章樓船橫海之師直指
吳會良曰江夏襄陽發兵皆郡名湘沅二江名樓船橫海皆將軍號也言以前諸軍
期至吳會分為五道而入也萬里克期五道並入權之期
命於是至矣丞相銜奉國威為人除害元惡
大憝必當梟夷翰曰期命謂權命盡之期至也丞相曹公也元大憝惡也
梟夷謂誅滅也至於枝附葉從皆非詔書所特禽疾
銑曰枝附葉從謂吳諸將校隊親黨也特獨禽獲疾患也言將帥親黨皆非詔書所獨獲
而患之故每破滅強敵未嘗不務在先降後誅
拔將取才各盡其用是以立功之士莫不翹

選　二十二　五十一

足引領望風響應向曰言我以降為先以誅戮為後也拔將取才謂有
文武才皆濟用之也翹舉也言立功之士舉足引望我皇風化如響之應聲而來也昔
袁術僭逆王誅將加則廬江太守劉勳先舉
其郡還歸國家濟曰術病死勳舉衆降封為列侯也呂布作亂
師臨下邳張遼侯成率衆出降良曰曹公破呂布張遼率
衆降拜關內侯下邳縣名侯成小吏不知其所賞也還討眭固薛洪樛
尚開城就化翰曰眭固將屬袁紹留薛洪繆尚留守射犬曹公擊破固
斬之濟河圍洪尚於射犬而洪尚降封為列侯官渡之役則張郃
高奐舉事立功銑曰官渡地名役征也曹公擊袁紹於官渡紹將張郃高
覽降曹公今此言奐當有二名也後討袁尚則尚都督將軍

馬延故豫州刺史陰夔射聲校尉郭昭臨
來降向曰曹公圍袁尚尚懼使陳琳陰夔請降公許之尚夜道保祁山其將馬延郭
昭臨陣降而衆大潰也圍守鄴城則將軍蘇游反為內
應濟曰蘇游袁譚將也譚留使守鄴曹公追譚至渾水而游遂降審配兄子
開門入兵良曰袁譚敗後審配兄子榮開鄴東門納操軍士以降也既誅
袁譚則幽州大將焦觸攻逐袁熙舉事來服
翰曰焦觸叛熙奔烏丸觸等舉縣降操也凡此之輩數百人皆忠
壯果烈有智有仁悉與衆相參圖畫策折衝
討難芟敵搴旗靜安海內豈輕舉措也哉誠
乃天啓其心計深慮遠銑曰凡此之輩謂諸將前降服之類也翹

選　二十二　五十二

亂曰果圖謀芟除搴拔也言此諸將與曹公畫策將靜安海內豈輕為舉措哉言必破也
審邪正之津明可否之分勇不虛死節不苟
立屈伸變化唯道所存故乃建丘山之功享
不訾之祿朝為仇虜夕為上將所謂臨難知
變轉禍為福者也向曰勇有可死有不可死節有可立有不可立屈伸
變化在道理耳建立也丘山之功言大也享食也訾量也為我國家上將是知變化之理也
若夫說誘甘言懷寶小惠濟曰甘言不利於行小惠不益於世
不可懷而寶之泥滯苟且沒而不覺隨波漂流與煙
俱滅者亦甚衆多吉凶得失豈不哀哉良曰泥溺
也言溺滯於苟且之間至沒身而不覺悟言如此之人與煙波俱滅不知吉凶之理故可

哀之
昔歲軍在漢中東西懸隔合肥遺守不滿
五千權親以數萬之衆破敗奔走今乃欲當
禦雷霆難以冀矣翰曰漢中地名曹公討張
魯於漢中故云懸隔合肥
水名也曹公入漢中使張遼守合肥權親率
十萬衆圍合肥遼以敢死之士八百人明日
大戰殺數千人斬權二將權急登高冢以長
戟自衛言當時小軍猶且破敗今欲禦我大
軍雷霆之威
必難冀存矣
夫天道助順人道助信事上之
謂義親親之謂仁盛孝章君也而權誅之孫
輔兄也而權殺之銑曰言權無順信之道不
行仁義也盛孝章爲吳郡
太守權吳人故云君也孫輔權兄恐權不能
守江東遣人將書喚曹公行人以告權權謂
輔曰兄厭樂邪何爲呼他人輔曰無權因投
書示輔輔慙無辭悉斬親近徙輔置東今言

選二十二　五十三

殺者蓋
欲非之
賊義殘仁莫斯爲甚向曰賊殘害傷
也言傷害仁義
之道者莫
甚於權也
乃神靈之逋罪下人所同讎
之人謂之凶賊是故伊摯去夏不爲傷德飛
廉死紂不可謂賢濟曰逋亡也言權是神靈
之中逋亡罪人百姓怨讎
而爲人之凶賊也伊摯伊尹也去夏仕殷卒
爲賢臣武王伐紂飛廉惡來與紂同戮不足
稱忠也此言
感吳羣臣也
何者去就之道各有宜也良曰
去亂
就理是知
事宜也
丞相深惟江東舊德名臣多在載
籍近魏叔英秀出高峙著名海內虞文繡砥
礪清節博學好古周泰明當世儁彥德行脩
明皆宜膺受多福保乂子孫翰曰承相謂曹
公也惟思也舊

德謂先賢德也載籍國史也膺當乂養
也言先臣舊德當降受多福安養子孫也
而
周盛門戶無辜受戮遺類流離湮沒林莽言
之可爲愴然聞魏周榮虞仲翔各紹堂構克
負析薪銑曰周泰明盛孝章言此兩家皆爲
權所誅戮遺類謂子孫也流離謂逃
散也湮沒林莽謂爲庶人也愴然不平皃魏
周榮叔英子也虞仲翔文繡子也言皆能繼
祖父德業也堂搆德業也古人有
言曰其父析薪其子不克負荷
及吳諸顧
陸舊族長者世有高位當報漢德顯祖揚名
又諸將校孫權婚親皆我國家良寶利器向
曰
言顧陸並吳之著姓皆累仕漢朝當報漢
德而明揚祖考也良寶利器喻賢臣也
而
並見驅迮困於窮
雨絕於天有斧無柯何以自濟

選二十二　五十四

濟曰迮迫也雨絕謂雨下於地無還雲之期
也新語曰有斧無柯何以理也言並被驅迫
不得却還漢也喻爲
利器而無處施用之
相隨顛沒不亦哀乎蓋
鳳鳴高岡以遠罻羅賢聖之德也良曰言隨
權敗亡是
苦甚也岡山也言賢聖去亂
亦猶鳳鳴高山以避網羅也
鷦鷯
之鳥
巢於葦苕苕折子破下愚之惑也翰曰鷦鷯
小鳥也竊
巢葦草之上猛風一至則葦折卵破所託危
也言不降於漢是同鷦鷯之危也苕葦莖也
今江東之地無異葦苕諸賢處之信亦危矣
聖朝開弘曠蕩重惜民命誅在一人與衆無
忌故設非常之賞以待非常之功銑曰諸賢
謂權族及
將校等曠蕩寬大皃一人謂權也忌惡也言
聖朝但擬誅權不惡衆人故設重賞以待大

功也乃霸夫烈士奮命之良時也可不勉乎若
能翻然大舉建立元勳以膺顯祿福之上也
良曰霸者把也詩把諸侯之權也奮振也翻然迴飛皃大舉謂殺主而降也元大勳功也
言能如此必膺厚祿是福之上也如其未能筭量大小以存
易亡亦其次也濟曰筭計量度也大小謂漢大呉小以存易亡謂背呉歸
漢也言若未能殺翟則當計度大小歸漢背呉亦是其次也夫係蹄在足
則猛虎絶其蹯音煩良曰係蹄禽獸之絆也蹯足也猛虎著絆則絶蹯
而去蝮蛇在手則壯士斷其節翰曰蝮毒蛇也螫人之手則必
斬斷其節恐毒及身而死也何則以其所全者重其所棄
者輕若乃樂禍懷寧迷而忘復銑曰重謂身也輕謂手足
也言呉爵祿是諸公手足之累亦可絶棄來降也寧安復反也闇大雅之所

保背先賢之去就向曰大雅云既明且哲以保其身先賢謂上世尹也
云就謂去夏就殺也言諸侯皆闇背此理忽朝陽之安甘折者之
末日忘一日以至覆没大兵一放玉石俱碎
濟曰忽暗也詩曰梧桐生矣于彼高岡言所栖也謂暗上鳴高岡之安樂翠翠之危
日至一日謂苟存朝夕也玉石俱碎謂舉兵則善惡咸見屠戮也雖欲救之
亦無及已故令往購募爵賞科條如左檄到
詳思至言詔如律令良曰已止也言既敗壁殺之無能禁止也購募
謂以財求物也科條謂賞罰等級也如左謂列在檄下詳審也至言謂至極之言

檄蜀文一首　鍾士季

翰曰鍾會字士季潁川長社人繇之少子也少敏慧夙成爲秘書
郎遷鎭西將軍與鄧艾伐蜀蜀將姜維守劒閣鍾會移檄蜀將吏士人
後平蜀爲司徒謀反於蜀爲衆兵所殺
往者漢祚衰微率土分崩生民之命幾於泯
滅銑曰祚福也分崩謂離散也幾近也泯盡也言人命近於盡滅也太祖武皇
帝神武聖哲撥亂反正向曰太祖魏武也聖哲智也撥除也言有聖智除亂反
正也拯其將墜造我區夏濟曰拯救墜落造成也區夏中
國也高祖文皇帝應天順民受命踐祚良曰言文帝受
天明命登天子之祚謂受禪於漢也烈祖明皇帝奕世重光恢
拓洪業翰曰烈祖奕重也文帝既明而烈祖又明故曰重光恢拓皆大也言廣

大其業也然江山之外異政殊俗銑曰江山之外謂呉蜀也言國
政殊俗也人率土齊民未蒙王化向曰齊民謂衆賢兩齊
言之民也蒙被也化謂未被大教之化也此三祖所以顧懷遺志也
濟曰三祖謂太祖高祖烈祖也言三祖蜀人有遺言令討之也今主上聖德
欽明紹隆前緒良曰主上則陳留王也紹繼緒業也言有聖明之德而繼
之先人之業宰輔忠肅明允劬勞王室翰曰宰輔謂司馬文王也
允信也言有明信之德劬勤也王室國家也布政垂惠而萬邦協
和施德百蠻而肅慎致貢銑曰協合也萬邦百蠻言向化者衆
也肅慎國名致貢謂貢楛矢石砮也悼彼巴蜀獨爲匪民愍此
百姓勞役未已向曰悼傷愍痛也言傷痛巴蜀百姓獨不爲朝人而勞役

末止也
是以命授六師，襲行天罰，征西雍州鎮西諸軍五道並進。濟曰：六師謂天子六軍也。授，授師與雍州也。征西將軍鄧艾出甘松沓中二道，雍州刺史諸葛緒出高樓武街二道，鎮西將軍鍾會出駱谷二道，合成五道也。
古之行軍，以仁爲本，以義治之。王者之師，有征無戰。翰曰：以仁，謂不尚殘殺也。動以義也。有征無戰，謂不爲已甚，能以勢化導而來也。
故虞舜舞干戚而服有苗，翰曰：有苗，謂三苗也。舜伐之不尅，乃脩文德，舞干戚，七旬而有苗服。干，楯；戚，鉞也。
周武有散財發廩表閭之義。翰曰：武王伐殷，發廩粟府財以賑貧乏，表飾賢人閭里，以存其義。
今鎮西奉辭銜命，攝統戎車，向曰：鎮西謂鍾會也。此撥當時蓋託人言，故自辨也。命，天子之命也。統，理也。戎車，兵車也。
庶弘文告訓，以濟元元之命，非欲窮武極戰，以快一時之心。濟曰：弘，大也。元元，百姓也。鎮西以文告之令濟百姓之命，非欲窮武而快一時之心也。
故略陳安危之要，其敬聽話言。良曰：從則安，守則危也。話，善言也。言略爲陳說其要，當敬聽我善言也。爲下款端也。

選二十二 五十七

益州先主以命世英才，興兵朔野，困躓冀徐之郊，制命紹布之手，太祖拯而濟之，興隆大好，中更背違，棄同即異。翰曰：先主謂劉備也。靈帝末討賊有功，領徐州。呂布襲徐州，虜先主妻子，後歸曹公，以爲豫州牧，後背曹公歸袁紹，故云困躓冀徐之郊，制命紹布之手也。興盛大好，謂領豫州也。中謂中間也。言初與我同，而中間更背違，是棄同即異也。
諸葛孔明仍規秦川，姜伯約屢出隴右，銑曰：規，圖也。伯約，姜維字也。隴右，地名。
勞動我邊境，侵擾我氐羌。向曰：邊境謂諸葛亮入秦。氐羌，天水夷名也。擾，亂也。
方國家多故，未遑脩九伐之征也。濟曰：故，事；遑，暇也。周禮有九伐之法：憑弱犯寡則眚之，賊賢害人則伐之，暴內陵外則壇之，野荒人散則削之，負固不服則侵之，賊殺其親則正之，放弒其君則殘之，犯令陵正則杜之，內外亂、鳥獸行則滅之也。言諸葛亮姜維侵邊之時，當國家多事，不暇脩九伐之道以征之也。此却述前過將誅之意也。
今邊境乂清，方內無事，蓄力待時，并兵一向，良曰：乂，安；蓄，積也。言我國家邊境安寧，積兵之力，一向攻蜀也。
而巴蜀一州之衆，分張守備，難以禦天下之師；段谷侯和沮傷之氣，難以敵堂堂之陣。翰曰：天下之師，謂前五道並入者也。段谷、侯和，皆地名，鄧艾破姜維之所也。沮，壞也。堂堂，盛皃。言以壞傷之兵，不可敵我全盛之陣。

選二十二 五十八

比年已來，曾無寧歲，征夫勤瘁，難以當子來之民。銑曰：比，近也。無寧歲，謂不安也。勤，勞；瘁，病也。子來，謂如父有事而子自來助之也。言以勞瘁之卒，不可敵我子來之兵也。
此皆諸賢所共親見。諸賢，蜀將吏也。親見，是事宜也。
蜀侯見擒於秦，公孫述授首於漢，向曰：秦惠王伐蜀而殺蜀侯。擒，獲也。公孫述據蜀稱帝，光武使吳漢伐滅之。授首，謂授我也。
九州之險，是非一姓，此皆諸君所備聞。濟曰：言險塞之所，非一姓常居，有德則處之。備聞，謂總聞蜀侯公孫述之事也。
明者見危於無形，智者規福於未萌，良曰：形，見也。萌，初生也。規，圖。
是以微子去商，長爲周賓；陳平背項，立功於漢。

翰曰微子紂兄去紂歸周封於宋受命朝見
故謂之賓陳平背項羽而歸漢祖立功於漢
封爵逆侯　豈宴安鴆毒懷祿而不變哉　銑曰宴樂也言宴然
安此鴆毒懷爵祿不爲變通
哉鴆毒殺人之藥喻蜀也　今國朝隆天覆
之恩宰輔弘寛恕之德先惠後誅好生惡殺
向曰天覆謂如天之覆養也恕猶
捨也言以恩惠爲先以誅伐爲後　往者吳將
孫壹舉衆内附位爲上司寵秩殊異　翰曰孫壹吳太守
孫壹以衆歸魏魏以壹爲車騎將軍封
吳侯寵秩祿也殊異謂異於常人　文欽
唐咨爲國大害叛主讎賊還爲我首咨困偪
擒獲欽二子還降皆將軍封侯咨豫聞國事

良曰文欽與毋丘儉舉兵反司馬宣王擊大
破之欽亡入吳吳以欽爲鎮北大將軍諸葛
誕反遣子入吳請救吳遣唐咨文欽俱來應
誕誕疑欽殺欽欽子鴦及虎踰城出歸大將
軍表之以爲將軍各賜關内侯咨生擒拜安
遠將軍叛主謂背魏也我首謂爲將伐魏也
困偪謂咨見擒也豫
聞國事謂爲將軍也　壹等窮踧歸命猶加上
寵況巴蜀賢智見幾而往者哉　翰曰言孫壹
唐咨窮迫歸
命尚加寵命況巴蜀
父老哉言寵命過之　誠能深鑒成敗邈然高
蹈投跡微子之蹤措身陳平之軌則福同古
人慶流來裔百姓士民安堵樂業農不易畝
市不迴肆　銑曰邈遠措投軌跡也古人謂微
子陳平慶善也來裔謂子孫也堵
牆肆市變易也言能降則百
姓安居而農市俱不變易　去累卵之危就
永安之計豈不美歟　向曰卵鳥卵也重累之
其勢危言不降則似累
卵之危降
則長安也　若偷安旦夕迷而不反大兵一放
玉石俱碎雖欲悔之亦無及也　濟曰迷惑也
不及謂不降
也玉石俱碎謂縱兵破散
之後善惡俱見誅戮也　各具宣布咸使
聞

難蜀父老一首　司馬長卿

良曰相如使蜀蜀父老多言通西南
夷不爲國用而大臣亦以爲然也相
如以爲事已行不敢諫天子乃假蜀
父老爲辭以語難之因宣其使指令
百姓知天
子意也

漢興七十有八載德茂存乎六世　翰曰茂盛也六世謂
自高祖
至武帝　威武紛紜湛恩汪濊羣生霑濡

洋溢乎方外　銑曰紛紜盛皃湛厚也汪濊深廣皃
也羣生百姓也霑濡潤澤洋溢流
出皃方外
遠方也　於是乃命使西征隨流而攘風之
所被罔不披靡　因朝冄從駹定筰存
向曰使自謂也流行攘却風教罔無也披
靡從化皃冄駹筰卭皆蜀郡西部也朝從
定存謂
慰得也　略結軌還轅東鄉將報
濟曰軌車轍也還轅謂
將還歸
以報命　至于蜀都耆老大夫搢紳先生之徒
二十有七人儼然造焉辭畢進曰蓋天子之
牧夷狄也其義羈縻勿絶而已　良曰搢紳謂
衣冠也先生
有德之稱儼然恭肅皃畢竟牧養也羈縻謂
似以繩索絆繋而已此皆父老問使之詞
今罷三郡之士通夜郎之塗三年於茲而

功不竟士卒勞倦萬民不贍今又接之以西夷百姓力屈恐不能卒業此亦使者之累也竊為左右患之 翰曰三郡三蜀也夜郎縣名贍足也言通夜郎未竟今又續西夷之事恐百姓力屈不能終其事業亦使者累累也左右侍者也相敬之辭也 且夫邛筰西夷之與中國並也歷年茲多不可記也仁者不以德來強者不以力并意者其殆不可乎 銑曰言西夷與中國並也其來久而不可記然前王後帝盛者不并仁者不懷意者耆老自言也殆近也不可乎謂不可用也 今割齊民以附夷狄弊所恃以事無用鄙人固陋不識所謂 向曰附近也言割中國之人以事無用夷狄也鄙人耆老自謂也固陋謙辭也所謂所說也 使者曰烏謂此乎必若所云則是蜀不變服而巴不化俗也 濟曰使者對父老也安謂此乎言所說非也巴蜀皆推髻左衽若如父老言則不當變易 僕常惡聞若說然斯事體大固非觀者之所覯也余之行急其詳不可得聞已請為大夫粗陳其略 良曰惡聞君說謂父老說也斯此也此事謂夜郎之事言體大固非觀者所見也余相如自謂也言我行急不得審議為父老粗略而陳之謂下事也 蓋世必有非常之人然後有非常之事有非常之事然後有非常之功夫非常者固常人之所異也故曰非常之原黎民懼焉 翰曰非常人聖人也原本也言立聖人之功本則衆人見而懼 及臻

選二十二　六十一

厥成天下晏如也 銑曰臻至也及至其處則天下衆人皆安之也 昔者洪水沸出氾濫衍溢 向曰洪大也言昔者天水沸出氾時也氾濫衍溢大水皃 民人升降移徙崎嶇而不安夏后氏戚之乃堙洪塞源決江疏河灑沈澹災 濟曰移徙崎嶇為避水不得安居也夏后謂禹也戚憂也堙亦塞也決江疏河謂理水也灑盡也澹水搖動皃謂盡除沈沒搖動之災也 東歸之於海而天下永寧當斯之勤豈唯民哉心煩於慮而身親其勞躬腠胝無胈膚不生毛 良曰永長寧安也豈唯人哉言當理水之時非獨百姓禹亦勞也慮謀腠皮胝繭也胈股上小毛也言艱苦至使皮膚累繭而不生毛也 故休烈顯乎無窮聲稱浹乎于茲 翰曰浹及也言禹之美業德聲及于無窮也 且夫賢君之踐位也豈特委瑣齷齪拘文牽俗循誦習傳當世取說云爾哉 銑曰言賢君豈循習古書傳流舊法取當時悅情而已哉言不如此也 必將崇論閎議創業垂統為萬世規 向曰崇高閎大統紀規法也言將高論大議創業垂紀為萬世法也 故馳騖乎兼容并包而勤思乎參天貳地 濟曰兼并謂兼萬國而并四夷也參比也言君德比於天而與天同一能合於地故云貳地也 且詩不云乎普天之下莫非王土率土之賓莫非王臣 良曰普偏也 是以六合之內八方之外浸淫衍溢懷生之物有不浸潤於澤者賢君恥之 翰曰

選二十二　六十二

也。今封疆之內，冠帶之倫，咸獲嘉祉，靡有闕遺矣。而夷狄殊俗之國，遼絕異黨之域，舟車不通，人跡罕至，政教未加，流風猶微。內之則犯義侵禮於邊境，外之則邪行橫作，放殺其上，君臣易位，尊卑失序，父老不辜，幼孤為奴虜，係縲號泣，內鄉而怨，曰：蓋聞中國

選二十二　六十三

有至仁焉，德洋恩普，物靡不得其所，今獨曷為遺己？舉踵思慕，若枯旱之望雨。盭夫為之垂涕，況乎上聖，又焉能已？故北出師以討彊胡，南馳使以誚勁越，四面風德，二方之君鱗集仰流，願得受號者以億計。故乃關沫若，徼牂牁，

鏤靈山，梁孫原，創道德之塗，垂仁義之統，將博恩廣施，遠撫長駕，使疏逖不閉，阻深闇昧得燿乎光明，以偃甲兵於此，而息討伐於彼，遐邇一體，中外禔福，不亦康乎？夫拯民於沈溺，奉至尊之休德，反衰世之陵夷，繼周氏之絕業，天子之急務也。

選二十二　六十四

百姓雖勞，又惡可以已乎哉？且夫王者固未有不始於憂勤，而終於逸樂者也。然則受命之符，合在於此。方將增泰山之封，加梁父之事，鳴和鑾，揚樂頌，上減五，下登三。觀者未覩旨，聽者未聞音，猶鷦鵬已翔乎寥廓，而羅者猶視乎藪澤，悲夫！

化也。於是諸大夫茫然喪其所懷來，失厥所以進。濟曰：茫然，不自得之貌。言諸大夫聞天子之德，思欲陳也，事皆喪失也。喟然並稱曰：允哉漢德，此鄙人之所願聞也。百姓雖勞，請以身先之。敞罔靡徙，遷延而辭避。良曰：喟然，歎美之辭也。鄙人，大夫自謙也。願聞討西夷之事也。請以身先，謂欲以身先士卒也。敞罔，驚視貌。靡徙，移足貌。遷延，却退貌。

文選卷第二十二

文選卷第二十三

梁昭明太子撰　五臣注

對楚王問一首　宋玉

楚襄王問於宋玉曰：先生其有遺行與？何士民衆庶不譽之甚也。向曰：先生謂宋玉也。王問宋玉不有遺失之行

萩　府

於國中之人乎何爲衆庶百姓不談先生聲譽宋玉對曰唯銑曰唯敬應之辭然有之良曰然亦有其所以願大王寬其罪使得畢其辭客有歌於郢中者其始曰下里巴人國中屬而和者數千人其爲陽阿薤露國中屬而和者數百人其爲陽春白雪國中屬而和者數十人而已引商刻羽雜以流徵國中屬而和者不過數人翰曰下里巴人下曲名也陽春白雪高曲名也是以其曲彌高其和彌寡故鳥有鳳而魚有鯤濟曰鳳鳥之長鯤魚之長鳳皇上擊九千里絕雲霓負蒼天足亂浮雲翱翔乎杳冥之上向曰杳冥絕遠處夫蕃籬之鷃豈能與之料天地之高哉銑曰蕃蘺蒿草之屬鷃小鳥也言栖於蕃蘺之上豈能料計天地之高遠哉言其不知也玉自喻高才人安能知之乃背輒有爲聲譽鯤魚朝發崑崙之墟暴鬐巨夷於碣石良曰崑崙山黃河之源出焉墟山根也暴露也鬐魚之鬐鬣也碣石海畔之山也暮宿於孟諸夫尺澤之鯢倪豈能與之量江海之大哉翰曰孟諸大澤名尺澤小水也鯢小魚名故非獨鳥有鳳而魚有鯤也士亦有之翰曰言大才不可識亦有知者夫聖人瑰古回意琦巨宜行超然獨處向曰瑰琦大美也世俗之民又安知臣之所爲哉向曰玉自言其才人所不知

正　宗

答客難一首　東方曼倩

銑曰漢書云東方朔字曼倩平原厭次人也武帝時舉賢良方正之士待以不次之位朔乃上書自云其才上偉之也翰曰朔上書陳農戰彊國之計終不見用又以位卑故假爲客難以答之

客難東方朔曰蘇秦張儀一當萬乘之主翰曰當遇也而身都卿相之位澤及後世良曰都居也今子大夫向曰謂朔也脩先王之術慕聖人之義諷誦詩書百家之言不可勝數著於竹帛脣腐齒落服膺而不可釋好學樂道之無效明白甚矣翰曰言張儀蘇秦一遇而爲卿相而朔好學樂道位且卑微是好學之無效明白甚矣自以爲智能海內無雙則可謂博聞辯智矣然悉力盡忠以事聖帝曠日持久積數十年官不過侍郎位不過執戟意者尚有遺行邪銑曰客意者以朔有才而位下恐其有遺失之行也同胞之徒無所容居其故何也向曰同胞之徒謂兄弟也言其祿薄兄弟亦無所容居其何故如此也東方先生喟然長息仰而應之曰是故非子之所能備也濟曰言其不能備知也彼一時也此一時也豈可同哉夫蘇秦張儀之時周室大壞諸侯不朝力政爭權相禽以兵并爲十二國未有雌雄翰曰謂爭彊弱未定也得士者彊失士者

山 洞

亡良曰士謂賢士也故說得行焉身處尊位珍寶充
内外有廩倉澤及後世子孫長享今則不然
聖帝流德天下震慴向曰慴懼也諸侯賓服威振
四夷連四海之外以為帶安於覆盂翰曰言連四夷如衣
帶也盂器也言天下無事人安如在於覆盂器之下天下均平合為一
家動發舉事猶運之掌賢與不肖何以異哉
向曰言天下易治國家所舉動事如運於手掌之内亦何用賢人也故不異於不肖也
遵天之道順地之理物無不得其所故綏之
則安動之則苦尊之則為將卑之則為虜銑曰
虜謂寇敵也抗之則在青雲之上抑之則在深淵
之下良曰抗舉也用之則為虎不用則為鼠雖欲
盡節效情安知前後濟曰言皇德自行故不藉盡節效情者也安知前後謂無所用其才也
方今天地之大士民之眾竭精
馳說並進輻湊者不可勝數悉力慕之困於
衣食或失門戶翰曰言士人盡力以慕天子之德欲效精誠區區之於下困於衣食或至失道路者門戶謂道路也使蘇秦張儀與僕並生
於今之世曾不得掌故安敢望侍郎乎向曰掌故
卑吏也傳曰天下無害菑雖有聖人無所施才
上下和同雖有賢者無所立功故曰時異事
殊雖然安可以不務修身乎哉詩曰鼓鍾于

春 禪

宮聲聞于外鶴鳴九皋聲聞于天銑曰皋澤也言人君學脩身聲聞於天下亦如鼓鍾于宮中而聲出於外鶴鳴於澤而聲聞于天也
苟能脩身何患不榮太公體行仁義七十有二
乃設用於文武得信厥說音悦濟曰用文武之道以相周室得信用其說也封於齊七百歲而不絕此士所以日
夜孳孳孳孳脩學敏行而不敢怠也翰曰孳孳敬懼皃不慢也
譬若鶺鴒飛且鳴矣向曰鶺鴒鳥飛則鳴行則搖尾不能自捨亦如人孳孳脩身而不解怠也傳曰天不為人之惡寒
而輟其冬地不為人之惡險而輟其廣君子
不為小人之匈匈而易其行銑曰匈匈喧譁皃天有
常度地有常形君子有常行君子道其常小
人計其功良曰道行也言君子行善事乃是其常而小人則自矜夸爭計其功也
詩云禮義之不愆何恤人之言濟曰愆失也恤憂也
水至清則無魚人至察則無徒翰曰水至清則魚無所隱人至明察人所疾畏故立而無徒侶黨援矣
冕而前旒所以蔽明
主斗纊獷黈耳所以塞聰向曰冕冠也旒冠前垂者以蔽目前之明察示不見下人小過也黈黃玉以縣纊之於冠兩邊以塞耳所以示不聞下人之過纊細綿也
明有所不見聰有所不聞舉大德赦小
過無求備於一人之義也銑曰不求備才於一人蓋取其片善也
枉而直之使自得之良曰枉曲也言曲者申之令直使各自得

所…也 優而柔之使自求之 濟曰優柔寬容也使自求所宜也 揆而
度之使自索 揆所度之 翰曰揆度其才性所爲使不枉棄倫各自求其分也
索求也 蓋聖人之教化如此欲其自得之自得
之則敏且廣矣 向曰欲使其自得所宜者則必有逸志而才有疾速且廣
大其事也 今世之處士塊然無徒廓然獨居 銑曰塊獨
貌廓空也 上觀許由下察接輿 良曰許由接輿並隱者
范蠡忠合子胥 濟曰范蠡越賢臣也越王用其計滅吳伍子胥吳賢臣也
盡忠於吳王而見殺 天下和平與義相扶寡偶少徒固
其宜也子何疑於予哉 翰曰國家亂忠臣用焉今雖有賢人且
屬於天下和平而百姓皆與義相扶是故賢人無用於時少其匹偶徒侶者其固宜也客
何疑於我而有難說也 若夫燕之用樂毅秦之任李斯
漢用酈歷食異其肌之下齊說行如流曲從
如環所欲必得功若丘山海內定國家安是
遇其時也子又何怪之邪 向曰燕昭王用樂毅而破齊秦始皇
用李斯并六國漢用酈食其說齊下七十餘城如流言易也如環謂諸侯從其言如環之
繞指也謂容也 子語曰以管窺天以蠡測海以莛
撞蜀江鍾豈能通其條貫考其文理發其音
聲者哉 銑曰管竹管也蠡蚌蛤也測量也莛小木枝也撞擊也言以竹管窺於天
以蚌蛤量其海以木枝擊其鍾其條貫文理不
聲音終不可通發矣謝自言所答客之辭不
可通發 心意也 由是觀之譬由鼱精鼩劬之襲狗孤

豚之咋虎至則靡耳何功之有 良曰鼱鼩小鼠也孤豚
小豬也咋齧也靡耳畏服貌謂以耳向後也言今所答客言不能感發其意亦猶鼠之襲
狗豚之齧虎但畏服而已蓋無功也 今以下愚而非處
士雖欲勿困固不得已 濟曰下愚自謙也處士謂客也言今所
答以下愚之言以非斥於客雖欲勿困不可得也 此適足以明其
不知權變而終惑於大道也 翰曰朔自謙不知權變而迷惑
於道

解嘲一首 并序 揚子雲

向曰嘲謂戲弄之言

哀帝時丁傅董賢用事 銑曰丁明傅晏董賢皆用
權勢天下附離之也 諸附離之者起家至二千
石 良曰人有附著其勢者時起家拔爲二千石之位 時雄方草
創太玄有以自守泊如也 濟曰草創言造作也
太玄經也泊如謂淡泊無爲也謂雄作太玄經以守淡泊無爲之務也
人有嘲雄以玄尚白 翰曰玄道也白俗也言人以道化俗
歸道亦如染素於黑黑成則道行也言尚白者譏其道未行也 而雄
解之號曰解嘲其辭曰

客嘲揚子曰吾聞上世之士人綱人紀不生
則已 向曰上世之人爲人綱紀君不爲則止歸於休也生猶爲也已止也 生必
上尊人君下榮父母析先歷人之珪儋都甘人之

爵，懷人之符，分人之祿，銑曰：盡忠為尊人君也，揚名為榮父母也。析，分也。珪，諸侯所執也。儋，荷也。符，信也，亦貴者所執也。言當分人君之珪以為上列之諸侯，荷人君之重爵，懷人之符信，分人君之祿。紆青拖紫，朱丹其轂。良曰：紆，帶也。拖，服也。轂，車轂也。青紫並貴者服飾也。朱丹，以朱色飾其車轂也。今吾子幸得遭明盛之世，處不諱之朝，與羣賢同行，歷金門，上玉堂有日矣，濟曰：天子多忌諱，而人彌窮貧。忌諱，法令煩也。不諱，謂法令不煩苛也。金門，天子門也。玉堂，天子殿也。有日矣，言久也。曾不能畫一奇，出一策，上說人主，下談公卿。目如燿星，舌如電光，一從子恭一橫，論者莫當，翰曰：電光，謂辭辯速如電光之閃也。一從一橫，謂言辭從橫而生，諸所論說者莫能當矣。

選二十三　八

言雖曾不如此，以說人主，以談公卿，以取重位也。顧默而作太玄五千文，枝葉扶疏，獨說數十餘萬言，向曰：言其不能辯說以求高位，反顧其靜默，而作太玄經五千文。太，大也。太玄經，謂廣大於老子玄言而文辭如枝葉四布，至於數十餘萬言也。扶疏，四布貌。深者入黃泉，高者出蒼天，大者含元氣，纖者入無倫，銑曰：太玄經文意有深高大小如此也。纖，小也。然而位不過侍郎，擢纔給事黃門，良曰：言其位不過侍郎，且拔擢之纔至於給事黃門郎而已。意者玄得無尚白乎？何為官之拓落也？濟曰：拓落，猶排擯也。言其何為官見排擯如此也。揚子笑而應之曰：客徒欲朱丹吾轂，不知一跌結將赤吾之族也。翰曰：跌，差也。且富貴朱丹其轂，若一蹉跌失，則族亦見誅。

往者周網解結，羣鹿爭逸，離為十二，合為六七，向曰：網，謂政教也。解結，謂政教敗亂也。羣鹿，喻兵也。逸，走也。周末諸侯離叛，為十二國，後相并合，乃為七國。然而彊秦制諸侯，故別言之則有六，并而言之則有七，故言六七也。四分五剖，並為戰國。銑曰：天下喪亂，諸侯各保山河，故四瀆五岳各為分剖，並為戰爭之國也。剖，判也。士無常君，國無定臣，得士者富，失士者貧，良曰：言君臣數遷易不常定。濟曰：得賢士則國彊人富，失賢士則國弱人貧。矯翼厲翮，恣意所存，翰曰：矯，舉。厲，振也。言人擇君而事之，如鳥舉翼振翮而恣意飛，意所存慕者乃下事之。故士或自盛以橐，託或鑿坏以遁，普回向曰：范睢入秦，藏於橐中。橐，袋也。昔魯君聞顏闔賢，使聘之，欲以為相，闔乃鑿坏遁焉。坏，屋後

選二十三　九

牆也。遁，逃也。是故鄒衍以頡孝賢頏元而取世資，銑曰：頡頏，猶詭異也。言鄒衍著書所言詭異，而世人取資以為師學。孟軻雖連去蹇，猶為萬乘師，良曰：連蹇，謂往來皆難也。言軻游齊，齊不能用；適梁，梁亦不用。然雖往來屯難不見任用，終亦為周威王師也。今大漢左東海，右渠搜，濟曰：渠搜，西方遠國名也。在西，故言右。前番禺，音愚。翰曰：南方遠國名也。在南，故云前也。後陶塗，翰曰：北北方遠國名，在北，故曰後。東南一尉，向曰：一尉，官名也。西北一候，銑曰：西北玉門、陽關有門候，所以伺候遠國來朝之賓也。候亦官也。徽以糾墨，製以鑕質鈇，方無反。良曰：糾墨、鑕鈇，皆刑法名也。徽，繫也。製，裁也。散以禮樂，風以詩書，曠以歲月，結以倚廬，濟曰：倚廬，堊室也。斬衰之服居之，以結其心也。此言脩喪制之

禮以示於入也是以天下之士，雷動雲合，魚鱗雜襲，
咸營于八區，翰曰區方也家家自以為稷契，人人
自以為皋繇。向曰稷契皋繇皆古之賢臣也言家家自言其才能如古人之
賢也戴縰史垂纓而談者，皆擬於阿衡。銑曰縰冠也纓
衣領也言衣冠者所談皆自擬於伊尹之才也阿衡謂伊尹湯之左相也五尺童
子羞比晏嬰與夷吾。良曰五尺童子謂小兒也羞比於霸世之臣謂
已得帝王道矣晏嬰管仲並霸者之臣也夷吾管仲字也當塗者升青雲，
失路者委溝渠，旦握權則為卿相，夕失勢則
為匹夫。譬若江湖之崖，渤澥之島，乘鴈集
不為之多，雙鳧飛不為之少。濟曰江湖渤澥天下之大水喻

選二十三　十

國朝之大也四鴈曰乘鳧水鳥也以喻羣臣言朝廷之有臣如江湖大海之中四鴈雙鳧
之集不爲多飛去不爲之少言國家雖賢臣多集不覺其多去亦不覺其少也崖岸也海
中山曰島也昔三仁去而殷墟，二老歸而周熾，翰曰
三仁比干箕子微子也紂不用忠諫比干死箕子囚微子去而殷遂亡宗廟爲之立墟也
太公歸文王而周業盛是為一老不聞其二老焉李善引伯夷與太公爲二老甚誤矣沮
伯夷去絕周粟死於首陽奈何得云歸周也揚雄言二老亦用事之誤也子胥死
而吳亡，種蠡(禮)在而越霸，向曰吳王不用伍子胥賜以屬鏤令
自死後亡其國越王用大夫種范蠡二臣之計而爲霸主五羖入而秦
喜，樂毅出而燕懼。銑曰五羖大夫百里奚也初百里奚說秦穆公穆公
與語大喜也燕昭王用樂毅破齊國昭王死惠王立乃疑毅毅乃奔趙燕惠王乃懼也

范雎以折(支列)拉(荅)而危穰侯，良曰魏齊笞擊范雎折脅拉齒
既而不死後入秦說秦王以穰侯爲相之不忠遂拜雎爲相代穰侯也蔡澤以
噤(欺禀)吟(疑甚)而笑唐舉。濟曰蔡澤就唐舉相舉乃笑之禁吟語而笑貌
後乃代范雎爲相故當其有事也，非蕭曹子房平勃
樊霍則不能安；翰曰言時亂有事則非蕭何曹參張子房陳平周勃樊噲
霍光則不能安國家定社稷當其無事也，章句之徒相與
坐而守之，亦無所患。向曰章句之徒謂文儒之人也言若當時無事
則文儒之士相與守國亦無所患也故世亂則聖哲馳騖而不
足，銑曰聖哲不能獨濟故云不足馳騖謂奔走也世治則庸夫高枕
而有餘。良曰天下無事則庸夫與賢者皆高枕而閑故云有餘也夫上世

選二十三　十一

之士，或解縛而相，或釋褐而傅，翰曰齊桓公於魯得管仲
解其縛而用之爲相殷王高宗得傅說乃去其短褐之服以爲師傅或倚夷門
而笑，濟曰侯嬴賢人也爲夷門卒見魏公子無忌乃倚門而笑之或橫江
潭而漁，翰曰此爲漁父也漁捕魚也或七十說而不遇，向曰
孔子歷說天下七十君竟不一遇或立談間而封侯，銑曰言立談之
間乃封侯或枉千乘於陋巷，良曰言枉紆千乘之駕至於陋巷之中以
就賢人也或擁篲而先驅。濟曰擁執也篲掃帚也言人主或爲賢人執掃
與先驅而行也是以士頗得信其舌而奮其筆，翰曰謂人
主貴而信之故也頗少也窒(竹栗)隙蹈瑕而無所屈也。向曰窒塞
也隙過也瑕亦過也言塞補人君之過君雖蹈履其過然無見屈謂賢士用忠故也

令縣令不請士郡守不迎師銑曰言今天下太平無有列國
則縣令不求諸賢士郡守不迎致師傅則賢人何用羣卿不揖客將相
不俛眉良曰不低眉下色以求賢人也言奇者見疑行殊者
得辟濟曰奇策也殊謂與常理殊也辟罪也是以欲談者卷舌
而同聲欲步者擬足而投跡翰曰同聲謂候衆言畢而相效
也投跡謂觀事變而隨行之嚮使上世之士處乎今世策
非甲科行非孝廉舉非方正獨可抗疏時道
是非高得待詔下觸聞罷又安得青紫向曰青紫謂
對時務之策也抗舉也疏書也言非對策甲科孝廉方正之人獨可舉意上書論道是非
則是下觸上聞必見罷而不用又安能得青紫之貴乎待詔謂天子之命且吾聞

之也炎炎者滅隆隆者絶銑曰炎炎隆隆盛貌滅絶者有盛必
衰也觀雷觀火為盈為實天收其聲地藏其熱
高明之家鬼瞰其室良曰觀雷聲火光但見其熱盛莫測其所以矣
爲復虛也爲復實也忽然天收其聲地藏其熱則聲熱不聞見矣此盛必衰之義也是知
高明富貴之家鬼神窺望其室將害其滿盈之志矣故知天道惡盈鬼神害盈瞰望也
攫九縛拏加安者亡默默者存濟曰攫拏執持也言執權用勢者必
亡默默守道者必存也位極者宗危自守者身全是故
知玄知默守道之極爰清爰靜游神之庭惟
寂惟漠守德之宅翰曰清靜寂漠皆無嗜欲也庭宅謂精神道德之所
居處世異事變人道不殊彼我易時未知何如

向曰言古人世異事變人道大體不殊若古人易居今世我又易處昔時亦未知勝否
何如今子乃以鴟梟而笑鳳皇執蝘蜓而
嘲龜龍不亦病乎銑曰鴟梟惡鳥也蝘蜓蜥蜴之類也子之笑
我玄之尚白吾亦笑子病甚不遇俞跗與
扁鵲也悲夫良曰俞跗扁鵲善醫者也言病甚不逢善醫亦可悲也客
曰然則靡玄無所成名乎范蔡以下何必玄
哉濟曰靡無也言無此太玄經豈無所成名乎范蔡已下何必有太玄而居卿相之位
也楊子曰范睢魏之亡命者也折脅拉髂口亞
免於徽索翰曰髂腰骨也則睢所拉齒齒即骨也徽索刑具也翕肩蹈
背扶服入槖向曰翕肩畏懼貌初入秦道遇穰侯藏於王稽車中恐穰侯知

之故攫也書傳無蹈背之事扶服謂使扶持而入於槖中槖囊底袋也激卬萬
乘之主介涇陽抵穰侯而代之當也銑曰卬怒
也介間抵也言睢間秦王兄弟抵穰侯之侯說其是非而代之爲相正當其理涇陽君
秦昭王母弟也穰侯姓魏名冉爲秦相用事甚盛號爲穰侯蔡澤山東之
匹夫也顩頤折頞涕唾流沫西揖彊
秦之相搤烏華其咽而亢其氣拊其背而奪其
位時也良曰言澤醜貌也頷口向前引也折頞謂無鼻莖癰也鼻口之中常有涕
唾流沫然能入秦高揖范睢而說之所言必搤其咽拔亢絶其氣繼其跡而奪其相位也
得時也拊背猶隨後繼跡也天下已定金革已平都於洛
陽濟曰漢高祖既定天下而兵車已平將都於洛陽也金革兵器也婁敬

輅（胡華）脫輓（亡遠），掉三寸之舌，建不拔之策，舉中國徙之長安，適也。（翰曰：婁敬本齊人也，見高祖所都不便，乃委棄其車見高祖，言便宜，高祖即日徙都長安，此適時之務也。輅，謂以木當胷以輓車也。不拔之策，言其策定不可移也。）五帝垂典，三王傳禮，百世不易，叔孫通起於枹（夫）鼓之間，解甲投戈，遂作君臣之儀，得也。（向曰：漢朝承秦餘敝，權衰敗亂，而叔孫通擊鼓於行陣之間，及天下既定，乃解去兵甲，投棄戈戟，遂作君臣之儀，此謂得所也。）甫刑靡敝，秦法酷烈，聖漢權制，而蕭何造律，宜也。（銑曰：呂刑，尚書篇名，刑法之事也。靡，壞也。言刑法壞敝，秦為酷暴，漢興而蕭何制造律法，合其時宜也。）故有造蕭何律於唐虞之世，則誖（布內）矣。（良曰：誖，乖也。言時宜不同，故不用蕭何律法於唐虞之世。）有作叔孫通儀於夏殷之時，則惑矣。建婁敬之策於成周之世，則繆矣。有談范蔡之說於金張許史之間，則狂矣。（濟曰：並言時異政理不同也。前漢金日磾、張安世、許廣漢、史恭高並貴盛同勢君侯，使談說之士游於其間，則必狂亂之事興也。）夫蕭規曹隨，（翰曰：蕭何作律法之規矩，曹參隨而行之不改。）留侯畫策，陳平出奇，（向曰：留侯，張良也。奇，謂計，有六奇也。）功若泰山，響若阺（氏）隤，雖其人之贍智哉，亦會其時之可為也。（銑曰：阺，山石，其崩落者，聲聞數百里。言蕭何之徒功響高若山頹之聲也。贍，足也。）故為可為於可為之時，則從。（良曰：事本可為而為於明主之時，則君臣不相違戾，言獻謀計必用

也。可為，謂適時也。）為不可為於不可為之時，則凶。（濟曰：事本不可為而彊為之，謂不適時也。）若夫藺先生收功於章臺，（翰曰：趙有和氏璧，而秦王欲以十五城易之。趙王使藺相如持璧入秦，秦王見相如於章臺，秦王意欲取璧，而不與城也。相如乃詐璧有瑕，欲指示秦王，王乃復與璧，令指瑕。相如因不與之，秦王竟不得其璧，而還歸於趙。王趙王以是收藺生之功也。章臺，臺名。）四皓采榮於南山，（向曰：四皓，謂東園公、綺里季、夏黃公、甪里先生等四人，皆老而有德，避秦亂，居於長安之南商洛山中。高祖時，呂后使求之，不來，後乃來與太子游也。榮，猶德也。言呂后采德於南山也。）公孫創業於金馬，驃騎發跡於祁連。（銑曰：公孫弘，漢武帝時射策甲科，拜為博士，待詔金馬門也。創業也。霍去病為驃騎將軍，擊匈奴，至祁連，有功甚多，乃益封五千四百戶。祁連，地名。）司馬長卿竊貲於卓氏，東方朔割炙於細君。（良曰：長卿至貧，乃私富人卓氏之女，以用其財也。竊，私取也。貲，財也。漢武帝時賜羣臣肉，食之，東方朔乃拔劍割肉以歸，遺其妻也。炙，亦肉也。細君，妻也。）僕誠不能與此數子並，故默然獨守吾太玄。（濟曰：並，謂比並也。默然，靜貌。）

答賓戲一首

班孟堅

永平中為郎，典校祕書，專篤志於儒學，以著述為業。或譏以無功，（翰曰：或，謂或有人也。無功，謂官尚卑。）又感東方朔、揚雄自諭以不遭蘇張范蔡之時，曾不折之以正道，明君子之所守，故聊復應焉。其辭

曰

賓戲主人曰蓋聞聖人有一定之論烈士有
不易之分亦云名而已矣向曰聖人一定其志烈士不易其心
者蓋爲求名於一時以振於後世故太上有立德其次有立
功銑曰太上謂太古有道之時夫德不得後身而特盛功
不得背時而獨章良曰德者仁行之先故不得後於身也特獨也功者
時合則立故不違背於時也章見也是以聖哲之治棲棲遑遑
孔席不暖乃管墨突不黔濟曰棲棲遑遑憂時之不濟也席不暖卧
不安也突不黔不暇食也孔謂孔子墨謂墨翟也突竈孔也黔黑也不暇餟食故不黑也
由此言之取捨者昔人之上務翰曰取捨謂進退觀時以

務安人也著作者前烈之餘事耳向曰著作謂述作文史也前烈
謂前賢也今吾子幸游帝王之世躬帶紱冕之服
向曰吾子賓謂主人也浮英華沈道德矕莫反龍虎之文
舊矣銑曰浮游於盛美之時沈潛於道德之間見朝廷之事煥然其有文章々矣英
華猶盛美貌懿見也龍虎喻有文章之盛也舊久也卒不能攄首尾奮
翼鱗良曰卒終也攄舒也奮振也言其終不能如神龍舒其首尾振其翼鱗以游於
高遠也喻求富貴也振拔洿烏卧塗跨騰風雲濟曰洿塗淺水而有
濁者言當須去卑賤以升高位亦如龍出於淺水以游於風雲之中也跨行也使見
之者景駭聞之者響震翰曰言富貴則使人聞見其影響則驚懼
也景影駭驚以爲震懼也徒樂枕經籍書紆體衡門上無所

帝下無所根向曰枕經典而卧鋪詩書而居也紆屈也衡門謂以草木爲門
者貧賤之居也上下無根蔕謂無援助也獨攄意乎宇宙之外銳
思於毫芒之内銑曰攄舒也宇宙天地也銳精也毫芒細小也言造制文
史則舒意於天地之外精思細小之内以成其文章也潛神默記亘以
年歲良曰亘猶終也言常用神思潛默記事以終年歲也然而器不賈
古於當己用不效於一世雖馳辯如濤波摛
藻如春華猶無益於殿丁見最也濟曰賈賣也效呈也摛發
也藻文也殿後也最先也言有器物不賣與當於己者亦如積學累行而才用不呈於一
世雖辯言如濤波之源發文如春物之華終無益於事之先後也意者且運
朝夕之策定合會之計使存有顯號亡有美

謚不亦優乎翰曰賓勸主人且爲權宜之計策以取富貴也主人逌
由爾而笑曰向曰逌爾寬閑之貌若賓之言所謂見埶
利之華闇道德之實守窔奧之熒燭未仰天
庭而覩白日也銑曰窔謂幽深之小處也熒燭小光也言其見幽深之小
光未仰天見白日之光也曩者王塗蕪穢周失其馭良曰曩昔
也塗道也穢謂亂也馭理也言周家失其理也侯伯方軌戰國橫騖
音務濟曰言諸侯並軌而行爲戰爭之國也橫騖謂亂走也侯伯諸侯也方並軌跡也
於是七雄虓乎交闞分裂諸夏龍戰虎爭翰曰七雄
秦楚齊趙燕韓魏也虓闞猛烈也諸夏中國也游說之徒風飈電
激並起而救之向曰飈急風也電激謂其口辯疾急也求之謂求諸侯之

危也其餘猋飛景附煜其間者蓋不可勝載銑曰其餘謂史傳所不記者猋火也景影也雲煜彊盛貌言游說之人史傳所不記者有辭如烈火之飛焰馳逐如影之附形恣爲彊盛游於其間者不可勝數

當此之時搦朽磨鈍鉛刀皆能一斷良曰朽鈍謂不才之人也搦磨皆自激厲也言當此之時不才者皆亦激厲以求僥倖如鉛錫之刀能一斷割蓋亂世易爲才

是故魯連飛一矢而蹶千金濟曰齊圍燕燕將保聊城魯仲連乃爲書約之繫於矢射與燕將燕將得之泣而自殺又仲連游於趙是時秦伐趙秦間魯連在趙爲說秦軍爲之退五十里趙遂安也趙王以千金爲壽仲連棄而不受蹤棄也虞卿以顧眄而捐相印翰曰秦昭王遣趙王書索魏齊魏齊亡出見趙相虞卿虞卿度趙王終不可說恐殺魏齊乃解棄相印與魏齊間行言以義相眄之間乃棄相印而去也

夫啾發投曲感耳之聲合之律度淫䵷而不可聽者非韶夏之樂也向曰啾衆聲也投合也淫䵷邪音[illegible]有衆聲相合感於人耳又合音[illegible]度而淫邪不可聽者蓋爲非舜禹之雅樂也韶舜樂名夏禹樂名

因勢合變偶時之會風移俗易乖迕而不可通者非君子法也銑曰言人因乎權勢合於變通遇與時會者雖亦移風易俗且使乖迕於道苟合目前此不可通於政體也蓋非賢哲之長法也

及至從人合之衡人散之良曰關東爲從關西爲橫從人謂蘇秦合六國以備秦也橫人謂張儀佐秦散六國之徒使棄君事秦也亡命漂說羈旅騁辭濟曰亡命謂棄君命而外游者也羈旅謂客游不志也漂說謂浮說之言騁辭謂馳辯之說

皆歆感動於人君也商鞅挾三術以鑽孝公翰曰三術謂帝道王道霸道而商君說秦孝公用此三術孝公用其霸術也鑽者取必入之義也如以鐵鑽之也

李斯奮時務而要始皇向曰要致也謂致始皇爲彊暴之法

彼皆躡風塵之會履顛沛之勢銑曰風塵顛沛喻危亂也據徼乘邪以求一日之富貴良曰言據徼倖乘邪險以求富貴也一日言不久計也

朝爲榮華夕而顦顇福不盈眥禍溢於世濟曰眥目匡也不盈目匡者言不久也凶人且以自悔況吉士而是賴乎

且功不可以虛成名不可以僞立韓設辯以激君呂行詐以賈國也翰曰韓非設辯說以激發秦始皇之意秦昭王子子楚爲質於趙呂不韋爲賈人於邯鄲見子楚不韋以爲奇貨乃謂之曰吾能大子之門不韋乃以奇物玩好以遺秦王夫人請立子楚爲太子昭王薨太子立爲莊襄王賈者言如以奇物玩好賈買於國之恩也

說難既遒其身乃囚向曰韓非作說難之書欲以爲天下法式上書既縶而爲李斯所疾乃囚而死遒縶也秦貨既貴厥宗亦墜銑曰秦貨謂始皇也不韋以莊襄王爲奇貨始皇則莊襄王之子故云秦貨既貴者言爲王也始皇初即位乃尊不韋爲相國太后有私於不韋始皇知之免相國不韋飲鴆而死故云厥宗亦墜

是以仲尼抗浮雲之志孟軻養浩然之氣良曰抗舉也孔子云不義而富於我如浮雲孟子云養吾浩然之氣浩然自放逸也

彼豈樂爲迂闊哉道不可以貳也濟曰彼謂孔子孟軻也言孔孟豈樂爲遠闊寔貴之事蓋爲人之道不可貳行

方今大

漢迺所埽羣穢夷險芟荒翰曰迺埽羣穢翦除暴亂也夷平
也言險者平之荒者芟也廓帝紘恢皇綱向曰廓開也恢大也言開五
帝三皇之綱紀也基隆於羲農規廣於黃唐銑曰羲伏羲也
農神農也規規矩也黃黃帝也唐唐堯也其君天下也炎之如日
威之如神函之如海養之如春良曰如海含養萬物
納百川入是以六合之內莫不同源共流濟曰六合四方
上下也同源共流謂同奉天子之化也沐浴玄德稟仰太和翰曰
稟受也言受大和平均之道也枝附葉著譬猶草木之殖山
林鳥魚之毓川澤向曰言上下相親附各得其所有如此也得氣
者蕃滋失時者零落銑曰言仕者得大和之氣者則盛失道者則去

選二十三　二十

位也蕃滋盛也零落喻失位也參天地而施化豈云人事之
厚薄哉良曰參三也言天子之德如天地覆育萬物天地爲二兼天子爲三故云
三天地言其如天地之化豈有人事而能如其厚薄之德今吾子處皇代
而論戰國曜所聞而疑所覿濟曰吾子謂賓也曜明也言其
以遠之所聞爲明以今之所見爲疑也欲從堥毛敦都回而度高
乎泰山懷氿軌濫而測深乎重淵亦未至也
翰曰堥敦小丘也氿濫小泉也重淵海也喻賓以小見欲窺我大道亦如小丘小泉比度
側量太山之高海水之深亦不可至賓曰若夫鞅斯之倫衰周
之凶人既聞命矣翰曰鞅斯謂商鞅李斯也敢問上古之
士處身行道輔世成名可述於後者默而已

乎向曰言上古之士行道成名可述於後世者豈有默然無所制作而止於一時主
人曰何為其然也銑曰言不然也亦有所制作也昔者咎
繇謨虞箕子訪周言通帝王謀合神聖翰曰咎繇
爲舜謨以致太平武王訪於箕子門以天道政理之事言此二臣所謀皆達帝王之至理
合於神明無所不通殷說夢發於傅巖周望兆動於渭
濱向曰殷王高宗夢賢臣乃得說於傅巖之野周文王卜兆遇得太公呂望於渭水之
濱也齊甯激聲於康衢漢良受書於邳備眉垠音
銑曰甯戚有賢才家貧賃車於道傭見齊桓公過於路乃爲高歌桓公聞而納用之康衢
道路也張良步遊下邳圯上有一老父出編書曰讀是則爲王者師良受之後佐漢高
祖定天下也邳地名有圯水垠岸也皆俟命而神交匪詞言之

選二十三　二十一

所信故能建必然之策展無窮之勳也良曰俟待
也言上四人皆待天命是神靈之交匪詞言游說之所相信也故能立必成之計申其大
功也建立也展申也無窮言大也勳功也近者陸子優游新語以
興董生下帷發藻儒林濟曰近者謂漢時也陸子賈也賈著書十
二篇號曰新書興行也董仲舒下帷講誦三年不窺園并發文謂著春秋繁露也儒林謂
列於儒之林言文儒多如林木故名林劉向司籍辯章舊聞揚
雄譚思法言太玄翰曰司籍謂主司典籍也分辨章句之舊聞以行於
世也譚深也揚雄著書十二篇號曰法言又作太玄經萬餘言皆及時君之
門闈究先聖之壼苦本奧向曰陸賈之徒所著述皆及時君之意
肆之於門闈之下而君納而行之闈宮中門之究盡也壼內奧室也言能盡先聖之道

者如人於先聖所居室中真婆娑乎術藝之場銑曰婆娑縱逸貌也
休息乎篇籍之囿良曰言篇籍多如苑囿之育物也以全其
質而發其文濟曰言文質相半用納乎聖德烈炳乎
後人斯非亞歟翰曰烈業也炳光也亞次也言陸賈之徒進納文章發明
天子之聖德業光乎後世此豈非次於傳說太公之徒歟若乃夷抗行於
首陽惠降志而辱仕向曰夷謂伯夷也抗立也首陽山名言其立行
不食周粟而死於首陽山也惠謂柳下惠也柳下惠爲士師三黜而不去也言其能降志
辱身而爲仕也顏潛樂於簞瓢孔終篇於西狩銑曰顏回
潛於陋巷之中不改其樂一簞食一瓢飲魯哀公西狩於大野叔孫氏車子鉏商獲獸以
爲不祥孔子見之曰此麟也孔子遂脩春秋上自隱公終篇於哀公十四年西狩獲麟也

聲盈塞於天淵真吾徒之師表良曰言伯夷等四人聲名
達於天下塞於深淵真吾徒之師以爲上也表上也且吾聞之一陰一
陽天地之方乃文乃質王道之綱有同有異
聖哲之常濟曰言文質同異各在一時此聖智之道所常然也哲智也故
曰慎脩所志守爾天符翰曰所謂志之所好也爾汝也天符天性
也委命供已味道之腴庾俱反向曰供猶全也腴膏腴也言研味
道德之膏腴神之聽之名其捨諸銑曰以精神聽察時事及有善
惡之名皆將捨之勿繫於情也賓又不聞和氏之璧韞於荊
石隨侯之珠藏於蚌蛤乎歷世莫眡不知眡示
其將含景曜吐英精曠千載而流光也良曰韞藏
也言璧藏在石中珠在蚌蛤之內歷世莫能見之及其理而剖之則景曜英精遠千載而有光
應龍潛於潢汙魚黿媟之濟曰應龍有翼之龍
也潢汙小水也媟謂歎慢也不覩其能奮靈德合風雲超
忽荒而躆皓蒼也翰曰奮起也忽荒謂天下八荒也躆行也皓蒼天
也故夫泥蟠而天飛者應龍之神也先賤
而後貴者和隨之珍也銑曰先賤謂在石蚌之時未晃光色也後
貴謂理而剖之知其寶也和卞和隨隨侯也時暗而久章者君子
之真也良曰處暗君之時久守明道也章明也若乃牙曠清耳
於管絃離婁眇目於毫分濟曰伯牙師曠皆善樂者離婁目明
者能察秋毫之末百步之外逢蒙絕技於弧矢般班輸㩁
巧於斧斤翰曰逢蒙善射者也㩁妙也技能也弧弓也般輸工巧者也㩁專也

良樂軼能於相馭烏獲抗力於千鈞向曰王良善御
者也伯樂善相馬者也軼過也烏獲壯士力舉千鈞也抗舉也三十斤曰鈞也和鵲
發精於鍼石研桑心計於無垠音銀銑曰和鵲皆善
醫者也石藥也研謂范蠡之師也桑桑弘羊也此二人皆妙有心計也垠涯也言計筭無
涯畔走亦不任廁技於彼列故密爾自娛於斯
文良曰走主人自撝也猶今之言下走然也廁間也彼列謂列牙曠研桑之徒也密爾
近也斯文謂文史之業也

秋風辭一首并序　漢武帝

上行幸河東祠后土顧視帝京欣然

中流與羣臣飲燕上歡甚乃自作秋風辭曰

秋風起兮白雲飛草木黃落兮鴈南歸蘭有秀兮菊有芳攜佳人兮不能忘濟曰佳人謂羣臣也汎樓舡兮濟汾河橫中流兮揚素波翰曰舡上起樓故云樓舡也簫鼓鳴兮發棹歌歡樂極兮哀情多向曰物極必反故樂極而哀多也少壯幾時兮奈老何

歸去來一首 陶淵明

銑曰潛爲彭澤令是時郡遣督郵至縣吏當束帶見督郵潛乃歎曰我不能爲五斗米折腰向鄉里小兒乃自解印綬將歸田園因而命篇曰歸去來

歸去來兮田園將蕪胡不歸良曰蕪謂草也胡猶何也既自以心爲形役奚惆悵而獨悲濟曰思求於祿故形屈而驅役此我自爲何所惆悵而獨爲悲悟已往之不諫知來者之可追翰曰心悟已往之事亦不可諫而來事亦可追改謂雖爲官今將歸去是追改也實迷途其未遠覺今是而昨非向曰言如人行迷失道路尚猶未遠可早迴也謂休仕也舟遙遙以輕颺風飄飄而吹衣銑曰行舟而歸也問征夫以前路恨晨光之熹微良曰問前路遠近許也熹微日欲暮也乃瞻衡宇載欣載奔良曰衡宇謂其所居衡門星宇也載則也欣則喜而至也僮僕歡迎稚子候門濟曰稚小也候門謂於門首伺候潛到也三徑就荒松菊猶存翰曰昔蔣詡隱居舍前開三徑潛亦慕之言久不行已就荒蕪也攜幼入室有酒盈罇引壺觴以自酌眄庭柯以怡顏向曰柯樹枝也怡悅也言其枝柯相掩覆以爲可榮故悅也倚南窗以寄傲審容膝之易安銑曰北郭先生妻云今結駟列騎所安不過容膝言審思此事則所須非廣亦可謂易安其身也園日涉以成趣門雖設而常關良曰言田園之中日日游步自成佳趣策扶老以流憩時矯首而游觀濟曰策杖以扶老弱周流而憩息也矯舉也雲無心以出岫鳥倦飛而知還翰曰言雲自然之氣無心意以出於山岫之中自喻心不營事自爲縱逸言鳥晝飛勌而暮還故林亦猶人日出而作日入而息也

景翳翳以將入撫孤松而盤桓向曰撫攀也謂賞其堅貞故盤桓而戀之盤桓行不進貌歸去來兮請息交以絕游世與我而相違復駕言兮焉求銑曰駕何爲也悅親戚之情話樂琴書以消憂農人告余以春及將有事乎西疇良曰有事謂耕作也西疇謂潛所居之西也疇田也或命巾車或棹孤舟濟曰巾飾也言裝飾其車或舉棹於孤舟將游行也既窈窕以尋壑亦崎嶇而經丘翰曰窈窕長深貌壑澗水也謂行舡以尋之也崎嶇險也駕車以涉之也木欣欣以向榮泉涓涓而始流向曰欣欣春色貌涓涓泉流貌善萬物之得時感吾生之行休銑曰休謂死也言感吾人生行將死也已矣

乎寓形宇內復幾時曷不委心任去留良曰寓寄也曷何也言何不委棄常俗之心任性去留也胡為遑遑欲何之富貴非吾願帝鄉不可期翰曰帝鄉仙都也懷良辰以孤往或植杖而耘耔耘音云耔音茲協韻翰曰懷安也孤獨也言安此良辰獨往田園以習其性也植杖謂揷其所執之杖於田以除田中之草也耘耔謂除草也登東皋以舒嘯臨清流而賦詩向曰東皋營田之所也春事起東故云東也皋田也聊乘化以歸盡樂夫天命復奚疑銑曰聊且也乘化謂乘其運會也歸盡謂死也奚何也

毛詩序一首　卜子夏

翰曰家語云卜商字子夏衛人也孔子弟子為魏文侯師

關雎后妃之德也風之始也良曰關雎篇名美后妃德也所以風化天下而正夫婦也故用之鄉人焉用之邦國焉風風平去也教也風以動之教以化之詩者志之所之也在心為志發言為詩情動於中而形於言向曰中謂中心也形見也言之不足故嗟歎之嗟歎之不足故永歌之永歌之不足不知手之舞之足之蹈之也情發於聲聲成文謂之音銑曰上下相應曰成文也治世之音安以樂其政和亂世之音怨以怒其政乖亡國之音哀以思其民困翰曰天下無主兵戈興動故人困也故正得失動天地感鬼神莫近於詩濟曰近猶過也先王以是經夫婦成孝敬良曰經治也厚人倫美教化移風俗翰曰厚謂使其淳厚故詩有六義焉一曰風二曰賦三曰比四曰興五曰雅六曰頌上以風化下下以風刺上主文而譎諫向曰主文謂立譎文雅也譎詐也言詩人君之意微以為諫也言之者無罪聞之者足以自戒故曰風銑曰言者謂諷諫也至于王道衰禮義廢政教失國異政家殊俗而變風變雅作矣翰曰變其風雅以至夸麗國史明乎得失之跡傷人倫之變哀刑政之苛良曰苛煩也吟詠情性以風其上

達於事變而懷其舊俗者也故變風發乎情止乎禮義發乎情民之性也止乎禮義先王之澤也是以一國之事繫一人之本謂之風濟曰一人君也言天下之事形四方之風謂之雅雅者正也向曰形見也言王政之所由廢興也翰曰政明正也言正天下之事政有小大故有小雅焉有大雅焉頌者美盛德之形容以其成功告於神明者也是謂四始詩之至也翰曰四始風也小雅也大雅也頌也始者王道興衰之始也然則關雎麟趾之化王者之風故繫之周公南言化自北而南也向曰周南篇名鵲巢

騶虞之德諸侯之風也先王之所以教故繫之召公周南召南正始之道王化之基 良曰鵲巢騶虞周南召南皆篇名也正始之道謂正王道之始也基本也 是以關雎樂得淑女以配君子憂在進賢不淫其色哀窈窕思賢才 翰曰哀念也 而無傷善之心焉是關雎之義也

尚書序一首　孔安國

向曰漢書云孔安國以述尚書爲武帝博士又爲臨淮太守

古者伏犧氏之王天下也始畫八卦造書契以代結繩之政由是文籍生焉 向曰書契謂符信印璽也

選二十三　二十八

伏犧神農黄帝之書謂之三墳言大道也少昊顓頊高辛唐虞之書謂之五典言常道也至于夏商周之書雖設教不倫雅誥奧義其歸一揆 濟曰倫次也誥言也奥深也揆度也 是故歷代寶之以爲大訓八卦之説謂之八索求其義也 良曰求天地萬物之義也 九州之志謂之九丘丘聚也 翰曰志記也言書記之也 言九州所有土地所生風氣所宜皆聚此書也春秋左氏傳曰楚左史倚相能讀三墳五典八索九丘即謂上世帝王遺書也先君孔子 向曰孔子即安國十一代祖故云先君 生於周末覩史籍之煩文懼覽之者不一 良曰言見史籍之文煩多恐覽讀者不能一編之也 一遂乃定禮樂明舊章刪詩爲三百篇約史記而脩春秋 翰曰刪謂刪略之也約謂依約也 讚易道以黜八索 良曰讚述也黜退也言退而不取也 述職方以除九丘 向曰職方書名也 討論墳典斷自唐虞以下訖于周 翰曰討尋也墳典即三墳五典也訖至也 芟夷煩亂翦截浮辭舉其宏綱撮其機要足以垂世立教 向曰芟除草也夷平也言墳典之辭有煩亂雜錯者皆除之如芟草而平之也有浮濫之辭如刀翦而截之宏大也垂世謂行於後世 典謨訓誥誓命之文凡百篇 銑曰典謂堯典舜典也謨皋陶謨也訓伊訓也誥康誥之類也誓泰誓等也命顧命之類也

選二十三　二十九

皆篇名如此之類揔有百篇此皆舉之 所以恢弘至道示人主以軌範也 良曰恢大也範法也 帝王之制坦然明白可舉而行三千之徒並受其義 翰曰孔子弟子三千人也徒衆也 及秦始皇滅先代典籍焚書坑儒天下學士逃難解散 濟曰逃避也 我先人用藏其家書于屋壁 向曰先人孔子也藏書於壁中也 漢室龍興開設學校旁求儒雅以闡大猷 銑曰闡開猷道也 濟南伏生年過九十失其本經口以傳授裁二十餘篇以其上古之書謂之尚書百篇之義世莫得聞至魯共王 翰曰魯共王漢景帝子名餘爲魯王謚曰共也 好治宮室

壞孔子舊宅以廣其居於壁中得先人所藏古文虞夏商周之書及傳論語孝經皆科斗文字（向曰科斗古文字也）王又升孔子堂（濟曰王共王也）即聞金石絲竹之音乃不壞宅悉以書還孔氏科斗書廢已久時人無能知者（翰曰言時人無能識科斗之字）以所聞伏生之書考論文義定其可知者為隸古定（良曰言隸古者削古文之字以書今文乃得定）更以竹簡寫之（翰曰前漢時猶未有紙故以竹簡寫書）增多伏生二十五篇伏生又以舜典合於堯典益稷合於皐陶謨盤庚三篇合為一康王之誥合於顧命復出此篇并序凡五十九篇為四十六卷其餘錯亂摩滅弗可復知悉上送官（濟曰悉盡也送官謂進於天子也）藏之書府以待能者承詔為五十九篇作傳（良曰受天子之詔以為訓傳）於是遂研精覃思博考經籍（向曰於是安國乃研精深思為之訓解也覃深也）采摭羣言以立訓傳約文申義敷暢厥旨庶幾有補於將來（翰曰摭拾傳解也約依約也敷布暢通厥其旨意也將來謂後之學者）書序序所以為作者之意昭然義見宜相附近故引之各冠其篇首定五十八篇（向曰冠正也言正其篇首以次序也）既畢（濟曰言定篇已畢畢也既已也）會國有巫蠱事經籍

選二十三　廿

道息用不復以聞（銑曰巫蠱謂時江充巫蠱太子厭蠱故不復聞奏天子）傳之子孫以貽後世（翰曰言既不復聞奏天子乃欲自傳子孫以遺後世也貽遺也）若好古博雅君子與我同志亦所不隱也

春秋左氏傳序一首　杜元凱

（翰曰臧榮緒晉書云杜預字元凱京兆人也起家拜尚書郎平吳有功加特進）

春秋者魯史記之名也記事者以事繫日以日繫月以月繫時以時繫年所以紀遠近別同異也故史之所記必表年以首事年有四時故錯舉以為所記之名也（良曰錯雜也年有四時但舉其春秋以立名不必兼言冬夏也）周禮有史官掌邦國四方之事達四方之志諸侯亦各有國史大事書之於策小事簡牘而已（向曰大冊曰策小竹為簡木版為牘）孟子曰楚謂之檮杌晉謂之乘而魯謂之春秋其實一也（銑曰檮杌乘皆春秋之別名）韓宣子適魯見易象與魯春秋曰周禮盡在魯矣吾乃今知周公之德與周之所以王（濟曰言知周為王之所由）韓子所見蓋周之舊典禮經也周德既衰官失其守上之人不能使春秋昭明赴告策書（翰曰上之

選二十三　三十一

人謂自孔子已上之人也赴告謂有事則來告於魯乃爲策簡而書之諸所記
注多違舊章仲尼因魯史策書成文考其真
偽而志其典禮銑曰志記也上以遵周公之遺制
下以明將來之法其教之所存文之所害則
刊而正之以示勸戒濟曰害亂也刊削也其餘則皆即
用舊史史有文質辭有詩略不必改也故傳
曰其善志又曰非聖人孰能脩之蓋周公之
志仲尼從而明之左丘明受經於仲尼以為
經者不刊之書也故傳或先經以始事或後
經以終義或依經以辨理或錯經以合異隨

選二十三 三十二

義而發其例之所重舊史遺文略不盡舉非
聖人所脩之要故也良曰略不盡舉謂略之不能盡舉說也身
為國史躬覽載籍必廣記而備言之其文緩
其旨遠向曰緩約旨意也將令學者原始要終尋其
枝葉究其所窮銑曰究盡也優而柔之使自求之
饜而飫之使自趨之翰曰優柔者優柔尋之自求義理既得者飽而
饜飫其自趨進道業而不患不知也饜飫猶飽也若江海之浸膏澤
之潤渙然冰釋怡然理順然後為得也其發
凡以言例皆經國之常制向曰凡猶條目也周公之
垂法史書之舊章仲尼從而脩之以成一經

之通體其微顯闡幽裁成義類者銑曰其理微暗者使
明之其道幽隱者使開之闡開也皆據舊例而發義指行事
以正褒貶良曰善者褒之惡者貶之諸稱書不書先書故
書不言不稱書曰之類皆所以起新舊發大
義謂之變例然亦有史所不書即以為義者
此蓋春秋新意故傳不言凡曲而暢之也濟曰
暢通也其經無義例因行事而言則傳直言其
歸趣而已非例也故發傳之體有三而為例
之情有五一曰微而顯文見於此而起義在
彼稱族尊君命舍族尊夫人梁亡城緣陵之

選二十三 三十三

類是也二曰志而晦約言示制推以知例參
會不地與謀曰及之類是也三曰婉而成章
曲從義訓以示大順諸所諱辟璧假許田之
類是也四曰盡而不汚直書其事具文見意
丹楹刻桷天王求車齊侯獻捷之類是也翰曰
楹屋柱也桷椽也五曰懲惡而勸善求名而亡欲蓋
而章書齊豹盜三叛人名之類是也推此五
體以尋經傳觸類而長之向曰逢事如此類者生其義矣觸逢
也長生也附于二百四十二年行事王道之正人
倫之紀備矣或曰濟曰假設或有人問將欲設答重明其義春秋

以錯文見義（銑曰錯雜也）若如所論則經當有事同文異而無其義也先儒所傳皆不其然（翰曰然猶如此也）荅曰春秋雖以一字為襃貶然皆須數句以成言非如八卦之爻可錯綜為六十四也固當依傳以為斷古今言左氏春秋者多矣今其遺文可見者十數家大體轉相祖述進不成為錯綜經文以盡其變退不守丘明之傳於丘明之傳有所不通皆沒而不說（翰曰謂十數家所言者如此也）而更膚引公羊穀梁適足自亂（良曰膚淺也言諸家更引公穀以訓解春秋是足以自亂終無益也）預今

選二十三　三十四

所以為異（濟曰言今所以異於諸家）專脩丘明之傳以釋經經之條貫必出於傳傳之義例揔歸諸凡推變例以正襃貶簡二傳而去異端蓋丘明之志也其有疑錯則備論而闕之以俟後賢（向曰俟待也言有疑錯之事則備論而不斷以待後賢而補之）然劉子駿創通大義賈景伯父子許惠卿皆先儒之美者也末有潁子嚴者雖淺近亦復名家故特舉劉賈許潁之違以見同異（銑曰違謂與理相乖）分經之年與傳之年相附比其義類各隨而解之名曰經傳集解又別集諸例及地名譜第

歷數相與為部凡四十部十五卷皆顯其異同從而釋之名曰釋例將令學者觀其所聚異同之說釋例詳之也（良曰詳論也）或曰春秋之作左傳及穀梁無明文說者以為仲尼自衛反魯脩春秋立素王丘明為素臣（銑曰孔子卒後而為或人所謂云孔子自立為素王以丘明為素臣）言公羊者亦云黜周而王魯危行言孫以辟當時之害故微其文隱其義公羊經止獲麟（翰曰至獲麟之時以為終篇也）而左氏經終孔丘卒（向曰至孔子卒時為終篇）敢問所安（銑曰安何也言敢問所以何為也）荅曰異乎余所聞（翰曰言與我所聞異）仲

選二十三　三十五

尼曰文王既沒文不在茲乎此制作之本意也歎曰鳳鳥不至河不出圖吾已矣夫蓋傷時王之政也麟鳳五靈王者之嘉瑞也今麟出非其時虛其應而失其歸此聖人所以為感也絕筆於獲麟之一句者所感而起固所以為終也曰然則春秋何始於魯隱公荅曰周平王東周之始王也隱公讓國之賢君也考乎其時則相接言乎其位則列國本乎其始則周公之祚胤也（良曰言隱公是周公之祚胤也）若平王能祈天永命紹開中興（濟曰祈求也紹繼也言平王能求天之福）

（求天命。銑曰：先王之業，開中興之道。）隱公能弘宣祖業，光啓王室，（向曰：弘，大也；啓，開也。）則西周之美可尋，文武之迹不隆。（翰曰：西周謂平王未東遷之時。）是故因其歷數，附其行事，采周之舊，以會成王義，垂法將來。（銑曰：會，合也。）所書之王，即平王也；所用之歷，則周正也；所稱之公，則魯隱也。安在其黜周而王魯乎？（濟曰：答上或問之云，言公羊者亦云黜周而王魯，此所以分別不黜周王魯之意也。）子曰：如有用我者，吾其為東周乎！此其義也。若夫制作之文，所以章往考來，情見乎辭，言高則旨遠，辭約則義微，（良曰：旨，意也。）此理之常，非隱之也。

聖人包周身之防，（濟曰：言以忠信禮樂周徧其身，以防其患。）既作之後，方復隱諱以辟患，非所聞也。（翰曰：言既作忠信，方復隱諱其事，欲以避當時之患，非我所聞也。答上危行言遜，以避當時之害也。）子路欲使門人為臣，孔子以為欺天，（向曰：欲使門人弟子為臣禮於孔子，孔子以為欺天也。天即君也，言此所以欺於君為亂逆之道，而孔子不為。）而云仲尼素王，丘明素臣，又非通論也。（銑曰：此亦答上文也。）先儒以為制作三年，文成致麟，既以妖妄，又引經以至仲尼卒，亦又近誣。（向曰：誣，虛也。）據公羊經止獲麟，而左氏小邾射不在三叛之數，故余以為感麟而作，作起獲麟，則文止於所起，為得其實。（翰曰：言作春秋起獲麟之時，則文之終篇亦止於所起之歲也。可謂得其實事也。）至於反袂拭面，稱吾道窮，亦無取焉。（銑曰：或有言孔子獲麟感之而泣，以袂拭面，曰吾道窮矣。言此事虛誕，亦不可取之為實也。）

三都賦序一首　皇甫士安

（良曰：晉書云：皇甫謐字士安，安定人也。年二十始乎書，常患風痺疾，猶手不輟卷，至忘寢食，舉孝廉不行。又辟著作，不應。左思三都賦成，謐見之，為之作序，以稱其善也。）

玄晏先生曰：（濟曰：謐有高尚之志，以著述為務，號曰玄晏先生也。玄，道；晏，安也。）古人稱不歌而頌謂之賦，然則賦也者，所

以因物造端，敷弘體理，欲人不能加也。（翰曰：敷，布也。言布弘體物以合物理，使人不能加益之。）引而申之，故文必極美；觸類而長之，故辭必盡麗。然則美麗之文，賦之作也。昔之為文者，非苟尚辭而已，將以貫之王教，本乎勸戒也。自夏殷以前，其文隱沒，靡得而詳焉。周監二代，文質之體，百世可知矣。（向曰：言周兼於夏殷二代，文質兼備也。監，兼也。）故孔子采萬國之風，正雅頌之名，集而謂之詩。詩人之作，雜有賦體。子夏序詩：一曰風，二曰賦，故知賦者古詩之流也。至乎戰國，王道陵遲，風雅寖頓。（銑曰

頌也 褒 於是賢人失志詞賦作焉是以孫卿屈原之屬遺文炳然辭義可觀 良曰炳明也 存其所感咸有古詩之意皆因文以寄其心託理以全其制賦之首也及宋玉之徒淫文放發言過于實誇競之興體失之漸 翰曰言後世因宋玉言過其實故有誇侈爭競之文自此風雅體失自此漸長 風雅之則於是乎乖逮漢賈誼頗節之以禮自時厥後綴文之士不率典言並務恢張其文博誕空類 濟曰誕恢大也空類謂言皆木空大但爲空類不附實 大者罩天地之表細者入毫纖之內雖充車聯駟不足以載廣廈接榱

不容以居也 翰曰充滿也廣廈大屋也榱椽也皆謂說事過實也 其中高者至如相如上林楊雄甘泉班固兩都張衡二京馬融廣成王生靈光 向曰馬融作廣成頌王生謂王延壽也靈光謂魯靈光殿賦也 初極宏侈之辭終以約簡之制 銑曰宏大也 煥乎有文蔚爾鱗集皆近代辭賦之偉也 良曰蔚爾文盛貌鱗集言次序也偉美也 若夫土有常產俗有舊風 濟曰常產謂土地所常出之物 方以類聚物以羣分而長卿之儔過以非方之物寄以中域 翰曰司馬長卿楊雄之儔所述物色非本所出也中域謂中國也則長卿上林而言盧橘夏熟楊雄甘泉賦而言玉樹青蔥是也 虛張異類託有於無祖

構之士雷同影附流宕忘反非一時也 向曰祖法也構合也言後世人法學相如以合其文者如雷聲發而衆蟄同荅若影之附於形也宕過也流水一過不復反也非一時言如此亦久矣 曩者漢室內潰四海圮裂 銑曰曩昔也潰亂也圮毀也裂謂三國各據守一方也 孫劉二氏割有交益魏武撥亂擁據函夏 良曰孫權劉備也交益吳蜀地名函夏中國也 故作者先為吳蜀二客盛稱其本土險阻瓌琦可以偏王而却為魏主述其都畿弘敞豐麗奄有諸華之意 良曰作者謂太沖也瓌美琦大也 言吳蜀以禽滅比亡國而魏氏以交禪比唐虞既已著逆順且以

為鑒戒蓋蜀包梁岷之資吳割荊南之富魏跨中區之衍 濟曰梁岷二山名荊南地名中區中國也衍大也 考分次之多少計殖物之衆寡 翰曰分次謂星分也斗牛女翼軫星皆揚荊之分屬吳也觜參益州分野也衆寡之分餘皆屬魏分也殖物謂土地所出之物也 比風俗之清濁課士人之優劣亦不可同年而語矣 向曰言二國不可與魏同年而語矣謂魏都美也 二國之士各沐浴所聞 銑曰二國吳蜀也沐浴洗濯也所聞謂聞其美事若洗濯其耳也 家自以為我土樂人自以為我民良皆非通方之論也 良曰各自誇本土為樂其人皆善矣 良善也 作者又因客之辭正之以魏都折之以

十道其物土所出可得披圖而校 濟曰披閲校比也言可開圖畫者以比之言土物皆以實說也 體國經制可得按記而驗豈誣也哉 銑曰按驗也誣虛也

思歸引序一首　石季倫

向曰思歸引古曲名崇爲太僕卿有思歸之意故有此作今集者但收其序而不録其詞

余少有大志夸邁流俗弱冠登朝 銑曰大志謂高尚之志也夸猶拯也邁遠也言拯遠於流俗之事與世不羣也弱冠謂年二十時也 歷位二十五年五十以事去官晚節更樂放逸篤好林藪遂肥遁於河陽別業 良曰肥猶美也言美其隱遁之事而居於河陽也河陽縣名別業別居也 其制宅也却阻長隄前臨清渠 濟曰 柏木幾於萬株流水周於舍下 幾近也舍謂屋也 有觀閣池沼多養鳥魚 翰曰觀臺也 家素習技頗有秦趙之聲 向曰技樂也 出則以遊目弋釣爲事 銑曰出謂出遊也弋取鳥也釣取魚也 入則有琴書之娛 入謂歸入室也 又好服食咽氣志在不朽欻然有陵雲之操 向曰服食咽氣志在不朽謂求長生也操猶志也 許勿 復見牽羈婆娑於九列 濟曰謂仕官如以物牽引而羈繫也婆娑游處也九列九卿也時崇爲太僕卿 困於人間煩黷常思歸而永歎 翰曰黷污也 尋覽樂篇有思歸引儻古人

之情有同於今故制此曲 向曰儻疑辭也 此曲有絃無歌今爲作樂辭以述余懷恨時無知音者令造新聲而播絲竹也 銑曰播布也

豪士賦序一首　陸士衡

翰曰豪士謂智勇人也機惡見齊王冏自矜其功有篡位之心因此賦以諷之終不寤矣文選但録其序莫載其賦

夫立德之基有常而建功之路不一 向曰建立也言立功者逐事爲宜故云不一也 何則循心以爲量者存乎我因物以成務者繫乎彼 銑曰立德是因之於心而潤其身進退是非故德聲常存是以存乎我也良曰立功於人以成其事是以心常繫於彼也 存夫我者隆殺止乎其域繫乎物者豐約唯所遭遇 濟曰域謂身也豐約大本也 落葉俟微風以隕而風之力蓋寡孟嘗遭雍門而泣而琴之感以末 翰曰雍門周以琴見孟嘗君孟嘗君曰先生鼓琴亦能令人悲乎對曰臣竊爲足下有所悲千秋萬歲之後墳墓生荊棘遊童牧豎而歌其上曰孟嘗君之尊貴亦如此乎於是孟嘗君喟然而歎涕出承睫而下也雍門爲之鼓琴遂感而泣是琴之感以末也 何者欲隕之葉無所假烈風將隆之泣不足繁哀響也是故苟時啓於天理盡於民庸夫可以濟聖賢之功斗筲可以定烈士之業言遇時也 向曰斗筲小器也 故曰才不半古而功已倍之蓋得

之於時勢銑曰言才不及古之半而立功已倍於古人者蓋得時遇勢也歷
觀古今徼一時之功而居伊周之位者有矣
良曰歷徧也徼取也伊周謂伊尹周公也夫我之自我智士猶嬰
其累物之相物昆蟲皆有此情濟曰自我謂自說已是相
物謂物皆相輕此雖智士猶嬰纏以為敗累昆蟲之徒亦有此情也夫以自我
之量而挾非常之勳神器暉其顧眄萬物隨
其俯仰翰曰挾帶也勳功也神器天子也稱其光暉承其顧眄故萬物隨其心意
以為俯仰心玩居常之安耳飽從諛之說豈識乎
功在身外任出才表哉向曰心玩其所欲以為常安耳飽其諂諛
之說以為實然也功在身外不可自矜也任出才表言位重才輕也且好榮惡

選　二十三　四十二

辱有生之所大期銑曰期猶同也言生人所大同此意也忌盈
害上鬼神猶且不免良曰忌人盈滿而下之陵上者則鬼神害之也
不免謂不免鬼神之誅也於人主操其常柄天下服其大
節濟曰操執也言人主執生殺之常柄而天下之臣任其大節佐安社稷也故曰
天可讎乎而時有袨玄徧服荷戟立乎廟門之
下援旗誓衆奮於阡陌之上翰曰袨服黑衣也荷執援
引奮起也君命天也而天命可讎之乎而欲有大逆之事也漢宣帝時代郡太守任宣謀
反及誅後任宣之子章因帝欲祠廟遂衣黑服執戟立于廟門之下以待天子欲報父讎
乃發覺伏誅楚將項燕為秦所殺項梁與諸侯引旗誓衆約將滅秦以報父讎也阡陌道
路也況乎代主制命自下裁物者哉向曰異所聞□讎

吾者尚以為大逆之道況乎今者代天子之政以行制命自臣下而裁成於物此為臣
陵其君非臣下之道廣樹恩不足以敵怨勤興利不足
以補害故曰代大匠斲者必傷其手銑曰大匠為斲
固其宜也天子在上同所尊也故人有代匠斲者非其所宜故為斧所傷也臣代君制非
其所順必為天下所誅也且夫政由寧氏忠臣所為慷慨
祭則寡人人主所不久堪良曰衛獻公之時政由大夫寧氏不時
由公族但祭祀宗廟則公主之而已此忠臣見之慷慨發憤人主當之不能久堪其敵也
是以君奭快快亮於不悅公旦之舉濟曰君奭邵公也快
快不悅貌公旦周公也邵公為保周公為師相成王邵公不悅疑周公有異志於成王也
高平師師側目博陸之勢翰曰漢丞相魏相封高平侯師師謂

選　二十三　四十三

相法也側目言懼也博陸侯霍光也
而成王不遣嫌吝於懷宣
帝若負芒刺於背非其然與向曰言周公霍光所以使其疑
懼之者豈不為臣勢彊而行君之制使之然歟昔者周成王不能遣群臣之謗疑恨周公
於懷嫌疑吝恨也漢宣帝初立謁見高廟霍光從參乘上內嚴懼之若有芒刺在背也
則背也芒亦刺也嗟乎光于四表德莫富焉王曰叔
父親莫暱焉銑曰周公之志光于四外其德富也成王之叔父其親近也暱
近也登帝天位功莫厚焉守節沒齒忠莫至焉
良曰周霍二人登帝王於天位其功厚也至死不易其節忠之至也沒齒至死也而
傾側顛沛僅而自全濟曰周公為群放流言霍光有芒刺之懼故皆
時危勢劣方而得自全也傾側顛沛言危也僅劣也則伊生抱明允以

嬰戮文子懷忠敬而齒劍固其所也翰曰伊生伊尹
也文子越大夫文種也伊尹放太甲於桐言十年太甲潛來殺伊尹也允信也言其抱明
信之心以嬰誅戮也越大夫文種為越王滅吳功大或人告其為亂越王乃賜種劍自殺
齒及也言明信忠敬之道人之本也以此而死固為人臣所疑也因斯以言
夫以篤聖穆親如彼之懿向曰篤厚也穆和也懿美也言厚聖
和親周公之美也太德至忠如此之盛銑曰謂伊尹文種霍光也
尚不能取信於人主之懷止謗於衆多之口
過此以往惡烏覩其可安危之理斷可識矣
銑曰言聖賢盡忠尚不免讒言過此以往中庸之人何有見其可存者也是以安危之理
斷然可知也惡何也識知也又況乎饕土高大名以冒道家

之忌運短才而易去聖哲所難平者哉良曰饕貪
也易輕也道家所以為忌富貴而驕也聖哲所難其志不易身危由於勢
過而不知去勢以求安濟曰權勢過甚則身危之本也去遠勢利
則求安之先也禍積起於寵盛而不知辭寵以招福
翰曰不知此理則覆亡其身也見百姓之謀已則申宮警守
以崇不畜之威向曰言見百姓謀欲害其已身則申令於宮寢嚴自警守
以崇不積之威畜積也言無積德也懼萬民之不服則嚴刑峻
制以賈古傷心之怨銑曰行嚴刑峻法必取怨傷亦在以財買物也
賈買也然後威窮乎震主而怨行乎上下良曰震懼
也言使人主懼也衆心日陊直氏危機將發而僶仰瞪

直眄謂足以夸世濟曰陊壞機事也僶仰驕傲貌瞪眄邪視自尊貌夸
世謂夸其功能於時世也笑古人之未工忘己事之已拙
翰曰笑古人之道未盡善也而不知己事拙之甚工善也知曩勳之可矜
闇成敗之有會向曰徒知曩日之功可以自矜闇成敗之理必有運會也
是以事窮運盡必於顛仆芳赴銑曰顛仆謂傾倒也風起
塵合而禍至常酷良曰風起則塵飛而含暗言禍速應也酷猶法也
聖人忌功名之過已惡寵祿之踰量去蓋為
此也濟曰過已謂虛有大名而才不足也踰亦過也量才量也蓋謂此也者謂顛仆
禍酷之事夫惡欲之大端賢愚所共有翰曰人情有所惡心
有所欲此人之大端則賢愚所共然而游子徇高位於生前志

士思垂名於身後受生之分唯此而已向曰游子
謂游官之子也徇求也夫蓋世之業名莫大焉震主之
勢位莫盛焉率意無違欲莫順焉借使伊人
頗覽天道知盡不可益盈難久持超然自引
高揖而退銑曰借假也伊人謂有功之人也言假使功成之人少覽天道知運
盡不可更益也盈滿亦可久持也故超然自引而去高揖辭人以從退靜可謂美矣則
巍巍之盛仰邈前賢洋洋之風俯冠來籍良曰
巍巍高大貌洋洋美譽也俯冠來籍謂為將來史籍之首也冠首也而大欲不
乏於身至樂無愆乎舊濟曰大欲謂好道德也愆失也節彌
效而德彌廣身愈逸而名愈劭翰曰劭謂不絕也愈益也

此之不為彼之必然 向曰此謂退身也彼欲貪榮也 然後河海之跡堙為窮流一簣之釁積成山岳 銑曰河海之大跡塞之成小流窮一功大而為一累所蔽矣運塞也窮小也一簣一籠土也釁累也言若長逐不改如一簣之土漸積以成山岳之大 名編凶頑之條身猒荼毒之痛豈不謀哉 良曰編次也凶頑之條謂書於史籍有凶頑之名也荼毒之痛謂受刑網也 故聊賦焉庶使百世少有寤云

三月三日曲水詩序一首　顏延年

翰曰鄭國之俗三月上巳之日於溱洧二水之上執蘭招魂祓除不祥上巳即三日也曲水者引水環曲為渠以流酒至而行焉是時宋文帝元嘉十一年三月三日讌于樂遊苑且祖道江夏王義恭衡陽王義季命延之為序也

夫方策既載皇王之迹已殊鐘石畢陳舞詠之情亦一 向曰方策今之史書也鐘石樂器也畢陳謂奏之也舞謂手舞詠歌詠也皆帝王宴樂也 雖淵流遂往詳略異聞 銑曰淵流本源也詳略論說也言帝王之道皆有音樂宴會雖因時權變源流遂往而論說其道者所聞不同 然其宅天衷立民極莫不崇尚其道神明其位 良曰宅居衷心也極本也言天子居天心立人本莫不崇高宴樂之道以敬守其位也神明敬也 拓土世貽統固萬葉而為量者 濟曰拓廣也貽遺統緒也葉代也量大也言廣世業以遺後緒使堅萬代而成乎大道也 有宋函夏帝圖弘遠 翰曰函夏中國也言有宋奄居中國也弘大也 高祖以聖武定鼎規同造物 向曰定鼎猶定天下也大道造化萬物以得其所者言高祖規矩同於大道也 皇上以叡文承歷景屬宸居 銑曰皇上謂文帝也叡聖景明屬繼也宸居帝位也言文帝以聖文之德以承歷數明繼先帝位也 隆周之卜既永宗漢之兆在焉 良曰周室既興卜年七百漢丞相陳平等共誅諸呂使迎代王立之王卜得大橫占曰大橫庚庚余為天王遂即位為文帝也宋為漢後故云宗漢言宋祚將與周漢同也 正體毓德於少陽王宰宣哲於元輔 濟曰正體謂太子承繼天子之體以育德於東宮也東宮曰少陽也王宰宰相也哲智也元君也言宰相之臣宣智力於君以為輔佐也 晷緯昭應山瀆效靈 翰曰晷日緯星也昭應謂明而

不錯亂也山謂五岳瀆謂四瀆也效呈也言五岳四瀆呈其神靈以示我福也 五方雜遝徒合四隩於六來暨 向曰五方四方中國也雜遝人物數衆也四隩四方蠻夷也暨至也 選賢建戚則擇之於茂典施命發號必酌之於故實 銑曰建立戚親茂美典則也言選賢才以居職立親戚以為公侯則擇其美行可法則者施命謂行命也酌取也故實先王之道也 太子協樂上庠肄教 良曰大子樂名協和也上庠儒學也肄行也 章程明容品式周備 濟曰品秩也式猶法也 國容眂令而動軍政象物而具 翰曰國容百官上下之儀也眂令謂觀號令也象物謂象熊羆虎豹之威猛也 箴闕記言校文講藝之官采遺於內 向曰箴戒也言太史之官作戒以戒天子百官之闕失也天子所言則左史書記之

翰曰校文講藝之官謂儒學之事采遺謂采拾遺闕之事輶車朱軒懷荒
振遠之使論德于外銑曰輶車朱軒使者之車也言使臣能來遠荒之國
以為王臣振起王化於遠方之人也論德謂天子之德也赬莖素毳并
柯共穗之瑞史不絕書良曰赬莖朱草也素毳白虎也并柯連理
木也共穗嘉禾也皆太平之瑞也言於國史上書之不絕言常有之棧山航海
踰沙軼漠之貢府無虛月濟曰言遠方之國山行棧道海
乘舟航踰度沙漠來貢不絕也物府庫之內每月不絕也烈燧千城通驛萬
里翰曰燧烽火也千城言郡縣多也穹居之君內首稟朔卉
服之酋迴面受吏向曰穹居之君匈奴也卉服之酋南蠻也內首迴面
皆賓服為臣也稟朔稟正朔也受吏謂受郡縣之化是以異人慕響俟

民間玆銑曰響慕德音也警蹕清夷表裏悅穆良曰天子
出入曰警蹕夷平也表裏內外也穆和也將徙縣中宇張樂岱郊
濟曰宋居江東故將欲移都於中國也縣部也中宇中國也張用也岱山也郊南郊也將
欲用樂祭岱山拜南郊也增類帝之壇飭禮神之館塗歌
邑誦以望屬車之塵者久矣翰曰天子行有屬車三十六乘
以從於後也望屬車者望天子來也塵者車行之塵也日躔胃維月
軌青陸向曰此謂三月之時也躔次也胃星名維畔也月令云季春之月日在胃
也言日次胃星之軌行畔也青陸東道也言立春春分月從東道也言月行於此也
皇祇發生之始后王布和之辰銑曰皇祇天地也言春時
是天地發生萬物之時君王布政惠和之日也后君也辰日也思對上靈之

心以德廣祇之願加以二王于邁出餞戒誥
良曰言天子思答上天之心以惠眾人之望乃加以江夏衡陽二王于行出番使布化行
忘於百姓也天子乃與群臣出餞戒告以勤職業也上靈上天也廣祇眾人也顧望也邁
行也有詔掌故爰命司歷濟曰掌故掌知故事者司歷掌知時歷之官
也獻洛飲之禮具上巳之儀翰曰昔者周公禊飲于洛南
除輦道北清禁林向曰除掃除也輦道天子行之道也禁林苑也左
關巖隥右梁潮源銑曰關擬也隥阪也梁橋也言潮水之上作橋
略亭皐跨芝廛苑太液懷曾山良曰亭皋謂野作亭也上
林賦云亭皋千里言此所游之奧陂暨於上林之大也芝廛芝田也洛陽地名言亦將跨
越之也漢武帝太液池中有高山言我今以彼池為苑包懷其高山也松石峻

崿蔥翠陰煙濟曰峻崿高峻也蔥翠青色也陰煙山中氣也游泳
之所攢萃翔驟之所往還翰曰游泳魚龍也攢萃集聚也
翔驟鳥獸也於是離宮設衛別殿周徼音叫向曰離宮天子
出游之宮設衛宿衛也徼循也言周循於山水之間也旌門洞立延帷
接枅音牙銑曰旌門以旗為門洞通也言各相對迴而立之延帷謂列帷使相接
而迴枅也枅即牙也閱水環階引池分席良曰閱流也環繞也分席
謂分水各至席坐之所謂流杯也春官聯事蒼靈奉塗濟曰春官
掌禮之官聯事謂上下聯事出游之禮也蒼靈謂春初句芒也奉塗謂前驅以清道也然
後升秘駕胤緹騎摇玉鑾發流吹翰曰秘駕
天子馬也胤引也緹騎金吾騎兵也三鑾天子法駕也流吹笳簫之類也天動神

[illegible]淵於雲紱以降于行所禮也 向曰此皆衆士百官行從
多儀行所即游所也 既而帝暉臨幄百司定列鳳蓋俄
軫虹旗委旆 銑曰帝暉天子也臨幄坐於帳也軫停也委安也 肴蔌
速 芬藉觴醳 亦 泛之浮 良曰魚肉曰肴菜蔬曰蔌芬香也藉多也觴醳
酒也泛浮言多也 妍歌妙舞之容銜組樹羽之器 翰曰
鐘磬之格兩頭並刻爲龍頭以銜絲組又樹以羽毛爲幢者皆樂器也 三奏四
上之調六莖九成之曲競氣繁聲合變爭節
向曰師曠清徵之曲一奏有玄鶴集焉再奏爲行列三奏而延頸鳴也四上六莖九成並
曲名 龍文飾轡青翰侍御 濟曰龍文馬名青翰船名御從也 華
裔殷至觀聽騖集揚袂風山舉袖陰澤靚 静

選二十三 五十

裝藻野袨服縟川 銑曰華裔內外也殷盛也騖奔也言侍從衆場其衣
袂動山上草木如風吹山也舉袖則蔽川澤乃成其陰矣靚裝美人脂粉之色袨服美麗
之衣也言美人裝服映其川野成其文藻雜色也縟雜色也 故以殷 隱 賑
軫 外區煥衍都會者矣 良曰殷賑富有貌區方也煥衍多盛貌
上膺萬壽下禔 氏移 百福 翰曰膺當也 帀遝熙和闔
堂依德 良曰筵席也禀受也闔滿也言君臣帀席蒲堂皆受天子和平之樂依天
子仁惠之德也 情盤景遽歡洽日斜 銑曰盤樂也景亦日也遽疾也
洽合也 金駕擲駟聖儀載佇 向曰金駕天子車也擲駟謂聚其駟
馬將駕而行也聖儀天子也載行謂盤桓未去尚惜此宴也 悵鈞臺之未
臨 慨鄷宮之不縣 濟曰悵慨並歎也鈞臺夏啓會饗諸侯之所也在

陽鄴宮周康王朝諸侯之宮也在長安縣謂懸鍾磬之格朝諸侯則設以樂也縣懸也此
盡歎未至中國之而京也 方且排鳳闕以高遊開爵園而
廣宴 翰曰鳳闕閣名爵園鄴都園名言志欲平中原以爲宴也 並命在位
展詩登志則夫誦美有章陳信無愧者歟 向曰
楚子問孟子云范武子德何如對曰其祝史宗信於鬼神無愧辭也言其敬鬼神而不虛
也言今天子仁明頌美德亦無愧也

三月三日曲水詩序一首 王元長

銑曰齊武帝永明九年三月三日幸芳林園宴會群臣勑融爲序
臣聞出豫爲象鈞天之樂張焉 良曰易豫卦云先王以作
樂崇德殷薦則易象也鈞天乃天帝樂也 時乘既位御氣之駕翔

選二十三 五十一

焉 濟曰易乾卦云時乘六龍以御天也既位謂飛龍喻天子得位也御氣則御行於元
氣中也駕則龍也 是以得一奉宸逍遙襄城之域 翰曰
宸天也言得總一之正道以奉天謂黃帝也言黃帝問道至于襄城之野也逍遙遊貌城
野也 體元則大悵望姑射 亦 之阿 向曰元善也體善則大謂
堯也堯出游見四子於姑射之山窅然喪其天下謂得道也阿山也 然窅 鳥鳥 眇
寂寥其獨適者也 銑曰言黃帝及堯皆求道深遠虛無蓋其自善者也
非與天下同之也窅眇深遠也寂寥虛無也適善也 至如夏后兩龍載
驅璿臺之上穆滿八駿如舞瑤水之陰亦有
饗云固不與萬人共也 良曰夏后帝啓也有馬號爲兩龍乘遊於
璿臺之上以饗諸侯百官也璿臺臺名穆滿周穆王也乘八駿之馬以遊行天下也

穆謂馬行號瑤水瑤池也言穆王游於崐崘山見西王母與宴于瑤池之上也言此二主
有宴饗則又不與天下萬人共樂也我大齊之握機創歷誕命
建家濟曰握機執天下之柄也創歷改正朔也誕大建立也接禮貳宮
考庸太室翰曰貳宮天子接禮賢人之所也庸用也太室明堂也言考用才能
於明堂之宮也幽明獻期雷風通饗向曰幽明獻期祥瑞見也雷風
遍饗陰陽和也昭華之珍既從延喜之玉依歸銑曰舜時
西王母獻昭華王天錫禹玄珪刻曰延喜之字言此二寶從歸于齊也彼所也革宋
受天保生萬國良曰齊改宋歷數而受天命以為天子也度待洛邑
靜鹿丘之歎遷鼎息大坰之慙濟曰度邑謂卜度邑
都也言武王克殷將度邑自鹿立而歎秋者以臣伐君之名也戊湯即天子位還遷遷也鼎

于亳都至大坰而有慙德亦謂以臣伐君也鹿立大坰並地名言齊受宋禪讓之位而無
慙歎之事靜息皆猶無也紹清和於帝猷聯顯懿於王表
翰曰紹繼也猷道也懿美也表外也言能繼清和之德於五帝之道連明美之理於三王
之外駿發開其祥定爾固其洪業向曰駿疾也言齊帝
之德疾發閈於天下故能開遠方之祥瑞也詩云天保定爾亦孔之固謂安定之道堅固
其大業也皇帝銑曰齊武帝也體膺上聖運鍾下武良曰膺當
也鍾聚也下武謂文王之下武王繼之言帝能繼先業亦如武王繼文王之道故云運
聚下武冠五行之秀氣邁三代之英風濟曰五行水火
金木土也邁過也三代夏殷周也昭章雲漢暉麗日月翰曰昭章
雲漢喻文德也日月喻明也牢籠天地彈壓山川向曰彈壓猶號

蹈也設神理以景俗敷文化以柔遠銑曰景光敷布柔安
也澤普氾而無私法含弘而不殺翰曰聖人好生惡殺
也猶且具明廢寢昃晷忘餐濟曰具及也言自夜及明不寢
以憂國政念負重於春冰懷御奔於秋駕翰曰明君之治
人君負重而履冰恐不勝其重懼見陷於氷若御奔馬於秋恐有覆敗也秋駕天子法駕
也可謂巍巍弗與蕩蕩誰名良曰巍巍高大之貌蕩蕩廣遠
之稱言高大廣遠之德人不可與之比也人誰能名焉秉靈圖而非泰
涉孟門其何險向曰秉執也靈圖天子位也言不以秉天子之位為泰者蓋
憂天下也言濟天下之難雖如孟門之行亦不以為險忘憂人也孟門山名也儲后
睿哲在躬妙善居質銑曰儲后太子也聖哲智也質體也睿內

積和順外設英華斧藻至德琢磨令範良曰斧藻
謂脩飾也令善範法也言炳丹青道潤金璧濟曰言炳丹青文也
道潤金璧美也出龍樓而問豎入虎闈而齒胄翰曰龍樓
漢太子門名也問豎謂文王為太子至寢門外朝於王季問於內豎人曰今日安否知何
虎闈教國子之學所也公卿之子為胄子言太子入學以年大小為次不以天子之子為
上故云齒冑齒年也愛敬盡於一人光耀究於四海向曰文
一人天子也究壹也若夫族茂麟趾宗固磐石跨躡文展
昌姬韜軼炎漢銑曰茂盛也麟趾詩篇名言公族之盛也磐石大石也言
宗族堅固如大石不可轉易也跨越也昌姬文王也韜藏軼過也言齊帝之德踰越跟躡
於文王懷藏超過於炎漢也漢火德故稱炎也元宰比肩於尚父

鉉繼踵乎周南之良曰元宰謂宰相也言宰相德與太公比肩也鉉鼎耳
也以黃金為之黃色為中故言中比三公位也踵跡也周南周公也分陝流勿
翦之歡來仕允克施之譽濟曰周公邵公分陝界而治人皆歡
悅故詩云蔽芾甘棠勿翦勿伐邵伯所茇也允信也克能也言來仕官信能當施惠之譽
矣言皆用人得賢才也莫不如珪如璋令問令望朱茀
方勿斯皇室家君王者也翰曰珪璋玉名喻賢才也令善也朱茀官
之服飾也皇大也室家猶親密也言為臣皆親密於君一心盡忠也本枝之盛
如此稽古之政如彼向日本枝謂宗族也用能免羣生
於湯火納百姓於休和草萊樂業守屏稱事
銑曰湯火謂禍亂也休和謂禍亂已平兵戈不用故致之使休息和平也草萊謂山野採

選二十三　五十四

耕之人也守屏謂州牧也引鏡皆明目臨池無洗耳良曰公孫
述僭稱帝於蜀蜀人任求乃託目盲後述既伏誅求乃引鏡自照曰時清目則明也言今
時清故人皆明目也許由巢父皆隱者堯以天下讓許由而以為汙其聽乃臨池洗耳言
今太平野無遺逸人也沈冥之怨既缺邁苦和軸之疾已消
濟曰沈冥邁軸皆疾病也缺謂疾病盡除也興廉舉孝歲貢於外
府署行去議年日夕于中旬翰曰言舉孝廉賢才每歲貢自
州郡也外府州郡也署考也考吏行之殿最議年穀之豐儉而奏於天子使朝夕盈于幾
旬之中也協律總章之司序倫正俗向曰協律總章禮樂官
也倫次也言各有次序以正風俗也崇文成均之職導德齊禮
銑曰崇文成均文學官也言理道德之本齊禮樂之先挈壺宣夜辨氣

朔於靈臺書笏珥彤紀言事於仙室良曰挈壺氏掌
刻漏之官知晝夜日月氣候之事朔月初也靈臺觀縣象之所也笏者所以書記事也
珥簪也彤赤管筆也皆史臣所以書記君言也仙室館名也褰帷斷裳危
冠空履之吏銑曰後漢賈琮為冀州刺史車垂赤帷而行及至州自言曰刺
史當遠視廣聽何反垂帷於車以自掩蔽乃命御者褰去其帷朱博為琅邪太守俗多奇
縫衣長不中節度皆斷其衣裳令去地三寸以便於事危冠壞冠也空履敝履也言其吏
清廉貧也而影搖武猛扛鼎揭旗之士良曰影搖輕便
貌扛揭皆舉也勤恤民隱糾逖王慝之士他德反翰曰恤憂隱痛逖
遠王大慝惡也言憂勤天下人之所痛糾察風俗遠大惡也射隼於高
墉繳之若大風於長隧不仁者遠惟道斯行濟曰

選二十三　五十五

隼鷙鳥也以喻凶人也墉牆也喻人所居也言射此鳥於高牆之上喻除凶人於平人之
間也堯時大風為害堯使羿繳之於青丘之澤大風風伯也繳射也隧道也讒莠
蔑聞攘爭掩息翰曰讒譖之人如苗有莠言此事於朝亦無聞之
也蔑無也攘爭謂攘侍也言無而爭訟也掩息言無也稀鳴桴於砥路
向曰桴擊鼓杖也鼓所以鳴路者蓋為盜發而擊之所也今稀於茂草於圓扉
鳴謂少盜賊也砥平也鞠養也茂盛也圓獄也言時無犯罪者獄皆久空故養盛草於扉
中獄耆年闕市井之游銑曰耆年老人也漢文之治至和平老人不孝
游市井也稚齒豐車馬之好濟曰稚齒小子也年五歲有鳩車之樂七
歲有竹馬之歡皆謂得其天性也宮隣昭泰荒憬清夷翰曰
宮居隣近憬遠夷平也言天子之道居近招泰之治荒遠之國感盛德而清平也俯

食來王，左言入侍。向曰：侮食、左言，東夷國也。離身反踵之君，髻首貫胷之長，屈膝厥角，請受纓縻。銑曰：離身反踵、髻首貫胷，四海國名。屈膝，拜也。厥角，叩頭也。纓縻，皆係也。言請受國家拘係以輸貢賦也。文鉞碧砮之琛，奇幹善芳之賦，良曰：善芳，遠國異鳥名，餘皆遠方物之寶也。紈牛露犬之玩，乘黃茲白之駟，翰曰：皆遠方奇獸也。玩，美也。茲白似馬，故云駟也。盈衍儲邸，充牣郊虞。向曰：盈衍，盈滿也。儲邸，猶府藏也。言遠方之物盈滿於府藏也。充牣，滿也。郊，四郊也。虞，掌山澤之官。言遠方所獻奇禽異獸滿於四郊山澤也。軌躅相尋，鞮譯無曠。銑曰：軌躅，行跡也。言萬物貢獻，行跡相尋不絕也。周官鞮鞻氏掌四夷之樂也。譯，傳四夷之語而宣之者也。言四夷獻樂譯言，歲時不曠也。一尉

候於西東，合車書於南北。暢轂埋轔轔之轍，綏旌卷悠悠之旆。良曰：暢，長也。長轂，兵車也。轔轔，車聲也。綏，車上垂綏也。旌，旗也。悠悠，旌旆垂貌。埋卷，言皆不用也。四方無拂，五戎不距，偃革辭軒，銷金罷刃。翰曰：拂，亂也。四方之戎有五鍾。不距，謂不捍王命也。偃，息。革，甲也。辭軒，去兵車也。金刃，兵器也。皆銷毀罷去之，示不用兵也。天瑞降，翰曰：謂甘露也。地符升，銑曰：謂慶雲也。澤馬來，向曰：澤馬，瑞馬也。器車出，銑曰：器車，瑞車也。紫脫華，朱英秀，向曰：並瑞草也。華、秀，皆花也。佞枝植，向曰：黃帝有屈軼草出於階，若佞人入朝，則屈而指之，故曰佞枝植生也。曆草滋。翰曰：堯時有蓂莢草生於階，有十五葉，從月一日生一葉，至十五日，日落一葉，若月小則餘一葉見，此以知日曆，故云曆草也。滋，茂也。

雲潤星暉，風揚月至，良曰：暉，明也。風揚，謂風也。月至，謂月行不失度也。江海呈象，龜龍載文，方握河沈璧，封山紀踰，邁三五而不追，踐八九之遥迹。向曰：堯與羣臣沈璧於河，乃爲握河記也。封山紀石，謂封太山石記功也。紀，記也。邁，遠也。三五，謂三皇五也。八九，謂封禪七十二君。功既成矣，世既貞矣，信可以優游暇豫，作樂崇德者歟！于時青鳥司開，條風發歲，粤上斯巳，惟暮之春，翰曰：青鳥，春鳥也。司開，謂主生也。春鳥主生萬物也。條風，春風也。粤，上巳，謂於此上巳也。惟，詞也。同律克和，樹草自樂，向曰：太史掌六同之律，以合陰陽之聲。同，謂和六律也。禊飲之日在茲，風舞之情咸蕩。去肅表乎時訓，

慶動於天矚。銑曰：禊，絜也。言祓不祥以絜也。風舞，謂歌詠先王之道。咸，皆也。蕩，動也。肅，威也。表，法也。言天子春行仁息之令，助時養物，故懸其威嚴之法也。時訓，謂先王之教也。行慶於人，動於天子之眷矚也。載懷平圃，乃睠芳林。良曰：載，則也。平圃，芳林園名。芳林園者，福地奧區之湊，丹陵若水之舊。向曰：丹陵，地名，堯所生處。若水，水名，帝顓頊所生處也。皆非江東之地，此美而比之也。殷殷上均乎姚澤，膴膴於周原。良曰：殷殷，盛貌。姚澤，舜生地。膴膴，也。均者，言所遊地盛同於姚澤也。者，言此地之美，加於周原也。狹豐邑之未宏，陋譙居之褊。翰曰：豐邑，漢高故里也。宏，大也。譙，魏武帝故里也。褊，小也。言皆以豐譙爲狹陋。求中和而經處，揆景緯以裁基，飛觀神行

歷檐蓋雲構向曰言於園中作宮也增造也作也周必求中和也經始猶造作也
禮以土圭之法正日影日至影尺有五寸謂
之地中陰陽之所和故曰中和也揆度也景
日緯星也言度日星以正東西南北之位飛
觀高臺也神行言高若鬼神所作也行猶作
也雲構言奧雲齊也高離房乍設層樓閒起銑曰離房側室也層
高也負朝陽而抗殿跨靈沼而浮榮向曰負抗立也向
跨道也榮屋檐也言近池水構屋檐於水上也鏡文虹於綺疏浸蘭
泉於玉砌翰曰鏡飾也文虹謂飾如蜺之文於窻也綺疏窻也渠中生蘭水繞
於階故云浸蘭泉於玉砌也王者美言之也砌階也幽幽叢薄秩秩斯
干曲拂邅迴濩漫徑復良曰幽幽深貌草木叢生曰薄秩秩水流
貌斯干澗水也曲拂邅迴謂水曲折流也濩漫不中水流貌徑復謂出入山谷也新

選二十三　五十八

蓱泛沚華桐發岫向曰沚池岫山也謂季春之月蓱始生桐始華雜
夭平采于柔荑啼亂嚶聲於錦羽銑曰夭采拂花也菜
美初生木葉也錦文也禁軒承輦清宮侯宴濟曰禁軒天子車也
天子所御曰幸清宮天子所遊宮候待也緹啼帷宿置帟幕宵懸
翰曰緹丹黃色也天子帳帷用之也帟平帳也幕帳也宿置宵懸謂夜預設之至明
也既而滅宿澄霞登光辨色向曰滅宿澄霞謂天曉而無雲
也登光辨色謂日光初上始辨曉色也戒道執殳展軨零效駕
銑曰戒道謂清淨其路也殳兵器也軨車也效命也徐鑾警節明鐘暢
良曰鑾鈴也馬徐行以警動其節知君行止也天子出則撞左鐘明謂初曉時也之
音暢道也七萃連鑣九斿由齊軌濟曰七萃壯勇士也鑣馬銜

九斿謂從天子之車九乘名曰九斿車軌車跡也建旗拂蜺揭葭振
木翰曰建立也拂蜺謂旗高也葭簫管籥言其聲振振山木而動也魚甲煙
聚貝胄星離向曰魚甲以鮫皮為甲貝胄以貝珠為胄也胄兜鍪也煙聚星
離言多也重英曲瑵側之飾絕景追風之騎銑曰重英
絲畫之矛也曲瑵章蓋玉也絕景追風之騎良馬也昭灼甄部駔駿
函列良曰昭灼光明也甄部陣也駔駿良馬也函列行列也虎視龍超
雷駭電逝濟曰虎視龍超雷駭電逝並言奔走疾速之甚轟轟隱隱
紛紛軫軫羌難得而稱計翰曰轟轟隱隱聲也紛紛軫軫多也
羌數也辭也爾乃迴輿駐罕岳鎮淵渟音亭向曰輿天子車也罕
獵車名孫子兵法云鎮如岳其渟如淵也其睟[illegible]容有穆賓儀式

選二十三　五十九

序銑曰睟潤澤之貌也穆和也式用也言賓客之儀用有次序也授几肆筵
因流波而成次蕙肴芳醴任激水而推移良曰
几王几天子所憑也肆陳也因循也言循環流波坐而成次肴酒皆用激水而循行也蕙
芳皆言香也肴肉也任用也推移猶循行也褋价陳金艷在
席戚奏魏舞籥動郊西詩向曰褋所以障舞人也价舞名金艷
皆樂器也戚斧也舞者所執也翹舞名也籥樂器也郊詩所以迎暑節也謂將至于夏也
召鳴鳥于弇奄州追伶倫於嶰谷發參差於
王子傳妙靡於帝江翰曰弇州之山有五色鳥名曰鳴鳥其聲皆有
曲度伶倫樂人也黃帝使伶倫取竹嶰谷之以爲黃鐘之音也參差笙曲名王子仙人
王子喬也天山有鳥狀赤如丹是識歌舞至於妙雅名帝江清歌有闋缺

羽觴無筭，向曰：終也。闕上柬景福之賜，下獻南山
之壽。銑曰：上，天子也；景，大也。下，謂群臣也。信凱讌之在藻，知和
樂於食苹。良曰：凱，歡也。詩云：魚在在藻，凱樂飲酒。喻群臣依明君，如魚在藻水
藻之中以樂也。食苹，鹿鳴之詩也，宴群臣嘉賓之義也。桑榆之陰不居，
草露之滋方遲。濟曰：日在桑榆之間，言景不留也。草露之滋方遲，喻君恩
已滋露矣。居，留也；滋，潤也；遲，厚也。有詔曰：今日嘉會，咸可賦
詩。凡四十有五人，其辭云爾。

王文憲集序一首　任彥升

翰曰：文憲者，齊尚書令王儉也，謚曰文憲。集者，錄其文章。序者，述集之
所由。

選二十三　六十

公諱儉，字仲寶，琅邪臨沂人也。其先，向曰：其先
謂始祖也。自秦至宋，國史家諜詳焉。晉中興以
來，六世名德，為海內冠冕。古語云：仁人之利，
天道運行。銑曰：利者，利萬物也。天道運行，言仁道者後祚長遠，如天運之行不
絕也。故呂虔歸其佩刀，郭璞誓以淮水。良曰：徐州刺
史呂虔有所佩刀，工人相之，以為三公可服。此刀，虔乃以刀歸遺別駕王祥而謂之曰：苟非
其人，刀或為害。卿有公輔之才量，故以相與也。誓，告也。晉時王導從弟使郭璞筮，卦成，之
曰：吉，淮水不利。淮水絕，王氏滅。若離翦之止殺，吉駿之識
蓋有助焉。向曰：離，王離也；翦，王翦也。並為秦將，行殺伐，故云止殺。書云：以殺止
殺，終無犯者。濟曰：漢朝王吉為諫議大夫，吉子駿亦為諫議大夫，俱著誠信，蓋仁道所助之。

公之生也，誕授命世。翰曰：誕，大也。千年一聖人，五百年一生賢人，
其中聖賢未生，有命世之才也。體三才之茂，踐得二之
幾。翰曰：三才，天地人道也。茂，美也。易云：知幾其神乎。顏氏之子，其殆庶幾乎。有不善未
嘗不知，知之未嘗復行，謂之得二之幾也。信乃昴宿垂芒，德精降
祉，有一于此，蔚為帝師。銑曰：漢相蕭何，昴星精垂芒，謂發秀也。
精星也。陳仲弓詣荀季父子，德星為之聚。此皆賢人之星也。言得此一精，則蔚然而
起，為帝王之師也。況乃淵角殊祥，山庭異表，望衢罕
窺其術，觀海莫際其瀾。良曰：淵角、山庭，賢人之相也。祥，善也。表，出
也。衢、術，皆道也。言人雖欲望其道，幽遠常不能見者，如觀海水莫能至波瀾深淺者
也。際，王也。宏覽載籍，博游才義。濟曰：宏，大也；載籍，經典也；博，廣也。

選二十　六十一

若乃金版玉匱之書，海上名山之旨。翰曰：金版、玉匱，
書名也。荀爽隱海上，著書百篇，名山，即司馬遷所述史記也。旨，美也。沈鬱澹雅
之思，離堅合異之談。向曰：離堅合異之談，言能辯辭也。離其堅者，使
不堅；辨其白者，使不白；合其異者，使同；離其同者，使其異也。莫不揔制清
衷，遞為心極。銑曰：揔，聚；衷，思也。言諸道術莫不聚其制度，運於清思，遞互為
用於心中也。極，中也。斯固通人之所包，非虛明之絕境。
不可窮者，其唯神用者乎。良曰：虛明，心也。絕，遠也。言此道術固
乃通人君子所能兼包，固非其致心絕遠之境也。然其不可窮究者，其唯神明之用者乎，
非此所能論之。然檢鏡所歸，人倫異表，雲屋天構，匠
者何工。自函、洛不守，憲章中輟。濟曰：函，函谷，謂長安也。洛，謂

洛陽也言自西晉喪亂不守二京之都而憲章經籍皆中道而壞也賀生達禮翰曰
之宗蔡公儒林之亞闕典未補大備茲日
晉朝賀循明三禮為江東儒宗又有蔡謨亦儒林之次也言賀蔡二儒尚有闕典未補者
而公乃能備脩於此日也至若齒危髮秀之老含經味道
之生向曰齒危謂老者齒將落也髮秀謂髮白也生者人有德之稱莫不北
面人宗自同資敬銑曰言上老生之徒莫不北面申弟子之禮也人宗
謂為人所尊也自同資謂師事之如君父之敬也性託夷遠少屏塵
雜自非可以弘獎風流增益標勝未嘗留心
也良曰夷易也弘大也標高也言公性託簡易志在高遠少小屏弃塵雜之事自非大
勸風俗增益高勝之道者未嘗留心言志在大不在小也期歲而孤叔父

選二十三 六十二

司空簡穆公早所器異濟曰期歲一歲也言公一歲喪父故云孤
也叔父僧虔為司空謚曰簡穆也早所器異者叔父早以公為賢也年始志
學家門禮訓皆折衷於公翰曰志學年十五時也折衷者
言皆取公所為以合制度也孝友之性豈伊橋梓夷雅之
體無待韋弦向曰伯禽康叔朝於成王見乎周公三見而三笞之二子有駭
色乃問於商子曰吾二子見於周公三見而三笞何也商子曰南山之陽有木名橋南山
之陰有木名梓二子何不往觀也於是二子觀之見橋木高而仰見梓木實而俯二子
性告商子商子曰橋者父道也梓者子道也還言王公有孝友之性自天而成豈惟見橋梓
而知也夷平也體性也韋皮繩以緩也弦弓弦喻急也西門豹性急故佩韋以自緩董安
于性緩故佩弦以自急言王公平雅之性無待此韋弦以成也蓋自天性得中也汝

郁之幼誕淳至黃琬之早標聰察曾何足尚
銑曰後漢汝郁年五歲母病不能食郁常抱持啼泣亦不肯飲食母憐之彊為餐欲誑言
之已愈郁察母顏色未愈復不食宗親異之其拔也淳至謂淳孝之甚至也又黃琬七歲
失父祖父瓊育之是時蜀日食京師不見瓊以狀奏聞梁太后問所食多少瓊思其對未
知所出琬在傍曰何不言日食之餘如月之初瓊大驚即以其對太后也擇立也言此二
子淳孝聰察比之王公則二子曾何足尚年六歲襲封豫寧侯拜
日家人以公尚幼弗之先告既襲珪組對揚
王命因便感咽若不自勝良曰言王公六歲而襲父祖之業為
侯珪謂侯所執也組綬所以繫印者也感咽謂悲甚不能言也初宋明帝居
蕃與公母武康公主素不協及即位有詔毀

選二十三 六十三

廢舊塋投棄棺柩公以死固請誓不遵奉濟曰
言不遵奉毀塋棄棺之詔也表啓酸切義感人神太宗聞
而悲之遂無以奪也翰曰太宗則明帝也無以奪謂依其所請也
初拜祕書郎遷太子舍人以選尚公主拜駙
馬都尉元徽初遷祕書丞向曰尚配也元徽年號也初謂元年
也於是采公曾之中經刊弘度之四部依劉
歆七略更撰七志銑曰言其脩書史也晉朝荀勗字公曾為祕書監與
張華依劉向別錄整治書籍亂者以為中經又李充字弘度為著作郎是時典籍混亂刪
除煩錯以類相從分作四部言倫次削之依前漢劉歆九流七略之書又為七志之書采
給也刊削也蓋嘗賦詩云稷契匡虞夏伊呂翼商

周自是始有應務之迹生民屬心矣良曰伊尹也呂太公也翼佐也言此四臣皆有至德以佐君故有應合時務之迹而百姓皆有屬望之心時司徒袁粲有高世之度脫落風塵見公弱齡便望風推服歎曰衣冠禮樂盡在是矣時粲位亞台司公年始弱冠年勢不侔公與之抗禮向曰年謂老少勢謂貴賤也侔等抗平也因贈粲詩要以歲暮之期申以止足之戒翰曰要約也歲暮之期謂約以歲寒之志也止足之戒謂戒其滿盈也粲荅詩云老夫亦何寄之子照清襟向曰老夫袁粲自謂也之子猶夫子也即謂儉也亦何猶無也照見襟心也言老夫無所寄託頼夫子見我而清心也服闋拜司徒右長

史銑曰儉遭所生母憂服闋也司徒即袁粲也出為義興太守風化之美奏課為最良曰課考也最第一也還除給事黃門侍郎尋遷尚書吏部郎參選翰曰參掌也昔毛玠之清公李重之識會兼之者公也翰曰毛玠為典選舉晉李重為吏部郎識會謂識鑒也言公清識鑒之理並於古人者儉也遷侍中以愍侯始終之職固辭不拜向曰愍侯即儉父言父始終任此職固辭此官而不拜也補太尉右長史時聖武定業肇基王命寤寐風雲寔資人傑銑曰聖武謂齊高祖也定業謂征伐定亂也肇始基立也言始將立王命之初然未即帝位也寤寐風雲謂朝夕思其相感應以成其大業者實資人傑也智倍萬人曰傑是以寡

居膺列宿之表圖緯著王佐之符俄遷左長史良曰宸居天子宮也膺當也列宿帝坐星也圖讖也緯謂讖也著明也王佐謂賢才可以佐輔天子者符應也齊臺既建以公為尚書右僕射領吏部時年二十八濟曰宋帝以齊高帝為齊公為立百司臺署故云齊臺也宋末艱虞百王澆季禮紊舊宗樂傾恒翰曰艱虞猶荒亂也澆季謂末世也浮薄紊亂軌跡也自朝章國紀典彝備物奏議符策文辭表記素意所不蓄前古所未行皆取定俄頃神無滯用向曰章程紀綱紀也彝常也典當備物朝廷威儀也符策也蓄積也神無滯用謂神用不滯而必決也太祖受命以佐命之功封南昌縣開國公食

邑二千戶銑曰太祖謂齊高帝也受宋禪故云受命建元二年遷尚書左僕射領選如故良曰言知吏部選事如故謂前領吏部也自營部烏荅分司盧欽兼掌譽望所歸允集茲日濟曰魏文帝始置左右僕射以營部為左僕射分司謂分主司也晉朝盧欽為尚書僕射領吏部時稱清平言自營部盧欽二人以至於今其聲譽德望所歸者信在於儉也允信也尋表解選翰曰言尋上表請解吏部選事也詔加侍中又授太子詹事侍中僕射如故固辭侍中改授散騎常侍餘如故太祖崩遺詔以公為侍中尚書令鎮軍將軍永明元年進號衛將軍二年以本官領丹陽尹翰曰丹陽帝都郡名也六輔殊

風五方異俗向曰六者謂傍有六郡相近也五方者謂四方及帝都也公
不讋聲訓而楚夏移情銑曰訓教也言不依讋謦教示而下人感
其道德已移情於善道矣趣謂遠也夏謂近也故能使解劍拜仇歸
田息訟良曰後漢許荊兄子世嘗殺人其讎以操兵將殺世荊乃跪曰今願殺我
代世死仇讎者曰許掾郡中賢君何敢相侵遂解劍而去跪郎謝也前漢韓延壽為京
翊太守有兄弟相與訟田延壽乃自悔責閉閤不與視事於是訟者自相責讓終不敢爭
田也歸田謂不爭也前郡尹溫太真劉真長或功銘鼎
彝或德標素尚濟曰前郡尹謂前丹陽尹溫嶠字太真劉惔字真長也一鼎
彝皆器也有大功者銘之於上以示後世也素尚謂清素高尚也臭味風雲
千載無爽翰曰臭香也言儉繼溫劉之跡而為尹丹陽開其餘德如有馨香慕
其遺化如有餘味風虎雲龍同氣相感雖千載亦無差爽也親加弔祭表
薦孤遺遠協神期用彰世祀向曰言儉親自弔祭溫劉二尹
上表奏薦其遺子孫遠合於思神之間用代祠祀之禮也時簡穆公薨
以撫養之恩特深恒慕表求解職有詔不許
銑曰簡穆公儉叔父僧虔也儉少失父母所養故持深於常哀表求解職服斬衰有勑不
許慕謂哀慕也國學初興華夷慕義經師人表允茲
望實良曰華夷謂華夏四夷慕國家道義經典之師為人表法允於其才望美實也
復官濟曰詔居叔父之服令卻居官故云復官領國子祭酒三年
解丹陽尹領太子少傅餘悉如故挂服捐駒
前良取則卧轍棄氷後予胥怨翰曰魏裴潛為兗州刺史

音作一胡牀及去留挂於官第凡所用物悉皆呼為服也王遷為上洛太守家有私馬生
駒留以付郡謂所產故也捐弃也言前代賢良取之以為法則後漢侯霸為淮陽太守帝
使徵詣鄉百姓號哭遮使車卧於轍中乞留霸君一年百姓乃戒其乳婦棄其孩子侯君
當去必不能全也初求湯征自葛百姓皆曰何後予人皆以此相怨怨湯不早來為我除
害也胥相也言儉解丹陽尹百姓亦如此戀之皇太子不矜天姿俯
同人範師友之義穆若金蘭向曰皇太子武帝太子也名懋
素言太子不矜夸天子之姿俯同常人之法以尊訓學也穆美也金堅也蘭喻香也
又領本州太中正頃之解職銑曰頃之言不久也四年
以本號開府儀同三司餘悉如故良曰本號謂衛將軍
也謙光愈遠大典未申濟曰愈益也大典重位也六年又

申前命翰曰前命謂故官悉如故七年固辭選任帝所重
違向曰固辭知吏部選任之事也重違頻不許辭讓之請也詔加中書監
猶參掌選事長與追專車之恨公曾甘鳳池
之失銑曰晉和嶠為中書令荀勗為監令合同車而行嶠不禮勗常以意氣加之
每專車而坐事獨也勗遷為尚書令人皆賀之勗不悅謂人曰奪我鳳皇池也何所賀也長
輿嶠字也公曾勗字也言音者任不得才故有事車而坐或不悅於遷奪今儉有德故專
車者慙而追恨怨奪者愧而甘失也夫奔競之塗有自來矣良曰
奔競權勢之道有之自古來也塗道也以難知之性協易失之
情濟曰人性賢愚深厚難知欲合前人之情故宜易失也協和也必使無訟
事深弘誘翰曰君使前人無訟其事深在善誘之道也弘善也公提衡

惟允一紀于茲向曰提執也允當也一紀十二年也拔奇取異興微繼絕銑曰拔用奇異之才使居其職諸侯公卿有祚微者興之緒絕者繼之望側階而容賢候景風而式典良曰側階下階也言其禮賢欲容納之於朝也景風東風也淮南子云景風至則施爵祿賞有功也式法也言欲法此事為帝典也以春秋三十有八七年五月三日薨于建康官舍皇朝軫慟儲鉉傷情濟曰皇朝謂天子也軫痛也儲謂太子也鉉鼎耳也謂三公也有識銜悲行路掩泣豈直舂者不相功女寢機而已哉翰曰秦大夫百里奚卒國人哀之舂者不相送杵聲也鄭子產卒人思之功女為之輟機言倫之甚也豈直如此而已哉蓋君臣所共痛傷也故痛深衣冠悲纏教義豈非

功深砥礪道邁舟航沒世遺愛古之益友向曰以其脩衣冠之禮故衣冠之士痛深也以其敎義之道故敎義之子悲纏悲纏謂纏繞于心也邁越也砥礪石也所以磨利其器以喻利人也舟航舡也所以濟乎大川喻濟人也沒世遺愛言死後而人思之也益友謂益於朋友之道也追贈太尉侍中中書監如故給節加羽葆保鼓吹增班劍為六十人謚曰文憲禮也銑曰羽葆斑劍並葬之儀衛增於常儀為六十人也公在物斯厚居身以約良曰利物不利已也玩好絕於耳目布素表於造次濟曰布素貧素人也表出也造次急遽也言有貧素之人必出財以賑其急遽也室無姬姜門多長者翰曰室無姬姜謂不好色也門多長者重賢良也姬姜美女也立言必雅未

嘗顯其所長向曰不說己長也持論從容未嘗言人所短濟曰持論謂論政事得失也從容柔和貌也弘長風流許與氣類良曰弘大也風流謂風化流於天下也許與謂招引也氣類謂同氣相求方以類聚也言招引道義之士與己同也雖單門後進必加善誘濟曰單謂寒也言雖寒門後進必加善誘之道使脩行其業也勗以丹霄之價弘以青冥之期翰曰勗勉也丹霄天也青冥雲也價美也期冀也言勗勉學者使其道業高遠如天雲也公銓品人倫各盡其用向曰各各隨手擢用之居厚者不矜其多處薄者不怨其少銑曰言知分節也窮涯而反盈量知歸良曰言其知止知行窮涯畔則反也知滿如以器求物盈於器乃歸也量器也皇朝以治定制禮

功成改樂思我民譽緝熙帝圖濟曰人譽謂謳謌美德也緝熙光明也雖張曹爭論於漢朝荀摯競爽於胥世無以仰模淵旨取則後昆翰曰張曹謂張輔曹褒也荀摯謂荀顗摯虞也二人爭論禮義之事也二人競奏國家禮制宜有差降言雖此四人論競禮義亦不可以徵俊之深意而欲取法則於後世奕美淵深也每荒服請罪遠夷慕義宣威授指寔寄宏略向曰荒服遠國也宣國之威授指謂指揮也寔實宏大也理積則神無忤往事感則悅情斯來銑曰義理積於心所為必決則神思無忤往也無事感其義理則皆以喜悅之情而來歸德也無是己之心事隔於容諂罕愛憎之情理絕於毀譽良曰隔絕也容諂謂諂媚之容也人

無變僭均平如一則毁譽從何而生也若造理常可干臨事每不可奪濟曰造至也干犯也言至於大體之理性多寬和故若可犯言而臨事必定故不可奪我也約已不以廉物弘量不以容非翰曰不以廉謂廣施於物也弘大也不以容非謂不容人為非也攻乎異端歸之正義向曰異端謂非常之事為人害者故攻而伐之使歸正義公生自華宗世務簡隔銑曰言生於富貴之宗而時務簡略隔絶素所不習也至於軍國遠圖刑政大典既道在廊廟則理擅民宗良曰理擅民宗謂政理之事獨為人所尊重擅獨也若乃明練庶務鑒達治體懸然天得不謀成心濟曰懸遠也言遠然得之於天不謀議於人已稍成於心也求之載籍翰牘所未

選二十三　七十

紀訊之遺老耳目所不接翰曰載籍前代史也翰筆也牘版牘以書紀事也紀記訊問也言儉之道德古今希有也至若文案自環主者百數皆深文為吏積習成奸向曰文案多而自環繞其坐也主者百數謂訟又不定主司易百數人者此事皆積習以成奸偽矣蓄筆削之刑懷輕重之意銑曰畜積也筆削謂遷易其文不定也輕重之意謂妄有加戕之狀公乘理照物動必研幾濟曰研幾謂研窮其幾微之理當時嗟服若有神道翰曰言既研幾而為斷決則當時之人嗟歎而服之若有神明之道也豈非希世之儁民瑚璉之宏器向曰瑚璉黍稷器也宏大也昉行無異操才無異能得奉名節迨將一紀銑曰此任昉自序情也得奉名節謂昉與徐交遊也

迨盡也十二年日一紀也一言之譽東陵侔於西山一面之榮鄭璞踰於周寶良曰東陵謂盜跖也侔齊也西山謂伯夷也盼自謙不才濫見推譽為美亦如一言譽盜跖乃齊於伯夷也盜跖賊也伯夷貞節人也鄭人謂王未理者為璞周人謂鼠腊為璞周懷璞過鄭賈曰欲買璞乎鄭賈曰欲之出其璞示之乃鼠也周寶之美王也言濫叨以顧盼則榮過於才亦猶鄭璞過於周寶也士感知己懷此何極出入禮闈朝夕舊館銑曰禮闈尚書省也瞻棟宇而興慕撫身名而悼恩公自幼及長述作不倦翰曰述作文史詩賦也固以理窮言行事談軍國豈直彫章縟采而已哉濟曰談及也所有述作於言行軍國大事豈直為彫飾文章以為縟采爭縟采雜色也若乃統

選二十三　七十一

體必善綴賞無地向曰旋序也綴賞追賞也無地謂不擇地遇之則為勝也雖楚趙羣才漢魏衆作曾何足云昉嘗以筆札見知以薄技效德是用綴緝遺文永貽世範銑曰貽遺範法也為如干卷所撰古今集記今書七志為一家之言不列于集集錄如左

文選卷第二十三

荻 府

不足以塞厚望應明旨雖然敢不略陳其愚心而杼情素（濟曰王褒奏褒有逸才帝徵之故謙云不充厚望明旨謂宣帝命也言雖不足充厚望聽不述愚心而申情素也塞充杼申也）記曰（翰曰則爲此頌之記也上爲謙辭此古文首也）恭惟春秋法五始之要在乎審己正統而已（向曰恭敬惟思也言敬思春秋也五始謂元年春王正月公即位也元者氣之始春者四時之始王者受命之始正月者正令之始公即位者一國之始也此五者在乎若王審己而行之正位以統理天下而已）夫賢者國家之器用也所任賢則趨舍省而功施普（銑曰國家所任官得賢人則進退所作者省而太平之功舉施聖人之德廣矣趨進舍退普廣也）器用利則用力少而就效衆（濟曰亦如賢人於國則不費人力而成功多也就成效功衆多也）

故工人之用鈍器也勞筋苦骨終日矻矻（苦骨反翰曰工人匠也矻矻勤作也亦如國之用愚人）及至巧冶鑄干將之樸清水淬（子會）其鋒越砥斂其鍔（良曰巧冶善鑄劍人也干將劍名樸劍末理若淬謂燒刃令熱漬於水中也鋒刃也越砥磨石名也斂謂磨也鍔亦刃也）水斷蛟龍陸剸（章兗）犀革忽若篲氾畫塗（銑曰剸斷也犀獸名革皮也篲帚也氾氾灑地也塗泥也言以利劍斬斷蛟犀忽若以帚掃氾灑之地以刀畫泥中言其易也若國用賢臣化惡反善如此也）有如此則使離婁督繩公輸削墨雖崇臺五層延袤（茂）百丈而不溷者工用相得也（翰曰離婁古之明目人也督正也公輸古之巧工人也削度也延長也袤廣也溷亂也言巧拙之理且如上之所述則更使明目者正繩巧工者度墨雖高臺五層長廣百丈而視矩不亂者工用之相得故也國不亂者得賢之效也）

正 宗 山

亦傷吻敝策而不進於行胷喘膚汗人極馬倦（向曰御駕也駑劣馬也吻口敝勞策鞭也言人駕劣馬則傷馬口勞鞭策而不進行胷喘而膚汗人亦困極馬亦疲倦不肯之人理國則勞下人繁刑法國既亂矣身亦危矣）及至駕齧膝乘（去）旦王良執靶（霸）韓哀附輿（銑曰齧膝乘旦良馬名也驂亦駕也王良韓哀古善御者靶轡也輿車也）縱騁馳騖忽如景靡（良曰靡沒也言上良馬良御縱騁奔馳忽如日景之疾沒也）過都越國蹶如歷塊（濟曰越過蹶疾也言過都國疾如行歷一小蹶之間）追奔電逐遺風（翰曰電風皆謂疾也）周流八極萬

里一息何其遼哉人馬相得也（向曰八極八方也遼遠也言此良馬良御何其遠哉此人馬相得之勢也使聖主得賢臣而用之亦如此也）故服絺綌之涼者不苦盛暑之鬱燠襲狐貉之煖者不憂至寒之悽愴何則有其具者易其備（翰曰絺綌葛也鬱燠熱也襲衣也狐貉裘也悽愴寒之甚也夫服葛衣之涼不苦盛暑之熱衣狐裘之煖不憂至寒之甚者蓋有具而易爲備也故國有賢臣亦無憂也）賢人君子亦聖王之所以易海內（向曰易謂海內易理）是以嘔（吁）喻（俞）受之開寬裕之路以延天下之英俊也（銑曰嘔喻喜悅皃受謂用賢臣也延接也）夫竭智附賢者必建仁策索人求士者必樹伯迹（良曰爲人君嘗竭盡

洞春

翰曰方謀賢臣必立仁惠之策故賢臣歸之釋人求士必獨霸王之迹也宗擇伯霸也昔周公躬吐握之勞故有圄空之隆濟曰周公一食三吐餐一沐三捉髮以禮賢士故能致太平之化囹圄空虛以成盛業握捉隆盛也齊桓設庭燎之禮故有匡合之功翰曰齊桓公好賢賢人皆見公必夙興設庭燎之火以禮見之故能匡輔周室會合諸侯以為盟主由此觀之君人者勤於求賢而逸於得人人臣亦然銑曰逸樂也言君王勤於求賢必樂得其賢人也為人臣亦助君勤求賢良是以忠矣昔賢者之未遭遇也圖事揆策則君不用其謀陳見悃苦本誠則上不然其信向曰揆度悃至也進仕不得施效斥逐又非其愆良曰賢臣不見信用雖進仕於

選二十四　四

朝不得施用其功效而為邪臣讒疾已遭斥逐又非其過是故伊尹勤於鼎俎太公困於鼓刀百里自鬻甯子飯牛離此患也濟曰伊尹未遇湯為桀庖廚之人勤勞於調鼎俎以具其膳太公未遇文王而困於屠牛鼓動其刀百里奚為晉虜而賣之秦以五羖皮贖之穆公用以為相鬻賣也甯戚未逢桓公而於齊門飯牛此四賢皆罹此不遇之患也離猶罹也及其遇明君遭聖主也運籌合上意諫諍則見聽進退得關其忠任職得行其術翰曰關猶用也去卑辱奧於六渫薛而升本朝離疏釋蹻脚而享膏粱向曰奧幽渫汙也疏菜食也蹻麻人之屩也享食也膏肉也粱精米也言賢人既遇聖主榮以職位惠以祿食故去卑辱幽汙之事以升用於朝離去蔬食釋棄蹻屩而食滋

禪寺

味以衣朝服也剖符錫壤而光祖考傳之子孫以資說悅士銑曰剖分也符若所以諸侯與天子分之各執一契舉動所為必合於契然後奉命而行之錫賜壤土也言賢人能立太平之功天子乃分符賜土以為諸侯先其祖考傳業子孫此則使賢士所資益而喜悅勸其將來也有智之君而後有賢明之臣故虎嘯而風冽龍興而致雲翰曰君聖然後可見賢臣君暗則賢人皆隱如虎嘯感風而清龍起感雲而隨也冽清也蟋蟀俟秋吟蜉浮蝣由出以陰蟋蟀蜉蝣皆蟲也候時而鳴知陰以出言如賢人待明君而仕知明時而見也易曰飛龍在天利見大人銑曰初九潛龍勿用今飛在天則九時以通泰故大人起治萬物而萬物利而見之大人則天子也詩曰思皇多士生

選二十四　五

此王國良曰皇美也多士謂衆賢也言思美衆賢生於此國故世平主聖俊乂將自至若堯舜禹湯文武之君濟曰文武文王武王也獲稷契皐陶伊尹呂望之臣明明在朝穆穆列布翰曰明明穆穆皆美也列布謂分布職位也聚精會神相得益章雖伯牙操遞鐘逢門子彎烏號猶未足以喻其意也良曰聚其精爽會其神理君臣道合加以相明上下不疑德義諧和則雖伯牙操琴逢門子彎弓其音韻合和弓矢必中亦未足以喻此君臣之意也伯牙善鼓琴者逢門子善射者號鐘琴名烏號弓名也故聖主必待賢臣而弘功業俊士亦俟明主以顯其德良曰俟待也上下俱欲驩然交欣翰曰上下謂君臣也言君臣相

什物

欲也千載一會論說無疑向曰君臣之道不疑雖左右論說其非者不信也翼乎如鴻毛遇順風沛乎若巨魚縱大壑銑曰言君臣道合如鴻鵠遇風一舉千里如大魚游縱於大川得其性也翼飛疾皃沛大水皃其得意如此則胡禁不止曷令不行濟曰胡曷皆何也化溢四表橫被無窮遐夷貢獻萬祥必臻良曰化滿四方被于無窮而遠方蠻夷歸我君德以貢獻士物而萬善必至也是以聖主不徧窺望而視已明不殫傾耳而聽已聰翰曰言賢臣爲君耳目故君不徧盡視聽已聰明矣殫盡也恩從祥風翶德與和氣遊太平之責塞優游之望得向曰天子恩德與祥風和氣翶遊於四方則太平之理求充於天下人人乃得優游之望也責求也塞充也

遵游自然之勢恬淡無爲之場銑曰遵法場境也言法自然之道致心恬淡之義游於無爲之境以治其身而天下正也休徵自至壽考無疆雍容垂拱永永萬年濟曰雍容閑和皃言天子靜思乃閑和垂衣拱手天下自治福祿萬年也永長也何必偃仰詘申若彭祖呴吁噓虛呼吸如喬松眇然絕俗離世哉翰曰言我化理天下人歸大道壽考無疆求萬年何必謂於彭祖七百之壽喬松千年之仙而已也然絕於俗離於人世哉言不足尚也詩曰濟濟多士文王以寧蓋信乎其以寧也向曰濟濟盛皃多士衆賢也寧安也言此衆賢文王得之以安今信此言可以安也○

趙充國頌一首　楊子雲

銑曰趙充國爲將屢有大功畫形於未央宮成帝時以西羌有寇上思將帥之臣追美充國乃召雄爲充國圖畫之頌

明靈惟宣戎有先零怜先零猖狂侵漢西疆翰曰聖明神靈惟我宣帝也能廣大其德奄有諸羌而猖狂背叛侵於西疆也戎大也先零羌名也漢命虎臣惟後將軍整我六師是討是震音真協韻良曰虎臣卽充國也言其猛如虎也充國爲後軍將軍故曰後將軍推辭也六師六軍也震懼也言羌人懼之既臨其域喻以威德濟曰臨羌人之域宣諭天子威德以示之欲令其降也有守矜功謂之弗克翰曰有守謂酒泉太守辛武賢也奏宣帝請擊羌帝使與充國共討之充國喻之使降賢謂充國曰諭其使降不勝擊之故云弗克充國勝也矜其功自說有能擊也請奮其

旅于罕之羌向曰辛武賢請奮其兵衆以擊之奮震旅衆也罕羌名天子命我從之鮮陽銑曰擊罕开於鮮陽之水營平守節屢奏封章良曰充國封營平侯也守節謂守忠勇也屢奏封章謂頻進表言勝捷之事也料敵制勝威謀靡亢音剛濟曰料計靡無亢拒也言計其前敵制度勝否其兵威深謀不可拒當也遂克西戎還師于京翰曰克勝也鬼方賓服罔有不庭向曰鬼方謂遠方也罔無也言無有不臣伏於帝庭也昔周之宣有方有虎詩人歌功乃列于雅銑曰宣謂周宣王也方謂周卿士方叔也虎召虎召穆公名詩小雅云方叔涖止其車三千大雅云王命召虎式辟四方美其賢有中興之功可以爲天下儀則也在漢中興充國作武赳赳桓桓亦紹厥緒良曰時漢室猶

至陵遲及宣帝即位時能中興也赳赳桓桓
武皃也班固贊美宣帝比德殷宗周宣之主
故充國亦可以
紹周宣之臣也

出師頌一首　史孝山

翰曰文章志及今書七志並云史岑字孝山出師頌史籍無傳此頌蓋後漢安帝舅鄧騭出征西羌之頌

茫茫上天降祚有漢向曰茫茫廣大皃祚福也兆基開業濟曰人神攸讚銑曰兆始也攸所也五曜宵映素靈夜歎五曜五星也宵夜也漢高祖初入關五星聚於東井初高祖為泗水亭長送徒於驪山夜行澤中遇一大蛇於路拔劍斬之後人至蛇所見有一老嫗哭之人問其故嫗曰吾子白帝子也化為蛇為赤帝子所殺也白帝則秦也赤帝則高祖也故曰素靈夜歎歎則哭

也歷紀十二天命中易良曰自高祖至平帝凡十二帝為王莽篡位故曰天命中易西零不順東夷遘逆濟曰西零西羌也遘作也乃命上將授以雄戟向曰上將鄧騭也授謂天子授與之也雄戟兵器也桓桓上將寔天所啓銑曰桓桓武皃寔實也言實天所開啓也允文允武明詩悅禮良曰允信也憲章百揆其忠勇也為世作楷向曰揆度楷則也昔在盟津惟師尚父向曰武王罰紂次盟津太公為師盟津河也尚父太公也素旄一麾渾一區宇翰曰素旄旗類大公麾之一麾軍士而破紂軍天下以定蒼生更始朔風變楚良曰蒼生百姓也更始謂新立法制以便利下人去紂暴虐之理也朔北也楚南也謂天子居南面而稱尊故北風以變化於南楚也言王風廣也薄伐獫

狁至于太原向曰獫狁北狄也薄伐言不殺戮逐之於邊而已太原地名詩人謌之猶歎其艱況我將軍窮域極邊鼓無停響旗不蹔褰澤霑遐荒功銘鼎鉉音玄協韻銑曰言太公薄伐詩人尚以為艱難而況乎鄧騭至遠邊鼓旗不捨宣帝澤於遠荒而功銘於鼎鉉鼎杜也乃著述人通言之我出我師于彼西疆向曰我出謂鄧騭出也我師謂天子之軍也西疆西戎也天子餞我路車乘黃言念伯舅恩深渭陽翰曰天子餞送鄧騭也伯長也鄧騭安帝長舅也詩云送我舅氏曰至渭陽何以贈之路車乘黃路車駟馬車也乘黃黃馬色也言天子之恩於舅氏深也介珪既削列壤酬勳向曰介珪諸侯所執長尺二寸削割也言將封騭為諸侯也列壤謂分土也勳功也今我將軍啓土上

郡銑曰啓開也上郡謂騭所封也傳子傳孫顯顯令問翰曰令善也人有積善則天下稱問者皆稱其善故曰令問也

酒德頌一首　劉伯倫

向曰臧榮緒晉書云劉伶字伯倫沛國人也貌甚醜悴而志氣放曠以宇宙為狹性好酒常攜酒以自隨使人荷鍤從之云死便埋之故著此頌頌酒德之美也仕為建威將軍

有大人先生向曰假為辭也以天地為一朝萬期為須臾日月為扃牖八荒為庭衢銑曰言志廣大也以天地開闢已來為一朝也萬歲之期為少時也扃牖門也八荒八方也行無轍跡居無室廬翰曰轍隱守時人不見其行跡人不知其所居室故云無也幕

天地縱意所如良曰如往也止則操巵執觚姑
動則挈榼提壺濟曰操執皆持也巵觚榼壺皆酒器也唯酒是
務焉知其餘翰曰事於飲酒不知其餘事也有貴介公子搢
紳處士向曰介大也搢紳服節也處士有德之稱聞吾風聲議其
所以銑曰吾則先生自稱也言公子處士風聞我好酒之聲議論我所以得失也
乃奮袂攘衿怒目切齒良曰此公子處士惡先生好酒陳說
禮法是非鋒起濟曰說禮經法制以示先生言其是非如劒戟之鋒刃相
競逐而起先生於是方捧罌鶯承槽銜杯漱醪翰曰
先生不聽二人之說飲酒自若也醪濁酒也奮髯踑其踞據枕麴
藉糟銑曰奮動髯鬚也踑踞展足倚據而坐也藉鋪也言動髯展足倚據而坐旋復

枕麴鋪糟而臥也無思無慮其樂陶陶向曰陶陶和樂貌兀
然而醉豁爾而醒靜聽不聞雷霆之聲孰視
不見泰山之形不覺寒暑之切肌嗜欲之感
情俯觀萬物擾擾焉如江漢之載萍向曰言見萬物
如水中萍草隨其風波二豪侍側焉如蜾果蠃力果之與
螟名蛉音靈向曰二豪謂公子處士也蜾蠃螟蛉微小蟲也言比二人侍我之側
何如此蟲言見之微小也焉何也

漢高祖功臣頌一首 陸士衡

頌曰茫茫宇宙上墋楚錦下黷波振四海塵飛
五岳九服徘徊三靈改卜翰曰茫茫廣遠貌墋垢黷濁也並言
天下昏亂垢濁也波振塵飛謂兵戈不息四海五岳九服皆謂天下也徘徊謂人無主不
知所從也三靈天地人也言天將惡秦淫亂改卜清平之君也赫矣高祖肇
載天祿向曰肇盛始載運也沈跡中鄉飛名帝錄向曰
高祖中陽里人故云中鄉也飛名帝錄謂預應圖讖本預飛名在其中慶雲應
輝皇階授木銑曰慶雲瑞雲也皇階謂天位之次也古者黃帝化八百歲運
授而授與木德言高祖將授天命亦然也龍興泗濱虎嘯豐谷濟曰
龍興言如龍飛於天得高位也虎嘯謂天下英雄皆相應如虎嘯風生也泗濱謂高祖
爲泗水亭長也豐谷豐邑高祖所居邑也彤雲晝聚素靈夜哭良曰
彤丹紫色高祖在芒碭山常有紫雲爲蓋隨之素靈謂夜有老嫗哭所殺白蛇與前文並
同金精仍頹朱光以渥向曰金精秦也朱光漢也渥流也萬

邦宅心駿人效足翰曰宅居也言天下之人懷高祖寬仁之德常居於
心故擧賢知駿馬足以效其用也堂堂蕭公王跡是因向曰此蕭
何也堂堂盛貌言高祖因之而升帝位也王者天子之通稱綢繆叡后無
競惟人銑曰綢繆親密也叡后聖君也聖則高祖也惟辭也言其無侵競於人
能安而悅之也謂留在秦外濟六師內撫三秦濟曰六師六軍也高
祖留何守關中聚糧以給關外軍也內則撫安百姓也高祖封秦三將爲王王秦中故謂
之三秦拔奇夷難邁德振民良曰何拔韓信爲將遂平天下行其
德惠振給於下人夷平遺行也體國垂制上穆下親翰曰能體國家
輕重以約法三章使君臣上下和睦而相親也垂下也制法也名蓋羣后是
謂宗臣向曰羣后謂諸立功者高祖論何功第一故曰名蓋也何爲羣臣之尊故

曰宗臣宗尊也平陽樂道在變則通銑曰此謂曹參也好黃老之術
故曰樂道臨事能變通而合於理也爰淵爰嘿有此武功濟曰爰於
淵沈嘿靜也言於好沈靜而爲理也事長驅河朔電擊壞東良曰
朔北也電擊言如雷電之威以擊秦將章邯於好時取壞鄉入破秦軍於壞東也協
策淮陰亞跡蕭公翰曰協合也淮陰謂韓信也參與信合謀策擊魏于
豹大破之亞次也功次蕭何之下也參文成作師通幽洞冥向曰
此謂張良也凡不言姓名皆所封邑名及號謚也餘皆類此良自言以三寸舌爲帝者師
幽冥謂受兵法於黃石公也永言配命因心則靈銑曰言配合天
命靈因心而出則如神靈無不必中也窮神觀化望景揣情鬼
無隱謀物無遁形良曰言其觀察事變見其形影已能揣度其情無不

知耳故雖鬼神亦不能隱謀萬物亦莫能逃形也武關是闢鴻門是
寧翰曰初高祖將西入武關高祖欲以二萬人擊嶢下秦軍良曰秦兵尚強未可輕也
秦將好利可令持重寶啗之秦軍果欲連和高祖欲聽之良曰比獨其將欲叛也士卒恐
不從不如因擊之遂大破秦軍入至咸陽比謂武關是闢闢開也項羽至鴻門欲背約擊
高祖良與羽叔父項伯善伯乃來見良言羽意良因引伯見高祖遂令伯具言於羽高祖
不敢背項王羽意乃解良之力也寧安也隨難滎陽即謀下邑向曰
酈食其勸封六國良隨後難之下文備矣高祖兵敗還至下邑高祖曰吾欲取關也東誰
可共功也良謀曰黥布韓信彭越可以破楚必矣滎陽下邑並是地名銷印惎
忌一廢推齊勸立銑曰項羽數侵奪漢軍於滎陽糧軍之食酈食其謀立六
國之後以助高祖從其計令鑄印良乃發八難徵高祖令發遂用良計急令銷印惎教之

韓信破齊使使請於高祖欲假封齊王高祖欲不聽良與陳平俱說高祖請立信爲王信
乃使良授信齊王印此爲勸也運籌固陵定策東襲三王從
風五侯允集濟曰固陵地名高祖追項羽戰不利壁固陵諸侯期不至良說
高祖高祖用其策諸侯皆至遂東襲項羽攻之三王謂韓信彭越黥布也皆會垓下共破
項羽故曰從風羽死烏江而董翳揚喜馬童呂勝揚武等五人各得其一體高祖乃封五
人爲列侯是謂五侯允信集至也霸楚寔喪皇漢凱入良曰霸楚
謂項羽也寔實也喪亡也皇大也凱入謂戰勝凱歌而還其國言漢勝而入其國也怡
顏高覽頭翼鳳戢託跡黃老辭世却粒翰曰謂功
成名遂身退也怡和弭止戢藏也言良和顏高覽神仙之事退歸靜理如鳳之止羽翼不
見也良時託跡黃帝老子之術却粒謂絕穀也曲區句逆遇宏達好謀

能深向曰此謂陳平也宏大達通也游精杳漠神跡是尋銑曰
平常好道術玄理也重玄匪奧九地匪沈濟曰重玄天也匪非奧深
也言平妙知天道地理則天地非爲深沈也伐謀先兆擠濟響于
音良曰言將伐敵其謀業已先見其始事凡響出於音故循音響相濟也亦如君臣相
得也則平與高祖亦如之也奇謀六奮嘉聲四迴向曰平自定天
下凡六出奇計奮出也四迴謂迴轉於天下四方也規主以足離項于
懷向曰規諫也韓信破齊欲立爲齊王使使請於高祖高祖怒平乃躡高祖足諫令
封信爲王又平以金離間項羽君臣羽遂疑范曾是其離懷也格人乃謝楚
翼寔摧銑曰格至也謂范曾謝病去楚而楚羽翼實已摧折韓王窘執
胡馬洞開濟曰韓信反平謀令高祖僞遊雲夢信必鄉迎因執之高祖用其計

而禽信也高祖至平城爲匈奴所圍用平計遂得解圍胡馬即匈奴也洞通也迎文以謀送高以哀良曰呂太后崩諸呂爲亂平誅之謀迎代王代王立是爲文帝也高祖崩平馳至宮哭甚哀也灼灼淮陰靈武冠世翰曰此謂韓信也灼灼盛烈皃冠首也言其靈武爲世之首策出無方思入神契向曰謀策所出無極思與神合也入猶與也契合也奮臂雲興騰跡虎噬銑曰奮擬也言其心勇疾如雲起猛烈若虎之噬噬齧也陵險必夷摧堅則脆濟曰言其雖陵敵險難必以平也雖敢堅陳則如脆矣夷平也肇謀漢濱還定渭表良曰肇始也漢濱謂項羽封高祖爲漢王高祖就國漢中蕭何曰必欲爭天下非信不可與計事高祖乃與謀事用其計遂自漢中還定秦地渭水名在秦故也濱表謂水畔也京索桑各既扼引師北討翰曰

選二十四　十四

高祖與項羽戰漢兵敗信復發兵與高祖會於滎陽破楚軍於京索之間京索二水名扼謂扼楚軍也北討謂伐魏也濟河夷魏登山滅趙向曰信渡河擊魏虜魏王豹遂平魏地夷平也信又進擊趙選二千人將其赤幟登山望趙軍戒曰趙必空壁逐我汝疾入趙壁拔趙幟立漢赤幟於是果如其言趙軍見其壁皆漢幟乃亂遂因而滅之威亮火烈勢踰風埽銑曰亮信踰過也言其威武信爲猛烈破敵之勢過於風埽言易也拾代如遺偃齊猶草齊曰破代齊二國如拾遺物於地如草偃於風也二州肅清四邦咸舉良曰魏趙代皆冀州分齊青州分故曰二州言皆已平定故云肅清四邦則此四國咸皆也言皆舉者謂盡勝也乃眷北燕遂表東海翰曰眷向也信既破趙將北伐燕李左車勸按甲休兵然後可也遂表東海謂立爲齊王也東海齊地也表猶立也克

滅龍且子余爰取其旅向曰龍且項羽將也信既勝滅之於是盡取其眾爰於也旅眾也劉項懸命人謀是與念功推德辭通絕楚銑曰蒯通知天下權在信乃說信曰當今時兩主懸命於足下足下爲漢則漢勝爲楚則楚勝故云劉項懸命也人謀謂蒯通說信反漢爲楚王三分天下信曰我幸得事項王數年官不過執戟故歸漢漢接我上將軍言聽計用背之不祥此則念已之功推高祖之德辭蒯通所說絕楚王之望彭越觀時羅跡匿光人具爾瞻翼爾鷹揚濟曰韜藏匿隱也陳涉初起或人謂越曰豪傑相立叛秦公可效之越曰兩龍方鬭且待之此謂觀時藏跡隱光也後高祖擊昌邑越乃助之言其有英雄之才天下所瞻望翼爾鷹揚言其勇志疾速如鳥翼之飛若鷹之擊揚威陵楚域質委漢王良曰楚域謂項王也靖難河濟即宮

選二十四　十五

舊梁翰曰即就宮居也項氏既滅高祖封越爲梁王初爲相國將兵略定梁地後封之故云舊梁也言如舊之有也烈烈黥布眈眈其眡音麵向曰凡有姓名則注不重言也或椎言其名則注重說餘類此烈烈猛也眈眈虎視皃比於虎言猛也聘視也名冠彊楚鋒猶駭電銑曰初布爲項羽將功冠諸侯其鋒銳勇急如雷電之驚也彊楚謂項羽也覩幾蟬蛻稅悟主革面濟曰言布見幾去楚歸漢亦如蟬蛻去其發也覺漢主仁明故改操而來北面事之悟覺也革改也肇彼梟風翻為我扇良曰肇始也彼謂項羽也梟惡鳥也我謂漢也言始在項羽處休梟鳥之風後乃翻飛而來爲漢助也翕助也天命方輯王在東夏翰曰輯運也王在東夏謂布爲淮南王矯矯三雄至于垓下向曰矯矯雄勇皃三雄謂韓信彭越與布也同會高祖於垓下

遂敗羽垓下地名元凶既夷寵祿來假銑曰元凶則項羽也夷平也假至也保大全祚非德孰可謀之不臧舍福取禍濟曰安於大位而能全福者非德不可也言布謀及不善之道卒見其禍矣保安祚福孰誰臧善也張耳之賢有聲梁魏良曰聲馨也謂高祖微時素聞其賢士也罔極自貽伊媿翰曰此言陳餘交不固也罔無極窮也言士之結交當堅喻金石至於無窮豈可二三其德終易其初以相誅伐此所以自遺其媿也貽遺伊其也俯思舊恩仰察五緯向曰耳與陳餘戰敗走曰漢王與我有故遂歸漢此思舊恩也五緯五星也高祖入關五星聚東井東井秦分野言耳望此而歸漢也脫跡違難披榛來洎改策西秦報辱北冀銑曰脫遺也遺跡違難謂與陳餘戰敗歸漢也榛草木叢生也洎至也言耳奔

馳披冒叢榛之路來至秦中高祖遣耳與韓信擊趙是為改策矣與韓信破趙斬陳餘於泜水上是報辱也趙冀州分野故曰北冀悴葉更耀枯條以肆濟曰謂耳敗走已如悴葉枯條矣而高祖厚遇之是謂更有耀光而復生也木斬而復生曰肆也王信韓孽宅土開疆良曰此謂韓王信也故韓襄王孽孫也宅居也我圖爾才越遷晉陽翰曰我謂高祖以信壯武之才乃更以太原郡為韓國以備北胡遂遷信使都晉陽也圖謀越於也盧綰自微婉孌我皇向曰綰與高祖同日生微時相愛及貴綰出入帝卧內婉孌相親見我皇高祖也跨功踰德祚爾輝章銑曰跨度踰過祚福爾汝也言其功則所封土爵已過其德蓋上心所惠故福汝輝榮之寵章人之貪禍寧為亂亡濟曰言人志貪禍乃為亂亡之道謂綰為叛亡入匈奴吳芮之王

祚由梅鋗呼玄反良曰初項羽立芮為衡山王其將梅鋗功多封十萬戶為列侯項羽死高祖以鋗功故徙芮為長沙王故云祚由梅鋗功微勢弱世載忠賢蕭蕭荊王董我王軍翰曰此謂劉賈也蕭蕭嚴整皃董正也我圖四方殷薦其勳向曰殷多薦進勳功也庸親祚勞舊楚是分銑曰庸用祚福也賈則高祖從兄故用親也祚勞者謂加福於功勞之臣分楚也而為荊國也往踐厥宇大啓淮瀆濟曰厥其宇居也言往踐其荊國之居也啓開也淮水名在荊地瀆水瀆也安國違親悠悠我思依依哲母既明且慈引身伏劒永言固之良曰此謂王陵也違親謂辭親事漢悠悠遠思皃依依猶勤懃也哲智也伏劒自殺也永長也言陵去項羽歸漢羽乃取陵母置軍中陵使使到則坐陵母欲以招陵

母私送使者泣謂使者曰為我語陵善事漢主無以我為二心我以死送使者遂對使者伏劒而死也此賜恐其子事主懷二心故自殺可謂明且慈也淑人君子寔邦之基翰曰淑美寔實邦國基本也言陵才器可謂美人君子實國之幹也義形於色憤發於辭主亡與亡末命是期向曰高祖既崩呂后欲變漢祚將封呂氏王陵曰昔高帝云非劉氏不王也呂后不悅此則義形於色憤發於辭也言其一心事主志節不移故曰主亡與亡也守其遺命不封呂氏可謂末命是期也絳侯質木多略寡言銑曰此謂周勃也木素寡少也會是忠勇惟帝攸歎平聲濟曰會則攸所也高祖每所數曰勃為人有智勇安劉氏者必勃也雲騖靈丘景逸上蘭平代禽豨奄有燕韓良曰騖馳逸疾也雲馳景疾者言其用兵之機速也靈丘上蘭地名

也代漆韓皆因名豨謂陳豨也勃禽教陳豨於靈丘破燕王盧綰軍於上蘭韓擊韓王信
攻得雲中定鴈門此皆代地故曰平代也雲驚靈立則禽豨是也景逆上蘭與音森同平
代則與有韓不異也孟述三事而分為六是作者之詞重也　寧亂以武斃
呂以權滌穢紫宮徵帝大原　翰曰呂后崩呂祿呂產等欲危
劉氏勃以權變之謀遂誅諸呂也滌穢謂殺呂氏於帝宮若洗滌穢惡也太原謂代郡
也勃既誅諸呂乃迎代王而立之是為文帝也　實惟太尉劉宗以安
向曰惟是也時勃為太尉也劉宗漢也　挾功震主自古所難　銑曰
挾懷也言其懷挾定社稷之功震動君主自古所難為也　勳曜上代身終
下藩　濟曰勳功也言勃免相國於下藩而薨也諸侯之國曰下藩即所封絳是也
舞陽道迎迎帝幽藪　良曰此謂樊噲也初噲在沛蕭何使迎高祖立

為沛公高祖嘗在澤中海故云迎帝幽藪也澤無水曰藪也　宣力王室匪
惟厥武揔干鴻門披闥帝宇　翰曰揔猶執也干楯也言其挑
獨有武亦有善謀則高祖在鴻門獨與張良入羽營留飲羽謀殺高祖噲聞之事急
執楯突入羽營是謂揔干鴻門也高祖病惡見人臥禁中詔門者無令羣臣入莫敢入者
十餘日噲乃排闥直入見高祖是謂披闥帝宇也排則排也闥謂門也　聳顏誚
項掩淚寤主　向曰聳顏謂勇壯之色噲既執猶入項羽營而謂羽曰沛公先
入定咸陽軍於霸上以待大王大王乃聽小人之言與沛公有隙臣恐天下解心疑大王
也故云聳顏誚謂責也項謂項羽也噲既排闥見高祖噲流涕曰始陛下與臣定天下
一何壯也今天下已定又何憊也且陛下病甚大臣震恐不與臣等計事陛下不見遺高
之事乎帝乃笑而起故云掩淚寤主也寤謂覺其事也　由周之進于其

哲兄俾率爾徒從王于征　銑曰此謂酈商因兄謂食其言其
食其乃進用於高祖也初陳勝起兵商以數千衆屬高祖皆地故去俾率爾徒從王于征
也俾使爾安徒衆也　振威龍脫　摯　攄武庸城六師寔因
克荼禽黥　濟曰龍脫地名庸城垣也燕王藏荼反商擊之於龍脫破之是謂
振威又擊黥布攻其前垣破之是謂攄武攄用也寔是克勝禽殺也荼臧荼黥黥布也
猗歟汝陰綽綽有裕　良曰此謂夏侯嬰也猗美也綽裕言其才器寬
也　戎軒肇跡荷策來附　翰曰戎軒兵車也肇始荷負也謂高祖初
起時以嬰為太僕常奉車故云始跡也負策謂負鞭策以奉事也來附謂附高祖也　馬
煩轡殆不釋擁樹皇儲時乂平城有謀　協去聲
向曰馬煩謂馬疲也殆壞也釋捨也京師人謂抱小兒為擁樹皇儲太子也謂孝惠帝也

時是又安也平城地名嬰從高祖擊項羽漢軍不利馳去高祖馬疲棄孝惠與魯元公
主嬰收載行高祖怒嬰抱之不捨故太子是安也匈奴圍高祖於平城嬰請徐行咢宮
持蒨外向高祖乃得脫是謂平城有謀也　潁陰銳敏屢為軍鋒　良曰
此謂灌嬰也銳精也敏捷也鋒謂為先鋒也　奮戈東城禽項定功　銑曰
項羽敗於垓下嬰追羽至東城共禽而殺之乃封侯定功也東城地名　乘風藉
響高步長江收吳引淮光啟于東　濟曰言嬰乘其風勢
假藉聲譽乃渡江破吳都定豫章會稽還定淮北遂大開江東土也光大啟開也　陽陵
之勳元帥是承　翰曰此謂傅寬也勳功也元大也大帥謂曹參也言承奉
大帥之令以定齊地遂封爵　信武薄伐揚節江陵　向曰此謂靳歙
也從高祖擊項羽別定江陵也江陵都名薄伐謂以義伐敵克之易也　夷王殄

國俾亂作慾銑曰夷平殄盡從懲止也言平定江陵會其王盡得其國使
亂者止也恢恢廣野誕節令圖翰曰此謂酈食其也恢恢大也誕大
節度令善圖謀也進謁嘉謀退官名都向曰名都謂陳陽也食其
勸高祖意也滎陽是收東規白馬北距飛狐即倉敖庾
據險三塗濟曰食其勸高祖守白馬之津距飛狐之口據敖倉之粟也白馬津
阿也飛狐塞名也敖庾倉名三塗山名規守即就也輶軒東踐漢風載
徂身死于齊非說之辜銑曰輶軒輕車也東載謂東行向齊也載
則徂往也言漢之威風則往矣食其謂高祖曰方今唯齊未下臣請說齊王為漢總東藩
食其至齊齊王乃聽食其言不為備韓信聞食其憑軾下齊七十城乃夜度兵襲齊
王以為食其詐之乃烹之雖身死于齊非說辭不害之罪也我皇寔念言

祚爾孤翰曰我皇謂高祖也寔實祚福尒汝也言高祖實念其功封子疥為高梁
侯此蓋福及其孤也建信委輅胡格被褐獻寶良曰此謂婁敬也委
棄也輅庶車也婁敬本為輓車者乃棄車被褐衣以見高祖獻說令都長安可謂大寶也
指明周漢銓時論道移帝伊洛定都酆鎬向曰
敬說高祖云周以積德於天下漢以兵取天下今欲都洛陽比於周臣竊以為不當矣此
則指明其事銓擇其道也高祖乃用敬策幸長安是謂移帝伊洛定都酆鎬也伊洛東都
二水名酆鎬京二木名也西柔遠鎮邇寔敬攸考濟曰安鎮遠近
實敬之所考定也抑抑陸生知言之貫銑曰此謂陸賈也抑抑畏
義兒言賈善為說也賈適也往制勁越來訪皇漢翰曰謂約也勁
彊也皇大也高祖使賈往約南越王尉他而賜之印初尉他見賈頗有驕傲賈與之言尉

他蹶然而起謝賈稱臣受漢約而來歸漢之德也訪歸也附會平勃夷兇
翦亂良曰平謂陳平勃謂周勃會猶接也謂其能安國家定社稷可以附接於陳周
之問矣夷平翦伐也謂與陳周誅呂氏也所謂伊人邦家之彥向曰
伊辭也伊人猶言此人也彥美人也百王之極舊章靡存銑曰此謂
叔孫通也言漢承百王敝極之時而禮儀舊章皆無存者通乃復脩之漢德雖
朗朝儀則昬濟曰朗明昬闇也稷嗣制禮下肅上尊
翰曰漢拜通為博士號為稷嗣君也言其制禮儀下敬而上尊各有分也肅敬也穆
穆帝典煥其盈門向曰漢典聲美也漢盛也風睎三代憲
流後昆良曰睎望也憲法也三代謂夏殷周也言所制禮儀之風睎望與三代同
盛而法流於後嗣昆猶嗣也無知叡敏獨照奇跡察侔蕭

相貺同師錫向曰此謂魏無知也叡明敏達侔比也貺猶慶也師猶衆也錫
舉也言其明達獨有奇跡謂薦陳平於高祖則亦比蕭何進用韓信而天下定慶同堯時
衆舉舜而洪水理書云師錫帝曰有鰥在下曰虞舜隨何辯達因資於
敵舒漢披楚唯生之績銑曰黥布本屬項羽則漢之敵也而何說
之背項羽而歸漢乃定天下是因資於敵也舒成也披毀也楚則項羽也唯生之績謂唯
何之功也生者有德之稱皤皤音婆董叟謀我平陰三軍縞
素天下歸心向曰此謂新成三老董公也瞎皤老皃叟老也高祖度平陰津
至洛陽董公邀道說高祖曰項王無道放殺義帝天下之賊也大王三軍之士為之縞素
以此東伐四海莫不仰德也高祖善之遂為義帝發喪軍士皆縞素素帛也言以素帛為
凶服也平陰津名袁生秀朗沈心善照良曰秀朗謂賢明也沈深

言其深心照見事理也漢旆南振楚威自撓奴教反向曰衰生謂高祖曰分諸將引入楚地而使自分兵相救而楚威權自然撓也大旆旗也南振謂南入楚也撓亂也大略淵回元功響效向曰言其大謀略如淵回之深大功如響應之速效猶應也遐哉惟人何識之妙向曰邈遠也推入猶此人也紀信誑項軺以焦軒是乘攝齎即夷赴節用死孰與煙消名與風興翰曰項羽急攻滎陽漢計無所出紀信曰事急矣臣請誑楚可以閒出信乃乘王車服王衣詐爲高祖降項羽以出高祖得與數十騎出矣項羽遂燒殺信郭斬輕車也攝齎握衣也謂高祖所服衣也懲恐也言其忠勇是用死節雖復恐懼雖身隨煙而滅忠烈之名與風興也周苛慷慨心若懷冰形可以暴志不可陵良曰暴露也言其壯

志見於外也陵欺也高祖令苛守滎陽城項羽破之苛罵羽曰若不趨降漢今爲虜矣羽怒烹苛也貞軌偕沒亮跡雙升帝疇爾庸後嗣是膺向曰軌跡亮信升高疇誰庸用膺當也言紀信周苛忠貞之節俱沒於項羽信勇壯之迹雙高也高祖念此二人已死誰可封安功乃後嗣以當也謂高祖封信子通爲襄平侯周苛子成爲高平侯天命雖順王心有違懷親望楚永言長悲侯公伏軾皇媼烏老來歸是謂平國寵命有輝銑曰王心有違謂高祖父母並爲項羽軍所執也高祖懷思長悲侯公爲高祖說羽父母皆得歸漢封侯公爲平國君故云寵命有輝也伏軾謂乘車而往也皇謂高祖父也高祖即位爲太上皇媼謂高祖母也女老曰媼此上三十一人須畢此下趨述其事也震風過物清濁效響翰曰言風動過於萬物之中無

清濁皆應聲響亦如功臣各效其才以成大業大人于興利在攸往濟曰大人君子也利在所往言君臣相應所往則利也弘海者川崇山惟壤向曰弘大崇高壤土也海所以大者衆川成之山所以高者積土成之言帝王成功亦須衆賢成之也韶護錯音袞龍比象良曰韶舜樂名護湯樂名錯雜也天下既平功成作樂之義也龍服王者之服也比象者諸色備也謂高祖居尊位備禮儀也明明衆哲同濟天網向曰哲智也同濟天網謂同濟天下離亂若整綱紀網羅也劎宣其利鑒獻其朗翰曰宣猶用也鑒鏡明也言羣臣如用劒之利以鑒割事機如鏡之明以照察事理也文武四充漢祚克廣向曰衆賢文武之道四方充滿故漢祚能廣也克能也悠悠遐風千載是仰

東方朔畫贊一首 并序

夏侯孝若

銑曰臧榮緒晉書云夏侯湛字孝若譙國人也美容儀才華富盛早有名譽與潘岳友善時人謂之連璧嘗爲散騎常侍此贊爲當時所重

大夫諱朔字曼倩平原厭一琰次人也良曰朔爲太中大夫魏建安中翰曰建安年号也分厭次以爲樂陵郡故又爲郡人焉向曰又爲樂陵郡人也事漢武帝漢書具載其事先生瓌瑋博達思周變通以爲濁世不可以富樂也故薄游以取位銑曰濁世謂武帝奢後無度也故薄游以取下位也苟出不可以直道

也故頡頏以傲世向曰苟出謂且以陵其事勢亦不可以
直道言非用直時也頡頏自縱皃傲慢也傲世不可以垂
訓也故正諫以明節良曰又以傲慢理不可以垂教
後人故直諫武帝以明其大臣節也明節不可以久安
也故詼苦回諧以取容翰曰正諫恐禍及身故不可久
寫也詼諧取容謂戲弄以悅主上之容也潔其道而穢其
跡向曰言志情而為穢跡以混於俗使人不知也清其質而
濁其文銑曰贊謂天性文謂外飾亦所以亂俗而矯也弛張
而不為邪進退而不離羣向曰弛張猶衰榮也
羣道也若乃遠心曠度贍智宏材良曰曠寬

贍宏大也倜天力儻博物觸類多能翰曰倜儻
謂奇才也合變以明筭幽贊以知來向曰合道
通變在於妙筭幽通神明知其來事贊猶通也自三墳五典
八索九丘陰陽圖緯之學百家衆流
之論銑曰圖緯謂圖讖天文也周給敏捷之辯支
離覆逆之數濟曰又有疾惠之辯支離卜也覆謂射覆逆謂
逆剌象知前事也數術也經脈藥石之藝射御書
計之術向曰計數也乃不研精而究其理
不習而盡其功良曰究盡也言皆不常習而自盡其妙理
謂天性而知也經目而諷於口過耳而闇於

心翰曰言諸術皆纔經於目則諷誦不忘近過於耳而闇於心謂明
悳也夫其明濟開豁包含弘大陵轢
歷卿相嘲哂豪傑向曰陵犯轢踐也嘲哂謂戲弄也
籠罩靡前跆臺籍貴勢銑曰謂豪傑之人所懼憚
無敢前與之通言者朔皆籠罩在於心脅也跆籍猶殘暴也言不良貴勢
之士也彝無也出不休顯賤不憂慼濟曰出進也言
進入於仕不求其榮貧賤則不憂也感亦憂也戲萬乘若寮
友視儔列如草芥良曰萬乘天子也儔列謂同類者草
芥部賤之物也雄節邁倫高氣蓋世翰曰言英雄之
節過人蓋世謂最高也邁過也可謂拔乎其萃游方

之外者也向曰言其才器超拔羣類游於當塗之外也萃類也
方也常談者又以先生噓虛吸許急沖和
吐故納新銑曰噓吸謂吹欲也沖和謂真氣也吐故謂吐其濁
氣納新謂得其清氣皆言養形存神也蟬蛻龍變棄俗
登仙濟曰蟬蛻謂蛻殼出其身龍變謂解其骨而騰形棄俗登仙有
如此者神變造化靈為星辰向曰俗謂朔為太白
星精此又奇怪惚恍不可備論者也良曰
惚恍謂幽微也大人來守此國向曰大人謂湛父為樂陵
郡守僕自京都言歸定省翰曰謂湛覲省於父覩
先生之縣邑想先生之高風徘徊路

寢見先生之遺象濟曰路寢謂廟也遺象謂所畫形象也逍遙城郭觀先生之祠宇銑曰逍遙謂徘徊也祠宇亦廟也慨然有懷乃作頌焉翰曰慨然猶悵然也其辭曰

矯矯先生肥遁居貞向曰矯矯高皃肥猶樂也遁隱貞正也言其樂隱於俗而居其正道退不終否進不避榮銑曰退無慍色故不終否否謂志不通也臨世濯足希古振纓良曰臨世而隱如古之漁父濯足振纓也言隨時清濁以隱於俗也振亦濯也希望濯洗也涅而無滓既濁能清翰曰涅黑緇也滓穢也言其在俗則道自高如在涅中而無穢汚外行則濁中志能靖也無滓伊何高明克柔濟曰伊惟克能也疊上句以自問無滓穢者何也則高明能爲柔道能清伊何視汙若浮銑曰此亦疊上辭也言其視濁汙之理若清也謂不以爲恥也浮猶清也在樂必行處淪罔憂銑曰處樂時必行樂在沈淪時則無憂言知其時也罔無也跨世陵時遠蹈獨遊向曰跨越也蹈步也瞻望往代爰想遐蹤良曰言遐思往代之事於是想朔遠跡也爰於也蹤跡也邈邈先生其道猶龍向曰邈邈遠也猶龍謂如龍變化屈伸小大不常也染跡朝隱和而不同良曰染近於俗隱跡於朝與俗和光而不同其道也栖遲下位聊以從容濟曰下位謂朔爲太中大夫也我來自東言適茲邑銑曰湛自言從東來也此邑謂樂陵郡也敬問墟墳企佇原隰向曰企佇謂望立也高平曰原下濕曰隰也謂朔故居立墓之處墟墓徒

進　二十四　廿六

存精靈永戢良曰戢藏也民思其軌祠宇斯立翰曰下人思其軌則立祠廟於此也徘徊寺寢遺象在圖向曰寺司也言其有官司全其寢廟也圖畫也周遊祠宇庭序荒蕪銑曰東西廂曰序榱棟傾落草萊弗除良曰榱椽也萊蒿也肅肅先生豈焉是居濟曰肅肅清皃言其豈於此居是居弗形悠悠我精翰曰言不見朔真形使我悠悠遠思也精猶思也昔在有德罔不遺靈向曰自古有德之人無不遺其神靈以示後代天秩有禮神監孔明銑曰秩次也言天下之次序有祭祀之禮則神監其忠信甚可明也髣髴風塵用垂頌聲良曰言髣髴聞其高風清塵故此用垂頌聲也

三國名臣序贊一首　袁彥伯

濟曰檀道鸞晉陽秋云袁宏字彥伯陳郡人也爲東郡守三國魏吳蜀也名臣謂有賢才立功業垂名於後代者也序贊者言并序也

夫百姓不能自治故立君以治之明君不能獨治則爲臣以佐之然則二五迭隆歷世承基翰曰三皇五帝更遞興盛雖歷遠代而後帝王必繼其道也揖讓之與干戈文德之與武功向曰舜禹揖讓文德以興湯武干戈武功以取言各異道也莫不宗匠陶鈞而羣才緝熙銑曰宗本也匠制也陶鈞造化也緝明熙廣也元首經略而股肱肆力向曰元首君也經略經營也股肱臣也肆陳也雖遭

選　二十四　二十七

不同且跡有優劣良曰遭離猶逢遇也言揖讓干戈所遇時亦不同而跡有優劣也而至於體分冥固道契不墜風靡所扇訓革不載其揆一也翰曰至於爲君之體爲臣之分冥契之理日堅固道合之義不墜皆風靡振於後代雖訓教改於千載其理天下一也契合扇振革改揆理也故二八升而唐堯盛銑曰舜舉八元八愷用之於堯時也伊呂用而湯武寧銑曰成湯得伊尹武王得呂望而社稷安也三賢進而小白興向曰三賢謂管仲鮑叔隰朋也小白齊桓公名五臣顯而重耳霸良曰五臣謂趙衰先軫魏武子賈佗狐偃也重耳晉文公名也中古陵遲斯

選二十四　二十八

道替矣翰曰替衰也居上者不以至公理物爲下者必以私路期榮向曰謂私行請託以求其官榮御圓者不以信誠率衆翰曰圓天也謂君言君御下不信於誠也率理也執方者必以權謀自顯向曰方地也謂臣也言臣事上必尋威權以爲詐謀而求榮也於是君臣離而名教薄世多亂而時不治故蘧甯以之卷舒銑曰蘧伯玉邦有道則仕無道則隱甯武子邦有道則智無道則愚此道卷寄也卷謂退寄謂進也柳下以之三黜濟曰柳下惠爲士師三黜而無慍色知其時不可默退也接輿以之行歌魯連以之

赴海良曰楚狂接輿不仕於時常行歌云鳳兮鳳兮何德之衰則知其時無明君也田單欲與魯連爵乃遊隱於海上蓋爲時之無道也連衰世之中保持明節君臣相體若合符契則燕昭樂毅古之流也向曰燕昭王與樂毅相得上下不疑故立大功夫未遇伯樂則千載無一驥向曰伯樂善相馬者驥良馬也言不遇樂相馬者千年不得一良馬不遇明主而賢亦無人知也時值龍顏則當年控三傑漢之得材於斯爲貴銑曰龍顏漢高祖也言時逢漢祖則當年用其三傑也張良蕭何韓信謂之三傑高祖自言此三人者皆人傑也吾能用之控猶用也高祖雖不以

選二十四　二十九

道勝御物羣下得盡其忠向曰道勝謂以道御物勝征伐也羣下盡忠謂言必用計必從也蕭曹雖不以三代事主百姓不失其業良曰蕭曹謂蕭何曹參也三代夏殷周也言雖才不及三代之臣而百姓不失其業翰曰言蕭曹佐高祖靜息禍亂庶育生人庶入抑亦其次抑亦次三代之君臣也夫時方顛沛則顯不如隱向曰顛沛謂亂也君子當亂代見身則不如藏也恐遇害也萬物思治則默不如語向曰理萬物當依法教垂其禮制故尚語不尚默也是以古之君子不患弘道難遭時難向曰不患廣道爲難遭平時爲難也遭時不

難遇君難銑曰遭平時亦不足爲難逢遇明君是爲難也故有道無時孟子所以咨嗟濟曰言有佐君之道無其時者謂無明君也孟子云雖有鎡基不如待時此謂咨嗟有時無君賈生所以垂泣良曰有時無君謂承平之代無明主也賈誼上書云臣竊爲事勢可流涕故云垂泣夫萬歲一期有生之通塗翰曰有生謂生人也千載一遇賢智之嘉會向曰嘉善也遇之不能無欣喪之何能無慨銑曰慨歎也古人之言信有情哉余以暇日常覽國志濟曰志謂三國志也考其君臣比其行事雖道謝先代

亦異世一時良曰各得一時之宜文若懷獨見之明而有救世之心向曰魏臣荀彧字文若也論時則民方塗炭計能則莫出魏武向曰天下濁亂人如在塗泥炭火之中言文若所能則不過魏武帝也故委面霸朝豫議世事銑曰委質北面以事魏朝擧才不以標鑒故久之而後顯濟曰言彧擧賢良用之於朝不自出標眩爲己明鑒故久而益明也籌畫不以要功故事至而後定良曰要功謂貪功也言畫籌策不貪爲己功故有事至其所主而後定也雖亡身明順識亦高矣向曰彧有直言於太祖太祖恨之飲藥而死是亡身也欲

臣漢故云明順也董卓之亂神器遷偪向曰神器帝位也時卓偪遷獻帝於長安也公達慨然志在致命銑曰荀攸字公達慨然壯勇毅言公達見獻帝危故志在致其命以匡漢室也由斯而談故以大存名節向曰言荀攸存其名節也至如身爲漢隸而跡入魏幕濟曰隸官也軍府曰幕源流取舍其亦文若之謂良曰源流謂本也取舍謂進退也言彧之本志臣漢亦與荀彧同也所以存亡殊致始終不同將以文若既明且哲名教有寄乎翰曰謂其與彧志同彧之死矣而攸則存焉是爲殊致而不同也哲智也言名教忠貞寄在此二子之身

夫仁義不可以不明則時宗擧其致向曰宗尊也致理也言仁義既明則時人尊擧其妙理慕而行之謂荀彧生理不可以不全故達識攝其契銑曰攝行契義也言全生以臣時尊故達識君子行其義事也相與弘道豈不遠哉良曰言二荀相與廣此臣道豈不深遠哉弘賁也崔生高朗折而不撓向曰崔琰也亦魏臣也朗明折勇撓曲也所以策名魏武執笏霸朝者蓋以漢主當陽魏后北面者哉濟曰言琰有高明勇直之志義心匡漢所以策名入仕蓋爲漢主當位魏君北而爲臣不然則不苟求於魏氏也霸朝謂漢也陽君位也后謂君也若

乃一旦進璽君臣易位則崔子所以
不與魏武所以不容良曰璽謂國璽也君臣易位謂
魏武欲取漢位也崔子不與謂琰不許也太祖以琰有怨謗之詞遂賜死此則崔子不許而魏武所不含容者也與許也夫江湖所以
濟舟亦所以覆舟仁義所以全身亦
所以亡身銑曰仁義人之本故曰以全身今琰以義見禍是所以
立身也如江湖濟舟亦所以覆舟也然而先賢王權於
前來哲攘袂於後豈非天懐發中而
名教束拘者乎翰曰言先賢謂古昔忠義之士言以義見
亡如王之推辞也來哲謂後智也亦以仁義舉袂而怒又以亡矣豈非白

選二十四　三十二

出天性之懷發於中心名教拘束之使至於此也而孔明盤桓
俟時而動遐想管樂遠明風流向曰蜀捐
諸葛亮字孔明也盤桓未進時也俟待也亮未見用之時每自比才如管
仲樂毅故遠知此二人高風流於前代可師而行治國以禮
民無怨聲刑罰不濫沒有餘泣銑曰謂亮
死國人皆泣也役死也雖古之遺愛何以加茲
及其臨終顧命受遺作相劉后授之
無疑心武侯受之無懼色翰曰先主臨終顧託
後事於亮亮受遺詔輔佐後主先主授之不疑於亮亮受之又無懼色此
君臣不相疑國也蜀后先主也武侯亮也繼體納之無貳

情百姓信之無異辭君臣之際良可
詠矣向曰先主勑後主云政與丞相從事如事父而後主納亮之義
無猜貳之猜也繼體謂後主也言此君臣之間實可讚詠也際間良實也
公瑾卓爾逸志不羣銑曰吳將周瑜字公瑾卓爾高
皃摠角料主則素契於伯符良曰惣角謂童
子之譽也料度也孫策與瑜同年少小惣角之時常友善升堂拜母相度
以義心合於策也伯符策字素猶心也契合也曉節曜奇則
參分於赤壁翰曰曉節謂壯年也曜奇謂用兵也奇策也參
分謂參謀與分職於軍事赤壁江陵江口山名謂瑜將兵破曹公軍於赤
壁惜其齡促志未可量翰曰言瑜早卒故惜其年

選二十四　三十三

促其志深遠未可測量也子布佐策致延譽之美
良曰張昭字子布亦吳臣也佐策謂輔佐立討策也輟哭止哀
有翼戴之功向曰孫策臨終以弟權託於昭昭率羣臣立而
輔之權悲哭未視事昭謂權曰方今天下鼎沸何得伏哀慼以肆匹夫之
情乎權乃止陳兵而出也翼戴謂輔佐也神情所涉豈徒
謇愕五各而已哉銑曰謇正愕直也然而杜門
不用登壇受議向曰昭以諫權不許稱尊號權不聽遂稱
疾不朝權恨之以土塞其門昭又於內以土封之及權登壇即尊位會百
官昭舉笏欲贊功德昭未及言權曰如用張公計今已乞食矣昭大慙伏
地流汗此謂受議也杜塞也夫一人之身所昭未

異而用捨之閒儀有不同況沈跡溝壑遇與不遇者乎向日初昭之用之也委以內外文武之事及其不用有此識辱此則一人之身好惡所明亦未異也而用之則延嚮捨之則識辱須臾之間何其不同況沈棄於溝壑遇時與不遇也夫詩頌之作有自來矣向日有自古來也或以吟詠情性或以述德顯功雖大旨同歸所託或乖銑日雖詩頌大意同歸其理所託之事或有乖異若夫出處有道名體不滯良日君子或出或處各得其道出則進忠於君處則固節自守故日名體不滯也風軌德音為世作範不可廢也濟日言古人善風高跡著其德音為天下作法度者不可廢而不述故復撰序所懷為之贊云

選 二十四　三十四

火德既微運纏大過平聲協韻向日火德漢也易大過卦云大者過也本末弱也言漢德既微本末復弱洪風扇海二溟揚波銑日共大風扇海也二溟謂南溟北溟皆海也揚波以喻大亂也虬虎雖驚風雲未和向日虬龍也雲從龍風從虎言未和者君臣未相應合也言驚動而求應也潛魚擇淵高鳥候柯翰日言臣之求君如游魚之擇淵飛鳥之求柯翛者也潛游也高飛也候求也赫赫三雄並迴乾軸良日赫赫盛皃三雄謂三國之主也乾天也言其競天下若運轉天軸萬物震動也競收杞梓爭采松竹向日杞梓木之良材也松竹貞堅也並比於賢人也言三國之君競取采賢士也鳳不及栖龍不暇伏谷無幽蘭嶺無亭菊銑日鳳龍蘭菊並比德英雄君子也言其在山谷之間思齊時雄故不暇栖伏也亭秀也言無者皆出見於時也英英文若靈鑒洞照向日此謂荀彧也文若字也英英鮮明皃洞通照明也應變知微探賾賞要良日言其翰日賾求賞探也探求奇要之道也日月在躬隱之彌曜良日言其明也彌益也文明映心鑽之愈妙向日言其有文也文明識理映於中心鑽而研之愈至於精妙滄海橫流玉石同碎銑日滄海橫流言天下逆亂也玉石同碎謂善人凶人俱見危難也達人兼善廢已存愛良日古人君子達則兼善天下皆兼其善也變已謂存謙讓也存愛謂變育下人也謀解時紛功濟宇內濟日紛亂也始救生人終明

選 二十四　三十五

風槩古代反翰日風槩節槩也謂不順太祖及漢位也公達潛朗思同蓍蔡良日此謂荀攸也公達字也潛明也蔡龜也蓍以蓍龜以卜言思慮潛明有如卜筮見其亨也運用無方動攝群會向日言思慮運用而無擬也動攝群會謂統攝衆事也爰初發跡遘此顛沛濟日遭遇也顛沛亂也神情玄定處之彌泰銑日言其雖遇亂代神情玄遠而有所定處之此時益如通泰言其器量勇大也愔愔幕裏籌無不經翰日愔愔安靜皃幕裏謂軍中也言在軍中籌算事理無所不經也亹亹通韻迹不疑停向日亹亹進也言善謀所進如音樂聲韻通和而事不疑停滯也雖懷尺璧顧哂連城銑日尺璧謂道之和氏璧秦欲以十五城易之者言攸之才可實過於十五城之價故傾而哂之哂笑也智能極物愚

足全生向曰言其內智辨能極於物而外貌似愚能違害全身矣則其智可及其
愚不可及也郎中溫雅器識純素向曰此謂徐奕也郎中官也純
素謂與衆不雜貞而不諒通而能固恂恂德心汪汪
軌九度銑曰貞正也諒信也言其能行正道邪言不信通達物理而能堅固恂恂敬也
汪汪大也軌則度法也志成弱冠道數歲暮良曰弱冠二十歲也
數布也歲暮謂年老也仁者必勇德亦有言濟曰言奕仁而能勇
也太上立德其次立言謂奕言詞忠正也雖遇履虎神氣恬然翰曰
履虎尾喻危懼也言其雖遇危懼之時神氣不易也恬然謂安也行不脩飾
名跡無愆向曰言行天性故不待脩而名跡無其愆失操不激切
素風逾鮮良曰志操不待嚴勸切磋自有純素之風雖在濁世愈鮮明也邈

選二十四　三十六

哉崔生體正心直天骨疎朗牆宇高嶷魚力反翰
曰此謂崔琰也天性疎通而明朗若牆宇高不可窺見其內也嶷高皃忠存軌
跡義形風色銑曰謂曹公每欲窺奪漢位琰每折之義見於風神顏色也形
見也思樹芳蘭翦除荊棘向曰芳蘭謂忠賢之士也樹立也荊棘謂
讒亂人也翦除言殺也人惡其上時不容哲翰曰人才在於人上
者人必惡之時有姦雄不容哲士言琰才智過人曹公憚之琅琅先生雅
杖名節良曰琅琅珠玉皃先生琰也言琰才如珠玉也杖持也雖遇塵
霧猶振霜雪向曰塵霧謂恥辱也謂曹公怒琰詞為徒隸是恥辱也曹公視
之琰詞色無屈是振霜雪也運極道消碎此明月濟曰天運窮極
君子道消而曹公忌琰乃殺之如碎明月珠也景山恢誕韻與道合

良曰此謂徐邈也景山字也恢誕大也其思如音韻和理與道相合也形器不
存方寸海納翰曰形器不存謂心存萬物不事存一理方寸之心如海之納
百川也言其包含廣也和而不同通而不雜良曰與時和光其道
不同理通於衆其心不雜遇醉忘辭在醒貽答向曰邈常私飲酒至
沈醉校事者問以曹事邈曰中聖人也曹公知之甚怒鮮于輔曰醉客以清酒為聖人此
邈醉言竟得免刑此則遇醉而忘其言辭也及文帝踐祚帝問曰頗復中聖人否對曰昔
子反斃於穀陽禦叔罰於飲酒臣嗜同二子不能自懲時復中之帝大笑顧左右曰名不
虛立也此則在醒貽答矣貽猶美也長文通雅義格終始銑曰此謂
陳羣也長文字也格至也言其義心終始不移思戴元首擬伊同恥
濟曰戴輔也元首謂文帝也言其志比擬伊尹佐湯愧恥不能致君如堯舜之德民

選二十四　二十七

未知德懼若在己翰曰言天下之有未知聞君德者是輔臣之過故懼
若在己也嘉謀肆庭讜言盈耳良曰嘉善也肆用也讜直盈滿也言
善謀用於帝庭直言滿於帝耳玉生雖麗光不踰把德積雖
微道映天下向曰此謂夏侯玄也言玉雖美麗光色不過一把之內雖積德
微薄天下所知也踰過也淵哉泰初宇量高雅銑曰泰初夏侯玄字
器範自然標準無假濟曰器量法度出於自然為人標望准的無所
假借也範法也全身由直跡洿烏必偽處死匪難理
存則易良曰全立也由欲也洿濁也匪非也言人之立身皆欲正直及至傾跡濁
世必從虛偽而玄終於不變衆姦所疾身臨誅戮辭色自若義心所切以為處死非難但
正直理存死則易矣玄竟以此被誅萬物波蕩孰任其累翰曰萬物

波蕩謂天下亂如波浪之沸蕩也銑佇其累謂誰當其敗也言人共苦也六合徒廣容身靡寄向曰六合謂天下也靡無也言天下大亂姦邪且衆故求明君以容其身竟無所寄託卒見誅戮君親自然匪由名教敬愛既同情禮兼到銑曰此謂王經也言君親至尊下之事上自天性之道非由名教所束以爲浮僞敬愛其君與父同也言經盡臣下之節情禮不失烈烈王生知死不撓女教求仁不遠期在忠孝翰曰烈烈謂威勇皃王生謂經也撓曲也言求其仁不遠者必在忠孝之中得之矣言經忠孝仁道具於身也玄伯剛簡大存名體向曰此謂陳泰也玄伯字也剛斷簡大也言能斷割大事志在高構增堂及陛濟曰言其立志將欲大成帝功也高大構成增尊也堂喻君也陛喻羣臣也言泰志在尊崇其君及整治羣臣使有等差

選二十四 三十八

端委虎門正言彌啓良曰虎門軍門也言其端身委質於虎門之下正直之言益開也謂泰請誅賈充以謝天下也臨危致命盡其心禮銑曰臨危難之間必致命盡死以存臣心盡禮匡救於君也自荀彧至此並魏臣凡九人堂堂孔明基宇宏邈濟曰此謂諸葛亮也孔明字也堂堂盛皃基宇猶器度也宏大邈遠也器同生民獨稟先覺向曰言形與生人同而獨稟先覺之理知帝王之道可以爲也器形也覺寤也標榜風流遠明管樂翰曰標牓謂亮見古人之風流遠明管仲樂毅之才以自比也初九龍盤雅志彌確苦角反向曰易乾卦初九爻辭云潛龍勿用謂亮未見用之時潛隱於野雅志益堅確乎其不拔也百六道喪干戈迭用濟曰四千六百一十七歲爲一元一百六歲日陽九之厄言漢道喪亂遭此之厄迭遞也干戈遞用

言亂也苟非命世孰掃雰霧莫貢反良曰千年一聖人出五百年一賢人生聖賢未出其中有命世者謂亞於賢也孰誰也雰霧昬濁氣也以喻亂也言亮若非命世之賢豈能埽除天下之亂宗子思寧薄言解控翰曰宗子謂先主也寧安也控急也言先主思安天下故薄言求於亮以解海内懸急之災先主漢之孫故稱宗子釋褐中林鬱爲時棟向曰釋去也褐衣庶人之服言去褐衣棄林野鬱然而起爲棟梁之戶也鬱盛皃言其爲國之要如屋之有棟士元弘長雅性内融翰曰此謂龐統也士元字也弘大長遠也言其思慮大遠也融明也崇善愛物觀始知終喪亂備矣勝塗未隆先生標之振起清風銑曰備多塗道標立也言天下喪亂多時而勝殘去殺之道未能有盛者統之爲政乃立此道振古人之清風綢繆哲后

選二十四 三十九

無妄惟時良曰綢繆恩密皃哲后謂先主也無妄時謂當窮災之時也易無妄卦云無妄之行窮之災也夙夜匪懈義在緝熙濟曰夙早匪非懈墮緝和熙明也言其早夜非敢怠墮義在和明政治以平天下三略既陳霸業已基向曰先主與統議襲劉璋統曰陰選精兵晝夜兼道經襲成都一舉便定此上計也揚懷高沛璋之名將各有強兵據守關頭聞數有牋諫璋使發遣將軍還荊州將軍未至遣與相聞說荊州有急欲還救之州此二子既服將軍英名又喜將軍之去必乘輕騎來見將軍因此執之進取其兵乃向成都此中計也退還白帝連引荊州徐還圖之此下計也先主用中計果執二將還定成都此謂三略陳而霸業成也公琰植根不忘忠正豈曰譔擬實在雅性翰曰此謂蔣琬也公琰字也植立根本譔學擬此也言琬立性之本不忘忠正之道豈曰學此於古人實

在雅性自然而有也亦既羈勒負荷時命推賢恭己久
而可敬銑曰羈馬絡頭也勒控也言既受祿秩以為驅策如良馬之有絡控奉
君主之命公衡沖達秉心淵塞媚茲一人臨難不
惑向曰此謂黃權也公衡字也沖幽秉執淵深塞實媚愛也一人天子也言權用情幽
達執心深實愛於天子臨危難之事行而不惑疇昔不造假翮鄰國
進能徽音退不失德濟曰不造謂伐吳軍敗也假翮隣國謂降魏魏
拜為將軍蓋假借朝夕而已非其欲也徽美也進能美音者謂常諫先主也退不失德者
謂不得已降魏而志常在蜀也自諸葛亮至此並蜀臣凡四人六合紛紜民
心將變鳥擇高梧臣須顧眄翰曰此謂周瑜也紛紜亂也鳥
謂鳳也鳳擇梧桐而栖言為人君者擇地而都而賢臣須君顧眄乃為用也公瑾

英達朗心獨見良曰公瑾瑜之字也朗明也獨見猶獨斷也披草
求君定交一面銑曰披草謂出自草澤而求明君也定交一面言一見不
疑乃委而任之桓桓魏武外託霸跡志掩衡霍恃戰
忘敵向曰桓桓武皃霸跡謂漢朝也言其外託漢以示天下而志欲掩取吳國恃
其戰勇輕忘吳敵也此所述魏武者欲明周瑜赤壁破魏軍之功也衡霍吳二山名卓
卓若人曜奇赤壁三光參分宇宙暫隔銑曰若人
猶此人也言瑜破魏於赤壁也曜奇謂曜明奇策也赤壁江口也參三也三光謂日月星
三分者言三國也宇宙天下也隔謂各據一方子布擅名遭世方擾
翰曰此謂張昭也子布字也擾亂也撫翼桑梓息肩江表良曰撫循
斂也言其如鳥斂翼於鄉閭且不見其才能及遊難於江東遂投孫策也息肩謂安志也

表外也王略威夷吳魏同寶遂贊宏謨匡此霸
道濟曰略道也威夷險阻也吳魏先同建之以平天下故云同寶也贊助宏大也[illegible]道
謂吳也桓王之釁大業未純把臂託孤惟賢與
翰曰孫權即位追謚孫策為長沙桓王親策之釁時帝業未安而策把臂託昭以權
為後也言以昭為親矣大業帝業也純安也輟哭止哀臨難忘身
成此南面寔由老臣良曰南面天子也寔實也老臣謂昭也才
為世生世亦須才翰曰賢才為亂世而生亂世亦須賢才而靜亂言君
臣相須乃成其業得而能任貴在無猜向曰君不可猜於臣也
昂昂子敬拔跡草萊荷擔吐奇乃搆雲臺銑曰
此謂魯肅也子敬字也昂昂出羣皃肅本以富於財好施與周瑜詣肅求資糧肅以米三

千斛與瑜瑜奇之因薦於權宜以佐時肅見權說曰為將軍計者唯有鼎足江東以觀天
下之釁然後建號帝王此謂吐奇策也搆立也雲臺喻帝業之高也荷擔謂賤者之事
子瑜都長體性純懿濟曰此謂諸葛瑾也子瑜字也都美長善也
諫而不犯正而不毅良曰毅剛也言其能諫而不犯逆顏色正直而
不剛將命公庭退忘私位豈無鶺鴒固慎名器
翰曰將命謂奉命之蜀與弟亮但公庭相見退無私面豈無急難之情蓋以奉君命不夫
名器也此大丈夫矣私位謂兄弟之次也伯言謇謇蹇以道佐世
出能勤功入亦獻替向曰此謂陸遜也伯言字也謇謇直也出為將
帥勤事而有功入則獻替其可否獻進也替廢也謂事有可否進之否者替之謀寧
社稷解紛挫銳正以招疑忠而獲戾銑曰寧安挫折

言折挫前敵之鋒鋭也然卒以正直招君主之疑以忠鯁而得其罪矣元歎穆遠神和形檢如彼白珪質無塵玷良曰此謂顧雍也元歎字也穆美也檢整也言其志思美遠神理清和形貌嚴整珪玉無玷缺也立行以恒匡上以漸翰曰言其德行有恒也匡正也正其君上必以漸諫不為遽也清不增潔濁不加染向曰清不增潔者謂心清而不自恃故不潔也濁不加染者謂時濁而不隨邪故不染也仲翔貞亮性不和物銑曰此謂虞翻也仲翔字也亮明也不和物謂不隨俗而易性好是不群折而不屈濟曰性不容非故曰好是志多正直故曰折而不屈屢摧逆鱗直道受黜歎過孫陽放同賈屈翰曰屢摧逆鱗謂犯顔直諫也黜謂遭棄逐也良曰馬比於賢人也孫陽古之善相馬者言賢臣不為君主所知乃遭遷逐則歎過於良馬之不遇孫陽也是同乎賈誼屈原身殺於荒裔也上自周瑜至此并吳臣凡七人詵詵衆賢千載一遇向曰此總述三國之美也詵詵衆也美整轡高衢驤首天路良曰良臣遇君如龍之整轡以游天路也高衢亦天路也驤舉也仰挹玄流俯弘時務向曰文天也臣仰君之澤流也俯下也弘安也名節殊途雅致同趣銑曰人之名節雖則殊道事君之義亦同趣理日月麗天瞻之不墜仁義在躬用之不匱翰曰日月著天天下人瞻之不落仁義在人用之終身不匱也麗著墜落也尚想遐風載挹載味後生擊節懦夫增氣向曰言庶幾想衆賢之遠風也則挹其德味其道乃使後生之賢擊其節操懦弱之夫亦增其壯氣也

選二十四　四十二

封禪文一首　司馬長卿

濟曰封者封泰山禪者禪梁父皆築土為壇因高以事天告王者之功成銘於金石以示後代知其盛德也相如嘗著此文將勸武帝封禪相如死後武帝方見帝異之

伊上古之初肇自昊穹兮生民銑曰伊惟肇始也昊穹天也歷選列辟以迄于秦向曰辟君迄至也率邇者踵武逖聽者風聲良曰率循邇近踵繼武跡逖遠也言歷選列代之君則循其近者繼跡可知遠聽者但聞風聲善惡而已紛綸威蕤湮滅而不稱者不可勝數也翰曰紛綸威蕤言衆多也言自古之君衆多其道湮沒磨滅不稱紀於載籍者不可勝計繼昭夏崇號謚略可道者七十有二君向曰昭明夏大也言自古之君有繼明大道崇其號謚歷世可稱道者七十二君有封禪之事罔若淑而不昌疇逆失而能存翰曰罔無若順淑善疇誰也言為君之道無有順美而不昌盛者誰復有逆失之道而求其存乎皆有道乃可為也以軒轅之前遐哉邈乎其詳不得而聞已銑曰軒轅黃帝也遐邈遠也詳求也五三六經載籍之傳維見可觀也良曰五帝三皇之道六經典籍之所傳述美惡亦可見也維語辭也書曰元首明哉股肱良哉翰曰元首君也股肱臣也因斯以談君莫盛於堯臣莫賢於后稷向曰后稷堯臣周之始祖后稷創業於唐銑曰創始也公劉發跡於西戎濟曰公劉后稷之孫也居於西戎人咸歸其德文王改制

選二十四　四十二

爰尼郅隆大行越成翰曰爰於郅大越踰也言文王改制爰西伯於周大盛大道遂行仁化愈成其功也而後陵遲衰微千載

無聲豈不善始善終哉銑曰周室後雖衰微而無惡聲者蓋積仁之德善終始然也然無異端慎所由於前謹

遺教於後耳良曰言無所以異端者亦慎守先王之遺教故更向日夷平易遵也言周法爲法則湛

軌跡夷易易遵也濟曰濛涌也尨鴻大也大而備用也恩也厖鴻易豐也法也翰曰

憲度著明易則也垂統理順易繼也

是以業隆於繦緥而崇冠於二后翰曰繦緥嬰兒衣也言成王之在於繦緥而周公攝政以致太平揆厥所元

終都攸卒

未有殊尤絕跡可考於今者也良曰度其始元終卒武二君也出於文王而盛於周矣功之美德盡歸於所也

然猶躡梁父登太山建顯號施尊名向曰言周德雖已盡美未有殊其絕跡可考量於今者也今謂漢也建

大漢之德逢涌原泉銑曰明聖之號亦宜然也言漢之德若火原泉之涌出也流

沕潏曼羨翰曰沕潏泉流盛長多也旁魄四塞雲布霧散濟曰言德澤通於四方無所不至也

上暢九垓下泝八埏良曰九垓九重之天也重言延也流八方也

懷生之類霑濡浸潤濟曰萬物皆霑天子之德澤協氣

橫流武節飄逝濟曰協和也武之節也飄疾也言和風之逝也

邇陜游原遐闊泳沬向曰邇近也陜狹也遠也言近者游其澤遠者游其流沬也首惡湮沒闇昧昭晰

昆蟲闓懌回首面內翰曰天下惡之人皆變而爲明大也惡者昭析之大積也向曰

然後囿騶虞之珍群徼麋鹿之怪獸銑曰騶虞仁獸也天子有德則見瑞獸

導一莖六穗於庖犧雙觡共抵之獸濟曰嘉禾一莖六穗謂嘉禾也一根共

獲周餘放

收龜于岐向曰周時神龜出於岐山之下今得之也

招翠黃乘龍於沼翰曰翠黃乘黃也龍仙人所乘也

鬼神接靈圉賓於閒館濟曰靈圉仙人也閒館靜館也言天子接神仙之事

奇物譎詭俶儻窮變良曰譎詭俶儻謂奇異也

欽哉符瑞臻茲猶以爲德薄不敢道封禪向曰美哉符瑞至此也言武帝尚謙德薄不敢述封禪之事

蓋周躍魚隕航休之以燎翰曰周武王渡河白魚入舟休美也燎祭天也

微夫斯之爲符也以登介丘不亦恧乎進讓之道何其爽歟濟曰介大也恧慙也爽差也言周武之微泰山也

有魚躍落王舟王以爲瑞乃以祭天且無慙我漢家諸瑞以爲符應乃登泰山不亦慙乎
進讓之道又亦差矣謂武帝時羣臣請封泰山帝讓之於是大司馬進
曰向曰大司馬官號也相如假立之以發後辭陛下仁育羣生義
征不譓音惠銑曰譓順也諸夏樂貢百蠻執贄銑曰諸夏
中國也言中國之人樂輸貢賦蠻夷執貨而進也贄夷貨名德侔往初功
無與二濟曰言德齊上古之君功美無雙休烈浹洽符瑞衆
變應期紹至不特創見良曰休美烈盛浹及洽徧紹續特獨創初
也言美盛之德乃徧天下符瑞衆變如應期而續至不獨初見而已蓋常有也意者
泰山梁父設壇場望幸蓋號以況榮翰曰望天子幸
于泰山以脩封禪之禮紀聖號以爲萬代之善美也蓋者辭也況善也榮美也上帝

選二十四　四十六

垂恩儲祉將以慶成向曰帝天儲多祉福慶善也陛下謙
讓而弗發也銑曰弗發封禪之制讓而不爲契挈三神之歡
缺王道之儀濟曰契絕也三神天地人也闕也言不封禪絕三神之意欽
羣臣恧焉良曰恧恥也或謂且天爲質闇示珍符
固不可辭翰曰天道闇昧而不言故以珍符之異瑞以示王者使知至化之道
此天命固不可辭也若然辭之是泰山靡記而梁父罔
幾也向曰自古帝王皆知此辭之則是泰山無七十二人之記而梁父之禮亦無幾
向之跡亦各並時而榮咸濟厥世而屈說者尚
可稱於後而云七十二君哉翰曰言自昔之君若辭天命不
崇封禪之道亦當各取一時之榮皆度其世則屈指而說者尚可得稱有七十二君矣言

武帝不可讓也夫脩德以錫符奉符以行事不爲進
越也向曰錫賜符應越踰也言天子脩德則天賜以瑞應也天子乃奉瑞應以行封
禪之事不爲苟進以踰禮也故聖王不替而脩禮地祇謁
款天神勒功中嶽向曰替廢謁申款誠也言聖王之德不廢則脩禮於
天地神祇以申其誠也將有事於泰山必先禮中嶽以其勳中而尊也以章至
尊舒盛德發號榮受厚福以浸黎元濟曰章明也至
尊天子也浸潤也黎元百姓也皇皇哉斯事天下之壯觀王
者之丕業不可貶也願陛下全之翰曰皇皇大也丕亦
大也貶輕也而後因雜搢紳先生之略術使獲耀
日月之末光絕炎焰以展寀錯措事銑曰搢紳先生

選二十四　四十七

謂經儒之人也啓發絕遠炎照長申寀官錯致也言雜用經儒之士行其教術使得天子
之惠如日月之光遠照也以展其官司以致其事業猶兼正列其義祓
夫勿飾厥文作春秋一藝將襲舊六爲七攄之
無窮翰曰春秋之義正天時列人義故將欲祓飾文辭作述此理以爲一經將繼舊
六經以爲七經行之於終古謂漢欲使諸儒著書也藝經也襲繼也攄猶行也無窮謂終
古也俾萬世得激清流揚微波蜚英聲騰茂實
良曰俾使也言使萬世之後激揚大漢之餘波傳茂實之德也前聖所以
永保鴻名而常爲稱首者用此向曰求長也鴻大也言長古
先聖帝明王所以長保大名爲王者之首者用此道也宜命掌故悉奏
其儀而覽焉向曰掌故謂掌禮樂之故事者也於是天子沛

普蓋然改容曰俞乎朕其試哉銑曰沛然温潤皃俞然也朕我也言我誠往哉將然封禪之議乃遷思迴慮總公卿之議詢封禪之事向曰詢謀也摠納詩大澤之博廣符瑞之富翰曰詩者歌詠美德也大澤謂天子之惠澤遂作公頌曰

自我天覆雲之油油向曰天子之德如天覆萬物雲行天下也油油雲行皃甘露時雨厥壤可游濟曰壤土也游作也謂風雨時可行其農作也滋液滲流禁漉何生不育良曰雨露滋液潤澤滲下於土何物之生者不養也嘉穀六穗我穡曷蓄翰曰言我之稼穡既豈何所不畜積也曷何也非唯雨之又潤澤之銑曰此非唯雨也則君之惠化所爲潤澤也非唯徧之我汜似布護之向曰潤澤非唯徧我下入而已蓋君化分散萬物皆霑也汜猶君也布護分散皃萬物熙熙懷而慕之名山顯位望君之來濟曰名山泰山也言此山禮明神之位望天子之來幸也君乎君乎侯不邁哉良曰侯何邁往也

般般班之獸樂我君囿白質黑章其儀可嘉翰曰般般雜色貌樂游也是時有瑞獸見名曰騶虞身被白黑文也章文也旼旻穆穆君子之態蓋聞其聲今親其來去聲協韻向曰旼旼明皃穆穆美也態皃也言瑞獸之形明美如君子之皃蓋曾聞有之今乃親見其來也厥塗靡從天瑞之徵銑曰言其來見之道無從知應蓋天瑞以示明君之徵也茲爾於舜虞氏以興濟曰言此獸於舜亦見也濯濯之麟游彼靈畤孟冬十月君徂郊祀

選二十四　四十八

也馳我君輿帝用享祉良曰濯濯游皃武帝元狩元年十月往王時祭祀有白麟見馳於帝車之側此乃上帝享君福也徂往輿車祉福也三代之前向曰三代謂夏殷周也蓋未曾有宛宛黃龍興德而升向曰時有黃龍見也宛宛龍皃采色炫縣燿煥炳煇胡本煌向曰龍光也正陽顯見覺悟黎蒸於傳載之云受命所乘銑曰陽龍也言龍見乃覺悟下之知天子之德也又於書傳所載黃龍土德也漢本火也今黃龍見當爲土故云受命所乘也攷厥之有章不必諄諄之純反濟曰厥其章明也言天以其有德示之祥瑞不必衆言以美其道也諄諄衆言也依類託寓諭以封巒翰曰言依祥瑞之類託寓其事當諫資以封山之事巒山也披藝觀之天人之際已交向曰披覽藝文圖書以觀國家之事天意人事已相交會上下相發允荅聖王之德兢兢翼翼銑曰上下謂百姓百官也言其相起發意信欲荅天子之德而天子猶兢兢而懼翼翼而恭恐天下未致和平故曰於音烏良曰嗟之辭也歎興必慮衰安必思危向曰此言天子能致和平化尚猶恭懼此興而慮衰安而思危也是以湯武至尊嚴不失肅祇向曰祗敬也舜在假格典顧省闕遺此之謂也濟曰假大也大典謂重位也言舜居重位常自顧省察恐政治有所闕遺言武帝亦然也

劇秦美新一首并序　楊子雲

翰曰劇甚也王莽篡漢位自立爲皇帝國号新室是時雄仕莽朝見莽數害正直之臣恐己見害故著此文以秦酷暴之甚以新室爲美將悅莽意

選二十四　四十九

求免於禍非本情也

諸吏良曰謂諸官也此雄自稱中散大夫臣雄稽首再拜上封事皇帝陛下銑曰謂莽也臣雄經術淺薄行能無異數蒙渥惠拔擢倫比與羣賢並位愧無以稱職濟曰渥澤惠恩比類也言蒙澤恩拔於倫類與羣臣並位自愧無才以當職事也稱當也臣伏惟陛下至聖之德龍興登庸欽明尚古翰曰庸用也欽敬也尚庶幾也言敬明之德庶幾於古道作民父母為天下主執粹精之道鏡照四海聽聆風俗博覽廣包參

〈選二十四　五十〉

天貳地兼並神明良曰參合也言明德方於天厚德比於地如更有一地故云貳地也配五帝冠三王開闢已來未之聞也臣誠樂昭著新德光之罔極向曰新德謂莽之德也罔無也往時司馬相如作封禪文一篇以彰漢氏之休臣嘗有顛眴縣病恐一旦先犬馬塡溝壑銑曰顛眴謂風疾也犬馬雄自謙賤比於莽所乘玩之犬馬也言有疾病恐一朝先於犬馬而死塡於溝壑所懷不章長恨黃泉濟曰章見也敢竭肝膽寫腹心作劇秦美新一篇雖未究萬分之一亦臣

之極思也向曰究盡也臣雄稽首再拜以聞曰

權輿天地未祛許睢睢許維盱盱音吁翰曰權輿始也祛開也睢睢盱盱不分明皃言始天地形未開之時混沌不分也或玄而萌或黃而牙良曰玄天也黃地也言其色蒙蘢始生萌牙玄黃剖判上下相嘔音吁向曰剖判分也上下天地也言天地之氣相蒸而生萬物也嘔蒸也爰初生民帝王始存銑曰天地既分是育萬物乃生其人則有帝王存焉蓋擀治也在乎混混茫茫之時曧闇罕漫而不照察世莫得而云也翰曰混茫混沌之氣也闇罕漫不明皃言此當時事物不得明察後世之人不可得言其寶上罔顯於羲皇向曰其有可云者無有明於伏羲之皇者也罔無也中莫盛於唐虞邇靡著於成周銑曰邇近靡無著盛也仲尼不遭用春秋因斯發翰曰孔子不見用於時故脩春秋因而發思也言神明所祚兆民所託罔不云道德仁義禮智良曰孔子作春秋皆言神明所以垂福也人所以依託者無不云道德仁義禮智之君惟秦皆棄此而暴虐獨秦崛起西戎邠斌荒岐雍之疆濟曰邠岐雍皆地名荒外也疆界也因襄文宣靈之僭跡良曰襄文宣靈並秦公諡也言始皇因此跡而起基孝公茂惠文奮昭莊翰曰秦至孝公始稱王惠文昭莊並秦王諡也茂盛奮起也言秦盛起本從此諸王為首也至政破從子容擅衡音橫良曰政始皇名東為從關西為橫皆諸侯連結為援助之名始皇皆破之

〈選二十四　五十一〉

自事擅其威也并吞六國遂稱乎皇帝盛從鞅於仲儀
韋斯之邪政向曰始皇盛從商鞅張儀呂不韋李斯之計以爲政
鶩起翦恬賁奔之用兵翰曰鶩馳白起王翦蒙恬王賁以爲將故
云用兵也剗楚簡滅古文刮古八語燒書向曰剗削也刮除也言除
百家之言弛禮崩樂塗民耳目銑曰弛廢塗塞也欲使人愚也遂
欲流唐漂虞滌殷蕩周濟曰流漂滌蕩並謂除去其禮法也爇
然除仲尼之篇籍自勒功業翰曰爇燒也勒記也改制
度軌量咸稽之於秦紀向曰稽述紀記也言述之於秦史以記其
事是以耆儒碩老抱其書而遠遜良曰耆舊碩大也大
老謂老儒也遜逃也禮官博士卷其舌而不談來儀之

選二十四　五十二

鳥肉角之獸狙七余獷古猛而不臻銑曰鳳皇麒麟皆以秦姧
惡狗而不至也狙獷犬齧人者也甘露嘉醴景曜浸侵潭淫
之瑞潛濟曰此瑞潛而不出大茀蒲沒經霣隕巨狄鬼信
之妖發向曰茀妖星也霣落也始皇時彗星見又有星落於東郡巨狄大人也言
有大人長五丈夷狄之服見於臨洮鬼信之妖謂華陰之野有鬼持璧與鄭使曰明年祖
龍死是也神歇靈繹海水羣飛二世而亡何其劇
與平聲良曰天地神祇以秦無道之甚故歇其靈潤滋液不降福祥海水羣飛喻天下
之亂也帝王之道競競乎不可離已銑曰競競懼也言爲君之
道競競恐懼可離於身也不夫能貞而明之者窮祥瑞回
而昧之者極妖愆濟曰窮極皆多也回邪也言帝王貞明者多祥瑞邪

而暗昧者多妖愆也上覽古在昔有憑應而尚缺焉
微而能全向曰覽古者憑仁義而感應瑞而尚聞有瑞缺之理何有爲褒變之
道而能全乎言必無全者也微猶盤也此亦微有意言漢有仁義之德尚缺矣故若
古者稱堯舜翰曰順也威侮者陷桀紂翰曰有談人君
威暴侮亂者則必亡跡於桀紂之王況盡訊信埽前聖數千載
功業專用己之私而能享祜古者哉良曰言除埽前聖之
書事用己之私以爲酷暴能享福久遠者乎訊除也安會漢祖龍騰豐
沛奮迅宛葉音攝向曰奮迅成武貴宛葉地名自武關與
項勠力咸陽銑曰項項羽也言項羽勠力攻秦也與創業蜀漢
發跡三秦克項山東而帝天下摘秦政慘酷

選二十四　五十三

尤煩者應時而蠲古玄反濟曰尤甚蠲除也始儒林形辟
歷紀圖典之用稍增焉向曰辟法也言始開學校定形法也歷紀
謂歷代之紀及圖書經典稍益興焉秦餘制度項氏爵號雖違
古而猶襲之良曰言漢繼秦餘近項羽爵起之號雖知其違於古遵不便於
人而猶因而襲之未能盡除絕也是以帝典闕而不補王綱
弛而未張濟曰典則弛廢也道極數殫闇忽不還銑曰
漢道已極曆數不盡闇昧忽亂道數不還遂至大新受命上帝還
資后土顧懷向曰天帝也后土地也言秦爲酷暴漢興稱冤其猶未能至
治道極數盡散不還故大新受命天還祥以爲資助地祇眷顧而懷之上玄符
靈契黃瑞涌出翰曰玄天黃地也言天地符契祥瑞皆見於時也滭

必渤㳁勿潏聿川流海渟音庭良曰言祥瑞多如川流海水之渟貯也餘皆水流皃雲動風偃霧集雨散誕彌八埏上陳天庭濟曰誕大彌廣也八埏八方也言雲行雨施萬國從化如風偃草霧露潤集布散天下大廣於八方之境德聲上陳於天庭震聲日景炎光飛響盈塞天淵之閒必有不可辭讓云爾向曰震動明德之聲天下所仰如日景在天炎盛之光萬國歌謠響飛滿於天淵之閒故受命於漢必不可辭讓也於是乃奉若天命窮寵極崇向曰若順也窮寵極崇謂至尊之位也與天剖神符地合靈契創億兆規萬世銑曰剖分也言創治下人規萬世也奇偉倜儻譎詭天歷天際地事翰曰奇大卓異變化之應天地之閒亦屢出焉偉大也倜儻謂卓異也譎詭謂變化之速也其異物殊怪存乎五威將帥班王乎天下者四十有八章向曰莽遣五威將軍王奇等班示符瑞異物殊怪之事於天下四十八章謂錄之為書如篇章然也登假格皇穹鋪衍下土非新室其疇離之良曰登上格至穹天鋪布衍廣疇誰離治也言美聲上至皇天廣布天下非新室其誰能治之若此卓哉煌煌真天子之表濟曰卓大煌明表儀也若夫白鳩丹烏素魚斷蛇方斯蔑矣銑曰湯有白鳩丹烏之瑞武王有白魚之祥高祖有斬白蛇之應此之於此為輕蔑也受命甚易格來甚勤翰曰格至勤多也言祥瑞來現甚多也昔帝纘祖管皇王隨前踵古或無為而治或損益而已豈如新室委心積意儲

忌無務向曰纘繼也踵追也昔者五帝繼跡於三皇三王繼跡五帝皆隨前事追於古道而無為而治殷因於夏禮法有所損益其後紂乃亡之豈如新室委積意思無拱治事也旁作穆穆明亦不寐勤勤懇懇者非秦之為與平聲銑曰穆穆美也言莽勤勤懇懇整治非秦皇自用心驕進夫不勤則前入不當不懇懇則覺德不愷良曰前人謂先王也若不勤勤則前王不當天心矣不懇懇則悟大德不和其化也覺悟也愷和也是以發祕府翰曰府書之秘覽書林遙集乎文雅之囿翱翔乎禮樂之場胤殷周之失業紹唐虞之絕風良曰胤嗣紹繼也言禮樂法制有所失絕者皆繼之懿律嘉量金科玉條神卦靈兆古文畢發炳煥照耀靡不宣臻翰曰懿美也律謂正時月之節者量斗斛也金科玉條法令也神卦靈兆卜筮也言此諸事於國政之要皆美而正之均而平之崇而行之古文前典盡發而明之炳煥照耀明德也言如此明德宣之無所不至臻至也式輶軒旂旗以示之向曰式用也輶軒車也旂旗名也車服有差以示百官有節揚和鸞肆夏以節之銑曰揚動也和鸞金鈴以車行也肆夏樂名步則歌之以中節也施黼黻衮冕以昭之濟曰以衣服昭其等差正嫁娶送終以尊之良曰正天下吉凶之禮以知人之欲序親九族淑賢以穆之翰曰淑美穆和也夫改定神祇上儀也良曰改定眾神祇之禮使得其中欽脩百祀咸秩也銑曰欽敬咸皆秩序也謂敬脩百祀皆得次序也明堂辟廱壯觀也向曰明堂布政辟

臚講藝之所九廟長壽極孝也銑曰天子七廟并加黃帝虞舜二廟昇爲九矣又置長壽宮以爲父母養食之堂制成六經洪業也翰曰洪大也北懷單于廣德也濟曰懷來也單于匈奴也君復五爵度三壤向曰若順也五爵公侯伯子男也壤田也言民田有三等之給經井田免人役方甫刑匡馬法良曰經營也井謂田之畝數營而均之方比也甫刑尚書篇名言制刑法以比之匡正也司馬法兵革之事將正而行也恢崇祇庸爍德懿和之風翰曰恢大祇敬庸用爍盛懿美也崇賢良敬而用之此盛德美和之風也廣彼搢紳講習言諫箴誦之塗向曰搢紳儒生也言廣用儒生講習經義以爲箴規諷誦之道也塗道也振鷺之聲充庭鴻鸞之黨漸階銑曰振鷺鴻鸞皆喻賢人也充庭漸階言多也漸進也

俾前聖之緒布濩流衍而不韞韇翰曰俾使緒業也布濩分散皃衍廣也韞韇藏也言使前古聖帝之業分散流廣典行於時而不韇藏也郁郁乎煥哉天人之事盛矣鬼神之望允塞濟曰郁郁乎煥哉盛美之言也允信塞滿也羣公先正罔不夷儀良曰百官羣公之治既正無不端平有其等差也罔無夷平也姦宄寇賊罔不振威向曰無不振懼威德紹少典之苗著黃虞之裔向曰黃黃帝少典之子也著盛也黃帝虞舜之先祖帝典闕者以補王綱弛者既張炳炳煒煒偉豈不懿哉翰曰炳炳煒煒盛明也懿美也厥被風濡化者京師沈潛銑曰被及仁風霑濡淳化者則帝都且深矣沈潛深也甸內而洽侯衛

厲揭綺例要荒濯沐良曰甸內謂近都邑也帀洽謂被霑風也侯衛要荒遠服也厲深霑也揭淺霑也濯沐澂霑也近者深遠者漸霑也而述前典巡四民迄四嶽翰曰術法也四民四方之民也迄至也言法前代帝王之典禮巡省四方之人問百年考農務至于四嶽申宗祀之儀增封泰山廣禪梁甫斯受命者之典業也向曰典常也蓋受命日不暇給或不受命然猶有事矣向曰言自古有受命爲君者四方未寧營不暇日不足亦不及有事於封禪則漢高也或不受天命祥瑞之應猶或登山有禮者則始皇也況堂堂有新正丁厥時向曰堂堂盛皃丁當厥其也崇嶽渟庭海通瀆之神咸設壇場望命之臻焉銑曰高山深海四瀆之神皆設壇場以祭之而望漸君之至渟深也受命謂弃也臻至也

海外遐方信延頸企踵回回內向喁喁魚恭如也翰曰企舉踵足也回回內向謂順服於君喁喁衆口喜悅貌帝者雖勤讓惡爲可以已乎翰曰帝者謂弃也惡辭也已止也言天下須心帝者雖欲勤爲辭讓不事封禪之禮可以止乎言不可止也宜命賢哲作典一篇舊三爲一襲以示來人摛之罔極良曰宜作帝典一篇述至德令振堯舜之典合三篇以爲一書襲行於時以示來世舒於臣下之心無極也摛舒舊振周無也使令萬世常戴巍巍嚴栗栗濟曰令萬世之後常戴荷巍巍高大之德儼其謹敬之道也栗栗謹敬也臭許又馨香含甘實向曰令天下常臭聞馨香之馨含甘美之實德鏡純粹之至精聆清和之正聲翰曰鏡鑑也聆聽也言天

下歌禮請知之正聲則百工伊凝庶績越熙銑曰工官伊惟凝成熙衆績功適熙實也越荷天衢提地蓋向曰天下之士皆發荷天道之亨通統其地理以助君之安人通統爲臣道提統也璧理也斯天下之上庶可試哉良曰言封禪盛事此天下之上則也近可試爲之

典引一首并序

班孟堅

翰曰典者堯典也漢爲堯後故班生將引堯事以述漢德是命曰典引

臣固言永平十七年臣與賈逵傅毅杜矩展隆郗萌等召詣雲龍門翰曰謂帝召固等六人詣此門小黃門趙宣持向曰小黃門宦者秦始皇帝本紀問臣等曰太史遷下

選二十四 五十八

贊語中寧有非邪銑曰天子令問固等云太史司馬遷贊始皇語中何處有非也寧猶向也臣等對曰此贊賈誼過秦篇向曰司馬遷秦始皇贊中全述賈誼此篇以明秦事言向使子嬰有庸主之才僅得中佐翰曰僅劣也言若劣得中等之人以爲輔佐秦亦未滅謂是時無賢佐秦之社稷未宜絕也此言非是翰曰固對此贊以過秦爲非是也即召臣入問本聞此論非邪臣具對素聞知狀銑曰固既有此對天子召又更問之固終秦聞此論爲非也固具對本所聞知事非之狀於帝矣素本也詔因曰司馬遷著書成一家言

揚名後世至以身陷刑之故反微文刺譏貶損當世非誼士也良曰帝言司馬遷以陷刑故乃反微其文譏刺朝廷貶損漢世非義士也司馬相如洿行無節濟曰謂劉於卓氏女但有浮華之詞不周於用向曰備也至於疾病而遺忠翰曰謂將死之時述天子之德遺其忠跡而死主上求取其書竟得頌述功德言封禪事忠臣效也至是賢遷遠矣銑曰言相如以賢於遷相去遠也臣固常伏刻誦聖論昭明好惡不遺細微緣事斷誼動有規矩雖仲尼之

選二十四 五十九

因史見意亦無以加良曰刻治也聖論云司馬遷非義士之論也因史見意謂脩春秋褒貶之事臣固被學最舊受恩浸深誠思畢力竭情昊天罔極翰曰被學謂爲學官也最舊言久也浸深極深也畢盡也言報天子之恩如天之無極臣固頓首伏惟相如封禪靡而不典揚雄美新典而無實向曰惟思靡美也然皆游揚後世垂爲舊式臣固不勝區區竊作典引一篇雖不足雍容明盛萬分之一濟曰雍容美也言不足以言天子美明之盛德所冀萬分而得其一分也猶樂啓發憤懣覺

悟童蒙銑曰樂謂樂爲其事也樂光揚大漢軼聲
前世良曰軼過也言光揚大漢之聲過於前世聖帝明王也然
後退入溝壑死而不朽臣固愚戇頓
首頓首曰
太極之元兩儀始分烟烟因熅熅於云反翰曰太極混
沌氣之初也元始也兩儀天地也烟熅天地之氣有沈而奧有浮而
清向曰奧深也言混氣有重濁而沈深爲地有浮輕而清明爲天也沈浮交
錯庶類混成銑曰沈浮之氣相交雜衆類混合而成其形肇命民
主五德初起銑曰肇始也五德謂五行也言帝王以五行相承乃創起是法
也同于草昧玄混之中踰繩越契寂寥而亡

選二十四　六十

無詔者系不得而綴也翰曰天地初開至理無名之君則同經于
草創冥昧玄混之中踰越常理寂寥無言而後世之君系之不連綴也詔言也厥有
氏號紹天闡繹亦莫不開元於太昊皇初之
首上哉敻乎其書猶可得而脩也向曰其有名氏號令
之君紹繼天下開治萬物者莫不始於太昊之主以爲帝皇之首上古遠乎其書尚可得
脩治也闡開也繹治也敻遠也亞斯之世通變神化函含光
而未曜翰曰亞次也言次此太昊已上通神化其光不見則難可知也燮若
夫上稽乾則降承龍翼而炳諸典謨以冠德
卓蹤者莫崇乎陶唐銑曰稽考乾天降下也龍翼謂龍飛也炳明卓
高蹤寬冠首也陶唐堯也言上考天道則下承龍飛利物之道則明著於典謨以爲百王

之首高大寬遠著莫崇於堯也陶唐舍胤而禪有虞虞亦命
夏后稷契熙載越成湯武股肱既周天迺歸
功元首將授漢劉翰曰堯位不授其子禪舜舜亦不授其子而讓禹授
契佐治能廣堯事夏氏之後遠成湯之業湯復遠成武王之祚夏殷周悉有至德股肱備
也則堯之道廣知舜禹賢聖之資以至於此而天乃歸功於堯將授漢命以爲天子也然
廣載事越遠也元首謂堯也俾其承三季之荒末值亢龍
之災孽懸象闇而恒文乖彝倫斁而舊章缺
向曰俾使也三季謂夏殷周之末也言使漢承三代荒亂之末值亢龍悔窮之災日月晦
昧星辰乖錯常理敗壞古書舊典聖教喪矣而漢能循之易云亢龍有悔窮之災也孽亦
災也懸象恒文日月星也彝常倫理斁敗也舊章古書也故先命玄聖使

選二十四　六十一

綴學立制銑曰言漢室既興先命胥玄聖之教者使綴於學數立其制度術其
缺治其亂玄聖謂孔子也宏亮洪業表相祖宗贊揚迪哲
向曰宏大亮舉表立相助迪蹈哲智也言大舉洪業立助祖宗贊揚前古以蹈聖哲之跡
謂聖王之道備哉粲爛真聖明之式向曰古道既備粲爛然其
有文章也式法也雖皐夔衡旦密勿之輔比茲褊矣
銑曰皐陶夔堯臣也衡謂伊尹也旦謂周公也密勿黽俛也褊小也言古道之興皆由孔
子神明之法式雖皐陶之徒黽俛同以爲之輔佐功成德廣比此亦小也是以高
光二聖辰居其域翰曰辰居日高祖光武二君如北辰居其所而衆星拱之言
有德也域所也時至氣動乃龍見淵躍向曰天命既至則俟時而
動其出也如龍潛而見天下文明而之利見之似龍躍於淵自試欲飛之意也易乾卦九

云或躍在淵自試也抗翼而未舉則威靈紛紜銑曰紛紜
未舉欲飛也紛紜盛多皃海內雲蒸雷動電熛必撝反良曰威德振
動也熛飛也胡縊莽分上不洽其誅向曰高光二聖威靈
之盛故胡亥死而王莽誅分散謂身首相離也言天二亦不臨而殺之者皆已自誅縊而
死泣臨也然後欽若上下恭揖羣后正位度宗向曰
欽敬也若順也順天地之義集其諸侯正位也而就其尊號也謂即天子位也羣后諸侯也
度就宗尊也有于德不怠羽淵穆之讓翰曰二聖旣除暴亂
諸侯推而尊之乃將讓于有德者自謙不能嗣於古先聖帝明王之列此深美之讓也淵
深穆美也靡號師矢敦奮撝之容銑曰靡無師眾矢陳敦勉也言
二聖取天下無號令兵眾陳列勉勞當擊指撝之容也蓋以威德自定也撝與麾同蓋

以膺當天之正統受克讓之歸運向曰言當天心之正
理以膺天命授堯堯能讓歸功之運也言堯允恭克讓漢受其福也蓄炎上之
烈精蘊孔佐之弘陳云爾翰曰蓄蘊皆積也言漢德之盛如火也
炎上有其光明孔子垂詩書禮樂以助相於時大陳王道亦如輔佐漢室矣禮樂旣盛故
云蘊也洋洋乎若德良曰洋洋美也若順也帝者之上儀
誥誓所不及已濟曰誥誓謂尚書也言漢帝之儀則尚書所載亦不及也
鋪觀二代洪纖之度其賾士責可探也銑曰鋪布也言
布觀殷周二代大小之度其幽深之跡亦可探究也洪大纖細也賾幽深也並開
迹於一蕢同受侯甸之所服奕世勤民以方
伯統牧翰曰湯及文王累世開迹自小卑微起一簣之士以成其山漸爲諸侯

奕世勤勞以撫下人爲一方之長統養百姓也蕢土籠也侯甸諸侯之國也伯長牧養也
乘其命賜彤弧黃鉞之威用討韋顧黎崇之
不恪向曰湯文二王皆承夏殷之衰用討不敬也弧弓也黃鉞金節鉞也韋顧黎崇
皆國名也皆不敬天子之命湯文奉命征之恪敬也至于參三五華夏
京遷鎬晧亳良曰周自后稷至公劉遭夏亂去邰之豳一也至太王爲戎狄所
偪遷于岐二也又居鎬三也殷湯至盤庚凡五遷都故曰三五也天子所居曰華夏京大
也亳地名遂自北面虎螭其師革滅天邑濟曰湯武
王自北面臣位用虎龍之兵以滅桀紂以升天子之位也螭龍也言其兵猛如虎威如龍
也師兵也革改也天邑天子之邑也是故誼士華而不敦武稱
未盡護有慙德不其然與銑曰湯以臣伐君故古今義士以爲

華薄之事不爲敦厚之道也孔子聽武王樂曰武盡美矣未盡善也延陵季子聘魯觀湯樂
樂見舞大護曰聖人之弘也而猶有慙德皆以臣伐君也不其然與猶豈不如此亦
猶於烏穆猗那翕純皦皎繹翰曰此商周頌亦周頌美殷周用
樂於宗廟之中也商頌云猗與那與周頌云於穆清廟孔子曰如作翕如也縱之純如
皦如也繹如也於穆猗那皆美也翕純皦繹盛明之皃皆謂大也以崇嚴祖
考殷薦宗配帝向曰嚴敬殷厚薦進宗尊帝天也言所以樂敬祖考享進
饗香尊配享於上天也發祥流慶對越天地者濟曰越於也
舄弈乎千載豈不克自神明哉向曰舄奕長盛克能也自
猶事也言所以長盛千載者豈不由能事鬼神哉誕略有常審言行
於篇籍光藻朗而不渝銑曰誕大朗明渝變也言大略有古之常

道審言行於禮樂篇籍光其文藻明而不變 矧夫赫赫聖漢巍巍
唐基泝測其源乃先孕虞育夏甄殷陶周向曰
列沢也泝上也況我大漢以堯為基上測源流以至深遠乃孕育舜禹而依為殷周矣謂
舜禹堯臣也契湯之先祖亦事堯也稷周之祖亦堯臣也契妘孕而生之育而長之甄陶
而成也甄陶謂以土燒器也 然後宣二祖之重光襲四宗
之緝熙良曰二祖謂高祖光武也重光謂明德相繼四宗謂文帝為太宗武帝世
宗宣帝中宗明帝顯宗也緝熙明也 神靈日照光被六幽向曰言天
子神靈如日照天下也六幽謂天地四方幽遠之處 仁風翔于海表威
靈行乎鬼區銑曰區方也鬼方變夷遠國也 慝亡無回而不
泯微胡瑣而不頎濟曰邪惡者無不絕而殺之微細者無不安而養之

慝惡回邪細頎養也翰 故夫顯定三才昭登之績匪堯
不興良曰三才天地人也昭明登成績功也言明定三才明成其功非堯不能興也
鋪聞遺策在下之訓匪漢不弘厥道翰曰鋪布也遺
策謂古之典策有所闡遺著也在下之訓謂政教流訓於下也言布脩古著闡遺之策使
聞於天下政教流訓於時則來漢德不弘其道也 至於經緯乾坤出
入三光向曰經緯猶政治也三光日月星也使其出入躔次不失其道 外運
渾元內霑毫芒濟曰外則運行造化之氣內則逞恩霑於微細也運元造
化之氣毫芒物之微細也 性類脩理品物咸亨其已久矣
銑曰性生也品物謂萬物也亨進也言物得所其已久矣 盛哉皇家帝世
良曰帝世謂與[illegible][illegible]世也 德臣列辟功君百王榮鏡宇宙

尊亡與亢翰曰德臣謂有德之臣也列辟諸百官也功君謂有功之君也百王
謂諸侯王也皆得其才能榮名鏡照于宇宙則天子之道尊榮自古帝王無與敵者亢敵
也 乃始虞翼勞謙兢兢業業貶成抑定不敢
論制作向曰虔敬也翼勞也言漢有此威德乃猶謹敬勞謙戒慎自貶其成功之
議自抑其安定之理不敢論制作封禪之事言至謙也 至於遷正黜色
賓監平之事渙揚寓內銑曰遷正改正朔也黜色易服色也賓監
謂光武封殷後曰紹嘉公周後曰承休公以賓客禮之所以敬視此二代之禮樂也則禮
樂渙然盛揚於天下也監視也寓內天下也 而禮官儒林屯用篤
誨之士不傳祖宗之髣髴雖云優慎無乃葸
死 與於是三事岳牧之寮僉人而進向曰言禮官既

不能傳述帝道三公岳牧之官皆欲進言於帝也三事三公也寮官僉皆也 曰陛
下仰監唐典中述祖則向曰高祖之則也 俯蹈宗軌
銑曰俯下也世宗武帝封禪之軌則也 躬奉天經良曰孝者天地之經言天
子身行孝道 惇睦辨章之化洽翰曰惇厚九族和睦上下辨折
章服其化已洽矣 巡靖黎蒸懷保鰥寡之惠浹祖頰反濟
曰巡謀天下眾庶之人懷安鰥寡之徒其惠浹也浹洽也 燔扶元 瘞懸沈肅
祇羣神之禮備向曰此言祭天地山川也祭天曰燔柴祭地曰瘞埋祭山
曰懸祭川曰浮沈也肅祗皆敬也 是以來儀集羽族於觀魏
銑曰來儀鳳也言感天子之德乃與鸞鳥之族集於闕下觀魏皆闕也 肉角馴
毛宗於外囿良曰肉角麟也乃與常獸之類順於外囿之中馴順也毛謂獸

異而用捨之閒儀有不同況沈跡溝壑遇與不遇者乎向曰初昭之用也委以內外文武之之事及其不用有此譏辱此則一人之身好惡所明亦未異也而用之則延譽捨之則譏辱須臾之間何其不同況既棄於溝壑遇時與不遇也夫詩頌之作有自來矣向曰有自古來也或以吟詠情性或以述德顯功雖大旨同歸所託或乖銑曰雖詩頌大意同歸其理所託之事或有乖異若夫出處有道名體不滯良曰君子或出或處各得其道出則進忠於君處則固節自守故曰名體不滯也風軌德音為世作範不可廢也濟曰言古人善風高跡著其德音爲天下作法度者不可廢而不述故復撰序所懷為之贊云

火德既微運纏大過平聲協韻向曰火德漢也易大過卦云大者過也本末弱也言漢德既微本末衰弱洪飈扇海二溟揚波銑曰洪大飈風扇也二溟謂南溟北溟皆海也揚波以喻大亂也虬虎雖驚風雲未和向曰虬龍也雲從龍風從虎言未和者君臣未相應合也言驚者動而求應也潛魚擇淵高鳥候柯翰曰言臣之求君如游魚之擇淵飛鳥之求柯游者也潛游也高飛者也候求也赫赫三雄並迴乾軸良曰赫赫盛貌三雄謂三國之主也乾天也言其競天下若運轉天軸萬物震動也競收杞梓爭采松竹向曰杞梓木之良材也松竹貞堅也並比於賢人也言三國之君競取采賢士也

鳳不及棲龍不暇伏谷無幽蘭嶺無亭菊銑曰鳳龍蘭菊並比英雄君子也言其在山谷之間思齊時艱故不暇栖伏也亭秀也言無者皆出見於時也英英文若靈鑒洞照向曰此謂荀彧也文若字也英英鮮明貌洞通照明也應變知微賾奇賞要翰曰賾求賞探也探求奇要之道也日月在躬隱之彌曜良曰言其明也彌益也文明映心鑽之愈妙向曰言其有文也文明識理映於中心鑽而研之愈至於精妙滄海橫流玉石同碎銑曰滄海橫流言天下遭亂也玉石同碎謂善人凶人俱見危難也達人兼善廢已存愛良曰古人君子達則兼善天下皆兼其善也廢已謂存謙讓也存愛謂發育下人也謀解時紛功濟宇內濟曰紛亂也始救生人終明

風槩古代反翰曰風槩節槩也謂不順太祖取漢位也公達潛朗思同蓍蔡良曰此謂荀攸也公達字也朗明也蔡龜也蓍以筮龜以卜言思慮潛明有如卜筮預見其事也運用無方動攝群會向曰言思慮運用而無擬也動攝羣會謂總攝衆事也爰初發跡遘此顛沛濟曰遭遇也顛沛亂也神情玄定處之彌泰銑曰言其雖遇亂代神情玄遠而有所定處之此時益通泰言其器量勇大也愔愔幕裏籌無不經翰曰愔愔安靜貌幕裏謂軍中也言在軍中籌筭事理無所不經也亹亹通韻跡不疑停向曰亹亹進也言善謀所進如音樂聲韻通和而事跡不凝停滯也雖懷尺璧顧哂連城銑曰尺璧謂趙之和氏璧秦欲以十五城易之者言攸之才可貴過於十五城之價故顧而哂之哂笑也智能極物愚

足全生向曰言其內智兼能極於物而外免似遇能達害全身矣則其害可及其
患不及也可郎中溫雅器識純素向曰此謂表煥也郎中官也純
素謂爽衆不雜貞而不諒通而能固恂恂德心汪汪
良曰貞正也諒信也言其能行正道也不信通達物理而能堅固恂恂敬
邪也軌度銑曰言軌志成弱冠道敷歲暮良曰二十日弱冠也
汪汪大也軌法也度布也數也暮歲
則德之謂也仁者必勇德亦有言濟曰仁者能勇而言
其次立其言也太上立德其次立言雖遇履虎神氣恬然翰曰
謂太上立詞言也也雖遇危懼安然其神氣不
之履虎尾危懼時神氣不易也行不脩飾
名跡無愆向曰行不脩飾而名跡無愆失者故其性不
操不激切良曰自有純素之志操不待激切而在世亦
素風逾鮮

邈哉崔生體正心直天骨疏朗牆宇高嶷反力忠存軌
銑曰崔琰也天性疏朗高嶷若牆宇不可窺見其內也而明
跡義形風色銑曰每見於色毅然形於容儀也
跡義曰謂忠義每發見於風神顏色也思樹芳蘭翦除荊棘
向曰芳蘭謂賢士也荊棘謂小人也人惡其上時不容哲
翰曰人惡才在其上也
除謂殺人也言必好惡之時有姦雄不容曹公憚之
者也言人才智過人曹公憚之琅琅先生雅杖名節
五臣良曰琅琅玉也先生才持也
言琰才如琅玉之也琅琅雖遇塵
霧猶振霜雪向曰霧塵謂曹公之是非也霜雪謂操
向曰塵霧謂曹公讒言也謂嫉恥辱也
之色無辭也
是振霜雪琰詞色無曹公懸世運極道消碎此明月
濟曰天運極窮道
君子之道消如碎明月珠也景山恢誕韻與道合

存方寸海良曰此謂徐邈也景山字也恢大也言邈之音韻與理相合也
其思如形器不存謂之心心存萬物之納事存一理方寸之海也翰曰形器不納
百川言包含廣也其和而不同通而不離良曰其和光與道時
同理於不通其心不雜也遇醉忘辭在醒貽答向曰邈常私飲日酒至
沈醉以事問者輒曹操事曰中酒中聖人也曹公以邈醉
知之甚怒鮮于輔日醉客以清酒爲聖人此
邈醉言竟得免刑則遇醉而忘其言辭也
文帝踐阼帝問日頗復中聖人否對曰辭者
反子夏之叔於蜀於飲酒臣與同二子
不能自懲時復中之帝大笑顧左右曰名不
虛在矣也立此則在醒則貽長文通雅義格終始銑曰
此謂
貽答也猶美也也長
陳羣字也長文其心終始不移至思戴元首擬伊同恥
言羣其義也文帝也言其志比
濟曰戴輔也元首謂文帝也言其志比擬伊
伊尹佐湯愧恥不能致君如堯舜之德民

未知德懼若在己翰曰言天下之有未聞知
君德者是輔臣之過故懼
若在己也嘉謀肆庭讜言盈耳良曰嘉善也肆用
也讜直盈滿也言用
善謀於帝庭直言滿於帝耳玉生雖麗光不踰把德積雖
美向曰此謂夏侯玄也言玉雖麗光色不過一把之內雖積德
微薄天下所知也喻過也淵哉泰初宇量高雅銑曰夏侯玄字泰初
器範自然標準無假濟曰器量法度出於自然爲人標望準的無所
假借也法也也範全身由直跡洿必僞處死匪難理
良曰全立也由欲也洿濁也言人之立身皆欲正直及至履跡汙濁
存則易言世必從濁者而玄終不變衆姦所疾身
誅戮解色自若義心所切以爲處死非難難於正直理存以此見
殺誅萬物波蕩孰任其累翰曰萬物
玄竟

萩

鳥喩俗人也遠迹羊豕之閒非遇其時焉能致此
位乎向曰公孫弘牧豕海上徵賢良對策擢第拜博士遷丞相卜式牧羊以家財助
邊上拜中郎遷御史大夫言皆至高遠之迹以牧羊豕也時謂徵賢良時此位則丞相大
夫也是時漢興六十餘載海內乂安府庫充實
而四夷未賓制度多闕上方欲用文武求之
如弗及始以蒲輪迎枚生見主父而歎息濟曰
是時武帝時也四夷四方之夷也賓服也制度禮法也闕缺也不及如前人不能及也蒲
輪徵之車枚生枚乘也主父偃上書闕下引見歎息曰何相見之晚羣士慕
嚮異人並出卜式拔於芻牧弘羊擢於賈古
豎良曰芻牧謂牧羊也拔擢皆舉用也桑弘羊洛陽賈豎子也以善心計擢侍中衛

府

青奮於奴僕日磾出於降虜翰曰衛青父鄭季與陽信公主
家僮衛媼通生青後擢爲侍中是奮起於奴僕也衛青者取母之姓也金日磾本匈奴休
屠王太子降漢沒入官輸黃門養馬馬肥上拜爲馬監虜獲也斯亦曩時版
築飯牛之朋已銑曰曩昔也傳說代胥靡爲版築殷王高宗求而得之以爲
相甯戚飯牛於齊門桓公見而用之言此數君之遇亦同之已辭也漢之得人
於茲爲盛儒雅則公孫弘董仲舒倪寬篤行
則石建石慶良曰篤厚也厚行謂孝謹也此二子皆以孝謹官至二千石
質直則汲黯卜式濟曰質正也直謂汲黯謂武帝曰陛下內多欲怒卜
式數言郡國不便帝皆重之推賢則韓安國鄭當時翰曰推舉
也安國所推舉皆當時能士鄭當時常四郊置驛以迎天下賢士定令則趙

正

禹張湯銑曰二人共定諸律令文章則司馬遷相如滑
稽則東方朔枚皋向曰相如與史遷同姓也滑稽猶俳諧也應對
則嚴助朱買臣濟曰應對謂抗答君上歷數則唐都落
下閎良曰漢令此二人脩太初歷協律則李延年運籌則
桑弘羊濟曰李延年善歌新聲爲協律都尉運籌則心計也奉使則張
騫蘇武銑曰張騫使西域蘇武使匈奴並著誠節也將帥則衛青
霍去病向曰此二人俱爲漢將伐匈奴有功者也受遺則霍光金
日磾濟曰武帝病甚霍光曰如有不諱誰當嗣者上曰立鉤弋子君行周公之事光
讓日磾日磾曰臣不如光遂並受遺詔輔少主也其餘不可勝紀是
以興造功業制度遺文後世莫及孝宣承統

宗

纂修洪業良曰其餘謂諸道術者賢盡也興起也言起作功業制度後代無能
及武帝也統紀纂繼洪大也繼脩大業謂脩武帝故事亦講論六藝招
選茂異翰曰六藝禮樂射御書數也招引選擇也茂異謂茂才異等而蕭
望之梁丘賀夏侯勝韋玄成嚴彭祖尹更始
以儒術進銑曰蕭望之脩齊書梁丘賀善易夏侯勝理尚書韋玄成脩詩嚴彭
祖善春秋尹更始理穀梁並以儒術進爲著職也劉向王褒以文章
顯向曰王褒劉向以文章諫諍見幸於帝將相則張安世趙充
國魏相邴吉于定國杜延年濟曰張安世爲車騎將軍趙充
國討西羌有功封營平侯魏相邴吉于定國皆丞相杜延年爲給事並有名稱治民
則黃霸王成龔遂鄭弘召信臣韓延壽尹翁

山　洞

歸趙廣漢嚴延年張敞之屬良曰黃霸爲揚州刺史王成爲膠東相龔遂爲渤海太守鄭弘爲淮陽相召信臣爲南陽太守韓延壽爲東郡太守尹翁歸爲東海相趙廣漢爲京兆尹嚴延年爲涿郡太守張敞爲京兆尹言此數人皆在職平理而有聲譽皆有功迹見述於後世參其名臣亦其次也翰曰次謂次於武帝時也

晉紀論晉武革命一首　干令升

銑曰何法盛晉書云干寶字令升新蔡人始以尚書郎領國史遷散騎常侍晉紀論者論革魏命之事革改也言改魏命歸於晉故史官作此論以論之

史臣曰帝王之興必俟天命苟有代謝非人事也向曰俟待諭序也言帝王必待天命而後興且有代序興廢皆非人事所能致之文質異時興建不同濟曰言帝王之興以文或以質其立不同也尚書大傳曰文冊質而復故古之有天下者栢皇栗陸以前爲而不有應而不求執大象也良曰栢皇栗陸上古帝王號爲謂爲理而不自有其功應謂應德而不求其報象法也言如此之君但執淳素之大法鴻黃世及以壹民也翰曰鴻黃帝也世及謂父子相承也言如此以一人之心不令有二人也堯舜內禪體文德也漢魏外禪順大名也銑曰內禪不舉兵戈之事故曰文德也外禪謂行幾毅以順大名湯武革命應天人也向曰湯伐桀武王代紂以啓其晉悉天人厭之故應而伐高光爭伐定功業也濟曰高祖光武伐

禪　春

項羽王莽充定功業各因其運而天下隨隨時之義大矣哉良曰言各逐運數而天下之人隨大矣哉言此義廣大不可得言也古者翰曰敬其事命以始今帝王受命而用其終謂堯也事謂萬機之事也始初也今謂陳留王也終謂終帝之事而禪位於晉也豈人事乎其天意乎銑曰言終始不同豈惟人事耶乃天意也

晉紀總論一首

向曰此論自宣帝至愍帝合其善惡而論之是名總論矣

史臣曰昔高祖宣皇帝以雄才碩量應運而仕銑曰雄才謂英雄也碩大也應運謂應聖人之期運也仕謂魏武爲漢丞相時辟公文學掾值魏太祖創基之初籌畫軍國嘉謀屢中良曰籌謂計策也嘉善屢數也遂服輿軫驅馳三世翰曰輿軫車也謂乘輿也三代謂文帝時爲丞相明帝即位遷驃騎大將軍兼武帝文學掾也性深阻有如城府而能寬綽以容納行任數以御物而知人善采拔銑曰言宣帝志性深阻如城府之深固也又能寬綽容納於物數術也御使也言任數術之人使之知其善者必取擢而用矣采取拔擢也故賢愚咸懷小大畢力向曰懷來畢盡也爾乃取鄧艾於農隙引州泰於行役委以文武各善其事濟曰鄧艾爲典農宣王見而奇之辟以爲掾遷尚書郎隙卑細見州泰先任荊州刺史裴潛從事潛每使泰詣宣王由此爲宣王所知歷兖豫二州刺史艾善武而泰善二言宣王能委任之各盡其事也故能西擒孟達東舉公孫

言折挫前敵之鋒銳也然卒以正直招君主之疑以忠鯁而得其罪矣元歎穆
遠神和形撿如彼白珪質無塵玷良曰此謂顧雍也元
歎字也穆美也撿整也言其志思美遠神理清和形貌嚴整珪玉無玷缺也立行
以恒匡上以漸翰曰言其德行有恒也匡正也正其君上必以漸諫不爲
遷也清不增潔濁不加染向曰清不增潔者謂心清而不自恃故不
潔也濁不加染者謂時濁而不隨邪故不染也仲翔貞亮性不和物
銑曰此謂虞翻也仲翔字也亮明也不和物謂不隨俗而易性好是不羣折
而不屈濟曰性不容非故曰好是志多正眞故曰折而不屈屢摧逆鱗
直道受黜歎過孫陽放同賈屈翰曰屢摧逆鱗謂犯顏直
諫也黜謂遭棄逐也良馬比於賢人也孫陽古之善相馬者言賢臣不爲君主所知乃遭

遷逐則歎過於良馬之不遇孫陽也是同乎賈誼屈原身沒於荒裔也上自周瑜至此並
吳臣凡七人詵詵衆賢千載一遇向曰此摠述三國之美也詵詵
衆美也整轡高衢驤首天路良曰良臣遇君如龍之整轡以游天
路也高衢亦天路也驤舉也仰挹玄流俯弘時務向曰玄天也臣
仰君之澤流也俯下也弘安也名節殊途雅致同趣銑曰人之名節
雖則殊道事君之義亦同趣理日月麗天瞻之不墜仁義在
躬用之不匱翰曰日月著天下人瞻之不落仁義在人用之終身不匱也麗
著墜落也尚想遐風載挹載味後生擊節懦夫增
氣向曰言庶幾想衆賢之遠風也則挹其德味其道乃使後生之賢擊其節操懦弱之
夫亦增其壯氣也

封禪文一首　司馬長卿

濟曰封者封泰山禪者禪梁父皆築土爲壇因高以事天告王者之功成
銘於金石以示後代知其盛德也相如嘗著此文將勸武帝封禪相如死
後武帝方見奇異之
伊上古之初肇自昊穹之生民銑曰伊惟肇始也昊穹天
也歷選列辟以迄于秦向曰辟君迄至也率邇者踵
武遂聽者風聲良曰率循邇近踵繼武跡遂遠也言歷選列辟之君則循
其近者繼跡可知遠聽者但聞風聲善惡而已紛綸威蕤湮滅而不
稱者不可勝數也翰曰紛綸威蕤言衆多也言自古之君衆多其道湮
沒磨滅不稱紀於載籍者不可勝計繼昭夏崇號謚略可道者

七十有二君向曰昭明夏大也言自古之君有繼明大道崇其號謚歷世可
稱道者七十二君有封禪之事罔若淑而不昌疇逆失而能
存翰曰罔無若順淑善疇誰也言爲君之道無有順美而不昌盛者誰復有逆失之道
而求其存乎皆有道乃可爲也以軒轅之前遐哉邈乎其詳
不得而聞已銑曰軒轅黃帝也遐邈遠也詳求也五三六經載
籍之傳維見可觀也良曰五帝三皇之道六經典籍之所傳述美惡
亦可見也維語辭也書曰元首明哉股肱良哉翰曰元首君也
股肱臣也因斯以談君莫盛於堯臣莫賢於后稷
向曰后稷堯臣周之始祖后稷創業於唐銑曰創始也公劉發
跡於西戎濟曰公劉后稷之孫也居於西戎戎人咸歸其德文王改制

爰周郅隆大行越成翰曰爰於郅大越逾也言文王改制遂爲西伯於周大盛大道遂行仁化愈成其功也而後陵遲衰微千載無聲豈不善始善終哉銑曰周室後雖衰微而無惡聲者蓋爲積仁之德善終始之道使之然也然無異端慎所由於前謹遺教於後耳良曰言周所以無惡者亦更無異端蓋慎守先王之遺教故軌跡夷易易遵也向曰夷平遵法也言周軌跡平易而易爲法則湛恩厖莫江鴻易豐也濟曰湛深也厖鴻大也豐備也言深恩大而備用也憲度著明易則也翰曰憲法也垂統理順易繼也是以業隆於襁褓而崇冠於二后揆厥所元終都攸卒翰曰襁褓嬰兒衣也言成王之位在於襁褓而周公攝政以致太平

選二十四　四十四

業盛之功出於文武二君也度其發始之理終見美德盡歸於周矣冠出后君揆度元始都美攸所卒盡也未有殊尤絕跡可考於今者也良曰尤甚也言周德雖已盡美未有殊甚絕遠之跡可考量於今者也今謂漢也然猶躡梁父登太山建顯號施尊名向曰言周猶有封禪之事建明聖之號施行尊上之名漢亦宜然大漢之德逢蜂涌原泉沕勿潏聿曼羨翊扇反向曰爕火也言漢之盛德若火原泉之涌出流潤不絕也沕潏泉皃曼羨長多皃旁魄蒲莫四塞雲布霧散翰曰旁魄通達也言德澤通達於四方如雲霧布散無所不至上暢九垓古來下泝八埏音延銑曰垓重泝流也八埏謂八方也言聖化上達九重之天下流入八方之涵懷生之類霑濡浸潤濟曰萬物皆天子之德澤霑協氣

横流武節猋逝濟曰協和也威武之節如疾風之逝也猋疾風也邇陜游原遐闊泳詠沫音末向曰邇近也遐闊遠也泳浮沫波也言天子惠澤近者游其原流遠者浮其遠也首惡鬱沒闇昧昭晳支列反翰曰天下泳仁惠之積澤則大惡之積者皆自流沒闇昧之人皆變而爲明也首大鬱積也昭晰明也昆蟲闓苦改懌回首面內濟曰闓歡也回首面向皆謂懷天子之仁德也然後囿騶虞之珍羣徼工堯麋鹿之怪獸良曰囿養獸也騶虞瑞獸也徼遮也麋麃麟也天子有德祥瑞畢見導一莖六穗於庖犧雙觡格共抵丁禮之獸銑曰導擇也一莖六穗謂嘉禾也犧牲供祭祀者觡角柢根也武帝時得白麟其角共爲一根言嘉禾之米用之於庖廚用麟以供祭祀也明至德所感有此瑞也獲周餘放

選二十四　四十五

龜于岐向曰周時蓄神龜於池沼之中至漢武之世得之於岐山之下獲得也放畜也招翠黃乘龍於沼翰曰翠黃乘龍仙駕也黃帝乘之而仙言將招之於沼水之中鬼神接靈圉語賓於閑閑館濟曰靈圉猶所居之處也是時武帝求神仙禱鬼神之事故鬼神接於所居而方士巫人之輩賓禮之於閑館之內也奇物譎詭俶惕儻窮變良曰譎詭謂非常也俶儻謂奇異也欽哉符瑞臻茲猶以爲德薄不敢道封禪向曰欽美臻至也言武帝美哉衆瑞至此尚謙德薄不敢述封禪之事蓋周躍魚隕航休之以燎力照微夫斯之爲符也以登介丘不亦恧女六乎進讓之道何其爽歟翰曰隕落航舟也休美也燎謂祭天也微無也介丘泰山也恧慙爽差也言周武之伐紂濟河

嘗弱也軍旅非無素也彼劉淵者離石之將兵都尉王彌者青州之散吏也翰曰京冒也離石縣名都尉官也散吏謂無所主當也蓋皆弓馬之士驅走之人凡庸之才非有吳先主諸葛孔明之能也新起之寇烏合之衆非吳蜀之敵也銑曰弓馬士驅謂劉淵也驅走人謂王彌也先主孫權寇賊也烏合之衆謂無部分也言劉淵王彌不如吳蜀之敵遠矣脫耒為兵裂裳為旗非戰國之器也向曰耒農器也裳衣裳也言脫農器為干戈裂衣裳爲旗幡皆非戰器也自下逆上非鄰國之勢也然而成敗異效擾天下如驅羣羊舉二都如拾遺芥濟曰自下逆上謂臣伐君也非鄰國謂不如吳蜀之勢也效驗也擾亂也驅羣羊言易也二都洛陽長安也拾遺謂如拾遺草於地將相侯王連頭受戮乞為奴僕而猶不獲良曰劉曜入洛陽殺吳王晏竟陵王楙其餘官僚僵尸塗路不可勝數后嬪妃主虜辱於戎卒豈不哀哉翰曰虜獲也辱謂遭戎卒所亂者也夫天下大器也羣生重畜也愛惡相攻利害相奪其勢常也銑曰大器天子之器也羣生萬人也畜養也攻害也言愛惡利害相傾是其常勢若積水于防燎火于原未嘗暫靜也向曰防隄也燎燒也靜息也器大者不可以小道治勢動者不可以爭競擾濟曰言治天下之器者當用大道也言天下勞重不可以爭競安也擾安也古先哲王知其然也是以扞其

大患而不有其功禦其大災而不尸其利良曰言智王知不可爭競安也扞亦禦也尸主也言禦災患爲人已不自主利者也百姓皆知上德之生己而不謂浚己以生也翰曰上德謂古之賢王也生養浚取也言聖王布德養百姓凡主取人以自養是以感而應之悅而歸之如晨風之鬱北林龍魚之趣淵澤也銑曰感而應之謂聖德之王而人歸之也晨風鳥也林茂鳥歸之淵深魚趣之君有德則人附之此皆相感也順乎天而享其運應乎人而和其義向曰聖人應天順人隨運以和其義然後設禮文以治之斷刑罰以威之濟曰設禮文以防君子著刑罰以威小人謹好惡以示之審禍福以喻之良曰喻曉也言敬示善惡以曉百姓也求明察以官之篤慈愛以固之故衆知向方翰曰求明察之人以爲官人君厚慈愛之惠以堅固其心然後人知向正道矣方道也皆樂其生而哀其死悅其教而安其俗君子勤禮小人盡力銑曰言悅教安俗故君子小人各得其分廉恥篤於家閭邪僻銷於胸懷向曰篤厚也閭里門銷除也胸懷心府也故其民有見危以授命而不求生以害義濟曰言人被君之化見有危難則授命而死終不求生傷義也又況可奮臂大呼聚之以干紀作亂之事乎良曰干犯也紀綱也秦末之時陳勝奮臂天下響應而氣言人各守節義安可呼之以犯綱紀而爲亂乎言不可也基廣則難傾根深則難拔理節則不亂膠

結則不遷翰曰傾崩也理節謂政教有條理節度也膠固也言君布仁惠之基根深廣又不失理節則人心固結而不可遷也是以昔之有天下者所以長久也銑曰人心不遷故長久夫豈無僻主賴道德典刑以維持之也向曰言昔之累代有天下者中間豈無邪僻之主哉而不亡者蓋先人道德以維持也故延陵季子聽樂以知諸侯存亡之數短長之期者蓋民情風教國家安危之本也濟曰吳公子季札封於延陵子者男子之美稱令連封而美言之故曰延陵季子也善知樂入其國聞樂聲則知存亡長短之期也淺樂則體人之情故聽之所以識安危也昔周之興也后稷生於姜嫄而天下昭顯文武之功起於后稷良曰姜姓嫄后稷母名也

后稷周之祖先播植百穀以養人而天下皆蒙之而文王武王承至仁之後故能成功而王者也故其詩曰思文后稷克配彼天又曰立我蒸民莫匪爾極翰曰克能也言后稷有功能配天而食蒸衆也極中也言衆民蒙播植之穀皆於后稷而得中又曰實穎實栗即有邰家室銑曰實是也栗急成也言后稷教人播黍稷是穎茂之盛而大成熟也邰后稷舊居堯以有功封之於邰使無變改家室至于公劉遭狄人之亂去邰之豳身服厥勞其詩曰乃裹餱糧于橐于囊向曰公劉后稷曾孫也狄人侵邰不忍使與鬭乃弃邰之豳豳地名大曰橐小曰囊皆盛餱食之器也陟則在巘復降在原以處其民濟曰陟升也巘小山也降下也言人從公劉居者或升山或下原反覆苦也

以至于大王為戎狄所逼而不忍百姓之命杖策而去之良曰大王王季父也逼迫也不忍謂不能使百姓與戎狄鬭也杖策猶拄杖也故其詩曰來朝走馬率西水滸至于岐下翰曰來朝走馬言避惡早且疾也率循也滸水涯岐下岐山之下也周民從而思之曰仁人不可失也故從之如歸市銑曰周人謂公劉所居豳人也皆曰仁人之君不可失也從之於岐如歸市居之一年成邑二年成都三年五倍其初向曰言所從者漸多無勞來而安集之濟曰言以仁惠撫養所從之人而人安而集之勞來撫養也故其詩曰乃慰乃止乃左乃右乃疆乃理乃宣乃畝良曰慰安止居也言安其人居左右處之疆理界畔也時耕曰宣畝隴也言各安其業以至于王季能貊其德音翰曰

王季太王之子也貊猶繼也言能繼太王德政之音故其詩曰克明克類克長克君載錫之光銑曰克能也類善也言能明善為君長始明光大之德於子孫也載始錫賜也至于文王備修舊德而惟新其命向曰備具也舊德謂王季之德也言文王脩王季之德而受命惟新者美也故其詩曰惟此文王小心翼翼昭事上帝聿懷多福向曰翼翼恭敬皃昭明也聿遂懷來也言能恭敬遂來此多福以觀之周家世積忠厚仁及草木內睦九族良曰由此觀之謂已上事也仁及草木謂澤及行葦也睦親也外尊事黃耇養老乞言以成其福祿也黃耇黃髮老人也言能親九族用黃

求免於禍非本情也
諸吏良曰謂諸官也此雄自稱中散大夫臣雄稽
首再拜上封事皇帝陛下銑曰謂弃也臣
雄經術淺薄行能無異數蒙渥惠拔
擢倫比與羣賢並位愧無以稱職濟曰
渥澤惠恩比類也言蒙澤恩拔於倫類與羣臣並位自愧無才以當職事
也稱當也臣伏惟陛下至聖之德龍興登
庸欽明尚古翰曰庸用也欽敬也尚庶幾也言敬明之德庶
幾於古道作民父母為天下主執粹精之
道鏡照四海聽聆風俗博覽廣包參

選二十四　五十

天戴地兼並神明良曰參合也言明德方於天厚德比
於地如更有一地故云戴地也配五帝冠三王開闢
已來未之聞也臣誠樂昭著新德光
之罔極向曰新德謂弃之德也罔無也往時司馬相
如作封禪文一篇以彰漢氏之休臣
嘗有顛眴縣病恐一旦先犬馬墳溝
壑銑曰顛眴謂風疾也犬馬雄自謙比於弃所乘玩之犬馬也言有
疾病恐一朝先於犬馬而死填於溝壑所懷不章長恨
黃泉濟曰章見也敢竭肝膽寫腹心作劇
秦美新一篇雖未究萬分之一亦臣

之極思也向曰究盡也臣雄稽首再拜以
聞曰
權輿天地未袪睢睢許惟盱盱音吁翰曰權輿始也袪開也睢
睢盱盱不分明皃言始天地形未開之時混沌不分也或玄而萌或黃
而牙良曰玄天也黃地也言其色蒙龍始生萌牙玄黃剖判上下
相嘔音吁向曰剖判分也上下天地也言天地之氣相蒸而生萬物也嘔蒸也爰
初生民帝王始存銑曰天地既分是育萬物乃生其人則有帝王存焉
蓋將治也在乎混混茫茫之時亹聞罕漫而不昭
察世莫得而云也翰曰混茫混沌之氣也亹聞罕漫不明皃言此當時
事物不得明察後世之人不可得言其實上罔顯於羲皇向曰其有可云

選二十四　五十一

者無有明於伏羲之皇者也罔無也中莫盛於唐虞邇靡著於
成周銑曰邇近靡無著盛也仲尼不遭用春秋因斯發
翰曰孔子不見用於時故脩春秋因而發思也言神明所祚兆民所
託罔不云道德仁義禮智良曰孔子作春秋皆言神明所以垂
福也人所以依託者無不云道德仁義禮智之君雖秦皆棄此而暴虐獨秦崛
求勿起西戎邠斌荒岐雍之疆濟曰邠岐雍皆地名荒外也疆
界也因襄文宣靈之僭跡良曰襄文宣靈並秦公諡也言始皇因此
跡而起基孝公茂惠文奮昭莊翰曰秦至孝公始稱王惠文昭
莊並秦王諡也茂盛奮起也言秦盛起本從此諸王爲首也至政破從子容
擅衡音橫良曰政始皇名關東爲從關西爲橫皆諸侯連爲援助之名始皇皆破之

自專擅其威也并吞六國遂稱乎皇帝盛從鞅於仲儀韋斯之邪政翰曰始皇盛從商鞅張儀吕不韋李斯之計以邪爲政馳騖起翦恬賁奔之用兵翰曰馳騁白起王翦蒙恬王賁以爲將故云用兵也剗楚簡滅古文刮古八語燒書向曰剗削也刮除也言除百家之言弛禮崩樂塗民耳目銑曰弛廢塗塞也欲使人愚也遂欲流唐漂虞滌殷蕩周濟曰流漂滌蕩並謂除去其禮法也𤎅然除仲尼之篇籍自勒功業改制翰曰𤎅燒也勒記也度軌量咸稽之於秦紀向曰稽述紀記也言述之於秦史以記其事是以耆儒碩老抱其書而遠遜良曰耆舊碩大也大老謂老儒也遜逃也禮官博士卷其舌而不談來儀之

鳥肉角之獸狙七余獷古猛而不臻銑曰鳳皇麒麟皆以秦姦惡狗而不至也狙獷犬齧人者也甘露嘉醴景曜浸侵潭淫之瑞潛濟曰此瑞潛而不出大茀蒲沒經霣隕巨狄鬼信之妖發向曰茀妖星也霣落也始皇時彗星見又有星落於東郡巨狄大人也言有大人長五丈夷狄之服見於臨洮鬼信之妖謂華陰之野有鬼持璧與鄭使曰明年祖龍死是也神歇靈繹海水羣飛二世而亡何其劇與平聲良曰天地神祇以秦無道之甚故歆其靈淵滋液不降福祥海水羣飛喻天下亂也帝王之道兢兢乎不可離已銑曰兢兢懼也言爲君之道兢兢恐懼不可離於身也夫能貞而明之者窮祥瑞回而昧之者極妖愆濟曰窮極皆多也回邪也言帝王貞明者多祥瑞邪

而暗昧者多妖愆也上覽古在昔有憑應而尚缺焉壞徹而能全向曰覽古者憑仁義而威應瑞而尚聞有毀缺之理何有爲壞變之道而能全乎言必無全者也徹猶毀也此亦微有意言漢有仁義之德尚缺矣故若古者稱堯舜翰曰若順也威侮者陷桀紂翰曰有談人君威暴侮亂者則必比跡於桀紂之王況盡訊信埽前聖數千載功業專用己之私而能享祜者哉良曰言除埽前聖之書專用己之私以爲酷暴安能享福久遠者乎訊除也會漢祖龍騰豐沛奮迅宛畏葉音攝向曰奮迅成武貢宛葉地名自武關與項勠力咸陽銑曰項項羽也言與項羽勠力攻秦也創業蜀漢發跡三秦克項山東而帝天下擿秦政慘酷

尤煩者應時而蠲古玄反濟曰尤甚蠲除也始儒林形辟歷紀圖典之用稍增焉向曰辟法也言始開學校定形法也歷紀謂歷代之紀及圖書經典稍益興焉秦餘制度項氏爵號雖違古而猶襲之良曰言漢繼秦餘近項羽爵起之號雖知其違於古道不便於人而猶因而襲之未能盡除絕也是以帝典闕而不補王綱弛而未張濟曰典則弛廢也道極數殫闇忽不還銑曰漢道已極曆數窮盡闇昧忽亂道散不還遂至大新受命上帝還資后土顧懷向曰帝天也后土地也言秦爲酷暴漢興稱寃其猶未能至治道極數盡朴散不還故大新受命上天還祥以爲資助地祇眷顧而懷之玄符靈契黃瑞涌出翰曰玄天黃地也言天地符契祥瑞皆見於時也渾

媵有黷亂上下[良曰禮男三十而婚女二十 / 而嫁先時不依禮而早婚娶][也夫父曰舅夫母曰姑反易剛柔謂陵 / 夫之政媵亦妾類黷亂上下謂不恭也]父兄不之罪也天下莫之非也又況責之聞四教於古循貞順於今以輔佐君子者哉[翰曰不 / 罪不非][俗以為是也四教四德也貞順者婦人之志 / 行也言為淫逸妬忌天下且不以為非禮況][責脩德行以輔 / 佐君子者乎]禮法刑政於此大壞如室斯構而去其鑿契如水斯積而決其隄防如火斯畜而離其薪燎也[銑曰鑿契龔世言禮法 / 刑政既壞欲並為理其][猶構室而去鑿契積水而 / 決隄防畜火而離薪燎也]國之將亡本必先顛其此之謂乎[向曰謂禮法刑 / 政也顛墜也]故觀阮籍之

選二十五　十八

行而覺禮教崩弛之所由也[濟曰阮籍放蕩 / 不依禮法代以][為達人則知禮教 / 崩弛也弛廢也]察庾純賈充之爭而見師尹之多僻[良曰賈充饗眾官庾純後至充曰 / 君行常居人前今何以在後純曰][有小市井事不了故後也俗傳純祖先為五 / 伯充之先為市魁故以此言相荅也師尹大][臣也僻 / 不正也]考平吳之功而知將帥之不讓[翰曰 / 考校][也王渾與王濬平吳爭功更 / 相表奏則知將帥不讓也]思郭欽之謀而悟戎狄之有釁[銑曰悟覺也御史大夫郭欽 / 上書言戎狄彊獷歷世為患][今西北方戎狄雜居恐百代之後為患宜及 / 平吳之功以復上郡帝不許言思此謀則覺][戎狄 / 為釁]覽傅玄劉毅之言而得百官之邪[向曰 / 傅玄][上書云使天下無復謀議而亡秦之病復發 / 於今日也上嘗顧謂劉毅曰朕方漢之何帝]

[主對曰桓靈也曰朕克已為理方之桓靈不 / 亦甚乎對曰桓靈賣官錢入公府陛下賣官][入私門以此言 / 知百官邪僻也]則核傅咸之奏錢神之論而覩寵賂之彰[濟曰核考也傅咸奏曰臣以貨 / 賂流行良宜深絕魯褒又作錢][神論言考此則 / 貨賂之行明也]知民風國勢如此雖以中庸之才守文之主治之[良曰中庸謂非賢非愚 / 之才守文謂守常平理][代之 / 主也]辛有必見之於祭祀季札必得之於聲樂[翰曰平王之時辛有適伊川見被髮而祭 / 於野者曰不及百年此其戎乎吳季札來][聘請觀樂使工人歌陳 / 曰國無主其能久乎]范燮必為之請死賈誼必為之痛哭[銑曰范燮以君驕侈無禮乃 / 使祝宗祈死賈誼上疏云][國家之事可為 / 痛哭者一也]又況我惠帝以放蕩之德臨

選二十五　十九

之哉[向曰晉室禮樂崩壞賄賂公行庸主守 / 之且猶不濟況我惠帝以放蕩之德而][臨之 / 乎]故賈后肆虐於六官韓午助亂於外內其所由來者漸矣豈特繫一婦人之惡乎[濟 / 曰][賈后惠帝后肆縱虐殺也六宮中宮也言六 / 者取象坤數也韓午壽妻賈后妹也相助為][亂是婬亂事也言晉室不道而 / 致敗壞豈獨繫賈后一婦人也]懷帝承亂得位羈於彊臣[良曰承亂謂繼惠帝之亂也 / 羈東也彊臣謂東海王越也]愍帝奔播之後徒廁其虛名[翰曰洛陽傾覆秦 / 王業避難於許豫][州刺史閻鼎立以為主後遷於長安也 / 言徒廁天子之名而無天下之重也]天下之政既已去矣非命世之雄不能取之矣[銑 / 曰][去謂去晉室也 / 雄謂有識之雄]然懷帝初載嘉禾生于南昌

向曰載年也嘉禾瑞發也南昌郡名望氣者又云豫章有天子氣濟曰望氣者謂占候之人也豫章郡名及國家多難宗室迭興良曰宗室諸王也迭更興起也以愍懷之正淮南之壯成都之功長沙之權皆卒於傾覆翰曰惠帝立愍懷為太子賈后無子廢太子矯詔殺之武帝子欽度封淮南王領中護軍章度封成都王拜為驃騎校尉趙王倫篡逆章度謀義兵迎天子士度度封長沙王拜步兵校尉齊王冏驕矜士度攻冏於帝前河間王顒欲廢天子立成都王士度與戰遂為顒所誅言此數王俱有權勢而卒見誅戮豈非命也而懷帝以豫章王登天位劉向文讖云滅亡之後有少而水名者得之起事者據秦川西南乃得朋按愍帝蓋秦王之子

選二十五　二十

得位於長安固秦地也銑曰讖驗也謂愍於前事也易曰西南得朋蓋時以南陽王為右丞相是得朋也而西以南陽王為右丞相東以琅邪王為左丞相上諱業故改鄴為臨漳漳水名也由此推之亦有徵祥而皇極不建禍辱及身向曰徵祥謂讖與嘉禾也皇極謂大中之道也建立也禍辱及身謂被劉聰所虜也豈上帝臨我而貳其心將由人能弘道非道弘人者也濟曰帝天也言豈天於我懷帝有二心乎何其先降祥瑞而遂滅亡哉應由人不能弘道淳耀之烈未渝故大命重集于中宗元皇帝良曰黎為高辛氏火正有淳耀之德故其子孫昌盛也烈業也渝變也晉承黎之後故云然言天子業未變故大命再集於東晉也

後漢書皇后紀論一首　范蔚宗

翰曰配至尊名為皇后后君也明為海内小君也

夏殷以上后妃之制其文略矣銑曰略其禮制不載此文周禮王者立后三夫人九嬪二十七世婦八十一御女以備内職焉后正位宮闈同體天王夫人坐論婦禮九嬪掌教四德世婦主知喪祭賓客女御序于王之燕寢頒官分務各有典司向曰闈宮中門也四教謂婦德婦言婦容婦功序理也言此百二十負布官分事各有典掌頒布職事也女史彤管記功書過濟曰皇后有女史之官彤管赤管筆居有保阿之訓動有環珮之響良曰保養也阿倚也所謂養母及倚之以為法則者而教訓之環珮玉為之以節行步進

選二十五　二十一

賢才以輔佐君子哀窈窕而不淫其色翰曰后妃之德當輔佐君子求賢審官哀思也思得淑女以配君子使不淫其色也所以能述宣陰化脩成内則銑曰皇后主陰政也内則禮篇名主教婦人法則也閨房肅雍險謁不行者也向曰肅敬雍和也險詖謂不行險詖私謁之心故康王晚朝關雎作諷宣后晏起姜氏請愆濟曰關雎詩國風之首諷刺后君過也康王晚朝内人誦關雎詩以刺君王宣王晚起姜后待罪永巷曰妾不才使君王失禮晏朝以見君王樂色志德也及周室東遷禮序凋缺諸侯僭縱軌制無章良曰東遷謂平王東遷洛邑也言王室微弱諸侯無尊卑之别章别也齊桓有如夫

下戲禮清和之正肇則百工伊凝庶績越熙銑曰工官伊摧凝成
麟衆績功越道熙實也荷天衢提地釐向曰天下之士皆叙荷天道之
亨道統其地理以助君之安人地爲臣道提統也釐理也斯天下之上
庶可試哉良曰言封禪盛事此天下之上則也近可試爲之

典引一首 幷序
班孟堅
翰曰典者堯典也漢爲堯後故班生將引堯事以述漢德是命曰典引
臣固言永平十七年臣與賈逵傅毅
杜矩展隆郗萌等名詣雲龍門翰曰謂帝
召固等六人詣此門小黃門趙宣向曰小黃門宦者持
秦始皇帝本紀問臣等曰太史遷下

選二十四 五十八

贊語中寧有非邪銑曰天子令問固等云太史司馬遷
贊始皇語中何處有非也寧猶何也臣等對曰此贊賈
誼過秦篇向曰司馬遷秦始皇贊中全述賈誼此篇以明秦事
言向使子嬰有庸主之才僅得中佐
翰曰僅劣也言若劣得中書之人以爲輔佐秦亦未滅謂是時無賢佐
秦之社稷未宜絕也此言非是翰曰固對
此贊以過秦篇爲非是也即召臣入問本聞此論
非邪臣具對素聞知狀銑曰固既有此對天子召
入更問之固終秦聞此論爲非也固又具對本所聞知事非之狀於帝矣
素本也詔因曰司馬遷著書成一家言

揚名後世至以身陷刑之故反微文
刺譏貶損當世非誼士也良曰帝言司馬遷以
陷刑故乃反微其文譏刺朝廷貶損漢世非義士也司馬相如
洿行無節濟曰謂敍於卓氏女但有浮華之詞
不周於用向曰備也至於疾病而遺忠
翰曰謂將死之時述天子之德遺其忠跡而死主上求取其
書竟得頌述功德言封禪事忠臣效
也至是賢遷遠矣銑曰言相如以此賢於遷相去遠也
臣固常伏刻誦聖論昭明好惡不遺
細微緣事斷誼動有規矩雖仲尼之

選二十四 五十九

因史見意亦無以加良曰刻治也聖論云司馬遷非
義士之論也因史見意謂脩春秋褒貶之事臣固被學最
舊受恩浸深誠思畢力竭情昊天罔
極翰曰被學謂爲學官也最舊言久也浸深極深也畢盡也言報天子
之恩如天之無極臣固頓首伏惟相如封禪
靡而不典揚雄美新典而無實向曰惟思
靡美也然皆游揚後世垂爲舊式臣固
不勝區區竊作典引一篇雖不足雍
容明盛萬分之一濟曰雍容美也言不足以言天子美
明之盛德所異萬分而得其一分也猶樂啓發憤懣覺

悟童蒙銑曰樂謂爲其事也樂光揚大漢軼聲
前世良曰軼過也言光揚大漢之聲過聲於前世聖帝明王也然
後退入溝壑死而不朽臣固愚戇頓
首頓首曰
太極之元兩儀始分煙煙因熅熅於云反翰曰太極混沌氣之初也元始也兩儀天地也煙熅天地之氣有沈而奧有浮而
清向曰奧深也言混沌氣有重濁而沈深爲地有浮輕而清明爲天也沈浮交
錯庶類混成銑曰沈浮之氣相交雜衆類混合而成其形肇命民
主五德初起銑曰肇始也五德謂五行也言帝王以五行相承乃初起是法
也同于草昧玄混之中踰繩越契寂寥而亡
照詔者系不得而綴也翰曰天地初開至理無名之君則同經于草創冥昧玄混之中踰越常理寂寥無言而後世之君系之不連綴也詔言也厥有
氏號紹天闡繹亦莫不開元於太昊皇初之
首上哉敻乎其書猶可得而脩也向曰其有名氏號令之君紹繼天下開治萬物者莫不始於太昊之主以爲帝皇之首上古遠乎其書尚可得
脩治也闡開也繹治也敻遠也亞斯之世通變神化函含光
而未曜翰曰亞次也言次此太昊已上通神化其光不見則難可知也鑾若
夫上稽乾則降承龍翼而炳諸典謨以冠德
卓絕者莫崇乎陶唐銑曰稽考乾天降下也龍翼謂龍飛也炳明卓
高絕寬冠首也陶唐堯也言上考天道則下承龍飛利物之道則明著於典謨以爲百王

選二十四　六十

之首高大寬遠著莫崇於堯也陶唐舍胤而禪有虞虞亦命
夏后稷契熙載越成湯武股肱既周天迺歸
功元首將授漢劉翰曰堯位不授其子而禪舜舜亦不授其子而讓禹
契佐治能廣堯事夏氏之後遠成湯之業湯復遠成武王之緒夏殷周悉有至德股肱備
也則堯之道廣知舜禹賢聖之資以至於此而天乃歸功於堯將授漢命以爲天子也
熙廣載事越遠也元首謂堯也俾其承三季之荒末值亢龍
之災孽懸象闇而恒文乖彝倫斁而舊章缺
向曰俾使也三季謂夏殷周之末也言使漢承三代荒亂之末值亢龍悔窮之災日月晦
昧星辰乖錯常理敗壞古書廢缺聖教喪矣而漢能循之易云亢龍有悔窮之災也孽亦
災也懸象恒文日月星也彝常倫理斁敗也舊章古書也故先命玄聖使

選二十四　六十一

綴學立制銑曰言漢家既興先命胥玄聖之教著使綴於學立其制度衛其
典治其亂玄聖謂孔子也宏亮洪業表相祖宗贊揚迪哲
向曰宏大亮舉表立相助迪蹈哲也言大舉洪業立助祖宗贊揚前古以蹈聖哲之跡
謂聖王之道備哉燦爛真聖明之式向曰古道既備粲爛然其
有文章也式法也雖皐夔衡旦密勿之輔比茲褊矣
銑曰皐陶夔堯臣也衡謂伊尹也旦謂周公也密勿黽俛也褊小也言古道之興皆由孔
子神明之法式雖皐陶之徒偃俛同必爲之輔佐功成德廣比此亦小也是以高
光二聖辰居其域翰曰高祖光武二君如北辰居其所而衆星拱之言
有德也域所也時至氣動乃龍見淵躍向曰天命既至則俟時而
動其出也如龍潛而見天下文明而之利見之似龍躍於淵自試欲飛之意也易乾卦九

讒醢不其然乎良曰勢疑謂威武彊盛見疑於君也侔齊也蕭蕭何樊樊
噲也縲紲謂拘繫也信韓信越彭越也菹醢戮殺也自茲以降迄乎孝
武宰輔五世莫非公侯遂使搢紳道塞賢能
蔽壅翰曰迄至也除高祖至武帝皆以勳臣爲宰輔搢紳道塞謂賢才壅塞不得通
也朝有世及之私下多抱關之怨銑曰世及謂父子相
及也漢蕭望之署小苑東門候王仲翁謂曰不肯碌碌反抱關乎其懷道無
聞委身草莽者亦何可勝言向曰言懷道德委棄草澤者多
也故光武鑒前事之違存矯枉之志濟曰鑒視也矯
枉直也言視前漢不任賢能存其直曲之意雖寇鄧之高勳耿賈之
鴻烈分土不過大縣數四所加不過特進朝

選二十五　二十六

請而已良曰寇恂鄧禹耿弇賈復皆光武功臣也鴻大烈業也言立高功大業所
封不過四縣加位不過特進而已漢法諸侯春見曰朝秋見曰請也觀其治平
臨政課職責咎將所謂導之以法齊之以刑
者乎翰曰言光武政平法明得刑法之中若格之功臣其傷已
甚銑曰格取也言取功臣而任之其傷政則甚何者良曰豈自發問以明下文
直繩則虧喪恩舊撓情則違廢禁典向曰喪傷撓曲
也言於公法直則傷恩私曲情於私則廢典憲選德則功不必厚舉
勞則人或非賢參任則羣心難塞並列則其
敝未遠不得不校其勝否即事相權濟曰若選有德
則無功若選有功則無德參三也若三分而任則衆意不滿中半並列其政之弊則不遠

矣校考否惡也言就功臣之中考取勝者相與制其權宜爲恩舊復心也故高秩
厚禮允荅元功峻文深憲責成吏職良曰秩祿允信
元大也以高祿重禮信荅大功也峻深憲法言以深法責成吏人之職建武之
世侯者百數若夫數公者則與參國議分均
休咎其餘並優以寬科完其封祿莫不終以
功名延慶于後翰曰建武光武年號也數公謂鄧禹吳漢等也均同也休
咎善惡也其餘謂鄧吳之外功臣也優饒也寬科謂寬法也完全慶福也後謂子孫也
昔留侯以爲高祖悉用蕭曹故人而郭伋亦
譏南陽多顯鄭興又戒功臣專任銑曰留侯張良也遷
初定天下高祖從複道望見諸將偶語上謂良曰此何語也良曰此人謀反耳上曰何故

選二十五　二十七

而反良曰陛下與此屬取天下所封皆蕭曹故人所誅皆平生仇怨故相聚謀反也上曰
爲之柰何良曰陛下取素不快意一人封之則定矣於是乃封雍齒衆曰雍齒且侯吾屬
無患矣郭伋謂光武曰選補衆職當簡天下賢俊不宜專用南陽人帝甚納之鄭興上疏
於光武曰道路流言咸曰朝廷欲事任功臣功臣任則位謀也夫崇恩偏授
易啟私溺之失至公均被必廣招賢之路意
者不其然乎永平中顯宗追感前世功臣乃
圖畫二十八將於南宮雲臺其外又有王常
李通竇融卓茂向曰言崇恩偏授其任則易開私溺之失至公無
私均被天下則賢路廣開也永平明帝年號顯宗明帝廟號合三十二人
故依其本第係之篇末以志功臣次云爾濟曰

孫繫言以次第繫此篇之後

宦者論一首

良曰周以爲閹人今謂之宦者官比郎中古者小臣而後漢用之尊重故

集爲傳作其論云

易曰天垂象聖人則之宦者四星在皇位之側翰曰垂象謂官者星也皇位則帝座也故周禮置官亦備其數閹者守中門之禁銑曰備數也謂周禮云奄十人閹十人奄守門者中門用奄人爲之取所宜也寺侍人掌女宮之戒向日寺人亦奄屬戒戒合也又云王之正內者五人濟曰王之正內謂羣寢也五人周制之數也月令仲冬命閹尹審門閭謹房室

良曰閹尹閹官也閽亦門也審謹閉之者順冬氣也詩之小雅亦有巷伯刺讒之篇翰曰小雅詩篇名巷伯宮中閹官也幽王聽此人之讒故有此刺之然宦人之在王朝者其來舊矣將以其體非全氣情志專良通關中人易以役養乎銑曰體非全氣謂無陽道也良善也中人謂宮人也養使也然而後世因之才任稍廣其能者則勃貂管蘇有功於楚晉向日稍漸也言漸廣材能者而用之勃貂名披晉文公立呂郤畏偪將焚公宮而殺晉侯寺人披以難告晉侯楚恭王有疾告諸大夫曰管蘇犯我以義違我以禮然而有德焉吾死之後爵之於朝景監繆賢著庸於秦趙濟曰景監繆賢皆閹人也監進商鞅於孝公以成霸業繆賢進藺相如於趙惠文王而還璧盛是著功也庸功

也及其弊也豎刁亂齊伊戾禍宋良曰弊也齊桓公寺奄人豎刁後桓公卒刁乃殺羣吏立公子無虧齊大亂宋平公遣奄人伊戾傅太子痤無寵太子有楚客于郊戾因譖太子將爲亂太子死後事發乃烹伊戾漢興仍襲秦制置中常侍官然亦引用士人以參其選皆銀璫左貂給事殿省翰曰仍乃襲因也漢中常侍或用士大夫建武以後乃悉用宦者皆假以貂璫之飾爲天子給使於殿省之上也及高后稱制乃以張卿爲大謁者出入臥內受宣詔令銑曰謁者宦人之官文帝時有趙談北宮伯子頗見親幸向曰趙談北宮伯子並是閹人至於孝武亦愛李延年濟曰李延年武帝時宦者帝數宴後庭或潛游離館故請

奏機事多以宦人主之良曰蕭望之以武帝游宴後庭故用宦官非國舊制也機事謂所總號令元帝之世史游爲黃門令勤心納忠有所補益翰曰史游宦人爲黃門令著急就一篇故云有所補益其後弘恭石顯以佞險自進卒有蕭周之禍損穢帝德焉銑曰蕭望之與周堪諫罷中尚書宦官以爲古制君不近刑人由是與石顯許後皆遇譖害望之自殺堪被廢不見進用是損穢帝德中興之初宦官悉用閹人不復雜調他士向曰謂選也他士外人也至永平中始置員數中常侍四人小黃門十人和帝即祚幼弱而竇憲兄弟專總權威濟曰永平明帝年號祚福也竇憲太后兄也推柄威力也言專總國柄有威力於天

下內外臣僚莫由親接所與居者唯閹官而已故鄭衆得專謀禁中終除大憝徒對反良曰言和帝幼劣竇憲執權內外官僚皆不得親近所近者唯閹官而已竇憲謀不軌中常侍鄭衆謀誅之憝惡也大惡則竇憲也遂享分土之封超登宮卿之位宮卿則大長秋也於是中官始盛焉翰曰鄭衆有功遷大長秋封鄛鄉侯食邑千五百户自明帝以後迄乎延平銑曰迄至也延平安帝年號也委用漸大而其員數稍增中常侍至有十人小黃門亦二十人改以金璫右貂兼領卿署之職向曰璫貂侍中服飾卿九卿署司也言閹人兼主之也鄧后以女主臨政而萬機殷遠濟曰鄧后和帝母殷衆也朝臣

圖議無由參斷帷幄稱下制令不出房闈之閒不得不委用刑人寄之國命良曰言婦人執政無從與朝臣參斷制令所出不過房闈故不得不委用閹人以通國命手握王爵口含天憲翰曰王爵官柄也天憲謂帝王法令也言皆出於黃門非復掖庭永巷之役閨牖房闥之任也銑曰官者本掖庭閨房使役人而今皆執權政故云非復也掖庭永巷皆宮名其後孫程定立順之功曹騰參建桓之策向曰孫程安帝時爲黃門時江京等廢皇太子爲濟陰侯後程與十八人截衣爲誓斬江京迎濟陰侯立之是爲順帝曹騰定策立桓帝還大長秋續以五侯合謀梁冀受鉞濟曰大將軍梁冀事國桓帝欲誅之乃命宦官單超徐璜具瑗左倌唐衡與謀令誅冀事成同日俱封侯代

之五侯鉞斧也迹因公正恩固主心故中外服從上下屛氣良曰言內外之官懼閹官之威皆屛氣而恐或稱伊霍之勳無謝於往載或謂良平之畫復興於當今翰曰伊尹霍光皆先代輔佐之臣陳平張良皆謀畫之臣閹官之屬自稱同也雖時有忠公而競見排斥舉動迴山海呼吸變霜露阿旨曲求則光寵三族直情忤意則參夷五宗漢之綱紀大亂矣銑曰迴山海變霜露言氣勢盛也三族謂母族妻族家族也五宗謂上自曾祖下至玄孫若夫高冠長劒紆朱懷金者布滿宮闈向曰高冠長劒武夫之服金金印也閹官門布滿言多也苴子余茅分虎南面臣民者蓋以十數濟曰苴裹也王者以茅裹五色土封諸侯虎謂金虎符也南面謂諸侯南面稱孤也言如此十數人府署第館棊列於都鄙子弟支附過半於州國南金和寶冰紈霧縠之積盈牣刃珍藏嬙媛侍兒歌童舞女之玩充備綺室良曰第館宅也都鄙官國也支附謂親屬也天下州國之官過半是閹人親屬紈繒也縠紗也冰者如冰之素霧者如霧之輕物滿也嬙媛嬪御也侍兒侍婢也充滿備具也綺室綺帳也狗馬飾彫文土木被緹啼繡翰曰彫畫也牆木之屋也言皆被以緹繡之文皆剔割氓黎恣極奢欲搆害明賢專樹黨類其有更相援引希附權彊者腐身熏子以自衒達銑曰氓黎庶人也援引謂攀附也權彊謂閹人之黨也言有仕人託附

官以求進者或自腐熏其形體同於閹人以自衒露而求聞達同弊相濟故

其徒有繁向曰弊惡也繁多也敗國蠹政之事不可殫

書所以海內嗟毒志士窮棲寇劇緣閒搖亂

區夏濟曰蠹亦敗也殫盡毒病也窮棲謂深隱也寇暴劇甚也言閹官為暴之甚緣其閒隙起其議言動亂於國

雖忠良懷憤時或奮發而言出禍從旋見孥戮良曰憤怨也奮發謂出怨言也孥子也謂諫者并子見戮

因復大考鉤黨轉相誣染翰曰考謂擿擊也鉤黨謂鉤所諫者同類使轉相誣謗而殺之也

凡稱善士莫不離被災毒銑曰離逢被加也言朝廷稱為善士者逢閹黨皆加其災毒也

竇武何進位崇戚近乘九服之嚻怨協羣英之勢力而以

選二十五　三十二

疑留不斷至於殄敗斯亦運之極乎向曰竇武立女為皇后身為大將軍謀誅宦官為宦者曹節矯詔誅武何進妹為皇后身為大將軍與袁紹謀誅中官為宦者趙忠所殺戚親叢譁也疑留謂進留未斷之間而見殺也言此者亦漢之運命爭極盡也

雖袁紹龔行芟夷無餘濟曰龔奉行謂天子命罰也芟刈也夷殺也無餘言殺盡初袁紹起義兵誅董卓斬趙忠捕宦官無少長悉斬

然以暴易亂亦何云及良曰袁紹雖誅閹官之暴而自為亂故云易亂亦何云及謂不可及於政道也

自曹騰說梁冀竟立昏弱翰曰大將軍梁冀欲立清河王以下宦者曹騰說冀曰君若立長禍必及身遂立桓帝是昏弱者

魏武因之遂遷龜鼎銑曰龜國寶鼎大器皆喻帝位也遷謂移禪於魏也

所謂君以此始必以此終信其

然向曰言始以閹官穢亂亦終官而失國謂曹操即騰之孫

逸民論一首

向曰謂自放逸不為時俗所拘檢遺不見雜居無名王侯不能臣榮利不能動逸人

易稱遯之時義大矣哉又曰不事王侯高尚

其事是以堯稱則天而不屈潁陽之高良曰遯逃也踰勢利役已能逃避是遯之時義大也事謂幽寂之事也推天為大推堯則之蕩蕩爭民無能名焉堯請屬天下於許由許由逃於潁陽而堯不能屈其志也

武盡美矣終全孤竹之絜翰曰武周武王也伯夷叔齊孤竹君之二子諫武王伐紂不從因隱於首陽山武王不能屈其請潔請也

自茲以降風流彌

選二十五　三十三

繁長往之軌未殊而感致之數匪一銑曰自茲以降謂許由伯夷以下也風流謂隱居之流也彌繁言漸多也軌迹也不殊言隱逸同也感致匪一謂以下事

或隱居以求其志或迴避以全其道向曰迴迹避濁代以全至道也

或靜己以鎮其躁或去危以圖其安或垢俗以動其槩或疵物以激其清

然其甘心畎畝之中憔悴江海之上濟曰鎮壓躁動圖謀垢穢也槩節槩也疵病激潔也畎畝謂耕稼之事憔悴則枯槁也

豈必親魚鳥樂林草哉亦云介性所至而已良曰言隱者豈親樂山水哉言特稟耿介之性也

故蒙恥之賓屢黜不去其國蹈海之節千乘莫移其情翰曰蒙冒黜退也言節一

惠冒恥以救人雖三遭退而不逃去其國愆連爲齊却燕軍齊欲爵連連乃逃於海上言雖封千乘之國亦不稱其隮逃之情適使矯易去就則不能相爲矣銑日適向也矯直也言直易二賢之性迴其去就彼此不能矯爲也彼雖硜硜有類沽名者向日硜硜堅勁皃沽名謂沽賣其名聲也然而蟬蛻銑躐埃之中自致寰區之外濟日隱者去塵俗之內致寰區之外有如蟬之蛻形耳寰區國之封域也異夫飾智巧以逐浮利者乎良日浮利榮華也言去置俗之人異於脩飾智詐以逐榮華之事荀卿有言曰志意脩則驕富貴道義重則輕王公也翰日荀卿子隱者也驕輕也言重內者則輕外物也漢室中微王莽篡位銑日微弱篡奪也士之蘊籍慈夜義憤甚矣

選二十五　三十四

向日蘊籍寬和貌憤怨也言王莽篡漢當時寬和之人皆怨而去之是時裂冠毀冕相攜持而去之者蓋不可勝數濟日言漢朝高累之士悉弃之簒皆毀裂冠冕相攜隱遁揚雄曰鴻飛冥冥弋者何慕焉言其違患之遠也良日鴻水鳥也冥冥高也慕取也言鳥飛既高弋射者何所取喻隱者居深以避禍患矣光武側席幽人求之若不及翰日禮有憂者側席而坐光武側席是憂幽人不至矣旌帛蒲車之所徵賁彼義相望於巖中矣銑日旌招賢之表識帛束帛蒲車招隱之車也徵求賁飾也相望巖中言多也若薛方逢步江萌聘而不肯至向日薛方逢萌前漢去官而隱王莽時徵之俱不就光武即位徵方方於道病卒徵萌萌乃辭以老耄竟以壽終嚴光周黨王霸

而不能屈濟日嚴光與光武同學光武即位三聘而後至帝車駕就館看光光不起帝撫其腹日子陵不可相助爲政耶良久日士故有志何相迫乎周黨隱居澠池光武累徵而至著短布單衣以見光武伏而不謁自陳願守所志帝許焉王霸建武中到稱名不稱臣有司問其故日天子有所不臣竟以病歸守志不屈羣方咸遂志士懷仁良日言光武之時羣方皆遂志士無不懷其仁心焉斯固所謂舉逸民則天下歸心者乎翰日君舉逸人則天下之人歸心也肅宗亦禮鄭均而徵高鳳以成其節銑日肅宗章帝也以公車特徵鄭均再還尚書後以疾乞骸骨任隗舉高鳳直言爲將作大匠後託病歸隱身漁釣終於家也自後帝德稍衰邪孽當朝處子耿介羞與卿相等列向日稍漸也邪孽謂閹官之屬也處子謂隱居不仕

選二十五　三十五

之人耿介謂執節守度也羞恥也列行列也至乃抗憤而不顧多失其中行焉濟日高抗憤慾而不迴顧者亦失其順中之行焉蓋錄其絕塵不反同夫作者列之此篇良日絕塵謂絕塵離俗往而不反者則周末七人列於此篇七人謂長沮桀溺丈人石門荷蕢儀封人楚狂接輿

宋書謝靈運傳論一首　沈休文

翰日約脩宋書至靈運傳嘉其文章因爲此傳論於下以敘文章利害是非焉

史臣曰民稟天地之靈含五常之德剛柔迭用喜慍分情銑日靈異也言人稟天地而生靈於萬物漢書日凡人含五常

之性而剛柔不司迭更慍恨也夫志動於中則歌詠外發向曰
在心為志發言為詩詩則歌詠也六義所因四始攸繫升降
謳謡紛披風什濟曰六義一曰風二曰賦三曰比四曰興五曰雅六曰頌
四始謂國風大雅小雅頌也攸所也紛披言多也詩之風雅每十篇同卷故云什雖
虞夏以前遺文不覩稟氣懷靈理無或異良曰
虞舜夏禹也覩見也受氣懷靈謂人也理人理也言人理古今無異也然則歌
詠所興宜自生民始也周室既衰風流彌著
翰曰歌詠樂也太古已有樂則知歌詠從生人始也周室既衰怨刺之詩隨其風流彌加
明著屈平宋玉導清源於前賈誼相如振芳塵
於後銑曰屈原作離騷經宋玉著九辯並楚人也導引源本也賈誼相如並前漢文

選二十五　三十六

章之士振芳塵謂美聲也英辭潤金石高義薄雲天向曰
英美也言美辭可以潤澤金石也薄迫也迫雲天言高也自茲以降情志
愈廣王襃劉向楊班崔蔡之徒濟曰愈益也揚雄班固崔
駰蔡邕此六人並漢朝文章之士異軌同奔遞相師祖良曰軌迹
奔行師法祖述也言已上六人迹雖異同行於時雖清辭麗曲時發
乎篇而蕪音累氣固亦多矣翰曰言文章清麗之句時時有
之蕪穢累重固亦多矣若夫平子豔發文以情變絕唱
高蹤久無嗣響銑曰豔美也言張平子文章之美無能繼其音響至
于建安曹氏基命三祖陳王咸蓄盛藻向曰建安
獻帝年號曹氏基命謂太祖始封魏王三祖謂武帝文帝明帝陳王謂武帝子植也咸皆

蓄積也言三祖及陳王皆積盛才於懷也甫乃以情緯物以文被
質濟曰甫始也緯猶織也以文被質謂文質相兼也自漢至魏四百
餘年辭人才子文體三變相如工為形似之
言二班長於情理之說子建仲宣以氣質為
體良曰二班謂叔皮孟堅也情理謂得事之實也氣質謂有力也三變謂形似情理氣
質並標能擅美獨映當時是以一世之士各
相慕習原其飈流所始莫不同祖風騷良曰擅專
也映照也原本也漢魏以來才子風流皆同祖述詩騷也風則詩國風也徒以賞
好異情故意製相詭銑曰徒但也詭變也言祖述雖同但以賞好者異
故隨製作而變降及元康潘陸特秀向曰元康晉惠年號潘安仁陸

選二十五　三十七

士衡獨為當代章之秀特獨也文律異班賈體變曹王縟旨
星稠繁文綺合濟曰律法也言潘陸文章體班固賈誼曹植王粲也縟繁
飾也星稠綺合騈文章秀媚綴平臺之逸響采南皮之高
韻良曰梁孝王於睢陽城依平臺後道三十里招延四方才子逸響謂枚皋司馬相如
之文也南皮魏文帝所遊高韻謂應瑒陳琳之文也綴猶緝也遺風餘烈事
極江右翰曰烈業極盡也江右即西晉在晉中興玄風獨扇
為學窮於柱下博物止乎七篇馳騁文辭義
殫於此銑曰玄道扇盛也柱下謂老子為周柱下史御道德經五千言博大也七
篇謂莊周著書內篇有七也言中興之後人承王弼何晏之風學者義理盡於莊老殫盡
也自建武暨于義熙歷載將百向曰建武愍帝年號義熙

長朔風之句良曰孫楚字子荆零雨之章謂晨風飄路岐零雨被秋草是也王贊字正長朔風句謂朔風動秋草也並直舉胸情非傍詩史正以音律調韻取高前式翰曰式法也言此上四人並以曾廳之辭非附文資但以音律調適取高前法自靈均以來多歷年代雖文體稍精而此祕未覩銑曰靈均屈原字稍衛也此秘謂音韻調適也覩見也至於高言妙句音韻天成皆暗與理合匪由思至向曰天成謂天資而成與文理相合也言如此非人思慮所至張蔡曹王曾無先覺潘陸顏謝去之彌遠濟曰張衡蔡邕曹植王粲潘岳陸機顏延年謝靈運言此數人曾不先覺天成之妙而去之遠也世之知音者有以得之此言非謬如曰不然請待來哲良曰知音者蓋約自謂也有以得此天成之妙也謬誤也不然謂不如此

恩倖傳論一首

翰曰恩倖親也謂以親愛而升榮寵也晉宋之代官以承藉而非才能故約著此傳以論得失

夫君子小人類物之稱蹈道則為君子違之則為小人銑曰蹈履也言人之所生其類頗同履道德則為君子違之則為小人屠釣卑事也板築賤役也太公起為周師傅說去為殷相向曰呂望初屠牛於朝歌市從釣魚於渭濱傅說代胥靡刑人板築於傅巖之漢言此二賢皆自卑賤之役而相於殷周故知君子小人不常處矣

非論公侯之世鼎食之資濟曰世胄也鼎食謂三公之家資藉後也明揚幽仄唯才是與良曰揚舉也幽仄謂暗陋也言殷周之主皆明舉暗陋之賢人非取公侯之子孫也逮乎二漢茲道未革胡廣累世農夫伯始致位公相黃憲牛醫之子叔度名動京師翰曰逮及也二漢前後漢也茲道謂舉賢之道革改也胡廣字伯始安帝時舉孝廉後遷僕射司空黃憲字叔度舉孝廉有大名於京師牛醫乃醫療牛疾之人且仕子居朝咸有職業雖七葉珥二貂見崇西漢銑曰漢金日磾張安世皆七代仕漢珥插也貂侍中之服崇重也前漢都長安故曰西漢而侍中身奉奏事又分掌御服東方朔為黃門侍郎執戟殿下向曰侍中之官大出則負璽以出則驂乘執戟守衛天子之官衛皆由勢族濟曰豪勢謂權勢之家言並追才而用非若晚代分為二塗者也良曰晚代謂魏晉也士與人異品雜用故云二塗漢末喪亂魏武始基軍中倉卒權立九品蓋以論人才優劣非謂世族高卑翰曰魏武帝曹操也倉卒事急迫也魏人陳群始立九品之制以平人才高下而不直取承藉之子孫也因此相沿遂為成法自魏至晉莫之能改州都郡正以才品人銑曰沿循也言本立九品以取人才後人相循遂為代資魏晉之主無能改易也州郡正魏置之以選人才之優劣而舉世人才升降蓋寡徒以憑藉世資用相陵駕向曰言舉人蓋少知高下

者但憑藉世族取相侵陵以成駕御也都正俗士斟酌時宜品
目少多隨事俯仰劉毅所云下品無高門上
品無賤族者也濟曰言州都郡正皆俗士不能甄别好惡但斟酌門族時
宜品錄聲望多少隨聲望之事而高下也劉毅上疏論九品之弊曰今下品無高門上品
無賤族者也此言勢族不居下品寒門不入上班也言如此則失才實矣歲月遷
訛斯風漸篤凡厥衣冠莫非二品良曰訛偽也斯風謂
用勢族之風二品謂豪家勢族自此以還遂成卑庶周漢之
道以智役愚臺隸參差用成等級翰曰自此之外遂排
之以為卑庶也左傳曰僕臣臺臺臣隸皆人賤品也參差不齊皃言高下人不齊而為等
級魏晉以來以貴役賤士庶之科較古學然有

辨銑曰較明辨别也夫人君南面九重奧烏到絶向曰九重
天子之門數也奧深絶遠也陪奉朝夕義隔卿士階闥之
任宜有司存銑曰陪奉朝夕謂近倖之臣也隔謂與卿士道殊也階陛闥門
之任謂用閨官為之既而恩以狎生信由恩固無可憚良曰狎習
之姿有易親之色孝建泰始主威獨運
憚難也言與天子習近所以有恩澤生而無畏難之色言為媚誕之色則易親孝建宋武
帝年號泰始明帝年號也運用也空置百司權不外假而刑
政糾雜理難遍通耳目所寄事歸近習翰曰宋武
帝明帝每獨用權柄不外假藉於卿士也為刑政既多不能遍覽故寄於近習之臣糾
雜言多也賞罰之要是謂國權出納王命由其掌

握於是方塗結軌輻湊同奔銑曰言國權及王命出納並在
近臣掌握故百官皆方軌輻湊而奔之也輻湊言如車輻之湊車轂矣人主謂
其身卑位薄以為權不得重曾不知鼠憑社
貴狐藉虎威向曰言天子但見近臣之職位卑薄不知己權在於彼矣如鼠
之賤矣為穴於社則人不敢掘之是憑社以貴也楚宣王謂羣臣曰北方而畏昭奚恤何
也江乙對曰昔有虎求百獸而食之得狐狐曰天帝令我長諸百獸今子食我是違天帝若
不信我我為子先行子隨我後觀之虎乃與俱百獸見之皆走虎不知畏己以為畏狐今
百僚畏近臣為天之威在於彼也外無逼主之嫌內有專用
之功勢傾天下未之或寤挾朋樹黨政以賄
成濟曰嫌疑專擅也寤覺也挾謂相扶挾也賄成謂財貨以成政者也鈇鉞瘡

痏構於牀笫之曲良曰鈇砧鉞斧也瘡痏喻讒譖成瑕疵也第簀
也言倖臣構毀於宮與牀簀之間受公卿代鈇鉞於外也服冕乘軒出於
言笑之下翰曰言有趨附與言笑同即得軒冕之榮也南金北毳
來悉方艚祖刀素縑丹珀至皆兼兩音亮銑曰金荊揚所
貢故云南金毳衣北方所出故云北毳也舟也縑繒也珀琥珀也兩車也言趨勢之人船
以車載貨而與之賂遺近臣者皆
西京許史蓋不足云晉朝
王石未或能比向曰漢有許皇后史良娣之家皆勢傾天下晉朝王愷石
崇皆富擬王者然比今日倖臣則不能及及太宗晚運慮經盛衰
濟曰太宗明帝也法言曰聖人之法未曾不關於盛衰權倖之徒慴之涉
憚丁達宗戚良曰言諸王親屬皆畏懼佞倖之臣欲使幼主孤立

永竊國權搆造同異興樹禍隙帝弟宗王相繼屠劉子小反翰曰幼主謂明帝孤獨也言使倖之臣搆造同異起立禍隙讒譖宗王使相繼被戮而至絕滅劉絕也民忘宋德雖非一塗寶祚夙傾實由於此銑曰忘厭也言人厭宋德非一事也寶祚謂國命也夙早也實由於此言傾覆之由實從倖而起嗚呼漢書有恩澤侯表又有佞倖傳今采其名列以為恩倖篇云向曰嗚呼歎辭言佞倖之徒毀敗王政損蠹帝道挾主行威傾覆國家是亦可哀故歎之

史述贊三首 班孟堅

濟曰固脩漢書自作敘傳而重述其旨

皇矣漢祖纂堯之緒良曰皇大纂繼緒業也言高祖承堯之後故云

大漢繼堯之德業也寔天生德聰明神武翰曰寔實也機謀暗合曰神伐無道曰武秦人不綱網漏于楚銑曰綱謂紀也言秦人無綱紀楚謂陳涉也謂陳涉反而秦不能誅之是網漏也高祖因之而起也爰茲發迹斷蛇奮旅神母告符朱旗乃舉向曰爰於也高祖初送徒經豐澤奮振旅衆也神母謂所斬蛇邊見老母哭云我子白帝子爲赤帝子斬焉漢火德尚赤故舉朱旗粵蹈秦郊嬰來稽首濟曰粵於蹈履也嬰謂秦王子嬰也稽首謂降於漢革命創制三章是紀良曰革改創始也三章謂高祖破秦改秦苛法殺人者死傷人及盜者抵罪紀綱紀也應天順民五星合晷翰曰高祖西入關五星聚於東井東井秦分是應天也晷先也景項氏畔換黜我巴漢銑曰項氏項羽也畔換反易也言羽初與高祖約先入關者王關中後羽反易背約黜高祖於巴漢之地西土宅心向曰西土謂蜀也宅居也言蜀人皆居心於高祖征戰之士皆憤怨戰士憤怨於羽也乘釁而運席卷三秦濟曰釁隙也言高祖乘戰士之怨隙舉兵自蜀漢而來破三秦如席卷也羽封章邯為雍王司馬欣為塞王董翳為翟王俱封秦中故謂之三秦割據河山保此懷民良曰秦地帶河阻山高祖割據於此保守懷思之人股肱蕭曹社稷是經翰曰股肱臂也言蕭何曹參爲高祖手足之臣經理也爪牙信布腹心良平銑曰韓信英布皆武臣也高祖有韓英如歎之爪牙矣張良陳平爲高祖腹心之用有恭行天罰赫赫明明向曰天罰言順天罰惡也赫赫盛之皃述高紀第一翰曰列題於後者亦猶毛詩之趣也

孝成皇皇臨朝有光濟曰皇皇華色盛也有光光明也威儀之盛如珪如璋良曰珪璋玉名閶闔總趙朝政在王翰曰閶闔宮中門也趙謂趙飛鷰王謂帝舅王鳳炎炎燎火亦允不陽銑曰天子之盛當如燎火之陽今內蔽飛鷰外委王鳳信不得陽明也述成紀第十

信惟餓隸布實黥徒向曰隸賤徒侶也韓信本家貧常寄食下鄉亭長故云餓隸英布少時有相者謂之曰當刑而王及壯被黥布欣然曰我當刑而王幾是乎黥墨刑越亦狗盜芮尹江湖濟曰彭越鉅野澤中苟且爲盜吳芮秦時爲鄱陽令甚得江湖間人心尹正也雲起龍驤化爲侯王良曰驤騰也雲起龍驤言與高祖感而為侯王割有齊楚跨制淮梁

也齊楚韓信所封也英布封淮南王彭越封梁王綰自同閈朝旦鎮我
北疆翰曰盧綰與高祖同里而高祖封綰為燕王北疆謂燕也德薄位尊
非祚惟殃銑曰祚福也言綰德薄而居尊位非為福乃為殃咎也謂與陳豨有
反狀亡入匈奴也吳克忠信胤嗣乃長向曰克能也言吳芮能為
忠信之行故五代嗣位長沙王也述韓英彭盧吳傳第四

後漢書光武紀贊一首　范蔚宗

銑曰光武皇帝名秀范曄脩漢書作此贊以美之
贊曰炎政中微大盜移國濟曰炎火也大漢火德也中微謂遭
王莽篡也大盜則莽也移國謂篡國而盜也九縣飈迴三精霧塞
良曰九縣九州也三精日月星也飈迴謂振動不安霧塞謂昏暗民獸淫詐

神思反德大祖誕命靈貺自甄翰曰言民厭王莽淫詐而
思復漢室誕大貺賜也言光武大受寶命神靈賜福祚而自成也甄成也沈機先
物深略緯天銑曰沈深機微法也言謀策先於萬物智略能經緯天地
尋邑百萬貔虎為群長轂雷野高旗彗蘇設雲
向曰劉聖公以光武為偏將軍保昆陽王莽遣大司徒王尋司空王邑將兵百萬驅虎豹
犀象之屬圍光武十重光武擊之斬首數千級遂殺王尋長轂謂兵車也雷謂如雷之聲
於野也彗拂也此言尋邑之盛也英威既振新都自焚齊曰王莽
漢初封新都侯英威謂漢之兵威也振盛也言漢兵入宮縱火焚宮室莽避火輒隨之故
云自焚虔劉庸代紛紜梁趙良曰虔劉殺也庸蜀也謂公孫述也
代燕也謂彭寵也梁王劉永擅命睢陽自稱天子者王郎稱天王於邯鄲紛紜謂亂也

三河未澄四關重擾翰曰三河三川也謂洛陽也四關謂長安也澄
定擾亂也謂朱鮪據洛陽赤眉擾長安也神旌乃顧遞行天討銑日
旌旗也遞更也言光武神旗所顧遞行天討於四方也金湯失險車書
共道向曰言賊之金城湯池皆失險固而破也車同軌書同文謂天下太平靈
慶既啓人謀咸贊濟曰靈神慶福啓明咸皆贊助也言神人皆共助成
帝業也明明廟謀赳赳雄斷於烏赫有命系我
隆漢良曰廟謀謂廟筭也赳赳武貌於歎美辭也赫赫盛貌言武略雄斷之盛能繼前
漢也

文選卷第二十五

長　州

文選卷第二十六
梁昭明太子撰　五臣注
論上
賈誼過秦論一首
東方曼倩非有先生論一首
王子淵四子講德論一首
班叔皮王命論一首
魏文帝典論論文一首
曹元首六代論一首
韋弘嗣博奕論一首
過秦論一首　賈誼
善曰誼有過秦二篇論秦之過此第一篇也

秦孝公據崤函之固擁雍州之地濟曰秦至孝公益彊
盛故先述之崤山秦塞也函谷關名擁據也 君臣固守以窺周室
有席卷天下包舉宇內囊括四海之意并吞
八荒之心良曰周室天子之國也括盛也猶囊盛而結之八荒八方也言皆盡
欲取之 當是時也商君佐之內立法度務耕織
脩守戰之具外連衡而鬬諸侯銑曰商君衛鞅也說孝公
而封商於號為商君關西連兵曰衡諸侯頭關東六國 於是秦人拱手
而取西河之外向曰拱手言易也西河魏地名 孝公既沒
惠文武昭蒙故業因遺策南取漢中西舉巴

蘇　府

蜀東割膏腴之地收要害之郡濟曰沒死也惠文王武
王昭王也漢中巴蜀皆地名舉破也膏腴土田良沃也要害山川險阻也 諸侯恐
懼會盟而謀弱秦良曰盟誓約也 不愛珍器重寶肥
饒之地以致天下之士合從締交相與為一
銑曰締結也 當此之時齊有孟嘗趙有平原楚有
春申魏有信陵此四君者皆明智而忠信寬
厚而愛人尊賢而重士約從離衡兼韓魏燕
趙宋衛中山之衆向曰關東連兵曰從言關東諸侯為約離散秦之衡
也韓魏燕趙宋衛中山皆國名 於是六國之士有甯越徐尚
蘇秦杜赫之屬為之謀齊明周最陳軫名紹

滑樓緩翟亭的景蘇厲樂毅之徒通其意吳起
孫臏帶佗駝兒良王廖留田忌廉頗趙奢之
倫制其兵翰曰六國韓魏燕趙齊楚也 嘗以什倍之地百
萬之衆仰關而攻秦良曰言諸侯地與兵於秦什倍百萬仰關函谷
關高故云仰攻也 秦人開關而迎敵九國之師遁逃
而不敢進銑曰九國謂六國及中山宋衛也 秦無亡矢遺鏃
之費而天下諸侯已困矣於是從散約解爭
割地而賂秦秦有餘力而制其弊追亡逐北
伏尸百萬流血漂櫓音魯濟曰軍敗曰北百萬言多也櫓大楯言流
血漂之 因利乘便宰割天下分裂河山彊國請

正　宗

伏弱國入朝施及孝文王莊襄王享國之日淺國家無事及至始皇奮六世之餘烈翰曰自孝公至始皇六世矣烈業也振長策而御宇內吞二周而亡諸侯濟曰時周分為二稱東周西周始皇吞之而幷滅諸侯履至尊而制六合執敲苦交朴浦木以鞭笞天下良曰履至尊謂稱始皇帝也敲扑擊捶也威振四海南取百越之地以為桂林象郡銑曰言破南越分為此二郡也百越之君俛首係計頸委命下吏向曰俛低也係頸自係其頭委命下吏言任性命於獄官也乃使蒙恬北築長城而守藩籬却匈奴七百餘里胡人不敢南下而牧馬士不敢彎弓而

選二十六　三

報怨於是廢先王之道燔百家之言以愚黔首銑曰百家言經史之類也秦命民曰黔首隳名城殺豪俊向曰隳壞也收天下之兵聚之咸陽銷鋒鍉的鑄以為金人十二以弱天下之民翰曰兵戰具也咸陽秦所都也鋒鍉兵刃也弱天下民謂去其兵器也然後踐華為城因河為池濟曰踐登華山以為城因河以為池取其高深廣大而言也據億丈之城臨不測之谿以為固良曰億丈上文也十萬曰億不測言不可量測也良將勁弩守要害之處信臣精卒陳利兵而誰何銑曰何問也言誰敢問也天下已定始皇之心自以為關中之固金城千里子孫帝王萬世之業

山　祠

也向曰金城千里取其堅固而廣大也始皇既沒餘威震于殊俗濟曰歿死也殊俗遠方也然而陳涉甕牖繩樞之子甿隸之人而遷徙之徒也良曰樞户樞也謂以甕為牖以繩繫户甿隸賤稱遷徙之徒謂涉為戍漁陽之徒也言涉至微賤也材能不及中庸銑曰庸常也言不及中常之人非有仲尼墨翟之賢陶朱猗頓之富向曰陶朱公猗頓皆富人也言涉不賢又不富躡足行伍之閒俛起阡陌之中翰曰言在兵行伍而起於道路謂涉行至蘄遇雨不得已而舉事也躡足躡也俛下也阡陌道路也率疲散之卒將數百之衆轉而攻秦濟曰時兵皆疲於行役斬而逃散也數百言少也斬木為兵揭竿為旗良曰斬木為兵器而無鋒刃揭舉竿為旗而無旌旛

選二十六　四

也天下雲會而響應嬴糧而景從銑曰如雲之會如響之應嬴糧擔軍糧也景從如影之隨形也山東豪俊遂並起而亡秦族矣向曰自涉之起封建諸侯高祖入關破秦竟始於涉也且夫天下非小弱也雍州之地殽函之固自若也翰曰秦兼有天下所以非小弱也自若自然也陳涉之位不尊於齊楚燕趙韓魏宋衛中山之君也鉏耰憂棘矜巨巾不銛息廉於鉤戟長鎩所介也濟曰耰鉏柄也棘矜戟也以鉏柄為之銛利也鉤戟鎩皆兵名謂九國時兵器也謫戍之衆非抗九國之師也良曰謫戍謂涉戍漁陽也抗敵也深謀遠慮行軍用兵之道非及曩時之士也銑曰謂不及六國之將相然而

春 禪

成敗異變功業相反向曰謂六國戚而涉盛也試使山東
之國與陳涉度長絜大比權量力則不可同
年而語矣翰曰山東國謂六國也絜圍也然秦以區區之地
致萬乘之權招八州而朝同列百有餘年矣
良曰招舉也九州之數秦有雍州餘八州皆諸侯之地朝同列謂六國諸侯與秦爲列
國皆使朝服也然後以六合爲家崤函爲官一夫作
難而七廟隳身死人手爲天下笑者何也濟曰
一夫謂涉爲首唱也天子七廟隳壞也死人手謂秦王子嬰爲項羽所殺也仁義
不施而攻守之勢異也

非有先生論一首　東方曼倩

良曰非有謂無有也言無有此先生而假立之以仕吳之事而明君臣之
義以諷焉

非有先生仕於吳進不能稱往古以廣主意
退不能揚君美以顯其功默然無言者三年
矣吳王怪而問之曰寡人獲先人之功寄于
衆賢之上夙興夜寐未嘗敢怠也銑曰先人先祖也衆
賢羣臣也夙早也興起也怠惰也今先生卒然高舉遠集吳
地向曰卒然猶忽然也高舉者敬之也將以輔治寡人誠竊嘉
之體不安席食不甘味目不視靡曼之色耳
不聽鍾鼓之音虛心定志欲聞流議者三年

選二十六　五

寺 什

於茲矣翰曰嘉善也靡曼好兒也流議猶餘論也今先生進無以
輔治退不揚主譽竊不爲先生取也蓋懷能
而不見臣不忠也見而不行主不明也意者
寡人殆不明乎濟曰殆近也非有先生伏而唯唯
良曰唯唯敬聽之辭也吳王曰可以談矣寡人將竦意
而覽焉先生曰於戲可乎哉可乎哉談何容
易銑曰竦正也於戲歎也可乎言不可也再言之者所以言談之難何得輕易而爲之
夫談者有悖蒲忽於目而佛於耳謬於心而便
於身者銑曰悖逆佛違謬反也或有悅於目而順於耳
快於心而毀於行者非有明王聖主孰能聽
之矣吳王曰何爲其然也中人以上可以語
上也先生試言寡人將覽于直焉先生對曰
昔關龍逢深諫於桀而王子比干直言於紂
此二臣者皆極慮盡忠愍主澤不下流而萬
民騷動故直言其失切諫其邪者將以爲君
之榮除主之禍也翰曰愍傷也騷動不安也今則不然反
以爲誹方未謗君之行無人臣之禮果紛然傷
於身蒙不辜之名戮及於人爲天下笑故曰
談何容易濟曰紛然多兒蒙被辜罪見殺之名也戮辱也是以輔弼
之臣瓦解而邪諂之人並進遂及飛廉惡來

選二十六　六

華等良曰飛廉善走者也其子惡來多力俱事於紂也二人皆詐僞
巧言利口以進其身陰奉彫瑑刻鏤之好以
納其心務快耳目之欲以苟容爲度遂往不
戒身沒被戮宗廟崩弛國家爲墟殺戮賢臣
親近讒夫銑曰弛廢也音國滅爲墟也詩不云乎讒人罔
極交亂四國此之謂也故卑身賤體說色微
辭愉愉逾呴呴況于終無益於主上之治即志
士仁人不忍爲也向曰愉愉呴呴進諂之皃儼然作矜莊
之色深言直諫上以拂人主之邪下以損百
姓之害則忤於邪主之心歷於衰世之法故

養壽命之士莫肯進也翰曰儼然矜莊皃拂違也遂居深
山之閒積土爲室編蓬爲戶彈琴其中以詠
先王之風亦可以樂而忘死矣是以伯夷叔
齊避周餓于首陽之下後世稱其仁故知是
邪之行固足畏也故曰談何容易於是吳王
懼句然易容捐薦去几危坐而聽濟曰懼然驚視皃捐
薦去几自貶損也捐弃薦席几案也危坐敬之也先生曰接輿避世
箕子被髮佯狂此二子者皆避濁世以全其
身者也良曰接輿避世佯狂而歌者也箕子避紂漆身佯狂也使遇明
三聖主得賜清讌之閒寬和之色發憤畢誠

圖畫安危揆度得失上以安主體下以便萬
民則五帝三王之道可幾而見也故伊尹蒙
恥辱負鼎俎和五味以干湯太公釣於渭水
之陽以見文王銑曰負鼎俎是恥辱也心合意同謀無
不成計無不從誠得其君也深念遠慮引義
以正其身推恩以廣其下本仁祖義褒有德
祿賢能誅惡亂總遠方一統類美風俗此帝
王所由昌也向曰本祖皆以仁義爲先總集也類法也昌盛也上不變
天性下不奪人倫則天地和洽遠方懷之故
號聖王翰曰應天順人故謂不變奪也倫理也臣子之職既加

矣於是列地定封爵爲公侯傳國子孫名顯
後世民到于今稱之以遇湯與文王也太公
伊尹以如此龍逢比干獨如彼豈不哀哉故
曰談何容易於是吳王穆然俛而深惟仰而
泣下交頤濟曰穆然默然也俛下也惟思也曰嗟乎余國之
不亡也緜緜連連殆哉世之不絕也良曰緜緜連連將絕
之銑殆危也於是正明堂之朝齊君臣之位舉賢
才布德惠施仁義賞有功躬節儉減後宮之
費損車馬之用放鄭聲遠佞人省庖廚去侈
靡卑宮館壞苑囿填池塹以與貧民無產業

者閉内藏振貧窮存耆老恤孤獨薄賦斂省
刑罰銑曰明堂布政之宫鄭聲謡樂也行此三年海内晏然
天下大治陰陽和調萬物咸得其宜國無災
害之變民無饑寒之色家給人足畜積有餘
囹圄虚空向曰晏安和治也囹圄獄也虚空謂無囚人鳳皇來集
麒麟在郊甘露既降朱草萌芽翰曰言祥瑞並至也郊外
曰郊萌芽草初生也遠方異俗之人鄉風慕義各奉其
職而來朝賀故治亂之道存亡之端若此易
見而君人者莫肯爲也臣愚竊以爲過故詩
曰王國克生惟周之楨濟濟多士文王以寧

選二十六　之

此之謂也

四子講徳論一首并序　王子淵

濟曰四子謂微斯文學虚儀夫子浮游先生陳丘子也褒當假立以爲論
端也

褒既爲益州刺史王襄作中和樂職
宣布之詩又作傳名曰四子講徳以
明其意焉

微斯文學問於虚儀夫子曰蓋聞國有道貧
且賤焉恥也今夫子閉門距躍專精趨學有
日矣良曰距止也躍行也趨進也有日謂多日也幸遭聖主平世

而久懷寶銑曰懷寶謂懷德也是伯牙去鍾期而舜禹
遯帝堯也向曰伯牙善鼓琴鍾期聽其音而知其意遂相與交也舜禹之賢遇
帝堯有道而事之也言夫子遇平代而不出有如鍾期去知音之友舜禹逃有道之君遁
逃也於是欲顯名號建功業不亦難乎夫子曰
然有是言也夫蚊蝱終日經營不能越階序
附驥尾則涉千里攀鴻翮則翔四海翰曰越過也東
西廂曰序驥良馬也僕雖頑嚚願從足下雖然何由而
自達哉濟曰嚚惡也達通也文學曰陳懿誠於本朝之
上行話談於公卿之門良曰懿美誠信也話善言也夫子
曰無介紹之道安從行乎公卿銑曰介紹傳命也文

選二十六　之十

學曰何爲其然也昔寗戚商歌以干齊桓越
石負芻而寤晏嬰向曰寗戚飯牛望桓公而爲商歌於車下桓公乃召
以爲政故云干商秋聲也晏嬰之晉至中牟見弊冠反裘負芻息於途側者晏問曰吾子
何爲者對曰我越石父者爲人臣僕於中牟見使將歸嬰曰何爲僕對曰吾身不免凍餓
之地吾是以爲僕也嬰曰可得而贖乎對曰可遂解左驂而贖之因載而與之俱歸至舍
不辭而入越石父立而請絶晏嬰使人應之曰子何絶我之暴也越石父曰臣聞士者屈
於不知己而申於知己吾三年爲臣僕人莫知吾也今子贖我吾以子爲知己矣今不辭
而入是與臣我者同矣晏子出見之曰向也見客之容今也見客之意遂以爲上客故云
寤也非有積素累舊之歡皆塗覯卒遇而以爲
親者翰曰覯見也故毛嬙西施善毀者不能蔽其

好嫫暮娒母倭於爲傀古回善譽者不能揜其醜濟曰毛嬙西施皆美婦人也嫫母倭傀皆醜婦人也苟有至道何必介紹夫子曰咨夫特達而相知者千載之一遇也招賢而處友者衆士之常路也良曰咨歎辭也特獨也是以空柯無刃公輸不能以斲但懸曼矰蒲苴不能以射銑曰公輸班至巧者也與斧柯不與其刃則不能有所制斲也蒲苴子善弋射者也與曼矰不與其引則不能發射也言事必相須而成也曼長也結射於矢謂之矰也故膺騰撇波而濟水不如乘舟之逸也衝蒙涉田而致遠未若遵塗之疾也向曰浮水而擊波不如乘舟之疾逸涉田而行不如依道之捷疾者言履仁義之行求賢良之

友則功業易立聲名易致也膺胷騰躍撇擊也衝蒙謂衝突蒙籠也才敝於無人行衰於寡黨此古今之患唯文學處之文學曰唯唯敬聞命矣翰曰敬聞求友之命於是相與結侶攜手俱游求賢索友歷于西州濟曰索求也蜀亦在西故云西州也有二人焉乘輅而歌倚軏五雞而聽之詠歎中雅轉運中律嘽闡緩舒繹曲折不失節良曰輅車也軏轅端木也中合也雅大小雅也轉運聲之飄颺也律六律也嘽緩舒繹柔和之聲也問歌者爲誰則所謂浮游先生陳丘子者也於是以士相見之禮友焉銑曰儀禮士相見之禮贄冬用雉夏用腒禮文既集向曰謂禮畢也文學[illegible]降席

而稱曰俚力紀人不識寡見鮮聞曩於示路塗聽玉音竊動心焉敢問所歌何詩請聞其說翰曰俚人鄙俚之人謙辭也寡鮮皆少也浮游先生陳丘子曰所謂中和樂職宣布之詩益州刺史之所作也刺史見太上聖明股肱竭力德澤洪茂黎庶和睦天人並應屢降瑞福濟曰太上謂主也股肱謂臣也洪大也故作三篇之詩以歌詠之也文學曰君子動作有應從容得度南容三復白珪孔子睹其慎戒太子擊誦晨風文侯諭其指意良曰白珪之玷尚可磨斯言之玷不可爲南容三復白珪之詩孔子以爲戒慎之至以兄子妻之魏

文侯有子曰擊封於中山三年其傅倉唐使於君文侯見之曰中山之君亦何好唐曰好詩文侯曰於詩何好曰晨風文侯曰晨風謂何曰鴥彼晨風鬱彼北林未見君子憂心欽欽如何如何忘我實多此自以爲忘我者乎文侯大悅曰欲知其君視其所使中山君有賢傅遂廢太子訢召中山君以爲嗣矣諭曉也今吾子何樂此詩而詠之也銑曰言古人諷詩皆有所適今子所歌復何尚也先生曰夫樂者感人心深而風移俗易吾所以詠歌之者美其君術明而臣道得也君者中心臣者外體外體作然後知心之好惡臣下動然後知君之節趨向曰節止趨進也好惡不刑則是非不分節趨不立則功名不宣故美[illegible]於[illegible]

武砆夫凡入視之怢他役焉良工砥之然後知其和寶也翰曰蘊積也砆石而次於王怢謂不辨皃良工理玉之工也和寶謂如卞和所獻寶精鍊藏於鑛璞庸人視之忽焉巧冶鑄之然後知其幹也翰曰精鍊金也百鍊不耗故曰精鍊鑛璞謂金石相和未理者也忽焉不識皃巧冶理金之工也幹體也況乎聖德巍巍蕩蕩黎民所不能命哉良曰言物尚如此況天子之德不詠歌其何以知之巍巍高皃蕩蕩大皃命名也是以刺史推而詠之揚君美德深乎洋洋罔不覆載紛紜天地寂寥宇宙銑曰洋洋盛皃罔無也紛紜衆多皃明寂寥曠遠皃言君德之多而及於遠君之惠顯忠臣之節究皇唐之世何以加於

向曰究盡也皇唐謂帝堯也是以每歌之不知老之將至也翰曰言歌樂而忘其老也之文學曰書云迪一人使四方名卜筮濟曰迪道也一人天子也言道天子行德化使四方之人信順如卜筮夫忠賢之臣導主志承君惠攄盛德而化洪天下安瀾比屋可封何必歌詠詩賦可以良曰攄舒也洪大也瀾波也安瀾言靜也比屋可封揚君哉愚竊惑焉謂太平之人也愚謙辭或疑也浮游先生色勃眥溢銑曰勃怒也眥溢怒目精出於目眶也曰是何言與向曰怪其言不當也昔周公詠文王之德而作清廟建為頌首吉甫歎宣王穆如清風列于大雅翰曰周公清廟之詩為周頌之首吉甫尹

吉甫也大雅詩篇名夫世衰道微偽臣虛稱尺證治也平道明臣子不宣者鄙也鄙殆之累傷乎王道也濟曰僞詐也殆過鄙恥也累辱也故自刺史之來也宣布詔書勞來不怠令百姓徧曉聖德莫不霑濡良曰濡潤也厖邈江眉者耇苟之老咸愛惜朝夕願須臾觀大化之淳流良曰厖眉耇耇皆老雜厖白黑毛相雜也淳厚流行也於是皇澤豐沛主恩滿溢百姓歡欣中和感發是以作歌而詠之也銑曰皇澤天子惠澤也豐沛言多也傳曰詩人感而後思思而後積積而後滿滿而後作言之不足故嗟歎之嗟歎之不

足故詠歌之詠歌之不足不知手之舞之足之蹈之也此臣子於君父之常義古今一也今子執分寸而罔億度處把握而卻寥廓乃欲圖大人之樞機遵方伯之失得不亦遠乎向曰罔無也億度尺丈也把握言把握之狹也寥廓廣大也大人天子也樞機權要也方伯諸侯也陳丘子見先生言切恐二客慙膝步而前曰先生詳之翰曰詳審也行潦老暴集江海不以為多鮪秋鱓善並逃九罭域不以為虛濟曰言江海網罟之大不為一物而虧盈也行潦雨水也鮪鱓魚名九罭大網也是以許由匿堯而深隱唐氏不以衰夷齊恥周而

遠餓文武不以卑良曰言帝王之志不爲一人而屈也許由與堯而隱
於箕山伯夷叔齊恥周而自餓于首陽山也文武謂文王武王也夫青蠅不
能穢垂棘邪論不能惑孔墨銑曰青蠅能變白黑也而不能變
汙其寶王邪可亂於衆人也而不可亂聖賢垂棘璧名孔孔立墨墨翟皆賢聖也今
剌史質敏以流惠舒化以揚名向曰質正達爵布也敏
釆詩以顯至德歌詠以董其文受命如絲明
之如緡甘棠之風可倚而俟也翰曰董篤也禮記云王言
如絲其出如綸綸即緡鈎魚繳也王言之出雖小弘之而大也詩甘棠美邵伯也倚立也
二客雖室計沮慈與議何傷濟曰二客謂文學與夫子也室塞也
沮敗也何傷言無傷於理也顧謂文學夫子曰先生微矜

於談道又不讓乎當仁亦未臣過也願二子
措意良曰微少巨大措致也夫子曰否銑曰否不然也夫雷霆
必發而潛底震動枹桴鼓鏗苦耕鏘七羊而介士
奮竦向曰霆霹靂也潛底幽隱處也擊也鏗鏘聲也介士甲士也竦躍也故物
不震不發士不激不勇今文學之言欲以議
愚感敵舒先生之憤願二生亦勿疑也翰曰文學
先議愚事欲感動前敵之心耳二生謂先生與陳立子也於是文繹復集
乃始講德濟曰繹理也文學夫子曰昔成康之世
君之德斂臣之力也濟曰周成王康王也先生曰非
有聖智之君惡爲有甘棠之臣良曰聖智謂成康也甘棠

謂邵伯也故虎嘯而風寥戾龍起而致雲氣銑曰雲從
龍風從虎皆相感而生也寥戾風聲蟋蟀俟秋吟蜉浮蝣由出
以陰向曰皆感事而至矣寥戾風聲蟋蟀蟲名俟待也蜉蝣亦蟲名陰則出也易
曰飛龍在天利見大人鳴聲相應仇偶相從
翰曰仇匹也人由意合物以類同是以聖主不徧
窺望而視以明不殫傾耳而聽以聰何則淑
人君子人就者衆也濟曰殫盡也淑善也故千金之裘
非一狐之腋亦大廈之材非一丘之木太平
之功非一人之略良曰狐白裘以狐腋下毛爲之而價千金也大廈屋
也立山也啓智也蓋君爲元首臣爲股肱明其一體

相待而成銑曰元首頭也股肱手足也有君而無臣春秋
剌焉三代以上皆有師傅五伯以下各自取
友向曰三代夏殷周也五伯齊桓公晉文公秦穆公楚莊公宋襄公是也齊桓
有管鮑隰甯九合諸侯一匡天下翰曰管仲鮑叔牙隰
朋甯戚也匡正也晉文有舅犯趙衰楚危取威定霸以
尊天子秦穆有王由五羖攘却西戎始開帝
緒濟曰王王繇由余五羖百里奚也緒業也楚莊有孫叔子反
兼定江淮威震諸夏良曰孫叔敖也諸夏中國也句踐有
種蠡禮泄庸剋滅彊吳雪會稽之恥銑曰句踐越王
名種文種蠡范蠡吳夫差伐越越棲於會稽山竟以滅吳故云雪恥也魏文有段

干田翟秦入寢兵折衝萬里向曰段干木田子方翟璜皆魏臣也寢罷也燕昭有郭隗樂毅夷破彊齊困閔於莒翰曰夷平也燕破齊齊閔王走保莒邑故云困也夫以諸侯之細功名猶尚若此而況帝王選於四海羽翼百姓哉濟曰羽翼謂任賢以輔佐百姓也故有賢聖之君必有明智之臣欲以積德則天下不足平也欲以立威則百變不足攘也今聖主冠道德履純仁被六藝佩禮文良曰純深也六藝禮樂射御書數也言皆以美事爲衣服也屢下明詔舉賢良求術士招異倫拔駿茂銑曰倫等也是以海內歡慕莫不風馳雨集襲

雜遝至塡庭溢闕舍淳詠德之聲盈耳登降揖讓之禮極目向曰風馳雨集言疾至溢塡闕庭言多也進者樂其條暢怠者欲罷不能翰曰條暢猶通達也言進者樂之衰怠者亦不能罷偃息乎詩書之門游觀乎道德之域濟曰言以詩書道德爲門爲域而游息焉域閾也咸潔身脩德吐情素而披心腹各悉精銳以貢忠誠允願推主上弘風俗而騁太平濟濟乎多士文王所以寧也良曰貢獻允信弘大也濟濟盛皃若乃政義所施洪恩所潤不可究陳舉孝以篤行崇能以招賢去煩蠲苛以綏百姓祿勤增俸以厲貞廉銑曰究陳蠲除

苛細綏安也減膳食卑宮觀省田官損諸苑疏繇役振乏困恤民災害不遑游宴向曰恤憂遑暇也閔耄老之逢辜憐縗絰之服事翰曰閔憐辜罪也縗絰居喪之人也服事謂服役事惻隱身死之腐人悽愴子弟之縲匿濟曰惻隱傷痛也悽愴悲歎也身死腐人謂經拷掠或飢寒死獄中者子弟縲匿父兄之罪而見縲繫者也恩及飛鳥惠加走獸胎卵得以成育草木遂其零茂良曰育養也零落茂盛皆遂其理不天伐也愷悌君子民之父母豈不然哉濟曰愷悌大順也先生獨不聞秦之時邪違三王背五帝滅詩書壞禮義信任群小憎惡仁智詐僞者進達佞

諂者容入宰相刻削大理峻法良曰刻峭謂損害也峻深也處位而任政者皆短於仁義長於酷虐狼摯虎攫懷殘秉賊翰曰言皆如虎狼之暴也摯持也攫亦持也其所臨沮莫不股慄慴伏吹毛求疵並施螫毒百姓怔忪周容無所措其手足濟曰慄戰也言如虵虺之螫毒於人者怔忪惶懼皃措置也嗷嗷愁怨遂亡秦族良曰嗷嗷衆聲是以養雞者不畜貍牧獸者不育豺樹木者憂其蠹保人者除其賊良曰貍能害雞豺能食獸蠹以傷木賊以亂人故大漢之爲政也崇簡易上寬柔進淳仁舉賢才上下無怨民用和睦銑曰淳深也睦親也今四

海樂業朝廷淑清天符既章人瑞又明品物
咸亨山川降靈向曰天符人瑞以下自分也亨通也神光耀暉
洪洞朗天翰曰神天地之神洪洞相通也朗明也鳳皇來儀翼
翼邕邕羣鳥並從舞德垂容神雀仍集麒麟
自至甘露滋液嘉禾櫛比良曰鳳皇神雀瑞鳥麒麟瑞獸名甘
露瑞露也嘉禾瑞穀也翼翼飛皃邕邕羣也垂容有容儀也滋液津潤櫛比連接也大
化隆洽男女條暢家給年豐咸則三壤豈不
盛哉銑曰隆盛洽和給足也咸則三壤謂上中下田皆有法則也昔文王
應九尾狐東夷歸周武王獲白魚而諸侯同
辭向曰謂白魚入于王舟諸侯同辭而伐紂也周公受秬鬯而鬼

方臣翰曰秬黑黍瑞黍也鬯香草也鬼方遠國名宣王得白狼而
夷狄賓夫名自正而事自定也今南郡獲白
虎亦偃武興文之應也獲之者張武武張而
猛服也是以北狄賓洽邊不恤寇甲士寢而
旌旗仆也濟曰張武南郡太守也賓服洽會恤憂寇賊寢息仆偃也文學
夫子曰天符既闡命矣敢問人瑞先生曰夫
匈奴者百蠻之最彊者也良曰百蠻夷狄之通名天性
驕蹇習俗桀暴賤老貴壯氣力相高銑曰蹇通桀悖
也業在攻伐事在獵射見能騎羊走箭飛鏃
逐水隨畜都無常處鳥集獸散往來馳騖罔

係曠野以濟嗜欲向曰畜侣也如鳥獸之集散濟逆也其未耜
則弓夫輦馬播種則扞胡爛弦掌拊收秋則奔
狐馳兔獲胡郭刈則顛倒殪伊計仆翰曰以此如中國之務農
也耒耜耕器也播布也扞弦掌拊用之蔽手以持弓者也奔馳皆追逐也殪仆皆殺傷也
追之則奔遁釋之則為寇良曰遁逃寇賊也是以三
王不能懷五伯不能綏驚邊杌士屢犯匈蕘
詩人所歌自古患之銑曰懷來綏安也杌動也犯匈蕘言入塞而食
漢草也詩云玁狁孔棘我是用急今聖德隆盛威靈外覆日
逐舉國而歸德單于稱臣而朝向曰靈神也日逐單于皆
匈奴名乾坤之所開陰陽之所接編蕭典結計沮

顏雕齒梟瞯閑翦髮黥首文身裸力果袒徒旦之
國翰曰皆蠻夷種類也編結編髮也沮顏刻面也雕齒黑齒也梟瞯眼白也黥首額
也文身鏤身也裸袒不衣也靡不奔走貢獻懽忻來附婆
娑嘔吟鼓腹而笑濟曰靡無也婆娑舞皃鼓腹鼓腹之類也夫鴻
均之世何物不樂飛鳥翕翼淵魚奮躍良曰鴻大
均平也翕翼躍樂和氣也是以刺史感濊莫本舒音而詠
至德銑曰濊積也鄙人黯於感淺不能究識敬遵所
聞未克殫焉向曰鄙人先生謙辭也黯不明也殫盡也於是二客
醉于仁義飽于盛德終日仰歎怡懌而悅服

王命論一首 班叔皮

向曰此論帝王所以興者必有天命是時屬王莽初敗光武即位而隗囂據隴擁衆欲有分割土宇之意彪時在隗處以隗所舉必見禍亂故著此論以明天命所歸冀有其悟也

昔在帝堯之禪曰咨爾舜天之歷數在爾躬舜亦以命禹翰曰舜亦以堯命之辭以命禹而禪之已暨于稷契咸佐唐虞光濟四海奕世載德至于湯武而有天下良曰暨及載行也此言有天下者必資積德累行不可以造次之間而得之也稷者周之先契者殷之祖也皆以佐堯舜有至美之德奕世而行故至成湯武王而有天下雖其遭遇異世禪代不同至于應天順民其一揆焉銑曰揆理也是故劉氏承堯之祚氏族之世著于春秋唐據火德而漢紹之濟曰堯漢之先祖祚福紹繼也始起沛澤則神母夜號以彰赤帝之符翰曰高祖夜行澤中見白蛇斬之乃有神母號哭曰赤帝子殺吾白帝子符應也由是言之帝王之祚必有明聖顯懿之德向曰懿美也豐功厚利積累之業良曰言必有大功厚利以利於天下積德累行之業也然後精誠通于神明流澤加於生民故能為鬼神所福饗天下所歸往未見運世無本功德不紀而得倔起在此位者也濟曰倔起謂平起於匹夫也世俗見高祖興於布衣不達其故銑曰言人不達高祖起於布衣所由也以為適遭暴亂得

選二十六　二十二

奮其劒游說之士至比天下於逐鹿幸捷而得之翰曰言游說之人務以口辯乃比乘天下勢如逐鹿於野幸有捷急者則先得之不知神器有命不可以智力求悲夫此世之所以多亂臣賊子者也向曰神器帝位也言悲世人以為高祖自布衣亦欲發之以捷急之勢取之所以天下多為亂臣賊子欲懷惡逆之意也若然者豈徒闇於天道哉又不覩之於人事矣夫餓饉流隸饑寒道路良曰無菜曰饉無穀曰饑流隸謂逃流賤隸之人思有短褐之襲擔石之蓄銑曰短褐麤衣也襲重衣也擔謂一擔之重石謂一斛之蓄蓄積也言思有擔石之積也所願不過一金終於轉死溝壑濟曰一金謂一斤之金也何則貧窮亦有命也況乎天子之貴四海之富神明之祚可得而妄處哉翰曰言不可妄處也故雖遭罹厄會竊其權柄勇如信布彊如梁籍成如王莽然卒潤鑊伏鑕質烹醢海分裂向曰信韓信也布黥布也梁項梁也籍項籍也卒終也潤鑊伏鑕烹醢分裂皆殺也鑊煑也鑕莝也醢肉醬也分裂謂斷其支體也又況么烏堯麽不及數子而欲闇干天位者乎良曰么麽小也數子謂信布梁籍干求也是故駑蹇之乘不騁千里之塗燕雀之疇不奮六翮之用翰曰六翮謂鴻鵠之翼也楶梲之材不荷棟梁之任銑曰栭謂之楶梁上楹謂之梲蓋柱也荷負也斗小筲之子不秉帝王之重向曰

選二十六　二十二

斗筲小器也秉執也易曰鼎折足覆公餗速不勝其任良曰鼎大器也以喻重任餗鼎中之珍饌喻王位也言鼎折足則覆鼎中之物言非其材而處其任則如此也當秦之時豪傑並起共推陳嬰而王之嬰母止之曰自吾爲子家婦而世貧賤今卒富貴不祥不如以兵屬人事成少受其利不成禍有所歸嬰從其言而陳氏以寧王陵之母亦見項氏之必亡而劉氏之將興也是時陵爲漢將而母獲於楚翰曰陵母爲項羽所擒獲也有漢使來陵母見之謂曰願告吾子良曰陵母見漢使傳言與陵也漢王長者必得天下子謹事之無

有二心遂對漢使伏劍而死以固勉陵翰曰陵母恐陵爲母在楚有二心於漢遂對漢使者以劍自殺以絕陵望使固心於漢也其後果定於漢陵爲漢相封侯夫以匹婦之明猶能推事理之致探禍福之幾全宗祀於無窮垂策書於春秋而況大丈夫之事乎向曰春秋史書之通名也是故窮達有命吉凶由人嬰母知廢陵母知興審此二者帝王之分決矣蓋在高祖其興也有五一曰帝堯之苗裔二曰體貌多奇異三曰神武有徵應四曰寬明而仁恕五曰知人善任使加之以信誠好謀達於聽受見

善如不及用人如用己濟曰達聽受謂不信讒諂也從諫如順流趣時如響起翰曰趣時謂見時利也響起言疾如響起應聲也當食吐哺納子房之策良曰初酈食其欲立六國高祖問張良發八難而高祖輟食曰豎儒幾敗我公事拔足揮洗揖酈生之說銑曰酈食其初見高祖高祖方洗足酈生曰足下必欲誅無道秦不宜倨見長者高祖乃輟洗起謝之納其說也拔足揮洗謂止洗足也揖敬從也悟戍卒之言斷懷土之情翰曰高祖既定天下以家在關東意欲都洛陽納戍卒婁敬說遂遷都長安故言斷懷土之情也高四皓之名割肌膚之愛良曰高祖愛趙王如意欲廢太子而立如意是時南山有四皓者四賢人高祖召之久不至後乃來與太子遊太子入朝高祖而四皓爲侍高祖遂以太子爲賢而不廢也以

不立趙王故云割肌膚之愛也舉韓信於行陣收陳平於亡命濟曰行陣謂軍旅之間也亡命謂自楚逃歸於高祖也英雄陳力羣策畢舉此高祖之大略所以成帝業也若乃靈瑞符應又可略聞矣初劉媼烏老反妊高祖而夢與神遇震電晦冥有龍蛇之怪向曰劉媼謂高祖母初妊謂有娠也言高祖母夢與神合雷電晦暗父太公往視則見龍在於上遂生高祖及長而多靈有異於衆是以王武感物而折契呂公覩形而進女翰曰高祖微時嘗從王媼武負二人貰酒既醉留二人見其上有怪異此兩家遂毀券不取其債也沛令客呂公見高祖奇兒乃妻以女則呂后也秦皇東游以厭其氣呂后望

雲而知其處良曰秦始皇帝曰東南有天子氣於是東游以厭之高祖隱於芒碭山每獨游所至處常有雲氣呂后望雲乃知高祖在中輒求而得之始受命則白虵分西入關則五星聚銑曰分斷也高祖初入關五星聚於東井高祖受命之應也東井星名故淮陰留侯謂之天授非人力也濟曰淮陰侯韓信留侯張良並言高祖得天之授也非人力之致也歷古今之得失驗行事之成敗稽帝王之世運考五者之所謂翰曰五者謂五行相承也取捨不厭斯位符瑞不周斯度向曰厭合周備度數也而苟昧權利越次妄據外不量力內不知命則必喪保家之主失天年之壽遇折足之凶伏斧鉞之誅銑曰折足之凶則上所說是折足也英雄誠知覺寤畏若禍戒超然遠覽淵然深識收陵嬰之明分絕信布之覬冀覦逾距逐鹿之瞽古說審神器之有授貪不可冀無為二母之所笑則福祚流于子孫天祿其永終矣翰曰英雄謂陳嬰王陵也言識能知其天命覺寤人事畏如此禍以自警戒超然遠見淵然深識收陵嬰之事以為明鑒之分絕韓信黥布之遊為覬覦之心也距絕也逐鹿謂上述游說士所比也瞽說謂無知之說也神器帝位也貪不可冀謂勿貪帝位終不可冀望徒為二母所笑也二母則陵嬰母也

典論論文一首 魏文帝

向曰文帝典論二十篇兼論古者經典文事有此篇論文章之體也

文人相輕自古而然傅毅之於班固伯仲之間耳良曰伯仲言相次也而固小之與弟超書曰武仲以能屬文為蘭臺令史下筆不能自休銑曰小之謂以其為小才也超班超也武仲傅毅字也休息也言其文美不能自息也夫人善於自見而文非一體鮮能備善是以各以所長相輕所短濟曰言文人各自見所長輕人所短也里語曰家有弊帚享之千金斯不自見之患也翰曰帚謂除地之帚也言家有弊破之帚自以為寶重者乃通比於千金此則不自見之甚患也今之文人魯國孔融文舉廣陵陳琳孔璋山陽王粲仲宣北海徐幹偉長陳留阮瑀元瑜汝南應瑒德璉東平劉楨公幹斯七子者於學無所遺於辭無所假咸以自騁驥騄於千里仰齊足而並馳以此相服亦良難矣良曰驥騄良馬也以比賢才之俊逸也蓋君子審己以度人故能免於斯累銑曰審己之才以度前人則無不相服之累也而作論文王粲長於辭賦徐幹時有齊氣然粲之匹也翰曰齊俗文體舒緩言徐幹文章時有緩氣然亦是粲之儔也如粲之初征登樓槐賦征思幹之玄猿漏卮員扇橘賦雖張蔡不過也然於他文未能稱是濟曰初征登樓槐賦征思玄猿漏卮員扇橘並賦名也玄猿猿也漏卮酒器也言此諸文雖張衡蔡邕亦不過之

如依諸文未勝於此者也稱勝也琳瑀之章表書記今之儁也向曰陳琳阮瑀也應瑒和而不壯劉楨壯而不密孔融體氣高妙有過人者然不能持論理不勝辭銑曰言文美理弱也至於雜以嘲戲及其所善揚班儔也良曰揚雄班固之儔也常人貴遠賤近向聲背實又患闇於自見謂己為賢翰曰貴遠者謂其不分別文章傳聞遠者為善乃則貴之也向聲謂向其聲譽而為美也夫文本同而末異蓋奏議宜雅書論宜理銘誄尚實詩賦欲麗向曰銘誄述人德行故不可虛也麗美也此四科不同故能之者偏也唯通才能備翰曰四科謂奏議書論銘誄詩賦也通才謂諸

事皆能通備也其體文以氣為主氣之清濁有體不可力彊而致譬諸音樂曲度雖均節奏同檢濟曰檢法也至於引氣不齊巧拙有素雖在父兄不能以移子弟良曰譬如簫管之類者言其用氣吹之名不同也素本也言其巧妙者雖父兄親於子弟亦不能教而移之也蓋文章經國之大業不朽之盛事年壽有時而盡榮樂止乎其身二者必至之常期未若文章之無窮向曰年壽有盡榮樂有時此二者必至之期是以古之作者寄身於翰墨見意於篇籍不假良史之辭不託飛馳之勢而聲名自傳於後銑曰飛馳言疾速也以喻鳥飛而馬走者言不

假託此四物而聲名自至於遠故西伯幽而演易周旦顯而制禮不以隱約而不務不以康樂而加思濟曰隱約失志兒康安也加移也言文章之道不以通塞移思也夫然則古人賤尺璧而重寸陰懼乎時之過已良曰已助句也而人多不彊力貧賤則懼於饑寒富貴流於逸樂遂營目前之務而遺千載之功日月逝於上體貌衰於下忽然與萬物遷化斯亦志士大痛也融等已逝唯幹著論成一家言翰曰融孔融也著論謂徐幹著中論二十篇

六代論一首　曹元首

銑曰魏氏春秋云曹冏字元首少帝族祖也時蜀天子幼稚遂著此論冀感悟曹爽也六代者夏殷周秦漢魏也

昔夏殷周歷世數十而秦二世而亡何則良曰設疑問之辭也發後文也三代之君與天下共其民故天下同其憂濟曰三代夏殷周也與天下共民者謂建立諸侯與之共理同有其利也故天下有難則諸侯同憂秦王獨制其民故傾危而莫救翰曰秦不封諸侯故莫有救者夫與人共其樂者人必憂其憂與人同其安者人必拯其危先王知獨治之不能久也故與人共治之知獨守之不能固也故與人共守之兼親疏而兩用參同

異而並進向曰親踈者謂天子之宗屬親踈者異謂異姓也言並封爲諸侯兼
而用之合而進之治天下也參合也共是以輕重足以相鎮親
疎足以相衛并兼路塞逆節不生翰曰輕重謂大小之
國也并兼路塞謂不相侵劫也逆節謂不遵王命也及其衰也桓文帥
禮向曰及周室衰微有齊桓公晉文公帥禮以伐不義奉於周室也苞茅不
貢齊師伐楚宋不城周晉戮其宰銑曰苞茅祭藉之草
也楚人不貢苞茅不遵王命而齊桓公帥師伐之定王時晉帥諸侯築王城宋宰仲幾不
受命晉文公戮之也王綱弛而復張諸侯傲而復肅良曰
弛廢也肅敬也言齊桓晉文匡輔王室使紀綱廢而更張諸侯傲敖復得敬懼也二
霸之後寖以陵遲濟曰二霸即桓文二君也言二君薨後益復陵遲敗

亂也吳楚憑江負固方城雖心希九鼎而畏迫
宗姬翰曰負恃也方城山名定王使王孫蒲勞楚子楚子問鼎之大小輕重焉言其
欲有篡周之心而猶畏懼同姓之國宗姬同姓國也姦情散於胷懷逆
謀消於脣吻亡粉反向曰散消若懼同姓之國不敢爲姦逆也斯豈
非信重親戚任用賢能枝葉碩茂本根賴之
與銑曰碩大也言枝葉大茂能蔭本根故云賴也自此之後轉相攻
伐吳并於越晉分爲三魯滅於楚鄭兼於韓
良曰吳王闔閭爲越王句踐所并也魏武侯韓哀侯趙敬侯共滅晉三分其地魯爲楚考
列王所滅鄭爲韓哀侯滅之并取其地曁乎戰國諸姬微矣濟曰
曁及也唯燕衛獨存然皆弱小翰曰燕衛周同姓也西迫

彊秦南畏齊楚救於滅亡匪遑相恤向曰言自救滅
亡不暇相憂也至於王赧降爲庶人猶枝幹相待
得居虛位海內無主四十餘年銑曰王赧謂周赧王也
秦據勢勝之地騁譎詐之術征伐關東蠶食
九國良曰譎欺也蠶食者言如蠶之食葉漸至於盡也九國謂韓魏燕趙齊楚宋衛
中山也至于始皇乃定天位曠日若彼用力若
此濟曰曠日謂積德而祚長也若彼謂周用力若此謂秦也言秦雖欲彊取周室殊
爲枝葉廣大難以爲拔至始皇方定天位也豈非深根固蔕不拔
之道乎易曰其亡其亡繫于苞桑周德其可
謂當之矣翰曰苞桑謂叢生之桑也謂根深而相連取其固也危亡者繫之於

上取其難拔之義也言周之積德深遠有似於此者故云當也秦觀周之弊
以爲小弱見奪於是廢五等之爵立郡縣之
官向曰秦皇觀周所以爲弊者乃以勢弱而諸侯奪其國也遂廢五等諸侯之爵置郡
縣之吏也棄禮樂之教任苛刻之政子弟無尺寸
之封功臣無立錐之土內無宗子以自毗輔
外無諸侯以爲藩衛銑曰毗佐也仁心不加於親
戚惠澤不流於枝葉良曰枝葉謂子弟也譬猶芟所咸刈
股肱獨任胷腹浮舟江海捐棄楫櫂觀者爲
之寒心而始皇晏然自以爲關中之固金城
千里子孫帝王萬世之業也豈不勃哉濟曰芟刈

猶以刀斷之也股肱手足也捐弃也金城者言其堅如金也勃逆也是時淳于
越諫曰臣聞殷周之王封子弟功臣千有餘
人今陛下君有海内而子弟為匹夫卒有田
常六卿之臣而無輔弼何以相救事不師古
而能長久者非所聞也翰曰齊相田常殺簡公專政割齊安平以
東為田氏封邑至常曾孫和遷康公於海濱康公卒呂氏因此絕祀晉昭公卒六卿專政
盡滅晉而分其地為十縣越言不封子弟終難有此禍亂無人輔弼帝室何以救其敗
亂也始皇聽李斯偏說而黜其義向曰黜退也言退淳于之
義也至於身死之日無所寄付委天下之重於
凡夫之手託廢立之命於姦臣之口銑曰始皇遺詔

使太子扶蘇與恬會於咸陽趙高道矯詔賜太子死而立胡亥此謂託廢立之命於姦臣
之口也託猶假也至命趙高之徒誅鋤宗室胡亥少
習刻薄之教長遵凶父之業不能改制易法
寵任兄弟而乃師謨申商諮謀趙高自幽深
宮委政讒賊良曰申謂申不害商謂商鞅也皆事為刑法之術而二世復師
謨其前法也自幽深宮謂為趙高所惑常居於宮中不親視事事皆決於高故云委政讒
賊也身殘望夷求為黔首豈可得哉濟曰時關東諸侯起
兵爭欲亡秦趙高匿之二世不知二世以此責讓高高懼誅乃陰謀使咸陽令閻樂師千
餘人殺二世二世曰乞為王樂不許又願與妻子為黔首終不許遂自殺於望夷宮也殘
殺也遂乃郡國離心衆庶潰叛翰曰潰亂也勝廣唱

之於前劉項斃之於後向曰陳勝吳廣先兵叛秦其後高祖項
羽起兵項羽殺秦王子嬰也向使始皇納淳于之策抑李
斯之論割裂州國分王子弟銑曰裂分也封三代
之後報功臣之勞良曰三代夏殷周也士有常君民有
定主枝葉相扶首尾為用濟曰常君定主謂五等諸侯代代相
繼也枝葉相扶則諸侯之於帝室也如木枝葉相扶持覆蔭也首尾為用謂首有難則尾
救之尾有禍則首救之雖使子孫有失道之行時人無
湯武之賢姦謀未發而身已屠戮何區區之
陳項而復得措其手足哉翰曰言封子弟為諸侯縱使子孫失
道人且無成湯武王之賢者雖姦雄有謀進之事謀未發而身已殺戮矣何得有陳勝項
羽復得置手足以為亂哉區區小兒故漢祖奮三尺之劍驅烏

集之衆向曰烏集言如烏之集或聚或散也五年之中而成
帝業自開闢以來其興功立勳未有若漢祖
之易者也夫伐深根者難為功摧枯朽者易
為力理勢然也漢鑑秦之失封植子弟及諸
呂擅權圖危劉氏而天下所以不傾動百姓
所以不易心者徒以諸侯彊大磐石膠固東
牟朱虛授命於內齊代吳楚作衛於外故也
銑曰磐石大石膠固言堅固也東牟侯劉興居朱虛侯劉章與諸侯共誅諸呂延迎代王
而立之是為文帝此則諸侯內外之勢彊盛故也向使高祖踵亡秦

之法忽先王之制則天下已傳非劉氏有也
良曰傳謂傳於他人
兼城小者連城數十上下無別權侔京室故
有吳楚七國之患濟曰跨帶也權侔京室謂權勢之盛同於天子也景
帝時吳楚七國反謂吳王濞膠西王卬楚王戊趙王遂濟南王辟光淄川王賢膠東王雄
渠賈誼曰諸侯彊盛長亂起姦夫欲天下之
治安莫若衆建諸侯而少其力翰曰言多立諸侯少封其
地使其力少也令海內之勢若身之使臂臂之使指
則下無背叛之心上無誅伐之事文帝不從
向曰不從賈誼計也至於孝景猥用鼂錯之計削黜諸

侯銑曰猥頓也削黜謂削退其土親者怨恨疏者震懼吳楚
唱謀五國從風兆發高祖釁成文景由寬之
過制急之不漸故也良曰吳楚先起謀反之意故云唱謀也言七國
之反[illegible]萌兆發於高祖而釁成於文景謂高祖[illegible]地廣文帝能漸削之是寬之過制也
景帝[illegible]削過急是不漸也所謂末大必折尾大難掉尾同
於體猶或不從況乎非體之尾其可掉哉濟曰
此謂[illegible]地廣而彊帝室弱而見侵如末大根小必折也尾大身小難掉也且尾在於身者
也欲掉之尚猶不從其心況諸侯彊盛也且非己體之尾何掉哉謂難以禁止也武帝
從主父之策下推恩之令自是之後齊分為
七趙分為六淮南三割梁代五分翰曰主父偃上書勸
武帝令諸侯推恩分子弟自以其地分之人人喜所願上以德施實分其國必稍自弱矣
天子從其計自此諸侯果有分割矣割亦分也國遂以陵遲子孫微
弱衣食租稅不豫政事向曰言分其土地遂至陵遲資費薄故租
稅不得輸於國家也不豫猶不輸也政事謂國家也或以酎金免削或
以無後國除銑曰酎酒也漢諸侯助祭貢酎獻金金不如斤兩色惡者王則
削縣侯則免國或以無後嗣者除其國也至於成帝王氏擅朝良曰
成帝舅王鳳為大將軍執政專擅帝命其兄弟七人皆封列侯劉向諫曰臣
聞公族者國之枝葉枝葉落則本根無所庇
廕濟曰公族天子宗族兄弟也方今同姓疏遠母黨專政
翰曰母黨即王氏也排擯宗室孤弱公族非所以保守

社稷安固國嗣也其言深切多所稱引成帝
雖悲傷歎息而不能用向曰稱引謂稱古今之事至于哀
平異姓秉權假周公之事而為田常之亂高
拱而竊天位一朝而臣四海漢宗室王侯解
印釋綬貢奉社稷猶懼不得為臣妾或乃為
之符命頌莽恩德豈不哀哉銑曰異姓謂王莽為相篡殺平
帝立中山王子嬰為少主自比周公攝政實為齊田常殺簡公之亂也高拱謂拱手而盜
取天位一朝稱臣於莽解印釋綬謂奪其位也貢奉謂以漢社稷上歸於莽猶懼不得為
臣妾者恐殺也廣陵王嘉獻莽符命封部鄉侯此皆懼誅所以苟取免患而已豈不哀也
由斯言之非宗子獨忠孝於惠文之閒而叛

逆於哀平之際也徒權輕勢弱不能有定[illegible]良曰徒但也所以貢奉社稷於王莽者豈爲叛逆爭但權勢輕弱不能定亂也賴光
武皇帝挺不世之姿濟曰挺出也不世也謂希世也姿質也禽王
莽於已成紹漢嗣於既絶翰曰成謂成逆篡也絶謂絶社稷也
斯豈非宗子之力耶而曾不鑒秦之失策襲
周之舊制踵亡國之法而僥倖無疆之期向曰
言光武不封建子弟踵亡國之法而爲僥倖無疆之期亡國謂秦也不封子弟欲居帝位
傳於無窮者也則以謂無疆之期疆猶窮也至于桓靈閹豎執衡
朝無死難之臣外無同憂之國君孤立於上
臣弄權於下本末不能相御身手不能相使

選二十六 三十五

由是天下鼎沸姦凶並爭銑曰本末謂君臣也御制也身手猶
親戚也鼎沸謂亂也宗廟焚爲灰燼翰燼宮室變爲蓁[illegible]
藪居九州之地而身無安處悲夫良曰謂董卓爲逆焚
洛陽宮室也蓁藪謂草木荒也魏太祖武皇帝躬聖明之資
兼神武之略恥王綱之廢絶愍漢室之傾覆
龍飛譙沛鳳翔兗豫濟曰譙沛地名兗豫三州名掃除凶
逆翦滅鯨鯢翰曰鯨鯢大魚吞食小魚者以喻不義人也迎帝西
京定都潁邑向曰董卓遷獻帝於西京而曹公迎帝都於許昌然許昌屬潁
也邑州通而言也德動天地義感人神漢氏奉天禪
位大魏大魏之興于今二十有四年矣觀五

代之存亡而不用其長策觀前車之傾覆而
不改其轍迹也銑曰謂魏亦不封子弟五代夏殷周秦漢也子弟王
空虛之地君有不使之民宗室竄於閭閻不
聞邦國之政良曰空虛謂有其封名寔無其地也有不使之民謂不使其理權均匹夫勢齊凡庶內無深
人也竄致也閭閻邑里之閭也
根不拔之固外無盤石宗盟之助非所以安
社稷爲萬世之業也濟曰盤石大石也比之堅重不可轉易也宗盟
謂同姓諸侯盟會者也且今之州牧郡守古之方伯諸
侯皆跨有千里之土兼軍武之任或比國數
人或兄弟並據而宗室子弟曾無一人閒廁

選二十六 三十六

其閒與相維持非所以彊幹弱枝備萬一之
慮也翰曰廁列也維持連接也天子爲蘇封諸侯爲救所以備萬一危難之事以相
蔭庇也今之用賢或超爲名都之主或爲偏師
之帥向曰名都之主謂大州刺史也偏師謂佐於大軍也師將也而宗室
有文者必限小縣之宰有武者必置百人之
上銑曰言宗室文武位卑也百人之上百夫長也使夫廉高之士畢
志於衡軛之內才能之人恥與非類爲伍非
所以勸進賢能褒異宗族之禮也良曰衡謂車上橫木
軛拘也喻者命任使也夫泉竭則流涸根朽則葉枯枝
繁者蔭根條落者本孤濟曰此喻宗室微弱不封諸侯亦如泉流

[illegible]枝不得其所也故語曰百足之蟲至死不僵什之
者衆也此言雖小可以譬大翰曰蟲所以喻帝室也足所以喻諸侯也且墉基不可倉卒而成威名不可一朝
而立皆為之有漸建之有素向曰墉城牆也建立素本也
譬之種樹久則深固其根本茂盛其枝葉若
造次徙於山林之中植於宮闕之下雖壅之
以黑墳暖之以春日猶不救於枯槁何暇繁
育哉銑曰黑墳肥土也言樹移於本必枯槁不暇繁育其枝葉矣喻天子不封子弟是不優其本雖居尊重之位獨憂天下猶不救目前所見誰與言於久遠之計也夫
樹猶親戚土猶士民建置不久則輕下慢上

選二十六　十七

平居猶懼其離叛危急將如之何是以聖王
安而不逸以慮危也存而設備以懼亡也翰曰逸樂也設備立諸侯也故疾風卒至而無摧拔之憂天
下有變而無傾危之患矣

博弈論一首　韋弘嗣

翰曰吳志云韋曜字弘嗣吳郡雲陽人也少好學能屬文為太子中庶子時蔡頴亦在東宮性好博弈太子和以為無益命曜論之博著局戲也弈者圍棋也

蓋聞君子恥當年而功不立疾沒世而名不
稱故曰學如不及猶恐失之向曰好學樂道如奔逐於物志恐不及者猶恐失之況於卒日乎是以古之志士悼年齒之
流邁而懼名稱之不達也銑曰悼傷邁過也勉精厲
操晨興夜寐不遑寧息經之以日力良曰操志也日力謂以日力也積
若甯越之勤董生之篤漸漬德義
之淵棲遲道藝之域濟曰甯越常苦耕稼之勞謂其友曰何以免此勞友曰莫如學學三十年可以達矣越曰他寢吾不寢他食吾不食積年十五以當三十年足矣後遂為周威王師董生仲舒也下帷讀書三年不窺園舊亦勤也漸漬猶浸潤也棲遲謂優游也且以西伯之聖姬公之才猶有日
昃待旦之勞翰曰西伯文王也姬公周公也文王自朝至于日昃不遑暇食周公用脩其德以安兆人亦夜以待曙以憂政事也故能隆興周道垂

選二十六　十八

名億載況在臣庶而可以已乎向曰十萬曰億載年也已止也言勤道之心不可止也歷觀古今功名之士皆有積
累殊異之迹勞神苦體契闊勤思平居不惰
其業窮困不易其素銑曰素猶心也是以卜式立志
於耕牧而黃霸受道於囹圄終有榮顯之福
以成不朽之名良曰卜式以耕牧羊為業後勤學累官榮貴黃霸以罪繫獄是時少府夏侯勝亦下獄霸願受經於勝勝乃授之霸後為丞相囹圄獄也故
山甫勤於夙夜吳漢不離公門豈有游惰哉
濟曰仲山甫周相也夙夜勤政以事一人吳漢後漢光武之臣常勤勤不離公門公門職[illegible]之[illegible]也今世之人多不務經術好習博弈廢事

弃業忘寢與食窮日盡明繼以脂燭當其臨局交爭雌雄未決專精銳意神迷體倦人事曠而不脩賓旅闕而不接雖有太牢之饌韶夏之樂不暇存也翰曰太牢之饌謂滋味也韶夏雅樂也不暇存者言不暇食而聽也至或賭及衣物徙棋易行廉恥之意弛而忿戾之色發向曰棋子也弛廢也戾恨也然其所志不出一枰補萌之上所務不過方罫古買之閒銑曰枰棋局線道也罫線之閒方目也勝敵無封爵之賞獲地無兼土之實伎非六藝用非經國立身者不階其術徵選者不由其道良曰階上也徵求也澤謂選賢良也求之

於戰陣則非孫吳之倫也濟曰孫吳謂兵法也考之於道藝則非孔氏之門也翰曰孔氏孔子也以變詐為務則非忠信之事也以劫殺為名則非仁者之意也而空妨日廢業終無補益是何異設木而擊之置石而投之哉向曰擊木投石童子戲也且君子之居室也勤身以致養銑曰致養父母也其在朝也竭命以納忠臨事且猶旰食而何博弈之足耽良曰旰晚也言勤於王事不暇早食也夫然故孝友之行立貞純之名彰也濟曰夫然猶如此也言能如此養於親納忠孝於君故得孝友之行立於世貞純之名彰著也方今大吳受命海內未

平聖朝乾乾務在得人翰曰乾乾勤心也勇略之士則受熊虎之任儒雅之徒則處龍鳳之署向曰熊虎喻猛也龍鳳喻文章也署謂文學之司也百行兼包文武並騖銑曰包納也騖馳也博選良才旌簡髦俊設程試之科垂金爵之賞誠千載之嘉會百世之良遇良曰程試謂呈其才者必見試用也金爵謂金印紫綬以封人爵也當世之士宜勉思至道愛功惜力以佐明時使名書史籍勳在盟府君子之上務當今之先急濟曰勳功也盟府謂掌諸侯誓盟之官也夫一木枰補萌孰與方國之封枯棋三百孰與萬人之將翰曰方國之封謂一之界也枯棋棋子

也袞龍之服金石之樂以兼棋局而貿博弈矣向曰袞龍諸侯服飾也金石樂也兼并貿易也假令世士移博弈之力用之於詩書是有顏閔之志也銑曰顏回閔子騫有德行好學也用之於智計是有良平之思也良曰張良陳平有計策也用之於貲貨是有猗頓之當也濟曰猗頓巨富人也言用以求資貨則富也用之於射御是有將帥之備也如此則功名立而鄙賤遠矣翰曰行此者則功名立於後世而鄙賤之閒亦遠於身也

文選卷第二十六

長　門

文選卷第二十七

梁昭明太子撰　五臣注

論中

嵇叔夜養生論一首

李蕭遠運命論一首

陸士衡辨亡論上下二首

五等諸侯論一首

劉孝標辨命論一首

養生論一首　嵇叔夜

世或有謂神仙可以學得不死可以力致者或云上壽百二十古今所同過此以往莫非夭妄者（良日言過神仙上壽以往皆是夭妄而死）此皆兩失其情試粗論之（向日兩失謂神仙夭妄也言失其論事之情也）夫神仙雖目不見則記籍所載前史所傳較（角）而論之其有必矣（濟日較明也其有必矣言必有神仙事也）似特受異氣禀之自然非積學所能致也（銑日言神仙非學之所能成也）至於導養得理以盡性命（翰日導攝也）上獲千餘歲下可數百年可有之耳而世皆不精故莫能得之（向日神仙則不可學攝養性命使致長年則有之矣而世人皆不知其精妙不得長年也）何以言之夫服藥求汗或有弗獲（銑日服藥不得汗也）而愧情一集渙然流離（良日愧懼也言服藥求汗

選二十七　一

秋　府

或有不得者或有人懼情一僾有僾然而汗出者流離汗流貌）乃終朝未餐則囂然思食而曾子銜哀七日不饑（翰日囂然饑憂貌）夜分而坐則低迷思寢（濟日夜半夜也）夜分內懷殷憂則達旦不瞑（音名良日閉目日瞑皆言憂懼損性故不能致長年也）勁刷理鬢醇醴發顏僅乃得之（向日勁刷謂梳也醇醴酒也言以梳理其髮鬢飲酒以發顏色得其鬢髮豎面赤耳僅少也）壯士之怒赫然殊觀植髮衝冠（翰日言其怒色殊觀赫然甚於酒之發色者豎髮衝冠亦甚於梳理者矣言怒亦損性植豎也）由此言之精神之於形骸猶國之有君也（向日形骸無精神則國無君則亂也）神躁於中而形喪於外猶君昏於上國亂於下也（銑日躁急也神躁於腹中形兒失色外如君暗而國亂也喪失也）夫為稼於湯世偏有一溉之功者雖終歸於燋爛必一溉者後枯（濟日殷湯大旱七年若種稼於其世偏有一水之灌者雖終見燋爛則此苗必得一灌之潤而後枯死亦猶今養生雖終歸於死必得一養之益也溉灌也）然則一溉之益固不可誣也（良日誣輕也）而世常謂一怒不足以侵性一哀不足以傷身輕而肆之（翰日侵損也肆縱也）是猶不識一溉之益而望嘉穀於旱苗者也（翰日言世人不識養生之理欲求長年者亦猶不知苗有一灌之益而直欲望嘉穀於旱苗終不可得也）是以君子知形恃神以立（向日形無神則死也）神須形以存（銑日神君無形）

選二十七　十二

正　宗

則向所依存皆相依憑也此悟生理之易失知一過之害生濟曰喜怒過甚則害生理之易也故脩性以保神安心以全身良曰不爲穢累而本於柔謙也愛憎不棲於情憂喜不留於意翰曰棲居也泊然無感而體氣和平銑曰泊然無營欲皃無感謂哀樂不能在懷也又呼吸吐納服食養身濟曰呼吸吐納謂服氣也使形神相親表裏俱濟也翰曰形在外神在內不以憂喜亂之則相親而濟於長年也夫田種者一畝十斛謂之良田此天下通稱也不知區種可百餘斛銑曰上農區田謂弩坎爲區廣深六寸相去七寸區中種穀一窠秋收每區三斗計畝當百斛也田種一也至於樹養不同則功收相懸向曰相懸謂畝十斛畝百斛也謂商無十倍之價農無百斛之望此守常而不變者也向曰商農所以無十倍百斛之利者爲守其常見不知變通故也亦如人之在生但見目前所欲不識養生之理可致長年也且豆令人重榆令人瞑音名銑曰豆謂大豆也言食大豆則身重食榆則多睡也瞑睡也合歡蠲忿萱草忘憂愚智所知也翰曰蠲除也合歡萱草藥名也薰辛害目豚魚不養常世所識也虱處頭而黑麝食柏而香頸處險而癭於井齒居晉而黃良曰頸項也皆謂所處所食土地所宜而致之也推此而言凡所食之氣蒸性染身莫不相應豈唯蒸之使重而無使輕害之使闇而

山　洞

無使明翰曰豈唯所食之氣害之使重闇者亦有能變之使輕明者也薰之使黃而無使堅銑曰薰之使黃則必脆亦能變之使堅也芬之使香而無使延哉濟曰芬亦薰也言能薰之使黃使堅使香則亦能使人延長明矣故神農曰上藥養命中藥養性者誠知性命之理因輔養以通也良曰輔助也而世人不察良曰不察服食之理以養性也唯五穀是見聲色是耽目惑玄黃耳務淫哇烏佳反向曰淫哇樂聲也滋味煎其府臟醴醪煮其腸胃翰曰滋味血肉之食也醴醪酒也香芳腐其骨髓喜怒悖其正氣銑曰腐敗情亂也正氣謂安樂之情也思慮消其精神哀樂殃其平粹音遂濟曰殃傷也平粹謂純和之性也夫以蕞在外爾之軀攻之者非一塗良曰蕞爾小貌軀身也非一塗謂聲色玄黃滋味芬香喜怒思慮哀樂之事共攻於人身也易竭之身而外內受敵身非木石其能久乎向曰以百年易盡之身而喜怒形於外思慮攻於內所謂受敵也且非木石之堅必不可久言將死也其自用甚者濟曰言自用其性不依攝養之術也飲食不節以生百病好色不勸以致乏絕翰曰謂形神之氣之絕也風寒所災百毒所傷中道夭於衆難銑曰衆難謂上哀樂之事世皆知笑悼謂之不善持生也向曰人皆笑之傷之謂其不善持攝生性也悼傷也至於措身失理亡之於微良曰有致養其身有失其理者失於微纖之間也措置亡失也積微

春　禪

損積損成衰從衰得白從白得老從老得終
悶若無端翰曰白謂白髮也終謂死也言死者悶然不知其端緒之所由也
中智以下謂之自然濟曰言中人小智已下謂漸然至死為自然也
縱少覺悟咸歎恨於所遇之初而不知慎衆
險於未兆銑曰中智之人縱少悟養生之事皆恨逢遇之初不慎衆險於未萌
之前也衆險則喜怒哀樂之衆流也是猶桓侯抱將死之疾而
怒扁鵲之先見以覺痛之日而為受病之始
也向曰扁鵲見桓侯曰君有疾在腠理不療將深矣桓侯怒曰寡人無疾以扁鵲為好
利欲醫不療者為功後桓侯果疾甚使召扁鵲扁鵲逃之桓侯遂死矣故云怒扁鵲之先
見也病甚至於覺病方以為得病之始則中智已下皆然豈預知攝養之事也亦如理國
先見安危理之於未亂國乃理也害成於微而救之於著故
有無功之理翰曰著盛也夫人之患害成於微少之間人所不知及將救之
疾已盛矣故醫者無功療之也亦如國家當重賢良以理天下而人和年豐豈可輕棄而
不用及國亂乃欲用之則無可施功也馳騁常人之域故有一
切之壽仰觀俯察莫不皆然濟曰馳騁猶歷觀也域間也一
切猶一時也言歷觀常人之間故有一時苟且之壽皆不曉養生長年之理則俯仰觀察
莫不皆然言多也以多自證以同自慰謂天地之理
盡此而已矣良曰有疾不先醫者昔以為疾狀多同遮相證驗以自寬慰輕
於攝養謂言天地之理皆如此也縱聞養生之事則斷以所
見謂之不然向曰中智之人縱知養生之事則自斷於所見苟隨其欲謂養

【選二十七　五】

寺　什

生之理不如此也其次狐疑雖少庶幾莫知所由銑曰
言狐疑之心雖少近不知養生之所由何如亦未定也其次自力服藥
半年一年勞而未驗志以厭衰中路復廢翰曰
言服藥未至於驗志厭而將欲中路則廢者或益之以畎古犬澮古外
而泄之以尾閭而欲坐望顯報者翰曰畎澮細流也尾
閭海水泄處也言人之服藥所益如細流之進而乃多泄其精如尾閭之泄其必難及而
服藥不慎難求長年亦如是矣顯報謂長年也或抑情忍欲割棄榮
願而嗜好常在耳目之前所希在數十年之
後又恐兩失內懷猶豫心戰於內物誘於外
交賒相傾如此復敗者向曰嗜好之物且在目前藥效之事十年
之後欲從其道恐復無驗兩事俱失故猶豫是非未定心爭於內嗜好之物誘目於外以
清欲為交樂以服食為賒應二者相傾復有既攝生之事者戰爭也夫至物微
妙可以理知難以目識譬猶豫章生七年然
後可覺耳向曰豫章木名其初生與林木同類至七年柯條乃覺殊也養生之
理初與衆人同道道成然後可覺殊矣今以躁競之心涉希靜
之塗意速而事遲望近而應遠故莫能相終
濟曰躁喧塗道也長生之理漸脩而遲其應遠矣人意欲速而望近以此莫能有事志以
相終而得之也夫悠悠者既未效不求而求者以不
專喪業良曰悠悠者謂心遠於此道者效驗也求者謂求養生者喪失道也言不
專心則失業也偏恃者以不兼無功良曰人有偏恃一事者必不兼

【選二十七　六】

物

於他事故養生無功也追術者以小道自溺翰曰追法術苟從名譽者必偏於小道況溺其心又不能成矣凡若此類故欲之者萬無一能成也向曰此類謂上所述也善養生者則不然矣清虛靜泰少私寡欲知名位之傷德故忽而不營非欲而彊禁也銑曰不是心中實欲而彊自禁止蓋真不欲之故能養生也識厚味之害性故棄而弗顧非貪而後抑也銑曰厚味滋味也外物以累心不存神氣以醇泊猶著向曰言外物聲色之類欲以累其心者不存於神氣以醇素淡泊獨明其道著明也曠然無憂患寂然無思慮又守之以一養之以和和理日濟同乎大順翰曰道生一故守之而不亂其心不亂其心故養和其神和其神理長年可濟故同乎天地之大理也順理也然後蒸以靈芝潤以醴泉晞以朝陽綏以五絃翰曰晞乾綏安也晞於朝陽所以養和於物也安以五絃之琴以歌南風所以養羣生也此皆謂得生性之理也無為自得體妙心玄忘歡而後樂足遺生而後身存向曰忘其歡則形不勞故樂足不勞形則曰遺生故身存也若此以往恕可與羨門比壽向曰羨門王喬皆仙人也言此與仙王喬爭年何為其無有哉人比年爭壽則何為其無有長年也

運命論一首　李蕭遠

銑曰集林云李康字蕭遠中山人也性介立不和俗善文辭起家爲尋陽

令有美政也夫治亂運也窮達命也貴賤時也故運之所隆必生聖明之君聖明之君必有忠賢之臣其所以相遇也不求而自合其所以相親也不介而自親翰曰謂不因媒而相親蓋道合也介媒也唱之而必和謀之而必從良曰唱和相從君臣和也道德玄同曲折合符濟曰委曲相合有如符契得失不能疑其志讒構不能離其交然後得成功也向曰不相疑故不信讒不信讒故君臣道成矣其所以得然者豈徒人事哉授之者天也告之者神也成之者運也銑曰所以能成君臣道者以此

也夫黃河清而聖人生翰曰黃河千年一清清則聖人生於時也里社鳴而聖人出良曰里社神祠也春秋潛潭記云里社鳴聖人出也羣龍見而聖人用濟曰龍潛之時道不用也喻君未升位也龍既見矣故用於時喻君功成於天下也故伊尹有莘所巾氏之媵臣也而阿衡於商向曰莘國名也媵小臣也阿倚衡平也商殷也言殷有伊尹倚以萬事平於天下也太公渭濱之賤老也而尚父於周銑曰太公呂望也周尊太公故號為尚父百里奚在虞而虞亡在秦而秦霸非不才於虞而才於秦也翰曰百里奚賢人也初仕於虞國虞君不用其言乃滅亡乃之秦秦用其謀而為彊霸蓋一人之身也用之國昌才用則國亡也非在虞則不才在秦則賢張良受黃石之

符誦三略之說以游於羣雄向曰張良漢臣也著在三略兵法也羣雄諸侯也其言也如以水投石莫之受也銑曰石堅水柔以柔投堅其不可入也言道不合亦猶是也及其遭漢祖也其言也如以石投水莫之逆也翰曰以堅投柔其勢必入故不逆也非張良之拙說於陳項而巧言於沛公也良曰非拙巧之異也蓋識與不識用與不用耳陳謂涉也項謂羽也沛公謂漢高祖也然則張良之言一也不識其所以合離合離之由神明之道也濟曰張良之說前後一也蓋前人不識離合之道也離合之道若神明之相應合也故彼四賢者名載於籙圖事應乎天人其可格之賢愚哉向曰四賢謂伊尹太公甯

里奚張良也言此君臣之道應乎天事合於人心其可測至於賢愚之間哉言不可格至也孔子曰清明在躬氣志如神嗜欲將至有開必先翰曰人之清明其志如神意之所欲事有開通者應必先達君臣相合運命所當者亦如之也天降時雨山川出雲銑曰天之將雨必先出雲君臣相感亦如此詩云惟岳降神生甫及申良曰推辭也岳中岳也言中岳降其神靈生申伯甫侯作藩周室以佐國家也申伯甫侯周之諸侯惟申及甫惟周之翰運命之謂也銑曰言爲周之羽翰以佐王室也豈唯興主亂亡者亦如之焉幽王之惑褒女也妖始於夏庭翰曰亂亡之國亦運命也昔夏后氏之衰也有神龍二止於夏帝之庭而言曰余褒國之二君也於是布弊而策告之龍亡而漦在

夏氏乃緘而櫝之以三代莫敢發之至周厲王發而觀之漦流于庭化爲玄黿童妾遭之既笄而有孕生一女子懼而棄之京以之奔褒國後褒人進於幽王王愛之廢申后而立褒姒爲后也於是申后之父申侯怒遂攻殺幽王於酈山之下此則運命始于夏庭而幽王惑之而亡也曹伯陽之獲公孫彊也徵發於社宮向曰曹人或夢衆君子立於社宮而謀亡曹曹伯陽即位好田弋有曹鄙人公孫彊好弋說伯陽田弋之事伯陽悅之乃以爲政事焉於是背晉而姦宋宋人伐之晉人不救遂殺伯陽此則亡曹之徵以發於社宮也社宮猶社稷也叔孫豹之暱豎牛也禍成於庚宗翰曰魯大夫叔孫豹入齊過庚宗婦人宿遂有子在齊夢天壓已有一人深目而猳喙命之曰牛助余乃勝之後還晉過庚宗婦人見所有之子狀如夢中若豹以夢中命爲牛因呼曰牛乃曰唯豹將歸魯寵而親之使爲豎後豹病豎牛

將竊亂羣臣有進食者豎牛皆不進覆之以返空器示叔孫遂餓死此則禍成於庚宗矣暱親也豎官號也吉凶成敗各以數至良曰數至謂運也咸皆不求而自合不介而自親矣銑曰介媒也昔者聖人受命河洛曰以文命者七九而衰以武興者六八而謀翰曰河圖洛書聖人將興之應也文王受命九十七而終武王伐紂之時年八十六衰謂文王沒也謀謂武王謀伐紂也九十七當言九七而言七九八十六當言八六而言六八蓋言之倒及成王定鼎于郟鄏卜世三十卜年七百天所命也故自幽厲之間周道大壞向曰幽王厲王無道不恤國事故大壞也二霸之後禮樂陵遲銑曰二霸齊桓公晉文公文薄之弊漸於靈景翰曰文德

之澆薄其弊漸生於靈王景王之時也辯詐之偽成於七國良曰
七國謂齊楚燕趙韓魏秦也辯詐謂游說之士也酷烈之極積於亡
秦濟曰前述七國則秦在其中今此重言者謂吞滅六國獨擅酷暴於天下也漢亡之
故云亡秦也文章之貴棄於漢祖向曰漢朝初雖重文章之士而
高祖以武定天下未意輕棄儒士之言也雖仲尼至聖顏冉大賢
翰曰顏回冉孔子弟子也有揖讓於規矩之內誾誾銀於
洙泗之上不能遏其端良曰道之不行雖至賢揖讓規矩亦不能
遏絕澆淨之端也誾誾和樂兒洙泗二水名孔子講道之所也孟軻孫卿體
二希聖從容正道不能維其末銑曰孟孫二子體法顏冉
故云體二志望孔子之道故云希聖當衰弊之世雖體望聖賢之義不能綴繫其末也從

容安樂之兒維繫也天下卒至於溺而不可援也良曰卒終
也溺謂大道溺也援助也沈夫以仲尼之才也而器不周
於魯衛翰曰道不運會而見輕也以仲尼之辯也而言不
行於定哀以仲尼之謙也而見忌於子西向曰
孔子之楚昭王將以七百里地封之令尹子西曰使孔子得土壤而賢弟子佐之必非楚
之福也以仲尼之仁也而取讎於桓魋音頹翰曰桓魋
宋司馬也欲殺孔子故云取讎也以仲尼之智也而受屈於
陳蔡以仲尼之行也而招毀於叔孫銑曰叔孫武叔
毀仲尼子貢曰夫子不可毀也他人之賢者丘陵也夫子之賢者日月也夫道足
以濟天下而不得貴於人言足以經萬世而

不見信於時行足以應神明而不能彌綸於
俗濟曰彌廣綸理也言時君不能用之使廣理於俗也應聘七十國而
不一獲其主向曰經歷天下應聘七十國君竟不見用是不得其主而運不
合也驅驟於蠻夏之域屈辱於公卿之門翰曰孔子
道不行欲居九夷夷即蠻也夏謂中國也屈謂受屈於季氏辱謂見辱於陽虎並魯之公
卿也其不遇也如此及其孫子思希聖備體而
未之至封己養高勢動人主銑曰子思孔子之孫也言子思
望先聖之道欲先聖之體然而未至聖道但爲厚己養其高名能以權勢動於時君也言
其道不如孔子而時君反信之孔子有聖德而時君不用此運命也希望也封厚也其
所游歷諸侯莫不結駟而造門猶有不得賓

者焉翰曰言子思游歷天下而諸侯皆結車馬至子思之門而諸侯尚或有不得賓
賓客之位者造至也其徒子夏升堂而未入室者也良曰
子夏之道雖近習孔子而猶淺也故升於堂上而未入深室言其未得夫子之深道也
退老於家魏文侯師之濟曰孔子卒後子夏告老而歸魏文侯以
師事也西河之人肅然歸德比之於夫子而莫
敢閒其言向曰西河地名也肅敬也閒非也言西河之人敬子夏而歸附其德
比並於孔子而人不敢非其言其道不如孔子而人乃信之蓋運命使之然也故曰
治亂運也窮達命也貴賤時也而後世君子
區區於一至歎息於一朝直喬屈原以之沈湘
賈誼以之發憤不亦過乎銑曰言此二人不達運命之理所爲

太過也然則聖人所以為聖者蓋在乎樂天知
命矣故遇之而不怨居之而不疑也翰曰遇窮厄之
時其心不怨居重任之地其心不疑也其身可抑而道不可屈
濟曰抑辱也言身可以受辱者推於運命也道不可屈損者以待其時也則屈原沈湘
賈誼發憤不適足以彰君之過而自損是不知運命之理也其位可排而名
不可奪翰曰失位則可以推排運命而忠義之名守之如一不可奪失也
譬如水也通之斯為川焉塞之斯為淵焉銑曰
水流曰川水深曰淵升之於雲則雨施沈之於地則土
潤體清以洗物不亂於濁受濁以濟物不傷
其清是以聖人處窮達如一也夫忠直之迕

於主獨立之負於俗理勢然也翰曰忠直之言必逆迕人
主之意獨立清正則背於俗類此事理之勢所宜皆然矣負背也迕觸也故木秀
於林風必摧之良曰木高出於林上者故風吹而先折也堆出於
岸流必湍之濟曰岸側有堆阜而出於岸侵入於水者故水流必先衝之也
湍衝也行高於人眾必非之向曰德行高遠出乎羣俗故眾人嫉
妬共為非斥亦如木秀先折堆出流衝也前鑒不遠覆車繼軌然
志士仁人猶蹈之而弗悔操之而弗失何哉
將以遂志而成名也良曰前鑒謂行高忠直之心皆見非斥以成罪
累如車之既覆後來者復繼其跡而志士蹈忠而不悔執直而不失者何為哉非所以好
其死而惡其生蓋將以遂其所志而成君王之名也求遂其志而冒風

波於險塗銑曰言衝君之威以進忠式如涉風波之險道恐墜落而死矣冒衝
也塗道也求成其名而歷謗議於當時彼所以處
之蓋有算矣翰曰言忠直之人冒險道歷謗議於當時所以甘處危亡之地
蓋有善計而進於君矣算計也子夏曰死生有命富貴在天
故道之將行也命之將貴也則伊尹呂尚之
興於殷周百里子房之用於秦漢不求而自
得不邀而自遇矣翰曰言道之將行命與貴合伊尹用於殷湯呂望用
於周文百里奚用於秦穆公張子房用於漢高祖也道之將廢也命之
將賤也豈獨君子恥之而弗為乎蓋亦知為
之而弗得矣向曰道廢命賤豈獨君子羞恥之而不為政乎蓋亦知為之而

必不得也凡希世苟合之士蘧蒢戚施之人銑曰希望
也蘧蒢口柔也戚施面柔也言人有所希望得時世苟且求合則其心懷輕薄鄙惡之性
而語則詼偽口面柔和以求取於人意也俛仰尊貴之顏逶迤勢
利之閒銑曰對尊貴之人則俛仰媚取其顏色而進行於勢利之中也逶迤行皃
意無是非讚之如流言無可否應之如響濟曰
貴人之意所為者無是非好惡皆順而讚美之其如流之順也貴人之言無可否得失而
應對之如響之應聲也以闚看為精神以向背為變通
良曰闚看盛衰以為精神之明盛者向而附之衰者背而去之以此為見變通之妙勢
之所集從之如歸市勢之所去棄之如脫遺
翰曰言其逐勢所集如人歸市以求利也失勢者則棄之如人脫屣而遺之也其言

曰名與身孰親也得與失孰賢也榮與辱孰珍也向曰其言謂遂勢利之人有言也言立忠直之名而身致危亡用爭失其官爵者也而我苟順人情以取悅媚且全其身以存其榮則名與身孰親言身可親也忠直之名不可近也得失誰賢言得者賢也榮與辱誰重言榮者重也孰誰也珍重也故遂絜其衣服矜其車徒良曰絜謂裝飾使其鮮絜車徒謂車馬侍從也冒其貨賄淫其聲也翰曰冒貪也眽眽白摸然自以為得矣銑曰眽眽驕詠皃蓋見龍逢比干之亡其身而不惟飛廉惡來之滅其族也翰曰言其但見龍逢比干忠諫而死以為不如遂勢變通以全其身則不惡飛廉惡來之諂佞竟以誅滅矣族謂家族皆誅也關龍逢諫桀殺之比干諫紂殺焉飛廉惡來並紂之左右讒佞人也而武王皆誅滅之也

選二十七　十五

蓋知伍子胥之屬鏤力俱於吳而不戒費無忌之誅夷於楚也向曰伍子胥吳之賢臣以忠諫而吳王賜劍而死費無忌楚之讒佞人也害賢良昭王誅之夷滅也言楚佞之人但知子胥忠死以為不如諂佞以全乃不戒慎無忌諂媚以見殺也蓋譏汲黯之白首於主爵而不懲張湯牛車之禍也銑曰汲黯為東海太守東海大理天子召為主爵都尉而邪佞之人譏笑其髮白而守此位不作邪佞以求大榮也漢武帝時邪佞之徒上書言張湯陰事張自殺湯昆弟欲厚葬湯母曰湯為天子大臣被惡人言而死何厚葬之為也遂載以牛車天子聞之曰非此母不生此子乃盡誅邪佞之徒言後之佞臣不懲戒此牛車以發禍蓋笑蕭望之跋蒲末躓打抑於前而不懼石顯之絞縊於後也良曰跋躓謂折挫也絞縊以繩自繫而死也蕭望之為太子太傅元帝即位望之以師傅見重遭石顯讒言顯急令車騎圍望之第乃歎曰吾任將相年踰六十矣入牢獄苟求生活不亦鄙乎竟飲鴆自死天子聞之大驚曰殺吾賢傅以此為折挫於前也而後邪佞笑之後成帝立以石顯舊惡免官徙歸故郡憂懣不食在道而死後之邪臣又不懼見前事皆復為之也石顯病死而言絞縊者誤也故夫達者之算也亦各有盡矣曰凡人之所以奔競於富貴何為者哉若夫立德必須貴乎則幽厲之為天子不如仲尼之為陪臣也翰曰言人立身在於有道不在富貴也周幽王厲王之無道雖為天子不如仲尼有道而為陪臣也諸侯之臣入朝天子則稱陪臣必須勢乎則王莽董賢之為三公不如楊雄仲舒之閴

選二十七　十六

其門也向曰王莽董賢皆漢朝竊弄權勢者也仲舒謂董仲舒也揚董皆儒學才藝之士也言其守靜其門閴然不喧雜也必須富乎則齊景之千駟不如顏回原憲之約其身也向曰齊景公有馬千駟而無道也顏回原憲孔子弟子皆清約守節貧而樂道者也四馬曰駟也其為實乎則執杓而飲河水者不過滿腹棄室而灑雨者不過濡身過此以往弗能受也濟曰入之為實理者則執杓飲水於河中則河水雖多所飲不過滿腹棄室而灑於雨中則雨水雖廣不過濡身而已此各知分守理者也過此以外必不取矣濡濕也受取也其為名乎則善惡書於史策毀譽流於千載災罰懸乎天道吉凶灼乎鬼神固可畏也良曰灼明也將

以娛耳目樂心意乎翰曰言人爲善惡流於千載豈可苟從一時耳
目之爲娛言不可也乎譬命駕而游五都之市則天下
之貨畢陳矣向曰五都謂洛陽邯鄲臨淄宛成都也此五都天下所湊會之
處褰裳而涉汶問陽之丘則天下之稼如雲
矣銑曰褰舉也涉渡也汶水名水北曰陽丘山也言汶水北山之下田壤良沃此則知
天下禾稼如雲之多椎追直髻而守敖庾海陵之倉則山
坻之積在前矣翰曰椎髻以髮向後爲髻蓋南人爲之也此比賤隸而使
其宇倉但見倉粟積多如山坻在前矣終非其有也敖庾海陵並倉名坻小渚也插
楚甲袂而登鍾山藍田之上則夜光璵余璠煩
之珍可觀矣向曰袂衣襟也言插衣襟以登山也鍾山藍田並山名皆出美
玉也夜光璵璠美玉名也夫如是也爲物甚衆爲己甚寡

選二十七　十七

銑曰夫如是五都之貨汶陽之稼倉廩之積珎寶之美甚爲衆多也而爲己之所得者甚
少豈可爲志且苟貪於榮祿賄貨者乎蓋須益於主而利於人也不愛其身
而嗇其神風驚塵起散而不止翰曰夫人立身之本在孝
與忠而行其道德去其邪惡是變身也豈其事務諂邪於不義則是不變其身而變其神
也且有身然後安神既不變其身空變其命有如風驚塵起一散而塵不復止矣嗇變也
六疾待其前五形隨其後良曰六疾謂陰陽風雨晦明人稟六
氣而生失度則爲疾矣爲人臣者失道亦如之五刑謂劓墨宮剕臏大辟也言其爲邪諂
而五刑隨後也常利害生其左攻奪出其右而自以爲
見身名之親踈分榮辱之客主哉濟曰言彼邀利之邪

人以其利害攻劫奪取之事常在其左右豈可自以爲能見親踈分別其客主哉言非也客
主以榮爲主以辱爲客也天地之大德曰生聖人之
大寶曰位何以守位曰仁何以正人曰義故
古之王者蓋以一人治天下不以天下奉一
人也古之仕者蓋以官行其義不以利冒其
官也翰曰古人所以入仕者以官爲行義之本不以祿爲利己冒其官位也冒貪也
古之君子蓋恥得之而弗能治也不恥能治
而弗得也向曰得謂得官位也原乎天人之性核胡華乎
邪正之分銑曰原本也核考也權乎禍福之門終乎榮
辱之筭其昭然矣良曰言自上至此論而筭之則天人邪正禍福榮辱

選二十七　十八

之事皆昭然明白可以知也故君子舍彼取此濟曰捨彼邪佞之道
取此忠正之理若夫出處不違其時默語不失其人
翰曰邦有道則出而仕邦無道則隱而處也言必不違此時矣道不合則不與之言故曰
默道合則與之言故曰語不可失其知人之鑒也天動星迴而辰極
猶居其所璣旋輪轉而衡軸猶執其中向曰天之
轉動衆星迻移而北斗恒居其所而不動也璣旋謂北斗柄也逐四時以指四方而衡星
在七星之中不遷其處也有如車軸不轉而輪動焉故云執其中也以諭賢聖之人雖遇
時各異而志節不改既明且哲以保其身貽厥孫謀以
燕翼子者昔吾先友嘗從事於斯矣銑曰言明哲安
身遺其遠謀以安敬其子孫者則孔丘嘗爲此事也哲智保安貽遺厥其燕安翼敬也老

子康之先也與孔子同志爲友故云吾先友也

辨亡論上下二首

陸士衡

翰曰辨亡者所以辨吳興亡之事也

昔漢氏失御姦臣竊命良曰御理也禍基京畿毒徧宇內皇綱弛紊王室遂卑濟曰弛廢紊亂也於是羣雄鋒駭義兵四合吳武烈皇帝慷慨下國電發荊南銑曰武烈皇帝孫堅也則權之父焉慷慨壯志也下國諸侯之國也電發言威如雷電也堅起兵於荊州故云荊南也及權即皇帝位追謚爲武烈皇帝略紛紜忠勇伯世威稜則夷羿五計震盪達朗交則醜虜授馘古獲反向曰言孫堅權變之爲當世雄伯也紛紜言多也夷羿古之善射者也醜衆也虜服也言其威稜則雖善射者必震盪而懼懼出兵交則賊衆咸服而授戮也馘謂殺而割取其耳以計功數也遂掃清宗祊補盲蒸禋因皇祖翰曰堅入洛掃灑清漢氏之宗廟以致祭祀皇祖謂漢祖也宗祊宗廟也蒸禋祭祀也于時雲興之將帶州飆起之師跨邑良曰雲興風起言多而勇也師兵師也帶州跨邑言天下皆是哮呼交闞呼斬之羣風驅熊羆之衆霧集翰曰哮闞虎振聲也言兵勇吼之勢若虎之振聲如風之驅走熊羆亦猛獸霧集言多也雖兵以義合同盟勠力然皆包藏禍心阻兵怙亂濟曰羣雄雖以義舉兵同爲盟誓勠力以匡帝室將除暴亂然皆包藏禍心欲行篡逆阻守彊兵恃詐除亂也怙恃也或師無謀律喪威稔寇向曰言羣雄

長失兵威於成熟可取之敵也稔熟寇敵也忠規武節未見如此其著者也銑曰言羣雄忠規武節未有如孫堅之盛也著盛也武烈既沒長沙桓王逸才命世弱冠秀發良曰沒死也長沙桓王謂孫策也權即位追謚曰長沙桓王也年二十日弱冠招攬遺老與之述業翰曰招攬謂收集也遺老謂之老臣也述業謂述父業也堅神兵東驅奮寡犯衆向曰謂以少兵犯衆敵也攻無堅城之將戰無交鋒之虜濟曰言前敵雖有守堅城之將亦交而破之前敵不敢交鋒刃而與鬭戰也誅叛柔服而江外底定銑曰柔安底致也言叛者誅之服者安之而江外致定也飾法脩師則威德翕赫良曰脩師謂理兵也翕赫盛皃也賓禮名賢而張昭爲之雄交御豪俊而周瑜爲之傑翰曰交雜也御用也彼二君子皆弘敏而多奇雅達而聰哲向曰彼二君子謂張昭周瑜也哲智也故同方者以類附等契者以氣集江東蓋多士矣銑曰言張昭周瑜來附孫策蓋以類聚等於符契相合而同氣相求也用此二賢親而信之明江東多賢士而來也將北伐諸華誅鉏干紀翰曰鉏除也干亂也紀謂綱紀也旋皇輿於夷庚反帝座乎紫闥濟曰皇輿帝車也夷平庚道也紫闥帝宮也言欲襲迎漢獻帝以平王道反其帝座也挾天子以令諸侯清天步而歸舊物向曰挾持天子以號令諸侯欲請其帝室天步謂帝室也歸舊物除亂反正也戎車既次羣凶側目大業未就中世而殞向曰戎車兵車

也次謂次於路也御曰言懼其威也中世而殞言孫策不成大業而死也用集我
大皇帝良曰大皇帝謂孫權也言天用集會其命於我大皇帝也以奇蹤
襲於逸軌叡心因令圖向曰言孫權以奇異英雄之蹤繼父
兄超逸之跡聖智之心因成善謀也軌跡睿聖令善圖謀也從政咨於故
實播憲稽乎遺風翰曰咨謀播布憲法稽考也遺風謂父兄之遺風也
而加之以篤固申之以節儉銑曰篤厚也言其志敦厚而堅
固也申重也疇咨俊茂好謀善斷濟曰疇咨謀議也俊茂謂賢人
也善斷謂所作不疑而必成也束帛旅於丘園旌命交乎塗
巷翰曰旅次也丘園謂賢人隱逸之處也言以束帛旌命招之將用於朝而使者交乎
道路閭巷也旌旗類也求賢使者執之爲君信也塗道也故豪彥尋聲而

選二十七　二十一

響臻志士希光而景騖異人輻湊猛士如林
銑曰天下豪彥志士賢人聞吳用賢之聲皆於尋響而至如應於聲也望其光輝如影馳於
形也故奇異之人如車輻攢湊於轂也猛士之徒如林木之多也臻至希望景影騖馳也
於是張昭為師傅周瑜陸公魯肅呂蒙之疇
入為腹心出作股肱翰曰周瑜將也陸公謂陸遜也爲丞相機之祖
也故不言名呂蒙將軍也疇類也甘寧凌統程普賀齊朱桓
朱然之徒奮其威韓當潘璋黃蓋蔣欽周泰
之屬宣其力翰曰甘寧等十一人皆吳名將也風雅則諸葛
瑾張承步騭之日以名聲光國政事則顧雍潘
濬呂範呂岱以器任幹職奇偉則虞翻陸績

張溫張惇以諷議舉正向曰器才器也幹舉也諷議謀議以舉正
國家之事也奉使則趙咨沈珩衡以敏達延譽術
數則吳範趙達以機祥協德濟曰此二人以天文術數知其
機密災祥之事以合其德也協合也董襲陳武殺身以衛主銑曰
此二人皆死於王命駱統劉基彊諫以補過向曰補君之過也
謀無遺諝思與舉不失策良曰諝智也故遂割據山
川跨制荊吳而與天下爭衡矣翰曰衡平也言與天下爭
雄爭平其功業魏氏嘗藉戰勝之威率百萬之師濟曰
魏氏曹操也浮鄧塞去之舟下漢陰之衆銑曰鄧塞山名
言浮舟於下漢水名也水南曰陰聚也羽楫萬計龍躍順流翰曰

選二十七　二十二

言羽楫者謂其疾也龍躍順流言舡行速也銳騎千旅虎步原隰
向曰銳利也五百人為一旅虎步言猛也高平曰原下濕曰隰言布兵陳於此也謨
臣盈室武將連衡良曰衡車轅也言連車轅者多也喟然有
吞江滸忽古之志一宇宙之氣而周瑜驅我偏
師黜之赤壁翰曰言曹操喟然而嘆有并吞吳國平一天下之勇氣而周瑜
爲偏將擊之大敗走退也滸浦也宇宙天下也黜退也赤壁江口戰處也喪旗亂
轍僅而獲免收跡遠遁向曰喪失也轍車跡也言軍敗人亂遂失
旌旗車行跡亂也收跡謂收其敗餘之兵遁逃也漢王亦憑帝王之
號帥巴漢之民乘危騁變結壘千里志報關
羽之敗圖收湘西之地而陸公亦挫之西陵

覆師敗績困而後濟絕命永安向曰漢王謂劉備也備是
漢景帝之後故依憑先代帝王之號也巴漢蜀中也壘軍營壁也憑蜀將關羽守荊州孫權
襲破之取荊州虜關羽劉備怨之遂伐吳備登馬鞍山吳將陸遜從諸軍四面蹙之士崩
瓦解圖謀也湘西則荊州地也陸公即遜也西陵馬鞍山之東也大崩曰敗績劉備軍既
敗遂濟于永安宮而劉備殂故云絕命續以濡須之寇臨川摧
銳良曰後又續敗曹公軍於濡須濡須水也寇敵也摧銳謂摧其鋒銳也曹公懼而退
走也蓬蘢蘢之戰孑輪不反向曰吳將韓當又敗魏軍於蓬蘢之
山孑隻也輪車輪也言大敗隻車不還也由是二邦之將喪氣摧
鋒勢衄奴六財匱濟曰衄縮也匱乏也而吳莞然坐乘其
弊故魏人請好漢氏乞盟向曰莞然笑皃寬樂也請好請和

選二十七　二十三

也漢氏謂蜀也乞盟謂乞爲信不相伐也謂魏蜀畏懼也普遂躋天號鼎
峙而立西屠庸益之郊北裂淮漢之涘銑曰孫權
遂從天命升爲尊而與魏蜀三分鼎足而立也詩箋也屠裂也庸益蜀郡也裂分也言吳
北以淮漢二水爲界涘水涯也東包百越之地南括群蠻之
表翰曰百越地名括遍也表外也蓋言其土地廣遠也於是講八代之
禮蒐所愁三王之樂銑言八代之禮謂三皇五帝也蒐閱也三王謂夏殷
周也守內既平講禮樂以見成功也誥告類上帝拱揖群后向曰
告類祭祀也帝天也拱揖群后謂拱手以揖諸侯示無事也虎臣毅卒循
江而守良曰虎臣言猛也毅卒言勇也循依也長棘勁鎩殺望
飆必遙而奮翰曰棘戟也鎩刀類飆風也奮振動也望風而動者勇於鬭也庶

尹盡規於上四民展業于下濟曰庶尹百官也四民士農工
商也化協殊裔風衍遐圻巨衣反翰曰協合也裔夷狄之國也衍行也
遐遠也圻界也乃俾一介行人撫巡外域向曰俾使也一介行
人獨使也域方也言宇內清平不用戎馬獨使而撫巡於方也巨象逸駿擾
於外閑銑曰巨大也象獸名也逸駿良馬也言皆馴順育之於外閑也擾順也閑
謂育獸坊明珠瑋寶輝於內府良曰瑋美也府庫也珍瑰重
跡而至奇玩應響而赴濟曰珍瑰奇玩皆寶物也重跡謂遠方貢
獻多而車馬之跡重疊也應響言歸君命速也輶由軒騁於南荒衝
輣蒲萌息於朔野翰曰輶軒輕車也騁行也荒遠國也言使輕車行使於
遠國也衝輣兵車也息於北野謂不用兵戈也齊民免干戈之患戎

選二十七　廿四

馬無晨服之虞而帝業固矣向曰齊民百姓也晨服謂晨朝
裝整戎服以備不虞今則無此乃帝業之堅固也大皇既沒幼主蒞
朝姦回肆虐景皇聿興銑曰大皇權也幼主謂孫亮也蒞臨回邪
肆縱也言幼主臨朝姦邪縱虐乃廢亮爲會稽王立權弟孫休爲景帝也虔脩遺
憲政無大闕守文之良主也翰曰虔敬憲法也守文良主謂
孫休也降及歸命之初典刑未滅故老猶存良曰
歸命之初謂孫皓即位之初也故老謂老臣也皓即位十六年晉武帝伐吳皓乃降晉晉
封爲歸命侯大司馬陸公以文武熙朝濟曰陸公謂陸抗也
機之父故不言名熙興也左丞相陸凱以謇諤盡規向曰謇諤
正直也而施績范慎以威重顯銑曰施績也績名也丁奉

鍾離斐以武毅稱，孟宗丁固之徒為公卿，婁玄賀邵之屬掌機事，元首雖病，股肱猶良。翰曰元首君也謂孫皓股肱臣也謂上所述者也 爰及末葉，羣公既喪，良曰葉代也黔首百姓也瓦解土崩謂敗亂也釁憂也 然後黔首有瓦解之患，皇家有土崩之釁。歷命應化而微，王師躡運而發，向曰言歷數天命應其政化同為微弱也王師謂晉軍也言晉帝乃躡運祚發兵而伐吳也 卒散於陣，民奔于邑，城池無藩籬之固，山川無溝阜之勢，銑曰吳有堅地高山大川之固而為晉所破若無藩籬溝阜之勢言易取也溝小渠水也阜小山也 非有工輸雲梯之械，智伯灌激之害，濟曰工輸班古之巧者人也作陵雲之梯以攻宋城將必取也械具也晉大夫智伯攻趙襄子襄子走保晉陽城智伯乃引汾水灌之城不沒者三版城守懸釜而炊[illegible]也言吳非有此事而自亡者蓋為君不明而有疑臣下之心故也 楚子築室之圍，燕人濟西之隊，向曰楚子圍宋九月不剋遂築室反耕以守之宋乃降燕昭王使樂毅將兵及與韓魏楚趙之兵以伐齊破齊於濟西也隊謂兵之部伍言吳亦非有此患也 軍未浹辰而社稷夷矣。翰曰浹辰十二日也夷滅也言晉軍之至不經十二日而吳之社稷已滅 雖忠臣孤憤，烈士死節，將奚救哉？夫曹劉之將非一世所選，良曰曹劉謂曹操劉備也言其將皆有雄略固非一世所能選及也言晉不如曹劉也 向時之師無曩日之眾，銑曰向時之師謂晉軍也曩日之眾謂曹劉也言晉之師不如昔日曹劉之眾 戰守之

〔選二十七　二十五〕

道，抑有前符；阻險之利，俄然未改；而成敗貿理，古今詭趣，何哉？彼此之化殊，授任之才異也。向曰將誅貿易詭變趣事也戰守之道自有古法且吳阻險之間尚亦未改然昔者曹劉之眾勝於晉兵而吳終成帝業今晉師不如曹劉而反敗吳國成敗易理古今尋變何也則彼此政化有殊而授任羣臣有疑心故也彼謂孫權時此謂孫皓時言孫權任人不疑皓用人有貳也

辯亡論下

昔三方之王也，魏人據中夏，漢氏有岷益，翰曰漢氏謂劉備也 吳制荊揚而奄交廣。銑曰交廣郡名 曹氏雖功濟諸華，虐亦深矣，其民怨矣。良曰曹操殺戮故云虐深民怨[illegible] 劉公因險飾智，功已薄矣，其俗陋矣。濟曰劉公即備也言因其陰阻得增飾其智也可謂功少而風俗微陋也 夫吳桓王基之以武，太祖成之以德，向曰太祖謂孫權也 聰明睿達，懿天姿遠美懿概相[illegible]度量也言 其求賢如不及，恤民如稚子，翰曰如不及者謂志慕之也恤憂也稚子小兒也 盛德之容，親仁馨丹府之愛，良曰盛德之容謂禮節也馨亦盡也丹府謂赤心也 拔呂蒙於戎行，識潘濬於係虜，濟曰戎行謂兵行伍之間也初呂蒙十六隨鄧當擊賊孫策奇之列置左右其後張昭薦之於孫權遂拜為別部司馬此所謂拔之於戎行也孫權破荊州得潘濬識其賢即以荊州軍事又諮之係虜者言遭破敗[illegible]孫權所係獲也虜獲也 推誠信士不恤

〔選二十七　二十六〕

人之我欺向曰誠心恤憂也我欺猶欺我也言權推腹心信於人士不憂前人有欺也量能授器不患權之我偪銑曰不患難貴臣權勢所偪也執鞭鞠躬以重陸公之威翰曰魏大司馬曹休侵吳北邊權乃遣陸公征之權執鞭躬以送是則重陸公之威也陸公謂遜也悉委武衛以濟周瑜之師良曰時曹公入荊州權盡委武衛之兵以濟益周瑜之軍也悉盡也武衛謂權之親近宿衛之兵也卑宮菲食豐功臣之賞濟曰卑其宮室薄其飲食也菲薄也披懷虛己納謨士之筭向曰披張也虛己者亦猶虛心容受其謀也言權開張其懷虛己納謀臣之計也故魯肅一面而自託士燮蒙險而效命翰曰周瑜薦魯肅才宜佐時權與語甚悅之衆賓皆退獨與肅對飲故云一面自託也士燮為左將軍常蒙險阻以致其命也效致也高張公之德而省游田之娛向曰張公謂昭也賢諸葛之言而割情欲之歡銑曰謂葛諸葛瑾也情欲女子之屬也感陸公之規而除刑法之煩翰曰陸公謂遜也陸遜諫權緩刑而權從其言即除刑法之煩者奇劉基之議而作三爵之誓良曰權會羣臣權自行酒虞翻揚醉而伏權欲殺之劉基諫而止乃勑左右曰自今已後醉後言殺者勿殺議亦諫也三爵謂醉後也誓戒也屛氣跼局蹐脊以伺子明之疾濟曰子明呂蒙字也呂蒙有疾權欲數見其顏復恐勞其起動常穿壁視之見其下食則喜不然則夜寢不安也屛氣跼蹐謂竊壁之時恐其知聞而使其勞也屛息也跼蹐緩行也伺謂伺候也分滋損甘以育凌統之孤向曰將軍凌統卒權聞之哀不

選二十七　五十七

已止統有二子權內養於宮中與權子同分滋味其甘美之食以育養也登壇慷慨歸魯子之功銑曰登壇謂權即帝位也慷慨雄壯之皃言即位之時復謂羣臣歸功於魯肅也魯子謂肅也削投惡言信子瑜之節濟曰諸葛瑾使蜀或人謂瑾與劉備相通權曰吾與子瑜有死生不易之誓子瑜之不負吾猶吾之不負子瑜矣此則棄人惡言信其忠節削投謂棄出子瑜瑾字也是以忠臣競盡其謀志士咸得肆力翰曰肆用也洪規遠略固不厭壹猒夫區區者也良曰厭安也區區小也言權大規遠略固不變此區區小國者皆欲一統天下故也故百官苟合庶務未遑向曰遑暇也初都建業羣臣請備禮秩天子辭而不許曰天下其謂朕何宮室輿服蓋慊苦尊如也銑曰建業郡名天子謂權也初都建業群臣請備禮即天子位而權不許也謂我何者言天下以我無心存漢矣雖居宮室車服蓋如不足甚也慊不足也爰及中葉天人之分既定百度之缺粗精濟曰中業謂權中年之時天道人事既定謂三國各據一方也則百法禮儀有所缺失者粗得增脩之雖醲化懿網未齒乎上代抑其體國經民之具亦足以為政矣翰曰言雖醲之化美政之理以醲羅天下則未列齒於上代帝王之跡然至其體國理人之事亦足以為政化也地方幾萬里帶甲將百萬向曰言吳地兵衆也帶甲謂兵也其野沃其民練銑曰練謂習戎事也其器利其財豐良曰器謂兵器也東負蒼海西阻險塞濟曰負恃也長江制其區宇峻

選二十七　卅六

山帶其封域翰曰封域謂疆界也國家之利未巨有弘
於茲者矣借使中才守之以道善人御之有
術向曰御理也敦率遺典勤民謹政銑曰敦勉率猶典法也言
借使中才之人勉猶孫權遺法也循定策守常險則可長世
永年未有危亡之患或曰吳蜀脣齒之國蜀
滅則吳亡理則然矣夫蜀蓋藩援之與國而
非吳人之存亡也良曰援助也與黨也言蜀雖爲藩籬之助爲吳國之
朋黨然吳之存亡不由蜀也何則其郊境之接重山積險
陸無長轂之徑濟曰其險狹無行車之路也長轂兵車也川阨流
迅水有驚波之艱雖有銳師百萬啓行不過

選二十七　一　二十九

千夫向曰開行陣不過千人亦言地狹雖人衆無施用也舳逐艫盧千
里前驅不過百艦胡减反翰曰舳艫舡也艦戰舡也不過百艦言水狹
也故劉氏之伐陸公喻之長蛇其勢然也良曰
劉氏謂備也陸公謂遜也孫子兵法日善用兵者如常山之蛇擊其首則尾至言劉氏伐
吳之特陸遜比蜀兵爲長蛇者言其地狹首尾不得相救其勢合然也昔蜀之
初亡朝臣異謀或欲積石以險其流或欲機
械以御其變翰曰謂吳朝臣見蜀亡恐禍將及吳或謀欲積石以遏江水令
流迅以爲險阻機械兵器之總名也天子總羣議而咨之銑曰天子
謂機也總集也咨問也大司馬陸公以四瀆天地之所
以節宣其氣固無可遏之理濟曰陸公謂抗也抗言江水四

瀆也無遏絕之理謂不可積石以險流矣四瀆江河淮濟也宣通也而機械則
彼我之所共向曰言彼此皆有機械也彼若棄長技以就
所屈即荊揚而爭舟楫之用是天贊我也將
謹守峽口以待禽耳銑曰言晉人所長巧於陸戰若棄其所長以就
水戰是其力也晉人又即於荊揚二州而爭我舟楫之用其不善用舟必遠覆敗是天
助我也則當守峽之口以待禽耳步闡之亂憑寶城以延
彊寇重資幣以誘羣蠻翰曰西陵督步闡叛吳降晉憑據堅城以
延晉軍也又重以幣帛招誘羣蠻同爲背叛也賚猶堅也于時大邦之
衆雲翔電發懸旌江介築壘遵渚襟帶要害
以止吳人之西而巳漢舟師沿江東下向曰大邦

選二十七　三十

謂晉也作此論之時吳已亡在於晉故云大邦也介間也築壘謂作軍壁也襟帶繞也
言晉兵守吳要害之地據東於身也又以蜀中兵盛江西東下至於吳頓流而下日滿
陸公以偏師三萬北據東坑苦衡反良曰陸公謂抗也東坑
深溝高壘按甲養威反虜踠於遠跡待戮
不敢北窺生路濟曰反虜謂步闡也踠跡蹐伏也北窺謂投晉也
彊寇敗績宵遁喪師太半翰曰宵夜也遁逃也喪失師衆也太半
言晉半也分命銳師五千西禦水軍東西同捷獻
俘萬計銑曰伐國取人曰俘獻謂獻生虜於君信哉賢人之謀
豈欺我哉向曰言陸抗之謀豈欺於我也自是烽燧罕警
封域寡虞翰曰自陸公一捷則烽火之候希有警動而四界少其虞備也陸

公没而潜謀兆吳釁深而六師駭 良曰言陸抗亡没之後而晉謀伐吳自此而始孫晧無道也報釁日深而六軍於是警駭也兆始也 夫太康之役衆未盛乎曩日之師 濟曰晉太康年滅吳言太康時兵衆未能盛於曩日魏蜀之師且魏蜀兵盛而吳敗之今晉兵不如魏蜀而吳滅者由陸 廣州之亂禍有愈乎向時之難 翰曰孫晧天紀三年郭馬反殺廣州刺史當時禍害亦少於魏蜀之難而廣州遭亂豈不由無公亡没後無良將也良臣明主也愈少也向時謂蜀魏也 而邦家顛覆宗廟為墟嗚呼人之云亡邦國殄瘁不其然與 銑曰人之云亡謂陸公亡也殄盡瘁病也言邦家顛覆宗廟為丘墟者蓋以陸公亡而邦國之人盡病矣不其然與謂豈不如此也 易曰湯武革命順乎天玄曰亂不

極則治不形 向曰玄謂太玄經也言世亂之極則有理世而起 言帝王之因天時也古人有言曰天時不如地利易曰王侯設險以守其國言為國之恃險也 向曰恃險則也利也 又曰地利不如人和在德不在險言守險之由人也吳之興也參三而由焉孫 翰曰言吳之興也天時地利人和三者並用也 卿所謂合其參者也 參三也由用也孫卿謂孫卿子也合其三者謂道合於天地人 及其亡也恃險而已又孫卿所謂捨其參者也 良曰捨其天地人三者之理也 夫四州之氓非無衆也大江之南非乏俊也 濟曰四州荆揚交廣皆吳地也氓謂百姓也俊謂賢俊人也 山川之

險易守也勁利之器易用也 翰曰勁利之器兵器也 先政之策易循也功不興而禍遘何哉所以用之者失也 向曰先政謂權之政化也遘及也用之者失謂任羣臣有疑處之也故禍及也 故先王達經國之長規 銑曰先王謂古先帝王也 審存亡之至數謙已以安百姓敦惠以致人和寛冲以誘俊乂之謀慈和以結士民之愛 銑曰誘進也俊乂謂賢人也士人謂百姓也 是以其安也則黎元與之同慶及其危也則兆庶與之共患安與衆同慶則其危不可得也危與下共患則其難不足恤也 翰曰上行其惠而及其下下效其節以匡於上上下和而君臣之道

悦則雖危亡患難之事蓋不足憂也 夫然故能保其社稷而固其土宇麥秀無悲殷之思黍離無愍周之感矣 向曰言人君能使上下和而君臣不疑者故能安社稷固土宇則長無喪亡之患也 微子朝周過殷故都見麥秀蔪蔪曰父母之國宗廟社稷無所立也乃志動心悲周大夫行過故宗廟宮室盡為禾黍故歌黍離之詩若殺周長有正道則無此悲痛之事也愍痛也

五等諸侯論一首 翰曰公侯伯子男五等諸侯之爵號也蓋論其興廢利害之事也

夫體國營治先王所慎創制垂基思隆後葉然而經略不同長世異術五等之制始於黃

唐郡縣之治創自秦漢銑曰黃謂黃帝也唐謂堯也五等之制自黃帝至于周室尚不改易至秦無道并吞天下列置郡縣而漢因秦之敝行而不改也得失成敗備在典謨是以其詳可得而言向曰詳議也夫先王知帝業至重天下至曠曠不可以偏制重不可以獨任翰曰曠遠也任重必於借即力制曠終乎因人故設官分職所以輕其任也濟曰天子任重必假借衆賢之力因羣賢之才所以分重而輕焉庶事乃濟也並建五長所以弘其制也良曰五長即五等也於是乎立其封疆之典財其親疏之宜使萬國相維以成磐石之固銑曰維連也磐石大石也言萬國相連以固王室如大石

之不可轉動也宗庶雜居而定維城之業向曰宗謂同姓者庶謂異姓者言二者皆能定此連城盤石之業也又有以見綏世之長御識人情之大方翰曰綏安御理也知其為人不如厚已利物不如圖身濟曰是人之情皆欲如此其為人君即不然也安上在乎悅下為已在乎利人良曰安上謂安君於人上者謂君王也故易曰悅以使人人忘其勞孫卿曰不利而利之不如利而後利之利也銑曰人已失利而後利之不如利之時因更利之則其利賚矣可謂惠而不費也是以分天下以厚樂而己得與之同憂饗天下以豐利而我得與之共害向曰厚樂之事豐利之資與天下共分饗則國之不

理與諸侯同憂乃理矣危害與諸侯共除乃安也利博則恩篤樂遠則憂深翰曰博廣篤厚遠長也憂深謂憂天下之深〻也故諸侯饗食土之實萬國受世及之祚向曰子孫相承不絕曰世及祚福也夫然則南面之君各務其治銑曰南面之君謂諸侯也九服之民知有定主良曰九服天下也上之子愛於是乎生下之體信於是乎結濟曰上之視人如愛己子下之信上如情相連結世治足以敦風道衰足以禦暴翰曰立諸侯君國理則足以共敦風化也王室道衰則足以相援以禦彊暴也故彊毅之國不能擅一時之勢雄俊之民無所寄霸王之志向曰言分理各定人無爭也然後國安由萬邦之思治

銑曰言天子國安由萬邦諸侯思共治之謂各整治於國則天下皆安也主尊賴羣后之圖身良曰諸侯謹敬以事天子則圖身之本羣后諸侯也譬猶衆目營方則天網自昶濟曰言諸侯理萬邦則國安圖身則主尊譬猶衆網之目經營於四方開而張之天下網徧故網通矣昶通也四體辭難而心膂獲乂翰曰四體四支喻諸侯也辭去也膂背也心背以喻天子也乂安也言諸侯能安四方去其難而天子之國獲安也蓋三代所以直道四王所以垂業也向曰三代夏殷周也但有三不聞有四今云四者悞也夫盛衰隆殺理所固有教之廢興繫乎其人銑曰上教寬仁下人懷惠其化則興行上政急下人怨其化則廢故云繫於人也原法期於必諒明道有時而闇良曰原諒也諒

明也言事明暗不常故世及之制獘於彊禦厚下之典
濟曰諸侯傳世之法敝於彊禦而難制謂其益盛而天子患之也厚
漏於末折封土地則失於末大而本折也言天子爲本諸侯爲末亦猶木末大而本小則本必折也
漏失也侵弱之釁遘自三季陵夷之禍終于七
雄翰曰遘起也三季謂夏殷周之末年天子無道則諸侯彊者侵弱此釁起自夏殷周
之末年也陵夷謂頽毀也七雄謂齊燕楚趙韓魏秦也言諸侯之道頽毀終于此時也
昔者成湯親照夏后之鑒公旦目涉商人之
戒良曰成湯周公親見夏商封建之事以爲鑒戒也照見也涉歷也文質相
濟損益有物濟曰文質損益各以取其宜也物事也故五等之
體不革于時封畛之制有隆爲爾者銑曰革改也畛

選二十七　三十五

疆也爾者謂夏殷周也言成湯周公不改五等之體而立封疆之制有隆於夏殷也豈
玩二王之禍而闇經世之筭乎向曰言成湯周公豈好夏
殷二王之禍不改五等之法而乃暗於理世之計乎蓋聖王之道所宜然也玩好經理計
筭也固知百世非可懸御善制不能無敝而侵
弱之辱愈於殄祀土崩之困痛於陵夷也翰曰
懸遠也御猶禁止也愈差也殄絶也言周崇五等非暗經世之計固知百世非可遠爲禁
止而雖善制必有衰敝蓋否泰之數也且三代之末雖有侵弱之辱猶差於覆宗絶祀也
而秦去五等之制有土崩之周亦痛於周末陵夷之時也是以經始權其
多福慮終取其少禍非謂侯伯無可亂之符
郡縣非致治之具良曰是以理國之初者權宜之制其在多福思慮其

終蓋取少禍豈謂立諸侯則不可亂置郡守則非政理哉蓋取適於遠圖以安天下使守
其分人知其主也經治始初也故國憂賴其釋位主弱憑其
翼戴銑曰天子有難則諸侯去位以謀王室使其安也主弱則憑諸侯以爲輔佐使
不失其位也釋去也翼戴猶輔佐也及承積弊王室遂卑猶
保名位祚垂後嗣良曰福也銑皇統幽而不輟神
器否而必存者豈非置勢使之然歟濟曰言諸侯翼
佐天子則雖王室道卑且使皇家之緒繼而不止天子雖遭否塞其政必存豈非諸侯置
磐石之勢使之然也統緒輟止也神器天子位也降及亡秦棄道任
術懲周之失自矜其得尋斧始於所庇制國
末昧於弱下翰曰尋用也左傳云宋昭公將去羣公子樂豫諫曰不可公子者公

選二十七　三十六

室之枝葉也若去之則本根無所庇蔭也葛藟猶能庇其本根故君子以爲比也況其國
君此所謂庇焉而縱尋斧矣秦不封子弟亦如用斧斵其所庇蔭也秦所以不封諸侯者
以弱其下此制國之道實爲暗昧也國慶獨饗其利主憂莫與
共害良曰言秦獨饗天下之利不封建子弟故國有憂難無人與之共除害也
速亡趣亂不必一道顛沛之釁實由孤立向曰
不必一道謂不必由奢侈暴虐則顛沛之釁實由不封立所致也是蓋思五
等之小怨忘經國之大德知陵夷之可患闇
土崩之爲痛也銑曰言秦徒知五等有陵夷之患必暗於土崩瓦解之勢
莫有助援可爲痛也周之不競有自來矣國之令主十
有餘世濟曰競彊也然片言勤王諸侯必應翰曰周室

雖不還然天下有一言動於王事將欲匡正者諸侯應之於一朝振矜遠國先叛向曰公羊傳云葵丘之會齊桓公振而矜之遠國叛者有九振矜謂自美也言齊桓公自美已還也故強晉收其請隧之圖暴楚頓其觀鼎之志銑曰晉侯朝王請隧不許謂請擬地通隧為王葬之禮也不收用也圖謀也定王使王孫滿勞楚子楚子問鼎之大小輕重焉頓猶廢也此二君並示盛欲圖周而取天下豈劉項之能闚關勝廣之敢號澤哉濟曰言周室雖弱諸侯之彊然猶秦之大亂壞豈有漢高祖項羽之徒能闚視關中而陳勝吳廣之輩敢發號於野澤哉言用無此事也借使秦人因循周制雖則無道有與共救而覆滅之禍豈在曩日翰曰假使秦用五等之制雖其無道且有諸侯共理其救亦不見覆滅之禍在於昔日也

漢矯秦枉大啓侯王向曰矯舉枉救也言漢室既懲秦之敗故大開侯王之國以封子弟也境土踰溢不遵舊典故賈生憂其危晁錯痛其亂銑曰賈誼上書云諸侯彊盛長亂起姦此所以危國也晁錯又召諸侯盛以為亂乃勸景帝削諸侯土地是以諸侯阻其國家之富憑其士民之力良曰阻恃也勢足者反疾土狹者逆遲翰曰勢足者謂地廣兵足故為叛疾也勢上狹者謂逆遲謂終懷逆心為其土狹勢不足故為逆遲也六臣犯其弱綱七子衝其漏網向曰六臣謂燕王臧荼韓王信淮陰侯韓信梁王彭越淮南王黥布燕王盧綰等皆反七子謂吳王濞膠東王卬楚王戊等王遂濟南王辟光菑川王賢膠西王雄渠等亦謂反弱綱謂漢初綱紀尚弱漏網謂孝景時法網疏寬也皇祖夷於黥徒西京病於東帝濟曰皇祖謂高祖也夷傷也黥徒黥布也西京謂景帝都西京也東帝吳王濞也言高祖擊黥布為流矢所傷故云夷於黥徒也吳楚反景帝使袁盎使於吳吳王知其欲說之矣而應曰我已為東帝孝景帝病之是蓋過正之災而非建侯之累也良曰言漢所以諸侯為亂者覽土廣大過於正典所以為災非是建立諸侯以成累也然呂氏之難朝士外顧宋昌策漢必稱諸侯翰曰呂后背高祖之約而封呂氏為侯而呂氏將起禍難朝士大臣皆外顧迎代王立之代王疑欲不從宋昌畫策曰內有朱虛東牟之親外畏吳楚淮南琅邪齊代之彊今大臣以王賢聖仁孝故迎請王王勿疑也代王乃之長安即皇帝位社稷是安此則諸侯所以為帝室之援也逮至中葉忌其失節割削宗子有名無實天下曠然復襲

亡秦之軌矣向曰逮及也有名無實謂有王侯之名實無其國矣是以五侯作威不忌萬邦新都襲漢易於拾遺也銑曰漢既削宗子不封其土而使王氏作威萬邦無畏諸侯之忌故王莽襲逆易於拾遺物也王侯謂成帝舅五人同日封侯新都謂王莽封為新都侯也光武中興纂隆皇統而猶遵覆車之遺轍養喪家之宿疾良曰遵法也言光武即位又不封建子弟是遵覆車之遺轍也覆車之跡既遵其必喪也故比之喪家宿疾不亦宜乎僅及數世姦宄充斥濟曰僅劣也言光武中興劣劣然至於數世姦宄之賊內外充斥充斥言多也而卒有彊臣專朝則天下風靡一夫從橫則城池自夷豈不危哉翰曰從橫謂亂也夷平也言一夫為亂而城池已為寇賊所平豈

危哉為無諸侯之援故也在周之衰難興王室放命者七
臣千位者三子向曰放命謂棄教令為逆也于亂也七臣一曰蔿國二
曰邊伯三曰石速四曰詹父五曰子禽六曰祝跪七曰蘇子三子一曰子頹二曰子叔帶三
曰子朝是皆為亂王室者也嗣王委其九鼎凶族據其天
邑銑曰嗣王謂惠王襄王以三子之亂棄國出奔也委棄也凶族即三子也皆為勃逆
借即王位以據王城也天邑謂王城也鉦征鼙震於閭宇鋒鏑
流乎絳闕濟曰鉦金聲也鼙鼓也閭宇謂四方也鏑兵鋒也絳闕天子宮闕也
言王室微弱諸侯戰爭故令金鼓震動於四方而鋒鏑亂流于天子之宮室也然禍
止畿甸害不覃及天下晏然以治待亂良曰言周
雖衰弱禍難至於近國患害不能延及於君也畿甸近國也覃延也晏安也言天下安然

選二十七　三十九

以理世而待危而賴諸侯扶持尚未至亡也謂惠襄之時也是以厲宣與
於共和襄惠振於晉鄭翰曰厲王無道出奔而厲王太子匿於召
公家也召公周公二相行政號曰共和後厲王崩于奔所二相立太子是為宣王此則諸
侯之援也襄王避子穨之難奔鄭鄭伯納之二王皆復位此亦諸侯之功也振起也豈
若二漢階闥蹔擾而四海已沸向曰言周封立諸侯而王
室雖弱下至覆滅豈若二漢宮城之內蹔亂而四海已沸也階闥宮城也擾亂也
臣朝入而九服夕亂哉銑曰九服天下也所以朝入夕亂者言速
也蓋戀援助也所遠惟王莽篡逆之事近覽董卓
擅權之際億兆悼心愚智同痛良曰億兆謂天下人也悼
亦猶[illegible]也然周以之存漢以之亡夫何故哉豈世

之衰時之臣士無匡合之志歟濟曰衰時謂周時也臣正
也合謂合諸侯之衆以正天子之位也言漢朝豈無此人哉蓋遠績屈於
時異雄心挫於卑勢耳故烈士扼腕終委寇
讎之手翰曰言漢所以亡者豈無同時之臣匡合之志蓋遠大之功屈於時異謂
時無諸侯可以共為援矣雖有雄壯之心欲正王室所見折挫者迫於位賤而勢卑人不
威服耳扼腕謂怒而捉手也委死也言烈士雖怒集逆之人而終死於讎敵手也中
人變節以助虐國之桀向曰中庸之人不能堅守忠義或有變節
以助暴虐之人夏桀謂其人暴虐比於夏桀也雖復時有鳩合同志
以謀王室銑曰鳩聚也然上非奧主下皆市人向曰
奧深也言非深沈知人之主也自師旅無先定之班君臣無相

選二十七　四十

保之志翰曰師兵衆也班次也言下皆市人故兵衆忿欲則無闕心何能有志
定之次也先定謂爭勇發戰而先定其亂是以義兵雲合無救劫
殺之禍向曰謂逆徒劫弑帝族也民望未改而已見大漢
之滅矣濟曰人望謂漢復安之心未改也或以諸侯世位不
必常全銑曰世位謂子孫相傳也言子孫不必常有安全之勢也其昏主
暴君有時比跡故五等所以多亂今之牧守
皆以官方庸能良曰庸用也雖或失之其得固多
故郡縣易以為治夫德之休明黜陟日用良曰
言天子有休明之德能申黜陟之理日用於時也長率連屬咸述其
職翰曰千里之外設方伯五國以為屬屬有長十國為連連有率言皆奉天子休明之

德言述其職也而淫昏之君無所容過向曰君謂諸侯也言雖淫
昏處相防制無所容過也故何則其不治哉故先代有以
之興矣銑曰遑相防制既無容過何則不爲理也故先代帝王有立諸侯而祚興
也苟或衰陵百度自勃翰曰言天子且或衰微陵遲則百姓自亂
法也苟且度法勃亂也鬻官之吏以貨准才向曰鬻賣也貨多者
則高官少者下位故云以貨准才則貪殘之萌皆如羣后也
銑曰謂百姓言百姓貪殘富盛皆如羣后諸侯也后君也安在其不亂
哉故後王杏以之廢矣良曰後之帝王見其鬻官貪殘之事或有
變封五事者且要而言之五等之君爲己思治濟曰
謂其爲長久子孫計故謂必思理郡縣之長爲利圖物翰曰謂其

選二十七　四十一

知不久居官故爲利而圖於百姓之財也何以徵之蓋企及進取
仕子之常志向曰企羨也言羨及厚祿進而取之乃常志也脩己安
民良士之所希及銑曰希少也言少能及此事也夫進取之
情銳而安民之譽遲良曰銳利也是故侵百姓以
利己者在位所不憚濟曰憚懼也言衆皆爲之故不懼也損實
事以養名者官長所夙夜翰曰實謂政化之美以損之名謂
虛譽之名日以養之此皆夙夜爲之而不止也事君無卒歲之圖臣
挾一時之志五等則不然向曰此郡縣長所爲如此五等諸侯
則不然也知國爲己士衆皆我民民安己受其利
國傷家嬰其病故前人欲以垂後後嗣思其

堂構銑曰後嗣繼嗣於先君如先起其堂上構以木則成大廈之屋爲上
無苟且之心羣下知膠固之義翰曰謂其知長久之計也
膠固謂如膠漆之堅固也使其並賢居治則功有厚薄兩
愚處亂則過有深淺向曰言使諸侯與郡縣立賢而理則諸侯以長
久而功多郡縣長以數易而功少若愚處亂則諸侯以累世流惠過乃淺矣郡縣長以侵
人利己過則深焉然則探八代之制幾可以一理貫
良曰八代五帝三王也一理謂合典則也秦漢之典殆可以一言
蔽矣濟曰秦并先王之正道漢封土之太廣皆可一言蔽之也

辯命論一首 序并　劉孝標

翰曰辯人死生窮通必有命也故因管輅以發此論

選二十七　四十二

主上嘗與諸名賢言及管輅向曰主上謂梁
武帝也管輅字公明平原人也歎其有奇才而位不
達時有在赤墀之下豫聞斯議歸以
告余銑曰赤墀天子所居余謂士之窮通無非
命也故謹述天旨因言其致云爾翰曰天旨謂天子意也
臣觀管輅天才英偉珪璋特秀實海内之名
傑豈曰者卜祝之流乎濟曰日者謂掌日月歷數之任者卜祝謂
主卜筮祭祝之辭也言輅之才器豈獨此者之流乎而官止少府丞年
終四十八天之報施何其寡歟然高才而無

賓仕饕餮而居大位自古所歎焉獨公明而已哉故性命之道窮通之數夭閼烏葛紛綸莫知其辨良曰夭謂年壽不長也閼止也言年可正任而不遂也紛綸言多也言人所論之者甚多也仲任蔽其源子長闡其惑翰曰王充字仲任司馬遷字子長王言貧賤富貴夭壽皆有命不在賢愚也源本也謂一言可以蔽其本也闡開也謂開人心之所惑也至於鶡冠甕牖必以懸天有期鼎貴高門則曰唯人所名向曰甕牖貧賤之居也鶡冠貧賤之服也此言貧賤之命懸繫於天必有其運鼎貴高門謂富貴也譊譊女交讙咋阻格異端斯起銑曰譊譊喧也謂言語喧繁不定皃蕭遠論其本而不暢其流濟曰李蕭遠作運命論述其本根而不通其條流也子

選二十七 四十三

玄語其流而未詳其本良曰郭子玄作致命論言吉凶由已故云未詳其本嘗試言之曰翰曰事在寞昧理不可定故云試言之夫道生萬物則謂之道生而無主謂之自然向曰任其生性故無主自然者物見其然不知所以然銑曰物之生也任夫自然但見其形則不知其向以如此是由不見所生不知所至同焉皆得不知所以得濟曰萬物所生皆得其所亦不知何為得所也鼓動陶鑄而不為功庶類混成而非其力良曰道之無形則陶鑄萬物混而成之則不求功於物矣既不見道形亦非以道為力矣萬生之無亭毒之心死之豈虔劉之志翰曰亭毒均養也虔劉殺也皆任自然也墜之深淵非其怒升之霄漢非其悅

翰曰墜淵謂鱗介之屬也升霄謂羽翼類皆亦任自然所為非遣之有怒悅也蕩乎大乎萬寶以之化確乎純乎一作而不易銑曰蕩廣也寶物也確堅也純厚也言道廣大萬物以之化生其理堅厚一作其化終不改易之也化而不易則謂之命命也者自天之命也定於冥兆終然不變良曰冥昧也兆始也言命定之於冥昧之始不可變易也鬼神莫能預聖哲不能謀觸山之力無以抗倒日之誠弗能感翰曰共工氏有力觸不周山天維絕地柱折言命運若來雖有此力無能抗捍魯陽公與韓搆戰日將暮不勝魯陽公至誠麾戈日為之退三舍言命將去雖此至誠不能感留之倒謂卻行也短則不可緩之於寸陰長則不可急之於箭漏向曰言人命短者不

選二十七 四十四

可緩運於寸陰之間長者又不可令急刻於箭漏之內也皆盡於自然箭謂水中置竹幹水漏至刻知其數也以至德未能踰上智所不免是以放勛之世浩浩襄陵天乙之時焦金流石銑曰放勛堯也浩浩襄陵謂洪水也天乙湯也焦金流石謂大旱也言堯之大水九年湯之大旱七歲豈其不聖明乎蓋天命也文公嚏徵二其尾宣尼絕其糧良曰文公周公也詩云狼跋其胡載嚏其尾嚏路也言進退有難亦命也宣尼孔子也孔子在陳絕糧亦命也顏回敗其叢蘭冉耕歌其芣浮子苢音以濟曰顏回年二十九而髮白三十二而早死文子曰日月欲明浮雲蓋之叢蘭欲茂秋風敗之冉耕謂伯牛也有德行而有惡疾詩云采采芣苢薄言采之芣苢臭惡草傷君子有惡疾道不通也夷叔斃淑媛之言子輿困臧倉

之訴（翰曰夷謂伯夷也叔謂叔齊也斃死也淑媛婦人也伯夷叔齊隱於首陽山不食周粟採薇而食有婦人謂之曰子不食周粟何食周之草木遂餓而死子輿孟軻字也魯平公欲造孟子之所平公嬖人臧倉毀之或人來告孟子孟子曰吾之不遇魯侯天也臧氏之子何能使言不遇予訴毀也）聖賢且猶若此而況庸庸者乎至乃伍員浮屍於江流三閭沈骸於湘渚（向曰五員吳賢臣也吳王不用其言乃賜死以鴟夷之革浮其屍於江中三閭大夫謂屈原也）賈大夫沮志於長沙馮都尉皓髮於郎署（銑曰賈大夫賈誼也沮喪也長沙地名誼見逐為長沙王傅也馮都尉馮唐也皓髮白首也）君山鴻漸鎩（殺）羽儀於高雲（向曰桓譚字君山仕後漢世祖為議郎天子使其決識書譚曰臣不識識書上怒欲斬之譚叩頭流血出補六

選二十七　四十五

安太守在道病而死鴻漸言鴻之飛自陸漸高以喻仕子也鎩殘也言其為帝所放而死如殘折羽翼於高雲之中）敬通鳳起摧迅翮於風穴（翰曰馮敬通少有倜儻之志漢明帝以為才過其實抑而不用鳳起謂賢德也摧迅翮謂不用也鳳鳥濯羽翮求暮宿風穴）此豈才不足而行有遺哉（濟曰上之所述聖賢遭其時難或有不達而死豈是才不足而行有遺蓋天命也）沛國劉瓛（桓）瓛弟璡（津）並一時秀士也（良曰近世謂齊朝也）瓛則關西孔子通涉六經循循善誘服膺儒行（向曰揚震明經博覽無不窮究故時之諸儒謂之為關西孔子言劉瓛與震同故言關西孔子諸進也）璡則志烈秋霜心貞崐玉亭亭高竦不雜風塵（銑曰崐山名出美玉亭亭高皃也）皆穢德

於衡門並馳聲於天地（翰曰衡門橫木為門蓋貧賤之居也）而官有微於侍郎位不登於執戟相次殂落宗祀無饗因斯兩賢以言古則（向曰殂落死也兩賢則瓛璡也言因此兩賢不達故言古之與則也）昔之玉質金相英旄秀達皆擯斥於當年韞奇才而莫用（銑曰玉金所以比美君子賢相言其形皃也擯斥猜棄置也韞謂懷藏也）候草木以共彫與麋鹿而同死膏塗平原骨塡川谷（翰曰其骨肉膏塗於平原塡於川谷也）堙滅而無聞者豈可勝道哉（向曰言古者賢人遭擯斥死亡沈滅而無聞於今豈可勝說哉何獨載於典籍也）此則宰衡之與皂隸容彭之與殤子（良曰宰衡伊尹也言其貴也皂隸賤

選二十七　四十六

也容成公彭祖並長壽者殤子夭者也）猗頓之與黔婁陽文之與敦洽（濟曰猗頓富者黔婁貧者陽文美女敦洽醜女）咸得之於自然不假道於才智（翰曰言上之所述貴賤壽夭富貧美醜之事皆得於自然豈假道於才智之理）故曰死生有命富貴在天斯之謂矣然體命周流變化非一或先號而後笑或始吉而終凶或不召自來或因人以濟（良曰言人之運命亦有因人成者也）交錯糾紛迴還倚伏非可以一理微非可以一途驗而其道微密寂寥忽慌（忽廣）無形可以見無聲可以聞（銑曰忽慌不明皃言運命出於無窮動於幽暗不可以一理一途以為微驗又不可以形聲所聞見也）必御

物以效靈亦憑人而成象良曰言人若誑以運命而不求於物不憑於人則運命或不相符也若乘物憑人亦呈其靈象也御猶乘也譬天王之冕旒任百官以司職向曰冕旒天子服也言天子之命居旒冕之尊須任百官以爲主司之職乃成其命言人之運命或有相資而成衆者亦如此焉而或者覩湯武之龍躍謂戡亂在神功聞孔墨之挺生謂英睿擅奇響銑曰龍躍謂欲升天子位也戡謂勝也言或有人不達運命見成湯武王征伐以取天子之位以爲能勝亂敵者在於神武之功不由命也又以孔子墨翟有道德挺生謂其英智自擅其聲亦彩千年五百之運命也視彭韓之豹變謂鷙猛致人爵翰曰彭越韓信豹變者言其猛而有文也鷙鷙也言有不達運命者見彭韓二人豹變爲列土之王謂其鷙勇猛之道以征伐得之也人爵則封王是也見張桓之朱紱謂明經拾青紫良曰張禹桓榮以傳學而至貴仕故不知命者見之謂明經青紫可俯拾而得也青紫貴服也豈知有力者運之而趨乎濟曰莊子云藏山於澤藏舟於壑謂之固矣然而有力者負之而走其昧者不知也言皆是所稟受天道運轉非必已能所致言湯武孔墨彭韓張桓皆天命運轉所爲不必由已也故言而非命者有六蔽焉爾請陳其梗槩古代夫靡顏膩理哆昌也嗚許爲顣子六頞烏割形之異也銑曰美顏膩理好貌也哆嗚張口不正也顣頞鼻高皃也乃人形之異也朝秀晨終龜鵠千歲年之殊也向曰朝謂日未出時晨謂日出時也言朝秀之華至日出乃死龜鵠壽乃千歲故年之殊聞言如響智昏菽麥神之

辨也良曰聞言如響謂耳聽也菽豆也辨別也同知三者定乎造化榮辱之境獨由人是知二五而未識於十其蔽一也銑曰三者謂形異年殊神辨也且人皆同知此三者定之于造化而榮辱之間獨云由人所得者是知兩五之數未識其數之十也龍犀日角帝王之表向曰額有龍犀入䰂左角有日帝王之相也河目龜文公侯之相翰曰目上下正平曰河目龜文謂足有龜文也撫鏡知其將刑銑曰張裕善相術每窺鏡視面自知刑死也壓紐顯其膺錄濟曰楚恭王有子五人無嫡以立之乃祈神請擇於五人使主社稷乃密以璧埋於祭所之庭令諸子當壁而拜者神所以立也而諸子皆違之平王弱抱入而拜之拜處皆壓於璧之紐紐璧上鼻也星虹樞電昭聖德之符翰曰大星如虹下流華渚而生少昊帝舜母感樞星之精而生舜北斗第一星也電光也夜哭聚雲䨥興王之瑞向曰漢高祖時送徒鄉山斬大澤之蛇有老嫗夜哭曰吾子白帝子爲赤帝子所殺白帝子秦也赤帝子漢也漢高祖隱於芒碭山嘗有聚雲氣如蓋也䨥氣盛皃皆兆發於前期渙汗於後葉銑曰兆跡也言帝王之跡發於前期渙汗流布皃若謂驅貔頻夷虎奮尺劍入紫微升帝道則未達窅冥之情未測神明之數其蔽二也翰曰言自古帝王所與皆應天命符瑞若謂威猛之道可以取之乃入紫微升帝道是則未達窅冥神明之數矣紫微帝宮也帝道帝位也空桑之里變成洪川歷陽之都化爲魚鼈良曰有侁氏女子得嬰兒於空桑之中獻之於其君君令烰人養之察其所以然曰其居伊水之上乃妻

有神告之曰臼出水而東走無顧明日視臼水出告其鄰東走十里而顧其邑盡爲水歷
陽地名也有老嫗常行仁義有兩書生過之謂曰此國當沒爲湖後卒沒爲湖人悉化爲
魚鼈故言化爲魚鼈也楚師屠漢卒睢息淮河鯁其流濟曰
楚師謂項羽也鯁塞也言項羽殺漢兵於睢水之上睢水爲之不流蓋死者塞之也秦
人坑趙士沸聲如雷震翰曰秦將白起坑趙降兵四十餘萬流血
成川沸聲如雷也火炎崐岳礫石與琬琰俱焚嚴霜
夜零蕭艾與芝蘭共盡雖游夏之英才伊顏
之殆庶焉能抗之哉其蔽三也向曰礫石也琬琰玉也零
落也蕭艾臭草也芝蘭香草也游子游夏子夏有文學伊伊尹顏顏回也謂其知幾也言
運命所遭雖文學之子知幾之人亦何尤棄也或曰明月之珠不能

選二十七 四十九

無顏夏后之璜不能無考銑曰顏瑕也璜美玉也考猶不平也
故崔駰因死於縣長長卿卒於園令翰曰崔駰爲長
岑令司馬長卿爲文園令才非不傑也主非不明也而碎
結緑之鴻輝殘懸黎之夜色抑尺之量有短
哉向曰懸黎結緑美玉也鴻潤也若然者主父偃公孫弘對
策不升第歷說而不入牧豕淄原見棄州部
良曰牧養也淄原地名設令忽如過隙溘苦合死霜露其
爲言呼臣恥豈崔馬之流乎銑曰詬病也及至開東
閣列五鼎翰曰主父偃後爲齊相公孫弘後爲御史大夫貴士開東閣所以待
客禮也列五鼎之食言貴也電照風行聲馳海外寧前愚

而後智先非而終是將榮悴有定數天命有
至極而謀生姸蚩其蔽四也夫虎嘯風馳龍
興雲屬翰曰雲從龍風從虎相感應也故重華立而元凱升
辛受生而飛廉進銑曰言善惡各從類而見也重華舜也元凱八元八
凱也辛受紂也飛廉紂之讒臣也然則天下善人少惡人多
闇主衆明君寡而薰蕕不同器梟鸞不接翼
濟曰薰香草也蕕臭草也梟惡鳥也鸞神鳥也鳳皇之類是使渾胡本敦徒本
檮挑杌兀踵種武於雲臺之上仲容庭堅耕
耘云於巖石之下良曰渾敦檮杌不才子也踵武謂繼跡也雲臺書府閣也
言不才之子繼跡於書府之上也仲容庭堅賢人也耕耘謂營農也橫去謂廢

選二十七 五十

興在我無繫於天其蔽五也彼戎狄者人面
獸心宴安鴆毒良曰言心懷惡以誅殺爲道德以蒸
報爲仁義向曰上淫曰蒸下淫曰報雖大風立於青丘鑿
齒奮於華野比於狼戾曾何足喻翰曰大風國名青丘
地名鑿齒國名華野地名昔者堯使羿繳大風於青丘之野誅鑿齒於疇華之澤言今戎
狄比於昔日其狼戾惡逆曾何可喻自金行不競天地版蕩左
帶沸脣乘間電發銑曰金行晉也不競猶微弱也版蕩亂也左帶戎狄
之服也沸脣戎狄之語也言戎狄自晉微弱天地有亂乃乘此間隙如電之疾以爲叛逆
也謂劉聰之徒也遂覆瀍洛傾五都居先王之桑梓
竊名號於中縣濟曰先王桑梓謂夏殷周之所居也竊名號謂爲帝號也

中縣謂中國也與三皇競其氓黎五帝角其區宇種
落繁熾充物刃神州良曰物蒲也神州中國也嗚呼福善
禍淫徒虛言耳豈非否泰相傾盈縮遞運而
汩骨之以人其蔽六也向曰古人云爲善則福爲亂則禍蓋虛言
矣是皆否泰之理盈縮之運以及於此也汩亂也然所謂命者死生
焉貴賤焉貧富焉治亂焉禍福焉此十者天
之所賦也銑曰賦布也愚智善惡此四者人之所
行夫神非舜禹心異朱均才絓卦中庸在於
所習翰曰舜禹聖帝明王也丹朱堯子商均舜子皆愚暗人也言人有神兆聖明又
心不愚暗絓及中庸之性者事皆在於習而成也是以素絲無恒玄

選二十七　五十二

黃代起鮑魚芳蘭入而自變向曰言中庸之人逐物遷性有
知素絲無有恒色或玄或黃相閒代而作或見臭好臭逐香好香隨時而變鮑魚臭逐芳
蘭香也故季路學於仲尼厲風霜之節楚穆謀
於潘崇成弒逆之禍良曰楚穆王成王子也初成王欲黜之乃告其
師潘崇崇請以宮甲圍成王王縊死穆王乃立而商臣之惡盛業光
於後嗣仲由之善不能息其結纓銑曰商臣則穆王名
也仲由子路也衛太子蒯聵以戈擊子路子路曰君子死冠不脫於地乃結纓而死結纓
繫冠也言惡者乃盛善者乃死也斯則邪正由於人吉凶存
乎命也或以鬼神害盈皇天輔德故宋公一
言法星三徙濟曰宋景公有疾熒惑守心熒惑災星心宋之分野朝臣謂公

曰可移禍於相公曰相股肱除心腹之疾置於股肱不可也曰可移於人公曰國無人何
以爲君可移於歲公曰歲所以養人歲不登何以畜人是時熒惑乃退三舍延祚二十年
由景公之善言也熒惑謂執法之星故云法星也殷帝自翦千里來
雲翰曰殷時天下大旱湯乃以身禱而翦其髮磨其手自以爲犧而四海雲來千里雨
至若使善惡無徵未洽斯義向曰謂宋公殷帝若爲善無徵
則未合此義此義謂星退雨至也洽合也且于公高門以待封嚴
毋掃墓以望喪銑曰于定國父于公其門閭壞父老方共脩之于公曰少
令門高大令得駟馬高蓋出入爲我理獄多陰德未嘗有冤子孫必有與者果至定國爲
丞相封侯此所謂待封也嚴延年爲河南太守其母見其刑罰多乃謂延年曰不聞仁愛
專以立威此豈爲人父母意哉我當老矣不忍見汝被戮我東歸掃除墓地遂去歸郡後

選二十七　五十二

歲餘延年果敗而被誅也此君子所以自彊不息也若使
仁而無報奚爲修善立名乎斯徑廷定之辭
也良曰仁道險德必有所執若使無之則何爲脩善立名者乎此乃激過之辭矣徑廷
激過也夫聖人之言顯而晦微而婉翰曰婉柔也幽遠
而難聞河漢而不測濟曰河漢之水深廣或立教以進
庸怠或言命以窮性靈向曰聖人立教有詩書禮樂以進中庸嬾
惰之人或言運命以至其性靈也怠嬾窮至也積善餘慶立教也向曰
古人所謂積善必有餘慶則有爲善而見殃者此蓋是先聖立教教人爲善其實在命也
鳳鳥不至言命也銑曰孔子曰鳳鳥不至河不出圖吾已矣夫此蓋歎
不遇聖君亦天命也今以片言辯其要趣何異乎夕死

之類而論春秋之變哉向曰理之冥昧其或難知是非反覆紛綸莫定今若以片言辯之亦如朝生夕死之蟲而論春秋寒暑之變其可及乎且荊昭德音丹雲不卷濟曰荊昭楚昭王也昭王時有雲如衆赤鳥夾日以飛此妖異也楚人請移於令尹王曰除腹心之疾而置之股肱何益也於是則荊昭德音而氣三日不滅也丹雲則此赤氣也宋景公熒惑之災則退三舍此則莫應何事同而福異也周宣祈雨珪璧斯罄良曰周宣王大旱祈雨罄盡珪璧於神明而雨不至豈不精誠湯則有千里之雲雨同為不明君事則有異于叟種德不逮勛華之高翰曰于于公也種猶立也勛堯也華舜也言于公立德不及堯舜而有後嗣定國賢而為丞相而堯則有舜有孟子丹朱舜則有不肖子商均也延年殘獷未甚東陵之酷暴向曰獷惡也嚴延年古猛殘惡亦未甚盜跖之酷暴而延年速先敗也而盜跖壽終東陵東陵謂泰山盜跖所居也為善一為惡均而禍福異其流廢興殊其跡蕩蕩上帝豈如是乎銑曰蕩蕩寬廣皃帝天也詩云風雨如晦雞鳴不已翰曰雞鳴不失其時也雖風雨晦暝亦鳴不改喻君子雖居暗亂之世其善不改也故善人為善焉有息哉夫食稻粱進芻[illegible]豢[illegible]衣狐貉鵠襲冰紈向曰粱米也牛馬食日芻犬食日豢狐貉謂以狐毛為裘冰紈素綺也觀窈眇之奇舞聽雲和之琴瑟此小人之所急非有求而為也銑曰永求其榮利而後為之皆人情所必須也循道德習仁義敦孝悌立忠貞漸禮樂之腴潤蹈先王之盛則此君子之

所急非有求而為也然則君子居正體道樂天知命明其無可奈何識其不由智力翰曰識窮達之理不由智力所致乃在於命也逝而不名來而不距生而不喜死而不慼瑤臺夏屋不能悅其神向曰夏大屋也土室編蓬未足憂其慮不充屈於富貴不遑遑於所欲豈有史公董相不遇之文乎翰曰史公司馬遷也董相董仲舒也二人皆作不遇之賦以述其志然人之貧賤富貴皆在天命豈假有此文乎

文選卷第二十七

長　門

文選卷第二十八

梁昭明太子撰　五臣注

論下

劉孝標廣絕交論一首

連珠

陸士衡演連珠五十首

箴

張茂先女史箴一首

銘

班孟堅封燕然山銘一首

崔子玉座右銘一首

張孟陽劍閣銘一首

陸佐公石闕銘一首

新刻漏銘一首

誄上

曹子建王仲宣誄一首

潘安仁楊荊州誄一首

楊仲武誄一首

廣絕交論一首　劉孝標

翰曰劉峻見任昉諸子西華兄弟等流離不能自振生平舊交莫有收恤西華冬月著葛帔練裙路逢峻峻泫然矜之乃廣朱公叔絕交論到溉見其論抵几於地終身恨之

客問主人曰朱公叔絕交論為是乎為非乎銑曰朱穆感時澆薄著絕交論以矯之今假設客主以相問以明為論之是非主人曰客奚此之問向曰奚何也客曰夫草蟲鳴則阜

秋　府

螽躍螽終雕虎嘯而清風起濟曰草蟲鳴阜螽超躍而從之雕虎嘯則谷風起言此四物相感以喻交不可絕也雕謂虎文如雕畫故絪因縕於云相感霧涌雲蒸嚶鳴相召星流電激良曰絪縕天地之氣也霧涌雲蒸以相應嚶鳴聲也言鳥鳴相召也星流電激言相應之速也是以王陽登則貢公喜罕生逝而國子悲翰曰王陽登朝交人貢禹聞之而喜罕生子皮也逝死也國子子產也悲爲無知己也此明良朋之道休戚共之且心同琴瑟言鬱郁於蘭茝道協膠漆志婉孌力轉於塤篪秩移反銑曰琴瑟塤篪皆樂器其聲相和也蘭茝香草膠漆堅固之物鬱郁茂盛皃婉孌相從好皃言友道相合其和如琴瑟塤篪其芬如蘭茝其堅如膠漆謂以茂盛之道相從聖賢以此鏤金版而鐫

盤盂書玉牒而刻鐘鼎向曰聖賢以良朋之道鏤於金版盤盂玉牒鐘鼎之上也金版金匱之書盤盂器也衡山有玉璧禹所刻文名玉牒古人有善事則銘鏤於其上以記之也若乃匠人輟成風之妙巧伯子息流波之雅引濟曰匠石見圬漫者鼻上有泥土匠石運斤成風聲以斲之堊盡而鼻不傷後圬漫者死匠石爲之輟斤矣伯牙鼓琴意在於水鍾子期聽之曰湯湯乎其若流波也後鍾期死伯牙終身不復鼓琴喻交無相知則絕也雅正引曲也范張款款於下泉尹班陶陶於永夕良曰范式與張邵爲友邵卒乃夢於式曰吾以某日死子豈能相及式乃服友服而式以赴之將窆而柩不進母撫之曰元伯豈有望邪遂停柩乃見素車白馬號哭而來母曰必范巨卿既至叩喪曰行矣元伯死生各異永從此訣遂自執紼引柩車乃前款款誠也尹敏與班彪友善每

正 宗

相見晝即至暝夜即達曙陶陶和樂皃駱驛縱橫煙霏雨散巧歷所不知心計莫能測翰曰駱驛縱横不絕皃煙霏雨散衆多皃言交道多塗雖巧於歷數及心筭之人無能知測其委趣也而朱益州汩骨彝敘粵謨訓捶支蘂直切絕交游比黔首以鷹鸇媲人靈於豺虎蒙有猜焉請辨其惑銑曰汩亂彝常也粵當爲越捶擊也黔首人也鷹鸇鷙鳥豺虎攫獸喻貪而無親比也猜疑也言公叔著絕交論是亂常叙越謨訓蒙客自謂也客疑此理故請主人辨其惑也主人聽魚謹然而笑曰客所謂撫絃徽音未達燥濕變響張羅沮將預澤不覩鴻鴈雲飛向曰聽笑皃猶絃曰徽澤有草曰沮言朋交之道隨時盛衰今以絕交之理爲惑是不知隨時之義亦猶撫琴猶絃不達燥濕之聲變張網草澤而不覩鳥之高飛乃惑之甚也蓋聖人握金鏡闡風烈龍驤蠖屈從道汙烏隆濟曰握持小金鏡喻明道闡開驤騰也蠖蟲名言聖人持明道開風業騰之如龍屈之如蠖亦隨時隆殺也而况交道乎日月聯璧贊亹亹亡鬼之弘致雲飛雷薄顯棣華之微旨若五音之變化濟九成之妙曲此朱生得玄珠於赤水謨神睿而爲言良曰日月聯璧謂太平時臺微妙也弘大也雲飛雷薄謂喪亂也棣華反而後合喻權而至順也旨意也九成韶樂也聖人處明時則行微妙大智之理處於喪亂則爲權宜合順之意亦猶五音變化以成韶樂之美也玄珠喻道赤水假名智聖也言公叔窮妙理之極謨法神聖爲言以成絕交論得矯時之理也至夫組織仁義琢

山 詷

磨道德歡其愉樂恤其陵夷翰曰組綬類也織謂編之以成也言良友以仁義道德相成亦猶組織琢磨然後爲器物也愉樂也恤憂也陵夷猶彫零也言歡感同也寄通靈臺之下遺跡江湖之上風雨急而不輟其音霜雪零而不渝其色斯賢達之素交歷萬古而一遇銑曰靈臺心也遺跡謂心相知而跡相忘也莊子曰魚相忘於江湖詩云風雨如晦雞鳴不已謂變也素雅也言有心相知而跡相忘臨危難之時而不變節者乃天下之雅交也歷萬古而一遇謂不可逢也逮叔世民訛狙七余詐飆起谿谷不能踰其險鬼神無以究其變競毛羽之輕趨錐刀之末向曰逮及也叔世謂末年也訛偽也狙詐謂伺人之間隙也飆起喻疾也毛羽謂小利也錐刀小事也言末年之交多詐偽險惡雖鬼神之靈不能究盡其變也而競其小事趨其小利此陳損友之道也於是素交盡利交興天下蚩蚩鳥驚雷駭濟曰蚩蚩猶擾擾也鳥驚雷駭言聲勢盛不如素交如水之淡也然利交同源派流則異較角言其略有五術焉良曰源本也派別流也較明略要術法也言趨利則同其勢則異明其端要有此五法謂下事也若其寵鈞董石權壓梁竇翰曰董賢石顯梁冀竇憲並漢朝寵臣威權振於當時鈞壓猶重也言利交之中有重於此者雕刻百工鑪捶朱蘂萬物吐漱興雲雨呼噏吸下霜露九域聳其風塵四海疊其熏灼銑曰雕刻鑪捶喻造化也興雲雨謂恩澤也下霜露謂能爲威刑也九域九州也言吐漱呼吸之間使九州之人四海之

春　禪

七當從其威風之盛也聳疊謂懼爗灼猶威也也靡不望影星奔藉響
川鶩雞人始唱鶴蓋成陰高門旦開流水接
軫向日無也言逐勢利之人如星奔川鶩望影聽響而赴於豪貴也雞人告人明時
取象於雞也鶴蓋謂蓋如飛鶴流水車也成陰接軫言多也軫車後之橫木也皆顧
摩頂至踵隳許惟膽抽腸約同要離焚妻子誓
徇荊卿湛沈宗族是曰勢交其流一也濟曰頂頭
也要離足也抽拔也言盡心也要離爲吳主僚殺慶忌先焚其妻子誓盟言也以身從
物曰徇湛自殺也謂荊軻爲燕君刺秦王也言此皆附吳王燕君之勢利而至於殺身覆
族也富埒陶白貲巨程羅山擅銅陵家藏金穴
出乎原而聯騎居里閈汗而鳴鐘良曰埒等擅專也陶

選二十八　五

朱公白圭程鄭羅裒皆貲至巨萬鄧通者文帝寵之賜銅山令得鑄錢鄧氏之錢布於天
下郭況家多金寶時人謂之金穴漢時濁氏以賣脯連騎張氏以馬醫鳴鐘閈里門也
則有窮巷之賓繩樞之子異宵燭之末光邀
潤屋之微澤魚貫鳧躍颯沓鱗萃分鴈鶩之
稻粱霑玉斝之餘瀝翰曰繩樞以繩爲戶樞者冀幸也甘茂謂蘇代
曰昔有貧女與富女會績曰我無以買燭子之燭可分我餘光禮記曰富潤屋言邀幸富
者末光微澤也魚貫謂貧者駢頭相次於富者之門如貫魚也鳧水鳥也魯連子曰君鴈
鶩有餘粟學爵也謂富家之門如鳧之踊躍颯沓鱗萃言多也求芡蕪鴈之粟殘餘之瀝
者言少也銜恩遇進款誠援青松以示心指白水
流旌信是曰賄交其流二也銑曰言貧者銜其恩遇以進款

什　手

誠也援引趙衰也言引青松以示堅貞水以表情信也晉公子曰若不與舅氏同心
者有如白水賄謂財貨也陸大夫讌喜西都郭有道人倫
東國公卿貴其籍甚搢紳羨其登仙向曰陸買拜太
中大夫讌喜謂酣樂也西都長安也漢時公卿貴其名聲籍甚猶名聲也郭泰博通贊籍
遊於東都人倫欽之後將歸搢紳士子送之與李膺同舟而濟衆賓望之以爲登仙羨
頤也加以顩錦羌頤順蹙六將頞遏涕唾流沫騁黃馬
之劇談縱碧雞之雄辯良曰蔡澤頷頤蹙頞涕唾流沫西揖彊秦
之相而奪其位時也頷醜皃頤頷蹙促也頞鼻莖也莊子曰惠施云黃馬驪牛三蹙謂黃驪
色爲三也言辯者以此爲劇談也王褒爲碧雞頌雄盛辯辭之謂也敘溫燠則
寒谷成暄論嚴苦則春叢零葉飛沈出其顧

選二十八　六

指榮辱定其一言良曰溫燠煖也嚴苦威急也飛沈喻高下也昔鄒衍
在燕有寒谷不生草木衍吹律溫氣至而生黍今名黍谷也言高下榮辱在於辯者迴顧
言也語於是有弱冠王孫綺紈公子道不挂於
通人聲未遒於雲閣攀其鱗翼丐哥賴其餘論
附駔子朗驥之旄端軼歸鴻於碣石是曰談交
其流三也翰曰王孫公子相推敬辭也綺紈謂衣羅綺之士也通人謂博達古
今也道美也鱗龍也翼鳳也喻攀附也丐乞也駔良馬也軼至也碣石海畔山言不能自
博通附辯者乞餘論亦猶蠅附驥尾以過歸鴻之飛而及碣石謂因此託附而聲名遠也
是曰談交言利其談說而爲交也陽舒陰慘生民大情憂合
驩離品物恒性故魚以泉涸而煦沫鳥因將

物

死而哀鳴向曰涸枯也言水枯則魚相煦以沫以相親也及游江湖則以相忘矣是憂合歡離之理也論語曰鳥之將死其鳴也哀同病相憐綴河上之悲曲恐懼寘懷昭谷風之盛典濟曰太宰嚭奔吳子胥請以爲大夫吳大夫被離承宴問子胥曰何見而信嚭乎子胥曰嚭與吾同怨子不聞河上之歌者乎同病者相憐谷風詩刺朋友失道云將恐將懼寘予于懷寘致也斯則斷金由於湫子小隘刎頸起於苫蓋胡臘反良曰朋友之心同金雖堅剛利能斷之也刎割也刎頸之交言其重也湫隘苫蓋謂貧賤言交結之重在貧賤也是以伍員濯溉於宰嚭蒲凡張王撫翼於陳相是曰窮交其流四也翰曰伍員子胥也濯溉洗濯也宰嚭因子胥洗濯而榮貴張耳封常山王故云張王陳餘爲楚相故云陳相撫翼謂相撫持翼佐而致榮貴窮交言窮迫則交也謂宰嚭屈楚奔吳陳張困秦立趙也

馳騖之倫澆薄之俗無不操權衡秉纖纊衡所以揣初委其輕重纊所以屬其鼻息若衡不能舉纊不能飛雖顏冉龍翰鳳雛曾史蘭薰雪白銑曰馳騖謂趨走也倫輩操執衡秤纊綿揣量也言趨走之人澆薄之輩皆執秤勢之輕重持品量氣之贏細若勢輕氣微雖行如顏回冉耕德如曾參史魚終不云重也龍翰鳳雛喻君子蘭薰雪白喻芳絜舒向金玉淵海卿雲黼黻河漢向曰董仲舒劉向文章如金玉之珍淵海之深司馬長卿揚子雲文章如黼黻之麗河漢之廣黼黻錦繡之屬視若游塵遇同土梗莫肯費其半菽罕有落其一毛濟曰雖有顏冉曾史之行舒向卿雲之文權勢之之輕

氣息之薄澆之人視之如游塵土梗莫肯以半豆一毛而濟之土梗謂解所土人木人也菽豆也若衡重錙銖纊微影飄撇匹滅雖共工之蒐慝驩兜之掩義南荊之跋扈東陵之巨猾良曰錙銖輕也影撇纊飛皃喻微有氣勢之人蒐慝惡也共工少昊氏之子有隱惡之行驩兜帝鴻氏之子爲掩義隱賊之行荊楚也莊蹻爲盜跋扈於南楚巨大猾亂也盜跖爲亂於東陵東陵地名皆爲匍匐逶迤折枝舐痔金膏翠羽將其意脂韋便辟婢亦導其誠翰曰匍匐伏行逶迤邪行皆謂恭也折枝按摩手足也痔後病也宜人越之言趨勢之人見有威力者雖共工驩兜莊蹻盜跖之徒亦爲之盡敬按摩手足跖其痔病金膏金丹也將意謂以寶幣申厚意也脂韋柔弱貌便辟曲謟皃導引也謂依柔弱之皃引誠心於勢人也故輪蓋

所游必非夷惠之室苞苴將余所入實行張霍之家謀而後動毫芒寡忒是曰量交其流五也銑曰輪蓋謂軒冕之人夷伯夷惠柳下惠苞苴箪笥以裹魚肉也張張安世霍霍光也言從勢之人游於豪貴之門謀其勢力輕重毫芒不差也忒差也量度也謂度其輕重而交也凡斯五交義同賈古鬻故桓譚譬之於闤闠林回諭之於甘醴向曰五交謂上五交也鬻賣也譚捨子曰人富貴則就之貧賤則去之請以市喻夫市朝則滿夕則虛非朝愛而夕憎也存故往亡故去其勢然也闠市垣也林回曰君子之交淡若水小人之交甘如醴醴甘故速壞也今言桓譚譚無以市喻交之疑爲誤也夫寒暑遞進盛衰相襲或前榮而後悴或始富而終貧或初存而亡

亡或古約而今泰循環飜覆迅若波瀾濟曰迭襲仍約儉泰奢也言人事不恒通塞之理如循環無際飜覆迅疾若波瀾相從也此則伺利之情未嘗異變化之道不得一由是觀之張陳所以凶終蕭朱所以隙末斷焉可知也良曰伺求也言求利之情同此道觀之則其故而翟公方規規然勒門以箴客何所見之晚翰曰翟公為廷尉賓客交是生三釁敗德殄義禽獸相若一釁也銑曰

殄絶釁罪也言隨勢之人難固易攜讎訟所聚二釁也名陷饕餮貞介所羞三釁也濟曰陷沒也饕餮貪財食也古人知三釁之為梗懼五交之速尤故王丹威子以檟楚朱穆昌言而示絶有旨哉有旨哉良曰梗病尤過也近世有樂安任昉海內髦傑早綰銀黃夙昭民譽遒文麗藻方駕曹王英特俊邁聯橫許郭類田文之愛客同

鄭莊之好賢銑曰道美也遇一才則揚眉抵掌雖黃中其脣吻朱紫由其月旦於是冠蓋輻湊衣裳雲合輜軿擊轊坐客恒滿蹈其閫閾若升闕里之堂入其隩隅謂登龍門之阪

得升孔子之堂李膺之門者至於顧眄增其倍價翦拂使其長鳴影組雲臺者摩肩趍走丹墀者疊跡莫不締恩狎結綢繆想惠之清塵庶羊左之徽烈東粵歸骸洛浦繐帳猶懸門罕漬酒之賓

未宿草野絶動輪之賓銑曰瞑目死也粵當爲越東任昉死於新安葬於揚州揚州則梁之洛陽也繐素卒希也宿草墓根也徐孺子聞友死喪者毋以一兩綿漬酒中常赴弔萬里至冢乃以水漬綿使有酒氣置前祭畢即去不見喪主彥美士也禮記云朋友之墓宿草不哭絶動輪之賓謂墓無車馬之謁也觀爾諸孤朝不謀夕流離大海之南寄命鄣癘之地向曰藐小貌諸孤謂昉子也流離行散也大海南海也鄣山癘惡氣也言流離遠惡之處自昔把臂之英金蘭之友曾無羊舌下泣之仁寧慕郈成分宅之德濟曰羊舌氏叔向也叔向見司馬侯之子撫而泣之郈成子自魯聘晉過於衛衛右宰穀臣止而觴之酣畢而送以璧成子不辭而去後衛亂穀臣死成子於是迎其妻子還其璧隔宅而居之自昔謂平生也金蘭喩交道其堅如金其芳如蘭此言到洽兄弟平生與昉親善如金蘭及其死也使孤幼離流而不問是無叔向下泣之仁郈氏分宅之德嗚呼世路嶮巇許宜一至於此太行孟門豈云嶄絶良曰嗚呼歎辭嶮巇薄也言到洽一何至此嶮薄也太行孟門二山名嶄絶危斷兒言此二山不足比此人之嶮巇也是以耿介之士疾其若斯裂裳裹足棄之長騖獨立高山之頂歡與麋鹿同群皦皦然絶其雰濁誠恥之也誠畏之也翰曰耿介之士發自謂也騖走也言裂裳裹足棄之而走立於高山之頂以遠之皦皦絜白皃雰濁喻穢俗也言穢俗之人如到洽者信可恥畏也

選二十八　十一

演連珠五十首　陸士衡

銑曰連珠者假託衆物陳義以通諷諭之道連貫也言穿貫情理如珠之在貫焉漢章帝時班固賈逵已有此作機復引舊義以廣之演引也

臣聞日薄星迴穹天所以紀物山盈川沖后土所以播氣向曰此章喩君象天地運動之節而任賢能也薄迫沖虛也日君德星臣德日迴迫於天以紀寒暑之節亦猶君臣相助以成太平之功山盈蕃君象也以含養萬物川沖虛臣體也以達不通后土地也播布也言布氣以成生物五行錯而致用四時違而成歲濟曰五行水火金木土錯雜也違背也言五行雜運四時相諧以成其歲亦猶文武雜任可否相安以成其理也是以百官恪居以赴八音之離明君執契以要克諧之會良曰恪勤也其會也八音金石絲竹匏土革木離猶節也契信克能諧和會合也言百官勤居其職君執信以任之則事無不理奏樂者會八音之諧則聲和而一韻合也

臣聞任重於力才盡則困用廣其器應博則凶是以物勝權而衡殆形過鏡則照窮翰曰此章明君當度才受任臣當度德受官也不亦力也器能也鎰曰權秤曰衡殆危也言力少任重力盡則困用廣能寡能盡則凶所秤之物重於錘衡必折所鑒之形大於鏡照必窮皆不稱任也故明主程才以效業貞臣底力而辭豐銑曰程品效考業事底致豐大也言明君任人必能品藻才能考其事業而後受職貞臣致力佐主常辭爵祿豐大故能安國存身而無可鑒也

臣聞髦俊之才世所希之丘園之秀因時則

選二十八　十二

揚是以大人基命不擢才於后土明主聿興不降佐於昊蒼向曰此章明世有賢人但應時而用耳髦俊俊人也秀美也大人天子也言俊人世世皆有立國之美亦逢時而出故聖主明王之興賢臣亦相應而起豈拔之於地下降之於天上擢拔也昊天也

臣聞世之所遺未為非寶主之所珍不必適治是以俊乂之藪希蒙翹車之招金碧之巖必辱鳳舉之使濟曰此章明賢主棄賢良親邪媚藪澤也翹車使車也金馬碧雞神名鳳舉使者如鳳鳥之舉也言賢主所遺若未為非賢所重者不必適理何者俊乂之人隱於藪澤則不蒙招引精怪之神處於山巖則發使徵求之也漢使王褒迎金馬碧雞神於蜀是出

臣聞祿施於寵非隆家之舉官私於親非興邦之選是以三卿世及東國多衰弊之政五侯並軌西京有陵夷之運良曰此章明權在寵臣則國危矣隆盛也言卿大夫稱家三卿謂孟孫叔孫季孫世及謂相承不絕也五侯謂王商王鳳王譚王逢王根也敦跡也陵夷謂積毀也言權盛於寵臣祿厚於私親非家國舉選之道會君之奔漢祚中欽蓋由是也

臣聞靈輝朝覯稱物納照時風夕灑程形賦音是以至道之行萬類取足於世大化既洽百姓無匱於心翰曰此章明聖人以百姓心為心則萬物各得其所矣靈輝日也覯見也灑猶散也程量也夫日之[illegible]見隨隙穴大小而納照風之夕散因形物[illegible]

而藏音亦猶至德之君化及萬物各盡其分故百姓無匱之也

臣聞頓網探淵不能招龍振綱羅雲不必招鳳是以巢箕之叟不眄丘園之幣洗渭之民不發傅巖之夢銑曰此章明大賢不可以禮法而致能以至道招之則無不至矣頓致網網也巢巢父也箕山名眄顧也幣帛也洗渭或云許由洗耳於渭水傳傳說也隱於傅氏之巖見夢於高宗高宗徵之為相龍鳳喻賢人也言下網振綱不可致之亦由巢父不顧束帛之聘許由不感時君之夢也

臣聞鑒之積也無厚而照有重淵之深目之察也有畔而眡視周天壤之際何則應事以精不以形造物以神不以器是以萬邦凱樂非悅鐘鼓之娛天下歸仁非感玉帛之惠向曰此章明聖人化物當以道德不以威儀也鑒鏡也精謂鏡器謂目也凱大也鐘鼓樂也玉帛禮也夫鏡之質薄目之形小所以能照深視遠者以有精明之德聖人能體此精明之德則不假禮樂之化而天下自樂也

臣聞積實雖微必動於物崇虛雖廣不能移心是以都人治容不悅西施之景乘馬班如不輟太山之陰濟曰此章明積實而小勝名虛而大也都美也景謂畫象也班如馬不進兒輟止也太山東岳也陰影也言積微實必感動於物崇廣虛不能發於心雖美士荒婬不悅西施之畫象東岳陰影不能止難進之馬

臣聞應物有方居難則易藏器在身所乏者

時是以充堂之芳非幽蘭所難繞梁之音實繁絃所思良日此章明應物有方則無難矣充蒲也幽蘭香草也韓娥善歌餘聲繞梁言應物有法居難亦易嘗才致於身者侯時而行求蒲堂之香非幽蘭則難致歌聲繞梁者彈絃之人思與合與亦由明王將理非賢不可賢人在世亦明主所思與之共理也

臣聞智周通塞不為時窮才經夷險不為世屈是以陵飈之羽不求反風曜夜之目不思倒日翰日此章明賢人遇時則通故無窮屈也飈急風也曜夜之目謂能夜視也倒日迴日也賢者隨時應變故無窮屈也言有陵飈之翻者不求反風之力也夜見於物者不思迴日爲明喻賢人居亂閒之時用情與太平之世同也

選二十八 十五

臣聞忠臣率志不謀其報貞士發憤期在明賢是以柳莊黜殯非貪瓜衍之賞禽息碎首豈要先茅之田銑日此章明貞義之臣諫君舉賢皆發自深衷而不求於封賞也瓜衍晉侯賞士伯縣名先茅襄公賞胥臣縣名也昔衛大夫史魚病將死謂其子日我不能進遽伯玉之賢退彌子瑕之諸死當殯我於側室足矣是黜尸於側室以進賢也今言柳莊則無黜尸進賢之道是陸生之誤也禽息薦百里奚於繆公繆公不用乃碎首以達之言此二人碎首黜尸並發於忠貞之志以進賢明豈有求於爵賞也

臣聞利眼臨雲不能垂照朗璞蒙垢不能吐暉是以明哲之君時有蔽壅之累俊乂之臣屢抱後時之悲向日此章明讒臣在朝壅蔽明君故令賢者不得用也利眼日也天有日月如人有眼故以日爲刻卑也此喻君也雲喻讒臣也璞玉也以喻君子蒙垢謂讒言所汙之也夫雲翳於日則不能照若汙於王則不能光亦猶明主賢臣遭讒邪壅蔽不能申聖明之德故歎有失時之悲後失也

臣聞郁烈之芳出於委灰繁會之音生於絕絃是以貞女要名於沒世烈士赴節於當年濟日此章明烈士貞女身死而後名彰言香委火而香芳音以絃急而繁亦猶烈士貞女没身殉節於當年而後成其名

臣聞良宰謀朝不必借威貞臣衛主脩身則足是以三晉之強屈於齊堂之俎千乘之勢弱於揚門之哭良日此章明忠良在朝不假威力而服敵國也晉平公使范昭觀齊國之政景公觴之范昭起日願得君之樽爲壽公令酌樽以獻晏子命徹去之范昭歸謂平公日齊未可幷也孔子聞之日善不亞樽俎之閒而折衝千里之外晏子之謂也後魏武侯韓哀侯趙敬侯三分晉國故云三晉也晉人見宋反報晉侯日宋揚門介夫死而子罕哭之哀而人悅殆不可伐也孔子聞之日善覘哉言此二人脩身衛主執禮節於樽俎哭於揚門雖三晉之彊千乘之勢不敢加兵於齊宋也

選二十八 十六

臣聞赴曲之音洪細入韻蹈節之容俯仰依詠是以言苟適事精麤可施士苟適道脩短可命翰日此章明取人之才隨其所長不待備具而後任也洪大韻調殊歌也言樂音大小雖異俱合於調舞容俯仰殊體必依於歌士有言適於事德合於道才雖精麤長短不同皆可命而用之也

臣聞因雲灑潤則芬澤易流乘風載響則音徽自遠是以德教俟物而濟榮名緣時而顯銑曰此章明賢人負德當雖會而成也微美俟待也言雨之灑潤聲之音響必資風雲而後芬美流遠也亦猶德教待賢而後濟賢人因時而後彰

臣聞覽影偶質不能解獨指跡慕遠無救於遲是以循虛器者非應物之具翫空言者非致治之機向曰此章明有言而無行者不可用也虛器謂畫器也言猶畫器者不堪應盛受賞空言者不足理機務也

臣聞鑽燧吐火以續暘谷之晷揮翮生風而繼飛廉之功是以物有微而毗著事有瑣而助洪濟曰此章明人有小能若亦可助成大功也燧鑽火木也暘谷日出處晷日影也飛廉風師也毗贊瑣小也言鑽燧取火揮翮生風亦能續日晷之明繼飛廉之吹足明小能之人亦可贊助大業

臣聞春風朝煦蕭艾蒙其溫秋霜宵墜芝蕙被其涼是以威以齊物為肅德以普濟為弘良曰此章明人君賞罰不以貴賤而易常也煦蒸也蕭艾惡草墜落也芝蕙香草言春秋生殺不以善惡而易寒燠聖主理人不以貴賤而殊威德也肅嚴普徧洪大也

臣聞巧盡於器習數則慣道繫於神人亡則滅是以輪匠肆目不乏奚仲之妙瞽史清耳而無伶倫之察翰曰此章明工巧可以習致妙道難以力求也慣猶善也執匠輪扁也肆信也奚仲造車者瞽無目人也史樂官也伶倫黃帝樂師也言奚仲造車輪扁斲之不乏其妙瞽史靜耳不能得伶倫之妙是由工妙外物易善也聽聲繫神難成也人亡則滅明妙道則難傳也

臣聞性之所期貴賤同量理之所極卑高一歸是以准月稟水不能加涼晞日引火不必增輝銑曰此章明貴賤雖異理極則同也言物雖貴賤殊流高卑異級理至其極則同歸矣亦猶方諸取水於月陽燧取火於日其來雖高涼煇之性不加於尋常水火

臣聞絕節高唱非凡耳所悲肆義芳訊非庸聽所善是以南荊有寡和之歌東野有不釋之辯向曰此章明事至於妙非常人所知也肆陳訊言釋解也南荊楚也寡和之歌謂幽蘭白雪也孔子行於東野馬逸食野人稼野人留其馬子貢往說而請之野人不與鄙人馬圉往說曰子耕東海至於西海吾馬何得不食子苗邪野人大悅解而還之言楚人其唱雖曲凡耳所不聽子貢雖陳其芳義野人所不善是事不適時也

臣聞尋煙染芬薰息猶芳徵音錄響操終則絕何則垂於世者可繼止乎身者難結是以玄晏之風恒存動神之化已滅濟曰此章明教跡垂世者可尋妙道在身者難繼也薰煙微驗操曲也玄晏禮教也動神至道也言尋煙染氣煙息猶香留周孔雖死禮教之風尚在驗音錄響臣絲即絕喻老聃去世至道之化乃滅也

臣聞託闇藏形不為巧密倚智隱情不足自匿是以重光發藻尋虛捕景大人貞觀探心

昭哉良曰此章明人不可以詐闇隱以智隱詐也匿藏也重光日也貞正照明哉差也夫人藏形於闇自以為密日發光藻而照之隱情於智自以為匿聖人垂正觀而明之然日非尋捕聖非探賾但以無私之照無情之觀故物不能逃也

臣聞披雲看霄則天文清澄風觀水則川流平是以四族放而唐劭二臣誅而楚寧翰曰此章明誅暴亂則主聖明矣霄天澄淨也四族謂共工驩兜三苗鯀也二臣謂費無極鄢將師也天水喻君也風雲喻亂臣也言去風雲則天清而水平誅暴亂則君聖而時泰也劭繼也故舜能繼唐因放四凶楚之載理由誅二臣也

臣聞音以比耳為美色以悅目為歡是以衆聽所傾非假北里之操萬夫婉孌非俟西子之顏故聖人隨世以擢佐明主因時而命官銑曰此章明君當隨時擢賢不必空慕古人也北里樂名操曲婉順變好俟待也西子西施也夫悅耳目者以適時而為美何必假北里之曲待西施之容而後樂哉言聖人亦當隨世擢用賢良豈必遠思稷契而後成理也

臣聞出乎身者非假物所隆牽乎時者非克已所勗是以利盡萬物不能長叡童昏之心德表民倫不能長救棲遑之辱向曰此章明性愚不可以教變俗啟不可以力致也勗勉也叡明也童昏癡也表上也夫至愚之人非假物而能致其明至敬之時非克己勉力而能正故唐堯能理天下不能化子之徵孔立德上人倫不能免已之辱也

臣聞動循定檢天有可察應無常節身或難照是以望景揆日盈數可期撫臆論心有時而謬濟曰此章明人事深遠不可揣知也猶轉也檢猶分也揆度也盈數長短之數也意心謬誤也言天之運轉有定分故可察人之變易無常故難明何者天道有定晷刻不差無恒之人心口相誤是明人心難知於天也

臣聞傾耳求音眂優聽苦澄心徇物形逸神勞是以天殊其數雖同方不能分其感理塞其通則並質不能共其休良曰此章明才量任人事雖勞不可以殊能兼也優樂澄定徇營感憂塞隔也夫傾聽求聲者則耳苦而目樂定心營物者則神勞而形安然同在一身之上而休戚異者是天理殊宜造化自隔

臣聞遁世之士非受瓠瓜之性幽居之女非無懷春之情是以名勝欲故偶影之操矜窮愈達故陵霄之節厲翰曰此章明遁世不仕非樂幽隱貞烈之女豈樂獨居知時不可仕知欲不勝名也言隱者豈性如匏瓜繫在一處貞女豈不知懷春而好偶影以時不可動故厲節不可違故執操也

臣聞聽極於音不慕鈞天之樂身足於蔭無假垂天之雲是以蒲密之黎遺時雍之世豐沛之士忘桓撥之君銑曰此章明令長政和人得其足矣鈞天中天也昔趙簡子夢遊鈞天鈞天為設廣樂也垂天雲謂大雲也蒲子路所理邑密卓茂所理邑也黎衆也時雍太平化也豐沛謂漢高祖邑也桓撥謂撥亂也夫聽足於音不思廣樂身

有所庇不假大雲亦猶蒲密衆人被子路卓茂之化而志太平之風漢朝之士不思敎德也

臣聞飛轡西頓則離朱與矇莫同瞍蘇苟收察懸景東秀則夜光與珷玞匿耀是以才換世則俱困功偶時而並劭向曰此章明君暗而濫臣任事則賢與愚同類矣飛轡謂日也日有御故云日爲君也離朱明目人喻賢也矇瞍謂盲人喻愚也懸景月也月象權臣也秀出也夜光璧名喻賢也珷玞石名喻愚也換易也困遲也夫日闇則明月與盲同爲無察月出則夜光與珷玞咸歸匿耀亦猶世闇則賢愚俱困逢時則賢者招繼而起劭繼也

臣聞示應於近遠有可察託驗於顯微或可包是以寸管下傃素天地不能以氣欺尺表逆立日月不能以形逃濟曰此章明用人不假臨事而後知也但察志氣之近可驗心迹之遠也管律管也傃向也謂揮向地中候氣也欺詐也表以測日言以寸管測天地之氣尺表假日月之形天地不能詐日月不能逃而況人情能逃影則匿乎

臣聞絃有常音故曲終則改鏡無畜影故觸形則照是以虛已應物必究千變之容挾情適事不觀萬殊之妙良曰此章明聖人以道御物不私其情故無不應也畜積也究盡也絃有常音曲終則異以挾改易之情故不能見其妙鏡無積影觸形則照以合應物之體故能盡其容言聖人虛已應人亦猶鏡也

臣聞柷圉希聲以諧金石之和鼙鼓疎擊以節繁絃之契是以經治必宣其通圖物恒審其會翰曰此章明道雖少而合理者亦不可棄也柷圉止樂之物聲小鼙鼓也夫柷圉鼙鼓音雖希疎皆和金石節奏繁絃也言經營政化圖謀事物亦資合理之士以審要會也

臣聞目無常音之察耳無照景之神故在乎我者不殊之於己存乎物者不求備於人銑曰此章明人無聞材不可以責備也言耳不堪視目不堪聽斯乃在於一人之身猶不責其通塞之故豈可求諸備於一人

臣聞放身而居體逸則安肆口而食屬厭則充是以王鮪登俎不假吞波之魚蘭膏停室不思銜燭之龍向曰此章明物各得所則無傾慕之心矣肆恣厭飽充足也王鮪魚名俎架也吞波大魚也北方有無日之國有龍銜燭而照之夫放身而居恣口而食在於安飽爲足亦猶俎登王鮪者不得待吞波之魚也室照蘭燈若無假燭龍之光

臣聞衝波安流則龍舟不能以漂翰曰此章明人性隨化遷易聖人爲理不可不慎風也化也龍舟畫龍於舟也漂蕩也震風洞發則夏屋有時而傾良曰震風大風也洞疾夏大傾側也何則牽乎動則靜凝翰曰凝止也舟牽於水是動也以波安而反靜止也係乎靜則動貞銑曰貞正也屋係於地是靜也風震而動正也是以淫風大行貞女蒙冶容之悔淳化殷流盜跖挾曾史

之情向曰殷盛也盜跖東陵大盜也曾參交魚豢之士也言人無常性善惡在於化也水本漂蕩風静則安屋本堅正風漂則側措貞女之心因盜風而偈蕩大盜之性遇淳化而康絜也

臣聞達之所服貴有或遺窮之所接賤而必尋是以江漢之君悲其墜屨少原之婦哭其亡簪濟曰此章明故舊不可忘也服用遺棄也昔楚昭王與兵戰楚軍敗走王忘其屨已行三十步王一返取之左右怪而問之王曰楚國雖貧豈無一屨哉吾悲與之俱出而不與之俱返矣於是楚俗無相棄者孔子游於少原之野聞有婦人哭於澤中甚哀孔子使弟子問焉對曰向刈蓍薪亡吾蓍簪是以哀孔子曰刈蓍薪亡蓍簪有何悲也對曰非傷亡簪吾所以悲不忘故也言人達時所用或有可棄貧賤之交在於貴難忘故楚王之悲少原流慟蓋欲激厲澆俗也

臣聞觸非其類雖疾不應感以其方雖微則順是以商飈漂山不興盈尺之雲谷風乘條必降彌天之潤故闇於治者唱繁而和寡審乎物者力約而功峻良曰此章明君行暴之政則不能懷百姓也商飈秋風也谷風東風也彌猶徧也峻高也夫秋飈吹山不能興雲疾不應也東風動條則必降雨微而順也亦猶闇者法繁而人不從明者事約而功高大也

臣聞煙出於火非火之和情生於性非性之適故火壯則煙微性充則情約是以殷墟有感物之悲周京無佇立之跡翰曰此章明情欲縱則必喪身亡國也殷謂紂周謂幽王也微子過殷墟而見麥秀於舊居而悲周大夫過周京感黍苗而歎夫煙能生火性能生欲火盛則煙滅欲深則性亡亦猶殷周之君縱欲隕身喪國使二賢感歎也宮室盡爲禾黍故無佇立之跡

臣聞適物之技俯仰異用應事之器通塞異任是以鳥栖雲而繳飛魚藏淵而網沈賁鼓密而含響朗笛疎而吐音銑曰此章明聖人不狂物從已故所適必通也繳射也網綱也大鼓曰賁朗明疎通也夫鼓笛爲器有通有塞故使任各異而聖人用心俯仰順物升於雲則爲繳沈於淵則爲網故物不能逃而無不通也

臣聞理之所守勢所常奪道之所閉權所必開是以生重於利故據圖無揮劒之痛義重

於身故臨川有投跡之哀向曰此章明賢者重義而輕身也文子曰左手據天下圖右手刎其喉愚者不爲也舜讓天下於友北人無擇無擇曰欲以辱汙漫我因自投清泠之泉夫理有可守者爲勢力所奪道有可閉者爲威權所開是以據圖之人揮劒不以利輕身也投川之士死而可哀者輕身徇義也

臣聞圖形於影未盡纖麗之容察火於灰不覩洪赫之烈是以問道存乎其人觀物必造其質良曰此章明棄虛收實也圖畫也言人圖形於影不得容媚察火於灰無見赫烈若信虛言不能存道亦猶畫形於影不至其質也造至也

臣聞通於變者用約而利博明其要者器淺而應玄是以天地之賾該於六位萬殊之曲

窮於五絃濟曰此章明事能通變者雖小可以窮大也器用玄遠賾深該備也夫事有變要所用淺約通乎玄遠者亦猶易著六爻備於萬象琴張五絃揔於衆聲

臣聞情見於物雖遠猶疎神藏於形雖近則密是以儀天步晷而脩短可量臨淵揆水而淺深難察翰曰此章明事遠者不必難近者不必易察也儀法步推晷影脩長揆度也夫天體雖遠可以法推者疎而易知神機至近非能理契者察而難測故聖人用心不重其大不輕其小

臣聞虐暑熏天不減堅冰之寒涸陰凝地無累陵火之熱是以吞縱之彊不能反蹈海之志漂櫓之威不能降西山之節銑曰此章明士有執節者

不可以威力移也虐毒也陵原也關東諸侯合縱拒秦而秦吞併之蹈海謂魯連隱於海也櫓大楯也武王伐紂流血漂櫓西山首陽山也夫冰之性寒毒暑不能減火之性熱凝陰不能累亦猶秦皇之彊不能迴魯連之志周武之威不能屈伯夷之節也

臣聞理之所開力所常達數之所塞威有必窮是以烈火流金不能焚景沈寒凝海不能結風向曰此章明理有定分不可越也言火之流金寒之凝海乃理開常達之道是以能之至於焚景結風則數塞必窮之義由是不及也

臣聞足於性者天損不能入貞於期者時累不能滛是以迅風陵雨不謬晨禽之察勁陰殺節不凋寒木之心濟曰此章明貞操之士時亂不能易其節也於性謂松柏也天損謂霜雪也貞於期謂雞鶴也時累謂風雨也喻君子邪亂不能侵其明節亦猶風雨不能謬雞鶴霜雪不能凋松柏也滛侵也

女史箴一首　張茂先

良曰女史女人之官掌管書后妃之事華曜后族之盛故假女史作箴以戒後宮也

茫茫造化兩儀始分散氣流形既陶既甄翰曰茫茫廣大皃二儀天地也陶甄謂陶人為瓦器也言天地散氣流而為形有似陶人為器也在帝庖羲肇經天人爰始夫婦以及君臣銑曰庖羲伏羲也肇始經治爰於也言伏羲始治天下於是立夫婦君臣之道也家道以正王猷有倫向曰猷道倫治也婦德尚柔含章

貞吉濟曰言婦德尚柔順也易曰含章貞吉也婉嫕翳淑慎正位居室良曰婉順嫕靜淑善也正位謂皇后也施衿結褵离虔恭中饋翰曰縭纓也虔敬也中饋酒食之事也女嫁母施衿結縭曰勉之敬之也肅慎爾儀式瞻清懿銑曰肅敬儀法式用懿美也樊姬感莊不食鮮禽衛女矯桓耳忘和音志厲義高而二主易心向曰樊姬楚莊王夫人王好獵姬數諫不止乃不食禽獸之肉二年王感之而勤於政事齊侯衛姬以桓公好淫樂衛姬為不聽鄭衛之聲矯直厲勸也二主楚莊齊桓也玄熊攀檻馮媛趍進夫豈無畏知死不吝濟曰熊猛獸也美女曰媛漢元帝幸虎圈熊逸出攀檻欲上殿左右皆走而馮婕妤以身當之言此人豈不懼為君致命知死不惜也吝惜也班妾有辭割

歡同輦夫豈不懷防微慮遠良曰成帝嘗欲與班婕妤同輦婕妤辭曰觀古圖畫賢聖之君皆有賢臣在側三代末主乃有嬖妾今欲同輦得無近似乎言此豈無思念於懷所割歡者防慮微遠也道罔隆而不殺物無盛而不衰日中則昃月滿則微翰曰昃偏也殺減崇猶塵積替蓋駭機銑曰替廢也塵積成山積小善而成高德也言與德如爲山之難廢似發機之易也人咸知飾其容而莫知飾其性向曰飾容謂理裝束也飾性謂脩德行也性之不飾或愆禮正濟曰愆失也斧之藻之克念作聖良曰斧藻謂脩飾也克能也言脩飾道德則爲聖人出其言善千里應之苟違斯義則同衾以疑翰曰言善則遠亦應背義則夫婦亦相疑同衾謂夫婦也夫

選二十八　二十七

出言如微而榮辱由茲銑曰言榮辱在出言善惡也勿謂幽昧靈鑒無象勿謂玄漠神聽無響向曰幽昧闇也玄漠靜也勿以爲於闇靜之處而以爲無知者神靈鑒聽不在響象而知也無矜爾榮天道惡盈濟曰矜大盈滿也言以榮自大天道惡滿也無恃爾貴隆隆者墜良曰隆隆盛也墜落也鑒于小星式彼攸遂翰曰詩云嘒彼小星三五在東肅肅宵征隨夫人以次序進御於君也易曰無攸遂在中饋貞吉言盡婦人之道比心螽斯則繁爾類銑曰螽斯蚣蝑也言無妬忌故種類繁多而詩人引之以美后妃也歡不可以黷寵不可以專向曰過分曰黷言歡不可過分寵不可專擅專實生慢愛極則遷致盈必損理有固然濟曰慢因專擅生損因盈滿

此理之固然也美者自美翩以取尤良曰翩輕也言美者人各自爲美懷輕薄之行者則自取尤過冶容求好君子所讎結恩而絕職此之由翰曰言爲妖冶之容而求好者是君子之讎也結恩而中絕者皆在於此職主也故曰翼翼矜矜福所以興銑曰翼翼矜矜小心兒興盛也靖恭自思榮顯所期女史斯箴敢告庶姬向曰言守靖恭敬則榮望自期於汝身司主也庶姬衆妾也

封燕然山銘一首并序　班孟堅

濟曰封者增高也燕然山名也銘名也述其功美使可稱名也時留贈實憲行遂作此銘也

維永元元年秋七月有漢元舅車騎

選二十八　二十八

將軍竇憲良曰元長也和帝長舅也憲寅亮聖皇登翼王室翰曰寅敬亮信登升翼輔也言見敬信於君故升爲三公使輔王室納于大麓惟清緝熙銑曰麓錄也言使大錄萬機之事也緝熙光明也乃與執金吾耿秉向曰耿秉爲執金吾禁禦述職巡禦治兵于朔方朔方北方也鷹揚之俊螭虎之士爰該六師濟曰鷹揚螭虎言士卒驍勇也爰於該備也六師六軍也暨南單于東胡烏桓西戎氐羌侯王君長之羣驍騎十萬良曰暨與也與戎羌侯君長合擊匈奴驍俠也元戎輕武長轂四分翰曰元大戎兵也長轂兵

車也四分謂布於四面也雷輜蔽路萬有三千餘乘銑曰輜車也言兵車之衆如雷聲也蔽塞也勒以八陣蒞以威神向曰八陣一曰方二曰圓三曰牝四曰牡五曰衡六曰輪七曰浮沮八曰雁行蒞臨也謂勢八陣之勢以威神臨之玄甲耀日朱旗絳天濟曰玄黑色絳赤色耀日絳天言其盛也遂陵高闕下雞鹿良曰陵上也高闕雞鹿皆山名經磧鹵絕大漠翰曰磧石地鹵鹹地也大漠沙漠也斬溫禺以釁鼓血尸逐以染鍔銑曰溫禺尸逐皆匈奴君長名號殺人以血塗軍鼓曰釁鍔劍鋒也然後四校橫徂星流彗掃向曰校隊也徂行也星流言疾也彗掃言除也此並威武之盛矣

選二十八　二十九

蕭條萬里野無遺寇濟曰蕭條萬里空遠之貌言寇賊無餘也於是域滅區殫反旆而旋考傳驗圖窮覽其山川良曰區亦域也殫盡也旆旗也言既平匈奴考書傳驗圖牒覽匈奴中山川也遂踰涿邪跨安侯乘燕然翰曰踰跨皆越也乘上也涿邪山名安侯河名燕然山名躡冒頓之區落焚老上之龍庭銑曰躡踐焚燒也冒頓老上匈奴君長號也區落部落也龍庭單于祭天所也將上以攄高文之宿憤光祖宗之玄靈向曰攄舒也高祖爲匈奴圍於平城文帝時匈奴殺北地都尉卬言今誅之是報高祖文帝之宿怨光祖宗之神靈也憤怨玄神也下以安固後嗣恢拓境宇振大漢之天聲濟曰恢大拓開也言下固子孫大開境宇振我天子之聲也咨所謂一勞而久逸暫費而永寧也乃遂封山刊石昭銘盛德良曰咨嘆美也刊削也其辭曰

鑠音灼王師兮征荒裔勦凶虐兮截昨結海外翰曰鑠美勦絕也言美我王師征伐荒裔絕於凶虐也敻其邈兮亘地界封神丘兮建隆碣銑曰敻邈皆遠也亘徧也神丘燕然山也建立隆高碣碑也熙帝載兮振萬世向曰熙廣也言廣帝之年威振萬世

座右銘一首　崔子玉

選二十八　三十

濟曰范曄後漢書云崔瑗字子玉涿郡人也早孤好學舉茂才爲汲令兄章爲人所殺瑗遂手刃其仇亡命蒙赦而出作此銘以自戒常置座右故曰座右銘也

無道人之短無說己之長施人慎勿念受施慎勿忘世譽不足慕唯仁爲紀綱良曰譽聲譽也隱心而後動謗議庸何傷翰曰隱度庸常也言能度心而動謗議常理何能傷人乎無使名過實守愚聖所臧銑曰臧善也在涅貴不淄曖曖內含光向曰涅黑泥也淄黑色曖曖闇昧皃言在俗不染外飾闇昧內含光明也柔弱生之徒老氏誡剛彊濟曰老子云柔弱者生之徒剛彊者死之徒言以此誡世人也行行鄙夫志悠

悠故難量良曰行行剛彊皃鄙夫謂庸鄙之人也言庸人為剛彊之志悠悠然
其禍故重也悠悠長遠之貌也慎言節飲食知足勝不祥翰曰
君子慎言語節飲食祥善也知足不辱故勝不善也行之苟有恒久久
自芬芳銑曰苟且恒常也

劒閣銘一首　張孟陽
向曰載隨父任蜀郡太守作劒閣銘益州刺史張敏見而奇之乃表上其
文晉帝使鐫石記焉
巖巖梁山積石峩峩濟曰巖巖積石皃梁山梁州山也峩峩高皃
遠屬荊衡近綴岷嶓音波良曰為綴皆連也荊衡岷嶓皆山名
南通邛僰蒲比北達褒斜翰曰邛山名僰夷國名也達赤通也褒斜谷
名也狹過彭碣高踰嵩華銑曰彭門碣石二山險故以狹比之嵩華
二山名踰越也惟蜀之門作固作鎮向曰大可為鎮險可為固也
是曰劒閣壁立千仞濟曰劒閣言其峯如劒其勢如閣壁立謂峻也
千切言高也窮地之險極路之峻良曰言窮盡地之險極道路之
峻也世濁則逆道清斯順閉由往漢開自有晉翰曰蜀人負此險固故遇濁世則逆而拒之逢清時則順而歸之閉謂漢末劉備㪅而叛
也開謂晉使鍾會平蜀而開之秦得百二幷吞諸侯齊得十
二田生獻籌銑曰秦地險以二萬之衆可敵百萬故能吞諸侯也齊亦負海
之險以二萬敵十萬故能彊大也田生謂肯也獻籌謂獻策於漢高言齊秦形勢之險也
矧茲狹隘土之外區向曰矧況茲此也狹隘阻也區域也言其土也

選二十八　三十一

自在匪域之外也一人荷戟萬夫趑七夷趄七余反濟曰趑趄不
進皃言負其險阻一人荷戈萬夫不能進也形勝之地匪親勿居
良曰匪非也言非國親不可令居此險也昔在武侯中流而喜山
河之固見屈吳起興實在德險亦難恃洞庭
孟門二國不祀翰曰喜歎也魏武侯浮西河而下中流而顧謂吳起曰美
哉山河之固魏之寶也吳起對曰在德不在險昔三苗之國左洞庭德義不脩禹滅之殷
紂之國左孟門為政不道武王殺之由此言之若君不脩德則舟中之人盡敵國也武侯
曰善洞庭湖名孟門山名不祀謂不得祀其先人也自古迄今天命匪
易憑阻作昏鮮不敗績銑曰迄至昏暴鮮少績功也言天命不易
憑險難而作暴亂以不敗其功也公孫既滅劉氏銜璧向曰公孫

選二十八　三十二

述據蜀稱帝光武使吳漢伐滅之劉禪王蜀魏使鄧艾伐之禪乃面縛銜璧而降也
覆車之軌無或重跡勒銘山阿敢告梁益濟曰言公
孫述劉禪是覆車之跡無或重蹈之以此言告梁益二州以為誡也

石闕銘一首　并序　陸佐公
良曰劉璠梁典云陸倕字佐公吳郡人也少篤學善屬文仕至太常御部
使為漏刻石闕二銘冠絕當時賜以東帛朝野榮之此石闕在端門外夾
道而置之其上隱起奇獸異禽之狀
昔者舜格文祖禹至神宗周變商俗
湯黜夏政翰曰格至也文祖神宗皆舜禹受命之所也周武王
也商紂也湯天乙也黜退也夏桀也
雖革命殊乎因襲

揖讓異於干戈而晷緯冥合天人啓
基臣夫克明俊德大庇生民其揆一也
銑曰畢改也禪繼也晷影也緯星也謂日月五星皆有祥瑞之色也皆
開庇覆也言舜禹揖讓而禪湯武干戈而伐其迹雖殊至於奉天地之運
開人矜之謀明用賢才庇發兆無其揆一也在齊之季昏
虐君臨威海五行怠棄三正向曰季末也昏
闇虐暴也謂齊東昏侯爲君臨人不追事爲暴虐也書曰威侮五行怠棄
三正也刑酷然炭暴踰膏柱民怨神怒
衆叛親離蹐地無歸賭爲靡託濟曰紂爲
銅柱以膏塗之加於然炭之上東昏侯之諸暴甚於銅柱後人神怨衆親

〔選二十八　三十三〕

人離叛也蹐累足行也人告怕懼累足而折恐蹐刑網也誹云譴鳥變止
于誰之屋言烏富人之之屋亦猶人望明君而擇之也棄無也怒哀而無
所詮也於是我皇帝拯之乃操斗極把
鈞陳翼百神褆萬福良曰我皇謂梁武也拯
操執也斗之星天下取則動陳星名兵衛之象王者當執把焉翼微也
褆猶取也言敬褆以取多福也神於是龍飛黑水虎
步西河雷動風驅天行地止翰曰龍飛虎步
齊皇人之起也黑水西何推雍州舉武自雍州刺史擧兵故云雷動風驅
盛疾兌天行地止謂法天地行止也命旅致屯雲之應
登壇有降火之祥龜筮協從人祇響

附銑曰旅衆也高祖斬白蛇之異雲登壇祭天也武王濟河火流爲烏
此並聖人之祥瑞也龜筮謂卜也祇神也響附謂如響應聲也穿胷
露頂之豪箕坐椎髻之長莫不援旗
請奮執銳爭先向曰穿胷露頂西南夷之風也其坐椎髻
南越之俗也援引奮振銳利也言遠夷君長皆引旗請奮擊無道也
夏首憑固庸岷負阻協彼離心抗茲
同德濟曰夏首水口也謂[illegible]天宇郢州南岷蜀也協合抗[illegible]也
離心謂東昏侯也同德謂梁武也帝赫斯怒秣馬訓
兵嚴鼓未通凶渠泥首良曰赫盛皃秣養訓教也
言帝慈齊蜀將討之嚴鼓未通而凶惡之渠皆泥其頭而以降也弘

〔選二十八　三十四〕

舸連軸巨艦接艫盧鐵馬千羣朱旗
萬里翰曰弘巨皆大也舸軸艦艫皆船也鐵甲也言水陸發軍也
折簡而禽盧九傳檄以下湘羅兵不
血刃士無餘鏃樊鄧威懷巴黔底寧
銑曰折簡謂簡書檄軍書盧江九江二郡名湘羅二水名兵不血刃言不
交戰也無遺鏃言不放箭也樊鄧巴黔皆郡名懷來底致也言以威來之
所致定也於是流湯之黨握炭之徒守似
藩籬戰同枯朽向曰紂之辛握炭流湯者十八人藩籬言
皆疎薄不周也枯朽言其易摧折也華車近次師營窩
牧華夷士女冠蓋相望扶老攜幼一

曰雲集壺漿塞野簞食盈塗濟曰兵黃車車

也次此也商商郊牧致野武王誓衆之地壺瓶爲華蒿也言師至齊境土

女當以瓶蒿盛其漿食迎我師於路歧也似夏民之附成

湯啟士之窺周武安老懷少伐罪弔

民農不遷業市無易價良曰夏桀之時人皆附湯

毅紂之時人皆慕周令齊惡桀倶亦猶是也爭問也言安撫老少伐其罪

惡問人勞苦使農市之人各負其業也八方入計四隩

奉圖羽檄交馳軍書狎至一日二日

非止萬機翰曰四奧四方也羽檄亦軍書也狎更也言天下皆

入會西奉圖謀軍書更至也書日一日二日萬機也而尊嚴之

度不僭於師旅淵黙之容無改於行

陣計如投水思若轉規策定帷幄謀

成几案曾未浹辰獨夫授首向曰亭嚴淵默

天子容儀也僭失也言梁武雖居軍旅行陣之聞不失天子容儀也張良

之業如以石投水莫之逆也脫圖也思若轉圓言易也張良運籌策於帷

幄仲長統曰運籌策於几案十二日日浹辰獨夫謂齊東昏侯也投首謂

引頸受新也乃焚其綺席棄彼寶衣歸旋

臺之珠反諸侯之玉向曰焚棄綺寶謂崇儉也帝王

紀曰王命歸疾臺之珠玉於諸侯人咸書也指麾而四海

隆平下車而天下大定拯茲塗炭黔

此橫流功均天地明並日月濟曰塗浞炭人

橫流大水也言齊朝之人皆如陷泥墜火陷大水而武帝救之也均齊

也於是仰協三靈俯從億兆受昭華

之玉納龍敘之圖良曰協合也三靈天地人也堯得舜

而華之器昭華之玉赤龍負圖以瑞堯也書曰天球河圖在東敘受納者

言升爲天子類帝禋宗光有神器升中以

祀羣望攝袂而朝諸夏翰曰類禋皆祭名光明也

神器天子器也升中謂登中岳也祭祀羣望星辰山川也攝整袂袖也諸

夏中國也布教鬱鐵班政方外謀協上策

刑從中典銑曰班布也政法也方外四夷也協合也上策謂降

敵也刑平國用中典南服緩耳西羈反舌劒騎

穹廬之國同川共穴之民向曰羈縻也餘皆遠

國名莫不屈膝交臂厥角稽顙鑿空爲

里壤地千都慕南罷鄣河西無警濟曰

交臂屈膝謂臣服也厥角叩頭也稽顙拜也鑿空謂鑿山以通道也援如

也千都千城也罷郭無警言安清也於是治定功成遐

邇安遠肅憶茲鹿駭息此狼顧良曰邇近肅清

也鹿駭狼顧喻賊警擾也忘息言無也乃正六樂治五

禮改章程創法律翰曰六樂六代之樂也五禮吉凶賓

軍嘉也程權量之平法也創制也置博士之職而著

錄之生若雲開集雅之館而款關之
學如市銑曰博士學官也詩有大雅小雅集雅之館則教詩之所也款叩也言叩門請見者如人之趣市也與建庠序啓設
郊丘一介之才必記無文之典咸秩向曰建立也庠序學名啓開也郊甭郊丘圜丘皆祭天地之名也一介謂小才也記錄典法秩叙也言未有文記之法皆次叙也於是天
下學士靡然向風人識廉隅家知禮
讓濟曰言庠序之興故學者知順風而靡皆歸之於禮也教臻
侍子化洽期門區宇乂安方面靜息
役休務簡歲阜民和良曰臻至也侍子謂諸蕃質子

奉侍天子故云侍子期門守衛之官言皆蒙學教之化也乂理方面四方之面也靜息謂無備也簡略也阜厚也歷代規謩前王
典故莫不芟夷翦截允執厥中翰曰規法謩則也故事也夷平允信厥其也言前代法則故事有煩亂人者皆芟平翦截使信堯其中也以為象闕之制其來已遠
春秋設舊章之教經禮垂布憲之文銑曰哀公三年火季桓子命書藏象魏曰舊章不可亡也經禮謂周禮也周禮太宰以正月懸理象之法於象魏使萬人觀理象焉憲法也言布法以示人也戴記顯游觀之言周史書樹闕
之夢向曰禮記戴聖所傳故曰戴記仲尼與於蜡事畢出游觀之上

觀則闕也文王自商至程太姒夢見商之庭生棘太子發取周庭之梓樹於闕閒化為松柏也北荒明月西極流精海岳
黃金河庭紫貝濟曰西北荒有二闕高百丈上有明月珠徑三文崐崙山有流精闕海岳蓬萊山也有白銀闕紫貝闕名河伯所居
蒼龍玄武之制銅爵鐵鳳之工良曰皆闕
名也或以聽窮省冤或以布治懸法翰曰李尤闕銘曰懸理聽省乃無窮冤布理謂前太宰懸法也或以表
正王居或以光崇帝里銑曰表飾也光榮崇重也言為闕者以飾帝王之居里而榮重也晉氏浸弱宋歷
威夷禮經舊典寂寥無記鴻規盛烈

湮沒罕稱乃假天闕於牛頭託遠圖
於博望有欺耳目無補憲章向曰浸漸也威夷微弱也寂寥空靜也鴻大烈業經沈罕希也晉以牛頭山爲峯以爲大闕宋立雙闕於博望山也言晉宋乃微弱經籍無記大業沈沒皆假爲觀闕是欺誑耳目無益章程也乃命審曲直之官選
明中之士陳圭置臬魚列瞻星揆地興
復表門草創華闕濟曰審察也謂察曲直之宮也明中謂明各有中星也圭以測日影也臬以平永也臨其中正揆度也謂度地形勢也草創謂初始也言始起華闕以飾國門也於是歲次
天紀月旅太簇良曰天紀星紀也大簇乃正月律也皇

帝御天下之七載也搆茲盛則興山
崇麗方且趨以表敬觀而知法翰曰盛則崇謂闕也且趨急步也言物覲過闕者使急步而行以表敬也
雙碣之容民識百重之典銑曰言雙碣之百姓觀之以知百代之常法也重化典法也作範垂訓赫
矣壯乎向曰範法訓教也赫壯皆盛貌爰命下臣式
銘磐石濟曰下臣自謂明也磐石大石也式其辭曰
惟帝建國正位辨方周營洛涘漢啓岐梁良曰
建立也洛水名涘水涯岐梁謂雍州也言古之帝王辨方正位立都不恒故雍洛咸爲帝
宅也居因業盛文以化光爰有象闕是惟舊章

選二十八　三十九

翰曰業事也化光謂德化光大也象闕則舊章也青蓋南洎黃旗東
指懸法無閒藏書帶紀銑曰青蓋謂晉也黃旗謂吳也言此二君
雖江南皆無闕故使法無所懸書無所藏也大人造物龍德休否
建此百常興茲雙起向曰大人君也造物謂造萬物也龍德名應也
言君以德休息否亂之道也百常觀名雙起雙闕也偉哉偃蹇壯矣巍
巍旁映重疊上連翠微濟曰偃蹇巍巍壯大貌重疊謂宮觀多也
翠微天邊氣也布教方顯浹日初輝懸書有附委蓑
知歸良曰周禮懸法教於闕浹日而斂之委蓑謂藏書也嶱崛魚勿重軒
穹隆反宇形聳飛棟勢超浮柱翰曰嶱崛穹隆狀大貌飛
棟浮柱謂漢甘泉宮之大也比闕形勢之高而超越焉色法上圓制模

下矩周望原隰俯臨煙雨銑曰上圓天也下矩地也謂取摸於
天地也俛俯也周望原隰俯臨煙雨言其高也前屬四會却背九
房北通二轍南湊五方向曰賓列也四會道也九房明堂也周禮
曰應門二轍漢書曰奏地五方雜也鑑此五方謂吳之五方也湊至也暑來寒往
地久天長神哉華觀永配無疆濟曰言此闕同天地長久
配國家之無窮也

新漏刻銘一首并序○良曰武帝以舊漏刻乖舛乃令祖恒更
理之故曰新漏刻也
夫自天觀象昏旦之刻未分治歷明
時盈縮之度無准翰曰言觀象於天未分明閏之節理

選二十八　四十

歷候時不悉長短之度此明須漏刻之義也准法也挈壺命氏
遠哉義用銑曰周禮置挈壺此掌漏刻哉數此義之用遠也
揆景測辰微叶宮戒井守以水火分
茲日夜向曰揆度景晷辰時也微巡宮也戒井謂官守穿井成則
挈壺氏以壺懸井上以表井或也以水守壺者爲沃漏以火守壺者爲夜
視刻數分日夜者爲晝夜共刻也言以濁刻日晷及時晝漏晝夜漏起則
守宿者巡於宮中也而司歷亡官疇人廢業孟
陬子侯殄滅攝提無紀濟曰司歷主歷之官從父學者
爲疇人也正月爲孟陬太歲在寅爲攝提陬謂無紀言閏餘乘錯不與正
歲相值也衛宏載傳呼之節較而未詳霍

敘分至之差詳而不密良曰若漢使
夜漏起宮衛傳以為備也較考詳審也霍融為太史令上言時日差失二刻半不知夏歷穿也
陸機之賦虛握靈珠孫
翰曰陸機依漏刻賦孫綽依漏刻銘
綽之銘空擅崐玉
臺珠崐玉喻文章美也言此二人虛擅其文而無益也
弘度遺
篇承天垂旨銑曰李弘度向承天二人並為漏刻之法旨意
也有布方冊無彰器用向曰方冊史書出言雖有
法竟未成器用也
譬彼春華同夫海棗濟曰春華
言不實也晏公謂晏子曰東海之中有水赤有棗華而不實何也晏子對
日昔秦繆公乘龍理天下黃布裹蒸至海濯其布故水赤蒸棗故花不蒸

選二十八 四十一

實拙公曰吾詳問晏子對曰詳鑿之言何李法下無實也亦寧可
以軌物字民作範垂訓者乎良曰寧安執法
也言為法無實安可以字人垂教也
且今之官漏出自會稽翰曰漏本山陰令魏五所造之出自會稽會稽郡名
積水違方導流乖則銑曰積聚引導皆違言聚水引流皆違法
正法六日無辨五行不分向曰夏至加三日冬至加
三日歲加六日夜而復始漢舊儀中黃卯背五夜之法謂甲乙丙丁戊也
無辨不公謂失常也歲躔閹茂月次姑洗濟曰
文歲在戊曰閹茂崇之月律中姑洗季皇帝有天下之
五載也樂遷夏諺禮變商俗良曰諺曰吾夏

王不遊吾何以休書曰商俗靡靡利口惟賢變易也言易齊政也靡業
類補天功均柱地翰曰女媧鍊石補天共工與顓頊爭
帝觸不周山天柱折地維絕言齊天地壞絕而梁武能補柱也河海
夷晏風雲律呂銑曰夷平晏清也言河海不波浪也東風
入律青雲干呂至道之應也坐朝晏罷每旦晨興
向曰晏晚晨早興起也言天子勤政早理也屬傳漏之音聽
雞人之響濟曰傳漏唱也周禮雞人掌祭祀夜呼旦以嘂百官
官使早起蜀於此也言君勤於此以為星火謀中金水
良曰星火心星也中方退壺用金隨用水以陰陽之象書誤
違用時乘啓閉箭異鎔銖也言違常時翰曰箭閉以日啓

選二十八 四十二

漏水也八兩曰錙二十四銖曰兩言舊漏壺箭失開閉長短之節爰
命日官草創新器銑曰天子有日官草創始制也新器
則新漏也於是俯察旁羅登臺升庫向曰
易云俯則觀法於地旁羅日月星辰臺謂觀之臺也摔慎登大庭之庫
則于地四參以天一濟曰則法也四以天地
生金以一生水故壺用金潘水相參而用之也
咸和餘舛良曰晉成帝年號建武晉元帝年號武帝
建武遺
也金箭方圓之制飛流吐納之規
金謂壺箭也壺形方箭形圓飛水其盛也吐納壺箭也
律改經一皆變革銑曰律法經常也言變定革改也

皆常法定改一天監六年太歲丁亥十月丁亥朔十六日壬寅漏成進御以考辰正晷測表候陰（測時日考表影候陰氣也 向曰進御謂進天子辰時晷日也言可）不謬圭撮無乖黍累（濟曰謬誤也六粟曰圭十圭曰撮十黍曰累言新漏刻無乖誤也）又可以校運算之睽合辨分天之邪正（良曰校考運數睽離也分謂分天之長短言可考知運算睽離之數辨分其晝夜長短）察四氣之盈虛課六歷之疎密（翰曰四氣四時之氣也盈虛滿虛也六歷謂黃帝顓頊夏殷周及魯歷也張銑曰六歷比於太初歷疎闊中最密用近也）

永世貽則傳之無窮赫矣爰得而稱也（銑曰貽遺也言成功非一得）昔嘉量微物盤盂小器猶其昭德記功載在銘典（向曰周禮栗氏為量銘曰嘉量既成以觀四國盤盂五者黃帝之史書盤以為戒昭明也言此小物猶明德紀功以為銘典於上也）況入神之制與造化合符成物之能與坤元等契（濟曰入神之謂漏刻也造化謂陰陽也至哉坤元萬物資生契信也言此漏刻同於造化坤元也）勳倍樞席事百巾杌（良曰勳功也樞柱杌案也太公有樞席巾杌之銘言漏刻之功倍多於樞席巾杌之百倍也）寧可使多謝曾水

有陋昆吾（翰曰曾水名漢得鼎於曾水昆吾山名夏啓鑄鼎之所皆勒銘於上言此可使備刻不及於後）金字不傳銀書未勒者哉（銑曰金字銀書謂碑銘之字也）乃詔小臣為其銘曰（向曰此帝命也為銘）

一暑一寒有明有晦神道無跡天工罕代（向曰晦闇也神之道其來無跡天工官之事也言神無能代也）乃置挈壺是惟熙載氣均衡石晷正權槩（濟曰熙廣也載事也石權衡也槩平斗斛也言置挈壺正晷也）世道交喪禮術銷亡（良曰交俱也喪亡禮術道術也言世道衰亂也）遽遷水火爭劉衣裳（翰曰遽急也詩曰東方未明顛倒衣裳刺朝廷不時也）頴挈刀紆次叢木乘方（銑曰漢書漏盡則挈刀自紆叢木謂更也木打漏盡則挈刀乘方言失常也）爰究爰度時惟我皇（向曰我皇謂武帝也於此窮究而度之方）洪效壺外次圓流內襲（濟曰次圓敘也言重壺次第也）珠等高卑異級（良曰大鼓小鼓高卑各異級也）靈虬承注陰蟲吐噏（翰曰靈虬龍也陰蟲謂蝦蟆也言漏刻以龍蝦蟆之形以承水之吐噏也）作蝦蟆（銑曰言漏水如蝦蟆吐噏之狀也）微呂抽蘭逝如激電（向曰言漏水下之疾如激電也）耳不輟音眼無留眄銅史司刻金徒抱箭（濟曰銅史金徒謂漏刻之人為之也）左右以左手把箭右手指刻以別天時之早晚也 履薄冰競臨深罔

戰良曰言堂壺人恐有差失甚於履冰臨深也授受靡僭登降有奕翰曰言時之授受無僭也則升降之節不差也唯精唯一可法可象銑曰言專精之人可爲之法象月不遁來日不蔽往分以符契至猶影響向曰遁匿也言置漏刻如日月度數故不能藏隱也符契喻信也影響言與時節相應如影響隨於形聲合昏暮卷蓂莢晨生濟曰合昏樹也其葉夜合而明舒蓂莢瑞草也每晨生一葉至十五日後則日落一葉尚辨天意猶測地情翰曰言合昏蓂莢猶能辨天地明暗之情況我神造通幽洞靈銑曰洞通靈神也神造謂漏刻也配皇等極爲世作程向曰皇天也極謂北極星也言配皇天齊極星之運爲世之法也程謂法也

選二十八　四十五

王仲宣誄一首　并序　曹子建

濟曰誄者累也言人死後累其德行也

建安二十二年正月二十四日戊申魏故侍中關内侯王君卒嗚呼哀哉皇穹神察詰人是恃如何靈祇殲我吉士良曰穹天也言皇天之神不察視我明詰之人乎何天神地祇而殲滅之吉謂善也誰謂不痛早世即冥誰謂不傷華繁中零翰曰傷亦痛也零落也言痛其早死也存亡分流夭遂同期銑曰夭少死遂終也言存亡雖且殊途夭與壽終同期於死也朝聞夕沒先民所思向曰朝聞道夕死可矣先之古人也思聞道而死也何用誄德表之素旗何以贈終哀以送之濟曰素旗雜帛爲之即今之銘旌旛也遂作誄曰

猗歟侍中遠祖彌芳公高建業佐武伐商良曰猗歟歎辭侍中粲也遠祖畢公高也本與周同姓佐武王伐紂有功封於畢是謂畢公也爵同齊魯邦祀絕亡流裔畢萬勳績惟光晉獻賜封于魏之疆天開之祚末胄稱王翰曰齊太公之封魯周公之封言畢公高之封同於齊魯而後代絕亡流裔至畢萬始事晉獻公獻公滅魏封畢萬於魏是天開其祚也後十代文侯盛至孫斯惡王因以王爲氏焉厥姓斯氏條分葉散銑曰斯氏王氏也條葉謂子孫也世滋

選二十八　四十六

芳烈揚聲秦漢向曰[illegible]繁烈業也秦有王離王翦之貴也漢有五侯之盛是播聲也會遭陽九炎光中矇濟曰百六之會陽九之厄也炎光謂漢也矇暗也中暗謂王莽篡位世祖撥亂爰建時雍良曰世祖謂光武也撥亂謂平王莽也建立也時雍太平也三台樹位履道是鍾向曰三台星名三公之象也樹立鍾聚也言履道於光武代也寵爵之加匪惠惟恭銑曰諡法愛民好與曰惠恭敬事上曰恭自君二祖爲光爲龍向曰粲曾祖龔祖暢皆爲漢三公詩曰旣見君子爲龍爲光僉曰休哉宜翼漢邦或掌太尉或掌司空百揆惟敘五典克從濟曰僉皆百揆統領也太尉謂龔司空暢也揆度也言皆度百事使五常之典能順從而行也天靜民和皇教遐通良曰言能使天下治

卲皇王也邈遠通也伊君顯考奕世佐時翰曰伊推考父也奕不絕
之稱也謂粲父爲大將軍何進長史也入管機密朝政以治
銑曰機密謂軍謀之事也出臨朔岱庶績咸熙向日粲父出爲岱郡
太守也庶衆績功也咸熙皆廣也君以淑懿繼此洪基既有
令德材技廣宣彊記洽聞幽讚微言濟曰淑善懿美
洪大也言粲有善美能繼祖父大業也洽徧幽深讚明也謂材藝廣達而深明微言也微
言爲先聖之書也文若春華思若涌泉良曰春華喻繁茂也思才
思也泉涌言不絕也發言可詠下筆成篇何道不洽何
藝不閑翰曰洽通也藝材藝也閑明也棋局逞巧愽弈惟賢
銑曰棋局逞巧謂粲能覆局及善愽弈之術也皇家不造京室隕顛

選二十八　四十七

宰臣專制帝用西遷向日皇家漢室也造成也京室洛陽也隕顛謂
隆落也宰臣謂董卓也言卓專制遷帝於長安君乃羇旅離此阻艱
翕然鳳舉遠竄荊蠻濟曰阻艱謂遭董卓作難也翕然鳳飛皃君子
出德於鳳故以此喻粲也竄逃也荊蠻則荊州也身窮志達居鄙行
鮮振冠南嶽濯纓清川良曰身窮謂羇旅也志達謂得去亂鄉也
鄙陋鮮明也南嶽衡山也清川江也此江山皆在荊州故也潛處蓬室不
干勢權翰曰干求也勢權勢之人也我公奮鉞耀威南楚
銑曰我公謂曹操也奮振也鉞斧也威兵威也南楚荊州也荊人或違陳
我講武向曰或違陳也戎兵也講武謂將討亂也君乃義發筭我
師旅濟曰義發謂勸劉表子琮降曹公筭謂筭度知其彊盛也高尚霸功

投身帝宇良曰高尚太祖有霸功也帝宇謂漢室也斯言既發謀
夫是與翰曰斯言爲勸琮降漢之言也與用也是與伊何響我
明德投戈編鄀若稽顙漢北銑曰奉上曰響編鄀二縣名言
粲投兵戈於此二縣稽顙從漢而北歸我公寔嘉表揚京國金
龜紫綬以彰勳則向曰寔實嘉善揚明也言曹公實善粲之功明舉京勳則伊何勞謙
國也金龜紫綬謂辟粲爲極爵關內侯也章明勳則也
靡已憂世忘家殊略卓峙濟曰靡無卓高峙之也言勞謙無已
憂國政理而忘於家殊異之略高立於時也乃署祭酒與軍行止
良曰曹公署粲爲軍謀祭酒與之軍中行止也筭無遺策畫無失理
翰曰言計策必中也我王建國百司雋乂銑曰天子進曹公爵爲魏

建二十八　四十八

王使置百官乂理也謂雋理之人也君以顯舉秉機省闥音太協韻
戴蟬珥貂朱衣皓帶向曰秉執機也省闥宮門謂粲爲侍中執機
儀之事於此也蟬貂朱衣皆侍中服也珥插皓素也入侍帷幄出擁華
蓋榮耀當世芳風晻藹濟曰言出入侍從紀王而榮華先於當世
也晻藹盛皃嗟彼東夷憑江阻湖騷擾邊境勞我
師徒光光戎輅霆駭風徂君侍華轂輝輝王
塗良曰東夷吳也憑依阻恃騷動擾亂也光光武皃戎輅兵車也言吳國恃險動亂邊
境魏王征之而粲爲侍中隨粲故云侍華轂輝輝王室也思榮懷附望彼
來威向曰懷寵也彼謂吳也感德也言粲思歸其榮故來附魏王伐吳亦望彼吳來
歸向王德也如何不濟運極命衰寢疾彌留吉往

凶歸嗚呼哀哉銑曰言如何不能成濟當是運命衰盡也彌終也吉往凶歸謂粲從操伐吴路病而卒也翩翩孤嗣號慟崩摧向曰翩翩孤皃孤嗣粲子也發軫北魏遠迄南淮經歷山河泣涕如頹向曰軫車也迄至也謂粲子自魏至南淮迎喪也頹墜也哀風興感行雲徘徊游魚失浪歸鳥忘栖嗚呼哀哉良曰魚失水鳥忘栖言哀感之深也吾與夫子義貫丹青翰曰貫過也植自言與粲親密義過丹青之分明也好和琴瑟分過友生良曰友生謂朋友也庶幾遐年攜手同征向曰遐遠征行也如何奄忽棄我夙零濟曰奄遽夙早零落也感昔宴會志各高厲子戲夫子金石難斁人命靡常吉凶異制

選二十八　四十九

良曰厲遠也予植自謂也戲爲初與粲有戲言敝踣弊也異制歎粲先死也此歡之人孰先隕越翰曰此歡則前宴會也孰誰也誰先隕越者謂前戲言此會之中誰當先沒也何寤夫子果乃先逝銑曰言何寤粲乃先逝也又論死生存亡數度子猶懷疑求之明據儻獨有靈游魂泰素向曰言與粲論存亡生死之數而粲懷疑求書以訪明據也泰素天也儻獨有神靈當游於天蓋粲有求仙之言也我將假翼飄颻高舉超登景雲要子天路濟曰植言子之魂神游於天我將假借羽翼超於景雲之上要子於天路也喪柩既臻將及魏京靈轜迴軌白驥悲鳴良曰臻至也魏京魏都也靈轜喪車也軌轍也白驥白馬也謂巨卿所乘以哭元伯虛廓無見藏景蔽形孰云

仲宣不聞其聲翰曰廓空也藏景蔽形言不見也延首歎息雨泣交頸居盈反銑曰延引也雨泣言泣下如雨而交頸也嗟乎夫子永安幽冥人誰不沒達士徇名向曰安止也幽冥地下也徇求也言人皆死而達士死於求名也生榮死哀亦孔之榮嗚呼哀哉濟曰孔甚也言生爲時榮死爲人哀亦爲甚榮也

楊荊州誄一首 并序

潘安仁

良曰楊肇爲荊州刺史是岳妻父故言官不書名

維咸寧元年夏四月乙丑晉故折衝將軍荊州刺史東武戴侯滎陽楊使君薨嗚呼哀哉翰曰滎陽郡名戴謚也諸侯死曰薨也

選二十八　五十

夫天子建國諸侯立家選賢與能政是以和銑曰諸侯稱家言能選任賢才是以政教和也周賴尚父殷憑太阿向曰憑依也尚父太公也佐於周而周賴之以治太阿伊尹也相於殷而殷依之以致和平也矯矯楊侯晉之介牙濟曰矯矯武皃爪牙謂爲將軍也忠節克明茂績惟嘉良曰克能茂功嘉善也洿宏王略肅清荒遐降年不永玄首未華翰曰宏大略道遐遠華白也言將大佐王道肅清遠荒降年不長玄首頭未白而至卒也銜恨沒世命也奈何嗚呼哀哉銑曰銜恨恨功未著也自古在昔有生必死身沒

君垂先哲所踐 向曰哲智踐是也言身死名垂先哲以爲是也 行以彌彰德以述義 濟曰謚者行之跡號者功之表述美則誄也 敢託旐旗爰作斯誄 良曰旐旗謂銘旌幡也古人用以書德行爰於也 其辭曰

邈矣遠祖系自有周昭穆繁昌枝庶分流族始伯喬氏出楊侯 翰曰邈遠也系繼也周有伯喬者以枝庶初食菜於晉之陽因氏焉後更在河汾之間周襄陽氏或稱侯號曰陽侯肇則其後也 奕世丕顯允迪大猷 銑曰奕世相連不絕也丕大迪蹈猷道也言奕世大明信蹈大道也 天厭漢德龍戰未分 向曰龍戰喻羣雄相爭也未分猶未定也 伊君祖考方事之殷 濟曰伊惟殷盛也言方以征伐之事而歸於盛也 鳥則擇木臣亦簡君投心魏朝策名委身 良曰言肇之祖父漢末仕於魏朝也 奮躍淵塗跨騰風雲 翰曰塗泥跨躍也言肇父祖遭魏之任用如龍之奮躍淵泥騰風雲 或統驍騎或領軍 銑曰統領也驍騎祖也領軍肇父也 篤生戴侯茂德繼期纂我洪緒克構堂基 向曰篤厚纂承也我猶汝也緒業也言爾生盛之德繼百年之期承汝祖父大業也能構立基本也 弱冠味道無競惟時孝實蒸蒸友亦怡怡 濟曰二十曰弱冠味道曰好道言好道靜默不競名利於時人也蒸蒸進也言爲孝日進怡怡和順皃也 多才豐藝彊記洽聞 良曰豐多也洽徧也 目眇毫末心筭無垠草隸兼善尺牘必珍 翰曰眇視也毫末微也垠限也言草隸之書皆善也爽人尺牘皆珍貴之以爲榮也尺牘尺書也 足不輟行手不釋文翰動若飛紙落如雲 銑曰輟止翰筆也紙落如雲言書疾也 學優則仕乃從王政散璞發輝臨軹作令 向曰優長也言人出仕猶開散玉璞發其光輝也軹縣名也肇爲此縣令 化行邑里惠洽百姓 濟曰化風化也惠愛洽徧也 越登司官肅我朝命 良曰越度也司官謂理書侍御史肇自縣令越登此官而肅朝命也 言惟此大理國之憲章君涖其任視民如傷 翰曰肇時兼大理之任憲法也涖臨也視人如傷言重人命也 庶獄明慎刑辟端詳 銑曰庶衆辟法端正詳審也 法聽參皋呂稱侔于張 向曰皋陶舜士師呂侯周穆王法官也侔齊也于定國張釋之並漢法官也言肇之參齊也 改授農政于彼野王 濟曰肇爲野王典農中郎將野王縣名也 倉盈庾億國富兵彊 良曰盈滿也庾亦倉屬十萬曰億倉廩實故兵彊也 煌煌文后鴻漸晉室君以兼資參戎作弼 翰曰煌煌明也文后晉文帝也言文帝如鳥之漸高而成晉室兼并資取也言肇以文武之才文帝取爲參軍以作輔弼也 用錫土宇胙茲纘秩青社白茅亦朱其紱 銑曰錫賜也土宇謂封東武也胙當也纘謂東武子也者封五色土於白茅以賜諸侯朱紱公侯之服飾也 魏氏順天聖王受終 向曰魏康留王順天禪位於晉嗣王而晉王受其終命也 烈烈揚侯實統禁戎 濟曰烈烈盛皃統領也禁戎禁兵也 司管闈闥清我帝宮 良曰司主管籥也闈闥皆宮城門言主門籥清靜帝宮以備非常也 荀懸不

選二十八　五十一

選二十八　五十二

作穆如和風 翰曰苛慝謂亂惡也作起也不作言亂慝不起静然布清風也 譖督勳勞班命彌崇 銑曰謂言督察累高也以言察之功進封東武伯故云班命彌高也 茫茫海岱玄化未周滔滔江漢疆場分流 向曰茫茫廣遠皃海岱謂青州江漢謂荆州玄化道化也周被也疆場分流言未同也疆場謂疆界也 秉文兼武時惟揚侯既守東莞 官 乃牧荆州 濟曰秉執也言秉文武之職者此時惟揚肇而已東莞縣名肇時爲東莞郡及荆州刺史也 折衝萬里對揚王休 良曰折摧衝突也言可以摧突萬里也對荅休美也謂荅天子之美命也 聞善若驚疾惡如讎示威示德以伐以柔 翰曰君驚恐不及柔安也言威以伐叛德以安人也 吴夷凶侈偽師畏逼將乘讎釁

席卷南極 銑曰吴夷凶侈謂孫皓也偽師畏逼謂吴將步闡降晉陸抗攻之甚急詔令迎闡羊祜遣荆州刺史楊肇攻抗不克闡爲抗所擒也肇爲庶人言肇初乘闡之降將席卷於吴也 褰糧盡神謀不忒 向曰褰縮也言當爲糧繼不繼而敗神謀之差也 肇君子之過引曲推直如彼日月有時則食 濟曰君子引曲於己推直於人肇不推糧盡之過乃引罪於己也子貢曰君子之過如日月之食言不損於明也 負執其咎功讓其力亦既旋旆爲法受黜 良曰咎罪也讓責也言負持其罪爲責不盡力也旆旗也旋謂還也國也黜退也言以罪退也 退守丘壁杜門不出 翰曰丘壟壁墓也杜閉也 游目典墳縱心儒術祁祁搢紳升堂入室靡事不咨無疑不質 銑曰祁祁衆多皃搢

紳衣冠之類也無咨問質定也 兼 位貶道行身窮志逸 向曰貶黜也言肇位貶黜而道行身雖窮而志樂也逸樂也 弗慮弗圖乃寢 濟曰慮思圖謀 乃疾昊天不弔景命其卒嗚呼哀哉 也不思不謀而有此寢卧之疾也弔傷景天也言昊天不傷愍而使大命終也 子囊佐楚遺言城郢史魚諫衛以尸顯政 良曰楚子囊還自伐吴病將死遺言謂子庚曰必城於郢史魚衛大夫也臨死謂其子曰我不能進蘧伯玉之賢退彌子瑕之不肖死不當居正堂殯我於側室足矣言此二人死且不忘忠諫之道也 伊君臨終不忘忠敬寢伏牀蓐念在朝廷 銑曰言朝有思 翰曰蓐席也朝廷謂天子也 朝建厥辭夕隕其命 君之言而及亡也 聖主嗟悼寵贈衾襚 向曰悼傷也衾單被襚衣

服也 誄德策勳考終定謚 濟曰肇子追其功祭以少牢謚曰戴侯也 韙辟慟懷邦族揮淚 良曰肇君也邦族謂國家及同姓也言國惜賢也 孤嗣在疚寮屬含悴 翰曰孤嗣肇子也疚病寮官悴憂也 赴者同哀路人增欷嗚呼哀哉 銑曰欷泣之餘聲也 余以頑蔽覆露重陰 向曰余岳自謂也頑蔽愚闇也露潤也言岳父與戴侯爲友故云覆潤重陰也 仰追先考執友之心 濟曰考則岳父 言我追思父之執友更增痛切之心 俯感知己識達之深 良曰知己 言戴侯知我之心而我亦識達其深也 承諱切怛涕淚霑襟 翰曰 諱死也岳時在遠聞之故云承諱切怛悲傷也 豈忘載奔憂病是沈在疚不省於亡不臨舉聲增慟哀有餘音嗚

呼哀哉銑曰載則此深省視也言我聞死豈忘其奔走時爲病深故在疾病不遑視首於死不得臨送也

楊仲武誄一首并序

楊經字仲武滎陽宛陵人也中領軍蕭侯之曾孫荆州刺史戴侯之孫東武康侯之子也向曰肅侯名暨康侯名譚也八歲喪父其母曰鄭氏光祿勳密陵成侯之元女濟曰密陵成侯名默元女長女也操行甚高恤養幼孤以保乂夫家而免諸艱難良曰保安乂理也艱難謂辛苦也戴侯康侯多所論

選二十八　五十五

著又善草隷之藝子以妙年之秀固能綜覽義旨而軌式摸範矣翰曰妙少秀美也綜總也旨美也言其軌跡皆用摸法於祖父也雖舅氏隆盛而孤貧守約心安陋巷體服菲薄余甚奇之銑曰舅氏謂鄭褒家也言能約儉菲薄甚以爲奇著乃清才儁茂盛德日新向曰茂美也日日新謂盛德月新麗也加吾見其進未見其已也濟曰已止也既藉三葉世親之恩而子之姑余之伉儷焉良曰三葉謂曾祖領軍格及祖肅侯父康侯也伉儷偶也謂夫婦相敵偶也往歲卒于德宫里翰曰德宫里名喪服同次綢繆累月銑曰次近也綢繆親密皃言時與仲武服其妻親密累月喪苟人必有心此亦款誠之志也不幸短命向曰苟且也且人月心於親密亦款之至也短命謂死也春秋二十九元康九年五月己亥嗚呼哀哉乃作誄曰

伊子之先奕世熙隆濟曰奕累熙興言累世興盛也惟祖惟曾載揚休風顯考康侯無祿早終良曰載則揚舉休美也考父也終卒也名器雖光勳業未融篤生吾子誕茂淑姿翰曰篤厚誕大茂美淑善也克岐克嶷知章知微銑曰幼而有知曰岐嶷易曰君子知章知微也章明微幽也鉤深探賾

選二十八　五十六

味道研機向曰賾幽也言深幽之理皆能鉤深而知之味美研窮機微也謂美其道而窮其微也匪直也人邦家之輝翰曰詩云匪直也人秉心塞淵樂只君子邦家之光子之遘閔曾未齔髫良曰遘遇閔病則曾也齔毀齒也髫總髮也如彼危根當此衝飆德之休明靡幽不喬向曰飆急風也危根而衝急風仲武抱疾而屬亂朝也靡無喬高也言德之休明有無幽而不高也弱冠流芳儁聲清劭音韶協韻銑曰二十曰弱冠儁美劭繼也言美聲清遠相繼不絶也爾舅惟榮爾宗惟齊幼秉殊操違豐處匱撰録先訓俾無隕墜舊文新藝罔不必肄向曰違避豐盛匱乏也先訓祖父舊作之文也藝技制也周無肄習潘楊之穆有自來矣矧乃今日

慎終如始濟曰■和矧況也謂岳父與仲武祖■相姑好況今日我與仲順祖父之好如始也爾休爾慼如實在己良曰言憂樂之事皆同於己也視予猶父不得予子敬亦既篤愛亦既深雖殊其年實同厥心翰曰昊景西望子朝陰昊景西岳自喻將老也朝陰喻仲武盛年也如何短折背世湮沈銑曰死未六十日短三十日折湮沈謂死也寢疾彌留守茲孝友臨命忘身顧戀慈母向曰彌久也善父母爲孝善兄弟爲友臨終謂將死也言將死忘身之苦而乃顧戀慈母也哀哀慈母痛心疾首濟曰哀哀哭聲也疾首謂頭痛也嗷嗷嗷同生懐悽諸舅良曰嗷嗷哭聲同生謂兄弟也悽悽悲傷也春蘭擢莖方茂其華荊寶挺璞將剖于和含芳委輝毀璧摧柯翰曰挺出剖破也和卞和也含芳謂蘭也委輝謂璧也皆喻正盛而摧毀言死也嗚呼仲武痛哉奈何德官之艱同次外寢惟我與爾對筵接枕自時迄今曾未盈稔銑曰德宮仲武所居里也艱苦也謂岳妻死於此也次位也迄至稔年也言不滿一年也姑姪繼隕何痛斯甚嗚呼哀哉向曰姑謂岳妻謂仲武姑也隕死也未踰一年姑姪相繼而死是痛之甚也披帙散書屢覩遺文有造有寫或草或真執玩周復想見其人紙勞于手涕霑于巾濟曰遺文仲武所作及所寫者玩習也周綜也涕淚也巾衣襟也龜筮既襲兆塋既開良曰龜筮謂卜也襲因也言卜

其吉而從也兆塋墓道也痛哉楊子與世長乖朝濟洛川夕次山隈歸鳥頡頏行雲徘徊臨穴長訣撫櫬盡哀翰曰隈曲也頡頏徘徊雲鳥不進皃哀盛也穴墓門也訣死別也櫬棺也遺形莫紹增慟余懷魂兮往矣梁木實摧嗚呼哀哉銑曰遺形莫紹謂無嗣也梁木屋之梁棟也摧折也

文選卷第二十八

門　長

文選卷第二十九

梁昭明太子撰　五臣注

誄下　潘安仁夏侯常侍誄一首

馬汧督誄一首

顔延年陽給事誄一首

陶徵士誄一首

謝希逸宋孝武宣貴妃誄一首

哀策文　潘安仁哀永逝文一首

顔延年宋文元皇后哀策文一首

謝玄暉齊敬皇后哀策文一首

碑文上　蔡伯喈郭林宗碑文一首

陳仲弓碑文一首

王仲寶褚淵碑文一首

夏侯常侍誄一首并序　潘安仁

翰曰湛早有名譽與岳友善時人號爲連璧惠帝時爲散騎常侍卒

夏侯湛字孝若譙國譙人也少知名弱冠辟太尉府掾賢良方正徵爲太子舍人尚書郎野王令向曰野王中縣令也書郎南陽相濟曰武帝子東出爲南陽王除湛爲相也家艱乞還良曰家艱謂父母憂也頌之選爲太子

府　秋

僕未就命而世祖崩翰曰僕太子官世祖武帝也天子以爲散騎常侍從班列也銑曰天子惠帝也班次也言以次而任非擢拔也春秋四十有九元康元年夏五月壬辰寢疾卒于延喜里第嗚呼哀哉乃作誄曰向曰延喜里名延所居處

禹錫玄珪實曰文命濟曰堯賜禹玄珪以彰成功文命禹名玄黑也克明克聖光啓夏政良曰啓開光大也言禹有明聖之功大開夏之政教禹初封夏爲侯遂爲氏也其在于漢邁勳惟嬰思弘儒業小大雙名翰曰邁立也漢朝立功則有夏侯嬰思廣儒術則夏侯勝及族子始昌故時稱大小夏侯之書也顯祖曜德牧兖及荆父守淮岱治亦有聲銑曰湛祖威歷荊兖二州刺史父莊淮南太守有聲謂名譽也淮水名岱山名並在淮南之分也英英夫子灼灼其儁飛辯摛藻華繁玉振向曰英英美也灼灼盛貌辯美辭也摛舒也藻水草有文言文詞如華之繁如玉之振也如彼隨和發彩流潤如彼錦繢列素點絢濟曰隨隋侯珠和卞和玉繢繡也絢文彩也言湛文章如珠玉錦繡也入見其表莫測其裏良曰威儀表也德行裏也測度也徒謂吾生文勝則史翰曰徒空也吾生謂湛也論語曰文勝質則史也心照神交唯我與子銑曰言湛與岳心神相照也且歷少長逮觀終始向曰逮及也子之承親孝齊閔

正 宗

參(濟曰承事也閔閔子騫參曾參並孔子弟子有孝行也)子之友悌和如瑟琴(良曰友悌兄弟琴瑟言聲相和也)事君直道與明信心雖實唱高猶賞爾音(翰曰言德高不可爲偶如曲高難爲唱知音矣然我終復賞爾德音也)翦冠厲翼羽儀初升公弓既招皇輿乃徵(銑曰厲整也言整翼以爲羽儀初升爲太尉掾古之招士以弓也徵爲太子舍人也)內贊兩宮外宰黎烝(向曰贊助也兩宮謂從太子舍人轉爲尚書郎外宰謂爲野王令黎烝皆衆也)忠節允著清風載興(濟曰允信著明載起也清風謂內外俱有美化也)決決彼樂都寵子惟王(良曰決大也樂都南陽也寵光也)設官建輔簡邦良用取喉舌相爾南陽(翰曰簡選良善喉舌納言之官也相爾南陽謂爲南陽王相)

選二十九　三

惠訓不倦視人如傷(銑曰惠愛訓誡也不倦不辭勞也視人如傷恐失所也)乃眷北顧辭祿延喜(向曰自南陽北顧辭祿也)余亦偃息無事明時嗜音之游二紀于茲(濟曰余自謂也無事謂不仕也十二年曰一紀言與岳俱不仕至二紀於此也)洪白攜手何歡如之(良曰言二人俱歡樂也)居吾語汝衆實勝寡人惡儁異俗疵文雅(良曰衆多寡少惡憎疵病也言小人衆賢者少也時俗憎病儁異文雅之人也)執戟疲揚長沙投賈(銑曰揚子雲才高位下爲執戟賈誼傅於長沙此皆時俗疾之驗)無謂爾高恥居物下(向曰勿以自高恥居人下也自居舉己下也)子乃洗然變色易容慨(岳謂仲武之辭也)

山 洞

歎曰道固不同(濟曰洗然易容歎息而對云已之言誠迴情貌)爲仁由己匪我求蒙誰毀誰譽何(銑曰蒙不知貌言爲仁者由己之行無求知於人則誰爲毀譽道不同也與時)去何從(良曰不曲也何去矣有從)莫涅匪緇莫磨匪磷子獨正色居屈志申(翰曰涅黑磷薄也言萬物染者皆黑磨者皆薄子獨不變常節於岳而能申志也)雖不爾以猶致其身獻替盡規媚茲一人(銑曰以身用獻替諫可規否法盡言也媚愛也一人天子也)讜言忠謀世祖是嘉將僕儲皇奉轡承華(向曰嘉善也僕太子官也儲皇太子也承華東宮門名也)先朝未命聖烈顯加入侍帝闈出光厥家(濟曰先朝武帝也未終之命)

選二十九　四

(烈明也加謂加爲常侍也闈門也大夫掾家出光其家謂爲南陽相也)我聞積善神降之吉宜享遐紀長保天秩(良曰享受紀歲也天秩祿秩天子也)如何斯人而有斯疾曾未知命中年隕卒嗚呼哀哉(翰曰五十知命岳年四十九卒年未至知命也)惟爾之存匪爵而貴甘食美服重珍兼味臨終遺誓永錫爾類斂以時襲殯不簡器(銑曰生顏後平甘食美服必藥也錫賜類善也斂以時服也器唯言以薄葬之禮令其子以爲善也)誰能拔俗生盡其養孰是養生而薄其葬(向曰拔出也言誰能出俗生盡其養孰能如是而能泉薄葬者言達死生之分也)淵哉若人縱心條暢楪操

春 禪

明達因而彌亮濟曰倏暢通達也傑立操志困疾彌益亮明也柩輇
既祖容體長歸存亡永訣逝者不追良曰柩輇車也
祖送也言容儀體貌長歸泉壤也訣別也逝往也言此往不可追而及也求望子
舊車覽爾遺衣幅個被抑失聲迸涕交揮翰曰望甚
所乘之車所服之衣幅抑哀憤也迸散揮涕下也非子為慟而慟為
誰嗚呼哀哉銑曰慟變容貌言我不為誰為慟當使誰為之慟也日往月
來暑退寒襲零露凝勁風淒急慘爾其傷
念我良執向曰襲及凝結勁緊也言感時遷變慘然傷於逝也良執良朋也
適子素館撫孤相泣濟曰素故也孤逝子也言適逝故館撫逝之子
前思未弭後感仍集積悲滿懷逝矣
與之同泣也
安及嗚呼哀哉良曰前思謂平生所思也弭止也後感謂其孤子也仍重也逝往也言我徒積悲懷往者何能追及也

選二十九 五

馬汧督誄一首并序
翰曰馬敦為汧督為氐羌所攻執節苦戰而存所城為州司所誣發憤死於獄中
惟永康七年秋九月十五日晉故督
守關中侯扶風馬君卒嗚呼哀哉初
雍部之內屬羌反未弭而編戶之氐
又肆逆焉銑曰元康惠帝年號弭息也編戶謂附晉為百姓之氐也肆縱也言縱暴為逆也
雖王旅致討終於殄

什 手

滅而蜂蠆有毒驟失小利向曰王師被
蜂蠆謂蟲之有毒者喻氐羌為患也驟數也言雖為國家絕滅然數侵
小利也俾百姓流亡頻於塗炭濟曰俾使也使
百姓流喪頻墜塗炭也建威喪元於好時刖伯
宵遯乎大谿良曰周處為建威將軍元首也為氐羌所殺萬年
所殺好時縣名解系為雍州刺史為氐羌所破夜走大谿宵夜也
大谿名也若夫偏師裨將之隕首覆車
者蓋以十數翰曰裨亦偏也言偏將為賊所敗殺者數十人
也剖符專城紆青拖紫之司奔走失
其守者相望於境銑曰剖符謂分符猶令之印也

選二十九 六

一壇也謂守宰之屬也言一擅城者走失守者相
青紫綬色也望於境也言多也秦隴之僭羣更為魁向曰羣賊更為魁
率主也僭也擁秦王也秦州西郡既已襲汧而館其
縣濟曰掩其不備也襲館客舍也子以眇爾之身介
乎重圍之裏良曰眇微也介隔也率寡弱
之眾據十雉之城翰曰據依也三丈曰雉十雉言小
也羣羌如蝟毛而起四面雨射城中
城中鑿穴而處負戶而汲銑曰蝟蟲名其毛如
大鑿穴負戶避矢也言氐羌鉾之中已也木石將盡
樵蘇之竭芻蕘罄絕向曰樵蘇薪也芻蕘草也

（鍔絕盡也）夯於是乎發梁棟而用之（的）以鐵瑣機關既縱礧（盧會）而又升焉（濟曰發出也言發出屋之梁棟而用也号檠也言以鐵索也既縱下礧賊而又以機關却升上也）爨陳焦之麥秆梠桷（角）之松（良曰爨炊陳久焦黑也秆木札也梠屋椙也角屋椽也）用能薪芻不匱人畜取給青煙傍起攊馬長鳴（翰曰言資梠桷之松故得人馬不乏也青煙起言有薪也馬長鳴言壯也）凶醜駭而疑懼乃闕（掘）地而攻乎命穴浚塹（七令）壺鐳（留）甁（弁元）甀（武）以偵（耻令）之（銑曰鑿也掘地作地道攻賊也子謂穀也浚深穴坑也壺鐳甁器名言以此器置深坑聽之中則知穴處偵覘也）將穿城響作因焚積（古缶）火薰潛氏殲焉（向曰積大麥氏謂穴中者殲殺也言賊將穿城則器中響起因焚麥薰殺穴中之氏也）久之安西之救至竟免虎口之厄（濟曰安西將軍夏侯駿西討之氐羌安數而竟免虎口之厄也）全數百萬石之積文契書於幕府（良曰契書部錄也備之數也幕府謂大將軍府也）聖朝疇咨進以顯秩殊以幢蓋之制（翰曰聖朝惠帝也疇誰也咨謀也言惠帝歎誰謀進以明秩秉幢蓋之制幢蓋刺史儀制也）而州之有司乃以私隸數口穀數十

選二十九　七

斛考訊吏兵以攬楚之辭連之（銑曰州有司謂法官也隸奴也訊問也攬捉也言考問軍吏兵士辭連馬也）敦大將軍屢抗其疏（向曰大將軍謂梁王形屢數也抗舉也疏謂表也言數舉表論馬敦之功也此下形表數辭也）曰敦固守孤城獨當群寇以少禦衆載離寒暑臨危奮節保穀全城而雍州從事忌敦勳效推挫小疵（濟曰從事理中也挫窮疵過也言忌其功效推窮小過也）非所以褒獎元功宜解敦禁劾假授（良曰言推窮小過非褒獎之道也劾推也請舉其有罪也解其罪假授其官也）詔書遂許而

選二十九　八

子固已下獄發憤而卒也（翰曰寔意也許謂許形所請也子謂馬敦也）朝廷聞而傷之策書曰皇帝咨故督守關中侯馬敦忠勇果毅率勵有方固守孤城危偪獲濟寵秩未加不幸喪亡朕用悼焉今追贈牙門將軍印綬祠以少牢（銑曰悼傷也帝賜敦印綬以表生時之功也）魂而有靈嘉茲寵榮（向曰嘉善也寵榮謂贈將軍也）然潔士之闇識其庸致思乎（濟曰庸用也言請潔之士聞己有識行其用能致思慮乎必自総也）若乃下吏之肆其禁（渠蔭）害則皆始

之徒也嗟乎妬之欺善抑亦貿貿莫候之讎也良曰肆恣毒貿易也言怨害者皆嫉妬之徒也嗟乎岳歎也言嫉妬之人欺其善行當以己首易人之首爲讎也語曰或戒其子慎無爲善言固可以若是悲夫翰曰語古人之言也慎無爲善言敎爲善而見嫉妬也悲夫痛傷之辭

昔乘丘之戰縣玄賁奔父甫御魯莊公馬驚敗績賁父曰他日未嘗敗績而今敗績是無勇也遂死之圉人浴馬有流矢在白肉公曰非其罪也乃誅之銑曰魯與宋戰乘丘地名也縣賁父名也敗毀績功也他日昔日也遂死之謂賁父以敗績赴敵而死圉人養馬者矢箭也白肉股裏也非其罪言敗績因流矢中馬非賁父之罪乃誅其赴敵之功士有誄自此始也

漢明帝時有司馬叔持者白日於都市手劒父讎視死如歸亦命史臣班固而爲誄之向曰手持劒殺之也然則忠孝義烈之流慷慨非命而死者綴辭之士未之或遺也濟曰忠謂司馬叔持孝謂賁父也慷慨失志貌綴辭之士謂史臣也遺棄也天子既策而贈之微臣託乎舊史之末敢闕其文哉乃作誄曰良曰贈謂牙門將軍微臣岳自謂也託寄也

岳時爲著作郎不敢正當史官故云末也敢闕言不敢闕也

知人不易人不易知翰曰言人不易知也嗟茲馬生位末名卑西戎猾夏乃奮其奇銑曰西戎氐羌也猾亂也奮振也奇謂妙策中之也保此汧城救我邊危彼邊奚危城小粟富予以眇身而裁其守兵無加衛墉不增築婁婁魯含羣狄豺虎競逐向曰城小多貯粟爲賊所窺故危也裁制也婁婁貪盛皃言能以眇身制守其城不加衛城不增高遭此貪婪之狄如豺虎之競逐也肇更恣睢許季潛跱官寺濟曰恣睢大視貌跱正也官寺客舍也齊萬虓呼交闞呼檻震驚台司良曰虓闞怒盛貌台司三公職司也

聲勢沸騰種落煽扇熾翰曰沸騰交亂起貌種落部落也煽熾盛貌也旌旗電舒戈矛林植彤朱星流飛矢雨集銑曰電舒林植言賊旗之盛彤朱也賊爲鑪鏁鐵灌城中散如流星也飛矢雨集言多也惴惴士女號天以泣向曰惴惴懼貌號呼叫也覈麥而炊負戶以汲累卵之危倒懸之急濟曰言城之危如累卵人之急如倒懸也馬生爰發在險彌亮良曰發謂發其智謀彌益明亮也精貫白日猛烈秋霜去聲協韻向曰白日諭精誠明皎也秋霜諭威嚴肅物也稜威可厲懦夫克壯霑曷撫循寒士挾纊銑曰厲勸也勸懦弱也言以威稜勸之懦夫皆能壯也楚子伐蕭師人多寒楚子三軍皆如挾纊纊綿衣也撫之撫循亦如之也蠢蠢犬羊阻衆陵寡潛隧密攻九地之下向曰蠢

衆多貌犬羊謂賊也阻恃陵欺寡少也潛隧謂賊鑿地道以攻城也兵法曰善守者藏於
九地之下悁悁苦顏窮城氣若無假晉命懸天今也
惟馬濟曰悁悁小息皃言所城之人皆懼而小息若氣不可假借少時之命也皆言
昔時之命由於天今日之命惟馬敦計策而存也惟此馬生才博智
贍偵恥命以瓶壺刻靈結以長塹良曰傅廣也贍定偵由刻掘也
言賊爲地道攻城敦乃掘壍鉾楚置瓶壺以覘之皆知所在也鉾甲未見鋒矢
以起熢薰尸滿窟掊蒲構穴以斂翰曰鉾鍬也鋒鉄羽也言
賊爲地道鍬羽敦以火薰殺之於穴中因掊穴以埋之也掊猶培也木石匪竭
糞其稈幹空虛瞷下版然馬生傲若有餘銑曰木石
戰鬬之物掘石礧木也糞稈薪藁供炊爨之事也瞷然自得皃傲若有餘言不急懼也

選二十九　十一

罟的梁爲礧盧石會柹麼松爲芻守不乏械櫪有
鳴騎向曰罟繫木也柹松札也械戎器礧木之屬也哀哀建威身伏
斧櫍悠悠烈將覆軍喪器戎釋我徒顯誅我
帥以生易死疇克不二濟曰周處爲建威將軍與戎戰苦戰不利身
設於戎場櫍椹也悠悠言衆皃言烈將喪敗者衆也釋放將帥也言放其衆而誅其將以生
易死謂執節不降也言誰無二心唯敦無之疇誰也能聖朝西顧關右
寔惶分我所吏化爲寇糧實賴夫子思謩彌
長咸使有勇致命知方良曰關右關西也惶懼也言天子分所城
倉吏爲寇賊之糧也賴蒙也夫子謂敦也彌久咸皆也言敦能謀長久之道所人有勇致
致命之所故得存也方所所也我雖末學聞之前典十世宥

表墓旌善翰曰我岳自謂也典經也子因叔向祁奚謂宣子曰世
宥過叔向有焉社稷之固也猶將十世而宥之以勸能者今一不免其身以棄社稷不亦
惑乎宥赦也爲人表王歎墓是旌表也思人愛樹甘棠勿翦銑曰
甘棠木名邵伯爲政百姓慕之所舍之樹皆不翦伐也剡乃吾子功深
疑淺兩造未具儲隸蓋獄孰是勳庸而不獲免
向曰矧況也言孰有存所之深功疑犯之罪曰兩造謂兩因拘證也諸栗也兼私隸也獄
少也孰誰也猾哉部司其心反側斷善害能醜正
惡直濟曰猾亂也部司謂雍州從事也反側偏曲也醜惡斷削也言削其善功惡其
正直也牧人逶迤自公退食聞獵鷹揚曾不戢
翼良曰國語云君以牧人而正耶逶迤委曲自得貌退食減膳也獵惡也言聞有惡必

選二十九　十二

擯膳若鷹飛揚曾不戢翼而少息也忘爾大勞猜爾小利苟莫
開懷于何不至向曰勞功也大功謂存所也小利謂穀數十斛也開懷施
小過也言有司不省恕小過而深効其罪狀于何不至有也慨慨馬生碬
碬郎高致發憤囹圄沒而猶眂食至鳴呼哀哉
銑曰慨慨懷也碬碬堅也囹圄獄也眂憾也言懷此憤恐死而猶憾安平出奇
破齊克完向曰燕攻齊田單保即墨後爲奇計却全齊國襄王封爲安平君
能完全也張孟運籌危趙獲安濟曰張孟談寔子臣也智伯引
水灌趙城朝夕將陷談乃與韓魏之君謀殺智伯而趙獲安也所人賴子猶
彼談單如何吝嫉謠之筆端良曰所城之人蒙子之謀亦猶
齊趙因單張孟而安也吝恨也害賢曰嫉搖弄也謂吏弄文墨問其小過也傾

可賞矧云私粟扰隸可頒況曰家僕翰曰頒賜也言可頒倉及所虜扰以賜況用家粟私僕以賞有功兵士乎剔子雙龜貫以三木銑曰剔奪龜印也沂督及關中侯故雙龜也三木謂杻械枷也功存沂城身死沂獄凡爾同閭心焉摧劉扶老攜幼巷號衢哭向曰摧劉折傷也言同閭者聞敎死老幼相扶哭於街巷也嗚呼哀哉明明天子旌以殊恩光光寵贈乃牙其門濟曰旌表也殊恩謂贈牙門將軍司勳班爵亦兆後昆良曰兆問也後昆敎後嗣也言司勳班爵亦問其後嗣欲以慰勞冤死之魂也死而有靈庶慰冤魂嗚呼哀哉

陽給事誄一首并序　顏延年

翰曰索虜嗣率衆攻滑臺城東北崩壞王景度出奔景度司馬陽瓚堅守不潰抗節不降爲虜所殺少帝追贈給事中尚書令傅亮議瓚家在彭城宜即以入臺給一百匹粟二百斛賜給後文帝立命文士顏延年爲之誄

惟永初三年十一月十一日宋故寧遠司馬濮陽太守彭城陽君卒嗚呼哀哉瓚少稟志節資性忠果奉上以誠率下有方朝嘉其能故授以邊事永初之末佐守滑臺銑曰果烈也邊事謂軍旅之事滑臺城名也值國禍荐臻王略中否獯虜闚

釁孽剥司兖向曰荐重也臻至也否隔也獯虜即索虜嗣也閒伺釁隙也孽剥傷害也司兖二州名也幽并騎弩屯偪鞏洛列營緣戍相望暑潰濟曰弩射也言索虜騎屯偪華洛地名言雖列營緣守賊盛不免暑潰也暑潰亂也瓚奮其猛銳志不違難立乎將率之間以輯華裔之衆良曰銳利違避也將率謂諸軍率也輯和也華謂中國也裔謂邊遠也疲困相保堅守四旬上下力屈受陷勍寇翰曰疲極勍彊也旬十日也言力屈乃陷沒彊寇也士師奔擾棄軍爭免銑曰師衆奔亂棄軍爭免其死而瓚誓命沈城佻身飛鏃兵盡器竭斃于旗下向曰誓約言也佻輕也言瓚自終命沈城下輕出射賊兵器俱盡死于旗下器兵器也竭盡也斃死也非夫貞壯之氣勇烈之志豈能臨敵引義以死徇節者哉良曰以身從物曰徇也景平之元朝廷聞而傷之濟曰景平少帝年號有詔曰故寧遠司馬濮陽太守陽瓚滑臺之偪厲誠固守投命徇節在危無撓古之烈士無以加之翰曰撓曲也言雖臨危不曲節以求全也加過也可贈給事中振卹孤遺以慰存亡追寵既彰人知慕節

河汴之間有義風矣銑曰振卹收也禮謂贇子也義風節義之風也逮元嘉廓祚聖神紀物光昭

茂緒旌錄舊勳苟有懸於貞孝者實事感於仁明向曰逮及也元嘉文帝年號廓開祚福紀理茂美緒業也言文帝以聖德理物明其美業而旌錄舊功懸節懸也言有節懸貞孝者皆動天子仁明之心末臣蒙固側聞至訓

敢詢諸前典而為之誄其辭曰濟曰末臣延年自謂也我蒙聞固陋訓教也至教謂制謚也詢諮謀也謂諮謀前典紀行之法也

貞不常祜義有必甄處父勤君怨在登賢良曰祜福甄明也陽處父以趙盾之賢請於晉君使代狐射姑將中軍曰使能國之利後賈季使續鞠殺陽處父此則貞正之道亦不常爲福也

選二十九　十五

苦夷致果題子行閭翰曰苦夷魯季氏臣名致果爲毅也題名也若初生子將待事而爲名及陽州之役獲焉名之曰陽州行閭謂行陣之閭也

忠壯之烈宜自爾先舊勳雖廢邑氏遂傳銑曰忠謂苦夷也處父也壯謂苦夷也爾謂贇也舊勳即上忠壯之功也廢闕也邑也氏謂先代所封氏也

惟邑及氏自溫徂陽狐續既降晉族弗昌向曰晉封處父於溫後改封陽及處父被狐續所殺而在晉陽不昌盛也

氏之子之生立績宋皇拳猛沈毅溫敏肅良濟曰之子謂贇也績功也拳力沈深毅決溫和敏達肅敬良善也言其立功於宋皇之世猛而能決和平而能達理至敬而能事上

如彼竹柏負雪懷霜如彼騑駟配服驂衡良曰竹柏踰堅貞也騑驂踰能當國家衡扼之任

邊兵喪律王略未恢翰曰律軍法也略道也恢大也函陝堙阻瀍洛蕩萊朔馬東騖胡風南埃銑曰函函谷關陝虢國也瀍洛二水名堙塞也蕩萊謂亂不通也東騖南埃謂索虜亂中國

路無歸轊衛野有委骸翰曰轊小指也言道路之上無有以指盛抵而歸者田野之內多委棄之骨帝圖斯難簡兵授才寔

命陽子佐師危臺濟曰圖謀也臺謂滑臺也危憬彼危臺良曰憬遠也滑國名也林

在滑之垌周衛是交鄭翟是爭外曰垌周衛鄭翟四國名言古者已有戰爭於此也昔惟華國今實邊

亭憑巘結關負河縈城金柝夜擊和門晝扃

選二十九　十六

翰曰言滑國昔是中夏今謂當時元魏所據故云邊亭巘山也言憑山爲關負河縈繞爲衛也金謂刀也柝打更木也和門軍門也扃閉也料敵壓難時惟陽

生銑曰料量也壓難猶定亂也嚴冬器勁塞外草衰向曰器弓弩也堅也勁逷矣獯虜乘障犯威濟曰逷遠也獯虜謂索虜也障邊也威國威也鳴驥橫厲霜鏑高輦軼我河縣俘

我洛畿良曰厲整鏑鏃輦飛軼過俘取也言過我河縣虜取我洛畿也攢鋒

成林投輦為圍翰曰攢聚也鋒謂劍戟成林言多也投輦言兵多相投輦以成圍也驁驁窮壘嗷嗷羣悲銑曰驁蔽也言滑臺爲寇兵所蔽也嗷嗷悲愁也師老變形地孤援闕卒無半菽馬實

拊秣向曰老久也變形言被圍既久援救闕遠而形勢變也菽豆也無半菽謂

（之糧也寡粟於壓以木橫口中不使食日拊秣也此示無有蓄積也）守未焚衝
攻已濡褐烈烈陽子在困彌達（濟日衝戰車也褐馬衣也）
（言守者未焚敵車而攻者已濡馬衣也烈烈盛也彌益也）勉慰痍傷拊巡
饑渴力雖可窮氣不可奪（良日勉勸也痍創也言勸視被傷及）
（饑渴之人使其用命力雖窮竭勇猛之氣不可傾奪也）義立邊疆身終
鋒括嗚呼哀哉（翰日鋒刃也括失也）賁父隕節魯人是
志沂督效貞晉葉攸記（銑日賁父爲莊公御敗績死於敵公命誄）
（之并城督馬敦效也節全城晉命誄也）皇上嘉悼息存寵異于以
贈之言登給事（向日悼傷登升也）跡爵紀庸恤孤表
嗣嗟爾義士沒有餘喜（濟日跡分紀錄庸功也謂分爵錄功以表）
（殊節也恤孤謂贇子也喜悅也）嗚呼哀哉

選二十九　十七

陶徵士誄一首（并序）　顏延年
（銑日陶潛隱居有詔禮徵爲著作郎不就故謂徵士延年爲始安郡道從）
（潯陽飲酒潛舍自晨達昏及潛卒延之爲誄極其思致也）
夫璿玉致美不爲池隍之寶桂椒信
芳而非園林之實豈期深而好遠哉
蓋云殊性而已（向日璿美玉也隍城池也）故無足
而至者物之藉也隨踵而立者人之
薄也（翰日言人以難得爲貴易致爲賤也晉平公游於河日安得賢）
（士與之樂此舡人蓋胥跪而對日夫珠出於江海玉出於崑山無足而至）
（者由君之好也士有足而不至者蓋君之不好也淳于髡一日獻七士於）
（齊宣王王日百世一聖若隨踵而至今何士之多乎藉資踵跡薄輕也）
若乃巢高之抗行夷皓之峻節（良日巢父）
（堯時隱者伯成子高禹時隱者伯夷周時隱者四皓漢時隱者）故已
父老堯禹錙銖周漢（濟日言此數人秉行守節以其）
（身輕細堯禹周漢如平居之父老錙銖猶輕細也）而綿世浸
遠光靈不屬（良日綿歷浸漸也言歷代漸遠此人光景神靈）
（不相連屬也）至使菁華隱沒芳流歇絕不
其惜乎（銑日菁英也）雖今之作者人自爲
量而道路同塵輟塗殊軌者多矣豈

選二十九　十八

所以照末景泛餘波（向日言今之作爲此道者人人）
（自以爲大量觀其道路可與古人同其清塗及其中塗輟止使其跡殊變）
（者多矣豈所以照明人末景泛浮餘波也）古有晉徵士尋
陽陶淵明南岳之幽居者也（翰日尋陽郡名）
（也淵明潛字也）弱不好弄長實素心（濟日弱少也素）
（無飾也）學非稱師文取指達（良日學雖可爲人師）
（終不稱其德文章但取指適爲達不以浮華爲務也）在衆不失
其寡處言逾見其默（銑日亦在於事心出於物故雖）少而貧病居無
（同於人而不失清寡靜默之道也逾益也）
僕妾井臼不任藜菽不給（向日汲井春臼不任）

其勞採藜取菽不給其食藜草菽豆皆貧之食也毋老子幼
就養勤匱翰曰勤苦匱乏也遠惟田生致親
之議追悟毛子捧檄之懷濟曰惟思也田過謂
齊宣王曰非君之地無以處吾親非君之爵祿無以養吾親非君之爵位
無以尊吾親受之於君致之於親几事君者以爲親也後漢毛義貧以孝
捧張奉慕其名往候之坐定而府檄檄適到義守命捧檄而入喜動顏色
奉心賤之自恨來因辭而去及義母死去官後舉賢良公車徵遂不至奉
聞之歎曰賢者固不測往日之喜爲親屈也初辭州府三
命後爲彭澤令道不偶物棄官從好
良曰偶諧遂乃解體世紛結志外區定跡

深棲於是乎遠銑曰不與俗諧也灌畦鬻蔬
爲供魚菽之祭向曰畦園鬻賣也齊大夫康乞曰常之毋
有魚菽之祭祭用魚豆不儉也菽豆也織絇緯蕭以
充糧粒之費翰曰衛侯之弟專織絇於邯鄲終身不言衛事
絇屨也莊子曰河上有家貧持緯蕭蕭蒿也織蒿爲薄緯織也心好
異書性樂酒德簡棄煩禮就成省曠
殆所謂國爵屏貴家人忘貧者歟濟曰
莊子云至貴者國爵屏焉至之田者國財屏焉屏除也又云聖人其窮也
使家人忘貧其達也使士公忘爵祿而化卑也有詔徵著作
郎稱疾不到春秋若干元嘉四年月

曰弃于尋陽縣之某里近識悲悼遠
士傷情冥默福應嗚呼淑貞良曰言雖冥默
無象固應神也嗚呼歎詞淑善貞正也夫實以誄華名
由謚高苟允德義貴賤何筭焉銑曰苟且
允信筭數也若其寬樂令終之美好廉克
己之操有合謚典無愆前志向曰愆違也前
志前記也故詢諸友好宜謚曰靖節徵
士其詞曰
物尚特生人固介立濟曰獨也特豈伊時遘曷云
世及銑曰言非遇時而爲此行亦非世世相及繼作其事矣伊惟也遘遇也曷何也

嗟乎若士望古遙集向曰若士謂潛也望古逸人遥與相集也韜
此洪族蔑彼名級翰曰韜藏洪大也大族謂祖爲大司馬蔑輕也名級
爵名階級也睦親之行至自非敦濟曰睦敬敦勉也言敬親之行
至自天生非勉勵爲之也然諾之信重於布言良曰始楚語云得黃
金百兩不如得季布一諾此人重之也廉深簡絜貞夷粹溫銑曰
絜清貞正夷平也粹不雜也和而能峻博而不繁向曰峻高繁多
也依世尚同詭時則異有一於此兩默置
向曰詭反置措也凡人依於世者必務與世同反於時者必務與時異皆非默措與道之
俱也豈若夫子因心違事翰曰能和而不同夫子謂潛也畏勞
好古薄身厚志良曰薄身謂自儉約厚志謂敦道德也世霸虛

禮州壤推風 濟曰霸謂當時霸君也虛心禮之州壤州土也言見辟命也
孝惟義養道心懷邦 良曰惟思義善也懷邦不忘於國也言潛爲養
親而就彭澤令也 人之秉彝不隘不恭 銑曰人亦謂潛也彝常也
孟子曰伯夷隘柳下不恭隘與不恭也君子不由也今潛亦不隘而不恭也 爵同下
上禄等上農 向曰同下士言位卑等上農言禄薄也爵位也 度量難
鈞進退可限 翰曰鈞猶及也言不側其深德也可限者知不出於至道 長
卿棄官雉賓自免 濟曰長卿病免官游梁雉賓州舉茂才病去官也
子之悟之何悟之辨 濟曰悟知也辨明也言潛所知之明也 賦
詩歸來高蹈獨善 濟曰謂潛作歸去來詞也高蹈猶高歩也謂去彭澤
令也 亦既超曠無適非心 銑曰超遠曠明適往也言既遠明事理無

選二十九　二十二

性不合其心也 汲流舊巘葺宇家林 向曰巘山也葺修宇室也 晨
煙暮靄春煦秋陰 翰曰煙靄皆山氣也煦陽氣也 陳書輟卷
置酒絃琴居備勤儉躬兼貧病人否其憂子
然其命 濟曰躬身也否不堪也然知也 隱約就閑遷延辭聘
非直也明是惟道性 銑曰謂潛辭徵著作郎隱約儉素也遷延退避
也言如此非直能明是率道之性也 糾纆斡流冥漠報施 銑曰糾墨
三合繩也斡轉也吉凶翻覆轉流有似纆纏相纏次也冥漠報施謂神靈報寂寞冥昧不
能施善人之善不能明也 孰云與仁實疑明智 向曰誰云天道與仁
於潛不驗使後疑之孰誰也明智謂潛也 謂天蓋高胡諐斯義 翰曰
常謂天高聽卑何爲諐此仁義也斯此也 履信曷憑思順何寘 濟曰

曷何寘置也 年在中身疢維痁 傷閻 良曰上壽百二十年中則
六十也痁瘧疾也 視死如歸臨凶若吉 銑曰達天命也 藥劑
弗嘗禱祠非恤 向曰劑和也恤憂也言不以死爲憂而禱祠求福也 傃
素 幽告終懷和長畢 翰曰傃向也幽冥也懷和平生之志也終畢
皆死也 嗚呼哀哉敬述清節式尊遺占 去聲濟曰式用
也遺占遺書也占者口隱度其事令人書之也 存不願豐沒無求贍
省計 赴 却賻輕哀薄斂 良曰計至也薄謂喪之不足也言潛戒令 遭
送喪者少至其墓所賻普皆使却而不受哭者不至極哀斂以時服務從儉約也
壤以穿旋葬而窆 畢驗反銑曰使逢地即穿疾葬而不掩也遭逢也壤
地也窆葬下棺也 嗚呼哀哉深心追往遠情逐化 向曰

選二十九　二十二

延之自言追念往日潛遠情隨逐於潛變化也 自爾介居及我多暇
翰曰爾謂潛我延之自稱也暇閑也 伊好之洽接閻鄰舍 濟曰伊潛
洽合也閭門也 宵盤晝憩非舟非駕 良曰盤樂憩息也不用舟車而
攜手相隨也 念昔宴私舉觴相誨獨正者危至方
則閡 向曰誨教也言爲正方之道者必見患於時俗夫物方則止圓則行此延之誡
於潛也 哲人卷舒布在前載取鑒不遠吾規子
佩 翰曰哲人卷舒謂蘧伯玉邦有道則仕邦無道則卷而懷之此事布在於前代載籍
取鑒不遠故凡所規諫子皆佩服也 爾實愀然中言而發 濟曰潛投
贈延之以言也愀正色貌中言發中之言也 違衆速尤迕風先蹷
良曰尤責也迕逆也蹷倒也 身才非實榮聲有歇 銑曰身與才非至實

之具而榮聲必有消歇也徽音永矣誰箴余闕向曰言淑既沒知音求遠誰復箴我之闕失也嗚呼哀哉仁焉而終智焉而斃翰曰歎自古仁智之人皆不免於死斃亦死也黔婁既沒展禽亦逝濟曰黔婁先生死曾子弔而問曰先生終有何謚妻曰康曾子曰先生存而不免饑寒死而手足不斂何樂於此而謚為康哉妻曰常辭國不足為是有餘貴也常辭君賜之粟是有餘富矣甘天下之淡味樂天下之卑位其謚為康不亦宜也展禽死門人將誄之妻曰將誄其德則二三子不如妾之知夫子也乃誄之而謚謚曰惠其在先生同塵往世旌此靖節加彼康惠良曰旌表也加過也嗚呼哀哉

宋孝武宣貴妃誄一首　并序　謝希逸

銑曰孝武殷淑儀薨追進為貴妃班亞皇后謚曰宣也

惟大明六年夏四月壬子宣貴妃薨

律谷罷煖龍鄉輟曉照車去魏聯城辭趙向曰燕有寒谷鄒子吹律煖之而生黍龍鄉有伺晨雞歌之考驗而輿偏合魏有徑寸之珠照車前後十二乘趙王得和氏璧秦王求以十五城易之故世謂連城璧言此數者罷輟去辭皆喻貴妃薨而辭於帝也皇帝痛掖殿之既閴悼泉途之已宮向曰掖殿掖庭之殿貴妃之居者也閴空悼傷也泉途謂葬於泉下也已宮謂玄宮天子后妃所葬處皆曰玄宮也巡步檐而臨蕙路集重陽而望椒風翰曰步檐長砌也蕙路草宮也楚詞云集重陽入帝宮漢書負女弟為昭儀居舍號曰椒風也嗚呼哀哉天寵方隆王姬下姻濟曰貴妃生第二皇女言帝方寵貴妃以妃女下降於諸侯詩云王姬亦下嫁於諸侯也故天子女通言王姬肅雍揆景陟屺爰臻良曰言王姬將擇日出降而貴妃遘薨也肅敬雍和也揆景擇日也詩云曷不肅雍王姬之車又云陟彼屺兮瞻望母兮臻至也國軫喪淑之傷家凝隕妣之怨銑曰軫痛淑善也凝成也隕亦喪也妣母也家謂皇女也禮曰母死曰妣敢撰德於旂旒庶圖芳於鐘萬向曰撰集也言敢集貴妃之德書之於旌旂旛旒之上圖美於景鍾流芳於萬葉也國語云魏顆親止杜回銘勳於景鍾傳云九月考仲子之宮將萬焉謂傳盛德於萬中舞也其辭

曰

玄丘煙因熅瑤臺降芬高唐渫雨巫山鬱雲翰曰契母簡狄有娀氏女也浴於玄丘之水有玄鳥銜卵過而墮之五色簡狄得而吞之遂生契也高唐賦云昔先王游高唐夢見一婦人曰妾在巫山之陽高丘之岨旦為朝雲暮為行雨煙熅美氣也芬香渫出鬱盛也誕發蘭儀光啟玉度濟曰言此神女之美盡積於貴妃矣誕大光明也蘭芳草玉重寶皆喻容儀淑美也望月方娥瞻星比婺良曰昔常娥以不死之藥奔月婺女星名方亦比也毓德素里棲景宸軒銑曰毓養素舊也棲託景影也宸軒天子所居之宮也處麗絺綌出懋蘋蘩向曰詩云為絺為綌服之無斁謂女未知

將所適故習絺綌之事能無厭倦是其性貞事也處謂在室也履比也言貴妃在室可比
於此又云于以采蘋南澗之濱于以采蘩于沼于沚蘋藻也蘩蒿也謂公侯夫人執此以
助祭也黽勉也言貴妃勉行此事也脩詩貴道備圖照言翰曰
脩習賁美也備舉也圖圖書也照見也言善言也既習詩美道舉以圖書見其善言也
翼訓姒幄贊軌堯門濟曰翼輔贊佐也姒禹姓也軌跡也禹妻塗山
氏女故姒幄堯母懷堯十四月而生矣堯門堯母門也綢繆史館容與
經闈良曰言貴妃有善於經史之學闈門也言以經史為門館也綢繆容與逸豫皃
陳風緝藻臨家分徽銑曰風詩國風也緝綴也藻文章也家易詞也
分微分其精微游藝彈數撫律窮幾銑曰藝六藝律六律彈盡也幾
微也躊躇冬愛怡悵秋暉翰曰冬愛冬日秋暉秋月也躊躇行止貌

選二十九　二十五

怡悵相望貌言於此時著篇章矣傳云冬日可愛展如之華寔邦之
援濟曰展誠華美援助也國人所依倚以為援助詩云展如之人邦之援也敬勲
顯陽肅恭崇憲濟曰宋文帝路淑媛生孝武帝既即位奉尊號曰崇憲皇
后居顯殿言貴妃敬懃肅恭於此奉榮維約承慈以遜良曰榮寵
維持約儉慈愛遜順也逮下延和臨朋違怨翰曰延長朋衆違避
也詩云樛木后妃逮下也喻后妃能以心意逮下則衆妾上事之無怨也祚靈集
祉慶鬷迎祥銑曰禨報靈善祉福也鬷盛皃皇胤璿式帝女
金相向曰貴妃生皇子始平王陵晉陵王子雲及第二皇女也言似璿金皆貴也式
法賢聯用也跗齊穎接蕚均芳濟曰跗足穎秀也蕚承華者芳香氣
也聯接齊均言皇子兄弟之美有如此也以藩以牧燭代輝梁良曰

文以子武為代王以參為梁王言皇子為藩牧照耀於彼也燭照也輝耀也
班書氣觀臺告祲銑曰謂貴妃之徵也眡朔望氣之徵也觀臺觀災
祥氣之臺也祲皆惡氣也氣八頌肩和六祈輟滲疏禁反向曰言
惡徵既生卜筮不吉祈禱不享也肩開也和吉祥也滲盡也周禮云占人掌龜以卜筮
八頌以八卦占筮之以視吉凶又云太祝掌六祈以同鬼神也衡總滅容
翬暉翟毀衽翰曰周禮云王后之首服有衡以王為之垂于副之兩旁當耳
其下以紞懸瑱又云內則曰櫛縰笄總結東也垂後為飾又云王后之六服褘衣褕翟
褘衣畫翬也衽衣襟也言毀減者謂貴妃薨也掩綵瑤光收華紫禁
濟曰瑤光即貴妃所居殿名紫禁即紫宮天子所居也掩綵收華言無光色也嗚呼
哀哉帷軒夕改輧蒲田輅晨遷良曰帷軒常所居之處夕改謂

選二十九　二十六

異舊居也輧輅衣車也晨遷謂將葬離宮天邃別殿雲懸銑曰離宮
別殿天子后妃所居處天邃雲懸言與之長隔矣離絕邃也靈衣虛襲組
帳空煙向曰靈衣靈筵之衣襲重也組綬類以繫帳也空煙謂室虛無人似有煙
也巾見餘軸匣有遺絃翰曰巾匣箱篋也軸謂書也絃琴絃也
嗚呼哀哉移氣朔兮變羅紈白露凝兮歲將
闌濟曰氣二十四氣朔月一日也闌晚也言貴妃夏薨綺羅輕薄至秋則變也庭
樹驚兮中帷響金釭曖兮玉座寒良曰驚謂風驚也金
釭謂金盞置燈也曖不明貌玉座謂靈座也純孝擗其俱毀共氣
摧其同欒仰昊天之莫報怨凱風之徒攀銑曰
純孝謂皇子也純至擗踊也俱毀謂痛俱也共氣謂貴妃兄弟也摧割也欒羸瘦貌詩云

詩見素冠棘人欒欒又云欲報之德昊天罔極又曰凱風自南吹彼棘心凱風喻寬仁父母言既致不可攀也茫昧與善寂寥餘慶向曰當言天與善仁積善餘慶今於貴妃如此乃幽暗虛無也而不驗也茫昧幽暗寂寥虛無也喪過乎哀棘實滅性翰曰謂貴妃薨皇子雲不勝哀而又毀也棘急也世覆沖華國虛淵令濟曰沖華至美也淵深令善也覆亡虛絶也嗚呼哀哉題湊既肅龜筮既辰良曰題湊柞木內向也肅嚴也言柞槨既其嚴敬於內以龜筮擇葬復用斯辰也階撤兩奠庭引雙轊及銑曰撤去也奠祭也引將行也輴殯車也言兩與雙者貴妃與子雲同時葬也維慕維愛曰子曰身向曰維與曰皆詞也慕思愛惜也子謂子雲身謂貴妃也慟皇情於容物崩列辟於上旻翰曰言天子視喪禮容物而哀慟也凡列辟崩毀而告天子子雲爲晉陵王故云列辟列辟則諸侯也崇徽章而出寰向照殊策而去城闉濟曰崇樹也徽旌旗也章言也寰圻也照明也殊策謂持加策書而誄其德闉城曲重門也嗚呼哀哉經建春而右轉循閶闔而遥度良曰建春閶闔皆國城門名也旌委鬱於飛飛龍逶遲於步步銑曰旌謂銘旌也龍轜也委鬱飄揚貌逶遲徐行貌鏘楚挽於槐風喝邊簫於松霧向曰鏘喝皆鳴也楚楚也挽挽歌也邊簫邊地之簫也涉姑繇而環迴望樂池而顧慕翰曰穆天子西征至于玄池是日樂池盛姬亡乃葬于樂池之南天子乃思姑繇之水以圖喪車故比之嗚呼哀哉展轀溫解鳳曉蓋俄金濟曰轀輬喪車也牓鳳謂鳳羽飾蓋以

金爲爪也言欲變故去其鳳而斜其蓋也解山庭寢日隧路抽陰長良曰言山陵之庭及大隧之道寢伏日影抽引幽陰於中也重扃閟兮燈已黯中泉寂兮此夜深銑曰重扃謂墓門重關閉也燈謂墓中冒燈闇不明見夜深謂墓中無曉時也銷神躬于壤末散靈魄向曰神躬靈魄謂貴妃神靈也壤土埒畔也響乘氣兮蘭馭風德有遠兮聲無窮翰曰言貴妃德響若蘭氣馭風遠去而芳香無窮也嗚呼哀哉

哀永逝文一首

潘安仁

濟曰此岳傷妻之詞

啓夕兮宵興悲絶緒兮莫承良曰啓夕謂啓殯之夕也宵興夜起也絶緒失次序莫承莫能相承俄龍轜而兮門側嗟俟時兮將升銑曰俄邪也龍轜喪車也嗟歎詞也待時待所用之時升上也嫂姪田結兮憧惶慈姑兮垂矜向曰憧惶遽以助喪事也慈姑即岳母也矜憫也聞鳴雞兮戒朝咸驚號兮撫膺翰曰戒警也膺胷也逝日長兮生年淺憂患衆兮歡樂尠彼遥思兮離居歎河廣兮宋遠濟曰謂岳妻初嫁之時常思父母之居也詩序云宋襄公母歸于衛思而不止故作詩云誰謂河廣一葦杭之誰謂宋遠跂予望之今奈何兮一舉邈終天兮不反良曰舉云也終天謂終竟天地盡余哀兮祖之晨揚明燎兮援靈輴丑倫反銑曰祖祭也儀禮云宵設燎于門內之右援持也輴殯車也撤房帷兮席

庭遂舉酹觴兮告永遷 向曰撤去也酹謂以酒沃地也 悽切兮增欷俯仰兮揮淚 翰曰悽切哀貌歔欷悲聲揮灑也 想孤魂兮眷舊宇視倏忽兮若髣髴 濟曰眷顧宇室也倏忽卒疾也髣髴謂似平生時也 徒髣髴兮在慮靡耳目兮一遇 良曰靡猶冥也異一遇妻魂也 停駕兮淹留徘徊兮故處周求兮何獲引身兮當去 銑曰徘徊旋行也何獲謂無所見也 去華輦兮初邁馬迴首兮旋旆 向曰言初去也華輦謂畫喪車也 風泠泠兮入帷雲霏霏兮承蓋 良曰帷車帷也 鳥俛翼兮忘林魚仰沫兮失瀨 翰曰言魚鳥驚感傷俛低也瀨波也 悵悵兮遲遲遵吉路兮凶歸 濟曰悵悵貌遲遲行貌遵猶也言平常吉路今以凶歸也 吉

思其人兮已滅覽餘跡兮未夷 銑曰夷亦滅也 昔同塗兮今異世憶舊歡兮增新悲謂原隰兮無畔謂川流兮無岸望山兮寥廓臨水兮浩汗視天日兮蒼茫面邑里兮蕭散匪外物兮或改固歡哀兮情換 銑曰寥廓空虛也浩汗廣大皃蒼茫無色也蕭散無人皃也 無 嗟潛隧兮既敞將送形兮長往 翰曰潛隧延道也敞開也送形謂妻柩入墓也 委蘭房兮繁華襲窮泉兮朽壤 濟曰委棄也蘭房妻嘗所居室也繁華盛皃襲入也窮泉墓中也壤土也 中慕叫兮擗摽 摽 之子降兮宅兆 良曰慕哀也擗摽拊心也之子謂妻也宅葬地兆吉兆也 撫靈櫬兮訣幽房棺冥冥兮埏窈窈 銑曰櫬棺也訣別也幽房墓中便房也冥冥窈窈闇深貌 戶闔兮燈滅夜何時兮復曉 向曰戶墓門也闔閉也燈墓中之燈 歸反哭兮殯宮聲有止兮哀無終是乎非乎何遑趣一遇兮目中 翰曰遑暇趣求遇逢也言想望其儀形何暇分其是非但求一逢目中也 既遇目兮無兆曾寤寐兮弗夢 平聲 濟曰兆形也逢於目者皆既無形兆而寤寐間亦不夢也 顧瞻兮家道長寄心兮爾躬 良曰家道謂家之道也爾躬謂妻之身也 重曰已矣此蓋新哀之情然耳 銑曰已往也然耳謂如此也 渠懷之其幾何庶無愧兮莊子 向曰渠發聲也懷思也我之相思情能幾何亦欲斷之於大道無愧於莊子也莊子妻死惠子弔之則鼓缶而歌也

宋文皇后哀策文一首　顔延年

翰曰文帝袁皇后諱齊媯左光禄敬公湛之庶女也適太祖生太子劭上待后禮甚篤及崩詔延之作哀策文

惟元嘉十七年七月二十八日大行皇后崩于顯陽殿 濟曰凡天子崩未及有定謚總名曰大行皇后亦同此義也 粤九月二十七日將遷于長寧陵禮也 良曰長寧即皇后陵號也 龍輴 渠恭 纚 離 縟 肉 容翟結驂 銑曰龍輴凶飾容翟吉制雖凶喪事而同生儀也禮記云天子殯叢塗龍輴儀禮云夷牀軸饌于西階

繫也引棺在轅車曰紼周禮王后之五路重翟錫面朱總厭翟勒面繢總
皆有容蓋連結也厭而驂也言將行之威儀也皇塗昭烈神
路幽嚴向曰皇塗吉飾也照烈光明也神路凶飾也幽嚴深敬也
皇帝親臨祖饋躬瞻宵載翰曰祖始行也饋祭
也宵夜也載謂柩載於庭也飾遺儀於組旒淪徂
音乎珩珮濟曰言皇后組旒之飾有其餘儀珩珮之音盡沈滅
矣遺餘淪沈徂往也凡后妃皆鳴玉珮后既崩則與其音俱絕也悲
黼筵之移御痛翬暉褕揺之重晦良曰
筵席也黼闇也書云敷重篾席黼純御謂改常所也周禮司服掌王后之
六服褘衣褕狄闕狄鞠衣展衣褖衣畫翬者褕翟畫搖者重晦謂將入墓

也重幽闇也降輿客位撤奠賓階銑曰降下也輿
載柩車也客位西也撤去也奠祭也周人殯柩於西階之上猶賓禮也
乃命史臣累德述懷向曰累德后之德也述懷帝之
懷也其辭曰
倫昭儷升有物有憑翰曰言天地未分之前則人倫之義升伉儷之
道自是物理可得憑也圓精初鑠方祇始凝濟曰圓精謂天也方
祇謂地也凝明凝成也言天地分也昭哉世族祥發慶膺良曰數皇
后族之明盛而有其善福也祥善慶福膺當也祕儀景胄圖光玉繩
翰曰秘閟景大胄也言后在室時閟藏儀形於大族之家及配於帝圖發容光於玉繩
之內宋有玉繩殿昌輝在陰柔明將進濟曰昌盛暉光也陰妻位

也妻者法地柔道也濟進謂后行此德行進於天下也率禮蹈和稱詩
納順良曰率循蹈踐稱舉納受也爰自待年金聲夙振銑曰
傳云叔姬歸于紀至是歸者待年於父母國金聲美言也夙早也亦既有行
素章增絢向曰詩云女子有行遠父母兄弟子夏曰巧笑倩兮美目盼兮素以
為絢兮子曰繪事後素絢文也象服是加言觀維則翰曰詩云象服
是宜又曰言觀其儀又云柔嘉維則者也俾我王風始基嬪德濟曰
俾使也詩序云周南召南正始之道王化之基又云關雎后妃之德也嬪婦也蕙問
川流芳猷淵塞良曰蕙問芳猷皆美稱也川流淵塞言廣深也方江
泳漢動謠南國銑曰詩序云文王之道被于南國江漢之域無思犯禮詩
云漢之廣矣不可泳思江之永矣不可方思方觀相也謠歌也伊昔不造鴻

化中微向曰少帝之時也伊惟造成鴻大也用集寶命仰陟天
機翰曰謂文帝即位也寶命即大命天機即璿璣玉衡釋位公宮登曜
紫闈濟曰謂帝自宜都王升為天子則皇后是釋諸侯之夫人於公宮而為天子之
后登光輝於紫微宮也古者婦人先嫁三月祖廟未毀教于公宮也欽若皇姑
允迪前徽良曰欽敬若順也皇姑謂皇太后也允信迪蹈徽美也言能敬順信
蹈太后之美也孝達寧親敬行宗祀銑曰寧謂歸寧於父母也宗
祀謂祭祀也進思才淑傍綜圖史向曰才能淑善綜理也圖謂圖書
史史籍也發音在詠動容成紀翰曰合於詩禮也壼苦本政
穆宣房樂韶理濟曰壼政謂宮中之政宣明也儀禮有房中樂后夫人
之所諷誦以事君子之和宣也坤則順成星軒潤飾良曰坤能法則

坤德而成承順之道又得軒轅星之元敘而潤飾焉軒轅星女主之象也德之所

屆惟深必測銑曰屆至測度也言后德無遠而不至推深而必度也下

節震騰上清朓側土鳥向日下節謂水也上清謂月也皆陰德故見於

右也震騰朓側謂皇后將崩之徵也周翰三時三川皆震詩云百川沸騰晦而月見西方

謂之朓朔而月見東方謂之側匿也有來斯雍無思不極翰曰

雍和極中也言后所來所思之事以盡柔和之理而合大中之道也謂道輔仁

司造莫晰音制濟曰晰明也常言天道輔仁至何主司造化者不明而使皇后至

於斯也象物方臻眡祲告沴靈細反良曰臻至也衆物有象日在天

所謂四靈也非德之和則不至也眡祲主視祆氣者氣相傷曰沴也言今至德之代衆物

方至后崩之徵沴氣斯發也大和既融收華委世銑曰大和天下

選二十九　三十三

和平也融明也奈何當如此之時而皇后收光華棄世上而崩委棄也蘭殿長

陰椒塗弛衛向曰蘭殿椒塗后所居也言蘭殿取其香也椒塗以椒塗室

也長陰謂長閉之而中幽闇也弛發也衛侍衛也嗚呼哀哉戒涼在

律杪秋即穸音夕翰曰戒涼秋時也杪秋末秋也肆陵也儀禮云死三

日而窆也穸長夜也言葬墓中就長夜也霜夜流唱曉月升魄

濟曰流唱挽歌流轉升天也魄神靈升天也八神警引五輅遷迹良曰

八神八方神也警謂引哀車也周禮中車氏掌王后之五輅而遷謂發行也噭

古弔儲嗣哀哀列辟銑曰噭噭哀皆哭音也儲嗣太子列辟諸王也

灑零玉墀雨泗丹掖向曰灑零雨泗皆淚之落也玉墀丹掖皆宮殿之

間也而以玉丹飾也撫存悼亡感今懷昔翰曰哀策既奏帝自益也

八字以致其意焉悼傷也嗚呼哀哉南背國門北首山園

濟曰謂山陵在北也首向也國即山陵也僕人按節服馬顧轅良曰

按低也服馬駕馬也遷酸紫蓋眇泣素軒銑曰紫蓋生儀素車凶飾

酸悲眇遠軒車也滅綵清都夷體壽原向曰清都謂生所居也壽

原謂葬山陵也滅綵絕其光彩也夷體毀其文體也夷毀也邑野淪藹戎

夏悲讙音喧翰曰邑野都邑郊野也淪藹謂失其茂盛之色也戎夷狄諸夏皆號泣

相喧也来芳可述往駕弗援濟曰芳臺將來有足紀述靈駕既往

不可攀援也嗚呼哀哉

齊敬皇后哀策文一首　謝玄暉

良曰明敬劉皇后諱端惠光祿大夫弘道孫也太祖初爲高宗納之李

選二十九　三十四

相承孫張山高宗即位追尊爲敬皇后高宗崩東昬侯寶卷立改葬祔興

安陵

惟永泰元年秋九月朔日敬皇后梓

宮啓自先塋祔于其陵銑曰以梓木爲棺因通名

其陵曰梓宮先塋則張山舊陵也孔子曰魯人祔也祔謂合葬也其

日至尊親奉奠某皇帝向曰至尊謂東昬侯也高

宗未定謚故曰某皇帝薦饋曰奠乃使兼太尉某設

祖於行宮禮也向曰祖謂將行之祭行宮祖過之宮也

翠帟舒皁玄堂啓扉濟曰翠帟翠幕也舒布皁山也

玄堂謂墓中也啓開扉戶也俎也撤三獻筵卷六衣

將所適故習絺綌之事能無厭倦是其性方事也處謂在室也麗比也言貴妃在室可比於此又云于以采蘋南澗之濱于以采蘩于沼于沚蘋藻也蘩蒿也謂公侯夫人執此以助祭也懋勉也言貴妃勉行此事也

脩詩貴道儷圖照言翰曰脩習貴美也儷舉也圖圖書也照見也言言也既習詩美道舉以圖書見其善言也善

翼訓姒幄贊軌堯門濟曰翼輔贊佐也姒禹姓也軌跡也禹娶塗山氏女故姒幄堯母懷堯十四月而生矣堯門堯母門也

綢繆史館容與經闈良曰言貴妃有善於經史之學闈門也言以經史為門館也綢繆容與逍遙皃

陳風緝藻臨彖分徵銑曰風詩國風也緝綴也藻文章也彖易詞也分微分其精微也

游藝殫數撫律窮幾銑曰藝六藝律六律殫盡也幾微也

躊躇冬愛怡悵秋暉翰曰冬愛冬日秋暉秋月也躊躇行止皃怡悵相望貌言於此時著篇章矣傳云冬日可愛

進二十九　二十五

展如之華寔邦之援濟曰展誠華美援助也國人所依倚以為援助詩云展如之人邦之援也

敬懃顯陽肅恭崇憲濟曰宋文帝路淑媛生孝武帝既即位奉尊號曰崇憲皇后居顯陽殿言貴妃敬懃肅恭於此

奉榮維約承慈以遜良曰榮寵維持約儉慈愛遜順也

逮下延和臨朋違怨翰曰延長朋衆違避也詩云樛木后妃逮下也言后妃能以心意逮下則衆妾上事之無怨也

祚靈集祉慶藹迎祥銑曰祚報靈善祉福也藹盛皃

皇胤璿式帝女金相向曰貴妃生皇子始平王陵晉陵王子雲及第二皇女也言似璿金皆貴也式法質用也

聯跗齊穎接蕚均芳濟曰跗足穎秀也蕚承華者芳香氣也聯接齊均言皇子兄弟之美有如此也

以藩以牧燭代輝梁良曰

公侯夫人加之以紘綖冕上覆垂者也周禮上春詔王后帥六宮之人而生穜稑之種而獻之於王言此為獻之始教之先也

睿問川流神襟蘭郁濟曰睿聖也聖問謂天下相問聖德也襟懷也川流言廣大也蘭郁言芳盛也

先德韜光君臨方被良曰韜藏被及也謂高宗未即帝位時藏光於下而為君之道以及於人者而皇后以內助也

于佐求賢所謁無詖銑曰詩序云卷耳后妃之志也又當輔佐君子求賢審官內有進賢之志而無險詖私謁之心言皇后之德佐於此也謁請也詖諂也

顧史弘式陳詩展義向曰顧親也女史也弘廣式法也陳布也展申也

厚下曰仁藏往伊智翰曰厚在下之人自不取功是曰仁藏已過往之善物不得知是推智也言皇后兼有此德也

十亂斯俟四教罔惑良曰武王有亂臣十人文母居其一斷此俟特也

選二十九　三十六

世亦待皇后而成其數也四教謂婦德婦容婦功婦言也罔無忒惡也

思媚諸姑貽我嬪則銑曰媚愛也諸姑謂先太后也貽遺也嬪則為婦之法則也

化自公宮遠被南國向曰化教也禮婦人先嫁三月祖廟未毀教于公宮詩序云文王之道被于南國言皇后先學而後配於高宗也

軒曜懷光素舒佇德翰曰軒轅星主女主也素舒謂月亦比后妃也懷光佇德言如星月含懷光彩是道德也

閔予不祐慈訓早違濟曰閔自傷之詞也不祐言天不祐助我也慈訓謂皇后也早違謂早棄我而崩也

方年沖藐懷袖靡依良曰沖幼藐小棄無也言方年幼小而皇后棄崩何不得於懷袖之恩也

家臻寶業身嗣昌暉銑曰高宗既至天子之位而已得嗣盛明之時也臻至也寶業天子位也昌盛暉明也

壽宮寂遠清廟

向日壽宮清廟皆祠祭處也歸遠靈空也不可見其神靈也銑嗚呼哀哉
帝遷明命民神胥悦翰曰高宗升皇帝位應天明命合神人之心矣
胥相也乾景外臨陰儀內缺濟曰乾景謂高宗也陰儀謂皇后也
內缺謂后崩也空悲故劍徒嗟金穴良曰漢宣帝初即位以許皇后
爲婕妤是日公卿議欲更立后帝乃詔求微時故劍大臣知旨立許婕妤爲皇后也光
武郭皇后爲大鴻臚數賜金錢京師號其家爲金穴言皇后早崩高宗觸事悲嘆而
已瑋璝奚獻禕褕罔設銑曰瑋璝后夫人以致齊也禕褕皆后服
也言皇后既崩以此何獻盡無所設矣何用無也嗚呼哀哉馮相告
祲子鴆宸駕長往向日周禮馮相氏登高臺視天文告祲言高宗崩之祲
妖氣也宸駕天子駕也長往謂高宗崩也貽厥遠圖末命是獎翰曰
貽遺圖謀也末命臨終之命獎屬也高宗遺我遠謀臨崩有所戒屬於己也懷豐

沛之綢繆兮背神京之弘敞濟曰豐沛高祖鄉以喻安陵
也綢繆相視見神京謂齊都弘大敞明也陋蒼梧之不從兮遵鮒
扶句隅以同壤嗚呼哀哉良曰舜葬蒼梧二妃不從故陋之帝顓頊
與九嬪葬于大荒之中河水之間鮒隅之山故遵之陳象設於園寢兮
映輿鋑亡犯於松楸公銑曰園寢陵廟也言陳列生時象於廟中輿車也鋑
馬飾也松楸謂陵上所栽也望承明而不入兮度清洛而
南游向日謂靈駕出赴於陵也承明門洛水皆在東京今來都擬而歸之與繼
池紼之通軌兮接龍帷於造舟翰曰繼接也禮記曰飾棺
君龍帷三池玄池於荒之爪吉承霤形也紼輀車也又云飾棺君龍帷振容黼荒道軌

謂廣路也造舟浮橋也言靈駕咸儀繼接於廣路浮橋之上也迴塘寂其
暮兮東川澹而不流濟曰言景物助其哀也迴塘曲隄也寂空也東
川東流也澹水止皃嗚呼哀哉籍閟宮之遠烈兮聞纘
組管女之遐慶良曰籍承也詩云閟宮有洫林姜嫄其德不回姜嫄稷母
烈業也又云纘女維莘長子惟行遐亦遠也慶善也■言嘗承此者遠之比業同善也
協德之蘋蘩兮終配祀而表命翰曰詩序采蘋大夫
妻能循法度又云承夫人不失職也言皇始於高宗未即位時也漢書云天地合祭先
妣配地言皇后終加尊謚所爲先妣是表明天命也慕方纓於賜衣兮
哀日隆於撫鏡銑曰東觀漢記云上賜東平王蒼書曰今以先烈皇太后假
帛巾各一篋遺王可時視瞻以慰凱風寒泉之思西京雜記云漢宣帝被繫時猶

史良娣身毒國鏡一枚及即位持此鏡感敎辰言是東昏觀皇后舊物悲摧若此也
思纏結隆也盛撫持也思寒泉之罔極兮託彤管於遺詠
向日詩序云凱風美孝子也詩云爰有寒泉在浚之下有子七人母氏勞苦又曰欲報之
德昊天罔極又云靜女其孌貽我彤管古者后夫人有女史彤管之法言東昏侯慕記此
遺詠而增其哀嗚呼哀哉

郭有道碑文一首 并序

蔡伯喈

向日范曄後漢書云蔡邕字伯喈陳留人也爲郎中董卓西遷邕爲尚書
及卓被誅收付廷尉死獄中
先生翰曰先生有德之稱諱泰字林宗太原界
休人也其先出自有周王季之穆有

鄃叔者寔有懿德文王咨焉建國命
氏或謂之郭即其後也良曰王季文王父也王季親
寔實也及文王即位咨于二號咨謂謀事也而號叔之後因國命氏
或謂郭焉即林宗是其後也先生誕應天衷聰叡
明哲孝友溫恭仁篤慈惠銑曰誕大叡聖哲智
篤厚也夫其器量弘深姿度廣大浩浩
焉汪汪焉奧乎不可測已濟曰奧深已至也
言不可測量其所至若乃砥節厲行直道正辭
貞固足以幹事隱括足以矯時向曰節
礪行謂磨礪節行也隱占括度矯直也言占度事理足可以直道行於時

也遂考覽六經探綜圖緯周流華夏
隨集帝學收文武之將墜拯微言之
未絕翰曰探求綜集也圖圖讖也周猶流謂行也華夏中國也帝學猶
國學也緯天之文也言考覽六經求集圖緯行之於中國隨集於國學也
文武之道將墜失者收之也拯猶脩也微言謂幽微大道之言也于
時纓緌之徒紳珮之士望形表而影
附聆嘉聲而響和者猶百川之歸巨
海鱗介之宗龜龍也良曰纓緌衣冠之飾也紳大帶
也珮玉珮也皆謂在朝百官及儒學諸生所朝服也表所謂立木而有影
也景影聽也介甲蟲也宗尊也言在朝百官及儒學之士望林宗之志

言如人形木表而影所附之聽其善聲而應響相和者亦猶百川以海為
尊而歸赴之鱗介之物以龜龍為長也爾乃潛隱衡門
收朋勤誨濟曰衡門以此人大為門收朋謂重其友朋也勤誨
謂勤於訓教於人也童蒙賴焉用祛其蔽銑曰童蒙
謂暗於義理也賴扶去也言之人利其開教以去蔽惑皆知禮義
也州郡聞德虛已備禮莫之能致羣
公休之遂辟司徒掾又舉有道皆以
疾辭向曰休美也言不辭皆辭之以疾也將蹈鴻涯
之遐跡紹巢許之絕軌翰曰鴻涯仙人也紹繼也
巢巢父許許由皆隱遯人也絕遠也軌亦跡也翔區外以舒

翼超天衢以高峙良曰區方峙立也稟命不
融享年四十有二以建寧二年正月
乙亥卒濟曰稟受融長也建寧靈帝年號也凡我四方
同好之人永懷哀悼靡所寘念銑曰靡無
寘致也言無所致念者念之不可及也乃相與惟先生
之德以謀不朽之事翰曰惟思也不朽之事謂將謀
立碑也僉以為先民既沒而德音猶存
者亦賴之於見述也今其如何而闕
斯禮向曰存德音者亦賴於述碑文言不可廢闕此禮也於是
樹碑表墓昭銘景行俾芳烈奮于百

世令聞顯於無窮其辭曰
於烏休先生明德通玄銑曰於休歎美也純懿淑靈
受之自天濟曰純大懿美淑善也崇壯幽浚如山如淵
向曰崇壯高也幽浚深也禮樂是悅詩書是敦翰曰敦重也匪
惟摭華乃尋厥根良曰摭拾也言禮樂詩書之事非惟拾其英華乃亦
尋其根本也宮牆重仞允得其門銑曰孔子之宮牆數仞雖百官
之富得其門者寡矣此謂夫子道高人不可及言郭生得先聖之道可謂得入聖門也
懿乎其純確乎其操翰曰懿美純貞確堅操志也洋洋搢
紳言觀而高音告協韻良曰洋洋盛貌搢紳謂百官儒生之衣服言百官皆
觀仰其高德也棲遲泌丘善誘能教赫赫三事幾行

選二十九　四十一

其招之邵反協韻向曰赫赫盛貌三事謂三公之任也謂上司徒辟爲掾也幾數招
辟也委辭召貢保此清妙銑曰委累也召貢謂舉也謂上舉有道累
辭疾不應自保清妙隱居之理降年不永民斯悲悼翰曰言令人於
此悲傷也爰勒茲銘摛其光曜濟曰摛發也嗟爾來世
是則是效

陳太丘碑文一首并序　蔡伯喈

翰曰陳寔字仲弓爲太丘令也
先生諱寔字仲弓潁川許昌人也含
元精之和應期運之數向曰元精大道也期運之
數謂應五百年而生賢之數也兼資九德總脩百行

銑曰咨歎有九德君子有百行於鄉黨則恂恂焉斌
斌焉良曰恂恂和樂貌斌斌文質貌善誘善導仁而
愛人使夫少長咸安懷之其爲道也
用行舍藏進退可度濟曰言其道德於時用之則行
捨之則藏其進退之禮可爲法度也不徼訐干舉以干時
不遷怒以臨下翰曰徼徼名訐訐發人罪也干亂也遷怒
謂移怒於人也四爲郡功曹五辟豫州六辟
三府再辟大將軍宰聞喜半歲太丘
一年向曰宰聞喜謂爲聞喜令又爲太丘令也德務中庸
教敦不肅銑曰庸用也言其行大中之道用之於人其教敦厚

選二十九　四十二

不行威肅政以禮成化行有謚良曰謚靜也會
遭黨事禁錮二十年樂天知命澹然
自逸濟曰遭黨罪而囚於獄竟不憂悔寬意自樂交不諂
上愛不黷下翰曰不辟護顏以取上音爲施惠愛則均不
以其下而侵之見幾而作不俟終日向曰俟待也言
事必見幾不待終日而隨事變通也及文書赦宥時年
已七十遂隱丘山懸車告老銑曰文音赦宥
謂天子詔赦罪人也懸車謂其所乘之車懸而不復乘也四門備
禮閑心靜居良曰四門四方門也閑也言當時在位者皆
發徵賢於四方而備脩束帛之禮聘先生先生閑心靜居終不復應也

大將軍何公司徒袁公濟曰何進袁隗也前
後招辟使人曉喻云欲特表便可入
踐常伯超補三事紆佩金紫光國垂
勳翰曰特表謂獨出常調擢用之也常伯今之侍中也三事二公也三
公皆帶金印繫以紫綬言此可以光國家大功也勳功也先生曰
絕望已久飾巾待期而已皆遂不至
向曰不就所辟而謂使者云絕仕宦之望已久今但整飾衣服待期而終
也至赴也弘農楊公東海陳公每在袞職
羣寮賀之皆舉手曰潁川郡陳君絕
世超倫大位未躋慙於文仲竊位之

負銑曰太尉楊賜司徒陳耽皆拜三公羣寮賀之賜等皆歎先生太位
未登也袞職三公也舉手謂揖讓百官也躋登也臧文仲爲大夫知柳下
惠賢而不舉之孔子以爲竊位揚陳二公慙負此名也故時人
高其德重乎公相之位也年八十有
三中平三年八月丙午遭疾而終臨
沒顧命留葬所卒良曰顧命謂遺令也留葬所卒謂遺
令葬於所卒之地不歸本鄉故也時服素棺櫬財周
櫬喪事唯約用過乎儉濟曰財纔也櫬棺也羣
公百寮莫不咨嗟巖藪知名失聲揮
涕將軍弔祠錫以嘉謚曰徵士陳君

禀岳瀆之精苞靈曜之純天不慭魚靳
遺老俾屏我王梁崩哲萎于時靡憲
搢紳儒林論德謀跡謚曰文範先生
翰曰將軍即何進五岳之精雄聖四瀆之精仁明故以比之也靈曜謂天
地也純和也慭傷也俾使也遺老老臣也言上天不傷惜此老臣使屏我
天子而死也孔子將卒而歌曰梁木其壞乎哲人其萎乎則崩也智哲
萎死靡無憲法也言智人既死于今時無可以爲法則也傳曰郁
郁乎文哉洪範九疇彝倫攸敘文爲
德表範爲士則存誨沒號不亦宜乎
向曰言存亦以文範教訓於人而沒後以爲號亦爲宜也三公遣

令史祭以中牢銑曰中牢羊也刺史敬弔太
守南陽曹府君命官作誄曰赫矣陳
君命世是生銑曰赫盛也含光醇德爲士
作程良曰醇厚也程法也資始既正守終有令
平聲協韻濟曰令善也言始資正道終有善名也奉禮終沒
休矣清聲翰曰奉禮終沒謂秉先聖禮教存約儉而葬也休美
也遣官屬掾吏前後赴會刊石作銘
向曰刊刻也府丞與比縣會葬荀慈明韓
元長等五百餘人緦麻設位哀以送
之遠近會葬千人已上河南尹种暠

府君臨郡銑曰河南尹升拂也追歎功德述錄高行以爲遠近鮮能及之良曰遠近古今也鮮少也重部大掾以成時銘濟曰言重使部內大掾爲銘也斯可謂存榮沒哀死而不朽者也

乃作銘曰

峨峨崇嶽吐符降神翰曰言立五岳之精吐其符應降其神靈乃先生也於皇先生抱寶懷珍向曰於皇歎美之辭也寶珍喻道德也如何昊穹既喪斯文銑曰昊穹天也斯文謂先生也謂其有文德故也微言圮平鄙絕來者曷聞良曰微言道也圮毀也來者謂後人也曷何也交交黃鳥爰集于棘濟曰交交小貌黃鳥詩篇名哀三良也言其貌小集於棘林得其所也喻人以壽終亦得其所也命不可贖哀何有極翰曰言人命有分一死不可以重寶財以贖取生人哀者何有窮盡也

褚淵碑文一首并序　王仲寶

向曰蕭子顯齊書云王儉字仲寶琅邪人也幼好學手不釋卷爲中書監也

夫太上有立德其次有立功此之謂不朽銑曰太上謂上古有道之君也所以子產云亡宣尼泣其遺愛隨武既沒趙文懷其餘風於文簡公見之矣良曰鄭子產卒國人皆泣孔子聞之歎曰子產古之遺愛也孔子但歎之不泣也文云泣者增飾也

隨武子趙文子並晉大夫也隨武子卒葬於九原之上而諸大夫卒者皆同葬於此原趙文子與叔譽游於九原文子曰死者可起吾誰與歸者叔譽曰陽處父乎文子曰我則與其[illegible]子且武子利其君不忌其身謀其身不遺其友此則趙文子懷其餘風也言於彥回之德亦比二人故云見之也

公諱淵字彥回河南陽翟人也微子以至仁開基宋段以功高命氏濟曰微子紂兄也有至仁之德武王既滅紂成王封微子於宋以爲殷後也宋段宋共公子爲褚師以功高因官命氏遂爲褚氏也褚師掌市之官也爰逮兩漢儒雅繼及翰曰爰於逮及也前漢褚大通五經爲博士後漢褚禧聰明睿達亦爲儒官繼及謂相繼不絕也

魏晉以降奕世重暉乃祖太傅元穆公向曰褚裒爲侍中衛將軍薨贈太傅諡曰元穆公魏之大臣無稽氏蓋有者藏位稱早故史傳不載矣德合當時行比州壤銑曰言其德行高比之州壤之間爲最也深識臧否不以毀譽形言良曰臧善否惡也毀者以惡言談人譽者以善事訟人言稽公則以此事不見於言形見也亮采王室每懷沖虛之道濟曰亮信采事也沖虛謂虛懷接士也可謂婉而章志而晦者矣翰曰婉曲章明言屈曲行物而能明其政事有其明志而不自矜故云晦也自茲厥後無替前規建官惟賢軒冕相襲公稟

川嶽之靈暉含珪璋而挺曜（向曰川岳皆聖靈之積也珪璋美玉也挺出曜光也）和頌内凝英華外發（銑曰凝止也内謂心思也外謂言語形貌也）神茂初學業隆弱冠（良曰言公神氣大茂在於初學之年學業至盛在於弱冠初學謂年十歲也弱冠謂年二十歲）是以仁經義緯敦穆於閨庭（濟曰言其以仁義為經緯也敦重親穆於閨庭之間也）金聲玉振寥亮於區宇（翰曰金聲玉聲喻名譽高也寥亮聲高皃區宇天下也）孝敬淳深率由斯至盡歡朝夕人無間言（向曰言父子兄弟和穆盡歡人之譏言難以相間也）逍遥乎文雅之囿翱翔

乎禮樂之圃風儀與秋月齊明音徽與春雲等潤（銑曰徽美也言德音既善必潤於物故比之春雲也）韻宇弘深喜愠莫見其際（良曰韻宇猶器量也愠怒也際涯畔也）心明通亮用言必猶於己（濟曰亮信也用人之言若用己言也）汪汪焉洋洋焉可謂澄之不清撓之不濁（翰曰汪汪洋洋水深大皃以比其德深廣撓攪也）袁陽源才氣高奇綜覈（胡隔）精裁（去聲向曰袁陽源時為吏部郎言其主司選若入士才器精麤體裁言精選公為駙馬以尚公主也）宋文帝端明臨朝覽賞無昧袁既延譽於遐邇文

亦定婚於皇家（銑曰言文帝定婚欲以公主妻公也）選尚餘姚公主拜駙馬都尉漢結叔高晉烟武子方斯蔑也（良曰漢有章叔高以明經為郡上計吏朝會數百人而叔高儀貌絕衆天子愛之以公主妻焉晉有王武子少有名俊才武帝嫁以常山公主言二人方之褚公蔑如也）釋褐著作佐郎轉太子舍人濯纓登朝冠冕當世（濟曰濯纓洗濯其冠纓以清絜登朝而事天子冠冕在首者喻其以道德為世之首）升降兩宮實惟時寶（翰曰升降上下也兩宮謂天子太子入天子宮則為上入太子宮則為下也）具瞻之範既著台衡之望斯集

（向曰具瞻台衡並宰相之位也範法著盛也）出參太宰軍事入為太子洗馬俄遷祕書丞贊道槐庭司文天閣（銑曰贊佐也槐庭三公位也謂為太宰參軍是為佐道也司主也言主文史之任於天祿之閣也天祿書閣名謂祕書丞也）光照諸侯風流籍甚（良曰言其風美之聲流布天下甚多也籍甚言多也）以父憂去職喪過乎哀幾將毀滅有識留感行路傷情（濟曰幾近也留戚謂多戚也）服闋除中書侍郎王言如絲其出如綸恪居官次智效惟穆（翰曰中書侍郎掌知天子詔令宣之於外言王言初出如絲之細宣

布於外始綸之大綸纚線也于時新安王寵冠列
蕃越敷邦教毗佐之選妙盡國華向曰
冠拜也列蕃謂諸王也越將數布邦國毗輔也國華謂英賢也出為
司徒右長史轉尚書吏部郎執銓以
平御煩以簡裴楷清通王戎簡要復
存於茲銑曰晉朝裴楷王戎並為吏部郎清而能通簡而能要言
二君美跡没存於此泰始之初入為侍中曾不
移朔遷吏部尚書良曰太始宋明帝年號也不移朔謂
不經一月也是時天步初夷王途尚阻元
戎啓行衣冠未緝濟曰天步謂天下並夷平途道也元

選二十九　四十九

戎兵車也啓行戰也衣冠朝儀也緝理也內贊謀莫浮謨莫胡
外康流品制勝既遠涇渭斯明翰曰贊助
也謀謨謂謀議國事也康安也流品百姓百官也制勝既遠謂平天下亂
也涇謂猶分別也言分別功勳厚薄於此明也賞不失勞舉
無失德向曰有勞必賞有功必舉也績簡帝心聲
敷物聽銑曰績功也敷布也嘉寧良曰謂兵戈之事寧也
領太子右衛率固讓不拜尋領驍騎
將軍以帷幄之功膺庸祗之秩封雩
都縣開國伯食邑五百戶濟曰帷幄謂為謀策
也膺當庸用祗敬秩序也言當用敬其大功有此次序故封以雩都縣伯

也既秉辭梁之介又懷寢丘之志所
受田邑不盈百井翰曰楚惠王初封魯陽文子於梁文
子辭以國險恐子孫有貳也遂封魯陽孫叔敖疾亟戒其子曰王將封我
我已不受我死王必封汝汝必無受利地將亡汝也可長久者有寢丘其
地人皆以為惡故能長久也叔敖卒王果欲封其子美地其子辭而不受
乃封寢丘久而不失也介謂孤介之節也言楷公能秉懷此孤介之志屋
三為井百井之九百頃也今久之重為侍中領右
衛將軍盡規獻替均山甫之庸緝熙
王旅兼方叔之望向曰獻替謂獻其可行之理廢其不
可為之事也均同也庸用也仲山甫周之賢臣能補闕王事言楷公同仲

選二十九　五十

山甫之功也緝熙光明也王旅天子之衆也方叔亦賢臣也言光明天子
之衆兼同方叔之美望也丹陽京輔遠近依則濟曰
丹陽郡名京輔言近帝都也依所也吳興衿帶實惟股
肱良曰吳興郡名言在都之南如人衣之衿帶也股肱謂手足言此郡
要害如人之手足也頻作二守並加蟬冕濟曰頻作
丹陽吳興二郡太守蟬冕侍中冕也言作任二郡皆入加侍中也政
以禮成民是以息翰曰人皆得禮義之政安息無競也
明皇不豫儲后幼沖貽厥之寄允屬
時望向曰明皇宋明帝也不豫言有疾也貽遺謂後嗣也寄託允信
屬在也言明帝有疾太子幼小而後嗣之託信在時望欲使公輔少帝故

也徵為吏部尚書領衛尉固讓不拜改授尚書右僕射端流平衡外寬內直銑曰理有不正者端其條流事有不平者持以權衡權衡秤也言於事平如秤稱焉外謂言詞威儀內謂心慮也弘二八之高譽宣由庚而垂詠良曰二八謂舉八元八凱也善議也由庚詩篇名也言萬物皆由其道而得其性也太宗即世濟曰太宗即明帝也即世崩也遺命以公為散騎常侍中書令護軍將軍送往事居忠貞允亮秉國之均四方是維翰曰往謂明帝也居謂少主也允合亮信也秉執均政維繫也百官象物而動

卷之二　十九　五十一

軍政不戒而備向曰象物禮也公之登太階而尹天下君子以為美談亦猶孟軻致欣於樂政羊職悅賞於士伯者也銑曰太階星三公位也尹正也言公為政於天下而君子美之亦如魯欲使樂正子為政孟軻喜而不寐言其好善而進賢也晉侯賞士伯瓜衍之縣羊舌職悅之以為當也丁所生母憂謝職毀疾之重因心則至朝議以有為去為平之魯侯垂式存公忘私方進明准良曰魯侯伯禽遭喪有徐戎作難卒哭而征之急王事也此蓋有所為為之也式法也漢丞相翟方進遭喪既葬三十六日除服起視事憂國家也准法也朝臣之議欲使諸公從此准法也爰降詔書敦還攝任固請移歲表奏相望事不我與屈已弘化濟曰敦勸也事不我與謂固辭不免也屈己謂屈禮也弘化謂弘天子之化也屬值三季在辰戚藩內侮翰曰三季謂夏殷周之末世也辰時也言少帝之世禍亂如三季之時也戚藩謂諸王也侮猶亂也桂陽失圖窺窬神器向曰桂陽王文帝子也圖謀也窺窬謂欲有簒逆之心也神器帝位也鼓棹則滄波振蕩建旗則日月蔽虧銑曰言將軍出征桂陽王也鼓棹謂行舟也振蕩搖動也蔽虧言旌旗多而蔽障日月之光也出江派而風翔入京師而雷

卷之二　十九　五十二

動良曰分流曰派風翔言行疾如飛也雷動言威猛也鳴控絃於宗稷流鋒鏃於象魏濟曰鳴控絃謂用弓也宗稷謂宗廟社稷也鋒劍戟之屬也鏃矢也象魏天子闕也言賊徒至宗廟社稷闕下也雖英宰臨戎元渠時殄而餘黨寔繁宮廟憂偪翰曰英宰謂褚公也戎兵也元渠謂惡逆之首也殄滅也言雖惡首已滅而餘黨尚多在於帝城攻劫宮廟偪有憂懼偪迫也公乃抱熊羆之士率不貳心之臣勠力盡規克寧禍亂向曰熊羆言猛烈也克能也寧安也康國祚於綴旒拯王維於已墜誠由太祖之威風抑亦仁公之翼

佐可謂德刑詳禮義信戰之器也銑曰康安也綴旒冠上垂珠以喻危也拯致也維綱維也墜壞也太祖高皇帝裕也仁公即褚公也翼輔也詳審也言有賞德有刑罪必審而後行禮義爲人所信此可謂戰之器用必勝之道也以靜難之功進爵爲侯兼授尚書令中軍將軍給班劍二十人功成弗有固秉撝挹良曰班劍謂執劍而從行者也弗有謂不受此賜而堅固其志以執撝讓退讓之道也秉執挹讓也改授侍中中書監護軍如故又以居母艱去官濟曰此褚公嫡母吳郡公主也雖事緣義感而情均天屬翰曰義感謂非所生也天屬猶天性也顏丁之合禮二連之善喪亦曷以踰向曰魯人顏丁居喪合禮又有大連少連善居喪制三日不怠三月不懈也曷何也踰過也天厭宋德水運告謝嗣主荒怠於天位彊臣憑陵於荊楚銑曰天厭宋德言大亂也宋水德王故云水運謝盡也言水運告盡者謂宋祚盡彊臣逆亂之臣也憑陵暴凶也荊楚謂荊州刺史沈攸之起兵反也楚荊州也廢昏繼統之功甚亂寧民之德良曰廢昏廢少帝也繼統謂立順帝也甚勝寧安也公實仰贊宏規參聞神筭濟曰贊佐宏大規摸筭計也言有神祕之計策也雖無受脤愼出車之庸亦

選二十九　五十三

有甘寢秉羽之績翰曰左傳云國之大事在祀與戎祀有執膰戎有受脤脤祭肉也言天子遣將必賜其脤肉也言其雖無此受脤之功亦有甘寢秉羽之功楚孫叔敖甘寢秉羽而郢人投兵也羽舞羽也言其但安寢以循禮樂而有折衝千里之勝乃作司空山川攸序兼授衛將軍戎政輯集睦向曰司空以度山川居其人也攸所也言其有所次序也戎政軍陣之法也輯集也睦和也既而齊德龍興順皇高禪向曰齊太祖蕭諱道成受宋禪即皇帝位順皇宋順帝禪謂讓位與齊也深達先天之運匡贊奉時之業良曰易云先天而天弗違後天而奉天時匡正贊佐也弼諧允正徽猷

選二十九　五十四

弘遠濟曰弼輔諧和允信徽美猷道弘大也樹之風聲著之話胡怪言翰曰話言善言也亦猶稷契之臣虞夏荀裴之奉魏晉向曰稷契二臣名佐舜禹以致和平之化也魏臣荀攸爲尚書令晉臣裴秀爲左光祿大夫並有大功於國自非坦懷至公永監崇替孰能光輔五君寅亮二代者哉銑曰坦平監視崇與替廢也五君謂宋文帝明帝順帝齊高帝武帝也寅敬亮信也二代謂齊宋也大啓南康光登中鉉時膺土宇固辭邦教良曰齊建元中改封南康郡公進位司徒故云大啓南康中鉉則司徒之位也膺受也時受土宇謂封南康公也固辭邦教謂再讓

司徒也司徒掌邦教故云固辭邦教也今之尚書令古
之冢宰雖秩輕於衮司而任隆於百
辟濟曰此又加授尚書令也周官冢宰掌邦教之理也則與今尚書令同也雖品序輕於三公而任已盛於百官也秩序也衮司三公也百辟百
官也韙遂沖旨改授朝端翰曰仲深旨意也言受尚
書令蹔遂天子深意旋改授司徒以為朝臣之首也端首也邇無
異言遠無異望向曰悃衆心故也帝嘉茂庸
重申前册銑曰嘉善茂盛庸功也重申前册謂復轉授司徒也
執五禮以正民簡八刑而罕用良曰五禮
吉凶賓軍嘉也八刑一曰不孝之刑二曰不義之刑三曰不姻之刑四曰

選二十九　五十五

不悌之刑五曰不任之刑六曰不恤之刑七曰造言之刑八曰亂人之刑
罕希也言希用者寛而中也故能驥續康衢延慈
哲后義在資敬情同布衣出陪鑾蹕
入奉帷殿濟曰續功也康衢道路也延招哲智后君資用也能
聘功於道路慈愛於聖君義在用謹敬之心與君相親如布衣之交也出
則陪帝車入則奉帷幄也鑾天子法駕也蹕跡也仰南風之
高詠餐東野之秘寶翰曰舜彈五絃琴以韻南風之
詩言其仰奉明君如仰舜德故此餐猶美也顧命云天球河圖在東序此
寶器帝王之美瑞故致在東序美聖明之時故謂美此寶野當為序此云
野者當書為序寫之誤也雅議於聽政之晨披文於
宴私之夕向曰雅正也披文謂與天子依文章宴私謂去君臣
之禮參以酒德間以琴心銑曰參雜也暖有
餘暉遥然留想君垂冬日之温臣盡
秋霜之戒良曰暖光也餘暉天子恩光及之遠遠也留想謂遠
想安危之理君臣相戒也冬日之温謂君恩及之柔和而愛也秋霜蒙寵
謂加畏懼如秋霜凜然也肅肅焉穆穆焉於是
見君親之同致知在三之如一濟曰肅肅
敬也穆穆美也言臣敬其君美其臣也於是見其人事君事親愛敬同
如一謂親生之師教之君食之非食不生非教不成雖在三如一也太
祖升遐綢繆遺寄翰曰升遐天子崩也遺言其死啟書

選二十九　五十六

升遐君升仙而遠遊者也綢繆意也遺寄謂詔託公後事以輔帝室也
以侍中司徒錄尚書受玉几之顧奉
綴衣之禮向曰周成王將崩命召公畢公將顧託後事主憑玉
几以告命焉綴衣幄帳也言褚公奉后既退徹出幄帳于廷也亦奉此禮
以輔少帝也稟受也擇皇齊之令與致聲代於
雍熙銑曰皇大雍和熙廣也內平外成實昭舊
職增給班劍三十人良曰內執班劍以平外則奉戎
其政實所謂不曠其官昭明舊職也物有其容徽章斯
允位尊而禮卑居高而思降濟曰徽美章明
也言其能備行禮物皆有容故美道明德於此信矣又位尊志滿而能卑

懼於人居高處汚心思退下謂欲告病而歸也自夏徂秋以疾陳退朝廷重違讓光之旨用申超世之尚翰曰陳請也言疾病請退歸也朝廷謂天子也重難也旨意也言公請退位而天子難違讓光之意故用申超世高尚之事遂其所請也改授司空領驃騎大將軍侍中錄尚書如故向曰言以官退歸也此景命不永大漸彌留銑曰景大也末長也大漸彌留謂病甚也建元四年八月二十一日薨于私第春秋四十有八昔柳莊疾棘衛君當祭而輟祀晏嬰既往齊侯趍車而行哭良曰棘盛也衛有太史柳莊疾盛衛公當祭於廟聞之輟祭而視之齊有晏嬰死齊侯外游而聞之下車行哭也公之云亡聖朝震悼於上羣臣臣慟於下豈惟哀纏一國痛深一主而已哉濟曰聖朝天子也震動也羣后謂百官諸侯也惟恐也言褚公亡天子驚悼於上百官及天下諸侯皆恐動於下豈如柳莊晏嬰哀纏一國痛深一主而已哉追贈太宰侍中錄尚書如故給節羽葆鼓吹增班劍為六十人諡曰文簡禮也翰曰節信也貴臣行者以執之羽葆以鳥毛為幢隨柩之儀飾也班劍木劍無刃假作劍形畫之以文故曰班也夫秉德而處方物不

能害其身向曰秉據也言人據守其德以處於時萬物不能害其貞正之心也虛已以游當世不能擾其度銑曰虛己謂自下其身而游於世當世之人何能亂其度量久擾亂也均貴賤於條風忘榮辱於彼我然後可以兼善天下聊以卒歲良曰條風東北風也淮南子云貴賤之於身也猶條風之時過言不常也心忘其榮辱若則不以彼辱為辱不以我榮為榮言齊也卒終也經始圖終式免祗悔誰云克備公實有焉濟曰經理圖謀式用祗大克能也言理事於始謀身於終用免大悔者誰云能備此事褚公實有之是以義結君子惠霑庶類言象所

未刊述詠所不盡向曰無也公之美德言而狀之者非所能見也述而詠之者非所能盡也故吏某甲等感逝川之無捨哀清暉之眇默銑曰感流川日夜不捨亦如人命一盡不生也清暉儀形也眇默言永從幽冥不復見也餐輿誦於丘里瞻雅詠於京國良曰餐聽也輿誦謂輿臺賤者之言也丘里田里之閒也春秋云鄭子產為政輿人誦之子產若死其誰嗣之雅詠謂韻其德音之聲也思衛鼎之垂文想晉鍾之遺則濟曰衛大夫孔悝有大功銘之於鼎垂文則銘之字也晉大夫魏顆死銘功於景鍾則法也方高山而仰止刊玄石以表德翰曰言瞻仰公之

德比之高山而仰之刋刻也玄者石之色也表見也其辭曰
辰精感運昴靈發祥向曰辰星主木也感運謂齊木德也蕭何宗昴星而生齊帝則蕭何從也先帝者欲明君臣相合之義言元首惟明股肱惟良銑曰元首君也股肱即褚公也良善也天監璿璣運式前王良曰尚書云在璿璣玉衡以齊七政七政七曜也踵繼武跡也前王謂先代明王言齊能監七政之道繼跡前代之王也欽若元輔體微知章濟曰欽敬若順也元輔即褚公也言其體幾微之事以見其明也章明也永言必孝因心則友翰曰孝友之道因心而生不在於外也仁洽兼濟愛深善誘向曰誘進也觀海齊量登嶽均厚銑曰言其道德深高如觀海登岳齊均其器量厚德也五臣兼六八元斯九良曰周有五賢臣兼褚公此爲六也堯有八元亦賢臣也兼褚公此爲九也內譽惟輝外曜台階濟曰善譽聲也台階星名三公位也曜星光也遠無不肅邇無不懷翰曰肅成也懷來也如風之偃如樂之諧向曰諧和也允我帝典緝彼民黎銑曰緝理也率禮蹈謙諒實身幹良曰蹈履也諒信也幹用也言信實之行用之於身跡屆朱軒志隆衡館濟曰言其道尚幽閑而屆跡來仕也朱軒貴士之車也衡館衡門也謂隱逸處橫爲門也眇眇玄宗萋萋辭翰義既川流文亦霧散翰曰眇眇深遠貌玄宗道也萋萋草盛貌言辭翰盛如草華也言好道義如川流也文章之盛又若霧散言多也嵩構云穨梁陰載歎向曰嵩山中岳也梁陰梁木也載則也言諸公亡如高山之穨陵梁木之摧折

德猷靡嗣儀形長逝嵗列反陽讀銑曰猷風也靡無逝往也愍悵餘徽鏘洋遺烈良曰愍悵悲恨皃徽美也鏘洋德音也烈盛也久而彌新用而不竭翰曰彌益也竭盡也言其美德遺聲久而益新用之者不可窮盡也

文選卷第二十九

文選卷第三十

梁昭明太子撰　五臣注

碑文下　王簡栖頭陀寺碑文一首

沈休文齊安陸昭王碑文一首

墓誌　任彥升劉先生夫人墓誌一首

行狀　任彥升齊竟陵文宣王行狀一首

弔文　賈誼弔屈原文一首

陸士衡弔魏武帝文一首

祭文　謝惠連祭古冢文一首

顏延之祭屈原文一首

選三十　一

王僧達祭顏光祿文一首

頭陀寺碑文一首　王簡栖

濟曰姓氏英賢錄云王中字簡栖琅耶臨沂人也齊朝起家郢州從事後爲輔國錄事參軍

蓋聞挹朝夕之池者無以測其淺深仰蒼蒼之色者不足知其遠近翰曰挹酌也朝夕池海也蒼蒼之色天也況視聽之外若存若亡心行之表不生不滅者哉向曰日月無所見故若存若亡心無所繫故不生不滅也是以掩室摩竭用啓息言之津良曰掩室謂斂心入靜也華嚴經云佛在摩竭提國處寂滅道場此言斂心求摩竭之國用開不言之道也口毗耶以通得意之路銑曰杜口謂不言也維摩經云佛在毗耶離城佛告文殊師利曰汝行詣維摩詰問疾文殊師利既至謂維摩詰曰何等是不二法門維摩詰默然無言文殊師利曰善哉乃至無有文字言語是真入不二法門也得意謂忘言也然語彝倫者必求宗於九疇濟曰彝常倫理也言欲語理人之常理者必求事於九疇九疇類一曰五行二曰五事三曰八政四曰五紀五曰皇極六曰三德七曰稽疑八曰庶徵九曰五福談陰陽者亦研幾於六位翰曰六位易卦之六爻也是故三才既辨識妙物之功向曰三才天地人也

選三十　二

萬象已陳悟太極之致翰曰太極天地之始言之不可以已其在茲乎良曰已止也言廣大無窮故不可止然爻繫所筌窮於此域銑曰繫繫辭也域期也此域謂道也則稱去謂所絕形乎彼岸矣翰曰稱謂名號也言天道無名故名號絕彼岸謂覺悟也彼岸者引之於有則高謝四流推之於無則俯弘六度向曰謝去也四流謂欲流有流無明流見流六度者布施以廣仁義也持戒以守也忍辱以爲謙也精進以思敬也禪定以守靜也智慧以通其理也名言不得其性相隨迎不見其終始良曰其道廣大名之言之亦不得知其際

正　宗

性貧相者也隨而求之迎而望之又不可見其終始之所由也不可以識智知不可以意生及其涅槃之蘊乎濟日言不可以識資廣博而達其理不可以習意所生以及其事者寂滅之道積之也涅槃寂滅也蘊積也夫幽谷無私有至斯響洪鐘虛受無來不應翰日幽深之谷本無情有聲至則必答之以響大鐘虛其體以受扣扣來無不應之以聲佛道於物亦如是無私也況法身圓對規矩冥立銑日阿毗摩二義一名無比法一名對法也圓對蓋謂無儔閒也實立謂實實來之道相會而立也一音稱物宮商潛運良日言道合萬物是以如來利見迦維託

生王室向日菩薩下當作佛託生天竺迦維羅衛國王為子也憑五衍之軾拯溺逝川銑日如來乘五衍之安車五衍五乘也一人二天三聲聞四辟支佛五菩薩也軾車上横木也救也言人為不善有如逝川之流日夜不止而如來化衆之使濟矣開八正之門大庇交喪翰日一正見二思惟三正語四正業五正命六精進七正念八正定言如來開此八者大蔭其人交喪矣於道者也於是玄關幽鍵感而遂通遙源浚波酌而不竭銑日玄幽謂道之深遂也開鍵皆所以閉拒於門者言如來說喻微妙道門遂通如長源深水酌取不竭也浚深也行不捨之檀而施洽羣有良日捨止也檀惠也

山　洞

洽徧也羣有謂萬物唱無緣之慈而澤周萬物向日大事之慈空中而行空中行慈故為無緣之慈演勿照之明而鑒窮沙界濟日演廣勿無也大聖無私萬品無有不盡照者故以無私之照明而鑒極於沙數之界導亡機之權而功濟塵劫翰日導引也亡無也君聖人以有機之權入人以機應則多惑矣引以無機故不亂焉功濟於微塵數劫矣劫猶世也時義遠矣能事畢矣然後拂衣雙樹脫屣金沙銑日言如來演行聖化功濟微塵拂衣於娑羅樹間脫屣於金沙池中將歸乎涅槃示有所絶也樹謂娑羅樹也雙覆也惟恍惟忽不皦不昧莫繫於去來復歸

於無物向日恍惚不明見言如來之道不明不昧無所從來亦無所去身歸涅槃復無質也物質也因斯而談則棲遑大千無為之寂不撓良日棲遑謂濟處也撓亂也如來遊處於三千大千世界雖行其化而無為之心寂然不動終無亂也焚燎堅林不盡之靈無歇大矣哉濟日焚燎火也堅林謂衆木也佛以千張白疊纏身積衆香木以火焚之其質雖盡其聖靈虛空不可盡歇也正法既沒象教陵夷翰日正法既沒謂如來已入涅槃也象教謂為形象以教人也陵夷頹也穿鑿異端者以違方為得一向日正法既沒人多穿鑿異端競起違於大法以色相執理以音聲求真自違以為得

春　禪

道契爲法也一道也順非辯僞者比微言於日
論銑曰意順於非法以爲是口辯其僞理以爲實者則比微妙之聖言
於目前狹論也於是馬鳴幽讚龍樹虛求並
振頹綱俱維絶紐翰曰正法衰微六百歲九十六種譚
外道邪見競興破滅佛法有一比丘名曰馬鳴說其要法皆伏其心自此
七百歲又有比丘名龍樹善說法要法復大行也幽讚謂遠助佛化虛求
謂虛心以求道言此二比丘能整續壞之綱紀繫絶毀之紐帶振整也言
大法之要如人衣有紐帶也蔭法雲於真際則火
宅晨涼向曰華嚴經云不壞法雲徧覆一切法華經云三界無安
猶如火宅衆苦所燒也言馬鳴龍樹二比丘能行正法以濟衆物如雲蔭

真境火宅之難乃涼也欲境也曜慧日於康衢則重
昏夜曉翰曰法華經云慧日大聖尊乃說是法康衢道也言二
比丘演說佛法萬物見明如日照於道重深昏暗之處夜中亦曉
能使三十七品有樽俎之師銑曰大品經三
十七品四念處四勤四如意足五根五力七覺分八正道分言此諸品爲
佛法之要而二比丘與之行此法以外道亦猶晏子於樽俎之間而折伏
晉也晉欲伐齊使覘之齊晏使者使者將觀齊樂而晏子太師知之使還
報曰齊不可伐也孔子聞之曰不出樽俎之間而折衝千里之外者晏子之
謂也九十六種無藩籬之固良曰九十六種謂外
道攻滅佛法也一爲諸奇其心皆伏悠然障閭若無草木藩籬之固皆悉

寺　什

以道既而方廣東被教肆南移濟曰廣稱號
也教肄謂教人習法也肄習也周魯二莊親昭夜景
之鑒向曰周莊王魯莊公時夜恒星不見謂夜明也乃佛生之日也
漢晉兩明並勒丹青之飾銑曰漢明帝晉明帝
故稱兩明皆圖畫佛象以崇其法也然後遺文間出列
刹相望翰曰遺文謂經也列刹佛塔也澄什結轍於
山西向曰佛圖澄羅什法師並高道之僧也結轍謂教跡多也林
遠肩隨乎江左矣銑曰道林惠遠二僧名並有高道皆
濟吳於頭陀寺者沙門釋慧宗之所立
也南則大川浩汗雲霞之所沃蕩良曰

沃流也盪動也北則層峯削成日月之所迴
濟曰迴照也薄迫也薄西眺城邑百雉紆餘翰曰
三版曰一雉紆餘曲直皃東望平皐千里超忽向曰
超忽遠皃信楚都之勝地也宗法師行絜
珪璧擁錫來游銑曰珪璧比有德也擁執也錫錫杖也
以爲宅生者緣業空則緣廢良曰宅居也言
知緣業皆空虛則存緣之心廢也存軀者惑理勝則
惑亡濟曰軀身也言人志欲存其身者皆爲迷惑至道若知理存道
道勝則迷惑無也亡無也遂欲捨百齡於中身殉
幾膚於猛鷙翰曰言欲中捨百年之身志救萬物也徇猶施

也鷹膺肉也猛鷙鷹也掕加經云白在天王化身為鴿釋提桓因是諸天
王化身作鷹逐此鴿鴿來投我我擁己身肉與鷹代鴿也班荊蔭
松者久之向曰班荊蔭松謂山野之居班荊也宋大明
五年始立方丈茅茨以庇經象銑曰宋孝
武皇帝時也言立方丈之室覆以茅茨之草以置經象也後軍長
史江夏內史會稽孔府君諱覬音冀濟曰
江夏郡名守職處也會稽郡孔君本屬也諱名也為之薙草
開林置經行之室翰曰薙芟也經行謂經歷行息之處
安西將軍郢州刺史江安伯濟陽蔡
使君諱宗復為崇基表剎立禪誦之

堂焉良曰剎塔也以法師景行大迦葉故
以頭陀為稱首向曰大迦葉佛大弟子也言法師景行如
大迦葉故以頭陀為寺之稱首頭陀斗藪也言斗藪煩惱以歸正真也
後有僧勤法師貞節苦心求仁養志
纂脩堂宇未就而沒銑曰纂繼也沒死也高軌
難追藏舟易遠翰曰軌跡也莊子曰藏舟於壑人以為固
不知有力者負之而趨喻人性命為造化所運忽焉而終言歲月遠也
僧徒闃其無人榱衰椽毀而莫構可
為長太息美銑曰榱棟也構起也惟齊繼五帝
洪名紐三王絕業濟曰洪大也紐猶綴也祖武

宗文之德昭升嚴配良曰言祖襲武王尊嚴其父文
王以之配天而昭明升舉此道而復行之格天光表之功
弘啟興復向曰格至光充表外弘大啓開也言宋聖德上至于
天傍開四外又大開惠澤興復積壞之理也是以惟新舊
物康濟多難翰曰帝命作新萬物不改故云舊物也安其
下人濟其多難為君之道也康安也步中雅頌驟合韶
護向曰韶舜樂護湯樂言國家作規矩中於雅頌而合其正樂也奕
區九譯沙場一候銑曰奕區南方之蠻九重譯語而來
朝夕子也沙場亦邊方也一候者以何候非常之事也一候者言少邊患
也粵在於建武焉良曰粵辭也遠武宋帝年號也乃

詔西中郎將郢州刺史江夏王觀政
藩維樹風江漢濟曰江夏王蕭寶玄明帝子也藩謂諸侯
也維隅也言使觀政作藩衛彼一隅也江漢即郢州也擇方城
之令與酌龜蒙之故實銑曰方城楚也龜蒙魯也
君教為宰擇楚國之令典魯侯賦事行刑必問遺訓而咨於故實言江夏
王為郢州亦有此事也政肅刑清於是乎在寧
遠將軍長史江夏內史行事彭城劉
府君諱諠翰曰諠為江夏內史為王幼內史代行刑事諮曰行
事智刃所由日新月故向曰明智之理斷割之道
如刀刃之利善政來者為日新去而過者為月故道勝之韻

虛往實歸銑曰虛心求物得道既勝實自歸之以此寺
業廢於已安功墜於幾巨衣立概深覆
蕢悲同棄井翰曰概恨也蕢土籠也有以籠盛土覆而爲山
少一蕢之土而不成山者有掘井雖深將及泉而棄者皆喻此寺廢於已
安墜於幾立也因百姓之有餘間天下之無
事向曰間何也庀匹耳徒揆日各有司存銑曰
庀具徒衆揆度也於是民以悅來工以心競
亘丘陵因高就遠翰曰亘徧也因高丘起高樓故
日就遠也層軒延袤上出雲霓向曰層軒廊也延長
也南北曰袤也飛閣逶迤下臨無地銑曰逶迤相連

皃言閣高下臨見地若無也夕露爲珠網朝霞爲
丹雘濟曰夕露朝霞不假於物任自然也珠網以珠爲網施於殿屋
者丹雘以赤飾殿也九衢之草千計四照之花
萬品良曰九衢草其枝交錯相重九出也四照謂若木花其光四照
也千計萬品言多也崖谷共清風泉相渙金姿
寶相永藉閑安濟曰渙亦清也金姿寶相言佛之靈象也
此爽可以長藉幽閑安樂之事息心了義終焉游集
向曰了覺也法師釋曇珍業行淳脩理懷
淵遠今屈知寺任永奉神居夫民勞
事功既鏤文於鐘鼎向曰事功謂成也言有成功者
必鏤功於鐘鼎之上以示後世也言時稱代亦樹碑
於宗廟世彌積而功宣身逾遠而名
紹銑曰言鏤文樹碑則年代彌多而功名宣布身天逾遠而其聲相紹
繼而不絕積多也敢寓言於彫篆庶髣髴乎
衆妙翰曰寓寄也彫篆謂文字也庶近也髣髴不分明皃言我敢寄
言於文字者近亦不明乎衆妙之門其辭曰
質判玄黃氣分清濁向曰天地初分之時也涉器千名
含靈萬族銑曰器物也淳源上派澆風下黷濟曰淳和
之源自上流而澆薄之風若濁於下黷若濁也愛流成海情塵爲
岳向曰愛欲至多若流水成海情慮積若塵飛爲岳皇矣能仁撫期

命世翰曰皇大也撫期謂千年期也言佛之大道能爲仁聖既應千年之期而命跡於世也乃睠中土聿來迦衛良曰言佛之將見於世乃睠顧中土
聿來生迦衛之國也迦衛之國在天地之中故言中土聿疾也奄有大千遂
荒三界良曰奄同荒理也殷鑒四門幽求六歲向曰瑞應
經云太子至年十四出游東城門天帝化爲病兒乃迴車而還悲念生人俱有此患又化出
南門天帝化爲老人復慜念生人丁壯不久又出西門天帝化爲死人復念天下有此三
苦又出北門天帝化爲沙門太子曰善哉唯是爲快乃念道淸淨不欲在家故云殷鑒四
門也後太子居於深山不飲不食箕坐叉手誓曰一心不成道終不起端坐六年故云幽
求六歲亦既成德妙盡無爲濟曰既已也帝獻方石
天開綠池翰曰瑞應經云佛成道見敝衣取欲浣之天帝知佛意即取四方石

洽之石置池邊白佛言可以浣衣是爲帝釋方石又云佛食訖欲澡漱天帝以手指地水出成池令佛得用是爲天開淥池也祥河輟水寶樹低枝銑曰瑞應經云時尼連河水長流甚疾佛以自然神通斷水令輟流又佛於池浴了欲出無所攀池上有寶樹其枝自低下佛因攀出也通莊九折安步三危良曰九折三危並山名言佛之神通不以山爲阻險皆通安步而行也莊道也川靜波澄龍翔雲起翰曰波澄謂心靜雲起謂其應感也者山廣運給園多士向曰耆山謂耆闍崛山給園謂給孤獨園多士謂衆比丘也金粟來儀文殊戾止銑曰金粟佛名也來儀謂見於世文殊師利佛弟子也戾至也應乾動寂順民終始良曰乾天也天動而地安而佛應之以順人性終始不已法本不然今則無滅濟曰不然猶無形也無滅謂不生不

滅也象正雖闌希夷未缺翰曰象正謂正法也闌微也希夷謂無聲色也言如來正法雖微然其無爲之道未缺變也於昭有齊式揚洪烈向曰於數美之辭也昭明揚舉洪大烈業也言齊有美明之德用舉大業脩其壞法釋網更維玄津重枻翊洩反協韻銑曰釋網玄津並佛法也枻楫也言佛法將壞而齊乃能維持使之復存又如舟之濟川而得其楫也惟此名區禪慧攸託良曰名區謂置寺之所也禪靜慧智攸所也言此處靜智之人所託居也傍據崇巖臨睨通壑濟曰睨視壑川也瀟池湘漢堆阜衡霍翰曰言此通川崇巖自得奇趣則以湘漢如瀟池之小衡霍如堆阜之小湘漢江名也衡霍山名膴膴武亭皐幽幽林薄向曰膴膴草皃亭皐平澤也草木叢生曰薄也媚茲邦后法流是挹銑曰媚愛也邦

后謂江夏王也法流言江夏王本此佛法而挹酌也氣茂三明情超六入翰曰茂盛也三明謂天眼明宿命明漏盡明言江夏王盛此眞氣盛也六入謂眼入色耳入聲鼻入香舌入味身入觸意入法也言其情超越於此六者眷言靈宇載懷興葺良曰靈宇寺也葺脩也丹刻翬飛輪奐煥離立濟曰丹刻謂殿宇丹色而刻鏤之輪囷高大也奐文章皃翬雉也離鳳也言丹青文彩似之象設既闢睟容已安向曰象謂佛之形象也闢開也睟容潤澤之皃言佛象既已開設而有潤澤之容常安於此也桂深冬燠於六松踈夏寒銑曰深謂葉密也燠煖也暖桂氣辛而冬煖也神延游息靈心往還勝幡西振貞石南刊良曰勝幡幡名西謂佛教來自西也振舉也貞堅也南謂在國南也刊刻也

齊故安陸昭王碑文一首　沈休文

向曰安陸郡名昭謚也

公諱緬字景業南蘭陵郡人也翰曰晉分東海郡爲東蘭陵爲南也稷契身佐唐虞有大功於天地商武姬文所以膺圖受籙向曰稷后稷也周之始祖有至德佐堯故周文王爲天子也契殷之始祖有至德佐舜故成湯起爲天子商武湯也圖籙並天子將興之符應蕭曹扶翼漢祖滅秦項以寧亂魏氏時乘於前皇齊握符於後銑曰蕭何曹參有大功於漢垂仁德於下故魏主乘天時而爲天子齊帝又握天符而爲人主魏曹參後

也齊蕭何後也靈源與積石爭流神基與極天比峻良曰靈源神基謂蕭何之祚也言其祚長如河之流高如山岳極至于天以比其峻也積石山也言河水流勢積石山下因言積石流也祖宣皇帝雄才盛烈名蓋當時翰曰宣皇帝陸要王之祖也高帝即位追尊也考景皇帝含道居貞卷懷前代濟曰考父貞正也言含道居正可卷懷前代帝王也公含辰象之秀德體河岳之上靈向曰謂緬也辰象日月星也河岳之精靈雄聖而仁明故體此而生也氣蘊約紛風雲身負日月翰曰蘊積也身負日月言其明也立身可摸置言成範向曰範法也

選三十　十三

英華外發清明內照銑曰外謂皃也內謂心也天經地義之德因心必盡翰曰此言行孝道也孝者因於心也簡久遠大之方率由斯至挹其源良曰言有可大之道自用於此高能盡至其理也道方道率自由用也者游泳而莫測翰曰言挹酌其道德之源者游泳其淺深不可測也潛行於水曰泳也懷其道者日用而不知向曰懷歸也日用而不知者言歸其道者其人還善由日用其道而不知之昭昭若三辰之麗于天滔滔猶四瀆之紀于地銑曰三辰日月星也四瀆江河淮濟也六幽允洽一德無爽翰曰六幽天地四方也允信洽合也一德謂法令畫一也爽差也萬物仰之而彌高千里不言而斯應向曰言歸其德而自來此應蓋不言而治若夫彈冠出仕之日登庸涖事之年銑曰庸用也涖臨也軍麾命服之序監督方部之數良曰軍麾以毛爲之以指麾也命謂天子之命也言天子命之以愛其戎旅之服序次序也監督謂監督軍事也方部謂官方部統也數術也斯固國史之所詳今可得而略也濟曰言國史具述其事此文可略而不言也水德方衰天命未改翰曰水德謂宋也未改謂宋祚未終太祖龍躍俟時作鎮淮泗向曰太祖高皇帝龍躍喻升爲天子

選三十　十四

也俟待也宋明帝以太祖爲冠軍將軍鎮淮陰也淮泗二水名如仁夕惕之志中夜九迴銑曰如仁謂有仁和之心思濟世亂夕驚不安之志至於中夜九迴思慮也惕驚也龕堪世拯亂之情獨用懷抱向曰龕勝也深圖密慮衆莫能窺公陪奉朝夕從容左右濟曰言緬陪奉太祖左右蓋同王子洛濱之歲實惟辟彊內侍之年向曰王子晉初游洛濱年十五張辟彊爲侍中年十五言安陸之見委任同此年也起子聖懷蒙言中旨始以文學游梁俄而入掌綸誥翰曰漢梁孝王好文學之士司馬相如枚乘之徒游王門焉言王初爲宋

竟陵王文學如游於梁王門也入掌綸誥謂爲中書郎也綸誥謂天子制
勑之言使其掌之也蘭桂有芬清暉自遠銑曰芬香
也言其德如蘭桂之有香也又清明光暉其心自遠帝子出震
日衣青光良曰震東方木也言齊爲木德將登帝位故云帝出
于震日此君也衣青光者亦取其木色也方軌茅社俾侯
安陸向曰太祖既即位乃封緬爲王方軌猶並跡也言與古者諸侯
並跡而封土地受其茅土以立其社也俾使也受瑞析珪遂
荒雲野濟曰瑞猶福也析分也珪諸侯所執猶符信然與天子各
執一故云分荒理也雲野即雲夢澤屬安陸故言之式掌儲命
帝難其人翰曰式用也緬時入爲太子中庶子故云用掌儲命

選三十　十五

也儲謂儲君太子也帝難其人謂帝重之如此人難有也公以宗
室羽儀允膺嘉選向曰允信也膺當也協隆三
善仰敷四德銑曰協合隆盛敷布也三善謂事君事父事長
也易曰君子體仁足以長仁嘉會足以合禮利物足以和義貞固足以幹
事君子行此四德以布於天下也愽望之苑載暉龍
樓之門以峻良曰漢武帝爲戾太子置愽望苑使通賓客從
其所好言緬贊助太子是愽望苑之載有光暉也龍樓太子門名峻高也
獻替帷扆實掌喉脣濟曰言緬侍太子獻其事可者
廢其事不可者掌於帷幄扆牖之間匡諫不已喉脣謂出納言辭也扆戶
牖間也替廢也奉待漏之書銜如絲之旨翰曰

奏事上書皆晨起駐車待其刻漏銜謂宣太子之言出於外也禮云王言
如絲也旨意也前暉後光非止恒沒向曰言前後所
任皆有光暉非止與恒常百官所授同也公以密戚上賢
俄而奉職銑曰欲遷爲天子之近職出納惟允紉
璽增華良曰緬遷侍中出納天子之言也允信也侍中出則陪乘
佩璽抱劍增華謂自庶子而益其榮華也伊昔帝唐九官
咸事熊豹臨戲翊善納言是司濟曰伊惟也帝
唐堯也九官禹作司空棄爲后稷契爲司徒皐陶作士師垂爲共工益爲
虞伯夷掌秩宗夔典樂龍納言也高辛氏之子仲熊叔豹高陽氏才子太
臨戲此四人皆主納言之官自此迄今其任無爽

選三十　十六

爰自近侍式贊權衡翰曰自此謂自九官熊豹臨戲
迄今謂至齊也其任謂上九官等諸任職也爽差也式用也贊助也權衡
謂政理也而皇情眷眷慮深求瘼向曰齊病也言
求下人所病者將爲除之謂欲使緬爲吳郡太守也姑蘇奥壤
任切關河銑曰姑蘇地名切重也都會殷阜隄
封百萬良曰都會謂人皆都會於此郡也殷大阜盛也隄封謂地
之頃畝都穰也百萬言多也全趙之袨服叢臺方
此爲劣濟曰全趙謂趙國也袨服謂美人服也叢臺趙王臺名也
言趙雖盛比之吳郡其爲劣也臨淄之揮汗成雨曾
何足稱翰曰臨淄齊國人衆多故揮汗成雨比之吳都亦何足稱

盛也乃鴻騫舊吳作守東楚向曰騫舉也東楚亦
吳也謂吳經吞并楚故也弘義讓以勗君子振平
慧以字小人撫用上德綏用中典銑曰
綏安典法也疑獄得情而弗喜良曰哀其有罪宥
訟兩讓而同歸濟曰宥有爭訟不決者皆休緬化而讓而
歸也雖春申之夫啓封疆鄧攸之緝熙
泯庶不能尚也翰曰春申君黃歇封江東十二縣鄧攸為
吳郡守吳人亂乃發倉賑貸不取俸祿唯飲吳水一郡皆濟也封疆界之
緝和熙養也泯庶百姓也夏首藩要任重推轂向曰
夏首水口名也言此處爲國家藩接之要也謂將爲荊州牧也古之建

選三十　十七

將而天子守親爲推車轂送之鎮荊州弁有軍故也衿帶中流
地殷江漢銑曰殷正也言荊州以江流爲之衿帶其地正當江
之廛也南接衡巫風雲之路千里良曰衡巫
二山名西通鄾爰鄧水陸之途三七濟曰
鄾鄧邑名三七謂二千一百里是惟形勝閫外莫先
翰曰閫門限也邦畿之內如門限之內邦畿之外如門限之外也莫先者
天下先也無建麾作牧明德攸在向曰麾旗類也
以毛爲之乃暴以秋陽威以夏日銑曰暴曬也陽
日也言思育下人如秋日之和人暖其光變其溫也其威明又如夏日之
盛人皆畏其猛也澤無不漸子盬螻蟻之穴靡

遺良曰漸入靡無也明無不察容光之微必
照濟曰容光小隙由近而被遠自己而及物
翰曰其政令以近及遠先行於己而及於人也慧與八風俱
翔德與五材並運向曰八風八方風也五材水火金木
土也運行也遠無不懷邇無不肅邑居不
閭夜吠之犬牧人不覩晨飲之羊銑曰
後漢劉寵爲會稽太守郡中大理天子徵拜將作大匠吏人戀之皆送之
於路謂寵曰他時人間或夜以繼日狗吠竟夕人不得安自明府下車狗
不夜吠也魯之販羊者嘗晨朝飲羊使飽以詐市人及孔子爲司寇其人
不敢詐爲飲羊也譽表六條功最萬里良曰刺史

選三十　暑　十八

所察有六條一曰察人所疾苦冤失職者二曰察墨綬長吏居官之理若
三曰察盜賊四曰察犯田律五曰察人有孝悌廉絜六曰察吏不簿入錢
穀能者功最萬里言風化遠也還居近侍兼饗戎
秩濟曰謂入爲侍中兼驍騎將軍也饗當也戎秩謂武職也侯府
寄隆儲端任顯翰曰侯府宿衛之官也儲端任顯謂緬爲
太子詹事也東西兩晉茲選特難向曰謂此官晉
朝選人任之特難也羊琇顗言而匪獲謝琰功
高而後至銑曰晉羊琇少與武帝同年相愛嘗謂武帝曰若得
天下用我爲領護軍太子詹事武帝許之後武帝即位琇爲左衛將
軍不得詹事故云顗言匪獲也又謂琰征虜有功除輔國將軍領太子詹

事故云後至也升降二君令績斯佇良曰言其政善之功可待成於此時也令善績功斯此佇待也禁旅尊嚴王器彌固濟曰旅兵也尊謂天子之命嚴謂整守其所職也主器謂公子也緬爲詹事以奉太子而勤誠益固矣彌益也禹穴神皐地埒分陝翰曰此緬出爲會稽太守也禹穴會稽山有孔穴人傳禹入此穴中皐地也其地肥沃故云神皐分陝謂陝已東周公主之陝已西邵公主之令緬爲會稽太守其迆亦可與分陝之事相校埒其美也陝地名也江左以來常遠斯任向曰謂天子都江左已來遮求此任也東渚巨海南望秦稽銑曰巨大也言會稽東渚有大海也秦望山會稽山二山之名淵藪胥萃

萑桓蒲攸在良曰言會稽郡舊多盜賊淵藪大澤也胥相萃聚也昔者鄭國多盜聚人萑蒲之澤也萑蒲草也攸所也言會稽有盜亦如在於萑蒲也貨殖之民千金比室濟曰言家家皆有千金之貨也郭墀之內雲屋萬家翰曰郭墀猶郭邑也雲屋謂高擐上及雲也刑政繁舛舊難詳一向曰言此郡多姦盜皆豪富雖刑政繁倍於常而舊土所然難以詳正使其一也南山羣盜未足云多銑曰漢王遵治京兆功發日著姓者南山盜賊阻山橫行剽劫良人適爲治二旬之間賊亂盡除言南山之盜比會稽未足云多也渤海亂繩方斯易理良曰漢宣帝時渤海郡歲饑盜賊並起帝問龔遂曰何以息之遂曰

臣聞理亂人猶理亂繩不可急也唯緩之然後繩理也公下車敷化風動神行濟曰下車初至也敷布也風動神行言化無所至也不誠恕既孚鈞距靡用翰曰趙廣漢爲京兆尹尤善鈎距以得事情也孚信鈎距閑綮無也言致其刑罰以閑姦路而緬爲會稽誠心恕物爲人明信則鈎距無用不待赭汙之權而姦渠必翦向曰漢宣帝時長安市偷盜尤多百賈苦之乃使張敞爲京兆尹敞問長安父老偷盜酋長數人敞捨其罪令捕諸賊以自贖其偷長曰今忽召詣府恐諸賊驚駭願受一署敞乃以悉長爲吏遣歸假置酒其餘賊悉來賀飲醉偷長以赭色汙其衣吏乃坐里門出有赤色汙衣者收縛之得百人皆縛之由是清治也言緬爲政不待此詐而姦惡之長必見誅翦也

無假黑端之籍而惡子咸誅銑曰歌錄爲門太守行云外待韓政內懷慈仁務惡子姓偏著里端此云黑者蓋後人書寫之惧里端謂以法令著於里閭也籍用也惡子賊也言緬之有德不假致法令於里端賊皆已誅也被以哀矜孚以信順良曰敬也南陽蒿杖未或比其仁濟曰韓詩外傳云老萊爲葦也韋杖即蒲鞭也後漢劉寬爲南陽太守吏人有過以蒲鞭撻之示辱而已言此蒲鞭未可比緬之仁政也穎川時雨無以豐其澤翰曰郭伋爲穎川郡守德如時雨下人懷之言緬之爲政雖穎川之東無以豐也公攬轡升車牧川典郡感達民祇非徒

期月（向曰衹神也）老安少懷塗歌里詠（銑曰歌詠德也）其莫不懽若親戚芬若椒蘭（若如也人好其德音如椒蘭也）麾旆每反行悲道泣（良曰麾旆旗之類也古者刺史行皆執物以行反謂去官也行悲道泣謂百姓戀也）攀車臥轍之戀爭塗忘遠（濟曰後漢第五倫爲會稽太守倫將去官百姓攀車啼呼又侯霸爲臨淮太守帝遣使徵之百姓皆遮使車或當道而臥言緬之去官人有此戀皆爭道前以請其留忘其遠路不知疲也塗道也）去思一借之情愈久彌結方城漢池南顧莫過千里（翰曰後漢寇恂爲潁川太守又拜汝南太守後潁川盜賊百姓遮天子道願從陛下復借寇君一年上許之故云一借之情愈濃也）北指嶠潼平塗不過七百（銑曰嶠山名潼水名也言山川險阻平道不過七百里也）西接嶢武關路曾不盈千（良曰嶢武二關名不盈千里也）蠻陬（子侯）夷徼（古弔）重山萬里（濟曰陬聚徼居也）小則停民略畜大則攻城剽（匹妙）邑（翰曰蠻夷聚居時爲人患停謂生得人也畜牛馬之類也剽劫也）晉宋迄今有切民患蜂鼓相望歲時不息（向曰鼓烽皆所以警候邊戍也）摧埋穿掘之黨阡陌成群（銑曰摧埋謂劫殺人而埋之穿掘謂發冢取物阡陌道路也）徼法傷吏之人曾莫禁

選三十　二十一

禦（良曰傲慢侮欺欒止也）累藩咸受其敝歷政所不能裁（濟曰藩國也歷任爲政於此者亦不能裁制公力）以戎羯（居謁）窺窬伺我邊隙（翰曰戎羯並夷狄名也窺窬覘也伺我邊隙謂伺候其邊疆也此謂後魏元氏時都洛陽也）北風未起馬首便以南向寒草未衰嚴城於焉早閉（向曰並謂秋時備守邊疆）秋朗入載疆場大駭（銑曰永明武帝年號場界也駭驚也言擧賊所驚亂也）天子乃心北眷聽朝不怡（良曰怡悅也）揚旆漢南非公莫可（濟曰揚擧也旆旌旗之屬）於是驅馬原隰卷甲遄征（翰曰遄速也）威令胥塗仁風載路（向曰令號令也載行也）軌躅清晏車徒不擾（銑曰軌躅車馬跡也清晏謂道路清肅而安撫亂也）牛酒日至壺漿塞陌（良曰韓信破趙欲北擊燕廣武君曰當今之計不如案甲休兵百里之內牛酒日至以饗士大夫也此言燕必懼而來降以牛酒也昔葛伯不祀湯往征之其君子以玄黃于篚以迎其君子小人以簞漿迎其小人也言葛伯之民喜湯來征也塞陌言多而滿道也謂此綱行征伐而人服悅亦如此也）失義犬羊其來久矣（濟曰言戎狄如犬羊之畜）徵賦嚴切唯利是求（翰曰謂後魏主賦百姓嚴切也）象首鼠疆累災蠹彌廣（向曰首鼠謂或前或後也蠹害也）公扇

選三十　二十二

以廉風孚以誠德銑曰廉舉也孚信也言行忠信之德
也盡任棠置水之情弘郭伋待期之
信良曰後漢龐參爲漢陽太守郡人任棠有奇節參將謁之棠不與言
但以薤一本水一盂置戶前自抱孫兒伏於戶下參思其意良久曰棠是
曉吾也水者欲吾清也拔薤欲吾擊強宗抱兒當戶欲吾恤孤也於是歎
息而還言細之爲政亦能知此情也郭伋爲并州牧出行部內至西河有
童兒數百各騎竹馬於道迎拜報辭謝之諸兒復問使君何日當還伋計
日告之伋先期一日至於野亭待之乃父言細之有信亦如是也金
如粟而弗覩馬如羊而靡入濟曰後漢表奐
爲安定屬國都尉有羌戎豪帥酋長感其恩德遂遺奐馬二十匹金鐻八

選三十　二十三

故奐乃召主簿於羌戎之前以酒酹地曰馬如羊不以入廄金如粟不以
禮悉還之言雖賤如羊粟亦不用也而況於貴乎棄無也雛雉必
懷豚魚不爽翰曰雛雉謂後漢魯恭爲中牟令蝗蟲不入境
河南尹袁安使所親往觀之與親俱坐桑下有雉過傍有童兒其雉不驚
親曰何不捕之兒曰雉方將雛不可取也恭之仁政所致言細之仁政雛
雉必懷其德也爽差也言有信於豚魚亦不差失也其由是傾
樂舉落望德如歸向曰蠻夷感其仁惠皆傾其巢居部
落望絢恩德而來也椎直追髻髽側瓜首日款門關
銑曰椎髻髽首蠻夷結髮之形卉服鴻塗夷歌成韻
良曰以草爲服行滿於道也各以其方樂爲歌謳成其音韻也禮

義既敷威刑具舉濟曰布也敷彊民獷古猛
俗反志遷情翰曰彊暴之人獷惡之俗皆沐其仁化反其本
志遷情歸善也風塵不起囹圄寂寞向曰囹圄獄也
寂寞言空虛也富商野次宿秉停菑側習反銑曰次
舍也野舍言不遇盜也秉禾東也菑一歲田也言年豐熟宿積禾東停之
於田也蝝緣蝗弗起豺虎遠跡良曰蝝蝗蟲之
食苗者豺虎獸之害人者感細仁德故不起爲患遠跡避境也北狄
懼威關塞謐靜濟曰北狄謂諜也謐清也偵諜不
敢東窺駝馮不敢南牧翰曰偵問也諜夷狄懼言
也言夷狄恐懼相問之言不敢有東窺之意不敢南牧謂齊在南畏齊德

選三十　二十四

也方欲振策燕趙席卷秦代向曰振舉策謀
也席卷謂取之如卷席之易也燕趙秦代並國名也陪龍駕於
伊洛侍紫蓋於咸陽銑曰龍駕紫蓋並天子行也言
將陪侍天子伐魏也洛陽咸陽並爲魏所都也而遘疾彌留
歎焉大漸良曰遘遇也彌留謂疾病不言其身也大漸謂疾漸
重將死也耕夫釋耒桑婦不機濟曰耒耕具言耕夫
桑婦感細之仁惠恐其將蠶皆釋去依具以相驚惜參請門衢
逆走羣望翰曰參請謂問疾也羣望謂山川所有祈祭之所也
人皆並走往祈祀之以求其福冀細之疾瘳也維永明九年
夏五月三十日辛酉薨春秋三十有

七城府颯然，庶僚如霣（向曰：颯然，謂空而無人也。庶，衆；僚，官也。霣，零落也。衆官如零落，有所失也），言男女老幼，大臨（去）街衢，接響傳聲，不踰時而達于四境（銑曰：言舉國男女老幼哭臨於街衢，其聲響相傳接而至于四遠也），四夷聾戎落，幽遠必至（向曰：落，謂聚居部落也），望城拊膺，震動郭邑，並求入奉靈櫬（楚音），潘司抑而弗許（良曰：櫬，棺也。潘司，官屬也）。雖鄧訓致劈面之哀，羊公深罷市之慕，對而為言，遠有慙德（翰曰：後漢鄧訓為護烏桓校尉，病卒，吏人羌胡哭者數千人，或以刀劈面者也。晉羊祜為都督荊州諸軍事，招攜以禮，來遠以德，病死，吏人聞喪罷市，悲號追慕無已。言稱之初，二蕃有過於此二君，故對而言之，二君遠有慙德也）。神焉東還，𢇁送踰境（濟曰：神駕，謂喪車也。東還，謂自荊州還江東也。吏民哭送之出境也），奉觴奠，以望靈，仰蒼天而自訴，震響成雷，盈塗咽水（向曰：人吏申祭，號哭滿道，悲泣之聲哽咽，如水之不通流也）。公臨危審正，載貽話言（銑曰：臨危，謂臨終之時。審政，其意不至迷亂，則遺於諸言也）。言楚囊之請，雖幾而獨固（良曰：楚子囊伐吳，還，將死而遺言，謂子庚必城郢。必使楚作城於郢也。君子謂子囊忠矣。將死不忘衛社稷，幾謂危殆也。謂緬忽於國，雖至危殆，其情固也），衛

選三十　二十五

蕉之心，身亡而意結（翰曰：衛大夫史魚病將死，謂其子曰：我數言蘧伯玉賢而不能進，彌子瑕不肖而不能退，為臣不能進賢退惡，死有餘罪，殯我勿在正堂，於室足矣。吾猶亦有是心，雖身亡而意結也）。二宮軫動，遐邇同哀（向曰：二宮，言天子、太子也。謂常事二宮也。軫，隱也，言惻隱而哀慟），追贈侍中衛將軍，給鼓吹一部，謚曰昭侯。時皇上納麓在辰，登庸伊始（銑曰：皇上，謂明帝未即位時也。麓，錄；庸，用；伊，推也。言明帝納政事之辰，登用推始也。謂將欲登用為天子，先試用也），允副朝端，兼掌屯衛（良曰：允，信也。明帝初為右僕射，加領衛尉，云兼掌屯衛也），故聞凶哀震，感絕移

選三十　二十六

時（濟曰：移時，謂良久也），因遘沈痾，綿留氣序（翰曰：遘，遇也。綿留，謂不絕於身也。氣序，謂經時也），世祖日夜憂懷，備盡寬譬（向曰：寬喻其意，使節去悲情也），勉膳禁哭，中使相望（銑曰：勉，彊也。膳，食也。禁，止也。言世祖使勸明帝彊食止哭，中使相望不絕也。天子私使曰中使），上雖外順皇旨，內發私痛（良曰：上，謂明帝也。皇旨，謂世祖意勸諭也），獨居不御酒肉，坐臥泣涕霑衣（濟曰：御，食也），若此移年，癯（求具）瘠改貌（翰曰：癯，病；瘠，瘦也）。天倫之愛，振古莫儔（向曰：兄弟天倫之次也。昭侯與明帝兄弟也。振，自；儔，匹也），及俯膺天眷，入纂絕業

謂卽天子位也膺當也纂繼也言繼太祖之業而立也分命懿親台牧並建良曰言明帝分命近親在於台輔及汾之任並立對繁弱以流涕望曲阜而含悲濟曰繁弱弓名謂世祖崩今對弓而流涕也昔黃帝升仙遺其弓而羣臣對之流涕也曲阜周公所封國名也言思昭王如望周公而含其悲改贈司徒因謚爲郡王禮也惟公少而英明長而弘潤風標秀舉清暉映世學徧書部特善玄言翰曰玄言談道也鞶帨之麗篆籀之則直又向曰鞶帶也帨巾也翰禮樂衣冠之美麗也也篆籀皆古文之書窮六義於懷抱究八體於

選三十　二十七

毫端銑曰詩有六義也字書有八體也奕思之微秋儲無以競巧良曰博奕之事也儲謂蓄精思也奕奕秋天下之善奕也言王之奕思雖奕秋之備思無以競其巧妙也取睽之妙流睇未足稱奇濟曰取睽射也養由善射流睇而猿號也婀那貌也至公以奉上鳴謙以接下撫僚庶盡盛德之容交士林忘公侯之貴虛懷博納幽關洞開翰曰道體幽微本於關也人皆難曉而王洞然開達至其妙理也宴語談笑情瀾不竭向曰其情如波瀾不可竭盡也譽滿天下德冠生民銑曰冠首也言其德爲生人之首也蓋百世之儀表

千載之領袖曾不慭魚靳留梁摧奄及良曰慭惜也梁摧謂如屋之梁棟摧折也奄及言速及也豈唯僑終蹇謝興謡輟相而已哉濟曰僑謂子產也蹇謂蹇叔也終謝皆死也子產鄭人興歌曰我有子弟子產誨之我有田疇子產殖之子產而死誰其嗣之此則興謡也秦相蹇叔死秦人皆輟舂而思懷之相送杵聲也凡我僚舊均哀共戚翰曰戚憂也死天德之無厚痛崇陰之不留向曰落棠山名也日所入也言其光陰不復留也思所以克播遺塵敞之穹壤銑曰播布穹天壤地也言使遺塵之聲與天地同敝乃刊石圖徽寄情銘頌翰曰刊刻

選三十　二十八

也徽美也其辭曰

天命玄鳥降而生商翰曰有娀氏女吞鷰卵而生契契殷之先祖也商則殷也蕭氏殷後故述也是開金運祚始玉筐濟曰殷以全德王故曰金運也初有娀氏女取鷰覆之玉筐之中少選發而視鷰生卵而飛焉乃吞之故云祚始玉筐也三仁去國五曜入房向曰殷紂無道暴虐故比干箕子微子三仁去國故周武王滅之五星聚於房星房者神之精明周室木德而興焉亦白其馬侯服周王銑曰武王勝殷紂微子封於宋以奉殷金德故白其馬侯服謂爲諸侯以奉周王也本枝派別因菜命氏良曰本枝謂與殷同根枝如木之生焉後乃分族如水同源而分流王錫二百里地曰菜其蕭氏之先蕭叔大心因食菜於蕭命爲蕭氏焉水分流曰派也涉徐而東義均綏

從翰曰蕭氏本從徐州東居於蘭陵　氏從大梁徙居於豐沛　從大梁徙居豐沛　自茲以降，懷青拖紫　向曰懷金拖紫言貴　崇基嚴嚴，長瀾瀰瀰　濟曰嚴嚴高貌瀰瀰長流也言其祖宗德業高遠　惟王造物龍飛天步　良曰造物謂天子也龍飛謂升帝位　載鼎載革，有除有布　濟曰鼎革易卦也除舊布新也　萬皇赫矣，仰膺乾顧　翰曰赫盛也言當乾天顧也　景皇蒸哉，實啓洪祚　向曰蒸君也啓開洪大也　喬嶽峻峙，命世挺賢　銑曰喬高也　應期誕德，絕後光前　良曰謂應五百年之期而誕生賢德也後世當更無如此賢者故云絕後

機以成務，覺在民先　銑曰謂先覺之事　位非大寶，爵乃上天　翰曰聖人之大寶曰位仁義忠信樂善不倦此天爵也　爰始纓緌，清猷潛發　向曰纓緌謂始入仕時也　升降文陛，透迆飛闕　銑曰文陛天子殿階　蕙露雲旲，仁風扇越　良曰　涉夏踰漢，政成期月　濟曰夏謂荆州漢謂雍州　用簡以從，日新為盛　翰曰用簡易之道而從事日新其德是為盛也　上哀矜臨下，莊敬　向曰上則哀矜下人所臨下莊敬也　草木不夭，昆蟲得性　銑曰草木不以時不殺

得其性也　天下而我有芳蘭，民胥依詠　良曰芳蘭喻其德盛言人皆依詠其德也　尋奧蠢蠢，巖落其從如雲　銑曰蠢蠢動也言四方之人歸之如雲也　妻荷子負，戴成羣　翰曰戴謂負戴也　迴首請吏，曾何足云　向曰漢朝南夷及北狄皆迴首請吏　昔聞天道，仁罔不遂　良曰罔無也遂猶補也　彼蒼如何，與山止簣　向曰彼蒼天也與山止簣謂起一土為山而未成也言天奪此賢猶山未成而止　四牡方馳，六龍頓

總轡　翰曰四牡謂駟馬也言將乘駟馬不駐頓　斯民曷仰，邦國殄瘁　向曰瘁病也言所仰者盡病也　齊隕晏平，行哭致禮　銑曰齊景公出遊聞晏子死　趙徂昌國，列邦揮涕　濟曰樂毅為昌國君　況我君皇之介弟　良曰介大也　感徒庶慟，興雲陛　翰曰徒庶下人也陛天子陛　階毀留攢，川況歸軸　向曰攢謂殯也軸謂船軸也

其柩以歸也以船比車故云軸也競蓋野奠爭攀去轂銑曰言下人皆競進於野以申奠祭之禮爭攀去轂謂船去而攀留遵渚號追臨波望哭濟曰循其洲渚號泣而追送之也遵循也無絶終古惟蘭與菊良曰蘭菊皆草名也喻人德如此物之香不絶至于終古也塗由帝渚朱軒靡駕翰曰帝諸謂湘江也帝堯之女娥皇女英没於此此故云緬邈路由此水而過也言平生朱車之祭今則會此駕東首塋園即宮長夜向曰東首謂向東葬也即就也宮室也長夜謂墓中也逝川無待黃金難化銑曰待猶待也黃金難可化爲神丹以致神仙長生也言逝者如川川不停又不能化金以爲長生故至死也鐘名徒刊芳猷永謝翰曰百官有德者刻之於石言已死矣徒爲之也永長辭去也鐘即金也刊刻也

選三十　三十一

劉先生夫人墓誌一首　任彦升

向曰先生名瓛齊太祖高皇帝爲瓛娶王氏女瓛辞帝下詔爲立碑号爲貞簡先生瓛平生與其妻道義相得終身不改志也

既稱萊婦亦曰鴻妻復有令德一與之齊銑曰老萊子婦梁鴻妻並古之賢婦人也言夫人復有善德一與二婦人齊德也實佐君子簪蒿杖藜翰曰簪首飾也以蒿爲簪以藜爲杖儉也藜蒿類也欣欣負戴在冀之畦良曰言夫妻相與負戴善業之物以相隨也臼季使過冀見冀缺耨其妻饁之相待如賓冀地名畦田隴也居室有行亟聞義讓濟曰亟穀也稟訓丹陽弘風丞相向曰稟受也晉丹陽尹劉瓛是瓛六代祖也故瓛稟受其訓焉晉丞相王導是夫人先祖故弘其風教也籍

甚二門風流遠尚銑曰二門謂劉王也肇允才淑閨德斯諒翰曰肇始也允信也淑義也諒善也言夫人始信才義之盛而閨闈之德此爲善也禮云內言不出於閫閫門限也蒿没鄭鄉寂寥揚冢良曰孔融爲北海相爲鄭玄特立一鄉號曰鄭公鄉揚雄辛其弟子爲其起冢故云揚冢蕪没寂寥言入死而荒涼也言劉先生之德如鄭揚二君參差孔樹毫末成拱濟曰孔子卒葬於魯城北弟子各以其國樹種之於塋本毫末之小而至於合拱合手也參差木不齊貌謂先生卒而墓樹已合拱也暫啓荒埏長扃幽隴向曰言夫人將開先生墓而入焉則長閉於幽隴之中矣荒埏墓中道也扃閉也夫貴妻尊匪爵而重翰曰其夫以道德見貴於時其妻亦因道德而尊於爲爵祿重也匪非也

選三十　卅二

齊竟陵文宣王行狀一首良曰述其德行之狀

任彦升

祖太祖高皇帝　父世祖武皇帝

南徐州南蘭陵郡縣都鄉中都里蕭公年三十五行狀公道亞生知照隣庶幾向曰生而知之者上也學而知之者次也亞次也言道次於生知之性也照明隣近也言明近於庶幾之道也孝始人倫忠爲令德公實禮之非毀譽所至銑曰非人言辭所能毀譽以至於此天才博贍學綜該明濟曰綜理該通也至乃曲臺之禮九師之易翰曰曲臺行射禮之所也淮南王安者有明易九人號九師也樂分龍趙詩析齊

良曰雍琴龍氏有九十九篇趙氏七篇韓齊二家作詩而能折理也陳農所未
究河間所未輯向曰漢成帝時以書頗亡散使謁者陳農求遺失之書於
天下漢河間王好脩學古事而四方賢士皆集其門言竟陵王及其所未窮盡者未來集
者皆復重與其事也有一於此罔不兼綜者歟向曰謂上諸學
技之事有一人善者無不兼理而學之也昔沛獻訪對於雲臺東
平齊聲於楊史銑曰漢明帝時大旱御雲臺之上筮得蹇卦帝不解以問
沛獻王輔輔上書曰蹇者坎上艮下此山有象水雨即至矣果如其言又東平王蒼上書
天子甚善之以問左右賢臣左右皆曰其才如揚雄史岑也淮南取貴於
食時陳思見稱於七步方斯蔑如也良曰漢淮南王
安好書天子使為離騷傳朝受詔至食時進之魏陳思王植有奇才文帝令作詩七步而

選三十　三十三

成比之於王彼則蔑如也初沈攸之跋扈上流稱亂陝服
向曰跋扈叛換也上流荊州也時攸之為荊州刺史宋順帝即位起兵作亂時以荊州比
陝州為分陝之望也如侯甸之服故云陝服也宋鎮西晉熙王南中
郎邵陵王並鎮盆口翰曰宋明帝第六子燮封為晉熙王進號鎮西
第七子友為南中郎將江州刺史邵陵郡王二王並以攸之之亂鎮盆口也盆口江州也
世祖毗贊兩藩而任總西伐向曰時齊世祖為齊王太子輔
贊二王之政西伐沈攸之亂也西藩二王也公時從在軍銑曰從世祖在
軍也鎮西府版寧朔將軍銑曰以版封授為寧朔將軍非臺署之補
也軍主南中郎版補行參軍署法曹翰曰軍主謂軍
中之長也署主也言為軍守主法之官也于時景燭雲火風馳羽

良曰雲火烽火也羽檄徵兵書也言烽火檄照天下如日景之照也軍書之急如風馳
羽飛也謀出股肱任切書記向曰股肱猶左右也書記謂文學之
士也遷軍邵陵王主薄記室參軍向曰掌書記文學之任也
既允焚林之求實兼儀形之寄銑曰魏武帝雍聞阮瑀名
辟之不應逃入山中武帝使人焚山林乃得瑀以為記室故竟陵今為記室允焚林之求
也晉東海王越以王承為記室雅相敬重敕其子曰王參軍人倫之表汝其師之瞻其儀
形故竟陵所任實兼此託也刀筆不足宣功風體所以弘
益濟曰言其有大才故刀筆不足以宣其功蓋以為技也風儀體氣所以大益於人倫
也除邵陵王友又為安南邵陵王長史東夏
形勝關河重複銑曰東夏會稽郡也濬阻也選衆而舉敦

選三十　三十四

悅斯在良曰選於衆官舉之為會稽太守重德悅才其在於竟陵王也敦重也
除使持節都督會稽東陽臨海永嘉新安五
郡諸軍事輔國將軍會稽太守太祖受命廣
樹藩屏濟曰大祖高皇帝受宋順帝禪位而為天子也廣樹藩屏謂封子弟為諸
侯王公以高昭韶武穆惟戚惟賢向曰竟陵王於高祖為昭
於武帝為穆惟親也戚親也言其為昭穆親賢也封聞喜縣開國公
食邑千户又以奏課連最進號冠軍將軍銑曰
言其為公守奏課與諸郡相連而比其考為第一故曰連最也最第一也越人
之巫觀正風而化俗翰曰事鬼神曰巫言越人好為淫祀以事鬼神
而竟陵王理之都邑正風而人俗化一也篁竹之首感義讓而歸

險良曰越南之俗處於谿谷篁竹之中常時其險而竟陵王理之於其酋長之徒皆感義讓之風而棄其險阻以歸其德也竹叢曰篁失棄也邪叟忘於西景龍丘扶其東皋向曰邪謂若邪谿也後漢劉寵爲會稽太守帝徵拜將作大匠有老叟五六人出自若邪谿人齎百錢送寵皆戀寵德義忘夕而不反西景謂日夕也任延爲會稽都尉有龍丘長者隱居累年不至延乃遣功曹奉謁脩書記致醫藥相望於道一歲長者乃乘輦詣府門延辭讓再三言說慕德化而挾其耕農故出仕也東皋則耕農之所也會武穆皇后崩公星言奔波泣血千里銑曰星言謂早行侵星也水漿不入於口者至自禹穴濟曰禹穴在會稽山言其從會稽而至於都也遠衣裳外除心哀內疚翰曰逮及也疚病也謂除脫衰服也禮屈於厭烏甲降事迫於權奪良曰禮父在毋喪服期爲尊在屈厭而降之事理又迫於權宜而奪哀情從入仕也謂將授征虜將軍也而茹感肌膚沈痛瘡距向曰言茹食憂苦損其肌膚沈於痛毒如瘡痛之至傷感憂距至也故知鐘鼓非樂云之本縗麤非降殺所戒之要翰曰樂之與禮本要在於中情豈以鐘鼓之聲縗麤之服升降爲禮樂乎降殺升降以改授征虜將軍丹陽尹良家入徙戚里內屬政非一軌俗備五方良曰漢宣帝爲杜陵徙良家五千戶居於陵天子有親姻者居之名曰戚里言齊亦依漢有此事內屬當族親也言政非一法使風俗必備五方依則也公內樹寬明外馳也簡惠神皐載穆轂下以清翰曰神皐良田也謂都畿之內也載事也穆和也言都畿之內政事以和輦轂之下其化之清也轂下帝都也武

皇嗣位進封竟陵郡王食邑如千戶濟曰如千戶猶若干也蓋食邑無定戶故也復授使持節都督南徐兗二州諸軍事鎮北將軍南徐州刺史翰曰是時有後魏在北而齊在江南北地皆非其所有志思北土故江南別置徐兗等州以爲南州也遷使持節侍中都督南徐兗北兗青冀五州諸軍事征北將軍南兗州刺史向曰兗青冀並在北不得至其州蓋遙授也兗徐接壤素漸河潤向曰素本漸及也未及下車仁聲先洽銑曰下車謂初至也洽徧也王關靖柝北門寢局濟曰王關塞北關名也柝謂夜擊守更木也此言後魏在北故此之匈奴王關也靖柝謂疆界無守備也北門謂潤州爲國之北門也寢局謂除其關守也朝旨以董司岳牧敷興邦教翰曰朝旨天子意也董正也司主也岳牧太守也敷布興起邦國也言天子之意以正百官之主司者以太守之任爲重將布起國家之政教也方任雖重比此爲輕銑曰方任謂太守也言太守雖重比此司徒侍中之職太守爲輕也徵護軍將軍兼司徒侍中如故又授車騎將軍兼司徒侍中如故即授司徒侍中又如故良曰謂前兼司徒今即正授司徒即侍中如故上穆三台下敷五典銑曰穆和也一台星名主三公位也三台星色齊則君臣和也敷布也五典五常也之教父義母慈兄友弟恭子孝也闢玄闈以闡化寢鳴鐘以體國濟曰闢開也闈門也言開政道之門以闡揚天子化也謂其雖貴而息其擊鐘鼎食之盛以尚節儉之道以體國家之理也寢息也翼

亮孝治緝熙中教（向曰翼佐也治猶行也緝和也熈廣也言佐天子行其孝理使天下大和廣布中平之教）奪金恥訟蹊田自嘿（銑曰齊人有欲得金者清朝衣冠入市見執金者乃奪之詣吏吏縛而問之言竟陵王執政人皆不爲爭訟蓋德化之所及也有牽牛以蹊人之田而奪之牛得奪牛之罪重於蹊田之罪也言今牛蹊過於田者乃懷其義讓亦黙然不相爭奪蹊道也言牛行於田以成道也）不彫其朴用晦其明聲化之有倫繄公是賴（翰曰物皆任其貧朴不作彫鏤外見如晦其內則明也倫次也繄發語之聲也繄公是賴謂政理賴得此公也）庠序肇興儀形國冑師氏之選允歸人範（向曰謂欲以爲國子祭酒也庠序國學也肇始也冑子也謂百官之子皆學於中也故曰國子也師氏周官掌教國子也允信也範法也言師氏之選信歸於竟陵王以爲合法則也）以本官領國子祭酒固辭不拜八座初啓以公補尚書令（銑曰八座謂尚書二僕射六）式是敷奏百揆時序（良曰式用也言用是忠良之德敷奏天庭則百事於是有次序揆事是時也）夫國家之道互爲公私君親之義遞爲隱犯（翰曰事親有隱而無犯事君有犯而無隱隱謂不稱揚其過犯謂犯顏色而諫也）公二極一致愛敬同歸（向曰公謂竟陵王也二極謂君親也一致謂忠孝同爲一也愛敬之道同歸君親也）亮誠盡規謀猷弘遠矣（濟曰亮信猷風弘大也）又授使持節都督揚州諸軍事揚州刺史本官悉如故舊惟淮海今則神牧（銑曰揚州近淮海一州神牧謂竟陵王治之如神明矣牧即刺史也）編戶殷

【選三十　三十七】

阜氓俗滋繁（良曰編戶萌俗皆百姓也殷衆阜盛也滋繁言多也）不言之化若門到戶說矣頒之解尚書令改授中書監餘悉如故獻納樞機絲綸允緝（翰曰樞機言語也絲綸天子之言也允信緝和也）武皇晏駕寄深負圖（向曰晏駕謂天子崩寄深負圖謂命輔少帝也負圖者負託帝圖以朝百辟也）公仰惟國典俛遵遺託俯擗天倫踊絕于地（濟曰擗撫心哭也天倫兄弟也言撫心哭其兄弟號踊隕絕于地也）居處之節復如居武穆之憂（銑曰居喪之節始前武穆皇后之憂水漿不入口而哀心內疚）聖主嗣興地居旦奭（良曰鬱林王昭業文惠太子長子武帝崩太孫即位故云嗣興地居旦奭謂如周公邵公輔相成王之重）有詔崇授太傅領司徒餘悉如故坐而論道動以觀德（翰曰坐而論道三公之職也其貴重人尊敬之故坐而論道與百官異也其舉動所爲皆天下所觀其德也）地尊禮絕親賢莫貳（向曰位居尊重之地與百官禮儀隔絕則親戚賢臣皆無有二心也）又詔加公入朝不趨讚拜不名劍履上殿（銑曰天子敬重其德有詔使入天子之朝不趨走讚言也不名謂不稱名百官皆不得帶劍履上殿而竟陵一人天子獨許之敬之甚也）蕭傅之賢曹馬之親義之者公矣（濟曰蕭傅謂蕭何傅說也曹真魏太祖族子也明帝卽位遷大司馬入朝不趨司馬宣王得乘輿上殿今言竟陵賢則如蕭傅親則如曹馬三者公兼之實）復以申威重道增崇德統（良曰統紀也言更欲益崇其德之紀）進督南徐州諸軍事餘悉如故並表

【選三十　三十八】

跡累上身沒讓存天不慭魚斬遺梁岳頹峻翰曰
疏表也身死而讓辭不已謂讓徐州諸寅亭慭且也言天不且遺其福而見亡此人知太
岳頹其峻峯也梁山太山也
其年月日薨春秋三十有五向曰
詔給溫明祕器斂以袞章備九命之禮溫明
祕器皆凶器也袞章龍服也九命謂一命受職再命受服三命受位四命受器五命受則
六命錫官七命賜國八命作牧九命作伯言將備此禮也遣大鴻臚監護
喪事朝夕奠祭太官供給禮也銑曰大鴻臚官名也監謂
監葬事也護助也太官掌食之官故以慟極津門感充長樂
向曰後漢東海王彊死肅宗皇帝從太后出津門亭於長樂宮發哀哭臨悲感無已也
豈徒舂人不相傾壍罷肆而已哉翰曰相舂人送杵聲

選　三十　三十九

也漣郊野也肆市也秦五羖大夫百里奚卒秦人流涕舂者不相杵也鄭子產相鄭二十
年卒國人哭於巷農夫須而郊野而哭商人罷市而哀乃下詔曰襃崇庸濟曰庸功
德前王之令典追遠尊戚沿情之所隆
也前王謂古先帝王之善法也追遠亡者尊其親戚蓋因情所感也令善典法沿因也
故使持節都督揚州諸軍事中書監太傅領
司徒揚州刺史竟陵王新除進督南徐州良曰
謂督察諸軍之事體睿履正神鑒淵邈翰曰睿聖也履正謂履其
正道也淵深邈遠也首冠民宗具瞻惟允向曰首冠謂道德高也人
宗謂天下所仰也具瞻望其美可謂當矣允當也肇自弱齡孝友光
銑曰肇始也弱齡謂初年也光大也爰及贊契協升景業翰曰

贊助天子令升大業也謂王者所執也景大也契燮和台曜五教穹
宣良曰燮理也台曜三台星也主三公之位也五教五常之教也克能也敷奏
朝端百揆惟穆濟曰揆事穆美也寄重先顧任均負
圖翰曰謂先帝顧命輔少君也漢武帝畫周公輔成王圖以賜霍光令相昭帝故竟陵
之奉顧命任與此同也諒以齊徽二南同規往哲向曰諒信
徽美也二南謂周公召公也往哲則二南也謂周召輔成王故與之齊美方憑保
祐永翼雍熙銑曰保安祐福翼佐雍和熙廣也言國家欲憑竟陵之德安福
社稷長佐天下致和平以廣政化也天不慭魚斬遺奄見薨落良曰
慭且也薨落死也哀慕抽割震動于厥心今先遠戒
期龜謀襲吉濟曰先遠戒期謂葬日也龜謀謂卜也襲吉謂得吉日也茂

選　三十　四十

崇嘉制式弘風猷向曰式用也可追崇假黃鉞翰曰
假之與名未真得也黃鉞以金飾斧天子賜諸侯乃得專征伐功德高故也侍中
都督中外諸軍事太宰領太將軍揚州牧綠
綟麗綬具九錫服命之禮銑曰綟綵也綟綬相之服飾也九錫
一日車馬二日衣服三日樂則四日朱户五日納陛六日虎賁七日斧鉞八日弓矢九日
秬鬯也錫賜也古者諸侯有大功必有此賜以示重賢也使持節中書監
王如故給九旒鑾輅濟曰九旒旗也鑾輅車也黃屋左纛
徒到轀溫輬涼車良曰此上皆天子服用之具以給之者示親重也黃屋者
以黃繒為車蓋也左纛以毛牛尾為之在駕車之馬駿上致之轀輬車天子喪車名也
前後部羽葆音保翰曰以鳥毛為幢幡者謂之羽葆也鼓吹挽歌

二部虎賁班劍百人向曰虎賁勇士名也班列也言使勇士行列持
劍以為儀仗也葬禮一依晉安平獻王孚故事翰曰晉宣
帝弟名孚封安平王諡曰獻竟陵葬禮一依孚故事公道識虛遠表
裏融通淵然萬頃直上千仞僕妾不覩其喜
慍近侍莫見其傾弛銑曰慍近弛廢也言其道德遐遠故喜怒之色
不可覩為謹奉禮法故頹廢之事莫能見之也他人之善若已有之
民之不臧實公貽恥向曰臧善也貽猶有也誘接恂恂
降以顏色濟曰進納賢良則和悅而下其顏色也誘進也恂恂和悅貌降下也
方於事上好下規已翰曰方正也言以正道事上也每所為事不善
者好下人作規諫於已也而廉於植財施人不倦向曰植猶資也
帝子儲季令行禁止銑曰竟陵王武帝子故曰帝子皇太子弟故曰
儲季國綱天憲實諸掌握良曰實致也未嘗鞫人於
輕刑錮人於重議向曰鞫問也錮就也言人有輕刑者寬而不問議人
罪名不執其重者蓋仁人也人有不及內恕諸己非意相
干每為理屈翰曰以辭理屈之則非意不能相干也任天下之
重體生民之俊華袞與縕緒張呂同歸山藻與
蓬茨俱逸銑曰言齊其貴賤好惡也華袞三公服也縕緒貧賤服也山藻華屋
也蓬茨草屋也逸樂也俱皆也良田廣宅符仲長之言向曰後漢
仲長統常論曰使有良田廣宅臨川瀨水足以息四體之役也言竟陵王志願此事嘗有
此言故云符仲長之言也邛山洛水協應叟之性濟曰叟老也應

老謂經應璩與程文信書云南臨洛水北據邙山託崇岫以為宅因茂林以為蔭言竟陵
王亦合此性也節合也丘園東國錙銖軒冕良曰東國魯也謂周
公所封以之為大也八兩為錙十累為銖皆言輕也見東國如丘園之小覩軒冕若錙銖
之輕欲退靜山居為事也仍依林構宇傍巖拓架翰曰拓開險隘
之處以架屋也清猨與壺人爭旦緹題幕與素瀨交
輝銑曰清猨謂猨鳴聲清也壺人掌刻漏人也夜作聲以候曉也言山中猨與刻漏之
人俱有聲若相爭而假其曉也緹赤繒以為幕裏者言張設於水與素波交映為光輝也
額設也置之虛室人野何辨向曰置此小山中虛室則貴人與野
人何所分辨蓋一理也高人何點躡屩於鐘阿徵士劉
虬獻書於衡岳贈以古人之服弘以度外之
禮濟曰何點皆當時賢人隱居者躡步也屩草鞋也鐘阿鐘山也竟陵王遺何點[illegible]衣
衰酒杯徐景之酒鎗故云古人之服謂服用之物也豫章王為荊州致辟劉虬虬以書答
不應辟故云獻書也衡山虬所居也自衡山作書以獻於王後豫章王命竟陵王作書與
虬致以殊禮徵士謂德高徵而不就皆曰徵士也屈以好士之風申
其趣王之意乃知大春屈己五王君大降節
憲后致之有由良曰後漢井大春隱者也是時沛王輔等五王盛好賓客
召賢良擧徵大春不至乃使人劫取之故云屈己也又苟君大亦隱者也為東平獻王彊
辟之為祭酒故云降節也憲后即獻王也致之有由言雖隱遯致而用之必有所由也
其卉木之奇泉石之美公所製山居四時序
言之已詳向曰言山居四時有所序述之文文皇帝養德東

頌宸符作者銑曰謂文帝未即位時養德於東宮也同符契於作者之列有於所述焉爰造九言實該百行翰曰文皇帝著九言之書一曰言德二曰言親三曰言賢四曰言生五曰言言六曰言辭七曰言朋八曰言節九曰言義此書實可以通人之百行也該通也遵衿離离於未萌申炯古戒於茲日向曰遵法也離帶也炯明也言書之可爲法則佩於衿帶以慎未萌又可申爲明戒於今世也行非直旦暮千載故乃萬世一時也命公注解銑曰謂九言非但朝暮見之如千載之遇亦萬世已去有此一時之美故命竟陵王注辭衛將軍王儉綴而序之翰曰謂作九言之序山宇初構超然獨往濟曰謂上依林九言之序也從巖所構屋宇也顧而言曰死者可歸誰與入室尚想前良

選三十　四十三

俾若神對良曰顏山中屋宇而言也死者可歸謂自古賢聖既死矣可復生乎言不可也誰與入室謂無賢聖與共入此室則想前賢良之人欲畫之於室使若魂神與我相對也乃命畫工圖之軒牖既而緬屬賢英傍思才淑翰曰緬遠也淑美也匹婦之操亦有取焉向曰列女亦圖畫也有客游梁朝者從容而進銑曰梁朝謂梁孝王好賢今假設有客游梁朝者以發後詞曰未見好德愚竊惑哉即命刊削投杖不暇濟曰言畫列女似好色不好德而樂之容識作去愚竊感焉竟陵聞過將遷即命使除削列女之圖也曾子言子夏之過子夏投杖而拜之吾過也言竟陵王知過投杖不暇言急而忘投也投弃也杖謂所拄之杖公以爲亦言自口駟馬不追聽受一謬差以千里翰曰

驥良馬也聽受人言恐有一謬差於千里謂去於所言遠也乃造箴銘積成卷軸門階戶席寓物垂訓向曰謂門階戶籍言作箴寄情於物垂示於人以訓戒也先是震于外寢匠者以爲不祥將加治葺公曰此天譴也無所改脩以記吾過且令誡懼不怠翰曰震謂霹靂也外寢也寢也匠者謂占禍福人也治葺謂脩治也譴謂遣告其有罪也怠慢也言人勸脩所震之室公將記過且爲誡懼也從諫如順流虛己若不足良曰虛其己心以受人言常受之不足也至於言窮藥石若味滋旨銑曰受人藥石之言若味滋美之味也藥石謂忠言益於人如藥石之除疾信必由中貌無外悅濟曰中謂中心也言信人忠言實由中心也凡受人忠言者則外見雖悅而中心實惡故

選三十　四十四

此無外悅者真性悅也貴而好禮怡寄典墳向曰怡樂也雖牽以物役孜孜無怠翰曰物役謂從王事也孜孜勤皃謂雖役從王事勤而好道無懈怠也乃撰四部要略淨住子向曰又撰集四部書以甲乙丙丁次之述暗佛教以爲子史之書淨住子謂佛教也並勒成一家懸諸日月銑曰言此書傳之資世如日月懸於天未不朽也弘洙泗之風闡迦維之化良曰洙泗水名孔子講教之處迦維佛國名言能弘大孔子之風開闡釋迦之化也大漸彌留話言盈耳黜殯之請亡誠懇惻翰曰衛大夫史魚病將卒謂其子曰我數言蘧伯玉賢而不能進言彌子瑕不肖而不能退是吾事君之不忠矣我死勿以我殯於正堂殯我於側室足矣是爲黜殯也言竟陵將死此語亦勤懇而惻痛豈古人所謂立

言於世沒而不朽者歟易名之典請遵前列
謹狀（濟曰言豈古人所謂立言不朽者歟蓋易名立謚典請遵奉古人之盛列）

弔屈原文一首　并序　賈誼

誼為長沙王太傅以譴去意不自得（良曰謫責也言誼以罪被責出於長沙遠國也意不自得謂不得志也）及渡湘水為賦以弔屈原屈原楚賢臣也被讒放逐作離騷賦其終篇曰已矣哉國無人兮莫我知也遂自投汨羅而死（向曰汨羅水名）誼追傷之因以自喻其辭曰

恭承嘉惠兮俟罪長沙（翰曰恭承嘉惠謂承天子命也俟待也）側聞屈原兮自沉汨羅造託湘流兮敬弔先生（銑曰造就也湘水名汨羅水流入湘川故就託此水而弔之先生即屈原也）遭世罔極兮乃隕厥身（濟曰言遭當世讒邪之人無極乃喪隕其身）無嗚呼哀哉逢時不祥鸞鳳伏竄兮鴟梟翺翔（翰曰鸞鳳喻賢人也鴟梟惡鳥也喻讒人也竄藏也）闒（土合）茸（如勇）尊顯兮讒諛得志（良曰闒茸皆小人也言小人為尊重之位讒邪諂諛之人皆得志在朝也）賢聖逆曳兮方正倒植（銑曰逆曳謂不得順其正道也賢良方正之士皆在草澤小人在位故云倒植也）世謂隨夷為溷（胡困）兮謂跖（之石）蹻（居略）為廉（向曰卞隨伯夷皆古之貞介士也盜跖莊蹻皆盜賊之人也言人皆反以貞介為溷濁盜賊為廉清者喻弃賢用不肖）莫邪為鈍兮鉛刀為銛（息廉反翰曰莫邪神劍名也鉛錫也銛利也言[illegible]賢用不肖以神劍為鈍以鉛刀為利也）為于嗟默默生之無故兮（濟曰默默失意貌生謂屈生也屈生無故有此禍也）斡棄周鼎寶康瓠兮（翰曰斡轉也周有九州之鼎言大鼎也康瓠瓜也言時君棄賢用不肖亦猶轉棄大鼎之器而寶其瓠瓜也）騰駕罷牛驂蹇驢兮驥垂兩耳服鹽車兮（良曰騰奔也言御車者但奔騰疲敝之牛乘其蹇跛之驢使良馬服鹽車亦猶賢人在野小人在位驥良馬也）章甫薦屨漸不可以久兮（銑曰章甫冠也薦藉也冠之在上履之在下章甫薦屨者謂以冠藉於足以履之也喻賢在下此為亂之漸也其國不可久居之）嗟苦先生獨離此咎

兮誶（信）曰已矣（向曰誶告也此怨告前意亦如亂曰之類也已止也言止矣不可容嗟之意也）國其莫我知獨壹鬱其誰語（濟曰罔謂君也言君既不知我心獨聚憂誰與語事者也壹鬱謂聚憂也）鳳漂漂其高逝兮固自引而遠去（翰曰漂漂高飛貌逝猶往也）襲九淵之神龍兮沕（昧）深潛以自珍（向曰襲重也千金之珠必在九重之淵龍頷下也言察於神龍則知藏於深淵之處可以自珍寶也言君子在亂世可以隱也）偭（面）蟂（古堯）獺以隱處兮夫豈從蝦與蛭（賢）螾（音引銑曰偭背也蟂獺水蟲食魚者蝦蟇也蛭螾皆水蟲也言神龍之德且殊於蟂獺以隱於深淵之中豈復隨從其小蟲也君子但避亂世以隱居不可以小人）所貴聖人之神德兮遠濁世而自藏

使騏驥可得係而羈兮豈云異夫犬羊翰曰騏驥
良馬也言君子之德遠避濁世則如良馬見係絆而羈束也及其用之乃騁千里之道其
不用與犬羊之才無異也般紛紛其離此尤兮亦夫子之
故也良曰言丞生盤桓於亂時不能避去遂及此罪亦丞生自爲之故也盤桓不進
皃貐亂離及尤罪也夫子謂丞生也歷九州而相君兮何必懷
此都也向曰言天下之君皆可輔相何必懷思此楚都鳳皇翔于千
仞兮覽德輝而下之銑曰鳳皇喻賢人也言鳳皇高飛下覽有聖人
之德者乃下而見於時也賢人亦擇明君乃事也千仞言高也見細德之險
徵兮搖增翮而去之翰曰細德猶無德也言見時君無德左右姦險
惡徵祥則搖舉羽翮而去也增舉也彼尋常之汙爲瀆兮豈

選三十　四十七

能容夫吞舟之巨魚良曰汙瀆謂小池水也吞舟巨魚謂大魚廣中
可容船也言小池水之中不能容吞舟之魚喻君亦不能用賢也橫江湖之
鱣鱏鯨兮故將制於螻蟻向曰鱣鯨亦大魚也以喻賢人螻蟻
小蟲以喻讒佞人也言大魚橫於江湖之中一朝失勢止於平陸而螻蟻所制蓋賢者失
位遭讒佞之所害

弔魏武帝文一首并序　陸士衡

元康八年機始以臺郎出補著作游
乎祕閣而見魏武帝遺令愾然歎息
傷懷者久之客曰翰曰假設客言以發意也夫始
終者萬物之大歸死生者性命之區
域是以臨喪殯而後悲覩陳根而絶
哭向曰臨見其喪殯之所則必悲哀也禮云朋友之墓有宿草而不哭
焉謂時遠也宿草即陳根也今傷心百年之際興
哀無情之地銑曰以爲世異時遠不可致情今之傷心是興
哀於無情之地矣自魏武至機方百年故言也意者無乃知
哀之可有而未識情之可無乎良曰言機
空知事未識人情亦可無之夫日蝕由乎交分向曰
日月歲凡十二交會而後分當此交會之際日月相掩故蝕也山崩
起於朽壤銑曰山之崩倒謂年代積遠其土朽故也亦云
數而已矣濟曰言日蝕山崩亦自然運數而已然百姓

選三十　四十八

怪焉者豈不以資高明之質而不免
卑濁之累良曰日月在天故高明不免卑濁之累謂蝕也居
常安之勢而終嬰傾離之患故乎翰曰
山止於地而不動故常安也終嬰傾離之患謂崩也夫以迴天
倒日之力而不能振形骸之內向曰形骸
內性命也言壯力亦不能起死者之性命也迴天倒日力壯也濟世
夷難之智而受困魏闕之下銑曰夷平也魏
闕天闕也子已而格乎上下者藏於區區
之木濟曰上下謂天地言功雖至于天地者其死則藏之於小木之
中也區區小也木棺也光于四表者翳乎蕞徂外

之士良曰言德聲雖光明犒於四外者死則掩翳乎狹小之土也表外也蕞爾小貌也雄心摧於弱情壯圖終於
哀志翰曰弱脩謂疾病也哀志謂將死也長筭屈於短
日遠跡頓於促路向曰長筭遠跡謂平生謀長遠之事
也短日促路生命窮盡也嗚呼豈特瞽史之異闕
景黔黎之怪讚岸乎銑曰特獨也瞽史掌日蝕之官
黔黎百姓也言豈獨日蝕山崩可爲變異之怪乎則人命亦可傷也觀
其所以顧命冢嗣貽謀四子良曰謂觀武帝
臨終顧命於太子使其嗣位遺謀於四子也冢嗣長子也貽遺也四子謂
王植彪章也經國之略既遠隆家之訓亦

選三十　四十九

弘又云吾在軍中持法是也至於小
忿怒大過失不當效也翰曰武帝自謂四子云吾
在軍中所持法皆是也當依而行之至於有小忿怒及大過失汝等勿學之
我也善乎達人之讜言矣濟曰讜正也持姬
女而指季豹以示四子曰以累汝因
泣下向曰持執也姬衆妾之總名也女武帝有小女後爲高城公主
豹武帝小男名豹時年五歲後封沛王武帝臨死特執此孩以示四子
云此以累汝輩因下泣傷哉曩以天下自任今
以愛子託人銑曰愛子則豹也託人謂託於四子同乎
盡者無餘而得乎亡者無存翰曰性命同歸

乎盡滅者則無餘勢也而得乎亡沒者無有存其威神者謂武帝平生威
勢一朝已盡而無威也然而婉變房闥之內
綢繆家人之務則幾乎密與銑曰婉變從順
皃綢繆親皃幾近也密猶細也言遺令於房闥家人則近於細碎也
又曰吾婕妤妓人著陟略銅雀臺良曰著置
也武帝又有遺令云使妓人置歌樂於臺上銅雀臺名於臺堂
上施六尺牀張繐帳向曰繐細布而疎者以爲
靈帳之裙朝晡設脯糒之屬濟曰脯日晚時也糒乾飯
也皆著於靈帳之前以祭焉月朝十五日輒向帳
作妓翰曰月朝一日也十五謂十五日也妓樂也汝等時

選三十　五十

時登銅雀臺望吾西陵墓田向曰汝等謂四
子也又云餘香可分與諸夫人諸舍中
無所爲學作履組賣也銑曰諸舍中謂衆妾無所
爲者令學作履賣之組者以綵色飾之也吾歷官所得綬
皆著陟略藏中良曰綬綵爲之以貫玉佩也藏猶櫃中藏也
吾餘衣裘可別爲一藏不能者兄弟
可共分之既而竟分焉翰曰既而武帝崩兄弟盡
分其物也亡者可以勿求存者可以勿違
求與違不其兩傷乎向曰言亡人本可以勿求謂不
可衣裘別爲一藏也既有求則存者可以勿違令也今武帝有求是一傷

（也而四子達而竟分是兩傷也）悲夫愛有大而必失（翰曰人所愛者生也人理有死故必失生）惡（去）有甚而必得（銑曰人所惡者死也生有涯故必得死矣）人智惠不能去其惡威力不能全其愛（翰曰雖智惠安能去死雖平生有威力身從没化安能固全其愛乎）故前識所不用心而聖人罕言焉（良曰前識謂達人也罕希也言愛惡之事難保則達人不用心謀之聖人希能言及也）若乃繫情累於外物留曲念於閨房亦賢俊之所宜廢乎（翰曰皆賢俊所不宜行之故可廢之也）於是遂憤懣而獻弔云爾

選三十　五十一

接皇漢之末緒值王塗之多違（向曰緒業也塗道也）佇重淵以育鱗撫慶雲而遐飛（銑曰佇待重深也育鱗謂潛龍也慶雲瑞雲也遐遠也言謂武待時育德乃撫拂於雲天而遠飛也言天命相感有如龍雲也）運神道以載德乘靈風而扇威（翰曰載行也）摧羣雄而電擊舉勍敵其如遺（向曰電擊言如電之威也勍彊也如遺謂擊彊敵如拾遺於地言易也）指八極以遠略必翦焉而後綏（良曰八極天下也略取也翦謂除翦暴亂也綏安也言天下可手指麾而遠取之除翦暴亂而後安百姓）釐三才之闕典啓天地之禁闈（翰曰釐理也三才天地人事也禁闈謂天地之闈元氣閉塞如禁門之不通而武帝啓開之啓閉闈門也）舉脩網之絕紀紐大音之解徽（濟曰漢末政大亂禮樂崩壞而武帝舉脩法網將絕復理且國家之政猶音聲也若音之失調則亂也故武帝又繼大音之樂調著復致太平紀理紐繼解失徽調也）掃雲物以貞觀要萬塗而來歸（銑曰言掃除羣凶以致天下清平之理使天下殊塗而來歸其德焉雲物喻羣凶貞觀猶清平也要猶使也萬塗猶殊塗也）丕大德以宏覆援日月而齊暉（向曰宏普也）濟元功於九有固舉世之所推（翰曰濟成元大也大有謂天下也言能成功於天下則舉世一世所推其高德也）彼人事之大造夫何往而不臻（向曰造成臻至也）將覆簣於浚谷擠（子計）為山乎九天（銑曰將覆簣為山於深谷之中謂立大業也為山將至九天忽山積謂大功既成而死矣覆簣謂盛土以覆之將為山也浚深也擠墜也）苟理窮而性盡

選三十　五十二

豈長筭之所研（良曰凡事至於窮理盡性則非長計所能研精而知也謂死生事在其中而無定也）悟臨川之有悲固梁木其必顛（濟曰臨川有悲謂逝者不息如流是可悲矣良材之人於國如屋有梁今死矣如梁木之頹也）壓當建安之三八實大命之所艱（翰曰漢獻帝言建安二十四年得病是大命之患也三八謂二十四也艱猶患也）雖光昭於曩載將稅駕於此年（向曰稅捨也言駕捨死也）惟降神之縣邈眇千載而遠期（銑曰降神謂天生聖也綿邈遠也言聖生自邈遠也千載遠期謂千年一聖即武帝應之）信斯武之未喪膺靈符而在茲（良曰信此神武之道未喪故武帝當靈符之在此也膺當也）雖龍飛於文昌非王心之所怡（濟曰文昌興名言愛王位於文）

（昌毅故云龍飛也當受命時武帝心所悅欲之蓋天命也）矣憤西夏以鞠旅泝秦川而舉旗（翰曰西夏謂劉備也鞠養也旅衆也泝度也舉旗謂戰也言憤見劉備練兵養衆圖中國乃度秦川而與戰也）踰鎬京而不豫臨渭濱而有疑（向曰踰過也鎬京長安也不豫謂有疾也渭濱亦長安城也疑謂病甚也言伐劉備過長安乃得病却至長安城而病甚重也）冀翌日之云瘳彌四旬而成災（銑曰翌明也成災謂疾甚重也言還疾之時冀明日乃瘳何至四十日而甚重也彌甚也）詠歸塗以反旆登崤澠而朅（去謁）來（濟曰言疾病既甚言尋歸塗以反旆也崤澠二山名朅來言歸去來也旆旗也之屬也）次洛汭而大漸指六軍曰念哉（翰曰次至也洛汭東都也大漸謂病重將死也念哉戒令也臨終留顧六軍之士戒誓無有二心也）

伊君王之赫奕寔終古之所難（向曰伊推也赫奕盛皃寔實也言實終古所難有也）威先天而蓋世力盪海而拔山（銑曰先天謂威勢為天下所先而才德蓋徧於當世盪動也言勇氣一鼓動海拔山也）厄奚險而弗濟敵何彊而不殘（良曰奚何也殘殺也言雖險必濟也雖彊必殺也）每因禍以提福亦踐危而必安（濟曰提猶致也言行征伐則為禍也誅暴亂以安百姓是為致福也雖陟險危變其志如安憂國之深也）迄在茲而蒙昧慮噤閉而無端（翰曰迄至也蒙昧謂疾重不曉事也噤閉謂不開口也言至此疾重之時慮其閉口則無遺令之端也）委軀命以待難痛沒世而永言（向曰委弃身命以待死終痛沒此世而求言後事有所悲泣也）撫四子以深念循膚體

而顉歎（平聲銑曰顉歎謂悲恨隕絕也）追營魄之未離假餘息乎音翰（平聲良曰追及也營魂也音翰謂作遺令也言及魂魄未離其形體假借餘息之氣以作遺令也）執姬女以嚬瘁指季豹而漼（麤賄）焉（濟曰姬女小女也季豹小男也嚬瘁謂蹙眉而憂也漼深悲皃謂遺囑於四子也）氣衝襟以嗚呼涕垂睫而汍瀾（翰曰嗚呼謂悲咨不得言也汍瀾淚疾流皃）違率土以靜寐戢彌天以一棺（向曰言其違弃天下以死也乃戢斂彌天之大德於棺之中也率土猶天下也靜寐死也）咨宏度之峻邈壯大業之允昌（銑曰咨嗟宏大峻高邈遠允信也）思居終而恤始命臨沒而肇揚（良曰恤憂也肇初也言臨死始有抑揚之氣）援貞吝以惎（渠記）悔雖在我而

不臧（濟曰援引也貞正也惎教也臧善也言引其正道吝悔之事以教其四子不善者則可改悔雖已身亦為不善也謂上令所云吾小忿大過不當效者是也）惜內顧之纏緜恨末命之微詳（翰曰內顧家事也纏綿親密也微細也詳悉也此譏言武帝之德甚高惜其臨終下節乃於姬妾親密遺令細碎詳述之甚也）紆家人於履組（向曰謂遺令云學作履組賣之也）塵清慮於餘香（銑曰謂遺令云餘香分與諸夫人）結遺情於婉孌何命促而意長陳法服於帷座陪窈窕於玉房（良曰法服謂平生衣服也窈窕美人皃玉房即銅雀臺上以玉飾也）宣備物於虛器發哀音於舊倡（濟曰宣布也備物謂平生所用物也虛器言盤設繐不見用也倡女樂也即向帳作妓是也）矯戚容以赴節掩零

泫而薦觴翰曰此謂衆妓妾奏樂不見君王故憂悲也觴舉也感憂也赴節謂
曲之節會也薦進也物無微而不存體無惠而不亡向曰
言物之雖微必有長存者人體雖有恩惠無不亡也庶聖靈之響像想
幽神之復光苟形聲之翳沒雖音景其必藏
銑曰形響則影滅聲沒則音藏音響景影也徽清絃而獨奏進脯
精而誰嘗良曰徽調也糒乾飯也言雖進脯糒誰復嘗而食之悼繐帳
之冥漠怨西陵之茫茫濟曰悼痛也茫茫草木皃也登崔臺
而羣悲貯直呂羨目其何望平聲翰曰張目視曰貯言美人張目
遠視終不見君王是亦何望也既睎古以遺累信簡禮而薄
葬平聲協韻向曰機言我望古人奢華以為遺累信可以簡略於禮而尚薄葬也彼

選三十　五十五

裹綫於何有貽塵謗於後王銑曰謂遺令云一言衣裹別爲一
藏後爲四子所分終亦何有也乃遺塵謗於後世帝王也嗟大戀之所
存故雖哲而不忘良曰嗟其大戀所在心者雖賢哲之士不能忘情
也覽遺籍以慷慨獻茲文而悽傷

祭古冢文一首　并序　謝惠連

濟曰惠連爲彭城王義康法曹參軍義康修於東府城塹中得古冢義康爲之改葬命惠連作文祭之

東府掘城北塹入丈餘得古冢上無
封域不用塼甓步覓反翰曰封界也域牆也甓亦塼也
以木爲槨中有二棺正方兩頭無和
向曰棺題曰和明器之屬材瓦銅漆有數十
種多異形不可盡識刻木爲人長三
尺可有二十餘頭初開見悉是人形
以物棖撥之應手灰滅銑曰應手即破如灰滅也
棺上有五銖錢百餘枚良曰五銖謂上有五銖字
蓋漢朝所用也水中有甘蔗節及梅李核胡隔
瓜瓣濟曰瓜瓣謂瓜中子與肉心也皆浮出不甚爛
壞翰曰浮出在棺外也散銘誌不存世代不可
得而知也公命城者改埋於東岡向曰
公謂彭城王也城者謂築城人也祭之以豚酒既不
知其名字遠近故假爲之號曰冥漠

選三十　五十六

君云爾

元嘉七年九月十四日司徒御屬領直兵令
史統作城錄事臨漳令亭侯朱林具豚醪之
祭敬薦冥漠君之靈忝總徒旅版築是司銑曰
旅衆也版築謂版築杵也司主也窮泉爲塹聚壤成基良曰窮泉
言深也壤聚土也一槨既啟雙棺在茲捨畚本悽愴
縱鍤漣洏濟曰畚土籠也鍤鍬也漣洏流涕皃芻靈已毀塗車
既摧翰曰芻草也言束草爲人馬也塗車以塗爲車即明器也几筵糜腐
俎豆傾低盤或梅李盎烏浪或醓醢向曰几筵墓中所設

靈座也糜爛腐朽也俎豆皆食器也盎缶器也醢肉醬也醯醋也蕉傳餘昔
瓜表餘犀銑日犀瓜瓣也追惟夫子生自何代曜質
幾年潛靈幾載為壽為夭寧顯寧晦銘誌堙
滅姓字不傳今誰子後曩誰子先良日今時人誰爲子
後嗣曩古之人爲子之先祖功名美惡如何蔑然百堵皆
作十仞斯齊濟日七尺日仞五版日堵堵皆謂牆高下長短墉不可
轉塹不可迴翰日墉牆也言牆既作不可曲轉以迴避此塹冢也黃腸
既毀便房已頹循題興念撫櫬增哀向日以柏木黃
心累在棺外謂之黃腸也房墓中室也題棺兩頭也櫬棺也射聲垂仁廣
漢流遲銑日後漢曹褒爲射聲校尉嘗舍有停棺而不葬者百餘所褒皆買空地

選　三十　五十七

悉與葬此爲垂仁也又陳寵爲廣漢太守時喪亂初平百姓死者骸骨不葬寵皆收葬
之故云廣漢流遲遲恩澤也祠骸府阿掩骼城曲良日祠祭
也府東府也阿亦曲也骸骼並骨也掩藏也仰羨古風為君改卜
濟日禮記月令孟春之月掩骼埋胔此爲古風也謂卜改葬也輪移北隍
窆東麓濟日輪葬車之輪也隍城池也窆窆墓中埏道山足日麓壙卽新
營槨仍舊木向日壙墓也合葬非古周公所存銑日
言夫婦合葬非古有也自周公以來存此禮也敬遵昔義還祔雙魂
良日祔合也本有二棺今還合雙魂而葬也酒以兩壺牲以特豚
請也日詩幽靈髣髴歆我犧樽翰日畫牛於樽故云犧樽也

祭屈原文一首　顏延年

向日宋帝即位謚延之爲始安太守道經汨羅潭爲湘州刺史張邵作此文祭屈原
維有宋五年月日銑日少帝即位之五年湘州刺史吳
郡張邵恭承帝命建旟舊楚良日旟旗幡之流也以鳥毛爲
之刺史則建之行則引之於前湘州蓋舊楚地也訪懷沙之淵得捐
珮之浦濟日屈原生懷沙石自沈於汨羅之水離騷經云遺余珮兮澧浦遺卽弃捐
也弭節羅潭艤舟汨渚翰日弭節謂止駕艤舟謂船附岸
羅潭汨渚屈生自沈處也乃遣戶曹掾某敬祭故楚三閭
大夫屈君之靈向日戶曹掾三閭大夫並官名蘭薰而摧玉
貞則折銑日蘭以香人好而採故多摧也玉以貞白人皆寶而琢故有折者人有

選　三十一　五十八

才識亦身之本亡物忌堅芳人諱明絜良日明絜謂忠直也曰
若先生逢辰之缺濟日先生謂屈原也辰時也謂逢時君之道缺也
溫風怠時飛霜急節翰日溫風所以養萬物而及於時也喻君以養
人及時也飛霜之積至於堅冰喻讒言積乃見弃逐急節謂溫風忽然已變至於飛霜之
時言政令苛急也嬴芊遘紛昭懷不端向日嬴秦芊楚也
是時秦昭王楚懷王遘紛爲亂君道不正弃逐賢能也紛亂端正也謀折儀尚
貞蔑椒蘭銑日儀張儀也尚靳尚也是時楚謀與齊爲變以備秦兵乃爲張儀
靳尚等折之遂絕齊交也貞正也蔑輕易也椒楚大夫椒蘭懷王少子蘭也言屈生懷
貞正之節向爲輕易者蓋爲椒蘭所譖也身絕郢闕跡徧湘干良日
絕遠也郢卽楚也湘卽水名干間也言其逝如湘江故跡徧其間也比物荃蓀

連類龍鸞濟曰荃蓀香草也屈原依離騷以香草龍鳳喻君子鸞鳳瑞鳥也以聲溢金石志華日月翰曰金石言不朽也日月言光明也如彼樹芬實穎實發翰曰芬香也穎禾秀也言秀屈生猶如樹芬香之草也實秀發於時也望汨心欷瞻羅思越良曰欷悲也越遠也言懷思古人故也思藉用可塵昭忠難闕向曰塵久也苟藉順諸謨取用於時其可久矣蓋昭其忠信雖死難以闕也

祭顏光祿文一首　王僧達

銑曰顏光祿即延之也

維宋孝建三年九月癸丑朔十九日辛未主君以山羞野酌敬祭顏君之靈嗚呼哀哉夫

德以道樹禮以仁清良曰道之尊德之貴樹須而成焉禮者以仁義清其本也惟君之懿早歲飛聲濟曰懿美也義窮幾彖文蔽班楊音盈協韻翰曰幾彖易道也班班固揚揚雄言顏君之文蔽此二人也性婞幸剛潔志度淵英向曰婞直淵深英智也登朗光國實宋之華銑曰言實爲宋國之華美才通漢魏譽浹龜沙濟曰漢魏之時多賢才故言顏君才通於前代也浹及也龜茲疏沙遠國名言其聲譽遐也服爵帝典棲志雲阿翰曰言衣服爵命雖奉帝典而棲志實在雲山之曲阿猶曲也清交素友比景共波向曰言交友清潔而我猶比光景共游波瀾也氣高叔夜方嚴仲舉銑曰叔夜嵇康也仲舉陳仲舉也爲豫章太守性嚴峻不接賓客時人畏之言顏君嚴明遠方比也逸

翮獨翔孤風絕侶良曰言孤介不羣也流連酒德嘯歌翰曰琴緒濟曰流連耆將也緒猶遠也游顧移年契闊宴處翰曰僧達與顏君交遊傾盼將移年歲雖契闊爲言客同宴語居處也春風首時爰談爰賦秋露未凝歸神太素向曰言春與時談賦至秋乃死太素無形也人死後歸於無形也言明發晨駕瞻廬望路銑曰明發謂從夕而至明也晨駕謂靈車早出也瞻廬謂觀乎生所居也望路謂凶儀在路也心悽目泫情條雲互良曰泫謂下淚條理也言情理忽失次而亂如雲之互更變也涼陰掩軒娥月寢曜濟曰言涼陰之氣掩蔽門軒也寢曜謂無光也微燈動光几幬誰炤翰曰几幬謂平生所設與籍之處也雖有燈光誰用其炤帷也衾裀長塵絲竹罷調向曰長生者也擧悲蘭宇屑涕松嶠銑曰宇室也屑下也松嶠謂墓所也古來共盡牛山有淚良曰齊景公遊於牛山北臨齊國而流涕曰奈何去此而死也非獨昊天殲我明懿濟曰言古來皆有一死非獨昊天喪我明美之德也殲喪懿美也以此忍哀敬奠于饋申酌長懷顧我歔欷翰曰歔欷悲也嗚呼哀哉

文選卷第三十

典謨訓誥之後古書之行世者獨
蕭統文選爾杜老云熟精文選理
豈非以為書近古辭旨條奧必熟
而後可騖其理耶我國舊無板本
學者罕得而見之况讀而熟之乎
囊在
成廟嘗命鑄本印之而今其書存
于人者亦寡矣正德己巳春晉川姜
相公出為方伯未涖南土僕謁相公
于第公賜之坐叙寒暄外未暇出一
言謂公曰嶺外一區吾東方魯鄒也
國家之求士惟南道是賴而士之學
文辭者非是無以得古人為文之法
公南人也旬宣之職盍先刊行是書
乎公曰諾哉既登途僕又拜公于門
外公曰不敢忘是歲秋僕受徙民從
事之
命以來則聞公已求得善本分付列郡
視力之大小輕重而程其功課力聚畢
而功告跋矣由是嶺之為家有是本

人讀是書不十年偏于東國學者
精之變舊習皆知作為古文而日
趋入於古人之蹊逕矣則其於
聖朝作人之美豈不補哉公之功於是
為大矣正德己巳十二月下澣通訓
大夫軍資監正知製　教兼校書
館校理黄琿跋

D

F

著者及其著作篇名索引

【説　明】

一、著者名按音序排列，同姓者則按第二字音序排列，以此類推。

二、著者名下臚列著作篇名，按其在書中出現的先後次序編排；篇名依照卷首目録，與正文篇名有同有異，有興趣的讀者可細校。

三、著作篇名後標明其在上下册中的頁碼，以“上·六”、“下·四二七”等表示。

著者及其著作篇名索引

【説　明】

一、著者名按音序排列，同姓者則按第二字音序排列，以此類推。

二、著者名下臚列著作篇名，按其在書中出現的先後次序編排；篇名依照卷首目録，與正文篇名有同有異，有興趣的讀者可細校。

三、著作篇名後標明其在上下册中的頁碼，以“上·六”、“下·四二七”等表示。

D

F

R

S

X

Y

日本東京大學東洋文化研究所藏

朝鮮版五臣注文選

上

〔梁〕蕭統 選編
〔唐〕吕延濟 劉良 張銑 吕向 李周翰 注

鳳凰出版社

圖書在版編目（CIP）數據

日本東京大學東洋文化研究所藏朝鮮版五臣注文選 / (梁) 蕭統選編 ; (唐) 吕延濟等注. -- 南京 : 鳳凰出版社, 2018.10
ISBN 978-7-5506-2734-5

Ⅰ. ①日… Ⅱ. ①蕭… ②吕… Ⅲ. ①《文選》—注釋 Ⅳ. ①I206.2

中國版本圖書館CIP數據核字(2018)第225494號

書　　名	日本東京大學東洋文化研究所藏朝鮮版五臣注文選
著　　者	(梁)蕭統　選編　(唐)吕延濟等　注
責任編輯	林日波
裝幀設計	徐　慧
出版發行	鳳凰出版社(原江蘇古籍出版社)
	發行部電話025-83223462
出版社地址	南京市中央路165號,郵編:210009
出版社網址	http://www.fhcbs.com
印　　刷	金壇古籍印刷廠有限公司
	江蘇省金壇市晨風路186號,郵編:213200
開　　本	889×1194毫米　1/16
印　　張	54
版　　次	2018年10月第1版　2018年10月第1次印刷
標準書號	ISBN 978-7-5506-2734-5
定　　價	400.00圓(全二册)
	(本書凡印裝錯誤可向承印廠調換,電話:0519-82338389)

目録

文選卷第十二……二八五

文選卷第十三

文選卷第十四……三四〇

〔一〕登，卷目原鈔誤作「發」，正文篇題不誤，據改。

文選卷第十五

文選卷第十六 ……三九六

文選卷第十七 ……四二七

〔一〕淄，卷目原刻誤作「蓄」，正文篇題不誤，據改。
〔二〕與吴質書一首，卷目原刻脱，據正文篇題補。

〔一〕本卷卷目原缺，此處據陳八郎本卷目補，其中「符命」二字據尤袤本卷目補。

〔一〕喈，卷目原刻誤作「皆」，正文篇題不誤，據改。

前言

趙蕾

對於《昭明文選》的學習者與研究者，五臣注《文選》是一種無法繞開的重要版本。雖然曾經飽受詬病，但五臣注歷經千年的流傳仍與李善注分庭抗禮、并行不廢，卻是難以否認的事實。五臣注《文選》所具有的獨特價值，當代學界已經開始重新審視。

五臣注的流傳脈絡

五臣注《文選》誕生在唐玄宗開元年間。在此之前，早有蕭該、曹憲、許淹、李善、公孫羅等大儒所作的數種《文選》注本行世。與以上宗師碩學特别是李善有著不同學術主張的五臣，將其學術理念踐行在自己的《文選注》中：「（呂向）嘗以李善釋《文選》爲繁釀，與呂延濟、劉良、張銑、李周翰等更爲詁解，時號『五臣注』。」〔一〕五臣所做的嘗試和努力，除了呂延祚開元六年（七一八）九月《進集注〈文選〉表》中所提到的使「作者爲志，森乎可觀」外，還有隨字注音、句後釋義的著述體例，簡易通俗的注釋風格，所源異於别家之文本〔二〕，乃至「相與三復乃詞」、「記其所善」的成書方式等〔三〕，都使得五臣注在衆多《文選》注本中獨具一格，並由此得到唐代社會上下的廣泛接受與認可。从呂《表》後「上遣將軍高力士宣口敕曰：朕近留心此書。比見注本，唯只引事，不説意義，略看數卷，卿此書甚好。賜絹及綵一百段，即宜領取」的綴文，唐李匡乂《資暇集》「世人多謂李氏立意注《文選》，過爲迂繁，徒自騁學，且不解文意，遂相尚習五臣者」〔四〕及唐末五代丘光庭《兼明書》「蓋以時有王張，（五臣注）遂乃盛行於代」〔五〕的描述都證實了五臣注當日風頭之勁，一時無兩。而在這個以傳

〔一〕（宋）歐陽脩、宋祁《新唐書》卷二〇二《吕向傳》，中華書局一九七五年版，第五七五九頁。
〔二〕《昭明文選》在流傳初期即已存在多種文本，隋唐注家各有所從，這一點可從五臣本正文與李善本不同而與自身注文相符的情形得到印證。
〔三〕此種做法因不合魏晉以降彙輯前代或當世衆家注解而成集注的常例，頗受現代學者質疑，然文獻記載和現存版本中并無五臣曾各爲音義，自别施行的證據。
〔四〕（唐）李匡乂《資暇集》卷上，《叢書集成初編》本，商務印書館一九三九年版，第四頁。
〔五〕（五代）丘光庭《兼明書》卷四，《叢書集成初編》本，商務印書館一九三六年版，第三五頁。

抄爲文化主要傳播方式的時代裏、在各種主客觀因素交織作用的流布過程中，成書不久的五臣注本很快呈現出多样化的態勢，文字、內容存在不少差異的衍生本（如日本所存舊鈔三條家本《文選》的底本與《文選集注》之「五家」的底本）隨之出現。

晚唐五代時期，印刷技術日趨成熟，流行的五臣注本率先於其他《文選》諸本，被所好者付之梨棗。據載，當時兩川、兩浙地區皆有五臣注《文選》印本，其中以西蜀宰相毋昭裔所鐫之本爲最早。〔一〕這部開啓《文選》刻本時代的毋本《文選》，在選擇和處理底本過程中所做的去取、刊定等工作，客觀上起到了對手抄時代衆多五臣注本的清整效果，它不僅結束了早期五臣注鈔本的繁亂局面，並且在此基礎上奠定了後世五臣注刻本的基本形態，甚至間接影響了後來的合刊本《文選》，因此在整個《文選》傳播史上的地位舉足輕重。

蜀亡後，毋本《文選》刻板被毋昭裔之子携至中原繼續印行，並于北宋大中祥符九年（一〇一六）由毋昭裔之孫進獻北宋王朝，先後納入國子監與三館成爲監本五臣注《文選》〔二〕，直至南宋中後期尚存相關記載。〔三〕南宋紹興三十一年（一一六一），建陽書賈陳八郎以監本五臣注《文選》爲底本〔四〕，用一古本參校考正，刊成在文字、音注等方面頗不同於當日市面所行之本的陳八郎本五臣注《文選》，流傳至今。

除國子監本—陳八郎本此支外，宋代其實還有流布更廣、影響更大的一支以孟氏本爲宗的五臣注本。北宋初期天聖四年（一〇二六），郡望爲山東平昌的書商孟氏鑒於早期二川兩浙五臣注本的字大卷重、舛脱嚴重，「訪精當之本，命博洽之士，極加考覈，彌用刊正，小字楷書，深鏤濃印」而成孟氏本五臣注《文選》。可以說，孟氏本是一部占據宋代五臣注《文選》市場絕對優勢的主流版本，今日所知所見極爲有限的五臣注本中，北宋《李善與五臣同異》之五臣本，兩宋之交的杭州貓兒橋河東岸開箋紙馬鋪鍾家印行本，乃至朝鮮刊五臣注本皆屬孟氏本一系〔五〕。不僅如此，孟氏本《文選》還以底本的身份進入合刊本，對《文選》合刊本體系的生成起到了直接作用。

北宋元祐九年（一〇九四），秀州州學首次將五臣注《文選》與李善注《文選》合刊，采用的五臣注本即爲孟氏本。在

〔一〕由韓國奎章閣本六家注《文選》前國子監准敕節文「五臣注《文選》傳行已久，竊見李善《文選》云云」及後附《五臣本後序》「今二川、兩浙先有印本」的叙述可知，五臣注本的刊刻要早於李善注本，故已知最早的毋昭裔刻《文選》應爲五臣注本。

〔二〕見(元)脫脫《宋史·毋守素傳》、(清)徐松《宋會要輯稿·崇儒》四之「求書藏書」、《宋會要輯稿·職官》二八之「國子監」、(宋)田況《儒林公議》。

〔三〕南宋寧宗、理宗時期在世的唐士耻《靈岩集》中有《代翰林學士謝賜唐五臣注〈文選〉表》，表中所提到的五臣注《文選》自應是官本而非民間之坊本。

〔四〕參見常思春《談南宋紹興辛巳建陽陳八郎刻本五臣注〈文選〉》，《西華大學學報》二〇一〇年第三期，第二九—三四頁。

〔五〕參見傅剛《文選版本研究》，北京大學出版社二〇〇〇年版，第一七三、二五五、二五七頁。參見郭寶軍《宋代文選學研究》，中國社會科學出版社二〇一〇年版，第三一九頁。

這部史上首部合刊本《文選》中，秀州州學憑藉正文以五臣爲準、注文以五臣爲先的編纂體例，「二家注無詳略，文意稍不同者皆備録無遺」的編纂原則，以及嚴肅審慎的編纂態度在很大程度上將孟氏本的原有特徵保留了下來。但是在分卷、類目、篇題等編排版式方面，秀州州學依從國子監李善注本與大量拆分孟氏本注文並移動注文位置以就李善注等做法，卻使得秀州本中之「五臣」實際上已經開始偏離孟氏本的原初形態。接下來的明州本，在秀州本的體例上進一步發揮，兼用有校語和無校語的形式，或明或暗地刪略五臣注，導致了五臣注在合刊本中比重的下降。

此後，合刊本中五臣注的處境每況愈下。南宋紹興晚期，贛州州學爲了突出李善注的地位，對明州本進行改編[一]，在顛倒五臣注與李善注次序的同時，采五臣注以充李善注，並且繼續大規模削減甚至剔除五臣注。五臣注因此舉破壞嚴重，幾乎面目全非。到了建州本中，人爲加工的痕迹則更爲明顯。遺憾的是，這種竄改和混淆五臣注與李善注的六臣本，兩宋之後卻成爲《文選》的通行版本之一，而五臣注單行本逐漸銷聲匿迹，不再爲世人所聞。

總而言之，在中國《文選》版本系統的歷史演變進程中，五臣注《文選》的命運由盛而衰。然而在鄰邦，五臣注《文選》卻另有一番境遇。

朝鮮刊五臣注《文選》的整體情況

《文選》很早就開始從中原向邊陲以及域外流布。東鄰日本，史料第一次明確提及《文選》是在元正帝養老二年（七一八）頒布之《養老律令》中：「凡進士，試時務策二條，帖所讀，《文選》上秩七帖，《爾雅》三帖。」[二]西北吐蕃，金城公主遣使奏請《文選》，唐玄宗開元十九年（七三一）正月命秘書省抄寫以賜之事，在《唐會要》和《舊唐書·吐蕃傳》中皆有載録。《文選》傳入朝鮮的確切時間，雖無明文記載，但《舊唐書·東夷傳》在叙録唐武德二年事前稱：「（高句麗）俗愛書籍，至於衡門廝養之家，各於街衢造大屋，謂之扃堂，子弟未婚之前，晝夜於此讀書習射。其書有《五經》及《史記》、《漢書》、范曄《後漢書》、《三國志》、孫盛《晉春秋》、《玉篇》、《字統》、《字林》，又有《文選》，尤愛重之。」[三]由此可知在我

〔一〕參見斯波六郎《對〈文選〉各種版本的研究》，載俞紹初、許逸民主編《中外學者文選學論集》（下），中華書局一九九八年版，第八九八—九〇七頁。參見王立群《六臣本〈文選〉李善注研究》，《内江師範學院學報》二〇一二年第五期，第一—十頁。

〔二〕不過，中日學者多認爲，推古天皇時期聖德太子（五七四—六二二）擬定《湯岡碑文》和《十七條憲法》用到張衡《四愁詩》、任昉《齊竟陵文宣王行狀》、李康《運命論》可以證明，《文選》在隋唐時已進入日本。

〔三〕（後晉）劉昫等《舊唐書》卷一九九上《高麗傳》，中華書局一九七五年版，第五三二〇頁。

國隋朝也許更早，《文選》就已傳入高句麗、百濟、新羅三國鼎立的朝鮮半島。朝鮮現存最古史書《三國史記》關於《文選》的兩則早期記載也可與《舊唐書》所説相互印證。

《三國史記·雜志》第七：「國學，屬禮部，神文王二年（六八二）置，景德王（七四二—七六五在位）改爲大學監，惠恭王（七六五—七八〇在位）復故。……教授之法，以《周易》、《尚書》、《毛詩》、《禮記》、《春秋》、《左氏傳》、《文選》分而爲之業，博士若助教一人。或以《禮記》、《周易》、《論語》、《孝經》，或以《春秋》、《左傳》、《毛詩》、《論語》、《孝經》，或以《尚書》、《論語》、《孝經》、《文選》教授之。」〔一〕

《三國史記·强首傳》：「及壯，自知讀書，通曉義理。父欲觀其志，問曰：『爾學佛乎？學儒乎？』對曰：『愚聞之，佛世外教也。愚人間人，安用學佛爲？願學儒者之道。』父曰：『從爾所好。』遂就師讀《孝經》、《曲禮》、《爾雅》、《文選》。」〔二〕

從統一新羅時代初期《文選》被立爲國學教材之事與士子們對《文選》偏愛有加的態度可以看出，《文選》此前在朝鮮半島的流傳已非一日。

早期之本，大多既無記載也無傳世，無法考證。〔三〕今日所謂之朝鮮本《文選》，多指李氏王朝時期的刊印本。與中國不同，五臣注單行本及五臣注在前李善注在後的六家合刊本始終居於朝鮮王朝《文選》版本的主流地位，存世之本皆不出此兩類。據對朝鮮刊五臣注《文選》收藏最多、調查最詳的日本古籍版本學家黑田亮先生（一八九〇—一九四九）所云，他和稻葉君山、藤田亮策、末松保和等學者所收藏的多種朝鮮五臣注《文選》，在紙質、墨色、版式等方面各不相同，印刷方式也有區别，有的爲整板雕印，有的爲活字印刷〔四〕，故而可以想見李氏王朝時期五臣注《文選》刊印次數之多。其中，可以確認時間的刻印唯有三次，分别在成宗朝（一四六九—一四九四）、中宗四年（一五〇九）和中宗十四年（一五一九）。成宗朝所印之本是目前所知最早的朝鮮五臣注《文選》刊本，殘卷曾被朝鮮書志學家李仁榮先生（一九一一—一九五〇後）收藏，並著録於其《清芬室書目》卷第七：「《文選》殘本，一卷一册。成宗朝甲寅字刊本，五臣注。存卷十一。四周單邊，有界，每半頁十行，行十七字，注雙行。」〔五〕中宗四年本，日本東京大學東洋文化研究所與韓國啓明大學各藏有完帙一部。至於中宗十四年曾有刊印之事，依據來自黑田亮先生曾提到的某本卷九頁下

〔一〕（高麗）金富軾《三國史記》卷三八，韓國奎章閣藏本。

〔二〕《三國史記》卷四六。

〔三〕據韓國鄭玉順先生一九九八年南京大學博士論文《韓國所藏奎章閣本〈六臣注文選〉研究》，公孫羅《文選鈔》在高麗中期宣宗八年（一〇九一）前傳入高麗，後在朝鮮時代曾以活字本刊行，并傳入日本，但今日未見存世。

〔四〕（日）黑田亮《朝鮮舊書考》，岩波書店昭和十五年（一九四〇）版，第一七五—二一四頁。

〔五〕張伯偉《朝鮮時代書目叢刊》第八册，中華書局二〇〇四年版，第四七九七頁。

「正德乙卯（一五一九）五月日豐基校上」的墨書。

除了上文提到的朝鮮刊五臣注本外，據韓國鄭玉順先生和日本磯部彰先生分別調查，還有一些版本散落在韓國和日本的圖書館中：

韓國成均館大學中央圖書館藏鑄字本五臣注《文選》二卷一册

韓國成均館大學中央圖書館藏鑄字本五臣注《文選》十五册殘卷

韓國高麗大學圖書館藏五臣注《文選》卷一

韓國高麗大學圖書館藏五臣注《文選》卷二十九、卷三十

韓國誠庵文庫藏五臣注《文選》卷二十七、卷十九—二十、卷十三—十四

韓國東國大學校中央圖書館藏五臣注《文選》二册

日本宮城縣圖書館藏五臣注《文選》散頁兩種

日本國立國會圖書館藏五臣注《文選》卷三、卷四、卷二十五、卷二十六、卷二十八、卷二十九—三十〔一〕

根據現有不同版本和版次朝鮮刊五臣注《文選》內容、形式乃至文字排列幾乎無異的特徵，我們可以大膽推測，朝鮮的五臣注本同屬一系，後世之本皆基於某個早期之本覆刻或翻刻而來，這個早期之本極可能是今日所知最早的成宗朝鑄字本。

上述存留至今的朝鮮刊五臣注《文選》，多數殘缺嚴重且見之不易。具有明確年代且保存較爲完整，已通過影像数据向社會公開的日本東京大學東洋文化研究所藏本〔二〕，顯然爲今人研究朝鮮刊五臣注《文選》的不二選擇。今鳳凰出版社取得東洋文化研究所的許可，將其影印出版，使其廣爲流傳，實爲嘉惠學林之善舉。需要説明的是，爲便於讀者，我們根據每卷卷首目録（其中各篇名與正文篇名有同有異）編製了一份完整目録，還編製了著者及其著作篇名索引，放在書後。

明正德四年朝鮮刊五臣注《文選》的特點

明正德四年刊五臣注《文選》版本體系歸屬與價值的認定，

〔一〕參見（韓）鄭玉順《韓國所藏奎章閣本〈六臣注文選〉研究》；（日）磯部彰《朝鮮版五臣注〈文選〉的版本研究》，載《中國中世文學研究論集》（下），上海古籍出版社二〇〇六年版，第一一四一—一一四二頁。

〔二〕該本的缺頁情況具體如下：卷第一缺頁二十七，內容爲張平子《南都賦》「玄雲合而重陰」至「黿鼉鮫鱺巨蚌」數句。卷第十三整卷爲鈔配，所據底本待考。卷第十七頁六、頁七爲鈔配，所據底本待考；內容爲屈原《九歌》之《湘君》「荃壁兮紫壇」至文末「聊逍遥兮容與」，《大司命》全篇；然《大司命》鈔配誤題爲《劉安招隱士》，其前缺《湘夫人》一篇，其後缺《少司命》、《東君》、《河伯》三篇，《山鬼》原刻即誤題爲《少司命》。卷第二十四缺頁一，內容爲卷首目録、王子淵《聖主得賢臣頌》篇首「夫荷旃被毳者」至「顧有至愚極陋之累」數句。卷第二十五缺頁三十八，內容爲沈休文《宋書謝靈運傳論一首》「雖綴響聯辭」至「子荆零雨之章正」數句。此外，其他問題如卷第十八卷首目録作者「任彦昇」，文中篇題下作「任彦升」；卷首目録與文中篇題不一致；卷首目録作者基本稱字，而卷第十九庾亮、桓温及卷第三十顔延之皆稱名，文中篇題下仍稱字，等等，有待讀者細勘。

源自學界對韓國奎章閣藏六家注《文選》的關注，以及正德四年本與奎章閣本《文選》正文、五臣注文高度接近的發現。

奎章閣本六家注《文選》，是朝鮮王朝於宣德三年（一四二八）以宋元祐九年秀州本六家注《文選》爲底本的翻刻本，因其精校仿刻而幾與宋刻等值。該書後附的沈嚴《五臣本後序》表明，秀州本中有關五臣本的内容來自北宋天聖四年（一〇二六）的孟氏本。又因秀州本乃按照正文以五臣本爲主、李善本不同處出校語，注文五臣注居前李善注居後、重複處留一家出校語的體例編纂，秀州本之「五臣」被認爲體現著孟氏本的基本面貌。而正德四年本與奎章閣本所反映的孟氏本正文、注文基本一致，甚至訛誤相同的現象表明，正德四年本與孟氏本有著極近的血緣關係。且因《五臣本後序》提到，孟氏本增補了之前「二川兩浙」本中成公綏《嘯賦》所脱的「走胡馬之長嘶，迴寒風乎北朔」二句，可知具備此二句是孟氏本才有的新特點，而陳八郎本就無此句。由此可以斷定，有此二句的正德四年本必出自孟氏本。

在反映孟氏本的舊貌方面，作爲單行本的正德四年本顯然優於合刊的秀州本。儘管秀州州學的合併態度非常審慎，秉持二家但有不同「皆備録無遺」的原則，力求最大限度地保持孟氏本與國子監李善注本的原貌。但秀州本畢竟是一個合刊本，在面對如何將體例、文字等方面差異甚大的五臣本與李善本有機組合起來的複雜情況時，一些刻意的處理辦法和實際操作中無意的疏失，已經造成了二者界限的模糊。想要了解北宋初期孟氏刊本的真實面貌，進而向上追溯五臣注本的原初形態，還須從明正德四年朝鮮刊本入手。

明正德四年本五臣注《文選》共分三十卷，僅有卷目而無書前總目。詩賦部分每卷卷首采用「賦甲」、「賦乙」直至「賦癸」、「詩甲」、「詩乙」直至「詩庚」之稱標示先後。書前無總目的情況在今存《文選》諸本中較爲罕見，但證以日本古鈔九條家本《文選》，并結合其他早期文獻的結構形式〔一〕，可知實爲《昭明文選》之舊。至於標甲乙以明先後的體例，則據李善「賦甲者，舊題甲乙所以紀卷先後。今卷既改，故甲乙并除。存其首題，以明舊式」之語可知，亦屬昭明舊式。

正德四年本所列文體，除了賦和詩外，可確知的還有騷、七、詔、册、令、教、策秀才文、表、上書、啓、彈事、牋、奏記、書、移、檄、難、對問、設論、辭、序、史論、論、連珠、箴、銘、誄、哀策文、碑文、墓志、行狀、弔文、祭文。〔二〕其中與陳八郎本、日本古鈔九條家本皆有的「移」、「難」兩體，足以彌補衆多李善注本與合刊本之失，給予《文

〔一〕盧文弨《鍾山札記》卷四：「《史記》、《漢書》書前之有目録……乃後人以其艱于尋求，而復爲之條例，以繫其首。」中華書局二〇一〇年版，第一〇〇頁。

〔二〕關於「頌」、「贊」、「符命」、「史述贊」四體，「史述贊」體尤刻本有，正德四年本與陳八郎本無；因東大藏本二十四卷卷首的缺失，無法得知該本中「頌」、「贊」、「符命」的有無。不過，據傅剛先生《文選版本研究》所云韓國成均館大學藏朝鮮刊五臣注本與陳八郎本文體分類一致的情況，可以推定東大藏正德四年本中原有「頌」、「贊」二體，無尤刻本所具之「符命」體。參見傅剛《文選版本研究》，第二七三頁。

選》三十九類文體説以堅實的版本支持。

在次文類的層面上，正德四年本同陳八郎本，將「賦」劃分爲京都、郊祀、耕藉、畋獵、紀行、遊覽、宫殿、江海、物色、鳥獸、志、哀傷、論文、音樂、情十五種；「詩」劃分爲補亡、述德、勸勵、獻詩、公讌、祖餞、詠史、招隱、反招隱、遊覽、詠懷、臨終、哀傷、贈答、行旅、軍戎、郊廟、樂府、挽歌、雜歌、雜詩、雜擬二十二種，無尤袤刻李善注本與日本古鈔九條家舊藏本所具的「百一」和「遊仙」。其中的「臨終」類，正德四年本與陳八郎本皆有，共同印證了胡克家《文選考異》「此（歐陽堅石《臨終詩》）不得在謝惠連下，當是臨終自爲一類。尤、袁、茶陵各本皆不分，蓋傳寫有誤」的論斷。

作品編次方面，正德四年本也顯現出與李善注本的差異，魏文帝《樂府二首》、陸士衡《樂府詩十七首》的第十至第十七首、曹子建《樂府詩四首》、陸士衡《挽歌三首》中的後兩首、謝靈運《齋中讀書》與《田南樹園激流植援》、朱叔元《與彭寵書》和孔文舉《論盛孝章書》等數篇排序不同于尤刻本。因其編序或與《唐鈔文選集注》中的《音决》、《鈔》、陸善經本相同，或比尤刻本更合於蕭統《文選序》所述「以時代相次」的原則，對於探索《昭明文選》的成書過程以及作品亂序的産生，正德四年本顯然具有獨特的文獻價值。[一]

正德四年本五臣注《文選》的正文，常與同屬五臣注本系統的陳八郎本相異。如正德四年本中嵇叔夜《琴賦》「性絜静以端理，含至德之和平」句，陳八郎本無；而陳八郎本潘安仁《射雉賦》「若夫多疑少决，膽劣心狷」句，正德四年本無。至於和陳八郎本用字不同之例，更是不勝枚舉。即便如此，正德四年本中宋刻五臣注祖本毋昭裔本的烙印，使得該本在篇名和文字等方面與陳八郎本同、與古鈔本相異之處比比皆是。

義注方面，正德四年本《文選》在保持五臣注文内容的完整性上不僅遠非删略五臣注文的合刊本所能比，亦遠勝多有脱注之處的陳八郎本。注文前的注家名，正德四年本常與陳八郎本不同，但相較於唐鈔本，卻又和陳八郎本表現出奇特的統一性。究其原因，可能也與首部五臣注刻本毋昭裔本有極大的關係。

和漢字相比，語音更容易受到時間和空間的影響。音注是五臣注《文選》漫長傳播過程中變數最多、複雜程度最高的部分。[二]具體到正德四年本《文選》，其音注有以下幾種情況。首先，注音方法、用字或是音注的有無，正德四年本都與反映孟

〔一〕傅剛《試論〈文選〉所收陸機〈挽歌〉三首》，《文學遺産》一九九六年第一期，第三六—四一頁。王立群《文選成書研究》，商務印書館二〇〇五年版，第九五—九七頁。

〔二〕五臣曾爲《文選》注音這一前提無可置疑。除了吕延祚《進集注〈文選〉表》「名曰《集注》，并具字音」之言外，還有兩則證據：一是《唐鈔文選集注》中有一百二十一條「五家音」，也即五臣音，與《集注》其他各家音注并不相同，自非抄襲他家而來。二是《唐鈔文選集注》第九十三卷王褒《聖主得賢臣頌》「及至巧冶鑄干將之璞，清水淬其鋒，越砥斂其鍔」下，《音决》與劉良義注之間有「五家劉治音也」六字，之後便是劉良義注，故而此「劉」所指極可能爲劉良。該信息也是五臣曾自行注音的證明。參見徐之明《〈文選〉五臣音鈎稽》，《貴州文史叢刊》一九九九年第五期，第三七—四五頁。

氏本的奎章閣本正文所夾音注吻合，而與陳八郎本差異較大。據沈嚴《五臣注後序》「字有訛錯不協今用者，皆考五經宋韻以正之」可知，因孟氏本中相當部分的音注依宋韻改正而成，故孟氏本一系包括正德四年本和奎章閣本中的許多音注並非五臣原始之音。其次，雖然正德四年本中的五臣音注一致性甚高，但也並非毫無二致。參校陳八郎本、北宋國子監李善注本以及明州本，可認定秀州本有刪略孟氏本音注和采李善音注以充五臣音注的現象，正德四年本才真正保持了孟氏本音注的原有狀態。再次，正德四年本之音注與古鈔本五臣音注的區別甚大。參校以陳八郎本可知，這些不同實際上正是宋刻與唐鈔兩大系統的不同，產生在毋昭裔五臣注《文選》成書之時。

作爲五臣注《文選》研究之用，朝鮮刊正德四年本的版本特質在今存並可見的幾種單行五臣注《文選》中顯得十分突出：卷帙完整、內容純粹〔二〕；精校精刻、舛訛較少；兼之其高度忠實於北宋初期孟氏本的特性，故而此本完全符合古籍「足」、「精」、「舊」之標準，堪稱五臣注《文選》之善本。

結語

南朝梁昭明太子編纂之《文選》，在後世傳習過程中，文本不斷變化。除了傳播者無心所致的脫衍倒誤外，還有主觀「故意」的改造：其一如明末古音學家陳第在《毛詩古音考自序》裏指出的那樣：「蓋時有古今，地有南北，字有更革，音有轉移，亦勢所必至。」〔三〕不同時代、不同地域的學子們在研習《文選》時，爲了誦讀、書寫之便，以彼時彼地的發音、用字習慣爲準，對音注、文字進行了種種改易。其二則源於具備不同閱讀經驗、認知結構的傳播個體對文本的多元化解讀，並施以相應增益、刪減和調整的介入行爲。各種變量更迭層累，造成了《文選》文本的變遷和多歧。無論追溯《文選》原貌還是探尋《文選》的歷時流變規律，都須立足於相對可靠權威的版本之上。明正德四年朝鮮刊本的存在，恰好彌補了《文選》傳承鏈條中關鍵環節——孟氏本的缺失。借助於此本，證定昭明太子《文選》原本的一些基本問題，勾勒《文選》從唐鈔至宋刻的嬗變軌迹，洞察合刻本在形成、發展過程中的每一步驟，已經成爲今人可以實現的目標。

〔二〕今存三條家本不足一卷，杭州貓兒橋本僅有兩卷，陳八郎本六分之一強部分爲後人據六臣注贛州本系統之本鈔配。陳八郎本鈔配部分性質的考證，參見常思春《談南宋紹興辛巳建陽陳八郎刻本五臣注〈文選〉》。

〔三〕（明）陳弟著，康瑞琮點校《毛詩古音考》，中華書局一九八八年版，《序》第七頁。

典座
典座

長

門

進集注文選表

臣延祚言臣受之於師曰同文底績是將大理刊書啓衷有用廣化實昭聖代輒極鄙懷臣延祚誠惶誠恐頓首頓首臣嘗覽古集至梁昭明太子所撰文選三十卷閱翫未已吟讀無斁風雅其來不之能尚則有遣詞激切揆度其事宅心隱微晦滅其兆飾物反諷假時維情非夫幽識莫能洞究徃有李善時謂宿儒推而傳之成六十卷忽發章句是徵載籍述作之由何嘗措翰使復精注引則陷於末學質訪指趣則巋然舊文只謂攪心胡為析理臣懲其若是志為訓釋乃求得衢州常山縣尉臣呂延濟都水使者劉承祖男臣良處士臣張銑臣呂向臣李周翰等或藝術精遠塵遊不雜或詞論頴曜巖居自脩相與三復乃詞周知秘旨一貫於理杳測澄懷目無全文心無留義作者為志森乎可觀記其所善名曰集注并具字音復三十卷其言約其利博後事元龜為學之師豁若撤蒙爛然見景載謂激俗誠惟便人伏惟

進表　一

穎　府

陛下濬德乃文，嘉言必史，特發英藻，克光洪猷。有彰天心，是效臣節。敢有所隱，斯與同進。謹於朝堂拜表以聞，輕瀆冕旒，精爽震越。臣誠惶誠恐，頓首死罪。謹言。

開元六年九月十日，工部侍郎臣呂延祚上表。上遣將軍高力士宣口敕曰：朕近留心此書，比見注本，唯只引事，不說意義。略看數卷，卿此書甚好。賜絹及綵一百段，即宜領取。

正　宗

文選序

梁昭明太子撰（銑曰梁姓蕭氏梁興云武帝子名統字德施謚曰昭明）

式觀元始，眇覿玄風。（銑曰式用也眇遠也覿見也言用視太初遠見玄風）冬穴夏巢之時，茹毛飲血之世，世質民淳，斯文未作。（濟曰茹薀也言上古巢居穴處飲食血肉薀藉毛羽時人質樸文章未作）逮乎伏羲氏之王（去）天下也，始畫八卦，造書契，以代結繩之政，由是文籍生焉。（濟曰太古結繩以理逮及也由從也及伏羲畫八卦代結繩由是書籍生焉）易曰：觀乎天文以察時變，觀乎人文以化成天下。（翰曰天文日月星辰時變失常也人文禮樂典籍化成謂化下使成理）文之時義遠矣哉！（翰曰美文功也）若夫椎（追）輪為大輅（路）之始，大輅寧有椎輪之質？增冰為積水所成，積水曾（昨能）微增冰之凜（力錦）。何哉？（向曰椎輪古棧車大輅玉輅寧安質樸增厚積深曾則微無凜冽也言玉輅因椎輪生增冰由積水成然玉輅無質積水無寒何識言何故知斯哉蓋自設疑問以發後詞）蓋踵（腫）其事而增華，變其本而加厲。物既有之，文亦宜然，隨時變改，難可詳悉。（向曰踵繼也厲嚴也物謂輅冰也言因時變改增加華飾不可備知也）嘗試論之曰：詩序云：詩有六義焉：一曰風，二曰賦，三曰比，四曰興（去），五曰雅，六曰頌。（銑曰嘗試

山 繁

洞

論之六義者謂歌事曰風布義曰賦取類曰比感物曰興政事曰雅成功曰頌各隨作者
之志名也至於今之作者異乎古昔古詩之體今
則全取賦名良曰言今之述作者詩賦殊體不同古詩隨志立名者也謂班
固云賦者古詩之流荀宋表之於前濟曰荀卿宋玉爲文章之首也賈
馬繼之於末翰曰賈誼司馬相如自茲以降源流寔繁
向曰降下也言荀宋已下文章源流實繁述邑居則有憑虛亡無
是之作戒畋遊則有長楊羽獵之制濟曰張衡西京
賦相如上林賦並託憑虛亡是以述邑居楊雄作羽獵長楊賦以戒畋獵若其紀
一事詠一物風雲草木之興去魚蟲禽獸之
流推而廣之不可勝載矣銑曰言紀事詠物其流既廣不可盡

選序　二

載於此也又楚人屈原含忠履潔君匪從流臣進
逆耳深思遠慮遂放湘南銑曰言屈原秉節忠諒思慮深遠憂
進逆耳時君不能從諫如流遂遷放湘水之南耿介之意既傷壹鬱
之懷靡愬音素向曰耿介忠烈也壹鬱憂思也靡無也言無所申愬臨淵
有懷沙之志吟澤有憔悴之容良曰原既放逐懷石將自
沉於水故作懷沙賦以見志初原行吟澤畔顏色憔悴也騷人之文自茲
而作銑曰原於是著離騷離別也騷愁也詩者蓋志之所之也
情動於中而形於言向曰形見也凡作詩者言其志也情發於內必
見於言關雎七余麟趾止正始之道著桑間濮卜
上亡國之音表故風雅之道粲然可觀濟曰表出

春 戊

禅

也關雎麟趾詩之篇名也明正理也桑間濮上之音淫樂出於亡國風雅謂雅頌政事粲然
前明白也自炎漢中葉厥塗漸異退傅有在鄒之
作降下江將著河梁之篇四言五言區以別矣
翰曰漢火德故稱炎武帝居十二帝之中故稱中葉言文章漸殊於古退傅謂韋孟傅楚
元王孫代作四言詩諷王自此始也降將謂李陵降匈奴蘇武別河梁上作五言詩自此
始也是區分也又少則三字多則九言各體互興分
鑣彼嬌並驅丘遇反取聲也向曰文始三字起夏侯湛九言出高貴鄉公言此已
上各執一體互有興作亦猶鑣轡雖異馳騖乃同鑣轡排沫也頌公者所以游
揚德業褒讚成功向曰游揚揄揚也謂揚其德業褒讚其功成也吉
甫有穆目若之談季子有至矣之歎銑曰尹吉甫作

選序　三

頌曰穆若清風吳公子季札聘魯觀周樂歎曰至矣哉此亦作頌之體舒布爲
詩既言如彼總成爲頌公又亦若此良曰舒布猶張設也
如彼謂吉甫也總成謂總括而成也若此謂今之詞頌也次則箴興於補
闕戒出於弼匡翰曰箴所以攻疾防患亦猶針石之針以療疾也戒警弼
輔匡正也言可以糾闕輔正論去則析先激理精微銘則序
事清潤良曰析分也謂論之體哉論則分別精微銘則述其功美使可稱名也
美終則誄發圖像則讚興濟曰誄累也有功業而誄者累其功
而記之若有德者後世圖畫其形爲文以讚美也又詔誥教令之流
表奏牋記之列別向曰詔者照也照人之闇使見事宜誥者告也告喻令聽
教者効也言上爲下効令領也領之使不相干犯表者思於內以表於外奏進也牋表飾

寺　品　間　什

也記之言志也書誓符檄胡激之品弔祭悲哀之作銑曰
書者如也序書如意曰書諸侯約信曰誓符孚也徵召也防備事資中孚檄者激也喻曰後令
繖然明白弔問也祭祀也悲藝傷痛之文也哀者亦變念之辭答客指事之
制三言八字之文濟曰答客東方朔答客難指事解嘲之類三言謂演
武秋風辭八字謂魏文帝樂府詩篇辭引以進序碑碣誌狀濟曰
篇猶偏也偏述一章之事辭猶思也奇辭以遣思序舒也舒其物理碑披也披載其功美
也碣傑也亦碑類誌記其年代狀摹其德行眾制鋒起源流間去
出良曰鋒起間出皆衆多也譬陶匏蒲包異器並為入耳之
娛黼甫黻甫勿不同俱為悅目之翫向曰譬喻也陶塤匏
笙也白黑曰黼黑青曰黻言聲彩色雖異耳目之翫不殊音作者之致蓋

選序　四

云備矣余監緘撫餘閑居多暇日銑曰余昭明自謂監
監國撫撫軍也歷觀文囿泛覽辭林未嘗不心遊目
想移晷軌忘倦向曰歷觀泛覽言徧涉文章之林囿也心遊目想謂慕之
深也晷日影言日側不知其倦自姬漢以來眇焉悠邈時更
平七代數去逾千祀翰曰姬周姓也眇焉悠邈言遠也七代謂自周
至梁也逾越也祀年也言數千年也詞人才子則名溢於縹匹沼
囊飛文染翰則卷盈乎緗相帙向曰縹青白色囊有底袋
也用以盛書緗淺黃色也帙書衣盈溢言多也自非略其蕪穢集其
清英蓋欲兼功太半難矣濟曰略除也集取也蕪穢喻惡也清
英喻善也兼倍也言文章之多若不去惡留善雖欲倍加其功太半亦不能徧覽安能盡

或本話字有善字

或本端字下有者字

物

乎若夫姬公之籍孔父之書與日月俱懸鬼
神爭奧向曰奧深也言周孔之書明並日月深如鬼神也孝敬之准
式人倫之師友銑曰倫理也言可為孝敬之法式人理之師友豈可
重去以芟衫夷加之剪截良曰芟刈夷平剪剃截裁也豈可若
言可不老莊之作管孟之流濟曰老老子莊莊周管管仲孟孟軻
蓋以立意為宗不以能文為本今之所撰又
亦略諸翰曰謂上老莊管孟之書以其無文並略而不取若賢人之
美辭忠臣之抗直濟曰忠正之臣抗直謂進直言謀夫之話
下快辨士之端銑曰謀夫謀策之人也話善言也辨士辨捷之士也言端若辨
士有舌冰釋泉涌金相玉振濟曰相質也振發聲也言金質玉聲

選序　五

所謂坐狙七余丘議稷下翰曰狙丘稷下皆齊地之丘山也田巴置
館於稷下以延遊說之士仲連之卻秦軍向曰秦將圍趙聞魯仲連在趙
秦為之退舍食異其幾之下齊國良曰酈食其掉三寸舌下齊七
十餘城留侯之發八難去銑曰張良封於留侯時高祖用食其之計將
封六國後良以八難理之高祖乃止曲逆之吐六奇銑曰陳平封曲逆侯
從高祖平天下凡六出奇計蓋乃事美一時語流千載概
古害見墳籍旁出子史銑曰概謂梗概謂大略也子謂諸子史謂史書
若斯之流又亦繁博雖傳之簡牘而事異篇
章今之所集亦所不取至於記事之史繫年
之書所以褒貶是非紀別入異同銑曰春秋序云紀事

略

者以事繫日以日繫月以月繫時以時繫年褒貶謂有德者褒之無德者貶之所以別同異方之篇翰亦已不同。若其讚論之綜緝此立辭采序述之錯比避逸文華翰曰讚以美事論言得失也綜緝猶合綴也序述述史事錯雜比次也事出於沈思義歸乎翰藻故與夫篇什雜而集之濟曰什拾也言讚論用思深遠故與篇章同拾而集之遠自周室迄于聖代良曰迄至也聖代謂梁也都為三十卷名曰文選云爾

凡次文之體各以彙貴于聚詩賦體既不一又以類分類分之中各以時代相次銑曰彙類也

文選卷第一 賦甲

京都上

班孟堅西都賦一首

東都賦一首

張平子西京賦一首

兩都賦序 班孟堅

銑曰漢書云班固字孟堅扶風安陵人九歲能屬文至明帝時為蘭臺令史遷為郎後竇憲出征匈奴以固為中護軍憲敗坐免官死獄中明帝都洛陽西土父老怨帝不都長安固作兩都賦以諷

或曰賦者古詩之流也向曰或者不定之辭昔成康沒而頌聲寢王澤竭而詩不作翰曰言成王康王既沒德澤不流詩須王都寢息也大漢初定日不暇給翰曰高祖自漢王昇為天子故稱大漢日不暇給言不暇崇文化至於武宣之世乃崇禮官考文章濟曰武帝宣帝始立禮官考校文章內設金馬石渠之署外興樂府協律之事銑曰金馬門官者署漢時有賢良並待詔於此石渠閣名主校秘書蕭何所造署司也樂府聚樂之所協律都尉武帝置之以考校律呂以興廢繼絕潤色鴻業是以衆庶說豫福應尤盛向曰鴻大也言福祥徵應甚盛白麟赤鴈芝房寶鼎之歌薦於郊廟良曰薦進也所獲祥瑞並令樂府作歌以

書曰劉德字路叔少修黃老術武帝謂之千里駒爲宗正

神雀五鳳甘露黃龍之瑞以為年紀濟曰並因瑞以爲年號之紀紀記也故言語侍從之臣若司馬相如虞丘壽王東方朔枚皐王褒劉向之屬向曰並以言語才華進爲侍從之臣朝夕論思日月獻納向曰論思王道獻納於上而公卿大臣御史大夫倪寬太常孔臧太中大夫董仲舒宗正劉德太子太傅蕭望之等時時閒作翰曰謂閒作文章或以抒直呂下情而通諷諭或以宣上德而盡忠孝銑曰抒寄也寄獻情性成其文章通諷諫

選一　二

之道宣君上之德盡忠孝之心雍容揄揚著張慮於後嗣抑國家之遺美亦雅頌之亞也向曰雍和容緩揄引揚舉亞次嗣代也言諷諭之事著於後代亦爲雅頌之次故孝成之世論而錄之蓋奏御者千有餘篇良曰成帝使謁者陳農求天下遺失之書千有餘篇而後大漢之文章炳兵永焉與三代同風向曰言與夏殷周同風炳明也夫道有夷隆學有麤密濟曰夷平隆盛也言代有平盛學者隨時精麤不可齊也因時而建德者不以遠近易則濟曰建立也言同時立德不以古今易其法則故皐陶歌虞奚斯頌魯

國家之遺美五字六臣無

同見采於孔氏列於詩書其義一也翰曰皐陶舜臣也奚斯魯公子咸作歌頌以美國風及孔子修詩書並采而列稽之上古則如彼考之漢室又如此銑曰稽考也如彼謂皐陶如此謂相如之輩斯事雖細然先臣之舊式國家之遺美不可闕也濟曰班固自言作賦之事雖細微然先臣皐陶舊法國家歌頌遺美不可闕之臣竊見海內清平朝廷無事京師脩宮室浚峻城隍而起苑囿以備制度向曰海內國內也京師洛陽也浚深也隍城池也樹菓曰苑畜獸曰囿言備制度不可齊也西土耆老咸懷怨

選一　三

思冀上之眷顧向曰西土長安也長安人怨天子之居洛咸懷怨思冀天子西顧而盛稱長安舊制有陋洛邑之議濟曰長安人欲天子往故盛稱西京之美言洛邑之陋故臣作兩都賦以極衆人之所眩縣曜銑曰極猶止也眩曜猶惑亂也折以今之法度良曰言先作西都賦極陳奢麗後作東都賦盛稱法度以折之辭曰

西都賦

有西都賓問於東都主人曰濟曰假爲賓主以相問荅時漢都洛陽故東稱主西稱賓蓋聞皇漢之初經營也嘗有意乎都河洛矣銑曰皇大也經營猶搆立也言漢初立有意都洛陽輟而

弗康寔用西遷作我上都銑曰輟止康安也我天子也言天子止於河洛以爲不安是以西遷上都上都西京主人聞其故而覩其制乎向曰問主人聞遷都之故見長安之制乎主人曰未也願賓攄懷舊之蓄念發思古之幽情博我以皇道弘我以漢京翰曰攄舒也懷舊都也蓄積也幽情深情也皇道皇王之道弘大也漢京長安也賓曰唯唯上聲良曰應敬之詞漢之西都在於雍州寔曰長安濟曰秦地於禹時跨梁雍二州漢稱長安言可長安子孫也左據函谷二崤之阻良曰函谷谷名其谷似函故曰函谷二崤兩山名在秦東故曰左表以太華終南之山濟曰表儀表也太華山在秦東終南山在前瞻望以爲標表右界襃斜隴首之險

向曰襃斜谷名隴首山名帶以洪河涇渭之川良曰洪河大河也涇渭二水名衆流之隈汧涌其西華實之毛則九州之上腴焉銑曰華實果木之實毛謂草木蕃滋如毛之生於皮也腴肥饒田居九州之上言第一防禦之阻則天地之隩烏号區焉濟曰言四塞之險易爲備禦隩猶深險也是故橫被六合三成帝畿周以龍興秦以虎視濟曰橫被廣被也六合四方上下也三成周秦漢天子居之千里曰畿龍興諭德虎視諭暴秦及至大漢受命而都之也仰悟東井之精俯協河圖之靈向曰受命天命也悟見也精五星也東井星秦分也高祖入秦五星聚於東井協合也河圖河出圖也帝王符應故曰靈奉春建策留侯演成天人合應以發

皇明翰曰高祖將都洛陽戍卒婁敬說令都關中上以問留侯良曰敬言是也即日駕幸西都既至拜敬爲奉春君皇大也此則天意人事合應以發我皇明之德乃眷西顧寔惟作京濟曰高祖眷下民西顧是以作京都於是睎希秦嶺睋儀北阜向曰睎望睋視也秦嶺北阜皆山名挾胡頰灃灞據龍首圖皇基於億載度宏規而大起銑曰挾帶也灃灞二水名據依也龍首山名圖謀也億載久遠也宏大也言謀久遠之道度大規矩而起都邑肇自高而終乎平世增飾以崇麗歷十二之延祚故窮泰而極侈銑曰肇始也始自高祖終於平帝爲十二世世增修飾故至窮極奢侈建金城之萬雉呀遐周池而成淵向曰言立此城基周如金雉長三丈高一丈呀大也言城下池周繞而大

乃成深淵披三條之廣路立十二之通門銑曰披開也三條三達之路面三門四面十二門內則街衢洞達閭閻且千濟曰閭里門也閻里中門且千言多也九市開場貨別隧分濟曰長安立九市貨市物也隧市中道人不得顧車不得旋闐音田城溢郭旁流百廛濟曰闐滿也溢城郭旁出百廛五畝曰廛紅塵四合煙雲相連良曰言人衆塵合起煙雲相連於是既庶且富娛樂無疆都人士女殊異乎五方銑曰庶衆也庶富饒娛樂無有疆畔言此都士女麗美過於五方遊士擬於公侯列肆侈於姬姜向曰遊士遊人也皆僭於公侯車服肆市也市中婦人服飾奢侈過於姬姜鄉曲豪舉遊俠之雄節慕原

常名亞春陵濟曰豪擧謂豪俠也人自相稱擧以誇令遊俠謂輕死重義之人原平原君常孟嘗君春春申君陵信陵君竝招致賓客號爲豪俊言鄉曲之人名節與之相次連交合衆騁騖乎其中翰曰騁騖猶馳逐若乃觀其四郊浮遊近縣則南望杜霸北眺五陵良曰浮行也宣帝杜陵文帝霸陵在南高惠景武昭帝此五陵皆在北名都對郭邑居相承英俊之域紱冕所興銑曰名都謂近都之縣對郭與京都相對故云邑居相承士人多宅於此故稱英俊之域紱冕士人服飾與起也冠蓋如雲七相五公與乎州郡之豪傑五都之貨殖三選七遷充奉陵邑向曰如雲言多也七相謂車千秋黃霸王商王嘉韋賢平當魏相五公張湯蕭望之馮奉世史丹張安世公侯御史

選一　六

大夫將軍通稱爲公焉與豪傑之士貨殖之人同遷於陵五都臨淄邯鄲南陽宛洛陽也貨殖爲貴富之家三選一曰七相五公二曰豪傑三曰貨殖七遷謂徙居七陵充供奉也七陵則上所謂杜霸二陵及五陵蓋以彊幹弱枝隆上都而觀萬國銑曰彊幹彊帝室弱枝弱諸侯壯其上都以臨萬國封畿之內厥土千里卓犖諸夏兼其所有翰曰卓犖超絶也言諸夏超總兼郡國而有之其陽則崇山隱天幽林穹谷向曰崇高穹深也陸海珍藏藍田美玉濟曰海者富有如海故言陸海珍藏謂美玉出藍田商洛緣其隈鄠戶杜濱其足濟曰商洛山名鄠杜二縣名隈水曲濱水涯也源泉灌注陂池交屬竹林果園芳草甘木郊野之富號爲近蜀翰曰言水物饒

陂陀　陀通作池

隄六臣作提

出與蜀相類故云近蜀其陰則冠古亂以九嵕子紅陪以甘泉乃有靈宮起乎其中銑曰九嵕山名上有九峯冠猶戴也甘泉山名漢置宮於上以祈祀故言靈宮秦漢之所極觀古亂淵雲之所頌歎良曰秦漢之君皆於此遊觀淵謂王子淵雲謂楊子雲二賢並作賦頌以美之於是乎存焉下有鄭白之沃衣食之源銑曰源本也鄭國韓之水工爲秦決涇水溉田名曰鄭渠趙大夫白公穿渠引涇水溉田名曰白渠人賴此以爲衣食隄封五萬疆埸亦綺紛溝塍乘刻鏤原隰龍鱗濟曰隄積土也封限也疆埸畔也溝小渠塍畦界隔也高平曰原下濕曰隰綺紛刻鏤龍鱗皆地之畦壟相交錯成文章決渠降雨荷插楚甲成雲銑曰渠以溉苗故比雨插可致水故出雲插鍬也五穀垂

選一　七

穎桑麻敷紛翰曰穎穗也敷紛盛皃東郊則有通溝大漕在到潰渭洞河泛舟山東控引淮湖與海通波翰曰潰洞皆通也漕水運也言東郊有溝通於河泛舟可以通東山之運亦與淮湖海通波瀾西郊則有上囿禁苑林麓藪澤陂池連乎蜀漢良曰麓山足也有水曰澤無水曰藪陂池旁穨皃蜀漢秦川二郡名繚以周牆四百餘里離宮別館言林苑旁連此二郡三十六所神池靈沼往往而在濟曰繚繞也周牆謂苑牆周匝四百餘里言廣也離宮別館謂天子行幸引署所至之處皆有池沼故言往往神靈美之其中乃有九真之麟大宛於袁之馬黃支之犀條枝之鳥銑曰九真國獻奇獸似麟大宛國獻汗血馬黃支國貢生

犀條枝國貢大鳥踰崐崘越巨海殊方異類至于三萬里向曰崐崘山名巨海大海踰越過也三萬里言所從來遠也其宮室也體象乎天地經緯乎陰陽向曰言建宮室方圓取數天地也經南北也緯東西也言東西南北合陰陽之法據坤靈之正位倣大紫之圓方良曰坤地也言得地靈中正之位倣擬也謂擬太微紫微宮星以爲規矩樹中天之華闕豐冠山之朱堂翰曰中天言高及天半華麗也豐廣也冠山言未央殿在龍首山上如戴大冠因瓌材而究奇抗應龍之虹梁濟曰瓌美也究盡也抗舉也因美材盡奇巧舉應龍之象梁曲如虹故言虹梁列棼汾橑老以布翼荷棟桴數而高驤音相向曰棼桴皆棟也橑椽也言棟上布椽如翼也驤舉也謂虹梁荷負而舉

雕玉瑱土見以居楹裁金璧以飾璫當發五色之渥彩光爓豔朗以景彰良曰雕刻楹柱也瑱柱下石也璫椽頭飾也渥潤也言刻玉爲柱石以金璧飾椽端潤以五色光焰朗然景影彰明也於是左墄倉則右平重軒三階閨房周通門闥洞開濟曰墄階級也右乘車上故使平左人上故爲級重軒謂重欄干三階言南面之階有三閨房小室也周通猶徧通也門大門闥中門洞開音捐當也列鐘虡巨於中庭立金人於端闈向曰鐘虡鐘格也秦始皇銷兵器鑄金人十二置於門右闈門也仍增崖而衡閾臨峻路而啓扉銑曰仍因也衡閾門限也言端門因龍首增崖以爲限峻路大路也啓開也扉門扉也徇以離宮別寢承以崇臺閑閑館向曰寢寢室崇臺高臺閑

館閑居之館煥若列宿紫宮是環濟曰言太極殿旁諸臺館煥然似鉤陳諸星環遶紫微宮清涼宣溫向曰宣者宣明殿溫者溫室神仙長年金華玉堂白虎麒麟銑曰並殿名區宇若茲不可殫丹論銑曰殫盡也增盤崔族嵬五回登降照爛濟曰增盤閣名崔嵬高大皃登降照爛謂上下俱光明殊形詭軌制每各異觀濟曰言形制詭異於常見乘茵因步輦惟所息宴良曰茵褥也輦人車言後宮或行于茵或載于輦所至之處皆可宴息後宮則有掖庭椒房后妃之室向曰掖庭宮名天子左右妃翰曰椒房以椒塗壁后妃居之合歡增城安處常寧茝若椒風披香發越蘭林蕙草鴛鸞飛翔之列濟曰並殿

名昭陽特盛隆乎孝成向曰昭陽殿名成帝所作也特獨也屋不呈材牆不露形裛於業以藻繡絡以綸連向曰呈示也裛纏也絡纏也言皆以藻繡綴纏繞不露其土木隨侯明月錯落其間濟曰隨侯得大珠色如明月錯落分布珠皃金釭銜璧是爲列錢濟曰金釭燈盞也銜璧於中故言銜行列於室有似列錢翡翠火齊流耀含英懸黎垂棘夜光在焉向曰翡翠鳥羽也火齊珠也懸黎垂棘皆璧也夜光亦珠也英明也言流光含明也於是玄墀釦口砌玉階彤庭碝而兗磩戚綵緻直利琳珉青熒銑曰玄墀以漆飾墀也以金飾砌也玉階以玉飾階彤赤色也以赤漆飾庭碝磩珉石之次玉也綵緻言色密也琳玉名青熒光也珊瑚碧樹周阿

右或本作有

而生良曰珊瑚碧樹寶樹也阿曲也言生於庭曲紅羅颯蘇合纚所綺綺組繽紛精曜華燭俯仰如神向曰言宮中美人也颯纚長袖皃繽紛盛皃言精光可爍曜俯仰之態其猶神人後宮之號十有四位窈窕繁華更盛迭貴處乎斯列者蓋以百數濟曰言後宮有十四等謂昭儀婕妤娙娥容華美人八子充衣七子良人長使少使五官順常無涓也窈窕美皃迭迹也蒙寵貴者蓋百數左右庭中朝堂百寮之位蕭曹魏邴謀謨乎其上向曰秦官也言朝庭百寮之位即有丞相蕭何曹參魏相邴吉等爲謀謨於上佐命則垂統輔翼則成化流大漢之愷悌蕩亡秦之毒螫奇亦反濟曰統理也言佐命輔翼以成理化流布也蕩滌也謂布大漢愷悌之德滌亡秦毒螫之風故令斯人揚樂和之聲作畫一之歌功德著乎祖宗膏澤洽乎黎庶翰曰斯人謂此士人也揚舉也舉樂和之聲祖宗先君也黎庶民也又有天祿石渠典籍之府濟曰天祿石渠閣名藏典籍之處命夫惇敦誨故老名儒師傅講論乎六藝稽合乎同異銑曰惇厚也誨教也言勉教故老名儒師傅並先生稱也稽考也考校典籍之同異又有承明金馬著作之庭大雅宏達於茲爲羣元元本本殫見洽聞銑曰承明盧名宏大也著作著述之所大雅大達君子於此爲羣元元本本謂典籍根本也殫盡也洽徧也啓發篇章校理秘文濟曰發開也校理幽秘之文也周以鈎陳之位衞以嚴更平之署翰曰

混六臣作棍方言棍同也音義与混同胡本切

鈎陳星名衞紫微宮今離宮別衞以取象焉嚴更言嚴肅理更也總禮官之甲科羣百郡之廉孝向曰總羣皆聚也言聚甲科廉孝之人列於禁衞虎賁奔贅章衞衣閹淹尹閽寺陛戟百重各有典司銑曰虎賁武士贅衣猶綴衣閽寺皆刑餘人掌宮禁門戶言此等人於階陛之下使執戟陳列百重也司主也言各有所主周廬千列徼叫道綺錯輦路經營脩塗飛閣自未央而連桂宮北彌明光而亘長樂翰曰周廬設卒周衞以直宿也徼道循禁道也輦路樓陛也脩長也桂宮宮名明光殿名長樂宮名彌終也亘竟也言長塗飛閣從未央長樂以相連接陵墱都鄧道而超西墉混建章而連外屬銑曰墱閣道也超出墉城混通也閣道出城通達建章宮宮與外相連屬設璧門之鳳闕上觚孤稜而棲金爵向曰鳳闕闕名也南有璧門觚稜闕角也角上棲金爵金爵鳳也內則別風嶕慈遙嶢牛條眇麗巧而竦擢向曰別風闕名嶕嶢高也言高竦而擢出張千門而立萬戶順陰陽以開闔良曰闔閉也言宮殿千門萬戶皆夕閉朝開夕爲陰朝爲陽爾乃正殿崔嵬層構厥高臨乎未央良曰正殿露寢也崔嵬高也言其高峻脩臨未央宮經駘殆盪而出馺蘇合娑蘇可洞枍烏詣詣以與天梁上反宇以蓋戴激日景而納光濟曰駘盪馺娑枍詣殿名天梁宮名蓋戴覆也激日景而納光言宮殿光色與日景相激射而入宮室神明鬱其特起遂偃蹇而上躋軼逸雲雨於太半虹霓迴帶於

駆五臣作駒
却五臣作郤

棼扮楣音眉銑曰神明臺名特獨也偃蹇高皃擧升也軼過也太半三分有二雄
曰虹雌曰霓楣檐也言此臺高而上升二分過雲雨之上虹霓迴帶於棼楣言縈曲若佩
帶於掾櫨雖輕迅與僄匹照狡猶愕五各眙勅吏而不能
階銑曰愕眙驚皃階升也輕迅僄狡謂捷疾也言雖捷疾之人亦驚懼不能升攀
井幹寒而未半目眩胡徧轉而意迷捨櫺靈檻
而却倚若顛墜而復稽魂怳怳況往以失度巡
迴途而下低翰曰井幹樓名稽留也言此樓高升之未半目眩意迷櫺檻欄
也捨欄倚立若已墜矣而復留止魂神失度下就低處既懲懼於登望
降周流以彷徨步甬道以縈紆又杳烏鳥篠皎烏
而不見陽翰曰懲恐也言恐懼不敢登望下而彷徨若不忍去也縈紆迴曲也

選一　十二

杳篠深也陽明也言步此甬道迴曲深邃不見明也排飛闥而上出若
遊目於天表似無依而洋洋良曰排推也闥門也飛闥言臨
空如飛也表外也言自閣道排門出望若目見天外洋洋然不知所歸前唐中
而後太液覽滄海之湯湯傷揚波濤於碣石
激神岳之嶈嶈七羊濫瀛洲與方壺蓬萊起乎
中央濟曰碣石海畔山唐太中液皆池名以象滄海湯湯然若揚波濤於碣石之下
神岳即碣石也嶈嶈水激山之聲又於池為三山象瀛洲方壺蓬萊蓬萊在二山之中央
於是靈草冬榮神木叢生巖峻崷自由崒慈律金
石崢仕耕嶸音宏濟曰靈草神木言美也冬榮言不凋落崷崒崢嶸高峻皃抗
仙掌以承露擢雙立之金莖軼埃塧於害之混

濁鮮顥胡暠氣之清英銑曰抗擧也金莖銅柱也作仙人掌以擧盤於
其上軼過也鮮絜也顥白也言過埃壒之上以承絜白清英之露騁文成之
丕誕徒旱馳五利之所刑庶松喬之羣類時遊
從乎斯庭實列仙之攸館非吾人之所寧銑曰
武帝以方士李少君為文成將軍欒大為五利將軍丕大也誕猶術也刑法也言馳騁二
人之大術法廣為宮觀庶使赤松子王喬遊焉攸所寧安也言此實列仙所館之處非我
常人之所安爾乃盛娛遊之壯觀奮泰武乎上囿
因茲以威戎夸狄耀威靈而講武事濟曰言其
娛樂以壯觀望也圍育獸處言講武於此以威戎狄命荊州使起鳥詔
梁野而驅獸毛羣內闐田飛羽上覆接翼

選一　十三

足集禁林而屯聚向曰言南多鳥西多獸荊人知鳥梁人知獸故命使
之毛羣獸類飛羽鳥類接翼側足言多也禁林苑也屯聚也水衡虞人理
其營表種別羣分部曲有署銑曰水衡虞人掌山澤之官營
表謂正行列也種別羣分言部曲各有所主罘浮網連紘籠山絡
野列卒周匝星羅雲布濟曰罘獸網也紘綱也籠絡網圍繞
卒周匝謂徧列士卒星羅雲布言衆也於是乘鑾輿備法駕帥
羣臣披飛廉入苑門濟曰乘輿天子也法駕六馬駕也羣臣百官也
飛廉館名言帥百官自飛廉館而入苑遂繞豐酆鄗浩歷上蘭
六師發逐百獸駭殫震震火爚爚藥雷奔電激
草木塗地山淵反覆蹂汝九躪力振其十二三乃

趍六臣作趨

一本作勁手

一本作懾

拗於六怒而少息銑曰鄷鄗地名上蘭觀名六師六軍也言天子縱六軍逐
百獸駭驚也震爚光明皃蹂蹸猶踐蹋也拘殫盡也踐蹋禽獸十分殺其二三抑士卒怒以
少息焉
爾乃期門佽且利飛列刃攢鏃候要趹
決追蹤鳥驚觸絲獸駭值鋒機不虛掎己弦
不再控空矢不單殺中必疊雙良曰武帝置期門佽飛
官掌弋射鏃箭類趹奔也言期門佽飛之徒
列刃攢鏃要奔禽獸絲網也鋒兵刃也觸值
皆著也謂鳥獸驚而自著網機弩牙也掎
發也不虛發言必中也控引也弦不再引言
射一者不再引弓一發中雙颮颮撲紛紛矰曾繳酌相纏風
毛雨血灑野蔽天銑曰颮颮紛紛中物皃矰繳箭上加繳而射相纏謂
多也風毛雨血言毛血雜下如風雨平原赤勇士厲猨狖夷秀失

木豺狼懾章獵竄向曰平原赤言血染勇士獵士也厲嚴整也失木懾竄
懼也爾乃移師趍險並蹈潛穢窮虎奔突狂兕
似觸蹷居衛反濟曰謂移師旅以就深穢言虎兕窮迫自相觸突而顛蹶許
少施巧秦成力折尉掎几僄匹妙狡扼猛噬脫
角挫脰豆徒搏博獨殺翰曰詩少古捷人秦成壯士也掎勢也僄
狡獸猛而壯者人挫折脰頸也徒搏空手搏
之言使捷壯士搏之或脘其角或折其頸而
殺之挾師豹拖熊螭离蝘虵犀犛狸頓象羆超
洞壑越峻崖宜蹶嶃巖監下巨石頹松柏仆叢
林摧草木無餘禽獸殄夷翰曰師猛獸也犀犛熊象羆皆猛大獸
也挾拖蝘頓皆持提之皃洞壑深壑也峻高也言
越深壑高崖巨大頹落仆倒摧折也言蹶嶃

趍

麟令大石下落擊其松栢草木摧殘無餘也殄盡也夷殺也謂盡殺禽獸於是天
子乃登屬玉之館歷長楊之榭覽山川之體
勢觀三軍之殺獲于郭原野蕭條目極四裔禽
相鎮壓獸相枕藉慈夜反銑曰屬玉館名長楊宮名榭謂臺上有木天
子登此臺榭觀山川之形體士卒殺獲原野
蕭條盡望四裔無草木但有禽獸相枕而死
然後收禽會衆論功賜胙祚陳輕騎以行炰
白茅騰酒車以斟酌割鮮野食舉烽命爵銑曰言收
所獲之禽會師衆以論功賜胙賜其餘炰炙
肉言以時行炙以車載酒兼割鮮以饗士卒
烽燧火也言舉火以促飲饗賜畢勞逸齊大輅鳴鑾容與
徘徊濟曰饗賜謂士卒也勞者厚之逸者薄之故言齊大輅天子車鑾車上鈴也容

與徘徊順動皃集乎豫章之宇臨乎昆明之池左牽
牛而右織女似雲漢之無涯音宜濟曰豫章館名也言集此
館武帝鑿昆明池作牽牛織女於左右以象天河言廣大猶雲漢無涯際茂樹蔭
蔚芳草被隄蘭茝發色曄曄于猗猗若摛勑離
錦與布繡爓燿乎其陂向曰蘭茝香草也曄曄花色皃猗猗美皃
摛舒也言草樹花色美盛如舒布錦繡爓燿於塘陂陂即昆明池鳥則玄鶴
白鷺黃鵠胡穀鵁交鶄青鶬倉鴰括鴇保鶂五激
鳧鷖烏兮鴻鴈朝發河海夕宿江漢沈浮往來
雲集霧散翰曰皆水鳥名也雲集霧散衆多往來皃於是後宮乘
輚士限輅洛登龍舟張鳳蓋建華旗袪去黼帷鏡清

拔六臣作揄

一本作祐

流靡微風澹淡浮向曰後宮后妃之屬輚輅卧車龍舟畫龍於舟鳳蓋蓋名華旗綵旗也袪舉也黼帷繡帷也鏡照也靡隨也微風輕風也澹淡浮皃櫂直教女謳鼓吹震聲激越謍厲天鳥羣翔魚窺淵良曰震動越揚謍大厲附也櫂女謳舟人歌也言舟女歌與鼓吹齊動其聲大若附於天也鳥聞驚起而飛魚聞窺淵而沈也招白鷴閑下雙鵠拔文竿出比目良曰招取也下落也白鷴雙鵠皆鳥也拔引也文竿翠羽飾竿也比目魚也撫鴻罿衝御矰曾繳酌方舟並騖務俛仰極樂濟曰撫持鴻大罿網方並也言持網繳射並舟而驚俛仰以盡其樂遂乃風舉雲搖浮遊溥普覽前乘秦嶺後越九嵕東薄河華西涉岐雍宮館所歷百有

餘區行所朝夕儲不改供翰曰言如風雲之搖舉也溥覽徧覽也岐山雍雍縣言此中宮館百有餘所朝夕行止不改易其儲蓄供具也禮上下而接山川究休祐之所用采遊童之讙謠第從臣之嘉頌銑曰上下謂天地也究盡也休美也祐福也言禮天下山川之神以盡美福之用遊童之歡謠即采之從臣獻嘉頌者以高下序之第次也於斯之時都都相望亡邑邑相屬國籍十世之基家承百年之業士食舊德之名氏農服先疇之畎誌畝商循族世之所鬻以六工用高曾之規矩粲乎隱隱各得其所濟曰言此時都邑繁多以相連屬也國諸侯國也言籍十世餘址也大夫稱家亦承百年職業士但食先人舊德族蔭而已農

宮館六臣作館室

托六臣作拓字

謂農人先疇先人畎畝脩理也鬻賣也言商人理代族所賣之物工巧人亦用曾祖高祖之法則粲乎隱隱明盛皃得其所言不失業若臣者翰曰男子之賤稱古人謙退皆稱之此賓之自謂也徒觀跡於舊墟聞之乎故老十分未得其一端故不能徧舉也濟曰徒但也舊墟故居也言我但觀故居之迹聞故老之言十分之中未能知其一端故不能周徧舉之

東都賦

東都主人喟然而歎曰痛乎風俗之移人也銑曰喟然歎聲主者答賓故先歎也痛乎傷鄙之辭言賓生於漢代當有淳和之性長居秦地故爲秦奢侈風俗所移易子實秦人矜夸官館保界河山信識昭襄而知始皇矣焉覩大漢之云爲乎

翰曰昭襄始皇三主也言賓實秦人君秦之風但夸宮館保河山識始皇虐害天下崇其奢侈安知我大漢云爲之意乎夫大漢之開元也奮布衣以登皇位由數朞而創萬代蓋六籍所不能談前聖靡得而言焉濟曰元始也奮起也布衣庶人之服皇大也言漢始起庶人之服以登大位朞年也創猶建也六籍六經也靡無也言數年間建萬代之業雖六經前聖無能紀述當此之時功有橫而當天討有逆而順民故婁敬度勢而獻其說蕭公權宜而托其制時豈泰而安之哉計不得以已也銑曰橫逆不順也言當時功雖橫逆而順天人也天下初定故婁敬說帝都以就險蕭何權立宮闕以重威時豈太平而安之計不得已而居之吾子曾不

是觀顧曜後嗣之末造不亦暗乎良曰吾子謂賓也顧反末無造成也言賓曾不足觀權宜之理而反眩曜後嗣無成之事以爲美是暗也今將語子以建武之治永平之事監于太清以變子之惑志翰曰子謂賓也建武光武年號永平明帝年號監示也太清謂無爲化也將述二帝之理示無爲之化以變賓惑亂之志往者王莽作逆漢祚中缺天人致誅六合相滅向曰言莽作逆以絶漢祚言天意人事同亂六合之內以相殘滅于時之亂生民幾亡鬼神泯絶壑無完柩郛孚罔遺室原野厭人之肉川谷流人之血秦項之災猶不克半書契以來未之或紀翰曰幾近泯盡亡無也言王莽亂時生人近無鬼神盡絶完全郛郭罔無也無全柩者皆遇害死也無遺室謂被焚燒崩摧也厭猶積也言人肉積原野人血流川谷比於秦項之災猶未及此之半言自書契已來不同紀錄

故下人號而上訴上帝懷而降監平乃致命乎聖皇向曰聖皇光武也言下人苦莽之亂號泣上訴於天天亦懷而下視故致天子之命於光武也監示也於是聖皇乃握乾符闡坤珍披皇圖稽帝文赫然發憤應若興雲霆擊昆陽憑怒雷震音眞濟曰握持也乾符赤伏符也闡開也坤珍洛書也皇圖謂河圖也稽考也帝文天文也憤怒也赫然怒莽之亂起義兵誅之天下應之如雷擊破莽兵於昆陽城也憑盛也言怒盛如雷霆震遂超大河跨北嶽立號高邑建都河洛銑曰大河黃河北嶽常山跨據也光武渡河據北嶽諸將請上尊號乃設壇于鄗即皇帝位改鄗爲高邑建都河洛言都洛陽因紹百王之荒屯因造化之盪滌音狄向曰紹繼也言百王也難之後而光武繼之盪滌猶除也言造化始除其惡法體元立制繼天而作濟曰元善也系唐統接漢緒茂育羣生恢復疆宇勳兼乎在昔事勤乎三五良曰系繼也唐堯漢之先言光武繼唐堯之統接前漢之緒茂育猶滋養也恢大也言滋養羣生大復前後之疆宇勳功也在昔謂先人也三五三皇五帝也豈特方軌並跡紛綸后辟治近古之所務蹈一聖之險易云爾而已哉良曰方軌並跡猶齊驚也紛綸衆也后辟皆君也治險易猶理亂也言光武勝三皇五帝之功豈與衆君齊迹而取近古一聖治亂之法

且夫建武之元天地革命四海之內更造夫婦肇有父子君臣初建人倫寔始斯乃伏羲氏之所以基皇德也翰曰建武年號也革改肇始也言建武元年天地改命夫婦父子君臣人倫之徒皆以更始亦猶伏羲畫八卦之後以成父子君臣之道以立大德分州土立市朝作舟輿造器械斯乃軒轅氏之所以開帝功也濟曰輿車也器樂器也械兵戈也言今劉依此物即與黃帝同功軒轅黃帝之姓龔行天罰應天順人斯乃湯武之所以昭王業也濟曰言龔行天罰以誅王莽乃與湯武伐桀紂同事明其功業遷都改邑有殷宗中興之則焉濟曰盤庚居河北後渡河南居亳湯故都殷道復興言今居河洛亦中興之則即土之中有周成隆平之制

趙六臣克報 甲六臣作信 尤景和六臣熙累洽作 燭ィ 饒ィ

焉向曰即就也土中洛陽也言我今就洛陽而都有成王太平之制度不階尺
土一人之柄同符乎高祖向曰階因也光武不因尺土之封不
執一人之柄升天子之位與高祖同克己復禮以奉終始允恭
乎孝文銑曰克節允信也言節己復禮奉承終始行恭信之道與文帝同憲
章稽古封岱勒成儀炳乎世宗向曰憲法言法其舊章也
考其古事封岱山也勒成謂功成而勒石也儀儀禮也封禪之儀炳然與武帝同也世宗
武帝廟號按六經而校德眇古昔而論功仁聖之
事既該而帝王之道備矣翰曰眇遠也該備也言按六經校古
人之德今光武過遠之言仁聖之德帝王之道咸備於光武至于永平之
際重熙而累洽盛三雍平之上儀脩衮龍之

法服鋪平鴻藻申景鑠傷酌揚世廟正雅樂神
人之和允洽羣臣之序既肅銑曰熙光明也洽合也言光武
既明而明帝繼之故曰重光累和也三雍講禮之處衮龍朝服畫龍於上鴻大也藻文章
也景大也鑠美也謂申大美於光武廟也雅樂正樂也言明帝脩禮崇樂神人允洽羣臣
有序以相敬肅乃動大輅遵皇衢省方巡狩窮覽萬
國之有無考聲教之所被散皇明以燭幽翰曰
大輅天子法駕言動法駕遵天子之衢道也省方觀四方也巡狩循行守牧之人謂察
四方之土觀諸侯之政窮盡也覽盡萬國土物之所有無被及也燭照也考聲教所及幽
遠之處則以皇明照之然後增周舊脩洛邑扇巍巍顯
翼翼光漢京于諸夏總八方而為極向曰言增周之

形六臣無

舊制以脩洛邑巍巍翼翼中法度也總統也言脩飾漢京於諸夏之中以統八方之極也
是以皇城之內宮室光明闕庭神麗奢不
可踰儉不能侈濟曰此城內宮室闕庭光色美壯正合禮度奢者居之不
可踰儉者見之不以為陋外則因原野以作苑順流泉而
為沼發蘋藻以潛魚豐圃草以毓獸制同乎
梁鄒誼合乎靈囿濟曰因原順泉不穿築也蘋藻水草潛藏也言可藏
魚也圃博也言豐博之草可養獸也梁鄒囿詩篇名以美儉也制同義合言與此詩意
合也若乃順時節而蒐搜狩簡車徒以講武則
必臨之以王制考之以風雅良曰春蒐夏苗秋獮冬狩皆於
農隙以講武事言因蒐狩之時簡兵講武則依王制風雅之節王制禮篇名也風雅詩外

雅章歷騶虞覽四驖姪嘉車攻采吉日禮官整
儀乘輿乃出銑曰歷覽皆觀也嘉善也騶虞四驖車攻吉日皆小雅章名禮
官掌禮之官整儀法也乘輿天子也於是發鯨魚鏗坑華鐘向曰
天子出則撞華鐘海內有鯨魚海畔有蒲牢獸鯨魚每擊此獸輒大叫故為鐘者鑄蒲牢
於鐘上刻撞為鯨魚形而擊之取其相感而鳴發聲擊也登玉輅乘時
龍鳳蓋棽林麗離和鑾玲瓏天官景從祲浸
威盛容翰曰玉輅玉飾車也時龍隨方色之馬凡稱龍者美馬之言也鳳蓋羽蓋
也棽麗玲瓏貌和鑾玲也玲瓏玉聲也天官象宰百官也景影也言如影隨形又景慕也
言慕聖王之道而從之祲盛也謂盛其威容山靈護野屬御方神
雨師汎灑風伯清塵良曰山靈山神屬御天子車也方神雨師畢星

侵ィ 祲六臣作寖

精風伯箕星精千乘雷起萬騎紛紜元戎竟野戈鋋
蟬彗雲羽旄掃霓旌旗拂天濟曰千乘萬騎天子法駕
也紛紜多也元大也戎兵也竟滿也戈鋋矛稍也彗掃也羽毛可以麾眾也掃霓拂天言
高也焱焱炎炎揚光飛文吐燄生風欱野
炎炎旌旗光飛揚光彩成其文章焰光也欱歕猶吹吸也言車騎儀飾之盛可以吹歕山
歕山日月為之奪明丘陵為之搖震濟曰焱焱
野之氣蔽奪日月之明搖震皆動也遂集乎中囿陳師按屯駢
部曲列校隊勒三軍誓將帥銑曰中囿苑中也駢併也謂陳
師眾併部曲列成校隊勒誓皆教令然後舉烽伐鼓申令三驅向曰伐擊也言舉烽擊鼓以申令三驅驅逐也
輕車霆激驍騎電騖

三驅之法背已及者左右驅者皆逐之向己由捨之故曰三驅輶車也霆激電騖言疾也
基發射范氏施御弦不睼禽轡不詭遇飛
者不及翔走者不及去銑曰由基善射者范氏善御者睼迎視也
詭異也言射者不迎視其禽御者不詭異以隨物言車騎輕捷為獸不獲翔去而至殺不必盡殺去也
指顧倏忽獲車已實樂不極盤殺不
盡物馬蹏餘足士怒未渫薛先驅復路屬
車按節翰曰指顧指麾迴顧也倏忽言疾也獲車載禽車實滿也言指麾之間所
獲已滿車委然不極其樂不盡殺物蹏屈也渫散也先驅天子行以辟道也按節猶抑志
也言馬之足力有餘士之憤怒未散以先驅已復其歸路屬車之士皆抑志隨之於
是薦三犧效五牲禮神祇懷百靈向曰薦進也三犧三

牲也效猶報也五牲麋鹿麕狼兔也天曰神地曰祇懷安也百靈百神也覲明堂
臨辟雍揚緝熙宣皇風登靈臺考休徵良曰覲見
也緝熙光明也宣布也言見群臣於明堂以揚光明之德布天子之風靈臺觀候之臺候
氣也休美也徵應也言天子升此臺觀氣以考美應俯仰乎乾坤參象
乎聖躬銑曰參比也言俯仰觀天地之象以比其身思與合德目中夏
而布德瞰四裔而抗稜西盪河源東澹徒敢海
漘純北動幽崖宜南趯朱垠音銀向曰目視瞰望也中夏中
國四裔邊荒也言舉德以威之稜威也河源河所出也海漘海畔也崖垠皆畔岸也盪澹
動曜皆威德振燿之皃殊方別區界絕而不鄰自孝武
之所不征孝宣之所未臣莫不陸讋章涉水慄

奔走而來賓濟曰鄰近也界絕謂絕遠不相近自孝武孝宣以來不能征
討臣服者皆恐懼而來賓服遂綏哀牢開永昌銑曰綏安也哀牢國
名其國人來慕漢化帝置永昌郡安之春王三朝[illegible]會同漢京
是日也天子受四海之圖籍膺萬國之貢珍
內撫諸夏外綏百蠻翰曰三朝歲月日之朝歲謂元日會同皆諸侯
朝聘之名也言元日諸侯及蕃各以國籍珍寶而貢焉天子受之乃設禮樂以安撫諸夏
百蠻爾乃盛禮興樂供帳置乎雲龍之庭陳百
寮而贊群后究皇儀而展帝容濟曰雲龍門名贊助也言
崇禮樂眾供帳具陳於門庭列百官以助諸國君也究盡也言盡帝皇之容儀於是
庭實千品旨酒萬鍾列金罍班玉觴嘉珍御

撤六臣作徹　燁　舞六臣作武　俱六臣作具　獻

太牢饗音香向曰庭實器觳千品言多也旨美也鐘罍觴皆酒器也珍味也御食也太牢牛也謂饗羣臣也爾乃食舉雍徹太師奏樂陳金石布絲竹鐘鼓鏗苦耕鍧呼萌管絃曄于輒煜翰曰食舉雍徹皆樂名太師官也鏗鍧聲也曄煜樂器之光抗五聲極六律歌九功舞八佾韶舞備太古畢翰曰八佾韶舞皆樂名太古謂上古樂也畢盡也言古今之樂盡奏之四夷間奏德廣所及僸禁佅賣兜丁侯離罔不具集良曰間迭也僸佅兜離四夷樂名言四夷迭奏此樂無不具集於庭是德廣所及萬樂備百禮暨皇歡浹羣臣醉降烟因煴於云調元氣銑曰萬樂百禮廣言之也皇天子也浹霑也言天子之歡霑及羣臣皆醉和樂之氣感天而降烟煴即元氣也然後撞鐘告罷百寮遂退向曰言擊鐘告罷百官退居本位也於是聖上覩萬方之歡娛又沐浴於膏澤懼其侈心之將萌而怠於東作濟曰怠惰也東作務農也言天子觀萬國之歡樂咸沐浴我膏澤自懼生奢侈之心而惰於農務乃申舊章下明詔命有司班憲度昭節儉示太素良曰舊章謂勸農之詔下之者言下於人太素質樸也命有司布其法度明節儉質樸之風去後宮之麗飾損乘輿之服御抑工商之淫業興農桑之盛務遂令海內棄末而反本背偽而歸真女脩織紝任男務耕耘器用陶匏服尚素玄恥纖靡而不服賤奇麗而不珍捐

戲　判

金於山沈珠於淵濟曰除後宮之美麗減乘輿之服御止工商淫巧之物盛農桑之事耕耘除草也陶瓦匏瓠也皆以為器珍貴捐棄也捐金於山沈珠於淵言各歸本也於是百姓滌瑕盪穢而鏡至清形神寂寞耳目不營嗜常利欲之源滅廉恥之心生莫不優遊而自得玉潤而金聲銑曰瑕穢惡也鏡清淨也寂寞無外慮也言百姓承天子淳樸之化滌盪纖惡恬然無慮優遊自得如金玉之溫潤是以四海之內學校如林庠序盈門獻酬交錯俎豆莘莘詵下舞上歌蹈德詠仁銑曰學校庠序皆學名也如林盈門言多也獻酬之義相酬也俎豆禮器也交錯莘莘多美也言四海既多學校皆手舞足蹈歌詠仁德登降飫宴之禮既畢因相與嗟

歎玄德讜言弘說咸含和而吐氣頌曰盛哉乎斯世向曰登降猶揖讓也食飽而飲酒曰飫宴也玄遠也讜美也言宴既畢因嗟美玄遠之德讜言和合樂頌之聲以播時代之盛今論者但知誦虞夏之書詠殷周之詩講羲文之易論孔氏之春秋罕能精古今之清濁究漢德之所由濟曰清濁善惡也言西都賓徒知論說古書不能精辨善惡盡我大漢之所由唯子頗識舊典又徒馳騁乎末流溫故知新已難而知德者鮮矣濟曰末流謂奢侈也言子但識舊典徒馳騁奢侈而已凡溫習故事而知其新者已為難能知德者鮮矣鮮少也且夫僻界西戎險阻四塞脩其防禦孰與處乎土中平夷洞達

萬方輻湊。濟曰西戎西京也言西京偏僻以險為防禦豈知我處天地之中平坦通達使萬國歸之如輻湊轂言此所以折賓秦嶺九嵕涇渭之銑曰曷何川曷若四瀆五嶽帶河泝洛圖書之淵。也言彼秦嶺九嵕涇渭之徒何如我洛都有四瀆五嶽控帶河洛圖書之淵洛出書河出圖故言圖書之淵建章甘泉館御列仙孰與靈臺明堂統和天人。向曰言彼作建章甘泉之宮以御列仙豈如我靈臺明堂統和天人哉太液昆明鳥獸之囿曷若辟雍海流道德之富。翰曰辟雍宣德化之所壅水環之以象教德教流行也言西京有太液昆明鳥獸之囿何如我辟雍宣布德化之富游俠踰侈犯義侵禮孰與同履法度翼翼濟濟。濟曰盛稱西賓游俠踰侈是犯義侵禮之事豈與我東都同履法度翼翼濟濟盛儀也子徒習秦阿房之造天而不知京洛之有制識函谷之可關而不知王者之無外。良曰子謂賓也造至也言徒揣阿房造天不知我京洛有制度知函谷之可關不知我王者之無外言德化之遠主人之辭未終西都賓矍許縛然失容逡巡降階惵徒頰然意下捧手欲辭主人曰復位今將授子五篇之詩。濟曰矍驚視貌逡巡卻行貌惵然猶恐懼主人述東都制度未畢賓乃驚視卻行恐懼捧手告辭主人令復位以授其詩賓既卒業乃稱曰美哉乎斯詩義正乎揚雄事實乎相如匪唯主人之好學蓋乃遭遇乎斯時小子狂簡不知所裁

選一 二十六

既聞正道請終身而誦之。向曰卒終也謂賓授詩終業乃美之也言此詩事義實揚雄相如之高也匪非也非但主人自好學抑亦遇太平之時禮文可述小子賓自卑稱也狂簡猶妄作也言當時妄作今不知所裁制也正道謂所授詩也言既聞此詩請終身而誦之其辭曰

明堂詩

於烏昭明堂明堂孔陽。向曰於歎美之詞孔甚也陽明也明堂天子布政之宮聖皇宗祀穆穆煌煌。銑曰聖皇謂明帝也宗祀謂尊其祀典於明堂之穆穆煌煌和盛皃上上帝宴饗五位時序。濟曰上帝天神也宴饗祀也五帝五方神也時序謂各得次序誰其配之世祖光武。向曰誰可配上帝於明堂即光武可普天率土各以其職。濟曰普天率土之貢各以其職助祭於此猗歟緝熙允懷多福。濟曰猗歟歎美也允信懷來也謂有此光明之德信來其多福

辟雍詩

乃流辟雍辟雍湯湯商聖皇莅止造舟為梁。翰曰辟雍壅水環之故言湯湯莅臨止至也言天子臨至乃編舟為橋梁而度皤皤婆國老乃父乃兄。翰曰皤皤老皃國老謂三老五更言天子以父事三老以兄事五更抑抑皇儀孝友光明於烏赫太上示我漢行。翰曰抑抑美也皇儀天子威儀也善父母為孝善兄弟為友天子無父兄能善事三老五更亦為孝友矣赫美盛太上天也言天示我漢家所行之事洪化唯神永觀厥成。銑曰洪大永長厥其也言我大化乃惟神長觀其成功

選一 二十七

純ノ

靈臺詩

乃經靈臺靈臺既崇帝勤時登爰考休徵三光宣精五行布序銑曰經營也靈臺天子觀氣候之臺崇高也帝明帝也爰於也言營此靈臺既高天子勤力而升於此臺以考校歲時政理善惡三光日月星五行金木水火土言三光通其精曜五行布其次序習習祥風祁祁甘雨百穀蓁蓁庶草蕃繁廡武屢惟豐年於皇樂胥志與反良曰習習祁祁風雨和皃百穀廡草謂蕃一種也蓁蓁蕃廡皆盛皃屢數也言能使風雨以時百穀草木皆盛故數致豐年於美也美我皇家之樂胥助語

寶鼎詩

嶽脩貢兮川效珍吐金景兮歊許妖浮雲寶鼎見兮色紛紜煥其炳兮被龍文濟曰廬江皖山破得寶鼎瀆澗出黃金鼎故言嶽脩貢川效珍也景光也言鼎之光色歊然出雲而紛紜焉煥炳明也龍文謂鼎上鏤爲龍文登祖廟兮享聖神昭靈德兮彌億年濟曰祖廟光武廟也聖神天地神也言以此鼎升宗廟享天地以明神靈之德彌過億萬年也

白雉詩

啟靈篇兮披瑞圖獲白雉兮效素烏嘉祥阜兮集皇都發皓羽兮奮翹英容潔朗兮於淳精濟曰啟開也靈篇即瑞圖也光武時日南獻白雉明帝時獲素烏皓白也奮振也翹英羽也言此白雉素烏振發其白羽容色潔白明朗也於美也淳精言不雜彰皇

羨 六臣作泰

侈 六臣作奓
奓侈字也 六臣註

世 六臣作代

鮮 六臣作尠

俗化 六臣化俗消

德兮侔周成永延長兮膺天慶翰曰皇德漢皇之德侔等也周成王時越裳獻白雉言今獲白雉明我皇等成王之德膺當也言代祚延長而當上天之福慶

西京賦 張平子

濟曰范曄後漢書云張衡字平子南陽西人也少善屬文時天下承平日久自王侯已下莫不踰侈衡乃擬班固兩都賦作二京賦以諷諫之

有憑虛公子者心侈體忲太雅好博古學乎舊史氏向曰憑託也虛無也實無此公子假言發問荅也言公子心多侈溢體安驕泰好知古事舊史氏謂太史掌國典者是以多識前世之載言於安處先生曰濟曰載事也安何也言何處有此先生亦假言也夫人在陽時則舒在陰時則慘此牽乎天者也銑曰陽春夏也陰秋冬也舒逸也慘戚也言此氣牽屬於天處沃土則逸處瘠土則勞此繫乎地者也向曰沃肥也瘠瘦也言處肥土則逸樂處瘦土則勞苦此地之所繫慘則鮮於歡勞則褊於惠能違之者寡矣小必有之大亦宜然翰曰褊少也言慘戚寡於爲歡勞苦少於爲惠能違易其理者寡矣小謂常人大謂王者言常人因勞逸沃瘠以殊言王者因儉易彊弱亦當易也故帝者因天地以致化兆民承上教以成俗化俗之本有與推移何以覈乎辟諸翰曰爲帝者當順陽時處沃土使人歡逸以成奢泰之俗俗化之本用此推移也覈驗也何以驗之自發問也秦據雍而彊周即豫而

敎ㅣ

崒六臣作崪　崫六臣作崛　鎬六臣作鎬

弱高祖都西而泰光武處東而約政之興衰
常由此作濟曰即就也言平王東遷宣王就豫州而都後遂王室微弱則知政
之興衰不由土地而作作起也先生獨不見西京之事歟
請為吾子陳之向曰言先生豈不見西京之事將為吾子陳之吾子亦先
生也漢氏初都在渭之涘秦里其朔寔為咸陽
銑曰涘涯里居也朔北名也言漢都謂涯號曰長安秦居渭北是為咸陽左有崤
戶交函重險桃林之塞綴以二華巨靈贔備屓
許備高掌遠蹠章適以流河曲厥跡猶存翰曰崤山及函
谷關桃林皆在長安東故曰左二華太華少華也言此二山如綴之於長安巨大也靈神
也贔屓作力皃蹠跡也言大神作力開山手足之迹猶存右有隴坻丁禮之

隘烏介隔閡礙華戎岐梁汧牽雍陳寶鳴雞在
焉濟曰隴坻坂名言此坂為華夏戎狄之限隔閡也岐梁皆山名也汧水名也雍地名也
陳寶鳴雞神也寶雞祠在陳倉郡其神來殼然有聲野雞皆鳴故以名焉於前則
終南太一隆崛魚屈崔摧崒子聿隱轔吕軫鬱律連
岡乎嶓波冢濟曰終南太一皆山名隆崛猶特起崔崒隱轔鬱律皆高曲皃
嶓冢山名言二山與之相連也抱杜含鄠戶欱呼合灃豐吐鎬
爰有藍田珍玉是之自出向曰杜杜陵鄠鄠縣言山勢合抱也
灃水流入故言歙鎬水流出故言吐珍玉玉英也生於藍田故云自出於後則
高陵平原據渭踞據涇澶蟬漫靡迤作鎮於
近良曰踞倚也大阜曰陵廣平曰原涇渭二水名澶漫靡迤寬長皃言此原陵為國之

惟己イ　叶六臣汁　不六臣作以　謟六臣作滔　綸六臣作輪

鎮近其遠則有九嵕甘泉涸固陰冱乎故寒日北
至而含凍此焉清暑良曰涸堅冱閉也日北夏至時也九嵕甘泉之
地寒氣堅閉至此時猶含凍焉可以清肅其暑氣爾乃廣衍沃野厥
田上上寔為地之奧區神皋銑曰地下平曰衍沃肥也厥其
也上上第一也寔實奧美也神者美言之澤畔曰皋昔者大帝悅秦繆
目公而覲之饗以鈞天廣樂帝有醉焉乃為
金策錫用此土而翦諸鶉首濟曰大帝天也翦盡也覲見也
言天悅繆公而見之饗以鈞天之樂帝醉乃以金策賜繆公雍州之地而盡鶉首之分鶉
首秦分是時也并為彊國者有六濟曰韓魏燕趙齊楚然
而四海同宅西秦豈不詭哉濟曰言六國皆為秦并而居之

豈不異哉自我高祖之始入也五緯相叶以旅于
東井向曰五緯五星也叶合旅列也言高祖入關五星合列于東井東井列星屬秦分
婁敬委輅胡格幹干非其議天啟其心人惎忌
之謀及帝圖時意亦有慮乎神祇宜其可定
以為天邑銑曰委脫也輅鹿車也幹正也言婁敬之脫棄鹿車以議都洛陽為
非而正之天啓謂五星之聚惎謀也人謀謂婁敬也帝高祖也言高祖圖此之時亦有慮
神祇之徵宜定以為天邑天邑帝都也豈伊不虔思于天衢豈
伊不懷歸於枌汾榆天命不滔土刀疇敢不渝
良曰伊惟也虔敬也天衢洛陽也枌榆豐社也謟善也渝易也言我豈惟不思洛陽不懷
歸豐社天命不善故不都也誰敢易之於是量經綸考廣袤茂

稽善本作㮚　暐六臣作韡　砌六臣作切

經城洫營郭郛取殊裁去於八都豈稽度於
往舊濟曰量度也經綸廣袤謂東西南北也言經營城洫郭郛皆殊異八方之都邑
豈考於往故舊制爾乃覽秦制跨周法狹百堵之側
陋增九筵之迫脅濟曰跨越也迫脅迫窄也周宣王築室百堵五板曰
堵周制明堂中廣九筵九尺曰筵言欲觀秦之制越周之法度以百堵爲側陋九筵爲迫
窄故增廣之正紫宮於未央表嶢闕於閶闔向曰嶢高
也閶闔天門也言法紫微以造未央立高闕以象天門疏龍首以抗殿
狀嵬峩以岌魚立業五合亘雄虹之長梁結棼汾
橑以相接銑曰龍首山名疏之構殿於上故言抗抗舉也嵬峩岌業高壯皃虹
梁勢如虹棼屋棟橑椽也蔕帝倒茄加於藻井披紅葩之

選一　三十二

狎獵飾華榱衰與璧璫當流景曜之韡偉曄
于劫反銑曰蔕根也茄藕莖也藻井當棟中交木如井畫以藻文飾蓮莖綴其根於井中
其花下垂故云倒也押獵花葉參差皃華榱謂彩椽也以璧瑠飾椽頭也光色曜日而明
盛彫楹玉碣昔繡栭而雲楣三階重軒鏤檻
文㮰音毗濟曰楹柱也栭節也楣梁也鏤刻也繡畫爲繡文雲畫雲飾之殿有三階
軒檻欄也㮰連營也言皆飾爲文彩右平左城蒼則青瑣丹墀向曰
言階右平坦左致城城階劫也青瑣窻也以青飾之丹墀階也以丹漆塗之刊層
平堂設砌厓隒宜撿反向曰刊削也層累堂高也厓隒邊限也謂削累其
階令平高設砌以爲邊限坻墀鍔鱗朐詢棧仕限齴彥限巉助奄
嶮宜撿反向曰皆殿階高峻之皃襄岸夷塗脩路峻嶮向曰襄高

盛六臣無

也岸殿階也峻升也嶮危也言殿階之上途路甚平極長然升者謂之危重門襲
固姦宄是防仰福帝居陽曜陰藏翰曰襲亦重也謂設
重門以防宼賊福同也謂宮殿皆同天帝所居陽曜陰藏日也言光絕可以曜日深邃
可以藏陰洪鍾萬鈞猛虡巨趪趪黃負筍業而餘
怒乃奮翅而騰驤襄良曰洪大也三十斤曰鈞猛謂獸也趪趪作力皃虡
傍立木直曰筍橫木曰業驟馳也言刻猛獸爲虡置筍業懸大鍾於上作力若有餘怒將
舉翅有起馳之象虡鍾架趺也朝堂承東溫調延北西有玉
臺聯以昆德良曰溫調玉臺昆德皆臺殿之名嵯峩崨嶪罔
識所則翰曰言形狀高峻不能識其法則若夫長年神仙宣
室玉堂良曰四殿名麒其麟朱鳥龍興含章良曰皆館名

選一　三十三

譬衆星之環北極叛判赫盛戲羲以燀運煌
音皇銑曰言宮館環繞正殿亦猶衆星環繞北極叛散也散然光燀之盛正殿路
寢用朝羣辟大廈眈眈都藍九戶開闢銑曰周曰路寢
漢曰正殿皆朝見諸侯也大廈殿名以象明堂置九室室有一戶故曰九戶眈眈深邃皃
嘉木樹庭芳草如積高門有閌抗列坐金狄
翰曰言嘉木若草積之於庭如積言多也閌門限也金狄金人也謂列金人於門之左右
內有常侍謁者奉命當御外有蘭臺金馬遞
宿迭居音揆叶韻翰曰常侍謁者皆內官也奉命奉詔命以當進御蘭臺臺名校
書處也金馬官者署門迭亦遞也言遞居此宿次有天祿石渠校文
之處濟曰天祿石渠皆閣名以校書焉重直龍以虎威章溝嚴

階ノ

更之署徼道外周千廬内附衛尉八屯警夜巡晝（濟曰武威章溝皆更署名徼道猶更之道廬衛兵舖屋也言千者舉大數也屯營也八營謂長水中壘屯騎武賁越騎步兵射聲胡騎言此八營皆衛尉掌之晝夜巡警）植鎩（所拜）懸獻（代）用戒不虞（濟曰植立也鎩兵仗也虞度也敲打更木也言立兵擊木以戒不虞之事）後宮則昭陽飛翔增成合驩蘭林披香鳳皇鴛鸞（向曰皆後宮殿名）羣窈窕之華麗嗟内顧之所覯（良曰言羣女窈窕華麗也嗟歎聲也言數而内顧所見者皆美）故其館室次舍采飾纖縟裹以藻繡文以朱綠（銑曰言爲館室次爲舍息之處纖細縟繁也謂館室之上纏飾藻繡朱綠之文）翡翠火齊（才計）絡以美玉流懸

選一　三十四

黎之夜光綴隨珠以爲燭（翰曰翡翠鳥羽也火齊珠也懸黎璧也言以衆寶飾之綴明珠於内以當夜燭）金戺（俟）玉階彤庭煇煇（音渾向曰戺砌也煇煇赤色皃）珊（蘇干）瑚（胡）琳碧瓀（而兖）珉（旻）璘（鄰）彬（悲旻）珍物羅生煥若崑崙雖厥裁（去）之不廣侈靡踰乎至尊（銑曰珊瑚珠樹也琳碧瓀珉皆玉名璘彬雜色崑崙山天帝居也言以此珍寶之物羅布煥然如崑崙之上雖館宇不至廣大其所飾華麗越於天子此說後宮）於是鉤陳之外閣道穹隆屬長樂與明光徑北通于桂宮（向曰鉤陳宮署閣道飛陛也言此道穹崇然連長樂明光二殿徑直也直北通拜宮桂宮宮名）命般爾之巧匠（班）盡變態乎其中（濟曰般般輸爾王爾皆古巧人也變態盡其奇態）於

備 六臣作類

辯 六臣作辨
辯 音范

跱ノ

眇 六臣作訬

是後宮不移樂不徙懸門衛供帳官以物辨恣意所（翰曰言帝遊行之處宮人伎樂皆不也懸樂架也牀帳之物皆以官辦）欲下輦成燕窮年忘歸猶弗能徧瓌異日新殫所未見（向曰言天子所幸宮伎既多下輦之處即爲燕樂雖窮年不歸亦不能周徧言中間瓌奇盡未常見之）惟帝王之神麗懼尊卑之不殊雖斯宇之既坦心猶憑而未攄（向曰坦大也憑滿也言雖宮室神麗猶恐與人臣不殊此宇既大心雖已備亦未攄散）思比象於紫微恨阿房之不可廬（濟曰思法紫微宮之制作恨阿房之宮不足廬止）覜（眺 見也）往昔之遺館獲林光於秦餘（良曰覜視也林光殿名秦始皇作故言秦餘）處甘泉而爽塏（愷）乃隆

選一　三十五

崇而弘敷（翰曰甘泉山名爽明也塏大也隆崇高皃弘敷猶延蔓）既新作於迎風增露寒與儲胥（銑曰武帝先作迎風館於甘泉山後加露寒儲二館）託喬基於山岡直墆（徒結）霓以高居（濟曰喬高也言階高而又在岡山之上墆霓然墆霓高危皃）通天眇以竦峙徑百常而莖擢上辯（范）華以交紛下刻峭（七笑）其若削（良曰通天臺名峙立也倍尋曰常常徑准也言竦然而立准高百常擢拔也莖擢如木上拔也辯華交紛言文繚交錯也刻削謂刻令險隋如削成也）翔鶤（昆）仰而弗逮況青鳥與黃雀伏櫺（零）檻而俯聽聞雷霆之相激（向曰翔飛也鶤大鳥逮及也青鳥黃雀小鳥也言臺高大鳥之飛尚不及況小鳥乎俯下也謂伏於檻下聞雷霆之聲）柏梁既

澄 六臣作澂

文 六臣作交

迢迢 六臣作岧岧

災越巫陳方建章是經用厭火祥營宇之制事兼未央(翰曰武帝時栢梁宮遭灾越巫令帝起建章宮以厭火祥其宮宇制度兼未央宮之大也)圓闕竦以造(去)天若雙碣(竭)之相望鳳騫(軒)翥(之預)於甍(萌)標咸遡(素)風而欲翔(翰曰造至也言闕上竦若至天如碣石之山相望矣遡向也謂作金鳳置於棟上皆獨向風而飛)閶闔之內別風嶕(焦)嶢(蕘)何工巧之瑰瑋(偉)文綺豁以疏寮(濟曰寮窻也別風闕在閶闔門內嶕嶢高峻也結綺爲文以節之)干雲霧而上達狀亭亭以迢迢(濟曰干觸也言高觸雲霧亭亭迢迢高皃)神明崛(元屈)其特起井幹(寒)疊而百增跱遊極於浮柱結重欒以相承累層構而遂隮(子兮)望北辰而高興(向曰神明臺名井幹樓名疊謂樓形重疊極梁也言置遊梁於浮柱以欒櫨相承累積重搆而上也北辰北極星也望北極星之高起此樓也)以消雰(汾)埃於中宸集重陽之清澄瞰(勘)宛虹之長鬐(岐)察雲師之所憑上飛闥而仰眺正覩瑤光與玉繩(銑曰消除也雰埃塵穢也中宸天地交會之際上爲陽下爲陰清澄亦爲陽故云集重陽也宛謂屈曲也鬐虹鬣也雲師畢星精也言登此樓見宛虹雲師所依處闥門也眺視也上飛門而視正見瑤光玉繩之星)將乍往而未半怵(黜)悼慄而聳兢非都盧之輕趫(去嬌)孰能超而究升(良曰將往升樓未至於半已恐懼矣非都盧輕捷誰能超騰究盡而升也都盧山名其山人善緣高也)馺(蘇臘)娑(蘇可)

及 六臣作反

連 善本作途 [illegible]

叫 六臣作[illegible]

隥 六臣作墱

堂 六臣作唐

象 六臣作潒

駘(殆)盪燾(徒到)奡(五告)桔(吉)桀(居列)枍(翳)詣承光睽(呼圭)罛(呼)庨(呼交)豁(銑曰馺娑駘盪枍詣承光並臺名燾奡高峻深邃皃)增桴(孚)重棼(汾)鍔鍔列列及宇業業飛檐巘巘(魚綵)流景內照引曜日月(向曰鍔鍔列列業業皆高峻皃巘巘偃起皃流景內照言日月之光含采飾之曜相引而入宇內也)天梁之宮寔開高閈旗不脫扃結駟方蘄(祈)櫟(歷)輻(福)輕鶩容於一扉(翰曰天梁宮名閈門也扃旗關名蘄馬銜也櫟謂櫟其車輻爲聲以急車也言此宮門高大車上載旗亦不脫扃而入四馬齊銜櫟輻而走乃一扉之地而容也)長廊廣廡連閣雲蔓閈(汗)庭詭異門千戶萬(銑曰連閣謂閣道如雲延蔓相連接閈隔也言隔一門自有一庭門千戶萬言多也)重閨幽闥轉相踰延(移殿)望叫窱(徒弔)以徑廷(他頂)眇不知其所返(濟曰閨闥互相通而深遠既入者眇然而迷不知還路已)乃珍臺蹇產以極壯隥道邐(力式)倚以正東(向曰珍臺名在城東蹇產高大皃隥道閣道也言此閣道西入宮邐倚長遠之皃自宮言之故言正東)以閬風之遐坂橫西洫而絕金墉城尉不弛柝(他各)而內外潛通(濟曰閬風崐崘山也金墉城也言珍臺之高閣道之長有似閬風之山也橫越也謂越洫過城也城尉官名也弛廢也柝擊木以守更也言城尉不廢守更而閣道之中潛行以通內外)前開堂中彌望廣象顧臨太液滄池漭(莫朗)沆(胡朗反良曰建章宮中有堂中甚廣數十里彌望極望也廣象寬大也太液池色蒼故曰滄池漭沆深大皃)漸臺立

島六臣作隝
於六臣無
鯢

於中央赫昈昈以弘敞銑曰漸臺臺名在太液池中昈昈赤
文也言此臺赤文赫然而又高敞清淵洋洋神仙峩峩列瀛
洲與方丈夾蓬萊而駢羅上林岑以壘魯罪嵬
罪下嶄仕咸巖以嵒巖齬吾音語銑曰駢羅謂三山相布皃林岑壘嵬
嶄巖嵒齬言上下皆險峻不齊長風激於別島起洪濤而揚
波浸石菌渠殞於重涯濯靈芝於朱柯濟曰海曲曰島
菌芝類也言風激射於島而水起其濤波浸濯芝菌於重涯之上重涯岸也芝赤色故云
朱柯海若游於玄渚鯨魚失流而蹉跎濟曰海若海神
玄渚水之深也言神游深渚鯨魚隨波而蹉跎蹉跎失流皃於是采少君
之端信庶欒大之貞固向曰李少君欒大皆方術之士以仙道干

武帝帝信之以爲貞固之實立脩莖之仙掌承雲表之清
露屑瓊蘂以朝飡必性命之可度翰曰脩長也屑末也
瓊蘂玉英也言承取雲表之露和玉英之末服之則性命可度世而不死羨往昔
之松喬要平羨門乎天路想升龍於鼎湖豈
時俗之足慕翰曰松喬羨門皆仙人也美之思與相逢於天路黄帝乘龍於
鼎湖之山以升仙言思想此事不慕時俗之人也若歷世而長存何
遽營乎陵墓良曰遽急也言長生不死何急營其陵墓徒觀其城
郭之制則旁開三門參三塗夷庭方軌十二
街衢相經濟曰夷平也庭正也西京城面三門門三道皆平正可齊列十二車
其中街衢互相經徒廛里端直甍萌宇齊平濟曰廛里猶邑里甍

五六臣作土
瑰

棟宇也北闕甲第當道直啓程巧致功期不陁
豸陊多木衣意綈啼錦土被朱紫武庫禁兵
設在蘭錡魚几反銑曰第館宅也甲第一也程擇陁崩陊落也言第一之宅當
道正開門皆擇巧匠以致其功使無崩落之期土木之上加以綈錦朱紫之色武庫藏兵
器之處也蘭錡兵架也陳列於甲第之門若今戟門匪石匪董疇能宅
此向曰宅居也石顯董賢皆漢之倖臣言非此二人誰能居此爾乃廓開
九市通闤帶闠旗亭五重俯察百隧周制大
胥今也惟尉翰曰廓大也長安有九市闤闠市門也旗亭市門樓也五重言
累積五重也隧市道也周禮市致大胥監今但屬三輔都尉瓌貨方至鳥
集鱗萃鬻育者兼贏盈求者不匱翰曰瓌貨謂寶物也

鳥集鱗萃言多也鬻賣也兼倍也賣者倍贏其利求者無所乏少爾乃商賈
古百族裨彌必販夫婦鬻良雜苦蚩眩縣邊鄙
濟曰行曰商坐曰賈族類也裨益也販謂買賤賣貴以自裨益良善也苦惡也蚩欺也眩
惑也言裨販之人以善物和惡物欺惑邊遠人鄙猶遠也何必昏於作勞
邪贏盈優而足恃向曰昏彊也優饒也言何必彊作勤勞之事爲欺詐
之利自得豐饒足可恃也彼肆人之男女麗美奢乎許史
良曰許皇后史良娣宣成二帝時皆恣爲奢僭市人男女服飾奢麗皆過若夫翁
伯濁質張里之家擊鍾鼎食連騎相過東京
公侯壯何能加濟曰翁伯販脂濁氏賣脯質氏洒削張里馬醫言此等人
皆以是業而富或鍾鼎而食或連騎而遊雖東京公侯之壯皆不過也都邑遊

俠張趙之倫齊志無忌擬跡田文輕死重氣
結黨連羣寔蕃有徒其從去如雲向曰遊俠謂交結豪
彊也又曰遊俠謂輕死重義也張子羅趙君都言此二人並長安名豪養俠客為人報怨
志氣皆擬魏無忌田文也為負輕生重氣之志故羣黨蕃多如雲也茂陵之原
陽陵之朱趫乞嬌悍汗虓呼交害豁如虎如貙勑愚睚
五介眦仕懈蠆丑介芥介屍僵姜路陽向曰茂陵陽陵皆漢帝陵也原
涉朱安世居此陵趫悍捷也虓豁勇也言其捷勇如虓虎貙之猛也貙虎類也睚眦蠆芥
怒皃言此二人之怒必殺人於路傍丞相欲以贖子罪陽石汙
烏遇而公孫誅銑曰丞相公孫賀子敬聲下獄時帝捕朱安賀請捕安以贖子
罪後果得之安於獄上書告敬聲與陽石公主私通賀與子俱死獄中若其五

選一 四十

縣遊麗辯論去之士街談巷議彈射臧否剖
析毫釐力之擘百肌分理翰曰五縣五陵之縣辯論謂談說之士臧
善也否惡也毫氂皆細毛言此人彈剝善惡雖毫氂肌理之間亦能分擘所好生
毛羽所惡翁故成瘡痏于鬼反銑曰言此辯士所好者譽之使生羽毛
惡者毀之令生瘡痏痏亦瘡也郊交甸之內鄉邑殷隱賑軫五
都貨殖既遷既引商旅聯槅格隱隱展展丁諓
冠帶交錯方轅接軫翰曰殷賑富饒也槅車軛也貨出曰遷貨入曰
引商旅既多載物之車或出或入隱展相連屬皃冠帶職吏也方並也軫車後橫木也並
轅接軫言多也封畿千里統以京尹郡國宮館百四
十五良曰畿內千里並京兆尹理之中外宮館百四十五所右極盩知留

厔知栗酆并卷鄠户左暨其器河華遂至虢土向曰
盩厔酆鄠皆縣名河黃河也華華山也虢地名上林禁苑跨谷彌皐
東至鼎湖斜界細柳掩長楊而聯五柞作繞
黃山而款牛首向曰跨越彌掩也大陸曰皐鼎湖山名細柳地名長楊五
柞皆宮名黃山牛首皆山名款至也繚垣綿聯四百餘里植物
斯生動物斯止銑曰繚猶長也垣牆也綿聯不絕皃植物草樹也動物禽
獸也止居也衆鳥翩翻羣獸駓否騃俟散似驚波
聚似京峙向曰駓騃行走皃京峙高丘也言鳥獸散若驚波聚如高丘伯
益不能名隸首不能紀銑曰言苑中禽獸多而且奇伯益不能知
其名隸首不能算其數伯益舜掌山林之官隸首黃帝時算人林麓之饒于

選一 四十一

何不有良曰山足曰麓木則樅七容栝古活椶子公楠南梓
棫域楩鼻綿楓音風良曰並木名嘉卉灌叢蔚若鄧林
翰曰木叢生曰灌鄧林夸父與日競走於道渴死棄其杖化為林其林高茂故以為比
鬱蓊烏董薆烏改薱徒對橚肅爽櫹蕭椮森吐葩颺
揚榮布葉垂陰良曰華葉繁蔚貌草則葴針莎蘇和菅
艱蒯古壞蘮蕨荔隸苀胡郎王芻莔萌臺戎葵懷
羊皆草名苯本䔿子本蓬蒲蒙茸如隴彌皐被岡良曰言草
茂盛或被滿高岡篠星了蕩徒朗敷衍編町丁定成篁山谷
原隰泱烏黨漭馬黨無疆濟曰篠竹簜大竹也町畎畝也篁竹叢也言
竹生衍布蔓延連畎畝而成叢也山谷原隰之上泱漭然無疆畔迺有昆明

集六臣作會
砰六臣作軿
鷙六臣作摯
栖六臣作棲

靈沼黑水玄阯止周以金堤樹以柳杞濟曰阯小竭
渚也水色黑故云玄也金堤言堅如金樹植也柳杞木名豫章珍館揭
焉中峙牽牛立其左織女處其右銑曰豫章館名在上
林揭高也立牽牛織女之象於池之東西以象天河日月於是乎出入
象扶桑與濛汜音似向曰扶桑日出處濛汜日入處言此池廣大如日月
自中出入其中則有黿鼉巨鼈鱣陟連鯉鱮翔與鮦童
鮪于軌鯢倪鱨常魦沙脩額短項大口折鼻詭
類殊種向曰言鱗介之屬或長額短項或大口折鼻詭類各異非一族元巨皆大
也鳥則鷫宿鷞霜鴰括鴇保駕加鵝鴻鶤昆
上春候來季秋就溫南翔衡陽北棲鴈門集

選一　四十二

隼司尹歸鳧沸卉砰普萌訇呼萌衆形殊聲不可勝
論濟曰隼類餘皆水鳥名沸卉砰訇鳥奮迅聲言此鳥形狀既多音響亦異不可勝
述於是孟冬作陰寒風肅殺雨雪飄飄冰霜
慘烈百卉具零剛蟲搏博鷙音至濟曰言陰氣始盛風霜殺
草木之時剛蟲鷹射也候殺氣以祭鳥獸搏擊也鷙執也爾乃振天維衍
地絡蕩川瀆簸補我林薄翰曰振整也維綱也絡網也衍布也謂
綱大紀入地也蕩簸謂搖動草木叢生曰薄鳥畢駭獸咸作草伏
木棲寓居穴託起彼集此霍繹紛泊在於靈
囿之中前後無有垠銀鍔銑曰畢盡也駭驚也咸皆也作起也
寓寄也草伏木棲謂禽獸驚走得草則伏遇木則棲失其常處寄託他穴起彼謂起於本

槎六臣作柞
側六臣作仄
獿六臣作獿
栖六臣作棲
震
畢六臣作罼
獥六臣作猲

處集此謂集於靈囿霍繹紛泊飛走皃無有垠鍔言多也垠鍔際畔虞人掌焉
爲之營域焚萊平場槎下木翦棘銑曰虞人掌禽獸之
官管域獵場也言焚除草萊斫木翦棘爲馳逐之處結罝嗟百里遠
杜蹊塞㾄憂麀麌麌危宇駢田偪側良曰罝網也迒蹊皆
獸徑也杜塞也麀牝鹿麌麌攢立皃駢謂駢列於田以相偪側天子乃駕雕
軨六駿駮必邈戴翠帽倚金較角璿弁玉纓遺
光儵叔爚音藥良曰雕畫也軨車也駮白畫馬黑文翠帽車蓋也以翠飾之
金較以金飾也弁馬纓冠也皆玉飾之遺餘也言儵爚有餘光以建玄弋樹
招搖栖鳴鳶曳雲梢所交弘旌枉矢虹旃蜺旄
濟曰玄弋招搖皆星名鳴鳶鴟也言畫於旗之上以取象焉雲梢雲旗也弧旌枉矢皆

選一　四十三

星名畫以飾幟也旃旌亦旗類畫虹蜺於上因名之華蓋承辰天畢前
翰曰辰北辰星也華蓋覆之王者法驅以作之畢鳥網取象畢星先驅載之千乘
雷動萬騎龍趨屬車之簉楚瘦載獫呂驗猲歇獢
許喬反銑曰千乘萬騎言多也雷動龍趨迅疾也屬車後車也簉副也獫猲獢皆獵狗
也載之以車也匪唯翫好迺有祕書小說九百本自
虞初從容之求寔俟寔儲翰曰祕書道術即小說也有九百
篇本洛陽人虞初著從容閑和皃言此衆說徒翫好閑和亦以書術自隨俟待也儲具
也謂備具以待君問於是蚩尤秉鉞奮鬣被般班禁
不若以知神姦魑魅蝄蜽莫能逢旃良曰蚩尤作兵
戈也秉執禁止禦捍君順旃之也言使蚩尤秉鉞斧奮振其鬣被文錦之衣止其不順知

跋六臣作拔 焰六臣作炎　趍六臣作趨　潚六臣作潚 捨六臣作舍　畢六臣作畢

神鬼之姦情魍魅山神蝄蜽水神言此神無能逢遇之陳虎旅於飛廉正壘壁乎上蘭濟曰陳列也虎旅則虎賁之旅也飛廉館名壘壁星名以為軍名上蘭觀名結部曲整行伍燎京薪駭雷鼓縱獵徒赴長莽音畝濟曰部曲行伍皆校隊之名燎燒也京薪謂積之如京以燒之駭震擊也雷鼓八面鼓也獵徒士卒也莽長草也迾列卒清候武士赫怒緹帝衣韎貴韐夾睢盱跋扈光焰爥天庭囂聲震海浦河渭為之波盪吳嶽為之陁雉堵銑曰迾遮也清候戒道也武夫之士赫赫怒發怒緹衣韎韐武士衣服也睢盱張目皃跋扈勇壯皃燭照也囂呼聲也天庭海浦謂照震高遠也吳嶽雍州之鎮也陁堵崩落也百禽㥄陵遽騤葵追渠瞿奔觸昌句喪精亡魂

失歸忘趨投輪關輻不邀自遇銑曰㥄猶怖也騤瞿奔走皃言百獸怖急奔走不知所趣皆自觸輪關輻不待邀遮而逢也關輻謂刺於車輻閒飛罕潚蕭箾朔流鏑雹普爆朴矢不虛捨鋋不苟躍向曰罕鳥網也潚箾者物皃鏑箭鏃揮擾中物聲鋋小矛也躍投也矛箭不虛投言發必中矣當足見蹍女展值輪被轢歷僵薑禽斃獸爛若磧七礫音歷向曰足蹈曰蹍車駕曰轢磧砂石也僵斃皆死也言禽獸死者如砂石也但觀罝羅之所羂犬古結竿殳之所揘橫畢于筆向曰罝羅網也羂絆結縛也竿殳矛槊之屬揘畢猶擊刺也叉簇楚角之所攙仕衒捔助角徒搏之所撞直江㧙蒲結反濟曰叉簇攙捔皆貫穿也徒搏擊也撞㧙謂撞而㧙倒白日未及移晷

遝六臣作猭　倢六臣作有 影六臣作景　亢六臣作伉　儔　隅中六臣作如竿 踵六臣作奎

已獮思衍其十七八銑曰晷日影也獮殺也言日未移影十分已殺七八分若夫游鷮喬高翬暉絕阬岡踰斥毚讒兔聯猭勑緣陵巒超壑比諸東郭莫之能獲良曰鷮翬皆雉名遊高飛也毚兔老兔也聯遝走皃絕踰陵超皆趫也東郭狡兔也言此兔趫捷比之不可能獲也乃使迅羽輕足尋影追括鳥不暇舉獸不得發青骹苦交摯於韝溝下韓盧噬於緤薛末良曰迅羽輕足謂鷹犬括箭也尋影追括言疾也發舉飛走皃青骹鷹名韓盧犬名摯執也韝臂韝著以擊鷹緤牽犬繩也言鷹執雉於韝下犬噬兔於繩末也及其猛毅髬丕髵而隅目高眶威懾之兕似虎莫之敢亢音岡翰曰猛毅猛獸也髬髵鬣皃隅目謂目有角也眶眼眶也亢當

也此獸作怒兕虎亦畏之人無敢當乃使中黃之士育獲之疇朱鬘莫亞䰂計髽瓜植髮隅中袒但裼先歷戟手翰曰中黃國名其俗多勇力育夏育獲烏獲皆古之勇力踵羌踽禹盤桓者朱鬘絳袜額也䰂髽結束也言結其髮植之如竿袒裼肉袒也戟手手如戟踵踽盤桓搏物之貌鼻赤象圈巨狿延摣側家狒費猥胃批窳庾狻酸揩苦諧枳止落突棘藩翰曰赤象大象巨狿大獸鼻謂執鼻牽之圈圍也摣狒猥狻皆猛獸名摣批搏撮貌揩摩突觸也言摩觸其藩落落皆籬也梗杏古林為之靡拉郎荅樸補木叢為之摧殘濟曰靡拉摧殘言揩突之使碎也木有刺曰梗輕銳僄匹眇狡趫捷之徒赴洞穴探封狐陵重巘魚蹇獵昆駼途杪眇

劉六臣作陶

木末擭烏獲獑讒猢胡超殊榛柴榛摕庭結飛鼯音吾濟曰輕銑謂捷疾之徒也洞穴深穴也擭擣皆探取也封狐昆𧴩二獸名獑猢猨類飛鼯飛生是時後宮嬖閉人昭儀之倫常亞於乘輿慕賈氏之如皐樂北風之同車盤于游畋其樂只且子余反良曰嬖幸也昭儀後宮官名亞次也常次天子車賈氏賈大夫晉如皐射雉妻見而笑也北風詩云攜手同車言盤遊之樂不可極也只且辭也於是鳥獸殫目觀窮遷延邪睨五計集乎長楊之宮良曰殫窮皆盡也邪睨邪視也長楊宮名息行夫展車馬收禽舉胔在智數課衆寡銑曰行夫上卒也展息也數謂數其功課多少置互擺拔牲頒賜獲鹵割鮮野饗犒苦到勤賞功銑曰

選一　四十六

頒布也生穀曰鹵犒勞也互以挂肉擺謂拔破牲體以布賜士卒割新殺之獸勞賞勤功五軍六師千列百重酒車酌醴方駕授饔邑升觴舉燧既釂將曜鳴鐘銑曰千列百重士卒多也饔熟肉也謂車載酒肉以行也釂燋齊飲鳴鐘告盡也膳夫馳騎察貳廉空炙炰步包夥禍清酤户䑞支皇恩溥洪德施徒御悅士忘疲向曰膳夫宰人也䑞豐也空無也察廉皆視也炰炙也清酤美酒夥銑皆多溥博洪大也言皇恩溥洽大德廣施徒御皆悅樂而忘疲勞也巾車命駕迴旆右移儴襄佯乎五柞之館旋憩乎昆明之池向曰巾車掌主車官旆旌也儴佯未盡志也五柞館名旋迴也憩息也登豫章簡去矰曾紅蒲且子余發弋高鴻挂白

苴

捭六臣作擢

鵠聯飛龍磻波不特絓胡卦往必加雙翰曰章館在池中矰紅繳射也弋射也挂聯皆羅也磻石箭鏃也絓著也白鵠飛龍皆鳥之名言不著一而已必加於雙於是命舟牧為水嬉許期浮鷁首翳雲芝垂翟狄葆保建羽旗翰曰舟牧主舟之官嬉戲也鷁鳥名也畫鷁船頭雲芝翟葆皆蓋也羽旗隼旗也齊栧羊制女縱棹歌發引去和去校鳴葭奏淮南度陽阿感河馮懷湘娥驚蝄蜽憚蛟蛇銑曰栧棹皆楫也言令鼓女鼓棹發其歌聲引以相和也葭管也促曲令急淮南陽阿皆曲名也河馮湘娥蝄蜽皆水神也蛟蛇龍也憚驚也然後釣魴房鱧禮纚鰋偃鮋紬摭隻紫貝搏耆居牛反龜鳩搤扼水豹馽中立潛牛澤虞是濫何

選一　四十七

揭
遵

有春秋翰曰纚網也摭拾也紫貝者龜皆水蟲搤捉馽縛也水豹潛牛皆水獸澤虞主水官也濫施也何有春秋言不必順時而取之擿吐歷漻了澥解搜川瀆布九罭域設罜獨麗鹿㮶責鯤昆鮞而殄水族蘧藕拔蜃蛤苔罔剝向曰擿探也漻澥小水也九罭罜麗魚網也㮶殄皆盡也鯤鮞小魚也蕖藕水草蜃蛤蚌屬拔棄根取也剝取其肉逞欲畋漁魚效獲麑迷麇烏老摎古巧蓼老浶生浪郎乾池滌藪銑曰逞極也畋漁水獵也麑麇麋子摎蓼浶浪謂編搜索也乾池滌藪言盡也上無逸飛下無遺走擭烏獲胎拾卵蚳遲蝝緣盡取蒼苟取樂今日遑恤我後翰曰在腹曰胎卵鳥子也蚳蟻子蝝蝗子謂盡取也遑暇恤憂也但取今日之樂何暇憂後世既定且

復六臣作複 砰六臣作磅 音六臣作響 燕六臣作薷 抵 徼

寧焉知傾陁音雉向曰言今見安焉知後之傾壞陁壞也大駕幸乎平樂之館帳甲乙而襲翠被濟曰大駕天子駕也平樂館名甲乙帳名襲用也謂角翡翠飾被攢珍寶之玩好紛瑰麗以侈靡臨迥望之廣場程角觝丁禮之妙戲濟曰攢聚紛雜瑰奇麗美也迥望寬坦也程課也謂課其伎能以爲角觝戲也角觝令人兩兩相當角力也烏獲扛江鼎都盧尋橦直江衝狹燕濯胷突銛息兼鋒跳條丸劍之揮霍走索上而相逢銑曰烏獲秦之壯士扛舉也都盧山名其山人善緣橦竿也狹以草爲環插刀四邊伎人躍入其中胷突刀上如燕之飛濯水也跳弄也丸鈴也揮霍鈴劒上下皃索謂以繩繫兩頭二人各從一頭於上交度謂之舞絙也華嶽峩峩岡巒參差神木靈草朱實離離總會仙倡戲豹舞羆白虎鼓瑟蒼龍吹篪音池向曰華山西嶽也假作以爲戲即今之山車也上插草木垂其果實離離分布皃總會謂集神仙之倡伎戲豹舞羆並假作其形蒍簫也女娥坐而長歌聲清暢而蜲於爲蛇弋多洪涯立而指麾被毛羽之襳杉襹音師翰曰女娥娥皇女英也暢達也蜲蛇餘聲詰曲也洪涯古樂人指麾謂分折伎樂也襳襹毛衣皃度曲未終雲起雪飛初若飄飄後遂霏霏飄飄霏霏雪下皃皆分爲作之班固漢書贊曰元帝自度曲臣瓚曰度曲歌終更授其次謂之度次復陸重閣轉石成雷復陸閣道也於上搏石以象雷聲霹辛蒲覔靂歷激而增響磅平蒲耕磕康文象乎天威銑曰曲度謂曲之節度也雲雷霹靂

仙六臣作山 嵬六臣作巍 奧六臣作粵

之屬皆幻化爲之研磕聲也言其聲有似天之威也巨獸百尋是爲曼延去神仙崔嵬欻律許從背見熊虎升而挐加攫匡攫鑊猨狖羊究超而高援銑曰巨大也挐攫搏持也言作大獸名爲曼延之獸令負神山於背致熊虎猨狖之屬皆相搏持於山上怪獸陸梁大雀踆踆七倫白象行孕垂鼻轔鱗囷屈海鱗變而成龍狀蜿苑蜒以蝹蝹於雲反良曰陸梁踆踆皆行走皃孕產也謂爲作象令行產其子轔囷象鼻下垂皃海鱗大魚也初爲魚後化爲龍蜿蜒蝹蝹龍行之皃含利颬颬呼家化爲仙車驪音離駕四鹿芝蓋九葩蟾蜍與龜水人弄蛇濟曰含利獸名颬颬開口皃言初爲獸後化爲仙人車仍以驪馬駕之芝蓋以芝英爲蓋葩花也蟾蜍蝦蟆也水人俚人也能禁固弄蛇奇幻胡辦儵忽易貌分形吞刀吐火雲霧杳冥畫地成川流渭通涇濟曰奇幻謂幻人能分一身作數人或吞刀或吐火或起雲霧或畫地成川河杳冥陰昏皃東海黃公赤刀粵祝呪冀厭白虎卒不能救挾邪作蠱於是不售常呪反翰曰有東海人能以赤刀以越人呪法厭白虎虎闌前術不能行謂白虎所殺蠱惑也售行也謂挾不正之道者於是不得行也爾乃建戲車樹脩旃侲振僮程材上下翩翻突倒投而跟報絓卦譬殞絕而復聯翰曰樹植也脩長也旃謂橦建於戲車上侲衆也僮小兒也言衆小兒見其材伎於橦上翩翻上下皃突然投身將落復以足跟挂橦上若絕而復連百馬同轡騁足並馳橦末之伎態

紱六臣作紱　隧六臣作遂　狹六臣作陿　跐六臣作此　珠六臣作朱　眳邈六臣作眳藐

不可彌向曰於檻上作百馬以一𩣡騁其伎態不可窮盡彌盡也彎弓射乎西羌又顧發乎鮮卑翰曰鮮卑北胡也發射也言假作人形彎弓以射西羌北胡也於是衆變盡心酲醉盤樂極悵懷萃濟曰衆變謂伎樂也酲飽也萃至也言伎樂畢心飽於悅樂悵懷然思念所至之陰戒期門微行要平屈降尊就卑懷璽藏紱濟曰武帝置期門郎陰爲戒勑與之微行出不法驚謂之要自上離下謂之屈璽天子印所以世傳者禮服之言紱微行懷藏璽紱自降同賤微便旋閭閻周觀郊隧若神龍之變化章皇后之爲貴濟曰便旋猶迴轉也閭閻里門也郊隧近郭之道龍出能變化言天子或同微人或復尊位變化亦猶神龍焉彰明也以此足明天子之貴矣然後歷掖庭適歡館

五一

捐衰色從嬿婉於遠良曰歡館也捐棄也衰色老惡嬿婉美皃言適所悅而幸之促中堂之狹坐羽觴行而無筭祕舞更奏妙材騁伎妖蠱也豔夫夏姬美聲暢於虞氏始徐進而羸力爲形似不任乎羅綺良曰羽觴杯上綴羽以速飲也秘舞謂希見之奇曲也妖蠱豔美也夏姬夏之美女虞氏謂虞公善歌者羸形宮女之形羸弱似不勝羅綺嚼矯躍清商而卻轉增嬋蜎以跐此豸雉紛縱體而迅赴若驚鶴之群罷䰐美反濟曰嚼吟也謂清商之聲嬋娟跐豸姿媚妖麗也縱體迅赴言屈容而赴迅節驚鶴羣罷言舞容似之振珠履於盤樽奮長袖之颯纚史要杳紹脩態麗服颺菁眳邈流眄一顧傾城

至六臣作志　欲六臣作身　暫六臣作蹔　基六臣作朞　以

銑曰言振珠履於盤樽之間颯纚舞袖皃颺明也菁華英也眳邈美視貌言此之美人一顧可使傾城展季桑門誰能不營良曰展季柳下惠桑門西國沙門此二人至貞潔見此之美亦經營也列爵十四競媚取榮盛衰無常惟愛所丁銑曰丁當也後宮自皇后已下位有十四等皆競於榮寵盛衰不常惟當意者悅之衛后興於鬒軫髮飛燕寵於體輕向曰衛皇后以黑髮見寵趙飛燕以體輕蒙幸爾乃逞至究欲窮歡極娛鑒戒唐詩他人是媮音俞濟曰逞快言快至盡媮也唐詩刺昭公儉也云子有車馬不馳不驅宛其死矣他人是媮媮樂也不自君作故何禮之拘增昭儀於婕好賢既公而又侯濟曰言自君所作即爲故事何必拘於禮也成帝初立昭儀增位在婕妤之上賢董

五十一

賢也爲大司馬後封高安侯世言既爲公又爲侯許趙氏之無上思致董於有虞王閎爭於坐側漢載安而不渝翰曰成帝謂趙昭儀曰使天下無上趙氏也帝將禪位於董賢以法虞舜時王閎爭之乃止載則渝變也高祖創業繼體承基暫勞永逸無爲而治耽樂是從何慮何思翰曰高祖創業雖暫勞令子孫繼體以承其基趾足爲求逸但耽樂恣意而已何所思慮哉多歷年所二百餘基翰曰從高祖至朞二百三十年徒以地沃野豐百物殷阜巖險周固襟帶易守得之者彊據之者久流長則難竭柢帶深則難朽濟曰但以京師沃野豐厚山川險固足爲襟帶易爲守備處之者自彊盛據之者能長久亦由水木之深遠難爲祜竭也

故奢泰肆情而馨烈彌茂良曰肆放也彌益也烈業也言險固之池故得放情奢侈而馨香之業益以茂盛鄗生生乎三百之外傳聞於未聞之口曾髣髴其若夢未一隅之能覩濟曰鄗生公子自謂謙也言我生漢後三百年外未聞之事傳人之耳髣髴如夢中矣未能見其一隅此何異於殷人屢遷前八而後五居相圯備耿不常厥土盤庚作誥帥人以苦銑曰此謂東都也言不歸西京何如殷人數遷乎言似之也殷自契至湯八遷自湯至盤庚五遷亶甲居之也耿祖乙居河水所毀曰圯是不常其土地盤庚作告人遷都之意人不欲從故言苦也方今聖上同天號於帝皇掩正海而爲家富有之業莫我大也濟曰言聖德同天掩括四海爲家也富有之業無大於我漢也徒恨不能以靡麗爲國華獨儉嗇以齷齪忘蟋蟀之謂何翰曰使奢猶節變也齷齪小也但恨不能靡麗華國獨爲節變以自小也蟋蟀詩也所以刺儉言今忘此詩意不爲遊樂謂何疑問之辭豈欲之而不能將能之而不欲歟向曰豈亦欲得西京奢麗而不能往將能往而不欲去歟蒙竊惑焉願聞所以辯之之說也銑曰蒙公子謙也惑焉言我竊惑此意焉願聞所辯說也

文選卷第一

文選卷第二　賦乙

梁昭明太子撰　五臣注

京都中

張平子東京賦一首

南都賦一首

左太沖蜀都賦一首

東京賦　張平子

安處先生於是似不能言者向曰大辯若訥憮武然有閒良曰憮然猶默然有閒猶有頃也先生怪公子盛稱西京奢麗無度故默然有頃將陳東京之事乃莞爾而笑銑曰莞爾小笑貌曰若客所謂末學膚受貴耳而賤目者也濟曰若客謂公子也爲末學近所受膚薄貴於耳聞賤於目見苟有胷而無心不能節之以禮宜其陋今而榮古矣向曰古謂西京今謂東京言公子外雖有胷內實無心所以不能識禮經之節制若比之用心誠宜以役西京奢侈爲榮以我東京儉約爲陋由余以西戎孤臣而悝苦回穆公於宮室如之何其以溫故而知新研覈胡格是非近於此惑也翰曰悝嘲也如之何猶如何也之助句也我王使由余於秦秦穆公示以宮觀由余曰使鬼爲之則勞神矣使人爲之亦苦人矣公大慙言由余西戎孤陋臣也尚能朝覩公之奢泰如何公子雅好博古有溫故知新研覈是非之資而反近惑於此也周姬之末不能厥政政用多僻始於宮鄰卒於金虎良曰姬周姓也言周之末年不能行政政多邪僻宮君也鄰近也[illegible]

荻　府

自幽厲二王小人在位與君子竊齊堅若金惡若虎卒以此亡嬴氏搏附翼
擇肉西邑翰曰嬴氏秦姓搏猶加也言秦因周之衰若虎加翼得擇肉而食謂
據西邑之險諸侯而政之擇是時也七雄並爭競相高以
奢麗良曰七雄韓魏燕趙齊楚秦趙楚築章華於前趙建叢
臺於後銑曰楚靈王為章華臺宮趙武靈王起叢臺秦政利觜長距
終得擅場思專其侈以莫己若也向曰秦始皇帝名政
擅專也喻天下為大場七國為闘雞利觜長距終專擅之言始皇甲兵猛銳竟滅六國專
有天下思為奢麗無加己者乃構阿房濟起甘泉結雲閣
觀南山濟曰秦起阿房宮作甘泉前殿二世起雲閣欲與南山齊又起觀於南山
巔也征稅盡入力殫然後收以太半之賦威以

選二　二

參夷之刑翰曰殫亦盡也太半三分取二也夷殺也參夷謂夷三族之刑
矣言秦國用費盡更重稅人三分取二不能出者殺其三族也其遇民也若
薙土帝氏之芟所衛草既蘊崇之又行火焉向曰薙氏
掌除草蘊崇積聚而又燒之秦之虐民有類於此也惵惵徒頰黔首豈徒
跼局高天蹐籍厚地而已哉乃救死於其頸
銑曰惵惵懼貌黔首人也跼傴僂蹐輕足行也言黔首振懼豈但畏天地傴僂輕行而
已恐秦法義之驅以就役惟力是視翰曰言秦驅逼役人但視其力
不察其飢寒勞苦也百姓不能忍是用息肩於大漢而
欣戴高祖濟曰百姓不能忍秦之苦若擔重而行晝夜不息及漢乃捨皆歡欣
戴荷高祖之德高祖膺籙受圖順天行誅杖朱旗而

正　宗

建大號濟曰膺當也籙五勝之籙圖河圖順天意以誅秦漢以火德旗幟皆赤大
號大發號令也所推必亡所存必固銑曰諸侯無道者則亡之存道者則固之
掃項軍於垓下紲子嬰於枳止塗音度叶韻
向曰高祖圍項羽垓下掃滅之秦王子嬰繫頸以組降於枳道枳道亭名也因秦
宮室業據其府庫作洛之制我則未暇銑曰我高祖也
言高祖新平天下據秦宮府未暇營作洛宮也是以西匠營宮目翫
阿房傍規摹莫胡踰溢不度入不臧損之又損
然尚過於周堂觀者狹而謂之陋帝已譏其
泰而不康良曰西匠西人為匠也臧善也康安也高祖既西都秦中復使西人
營理宮室西人嘗識阿房之踰溢過度不善雖使抑損尚過周宮觀者謂之狹陋祖尚以

選二　三

為奢泰而不可安也且高既受命建家造我區夏矣良曰
高高祖也文又躬自菲薄治致升平之德銑曰文帝菲
薄節儉致太平也武有大啓土宇紀禪肅然之功濟曰
武武帝定越地為南海七郡北置朔方等五郡是大啓土宇也遂登太山升肅然以紀其
功寔重直用威以撫和戎狄呼韓來享銑曰宣宣帝享
獻也呼韓單于願獻國賓也咸用紀宗存主饗祀不輟翰曰
高皇帝為太祖廟文皇帝為太宗廟武皇帝為代宗廟宣皇帝為中宗廟此四廟代代不
遷毀其主銘勳彝器歷世彌光銑曰彝器鐘鼎祖宗之器以銘紀功
勳也今捨純懿而論爽德以春秋所諱而為美
談宜無嫌於故舊蔽善而揚惡祇章彀吾子之

山　洞

六臣悟作寤　六臣狩作守　六臣郭作景

不知言也（向曰爽差也先生以爲公子之志揚西京之盛宜不據於故舊理當陳飾美事以成其言且春秋諱國惡今公子捨四帝純懿之德不述取元成差爽之過以談是蔽善揚惡反似嫌於故舊是不知言也）必以肆奢爲賢是則黃帝合宮有虞總期固不如夏癸之瑤臺殷辛之瓊室也湯武誰革而用師哉（銑曰肆放革改也有虞帝舜也合宮總期皆明堂名夏癸桀也作瑤臺殷辛紂也作瓊室皆以瑤瓊飾之故以名焉言公子以奢放爲賢則黃帝與帝舜作合宮總章如是不如桀紂作瑤臺瓊室也君此湯武誰復致易此弊而用師伐滅之）盍（合）亦覽東京之事以自悟乎（良曰盍何不也何不覽東京儉約悟西京奢泰也）且夫天子有道守在海外（銑曰至德及遠故可謂守四海之外）守位以仁

選二　四

不恃隘害（濟曰隘險要害之處也恃險不脩去仁遠矣）苟民志之不諒何云巖險與襟帶（翰曰苟且也諒信也公子謂巖險周固襟帶易守先生言且人心不信雖有險此復何補乎）秦負阻於二關卒開項而受沛（向曰負恃也二關函谷武關皆秦之塞沛公攻武關入秦又使兵守函谷關項羽使黥布攻破之君出隘阻不足恃明矣）彼偏據而規小豈如宅中而圖大（銑曰偏據謂西京宅中謂東京）昔先王之經邑也掩觀九隩（烏到）靡地不營土圭測影不縮不盈總風雨之所交然後以建王城（良曰先王周成王也邑洛邑也掩度觀視也隩九州之內也靡無也言成王經始此邑度視九州之內無地不營以土圭之法測正日影而此地不縮不盈正得天地之中四時風雨於此）

六臣无則字

春　禪

交會故建立王城也）審曲面勢（濟曰審其曲折觀其面勢）泝（素）洛背河左伊右瀍（向曰泝向也洛河伊瀍皆水名）西阻九阿東門于旋（銑曰洛陽西十里九坂之道謂之九阿旋旋門坂）盟津達其後太谷通其前（銑曰盟津河名太谷谷名）迴行道乎伊闕邪徑捷（接）乎轘轅（翰曰轘轅坂名言大道伊闕之界迂迴而行轘轅之上雖邪亦捷也）太室作鎮揭（竭）以熊耳（銑曰太室嵩高別名熊耳山名揭表也鎮國鎮也）底柱輟流鐔（徒南）以大岯（音披良曰底柱大岯皆山名底柱山在水中若輟止於流也鐔者劒口大岯險要亦猶是也）溫液湯泉黑丹石緇（音滓良曰緇黑也言丹黑土石相雜）王鮪岫居能（奴來）鼈三趾（翰曰山有穴曰岫王鮪之魚居穴中故云岫居鼈三足曰能皆出此水）

選二　五

宓妃攸館神用挺紀（濟曰宓妃神女伊洛之精也當亦館於此中其神挺然可紀）龍圖授羲龜書畀（必利）姒（良曰畀與也羲伏羲也得龍圖於河姒禹姓也得龜書於洛言二水授與之）召伯相宅卜惟洛食周公初基其繩則直（濟曰召公先相宅云我卜惟洛食言吉也周公經營繩直而制）萇（直良）弘魏舒是廓是極（向曰廓開也極致也言致功開立之萇弘發城成周爲之告晉魏舒合諸侯之大夫以城成周也）經途九軌城隅九雉（銑曰軌轍也言途可容九軌雉高三丈隅角也）度（徒洛）堂以筵度室以几（濟曰筵席也几俎也室中度以几堂上度以筵皆取几筵爲准）京邑翼翼四方所視（良曰翼翼美貌）漢初弗之宅也故宗緒中圮（平彼）巨猾間（去）釁（許覲）竊弄

寺

什　六臣既作乃

神器歷載三六偷安天位于時蒸民罔敢或
貳其取威也重矣向日宅居圮毀也神器帝位也三六十八載也言漢
初不居我東京所以中有毀絕巨大也大猾王莽間伺釁隙竊盜輕弄帝位歷十八載偷
以自安蒸衆也時衆人不敢貳心於莽者懼莽之威深重矣此皆由西都之禍矣我
世祖忿之乃龍飛白水鳳翔參墟良日世祖光武
皇帝也忿莽之逆乃起於南陽白水後討王郎旋於魏地魏地參分野龍飛鳳翔喻聖人
之起也授鉞四七共工是除翰日凡國有難君召將以授斧鉞四
七二十八將也共工喻王莽也昔共工作亂帝嚳使祝融攻滅之光武以二十八將誅王
莽亦猶是也攙搶旬始羣凶靡餘銑日攙搶彗星也旬始妖星也
喻羣賊光武討而滅之區宇乂寧思和求中良日天下乂安思陰

選二　六

陽和求天地中將都於此睿哲玄覽都茲洛宮濟日睿聖哲智玄通
茲此也言光武聖睿通覽洛宮之美而都之曰止曰時昭明有融
向日時是也融長也言光武當止是洛邑必有昭明長久之福既光厥武仁
洽道豐翰日言能光大武德又使仁道滿盛登岱勒封與黃比
崇銑日光武登岱山封禪勒石紀功成可與黃帝比其崇高逮至顯宗六
合殷昌良日顯宗孝明皇帝也逮及也及至顯宗之時天下殷富昌盛也既
新崇德遂作德陽良日崇德德陽皆殿名天下富盛乃理宮室啓
南端之特闈立應門之將將七將反向日南端門名闈門也
言此門特達衆門而建應門亦門名將將高皃昭仁惠於崇賢抗義
聲於宮商濟日木主仁故立崇賢門於東金主義故立金商門於西以明仁義

和

六臣鸝作麗
六臣雲作霊
六臣歡作驩

脩

飛雲龍於春路屯神虎於秋方翰日雲龍神虎皆門名龍
為木列在東武為金列在西雲神皆龍虎所用也龍可使飛集武可使屯置建象
魏之兩觀旌六典之舊章向日象魏闕也一名觀六典一日理
典二日教典三日禮典四日政典五日刑典六日事典旌明也懸之於闕以明之其
內則含德章臺天祿宣明溫飭勑迎春壽安
永寧濟日八者皆殿名飛閣神行莫我能形銑日閣道相通
不行於地故云飛神者謂不知其行不見其形濯龍芳林九谷八溪
芙蓉覆水秋蘭被涯宜渚戲躍魚淵游龜蠵
音惟良日濯龍麁名芳林園名蠵龜類永安離宮脩竹冬青陰
池幽流玄泉洌清鵯匹鶋居秋棲鶻骨鵃竹交

選二　七

春鳴雎七余鳩鸝呂知黃關關嚶嚶濟日永安離宮宮名幽流
泱流也洌冷也鵯鶋鶻鵃雎鳩鸝黃皆鳥名也關關嚶嚶聲也於南則前殿
雲臺和歡安福銑日三者皆殿名謻直移門曲榭邪阻
城洫翰日謻門名宮室相接謂之謻有木日榭言邪拖城池奇樹珍果
鉤盾垂允所職向日言珍者美之也鉤盾主小苑也西登少華亭
候脩勑良日西園中有少華山有亭有候場整也九龍之內寔曰
嘉德西南其戶匪雕匪刻我后好約乃宴斯
息濟日宴安也九龍門名嘉德殿名詩日西南其戶不雕不刻言尚質我天子好儉約
乃安止於此也於東則洪池清蘌語淥水澹澹徒敢內
阜川禽外豐葭菼土敢獻鼈蜃示忍與龜魚供蝸

蝸五臣作蠡

古花蝸佳與蔆芡巨儀反翰日洪池池名蘽於池水上作室可用棲鳥阜多也葭菼芡皆草名蜃蝸蝸皆水族可獻者也其西則有平樂都場示遠之觀良日平樂觀名都爲大場作樂使遠人觀之龍雀蟠盤蜿紆元天馬半漢濟日龍雀飛廉也天馬銅馬並置平樂觀蟠蜿龍雀皃半漢天馬皃瑰異譎詭粲爛炳煥銑日瑰異譎詭並奇也粲爛炳煥並明也奢未及侈儉而不陋規遵王度動中得趣向日盡合法則於是觀禮禮舉義具濟日觀其禮具見其義是以經始勿亟居力成之不日良日亟急也經始之際不務於急百姓慕義不終日而成猶謂爲之者勞居之者逸慕唐虞之茅茨思夏后之卑室銑日言天子猶以爲百姓爲之勞苦我居

是以二字五臣無之

之逸樂乃思堯舜茅茨不翦大禹卑其宮室皆師法之乃營三宮布政頒班常複福廟重屋八達九房規天矩地授時順鄉良日三宮明堂辟雍靈臺也頒布也明堂所以布常禮之宮複廟重檐飾也鄉方也堂九房而八牖授猶賦也順隨也鄉也言班政賦敎必隨時月而居其方造舟清池惟水泱泱音央翰曰造舟比舟爲橋也泱泱水流皃左制辟雍右立靈臺因進距衰表賢簡能奴來反劬韻向日謂辟雍也因行禮射有才德者則進用之有衰退者則距絕之此表異其賢簡別所能馮皮冰相息亮觀祲侵祈褫絲禳災銑日祲氣氛也祈求也褫福也禳除也馮相氏主候星宿氛氣之官求福除災於是孟春元日羣后旁蒲戾翰曰元日歲朝也戾至也諸侯四方而至百僚師師于斯胥

六臣黃作皇

洎良日僚官胥相洎及也百官互相師法於此相及藩國奉聘要荒來質徵利反銑日鎭服外五百里日藩服藩服外五百里日綏服綏服外五百里日要服要服外五百里日荒服此五服之君皆來聘留子以質之具惟帝臣獻琛執贄音至向日具俱也琛玉也贄幣也言獻玉執贄幣於此當覲於殿下者蓋數萬以二良日數萬言多也以二列爲二行也爾乃九賓重平臚盧人列濟日九賓公侯伯子男孤卿大夫士也重言積重多也臚人鴻臚也主賓客之官羅列其尊卑以朝也崇牙張鏞庸鼓設良日崇牙猶藂虡以挂鐘鼓郎將司階虎戟交鎩殺龍輅充庭雲旗拂霓王結反銑日鎩鋒刃也虎賁中郎將夾階而立弓戟交鎩龍輅天子車雲旗旗名拂霓言高皆述陳設之狀夏正三朝庭燎

晣晣章烈反向日夏以建寅爲正漢用之三朝歲月日之朝庭燎焚柴也晣晣火明皃撞洪鐘伐靈鼓旁震八鄙軿普萌礚苦代隱訇火宏若疾霆轉雷而激迅風也翰日八鄙八方也軿礚隱訇皆鼓聲其發越迅疾若此是時稱警蹕已下彫輦於東廂銑日皇帝輦動左右稱警東西序日廂天子至於此冠通天佩玉璽徙紆黃組要平干將負斧扆次席紛純之尹左右玉几穆穆而南面以聽矣良日通天天子冠名要帶也干將劒名白黑謂之斧扆依也施斧文屏風於後次席竹席紛純謂以組爲緣飾朝也然後百辟乃入司儀辯等尊卑以班璧羔皮帛之贄既奠向日辟君也司儀掌九儀辨尊卑等班也子執穀璧男執皮帛卿執羔

六臣塗作除 六臣人作民

六臣雍作饔

吳

六臣茂作懋

羔莫定也班等既定言天子乃以三揖之禮禮之穆穆
焉皇皇焉濟濟焉將將羊七焉信天下之壯觀
也翰曰三揖者公卿特揖特獨也士二揖之大夫旅揖旅衆也言衆揖之士傍揖言不
正也穆穆皇皇濟濟將將皆盛美之皃乃羨公侯卿士登自東
塗訪萬機詢朝政勤恤人隱而除其眚所景人
或不得其所若已納之於隍良曰羨延也東塗東階也恤憂
也瘉痛也眚災也言天子憂民之所痛為除其災若不得其所猶己納於隍池之中荷
天下之重任匪怠皇以寧靜向曰皇暇也匪敢怠遑何暇為
安靜自樂發京倉散禁財賚皇僚逮輿臺銑曰皇大也賚
賜也輿臺賤稱上賜天官下及賤人命膳夫以大饗饔餼虛毅浹
子頻乎家陪翰曰膳夫主供食食熟曰饔生曰餼浹徧也陪諸侯之臣也言大享
賜官僚生熟之物徧於公卿之家春醴禮惟醇享燔伐元炙芬芬
銑曰醴酒也芬芬香也燔炙飲食之香也君臣歡康其醉薰薰千
品萬官已事而踆七旬反濟曰君臣歡康盡醉酒氣薰薰然言百官畢
禮事皆踆廻而退勤屢省昔井茂乾乾良曰尚書云屢省汝成功易曰
終日乾乾言勤茂此道也清風協於玄德淳化通於自然
銑曰言合玄遠之德通自然之道憲先靈以齊軌必三蘇濫思
以顧愆翰曰憲法也先靈先聖也軌跡愆過也言猶三思懼己有過招有
道於仄陋開敢諫之直言聘丘園之耿絜旅
束帛之戔戔音殘濟曰言求賢於仄陋又舉能直諫者耿絜清白皃易曰賁

選二

六臣聽作大

備 五臣六臣作偹

于丘園束帛戔戔陳列束帛皃上下通情式宴且盤向曰式用也宴
安也盤樂也及將祀天郊報地功銑曰祭南北郊報天地之功
祈福乎上玄思所以爲虔翰曰祈求也玄天也虔敬也肅
肅之儀盡穆穆之禮殫然後以獻精誠奉禋
祀濟曰殫亦盡言盡獻精誠敬奉禋祀曰允矣天子也濟曰允信也言
信矣天子之德乃整法服正上冕帶向曰法服天子服也整其冠帶
也珩行紞丁敢紘宏綖延玉笄綦其會火龍黼
黻藻繂律鞶步干厲銑曰皆冠帶名結飛雲之祫古洽輅
路樹翠羽之高蓋翰曰祫猶次也言次車樹翠羽為蓋如雲飛建
辰旒力求之太常紛颷必遙悠以容裔向曰辰日月星辰晝

選二 十一

之於旒垂十二旒名太常颷悠容裔從風轉薄皃六玄虬渠幽之奕奕
齊騰驤之沛普外艾良曰玄黑也天子乘六馬馬高七尺曰虬騰驤沛艾
馬行皃龍輈張流華轙蟻金鍐亡犯鏤錫音陽銑曰輈車轅刻
爲龍華華彩也載轡謂之轙金鍐鏤錫皆馬之飾方釳乞左纛徒到鉤
膺玉瓖音襄濟曰纛以牛犛尾爲之皆馬上飾鑾聲噦噦呼外和
鈴鈌鈌於良反銑曰噦噦鈌鈌皆鑾鈴聲重輪貳轄疏轂飛
軨音零良曰重爲輪以二轄括之疏轂刻其轂爲文飛軨畫緹紬繫軸上羽蓋
葳威蕤葩瑵爪曲莖濟曰葳蕤羽蓋皃瑵與爪同言羽蓋悉以金作
華飾之其莖屈曲而垂迆順時服而設副咸龍旂而繁纓
向曰五時之服各隨其車之方色以相副皆載龍旂繁多纓絡於其間立戈迆

六臣鑾作鸞
六臣鈒作𨱇
六臣按作案
六臣反作迴

弋止戛農輿輅木銑曰戛長矛也戈短故立於車上矛長故靡迤邪柱也農
輿籍田車也車無飾曰木屬之欲車九九乘軒並轂良曰屬車後車
也九九八十一乘也並轂言車多並行琿伏弩重旃朱旄青屋
翰曰輿載弩車餘皆車上飾奉引既畢先輅乃發銑曰言導引之
次已定先車乃行鑾旗皮軒通帛䊷千見旆銑曰鑾旗皮軒皆車
也通帛䊷旆皆差旗也雲罕九斿由鈒所及戟轇交轕音葛
向曰雲罕九斿旌旗別名鈒戟也轇轕亂皃髶而利髦毛被繡虎夫
戴鶡音曷翰曰髶髦髦頭并騎也衣繡衣武賁之士戴鶡冠也駙附承華
之蒲稍所交飛流蘇之騷殺桑葛反良曰駙副也蒲稍仟血馬也
言取承華廄蒲稍馬駙馬以為副流蘇五采毛為馬騷殺飄颺皃總輕武於

選二　十二

後陳奏嚴鼓之嘈曹囋才達反銑曰輕捷武猛者謂以軍兵在後
陳列鼓奏嚴鼓之聲嘈囋震發也戎士介而揚揮戴金鉦征
而建黃鉞翰曰戎士武士也介甲也言武士帶甲乃揚舉揮發也鉦鐃類黃鉞
金飾斧清道按列天行星陳肅肅習習隱隱轔
轔隣殿丁見未出乎城闕旆已反乎郊畛音真叶韻
濟曰天子清道而行若天之行轉星之陳布肅肅習習隱隱轔轔皆車馬聲言後車未出
城前驅已自郊而反言車騎之多畛界也盛夏后之致美爰恭敬
於明神向曰言敬神之美盛於夏德爾乃孤竹之管雲和
之琴良曰孤竹雲和皆山名生竹與梓可為管為琴因以名之雷鼓鼝鼝
烏玄六變既畢銑曰雷鼓鼓名鼝鼝鼓聲凡樂六變為一成冠華秉

稍六臣作矟
宗六臣作廟
狛六臣作胉

翟列舞八佾良曰言舞人冠華冠秉翟毛也佾列也天子八列也元祀
惟稱羣望咸秩翰曰元大也備舉也秩序也羣望羣山望祭者也言大祀
既舉望祭之山皆有次序颺槱由燎之炎煬揚致高煙於
太一向曰槱木名周禮用之楚燎之煙上至於太一太一星名天之尊神神歆
馨而顧德祚靈主以元吉濟曰歆饗祚報也天神既歆德馨報
我聖主元吉之福然後宗上帝於明堂推光武以作
配銑曰宗尊也配於上帝辯方位而正則五精帥而來
摧祖回反向曰推至也辯五方之位正其法則明五方精靈帥然來至也尊赤
氏之朱光四靈懋木保而允懷濟曰漢以火德故稱赤氏言尊
我赤氏之光四方之靈皆美悅而信安之懋美也允信也懷安也於是春秋

選二　二十三

改節四時迭代蒸蒸之心感物增思良曰不忘祖考
躬追養於宗祧吐堯奉蒸嘗與禴藥祠銑曰祭者所以
追養也祧遠祖廟春曰祠夏曰禴秋曰嘗冬曰蒸物牲辯省設其
福衡向曰將祭之物必稱省視之設福衡持牲物令不得觸也毛炰包豚
胉博亦有和羹良曰毛炰豚也胉脅亦有以和羹滌濯靜嘉
禮儀孔明濟曰嘉善也靜絜也孔甚也言滌濯絜善於禮儀甚明也萬舞
奕奕鐘鼓喤喤音皇濟曰萬舞干舞也奕奕舞皃喤喤鐘鼓聲靈祖
皇考來顧來饗平神具醉止降福穰穰而羊反向
曰神既來享醉止於此降福穰穰言多也及至農祥晨正土膏脈
起銑曰農祥謂天駟房星正月中晨見南方農之祥候也是時土脈潤起可以耕也膏

飾ニ臣作設　時ノ

淵也乘鑾輅而駕蒼龍良曰蒼青色乘此將籍田介馭間以
剡以冉耜向曰剡利也置利耜於介者左馭者右故曰閒耜田器也躬三推
土回於天田脩帝籍於千畝濟曰天田天子之籍田禮日躬耕帝
籍天子三推爲籍田千畝供禘亭細郊之粢盛必致思乎勤
己銑曰禘郊祀於粢以黍稷勤己戒怠情也　供兆人勸於疆場亦
咸懋力以耘云耔子音子翰曰疆場田畔也耘去草也耔擁本也懋勉也兆民
亦化相勸勉理田也春日載陽合射辟雍銑曰載陽三月也將行射
禮設業設虡巨宮懸金鏞向曰鏞大鐘也業虡懸鐘之具也宮
懸四面遂也鼖汾鼓路鼗逃樹羽幢幢音童翰曰鼖大鼓也
路鼗小鼓也樹羽毛插飾鼓也幢幢羽皃於是備物物有其容良曰
言此時禮物備有儀容伯夷起而相儀后夔坐而爲工
翰曰伯夷舜秩宗也使相視禮儀夔舜典樂者使之爲工言后者以其爲諸侯也時雖無
此二人言我今使賢皆此類故稱之張大侯制五正音征翰曰周禮云王
射三侯五正言王張五采之侯卽五正侯也設三乏厞翡司旌銑曰
厞隱也張三侯故設三乏以皮革爲之令人隱於内舉旌以指箭中不高下并夾
既飾儲乎廣庭濟曰并鉗箭具箭高手取不及當鉗取之備置於射堂之
庭於是皇輿夙駕輦仕往於東階良曰夙早也輦卻也卻在
東階以待天子以須消啟明掃朝霞登天光於扶桑
向曰須待也天光日也言大啓明星消滅不見朝霞掃除日上於扶桑乃天子出時天
子乃撫玉輅時乘六龍發鯨魚鏗華鐘大丙

選二　十四

弭節風后陪乘濟曰弭節猶按節也陪乘從車也大丙太一御也風后皇
帝時三公或按節爲御或使從車俱行亦類上文使伯夷與夔攝提運衡徐
至於射宮濟曰攝提星名隨斗柄所建十二月也玉衡北斗中星主迴轉也言
天子隨攝提所建玉衡所運至射宮是與天合德禮事展樂物具王
夏闋騶側留虞奏銑曰王出入則樂奏王夏王射奏騶虞決拾既
次彫弓斯彀古候反向曰次比也發張也決以象骨爲之著右手指以鉤弦
拾韝捍弦著左臂言二物相比彫弓遂張也彫弓言彫畫也達餘萌於暮
春昭誠心以遠喻良曰天子親射者助陽氣達萬物也暮春有草沐未
生者皆通達使生昭明也明誠心遠喻天下進明德而崇業滌饕
叨餮他結之貪慾音喻叶韻翰曰饕餮貪財食也言皆以德業滌除之使不
生也仁風衍而外流誼方激而遐鶩銑曰衍布也遐亦遠
也鶩馳鶩也言仁義四散及於遠方日月會於龍狵閭恤人事
之勞疚濟曰狵尾也尾星龍尾也日月會尾謂十月時也疚病也此時撫恤勞苦
疾病也因休力以息勤致歡忻於春酒良曰孟冬之月
勞農以休息人力勤勞使飲酒歡欣執鑾刀以袒割奉觴豆於
國叟翰曰鑾刀上鈴也袒肉袒也觴酒器也豆籩豆也國叟三老五更也言天子尊
事三老兄事五更親執刀肉袒割牲奉酒及籩豆於三老五更降至尊以訓
恭送迎拜於三壽向曰三壽三老也言天子降至尊之位迎送拜此三
老者以教訓天下恭敬也敬慎威儀示民不偷以朱反叶韻濟曰偷
薄也我有嘉賓其樂愉愉銑曰賓三老愉愉和悅皃也聲教

選二　十五

燿六臣作曜　田六臣作畋　叙六臣作次　陳六臣作塵

布濩盈溢天區翰曰濩散也言布散盈出匡宇文德既昭
武節是宣濟曰文德謂郊祀尊三老等武節謂講武三農之隙燿
威中原向曰隙暇也三農謂春夏秋是務農之時冬即農之暇也燿威謂燿兵威
歲惟仲冬大閱西園濟曰大閱簡車馬也西園上林苑也虞人
掌焉先期戒事良曰先期吉日以戒獵事悉率百禽鳩諸
靈囿向曰悉盡也率猶斂也鳩聚也獸之所同是謂告備向曰
亦聚乃告備具乃御小戎撫輕軒翰曰小戎之車輕可以獵也中
田四牡既佶奇栗且閑銑曰四牡四馬也佶健也閑習也言四馬至于
中田皆翹健慣習也戈矛若林牙旗繽紛迄于上林結
徒爲營濟曰繽紛風吹皃結車徒爲營城敘和樹表司鐸授

選二　十六

鉦正濟曰和軍門周禮大閱虞人爲表言敍列軍門建搢標表鉦鐸所以節進退言司主
者授人使擊鼓也坐作進退節以軍聲銑曰言鉦鐸坐而教進退
之節是謂軍聲三令五申示戮斬牲銑曰牲牛羊豕也斬牲者示人
之必戮明不從令者必斬陳師鞠旅教達禁成翰曰鞠告也皆知教
令識禁忌火烈具舉武士星敷銑曰使人俱舉火武士布散若星也
鵝鸛灌魚麗离箕張翼舒濟曰鵝與鸛皆陣名魚麗陣勢箕張
翼舒亦陣之形軌陳掩迒罔匪疾匪徐向曰掩覆迒迹也言車軌
之塵下覆落其迹是不疾不徐而得中馭不詭遇射不翦毛翰曰
射肯去者不揔射翦斷其毛升獻六禽時膳四膏良曰六禽鳥鴻
雉鶉鳶鷃也升上也上獻宗廟四膏牛膏香犬膏臊雉膏腥羊膏羶時膳供四時之膳也

驅六臣作毆　人六臣作民　驅六臣作毆

馬足未極輿徒不勞成禮三驅解罘伏侯放麟
銑曰既成禮而解網不欲多殺麟獸也稱放則餘獸可知不窮樂以訓儉
不彈物以昭仁翰曰彈盡也若此可教於儉明於仁也慕天乙
之弛式氏罟古因教祝以懷人向曰天乙湯也懷安也湯見網
置四面湯去其三面置一面祝曰欲高者高欲下者下吾取犯命者今嘉此以安萬人
儀姬伯之渭陽失熊羆而獲人濟曰儀法也姬伯文王也
文王將獵渭水之陽卜之曰所獲非熊羆霸王之師果遇太公載以俱歸言我武法
此而思之也澤浸昆蟲威振八寓翰曰浸潤也昆蟲小蟲也潤及
之言惠澤廣威遠八寓八方也穗好樂無荒允文允武良曰言好
降樂而不荒淫信文武之道薄狩于敎既璅璅焉岐陽之

選二　十七

蒐又何足數濟曰璅璅部陋也岐陽岐山之陽也成王所獵設地名宣王所
獵蒐狩皆獵也言天子過之彼皆鄙陋何足比數爾乃卒歲大儺奴何
毆除羣癘銑曰儺逐疫也歲終之日爲之以清京室也癘疫鬼方相
秉鉞巫覡胡激操七刀茢音例向曰方相氏蒙熊皮黃金四目秉持也鉞
鉞斧也男曰覡女曰巫茢黍穰可以厭鬼侲震子萬童丹首玄製
銑曰侲子童也皆朱冠玄衣子挑弧棘矢所發無臬音刈叶韻良曰
弧弓也臬限也無限其數飛礫雨散剛癉亶必斃向曰礫石也癉
鬼也言發不死而剛堅之鬼皆死也煌火馳而星流逐赤疫於
四裔翰曰煌火光也火馳星流言急也赤疫鬼名急逐惡鬼奔於四方然後
陵天池絕飛梁銑曰天池海也陵渡也飛梁浮橋也言逐鬼渡海爲浮橋

絕過之將至海外擒殺也捎外交所螭魅斮角側獝獰狂斬蜲
紆逸蛇斯腦奴老方良向曰捎斮斬腦皆殺害也餘並惡鬼名囚耕
父於清泠零溺女魃蒲葛於神潢音黃良曰清泠神潢皆水
名也耕父女魃皆鬼也言囚溺二鬼於二水之中殘夔魖虛與罔象
殪煙計野仲而殲子廉游光翰曰殘殪殲亦殺害也夔魖罔象野仲游
光皆鬼名八靈為之震慴之涉況鬾岐蜮域與畢方
濟曰八靈八方神也震驚也鬾蜮小鬼畢方老鬼言擒殺衆鬼於四海之外八方之神尚
猶警慴況老少之鬼乎言怖懼之甚度朔作梗哽守以鬱壘神
荼徒副焉對操七刀索葦向曰梗禦也操執也上古有神荼鬱壘
昆弟二人能執鬼度朔山鬼所出入處山上有桃樹二人於樹下閱百鬼無道理者縛以

葦索而飼虎言度朔有鬼為人祖病者使二人對執索葦以縛也目察區陬妻
司執遺鬼銑曰區陬隅隈也言鬱壘神荼視隅隈之間有遺餘之鬼將執之夫
大儺驅逐豈能見鬼逐殺於海外持索而縛之乎蓋作者飾其事壯其詞京室密
清罔有不韙音韋翰曰密靜周無韙美也言掃去衆鬼京室清淨無有不美
於是陰陽交和庶物時育濟曰庶衆也育養也若此言德化及
之卜征考祥終然允淑向曰卜征卜行將巡狩也考其嘉祥終然
吉善而後行乘輿巡乎岱嶽勸稼穡於原陸良曰岱嶽
太山也巡狩至此勸其稼穡同衡律而一軌量齊急舒於
寒燠於六反濟曰衡秤也律管也軌車跡也量斗斛也舒緩也燠暑也使天下衡律
軌量皆同為一而寒暑急緩齊均也省幽明以黜陟乃反旆而

黜六臣作令

又ノ

迴復銑曰省察也幽昧也黜退也陟升也察有暗者退之明者升之既畢而歸望
先帝之舊墟慨長思而懷古俟閶風而西遐
致恭祀於高祖翰曰舊墟西京也俟待也閶風閶闔之風也言待此風自
西遐遠而至乃祀高祖也既春游以發生啓諸蟄於潛戶
向曰春為發生仲春之月蟄蟲咸動啓地戶而出言春游者為有蟄蟲潛匿未出者故巡
游以啓之發出之度秋豫以收成觀豐年之多稌徒戶反銑
曰一游一豫為諸侯度豫亦游也言秋游者觀收成見豐年之多稌稻也
田畯之匪懈勤致賚于九扈音戶良曰畯主田吏九扈農正也嘉
其勤而匪懈皆賜賚之左瞰勘暘谷右睨玄圃眇天末
以遠期規萬世而大摹莫補叶韻向曰摹法也瞰視也暘谷日出

睨亦視也玄圃在崐崘山言天子巡狩東視日出之處西視崐崘之上眇然於天末為
期視以萬代之業且歸來以釋勞膺多福以安念
反銑曰膺當也念寧也言自巡游而還釋吏士之勤勞受多福以安寧總集瑞命
備致嘉祥良曰總會集聚也瑞命嘉祥皆王者之美應圉語林氏
之騶鄒虞擾澤馬與騰黃濟曰圉牢也擾馴也林氏有珍獸名
騶虞澤馬騰黃皆神馬也言皆得牢養馴擾之鳴女牀之鸞鳥舞丹
穴之鳳皇向曰女牀山有鸞鳥丹穴山有鳳皇言皆集於此而鳴舞植華
平之春圃豐朱草於中唐銑曰華平瑞木名朱草瑞草名中唐
中庭也言種植於圃豐盛於庭惠風廣被澤洎幽荒向曰惠風仁惠
之風洎及也幽荒九州之外言惠澤及遠北燮素丁零南諧越裳

銑曰夔和也丁零越裳皆國名言能以德和諧西包大秦東過樂浪音郎翰曰樂浪大秦東西遠國名言盛德包過於此重舌之入九譯僉稽首而來王翰曰僉皆也稽首拜也重舌謂蠻夷狄之語重寫敘其詞舌以譯其意若此譯語度九重之國乃至於此皆來歸于我王而拜首於前也是故論其遷邑易京則同規乎殷盤改奢節儉則合美乎斯干銑曰遷邑易京謂改都東京也盤殷王盤庚言與之同德斯干刺儉之詩亦與之合美登封降禪則齊德乎黃軒為無為事無事永有民以孔安遵節儉尚素樸思仲尼之克己履老氏之常足翰曰孔子云剋己復禮老子云知足常足將使心不亂於所在目不見其可欲向曰老子

選二　二十

云不見可欲使心不亂賤犀象簡珠玉藏金於山抵紙璧於谷濟曰犀象牙角也賤簡藏抵皆輕棄不用翡翠不裂瑇瑁不蔟音族良曰不割裂其羽不又蔟其體以為用所貴惟賢所寶惟穀翰曰賢可理人穀可食人故特貴之人去末而反本咸懷忠而抱愨苦谷反良曰愨實也末謂浮華本謂忠實人皆去彼取此也于斯之時海內同說曰吁漢帝之德侯其褘於離而銑曰侯惟也褘美也而語助蓋蓂莢為難蒔神志也故曠代而不覿惟我后能植之以至和平方當數所主諸朝階向曰蒔栽也覿見也后君也植種也蓂莢瑞草生於階下月一日生一莢至十六日落一莢至晦而盡君月小則一莢厭不落王者鑑以知月大

小言此草不可栽我君能植之於朝階方數莢之數以辨月大小然則道胡不懷化胡不柔良曰胡何也懷安也柔和也聲與風翔澤從雲遊銑曰言仁聲德澤隨風從雲布霑天下萬物我賴亦又何求濟曰我賴我也皆賴我君之德無所求也德寓天覆趣輝烈光燭翰曰寓猶蓋也言帝德為蓋如天之覆下人輝烈光燭皆明也言德之自上而照猶天垂日月而明狹三王之趢禄趗七木軼五帝之長驅踵二皇之遐武誰謂駕遲而不能屬向曰狹陋也趢趗小皃軼過也踵繼也武跡也屬及也我既陋小三王過越五帝追繼二皇之遠迹誰謂車遲而不及言可與爭先也二皇伏羲神農東京之懿未罄值余有犬馬之疾不能究其精詳故粗為賓

選二　二十一

言其梗槩如此翰曰懿美也罄盡也究亦盡也梗槩猶大綱賓謂公子也先生稱犬馬謙也若乃流遁忘反放心不覺樂而無節後離其戚銑曰遁去也離羅也戚憂也言隨流而去失其歸心自放不寤樂無節度後必罹其憂患秦奔是也一言幾渠衣於喪國我未之學也濟曰幾近也請公子之失言且夫挈苦結缾之智守不假器況纂祖管帝業而輕天位良曰挈提缾器也言提器之小人用智守器尚不肯假借與人而況繼帝之業得輕其位者乎言公子多說奢侈之事輕帝位者何足尚也瞻望二祖厥庸孔肆常翹翹以危懼若乘奔而無轡銑曰二祖高祖光武也庸功也肆勤也翹翹危皃言瞻此二祖其功甚勤勞常猶翹翹然君乘奔馬而無轡勒危懼之甚是以成功白龍

八六臣作民
植六臣作殖
代六臣作世
當六臣作特
望六臣作御

人六臣作民　懼六臣作畏　惕六臣作以

魚服見困豫且子余雖萬乘之無懼猶怵惕於
一夫終日不離於輜重羽微行其焉如向日焉何
也銑往也伍子胥曰昔白龍下入清泠泉化
爲魚豫且射中目休攜鶩飾息卷子云聖人
終日行不離輜重輜靜也夫白龍化爲魚則
見傷於豫且始皇高祖雖有萬乘見驚於張
良貫高言天子行在於安靜逞重獨自輕微
行將何往也此謂公子務西京歲行要屈之
也夫君人者黈主纊塞耳車中不內顧翰曰黈纊塞耳
者不聞不急之言內
者不欲外視至下之私顧旒以制容鑾以節
塗音度叶韻銑曰言聽
鑾灑之聲以爲節制行不變玉鸞不亂步
良曰行緩急得中則王聲和
不變馬行步整齊鑾聲乃和却走馬於糞車何
惜騕褭與飛兔濟曰驂褭飛兔駿馬名
騕日行五千里兔日行

三萬里君子云天下有道却走馬以糞糞音
田糞車也言禮義大布甲兵不起却走馬以
務農雖有駿馬務無方其用財取物常懼生
所用諱復愛惜之
類之殄也賦政任役常畏人力之盡也取之
以道用之以時銑曰殄盡也言
殄約而愛人山無槎仕假枿
五畋不麛烏向日斫木曰槎斬木而復生
萬老胎日枿山不爲槎枿畋不傷麛
胎言仁之至也復折公
子護胎卵校獲麑麌草木禁廡武鳥獸阜
滋阜大也銑曰廡盛人懽其勞樂輸其財銑曰省
役薄斂百
姓同於饒衍上下共其雍熙良曰衍盛也雍和熙盛也洪
恩素蓄人心固結良曰重言高祖已下
積蓄恩惠人心牢固執義
顧主夫懷貞節銑曰王莽時人皆顧思漢
主雖匹夫猶懷貞至之節忿

大者六臣作大　罝一界　志イ

姦慝之干命怨皇統之見替音叶韻鐵玄謀設而
陰行合二九而成譎翰曰姦慝王莽也干逆
也玄神也神人之謀陰
行十八年
而成變也登聖皇於天階章漢祚之有秩徒結
反濟曰天階天子位也聖
皇光武也彰明秩常也若此故王業可樂
焉今吾子尚好勸小子民以諭適樂忘人怨之
爲仇也良曰勸盡也諭僥倖也仇讎也令公
子所好盡人力以僥倖一時之樂不
布人怨也
己諱也好殫物以窮寵忽下叛而生憂向日
彈盡也寵翳也憂悉也言盡人財
以恣其驕不悟人叛已而取憂患夫水所以
載舟亦所以覆舟翰曰君之臨人猶舟之在
水御之失道必致傾覆
堅冰作於履霜尋木起於櫱魚竭栽音栽銑曰
櫱栽小樹

也皆從微至著
猶不可不慎也昧旦丕顯後世猶怠況初制
於甚泰服者焉能改裁云叶韻翰曰昧早
丕大也言早起行大
明之道後世子孫猶復懈怠而況首爲
奢泰服行之者豈能改而裁之爲儉約故相
如壯上林之觀揚雄騁羽獵之辭雖係計以
隤牆填壍念亂以收罝嗟解罘浮卒無補於
風規祇以昭其愆尤銑曰言西京之時司馬
相如作上林賦云頹牆
填壍揚雄羽獵賦云收罝解罘以諷諫主終
不納後其不得補於風人之規諫適足以明
其愆
而已臣濟奢以陵君忘經國之長基故
函谷擊柝託於東西朝廷顛覆而莫持向濟日
也柝守夜所擊木也是時賊臣益爲奢後攻
陵其君不爲國家長久之計故王莽得之篡

中有之　人六臣作民

迸希使兵擊木守關而三輔兵已入長安此則西京朝廷顛覆不可扶持凡人

是所學體安所習鮑肆不知其臭翫其所以先入向曰入染也言凡人以所學焉是以己習焉安猶久處鮑魚之市不覺其臭亦猶習染者後之事不知其非咸池不齊度於鼃烏瓜咬交而眾聽者疑惑能不惑者其唯子野乎翰曰咸池皇帝樂也鼃咬淫聲其聲豈可齊度而眾人聽者不辨其聲美惡而疑之子野師曠也善音律若聽此音而不疑惑者獨曠而已言公子昧者僉之得失與眾人正樂與淫聲而不相辨豈可同於師曠不惑爭客既醉於大道飽其文義銑曰客公子也得道義之味勸德畏戒喜懼交爭良曰交爭於胷中惘然若醒朝疲夕倦奪氣褫雉魄之為者也濟曰醒酒病也褫奪也惘惘然若朝病酒與夕疲倦奪其神氣奪散魂魄其為如此妄其所以為談失其所以為夸良久乃言曰鄙哉予乎習非而遂迷也幸見指南於吾子翰曰吾子先生子公子自責已迷幸得先生為我指南若僕所聞華而不實先生之言信而有徵鄙夫寡識而今而後乃知大漢之德馨咸在於此良曰言先生之言信實有驗我自鄙陋無識而今之後乃知至德馨香咸在東京昔常恨三墳五典既泯仰不覩炎帝帝魁之美銑曰泯絕也炎帝神農後也帝魁神農名得聞先生之餘論則大庭氏何以尚茲走雖不敏庶斯達矣向曰大庭氏古君也走猶走使之人公子自

選二 二十四

南都賦

張平子

翰曰南都在南陽光武舊里以置都焉桓帝時議欲廢之故衡作是賦盛稱此都是光武所起之處又有上代宗廟以諷之

於顯樂都既麗且康向曰於歎美之詞麗美言安也樂都謂南都陪京之南居漢之陽濟曰京東京漢漢水割周楚之豐壤跨荊豫而為疆體爽塏以閑敞紛都都其難詳爽明也塏高也閑敞清虛貌都都眾美貌難詳悉也爾其地勢則武闕關其西桐柏揭竭其東良曰以武闕山為關揭表也以桐栢山為表流滄浪而為隍廓方城而為墉

選二 二十五

翰曰阿那垂貌蓊茸亂密貌風靡雲披皆竹動貌爾其川瀆則滍雉澧禮藥藥瀙想亂發源巖穴銑曰滍澧藥瀙皆水名潛廅於臘洞出沒滑骨瀎蔑潏音決良曰廅山傍穴也言水洞出此穴沒滑瀎潏疾流之貌布濩護漫汗漭莽沆胡朗洋溢良曰言廣大也總括趣趨歙呼荅箭馳風疾濟曰言江海欲受諸水故摠括而趨之流湍投濈戢砏普貧汃八輣普耕軋烏黠反翰曰濈水行出也砏汃輣軋波相激之聲長輸去遠逝漻流淚力計淢域汩于筆反銑曰漻淚淢汩疾流貌其水蟲則有蠳龜鳴蛇潛龍伏螭丑知反濟曰皆水蟲名鱏尋鱣張連鰅隅鱅常容黿鼉鮫交蠵以規反濟曰鱏鱣鰅鱅皆魚名黿鼉鮫蠵皆水獸名巨蚌

嶱六臣作嵑　剌

於漢皐之曲濟曰有神耕父處豐山常游清泠之泉出入有光鄭交甫南適
楚過于漢皐臺下遇見二女珮珠而游其山則崆口江𡷵五江嶱苦葛
嵑五葛嵣唐㟮莽嶚遼剌力割反向曰皆山高峻廣大皃岝
仕白峉額𡾊祚迴嵬五迴巇香金許宜屹魚乞嵲五結反向曰不
齊不平危險連絕皃幽谷嶜岑吟夏含霜雪翰曰嶜岑峻極
皃言山谷峻極深邃雖當夏之月亦含蓄霜雪或岩立崣鄰而纚力氏
聯或豁爾而中絕良曰岩崣相連皃纚聯絕相屬皃鞠巍巍
其隱天俯而觀乎雲霓五結反叶韻向曰鞠高皃若夫天
封大狐列仙之陬子侯反翰曰天封大狐皆山名聚居爲陬上平
衍而曠蕩下蒙籠而崎綺宜嶇良曰曠蕩寬廣也言山上平衍

選二　二十六

廣大列仙於此聚居坂坻遲巀截嶭五結而成巘魚免谿谷壑
錯繆謬而盤紆銑曰坻岸也巀嶭高峻皃巘山若甑形也錯繆雜亂也盤
紆屈曲也芝房菌奇殞蠢昌尹生其隈玉膏滵蜜溢流
其隅翰曰芝房芝草茂房也菌蠢芝皃玉膏玉之脂膏滵溢流皃隈隅皆側也崐
崘無以奓閬浪風不能踰向曰崐崘閬風皆山名後大踰過也
言此都諸山峻險雖崐崘閬風無以爲大亦不足過其木則檉勑貞松楔
更黜櫻即梫寢栢杻女九橿疆楓柙甲櫨盧櫪歷
帝女之桑楈胥枒耶栟幷櫚閭柍於兩柘之夜檍
憶檀向曰皆木名結根竦本垂條嬋蟬媛袁布綠
葉之萋萋敷華蘂之蕤蕤素回反叶韻濟曰嬋媛枝相連引也

侈六臣作奓

蝦六臣作瑕　蜲六臣作委

鶂六臣作鵾

函珠駮剝蝦加𧍙紆蛇逸危也言蚌含珠而游矣濟曰巨駮皆大
而行逶迤其陂澤則有鉗盧玉池赭陽東陂翰曰
鉗盧玉池陂澤名貯水渟亭洿烏亘望無涯音宜銑曰渟洿
水不流也亘竟也其草則有䔧平表苧直呂薠煩莞桓蔣
孤蒲蒹葭銑曰皆水草名藻茆卯菱芡渠儉芙蓉含
華從風發榮斐披芬葩向曰藻茆菱芡芙蓉皆水草名芬葩香氣
言芙蓉順風開華菲披然有芳香也其鳥則有鴛鴦鵠鷖烏兮鴻
鴇保鴐加鵝鶡苦扎鷿步鷉吐雞鷫肅鷞所良
鶤昆鸕盧良曰皆鳥名嚶嚶烏耕和鳴澹徒濫淡徒敢隨波
良曰嚶嚶鳥聲澹淡自恣皃其水則開竇灑流浸彼稻田

選二　廿八

泄六臣作渫

柘六臣作蔗　蕃六臣作蟠　椱六臣作侯

銑曰竇水孔也溝古澮會脉連堤塍繩相輑立均反翰曰溝澮之
類稻畦脉連猶血脉相連輑亦相連也朝雲不興而潢潦若獨
臻濟曰臻至也潢潦雨水也言決渠灌田雖朝雲不起自當雨水決泄薛則
暵罕爲溉古愛爲陸銑曰暵乾也水入爲溉水出爲陸冬稌肚
夏穱側角隨時代熟良曰稌稻穱麥也其原野則有桑
漆麻紵菽麥稷黍百穀蕃廡武翼翼與與向曰
紵麻也蕃廡盛皃翼翼與與茂盛皃若其園圃則有蓼了蕺
側立蘘羊荷藷諸蔗之夜薑蟠繁菥先歷蓂覓芋于遇
瓜翰曰皆菜之屬乃有櫻烏耕梅山柿助滓侯侯桃梨
栗梬郢棗若榴穰而羊橙直耕鄧橘銑曰皆果名穰鄧皆地名

撤六臣作徹

彫琢六臣作琢彫

授六臣作受

出撜擣也其香草則有薜蒲計荔力計蕙若薇武非蕪蓀
孫萇場晻於感曖愛蓊烏揔蔚含芬吐芳翰曰晻曖蓊蔚
皆茂盛皃其廚膳則有華薌鄉重秬渠舉滍秩履皐
香秔公行反向曰華薌名出重秬滍皐澤名出香秔重秬黍名香秔稻名歸
鴈鳴鵽丁滑黃稻鮮魚以為芍藥音略濟曰芍藥五味
之主酸甜滋味百種千名春卵夏筍秋韭冬菁
翰曰菁蔓菁蘇蔱殺紫薑拂撤羶腥向曰言蘇蔱紫薑香辛能
拂除羶腥之氣也蘇蔱香菜也酒則九醞甘醴十旬兼清醪
良曰九醞十旬皆酒名敷布也酒膏徑寸布於酒上敷徑寸浮蟻若蓱
亦有浮蟻如水蓱也其甘不爽醉而不酲銑曰爽傷也酲酒病言甘

不傷其口醉不病其身及其糾宗綏族禴藥祠蒸嘗向曰
糾合宗族綏安也禴祠蒸嘗四時祭祀之名以速遠朋嘉賓是將
濟曰速召也將進也言此時召遠方之朋故嘉
揖讓而升宴於蘭堂
賓是進為揖讓之禮而升堂蘭者取其芬芳也珍羞琅玕充溢圓方
翰曰珍美也羞飲食也琅玕玉名飲食比之所以為美器有圓方皆充溢其中彫琢
狎獵宅甲金銀琳琅向曰狎獵衆飾皃琳琅亦玉名言彫琢金錄琳琅以
為器侍者蠱也媚巾鞲溝鮮明良曰蠱媚美容儀也巾鞲皆女
服被服雜錯屨蹻華英銑曰雜錯采一也華英光輝也言屨蹻生華
光輝也儇緣瞚才齊敏授爵傳觴獻酬既交率禮
無違銑曰儇惠也敏疾也言惠才齊敏授爵獻酬無違於禮彈琴擫奴牒

驥騄六臣作騄驥

婘六臣作卷

籥流風徘徊良曰籥器也言樂聲結風也清角發徵聽者
增哀翰曰既奏清角又奏清徵故增其哀客賦醉言歸主稱露
未晞濟曰皆詩也所以盡主客之情晞乾也接歡宴於日夜終
愷樂之令儀良曰言日夜歡宴終此善儀也於是暮春之禊
胡計元巳之辰方軌齊軫祓拂于陽瀕向曰元巳三日
也言暮春三日並跡齊車禊于水之陽濱祓除垢疾朱帷連網曜野英
雲男女姣古卯服駱驛繽紛銑曰網連帷之繩姣好也駱驛繽紛
衆多皃也致飾程蠱冶偠於眇紹便婢綿娟向曰偠紹便娟多容
嫈也微眺流睇蛾眉連婘音權濟曰睇傾視也連卷曲皃於是
弛齊僮唱兮列趙女坐南歌兮起鄭舞白鶴飛

兮繭曳緒翰曰白鶴飛繭曳緒皆舞人之容也猶蠶繭曳絲緒而相連脩
袖繚繞而滿庭羅襪躡叶蹀徒頰而容與向曰脩長
也繚繞飄颻皃躡蹀小取步而行其容與翩綿綿其若絕眩縣將
墜而復舉翹遙遷延蹩蒲結躠素結蹁步眠僊星田反銑
曰皆舞之容狀眡謂顧視結九秋之增傷怨西荊之折盤
良曰古樂府九秋妾薄相行曰齊謳楚舞紛紛歌聲上激青雲西荊即楚也折盤舞曲名
彈箏吹笙更古衡為新聲寡婦悲吟鵾昆雞哀
鳴坐者悽欷虛欷蕩魂傷情翰曰寡婦鵾雞皆曲名悽欷猶悽愴
也使人魂神蕩越情意感傷於是羣士放逐馳于沙場驥
騄綠齊鑣彼苗黃閒機張足逸驚飆鏃祖祿析毫

僊六臣作蹁

綱六臣作網

英六臣作映

青六臣作清　旣六臣作特　舉六臣作譽　代六臣作世　覩六臣作覯

茫俯貫魴房鱮序，仰落雙鶬倉。魚不及竄七亂，鳥不暇翔。濟曰驟騤馬名齊轡也黃間弩也迅驚飈言馬足疾也折毫芒言之妙也魴鱮魚名俯射之鶬鳥名仰射之不及竄不暇翔言中速也爾乃撫輕舟兮浮青池，亂北渚兮揭立竭南涯。汰太瀺仕咸灂仕角兮船容裔，陽侯澆古堯兮掩鳧鷖烏奚。追水豹兮鞭蝄蜽，憚丁達夔龍兮怖蛟螭勑離反。向曰絕流曰亂揭猶揭也汰水波也瀺灂波皃容裔船行皃陽侯波神也大波為澆鳧鷖水鳥名水豹蛟蛇也蝄蜽水神也夔龍蛟螭水獸也言乘舟追蛟蛇鞭撻水神驚怖水獸憚驚也於是日既逮昏，樂者未荒。濟曰雖遊樂者未至荒淫收驩命駕，分背迴塘，車雷震而風厲，馬鹿超而龍

驤。翰曰塘堤也言背堤而歸雷震風厲驅車之聲鹿超龍驤比其疾也夕暮而歸，其樂難忘，斯乃遊觀之好，耳目之娛，未覩其美者，焉足稱舉。良曰言未觀南都之美何足為稱游觀耳目之事將述置南陽之意故設此詞夫南陽者，真所謂漢之舊都也。遠代則劉后甘厥龍醢海，視魯縣而來遷。翰曰劉累學擾龍於豢龍氏以事孔甲龍一雌死潛以為醢以進夏后夏后食之又使求之懼而進於魯縣魯縣即南陽郡劉累漢之遠祖也覩視也奉先帝而追孝，立唐祀於堯山。銑曰先帝謂堯也水經云魯縣立堯山於西山謂之堯山漢承堯之後故追孝而立固靈根於夏葉，終三代而始蕃。音繁翰曰劉累自夏而遷於此故云固靈根於夏葉終于殷周秦三代然後漢興乃

而六臣作言　睿哲六臣作明叡　狼六臣作虎

蕃盛非純德之宏圖，孰能揆而處旃。銑曰純至也宏大也孰誰也揆度也旃之也近則孝侯思故，匪居匪寧，穢長沙之無樂，歷江湘而北征。濟曰春陵孝侯長沙定王曾孫以春陵下濕難處上書願徙南陽守墳墓元帝許之於是北徙故云思故也不安居於長沙西穢之路自湘江北行曜朱光於白水，會九世之飛榮。翰曰孝侯因家南陽也漢火德故言曜朱光也光武高祖九代孫故謂之九世飛榮也榮光發也察茲都之神偉，啟天心而寤靈。向曰言孝侯能察此都之神奇實上天啓開其心又寤先靈之意使之王也偉奇也於是宮室則有園廬舊宅，隆崇崔嵬。良曰言高大皃御房穆以華麗，連閣煥其相徽，聖皇之所逍遙，靈祇之所

保綏。翰曰御房帝舊房也祖徽言俱美也聖皇光武也綏安也章陵鬱以青葱，清廟肅以微微。向曰建武中更名春陵為章陵青葱茂盛皃微微幽深皃皇祖歆而降福，彌萬祀而無衰。帝王臧其擅美，詠南音以顧懷。銑曰皇祖高祖也歆享祭祀使萬代不衰歌也帝王光武也言光武善我此地專擅天之美猶鍾儀操南音不忘本顧懷謂光武來過章陵且其君子，弘懿睿哲，允恭溫良，容止可則，出言有章，進退屈申，與時抑揚。濟曰弘大也懿美也睿聖也哲智也允信也良善也言君子有大善聖智信溫恭善之容止言詞我高祖光武兼之故能曉時屈申抑揚方今天地之睢虛惟剌力達，帝亂其政，豺狼肆虐，真人革命之秋也。良曰方向也向今猶

踏六臣作蹈
覽六臣作攬
邵六臣作召
兒六臣作鯢
焉六臣作然

時也雖剝謂禍難也言向時秦莽天下禍篡帝失其政教故豺狼得肆其暴虐正是高
祖光武華命之欲豺狼喻姧臣 爾其則有謀臣武將皆能攫
九縛 夭執猛破堅推剛排揵 件 陷扃蹩 此育 踏咸
陽 翰曰攫夭猛壯勇之人也揵拒門也能排之扃門限也能陷之所以蹩踏咸陽也
此皆高祖光武之將士 高祖階其塗光武覽其英 良曰高祖
啓南陽郡而入武關故謂階其塗光武起於此故謂覽其英 是以關門反
距漢德久張 長 向曰反距謂反覆距關高祖都西而距東光武居東而距西故
能長久 及其去危乘安視人用遷 銑曰去危乘安謂太平也
視人所安而設教 周邵之儔據鼎足焉以庀 匹婢 王職
良曰庀理也言漢家亦有周公邵公之儔輔佐可依如鼎足者以理天子之職 搢紳

之倫經綸訓典賦納以言 濟曰倫理也典法也賦布也搢插笏
於紳紳大帶也言賢智之臣經理訓法出入布納以善言 是以朝無闕政
風烈昭宣也 翰曰烈業也照明也宣通也 於是乎兒 倪 齒
眉壽鮐背之叟皤皤焉被黃髮者 銑曰兒齒眉壽鮐背
黃髮皆老人也皤皤亦老者皃也 喟然相與歌曰望翠華之葳
蕤建太常兮裶裶 音霏良曰翠華蓋也太常旗也葳蕤裶裶皆旗皃言
老人思天子而依是歌 駟飛龍兮騤騤 逵 振和鸞兮京
師 向曰騤騤壯健皃和鑾振響發於京師京師東京也和鑾車上之鈴 總萬乘
兮徘徊按平路兮來歸 銑曰徘徊安行狀來歸歸南都也 豈
不思天子南巡之辭者哉遂作頌曰 濟曰南都老人

若此豈曰不思天子之歌辭哉是以復頌之 皇祖止焉光武起焉
據彼河洛統四海焉 翰曰皇祖高祖也止謂咎南陽也光武起南陽
據河洛謂東京也 本枝百代位天子焉永代克孝懷
桑梓焉真人南巡覩舊里焉 銑曰本枝俱蒞可以百代克能
也桑梓謂南都言光武能行孝思舊因諫桓帝何不生之章言真人南巡者亦真天子復
南巡見舊里邑也

三都賦序

左太沖

向曰藏榮緒晉書云左思一太沖齊國人也少博覽史記作三都賦搆思十年門庭藩溷皆著紙筆遇得一句即踈之徵爲祕書賦成張華見而咨嗟都邑豪貴競相傳寫三都者劉備都益州號蜀孫權都建業號吳曹操

都鄴號魏思作賦時吳蜀已平見前賢文之是非故作斯賦以辨衆惑
蓋詩有六義焉其二曰賦楊雄曰詩
人之賦麗以則 銑曰美麗有法則 班固曰賦
者古詩之流也先王採焉以觀土風
見綠竹猗猗 於宜 則知衛地淇澳 於六 之
產 良曰詩衛風云瞻彼淇澳綠竹猗猗 見在其版屋則
知秦野西戎之宅 濟曰詩秦風云西戎版屋亂我心曲
故能居然而辨八方然相如賦上林
而引盧橘夏熟楊雄賦甘泉而陳玉
樹青葱班固賦西都而歎以出比目

張衡賦西京而述以遊海若假稱珍怪以為潤色銑曰潤其文章使有光色若斯之類匪啻失至向曰匪啻言多也考之果木則生其壤校之神物則出非其所於辭則易為藻飾於義則虛而無徵且夫玉卮紙移無當去雖寶非用向曰卮酒器也當底也且有玉器無底雖是寶物終不堪用侈言無驗雖麗非經濟曰侈大也經常也若大言而無徵驗者雖華麗不可以為常而論去者莫不詆丁禮訐斤謁其研精作者大氐丁禮舉為憲章良曰詆呵訐舉也大氐猶大略

選二　三十五

也言以其有研精之處莫敢呵責舉發之大都仍舉以為法則積習生常有自來矣翰曰言習常己久余既思摹莫蒲二京而賦三都其山川城邑則稽之地圖鳥獸草木則驗之方志風謠歌舞各附其俗魁梧長者莫非其舊銑曰憲法稽考志記也魁梧猶大德也何則發言為詩者詠其所志也升高能賦者頌其所見也美物者貴依其本讚事者宜准其實非本非實覽者奚信且夫任土作貢虞書所著辯物居方周易所慎

翰曰虞書云任土作貢易曰君子以辨物居方令物各當其所故常慎之聊舉其一隅攝其體統歸諸詁訓焉銑曰詁訓古言也舉一隅攝取其體裁統理皆歸諸古人之言

蜀都賦

有西蜀公子者言於東吳王孫向曰太沖假立蜀公子吳王孫相誇以奢麗後以魏先主別法度折之曰蓋聞天以日月為綱地以四海為紀九土星分萬國錯跱崤胡交函有帝王之宅河洛為王者之里翰曰錯雜跱立也九土九州也各在星之分野而萬國雜列其中崤函西京河洛東京宅里皆居之吾子豈亦曾聞蜀都之事歟請為左右揚搉古學而

選二　三十六

陳之銑曰吾子謂王孫也揚搉粗略也公子不直斥王孫而言左右者敬之夫蜀都者蓋兆基於上世開國於中古廓靈關而為門包玉壘而為宇帶二江之雙流抗峨眉之重阻濟曰廓開也包括抗舉險阻也蜀主之先名蠶叢目蠶叢至開明三萬四千歲故云兆基上代秦惠王時滅蜀王封公子通為蜀侯其後置郡以李冰為守穿兩江為人開田是時蜀人始伏中國言語頗與華同故曰開國中古靈關玉壘峨眉皆山名宇猶為區宇也江水分為二故云帶二江也水陸所臻兼六合而交會焉豐蔚所盛茂八區而菴烏覽藹焉良曰臻至也豐蔚山林果實之饒也八區八方也菴藹茂盛皃於前則跨躡犍乾牂臧枕鴆之交趾經途所亘五千餘里向曰跨躡

彫六臣作凋 倏六臣作儵 影六臣作景 焰六臣作爓 魄六臣作珀

枕輢皆憑據也犍牂交趾皆郡名途道也亘長也山阜相屬含谿懷谷岡巒糾紛觸石吐雲濟曰阜大山也糾紛雜亂也言山藏雲觸石而出鬱葐份蒀於文以翠微崛魚勿巍巍以峨峨干青霄而秀出舒丹氣以為霞銑曰翠微山氣之輕縹者葐蒀氣皃崛特起也巍巍峨峨皆高皃霄天也秀猶拔擢也崐崙山有赤水其氣上蒸為霞言此亦有之龍池瀥胡角瀑旁角濆其隈漏江洑流潰胡內其阿汨骨若湯谷之揚濤沛普貝若濛汜似之涌波翰曰龍池出名漏江洑流皆江名瀥瀑水沸聲潰漬皆表流皃汩沸水沘盛皃湯谷水名日所出濛汜水名日所入言此水類之隈阿皆曲也於是乎邛竹緣嶺菌桂臨京崖宜旁挺龍目側生荔枝

選二 三十七

布綠葉之萋萋結朱實之離離迎隆冬而不彫常曄曄而猗猗向曰邛竹竹名菌桂木藥名龍目荔枝皆果木名萋萋離離茂盛皃隆盛也言此物無彫落迎盛冬而生曄曄猗猗皆美盛皃孔翠群翔犀象競馳白雉朝雊主猩猩夜啼金馬騁光而絕景碧雞倏忽而曜儀火井沈熒於幽泉高焰飛煽扇於天垂濟曰孔孔雀翠翡翠白雉皆鳥名犀象猩猩皆獸名金馬碧雞神物也言此二神曜騁光儀也蜀有火井以家火投之須臾如雷聲焰出通天言火在井故云沈熒熒光也其間則有虎珀丹青江珠瑕英金沙銀礫歷符采彪炳丙暉麗灼爍舒藥反良曰丹青石名也虎魄江珠瑕英金沙銀礫皆珍寶也彪炳灼爍光彩

紅 洑六臣作伏 柫六臣作枒

皃於後則却背華容北指崐崙緣以劒閣阻以石門銑曰華容水名崐崙山名劒閣谷名石門山名流漢湯湯傷驚浪雷奔望之天廻即之雲昏向曰湯湯流皃雷奔水聲也即就也遠望眩轉若天迴之迴就見水氣如雲霧之昏水物殊品鱗介異族或藏蛟螭知或隱碧玉嘉魚出於丙穴良木攢於褒谷翰曰鱗魚之屬介甲也龜之屬蛟螭水神也碧玉水石也嘉魚魚名也丙穴穴名也良木大材木也褒谷谷名其樹則有木蘭梫七林桂杞櫹蕭椅桐椶宗枒邪楔八耕樅七松反向曰皆木名楩頻綿枏南幽藹於谷底松柏蓊鬱於山峯翰曰楩枏下木幽藹蓊鬱茂盛皃擢脩幹竦長條扇飛雲

選二 三十八

拂輕霄羲和假道於峻歧陽烏迴翼乎高標濟曰言山木之高也岐樹奇枝也高標高枝也羲和日馭也馭日至此礙於高樹故假道而行陽烏日中烏至此亦迴羽翼於高枝而進巢居棲西翔聿兼鄧林良曰巢居鳥也聿猶是也言衆鳥之游止兼倍於鄧林鄧林林名穴宅奇獸窠宿異禽熊羆咆步交其陽鵰鶚鴥聿其陰猨狖弋狩騰希而競捷虎豹長嘯而永吟翰曰穴居也窠鳥巢也咆號也鵰鶚鳥名鴥疾皃狖獸名希空虛捷疾也於東則左綿巴中百濮卜所充外負銅梁於宕徒浪渠內函含要害以膏腴音俞向曰綿歷也巴中地名百濮夷名充滿此地銅梁山名宕渠邑名要害險固膏腴肥沃也其中則有巴菽巴戟靈壽桃

鷩六臣作蟞
鵜六臣作蛦
元六臣作黿
包六臣作苞

枝樊以蘺租圍澶以鹽池向曰巴菽巴戟皆藥名靈壽木名桃
枝竹屬樊藩也蘺草名根可食故種之於圍以為藩籬鹽池利人亦澶其側也鷩必滅
鵜山棲元龜水處潛龍蟠於沮澤應鳴
啼良曰鷩鳥名也元龜大龜也沮猶下濕也巴東有澤人謂有龍焉
鼓而興雨丹沙赩熾出其坂蜜房郁毓被
鳴鼓其傍則雨矣赩許力翰曰丹沙石藥
其阜山圖采而得道赤斧服而不朽
名赩熾赤光丹沙色也蜜房蜜窠房也郁毓豐盛皃山圖赤斧列仙名由采此服之遂得
仙道不朽老也若乃剛悍汗生其方風謠尚其武奮
之則賨叢旅翫之則渝舞銳氣剽於中葉蹻
綺驕容世於樂府濟曰巴有賨人剽勇高祖募取以定三秦閬中有渝水左

右者銳氣喜舞高祖好其猛銳數觀其舞後令樂府習之於西則右挾胡蝶
岷山涌瀆發川陪以白狼夷歌成章良曰岷山江水
所出故云涌發川瀆也白狼夷名歌成章韻也坰野草昧林麓黝於糾
儵交讓所植蹲存鴟所伏濟曰言野外之草昧然布於地
黝儵茂盛皃交讓木名蹲鴟芋名百藥灌叢寒卉冬馥異類
衆夥禍于何不育其中則有青珠黃環碧砮
芒消或豐綠荑啼或蕃伐元丹椒蘪蕪布濩護
於中阿風連延餘戰蔓萬於蘭皋紅葩紫飾柯
葉漸苞敷蘂蕤落英飄颻銑曰寒卉冬生草也馥香也夥
多也育養也青珠黃環皆寶也碧砮碧玉可為矢鏃芒消石藥綠荑蘪蕪皆香草也丹椒

就六臣作熟
漠六臣作莫
絡

椒名風連藥名布濩繁密皃阿曲也延蔓引連屬皃蘭皋澤中生蘭也葩花也飾自為文
飾也漸進長也苞叢生也敷布也蘂花心也葳蕤花鮮好皃英亦花也飄颻飛揚也神
農是嘗盧跗是料聊芳追氣邪味蠲癘痟消音
良曰言此草藥經神農嘗之扁鵲盧人故曰盧也附俞附皆古之善醫者皆料此藥而用
之此藥芬芳能退去氣病與邪病其味可以蠲除癘與痛病也其封域之內
則有原隰墳衍通望彌博演以潛沫末浸以
綿洛翰曰封域土境也博廣也水潛行曰潛沫水沫也綿洛皆水名浸潤此地溝
洫脈散疆里綺錯黍稷油油粳古衡稻漠漠指
渠口以為雲門灑滮皮尤池而為陸澤雖星畢
之滂普郎沲尚未齊其膏液銑曰脈散言溝洫水分散猶血脈分

散也疆里疆場邑里也如錦綺之雜錯油油漠漠茂盛皃言水自渠而灌田故指渠口為
雲門猶雲來則雨至也滮池蓄水也言自此而灑田實為陸地之澤凡月附於畢星
則雨雖其滂沲終不可齊此之膏液爾乃邑居隱賑之忍夾江傍
山棟宇相望桑梓接連家有鹽泉之井戶有
橘柚之園良曰隱賑富盛皃鹽泉鹽井也橘柚果樹名其園則有
林檎枇杷橙柿梬郢楟亭榹斯桃函含列梅
李羅生良曰皆果木名函懷列行羅布也叢生於此中百果甲宅坼
異色同榮朱櫻春就素柰夏成良曰甲坼花開也言同發
榮異光色也櫻柰皆果名就成也若乃大火流涼風厲列
白露凝微霜結翰曰大火心星也流行於西正秋時也言此時風氣清厲

微六臣作薇

霜露凝結也紫梨津潤樼臻栗罅火亞發蒲桃亂潰胡對石榴競裂甘至自零芬芳酷苦毒烈良曰紫梨樼栗蒲桃石榴皆果木名津潤梨中含水也罅發栗皮開坼也亂潰蒲桃耎也競裂石留競開也甘至自零言熟皆自落酷烈香氣也其圃則有蒟字俱蒻弱茱萸瓜疇芋于句區甘蔗之夜辛薑陽蓾呼陰敷向曰蒟蒻茱萸瓜芋甘蔗辛薑皆菜藥之屬可食者疇界埒也區畦也言物皆陽氣蓾煦而生若薑之類皆生於陰地故云陰敷敷布也日往菲微月來扶踈任土所麗眾獻而儲銑曰菲微扶踈果木茂盛兒麗附也附生於此土者而貢焉所獻眾多而相積其沃瀛則有攢在官蔣將叢蒲綠菱紅蓮雜以蘊藻糅女又以蘋蘩翰曰瀛澤中也蔣蒲菱蓮

虎六臣作武

蘊藻蘋蘩皆水中草糅亦雜也揔莖柅柅奴禮裛於業葉蓁蓁臻蕡墳實時味王公羞焉向曰揔叢也裛重也柅柅蓁蓁盛兒蕡蘂也言蘂與實四時食之味可以羞進於王公也其中則有鴻儔鵠侶鴐鵞鶬鴰晨鳧旦至候鴈銜蘆良曰鴻鵠羣飛故云儔侶鴐鵞鶬鴰二鳥名晨鳧常晨飛也鴈候時南北故曰候鴈銜蘆以禦繒繳南翔冰泮北徂雲飛水宿哢吭胡浪清渠翰曰言此鳥春秋往來也飛于雲宿于水哢吭舉首哢其音聲其深則有白黿命鼈玄獺上祭銑曰黿鳴則鼈應故曰命也孟春獺祭魚將食之先祭也玄白黿獺色也鱣陟連鮪于鬼鱒在本魴方鮷啼鱧禮鯊鱨常音常向曰皆魚名差鱗次色錦質報章躍濤戲瀨中流相

忘良曰魚鱗參差其色相次若錦之容質重報其文章濤波也謂遊戲各得其性而起遺忘於是乎金城石郭兼帀中區既麗且崇實號成都良曰金石言堅也區區域也言美麗崇高也成都蜀都闢二九之通門畫方軌之廣塗營新宮於爽塏愷擬承明而起廬濟曰闢十八門也方軌並車迹言塗可以並車行也新宮名漢有承明廬此擬而起之爽塏高明也結陽城之延閣飛觀樹乎雲中開高軒以臨山列綺窻而瞰苦濫江向曰陽城閣名延長也言觀樹高若飛于雲中軒檻也綺窻彫畫若綺也瞰示也內則議殿爵堂虎義虎威宣化之闥崇禮之闈華闕雙邈重門洞開金鋪交映玉題相暉銑曰議殿

爵堂殿堂名虎義虎威二門名宣化崇禮皆門名邈開洞通也金鋪門上飾以金為之玉題椽上飾以玉為之暉映言光明也外則軌躅直六八達里閈汗對出比屋連甍千廡武萬室良曰軌車也躅迹也八達八通之道閈里門也對出相對而立甍棟也大屋曰廡皆言閭閻相次也亦有甲第當衢向術濟曰甲第第一宅也言第一宅皆向道為之當向也衢術皆道也壇宇顯敞高門納駟四音悉協韻庭扣苦后鐘磬當撫琴瑟匪葛匪姜疇能是恤濟曰匪非也疇誰也恤居也壇猶堂也敞高也納駟可納駟馬車也葛諸葛亮為丞相姜維為大將軍非此二人誰能居也亞以少城接乎其西市鄽所會萬商之淵列隧百重羅肆巨千賄呼罪貨山積纖麗星繁翰曰

當作堂

莊六臣作粧

竹六臣作杖

亞次也少城小城也言市廛之衆商賈如淵隧市中道肆鋪也羅列百重巨千言多也賄貨財帛也纖麗細好之物山積星繁衆盛皃都人士女袨縣服靚才姓莊賈古貿莫墆結徒鬻舛充錯縱橫異物詭譎奇於八方向曰袨服盛服也靚粧謂粉白黛黑也賈賣也貿易也墆謂貯鬻販鬻舛錯交錯也布有橦橦華麪有桄榔邛竹傳節於大夏之邑蒟向醬流味於番番禺愚之鄉良曰橦木名其華可績爲布桄榔木名中有屑如麪可食之張騫云臣在大夏時見邛竹杖南越傳曰使唐蒙諷曉南越南越侯食蒙以蒟醬蒙問所從來荅曰道出番禺城下言二物皆生於蜀而疏及遠方也輿輦雜沓徒合冠帶混并累轂疊跡叛衍相傾諠譁鼎沸則咙江聒古活宇宙囂許驕塵張陟亮天則埃烏壒蓋曜靈翰曰雜沓衆多皃混并雜亂皃叛衍猶漫衍也相傾言人稠相抵突而傾側也諠譁之聲如鼎之沸亂聒於天地也車馬之塵昏上蔽日景也埃壒塵昏也曜靈日也闤闠之裏伎巧之家百室離房機杼相和貝錦斐成濯色江波黃潤比二筒籯盈金所過濟曰闤闠市門也離猶異也言房室雖異機杼和鳴貝錦斐然成其文章濯於江水益發其色貝錦文也斐文皃黃潤細布也盛於筒中其價過一籯之金籯盛金之器侈侈隆富卓鄭埒勞名公擅常扇山川貨殖私庭藏鏹居兩巨萬鈲普覓摫規兼呈亦以財雄翕習邊城濟曰侈侈盛皃隆大也巨萬萬過萬也卓王孫也鄭程鄭也皆蜀之豪富入也埒相校埒其富名也二人皆擅取山川之

選二　四十三

僊六臣作蹮

儵六臣作倏

獵六臣作躐

利遂多財至於過萬衆益之問栽木爲器曰鈲裂帛爲衣曰摫兼呈著皆有常課擬於王者翕習威盛皃言其雄富所致威盛及於邊城三蜀之豪時來時往養交都邑結儔附黨向曰三蜀蜀郡廣漢犍爲也本一蜀漢高祖分置廣漢至武帝分置犍爲養其交道結附儔黨劇談戲論扼腕抵紙掌出則連騎歸從百兩翰曰抵擊也大車輛兩言從車百乘若其舊俗終冬始春吉日良辰置酒高堂以御嘉賓金罍中坐肴槅胡革四陳觴以清醥匹眇鮮以紫鱗羽爵執競絲竹乃發巴姬彈弦漢女擊節翰曰肴菹醢也核桃梅之屬醥清酒也鮮新殺也紫鱗魚也羽爵羽觴作鳥形也巴姬漢女蜀之美女也起西音於促柱歌江上之飉條厲紆長袖而屢舞翩僊僊仙以裔裔向曰西音子上者曲名促柱急絃也飉厲歌聲也翩輕皃僊僊裔裔皆舞皃合古合樽促席引滿相罰樂飲今夕一醉累月銑曰酒將闌故合并其樽促近其席引持也持滿以相罰酒厚樂故醉累月若夫王孫之屬郤戟公之倫從禽于外巷無居人並乘驥子俱服魚文玄黃異校結駟繽紛良曰王孫卓王孫也郤公蜀之豪富人從禽獵也巷無居人言皆觀獵也驥子良馬魚文盛箭器也校隊也繽紛衆多皃西踰金隄東越玉津朔別期晦匪日匪旬翰曰踰過也金隄隄名玉津津名自月朔至月晦還非一日一旬也蹵秋蹈蒙籠涉獵寥廓鷹犬倏叔眒[illegible]勝罻尉羅絡洛幕向曰

選二　四十四

沈六臣作氾　漾六臣作艤　妃六臣作婓　拍六臣作晶

(晻杳也蒙籠草樹茂盛皃涉獵經過也冢廓山谷幽遠皃儵胂輕疾也罻羅網也絡幕張設皃)毛羣陸離羽族紛泊(普各)翕響揮霍中網林薄(濟曰毛羣羽族鳥獸也陸離分散也紛泊飛揚也翕響揮霍沸亂皃皆著網於林薄之間)屠麖(京)麋翦旄麈(主)帶文蛇跨彫虎(翰曰屠殺也麖麋旄麈皆獸名其尾可用故剪之蛇虎雖可畏而能帶跨之言勇也)志未騁時欲晚追輕翼赴絕遠出彭門之闕馳九折之坂經三峽之崢嶸躡五屼(兀)之蹇滻(良曰言雖有所獲猶未滿志乃逐鳥於絕遠之處彭門山如闕狀九折坂名三峽五屼皆山名崢嶸蹇產高深詰曲也)戟食鐵之獸射噬(時制)毒之鹿拍貙(勑朱)氓於葽(伊遙)草彈言鳥於森木拔象齒戾(歷結)

犀角鳥鎩(所扎)翮獸廢足(翰曰食鐵噬毒皆獸名貙氓野人也亦獸類言鳥鸚鵡也戟刺也拍打也葽盛皃森衆皃象牙犀角皆拔戾而取之言壯勇也鎩殘羽也言飛鳥傷其羽走獸折其足無不中也)殆而朅(綺列)來相與第如滇(丁田)池集于江洲試水客漾輕舟娉江妃與神遊(向曰殆而游獵之極也朅去也第如且往也滇池池名試使也水客舟子也漾浮行也江妃神女也娉取之相與游也)罨(奄)翡翠釣鰋(偃)鮋(長流)下高鵠出潛虯(音琴銑曰罨網也鰋鮋魚名鵠鳥飛高故射下之虯龍在水故釣出之)吹洞簫發擢謳感鱏(尋)魚動陽侯(濟曰洞簫樂器也擢謳鼓擢而歌也瓠巴彈琴鱏魚出聽陽侯大波神皆聞簫鼓而感動)騰波沸涌珠貝沈浮若雲漢含星而光耀

美六臣作譽　鬱六臣作蔚　醪六臣作清

洪流(向曰言陽侯騰涌珠貝浮出若天漢之星照於水中)將饗獠(力召)者張帟(亦)幕會平原酌醪酤割芳鮮飲御酬賓旅旋車馬雷駭(行戒)轟轟(呼宏)闐闐(田)若風流雨散漫乎數百里之間(良曰獠獵也帟平帳也醪酤酒也芳鮮魚肉也饗食也轟轟闐闐車馬聲若風吹雨散漫然於數百里間言衆多)斯蓋宅土之所安樂觀聽之所踊躍也焉獨三川為世朝市(濟曰踊躍懽欣也三川謂東京也)若乃卓犖(呂角)奇譎倜(天歷)儻罔已一經神怪一緯人理遠則岷山之精上為井絡天帝運期而會昌景福肸(喜乍)蠁而興作(向曰卓犖高絕皃譎異也倜儻超越皃經緯猶織文也神怪謂萇弘血杜宇魄

之類是也人理相如君平之類是也為下文漢本岷山之地上為井絡帝以會昌神以建福言岷山精上為東井星絡之維昌慶也天帝於此會慶建福也於此為都景大也肸蠁濕生蟲蚊類是也其羣望之如氣之布寫也言大福之興有如此蟲羣飛而多也興作皆起也)碧出萇弘之血鳥生杜宇之魄妄變化於非常羌見偉於疇昔(銑曰萇弘死於蜀藏其血三年化為碧杜宇王蜀為帝宇死化為子規鳥此皆妄為變化蓋非常理羌歎聲偉美也歎此見美於昔時)近則江漢炳(丙)靈世載其英鬱若相如皭(藉爵)若君平王褒暐曄而秀發揚雄含章而挺生幽思絢(呼縣)道德摛(勑離)藻掞(傷豔)天庭考四海而為雋(俊)當中葉而擅名是故游談者以為美

阻六臣作岨

造作者以為程翰曰炳明也載猶生也言江漢明靈故代生英哲司馬相如嚴君平王褒揚雄皆蜀郡人也蔚繁富皃皭清淨皃也相如為文繁富故云蔚若君平懷道清淨故云皭若韡曄光彩也言王褒詞論生光彩若草木秀盛而發也揚雄含懷文章挺拔而生絢明也摛猶發也掞猶蓋也君平作老子指歸揚雄作太玄經故云幽思明道德也武帝讀相如子虛賦通而善之元帝善王褒所作甘泉洞簫頌令後宮貴人誦之揚雄作羽獵賦天子異焉故云發藻蓋天庭四海之內此為俊異英之中代此得擅名天下以為延譽文章取為程準

至乎臨谷為塞，因山為障。峻阻塍繩埒劣長城，豁險吞若巨防。去聲良曰塍埒猶國畦之畔隔也言此峻阻視長城同畦隔也言此豁險若而都關山巨防皆可吞納也

一人守隘烏懈，萬夫莫向。良曰言路隘險也

公孫躍馬而稱帝，劉宗下輦而自王。去聲銑曰公孫述王莽時為道江卒正恃其地險自立為天子躍馬肉食於此也先主劉備漢後也自立於蜀為帝故云劉宗下車而自王之輦天子車也而所以人負之

由此言之，天下孰尚？故雖兼諸夏之富有，猶未若茲都之無量也。濟曰孰誰尚勝也無量猶無窮也

文選卷第二

長

諜六臣作牒

瑋六臣作偉

文選卷第三　賦丙

梁昭明太子撰　五臣注

京都下　左太沖吳都賦一首

魏都賦一首

吳都賦　左太沖

東吳王孫囅勑謹然而咍呼來反翰曰囅大笑也楚人謂笑曰咍相笑弄貌也謂西蜀公子盛稱山川險阻而王孫以為未足多盛也故笑弄之欲資其後辭

曰：夫上圖景宿，辨於天文者也；濟曰謂牛斗星吳分野下料音聊物土，析星歷於地理者也。向曰料計析分也言計其土地上下定其貢賦而分別也

古先帝世，曾覽八紘之洪緒，一六合而光宅，翔集遐宇。良曰帝世謂虞舜之世也曾經也九州外有八紘紘網紀也言為天地之網紀洪大也緒業也光亦大也宅居也言先帝經覽此八紘大業一統六合方居天下又飛集於遠方之宇遊蒼梧會稽六合謂四方上下也

鳥策篆素，玉諜音牒石記，鳥聞梁岷有陟方之館、行宮之基歟。銑曰鳥謂鳥跡書也策竹簡也篆大篆書也素謂帛也所以書之玉諜石記皆典策類也鳥何也梁岷蜀之二山名陟方王者巡省之名也館宮舍宅行宮天子行幸所止處也基跡也今觀先代典策何聞蜀之有此跡乎謂舉諸吳也

而吾子言蜀都之富，禺音愚同之有，瑋其區域，美其林藪，矜巴漢之阻，則以為襲險之右。翰曰瑋美也吾子謂西蜀公子也禺同二山名漢亦名言公子恃之以為險矜之以為美也右

蘢　　府　壯六臣作巨

者言其要害猶人有右手徇辭俊蹲音存鴟昌夷之沃則以爲世
濟陽九翰曰蹲鴟芋也沃饒也言其苗有似鴟之蹲也可世世濟人飢厄九陽數
謂重陽用事亢陽之時蹲鴟葉大常陰其根不死故得濟陽九之厄也齷音握齪
楚角而筭固亦曲士之所歎銑曰齷齪局小貌筭計也曲士小人
也言蜀局小人之計且爲小人所歎而況於我乎旁魄蒲博而論都邑
抑非大人之所壯觀也向曰旁魄混同言君混同而論都邑則蜀
都褊小不足以爲大人之壯觀也何則向曰發疑問之詞故言何如此土壤
不足以攝生山川不足以周衛向曰蜀之土地卑濕故不
足以養生周衛謂防衛也公孫國之而破諸葛家之而滅
翰曰公孫述爲漢光武所滅諸葛亮也卿大夫稱家亮死後蜀國方滅此言諸葛亮家之

選三　二

而滅者舉大以明之茲乃喪亂之丘墟顛覆之軌轍安
可以儷音戾王公而著風烈也銑曰軌轍車跡也儷偶也言蜀
都豈可以偶王公之德而著其風烈翫其磧七亦礫而不窺玉淵
者未知驪龍之所蟠也良曰翫習也磧礫淺水而有石者玉淵淵
深而有玉也公子所習淺近如此水之淺近也不知我國如玉淵之深焉驪龍龍名也龍
蟠必在深淵今公子不窺則不知龍在淵習其敝邑而不覩上邦
者未知英雄之所躔直連也濟曰蜀但知習其敝小都邑不見上
國則不知英雄之所行歷也邦國也躔行歷之所子獨未聞大吳之
壯麗乎翰曰子公子也上責公子齷齪小節不見上邦之英雄此將爲公子說吳
都壯麗自設問云獨未聞大吳之美麗乎且有吳之開國也造自

正　俗六臣無　屢六臣作躧　固六臣作故　　宗　岪六臣作峬

太伯宣於延陵銑曰造始也大伯周大王世子大王欲立之讓弟季歷遂
居荊蠻號曰句吳故吳國始自於此也延陵季子吳公子以其賢將立之季子讓不受後
封延陵也蓋端委之所彰高節之所興濟曰太伯延陵端其
志操委棄其位以存讓體以興高節建至德以創洪業世無德
而顯稱銑曰言我吳都復建立太伯延陵之至德以創制大業世無德而稱美焉
由克讓以立風俗輕脫躧於千乘叶韻音承濟曰言吳
能建太伯延陵之讓節以成風俗讓千乘之重如脫屣棄之屣履也蓋若率土
而論都則非列國之所觖音決望也良曰率土謂天下也
觖相又歟姬羲之貌若悉天下以比論則非列國之所又歟姬羲而說蜀之小國乎固
其經略上當星紀翰曰經略猶經營也星紀斗牛星名也拓音託

選三　三

土畫疆卓犖呂角兼幷良曰言拓土境畫封疆卓犖高絕出羣也兼幷
呑納也言其廣大可以呑納天下也包括干越跨躡蠻荊向曰干越
越地名而爲吳所幷故云包括跨躡者足之所及也言蠻荊之地亦吳之所得婺務
女寄其曜翼軫寓其精向曰婺女星越之分翼軫星楚之分其地
並爲吳所呑則其星之精曜若客寄寓於吳也指衡嶽以鎮野目龍
川而帶坰濟曰衡山南嶽本不在吳分故指之以爲吳野之鎮龍川水名目望
也言望此水控帶其郊坰爾其山澤則嵬五回嶷魚力嶢五聊屼
五骨巊鳥鼎冥莫鼎鬱岪音拂濟曰並山高險之貌也潰渱音洪泮
普半汗滇汀見㴔音衍淼音眇漫向曰並水流廣大貌或涌川而
開瀆翰曰涌川細水言積細以成其瀆瀆大水之通流也或呑江而納

山

漢向曰九江南入震澤故曰吞江漢水南入於江故曰納漢磈磈胡罪磈磈
力罪反銑曰皆山石貌滮滮皮流汧汧古开反良曰皆水流貌礆立金
碒魚碒乎數州之間灌注乎天下之半翰曰言山水實
遠也百川派普拜別歸海而會控清引濁混濤并
瀨音賴翰曰水別流曰派江海下故百川歸會之控亦引也言水清濁雜流混其波濤
合其瀉瀨同入于海也濆扶紛薄沸騰寂寥長邁翰曰水相激盪
曰濆薄波浪涌起爲沸騰也寂寥無聲也邁行也言衆水混合既入廣大之處無沸騰之
聲濞然常行也濞普秘焉洶洶吁恭隱焉礚礚苦代反向曰濞水暴
至聲也洶洶疾流長貌隱焉礚礚遠聞之聲出乎大荒之中行乎
東極之外翰曰言大荒國名東極言極天地之東言廣遠也經扶桑

洞

之中林包暘谷之滂沛翰曰扶桑暘谷皆日出之所言水流遠至
於此滂沛水多貌潮波汨于筆起迴復萬里良曰汨疾也言江海
潮上還水皆逆流須臾萬里歊虛妖霧漨音逢浡蒲沒雲蒸昏昧日未
良曰歊氣也漨浡蓬之狀水氣蒸而爲雲故昏昧也泓澄奫於昊潫
澒胡貢溶余腫沆胡朗瀁余兩莫測其深莫究其廣
澶湉恬漠而無涯總有流而爲長上聲翰曰此上皆水
深廣貌有流百川言總合百川爲之長也究盡也瓌異之所叢育鱗
甲之所集往翰曰瓌奇言奇異之物育於此也鱗者龍魚也甲音龜鼈也
於是乎長鯨吞航胡郎脩鯢吐浪向曰鯨鯢大魚能吞舟航
吐波浪也躍龍騰蛇蛟鯔緇琵琶王鮪偉鯸鮐台

句一作龜

春

鮣印龜鱕翻䱜錯烏賊擁劍鮈古侯鼊辟鯖青
鰐鄂涵胡南泳乎其中向曰言此水族皆游泳於水中葺七入鱗
鏤甲詭類舛錯銑曰言海物皆如葺飾其鱗彫鏤其甲詭怪異類互相舛
錯也泝素洄順流噞牛撿喁魚恭沈浮翰曰泝逆流上也言水物
或逆上或順流噞喁出口於水上也鳥則鵾雞鸀燭鳿玉鸘霜
鵠鷺鴻鶢爰鶋居避風候鴈造七報江銑曰鶢鶋海鳥
避風於魯門造至也言鴈候時而來居於此也鸂鶒勑鷛庸鸈渠鶄
青鶴鶖秋鶬倉鸛灌鷗鷁五激鸕盧泛濫乎其
上銑曰皆鳥名也泛濫羣游於水上也湛淡羽儀隨波參差理
翮整翰容與去自玩翰曰言鳥游自得其性也彫琢蔓藻

禪

刷盪漪瀾音爛濟曰彫傷蔓藻草言鳥聳啄傷琢蔓藻以食之刷盪毛羽於
漪瀾之上也魚鳥聱魚幽耴魚乙反向曰聱耴衆聲貌魚當無聲此文魚鳥
聲耴者文之失也萬物蠢昌允生芒芒黖黖許意反翰曰蠢動也
萬物動生於天地之間皆有氣色芒芒黖黖氣不明貌也慌呼廣罔奄欻許勿
神化翕忽良曰慌罔不明貌奄欻翕忽變化疾速貌函含幽育明
窮性極形銑曰物在水故曰函幽珠玉生焉故曰育明育養也窮性極形各得
其所盈虛自然蚌蛤珠胎與月虧全向曰蚌蛤珠胎自盈
虧之物月滿則珠全月虧則珠缺巨鼇敖贔備屭許器首冠貫
靈山向曰巨鼇大龜也贔屭用力之貌靈山海中蓬萊山而大鼇以首戴之冠猶戴
也大鵬繽翻翼若垂天濟曰大鵬鳥也繽翻飛貌翼若垂天言至

寺　迢遞　隙　六臣作屈盤

什　妒六臣作姿

大也振盪汪流雷抃重淵良曰振盪動也汪流深水也抃猶擊也重
淵音淙也大龜戴山動擊於水中其聲如雷霆殷上聲動宇宙胡可勝
源翰曰殷聲也宇宙天下也謂聲動振於天下何可勝說其本源之所由也島嶼
序綿邈洲渚憑平隆音崇翰曰海中山曰島洲上有山曰嶼綿邈遠
也洲中有草木曰渚憑隆高大貌也曠瞻迢遞迥眺冥蒙銑曰曠瞻
迥眺皆遠望也迢遞長也冥蒙不明貌珍怪麗奇隙充銑曰麗著也隙
異也言洲嶼有珍怪奇異之物著處充滿也徑路絕風雲通良曰謂山
海險難惟風雲可通洪桃盤屈丹桂灌叢翰曰洪大也大桃樹盤屈
三千里丹桂者言吳地多桂而叢生木叢生曰灌瓊枝抗莖而敷蘂
珊瑚幽茂而玲瓏濟曰抗舉也敷布也蘂殺玉樹也珊瑚樹生於水下

故云幽茂玲瓏枝葉貌增岡重阻列真之宇銑曰增岡重阻高峻
□其中多居神仙故曰列真之宇增岡高山也重阻險也玉堂對霤石室
相距向曰玉堂石室皆仙人所居其檐霤相接至也距至也藹藹翠幄
嫋嫋寧鳥素女銑曰幄帷帳也嫋嫋素女謂神女言仙人所居有也江妃
於是往來海童於是宴語良曰江妃解珮與鄭交甫者海靈海
神也二者皆於此往來宴語也斯寔神妙之響象嗟難得而
觀魯和縷翰曰神妙則所述神仙之事仙道至縷事或響象響象言未審也羌發辭
之端觀縷次序也言難知其次第也爾乃地勢坱烏朗圠烏黠卉木
镺烏老蔓向曰坱圠地勢高下也卉木镺蔓言草木盛長而蔓延長也遭藪
為圃值林為苑銑曰遭逢也有草曰圃有木曰苑言逢藪草為圃值林

物　倩六臣作蒨

□為苑言不特□為之若也異荂苦華蓲敷蘛育夏曄于輒冬
蒨銑曰異荂蓲蘛言育植草木多也曄榮貌蒨盛貌言草木夏榮冬不彫也方志
所辨中州所羨銑曰方志謂四方物土所記錄者若分辨色類則必有中
國之所數羨也草則藿蒳奴荅豆蔻薑彙謂非一江蘺
之屬海苔之類向曰江離香草海苔海藻也屬亦類也綸關組
紫絳食葛香茅莫候反善曰綸組紫絳四者皆海中草食葛葛根也香茅
亦草石帆凡水松東風扶留濟曰四者草名也布護皐
澤蟬聯陵丘翰曰布護草衆盛貌澤畔曰皐有水曰澤蟬聯謂不絕於丘陵
之上夤寅緣山嶽之岊節冪覓歷江海之流翰曰
夤緣言衆草盛長皆緣上山嶽而生山曲曰岊冪歷草掩覆於岸而江海波流於草下也

扤五骨白蔕帝銜朱蕤翰曰扤搖動也蔕花根而綴于枝上朱蕤花也
言花生於草若草銜之鬱兮茷以說茂曄兮菲菲銑曰鬱多狀也
凡草初生之謂茷曄曄盛貌菲菲美貌言花卉叢生鬱茂華盛而美之光色炫
晃芬馥肸蠁良曰光色炫晃謂花卉向日有光色之貌芬馥香也肸蠁致薰
也言香氣積聚如肸蠁之羣飛也職貢納其包匭離騷詠其
宿莽翰曰職貢謂獻於君也納猶入也包裹也匭匣也謂致於裹匣而頃之離騷云
宿宿短草莽莽長草木則楓柙甲櫲樟栟櫚枸古侯榔郎
綿杬元杶椿櫨盧文欀襄楨貞橿薑平仲君
遷松梓古度楠南榴留之木相思之樹向曰皆木
名也宗生高岡族茂幽阜濟曰言木之宗族茂於岡阜也幽遠也

擿六臣作擿

擢本千尋垂蔭萬畝翰曰本根也言根深於地之盛下達千尋傍蔭萬畝攢柯挐女家莖重葩殗葉向曰挐亂也葩花也言木攢其枝柯亂其莖帶花葉重疊以相掩覆輪囷巨虯蟠坻立堨除鱗接向曰輪囷盤曲貌虯龍也坻堨相重疊貌言木形盤曲如龍之蟠相重若魚鱗相接也榮色雜糅女救綢繆縟繡銑曰糅雜彩色綢繆繁密貌五色曰繡言花有彩色繁密相錯如繡也宵露霮徒感䨴徒對旭許玉日晻烏感時蒲對反向曰宵夜也旭早也霮䨴露重貌晻時暗貌言木之茂盛夜含重露朝映赫日常晻然音暗也與風颻搖颺揚颵瀏力九颼搜飀留鳴條律暢飛音響亮銑曰與風飄颺謂木搖動於風颼瀏颼飀風聲也律謂絲竹音韻也暢通亮高遠也言風之鳴木條聲通音律其音響高遠也

選三　八

六臣無懸字

蓋象琴筑竹并奏笙竽俱唱此重言風搖林木之聲又如此音樂其上則有猿父哀吟犍胡昆子長嘯向曰猿父猴也言猴猿哀吟於林木之上犍子獸名此重言風搖林狖又鼯吾猓然騰趠勑教飛超勑小反銑曰狖鼯猓然亦猿之類騰趠飛超言其輕捷也爭接懸垂競游遠枝翰曰言猿猴之類爭接木之懸垂游遠枝也驚透沸亂牢落翬揮散翰曰此言猿狖之類羣游忽遇人則驚亂如沸牢落猶踈也翬雉也雉之驚散必不羣偶而去猨狖之類驚走亦如雉之散也其下則有梟堯羊麡齊狼猰烏八貐俞貙勑俱象於烏菟徒之族犀兕似之黨濟曰其下謂林木之下餘並獸名族種黨類也鉤爪鋸牙自成鋒穎良曰言此羣獸爪如鉤牙如刀鋸鋒穎言銳利

也精若燿星聲若雷霆良曰精目精也言其目如星之光其聲如霹靂之震怒也名載於山經形鏤於夏鼎銑曰山經山海經也夏鼎夏之所鑄鼎也其竹則篔云簹當箖林箊於桂箭射夜筒柚由梧有篁皇篻匹眇簩勞有叢向曰並竹名也竹叢曰篁苞筍思尹抽節往往縈結濟曰苞謂筍皮抽節謂進長也往往縈結言多而攢生也綠葉翠莖冒霜停雪橚所六矗丑六森萃蓊烏董茸而勇蕭瑟翰曰橚矗深長貌森清蔭之狀萃聚也蓊茸茂盛貌蕭瑟聲也檀欒嬋娟玉潤碧鮮向曰檀欒嬋娟美貌玉潤碧鮮言竹色如玉碧之鮮潤碧亦玉也梢雲無以踰嶰解谷弗能連良曰言雖梢雲之高亦不能踰也嶰谷山名生美竹言亦不能連也鸑音岳鷟仕角

選三　九

食其實鵷鶵擾其間翰曰鸑鷟鳳皇非竹實不食鵷鶵鳳類擾亂也言亂處竹間也其果則丹橘餘甘荔枝之林檳榔無柯椰以嗟葉無蔭龍眼橄敢欖覽棎市瞻榴禦霜向曰皆菓木及果名禦霜謂冬熟也結根比景之陰列挺衡山之陽向曰比景國名衡山南岳也言此果木結根列植生於此處素花斐丹秀芳銑曰斐美貌也言果木之花美而且芳香臨青壁係紫房銑曰青壁山之石壁色青紫房果之紫者條於木上鷓鴣南翥而中留孔雀綷祖會羽而翱翔向曰五色曰綷鷓鳥常南飛言其經此果木之中翫其茂盛遂留未去也孔雀以五色羽翰亦常飛集其中山雞歸飛而來棲翡翠列巢以重行胡剛反良曰山雞翡翠皆鳥名亦棲巢於

頴六臣作穎

忼六臣作慷

中重行言多也其琛賂則琨瑤之阜銅鍇苦買之垠音銀
良曰琛賂珍寶也琨瑤玉名鍇白鐵也阜山也垠畔也言此之物所出火齊去
之寶駭雞之珍翰曰火齊寶名駭雞犀角也雞見則驚之頳恥盈丹
明璣金華銀樸紫貝流黃縹匹眇碧素玉翰曰並寶
玉之類也隱賑之忍崴烏乖嵬偎雜插楚甲幽屏必幷反翰曰隱
賑言多也崴嵬排積貌雜插幽屏謂雜生隱僻之處屏僻也精曜潛穎古迥
硩勑列陊直氏山谷翰曰精曜則寶玉之光雖在幽僻之處常穎然有異光逸
硩摘也陊落也言寶玉生於山谷為人之所摘落也碕巨宜岸為之不枯
林木為之潤黷翰曰碕岸長岸也泉生明珠而岸草不枯玉在於山林亦
潤黷潤黷色盛也隨侯於是鄙其夜光宋王於是陋

其結綠銑曰言隨侯夜光珠宋玉結綠玉名陋鄙不可尚言此所出可謂貴也
其荒陬子侯譎決詭鬼則有龍穴內蒸雲雨所
儲向曰言其荒遠陬隅之所也譎詭怪異也近水有龍穴其內蒸氣為雲雨故云備儲
積也陵鯉若獸浮石若桴音郭璞曰陵鯉似鯉魚四足如獺故云若
獸浮石石之輕者水中浮泛猶如桴栰也雙則比目片則王餘良曰
皆魚名雙行者為比目隻行者為王餘片隻也窮陸飲木極沈水居
向曰此說人所居處也窮高也言高陸之地無水斬木取汁飲之極沈水居有甚沈溺之
處人居於水中泉室潛織而卷綃淵客忼苦浪慨苦代而
泣珠向曰泉室則水居者俗傳鮫人從水中出於人間賣綃綃則綃也又云鮫人嘗
寄人家臨去乃泣珠於盤留遺主人慷慨泣貌開北戶以向日齊南

冥於幽都向曰言日南人開北戶向日以就明則以南為幽都亦如中國之見
北也其四野則畛之忍畷綴無數膏腴兼倍向曰畛陌
中也畷兩陌間道也言阡陌道路多不可數膏腴謂良沃地也兼倍言良沃之地而獲倍
於餘都原隰殊品窊烏華隆異等都改反向曰廣平曰原下濕曰
隰品類也窊下也隆高也言原隰高下等類殊異象耕鳥耘此之自
與改穱捉秀菰孤穗詞翠於是乎在翰曰舜葬蒼梧象為
之耕禹葬會稽鳥為之耘穱麥也菰草名其子有米可食故云穗也煮海為鹽
採山鑄錢國稅再熟之稻鄉貢八蠶之綿銑曰
南人種稻一歲再熟有蠶一歲八育也徒觀其郊隧之內奧都
邑之綱紀向曰徒觀者重美之詞也郭外曰郛郊外曰隧郊隧之內言際奧也

為天下都邑之綱紀霸王之所根抵音帝開國之所基趾
向曰言吳都之土地富有可以為霸王深根固抵開國之基趾抵亦根也郛郭周
匝重城結隅銑曰結隅謂城角相對通門二八水道陸
衢銑曰言郭郭之內有門十六水道兼通也所以經始用累千祀
也良曰經營也言今所以經營都邑始於此者將傳於千年也憲紫宮以
營室廓廣庭之漫漫向曰憲法也廓開也漫漫寬大皃言法天紫微
星以營宮室開廣庭之寬大寒暑隔閡於邃宇虹蜺迴
帶於雲館翰曰言宮室深邃冬則寒氣隔而不入夏則熱氣閉而不來雲館館
名言此館至高虹蜺之氣繞帶於傍也迴繞也所以跨跱煥炳萬里
也翰曰跨跱特立也煥炳言其宮室光曜深遠也造姑蘇之高臺臨

櫎六臣作櫎

四遠而特建濟曰姑蘇臺名建立也言臺高臨四望遠而孤立帶朝
夕之濬池佩長洲之茂苑濟曰濬深也吳有朝夕池謂潮水朝
盈夕虛因爲名焉長洲茂苑言因江海洲渚爲之佩帶猶近也窺東山之府
則瓌寶溢目覗史海陵之倉則紅粟流衍以戰
反翰曰覗視也吳之東山多寶玉如府庫也海陵倉名紅粟謂備久而色赤流衍溢目謂
多而廣也起寢廟於武昌作離宮於建業闡闔閭
之所營采夫差之遺法翰曰武昌建業皆郡名闡開也闔閭夫差
皆吳王也言今復得開造采其所營宮殿之法度也抗神龍之華殿施
榮楯而捷獵向曰神龍殿名句踐將伐吳作榮楯擧以白璧鏤以黃金
狀如龍蛇以獻吳王王受之施於姑蘇臺捷獵列次兒言今起神龍殿亦施此物崇

選三　十二

臨海之崔嵬飾赤烏之韡偉曄于輒反向曰臨海赤烏二
殿名崔嵬高大兒韡曄光盛兒東西膠葛南北崢嶸銑曰膠葛廣遠
兒崢嶸峻嶮兒房櫳對櫎晃連閣相經濟曰房櫳室之疎也櫎窓
也言房皆對窓開道連而相經過也閽闥譎決詭異出奇名翰曰
言門戶譎詭而奇異也左稱彎碕巨依右號臨硎苦耕反翰曰彎
碕臨硎皆嶮峻也雕欒鏤楶節青瑣丹楹濟曰欒栱也楶斗也
皆雕鏤其上青瑣門窓欒爲瑣文染以青色楹柱也塗以赤色故曰丹楹圖以雲
氣畫以仙靈翰曰言於殿內畫作雲氣彩圖神仙靈奇之物雖茲宅
之夸麗曾未足以少寧翰曰言雖居此壯麗蓋未足爲安謂更欲
奢也後思比屋於傾宮畢結瑤而構瓊銑曰上言未足

奕奕六臣作奕奕

少寧今復思比屋於桀之傾宮以瑤爲臺以瓊爲室高闈有閌抗洞門
方軌向曰闈宮中之門閑限也洞通也方軌並車也言中通門可以並車而行也朱
闕雙立馳道如砥濟曰馳道天子行出之道砥平也樹以青
槐亘以綠水良曰亘橫也言綠水橫流於其道玄蔭耽耽耽
清流亹亹音尾向曰耽耽青槐蔭深之狀亹亹淥水徐進之勢列寺七
里俠棟陽路向曰寺司也言官司羅列廣七里夾棟謂屋多而相夾陽路向
南之道屯營櫛比頻必廨署棊布翰曰櫛梳也屯營軍衛相次如
梳齒相比廨謂公廨宅署如棊之分布橫塘查賁加下邑屋隆夸
口固反銑曰橫塘查下閭巷名隆盛也夸奢也言此中之人競作奢盛長干延
屬飛甍萌舛互向曰長干地名延屬言邑室相連也飛甍舛互言棟宇相

選三　十三

交互也其居則有高門鼎貴魁岸豪桀銑曰鼎貴鼎食
者魁岸長兒虞魏之昆顧陸之裔銑曰皆吳之貴姓也昆後也裔
裔苗裔也岐嶷繼體老成奕世銑曰岐嶷少而賢者能繼祖考之德
老成者亦少而有長老之道衣冠赫奕不絕於代躍馬疊跡朱輪累
轍翰曰躍馬良馬疾行也朱輪以朱飾車也疊跡累轍言其衆多也陳兵而
歸蘭錡魚几內設銑曰言躍馬乘輪之人皆出入陳兵也蘭錡兵戈之格而
設之於內冠蓋雲蔭閭閻闐噎向曰言冠蓋如雲之蔭而閭巷爲其
闐噎其鄰則有任俠之靡輕訬眇之客翰曰以義示人
人皆信之曰任輕死重義曰俠靡美也輕訬之客謂輕捷之人言其隣近之處相次有之
締提細交翩翩儐卑從自用奕奕向曰締結也翩翩往來兒言其

結交而往來儐者所以道引於前也從者侍從於後奕奕盛貌出蹕珠履動
以千百濟日蹕蹈也以珠飾其履者動以千百言多也里讌巷飲飛
觴舉白良日行觴疾如飛也舉白杯名有犯令者舉而罰之翹關扛江
鼎抃射壺博翰日翹杠皆舉也關門關也鼎大鼎也手舞曰抃壺投壺也博
愽奕也鄱婆陽暴謔中酒而作向日鄱陽郡人性多躁急酒半
酣之時好爲暴謔戯中酒爲半酣也之於是樂只衎苦干而歡飫
無匱向日只辭也衎樂也飽而飲酒日飫匱乏也都輦殷而四奥
來暨翰日都輦天子所居之處殷盛奥遠暨至也言帝都殷盛而四遠之人皆來至
也水浮陸行方舟結駟四翰日方舟並舟也結駟連騎也唱昌棹
轉轂昧旦永日向日唱棹鼓棹行而歌也轉轂謂言方舟結駟唱棹轉轂

選三　十四

自早日而至於暮故云永日也開市朝而普納橫闠而流
溢混品物而同廛并都鄙而爲一翰日闠市門也闠言
早朝開市普納雜貨如川之流盈溢於市廛也廛市中空地混同品物於此也并都鄙而
爲一者言都中及邊鄙之人皆通貨物而來來并在此一所士女佇眙勑吏工
賈古駢坒蒲必反銑日佇眙立視貌駢坒闐駢相次貌坒次也紵衣絺
服雜沓從先勇萃良日從上萃集也雜沓多亂之貌輕輿按
轡以經隧樓舡舉颿帆而過肆向日輿車也按轡緩行也隧市
中道也言水流通市故樓舡過於肆也舉颿者桂蓆用風力也果布輻湊而
常然致遠流離與珂苦何珹音遂翰日果橘柚也布絺紵也輻湊
來者常也流離珂珹皆寶名自遠至也緁捷賄紛紜器用萬端

濟日緁賄貨名紛紜多貌金溢磊珂力可珠琲補對闌干翰日金二
十四兩日一溢貫珠日珠磊砢闌干皆言多也桃笙象簟韜於筒中
濟日韜藏也桃笙竹簟與象牙簟皆藏於竹筒而致貢也蕉葛升越弱於
羅紈銑日蕉葛升越皆布類弱於羅紈言細薄儇所立譶除立嬰幽巧嫪
力巧交貿相競諠喧譁花喤橫呼呷呼甲芬葩蔭
映向日儇譶言語不止皃嬰嫪錯亂皃交爲貿易相與競利也諠譁喤呷皆聲也芬葩
蔭映人衆多而相映也揮袖風飄而紅塵晝昏流汗霡
霂麥木而中逵泥濘奴定反向日此謂人衆之甚也言各動袖求風
而得塵起晝日昏暗汗流於地而道路有泥濘霡霂小雨言汗似之富中之甿
貨殖之選乘時射利財豐巨萬銑日富中之甿謂肥沃田

選三　十五

中所居人也言其貨殖之所選擇者惟乘賤而收之及貴而出乃得財物多至於巨萬也
競其區宇則并疆兼巷矜其宴居則珠服玉
饌翰日言富家香射并兼他人之疆巷盡爲己有珠服以珠爲飾玉饌言珍美而比於
玉趫起喬材悍汗壯此焉比廬向日言壯勇之人此中比屋皆
是捷若慶忌勇若專諸銑日慶忌吳王僚之子也吳王將殺之逐之
不及射之不中其捷如此專諸亦吳之勇士危冠而出竦劒而趨
翰日危冠高冠也竦劒謂帶劒竦立而趨扈帶鮫函拔投屬鏤力駒
反良日扈者從君主行也鮫函者以鮫皮飾刀拔投屬鏤劒名也皆帶以從君行也藏
鍦施於人去戚代自閭向日兵謂矛爲鍦戚楯也言其兵仗不須
出自武庫人皆有之如藏之於人又游去之時戚楯之器亦自閭里取之家有鶴

脿戸有犀渠軍容蓄用器械兼儲向曰鶡脿犀渠皆楯名軍容則矛戟之類備積也兼儲蓄積也吴鉤越棘純鈞湛盧良曰吴鉤鉤類越棘戟也純鈞湛盧二劍名也戎車盈於石城戈舡掩於江湖濟曰石頭城中置府庫軍儲故云盈於石城戈舡掩於江閩言其多遂至掩蔽於水露往霜来日月其除草木節解鳥獸腯突膚濟曰露秋也霜冬也除去也言秋往冬來日月將去草木凋落而鳥獸膚體皆肥腯也觀鷹隼司尹誡征夫翰曰言此順時校獵乃勑整戎夫也坐組甲建祀姑翰曰組甲以黑索連甲也祀姑幡名坐猶積也命官帥而擁鐸將校獵乎具區翰曰官官司帥將帥擁鐸執鐸以宣令鐸也具區澤名烏上滸忽古狼䑕呼光夫南西屠儋都含耳

選三　十六

黒齒之酋自由金鄰象郡之渠向曰六者皆蠻夷名金鄰國名象郡郡名酋渠皆長也驫必由駥許聿飍香幽矞聿靸蘇合霅徒合驚捷良曰並馳走之貌先驅前途向曰言蠻夷酋渠之類爲吴王先驅前道也俞騎騁路指南司方向曰俞騎引路人也指南車名上有木人常指其南方故曰司方出車轞轞檻被練鏘鏘向曰車聲練甲也鏘鏘行列皃吴王乃巾玉輅軺焦驌肅驦音霜向曰巾飾輅車也兩馬駕車曰軺輕車也驌驦良馬也旗魚須常重光良曰旗旌旗也魚須魚之鬚鬚以爲旗竿常旛也畫日月形故曰重光攝烏頻烏號佩干將翰曰烏號弓名攝以手擁而彎之干將劍名羽毛揚蕤雄戟耀鋩亡濟曰羽旄旌旗類揚動也蕤羽毛好皃鋩戟刃之端明皃有光曜也

跡六臣作跳

揩六臣作酋

貝冑象弭織熾文鳥章翰曰冑兜鍪也飾之以貝寶弭弓弰飾之以象牙織當作幟字之誤也言旗幟之上畫爲鳥文六軍袀遵服四騏其龍驤襄翰曰天子六軍袀謂上下同服騏馬也驤舉也謂四馬如龍之飛舉也峭格周施罿衝罻尉普張向曰峭高也格網之木也周匝施張之故曰周施罿罻網也普徧而張之罼罕瑣結罠美巾蹏連綱向曰罼罕皆網名如瑣之連結也綱網畔纙繩總連諸網也陸立魚以九疑禦以沅元湘銑曰陸閩也九疑山名言遮閩禽獸以取之禦禁也沅湘二水名言於水畔爲藩落以禁禽獸輶由軒蓼了擾彀搆騎煒于貴煌皇翰曰輶輕車也蓼擾亂皃彀張弓也言騎之張弓而行也煒煌疾皃袒裼徒搏拔距投石之部猨臂骿脅狂趭子曜獷古猛猤

選三　十七

璆季鷹瞵隣鶚視翰曰袒裼露肘也徒搏以手擊獸而殺之拔距投石皆壯士所爲者部伍也言壯士之部伍者猨臂善射骿脅亦壯士也狂趭走也獷猤勇也瞵目精也言壯勇之士如鷹鶚之目以視人參七南譚翋力答𦐇徒答罟離罟合者相與騰躍乎莽謨誘罝浪之野向曰參譚翋𦐇相隨衆皃而離合不常莽罝廣大皃言相與騰躍於廣大之野騰躍猶飛走也干櫓殳殊鋋蟬暘以良夷勃盧之旅長殺呼覲短兵直髮馳騁銑曰干鹵楯也殳鋋戈類也暘夷甲名勃盧矛也殺亦矛也短兵刀劍也直髮馳騁疾而髮上直也儇許緣佻他坌步寸並銜枚無聲悠悠旆旌者相與聊浪郎乎昧莫之坰良曰儇佻坌並疾走皃枚以竹爲之大如著口銜止諠譁也聊浪放蕩也昧莫有林木暗暝之處言相與

焰六臣作爓
拉六臣作菈
阤六臣作弛

放蕩逐獸至於此垌也鉦正征鼓疊山火烈熛必遙林飛燄
浮煙載霞載陰翰曰疊鼓聲振動也縱火於山猛烈熛於林木之間火焰
隨風而飛煙氣蕭山而浮火氣時盛時衰如天有霞有陰拉力荅攦盡雷硍
郎崩巒阤直氏岑鳥不擇木獸不擇音濟曰巒岑小山
也言士卒鼓譟山乃崩阤拉攦木摧傷之聲雷硍山崩聲也鳥獸遑迫鳥不暇擇木而
棲獸不暇擇音而出言困甚也暴甝甘胡虪始育䝈司禹麋麖英居驀
陌六駮追飛生彈鸞鵕京射猱乃刀挺庭白雉
落黑鴆零翰曰暴空手搏虎也驀騎也綿絆也甝虪麋麖六駮飛生皆獸名鸞
鵕鳥也猱猿也鴆亦鳥也皆彈射而致零落陵絕嶛寮嶕焦遙聿茲越
巉鋤咸險跇勑曳踰耶竹柏獵連㹎聊祿杞柟而占封

選三　十八

豨虛己薙呼角神螭掩剛鏃祖祿潤霜刃染向曰嶕嶢高皃
絕盡也言上陵盡於高處疾也疾越於巉巉之所跇踰踐轢也獵掠奔走也言踐轢於
竹栢之間奔走於杞柟之下杞柟木名也封豨大猪也薙猪聲也神螭猛獸也剛鏃箭鏃
也霜刃兵器之刃白如霜也言寫獸之血所染潤也於是弭節頓轡齊
鑣苗彼駐䟃徘徊倘佯寓目幽蔚翰曰此言止行也徘徊倘
佯志不安也寓目於幽蔚未行之處志將不滿將重為其游獵之事覽將帥之
拳勇與士卒之抑揚羽族以觜距為刀鈹披
毛群以齒角為矛鋏古葉皆體著沘各而應卒倉忽
所以挂扢古紇而為創瘡痏于美衝踤慈聿而斷筋
骨莫不㽾女六鋭挫鋩拉捭比買摧藏雖有石林

巂巂六臣作巂巂

之峭隤嶸額請攘羊而臂而靡之雖有雄虺之
九首將抗足以跐此之向曰羽族鳥也毛羣獸也鈹亦刀也鋏亦
劍也扢磨也衝踤謂抵觸也鋭鋒捭擲也摧藏謂折挫也峭嶸深險皃攘舉也靡倒也雄
虺毒蛇抗舉跐踏也言駐踕以覽將帥士卒之抑揚則雖鳥獸觜距如刀戟戈矛劍皆體
著卒急挂磨而為瘡痏抵觸而斷筋骨莫不㽾挫鋒鋩拉擲折挫之也雖石險林深之處
華臂則倒之雖毒蛇之九頭將舉足而蹈之顛覆巢居剖普口破窟宅
仰攀鵕思俊鸃宜俯蹴七六豺助皆獏音陌銑曰傾鳥巢破獸穴
鵕鸃鳥也豺獏獸也刲去剝剖几熊羆之室剽匹妙掠虎豹
之落翰曰刲剝掠發擯傷擊之也室落皆居也熊羆虎豹獸也猩猩啼
而就擒狒狒扶沸笑而被格向曰猩猩獸性好酒酒醉則不能去

選三　十九

乃啼則為人所擒也狒狒獸食人見人則執手而笑笑乃食之人因以筒致臂而與之則執
筒而笑笑則脣上掩其目人則抽臂以鑿綴其脣於額而殺之格殺也屠巴蛇
出象骼翰曰屠殺也骼骨也巴蛇大蛇也能食象故殺之出其骨也斬鵬
翼掩廣澤翰曰鵬大鵬鳥其翼垂天今斬之固掩蔽廣澤輕禽狡獸
周章夷猶良曰狡身也周章夷猶恐懼不知所之也狼跋葛步乎紭
撗中忘其所以睒失冉睗適失其所以去就濟曰
狼跋狼狽也紭綱也睒睗疾視皃獸皆狼狽於網中忘其視失其去就恐懼之甚也
魂褫直氏氣懾之葉而自踢唐跅蒲北者應弦而飲
羽向曰褫驚也踢跅顛蹶者則射之應弦而没羽也飲則没也形僨方問景
僵者累積而增益雜襲錯繆向曰僨仆也景影也言其形影

而仆僵累積而增雖錯謬亂以相襲多傾藪薄倒岬甲岫由巖穴
無豜牽豵宗翳薈無麢須鷚力幼反銑曰澤無水曰藪草木
俱生曰薄兩山間曰岬山有穴曰岫言此中禽獸索然以空也豜猣並獸子麢麑子鷚雉
子翳薈幽山之處雖鶵小之物亦窮盡也思假道於豐隆披重霄
而高狩翰曰假借也豐隆雷師也假借行路於雷師寄近天之薄雲冬獵曰狩言
在地畋獵猶未以爲足乃將借道於雷師拔此重雲而上獵故曰高狩也籠烏兔
於日月窮飛走之棲宿音秀向曰烏日中烏兔月中兔言將籠網
取之使窮盡天地之間飛走之物也嶰解澗閴苦鶪岡岵户童罾
曾罘浮滿效獲衆音終翰曰嶰山間空也岡岵皆山也山無草木曰
童罾罘皆羅網也言山澗禽獸以空岡岵草木以盡所施羅網之中禽獸皆蒲功獲衆多

選三　二十

也迴靶霸乎行睨魚計觀漁乎三江泛舟航於
彭蠡渾本萬艘蘇刀而既同翰曰靶馬轡也睨視也言游獵窮於
天地之間將迴轡乎行視之處乃觀漁乎三江之中備舟航於彭蠡之澤舟航艘舡之揔
名萬言多渾雜而同波也弘舸岡我連舳逐巨檻接艫飛雲
蓋海制非常模疊華樓而島峙時髣髴於方
壺比鷁首之有裕邁艅艎於往初銑曰舸大舡舳舡兩
邊挾木也巨檻亦大舡名艫舡尾言大舡連接也飛雲舡上樓名甚高者蓋海言多也皆
彫飾著麗其制度非常之模軌也疊重峙峻也髣髴象似也方壺蓬萊山有神仙宮闕者
言舡上華樓重疊如島之峻峙象似方壺之宮闕鷁首艅艎皆舡之極麗者有裕多也邁
過也言此舟舡樓閣之盛皆過於往昔也張組帷構流蘇開軒幌

鏡水區向曰組綵色也流蘇五色羽飾帷而垂之軒門也幌幔也言於舟舫樓觀
之中設此具而居之鏡照也匧中也謂此靡麗之色皆照見於水中篙高工檝
子叶師選自閩禺音愚向曰篙所以刺舟而行也檝櫂也工謂所善師謂所
長皆使其駕行舟者閩國與番禺之國人皆善用舟檝故選擇而用之習御長風
狎翫靈胥向曰習御謂便用之也靈胥子胥之神人將濟江海者必將祀之以
祈安也言習舟檝人之便用風波弄子胥之神恃其所善乃皆無懼近責千里
於寸陰聊先期而須臾銑曰責求也言風水勢急求千里之程在
於寸陰之間先於所期須臾而至櫂棹謳唱簫籟鳴洪波響
諸禽驚向曰謳歌也籟簫類言諸禽聞棹歌簫管洪流之聲是以驚也弋磻
波放稽鷦鵬明虞機發留鵁鶄翰曰弋取鳥之名磻箭名

選三　二十一

猶留也虞主獵者機弩牙也鵁鶄鳥名鉤餌縱橫網罟接緒
術兼詹公巧傾任父銑曰鉤餌鉤上置食者縱橫言多也緒所以綴
綱之綱也接謂掐接也詹公任父古之善取魚者筌魱亘鰽莫灑所買
鱨常鯊沙罩陟兩魪介罺側梢鰝鰕音遐向曰筌取魚器
也灑鉤也罩籠也罺罺盛魚器也魱鱨鯊並魚名鰝鰕大魚名也乘鱉胡豆黿
鼉同罛孤共羅濟曰乘鱉似鼈罛網也言與黿鼉同其羅網也沈虎
潛鹿馽縶龓龍僒隕束徽暉鯨背中於羣犗
古邅攙搶暴出而相屬翰曰沈虎潛鹿並魚頭虎鹿之身龓龍僒東言
俱羅網之中徼鯨之至大者莊子云以大鉤十二犗牛爲餌言徼鯨吞此鉤爲人所
得攙搶妖星也暴疾也鯨魚死其目精疾出而爲此星以相連屬雖復臨河

六臣競逐迎潮水而
振緡

而釣鯉無異射鮒附於井谷向曰鮒小魚也谷水也井水之
中其魚小也臨大河而釣鯉者見射小魚於井谷必小之今我於江海之中得此大魚比
於臨河而釣鯉者我又輕之異釣鯉者觀於射鮒之微也無結輕舟而競
迎潮水逐而振緡窮中反向曰結謂兩舟並槳齊觧而進今以為競渡
者逆逆也振猶舉也緡綸也逆潮水而上舉張緡綱也言競渡既畢復舉綱而取魚行
想萍實之復形訪靈夔於鮫人銑曰楚昭王渡江有物如
拳入王舟中王怪之使問於孔子孔子曰此為萍實剖而食之甘如蜜今乘江流乃思此
物之復見也靈夔山精也言訪之於鮫人精衛銜石而遇繳酌文
鰩遥夜飛而觸綸北山亡其翔翼西海失其
游鱗翰曰繳射也精衛鳥名也生北山赤帝之女游東海溺而死化為此鳥常銜西

選三　二十二

山木石以塡東海因此遇射也綸小綱也文鰩魚名有翼生西海游東海遂觸綱北山兩
海乃亡失此物雕題之士鏤身之卒比飾虬龍蛟螭
與對良曰題額也螭龍也言夷人雕額鏤身為文與虬龍之色相似故云比飾又可
與虬龍偶對也簡其華質則亄意費把貴錦繢會料遼
其虓虎交勇則鵰悍狼戾濟曰言上雕題鏤身人也亄費猶依佈也
繢綵也言其依佈如錦綵虓猶猛也言其猛勇也悍怒目也言如鵰鷄之怒目狼獸之惡
戾也相與昧潛險搜瓌奇良曰昧猶冒也言文身之徒能冒潛險之
處搜求瓌奇寶玉之物摸蟕代蠵昳捫觜子規觿推銑曰摸捫以
手暗取蟕蠵似龜類有文觜觿大龜可為器剖巨蚌於回淵濯明
月於漣漪向曰剖開破之也巨大也回淵深淵也言破大蚌於深淵之中乃得

明月之珠光色洗濯於漣漪漣漪細波文畢天下之至異訖無索
而不臻銑曰畢至訖竟索求臻至也言盡天下至異之物竟無求之不至者矣言
皆得之也谿壑為之一罄川瀆為之中去貧向曰言搜
索瓌奇珍異之物而谿川瀆為之罄盡貧窮也罄哂西澹臺之見謀聊
襲海而徇珍載漢女於後舟追晉賈而同塵
翰曰襲入也徇求也博物志云澹臺字子羽賚千金璧於河河伯欲得之波浪急起兩蛟
夾舟子羽怒曰河神欲取吾璧可以義不可以威乃以劍斬蛟殺之浪乃止子羽投璧於
河中三投三歸之子羽毀璧而去今哂子羽以璧為河神所謀取乃復入海求其珠賚漢
女漢水之神女也晉賈大夫也與其妻如皐射雉今言載漢女以入海求賚如賈大夫
與妻如皐射雉也故云追晉賈而同塵也汩于筆乘流以砰普萌宕徒浪

選三　二十三

翼颸側思風之颲颲直衝濤而上瀨常沛沛普對
以悠悠向曰砰宕急也颸疾風也颲颲風聲也言急疾如鳥之有翼更假颸風之
勢也濤瀨皆波也言舟直衝而上沛沛流兒悠悠遠兒汔虛乙可休而凱
歸揖一入天吳與陽侯良曰汔已也言已可休息凱樂而歸天吳水伯
也陽侯波神禮揖而別去將指包山而為期集洞庭而淹
留向曰包山山名洞庭湖名數軍實乎桂林之苑饗戎旅
乎落星之樓濟曰數軍實謂計士卒殺獲之實數饗戎旅謂宴會士卒以勞
之桂林苑名落星樓名置酒若淮泗積肴若山丘銑曰言酒
食多飛輕軒干而酌綠醽靈方雙轡而賦珍羞翰曰
綠醽酒名人衆故以車行酒也方並也雙轡則四馬也賦猶徧與也言四馬載珍羞徧與

發六臣作登

歈六臣作愉

鋐六臣作耾

叶六臣作汁

與人也飲烽起醻鼓震音真向曰醻盡爵也言擊鼓示盡士遺倦衆懷忻向曰士卒遺忘倦而忻悅幸乎館娃之宮張女樂而娛羣臣向曰天子所至之處曰幸館娃宮名張設也言設女樂以娛樂羣臣羅金石與絲竹若鈞天之下陳銑曰羅列也鈞天謂神樂也言金石絲竹盛如神樂之聲下陳於此發東歌操南音銑曰發作東歌南音南國之音胤陽阿詠韎莫介任良曰胤猶演也陽阿舞也韎任蠻夷樂也荊豔余念楚舞吳歈越吟良曰荊豔楚歌也亦有舞吳歈越吟越人吟也翕習容裔靡靡愔愔良曰翕習盛皃容裔靡靡愔愔閑邏也若此者與夫唱和之隆響動鐘鼓之鏗鋐橫有殷坻丁禮頹於前曲度難勝皆與謠俗叶協律呂相應翰曰隆高殷繁坻山叶猶和也協合也若此者言上所奏之歌舞使其叶唱而和之則致高響復有鐘磬鏗鋐其聲殷而繁若山頹於前曲度變轉不可勝記皆與俗之歌謠和合律呂之音相應接也其奏樂盧各也則木石潤色其吐哀也則淒風暴興向曰樂之至感有如此也或超延露而駕辯或踰淥水而採菱銑曰延露駕辯淥水採菱皆古曲名言今皆超踰過之軍馬弭髦而仰秣末淵魚竦鱗而上升翰曰伯牙彈琴四馬仰秣瓠巴彈琴淵魚出水而聽言今亦然弭髦言其毛皆順合秣食草也言仰秣者謂食草之際聞音樂仰首而聽餘草在口也竦猶踴出也言魚聞此曲踴鱗而出也酣湑思與半八音并歡情留良辰征翰曰湑樂也謂酣樂纔半而八音兼并雜奏歡情欲留而良辰欻行征行也言惜時景也

魯陽揮戈而高麾迴曜靈於太清將轉西日而再中齊既往之精誠翰曰曜靈日也太清天也魯陽公與韓戰戰未敗而日暮魯陽公舉戈而揮之日為迴自西至於中時也既往往古也言今思齊古人之精誠使日再其景矣昔者夏后氏朝羣臣於茲土而執玉帛者以萬國蓋亦先王之所高會而四方之所軌則向曰夏后氏謂禹也會諸侯於塗山此山在吳故云茲土玉珪也諸侯執之帛束帛也來會者萬國也高大軌法也言可以為四方之法則也春秋之際要盟之主向曰要約也言諸侯約為盟誓闔閭申其威夫差窮其武內果五員之謀外騁孫子之奇向曰五員吳賢臣孫武以兵法奇計教闔閭也勝彊楚於柏舉棲勁越於會稽銑曰闔閭與楚戰於柏舉楚師大敗柏舉地名夫差伐越越王大敗夫差盡得越地而越王走保會稽山言棲者如鳥之棲也闞溝乎商魯爭長於黃池翰曰夫差掘溝通於商魯商魯地名黃池地名與晉爭長於黃池而吳先歃晉亞之也徒以江湖嶮陂秘物產殷充良曰陂難也繞霤李救未足言其固鄭白未足語其豐翰曰繞霤關內固險以繞京師如星霤也鄭白二渠名亦在關內人皆利之言吳有江湖之固物產之充雖關中繞霤鄭白豈足謂其豐言吳之勝也士有陷堅之銳俗有節槩蓋之風睚五賣眥則挺劍喑嗚烏故則彎弓翰曰言士之勇壯者雖遇堅敵必破陷之又俗有志節梗概之人睚眦瞋目小怒也挺拔也喑嗚含怒未發言如此

六臣割作剖

小惌則按劒彎弓言勇使也擁之者龍騰據之者虎視銑曰
若擁此驍勇之衆據此險絕之土則必龍騰虎視以爲彊霸之鴻業麾城若振
槁考搴謇旗若顧指銑曰麾指也言攻城一麾若其摧枯槁之木搴
取也顧前敵之旗可指而取之雖帶甲一朝而元功遠致雖
累葉百疊而富彊相繼翰曰元大也言雄勇帶甲一朝而立大功
以開萬代故曰遠致疊重也累葉猶如木葉相蔭多也言王霸之業雖疊葉百重而富彊
不絕故曰相繼樂湑衎苦旱其方域列仙集其土地濟曰
湑美也衎出也言樂美之事皆出此方域之中列仙仙人集其土地桂父練形
而易色赤須蟬蛻稅而附麗濟曰列仙傳云桂父服桂其人
形色時時白黑黄赤不定故云練形易色赤須仙人食柏葉齒落復生如蟬之蛻身此人

選三　廿六

非美人故云附麗麗美也中夏比焉畢世罕見丹青圖其
象珍瑋貴其寶利也翰曰言中夏之國比於吳都之珍異神仙中國
則畢世而不見空見丹青圖畫其象類但知珍寶可貴可利也舜禹游焉沒
齒而忘歸良曰沒盡齒年也言舜葬蒼梧禹葬會稽則盡年而忘歸也精
靈留其山阿翫其奇麗向曰阿曲也精靈神仙之類在其山曲翫
其奇異美麗之事割判庶士商榷角萬俗翰曰割謂分別也
庶衆也商度也榷略也俗風俗也言分別衆事商略萬國之風俗也國有鬱鞅
而顯敞邦有湫子小阨烏介而踡拳跼翰曰鬱茂也鞅掌
也皆盛貌明敞高廣貌湫下阨小踡跼不舒也言分別庶士商略萬俗則有鬱茂鞅掌高
廣者則有下小踡跼不舒展也伊茲都之函含弘傾神州而

曜六臣作燿

韞蘊櫝翰曰伊惟弘大也神州中國帝居也韞藏櫝匱也言此都之大函而包含
中國若藏之於櫃中仰南斗以斟酌兼二儀之優渥向曰
南斗星名將仰取以用酌酒二儀天地也優渥優游也由此而揆之西
蜀之於東吳小大之相絕也亦猶棘林螢燿
而與夫尋木龍燭也翰曰棘林棘刺之木螢燿螢蟲之光尋木大木
龍燭鍾山神也開目以燭天下言吳蜀大小相比則蜀爲棘林螢火之光吳爲大木龍燭
之照從此度之則吳蜀相懸絕之極也否泰之相背也銑曰否天地不
交萬物不通泰天地交萬物通故相背也亦猶帝之懸解而與夫
桎梏疏屬也濟曰帝天也懸解猶縱逸也疏屬山名山海經云二負殺其君
窫窳帝乃桎梏於疏屬山桎梏謂杻械拘繫也言吳則猶放縱得天之性地之道者而蜀

選三　廿七

猶杻械拘繫不通之人否泰之相背也庸可共世而論巨細同
年而議豐确苦角乎銑曰豐豐沃之地确磽确之地言吳美蜀惡豈可共
代而論大小同年而說豐确哉暨其幽遐獨邃遂寥遼廓閑奧
耳目之所不該足趾之所不蹈倜天歷儻他浪之
極異崛君屈詭之殊事藏理於終古而未寤於
前覺也翰曰寥廓閑奧寬深貌該及趾足蹈履也倜儻殊絕之稱崛詭奇異也理
美也言幽遐獨邃寬深之奧耳目不及足趾不履之所則有殊絕奇異之物蓋藏美終古
人所不知而人皆知彌而未寤必不能先事而覺知若吾子之所傳孟
浪之遺言略舉其梗概而未得其要妙也向曰
孟浪鄙野之語梗概大綱也而王孫大夸都邑奢麗尚云如我所傳則鄙野遺言而略舉

六臣爲作于

大綱而未得好妙一者誇後之心未已

一　魏都賦　　左太沖

魏國先生有睟遂其容乃盱衡而誥曰異

異乎交益之士良曰睟容溫潤之皃眉上曰衡盱舉目大視也先生見吳

蜀相夸後過甚乃張目舉眉怪而告曰交趾吳地也益州蜀都也异乎怪詞也士人之通

稱也蓋音有楚夏者土風之乖也情有險易者

習俗之殊也向曰音人語音也夏中國也土土壤風風俗乖別也言在楚楚

音居夏夏音居土壤風俗之別也情有奸險者有通易者皆積習常俗所殊致也言吳蜀

二客之言太過土壤風俗所乖積習其俗殊異也雖則生常固非自

得之謂也濟曰言人雖則積習爲之常性固非天生自得蓋漸染而成也昔

選三　二十八

市南宜僚弄丸而兩家之難解翰曰白公將與楚子

西戰白公使召宜僚將用之也宜僚不從弄丸自若白公感之遂止兵是難解也言吳蜀

兩都互相是非而結難先生欲爲解之聊爲吾子復翫德音以

釋二客競爲辯囿也銑曰先生言宜僚弄丸而兩家難解今先生復

將爲吳蜀二客以德音釋競于辯圃言辯者多詞如苑圃之有草木也夫泰極

剖判造化權輿體兼晝夜理包清濁流而爲

江海結而爲山嶽濟曰太極天地始也剖判分也權輿始也太極未分

混沌之時而造化之始一晝一夜已依昏明一清一濁是天地元氣融流者爲江海結聚

者爲山嶽列宿分其野荒裔帶其隅向曰九州分野各有星紀

荒裔謂邊遐之服帶在中國之隅隅角也巖岡潭淵限蠻隔夷峻

六臣人作氏

不六臣作帶

危之竅也向曰竅穴也潭淵江湖也言中國以巖岡何而限隔蠻夷高危之

穴也言蠻夷居峻危之處以爲空穴也蠻陬子侯夷落譯導而通

者鳥獸之氓麥耕也翰曰陬聚也落居也譯易也導引也言蠻夷聚居部

落言詞殊別不爲中夏所識有來朝者則使人傳易其語引而通之鳥獸之氓則蠻夷也

言其穴居木宿不異鳥獸正位居體者以中夏爲喉舌不

以邊隅爲襟帶也翰曰正位謂正於寶位居體謂居君之體言正寶位

居君體者以中國爲咽喉之要不以邊陲爲襟帶之險也長世字甿者以

道德爲藩不以襲險爲屏也向曰字養甿民也番屏皆捍也

言養人以德不以險而子大夫之賢尚不曾庶翼等威

附麗皇極良曰先生謂客爲子大夫之賢者主客之義也翼佐也等等差威威

選三　二十九

儀麗著皇大極中也責其不曾庶幾翼佐以等差威儀附著大中之道於魏主也思

稟正朔樂率貢職銑曰先生使吳蜀二客歸義於魏從其正朔納其貢

賦也而徒務於詭隨匪人宴安於絕域向曰詭曲也匪

非也匪人謂夷狄人也絕遠也責其不稟魏之正朔而曲從夷狄之人也宴安也言宴然

而安懷其鴆毒於絕遠之域榮其文身驕其險棘銑曰險阻也棘

吳誇壯鏤身之文以爲榮西蜀亦不以德而務驕其險阻也繆默語之常

倫牽膠言而踰侈向曰繆猶昧也倫次也不度義而言曰膠言君子恥

默或語責二客昧默語之次也牽不義之言而越其奢侈也飾華苦懷離以矜

然假倔渠勿彊巨兩而攘臂翰曰華離地形也言蜀都之地小狹華離

斜角不正徒誇飾以爲氏壞也倔彊夷狄惡性梗戾謂王孫夸士卒勇悍也云雖有石林

之半學謂擴背而棄之是也非醇粹之方壯謀蹖舛駮於
王義孰愈尋靡蓱於中逵造沐猴於棘刺銑曰
粹美方比壯大蹖乖駮亂也言吳蜀二客非能醇美以比於大道是謀乖亂王者之義愈
比也逵路也蓱流皃言蓱水物者若求於中路不可得也燕王好巧有衛人詠言能刻沐
猴於棘刺之端復作詐發而逃之言二客之言差謬如中路擧蓱棘之刺端造沐猴也
劒閣雖嶛憑之者蹶非所以深根固蔕也濟曰
嶛險憑據也言雖險無德而據之者必見顚蹶是以非深根固蔕之道也洞庭雖
濬負之者北非所以愛人治國也濟曰濬深負恃也言
雖高深固無德而恃之者必見奔北軍敗曰北是以非愛人治國之理也彼桑榆
之末光踰長庚之初暉況河冀之爽塏苦改與

選三　三十

江介之湫子小湄向日桑榆末光謂日將西謝也長庚星名昏見於西方爽
明也塏高也介左也湫湄小水也言桑榆末光上踰越長庚之初暉而況魏都居於河冀
高明之地而與江左之小水爲齊也故將語子以神州之略赤
縣之畿魏都之卓犖呂角六合之樞機濟曰語子者先
生語二客也神州赤縣則中國也近國之地日畿樞戶所以轉而開閉也機弩牙也所以
發箭皆言其要也言魏都高絕六合之要君此也于時運距陽九漢
綱絕維翰曰距至也陽九災厄也綱法綱也維綱網也言當此之時運至災厄漢
之法綱絕其綱維也姦回內顯備兵纏紫微向曰回邪顯奮也紫
微帝宮也言漢綱既絕綱維姦邪內奮兵革纏繞於宮室也翼翼京室眈
眈帝宇銑曰翼翼美也眈眈深邃皃巢焚原燎變爲煨

六臣均作鈞

燼故荊棘旅庭向曰董卓焚洛陽宮殿並燼如焚烏巢燎原草皆化爲灰
燼也旅猶次也宮室既盡故荊棘次生於庭殷殷於謹寔內繩繩八
區鋒鏑縱橫化爲戰場故麋鹿寓城也銑曰殷殷
繩繩皆衆也寰內天下也八區八方也鋒鏑兵器也寓寄也言天下八方兵革縱橫人不
安宅城邑爲之丘墟野多戎塲故麋鹿寄於城邑之間伊洛榛士臻曠崤
函荒蕪臨菑側持牢落鄢郢丘墟濟曰伊洛東京也崤函西
京也臨菑齊地鄢郢楚地木叢生曰榛牢落閒寂也言此四都亂也榛曠荒蕪閒寂立墟
皆謂居人少也而是有魏開國之日締構之初萬邑
譬焉亦猶犨昌由麋之與子都培部苟塿路苟之與
方壺也向曰而語助也是此也締結也犨麋古之醜人子都美人培塿小阜也

選三　三十一

方壺海中神山言當此時大魏開國結構之初而萬國相比則吳蜀猶醜人小阜魏猶子
都方壺且魏土者畢昴之所應虞夏之餘人先
王之桑梓列聖之遺塵濟曰畢昴是冀州分野則魏都也舜都平
陽禹都安邑皆冀州界故曰虞夏餘人先王列聖則禹舜也考之四限則
八埏延之中測之寒暑則霜露所均翰曰限猶隅也
八埏八方也言考之四隅則爲八方之中央也側之寒暑則霜露之所均被言處天地之
中也卜偃前識而賞其隆吳札聽歌而羲其風
翰曰卜偃晉掌卜之官晉獻公封畢萬於魏卜偃曰畢萬之後必大萬盈數也魏大名也
故曰賞其隆隆則大也先知其事故曰前識春秋襄公十九年吳公子季扎來聘使工歌
魏風扎曰美哉大而婉險而易行以德居此則爲明王故曰美其風德也雖則荄

六臣通作爾

警イ

代而盛德形於管絃向曰形見也衰代謂春秋風德時也言雖遲衰
微之時而盛德形於管絃則吳季札所美也雖踰千祀而懷舊蘊
於遐年銑曰蘊積也言魏風雖已促於千祀而我今復都之是懷古而積於遠年
邇其疆域則旁極齊秦結湊冀道向曰齊秦國名冀道
皆州名開胷殷衛良曰殷都朝歌在鄴南衛亦在南故云開胷如人之胷在
前也跨躡燕趙良曰跨躡猶控帶燕趙國名山林幽峽川
澤迴繚了恒碣碪五感碍五各於青霄河汾浩涆
翰而皓溔與眇反幽峽深邃也迴繚繚繞貌恒碣二山碪碍高貌河汾二水名
浩涆皓溔並水大流貌南瞻淇澳於六則綠竹純茂北臨
漳滏父則冬夏異沼銑曰純美也淇澳二水名旁亦出美竹漳滏二

選三　三十二

水名漳水冷滏水熱若出於釜因名焉故云冬夏異沼沼水之通稱也神鉦正迫
遞於高巒靈響時驚於四表翰曰鄴西北有鼓山上有石鼓
之形俗云時時自鳴故稱靈響驚警也表外也鉦金聲所以節鼓者則此石鼓也云鉦者
文之失也溫泉毖秘涌而自浪華清蕩邪而難老
濟曰毖泌也水急流貌言溫泉流而涌自爲波浪言其華美而絜清可以蕩滌疾病而延
壽墨井鹽池玄滋素液厥田惟中厥壤惟白
翰曰墨井井中有石如墨鹽池在河東古冀州之界故此言之玄素則墨井鹽池之色滋
液並水名冀州田第五厥土白壤也原隰畇畇勻墳衍斥斥向曰
畇畇平坦貌墳堤也下平曰衍斥斥廣大貌或嵬烏罪罍力罪而複陸
或黋苦廣朗而拓託落乾坤交泰而烟熅嘉祥

六臣世代作時世

徽顯而豫作翰曰嵬罍高下皃複陸重疊也黋朗光明也拓落寬廣皃言山
川或高下重疊也或光明寬廣微美也言天地交泰元氣烟熅而豫作嘉祥之美明示我
魏作也謂漢桓之時有黃龍星現於楚宋之間識者云後五十年當有真人起於梁沛其
鋒不可當至時果太祖應焉故云嘉祥豫作也是以兆朕遲亂振古萌
柢帝疇昔藏氣讖楚禁緯閟象竹帛向曰朕跡也振古
昔皆往古也萌始柢本也言魏都兆跡之本自於往古謂卜偃吳札之賞美者讖書之預
言王者之興亡也緯星也即上黃星之應矣閟密也竹簡也帛素也古人所以書言王者
氣象皆藏密於讖緯竹帛之上迴世代而淵默應期運而光
赫向曰迴曠也淵默謂沈靜也光大赫盛也言有曠大沈靜之量乃可應期運建大盛
之業於此都也暨聖武之龍飛肇受命而光宅良曰暨至

選三　三十三

也今至聖武始受命而宅之言當天心有曠代之才爰初自臻言占其
良謀龜謀筮亦既允臧良曰允信臧善也脩其郛郭
繕其城隍良曰繕理也城隍池也經始之制牢籠百王
向曰經始謂經營之始也牢籠百王之制法也畫雍豫之居寫八都
之宇銑曰雍西京豫東京都八方之都皆模寫也鑒茅茨於陶唐
察卑宮於夏禹濟曰堯之所居茅茨不翦禹卑宮室今將覩省察以爲軌
則也古公草創而高門有閌苦浪宣王中興而築
室百堵濟曰古公文王祖也爲戎狄侵國遷于岐下草創都邑其人亦隨而至言
有德也閌門限也言足以限內外也言儉者宣王中興復脩宮室儉約而築室百堵也
兼聖哲之軌幷文質之狀商豐約而折中

六臣謨作模
六臣曜作耀
六臣而作以

准當年而為量思重爻摹大壯翰曰聖王文軌則順舜禹
古公宣王也弁文質者去太去甚也商度豐約取其折中准當年豐儉而量其人力以使
之重爻易也易云上古穴居野處而聖人易之以宮室上棟下宇以待風雨蓋取其大壯
大壯卦名覽荀卿采蕭相翰曰荀卿子云宮室臺榭以避燥濕非為奢侈
也故覽而采之蕭何漢相作未央宮僝拱木於林衡授全謨
於梓匠向曰僝理木之器兩手合抱曰拱林衡主山林之官梓匠工木之人遐
邇悅豫而子來工徒擬議而騁巧銑曰言遠近百姓皆
悅豫如子之來成父事者而工匠之徒忖度而騁巧妙闡鉤繩之筌緒
承二分之正要濟曰闡述也鉤曲尺也繩所以直木者筌次也言述此鉤
繩將以古之良工遺緒承二分之正要者言取春分秋分之日日景正時以正東西之位

選三　三十四

也揆日晷考星曜銑曰言考度星日以定南北也建社稷作
清廟良曰清廟祖廟也築曾宮以迴匝比岡隒魚撿而
無陂翰曰隒小山而無草木者陂險也言築宮迴匝比之岡隒而無陂險也造文
昌之廣殿極棟宇之弘規良曰文昌殿名對吾崇山
崛起而崔嵬徒感若玄雲舒蜺以高垂銑曰對山
皃髮雲皃言殿之丹青色麗如玄雲之中舒其虹蜺自高而垂下也瓌材巨世
㙹楚立壒除立參差枌扶文橑老複結欒櫨盧疊施
濟曰瓌美巨大也言美材大於當代之者揷壒相接皃參差不齊皃枌棟橑椽也言重複
而結聚之欒曲枅櫨斗也累疊而施之丹梁虹申以並亘朱桷
森布而支離翰曰亘橫也丹梁如虹蜺之並橫朱桷謂椽也森多也支離歷

壓然分布皃綺井列疏以懸蔕華蓮重葩而倒披
翰曰屋上綺井以板為井形飾以丹青如綺也列行疏布也綺井向下行布如花蔕之懸
井中皆畫蓮花自下見上故曰倒披齊龍首而涌霤時梗概於
滮被尤池濟曰殿屋上四角皆作龍形於椽頭雨水注入於龍口中寫之於地梗概
猶髣髴也滮池謂停水以灌溉也言涌霤之水髣髴似也旅楹閑列暉鑒
挾烏浪振章人榱題黮徒感䨴徒對階䧟尹述嶙隣峋音詢
翰曰旅陳楹柱閑間列行也言棟柱每間而行上有朱色窻牖見日光故暉色鑒明於挾
振挾振屋內也榱椽也題頭也言椽頭黮䨴而深黑色謂染之然也階䧟階道上處嶙峋
次級也長庭砥至質平鐘虡夾陳向曰虡鐘格架也夾對陳布也
言拍對布於長庭也風無纖埃雨無微津翰曰津潤也𡏖以砂土其

選三　三十五

平如砥言長庭雖風而無埃雖雨而不潤巖巖北闕南端逌遵竦
峭雙碣方駕比輪翰曰巖巖高也南端正南門也逌所遵法也言南端
法於北闕也竦峭高也碣立也方駕比輪言並車也門廣大可並車而行西闕
延秋東啓長春銑曰闕啓皆開也延秋長春二門名用覲羣后
觀享頤賓向曰於此門用朝百辟諸侯也頤養也賓客也又於北觀享養賓客
也左則中朝有赩聽政作寢匪樸匪斲去泰
去甚翰曰赩光也言中朝衣冠盛赩而有光也寢正殿也匪非也言此殿非樸非斲
去泰去甚言取中法不以奢侈為務木無彫鏤土無綈題錦
玄化所甄經延國風所稟銑曰鏤鏤也為木不彫鏤也土無綈錦言
土工不文飾也玄聖甄成也言皆聖化所成國風所稟謂儉約稟於國風也國風詩以美

六臣由作繇

六臣閫作壼

儉也於前則宣明顯陽順德崇禮良曰四者皆門名重闈洞出鏘鏘濟濟良曰闈宮門也洞通也言宮重重與諸門相通而出鏘鏘濟濟衣冠盛皃珍樹猗猗奇卉萋萋此禮叶韻蕙風如薰甘露如醴銑曰猗猗萋萋草樹盛皃蕙香草也焚香曰薰言草樹之香風傳之如火焚香也甘露函草樹之上憤其香芬如酒醴之香氣禁臺省中連闥對廊直事所由典刑所藏銑曰禁臺省中丞相諸曹司也闥門也直事謂寓直之類言禁臺省中寓直之所由出入典籍刑法之所藏蓄也藹藹列侍金蜩齊光詰朝陪幄納言有章翰曰藹藹多盛貌蜩蟬也漢宮儀侍中常侍冠皆飾金蟬故曰齊光詰朝納言喉舌之官早朝陪侍天子帷幄出納喉舌皆成其文章爲天下儀軌揩式亞以柱後執法內

選三　三十六

侍符節謁者典璽儲吏翰曰亞次也柱後御史官執法內侍天下以察人過符節掌符契旌節謁者通事者典璽儲吏掌天子印璽膳夫有官藥劑有司肴醳亦順時腠理則治向曰膳夫掌食之官藥劑主藥品之職醳醇酒言食與酒各順時而進之藥劑治腠理之疾腠理者皮膚間也於後則椒鶴文石永巷闈術楸梓木蘭次舍甲乙濟曰椒房明鶴皆堂名文石室也后妃所止永巷庭也闈術謂宮門道詰曲也楸梓木蘭皆坊名宮舍次序有甲乙之次言其有大小也西南其戶成之匪日丹青炳煥特有溫室良曰西南其戶者言宮內之門或西向或南向言不日而成之蓋速而易就溫室殿名丹青炳煥畫文也儀形宇宙歷象賢聖圖以百瑞綷組對以藻詠茫茫終古

六臣蓛作疎

六臣剽作彯

此焉則鏡有虞作繢茲亦等競翰曰言於室殿畫天地之形賢聖之象百瑞之物藻以贊頌使人主見之以知安危之理可以爲古之鏡視於身也言舜依繢畫彝器以爲鑒戒今之溫室亦與齊鏡也右則蘇圃曲池下畹於逵高堂蘭渚莓莓石瀨湯湯音傷良曰蘇圃蔬圃也畹田也高堂園中亭也曲池植蘭渚曰渚莓莓盛皃石瀨有石而淺流湍瀨急流弱蔓子公係實輕葉振芳奔龜躍魚有縣千雇呂梁向曰蔓木之細枝枝頭垂實而輕葉搖動其芳香縣下視也呂梁水名其水急流言池中龜魚奔躍如視呂梁之上馳道周屈於果下延閣胤宇以經營飛陛方輦而徑西三臺列峙而崢嶸向曰延閣胤宇言閣道棟宇相連引也飛陛相接如鳥飛也言廣可以並輦徑疾而西三

選三　三十七

臺銅雀臺冰井臺金鳳臺也亢陽臺於陰基擬華山之削成上累棟而重霤力救下冰室而沍冥銑曰亢陽屋也謂在於臺上故曰亢陽基下曰陰勢如華山削成也重霤重屋簷也冰室沍冥言清陰寒也周軒中天丹墀臨猋增搆峨峨清塵彯彯匹遙反翰曰長廊有窓而周迴曰周軒中高天也天子庭曰丹墀猋風也增高也搆亦屋也峨峨高皃屋宇潔淨而無濁塵故曰清塵彯彯輕舉也雲雀踶音低甍而矯首壯翼摛鏤於青霄雷雨窈冥而未半皦日籠光於綺寮向曰雲雀鳳也踶踏甍簷舉也言作鳳於簷踏立而首也壯大摛發也言鳳之大翼光發彫鏤於青霄窈冥陰暗也寮窓也言臺高而雷雨陰晻至臺之半日光在上故曰籠光於綺窓習步頓以升降御春服

六臣苑作菀

六臣況作怳

六臣代作世

而逍遙八極，可圍於寸眸；萬物可齊於一朝。翰曰謂臺高行步上下頫足天子服晝日御言服春服而行道遙閑樂高臺遠視八極之地可入於寸目知天地之理虛曠故萬物齊一在此時也長塗牟首，豪徼古予互經，晷漏肅唱，明宵有程。附以蘭錡魚几，宿向曰牟首閣道有室者豪徼道以禁兵。司衛閑邪，鉤陳罔驚。也言互有經過也肅嚴程節也言刻漏嚴肅而唱晝夜明候時而有節法衛侍衛也閑邪防惡也周無也鉤陳星名以衛侍帝宮言侍衛之人防其邪惡故無驚擾也於是崇墉濬洫，嬰堞帶溪。四門轔轔魚竭，隆廈重起。銑曰墉城牆也濬深洫塹嬰繞也堞城上女牆溪水涯也言宮闕繞崇城之堞帶深備之涯也巘巘高也隆廈大屋也言宮闕四門巘巘而高也大廈重疊而起也憑太清

以混成，越埃𡋯烏害而資始。邈邈標危，亭亭峻峙。翰曰太清天也埃𡋯塵昏之氣謂樓觀高峻而憑天若混然而自成也超越塵昏之所資混然之氣以爲造作之始也邈邈亭亭高遠也標立也臨焦原而弗況，誰勁捷而無懼背理。與岡岑而永固，非有期乎代祀。翰曰焦原山名代知其險言樓高之險雖臨焦原亦不比況懼懼也言誰有勁捷之人登此而不懼者言長堅固如山豈可論年代之近遠乎陽靈停曜於其表，陰祇濛霧於其裏。良曰陽靈日也陰祇雲雨神言樓臺高峻入天而日至於此自下望之若停光在其上雲雨之神濛雲霧於內也苑以玄武，陪以幽林。繚了垣開囿，觀宇相臨。濟曰玄武苑名中有幽林繚繞也爲牆環繞以爲苑囿囿中觀宇相臨言多也碩果灌叢，

欒六臣作籞

圍木竦尋。篁篠懷風，蒲桃結陰。良曰碩大也草木雜生曰灌圍木竦尋者大木也竹叢生曰篁篠竹也言叢竹懷風清肅之氣蒲桃體蔓延而葉密故多陰也回淵灌，積水深。蒹葭贙胡犬，雚胡官蒻弱森。向曰回曲灌澄也積水衆流相合爲池譬分別也言衆草森然分別於內丹藕淩波而的皪，綠芰泛濤而浸七心潭以心。羽翮頡頏，鱗介浮沈。銑曰丹藕蓮也的皪映水見芰菱也浸潭浮見羽翮鳥也頡頏水浮見鱗魚介龜也也言或浮或沈也棲者擇木，雊者擇音。若咆步交渤蒲沒澥與姑餘，常鳴鶴而在陰。濟曰咆鳴也渤澥姑餘皆海也言魚鳥之類雖近在此若鳴也言不迫逐不傷其性皆得安理如此在江海以自得不失其天性鳴鶴在陰言皆自得其類也表清欒語，勤虞

箴，思國卹，忘從禽。樵蘇往而無忌，即鹿縱而匪禁。音金向曰籞謂池沼草木有麋鹿禽獸之處表而不禁任人取之虞箴所以戒勤無爲田獵卹憂也思國之所憂言忘從禽者言不從禽獸之樂也樵木蘇草也言苑圃之中草木盛人往取之無忌吝也即鹿苑中所養任人縱之亦非所禁咸與人共之也腜腜莫回坰野，奕奕菑畝。甘荼途伊蠢，芒種斯阜。翰曰腜腜美也奕奕盛也田一歲曰菑甘荼苦菜也伊維蠢生也芒種稻麥也阜多也言此地生荼蓄多稻麥也西門溉其前，史起灌其後。墱丁鄧流十二，同源異口。翰曰西門豹史起並爲鄴令俱開漳水灌田鄴人皆富墱級次泄水之處言有十二也同原同漳水異口分渠口各別也蓄爲屯雲，泄爲行雨。銑曰蓄積也言積而不用則如雲之聚若泄之乃潤田是

乃行雨也水澍之豎稉衡古稌五徒陸蒔稷黍良曰稌稻蒔種也
黝黝一柳桑柘油油麻紵翰曰黝黝黑也桑柘紵之美色也油油潤色
紵似麻可以爲布均田畫疇蕃廬錯列薑芋充茂桃
李蔭翳音咽叶韻良曰均田畫疇定其分畔蕃弁廬室錯雜也言都人蕃弁廬舍
錯雜而布蔭翳繁盛皃家安其所而服美自悅邑屋相
望武方而隔逾奕世濟曰言人甘其食美其服也隔阻踰絕也言太平安
無事雖邑屋相望而阻絕終世不相往來內則街衝輻湊朱闕結
隅石杠江飛梁出控漳渠疏通溝以濱路羅
青槐以蔭塗比滄浪平而可濯方步櫚以占而
有逾向曰闕樓隅角控引杠橋也言街衢輻湊朱樓結角而石橋引在漳水之上也

濱水畔也言流通溝渠於路畔列以槐木渠清可以比滄浪之濯纓槐樹之蔭可以踰長
櫚廡廡之下習習冠蓋莘莘所巾蒸徒斑王白不提行
旅讓衢設官分職營處署居夾之以府寺班王
之以里閭銑曰習習盛也莘莘衆也蒸徒人也斑白老者不提挈器物也旅客
也言行客讓路設官司分職務營置居處夾於府寺分布閭里之間各使得其所也其
府寺則位副三事官逾六卿太常之號大理
之名廈屋一揆華屏齊榮肅肅階闥許亮重門
再扃師尹爰止毗世作楨翰曰三事正德利用厚生也正德以
率下利用以阜財厚生以養人六卿周禮六官也太常主宗廟大理斷刑獄廈大廈之屋
屏門牆也言府寺之制其同一揆而牆屏之設亦齊有之肅肅嚴整皃闥兩階之間言兩

六臣包作苞

六臣毇作揆

六臣之作而

階之間作爲楨祥肅然嚴整扃關也言有[illegible]門故其關亦當再矣師尹主國之政事者[illegible]
於毗佐楨祥也言此居止可以佐主而爲政也其閭閻則長壽吉陽
永平思忠良曰四者皆坊名亦有戚里寘宮之東濟曰
戚里外戚所居之里而置在帝宮之東寘置也閈出長者巷包諸公
濟曰閈門也言門出長者而巷亦包括公侯之宅都護之堂殿居綺
窻向曰都護宮名居殿之中飾爲綺窻輿騎朝猥蹀𨂂古毀其中
銑曰輿車騎馬猥多也蹀𨂂言衆積也天下朝貢車馬繁多衆積而在於都護府內
客館以周坊飾賓侶之所集瑋豐樓之閈閎
起建安而首立銑曰營搆館舍也飾賓徒所集之處以備待士瑋美也豐
大也閈巷門也閎門中道也首初也起建安之中初立也葺七立牆幕室房

廡雜襲剞居綺劂居衛罔掇匠斲積習廣成之傳
布戀無以儔稾街之郎不能及翰曰葺覆幕漫廡營也言房廡
雜錯以相掩習剞劂斤斧也罔無也匠斲人也言斤斧工人無掇積習以斷理也廣成
傳秦之客館稾街邸蠻夷之館漢時所立言此二者不能及我所制也廓三市
而開廛籍平逵之九達翰曰廓開也廛市道也逵道也開三
市中開道言開市要藉之所則平道九逵之處所以便利於人班列肆以兼
羅設闤闠以襟帶濟有無之常偏距日中而
畢會抗旗亭之嶢五堯嶭五結侈所眺之博大向曰
班布也言布貨物於市以羅列之闤闠市中巷繞市如衣之襟帶然有無常偏謂多少二
者或至巨萬或至貧無此爲常偏也距至[illegible]畢盡也言至日中盡會於市也抗立也旗亭

六臣材作賄

六臣預作豫

市樓嶢嶭高貌言此樓至高也後美眺視也言美所視之貨賄可謂富博廣大也

百隧穀擊連軫萬貫憑軾極馬袖幕紛半良曰隧路也言百隧路多也穀擊者車多相摩擊也軫車後言相連貫至於萬數皆憑軾極馬蒂覆車軫者言擊馬衣袖與幕紛然相半

一八方而混同極風采之濟曰使八方混同歸於一所風俗也采事也言極俗事之異見貨劑市吏主平物價物價平而貨交易也刀錢也言錢布相與交易不可勝筭

異觀質劑子遺平而交易刀布貿而無筭

材以工化賄以商通難得之貨此則不容翰曰言物之財用皆工人之所化用也賄布帛也則商者通易之難得之貨謂遠方異物寶玉無益之物於市則不容也

器周用而長務物皆窳庾而就攻不鬻邪而預賈古著

馴致之醇醲翰曰周備鹽攻堅著明馴順也醇醲樸也器之備用爲常用不在珍麗物皆去鹽而就堅去鹽禁邪人不使乘時射利爲賈賣明順置法以勸醇樸之理也

白藏平之藏去富有無隄同賑大內控引世資銑曰白藏庫名藏即庫也謂富有財物若大水之無隄岸言極多也賑豐也大內內寶庫與白藏同豐控引天下之資財

賨琮幏稼積墆結徒琛幣充牣仞關石之所和鈞財賦之所底慎向曰賨南夷稅名幏布也墆貯也言南蠻之稅積貯多也珠玉曰琛布帛曰幣牣滿也珠玉布帛充滿於庫關石秤也言亦平也財物貢賦之所致者無失常者亦慎也

燕弧盈庫而委勁冀馬填廄救而駔祖朗駿翰曰燕弧角弓出幽燕地言滿庫委積其勁疲者廄養馬屋也駔壯也冀馬謂冀北所生馬填盛廄中而呈壯駿也

至乎勍巨京敵糾紛庶土罔寧聖武興言將曜威靈向曰勍大也糺紛亂也庶土天下也罔無寧安也聖武武帝也言大敵亂起天下無安武帝興言兵大振曜其威靈也

介冑重襲旌旗躍莖弓珧以焦觧檠巨景矛鋋飄英良曰介甲也冑兜鍪也重襲重而衣之躍擧也莖旗竿也言旌旗擧竿也以蛤骨飾弓曰珧業弓匣也解業開弓匣矛鋋皆兵器爲風飄其英英旗飾也

三屬之甲縵莫韓胡之纓控弦簡發妙擬更平贏亦精反銑曰屬連也言甲三扎相重而連之縵胡武士纓名控引簡擇也言引滿弓弦擇而發物無不中故妙擬更贏更贏古之善射者也

齊被練而銛息廉戈襲偏裻都祿以讀會列舉出征而中律執奇正以四伐向曰言士卒齊整服練而執銛利之戈襲著也

偏裻戎衣名以出征四遠行其誅伐師多言讀言使士卒被練執戈衣偏裻之裳以爲行列也軍師出行盡中尅勝之法執奇正之計也

碩石畫胡麥精通目無匪制推鋒積紀鋌氣彌銳銑曰碩大也言大畫奇策精通妙理擧無遺者目見所爲皆合宜制鋒鋒推擧也十二年日紀謂武帝自初平年起兵至建安二十五年故曰積紀言積紀鋒鋌之氣彌加益銳雖

三接三捷既晝亦月尅翦方命吞滅咆白交咻休雲撤叛換席卷虔劉祲子鴆威八紘荒阻率由翰曰言一日三接戰於敵人一月三捷尅之方放也咆咻猶咆哮也言放棄生命咆哮不賓者皆除翦吞滅之撤去也叛反換易也劉殺也祲漸也言反易常道之人皆如雲去席卷盡殺之漸以威德布於八方則荒阻之俗皆有率來賓莫不由大魏之德

相洗兵海島刷馬

江洲𧙃旅輈輈田叉旆悠悠凱歸同飲跡爵
晉疇朝無刓五官印國無費留向日謂戰勝將佟兵欲還師乃
洗刷兵馬於海島江洲也兵還日振旅輈輈
衆聲悠悠旆旌飛皃戰勝則凱樂而歸行飲
至之禮饗會將士有功者分其爵邑疇庋使
當其功刓印印角𢿱銷項刓欲封有功手㧛
其印惜不與刓令得刓言今有功即封不吝惜
之故朝無刓印功不賞日費留謂今賞之故
無此也
喪亂既弭而能宴武人歸獸而去戰蕭
斧戰柯以押胡甲刃虹旌攝麾以就卷翰日弭平也言
天下既平而能宴樂武王歸馬放牛去其
戰士蕭斧越斧也戢斂其柯藏押其刃虹旌
畫爲虹者攝收其麾旄以
卷藏之皆示不服用也
斟洪範酌典憲觀
所恒通其變上垂拱而司契下緣督而自勸

道來斯貴利往則賤園圃寂寥京庾流衍翰日
洪大範法言理天下之大法典常也言息兵
華當安人故斟酌大法與常憲不可失也觀
人之恒理謂使知其情通而變之使其不偕
上則垂衣拱手龔法契以御天下綏順督中
下則順乎中道而自勸勉而復貴道賤利園
圃獄也寂寥空也京大庾倉也流衍積多也
於是東鯷帝即序西傾順軌荊南懷憓惠朔
北思韙偉綿綿迴塗驟山驟水襁居兩負賚慈襁
贄職二重譯貢篚向日東鯷西傾國名即就序次也軌車迹也言二國之人
就成次序順同軌迹韙美也綿綿遠皃迴長
也襁以繩繫篚賚其土物也言荊南朔北
之夷皆懷惠思美綿綿行於長道驟彼山
水負其篚篚賚其土物重譯言而來貢也髽
側爪首之豪鐻渠耳之傑服其荒服斂衽審而魏

六臣嘈作僐

闕銑日髽首鐻耳皆夷人也𧙃傑謂酋長言
其各衣本服而來斂衽袖也魏闕帝闕也
言斂袖而拜於帝闕之下置酒文昌高張宿設其夜未遽
庭燎晰晰有客祁祁載華載裔叶入聲韻岌岌
冠縰所支綺纚纚追呂辮髮翰日置酒於文昌殿以宴番夷也高張其樂先
夜而設其夜未遽謂未急明也凡天子會諸
侯必設庭燎以待之晰晰光明也祁祁衆多
也載華載裔言此亦有華夏之臣四裔之人
相雜而來朝中國諸侯有冠縰則岌岌然縰
冠也岌岌高皃番夷之人則辮髮行列纍纍然清酤戶如濟濁醪如
河良日清酤濁醪並酒也濟水清河水濁故比之言多亦如之也凍醴流澌
息茲温酎有進躍波豐肴衍衍行庖皤皤愔愔醧酒
一據讌甘醑湑無譁乎瓜反向日醴酒之味遇寒乃凍澌冰也酎美酒也言多

如河濟故當躍波也此皆總言之其實不然
也行庖主行食者皤皤並多皃愔愔和
悅之皃能者飲不能若止醧
讌湑樂也謂酣樂而不諠譁延廣樂奏九成
冠韶夏冒六英五莖嘈曹響起疑震霆天宇
駭地廬鶩億若大帝之所興作二嬴之所曾
聆翰日廣樂天帝樂九成九奏也韶舜樂大
夏禹樂六英帝嚳樂五莖顓頊樂冠首也
冒猶籠也言數奏樂皆首出韶夏籠羅六英
嘈聲起如振動雷霆駭驚天地億遠也大帝
天帝言遠若天帝之所與作鈞天廣樂之聲
二嬴謂秦穆公趙簡子趙與秦同祖穆公簡
子皆曾夢天帝爲其奏鈞天廣樂金石絲竹之
樂故云二嬴之所曾聆聆聽也
恒韻匏土革木之常調干戚羽旄之飾好
去清謳微吟之要妙翰日干盾戚斧也羽翟
羽旄牛尾皆舞人執

六臣閒作閑

之謳歌也世業之所自用，耳目之所開覺。雜糅汝又
紛錯兼該古孩汜梵愽翰曰謂樂以防淫和元氣故王者爲代業不可
一日而廢固當常用可以開發耳目之聰明也縣文綵也紛錯亂雜也該同也汜愽猶廣
六也言禮樂之音文綵亂雜兼同普汜而觀之可謂愽大也鞮都汜鞻居遇所
掌之音韎邁昧任而金禁全之曲，以娛四夷之
向曰鞮鞻樂官掌四夷樂韎昧任禁皆四夷樂名所
君，以睦八荒之俗。
以各爲其方樂以娛之此蓋和睦八荒之風俗也既苗既狩，爰遊爰
豫。藉田以禮動，大閱以義舉去。備法駕，理秋
御。顯文武之壯觀，邁梁騶之所著。銑曰既巳也夏獵曰
苗爲苗除害冬獵曰狩狩收也言盡收取之爰於也春出曰蒐秋出曰獮天子躬耕曰藉

選三 四十六

田以爲農者先所勸民也言動以禮也大閱講武也言以舉義也法駕大輅車六馬駕也
言天子出行必以此也秋御御名使人調理習之文謂習禮樂也武謂田獵講武也百官
禮樂鏘鏘可法壯觀也邁過也梁騶古者天子田獵地名今則過古書之所著也林
不槎仕雅枿五割，澤不伐夭烏老。斧斤七羊以時，罝網
以道良曰槎斬也枿斬去木梢也令復出者夭獸之子斤斧也言非時不入山林斬
枿林木傷伐夭獸禮云斷一樹殺一獸不以其時非孝也草木落斧斤入山林鷹隼擊然
後施罝弋故云斧斤以時罝網以道德連木理，仁挺芝草。皓獸
爲之育藪，丹魚爲之生沼。濟曰有德則木連理懷仁則挺生芝
草皓獸丹魚並祥瑞藪澤池沼也矞聿雲翔龍，澤馬于阜。
山圖其石，川形其寶。翰曰矞雲赤色雲飛龍出焉澤馬于於山阜于

六臣不作希

作閑

步山川皆爲之生圖見寶也莫黑匪烏，三趾而來儀。莫赤
匪狐，九尾而自擾。向曰其時三足烏九尾狐見詩云莫黑匪烏莫赤匪
狐擾馴擾也嘉穎離合以蕁蕁子本，醴泉涌流而浩
浩。顯禎祥以曲成，固觸物而兼造。蓋亦明靈
之所酬酢，休徵之所偉兆。銑曰嘉穎爲嘉禾合穗蕁蕁花秀皃
浩浩泉流皃此皆明禎祥曲成我魏故乃顯類兼造化而出偉大兆示也則明神酬酢
仁德休徵大示於天下旼旼美貧率土遷善，罔匱沐浴。福
應。宅心醇徒南粹遂，餘糧棲畝而不收。頌聲載
路而洋溢。良曰旼旼和樂皃言率土和暢去惡遷善而無匱乏沐浴休徵之應
宅居也醇粹猶醇厚也言醇厚之化居於人心年穀豐多盈於田畝如鳥之栖宿人不收

選三 四十七

紀頌聲言歌謠滿路洋洋乎盈耳河洛開奧，符命用出。翰曰河洛
出圖書開秘奧而大魏符命用出也翩翩黃鳥，銜書來訊信。人
謀所尊，鬼謀所秩。翰曰翩翩飛皃訊告也魏將受禪有黃鳥銜其書書
有文告以祥應秩序也人謀所尊謂歌謠也鬼謀所序謂祥瑞也劉宗委馭，
巽其神器。濟曰委棄也神器帝位漢主委棄天下之尊讓於魏也窺玉
策於金縢，接圖錄於石室。向曰玉策所以記帝王之跡金縢金
匱也所謂玉版金匱石室藏秘書之所帝王圖籍於此藏也考歷數之所
在，察五德之所莅。良曰五德五行也莅臨也言察五行之行所臨相生
也量寸旬，涓吉日。陟中壇，即帝位。改正朔，易
服色。繼絕世，脩廢職。銑曰涓擇也言擇吉日就帝位乃改漢之正朔

六臣情作恩

服色也王侯有絕嗣者命而繼之士有失職者復之皆王者初受位之體也徽幟以變器械以革翰曰徽幟旌旗器械兵器革改也顯仁翌明藏用玄默濟曰翌明也言文帝有仁明之德藏用於內守玄默而不言而德化以著菲言厚行陶化染學讎校篆遲轉籀逐又篇章畢覿良曰文帝寡言厚行陶染而成其學讎荅校考經史篆籀之書篇什文章莫不盡覽優賢著於揚歷匪蘗形於親戚向日著明也優其賢才明其授揚而歷試之匪非蘗私形見也言文帝非以私情而見於親戚本枝別幹蕃屏皇家翰曰本根也言諸兄弟侯王者皆帝之同體如木之同根而別枝幹皆作社稷之藩援勇若任城才若東阿濟曰任城王章東阿王植抗旍則威險驗秋霜摛翰則華縱春葩銑曰

選三　四十八

抗立發猛摛發也立旌節則威猛如秋霜謂任城王章發文翰則華縱如春之葩花謂東阿王植英喆知列雄豪佐命帝室相兼二八將猛四七良曰二八謂舜之八元八凱言今之相兼而過也四七謂光武二十八將言今之將猛於彼者赫赫震震開務有謐故令斯民覩泰階之平可比屋而為一向曰言王侯將相赫赫而盛震震而壯皆開物成務使天下清謐者也泰階三星也三階平則天下太平故欲使此億兆之人覩之則比屋可封而天下一家也筭祀有紀天祿有終傳業禪祚高謝萬邦皇情綽矣帝德沖矣讓其天下臣至公矣翰曰謂魏氏德衰為晉所代筭年有數天祿已去遂傳業於晉退位以謝萬國則我皇情寬綽帝德沖深自退為臣實至公矣榮操行之獨得

六臣泉作淵

本註渝之字下六臣作其中二字

六臣措作厝

六臣代作世

超百王之庸庸追亘卷居免領與結繩睠留重華而比蹤尊盧赫胥羲農有熊雖自以為道洪化以為隆代篤玄同奚遽不能與之踵武而齊其風濟曰榮猶美也庸庸瑣瑣也亘過也睠睠顧也留留心也卷領結繩上古有道君重華舜也言魏主有讓德可謂美操高行獨得於此超百王瑣瑣之道追過卷領結繩之主睠顧留心於舜與之比蹤為讓禹也尊盧赫胥伏羲神農有熊皆古之有道君也洪大崇高篤厚也玄同猶大同也奚猶何也遽急踵繼武迹也言其雖自日道大化高代有醇厚宇內大同亦何急與之比競哉言我亦不能與之繼迹而齊其風言猶比小也是故料聊其建國析先歷其法度諮其考室議其舉措復之而無斁亦申之而有裕非疏

選三　四十九

糲魯葛之士所能精非鄙俚之言所能具銑曰料計也析分也諮猶詢也謀也言謀度其宮室之制皆合法則也立都邑分析法度令得其所詢謀宮室之儉奢議舉直措枉之事復猶覆也斁厭也申猶用也裕寬也言都邑制度宮室儉奢舉措枉直之事反覆申用於代可謂無厭倦而有寬裕言王化天下無厭用之寬簡此故非疏賤之士所能精曉鄙俚之言所能委具而知之至於山川之倬陟角詭物產之魁殊或名奇而見稱或實異而可書生生之所常厚詢恂美之所不渝向曰詢信也渝變也言山川倬絕物產大殊名奇實異下文所謂稱而書之者乃生人資厚皆信美而談之非變改而妄說也則有鴛鴦交谷虎澗龍山掘鯉之淀覲見蓋節之泉濟曰鴛鴦交谷虎澗並水名龍山山名淀泉名而識者

六臣景作影

六臣固作故

掘鯉淀名蓋節泉名狋狋祈精衛銜木償常怨音冤良曰狋狋
鳥飛貌精衛鳥名赤帝之女溺死於東海而化爲此鳥乃常銜西山木石以塡東海欲報
其怨常山平干鉅鹿河間向曰四郡名列真非一往
往出焉良曰真仙也昌容練色犢配眉連玄俗無
景木羽偶仙良曰皆仙人也練色言顏色美也犢配仙人名眉連仙女言犢
與之匹偶玄俗俗行無形影故曰無景木羽仙人之御故曰偶仙也琴高沈水
而不濡時乘赤鯉而周旋濟曰琴高仙人也水中乘赤鯉魚而
遊周旋爲周遊也師門使火以驗術故將去而林燔
扶原反翰曰師門爲火仙行火不燒爲孔甲龍師孔甲殺而埋於野外山林皆燔也易
陽壯容衛之稚質邯鄲躧步趙之鳴瑟真定

之梨固安之栗醇酎中山流湎千日銑曰壯容少年
美麗之容易陽易水之陽中多美女稚質童顏也邯鄲趙地亦多美女善行步皆妙鼓瑟
真定固安皆郡名梨栗所出焉中山郡出美酒同飲曰流同醉曰湎千日言一醉千日
淇其洹桓之筍信都之棗雍丘之粱清流之
稻向曰淇洹二水名傍出美竹信都郡名棗出焉雍丘清流二縣名粱米稷稻出處
錦繡襄邑羅綺朝歌綿纊房子縑緫清河
銑曰襄邑縣名朝歌清河皆郡名纊細綿縑緫綃帛也若此之屬繁富
夥禍夠苦侯非可單究是以抑而未罄也向曰夥夠
皆多也單猶一也罄盡也言如是之屬繁富多多豈可一一單究蓋抑情而未盡述也蓋
比物以錯辭述清都之閑麗雖選言以簡章

徒九復而遺旨覽大易與春秋判殊隱而一
致末上林之隤牆本前脩以作系胡計反翰曰旨美也
先生言以其土地物雜錯文辭述魏都之閑麗然雖擇選章句徒至九變迴復而終遺其
美逸詩云九變復貫知言之選言思慮之深也易云本隱以至明春秋云推見以至隱言
雖有遺美至於隱見反殊其致一也上林賦云穨牆塡壍者爲漢氏苑圃之大方欲類之
使山澤之人得志而我無苑圃之大山川萬物皆符自然故以穨牆爲末事也守古人賢
聖之遺而來襲之以爲本也其軍容弗犯信身其果毅糾
華綏戎以戴公室元勳配管敬之績歌鐘析
先歷邦君之肆則魏絳之賢有令聞也濟曰軍容禀然
不可犯乃可申其果毅殺敵爲果致果爲毅也糾察華夏使不爲非撫安戎狄使不爲亂

元大勳功也管仲相齊桓公九合諸侯魏絳輔晉悼公七合諸侯故勳功配之析分也邦
君晉悼公也鄭伯納歌鐘二肆於晉肆懸鐘磬之物而分壹肆賜魏絳言此則魏絳之賢
有美聞也魏絳本魏人今論魏德之盛故述絳於此閑居隘巷室邇心
遐富仁寵義職競弗羅千乘爲之軾廬諸侯
爲之止戈則干木之德自解紛也銑曰段干木處於窮
隘之巷居室雖近而心遠大富有仁義職務之人所競者而其心不羅魏文侯過其廬而
軾焉秦欲攻魏聞文侯禮干木乃止故云諸侯爲之止戈此則所謂解紛也貴非
吾尊重士踰山親御監門嗛嗛同軒搤女豁秦
起趙威振八蕃則信陵之名若蘭芬也向曰魏公
子無忌封信陵君不以貴自尊重天下賢士踰於立山有隱士侯嬴至貧賤爲大梁夷門

六臣權作推

監門者信陵君以車騎迎侯生信陵親爲御
車過屠人朱亥信陵謙卑爲御不忌同軒即
爲御也秦圍趙信陵違兵救趙擊破秦軍邯
鄲遂存也故云搦秦起趙當時魏王之威振動
列國故云威振八蕃此信陵英辯榮枯能濟
之名如蘭之芳香不絕也
其戹位加將相窒逃如隙之策四海齊鋒一口
所敵則張儀張祿亦足云也翰日言張儀張祿英雄辯說榮
枯在於一朝能齊時戹秦用張祿爲相窒塞
也隙竅也言張儀張祿善策如以一物塞小
竅應時而合四海諸侯雖齊鋒交秦一言以
說乃能敵之故此亦足云二人皆魏人也
權惟庸蜀與鴝鵒同窠苦和句古侯吳與鼃烏華
黿猛同穴一自以爲禽鳥一自以爲魚鼈良日
推猶實也庸蜀蜀地名句吳吳地名蜀多山
林且地狹如與鴝鵒之同巢鼃小也吳濱江

選三　五十二

湖畀濕如與鼃黿同穴也山阜猥積而崎嶇濟日言蜀多山阜猥曲積
深崎嶇而險也泉流迸集而咉烏朗咽良日言吳地多江海流泉迸集
言百川水迸集於此咉咽流也隰壤瀸所譖漏而沮子豫洳如豫林
藪石留力又而蕪穢窮岫泄雲日月恒翳銑日下濕
日隰隰之土流瀸水多復漏而出沮洳泉泥
相和皃林藪礫石地名石間有水日石留地
多草而荒穢孤窮山岫恒出陰雲不見日月常掩翳多雨宅土熇許酷暑封
疆瘴癘向日宅居也熇氣也言吳蜀皆有熱氣暑蒸邊近瘴癘惡變之氣蔡
莽螫適刺力劉昆蟲毒噬翰日剌割噬咬也蔡莽毒草也所以適割
人昆蟲毒蟲皆咬人也漢罪流禦秦餘徙帑力制宵貌蕞
罪陋稟質遳七和脆將衛反良日秦漢遷流罪人於南方以禦魑魅猶亦

六臣而作之

六臣嬉作嫿

六臣結作髻

罪人也宵小也言其小皃最陋醜惡遳脆急躁輕蹶之皃巷無杼直呂首里
罕耆耋或魋髻直追結計而左言或鏤膚而鑽在官
髮濟日杼首長首者罕希也言吳蜀人蕞陋又多不壽故巷無杼首里希耆老魋結以
髮結於兩耳垂者左言謂不曉文字鏤膚即文身者鑽髮爲一撮於項後或明發
而嬥徒了歌或浮泳而卒歲銑日發曉也嬥歌人憂者歎切急之
歌言二國政急也居于江湖若魚鼈浮泳以爲終歲之事風俗以韰下界倮
果爲嫿胡麥人物以殘害爲藝良日韰狹也嫿好藝能也言風俗
以狹劣果勇爲好人物以殘忍殺害爲能也威儀所不攝憲章所
不綴濟日言其遐荒風俗殊也綴猶繫之也由重山之東阨烏介
因長川而裾勢向日重山蜀也阨險也東狹也長川吳地裾如衣以爲要

選三　五十三

勢距遠關以闚苦規閵俞時高樔巢而陛制翰日
言距守遠關闚闚中國是居鳥巢而設階陛之制固非其宜矣薄戍綿冪無
異蛛蝥莫侯之網弱卒瑣甲無異螳蜋之衛銑日
綿冪微細也言二國守戍之兵如蛛蝥之網觸而乃破瑣猶碎也弱兵碎甲有異螳蜋之
臂以當車轍何足以爲衛與先代而常然雖信險而勦子了
絕揆既往之前跡即將來之後轍向日先代吳王夫差
國滅公孫述稱蜀帝而亡雖各以恃險皆勤絕揆度也我度二國則爲後轍喪敗無日矣
成都迄已傾覆建業則亦顛沛翰日迄竟也成都蜀都建
業吳郡言竟將顛覆顧非累卵於疊棊焉至觀形而懷
怛良日荀息累十二棊子加九卵於上晉平公日危哉顧二國之危若不同於此何能

六臣憯作瞢

觀其形而頳懷惻怛權假日以餘榮比朝華而菴藹
濟曰權猶苟且也言二國之君若日在桑榆猶苟且假其餘光如木槿之朝出菴藹然至
暮而落覽麥秀與黍離可作謠於吳會銑曰微子朝周
過殷墟悲而歌曰麥秀漸漸兮黍稷離離兮言吳之將亡後必有如此歌謠也二國獨言
吳會者舉一足以明蜀矣先生之言未卒吳蜀二客矍鑊
然相顧䀹天力焉失所有靦土典憯莫贈容神蘂如棰
形茹音汝向曰矍然驚也䀹焉失意皃靦面慙皃憯愧也形屈曰蘂物之自死曰茹
言心死也弛氣離坐㒞土典墨而謝翰曰弛解也言向者形容拘束
敬聽先生之言愧懼踧踖乃解其氣離於坐所㒞墨面色變墨而慙也曰僕黨
清狂怵迫閡濮卜習蓼蟲之忘辛翫進退之

選三　五十四

惟谷良曰僕黨二客自稱也無疾而迷曰清狂怵迫猶逼迫也閡謂吳也濮謂蜀也
言逼迫居於此中如蓼草之蟲忘其辛味如深谷之中進退無所憑據而翫習不覺非
常寐而無覺不覩皇輿之軌躅濟曰言是非常寐而不覺
悟蓋習俗使然所以不見天子上都之軌跡也過以汎剽匹妙之單慧
歷執古之醇聽兼重直龍悂邊迷以䟣以繆偭彌兗
辰光而罔定銑曰汎剽輕薄也單惠猶小才也悂用心謬也䟣次偭視也辰
光日也罔無也二客自云己過者由輕薄小才得先生說歷古醇厚之義入於我聽復自
思用心之謬以前者繆言今仰觀先生若目視辰光炫燿不定言散懼之甚先生
玄識深頌靡測向曰二客言先生須美魏德深沉莫測也得聞上
德之至盛匪同憂於有聖翰曰匪同謂豈非同也有聖聖人也

六臣之字下有也字

夫聖人以天下為憂今先生見我吳蜀之危始以上皇之盛德使去危就安豈非同聖人
之憂乎抑若春霆發響而驚蟄飛競潛龍浮景
而幽泉高鏡良曰言先生之言啓發我心如方春雷霆初震而蟄蟲皆競飛
動鏡照也又似潛龍升天浮於日景我於幽泉之中但涵照於其容暉也雖星有
風雨之好人有異同之性庶覩蔀部家與剥
廬非蘇世而居政濟曰箕星好風畢星好雨人性亦有偏習者矣蔀家猶
幽闇之處剥小人窮困之居庶近也蘇猶悟也亦二客自言家於幽闇之處其困窮之
地不能明悟時事以居正道自貢之深也且夫寒谷豐黍吹律以
暖之銑曰鄒衍居燕地美而谷寒不生五穀鄒子吹律暖氣至遂生黍而豐也昏
情爽曙箴規以顯之向曰爽明曙曉也箴規教戒也二客言昏曙之

選三　五十五

情所以明曉者先生戒使然也亦猶寒谷吹律而暖至雖明珠兼寸尺
璧有盈曜車二六三傾五城未若申錫典章
之為遠也良曰魏王有徑寸珠照車前後十二乘三傾五城地十五城也言秦
王願以十五城易趙王和氏之璧二客言雖此珠璧可貴不如先生申賜教戒之為遠大
也亮曰日不雙麗世無兩帝濟曰亮信也信知天下不可有
二日國不可有二主天經地緯理有大歸銑曰天經地緯猶覆育萬
物也王者法之而行帝位所立歸於天人心矣安得齊給守其小辯
也哉向曰齊給辯說也二客自言安能守此者自悔之也

文選卷第三

文選卷第四　賦丁

梁昭明太子撰　五臣注

郊祀　楊子雲甘泉賦一首

耕籍　潘安仁籍田賦一首

畋獵上　司馬長卿子虛賦一首

上林賦一首

楊子雲羽獵賦一首

甘泉賦并序　楊子雲

翰曰漢書云揚雄字子雲蜀郡人也家貧好學每制作慕相如之文嘗作綿竹頌成帝時直宿郎楊莊誦此文帝曰此似相如之文莊曰非也此臣邑人揚子雲帝即召見拜爲黄門侍郎時帝爲趙飛鷰無子往祠甘泉宮雄以制度非所因作此賦以諷之

孝成帝時客有薦雄文似相如者良曰客則揚莊也薦進也雄文則綿竹頌也相如司馬相如也上方郊祀甘泉泰畤汾陰后土以求繼嗣良曰上謂成帝泰畤壇名汾水名時祭后土於汾南故曰汾陰嗣謂求子也召雄待詔承明之庭銑曰待詔待天子命也承明殿名正月從上甘泉還奏甘泉賦以風其辭曰

惟漢十世將郊上玄定泰畤擁神休尊明號翰曰成帝當漢之十世上玄天也言設壇郊天冀神之擁祐以休美之祥故尊號加以殊號謂牛曰一元大武是也同符三皇錄功五帝卹胤錫羨羊箭反拓託迹開統銑曰卹憂胤續錫與羨饒拓廣也言成帝憂無子繼續故脩泰畤祭后土也神明饒與福祥廣跡而開理緒於是迺命羣僚歷吉日協靈辰濟曰僚官也歷選也靈善也命羣官選吉日合善時而行之星陳而天行良曰星陳謂羣臣陳列如星天行天子之行也詔招搖與太陰兮伏鈎陳使當兵銑曰招搖北斗端星太陰太歲前二辰也鈎陳星名主營衛陳言皆畫於旌旗以取象焉屬堪輿以壁壘兮梢夔魖虛而抶丑栗獝其聿狂向曰堪輿天地之神也使知軍之壁壘梢抶皆擊也夔魖獝狂皆惡神鬼名八神奔而警蹕兮振殷於謹轔轔忍而軍裝向曰八神八方之神令其天子警蹕也振衆也殷轔盛貌言八神之衆皆軍服而從蚩尤之倫帶干將而秉玉戚兮飛蒙茸容而走陸梁濟曰蚩尤古善用兵者干將劍也秉執戚斧也王戚以玉飾斧也蒙茸陸梁亂走皃言使此人帶劍執斧馳走於左右齊總總以撙撙茲損其相膠轕葛兮猋駭雲迅奮以方攘如羊反銑曰總總撙撙攢聚皃膠轕雜亂皃猋駭雲迅言其速也奮亦速也方攘分散貌駢羅列布鱗以雜沓兮偨初蟻傂豸參差魚頡而鳥䟚胡剛反銑曰駢並羅列也偨傂參差不齊整貌頡頏躍䟚翔也言衆神並列前後其行迅疾如魚躍鳥翔也翕許急赫曶忽霍霧集而蒙合兮半散照爛粲以成章濟曰翕赫曶霍盛疾皃霧地氣蒙天

襂 六臣本慘作摩
六臣本乃無
六臣本爥作燭

正 宗

氣言師衆如家霧之合半散照爛謂分布而光明文章也於是乘輿迺登
夫鳳皇兮而翳華芝濟曰乘輿天子也鳳皇車名翳隱也華芝蓋名
駟蒼螭兮六素虬蠖烏郭略蕤爾惟綏灕離乎慘
參纚所宜反向曰駟駕也蒼螭蒼龍也素虬白龍也蠖略蕤綏龍行皃灕乎襂纚龍
翰下垂皃凡稱龍者皆馬也言龍者美之也帥爾陰閉霅蘇合然陽
開良曰帥聚雲散也言聚之則陰閉散之則陽開騰清霄而軼浮景
兮夫乃何旟余旐兆郅質偈居竭之旖於綺旎女紙
也翰曰清霄天也軼過也浮景倒景也夫何歎美之辭旗上畫鳥曰旟畫龜曰旐郅偈
竿之皃流星旄以電爥兮咸翠蓋而鸞旗銑曰旄以
旄牛尾為之飾以星文其光如電懸於竿上以指麾也翠蓋翠羽飾蓋鸞旗畫鸞於旗上
屯萬騎於中營兮方玉車之千乘濟曰屯陳也中營天
子營也玉車以玉飾車也萬騎千乘言以多也聲騈普萌隱以陸離兮
輕先疾雷而馺先合遺風向曰馺馳也騈隱車騎聲也陸離奔馳皃
言車騎之速過於疾雷馳及遺風也臨高衍之嵱勇嵷聳兮超
紆譎之清澄登椽欒而羾工貢天門兮馳閶闔
而入凌兢巨矜反銑曰羾至也嵱嵷衆多也椽欒山名閶闔天門名凌兢寒涼
處也言衆臨高平之地乃升椽欒而至於天門過閶闔入於寒涼之處也是時未
臻夫甘泉也迺望通天之繹繹翰曰臻至也繹繹高皃言
未至甘泉宮望見通天臺繹繹然高也下陰潛以慘七敢懍來敢兮
上洪紛而相錯良曰慘懍不明皃言臺高其下潛陰不明其上廣大光彩

六臣無作亡
六臣往々作迋々

山 洞

交錯也直嶢堯嶢以造告天兮厥高慶羌而不
可乎彌度杜洛反濟曰嶢嶢高也造至彌終也言其嶢嶢然至天歎其高不可
終竟而度量也平原唐其壇徒汗漫兮列新雉於林薄
翰曰唐道也壇漫廣大貌新雉香草也言平原廣大之地香草徧列於林薄之間攢
并閭與茇步末葀括兮紛被彼義麗其無鄂五各反銑
曰攢植也并閭茇葀皆瑞草名也言此草徧植被麗色於林野無涯際也崇丘陵
之駊頗騀我兮深溝嶔苦咸巖而為谷向曰丘陵山之
總名駊騀高也嶔巖岑深貌言山阜之高溝坑之深往往離宮般班以
相爥兮封巒石關迤已爾靡乎連屬之欲反濟曰離布爥
照也言宮館分布有光色以相照封巒石關二觀名迆靡相連屬貌於是大廈
雲譎波詭摧子罪嗺子水而成觀良曰大廈屋也圖為雲氣水波
之文以為詭異摧嗺材木崇積皃言此屋積材之高以成觀闕仰撟首以高
視兮目冥莫見眴縣而無見良曰撟舉也冥眴昏亂皃言舉首高
望令目昏亂正瀏濫以弘惝敞兮指東西之漫漫
銑曰瀏濫清淨也弘敞高大也言觀其清淨高大指其東西無涯也徒徊徊
以徨徨兮魂眇眇而昏亂翰曰佪徨謂心驚昏亂謂迷惑
言驚其狀甚令魂魄眇然迷惑據軨零軒而周流兮忽軮烏朗
軋烏黠而無垠音銀向曰據依也軨軒欄檻也軮軋廣大皃言依其欄檻周徧
而行廣大無垠畔翠玉樹之青葱兮璧馬犀之瞵隣
㻞音斌向曰翠碧也謂武帝植玉樹於此宮以碧玉為葉青葱玉樹色也又作璧馬犀

六臣仡字下方有

六臣宮作居

六臣太一作泰壹

春

六臣乃作廼

六臣屯作敦

禪

牛筆爲飾璘珊
實物文彩也
金人仡仡其承鍾虡兮嵌
若
成
巖巖其龍鱗
濟日仡壯勇皃言壯勇之金
人飾以龍文令負鍾虡嵌巖
巖皆鱗甲
開張貌
揚光曜之燎燭兮垂景炎之炘
鹽
炘
音忻濟日景日也炘炘熱氣皃言宮觀蓋
飾揚其光曜燎燭於上日光下照之炘炘
然與熱
氣同盛
配帝宮之懸圃兮象太一之威神
銑日
懸圃在崐崘山上天帝所居處也配匹也言
此宮觀亦可匹之太一天神也居於紫微宮
言此神麗
亦取象焉
洪臺崛其獨出兮㯳北極之嶟
嶟
七旬反銑日洪大㯳至也言大臺
嶟然高出上至北極嶟嶟峻秀皃
列宿乃
施於上榮兮日月纔經於柍
於兩
桭
音眞翰日
榮搏風也
柍桭屋宇端也言臺高
列宿日月皆經歷於此
雷鬱律於巖窔兮
烏叫

電倏忽於牆藩
翰日鬱律小聲巖突山之深
處也言雷聲小聞於深突之
處電光微見
於牆藩之止
鬼魅不能自逮兮半長途而下
顛
良日逮及顛墜也言鬼魅至
神亦不及其上半途而顛墜
歷倒景而絕
飛梁兮浮蠛
滅
蠓
莫孔
而撇
匹列
天
向日倒景上
照也歷倒景皆
過也撇拂也蠛蠓遊氣也飛梁閣道也言高
反出倒景過於遊氣絕出閣道而拂於天也
左欃槍而右玄冥兮前熛闕而後應門
翰日
欃槍
星名玄冥北方水神名熛赤色造赤
闕於南以象方色應門正門在闕後
蔭西海
與幽都兮涌醴汩
于筆
以生川
銑日汩疾生成
也言闕高蔭於
西海幽都醴泉涌
出疾流而成川
蛟龍連蜷
拳
於東厓兮白
虎屯圉乎崐崘
濟日崐崘山天帝所居左青
龍右白虎言此中象而爲之

六臣彷徨作方皇

六臣作玲瓏

寺

六臣㠑嵬作嵔隗

連蜷長曲皃
也圉慼盛皃
覽樛流於高光兮溶
勇
彷徨於
西清
銑日高光宮名彷徨觀名溶盛貌
樛流長遠皃西清謂西廂清閑處
前殿
崔巍兮和氏瓏玲
良日前殿殿名崔巍高
和氏璧也用以飾殿瓏
高也
玲
光明
皃
抗浮柱之飛榱兮神莫莫而扶傾
向日
抗舉
也浮柱梁上柱也飛榱椽也言檐宇高
峻若衆神扶持其傾側也莫莫衆多皃
閌
閬
郎
其寥廓兮似紫宮之崢嶸
翰日閌
閬皆高
高也
寥廓虛靜也言此殿高而虛靜有
象紫微宮之高深也崢嶸高深皃
駢交錯而
曼
萬
衍兮㠑
他
嵬隗
五
乎其相嬰
良日
交鎻
檐棟相屬也曼衍分布皃㠑嵬
嵬山高長皃言觀與之相嬰繞
乘雲閣而上
下兮紛蒙籠以混成
良日雲閣言高連雲上下
混猶自然也言上下

六臣彩作采

六臣高眇而遠作高眇遠亡國

六臣遶作碭

什

龍與山同體
如自然而成
曳虹彩之流離兮颺
羊
翠氣之
宛延
銑日言宮觀之高故虹彩翠
氣流離於其側宛延長曲皃
襲琁室與
傾宮兮若登高眇而遠肅乎臨淵
濟日襲
也言此
桀之琁室紂之傾宮登高遠望當
以亡國爲戒肅然而懼如臨深淵
迴猋
標
其遶駭兮翍
披
桂椒而鬱移
夷
楊
向日迴
風也肆
遶過颮起也桂椒香木旐楊木名言迴風
疾過而鬱起則拔拂香木鬱茂於枝楊也
芬茀
房勿
以穹隆兮擊薄櫨而將榮
良日
穹
盛也謂香氣盛擊於曲枅
與搏風也薄櫨曲枅也
枅
薌
香
呹
迭
肸
許乙
棍
本
乎批
結
兮聲駍
平萌
隱而歷鐘
銑日薌香
呹肸疾
皃棍同批擊也言香氣與
同歷於鍾乃駍隱而發聲
風
排玉戶而颺

六臣無首字　六臣髴作彿　六臣迴作回　六臣無迺字

鋪兮發蘭蕙與芎藭翰曰排開也玉戶玉飾戶也鋪門首也言風開玉戶飄颻門首發蘭蕙芎藭之氣也芎藭香草也帷首弸普萌彋橫其拂汨于筆兮稍暗暗烏敢而靚靜深向曰弸彋聲也拂汨動也稍少也言風擊其帷幔發聲而動少間則闇然深靜也陰陽清濁穆羽相和兮若夔牙之調琴濟曰言風擊清濁之音其細如羽聲穆然相和如夔牙彈琴焉夔舜樂官牙伯牙也皆古之善樂者般倕棄其剞居綺劂居衛兮王爾投其鉤繩濟曰般倕王爾皆古巧人也剞劂刀鑿也鉤曲尺繩以准直言見此音妙皆投棄不敢爲也雖方征僑與偓佺兮猶髣髴其若夢良曰方且也征僑偓佺皆古仙人名且也仙人遊焉亦不識其形狀髣髴如夢中矣於是事變物化目駭耳迴蓋天子穆然珍臺閒閑館旋題玉英蟺蟬蜎於緣蠖烏郭濩胡郭之中銑曰言宮觀之上彫鏤變化皆驚駭人之耳目也穆然靜默皃謂天子於珍臺閒館之中靜默思祭祀也事斑題以玉飾椽英華相照也蟺蜎蠖濩宮觀深邃之皃惟天所以澄心清魂儲精垂思濟曰言天子澄心清魂儲蓄精誠奧神垂心也迺感動天地逆釐三神者良曰逆迎釐福也言感動下迎福於天地人之神也上迺搜逑索偶皐伊之徒冠倫魁能乃來函甘棠之惠挾東征之意相與齊齋乎陽靈之宮翰曰搜擇逑匹偶對也皐皐陶伊伊尹甘棠詩篇名美邵公化周公東征管蔡功成周業冠冠羣也魁魁傑也言擇取賢人皐伊之徒有魁傑之風者與之同齊於陽靈宮陽靈宮名靡薜荔而爲席

六臣招搖太一作皐搖泰壹　六臣傱作從　六臣澄作登　六臣吸作噏

兮折瓊枝以爲芳吸清雲之流霞兮飲若木之露英良曰若木神木也言吸雲表之霞若木之露以取清絜也集乎禮神之囿澄乎頌祇之堂向曰神囿祇堂皆祀神之所作歌頌以祭之建光耀之長旓所交兮昭華覆之威威翰曰旓旌也華覆華蓋也威威猶威蕤也攀琁璣而下視兮行遊目乎三危銑曰琁璣北斗也三危山名言臺高可攀北斗下視三危山也陳衆車於東阬苦庚兮肆玉軑大而下馳濟曰東阬東海也肆恣也玉軑玉飾車軒也言陳列衆車於東海恣其車騎下馳也漂龍淵而還旋九垠銀兮窺地底而上迴向曰漂浮也龍淵劒名垠重也言浮龍淵旋經九重之高窮見地底而上歸迴歸也風傱傱聳而扶轄兮鸞鳳紛其御蕤濟曰傱傱疾皃蕤綏也言使疾風扶車轄鸞鳳銜纓綏也梁弱水之濎土挺濙烏挺兮蹶不周之逶於爲迆音移向曰弱水水名不周山名濎濙不流皃逶迆長曲皃想西王母欣然而上壽兮屏玉女而却宓妃銑曰西王母仙女也玉女美女宓妃洛水東神也言至西極想王母上壽乃娛好色敗德故屏除美女宓妃也玉女亡無所眺其清矑盧兮宓妃曾不得施其蛾眉良曰清矑目瞳子也言屏棄不用無所呈其眉目也方攬道德之精剛兮侔神明與之爲資翰曰攬撮也精剛精微也侔法也言撮取道德精微之理法神明以爲資用也於是欽柴宗祈燎薰皇天銑曰言恭敬燔柴以尊所求燒牲玉薰天以祭也宗尊也招搖太一舉洪頤

六臣燿作耀　六臣涯作厓　六臣藜作棃　六臣霶霈作滂沛

樹靈旗向曰招搖太一皆星神名洪順旌名樵蒸焜上配藜四施向曰樵蒸炬火也配藜猶披離也言炬火之光焜然披離施之於四邊也東燭滄海西燿流沙所宜北爌晃幽都南煬移尚丹涯良曰燭燿爌煬皆光照也謂東西南北極遠而照也玄瓚觩虯髎幽柜力鬯泔胡敢淡濟曰瓚酒器以玄玉飾之觩髎器貌秬鬯香酒泔淡滿也豐融懿懿芬芬炎感黃龍兮熛標訛碩石麟銑曰肸蠁布寫皃豐融謂饒衍也懿懿芬芬香氣盛也訛動也碩麟遠方地名炎火光也熛火飛也言感黃龍之瑞動遠方之地也選巫咸兮叫帝閽開天庭兮延羣神良曰巫咸古神巫之名帝閽天門也言擇取巫咸令叫開天門以延百神也儐暗鳥感藹兮降清壇瑞穰穰兮委如山

選四　九

銑曰暗藹衆多皃言神儐從衆多下於靖壇致以祥瑞穰穰然委積如山也於是事畢功弘迴車而歸度三巒兮偈憩棠黎翰曰因事畢謂祭畢也功績既大迴車將歸度三巒山息棠黎館偈息也天閭決兮地垠開八荒協兮萬國諧向曰閭限決開也言天地之門開通以出德澤故八荒萬國無不諧和也登長平兮雷鼓礚苦蓋天聲起兮勇士厲濟曰長平坂名雷鼓六面鼓也礚大也言天子登此坂擊鼓其聲大如雷故曰天聲也勇士厲謂皆嚴整雲飛揚兮雨霶霈于胥德兮麗萬世翰曰謂天之恩澤霶霈如雲雨于胥德謂君聖臣賢以德相輔其麗長至於萬代也亂曰翰曰亂理也重理一賦之意崇崇圜丘隆隱天兮銑曰圜丘祭天之壇崇崇隱天言高也登降峛力崺弋爾

六臣涯作厓　六臣來作徠

單墀垣兮銑曰登降謂上下也峛崺邪道也單墀垣圜大皃也增宮參差駢嵯峨兮良曰參差不齊皃嵯峨高也言宮宇駢列而高也嶺零嶒曾嶙峋洞無涯兮濟曰高深無涯上天之縡載杳旭卉兮銑曰縡事也杳高遠也旭卉衆也言上天之事高遠故其衆多也聖皇穆穆信厥對兮來祇郊禋神所依兮良曰聖皇帝也對配祇敬也言能與天相配致敬以奉郊禋故為神所依附也徘徊招搖靈㨗遲兮向曰招搖神名言神靈徘徊而㨗遲於此也輝光眩燿降厥福兮子子孫孫長無極兮良曰言神祇降福故得子孫無極也

籍田賦　潘安仁

選四　十

翰曰臧榮緒晉書云潘岳字安仁滎陽中牟人也善屬文仕西晉為黃門郎晉武帝時作賦藉者借也借人力理田以奉宗廟示為天下先也

伊晉之四年正月丁未皇帝親率羣后藉于千畝之甸禮也銑曰伊維也四年武帝四年也千畝天子藉田數也甸郊野之稱也於是乃使甸師清畿野廬埽路封人壝以類宮掌舍設柜音互向曰周禮有甸師掌郊野野廬氏掌道路封人掌聚土為宮壇掌舍主設行馬壇封土為宮也柜行馬也青壇蔚其嶽立兮翠幕黕丁敢以雲布濟曰春上青故用青壇翠幕也嶽立言高也雲布言廣也蔚黕皆色之深也結崇基之靈址兮啟四塗之廣阼良曰結構也址壇之基也啓開阼階也言壇四面而為階沃野墳腴

似字五臣六臣無之

膏壤平砥清洛濁渠引流激水遐阡繩直邇陌如矢銑曰砥石也言千畝之田膏壤而平激引河洛之水以灌田阡陌田畔道也言如繩矢之端葱犗届服于縹軛於華兮紺轅綴於黛耜向日犗牛也軛車軛也耜農器也綴謂置之於車也葱縹紺黛皆青色以取象方之象焉儼儲駕於廛左兮俟萬乘之躬履向日儼儼然也駕牛也備於廛左以向春郊也俟待也萬乘天子也備牛以待天子親履耕事百僚先置位以職分自上下下具惟命臣向日僚官也言百官各以位次自一命至九命咸從天子也襲春服之萋萋兮接游車之轔轔翰曰蓋春衣青故言春服也萋萋色盛皃游車天子從車也言百官皆隨從車而行轔轔車聲微風生於輕幰許偃兮纖埃

起於朱輪向日幰車網也埃細塵也森奉璋以階列兮望皇軒而肅震音真濟曰森衆盛皃言羣臣皆奉珪璧於階庭位以望天子之車肅然震懼皃若湛露之晞朝陽兮衆星之拱北辰也向日言諸侯見於天子肅然如湛露之見日衆星向於北辰於是前驅魚麗离屬車鱗萃向日前驅先天子行也魚麗陣名屬車天子後車也萃聚也言行列如魚鱗之聚也閶闔洞啓參塗方駟四銑曰閶闔天門也參塗謂駟馬而行常伯陪乘太僕秉轡翰曰常伯官名行則陪王之乘車太僕執御之官也故言秉轡后妃獻穜直龍稑六之穜司農撰播殖之器挈壺掌升降之節宮政設門閭之蹕良曰穜稑種子也后妃獻之播殖器謂耒耜之屬也司農撰之挈壺氏掌

刻漏軍行即從之蹕所以止行也宮正主之天子乃御玉輦蔭華蓋衝牙錚苦莖鎗七又行綃悉遙紞綷七遂縩七大反良曰玉輦玉飾也華蓋車蓋也衝牙佩玉也錚鎗玉聲也綃紞薄素縩也綷縩衣聲也金根照耀以炯古迥晃兮龍驥騰驤而沛普會艾銑曰金根瑞車也龍驥馬之大者騰驤沛艾皆馬行貌表朱玄於离坎飛青縞於震兌中黃曄以發暉兮方綵紛其繁會銑曰朱赤色主南方离也玄黑色主北方坎也青主東方震也縞白色主西方兌也黃主中央也言天子行車服旗各以方色而引前繁會言盛也五輅鳴鑾九旗揚旆瓊鈒吸入縈雲罕晻烏感藹向日五輅一日玉輅二日金輅三日象輅四日革輅五日木輅九旗日月為常也交龍為旂也通帛為旃也雜帛為

物也熊虎為旗也鳥隼為旟也龜蛇為旐也全羽為旞也析羽為旌也謂繁也鑾鈴也所以節行步瓊鈒以玉飾鈒也縈鈒飾也雲罕幡也晻藹盛皃也入簫管嘲知交哳知扎以啾子由嘈曹兮鼓鞞硡火橫隱以砰普萌磕苦蓋反向日簫管竹樂也鼓鞞革樂也嘲哳竹聲硡隱砰磕革聲也筍悉尹虡巨嶪以軒翥兮洪鐘越乎區外濟曰筍虡以猛獸為飾也軒翥猛獸皃洪大也言大鐘聲踰越在區宇之外震震真填填塵鶩務連天以幸乎藉田良曰震震車馬聲也填填塵為衆皃鶩上也言塵上連天幸於藉田之所蟬冕頫古迥以灼灼兮碧色肅其芊芊似夜光之剖荊璞兮若茂松之依山巔也向日蟬皃侍中服也碧玉也謂羣臣珥蟬執玉者衆也灼灼芊芊蟬玉之色也言似夜光之璧出於

六臣陪作坻

六臣人作民

樸繁茂之松依於山言光彩茂盛也於是我皇乃降靈壇撫御
耦銑曰撫執也謂天子下壇執耦也二耜爲耦也游場染屨洪縻在
手翰曰場壞也言天子游步於壞屨染於土以執洪縻也縻牛轡也三推而
舍庶人終畝貴賤以班或五或九濟曰天子親耕三推
而上諸侯五推卿大夫九推庶人終於隴畝是貴賤以班也于斯時也居
靡都鄙人無華裔良曰藉田之時都鄙華裔士女咸至其所長知丈
幼雜遝徒荅以交集士女頒斌而咸戾被褐振
裾垂髫大卿總髮向曰戾至也言少長咸至也雜遝衆多皃頒斌分布也
躡踵側肩掎居蟻裳連袂黃塵爲之四合兮陽光
爲之潛翳濟曰踵脚也掎連也袂衣袖也言衆多奔競或躡脚連袖以致塵埃

選四　十三

翳於光景動容發音而觀者莫不抃舞乎康衢謳
烏侯吟乎聖世向曰言觀者皆動其容儀發音贊美抃舞衢路歌詠聖德也
情欣樂乎昏作兮慮盡力乎樹藝翰曰昏遑也言人皆
勸勉而作思慮盡力於種藝之事靡推督而常勤兮莫之課
而自勵向曰靡無督責也言無人責罰人自勤勞不爲程課人自勉勵躬先
勞以悅使兮豈嚴刑而猛制哉向曰言天子躬先人勞人
自悅使豈爲嚴刑猛制以威之哉言不示也有邑老田父或進而
稱曰蓋損益隨時理有常然向曰言耕則益不耕則損故云
隨時高以下爲基民以食爲天銑曰言天子以下人爲本人以
食爲天正其末者端其本善其後者愼其先向曰

六臣有於字

末謂商賈本謂農田也言理之道後其寶貨先於穀食也人夫九土之宜
弗任四人之務不一翰曰九土九州也不任謂不以地宜貢賦也四
人謂士農工商不一不單脩其一業也野有菜蔬之色朝靡代
耕之秩銑曰菜蔬之色謂年飢也靡無也言年飢則朝無秩祿也無儲稸
畜以虞災徒望歲以自畢向曰儲稸謂倉廩也虞備也言無倉
廩以備凶災徒望歲之空終者三季之衰皆此物也良曰三季夏殷
周也此物謂農也言三季衰亡皆不脩農之過也今聖上昧旦丕顯
夕惕若慄圖匱於豐防儉於逸欽哉欽哉惟
穀之恤翰曰聖上君也丕大也言我君昧旦思大明至於夕惕常懷驚慄以憂於
人也圖謀匱乏也謂謀乏防儉於豐逸之時欽欽恤憂也欽哉所憂者惟穀也展三

選四　十四

時之弘務致倉廩於盈溢固堯湯之用心而
存救之要術銑曰言能三時爲農以致倉廩充實謂堯湯遭水旱百姓不飢
者爲用心於農以存救人之術也若乃廟祧有事祝宗諏
作侯日簠甫簋普淖女教則此之自實縮鬯蕭茅
又是乎出向曰祧遠祖廟也諏謀普大淖和也言謀事於宗廟簠簋豐盛德能
大和亦因藉田而致穀實縮縮酒茅鬯蕭茅皆香草也言亦出於藉田之中黍稷
馨香旨酒嘉粟宜其民和年登而神降之吉
也向曰旨美也防酒告神曰嘉粟言祭禮豐盛必當人和歲豐神降之吉祥也亨
人有言曰聖人之德無以加於孝乎夫孝者
天地之性人之所由靈也濟曰靈善也言孝者是天地之性人

六臣形作刑　六臣顯作顯　六臣著作葦　六臣粢作齊

之所善也昔者明主以孝理天下其或繼之者鮮哉希矣遠我皇晉實光斯道良曰鮮少也言明聖之君少以孝理天下繼之者少逮及也及我天子實光此孝道也儀形孚于萬國愛敬盡於祖考銑曰形見孚信也言以禮儀見稽於萬國盡愛敬之道於祖考故躬稼以供粢盛所以致孝也勸穡以足百姓所以固本也向曰祭以致孝農以固本能本而孝盛德大業至矣哉翰曰能崇農祭之道盛德大業可謂至也其此一役也而二義顯焉不亦遠乎不亦重乎向曰一役謂藉田二義謂粢盛豐百姓足也不亦遠重乎言遠重之至也敢作頌曰思樂甸畿薄採其芳良曰思樂甸畿詩頌篇所以美王之親耕大君戾

選四　十五

止言藉其農向曰大君天子也戾至也謂天子至止以崇藉田也其農三推萬方以祗脂濟曰言天子崇三推之禮萬方敬而從勸耨我公田實及我私濟曰耨除草也公田謂千叙田也我私謂粢盛之實我簠斯盛我簋斯粢良曰在器曰盛器實曰粢我倉如陵我庾如坻濟曰陵坻皆小山也庾露器也言倉庾之多如山焉念茲在茲永言孝思銑曰言此藉田在於孝敬永長也謂長言孝思之道也民力普存祝史正辭良曰人力普存謂崇牲體肥腯也曰祝史正辭謂致信於神祇也神祇攸歆逸豫無期向曰言神祇歆享降逸豫之福無限也一人有慶兆民賴之銑曰慶善也賴蒙也言天子有善德天下之人皆蒙之也

六臣境內之士備五字有之　六臣之衆二字有之　六臣詫作姹　六臣焉作烏　六臣無而字　六臣焉作烏　六臣誇作夸　六臣作車駕

子虛賦　司馬長卿

向曰漢書云司馬相如字長卿蜀郡人也少好學景帝時遊梁乃著子虛賦梁孝王薨歸成都久之後蜀人楊得意侍武帝帝嘗讀子虛賦而善之曰朕獨不得與此人同時哉得意曰臣邑人司馬相如自言爲此賦上驚乃召問相如相如有是然此諸侯之事不足觀請爲天子遊獵之賦上令尚書給筆禮相如以子虛虛言也爲楚相稱焉有先生者何有此事也爲齊難亡是公者無是人也欲明天子之義故假設此三人爲辭以諷之後弄爲文圖令

楚使子虛使於齊齊王悉發境內之士備車騎之衆與使者出畋向曰使者謂子虛也畋謂獵畋罷子

選四　二十六

虛過詫陟駕焉有先生向曰詫誇也言獵罷之後子虛過爲誇誕於齊也而亡是公存焉坐定銑曰焉有先生及亡是公俱在故相與坐定翰有問焉焉有先生問曰今日畋樂乎子虛曰樂獲多乎曰少然則何樂對曰僕樂齊王之欲誇僕以車騎之衆而僕對以雲夢之事向曰先生問子虛與齊王畋樂乎然則何樂言獲少不應至樂子虛對先生云謂齊王誇車騎僕所樂者對楚雲夢之事曰可得聞乎子虛曰可良曰先生問子虛可得聞雲夢之事乎王駕車千乘選徒萬騎畋於海濱濟曰王齊王也近海故言海濱濱涯也列卒滿澤罘網彌山翰曰謂行列士卒也彌覆也言布罘網覆於山也掩兔轔刃力鹿射麋

有也字

六臣者字無

麟鶩於鹽浦割鮮染輪 向曰兔鹿麋麟皆獸名掩謂以網掩
之轔猶車轢也腳謂持其腳也鶩馳也海出鹽故言鹽浦鮮牲也謂割牲之血染於車輪
也射中獲多矜而自功 良曰言得獸之多自矜其功伐也 顧
謂僕曰楚亦有平原廣澤遊獵之地饒樂若
此者乎楚王之獵孰與寡人乎 銑曰顧謂齊王顧子虛而
問云楚有遊獵之處知此乎孰誰也問楚王之獵與寡人誰勝也 僕下車對
曰臣楚國之鄙人也幸得宿衛十有餘年時
從出遊遊於後園覽於有無然猶未能徧覩
也又焉足以言其外澤者乎 濟曰子虛稱臣於齊王也鄙鄙
陋也言我楚之鄙陋人有幸得宿衛時從君遊觀後園之有無且猶未徧安足知山澤之
多乎言不知也 齊王曰雖然略以子之所聞見而言
之僕對曰唯唯 良曰唯唯應敬之辭 臣聞楚有七澤嘗
見其一未覩其餘也臣之所見蓋特其小小
者耳名曰雲夢雲夢者方九百里其中有山
焉其山則盤紆 憶俱 岪 房勿 鬱隆崇嵂崒岑崟參
差日月蔽虧 向曰言山之詰屈高峻擁蔽日月也或半見故云虧也 交
錯糾紛上干青雲罷 疲 池陂 婆 陀 駝 下屬江
河 翰曰言山勢摎結峻絕干觸青雲也罷池旁穨皃陂陀寬廣皃言此山旁穨寬廣下
連江河也 其土則丹青赭堊 惡 雌黃白坿 附 錫碧
金銀眾色炫燿照爛龍鱗 向曰丹丹砂青青雘赭赤土堊白土

選四 十七

六臣赤猿玃猱四字無

雌黃石英也錫白鑞碧青玉俱生於地故云土也言眾物顏色相照爛然如龍鱗也
其石則赤玉玫瑰琳瑉 旻 昆吾瑊 箴 玏 勒 玄
厲碝 而兗 石碔砆 銑曰赤玉玉也玫瑰珠也琳玉名也瑉石次玉也昆吾山
名出善金瑊玏石之次玉玄厲黑石也碝石碔砆皆石似玉者言生於石故云石也 其
東則有蕙圃衡蘭芷 昌待 若射 夜 干穹窮菖蒲
江蘺麋蕪諸柘巴苴 子餘反良曰圃園屬餘皆香草名 其南
則有平原廣澤登降陁 羊爾 靡案衍壇 徒贊 曼 莫幹
緣以大江限以巫山 向曰陁靡邪長皃案衍下皃壇曼平寬皃言
原澤上下邪長或窊下或寬平緣於大江以巫山為限畔也 其高燥則
生葴 之林 菥 斯 苞 皮表 荔 隸 薛莎 蘇和 青薠 音煩 向曰高燥
謂高原也餘皆草名 其埤 卑 溼則生藏莨 落唐 蒹葭東蘠
彫胡蓮藕觚 孤 盧菴 淹 閭軒于眾物居之不
可勝圖 良曰埤溼下溼之地餘皆草名言眾草不可圖畫其象 其西則
有涌泉清池激水推移外發芙蓉菱華內隱
鉅 巨 石白沙 濟曰清池池名激水謂其波激揚也芙蓉菱華水草名鉅大也
言水下有砂石也 其中則有神龜蛟鼉 陁 瑇 毒 瑁鼈黿
銑曰皆水蟲也言池中有之 其北則有陰林巨樹楩 便 柟 南
豫章桂椒木蘭檗 卜華 離朱楊樝 側加 梨梬 郢 栗
橘柚芬芳 銑曰陰林山北林也巨大也餘皆果木名芬芳香氣也 其上
則有赤猿玃猱鵷 冤 鶵 雛 孔鸞騰遠射 夜 干 向曰上謂

選四 十八

六臣纖作孅 六臣凌作陵 六臣眥作眦 六臣謳作詘

林木之上也鶤鷄孔鸞皆鳥名騰遠射干皆猿類善緣木也其下則有白虎玄豹蟃萬蜒延以戰貙丑朱豻五安反翰曰下謂林木之下餘皆猛獸名於是乎乃使專諸之倫手格此獸向曰專諸勇士也格擊也手格謂空手擊之楚王乃駕馴駮補角之駟四乘彫玉之輿靡魚鬚之橈旃曳明月之珠旗銑曰馴養駮獸名彫玉之輿謂刻玉飾車也魚鬚竿也旃亦旗也橈弱也珠旗以明月珠飾旗也言楚王養此獸以當駟馬也靡曳皆執持之皃建干將之雄戟左烏號之彫弓向曰建立也干將劍師也雄戟有距者烏號弓名彫畫爲文彩也左謂佩之於左畔右夏服之勁箭良曰服盛箭器夏謂夏后氏也其箭利故云勁右謂右邊佩之陽子驂乘纖阿爲御案節未舒

選四 十九

即陵狡獸銑曰陽子則孫陽也與纖阿皆古之善御者案節謂節馬足也未舒猶未馳也言馬足未馳已凌殊狡健之獸也蹵蛩蛩轔力刃距虛軼野馬轊衛騊駼向曰蹵轔轊皆蹍踏也餘皆獸名乘遺風射游騏倏眒式刃倩牆練浰力見雷動猋至星流霆擊濟曰遺風千里馬名游騏天上獸倏眒倩浰奔逸之皃雷動猋至星流霆擊言車騎擊射迅疾也弓不虛發中必決眥牆細洞胸達掖絕乎心繫獲若雨獸揜草蔽地良曰眥目也言射者不虛發弓必決目洞胸掖絕心系也獲若雨獸言所殺既多如天之雨獸以蔽掩其地焉於是楚王乃弭節徘徊翱翔容與覽乎陰林觀壯士之暴怒與猛獸之恐懼徼古堯郤劇受詘音屈銑曰

六臣投作揄 六臣乘作椉 六臣飛作蜚 六臣倚作猗 六臣摩作靡 六臣纖作孅

弭節安志也徘徊翱翔容與謂自得也言王安志自得覽幽深之林觀壯士之奮怒猛獸恐懼邀遮倦者而取之執遮也殫覩衆物之變態向曰殫盡謂盡觀衆獸驚變之態也於是鄭女曼姬向曰鄭女鄭國之女曼謂容色曼澤也被阿緆錫投紵縞銑曰阿緆細布投空引也紵縞繒也雜纖羅垂霧縠良曰雜謂錯雜纖細也霧縠其細如霧垂之爲裳也襞必亦積積褰縐側救紆徐委曲鬱橈谿谷向曰襞積褰縐縫緩皃紆徐委曲裾下垂皃鬱橈謂文理蔕鬱然有似谿谷之狀紛紛霏霏揚袘以示戌削翰曰紛紛霏霏衣長皃揚舉也袘衣袖戌削裁製皃飛纖思兼垂髾色交扶輿倚靡翕呷呼甲萃蔡下摩蘭蕙上拂羽蓋銑曰纖袿飾也髾帶也言美人等被服扶楚王之輿倚靡相隨皃翕呷萃蔡衣裳

選四 二十

被起之聲也言衣服飛垂或下摩蕙蘭或上拂羽蓋也錯翡翠之威蕤繆了繞玉綏眇眇忽忽若神仙之髣髴濟曰言以翠羽爲首飾蕤羽毛皃玉綏謂以玉裝綏者執以登車繆繞綏長皃眇眇忽忽皆非人所當見髣髴然若神仙於是乃相與獠良照於蕙圃媻盤姍蘇寒勃窣蘇滑而上金隄向曰獠獵也言與美人同獵於蕙圃金隄隄名媻姍勃窣美人上隄皃揜翡翠射鵕俊鸃儀微矰曾出纖繳之藥施弋白鵠連駕鵝雙鶬下玄鶴加翰曰揜謂網取食也翡翠鵕鸃皆鳥名矰弋矢也纖繳射綸也駕鵝雙鶬玄鶴皆鳥名連加謂以射綸罥也怠而後發游於清池向曰怠倦也言獵士疲倦後發游樂於清池浮文鷁揚旌栧羊祭張翠帷建羽蓋向曰

六臣磊作礧

鷁、水鳥也、畫於舡首、故曰文鷁也、揚舉也、旌折羽爲之、舉於舡上、擢櫂也、帷蓋皆翠羽飾之、取其輕也網瑇瑁鉤紫貝銑曰瑇瑁紫貝皆水蟲也言以網鉤取之摐楚江金鼓吹鳴籟榜人歌聲流喝於邁反良曰摐擊喝列籟簫也榜人船人也言擊鼓吹簫與舡人歌合故其聲流烈也水蟲駭波鴻沸普蓋涌泉起奔物會濟曰水蟲魚鼈之屬也駭驚也波鴻水鳥也沸猶亂飛也奔物謂急波也言湧泉騰起與波相會合也礧石相擊硠硠礚礚苦蓋反銑曰言轉石相擊而爲聲若雷霆之聲聞乎數百里之外向曰謂轉石聲似雷霆也聞數百里之外言聲遠也將息獠良照者擊靈鼓起烽燧車案行騎就隊纚所綺乎淫淫般盤乎裔裔翰曰言將息獵者必擊鼓起烽火以招士卒也

選四　二十一

車兵車也言車騎各案次第以爲行隊纚行般迴也淫淫裔裔部伍分列之皃於是楚王乃登陽雲之臺翰曰陽雲臺則高唐觀言高出雲之陽故以名焉泊乎無爲澹乎自持勺知略藥略之和具而後御之銑曰澹泊靜也言以無爲之道靜而自持勺藥調和也謂具五味而後食之御食也不若大王終日馳騁曾不下輿脟力轉割輪焠七內自以爲娛臣竊觀之齊殆不如翰曰不若不如也言楚王雖獵則以無爲自持具五味而食豈如大王終日馳獵曾不下輿以脟割野食而爲娛樂臣竊觀齊近不如楚矣殆近也於是齊王無以應僕也焉有先生曰是何言之過也足下不遠千里來貺齊國濟曰是何言之過也謂責子虛以遊獵之事對齊王也足下子虛

六臣焉作烏

六臣陽雲作雲陽

六臣澹作憺

六臣泊作怕

六臣無也字

六臣有也字

六臣田作畋

焉有先生辯子虛也貺惠賜也言足下不以千里爲遠而來惠貺齊國也王悉發境內之士備車騎之衆與使者出田乃欲勠力致獲以娛左右何名爲夸哉銑曰勠力并力也左右謂使者左右謙不斥言齊王欲以車騎與使者出田欲并力致獲以娛左右何名爲夸哉言非夸也問楚地之有無者願聞大國之風烈先生之餘論向曰齊王問楚地有無者欲聞大國風烈先生遺餘之論先生子虛也今足下不稱楚王之德厚而盛推雲夢以爲高奢言淫樂而顯侈靡竊爲足下不取也向曰言焉有先生責子虛不述楚王之德而陳雲夢田獵侈靡之事必若所言固非楚國之美也有而言之是彰君之惡無

選四　二十二

而言之是害足下之信良曰若如也必如所言縱樂之事則共楚國之美實有而言之是彰君惡無而虛言是傷足下之信也彰君之惡而傷私義二者無一可也而先生行之必且輕於齊而累於楚矣濟曰二者謂彰君惡害己信言俱無可行者而先生行之不信是輕齊彰惡是累楚也且齊東渚鉅海南有琅邪銑曰自此已下焉有先生陳齊境界以折子虛也鉅大也言齊以大海爲渚琅邪臺名在渤海間也觀乎成山射乎之罘音浮良曰成山館名可以遊覽罘山名可以射獵浮渤澥游孟諸向曰浮亦遊也渤澥海分支水名孟諸齊之大澤邪與肅慎爲鄰右以暘谷爲界翰曰肅慎國名在海外暘谷日所出處言齊境界皆鄰接秋田乎青丘彷徨乎海

六臣萃作崪 六臣者無

六臣而無

外吞若雲夢者八九於其胷中曾不蔕芥濟曰青丘國在海東言齊之秋田至彼彷徨然遊於海外觀其境土之大吞如雲夢澤昔八九於齊國之胷中亦不爲刺鯁也蔕芥猶刺鯁也若乃俶儻瑰瑋異方殊類珍怪鳥獸萬端鱗萃充牣其中者不可勝記禹不能名禼不能計銑曰言非常瑰義珍怪寶物鳥獸之屬萬端如魚鱗之聚充滿於山澤之中禹善分別草木禼善筭也言其中草木禹不能名之禽獸之多禼不能計也然在諸侯之位不敢言遊戲之樂苑囿之大先生又見客向曰以在諸侯之位不敢言此遊戲苑圃之事先生謂子虛也具以禮先生爲賓客也是以王辭而不復何爲無以應哉向曰先生言齊王禮客故不反荅何爲辯無以應僕哉

上林賦良曰上林苑名

亡是公听魚謹然而笑曰楚則失矣而齊亦未爲得也向曰听笑皃言亡是公笑楚使失對而齊不得理道夫使諸侯納貢者非爲財幣所以述職也銑曰言諸侯納貢獻者豈爲財幣而已述所守之職耳封疆畫界者非爲守禦所以禁淫也翰曰天子守在四夷言今封列疆界者爲欲禁淫放非爲禦捍也今齊列爲東藩而外私肅慎向曰言齊爲東藩私與肅愼交通是淫放之義捐國踰限越海而田其於義固未可也良曰捐棄踰越也言齊棄國越限田於海外是失禮也固語辭未可言不可也且夫

六臣峽作陿 六臣野作壄 六臣逶迤作委蛇

二君之論不務明君臣之義正諸侯之禮徒事爭游戲之樂苑囿之大濟曰二君謂子虛烏有先生也論謂辯論也言俱不能明君臣上下之禮但務夸遊樂苑圃而已欲以奢侈相勝荒淫相越此不可以揚名發譽而適足以貶君自損也銑曰但以荒淫奢侈之事以相夸越非揚名發譽之理是貶君於惡損已之道且夫齊楚之事又焉足道乎君未覩夫巨麗也獨不聞天子之上林乎向曰亡是公對陳上林之事故言齊楚不足道也君謂二客也言二客未覩壯麗之處左蒼梧右西極丹水更平其南紫淵徑其北翰曰蒼梧郡名西極幽國也丹水水名紫淵紫澤也更亦徑也終始灞滻出入涇渭翰曰灞滻二水名盡在苑中流不出苑故云終始也涇渭二水名流入苑又出苑故云出入也酆豐鎬浩潦老潏決紆餘逶於爲迤經營乎其內良曰酆鎬潦潏四水名紆餘逶迤曲貌經營猶周旋也言旋於苑內也蕩蕩乎八川分流相背而異態濟曰蕩蕩流皃八川謂灞滻涇渭酆鎬潦潏也態形也言分流別趣各有異形東西南北馳騖往來力代出乎椒丘之闕行乎洲淤應慮之浦經乎桂林之中過乎泱漭之野向曰馳騖猶交錯也椒丘丘名上有兩山相對象雙闕焉淤亦洲類桂林林名在苑中言水之經涉於此中也汩骨乎混流順阿而下赴隘陿之口濟曰汩疾混同也阿隈曲也言疾流合同順隈曲而下觸穹石激堆丁回埼巨依沸乎暴怒洶虛拱

六臣湃作彭　六臣沛作霈　六臣漻作寥　六臣戾作盭　六臣漻漻　六臣漾作瀁

涌滂湃鋪拜反銑曰穹石大石也堆埼岸橫溢曲也洶涌滂湃水聲也言觸石激
岸暴涌而爲聲滭畢沸奔浡宓汩于筆偪逼側泌筆瀄阻乙
橫流逆折轉騰潎匹蔽洌音列良曰言水之疾激波橫流迴漏以相
騰射也滂浦宏濞普秘沆胡郎溉害穹隆雲橈女教宛潬
善膠盭踰波趨浥於合涖涖下瀨銑曰滂濞沆溉緩流皃穹
崇求石如騰赴也雲橈如雲之屈撓也宛潬膠戾縈曲皃踰波謂前波趨後波也趨浥趨
於下處也涖涖流貌下於磧瀨也批步結巖衝擁奔揚滯沛普外
臨坻遲注壑瀺助咸灂助角霣殞墜翰曰批擊也擁曲限也奔
揚滯沛皆湧流皃坻坂也瀺灂水聲也言此水擊巖衝曲限湧流臨坂隤墜於谿壑池
沈沈隱隱砰普冰磅普萌訇呼宏磕苦蓋潏潏決淈淈

選四　二十五

骨湁丑立潗子立鼎沸馳波跳沫汩于筆急漂疾
向曰皆水之深盛相激湧沸奔流之皃悠遠長懷寂漻無聲向曰
懷歸也寂寥清深也言水悠遠長歸則清深而無聲肆乎永歸然後灝
浩溔羊小潢晃漾養安翔徐回翯學乎滈滈浩
東注太湖衍溢陂池銑曰肆放求長也太湖震澤也陂池江湖邊小
水也翯水光也言水奔放長歸於海廣大運轉滈滈然揚光注於震澤溢於陂池衍亦溢
也於是乎蛟龍赤螭䱭亘䲛懵漸離鰅顒鰫
時容鰬虔魠託禺禺顒魼揭鰨奴揭反濟曰並龍魚名揵
巨言鰭耆掉徒釣尾振鱗奮翼潛處乎深巖銑曰深巖
穴曲處也言龍魚之徒皆舉揵鬐尾奮振鱗翼於穴曲之處魚鼈讙聲萬

六臣嵬作巍　六臣嵬作硊　六臣陁作施

物衆夥禍明月珠子的皪歷江靡向曰讙鳴也謂魚鼈
歲羅聲也萬物非一類也夥多也明月珠子水寶也的皪光明貌江靡江邊也蜀石
黃碝而兗水玉磊砢洛可反向曰蜀石黃碝皆玉名水玉水精也磊砢相
委積皃磷磷吝爛爛采色澔浩汗藂積乎其中
翰曰言寶玉符彩映曜之皃叢積謂叢積於水中也鴻鷫肅鵠鴇保駕
加鵝屬玉交精旋目煩鶩木庸渠箴疵貲鵁
火交盧向曰並水鳥名群浮乎其上汎馮淫泛濫隨風
澹徒感淡與波搖蕩奄薄水渚唼所甲喋直甲菁藻
咀才嚼削菱藕良曰汎淫泛濫皆水鳥浮游皃掩覆薄集也言覆集於水渚之
上唼喋咀嚼皆食物貌菁藻菱藕水草名於是乎崇山矗矗直巃力孔

選四　二十六

嵷總崔嵬深林巨木嶄士咸巖嵾楚金嵳楚宜反濟曰崇
山巃嵷皆高皃深林巨木言林木之大也嶄巖嵾嵳險峻不齊皃九嵕子公巀
截嶭五結南山峩峩巖陁遲甗仰蹇錡魚是嶊藏回崣
委崛牛鬱崎音倚向曰九嵕南山名巀嶭峩峩高峻貌巖陁甗錡傾欹皃嶊崣崛
崎嶮皃振溪通谷蹇產溝瀆谽呼含呀呼加豁閜呼下
阜陵別隝都果反銑曰振衆也蹇產詰曲貌谽呀大皃豁閜虛空皃言衆谿谷
與詰曲溝瀆皆大而空虛也隔別於陵隝也隝水中山也崴於鬼磈魚鬼嵔烏罪
瘣胡罪丘虛乞居堀窟礨郎罪隱轔力忍鬱壘力水登降
陁以爾靡翰曰皆山勢高峻長遠之皃陂彼爲池貏被豸直爾沇
允溶淫鬻以六向曰陂池貏豸傍頹相連皃沇溶淫鬻山川繁鬱皃散渙

六臣掩作揜 六臣茳作江 六臣蘪作蘼 六臣留夷作留荑 六臣苧作芧 六臣麋作靡 六臣涯作崖

夷陸亭皐千里靡不被築銑曰散渙寬廣皃夷平也謂廣平地也皐澤中有隄隄上十里置一亭是名亭皐也千里言廣也築謂築令平也掩以綠蕙被以江離糅女又以蘼蕪雜以留夷布結縷攢戾莎良曰留草名也掩被皆覆也糅亦雜也分布攢植也言衆草覆地雜生分布攢植於其中也揭去例車衡蘭槀本射夜干茈紫薑蘘而羊荷葴針持佇生若蓀鮮支黃礫蔣苧云句青薠音煩翰曰皆香草名布濩護閎宏澤延弋戰曼萬太原麗靡買彼廣衍異善應風披上靡向曰閎大也言衆草布徧延蔓於原澤之上麗靡謂邪靡於下平之地披靡謂從風傾倒之皃吐芳揚烈郁郁菲菲衆香發越肸蠁布寫晻烏感薆愛咇步必茀音勃濟曰言衆草吐揚芳香也揚動烈華也郁郁菲菲香美皃肸蠁天中遊氣也言香氣發越積浮而似之布寫謂分布而流也晻薆咇茀言香氣盛也於是乎周覽泛觀縝丑鄰紛軋芴勿芒芒怳忽向曰言望視林莽陂池廣遠蒙密芒芒然目亂而不能辨怳忽目亂皃視之無端察之無涯日出東沼入乎西陂銑曰視察不見際畔言廣也謂日出於苑東而入於苑西陂亦沼也其南則隆冬生長涌水躍波良曰言苑南向陽之地盛冬草木生長冰不冰凍也其獸則㺎庸旄貘陌犛黎沈牛麈麋赤首圜題窮奇象犀良曰皆南方獸名其北則盛夏含凍裂地涉冰揭去例河良曰苑北濟陰之地盛夏含凍地裂也揭猶度也言可涉行冰上而度河也其獸則

六臣騾作羸 六臣明作曲 六臣纚作纙 六臣圄作圉

麒麟角端騊陶駼途橐土各駝蛩蛩巨恭驒丁賢騱兮駃決騠啼驢騾翰曰皆北方獸名於是乎離宮別館彌山跨谷高廊四注重坐明閣濟曰彌徧也言宮館徧據山谷也注猶帀也高廊行廊也謂行廊帀於四邊也閣有兩重上級下級皆可坐故言重坐也華榱璧璫輦道纚連是屬步欄周流長途中宿銑曰華榱彩飾椽也璧璫以璧飾椽首也輦道閣道也纚邐迤相連屬也步欄謂屋欄下行也周流謂周徧也長途中宿謂臺閣高遠中道而宿方至其上也夷嵕子公築堂累臺增成巖窔一弔洞房翰曰夷平嵕山也謂平其山頂作堂重累而成故云增成窔巖底也洞通也謂於巖底作室潛通臺上俯杳眇而無見仰攀橑老而捫門天奔星更平於閨闥宛於遠虹拕徒可於楯時尹軒良曰杳眇深邃皃言臺閣高俯觀深遠不見其地仰攀於椽手可摸及於天也更經也奔星流星也宛屈曲也拕猶越也楯軒欄檻也言流星宛虹經越門窗欄檻之上也青龍蚴伊糾蟉岐酉於東廂象輿婉於遠蟬善於西清向曰青龍象輿皆車也東廂西清皆屋也蚴蟉婉蟬龍象迴轉之皃靈圄燕於閒閑館偓於角佺七全之倫暴於南榮向曰閒館閑居之館也南榮謂屋南檐也靈圄偓佺皆仙人名燕燕寢也暴偃臥也醴泉涌於清室通川過於中庭銑曰醴泉靈泉也涌出於清室通川謂鑿爲渠引水於中庭也盤石振崖嶔口巖巖倚傾嵯峨嶕捷嶫業刻削崢嶸翰曰振整也以盤石整渠岸也嶔巖倚傾不齊皃嵯峨嶕嶫高皃崢嶸直竣皃玫瑰碧琳

六臣揷作臿
六臣朝作晁
六臣樸作朴
六臣萄作陶
六臣抏作扤

珊瑚叢生向曰玫瑰火齊珠也碧琳玉也珊瑚寶樹也皆叢生於庭瑉玉
旁唐玢豳文鱗赤瑕遐駁犖雜揷其間朝采
琬琰和氏出焉濟曰瑉玉旁唐皆玉名玢豳文鱗玉文理也赤瑕赤玉也
駁犖文彩也雜揷謂雜在其間也朝采琬琰皆玉名和氏璧也出焉言出於此於是
乎盧橘夏熟黃甘橙直更楱奏枇杷橪而閻柿楟
亭柰厚朴梬弋井棗楊梅櫻桃蒲陶隱夫薁於六
棣徒計荅遝沓離力支銑曰皆果木名夏熟謂當夏而熟也羅乎
後宮列于北園貤羊氏丘陵下平原向曰言果木羅列生
於宮園也貤連也言連亘丘陵下及平原也揚翠葉抏兀紫莖發
紅華垂朱榮煌煌扈扈戶照曜鉅野翰曰抏搖也言

選四　二十九

果木之衆花葉之盛鉅大也煌煌扈扈鮮明皃言光色照曜於大野沙棠櫟歷
櫧諸華楓風枰平櫨盧留落胥邪以嗟仁頻并
閭欃讒檀木蘭豫章女貞翰曰皆木名長千仞大
連抱夸條直暢實葉葰峻楙末蓮反良曰言木長纖至千仞攢立叢倚
大或至連抱也夸張布也葰大楙盛也謂枝條直暢實葉大盛也
連卷巨專欐力是佹古毀崔千賄錯癹步葛骫委坑苦行衡
閜烏可砢來可反良曰謂木之重纍累積盤結傾欹皃垂條扶疏落
英幡纚史是反良曰扶疏布皃幡纚飛揚皃分紛溶容蔘蕭蔘
所今猗於綺狔女綺從風瀏流莅卉歙音吸銑曰紛溶蔘大皃莅
蔘高長皃猗狔隨風皃瀏莅卉歙風吹衆木之聲也蓋象金石之聲管

六臣累集作纍輯
六臣蝚作猱
六臣踔作掉
六臣無輩字

籥藥之音向曰蓋木之音聲有似於此偨差池茈此虒直是
旋還乎後宮雜襲累集濟曰偨池茈虒樹木不齊皃言旋繞後宮
重積累集而生也被山緣谷循坂下隰視之無端究
之無窮濟曰言樹木之生緣被陵隰視之不見其畔於是玄猨素
雌蜼羊氷玃钁飛蠝壘蛭姪蜩條蠼钁蝚柔奴高獑
讒胡縠呼谷蛫音詭翰曰皆獸名似猨而捷木處也棲息乎其間
長嘯哀鳴翩幡互經夭蟜矯枝格偃蹇杪亡少
顛銑曰言衆獸或鳴嘯互相經過也格枝長也杪木末也夭蟜偃蹇踦挂之狀踰
絕梁騰殊榛捷垂條踔勑教希間牢落陸離爛
漫遠遷向曰皆獸騰躍奔散之皃若此輩者數百千處娛

選四　三十

游往來宮宿館舍庖廚不徙後宮不移百官
備具向曰如此宮者數百千處言多也天子往來皆於宮館止宿至於庖廚後宮百
官之屬皆當處自具無所移徙於是乎背秋涉冬天子校獵
乘鏤象六玉虬翰曰校獵謂出校隊而獵也象輅以象牙鏤錯之六虬六
馬也以玉飾之也拖蜺旌靡雲旗前皮軒後道游向曰
畫雲蜺以飾旌旗拖曳靡案也皮軒虎皮車也道游車名皆天子儀飾也孫叔奉
轡衛公參乘去聲良曰孫叔謂公孫叔子也衛公謂將軍衛青也奉轡參乘
謂御從也扈戶從去橫行出乎四校之中濟曰扈大也謂
大衆從君也橫行不依部鹵也四校謂四隊地鼓嚴簿平碧縱獠良照者
江河為阹羌魚泰山為櫓音魯翰曰鼓擊也嚴嚴鼓也鏄大鐘也謂

六臣雷作靁　六臣野作壄　六臣儵作倏

擊之以縱獵者陸撸謂欄圈也車騎雷起殷天動地先後陸
離離散別追銑曰謂車騎之聲如雷殷動天地也陸離分布也別追謂散逐
禽獸也淫淫裔裔緣陵流澤雲布雨施平聲向曰言士
卒之衆流徧山澤如雲雨之布施生貔毗豹搏博豺狼手熊
羆悲足野羊向曰皆獸名生生執搏擊也手手捉足足蹈也蒙鶡曷
蘇絝苦故白虎被班文跨野馬濟曰皆獸名絝跨也被猶駕也
跨也凌三嵕子公之危下磧歷之坻遲徑峻赴
險越壑厲水翰曰三嵕山名磧歷不平也坻坂也厲度水也推直追
飛廉弄獬豸直是反銑曰飛廉獸名推謂擊殺也獬豸獸名以其觸邪不殺
之故云弄也格蝦遐蛤鋋猛氏羂古犬騕烏了褭奴鳥射

封豕翰曰皆獸名格羂射皆殺也箭不苟害解脰豆陷
腦弓不虛發應聲而倒銑曰言不苟且而害必中頭頸應弓聲倒
也變於是乘輿弭節徘徊翱翔往來睨部曲
之進退覽將帥之變態向曰睨視也乘輿天子也弭案也言案節
往來以視將士進退之態然後侵淫促節儵呼敻併遠去流
離輕禽蹵履狡獸翰曰侵淫猶漸漸也儵敻謂儵忽也言漸促行伍儵忽
遠去追踏輕捷之禽獸也轊衛白鹿捷狡兔軼逸赤電遺
光耀良曰轊車軸頭也言軸轢白鹿追捷狡兔也軼過也謂電之光耀至遠車騎之
疾可以過而遺之追怪物出宇宙彎蕃煩弱滿白羽
射游梟古堯櫟歷蜚遽向曰怪物謂奇禽也宇宙四方也天子作軍營

亦象之令出宇宙則出於軍營外也蕃弱弓名白羽箭名言彎之使滿以射游梟也梟惡
鳥也櫟擊也遽神獸之名飛擇肉而後發先中而命處弦
矢分藝殪計一仆音赴濟曰擇肉謂擇其可射之所也先中命處謂所著皆先
言其處然後依言而中之弦矢謂放箭也藝准的也殪仆斃也以有准的故能斃禽獸也
然後揚節而上浮凌驚風歷駭猋乘虛無與
神俱向曰揚舉也節旌節也言舉旌節上遊於空凌歷風猋乘躡虛無之所故云與
神俱也藺玄鶴亂昆雞遒孔鸞促鵔峻鸃宜拂
翳於計鳥捎所交鳳皇捷鵷雛揜焦鵬良曰皆鳥名也藺亂
遒促拂捎捷揜皆蹂踐蹈藉之稱也道盡塗殫迴車而還招搖
乎儴相佯降集乎北紘良曰謂遊獵之塗既盡迴車將還招搖儴

佯行遊貌言行遊降集於北紘也謂自空而還故云降也紘海外也率乎直指
晻奄乎反鄉向曰率猶疾也晻猶速也直指謂行也言獵罷而速還帝鄉也
蹷石闕歷封巒過鳷支鵲望露寒下棠棃息
宜春翰曰皆宮觀名蹷過下息皆遊止之稱也西馳宣曲濯鷁牛
首登龍臺掩細柳銑曰宣曲宮名牛首池名濯擢鷁舡也謂擢舡於此池
龍臺細柳皆觀名登升掩止也觀士大夫之勤略鈞獵者之
所得獲徒車之所轥轢步騎之所蹂而柳若
若人臣之所蹈藉良曰謂觀人殺獲勤勞及車騎所踐踏禽獸也藉謂
禽獸死布於地也與其窮極倦𠋫劇驚憚丁讋之涉伏
不被創刃而死者佗佗徒何籍籍填阬滿谷

六作若

掩平彌澤（向曰跪趍疲敢貌讋伏怖懼不動言禽獸疲敗怖懼不傷而死者）
（徧滿山澤也他他籍籍言多也）於是乎游戲懈怠置酒乎顥
天之臺張樂乎膠葛之寓（向曰顥天臺名膠葛廣大皃寓屋也）
（言遊獵疲怠乃置酒設樂於此）撞（直江）千石之鐘立萬石之虡
建翠華之旗樹靈鼉之鼓（向曰撞擊也虡鐘格也懸鐘以擊之）
（千石之鐘者明萬户虡乃勝也千萬石皆斤兩之數也翠旗以翠羽飾旗鼉鼓以鼉皮爲）
（鼓）奏陶唐氏之舞聽葛天氏之歌千人唱萬
人和（平）山陵爲之震動川谷爲之蕩波（銑曰陶唐）
（舞謂咸池也葛天氏上古之君其樂以三人操牛尾投足而歌使千萬人唱和故其聲震）
（蕩山谷）巴俞宋蔡淮南干遮文成顛歌族居遞

奏金鼓迭起（翰曰巴俞舞曲名宋蔡二國出善歌者干遮古曲名文成其人）
（善歌族聚也聚居衆樂與金鼓更迭而起）鏗鎗闛（湯）鞈（塔）洞心駭
耳（翰曰鏗鎗闛鞈鼓聲洞通也言可通心驚耳）荊吳鄭衛之聲
（銑曰皆淫聲也）韶護武象之樂（良曰韶舜樂名護湯樂名武武王樂也象）
（周公樂也）陰淫案衍之音（銑曰流汚聲也）鄢郢繽紛激楚
結風（向曰鄢郢之人善舞繽紛舞袖皃激急也言楚舞之急可禁結迴風也）俳
（排）優侏（朱）儒狄鞮（丁兮）之唱（濟曰俳優侏儒皆樂人狄鞮西戎樂）
（名）所以娛耳目樂心意者麗靡爛漫於前靡
曼美色於後（良曰麗靡爛漫美音聲也靡曼美色多態也言娛樂耳目則）
（置於前後）若夫青琴宓妃之徒絕殊離俗妖冶（野）

閑都（都）靚（靜）莊刻飾便（平）嬛（許緣）綽（昌約）約柔橈（女敎）
嫚嫚（於無）嫵（武）媚纖弱（翰曰青琴宓妃皆神女容色異於人俗言莊）
（飾衣服美麗而纖弱）曳獨繭之褕（俞）袘（曳）眇閻易以
戌削（銑曰獨繭謂一繭絲爲衣褕袘輕長貌眇閻行皃易迴轉皃戌削言伎人如刻）
（畫作）便（平）姍（先）嫳（步結）屑與世殊服（良曰皆衣服婆娑皃言與）
（時代殊也）芬芳漚鬱酷烈淑郁（濟曰言香氣盛也）皓齒粲
爛宜笑的皪（歷）長眉連娟微睇綿藐色授魂
與心愉於側（翰曰的皪鮮白皃言笑則見其皓齒鮮白故云宜笑連娟綿藐）
（眉目之美也言美女以色授與其君而君彌其魂神以與恩寵則其心愉悅於其側）於
是酒中樂酣天子芒然而思似若有亡（銑曰芒然）

（自驚如有所失）曰嗟乎此太奢侈朕以覽聽餘閑無
事棄日（向曰言聽政之暇無事而虛棄日也）順天道以殺伐時
休息於此（良曰言順陰氣殺伐也於此謂息於苑圃中也）恐後世靡
麗遂往而不返非所以爲繼嗣創業垂統也
（向曰言恐後代以奢侈爲常不返純撲也統理也言非繼業垂理之道也）於是乎
乃解酒罷獵（良曰解罷也）而命有司曰地可墾闢
悉爲農郊以贍甿隸（郎計反良曰贍給也甿隸百姓也言苑圃之地）
（有堪耕種者悉給百姓也）頹牆塡塹使山澤之人得至焉
（良曰頹崩也言崩去苑牆以通山澤之利）實陂池而勿禁虛宮館
而勿仞（翰曰陂池養魚鼈也勿禁謂勿禁人取以充虛宮館謂不聚人以充滿）

翔蒲也也發倉廩以救貧窮補不足恤鰥寡存孤獨出德號省刑罰銑曰出德號謂出號令也省減省也改制度易服色翰曰改宮室壯大之度易衣服美麗之色革正朔與天下為始良曰革改也言漢以十月為正平明為朔也於是歷吉日以齊戒襲朝服乘法駕良曰歷選也襲服也法駕六馬駕也建華旗鳴玉鑾濟曰玉珮也鑾鈴也皆以為行步之節也游乎六藝之圃馳騖乎仁義之塗濟曰六藝禮樂射御書數也圃苑圃也塗道也謂馳騖仁義之道也覽觀春秋之林射貍首兼騶虞向曰春秋義理繁茂故云林也貍首騶虞樂章名以節制度也弋玄鶴舞干戚向曰弋取也玄鶴瑞鳥故取之也干楯戚斧也可以崇樂故舞之也載雲罕揜

羣雅悲伐檀樂樂胥良曰罕畢也載之所以靜道掩捕也雅小雅也言捕取衆雅也伐檀刺賢人不遇故悲之樂胥詩名美王者得賢材故樂之脩容乎禮園翺翔乎書圃銑曰容禮容也稱園圃者言多也述易道放怪獸向曰奇怪之獸不復獵故放之登明堂坐清廟恣羣臣奏得失四海之內靡不受獲良曰言任羣臣奏得失之事故海內無不受其恩澤也於斯之時天下大說向風而聽隨流而化芔然與道而遷義向曰言此時天下悅我王化向我國風如隨流焉芔猶勃也皆勃然興道義也刑錯而不用德隆於三皇而功羨於五帝若此故獵乃可喜也銑曰錯置羨溢也謂德盛於三皇功溢於五帝言如此乃獵之可喜

也若夫終日馳騁勞神苦形疲車馬之用抗士卒之精翰曰馳騁謂獵也抗損也精銳也言損出日也費府庫之財而無德厚之恩翰曰以田獵宮觀而費其府庫之物而施不及百姓故無德厚之恩務在獨樂不顧衆庶忘國家之政貪雉兔之獲則仁者不由也銑曰由從也言貪殺獲忘國政仁者不從是也從此觀之齊楚之事豈不哀哉良曰齊楚矜夸田獵之事亦足可哀也地方不過千里而囿居九百是草木不得墾闢而民無所食也銑曰齊楚之境不過千里而囿廣九百里是人無以耕食也夫以諸侯之細而樂萬乘之所侈僕恐百姓被其尤也銑曰諸侯小國而變天子奢侈

之事僕亡是公自稱也尤怨也於是二子愀然改容逡巡避席向曰二子謂子虛烏有也愀然懼皃言聞亡是公之言皆作色却退以避其席也曰鄙人固陋不知忌諱乃今日見教謹受命矣向曰鄙人子虛烏有謙言也不知忌諱謂不識忌諱之事

羽獵賦并序　揚子雲

銑曰此賦有兩序一者史臣序一著雄賦序也

孝成帝時羽獵雄從以為昔在二帝三王向曰羽箭也言使士卒負箭而獵從謂從成帝也二帝堯舜也三王夏殷周也宮館臺榭沼池苑囿林麓藪澤財足以奉郊廟御賓客充庖廚而

已銑曰雄以為五帝三王之時也臺林澤財幣亦足可奉郊廟禮賓客
充庖廚何必羽獵也不奪百姓膏腴穀土桑柘
之地女有餘布男有餘粟國家殷富
上下充足翰曰言不奪人地以為苑圃故布粟有餘而家國俱
充足故甘露零其庭醴泉流其唐鳳皇
巢其樹黃龍遊其沼麒麟臻其囿神
爵棲其林向曰言家國足故致祥瑞畢集也唐遊也昔者
禹任益虞而上下和草木茂良曰言夏禹任
伯益為山澤之官山澤草木亦得和盛上謂山下謂澤也成湯好
田而天下用足文王囿百里民以為
尚小齊宣王囿四十里民以為泰大
裕民之與奪人也向曰湯不傷害故用足文王囿百里
與人同故以為小宣王囿四十里禁於人故以為大裕饒也此則饒人之
與奪人也武帝廣開上林東南至宜春鼎
湖御宿昆吾旁南山西至長楊五柞
北繞黃山濱渭而東周袤數百里穿
昆明池象滇都堅河銑曰御宿苑名昆吾地名袤廣也滇
河謂將伐滇池國其國多水故作此池以象彼國之水以習戰也營
建章鳳闕神明馺素合反娑颯思可漸臺太液
象海水周流方文瀛洲蓬萊遊觀侈

文選四　三十七

靡窮妙極麗雖頗割其三垂以贍齊
民翰曰贍給也地有四垂割其三垂以給齊民齊民謂上下齊等無貴
賤也亦猶平人也然至羽獵甲車戎馬器械
儲偫值禁禦所營尚泰奢麗誇詡宇
反良曰禁禦謂禁苑也謂苑囿宮觀尚奢麗誇大也詡大也非堯
舜成湯文王三驅之意銑曰言此非四君三驅去
三面網留一面但取背己者餘皆舍之是懸背主之意又恐後
葉復脩前好濟曰後葉後代也前好謂武帝奢侈之事不
折中以泉臺故聊因校獵賦以風音諷
向曰魯莊公築泉臺非禮也至文公毀之公羊傳云先祖為之而毀之不
如勿居而已今揚雄言宮觀之盛非成帝所造勿脩而已當以泉臺為折
中也其辭曰或稱羲農豈或帝王之彌
文哉翰曰或謂有人也有人稱伏羲神農而樸素中禮豈或後之帝
王彌加文飾而得合禮也論者云否亦並時而得
宜奚必同條而共貫銑曰論者云謂以對或人也否
猶不然也言文質各隨代得宜何必同為質素始稱合禮也則泰
山之封焉得七十而有二儀向曰古之封泰
山禪梁甫者有七十二家文飾質素禮儀各殊道德一致也是以
創業垂統者俱不見其爽良曰言古來創業垂
理之君俱不見其爽差也遐邇五三孰知其是非

文選四　三十八

濟曰言帝王禮儀不同而遠近捴於五帝三皇誰能知其是非蓋隨其時
宜也遂作頌曰翰曰頌亦賦之流也
麗哉神聖處於玄宮富既與地乎侔貲貴正
與天乎比崇向曰麗哉言其事也神聖謂成帝也玄宮北方宮也侔法也地
出財寶故云富天之至高故云貴言天當法於地尊比於天也齊桓曾不足
使扶轂楚嚴未足以爲驂乘狹三王之阸僻
嶠高舉而大興銑曰齊桓楚莊二主五霸之盛比於成帝不足驂乘扶
轂也狹小也言三王以爲阸僻乃陋嶠然高舉而大興作也歷五帝之寥
廓陟三皇之登閎宏建道德以爲師友仁義
與之爲朋向曰寥廓高也登閎高大也言陟五帝三皇之高大建立道德仁義
之事以爲師法朋友於是玄冬季月天地隆烈萬物權
輿於內殂落於外良曰崇烈謂陰氣盛也權輿始也言十二月萬物始
萌於地內草木凋落於外殂落死也帝將惟田于靈之囿開北
垠受不周之制濟曰帝成帝也惟思也言將思田獵之事於靈囿也垠涯
也冬尚北故云開北垠不周西北方之風其風殺物故王者取之以爲制法也以終
始顓頊玄冥之統乃詔虞人典澤東延昆鄰
西馳閶闔向曰顓頊玄冥皆北方神名主殺戮者統理也理當方之事終始謂
延於冬罷於冬也掌山澤之官命典之延及也昆鄰地名閶闔西方門名儲積共
偫雉戎卒夾道斬叢棘夷野草禦自汧牽渭
經營灃鄗銑曰供具之物及戎卒皆夾於道斬去叢棘夷平野草禦謂禁禦也

汧渭灃鄗四水名言於此禁禦經營也章皇周流出入日月天與
地沓翰曰章皇猶寬饒也周流謂行列周帀也流徧也營域之廣日月出入於內也
沓合也遠而望之若天與地相連合爾廼虎落三嵕子公以爲司
馬圍經百里而爲殿門良曰虎落以竹爲藩落也三嵕山也言圍
落此山其經百里也營之門曰司馬內門曰殿門也外則正南極海
邪界虞淵向曰虞淵日入處也言營域廣大正南望之以極於南海邪與虞淵
爲界鴻胡孔濛莫孔沆胡朗茫莽碣竭以崇山向曰鴻濛沆茫
水草寬長皃碣表也言以崇岡爲表碣也營合圍會然後先置乎
長楊之南昆明靈沼之東銑曰長楊觀名言營圍既合先置供
具於此則當昆明之東也賁奔育之倫蒙盾負羽杖鏌莫
鋣邪而羅者以萬計濟曰賁孟賁育夏育皆秦武王壯士也蒙翳盾
牌也鏌鋣大戟也言翳牌負箭杖戟而羅列者萬計也萬計謂計人數至萬也其餘
荷垂天之畢必張竟壄之罘浮靡日月之朱
竿曳彗星之飛旗良曰其餘謂萬計之餘也荷負也垂天畢言畢之大也
如垂天之四邊也竟蒲靡披也朱竿朱旗也謂晝日月彗星於旗上也畢罘皆網名青
雲爲紛虹蜺爲綅胡犬屬之乎崐崙之墟翰曰紛綅
皆旗飾言晝雲蜺於旗上也屬連也謂連於崐崙之墟也渙若天星之羅
浩如濤水之波淫淫與與前後要遮銑曰言儀節皃
曜如天星之羅列廣大如濤波之流也淫淫與與行皃要遮謂要遮會獸欃槍爲
闉因明月爲候熒惑司命天弧發射向曰欃槍星名

閶闔曲門也候亭候也熒惑星名司主也令主天子之命天弧星名主弓矢故使發射弛
鮮扁篇陸離駢衍佖一頻路徽車輕武鴻胡弄絧
徒弄捷獵良曰佖蒲徽廣也鮮扁陸離陳列皃駢衍曡壘相連皃佖路言多也鴻絧
捷獵相連次皃謂疾車輕武之徒相連次也殷殷上軫軫被陵緣
阪窮夐極遠者相與列乎高原之上向曰言師旅之
盛窮於幽遠皆陳於高原上也冥幽也羽騎營營昈戶分殊事
繽紛往來轠雷轤不絕若光若滅者布乎青
林之下銑曰羽騎羽林之騎昈明也謂明白分別各殊其事也繽紛多皃轠轤連
接貌言儀仗之盛其色若光其疾若滅也煙色青林映之故云青林於是天子
乃以陽朝始出乎玄宮撞直江鴻鐘建九旒六

白虎載靈輿蚩尤並轂蒙公先驅濟曰陽朝早朝也天
子早朝出玄宮擊大鐘建九旒之旗駕六駁之馬靈輿華車也蒙公旄頭也謂乘華車使
蚩尤挾車轂旄頭爲先驅也立歷天之旗曳捎星之旃
向曰言旗旒之高歷拂於天星也捎拂也霹普覓靂列缺吐火施鞭便
翰曰霹靂雷也列缺閃隙也謂列缺吐電光如鞭以爲御衛也萃傱聳沇允
溶容淋灕廓落戲麾八鎮而開關飛廉雲師
吸嚊虛利潚肅率鱗羅布列攢以龍翰銑曰八鎮八方
也言師旅之盛可麾開八方之關飛廉風神也雲師屏翳也謂使風雲之神吸嚊潚率神
動依皃言如魚鱗龍翼之攢布也啾啾蹌蹌七羊入西園切神
光向曰啾啾聲也蹌蹌行皃切近也神光宮名望平樂徑竹林蹂

汝久蕙圃踐蘭唐舉烽烈火轡者施技方馳千
駟校騎萬師向曰平樂觀名徑踐皆涉歷也轡者謂執轡人也言舉烽火
令衆執轡之人旄其伎能伎能以千駟齊列也校騎校捷之騎萬師言多也虓火交
虎之陳從橫膠轕葛猋拉力答雷厲繽駍平普萌駖
力耕礚苦蓋反翰曰虓虎勇健皃言勇健之夫結陣交鍇如風雷之威也繽騂駖磕謂
衆聲也洶洶旭旭天動地岋吳合羡漫半散蕭條
數千里之外良曰言鼓動之聲震搖天地王辛連接分散蕭條然列於數乎
里之外言遠也若夫壯士忼慨殊向別趣東西南北
騁嗜奔欲向曰忼慨雄勇皃言壯士雄勇者皆不依行列別爲趣向以騁奔逐
之嗜欲也拕蒼豨希喜跋蒲末犀犛梨蹶浮麋斮巨挺

延搏玄猨銑曰皆獸名拕跋蹶斮搏皆執殺之名騰空虛岠巨
連卷權踔丑孝夭蹻嬌嬉希閒去閒平聲向曰并至踔踰
也連卷夭蹻樹木盤屈皃言雄勇之士皆騰空歷至此木上也爲下文林叢也閒爲娛戲
於其閒也莫莫紛紛山谷爲之風猋林叢爲之生
塵濟曰言風塵昏昧於山谷叢林之間及至獲夷之徒蹶松柏
掌蒺藜獵蒙蘢轔吝輕飛翰曰獲夷古之壯士也能脚推松柏
手掌蒺藜蒙蘢草樹叢密處也轔轢也輕飛謂禽之善飛也履般首帶脩
蛇鉤赤豹牽象犀銑曰般首猛獸也脩蛇長蛇也赤豹象犀皆獸名履
謂以履踏之也帶之於身鉤牽皆拖曳也跇曳巒阬岡超唐陂良曰
跇度也巒阬山也超越也唐陂澤也車騎雲會登降闇藹泰華

為旒，熊耳為綴。向曰言車騎之盛如雲之閣髙以泰華熊耳等爲旌旗也
木仆山還，旋漫若天外，儲與乎大溥，聊浪
乎宇内。濟曰仆倒也謂林木盡倒山爲之迴旋漫漫然在天外儲與衆行皃
溥水涯也聊浪放蕩皃於是天清日晏，逢蒙列訾，羿五計
氏控弦，皇車幽於糾輵烏葛，光純天地，望舒弭彌
銑曰逢蒙羿氏皆古之善射者言天晴明使此人攝物控弦也皇車謂天子車幽輵
車聲也望舒月御也弭須安行皃翼乎徐至於上蘭，移圍徙
陣，浸七心淫蹵七六部，曲隊堅重，各案行伍。翰曰翼奉
盛皃上蘭宮名蹵促也謂移圍促部伍使曲隊重而堅案各擾行伍之次也壁壘
天旋，神掫恥栗電擊，逢之則碎，近之則破，鳥不

及飛，獸不得過。軍驚師駭，刮古滑野掃地。良曰壁壘
星名今之軍營之壘亦象焉天旋謂如天之迴旋也掫擊也言士卒皆如神電之擊禽
獸逢近者皆破碎也故鳥獸不及飛走驚駭趣也言軍師齊起殺獲摠盡野地之上如掃
刮也及至罕車飛揚，武騎聿皇，蹈飛豹，羂工犬嘄
古堯陽，向曰罕車獵車也聿皇輕疾皃踏羂擊也飛豹梟陽獸也追天寶，
出一方，應駍普萌聲，擊流光，野盡山窮，囊括其
雌雄。銑曰天寶陳寶神也其形似雉雄音今追之出於一方其神來聲如電有光如
流星故云應駍聲擊流光其神有雌雄併而執之故云囊括其雌雄沇沇溶溶，
遝渠噱脚乎紘中。向曰沇沇溶溶禽獸奔走皃噱喘息皃紘網也言禽獸疲
弊皆喘息於網中三軍芒然，窮冘柔腫閼於曷與，去但觀

夫剽煩妙禽之紲世制隃勑，犀兕之抵丁禮觸，熊羆之
挐女加攫，虎豹之凌遽，濟曰窮冘倦怠皃閼與舒緩皃言芒然僻
倦容態奇駿但觀獸超越奔急而已華徒角搶七羊題注蹷陸子
讋之涉怖魂亡，魄失觸輻，關脰音豆。銑曰題額也注謂衝也言
驚走之甚或角搶地額相觸或自車輻而關其頭脰頸也妄發期中，去進
退履獲，創淫輪夷，丘累陵聚。銑曰言夫雖妄發必期於中
退之際必殺獲而獲之從遇其傷也言獸剿遏輪所傷者累聚如立陵也於是
禽殫中去衰，相與集於靖立冥之館，以臨珍池。
灌以岐梁，溢以江河，東瞰勘目盡，西暢亡涯，
隨珠和氏，焯灼爍書灼其波。良曰殫盡衰殺也靖冥猶深閉也珍

山下有池以山爲名言禽獸既盡中殺集於清閑之館而臨珍池也灌以岐梁謂池水
灌岐梁之地溢入於江河也瞰視也言東視盡目西視平暢無涯際珠玉曜曜於其中也
玉石嶜岑崟吟，眩燿青熒，漢女水潛，怪物暗
向曰言王之與石嶜崟高大皃青熒光明皃漢女漢水神也怪
冥，不可殫形。玄鸞孔雀，翡翠垂榮，
謂奇怪之物暗冥潛隱貌形見也言不可盡見
王睢關關，鴻鴈嚶嚶，群娭虛其乎其中，噍噍
眷由昆鳴，鳧鷖振鷺，上下砰普萌磕苦蓋，聲若雷霆。
向曰皆鳥名垂榮謂垂其光榮嚶嚶噍噍皆鳴聲上下謂飛鳥或上或下砰磕鼓翅之聲
若雷霆也乃使文身之技，水格鱗蟲，翰曰文身謂越人也技謂
入水格取鱗蟲水族之類凌堅冰，犯嚴淵，探巖排碕巨衣

薄索蛟螭蹈獱賓獺據黿鼉抾靈蠵以彌入洞
穴出蒼梧乘鉅鱗騎京魚良曰巖淵謂寒淵也巖碕謂旁岸探
拚薄索蹤據抾皆執捉也洞穴深穴也出於蒼梧郡鉅大也鱗則鯨魚也乘亦騎也餘皆
水名蠡浮彭蠡目有虞方椎直追夜光之流離剖
明月之胎珠鞭洛水之宓妃餉屈原與彭胥
濟曰浮遊也彭蠡澤名有虞謂舜也葬於九疑山故浮彭蠡近於九疑乃目望舜也推擊
也夜光流離皆王名剖裂也宓妃洛水神也屈原彭咸伍子胥皆賢臣沈於水故餉之宓
妃邪神鞭之也故於茲乎鴻生鉅儒俄軒冕雜衣裳
銑曰鴻鉅皆大也生儒謂有德之人俄頃也雜珠色也羅列軒冕珠其衣裳也脩唐
典匝雅頌揖讓於前昭光振耀蠁忽如神向曰

唐典堯典也謂堯政理之事也推頌詩也亦堯理政之道匡正昭明也言揖讓之禮光明
振耀其疾始神也響忽疾也仁聲惠於北狄武誼動於南
鄰向曰仁聲仁惠之聲也武誼武事言此化及於北狄南鄰也南鄰南方之國也是
以旃裘之王胡貉之長移珍來享抗手稱臣
前入圍口後陳盧山翰曰言胡貉之君長聞仁惠之風皆奉珍來享
羣臣於我王也圍口猶營之門也盧山單于庭山也前來入營門後猶陳列於盧山言多
也羣公常伯楊朱墨翟之徒喟然並稱曰崇
哉乎德向日羣公羣官也常伯侍中也楊朱墨翟取古賢以爲喻謂並稱我君崇
盛之德也雖有唐虞大夏成周之隆何以侈茲夫
古之觀東岳禪梁基舍此世也其誰與哉良曰

大夏大禹也成成王周周公後大也言古封岳者若捨此代其誰與也上猶謙
讓而未俞也方將上獵三靈之流下決醴泉
之滋銑曰上天子也俞然也言天子謙讓而未然也三靈天地人之靈也方將脩德
爲獵以取天地人之福祥決醴泉之園以饒也啟黃龍之穴窺鳳皇
之巢臨麒麟之囿幸神雀之林濟曰皆祥瑞也言脩德以
感也奢雲夢侈孟諸非章華是靈臺良曰以雲夢孟諸爲
奢侈以楚章華臺爲非以文王靈臺合禮故云是也罕徂離宮而輟觀
遊土事不飾木功不彫蒸民乎農桑勸之以
弗怠銑曰罕希徂往輟止蒸進也言希往離宮止遊觀之事謂宇咸不彫飾惟進之
農桑勸使不爲怠惰而已儕男女使莫違恐貧窮者不徧

被洋溢之饒開禁苑散公儲翰曰儲齊也謂齊男女使無違
婚姻之期恐貧者不及饒衍之樂開禁苑公儲以散給也制道德之囿弘
仁惠之虞良曰制道德爲苑囿廣仁惠以爲虞官也馳弋乎神明
之囿覽觀乎羣臣之有亡放雉兎收罝罘
麋鹿芻蕘與百姓共之蓋所以臻茲也濟曰馳弋不過
神明福祥之囿覽觀不出羣臣有無之事雉兎不獵故云放罝罘不用故云收麋鹿芻蕘
皆與百姓共有不爲禁禦言至於此也於是醇洪鬯之德豐茂
世之規加勞三皇勗勤五帝不亦至乎良曰醇厚
洪大鬯通豐廣勗勉也言厚大通之德廣茂世之法勉爲勤勞過三皇五帝亦爲至矣
乃祇莊雍穆之徒立君臣之節崇賢聖之業

未遑苑囿之麗遊獵之靡也 銑曰祇莊敬也雍和美善也言和美恭敬之徒可以兼立君臣賢聖之業遑暇也未暇爲苑囿之麗遊獵侈靡之事 因迴軫還衡背阿房反未央 向曰軫車也衡車前橫木也謂回此道因從獵所迴還而歸也

文選卷第四

文選卷第五　賦戊

梁昭明太子撰　五臣注

田獵下

楊子雲長楊賦一首

潘安仁射雉賦一首

紀行

班叔皮北征賦一首

曹大家東征賦一首

潘安仁西征賦一首

長楊賦 并序　楊子雲

明年上將大誇胡人以多禽獸秋命右扶風發民入南山 濟曰上主上也謂成帝言明年將誇胡今年秋則發人入山捕禽獸明歷時變農也 西自褒斜 以嗟 東至弘農南驅漢中 翰曰褒斜谷名弘農漢中皆郡名 張羅網罝罘捕熊羆豪豬虎豹狖 弋又 玃 九縛 狐兔麋鹿 良曰皆獸名陵居 載以檻車輸長楊射熊館 銑曰檻車載獸車也長楊宮名射熊館名載獸輸納於此也 以網為周阹 袪 縱禽獸其中 向曰阹闌陣也言以網周闌放縱禽獸於其間 令胡人手搏之自取其獲上親臨觀焉 銑曰搏執也其執獲者任取而歸之是時主上自臨望之 是時農民不得收斂 濟曰人皆驅獸不得收稼穡也 雄從至射

萩府

然館還上長楊賦聊因筆墨之成文章故藉翰林以為主人子墨為客卿以諷翰曰翰筆也言林比其茂也子墨男子之通稱借以為主客而諷焉藉借也其辭曰

子墨客卿問於翰林主人曰蓋聞聖主之養民也仁霑而恩洽動不為身今年獵長楊先命右扶風左太華而右襃斜向曰扶風郡名太華山名言命數郡人驅摧禽獸也椓卓嶻截嶭五結而為弋紆南山以為罝良曰嶻嶭山名弋橛也紆屈也罝網也言椓嶻嶭為繫網橛取南山周屈為網明羅場廣遠也羅千乘於林莽列萬騎於山隅帥軍

踤阹祛錫戎獲胡向曰乘車也踤兵窮也卒聚也阹圍陣也錫賜也戎亦胡也皆羅列於山林之間帥軍之士聚禽圍陣胡人所獲禽獸皆以賜之搤厄熊羆拕他豪豬銑曰熊羆豪豬皆獸名搤捉拕曳也皆木擁槍纍壘以為儲胥濟曰槍纍作木槍相纍為柵也所胥藩籬也擁禽獸使不得出也此天下之窮覽極觀也雖然亦頗擾于農人三旬有餘其勤至矣而功不圖向曰勤勞也不圖無益也言擾亂農人勞苦至甚而以無益之事為功苦也恐不識者外之則以為娛樂之遊內之則不以為乾豆之事豈為民乎哉濟曰恐不識事之人但見為娛樂不為乾豆若此豈是天子為人哉禮天子無事則歲三田一為乾豆二為賓客三為充君之庖且人君以玄

正宗

默為神澹泊為德翰曰玄默無事也澹泊清淨也今樂遠出以露威靈良曰暴露聖德也數搖動以罷車甲本非人主之急務蒙竊惑焉濟曰蒙謙稱也客卿設疑惑而問也翰林主人曰吁客何謂茲邪銑曰吁歎也主人答客云客謂此為是邪若客所謂知其一未覩其二見其外不識其內也向曰言客不能周知此事僕嘗倦談不能一二其詳請略舉凡而客自覽其切焉濟曰詳審凡都切近也言利害之事我亦厭倦談今則不能審說將為客略舉大都客自觀其近者而明之客曰唯唯良曰唯唯聿水反猶諾也主人曰昔有彊秦封豕其土窫烏點窳庾其民鑿齒之徒相與磨牙

而爭之濟曰封豕窫窳鑿齒皆害人之獸也喻秦之君臣也相與磨礪爪牙爭害于人也豪俊麋沸雲擾群黎為之不康翰曰豪俊謂秦末陳勝項籍之流也言天下苦秦若此皆起兵若麋之沸雲氣之亂百姓為此而不安也擾亂也群黎百姓也康安也於是上帝眷顧高祖高祖奉命順斗極運天關良曰帝天帝也斗極天關皆星也言上天眷顧而命高祖我高祖奉天命順斗極如天關星之運轉以討暴亂横巨海漂崑崙濟曰横至漂疾也言高祖兵威東至自巨海西自崐崙可使卒疾而至提劍而叱之所過麾城摲監邑下將降旗一日之戰不可殫記銑曰高祖提三尺劍叱暴亂之軍指麾之間若芟刈城邑下虜將帥降取旌旗竟日之戰不可盡記者言多也摲芟殫盡也當此之勤頭蓬

山　洞

不暇梳飢不及飡鞮低鍪牟生蟣蝨所乙介冑
被霑汗音寒協韻向曰頭蓬髮亂如蓬也鞮鍪首鎧也介甲也冑兜鍪也言不暇
梳頭不及飡食生蟣蝨被霑汗者連年戰不得解甲也此爲人勤除害也以爲去
萬姓請命乎皇天良曰言人不勝其苦故高祖爲請性命於天也迺
展民之所詘振民之所乏濟曰各遂其情也規億載
恢帝業翰曰規謀也千萬曰億恢大也謀長久之道以大帝業七年之
間而天下密如也濟曰密靜也如助句逮至聖文隨風
乘流方垂意於至寧躬服節儉綈衣不敝革
鞜沓不穿濟曰逮及也聖文文帝也隨風乘流言便易也留心於至安之道躬
行節儉皁衣皮履不弊穿盡終不爲也寧安服行也綈衣皁衣革履皮履也大廈

選五　四

不居木器無文於是後宮賤瑇瑁而疏珠璣
却翡翠之飾除雕琢之巧惡麗靡而不近斥
芬芳而不御抑止絲竹晏衍之樂憎聞鄭衛
幼要眇妙之聲向曰大廈大屋無文不爲文飾琢寶之翫麗靡之色芬芳
之氣邪淫之聲皆不御聞也斥去也是以玉衡正而太階平也
翰曰玉衡斗星也太階三階星也此三星正平則天下太平其後熏鬻作
虐東夷橫叛羌戎睚五懈眦助懈閩旻越相亂濟曰
其後謂武帝時也熏鬻匈奴也虐害我邊人也橫叛縱橫反叛也羌與戎有睚眦之讎閩
與越互相攻伐也睚眦相怨之皃遐氓爲之不安中國蒙被
其難良曰遐氓遠人也爲此不得安靜中國征役亦遭其患難不安也於是

春　寺

聖武勃怒爰整其旅銑曰聖武武帝也勃然而怒於此整其軍旅也
爰於也乃命驃衛濟曰驃驃騎霍去病也衛衛青也命之使擊匈奴也紛
紜云沸渭雲合電發良曰紛紜沸渭衆盛皃雲合電發皆疾也猋騰
波流機駭蠭軼音逸濟曰飊風機弩也言發騎若驚駭而出又如蜂聚
飛而過也皆取其盛疾皃軼過也疾如奔星擊如震霆向曰霆霹
靂也碎轒汾輼於云破穹廬翰曰轒輼匈奴車名穹廬所居帳也皆
破也腦沙漠莫髓余吾良曰沙漠地名余吾水名破其頭以腦塗其地折其
骨使髓入其水遂獵乎王庭銑曰遂北至于匈奴王之庭以獵也驅槖
託駝燒熐冥蠡音騾向曰槖駝大獸也驅之以歸熐蠡聚落也焚燒之使盡
分黎單于磔竹厄裂屬國濟曰黎割也單于匈奴號也屬國屬

選五　五

匈奴之國者割磔裂破也分夷阬谷跋蒲末鹵莽莫古刊山石
良曰言兵騎平其坑谷跋涉鹵莽之中削其山石以通道路也夷平也鹵鹹地也刊削也
蹂如手尸輿廝斯係累平老弱翰曰死者蹂踐其尸廝役之徒
以輿輪轢之老弱者盡係之累亦係也吮允鋋蟬瘢耆金鏃淫
夷者數十萬人濟曰吮䑛也鋋矛也瘢者淫夷者瘡也言戟及矛所中皆
成瘡及被金鏃所瘍者蓋數十萬人皆稽顙樹頷匍匐蛾伏
銑曰顙額也稽顙手至額也叩頭稽頂向下則領樹上向也頷耳下骨也匍匐手行也蛾
伏如蛾蟲之伏二十餘年矣尚不敢惕息濟曰惕息疾喘息也所以
不敢者懼漢威也夫天兵四臨幽都先加良曰天兵漢之兵也
稱天兵重其威也臨於四方先加於匈奴矣幽都北方匈奴所居迴戈邪指

一〇七

什物

南越相夷翰曰戈亦兵也南越自相夷殺以歸于漢靡節西征羌
僰蒲北東馳向曰靡按也僰夷名皆東馳入朝也是以遐方疏俗
殊鄰絕黨之域濟曰遐疏皆遠也域國也自上仁所不化
茂德所不綏良曰上仁茂德古之有道君也不能安者願安於漢也莫
不蹻足抗手請獻厥珍銑曰蹻抗皆舉也言其舉手足願來獻其
珍物也使海內澹然翰曰謂晏然無事永無邊城之災
金革之患濟曰金兵刃也革甲也今朝廷純仁遵道顯
義并包書林聖風雲靡英華沈浮洋溢八區
普天所覆莫不沾濡向曰言成帝之德若此兼包書學之林聖人之
風如雲靡靡而進英華物之美者以喻帝之美也沈浮言輕重得中洋溢猶盈溢也八區

選五　六

八方也無不沾及者言德化廣遠也士有不談王道者則樵夫
笑之翰曰樵夫採樵之賤者笑其不稱帝化意者以為事罔隆
而不殺所戒物靡盛而不虧銑曰言主上之意以為人理無有崇
高而不隆殺者盛滿而不虧没者故平不肆險安不忘危良曰
肆弃也言戒慎之甚今所以獵長楊非徒然而已乃時以有年出兵
整輿竦戎濟曰乃時猶向時也五穀熟曰有年言我向時以有年出兵者將以
整車輿勸戎勇也竦勸也振師五莋作習馬長楊良曰振整也五
柞宮名簡力狡獸校武票匹妙禽翰曰票疾也言考校武力之士
比之輕疾之禽發壯之獸以戚夷狄乃萃然登南山瞰烏弋銑曰
萃集也然助句也言天子集於南山之上瞰視烏弋國也烏弋極西遠國名西壓

月窟東震日域良曰月窟月出穴也在西日域日出處在東言聖德遠及
月窟日域皆壓塞震動也又恐後代迷於一時之事常以
此為國家之大務淫荒畋獵陵夷而不禦也
向曰言主上既出獵欲以示兵於外國乃一時之事耳又恐後代子孫遂惑不知反以國
之大務荒盤畋獵遂至陵夷而不能禁禦此雄徽諷之詞矣是以車不安
軔刃日未靡旃從者髣髴委屬而還翰曰猶是不息
駕支車少留日不迴靡旌旃言不移時也從者髣髴之間委使屬車而還軔支輪木也
亦所以奉太尊之烈遵文武之度復三王之
田反五帝之虞濟曰太尊高祖烈業也文文帝武武帝三王謂湯於田解
網也五帝謂舜命益作朕虞也今皆反罝之令得其所虞掌山澤之官使農不

選五　七

輟耰憂工不下機良曰耰以土覆種言得其業也婚姻以時
男女莫違向曰嫁娶以時則不違其志出愷悌行簡易銑曰
愷大也出大悌之道示於人簡略易行也矜劬勞休力役濟曰憂人之苦
見百年存孤弱翰曰憂其耆老其惇獨帥與之同苦樂
良曰帥令均其苦樂然後陳鐘鼓之懸鳴鞀陶磬之和
建碣一轄磍轄之虡
濟曰鞀磬樂器名使之相和虡懸鐘架刻猛獸於其
上碣磍獸怒皃戛吉黠擊鳴球掉田曜八列之舞良曰球樂器戛
擊猶撫擊也掉動也動八行之舞八列八行也酌允鑠始酌肴樂胥思與
反向曰允信鑠美也酌此信美之道以當於酒詩云君子樂胥言樂得賢人相與理也取
此義以當肴饌聽廟中之雍雍受神人之福祜翰曰雍

敬兒以受福祐歌投頌吹合雅銑曰歌聲與頌相投吹聲與雅樂相合
其勤若此故真神之所勞也濟曰勤情如此真受神祇之勞
方將俟元符良曰元大也俟待大瑞之符也以禪梁父之
基增泰山之高翰曰皆封禪之禮延光于將來比榮
乎往號向曰言將傳光輝於將來比榮華於往古之號豈徒欲淫覽
浮觀馳騁秔稻之地周流黎栗之林蹊踐
芻蕘誇詡衆庶盛狖由究玃居縛之收多麋鹿之
獲哉銑曰芻蕘草也詡亦誇也衆庶百姓也狖玃麋鹿皆獸名言本意不在如此
也且盲者不見咫尺而離婁燭千里之隅向曰
八寸曰咫離婁古之明目者視之遠近豈可與盲者同哉客徒愛胡人之

獲我禽獸曾不知我亦將已獲其王侯良曰使胡
人王侯慕我而常來朝蓋謂我獲之矣言未卒墨客降席再拜
稽首曰大哉體乎允非小人之所能及也乃
今日發蒙廓然已昭矣向曰未卒未畢也稽首首至地體者為國
之體也言主人發去蒙暗使我廓然昭明也

射雉賦　潘安仁

濟曰岳既徙琅邪其俗善射雉因講肄之餘而習媒翳之事樂而賦之終
以自戒也媒者少養雉子長而狎人能招引野雉翳者所以隱射也
涉清林以遊覽兮樂羽族之群飛良曰涉經也清林清
淨之林羽族鳥之族類也樂其得性也聿采毛之英麗兮有五

色之名翬翰曰聿述也英麗美稱翬雉也言述采毛之美禽獨有五色之名雉
也厲耿介之專心兮奓雄豔之姱苦瓜姿銑曰厲嚴
厲也耿介事一之心也奓豐姱好也氣雉而色豔若此之好容姿也巡丘陵以
經略兮畫墳衍而分畿濟曰言雉常巡遊於丘陵以經營略取所
食之物仍畫隸墳衍分其畿界不可相侵於是青陽告謝朱明肇
授良曰春為青陽告謝為春終也夏為朱明肇始也始授謂夏初也靡木不
滋無草不茂濟曰靡亦無也初莖蔚其曜新陳柯槭
所華以改舊向曰莖草苗也蔚初生皃光曜而新也陳故也柯樹枝也槭然而落
改舊技為新也天泱泱烏朗以垂雲泉涓涓而吐溜翰曰
泱泱雲皃涓涓水流聲麥漸漸子廉以擢芒雉鷕鷕以小而

朝雊古候反良曰漸漸麥芒皃擢拔也鷕鷕雉聲雊雉鳴也眄箱籠以揭
驕睨五計驍古堯媒之變態濟曰箱籠竹器盛媒雉者也揭驕健皃
眄視也箱籠之中見驍健之雉媒變態之狀也奮勁骹苦交以角搤倉何
瞵悍目以旁睞音賴銑曰骹足搤邪也言媒雉奮堅勁之足角
邪而立睇怒目皃言怒悍皃之目以旁顧視睞視也鷩綺翼而赬勑貞撾
陟瓜灼繡頸而袞背濟曰鷩文章也赬赤也撾鷩也灼明也言翼如綺之
文章鷩帶赤色頸如繡采之明背若袞服鬱軒翥以餘怒思長鳴
以效能音耐端韻向曰軒翥將飛皃言鬱然將飛而有餘怒思為長鳴呼其野敵
效其才能爾乃掔婆場拄翳停僮葱翠綠栢參差
文翮鱗次蕭森繁茂婉轉輕利裹料戾以徹

鑒表厭伊歉躡以密緻陳二反翰曰摯開除之名也乃除其場拄其翳
以待野雉停僮蔥翠翳形皃揜以栢葉使參差文如鳥翮又似魚鱗之相次望之若君草
樹蘩茂埶之則婉弱輕利料戾小窻隙也厭躡重布也其裏則有小隙可以徹鑒於外其
表則以重布密徼不見其內也恐吾遊之晏起慮原禽之罕
至銑曰吾遊謂媒雉也晏晚也原禽野雉也罕希也言立其翳恐媒雉晚起而鳴野雉
希少至也而甘疲心於企想分倦目以寓視濟曰由此
甘分疲倦心目企想也寄視以待之寓寄也何調翰之喬桀邈儔類
而殊才候扇舉而清叫野聞聲而應媒向曰調翰
媒雉也喬桀一俊逸也扇布巾也故使媒鳴即振巾言媒雉一何俊逸邈然與儔類不同假
我振巾而叫野雉聞而果應之也褰微罟以長眺已踉亮蹡

七羊而徐來良曰罟翳隙上網也踉蹡雉行皃言褰開翳隙上之網以望之雉已見
野雉徐行而來也摛勑知朱冠之赩許力赫敷藻翰之陪
鰓蘇來反向曰摛發也雉幘來色故曰來冠朱色數布藻文也布文章之羽翰陪
鰓皃悉首藥握綠素身拕黼輔翰曰藥猶纏繪也拕曳也黼
繡也繪畫也青鞦秋莎靡丹臆蘭綷音最銑曰翠夾星間
青如莎草之偃靡臆當胸前也丹與蘭之同色綷同也或蹶或啄時
行時止濟曰野雉之來若此班尾揚翹雙角特起翰曰翹舉
也言揚舉其班彩之尾首上有兩毛成角特達而起良遊呃厄喔握引
之規裏向曰良遊媒雉也呃喔發聲引野雉於可射之規裏應叱愕立
擢身竦峙濟曰言野雉望媒雉來迅不止恐失於規度故叱之則愕然而立動

身驚竦而止擢動時止也也捧黃間以密彀攡屬剛挂以
潛擬良曰黃間弩名彀彎也剛挂矢名言捧弩屬矢密彎以擬之倒禽紛
以迸落機聲振而未已濟曰禽雉也中箭而倒紛然躍起而反落
弩機振聲尚猶未上也迸猶反也山鷩鷩悍汗害飆迅已甚
銑曰山鷩雉名其性悍戾而害也媒雉之聲其來甚於風飆之迅疾間越壑凌
岑飛鳴薄廩翰曰直飛至翳前廩翳下盛飲食處擊牙低鏃心
平望審向曰雉既近故擊弩牙低矢鏃以就之用心和平下望審定也毛體
摧落霍若碎錦銑曰又中也彩毛飛落霍然若錦之碎逸羣之
儁擅場挾兩濟曰復有逸羣儁異之雉非獨專擅一場而已櫟歷雌
妬異倏來忽往良曰櫟搏也聞有雉之聲則妬之而擊搏其雌偶倏來忽

往欲與媒雉鬬也忌上風之饕吐刀切畏映日之儻朗
濟曰饕切動之聲儻朗不明之貌顧此而畏忌之是多疑之雉也屏發布而
累息徒心煩而伎懩音養翰曰恐此多疑雉覺有人故屏巾布
敢發累息細喘不息也無使媒有聲而心煩問其射伎懩不可忍欲射之無便也伊
義鳥之應機啾擾地以厲響銑曰伊雉也義鳥媒雉也
雉媒能應我心機擊攫於地啾然厲其音響也彼聆音而逕進忽
交距以接壤向曰彼聽媒雉之聲逕進於前忽然已交其爪距接其所立之
地也聆聽壤地也也彤盈窻以美發紛首頹而臆仰
彤赤也雉之色望之滿窻隙美可發射遂射之紛然首頹落其臆偃仰而倒或乃
崇墳夷靡農不易去攡濟曰夷靡頹隴也易脩也農不脩其攡言

六臣五 若夫多疑少決𥌓𢘙心猶 古縣反翰曰猶怯也復有此雉也 六臣有之

荒廢也稊啼蔎叢糅又翳薈烏會菶蒲茸如勇反濟曰稊
草名蔎野豆叢雜糅積於其間也翳薈菶茸深貌言雉隱於此中也鳴雄振
羽依于其冢翰曰言雄雉振羽翼也依止其山頂也冢山頂也擱謚尸降
丘以馳敵雖形隱而草動銑曰降下也擱然下高曰丘馳奔於媒
雉雖形體隱蔽覺其草動也瞻挺廷穟遂之傾掉了廷意㥧
朱冉翟失以振踊翰曰挺穟草莖也掉動言瞻草莖傾動知雉將至意㥧翟
不定而振踊也瞰溫士出苗以入場愈情駭而神悚日角
瞰衢出皃言衢出草苗以入射場我情彌驚駭神彌悚動恐射之不中也望蹙鳥
合而翳㿽胡了雉䀹許劫肩而旋踵良曰䀹肩身也踵足也地
言雉既入場望草木皆壓暗而合其翳㿽然獨異其心疑之乃斂身却還其足也欣

選五 十二

余志之精鋭擬青顱盧而點頂濟曰青顱頭也點中也自
欣我志事精銛鋭擬射其頭而中於項也亦有目不步體邪眺旁
剔土歷反濟曰視與體相違目邪望足旁剔也靡閒而驚無見自
驚音脉翰曰驚猶疑也無也此多驚疑之雉也周環迴復繚繞盤
辟𢌞音闢向曰周不止皃㚏結零翳旋把縈隨所歷向曰把柄
也㚏翳之柄縈曲雉之行使不見已隨彳丑亍錄中輟馥逼拔焉
中鏑銑曰彳亍行皃中少留也鏃止也韻中聲也鏑箭也前劑結重膺
傍截疊翮濟曰剔割也膺胸也前剔貫于胸傍截斷于翮重疊言毛厚也內
無固守出不交戰濟曰欲闘而懼來若處子去如激
電向曰處子處女必畏人者也言來遲而去速闚閭勑吉康盬玄葉𢢜

覔歷作見相綜反翰曰䴳麥也闚閭於葉下覔歷然乍隱乍見於是筭
分銖商遠邇濟曰爲其遠故筭其銖商量遠近邇近也分揆懸刀
騁絶技良曰懸刀弩牙後刀也揆度準擬之騁懸絶之妙伎如輊二竹如
軒不高不埤貧美反翰曰如軒輊重得所也不高不埤正可發也當
咮竹秀値胷裂膆素破觜良曰咮觜也膺胷也箭發與此相當故破
裂也至此射六雉也夷尼險殊地䮾麤異變濟曰夷平也言所射
之地有平險不同雉有馴翟躁變態亦異也昊不暇食夕不告倦
銑曰所以日昊不暇食夜不告倦由用心取中也昔賈氏之如皐始
解顏之一笑醜夫爲之改貌憾胡暗妻爲之釋
怨翰曰昔賈大夫醜取妻三年不言不笑後與妻同車如皐射一雉中之妻爲之一解

選五 十三

顔而笑是其美彼其醜皃妻之怨恨自此釋也憾恨也言此亦美事不可不解也彼
遊由之致獲感乘危以馳鶩何斯藝之安逸
嘵禽從其已豫向曰凡遊獵所獲者皆乘危險以馳騖車馬而我此射之
藝既安且逸雉自我取豫樂羌歎也臨清道而行擇地而住良曰
選清閑之道而行擇可止之地而住尾飾鑣悲苗而在服肉登俎
而永御豈唯皐隷此焉君舉音擧翰曰鑣得其尾可以飾
馬鑣爲服得其肉可以登俎而食此事安閑豈獨皁隷賤人所爲亦可使君王擧而爲
之也若乃耽盤流遁放心不移忘其身恤司其
雉雊樂而無節端操或虧此則老氏之所誡
而君子所不爲向曰爲於是自戒也耽樂恤憂司主也言若耽樂自放云

其身憂但主心於禽獸之雉雌而求獲之餘無節度端直之操或便膺搨此老氏垂誡且
君子之亦不爲也老子云馳騁畋獵令人心發狂也

北征賦　班叔皮

翰曰後漢書云班彪字叔皮扶風人性沈重好古年二十遭王莽敗擾
彪才爲徐令更始時彪避地涼州發長安至安定作北征賦征行也言北
行而賦之彪子固及女曹大家並有文學名高當代父才子賢自古莫及

余遭世之顛覆兮罹离填塞之阸烏戒災向曰余彪
自稱也遭莽亂天下顛墜傾覆罹羅也正羅王道不通壅塞阸險之災時也
滅以丘墟兮曾不得乎少留濟曰天下既亂舊居之室毀滅
爲丘墟可留也不遂奮袂以北征兮超絕迹而遠遊
良曰奮袂舉袖也絕此迹遠遊安定也朝發軔刃於長都兮夕

選五　十四

宿瓠谷之玄宮銑曰長都長安也瓠谷谷名玄宮謂甘泉宮也夕宿於其
下歷雲門而反顧望通天之崇崇翰曰雲門雲陽縣門
也歷此門反顧見通天臺甘泉宮中高出也崇崇高也在乘陵岡以登降
息郇詢邠斌之邑鄉向曰陵岡皆山立也其行或上或下郇邠國名
至此邑鄉而止息也慕公劉之遺德及行葦之不傷濟曰
邠公劉所居邑公劉周之遠祖德及草木故詩云敦彼行葦牛羊勿踐履彼何生
之優渥我獨罹此百殃向曰優樂渥厚也言公劉之時草木不傷
人樂何厚我今日何故獨罹此禍亂也罹羅殃禍也稱百言多也故時會之
變化兮非天命之靡常翰曰言我會人事變化之亂非天命之無
常也靡無也登赤須之長坂入義渠之舊城濟曰赤須
坂名義渠城名戎王之所居也忿戎王之淫狡穢宣后之失
貞嘉秦昭之討賊赫斯怒以北征良曰秦昭王母宣太
后與戎王通昭王殺之起兵伐滅其國言忿其淫亂嘉其北伐也淫狡猶狡亂也穢汙宣
后使貞也不紛吾去此舊都兮騑非遲遲以歷茲
銑曰紛吾彪自謂也言我既去長安舊都車之騑馬何復遲遲不進歷行戎王之邑遂
舒節以遠逝兮指安定以爲期向曰舒節舒其志節也逝
往也涉長路之綿綿兮遠紆迴以樛居幽流翰曰長路
曲迴以繚繞也紆曲也樛流猶繚繞也過泥陽而太息悲祖廟
之不脩濟曰泥陽縣名彪之祖伯爲定襄守廟在其中遇亂荒廢故歎息其不脩

選五　十五

釋余馬於彭陽兮且弭節而自思良曰彭陽地名遂釋
馬於此低弭其節而憂思也日晻晻烏感其將暮兮覩牛羊
之下來力而反翰曰晻晻不明皃詩云日之夕矣牛羊下來君子行役如之何勿
思言王道未明使有役也寤怨曠之傷情兮哀詩人之歎
時銑曰言思君子爲怨曠嗟役爲歎時皆詩人之情也行越安定以容
與兮遵長城之漫漫莫半反良曰越過也既過安定而行容與容與
行貌遵循循也漫漫廣遠貌劇蒙公之疲民兮爲彊秦乎
築怨向曰劇甚也蒙恬爲秦將築長城於此民疲而怨故云築怨言我思此人亦太
甚也捨高亥之切憂兮事蠻狄之遼患翰曰捨弃也趙
高才逆胡亥篡立之切憂離事外番遠患而備之高則趙高也胡亥二世名不耀

德以綏遠兮顧厚固而繕藩向曰不能以道德耀遠方而以安之顧以厚固脩其藩蓄以爲固也首身分而不寤兮猶數功

而辭訾何夫子妄託兮孰云地脈而生殘濟曰始皇崩公子胡亥矯殺太子扶蘇自立爲二世皇帝遣使賜蒙恬死恬歎曰我何罪於天而死良久曰余固當死矣起於臨洮至遼東城塹萬餘里此中能不絕地脈此恬之罪也乃飲藥而死虎言恬至死不知其過譖過也登障隧遂而遙望兮

聊須臾以婆娑良曰婆娑容與貌閔獯鬻之猾夏兮弔尉卬昂於朝那翰曰獯鬻匈奴名猾亂也朝那塞名匈奴入邊殺北地尉卬故至塞而殺之卬名尉官也從聖文之克讓兮不勞師而幣加惠父兄於南越兮黜帝號於尉

佗馳降几杖於藩國兮折吳濞匹備之逆邪濟曰聖文文帝也行克讓之德不勞師徒但以幣帛加於天下而民自服吳王濞高祖兄仲子文帝時將謀逆稱病不朝因賜几杖其謀遂解以吳爲父兄之國又南越王尉佗自立爲帝上召佗兄弟以德報之佗遂去帝稱臣惟太宗之蕩蕩兮豈曩秦之所圖向曰文帝廟号太宗虎云太宗者互其文也言聖文加幣以懷人彊秦脩邊以攘遠帝德蕩蕩然不與同其謀也圖猶謀也躋子兮高平而周

覽兮望山谷之嵯峨濟曰躋升也高平地名嵯峨高峻貌野蕭條以莽蕩迴千里而無家銑曰蕭條莽蕩曠遠之貌風飈發以飄颻兮谷水灌千碎以揚波良曰飄颻風馳皃灌水流貌飛雲霧之杳杳涉積雪之皚皚五哀反翰曰杳杳深

沉皚皚白雪皃言涉行於此鴈邕邕以羣翔兮鵾雞鳴以嚌嚌音齊向曰邕邕鴈聲也鵾雞鳥名嚌嚌聲也遊子悲其故鄉兮心愴悢以傷懷翰曰遊子彪自謂也至此思其故鄉所以悲懷悽愴恨憂悲貌撫長劒以慨息兮泣漣落以沾裳濟曰撫拍也慨息猶歎息也漣落淚流貌攬余涕以於悒兮哀生人之多故良曰涕淚也於悒心不平也多故多事故也夫何陰曀之不陽兮嗟久失其平度向曰言陰曀不見陽景喻天下昏亂無明君之道使失和平之法度諒時運之所爲兮永伊鬱其誰訴銑曰諒信也伊鬱憂悶也言徒憂悶無所告訴也

亂曰翰曰亂理也重理一賦之意夫子固窮遊藝文兮樂以忘憂惟聖賢兮

濟曰夫子孔子也孔子云君子固窮又云遊於藝又云樂以忘憂推聖賢能之藝六藝文章也達人從事有儀則兮行止屈申與時息兮良曰言達人所從之事皆有儀則以能與時消息也君子履信無不居兮雖之蠻貊何憂懼兮向曰彪所以自解也言君能常履信而行則無處不居雖蠻貊之鄉何所懼也貊蠻夷之種類也

東征賦　曹大家

翰曰後漢書云扶風曹世叔妻者同郡班彪之女名昭字惠姬和帝數召入宮令皇后貴人師事焉号曰大家子穀爲陳留長垣縣長大家隨至官作東征賦以敘行歷而見志焉

惟永初之有七兮余隨子兮東征銑曰永初後漢年号

有七七年也余大家自稱也
時孟春之吉日兮撰良辰而
將行翰曰撰擇辰時也既以吉日又擇良時而行也乃舉趾而升輿
兮夕余宿乎偃師良曰趾足也舉足升所乘之輿也偃師縣名遂
去故而就新兮志愴悢亮而懷悲向曰去故居就新居
所以懷愴也明發曙而不寐兮心遲遲而有違良曰
至明發天曙猶不能寐心中遲留爲有違別也酌樽酒以弛念兮喟
抑情而自非諒不登巢而椓蠡力戈兮得不陳
力而相追翰曰弛廢也酌酒而飲廢其思念喟然而嘆便抑止其情自以悲愴
爲非且上古之人登巢而居椓蠡蚌之肉而食言我既不能如此焉得不使其子陳力從
仕而相追隨者也且從衆而就列兮聽天命之所歸

銑曰陳力就列皆進仕也此亦從衆之事但聽其天命也遵通衢之大道
兮求捷徑欲從誰良曰惟遵行正直於通衢大道而使我求邪使捷徑
將誰乎言不能也乃遂往而徂逝兮聊遊目而遨魂濟曰徂往遨遊行也
歷七邑而觀覽兮遭鞏縣之多艱
聊且遨遊魂神心目也歷七邑謂鞏縣成皋滎陽武卷陽武原武封丘也並於此行過而
觀覽焉惟鞏縣多艱險之地也望河洛之交流兮看成皋之
旋門翰曰河洛二水交流合流也成皋有旋門坂故看之既免脫於峻
崄兮歷滎陽而過武卷丘表向曰峻崄則旋門坂也滎陽武卷皆
縣名食原武之息足宿陽武之桑間銑曰於原武縣食而
息輿馬之足暮宿於桑間武陽縣名桑林之間涉封丘而踐路兮慕

京師而竊歎向曰涉經封丘縣界故履踐其路蓋入陳留界乃思慕京邑而
竊自歎息小人性之懷土兮自書傳而有焉良曰言小
人大家謙也論語云小人懷土故云書傳有焉遂進道而少前兮得
平丘之北邊翰曰平丘地名入匡郭而追遠兮念夫
子之厄勤彼衰亂之無道兮乃困畏乎聖人
向曰匡邑名夫子孔子也論語云子畏於匡言遭匡人圍之也念衰亂之代使聖人困厄
勤苦也悵容與而久駐兮念日夕而將昏濟曰感念
此事駐立久夜到長垣之境界察農野之居人良曰長垣
即子路所理之縣居人邑中之人也覩蒲城之丘墟兮生荊棘
之榛榛仕巾翰曰蒲城子路所理邑也在此縣界久荒廢生荊棘榛榛然子路仲

由也惕覺寤而顧問兮想子路之威神衛人嘉
其勇義兮訖于今而稱云向曰惕然驚寤顧問左右想子路威
神若在於目言衛太子蒯聵作亂子路攻之不勝而死衛人美其勇義至今稱其嘉美訖
至也蘧氏在城之東南兮民亦尚其丘墳銑曰蘧瑗
衛賢大夫也丘墳猶在人猶慕尚其德焉唯令德為不朽兮身既
歿而名存惟經典之所美兮貴道德與仁賢
向曰謂由蘧瑗吳札稱多君子兮其言信而有徵
良曰吳公子季札適衛曰衛多君子未有患也可謂其言有徵後衰微而遭
患兮遂陵遲而不興翰曰言自後衰亂其人陵遲不復起也知
性命之在天兮由力行而近仁向曰人之性命富貴在於

天但爲行近於仁道可也此大家戒其子乃䋣仰高而蹈景兮盡
忠恕而與人銑曰詩云高山仰止景行行止言勉力仰止也蹈履前賢之德
而行盡忠恕之道惠與下人好正直而不回兮精誠通於
神明濟曰能若此必通於神明庶靈祇之鑒照兮祐貞良
而輔信音申濟曰然後近使靈祇福祐貞良之士輔助行信之人使之昌熾也
亂曰君子之思必成文兮盍各言志慕古人
兮向曰君子言則成文孔子云盍各言爾志盍何似也言我爲此賦而言志者慕古
人也先君行止則有作兮雖其不敏敢不法兮
銑曰先君父彪也行止有作則北征賦也不敏大家謙也安敢不法則先君也貴賤
貧富不可求兮正身履道以俟時兮濟曰言貴賤貧

富不由人求但正其身待時而已脩短之運愚智同兮靖恭
委命唯吉凶兮良曰言人命之長短其同爾靖思恭敬委任吉凶而後可
也敬慎無怠思謙約兮清靜少欲師公綽兮
翰曰當敬行謙約無得怠慢師於孟公綽清靜寡欲之道孟公綽魯大夫也

西征賦

潘安仁

向曰岳爲長安令作此賦述所歷古跡美惡勸戒焉
歲次玄枵許喬月旅蕤賓丙丁統日乙未御辰
銑曰歲在子爲玄枵旅亦次也蕤賓五月律也丙丁統一夏之日乙未則岳行之辰潘
子憑軾西征自京徂秦濟曰潘子岳自稱也軾車上橫木京東京也
也徂往也秦長安也乃喟然而歎曰古往今來邈矣悠

哉良曰言久遠也喟歎聲寥廓忽恍化一氣而甄吉延
三才翰曰甄成也寥廓忽恍謂天地未開此爲一氣斯後化此一氣分成三才也
三才者天地人道唯生與位謂之大寶向曰易曰
天地之大德曰生聖人之大寶曰位言人之生獨貴在位生有脩短之命
位有通塞之遇鬼神莫之要聖智弗能豫良曰
鬼神聖智尚不能要豫此事不可究知也當休明之盛世兮託菲
薄之陋質濟曰休明盛代謂晉菲薄陋質岳自謙也納旌弓於
鉉台讚庶績於帝室銑曰納招也左傳云陳敬仲曰招我以弓孟子
曰招大夫以旌鉉台謂三公也時賈充爲太尉辟岳爲府掾故讚衆官之功於帝室庶
衆績功也嗟鄙夫之常累兮固既得而患失翰曰岳稱

鄙夫謙也懷常人之心是以有累且復見用又患失之無柳季之直道
佐士師而一黜向曰柳下惠爲士師三黜曰以直道而事人焉往而不三
黜季惠字也岳爲廷尉平爲公事免官故云無此直道而有此一黜也武皇忽
其升遐八音遏於四海良曰武皇晉武帝也升遐謂崩也八音金
石絲竹匏土革木之音遏絕也天子崩故絕此樂也天子寢於諒闇兮
百官聽於冢宰濟曰冢宰三公也天子惠帝也天子居喪曰諒闇故百官
聽事於三公時楊駿爲太傅當此任也彼負荷之殊重兮雖伊
周其猶殆向曰謂楊駿以人臣位而負荷帝王之重任雖伊尹周公尚猶危殆
況駿不任事若乎夫伊尹相太甲致桐宮之師周公輔成王有流言之謗此二人尚爾於
駿可知也窺七貴於漢庭譸一姓之或在翰曰漢庭七貴

呂霍上官丁趙傅王竝后族也皆權重受誅無一姓在者令駿居此重任是取戮之地也
無危明以安位祇居逼以示專銑曰危高也言駿既無高
明之道以安重位但以勢逼於上示其事權也陷亂逆以受戮匪降
禍之自天濟曰駿既事已是自陷於亂逆之地以受戮非天降禍及之地孔
隨時以行藏蘧與國而舒卷苟蔽微以謬彰
患過辟匹亦之未遠良曰孔子云用之則行捨之則藏蘧伯玉邦有道則
仕邦無道則可卷而懷之易曰君子知微知章岳為駿主簿故自歎不學孔丘行藏蘧伯
玉舒卷乃蘊於深微謬於彰明咎過患難及於我躬固不遠也辟猶及也悟山潛
之逸士卓長往而不反向曰既羅患難方悟山中潛遁之士卓然
長往之道為美也陋吾人之拘攣力全飄萍浮而蓬轉

選五　二十二

銑曰吾人岳自謂岳自陋薄其身拘攣於名位竟如浮萍轉蓬無所止託也寮位
儡郎罪其隆替名節漼此會以隳落翰曰寮官儡壞漼毀隳壞
也謂誅駿之時岳免主簿危素卵之累殼甚玄燕之巢幕
心戰懼以兢悚如臨深而履薄濟曰殼亦卵也荀息累九
卵於棊上晉平公曰危哉吳季札謂孫文子曰夫子在此猶燕之巢於幕上岳言以之危
甚此也詩云戰戰兢兢如臨深淵如履薄冰懼之甚也夕獲歸於都外
宵未中而難作良曰楚王夜誅駿夷三族此夕岳歸家而免於難匪
擇木以棲集鮮林焚而鳥存向曰自喻為駿主簿猶鳥不擇
木而棲其林見焚則存者鮮矣駿且被誅如我之獲全萬無一也遭千載之
嘉會皇合德於乾坤濟曰千年一聖我今遭遇之謂我皇一德合天地

者也此為嘉會弛秋霜之嚴威流春澤之渥恩銑曰弛廢
渥厚也言不誅我也甄大義於明責反初服於私門濟曰
甄表也使我免官歸家復布衣表大義示責而已君恩之深也皇鑒揆余之
忠誠俄命余以末班良曰言我皇揆度我忠誠俄而命我從末班也
牧疲人於西夏攜老幼而入關向曰西夏長安也使我收
養疲弊之人於此我亦扶攜與尊卑俱入于關丘去魯而顧歎季過
沛而涕零伊故鄉之可懷疚聖達之幽情翰曰
丘孔丘也孔子去魯之衛歎曰歸歟歸歟季漢高祖高祖過沛置酒泣下信推故鄉可戀
所以能傷聖賢之情也疚猶傷也矧匹夫之安土邈投身於
鎬京銑曰況我匹夫安於舊土之人適於長安者能不惻傷矧況也鎬京長安也

選五　二十三

猶犬馬之戀主竊託慕於闕庭良曰闕庭天子之庭眷
鞏洛而掩涕思纏綿於墳塋翰曰鞏洛二縣名岳家墳塋在
此余乃越平樂過街郵尤秣馬皋門稅駕西
周濟曰平樂觀名街郵亭名皋門周門名西周河南縣也秣粟稅息也故遠矣
姬德興自高辛思文后稷厥初生民率西水
滸忽古化流岐豳祚隆昌發舊邦惟新向曰數周德其
來遠矣帝嚳高辛氏也其後生稷為周祖為王人之始也后稷之子不窋居於豳豳人慕
德至古公亶甫自豳遷于岐岐人亦慕德詩云古公亶甫來朝走馬率西水滸至于岐下
昌文王名發武王名言周之祚崇盛自此二王也言后稷以來其國是舊及文王受命更
惟新也旋牧野而歷茲愈守柔以執競良曰武王剋殷

於牧野而歸洛邑猶守道以保魏彊魏猶保也夜申旦而不寐憂
天保之未定銑曰武王望商邑于周自夜不寐言未定天保何暇寐乎深位
也惟泰山其猶危祀八百而餘慶濟曰武王既克殷安
如太山猶以為危戒懼無已故使子孫相繼八百餘年享其福也覽亡王之
驕淫竄南巢以投命坐積薪以待然方指日
而比盛向曰亡王桀也驕淫無道湯伐敗之而竄于南巢之地其無道驕淫以取
滅亡亦猶坐積薪之上縱火於下其然可立待也而猶自比於日云日豈可亡乎日亡吾
乃亡矣人度量之乖舛何相越之遼迥翰曰武王戒懼
而獲安夏桀驕淫而取亡度量不同相去遼遠考土中於斯邑成建
都而營築既定鼎于郟鄏遂鑽龜而啓繇肯胄

銑曰土中定地之中斯邑河南縣也言我至此考其地中及建都營築之始蓋成王定鼎
於郟鄏即此王城也鑽龜啓謂周公卜代於此繇卜辭也卜平失道而來
遷緊二國而是祐良曰平平王也緊助語也二國晉鄭也平王遭犬戎
難而東遷依于晉鄭豈時王之無僻賴先哲以長懋翰曰
是時之王能無過僻賴先聖祖德所以定長盛也懋盛也望圉北之兩門
感虢鄭之納惠討子頹之樂禍尤闕西之效
戾濟曰姚姬嬖于周莊王生子頹頹有寵及惠王即位衛師燕師伐周立子頹頹享五大
夫樂及徧舞鄭伯聞之見虢叔曰今王子頹歌舞不倦樂禍也盍納王乎虢公曰寡人之
願也同伐王城鄭伯將王自圉門入虢叔自北門入殺子頹鄭伯享王於闕西辟樂備原
伯曰鄭伯效尤其亦有咎尤過矣罪也
重戮帶以定襄弘大順

以霸世良曰重晉文公重耳王子帶周襄王庶弟因寵篡位文公討之而襄王定
位弘順殺逆以霸其代靈壅川以止鬬晉演義以獻說
濟曰靈王時穀洛二水鬬將毀王宮王欲壅之太子晉諫曰不可晉聞古之長人者不隳
山防川今吾執政實有所僻而禍夫三川之神責遂曰鬬若兩水會以相鬬演廣也故云
演義獻說也咨景悼以迄丐政陵遲而彌季俾
庶朝之遘逆歷兩王而干位銑曰景王靈王子悼王景王子
敬王悼王弟子朝景王庶子悼王弟景王寵之欲立子朝王乃崩悼王自立及敬王立子
朝再作亂丐敬王名言周德之衰自此彌甚子朝庶子故云庶朝與悼王敬王爭位故云
歷兩王而干位也踰十葉以逮赧女板邦分崩而為二
竟橫噬於虎口輸文武之神器濟曰葉代也自敬王元王

定王襄王思王孝王威王烈王安王而及赧王十代周分為二赧王都王城號西周立考
王後惠公少子於鞏為東周二周竟為秦所滅虎口喻秦也文王武王神器之位皆喻之
於秦也澡孝水而濯纓嘉善名而在茲翰曰孝水水名
言嘉美其名潔其身濯其纓纓冠纓也夭赤子於新安坎路側
而瘞之亭有千秋之号子無七旬之期雖勉
勵於延吳實潸慟乎余慈濟曰岳子死於新安縣千秋亭瘞之
於路側岳子生六十日而死故云無七旬之期延陵季子適齊子死葬嬴博之間深不及
泉魏有東門吳子死不憂人怪問之曰吾無子時不憂今子死乃與無子時同吾何憂也
岳言雖勉勵於此人為父之慈不能無哀慟乎眄山川以懷古悵攬
轡於中塗虐項氏之肆暴坑降卒之無辜激

秦人以歸德成劉后之來蘇事洄回沈穴而

好還辛宗滅而身屠良曰項羽坑秦降卒二十餘萬人於新安城南言卒無辜而坑是激勵秦人使歸德於高祖洄沈邪僻也好還由不定言洄邪僻其情不定卒敗於烏江宗族皆滅身見屠戮也經澠池而長想停余車

而不進翰曰想藺相如之風也秦虎狼之彊國趙侵弱

之餘燼超入險而高會杖命世之英藺恥東

瑟之偏鼓提西缶而接刃辱十城之虛壽奄

咸陽以取儁向曰秦彊暴猶虎狼也趙被侵弱猶火之燼勢既不敵又相會於澠池是入險也秦趙既會秦王曰寡人聞趙王好音請奏瑟趙王乃鼓瑟秦御史記曰某年某月日秦王與趙王爲之鼓瑟相如前日趙王竊聞秦王善爲秦聲請奏缶缶丕器

可擊以爲曲秦王怒不許相如曰五步之內請以頸血濺大王矣左右欲刃相如相如叱之皆靡秦王不懌爲一擊缶秦之羣臣請以趙十五城爲秦王壽相如亦日請以秦咸陽爲趙王壽秦王終不能加勝於趙趙亦盛設兵以待秦秦亦不敢動既罷歸趙王以相如大功拜爲上卿取儁謂自取雄儁也出申威於河外何猛氣之

咆蒲包勃入屈節於廉公若四體之無骨濟曰河外謂澠池會也咆勃怒兒廉頗曰我爲趙將而有攻城野戰之功而藺相如徒以口舌爲勞位居我上我見必辱之相如望見則引車而避匿其舍人曰臣以委質事公者以慕高義也今廉將軍宣惡言而君避之恐懼殊甚庸人尚羞之況將軍乎相如止之日夫秦不敢加兵於趙者以我兩人故也兩虎共闘其勢不俱生吾所以先國家之急後私讎也此爲屈節也無骨言柔弱之甚也處智勇之淵偉方鄙吝之忿

悄消雖改日而易歲無等級以寄言良曰智勇淵偉藺也鄙吝忿悄廉也廉藺相比雖改一日爲一歲其間事級故亦無數矣淵偉深大也忿悄躁怒也當光武之蒙塵致王誅於赤眉異奉辭

以伐罪初垂翅於迴溪不尤眚以掩德終奮

翼而高揮建佐命之元勳振皇綱而更維翰曰光武使馮異伐赤眉於迴溪坂異初敗故云垂翅光武不責之後月餘遂大破赤眉於澠池故云奮翼高揮凡天子暴露於外日蒙塵赤眉賊以朱塗其眉故以爲名登崤

坂之威夷仰崇嶺之嵯峨濟曰崤山名威夷長遠兒崇高也嵯峨高兒皐託墳於南陵文違風於北阿蹇哭孟

以審敗襄墨縗崔而授戈曾隻輪之不反緤

薛三帥以濟河向曰秦穆公使孟明氏西乞術白乙丙出師襲鄭蹇叔哭之曰晉人禦師必敗於崤崤有二陵焉南陵夏后皐之墓北陵文王避風雨處秦師還晉襄公墨縗敗秦師于崤隻輪匹馬不返於秦三帥見獲於晉纍繫也濟河晉軍歸也墨縗若今起復也值庸主之矜愎逼皮殆肆叔於朝市任

好綽其餘裕獨引過以歸己明三敗而不黜

卒陵晉以雪恥豈虛名之可立良致霸其有

以翰曰愎很肆捨也穆公名言蹇叔之哭師若值庸主自矜很戾豈能捨蹇叔朝市之刑哉殆必殺之也穆公綽然有寬裕之德但引過於己而三師凡三敗秦師公不黜責後竟敗晉以雪恥也穆公名爲霸主固非虛名有此所以降曲崤而憐虢

託與國於亡虞貪誘賂以賣隣不及臘而就亡

䧟垂棘反於故府屈產服于晉輿德不逮而
民無援仲雍之祀忽諸良曰曲沃地名屬於號也號虞相託爲與
國虞乃背號尋而取亡虞也晉獻公以垂棘之璧屈產之乘假道於虞以滅號還師而滅
虞曾不得至踰月璧馬皆歸故曰反故府服冒輿也傷隣其貪取亡矣仲雍之後忽然
絶祀由道德不逮人不援也我徂安陽言陟陝郛行乎漫
瀆之口憩乎曹陽之墟濟曰安陽溪名陝地名郛郭也漫瀆澗水
名曹陽亭名美哉邈乎茲土之舊也固乃周邵之
所分二南之所交麟趾信於關雎騶虞應乎
鵲巢銑曰邈遠也自陝以東周公主之自陝以西邵公主之詩序云關雎麟趾之化
王者之風故繫之周公鵲巢騶虞之德諸侯之風故繫之邵公周南邵南正始之道並在

於此慜漢氏之剝亂朝流亡以離析卓滔天以
大潦劫宮廟而遷跡俾萬乘之盛尊降遷思
於征役顧請旋於傕苦角汜數鋼既獲許而中惕
追皇駕而驟戰望玉輅而縱鏑向曰後漢末董卓作亂焚
其宮室逼遷獻帝于長安呂布誅卓卓之將李傕郭汜等遂亂長安帝思東歸洛陽乃請
旋於傕汜傕汜許還帝去半路傕汜悔之追擊帝反於曹陽王師大敗故云縱鏑鏑箭也
王輅天子車也痛百寮之勤王咸畢力以致死分身
首於鋒刃洞胷腋以流矢有褰裳以投岸或
攘袂以赴水傷桴檝之褊小撮倉括舟中之掬
指翰曰桴舟檝棹也言百官勤王事盡命死戰競以力盡而敗攘袖褰裳投岸赴水死

已殆盡天子纔得濟河舟中之旗攜少攀附者衆恐其沈沒皆斬其手舟中之指可掬而撮也
洞通池升曲沃而惆悵惜兆亂而兄替叶音韻鐵枝
末大而本折披普彼都偶國而禍結良曰曲沃地名晉替
侯命太子曰仇弟曰成師師服曰名子若是始兆亂矣兄其替乎後封成師于曲沃師服
曰本大而末小是以固今本弱也其能久乎後曲沃莊伯伐翼殺孝侯曲沃武公伐翼殺
莊伯武公成師後也孝侯仇之後也此若樹末大其本必折封邑大其國必危臧札
飄其高厲委曹吳而成節何莊武之無恥徒
利開而義閉并滅反良曰吳將立季札札曰昔曹人將立子臧子臧去之以
成曹君君子以爲能守節札雖不才願附子臧之義季札委棄曹吳若此高厲莊伯武公
伐滅兄弟而無愧恥此開利閉義者耳相去何其懸絶躡函谷之重阻

看天險之衿帶跡諸侯之勇怯筭嬴氏之利
害翰曰函谷關也實天與之高險衿帶之地也覽六國諸侯勇怯之跡筭秦嬴文宇之
利害或開關以延敵競遁逃以奔竄向曰諸侯數爲秦所
敗乃開關以待諸侯諸侯奔竄而不敢進此秦利之時諸侯怯也有噤渠蔭門
而莫啟不窺兵於山外良曰禁閉也蘇秦既約諸侯爲從秦閉關
而拒諸侯不敢窺於山外此秦害之時諸侯勇也連雞互而不栖小
國合而成大濟曰言諸侯心力不齊若連雞不能俱止栖也心力或齊雖小
弱之國亦能相合成其彊大此皆一時之事也豈地勢之安危信人
事之否泰良曰若此則否泰皆由乎人安危不在於地漢六世而
拓洛土畿縣弘農而遠關翰曰六代武帝也開拓王畿徙函谷關於

新安以故關爲弘農縣厭紫極之閑敞甘微行以遊盤長傲賓於柏谷妻覩貌而獻飡疇匹婦其已泰胡厥夫之謬官向曰武帝爲微行嘗至柏谷夜至亭亭長不納乃宿逆旅逆翁惡少年持刀執劒令主人嫗出安遇客嫗謂翁曰吾觀此丈夫非常人且亦有備不可圖也嫗醉其夫而縛之殺雞食客諸少年皆走平明上去召嫗夫妻賜金千斤擢其夫爲羽林郎故云謬官既甘微行是厭紫極也昔明王之巡幸固清道而後往懼銜橜之或變峻徒御以誅賞翰曰明王之行使先清道猶懼銜勒之間而有危變故峻法嚴恩以誅賞徒御之人棨勒也彼白龍之魚服挂豫且之密網翰曰昔白龍化爲魚豫且網得之魚服魚形也輕帝重於天下奚斯漸之

可長濟曰言帝位之重乃微行自輕其漸不可長也弔戾園於湖邑諒遭世之巫蠱古探隱伏於難明委讒賊之趙虜加顯戮於儲貳絕肌膚而不顧作歸來之悲臺徒望子思其何補良曰戾武帝太子也無罪而死園陵在湖邑故弔之初太子與江充有隙會巫蠱事起充於太子宮掘得桐木人太子無以自明罪充曰趙虜乃亂吾父子也遂斬之與丞相戰兵敗亡至湖自經田千秋訟太子冤上憐其無辜乃作思子宮爲歸來望思之臺於湖皆責武帝之詞言既加顯戮絕其肌膚爲此亦何補也儲貳太子也紛吾既邁此全節兮又繼之以盤桓問休牛之故林感徵名於桃園銑曰全節地名盤桓不進皃武王放牛於桃林之野桃園則桃林也發閿文鄉而警

策迴黃巷以濟潼眺華岳之陰崖覿高掌之遺蹤翰曰閿鄉地名黃巷坂名潼水名迴向也言向坂行故警策也華岳北面有巨靈神掌跡故云陰崖眺視也憶江使之反璧告亡期於祖龍向日至此地而記憶其事始皇末年鄭使者從關東至華陰有人持璧與使者曰明年祖龍死忽不見始皇使人視之乃二十八年至渡江所沈璧故曰江使反璧也不語怪以徵異吾聞之於孔公良曰孔子不語怪力亂神岳自止其詞慍韓馬之大憝徒對阻關谷以稱亂濟曰慍怒憝惡也言馬超韓遂作亂屯於潼關也魏武赫以霆震奉義辭以伐叛彼雖衆其焉用故制勝於廟筭銑曰曹公與超遂戰大破之言彼雖衆曹公奉君命廟堂之筭已勝之砰普耕揚桴

以振塵繣呼麥瓦解而冰泮超遂遁而奔狄甲卒化爲京觀向曰砰鼓聲也揚桴而鼓塵振天地繣然若瓦裂冰泮矣超遂走涼州故云奔狄其衆盡殺故爲京觀也繣破聲也倦狹路之迫隘烏界軌崎嶇以低仰翰曰言狹路崎嶇登頓故使車軌高低踰秦郊而始闓豁爽塏以宏壯黃壤千里沃野彌望華實紛敷桑麻條暢濟曰蹈履也言自於山川迫隘之路至秦郊始開豁然高明壯大彌望千里雍州厥土惟黃壤紛敷條暢茂盛之皃邪界褒斜右濱汧牽隴寶雞前鳴甘泉後涌面終南而背雲陽跨平原而連嶓波冢九嵕宗巀嶭太一巃路孔嵸子孔反良曰褒斜谷名汧水名巃山名陳倉有寶雞祠故云前鳴甘

終南二山名雲陽縣名平原名嶓冢九嵕太一皆山名巀嶭龍從山高大見吐
清風之飂戾納歸雲之鬱蓊烏孔反向曰言此山能吐
風納雲也飂戾風聲鬱蓊雲皃南有玄灞素滻湯井溫谷北
有清渭濁涇蘭池周曲銑曰灞滻涇渭皆水名湯井溫谷謂湯井
也蘭池宮名周曲陂名浸決鄭白之渠漕引淮海之粟
翰曰鄭國白公爲秦開渠也漕水運也林茂有鄠户之竹山挺
藍田之玉濟曰鄠杜地名出竹藍田山名出玉也班述陸海珍藏
張叙神皐隩烏到區此西賓所以言於東主安
處所以聽於憑虛也可不謂然乎良曰皆謂西都西京
賦勁松彰於歲寒貞臣見於危國入鄭都而

抵紙掌義桓友之忠規竭股肱於昏主赴塗
炭而不移世善職於司徒緇衣弊而改爲向曰
歲寒而知松栢之堅勁國亂而見臣之忠貞故入鄭都而撫其掌嘉鄭桓之義也鄭桓公
友者周宣王弟也爲周司徒犬戎之難以身死之塗炭如布炭火於地而不避也其子武
公亦爲司徒皆善其職國人爲詩曰緇衣之宜兮弊予又改爲兮鄭都今鄭縣也抵撫也
覽犬戎之侵地疾幽后之詭惑舉偽烽以沮
慈與衆淫嬖褒以縱慝土得軍敗戲水之上身死
驪山之北赫赫宗周威呼滅爲亡國翰曰周幽王嬖於褒
姒不好笑王爲舉烽火諸侯皆至而無寇褒姒乃笑其後犬戎攻王王舉烽火諸侯
以爲如初皆不到遂殺王驪山下詩云赫赫宗周褒姒威之詭詐沮驚也又有

於此者異哉秦始皇之爲君也傾天下以厚
葬自開闢而未聞匹人勞而弗圖俾生埋以
報勤外離西楚之禍内受牧豎之焚銑曰始皇葬驪
山厚以珠玉工匠皆閉於中不圖其功勞而已此報其勤也項籍爲西楚霸王乃發取其
珍寶其後牧豎亡羊入墓以火求之遂燒其内三月火不絶語曰行無禮必
自及此非其效歟濟曰語謂或有此語也始皇無禮以此自及固是其
效也乾坤以有親可久君子以厚德載物良曰天地
之心惟親有德使其長久君子以純厚之德載育萬物言高祖法此用心固能長久也
觀夫漢高之興也非徒聰明神武豁呼達達大
度而已也向曰非獨有此而已復有他美者也乃實慎終追舊

篤誠款愛澤靡不漸恩無不逮率土且猶弗
遺而況於隣里乎而況於鄉士乎矣翰曰追舊謂造
新豐也篤厚誠信靡無漸潤逮及也率土且如此而況鄉士乎言皆徧也于斯時
也乃摹莫胡寫舊豐制造新邑故社易置枌榆
遷立街衢如一庭宇相襲渾雞犬以亂放各
識家而競入向曰太公不樂關中思慕鄉里高祖使作新豐并移舊豐沛枌
榆社樹也庭宇街衢皆如在豐時取舊豐雞犬亂放於此能各識其本家者如舊無異也
籍含怒於鴻門沛局蹐而來王范謀害而不
許陰授劒以約莊擽力刃白刃以萬舞危冬葉
之待霜履虎尾而不噬寔要伯於子房樊抗

憤以危酒咀彘肩以激揚翰曰高祖為沛公先入關項羽
怒率兵百萬衆到鴻門欲擊沛公羽季父伯張良友夜告良令去良告沛公令見項伯自
解於項羽沛公遂見於鴻門亞父范曾欲擊沛公羽不聽曾謂項莊曰汝以劍舞因擊之
項莊既舞項伯亦舞常以身蔽沛公樊噲聞事急乃持楯撞門而入羽曰壯士哉賜危酒
彘肩噲既飲酒拔劍切肉食之羽曰復能飲乎噲曰死且不辭豈但持危酒是時沛公懼
而局蹐也搏挺萬大也其危若首冬之蘖待霜而隕猶履虎尾而不噬者是張子房要
項伯之力也忽蛇變而龍攄雄霸上而高驤曾遷
怒而橫撞碎玉斗其何傷銑曰言沛公忽蛇變為龍而舒申其
體脫至霸上軍而心高舉也沛公使獻璧羽受之又獻玉斗於曾曾怒撞碎之是亦何傷
之也嬰組於軹塗投素車而肉袒濟曰沛公

選五　三十四

入關秦王子嬰素車白馬繫頸以組降軹道傍軹亭名署繫也踈飲餞於東
門畏極位之盛滿良曰漢疏廣為太子太傅兄子受為少傅廣謂受曰
今日功成名立不去懼有後悔遂上疏乞骸骨上皆許之故人邑子為祖道於東門謂長
安東都門金墉鬱其萬雉峻嶢魚鑾峭以繩直銑曰金墉
長安城也嶢峭高嶮皃如繩之直也戾飲馬之陽橋踐宣平之
清閾音域向日戾至也飲馬橋名在其陽也宣平城門名閾門限都中雜
遝戶千人億華夷士女駢闐逼側展名京之
初儀即新館而莅職勵疲鈍以臨朝勗自彊
而不息翰曰岳既入長安城見士女衆盛所以備其禮儀就公館臨其職也勵疲
鈍岳自謙也欲以慕君子自彊不息耳即就莅臨勗勉也於是孟春受謝

聽覽餘日巡省農功周行廬室街里蕭條邑
居散逸營宇寺署肆廛管庫蕞芮於城
隅者百不一處濟曰蕭條空曠皃散逸無人也蕞芮陋小皃時府寺市井
之類皆毀廢有陋小者或在城之偏隅者舊有百處今纔存一處所謂尚冠
脩成黃棘宣明建陽昌陰北焕南平翰曰皆里名也
皆夷漫滌蕩無其處而有其名向曰夷漫滌蕩平滅皃不
知其處但有名而已爾乃階長樂登未央翰曰皆漢宮之名階升也
汎太液凌建章銑曰太液建章宮名縈馺蘇合娑而款
駘盪轥枍詣而轢承光濟曰縈繞款至也馺
娑駘盪枍詣承光皆臺名徘徊桂宮惆悵柏梁良曰桂宮宮名柏梁

選五　三十五

臺名盡已毀壞故徘徊惆悵也鶩雉雊古豆於臺陂狐兔窟
於殿傍翰曰鶩雉雉名言臺殿陂池荒敗故鶩雉狐兔得居也何黍苗
之離離而余思之芒芒向曰皆謂耕田生黍苗離離然無因自歎
見此而心亦芒芒也洪鐘頓於毀廟乘風廢而不懸
濟曰洪鐘大鐘也頓落也乘風懸鐘格皆毀也禁省鞠為茂草金狄
遷於霸川良曰鞠草茂皃秦鑄銅人十二以象長狄董卓壞以為錢餘二枚魏
明帝欲徙詣洛陽到霸城重不可致便留之故云遷霸川懷夫蕭曹魏邴
之相銑曰懷想也夫者語之端蕭何曹參魏相邴吉皆漢名相也辛李衛
霍之將翰曰辛慶忌李廣衛青霍去病皆漢名將銜使則蘇屬國
震遠則張博望向曰蘇武以中郎將使持節送匈奴匈奴乃徙武北海上

武枚節牧羊十九歲乃得還拜為典屬國張騫應募使月氏十二年得還後封為博望侯教敷而彝倫序兵舉而皇威暢濟曰敷布彝常也此以疊於前文言蕭曹之流為相布政教則常倫有次序辛李之屬為將兵舉於四夷而皇威宣暢也臨危而致勇奮投命而高節亮良曰臨危謂張騫使絕域也投命謂蘇武使匈奴也暨乎秺侯之忠孝淳深銑曰秺侯金日磾本匈奴休屠王太子以篤敬活主每往甘泉宮見母形像未曾不涕泣何羅作逆日磾誅之故云忠孝也陸賈之優遊宴喜翰曰陸賈為中大夫五男各分二百金令為生產賈常乘安車從者十人約歷過諸子以為日數使給酒食以此優遊名聲籍甚長卿淵雲之文子長政駿之史向曰司馬相如字長卿王褒字子淵揚雄字子雲皆工為文司馬遷字子長劉向字子政向子

選五　三十六

歆字子駿並有良文之才趙張三王之尹京定國釋之聽理濟曰趙廣漢張敞王遵王章王駿以皆為京兆尹盜賊為之清于定國張釋之皆為庭尉決獄次王甚平也汲長孺之正直鄭當時之推士良曰汲黯字長孺數直諫鄭當時聞人之善必進之於上也終童山東之英妙賈生洛陽之才子銑曰終軍陳留人年十八選為博士弟子號為終童賈誼洛陽人稱於郡中召為博士年二十餘故云英妙才子飛翠緌而隹拖鳴玉以出入禁門者衆矣向曰緌玉皆朝目之所服出入禁門者非一人或被髮左衽奮迅泥滓翰曰又疊上文謂日磾自夷狄被髮左衽而貴於此若奮迅起於泥滓也或從容傅會附望表知裏濟曰謂陸賈從容於平勃之門附會將相之勢平諸呂有功故云諂

表知裏或著顯績而嬰時戮良曰皆謂廣漢之屬或有大才而無貴仕翰曰謂賈誼之類也皆揚清風於上列垂令聞而不已想珮聲之遺響若鏗鏘之在耳向曰上列上代也鏗鏘珮聲當音鳳恭顯之任勢也乃熏灼四方震燿都鄙翰曰王音王鳳弘恭石顯之徒邪佞用勢熏灼震燿於天下而死之日曾不得與夫十餘公之徒隸齒名難不其然乎濟曰音鳳之流其死之日曾不得與蕭曹等十餘公之僕隸齒列名器之難其如此矣望漸臺而扼腕梟巨猾而餘怒良曰巨猾王莽也莽為大逆誅於漸臺而梟首故無望之扼腕而怒揖不疑於北闕軾樗里於武庫銑曰雋不疑為京兆尹有一人

選五　三十七

詐稱戾太子詣北闕不疑執送付獄由是重名故揖之樗里疾秦惠王弟而賢墓近武庫故軾也酒池鑒於商辛追覆車而不寤翰曰商辛紂也爲酒池以亡國漢武帝復爲之履覆車之跡而不改寤曲陽僭於白虎化奢淫而無度向曰白虎殿名曲陽侯王根僭擬造第以象之是無法度命有始而必終孰長生而久視濟曰有生必死誰能長生久視武雄略其焉在近惑文成而溺五利良曰文成將軍李少君五利將軍欒大皆方術士說武帝作宮觀以延神仙帝號爾之其雄才大略亦何在也倖造化以制作窮山海之奧祕靈若翔於神島奔鯨浪而失水曝鱗骼於漫沙隕明月以雙墜翰曰靈若海神也池島高深翔集此神於此又刻石象鯨魚失水曝

於沙上鯨魚死其目化爲明月珠故云雙璧擢仙掌以承露干雲
漢而上至銑曰又作仙人掌承露盤擢雲表之露致邛蒻非其
寔難惟余欲而是恣從逸遊於角觝卯絡甲
乙以珠翠忍生人之減半勠東岳以虛美良曰
武帝遣人開擽洞致邛竹杖與蒟醬而恣其欲又作角觝之戲令人兩兩相角力也又作
甲乙之帳絡以珠翠海內虛耗戶口減半忍使天下如此而封太山勤其虛功也超
長懷以遐念若循環之無賜銑曰賜盡也言思念此事若猶
環無盡時也較角面朝之煥炳次後庭之猗靡向曰
言見較量面朝之事煥炳明白可觀也次及後庭之事亦猗靡可述也煥炳明兒猗靡美
兒壯當熊之忠勇深辭輦之明智翰曰元帝幸虎圈奔

選五　三十八

熊逸出馮婕妤恐及御坐乃直前當之成帝欲與班婕妤同輦婕妤辭曰妾聞六尺之輿
與賢者同載不聞嬖妾同車帝乃止衛鬒髮以光鑒趙輕體之
纖麗力智反濟曰武帝衛皇后其髮鬒黑光可以鑑人成帝趙皇后善舞體輕而纖
細麗美也咸善立而聲流亦寵極而禍後銑曰聲流謂馮
班二婕妤之盛德禍後謂衛趙二后之寵極津便門以右轉究吾
境之所暨銑曰便門便橋也至此盡長安界究盡暨至也揖細柳而
撫劒快孝文之命帥周受命而忘身明戎政
之果毅距華蓋於壘和案乘輿之尊轡肅天
威之臨顏率軍禮以長揖利一輕棘霸之兒戲
重條侯之倨貴良曰匈奴大入邊遣劉禮軍霸上徐厲軍棘門周亞夫軍

細柳文帝勞軍至霸上棘門皆馳入至細柳軍士被甲持滿上不得入使詔將軍曰吾欲
勞軍亞夫乃傳言開壁軍士謂車騎曰將軍約軍中不得驅馳天子乃案轡徐至營中亞
夫持兵揖曰介冑之士不拜帝曰霸上棘門兒戲耳至於亞夫可得犯邪亞夫後封條侯
軍法既受命而忘其身戎政兵之政也果毅謂能制敵也華蓋天子之蓋壘和軍門揖揖
也索杜郵其焉在云孝里之前号惆輟駕而
容與哀武安以興悼爭伐趙以徇國定廟筭
之勝負折圻矢言而弗納反推怨以歸咎未
十里於遷路尋賜劒以刎首嗟主闇而臣疾
禍于何而不有翰曰杜郵白起所死之地名亦求索此地已改名孝里故
云前号惆失意之貌武安君白起爲秦將伐趙大破之欲進軍滅邯鄲應侯范雎妬其功

選五　三十九

說昭王使罷兵後復起兵伐趙起曰不可攻也王自命不行使應侯召之終不肯行使王
陵攻趙不利起曰不聽臣計今何如王聞之怒使起不得留咸陽起出西門行十里至杜
郵王使賜劒自殺矣直也言昭王指折直言不納反推怨以殺之闇主即昭王也疾妬之
臣謂范雎也窺秦墟於渭城冀闕緬而其堙人一盡覓
陛殿之餘基裁岥波嵳大河以隱嶙力忍反良曰渭城古
咸陽也冀闕秦闕名緬遠也堙滅也岥嵳隱嶙將平之兒陛殿階也想趙使之
抱璧劉睨楹以抗憤銑曰秦欲以十五城易趙和氏之璧趙使
藺相如奉璧於秦秦得璧無意與趙城相如曰璧有瑕請指示王王授璧與相如相如持璧
却倚柱怒髮上衝冠謂昭王曰無意償趙城故臣取璧大王必欲急臣臣頭與璧俱碎於
柱持璧睨柱欲擊之王辭謝之劉怒目兒抗憤猶發憤搤杜也燕圖窮而荊

袪紛絶袖而自引濟曰燕太子丹使荆軻刺秦王軻賚燕地圖匕首
於中秦王觀之圖窮匕首見軻持秦王袖王絶袖而走軻事不成也筑聲厲而
高奮狙七預潛鉛以脫臏頻忍反向曰荆軻客高漸離善擊筑奏之
王矐其目使擊筑稍近之漸離以鉛置筑中舉筑扑秦王中臏臏膝上骨也狙伺候也
據天位其若茲亦狼狽而可愍翰曰言始皇據有天位乃
狼狽若此可愍也簡良人以自輔謂斯忠而鞅賢寄
苛制於捐灰矯扶蘇於朔邊銑曰秦簡忠賢自輔云得李斯
商鞅鞅作苛法弃灰於道者刑也斯乃矯殺太子扶蘇於朔邊也捐弃也儒林填
於坑穽慈性詩書煬而為煙濟曰李斯勸始皇坑儒士焚詩書
國滅亡以斷後身刑轘患以啓前商法焉得

以宿黄犬何可復牽良曰國滅亡謂秦也商鞅竟為車裂李斯要斬
鞅初得罪亡至關欲止客舍客舍日商君之法不敢舍也故云安得以宿李斯臨刑謂其
子曰吾欲復與汝牽黄犬出上蔡東門其可得乎轘車裂也野蒲變而成
脯苑鹿化以為馬銑曰趙高欲為亂羣臣不聽乃先設驗以蒲為脯以
鹿為馬獻於二世羣臣言蒲言鹿者皆陰誅之也假讒賊以天權鉗
衆口而寄坐向曰二世假借天權與趙高讒賊使賢臣鉗口而自寄坐兵
在頸而顧問何為不早而告我願黔黎其誰
聽惜請死而獲可翰曰趙高既為亂使女胥閻樂殺二世兵至惶坐二
世謂宦者曰何不早告我對曰臣早言已誅矣安得至今樂謂二世曰足下為計二世曰
吾願為一郡王不許又曰願為萬户侯不許又曰願與妻子為黔首閻樂麾其兵進二世

自殺逮子嬰之果決敢討賊以紓禍勢土崩而
莫振作降王於路左濟曰子嬰始皇孫趙高既殺二世而立子嬰子
嬰立乃手殺高以紓國禍言秦積惡久人心離散勢如土崩雖討一賊不可振舉故降沛
公於軹道傍蕭收圖以相劉料聊險易以衆寡良曰
沛公入咸陽蕭何收秦相府圖書藏之高祖所以知天下户口多少地形險易何由是爲
漢相羽天與而不取冠沐猴而縱火銑曰項羽既燒秦宫
室或說羽都關中羽思東歸說者曰人言楚人如沐猴而冠耳果然沐猴獼猴也謂天與
不取也貫三光而洞九泉曾未足以喻其高下
向曰上貫三光謂高祖下及九泉謂項羽豈可相喻也感市閭之菆阻留
井歎尸韓之舊處丞屬號而守闕人百身以

納贖時倫反協韻豈生命之易投誠惠愛之洽著
訏居謂望之以求直亦余心之所惡烏故思夫人
之政術實幹時之良具苟明法以釋憾不變
才以成務弘大體以高貴非所望於蕭傅翰曰
韓延壽為東郡太守為天下最代蕭望之為左馮翊望之遷御史大夫延壽在東郡時放
官錢千餘萬會御史問事東郡望之因令并問之延壽知即案劾望之在馮翊時廩犧官
錢放散百餘萬上令窮竟所考望之卒無事實延壽竟坐弃市吏人數千送至渭城兼并
即渭城東賓齋蒸之市岳言延壽惠愛在人能使蒸黎號泣於闕下人願以百身贖其罪
初望之將案驗延壽郡吉止之後聞延壽誣舉事望復案驗且延壽雖有事擅之罪然有
幹時之才而望之宜存公忘私安可許舉小恨用明之法以快其心哉乃不愛人之才成國

家之務耳望之左遷太傅是不弘大體非天下之望也造長山而慷
慨偉龍顏之英主胸中豁其洞開羣善湊而
必舉濟曰造至也長山漢高陵也高祖龍顏豁達大度天下之士至者必舉用之
存威格乎天區亡墳掘而莫禦臨揜坎而
累抃步毀垣以延佇良曰言高祖生則存威德至于天地崩亡則墳
隴被發掘不能禦也王莽之亂諸陵皆見發掘岳見壞墳毀牆意傷之故撫膺而延佇也
越安陵而無譏諒惠聲之寂寞翰曰越於也安陵惠帝陵
也其聲寂寞無以褒貶也弔爰絲之正議伏梁劍於東郭
向曰爰盎字絲景帝欲以弟梁王爲嗣盎諫而止梁王使人刺殺盎東郭門外故弔之東
郭門安陵東門訊景皇於陽丘奚信讒而矜誅殞吳

嗣於局下蓋發怒於一博成七國之稱亂翻
助逆以誅錯恨過聽之無討茲沮善而勸惡
銑曰訊問也陽丘景帝陵也景帝爲皇太子時吳太子侍飲博爭道不恭皇太子引博局
提之景帝即位鼂錯說上令削吳吳王起七國兵反爰盎與錯有隙乃說上謂上曰七國
之反以誅錯爲名今斬錯使赦七國可兵不血刃上遂斬錯信讒謂聽爰盎之計也矜誅
謂因博而殺吳太子也誅鼂錯是助七國之逆景帝過聽盎之讒計而不討究其事便即
殺錯此事敗天下爲善者勸天下爲惡者誠可恨之豈此慈孝元於渭塋
執奄尹以明貶濟曰豈病也渭塋元帝陵也奄尹弘恭石顯也執此以用也
之明元帝可貶也褒夫君之善行廢園邑以崇儉良曰
元帝以祖宗之廟園不合禮典者皆毀之獨此可褒耳夫君即元帝過延門而

責成忠何辜而爲戮陷社稷之王章俾幽死
而莫鞠翰曰延門成帝陵京兆尹王章忠直社稷之臣爲王鳳所譖陷大逆死獄
中鞠問也言成帝可責之怵太淫嬖之凶忍勦小子皇統之
孕育張舅氏之姦漸貽漢宗以傾覆向曰怵縱也淫
嬖趙飛燕也飛燕甚妬害帝二子後宮在孕而使傷墮又欲藥傷墮無數此謂凶忍使絕
皇統也舅氏篡弒之漸自此開張漢宗所以傾覆也勦絕也舅氏王莽族也刺哀
主於義域僭天爵於高安欲法堯而承禪永
終古而不刊銑曰刺譏也義域哀帝陵也董賢有美色帝幸之封爲高安侯
故云僭天爵也帝欲法堯舜之事禪位與賢羣臣莫敢言王閎切諫乃止此終古不可刊
削也瞰康園之孤墳悲平后之專絜殃厥父之

篡逆蒙漢恥而不雪激義誠而引決赴丹焰
以明節投宮火而焦糜從灰熛而俱滅濟曰瞰視
也康園平帝陵也帝獨葬故云孤墳平帝皇后王莽女及漢兵誅莽后曰何面目以見
漢家自投火而死故云激義誠以明節鶩橫橋而旋軫歷敝邑
之南垂良曰橫橋橋名旋軫還車也敝邑岳自謂長安也南垂南界也門磁
石而梁木蘭兮構阿房之屈奇踈南山
以表闕倬卓樊川以激池役鬼傭其猶否矧
人力之所爲工徒斵卓而未息義兵紛以交
馳也宗祧吐彫汚烏而爲沼豈斯宇之獨隳銑曰阿房
宮前殿以木蘭爲梁以磁石爲門懷刃者止之以南山爲闕以樊川爲池如此壯麗役鬼

（神營之亦猶不可況人力所爲而不勞乎爲此宮彫飾未畢沛公兵已交融於中矣几臣欲君汚其宮而豬焉言秦宗廟尚汚爲沼況是宮能不壞乎）由僞新之九廟，誇宗虞而祖黄。驅吁嗟而妖臨（上去），搜佞哀以拜郎。（翰曰王莽號大新凡天子立七廟莽立九廟自云黄帝虞舜後周禮國有大災則哭以厭之莽乃率群臣到南郊撫心大哭諸生哭甚悲哀皆除以爲郎故曰妖臨佞哀也）誦六藝以飾姦，焚詩書而面牆。心不則於德義，雖異術而同亡。（向曰莽誦六藝以飾姦詐焚詩書而取面牆爲惡不同同歸於亡）宗孝宣於樂遊，紹衰緒以中興。（良曰宣帝廟曰樂遊宣帝承昌邑淫亂之後故曰中興）不獲事于敬養，盡加隆於園陵。兆惟奉明，邑號千人。訊諸

故老，造自帝詢。隱王母之非命，縱聲樂以娛神。雖靡率於舊典，亦觀過而知仁。（濟曰宣帝戾太子孫生數月而孤幽之囹圄其邑養之心不撫故於叙園陵之禮有加于舊典宣帝父曰悼皇考母曰悼夫人墓曰奉明園以倡優千人樂千人邑名起於此矣王母即宣帝母矣太子事時升遐害言宣帝所行之事不必合於禮與然隱而行之適于人情亦以足知其仁也）（詢宣帝名）憑高望之陽隈，體川陸之汙隆。（良曰高塏堆名陽隈堆之南也體川陸高下形勢也）開襟乎清暑之館，遊目乎五柞之宮。（翰曰清暑五柞皆漢宮觀名）交渠引灃，激湍生風。（銑曰交渠溝渠之名生風言水之急也）乃有昆明池乎其中。其池則湯湯（傷）汗汗，滉瀁瀰漫，浩如河漢。（向曰

（言廣大也）日月麗天，出入乎東西。（先叶韻）旦似暘谷，夕類虞淵。（銑曰麗著也暘谷日出處虞淵日入處）昔豫章之名宇，披玄流而特起。儀景星以天漢，對牛女以雙峙。圖萬載而不傾，奄摧落於十紀。擢百尋之層觀，今數仞之餘址。（濟曰景星瑞星也言於池中起豫章觀儀法瑞星以石刻爲牛女之宿列於池邊其謀欲使萬代不毀而纔經百餘年而便摧落豫章觀其高百尋至今壞只有數仞餘址也）振鷺于飛，鳧躍鴻漸。（良曰振鷺鳧鴻皆鳥名漸進也）乘雲頡頏（胡岡），隨流澹（徒濫）淡（徒感反）。（銑曰乘雲言飛高也頡頏鳥聲澹淡浮貌）瀺（士咸）灂（士捉）驚波，唼（所甲）喋（直甲）菱芡。（渠儼反翰曰瀺灂出沒貌唼喋鳥食貌菱芡草名）華蓮爛

於綠沼，青蕃（煩）蔚乎翠瀲。（濟曰蓮蕃皆草名瀲水際）伊茲池之肇穿，肄水戰於荒服。志勤遠以極武，良無邀於後福。（向曰言武帝初穿此池方習水戰以伐昆明國志在勤於邊遠極用威武不爲後人流福矣）而菜蔬芼（毛）實，水物惟錯。乃有賸乎原陸，在皇代而物土。故毀之而人復。（翰曰此中物産豐乎原陸先時毀之今更復也皇代謂晉也芼草也）凡厥寮司，既富而教。咸帥貧惰，同整楫（接）櫂。收罟課獲，引繳舉效。鰥夫有室，愁民以樂。（五孝反翰曰百寮主司能使人富而又教之人皆相帥同整舟楫漁於此池有所效獲而利之婚姻以時愁人亦爲樂也）徒觀其鼓枻（徒可），迴輪灑鉤，投網垂餌，出

入挺扠初加來往濟曰舷舡尾輪鉤鉤餌魚餌扠可以刺魚鉤纖經連白鳴桹郎厲響貫鰓罵丁歷尾掣昌折三牽兩良曰以白羽綴網經上兩人對引之鳴桹叩木為聲以驅魚也罵繫也言三度掣鉤兩度得魚於是弛青鯤於網鉅解赬鯉於黏徽向曰弛亦解也鯤鯉皆魚名網鉅鉤也徽網也有在鉤及著網者皆解取也華魴躍鱗素鱮揚鬐濟曰魴鱮皆魚名華謂鮮華也躍鱗揚鬐言魚尚生者饔人縷切鸞刀若飛應刃落俎靃靃私壘霏霏良曰饔人造食之人縷切言切魚細如線縷也鸞刀上鈴刀若飛謂疾也應刃而落於俎器中靃靃霏霏皃細淨皃紅鮮紛其初載賓旅竦而遲去御既餐服而屬猒泊恬靜以無欲音諳協韻迴小人之

選五　四十六

腹為君子之憲翰曰紅鮮鱠之色載成遲待也言鱠初成賓旅竦踴以待御食既饔服之而屬其美翻然思泊淡無欲迴小人之腹為君子之慮也爾乃端策拂茵彈冠振衣銑曰策馬杖也茵車中席也整衣冠將還也徘徊酆鄗如渴如飢心翹勤以仰止不加敬而自祗良曰酆鄗水名如渴如飢者思賢人而仰止之雖無所加敬常自祗懼也豈三聖之敢夢竊十亂之或希向曰三聖文王武王周公也十亂謂周公邵公畢公毛公太公太顛閎夭散宜生南宮适文母也言思賢之心豈敢望夢三聖如十亂或欲希冀之經始靈臺成之不日惟鄗及酆仍京其室庶人子來神降之吉積德延祚莫貳其一濟曰靈臺文王所作人願為之不日而成酆鄗之都固大其屋室庶人如子之

來故神降吉祥也此由積德以延祚嗣天下無有二心之人推其一也永惟此邦云誰之識越可略聞而難臻其極子嬴鋤以借子夜父訓秦法而著色耕讓畔以閒閑田治姬化而生棘蘇張喜而詐騁虞芮而銳愧而訟息銑曰此邦之風雖以略聞不至其極言秦法父子異居子有嬴餘之鋤以借於父仍說秦法不許自以有恩而形於色也蘇秦張儀喜秦政多辯得縱騁譎詐也虞芮二國爭田見周人皆讓其畔訟者慙息退為閑田耕棘已生言其地不改經周秦之化而人情有異耳由此觀之土無常俗而教有定式上之遷下猶鈞之埏失然埴音植良曰埏埴和土也上之化下如為陶器者用泥隨手而成器也雖五方雜會風流溷混淆胡交惰農

選五　四十七

好利不昏作勞向曰五方所湊溷亂之地農人怠惰不彊作勞溷亂昏彊也密邇獫險狁允戎馬生郊濟曰密邇近也獫狁匈奴也故戎馬生於郊而制者必割實存操平刀良曰為政臨人亦由操刀割制推意所擬而成言雖溷淆戎馬之地而化猶上也人之升降隨政隆替鐵杖信則莫不用情無欲則賞之不竊銑曰言為政猶人但使信義雖不盡其情自絕竊欲雖賞之使竊終不為也雖智不能理明不能察信此心也庶免夫戾力結反翰曰言我雖不能明察任信無欲之心庶幾免于罪戾也如其禮樂以俟來哲向曰至如禮樂化人非我能及以待將來之智者矣

文選卷第五

文選卷第六 賦己

梁昭明太子撰 五臣注

遊覽

宮殿

江海

登樓賦

王仲宣

良曰魏志云王粲字仲宣山陽高平人也少而聰惠有大才仕為侍中時董卓作亂仲宣避難荆州依劉表遂登江陵城樓因懷歸而有此作述其進退危懼之情也

登茲樓以四望兮聊假日以銷憂翰曰時天下喪亂逼迫無暇故假借此日登樓而四望也覽斯宇之所處兮實顯敞而寡仇挾清漳之通浦兮倚曲沮之長洲濟曰斯宇則此樓也敞高仇匹也謂明高少匹也漳沮水名言樓在其傍若挾而倚也背墳衍之廣陸兮臨皐隰之沃流北彌陶牧西接昭丘銑曰廣美彌連也陶鄉名郊外曰牧昭丘楚昭王墓也華實蔽野黍稷盈疇雖信美而非吾土兮曾何足以少留向曰此雖高明寡匹川原可賞然非吾鄉何足停留也遭紛濁而遷逝兮漫踰紀以迄今情眷眷而懷歸兮孰憂思之可任翰曰踰過也十二年曰紀迄至孰誰也言遇世亂遷逝居此已過一紀至今也眷眷懷歸之情誰堪此憂思也憑軒檻以遙望兮向北風而開襟平原遠而極目兮蔽荆山之高岑濟曰軒檻樓之欄也荆州在帝鄉南故向北開襟思故國之風而極目遠望為荆山所蔽終不復見路逶迤而脩迥兮川既漾而濟深翰曰逶迤長皃脩長迥遠也漾大水也言歸路長遠川大濟深以喻時之險難莫能遂濟悲舊鄉之壅隔兮涕橫墜而弗禁向曰謂喪亂壅隔也悲涕流下而不禁哀也昔尼父之在陳兮有歸歟之歎音孔子在陳絕糧歎曰歸歟歸歟昔鍾儀幽而楚奏兮莊舃顯而越吟人情同於懷土兮豈窮達而異心翰曰楚人鍾儀為晉所繫晉侯與之琴遂操楚音侯曰樂操土風不忘本也遂釋之莊舃越人仕楚在病楚王曰舃越之鄙人今日入楚富貴矣必思於越使人往聽之乃為越吟言思歸者人情所同豈以窮達之際而有殊也惟日月之逾邁兮俟河清其未極冀王道之一平兮假高衢而騁力銑曰黃河清則聖人出粲苦天下亂故云日月逾邁河清抹極期也冀宇內清平假借帝王之高道馳騁才力以為輔弼懼匏瓜之徒懸兮畏井渫之莫食翰曰匏瓜為物繫而不食者也而仲宣自喻懼無寸祿之給井渫者井不停汙不為人食蓋喻脩身全絜畏時君之不用也步棲遲以徙倚

正　宗

兮白日忽其將匿風蕭瑟而並興兮天慘慘而無色獸狂顧以求羣兮鳥相鳴而舉翼向曰悽遲猶優遊也言於悽上行步優遊遷徙倚立白日將沒風聲並起慘慘暝色言鳥獸之類尚求羣舉翼將歸故所而我獨此羇寓原野閴其無人兮征夫行而未息心悽愴以感發兮意忉怛而憯七感惻翰曰日暮休農故原野無人時既離亂故征夫未息仲宣感發故多憯惻忉怛悽傷愴也循階除而下降兮氣交憤於胷臆夜參半而不寐兮悵盤桓以反側濟曰循履也階除樓飛道也降下也言日既夕將履飛道而下彌增憤氣滿於胷臆也參及也盤桓反側皆不安皃謂夜及半不寐情思不安也

遊天台山賦并序　孫興公

翰曰晉書云孫綽字興公太原人也為永嘉太守意將解印以尚幽寂聞此山神秀可以長往因使圖其狀遂爲之賦賦成示友人范榮期期曰此賦擲地必爲金聲也此山在會稽東南也

天台山者蓋山嶽之神秀也涉海則有方丈蓬萊登陸則有四明天台皆玄聖之所遊化靈仙之所窟宅向曰方丈蓬萊四明並山名玄遠也言此山皆遠聖神仙之所遊居變化也夫其峻極之狀嘉祥之美窮山海之瓌富盡人神之壯麗矣所以不列於五

山　洞

嶽闕載於常典者豈不以所立冥奧其路幽迥良曰瓌富謂珎美之寶靈異之物多也所以不次五嶽之數不載祭祀之常典者蓋以深奧幽遠道路所不致矣或倒景於重溟或匿峯於千嶺翰曰景影重深溟海匿藏也直上孤立曰峯平高而長曰嶺言此山俯以臨深海山影倒在水中其峻峯遠在嶺後故爲千嶺所蔽始經魑魅之塗卒踐無人之境銑曰始初卒終塗道也魑魅小鬼謂初經鬼魅之道終至無人之處言深遠也舉世罕能登陟王者莫由禋祀故事絕於常篇名標於奇紀向曰禹從高山大川而此山不載故云事絕常篇也內經山記所說剡東南有天台山故云名標奇紀也然圖像之興豈虛也哉非夫遺世翫道絕粒茹芝者烏能輕舉而宅之非夫遠寄冥搜篤信通神者何肯遙想而存之濟曰粒穀茹食也芝草之可仙者綽使圖畫此山觀而慕之故云豈虛也哉言寶羨也冥幽搜求篤厚也言非脫遺世事耽翫高道絕穀食芝者何能居之非遠託幽求厚信通神安肯遠想之也余所以馳神運思晝詠宵興俛仰之間若已再升者也翰曰宵夜興起也綽志好此山晝夜不捨故云晝詠夜起低首仰首之間忽如再登於此山也俛低首也方解纓絡永託茲嶺不

春　禪

任吟想之至聊奮藻以散懷 良曰解纓 絡纓絡也奮發藻文也言將脫去俗理之縈絆長居於此山不任吟想之極也故聊復發於文詞以散長想之懷

太虛遼廓而無閡 魚代 運自然之妙有融而為川瀆結而為山阜 翰曰太虛混氣也遼廓廣遠也妙謂妙理有謂有形 言混氣廣遠無所限閡運動自然之妙理是乃萬物有形混氣融者為水結者為山瀆亦水也阜亦山也

嗟台嶽之所奇挺寔神明之所扶持蔭牛宿 秀 以曜峯託靈越以正基結根彌於華岱直指高於九疑應配天於唐典齊峻極於周詩 向曰挺拔也言奇狀者秀異不羣也寔實也寔神明之所扶持也牛星越分野言此星蔭覆以曜其峯託根於此地謂靈越者言山海靈異所出也彌遍也言此峻極遍於華岱二山直指而上復高於九疑九山名堯祭五嶽以配天此山亦可應也周詩云嵩高惟岳峻極于天今此山齊也

邈彼絕域幽邃窈窕近智者以守見不之之者以路絕莫曉 翰曰邈遠也窈窕深極皃近小之往也遠彼者言此山遠絕域者謂其遠絕之人跡幽邃深極則小智之人但以守其俗見而不往也往者以路徑險絕莫能通曉也

哂夏蟲之疑冰整輕翮而思矯 銑曰矯舉哂笑也夏蟲不知冬有寒冰亦猶小智不識高道故笑之乃思欲整輕翮而高舉以遊於中也翮鳥羽也神仙皆乘鸞鳥行故曰輕翮也

理無隱而不彰啟二奇以示兆赤城霞起以建標瀑布飛流以界道 翰曰志所享至無隱不明無為不成

寺　什

此山上有城赤色如霞起而立標望瀑布泉懸流千仞如垂布而下過於石梁之上故云界道二奇則赤城瀑布也兆跡也

覩靈驗而遂徂忽乎吾將行仍羽人於丹丘尋不死之福庭 濟曰見此山靈驗神思遂往而忽行也仍因也羽人仙人也言因仙人於丹丘尋求不死之庭謂求仙之處也

苟台嶺之可攀亦何羨於層城釋域中之常戀暢超然之高情 良曰曾城在崑崙山上天帝之居也言此山既可攀陟亦何羨於崑崙山將釋捨俗中常情所戀適暢我超縱自然之道

被毛褐之森森振金策之鈴鈴披荒榛之蒙蘢陟峭崿之崢嶸濟楢溪而直進落五界而迅征 向曰被服也毛褐羽衣也金策錫杖並仙人所服用也森森衣皃鈴鈴策聲也落經也荒榛深林也峭崿高峯也蒙蘢林密皃崢嶸峯高皃迅疾也楢溪溪名至深險阻也五界峻道名言濟此險阻經峻道而疾行也

跨穹隆之懸磴臨萬丈之絕冥踐莓苔之滑石搏壁立之翠屏攬樛木之長蘿援葛藟之飛莖雖一冒於垂堂乃永存乎長生 翰曰懸磴石橋也絕冥深澗也此山有石橋廣不盈尺下臨萬丈深澗又有莓苔生於石上甚滑也有石屏風如壁立橫絕橋上傍有小徑人以手搏而行又把攬樛木之蘿攀援葛藟之莖然得進度雖一冒垂堂之險乃可求保神仙之道樛木長木也蘿附木而生有蔓者葛藟葛蔓也

必契誠於幽昧履重嶮而逾平 向曰契結逾甚也言結誠信不欺於幽昧神明之道則雖足履此險而甚於平易道之

既克濟於九折路威夷而脩通恣心目

物

之寥朗任緩步之從容濟曰慼夷長皃脩長也寥朗從容寬曠閑
樂皃言山道曲折在九既能濟之則長路慼夷而通志心目任緩步自覺寬曠閑樂也
藉慈夜萋萋之纖草蔭落落之長松覿翔鸞之
裔裔聽鳴鳳之嗈嗈過靈溪而一濯疏煩想
於心胸蕩遺塵於旋流發五蓋之遊蒙追羲
農之絕軌躡二老之玄蹤濟曰藉鋪纖細蕩洗軌迹玄大也萋
萋草美皃落落松高皃裔裔鸞飛皃嗈嗈和鳴也此山有靈溪之水滌煩俗之想旋流
深淵也遊蒙天中清氣也塵六塵也色聲香味觸法五蓋貪慾瞋恚睡眠調戲疑悔皆洗
蕩於深淵咎發於天中盡已除矣羲羲伏羲神農也二老老子老萊子皆有高道故追之
陟降信宿迄于仙都翰曰迄至也再宿爲信言上下兩宿至于仙都

選六　七

也都猶聚也雙闕雲竦以夾路瓊臺中天而懸居
珠閣玲瓏於林間玉堂陰映於高隅翰曰闕樓也竦
立也雙樓如雲之立夾於路傍高臺在於天半若懸之在空而居也玉堂深邃故云陰映
高謂在山之高處東南日隅彤雲斐亹以翼櫺皦日炯晃
於綺疏向曰彤雲彩雲也斐亹文色貌翼扶也櫺鉤欄也炯晃光明皃綺疏窗也
彩雲若扶於鉤欄皦日光明於綺窗八桂森挺以凌霜五芝含
秀而晨敷惠風佇芳於陽林醴泉涌溜於陰
渠銑曰八桂八樹森叢生也森然挺生凌霜不凋芝草藥也五者青黃赤白黑皆含秀
而榮而布於晨朝惠和佇起芳春也陽謂南陰謂北也林有花故香也建木滅
景於千尋琪樹璀璨而垂珠濟曰景影也建木木名天帝所

從上下處此木日中無影故云滅景也千尋言木高也八尺日尋琪樹玉樹璀璨光色也
王喬控鶴以沖天應真飛錫以躡虛翰曰王喬仙人
應真得真道之人執錫杖而行於虛空故云飛也騁神變之揮霍忽
出有而入無向曰揮霍變易皃言馳騁神思有若執變而遊言疾也變易不
常出有爲之地或入無爲之境言自然也於是遊覽既周體靜心
閑害馬已去世事都捐翰曰黃帝於襄城下見牧馬童子而問理
天下童子曰爲天下何異乎牧馬去其害馬今嗜欲已除亦猶害馬去耄矣捐弃也投
刃皆虛目牛無全凝思幽巖朗詠長川翰曰庖丁
解牛三年之後所見皆非全牛已見其骨節但以神爲不以目視而投刃皆虛言今得道
之至妙無所疑导亦如此也朗高也凝思坐於幽巖高詠臨於長川爾乃羲和

選六　八

亭午遊氣高褰良曰羲和日御也亭至也遊氣海氣也褰收也言海氣蔽
日至午而氣乃高收而見日也法鼓琅以振響衆香馥以揚
煙翰曰法鼓鐘也琅聲也馥香氣積也法華經云擊大法鼓燒衆名香肆覲天
宗爰集通仙翰曰肆將覲見宗尊爰乃也言將見天尊乃通集諸神仙人也
挹以玄玉之膏漱以華池之泉向曰玄玉華此皆神仙之
所食也挹酌嗽飲也散以象外之說暢以無生之篇銑曰
道經云大象無形此無象外之說也維摩經云得無生法忍此則無生之篇也悟遣
有之不盡覺涉無之有間翰曰我言常時以爲遣於有涉於無
正以爲道矣及此乃悟用智遣有終無盡理以心涉無終有間隙何者以其不能使物無
不可所以有無並列此謂昔之非今乃是也泯色空以合跡忽即

有而得玄銑曰玄道也色五色空虛空今言觀此二者泯然如一忽自遣有之情而得於道也釋二名之同出消一無於三幡翰曰二名謂有無也此兩者同出於心而異其名今老釋去其有以從其無固有理矣夫道者視之不見名曰希無色也聽之不聞名曰夷無聲也搏之不得名曰微無形也幡則成三無則歸一弁消其一道何遠也恣語樂以終日等寂默於不言銑曰既得其道語默自齊渾萬象以冥觀兀同體於自然翰曰冥猶大也此綽慕道之深所以此賦多述玄妙之理以說焉兀無營貌言無營於心同乎自然之道也

蕪城賦　鮑明遠

翰曰沈約宋書云鮑照字明遠東海人也文辭贍逸至宋孝武帝時臨海王子頊鎮荊州明遠為其下參軍隨至廣陵子頊叛逆照見廣陵故城荒蕪乃漢吳王濞所都濞亦叛逆為漢所滅照以子頊事同於濞遂感為此賦以諷之

瀰迆以爾平原南馳蒼梧漲張海北走去紫塞鴈門翰曰瀰迆相連貌蒼梧地名漲海海名紫塞鴈門皆塞名柂徒可以漕渠軸以崐岡重江複關之隩四會五達之莊濟曰柂舟具也引水轉轂曰漕軸車也崐原岡也言舟浮於漕渠車行於原岡隩要也南有二江以為關要故曰重江複關道路通於遠近故曰四會五達也莊道也當昔全盛之時車挂轊衛人駕肩廛閈撲地歌吹沸天銑曰全盛之時謂吳王濞時轊車軸也駕猶倚也言車軸相挂人肩

相倚廛里也閈里門言閭里之門徧地歌吹喧沸天也孳茲貨鹽田鏟産利銅山才力雄富士馬精妍向曰孳滋鏟削也此邑人滋貨在於煮海為鹽削銅鑄錢勇才壯力以競奢富士人馬皆尚精華妍麗以為常也故能侈秦法佚周令劃崇墉刳濬洫圖脩世以休命良曰佚過劃開墉城刳鑿圖謀脩長休美也言奢侈過於秦周之法令乃開崇城鑿深溝以謀長世之美命也是以板築雉堞之殷井幹寒烽櫓之勤格高五嶽袤茂廣三墳崪律若斷岸矗丑六似長雲製磁石以禦衝糊赬壤以飛文觀基扃之固護將萬祀而一君出入三代五百餘載竟瓜剖而豆分翰曰板築築栽也雉長三丈

堞城上短牆也井幹欄也櫓却敵也格度也袤周迴也言格度高於五嶽諸侯之城周迴之廣雖讀三墳之書見列國之製亦無此者崪高皃矗直也磁石脅鐵故以為門有懷刃者則脅之使不得過故云禦衝糊粘也赬壤赤土也以黏和之飾壁故云飛文固護牢固也三代漢魏晉令則五百餘年蹤曰牢固竟以亡滅荒蕪若此其土地如瓜之割脈洛為吞食如豆之出莢忽以分散澤葵依井荒葛罥塗壇羅虺吁鬼蜮羽逼階鬬麏居筠鼯木魅山鬼野鼠城狐風嘷胡高雨嘯昏見晨趨濟曰澤葵莓苔也罥繞壇堂羅列虺虵也昔日堂構嗟奕之盛今並為荒草所蕪變獸畏獸遊嬉以為宮宅嘷嘯風雨昏晨為常也飢鷹厲吻寒鴟嚇呼亞雛伏暴藏虎乳血餐膚翰曰厲猛厲也吻觜也鴟雛也暴虎虎很也言飢鷹猛厲吻張其觜志為貪勇將有所擊鴟

雛非梧桐不栖非竹實不食非醴泉不飲而鴟得腐鼠鵷雛過其上鴟仰而嚇之以喻臨海王窮逆自恃其威亦猶鷹貪而鴟食也又若虎狼暴猛害人血肉也崩榛塞路崢嶸古馗白楊早落塞草前衰翰曰崢嶸深暗皃馗道也榛叢木也言叢木崩摧塞絶人行路古道深暗猶荒也稜稜霜氣蔌蔌曾葛風威孤蓬自振驚砂坐飛灌莽杳而無際叢薄紛其相依向曰孤蓬草也無根而隨風飄轉者明遠自喻客遊也坐飛謂忽然而飛喻我馬起也木草雜生曰灌莽也杳杳遠皃叢薄草木相雜也紛亂也通池既已夷峻隅又以頹直視千里外唯見起黄埃凝思寂聽心傷已摧銑曰通池夷平也峻隅高城也埃塵也若夫藻扃黼帳歌堂舞閣之基璇淵碧樹弋林釣渚之館吳蔡齊秦之聲魚龍爵馬之玩皆薰歇燼滅光沈響絶濟曰藻黼謂彫畫也璇淵玉池也碧樹玉樹也弋林射鳥之處釣諸之館觀魚之所也吳蔡之女善歌吟齊秦之女善箏瑟魚龍爵馬皆假為飾以為玩樂而今皆芳香已歇化為灰燼華光以沈歌樂絶矣東都妙姬南國佳人蕙心紈質玉貌絳脣莫不埋魂幽石委骨窮塵豈憶同輦之愉樂離宮之苦辛哉銑曰蕙香草喻美也紈輕細綺也玉皃白如玉也絳赤也都妙姬佳人蕙美之以輕細之質白皃赤脣皆已化矣豈知同車而遊以為樂閑在深宮以為苦辛哉天道如何吞恨者多抽琴命操為蕪城之歌翰曰人皆樂生而哀死故吞恨者多命操猶述志也言述其所志而為是歌也

歌曰邊風急兮城上寒井徑滅兮丘隴殘千齡兮萬代共盡兮何言翰曰屋三為井徑道也言人居室遷毀行道荒蕪而丘隴亦已摧殘言歲已久矣千年之間變改萬代皆已共盡今復何言也

魯靈光殿賦 并序

王文考

銑曰范曄後漢書云王延壽字文考南郡宜城人父逸欲作此賦命文考往録其狀文考因韻之以簡其父父曰吾無以加也時蔡邕亦有此作十年不成邕見文考此賦遂隱而不出文考時年二十至二十四過漢江溺而死也

魯靈光殿者蓋景帝程姬之子恭王餘之所立也良曰靈光殿名餘恭王名初恭王始都下國好治宮室遂因魯僖基兆而營焉向曰凡諸侯歸國曰下國光始也僖僖公言因僖公之始跡而營此殿焉遭漢中微盜賊奔突自西京未央建章之殿皆見隳壞而靈光巋然獨存意者豈非神明依憑支持以保漢室者也銑曰遭漢中微盜賊奔突謂王莽篡也未央建章皆殿名隳壞也巋然高大堅固皃言靈光高大堅固而獨存者將為神明支持以保漢室令其後興者然其規矩制度上應星宿亦所以永安也濟曰規矩方圓也上應躔之星也予客自南鄙觀藝於魯覩斯而眙

丑吏曰嗟乎詩人之興感物而作翰曰文考客於荆州故云南鄙言魯有周孔遺風思禮樂之美故云觀藝聆驚視也言見靈光神異而驚視將欲慕詩人感物之義故奚斯頌僖歌其路寢而功績存乎辭德音昭乎聲翰曰奚斯魯公子也頌僖公立路寢曰清廟奕奕功績存乎辭辭則頌也德音昭乎聲傳之不巳也物以賦顯事以頌宣匪賦匪頌將何述焉向曰言事物必以賦頌宣而明之遂作賦曰

粤若稽古帝漢祖宗濬哲欽明殷五代之純熙紹伊唐之炎精翰曰粤語辭也若順稽考濬深哲智欽敬殷盛也五

代唐虞夏殷周也熙廣紹繼伊惟也唐堯也言漢能順考古道深智順明盛五代大廣之德繼惟堯之炎精劉堯後故紹唐漢火德故云炎精也荷天衢以元亨廓宇宙而作京敷皇極以創業協神道而太寧銑曰荷賴衢道元太亨通廓開敷布皇大極中協合寧安也言漢氏賴天道大道開宇宙而作爲京室布大中之道以創制鴻業洽於神道而大安也於是百姓昭明九族敦序乃命孝孫俾侯于魯向曰敦厚俾使也孝孫則恭王也錫介珪以作瑞宅附庸而開宇良曰錫賜也介珪諸侯執者瑞寶宅居也附庸者言其庸稅貢賦附於大國言賜之介珪使敬保其位居於附庸之國開我皇家之土宇以作蕃援乃立靈光之秘殿配紫微而爲輔濟曰秘深也紫微帝宮也言靈光深殿可配帝宮以爲蕃

輔也承明堂於少陽昭列顯於奎之分野濟曰心星爲明堂也東方曰少陽魯在東故言之也奎婁魯之分野昭列謂星明而行列於天也瞻彼靈光之爲狀也則嵯峨嶵罪嵬隗嵬軌巍五鬼嵔枯罪㠑盧罪吁可畏乎其駭人也翰曰言其高大之狀可畏也而驚人也迢嶢倜儻豐麗博敞洞轇轕乎其無垠也濟曰迢嶢高貌倜儻卓異也豐大也博廣博也敞寬也轇轕廣大皃垠畔也言高峻卓異大麗寬敞其無畔也邈希世而特出羌瓌譎而鴻紛屹魚乙山峙以紆鬱隆崛魚屈岉勿乎青雲良曰邈遠也希世特出言世希有也瓌奇譎異鴻大紛多也言奇異之狀大而多也屹直上也峙立也紆鬱曲深貌隆崛岉高貌言直上而立曲深而高入乎青雲之中也鬱

坱鞅圠烏黠以嶒士耕崒宏崱助力繒綾而龍鱗良曰鬱坱圠棟宇繁而不平貌嶒崒上闕而險也崱繒綾謂參差不齊如龍鱗皃汩于筆磑磑五哀以璀璨赫燡燡亦而燭坤狀若積石之鏘鏘又似乎帝室之威神翰曰汩高也磑磑峻貌璀璨雜綵色也赫燡燡光貌燭照坤地也積石謂崐崙山天帝所居宮名鏘鏘華盛貌帝室天上紫微宮威神言驚人也高峻言雜綵之色燡燡照地狀如天帝之居華盛又似紫微之宮神麗而驚人也崇墉岡連以嶺屬朱闕巖巖而雙立高門擬於閶闔方二軌而並入銑曰崇高墉牆也言如高牆與平岡相連長嶺相屬朱闕雙立於前殿擬比也閶闔天門也軌車也言高門比於天門方謂二車相並而入言大也於是乎乃歷夫太階以造其

堂俯仰顧盼東西周章翰曰歷過也太階高階也造至也自此已
上皆文考遠見其狀此則過其高階以至於殿堂顧盼周章言驚視也形彩之
飾徒何為乎澔澔浩涆涆汗流離爛漫皓壁
暠杲曜以月照丹柱歙翕赩許力而電烻弋戰霞
駮雲蔚若陰若陽瀖霍濩鑊燐吝亂煒煒煌
煌濟曰形朱漆也彩光也言此光彩之節且何為乎自疑問也澔澔汗汗流離爛漫皆
光色皃皓白皃暠曜白光之歙赩赤色也電烻赤光也言壁之白如月之照歙赩之赤如電
之光霞駮雲蔚言有赤有明如霞之斑駮深邃則如雲之繁蔚故若陰陽也瀖濩燐亂煒煒
煌煌皆光色亂動目駭曜而不定也隱陰夏以中處霐烏宏寥立文
窲立巢以崢嶸鴻爌呼往炾呼往以爣浪上閬浪颼蕭

條而清泠向曰陰夏謂向北屋也言將應處於中則或深邃或寬明其清涼之
氣如秋霜寥窲崢嶸深邃皃鴻爌炾以爣閬寬明皃颼蕭條而清泠秋氣皃動滴
瀝以成響殷雷應其若驚耳嘈嘈以失聽目
矎矎呼玄而喪精駢密石與琅玕齊玉璫與璧
瑛翰曰凡深閣之室則必多響故簷溜滴瀝之聲已殷雷應之驚嘈嘈聲亂皃故失聽
矎矎視不明皃故喪目精也駢次也琅玕玉也言次密石以為砌也玉璫璧瑛皆玉也亦
齊列於中遂排金扉而北入宵藹藹而晻曖旋室
㛹娟以窈窕洞房叫窱他弔而幽邃銑曰扉門扉也宵謂
日將暮也言排金門而北入景將暮也藹藹晻曖暝色旋曲也㛹娟美皃窈窕深也洞通
也叫窱遠也言此殿內更有曲室美麗且深又有通房長遠而幽邃也西廂踟

蹰以閑宴東序重深而奧秘銑曰踟蹰緩步不進也宴安也
言於西廂緩步清閑以自安息復見東序重深而隱密也屹魚乙瞪耕瞢耕
以勿罔屑黶翳以懿濞魂悚悚其若驚心𢞑
𢞑息以而發悸其季反濟曰屹出皃瞪瞢視不分明也勿罔不審皃屑黶也
黶翳暗蔽皃懿濞深邃皃悚悚𢞑𢞑皆恐懼也悸心動也言東序奧秘特出而高故視之
不明望之不審微暗蔽隱深邃不測神驚心動也於是詳察其棟宇
觀其結構規矩應天上憲觜子移陬子臾反翰曰詳審也
詳察棟宇觀其結構則規矩手天文也憲法也觜陬星工架經故此結構之始法之是應
天也倔九勿佹古毀雲起嶔崟離樓力朱三間四表八
維九隅銑曰倔佹雲起覆屋皃嶔崟離樓衆木相倚皃東序西廂屋合為三間也

四表謂屋覆上四面也表外也八維四方四角也中央兼八維是為九隅隅亦角也萬
楹叢倚磊砢盧可相扶浮柱岧迢嵽遞以星懸
漂嶢峴五結而枝拄音駐翰曰楹柱也磊砢參差不齊貌言萬柱叢倚參
差以相扶持浮柱梁上柱也岧嵽遠也星懸言多也漂浮也嶢峴危貌浮柱高遠而縿其
勢皆危以相枝柱也飛梁偃蹇以虹指揭蘧蘧而騰湊
層櫨磥累佹吉毀以岌五合峨五可曲枅要上紹而
環句構芝栭而欑羅以戢側立孴女立枝牚丑孟杈又
枒牙而斜據翰曰偃蹇曲貌揭舉貌蘧蘧衆欑貌騰合也言飛梁曲如虹指
舉而舁欑更相合湊層櫨重斗也曲枅栱也磥佹岌峨重危皃要紹而環句曲而相連貌
栭梁上短柱也畫以芝草之文相横布戢孴聚貌枝牚梁上交木也杈枒相拄而斜據其

閜傍天蟜居表以橫出互黝糾而負棟分下岪蔚以璀錯上崎嶬而重注捷獵鱗集支離分赴縱橫駱驛各有所趣向曰夭蟜黝糾林木相連繞兒橫出於傍而負持也負荷也搏猶相附也下岪蔚以璀錯謂壯麗而文飾繁雜也上崎嶬而重注謂高峻而重疊雨水注溜也捷獵次比競言屋之次出如鱗集也支離謂擬一一而分布駱驛相連不絕皃言眾材木所施縱橫相連各有趣向言不虛設也爾乃懸棟結阿天窗綺疏圓淵方井反植荷蕖發秀吐榮菡萏披敷綠房紫菂窋張滑咤丁嫁垂珠銑曰阿曲也懸棟謂屋下更爲重棸相結屋曲以爲天窗畫以文彩故云綺疏又爲方井圖以圓淵及芙蓉花葉向下故云反植發秀吐榮披敷菡萏紫的皆說其花色披蔟

選六 十七

敷布也綠房蓮子也窋咤物在穴中皃言井穴中綴之似珠下垂如在於穴也雲楶節藻梲龍桷彫鏤向曰楶梁上柱畫以雲文梲叉手亦畫以文藻龍桷椽也亦刻鏤爲龍文也飛禽走獸因木生姿良曰皆於材木之上畫禽獸之姿狀也奔虎攫挐以梁倚仡魚乙奮亹而軒鬐耆虯龍騰驤以蜿蟺善頷五感若動而躨跜濟曰畫虎於梁也攫挐爪也挐以手持也若挐爪持梁以相倚仡齊亹而軒鬐謂勇而舉頭也騰飛驤舉也蜿蟺盤屈皃頷動也躨跜動皃言虯龍飛舉盤屈頷然若動也朱鳥舒翼以峙衡騰蛇蟉虯而遶榱音衰翰曰峙立也朱鳥朱雀南方神也畫之於南舒翼而立於衡上衡門上木騰蛇蛇有好文若蟉虯屈盤皃榱椽也畫騰蛇於椽上屈盤而遶也白鹿孑蜺

五結於欂步碧櫨蟠螭宛轉而承楣翰曰欂柱頭也櫨斗也孑蜺延首也言柱頭及斗上皆畫爲白鹿而延首也蟠曲螭龍也宛轉盤皃楣門額木上畫爲盤龍宛轉以承之也狡兔跧伏於柎側猨狖攀椽而相追翰曰跧縮足而柎斗上橫木刻狡兔形致木於背也椽頭刻猨狖以手攀而相追狖亦猴類玄熊舑舕以齗齗却負戴而蹲存跠夷翰曰木上刻依黑熊舑舕吐舌也齗齗齒出皃蹲踞也言玄熊吐舌出齒却負戴棟梁而蹲踞也齊首目以瞪眄徒眽而獮獮音彌翰曰瞪直視也眽眽獮獮亦視皃言所刻畫雜類齊舉首目皆曷盼視胡人遙集於上楹儼雅跽而相對仡欺偲以鵰䀛顤顟顠而睽睢

選六 十八

許季狀若悲愁於危處憯七感嚬蹙子六而含悴反翰曰以木刻胡人形於高處故云遙集上楹儼雅不動也跽長跪而相對仡醜也欺偲面狹也鵰鳥觜曲而目深者顤顟而睽睢鼻高目深之狀悴憂也胡人醜形狹面目如鵰視又如悲愁處於危苦若憯怛嚬眉蹙鼻而含憂也更神仙諤諤於棟間玉女闚窗而下視銑曰諤諤行列皃言刻神仙致於棟間行列而致之刻玉女形於窗上皆闚窗下視於人也忽瞟眇以響像若鬼神之髣髴向曰瞟眇猶依俙也言此形象依俙髣髴若有其形聲圖畫天地品類群生雜物奇怪山神海靈寫載其狀託之丹青千變萬化事各繆形隨色象類曲得其情向曰言此圖畫神怪之物其形各殊故曰繆形也皆委曲得其

向臣陽榭外望高樓飛觀之八字無

物情也上紀開闢遂古之初向曰紀記也遂古上古也五龍比翼人皇九頭向曰上古有五龍兄弟五人也黃伯黃仲黃叔黃季黃少並有羽翼分理九州也人皇九頭理天下有聖德也伏羲鱗身女媧蛇軀向曰伏羲太昊氏鱗身人首女媧蛇身人首並有聖德鴻荒樸略厥狀睢許規盱呼向曰鴻荒樸略皆純厚之道其形睢盱不可復見故畫之睢盱質樸之形煥炳可觀黃帝唐虞軒冕以庸衣裳有殊銑曰煥炳明也言黃帝帝堯帝舜有明德可觀也庸用也言軒車冕見用授賢才而此三代衣裳變易亦有殊也下及三后淫妃亂主良曰后君也三后桀紂幽王淫妃則夏有妹嬉殷有妲己周有褒姒也亂主則三君也有忠臣孝子烈士貞女賢愚成敗靡不載敘惡以誡世

善以示後翰曰言畫此聖賢愚暗忠孝貞烈莫不載而敘之於此殿中以識時君以示後嗣也於是乎連閣承宮馳道周環陽榭外望高樓飛觀向曰承接也言此靈光殿有連閣接宮馳馬之道周而環之高臺曰陽榭言近於日也登榭外望復見高樓飛觀觀闕也言飛者謂高也長塗升降軒檻曼延濟曰軒檻鉤欄也曼延言長而不絕也漸臺臨池層曲九成屹然特立的爾殊形高經華蓋仰看天庭飛陛揭孽緣雲上征中坐垂景俯視流星向曰漸臺星名法星而為臺名層高也九成九重也高大屈曲九重而成屹然高皃的爾分明皃華蓋星名謂經高過此星仰視天庭階道也飛者高如鳥飛揭孽極高皃征行也言飛道極高緣雲上行中坐俯視下見星日千門相似萬戶如

一巖穴洞出逶迤詰屈周行數里仰不見日銑曰巖穴洞出言屋深如巖穴之中通暗而出逶迤長皃詰屈曲皃周行數里仰不見日謂屋宇之多歎其美也此何宏麗之靡靡咨用力之妙銑曰宏大也靡靡細好皃咨嗟也此歎其勤美何大麗細好也嗟用人力之妙可謂勤勞也非夫通神之俊才誰能剋成乎此勳據坤靈之寶勢承蒼昊之純殷銑曰勳功也謂非鬼神之俊才誰能剋成此功言賢人力寶奇也蒼昊天也純大殷中也言授地靈之奇勢承上天之大中也地在下故云據天在上故云承包陰陽之變化含元氣之烔煴玄醴騰涌於陰溝甘露被宇而下臻銑曰言此殿包含陰陽元氣以成之烔煴元氣之皃玄醴醴泉騰涌流皃溝渠也在殿北故稱陰甘

露瑞露也被覆臻至也言醴泉涌渠而出甘露覆宇而至者並美言之皆非其實也朱桂黝伊糾儵叔於南北蘭芝阿那於東西祥風翕習以颯灑激芳香而常芬向曰朱桂香木名蘭芝香草名黝儵榮盛皃阿那柔弱皃祥風和風也翕習風來皃颯灑吹草木聲激觸此桂蘭之氣常芬然而馨香也神靈扶其棟宇歷千載而彌堅永安寧以祉福長與大漢而久存實至尊之所御保延壽而宜子孫苟可貴其若斯孰亦有云而不珍濟曰謂西京未央建章皆毀壞而此殿獨存若神靈扶持以保漢祚也祉善也至尊天子也凡君之服用處皆曰御此謂諸侯之居踰於制度過榮者僭故云實至尊之所御也孰誰也言榮貴如此誰言不珍美也亂曰良曰亂治也摠治一

篇之美彤彤靈宮巋丘軌巍助軌穹崇紛庬莫江鴻
兮崱助力屴力嵫茲釐利岑崟吟崷淄嶷疑駢
巃力孔嵸子孔兮翰曰此上並高大參差不齊皃連拳偃蹇崙倫
菌踡巨免嵼產傍欹傾兮濟曰皆屈曲高大傾側峻嶮皃歇欻
幽藹雲覆霮徒感䨴徒會洞杳冥兮濟曰洞深也歇欻高敞也
銑曰幽邃深遠如雲覆也霮䨴雲皃蔥翠紫蔚尉礧力罪硌洛
瑰瑋含光晷兮良曰蔥翠紫蔚雜綵色也晷日也瑰瑋珍奇金玉之物也
礧硌綴著皃言綵色金玉皆含日光窮奇極妙棟宇已來未之
有兮翰曰言初制棟宇已來上古穴居故聖人制上棟下宇是以避風雨而後績習
成俗恣為奢侈陳列珍怪窮人力極人財故云棟宇已來未之有也神之營之

選六 二十一

瑞我漢室永不朽兮向曰言其奇異壯麗蓋假云神營之瑞美也永
長也

景福殿賦

何平叔

銑曰典略云何晏字平叔南陽人也有奇才美容皃魏明帝將東巡恐夏
熱故許昌作殿名曰景福既成命人賦之平叔遂有此作平叔仕為尚書
主選後爲司馬宣王斬於東市

大哉惟魏世有哲聖武創元基文集大命向曰
大哉歎美之言也武帝草創而文帝授漢之禪命皆體天作制順時
立政至于帝皇遂重熙而累盛銑曰謂立化始天有四時
寒暑是體天也順時謂順於人心不妨奪農務也帝皇明帝也熙明也言至于明帝遂繼

文帝之明故曰重明累盛遠則襲陰陽之自然近則本人
物之至情上則崇稽古之弘道下則闡長世
之善經翰曰言知陰陽之生萬物覆之育之皆自然而然本人物之至情謂各遂
得其所也弘大闡開經常也崇考古之賢君大道開長世之善理以為常道也庶事
既康天秩孔明故載祀二三國富刑清銑曰
康安秩祿孔甚也載祀皆年也唐虞曰載夏曰祀二三謂明帝六年也言衆事既安天祿
甚明爲君六年入富而刑獄無失也歲二月東巡至于許昌望
祀山川考時度方存問高年率民耕桑向曰許昌
地名天子五年一巡狩望祀山川考時謂校長吏之政道有廢於時者度方謂度其方物
無使不中用存問高年行孝道也率勸也越六月既望林鍾紀律

選六 二十二

向曰越於也既望十五日大火昏正桑梓繁蕪大雨時行
季夏之月律應林鍾大火星名昏見南方故云正也桑梓木名繁蕪多也此月當大雨時
行之時也三事九司宏儒碩生相與感乎溽暑之
伊鬱而慮性命之所平向曰三事三公九司九卿宏碩皆大也溽
濕伊鬱氣不通也平成也言三公九卿大儒皆相與感乎濕暑之氣伊鬱不通而憂乎性
命之所不能生成也惟岷越之不靜寤征行之未寧翰曰
岷越蜀吳也不靜猶未平也寤覺也征行謂戎馬也寧息也言三公九卿大儒皆知蜀吳
未平戎馬未息也乃昌言曰昔在蕭公暨于孫卿皆
先識博覽明允篤誠莫不以爲不壯不麗不
足以一民而重威靈不飾不美不足以訓後

而示厥成故當時享其功利後世賴其英聲濟曰言三公九卿大儒雖知我馬未息而皆昌言將造宮殿蕭何造未央宮孫卿子云宮室所以避燥濕別尊卑也則先識博覽明允篤誠者也所以壯麗飾美蓋天子示天下以威靈且令後世子孫無以加之此謂訓後亦所以示其功成也君考人之所利故當時享其功利後世賴其英美之聲且其許昌者乃大運之攸戾圖識之所旌苟德義其如斯夫何宮室之勿營翰曰且者重美之言也攸所戾止也大運天運也旌標苟且也言許昌乃天運所止圖識所標也漢時許昌有氣見於當塗高識者以識爲昌於許也當塗高魏也且圖識德義如此夫何宮室之勿營言可營也帝曰俞哉玄輅既駕輕裘斯御乃命有司禮儀是具審量日力詳度費

務鳩經始之黎人輯農功之暇豫因東師之獻捷就海孽之賄賂立景福之秘殿備皇居之制度濟曰俞然也謂明帝聽三公九卿大儒立宮室之言乃曰然哉玄輅車名輕裘暑服命主司具禮儀計其日功恐多發人力詳其費務恐多用人財鳩集也經始黎人謂梓匠之人也輯因也言集梓匠之衆人因農功之暇豫東師獻捷謂破吳將獲其賄賂就用也孽猶僻也言用海僻之賄賂立此殿備帝居之法度也爾乃豐層覆之耽耽建高基之堂堂羅疎柱之汩于筆越肅坻直夷鄂五各之鏘鏘銑曰豐厚層高也覆屋蓋也言厚而且高耽耽深邃皃堂堂高敞皃疎謂一一布之汩越羅列皃肅嚴威皃坻鄂猶畔際也鏘鏘高皃飛櫩翼以軒翥反宇巘魚蹇以高驤流羽毛之

葳蕤垂環玭蒲眠之琳琅銑曰軒猶高也言飛櫩如鳥翼之高翥舉亦飛也反宇謂屋蓋向上偃者巘謂屋上閣也言屋櫩向上偃而勢舉也室內飾羽毛翡翠之類葳蕤毛羽美皃環玭琳琅皆珠玉雜垂於中也參三旗九旒從風飄揚皓皓旰旰丹彩煌煌翰曰參三也上畫日月星九旒九旗也皓皓旰旰丹彩煌煌皆旌旗之光明故其華表則鎬鎬杲鑠鑠舒灼赫奕章灼若日月之麗天也良曰華表謂華飾屋之四外而鎬鎬鑠鑠赫奕章灼皆光色也其奧秘則翳蔽曖昧髣髴退槩若幽星之纚力氏連也銑曰言殿內深奧翳蔽曖昧髣髴退槩皆幽遠不分明皃幽夜也言深邃之中見珠玉光飾之物若夜星之綴連纚綴也既櫛比毗志而攢集又宏璉以豐敞兼苞博

落不常一象翰曰櫛梳宏大璉美敞高也博落廣跡也言殿宇相連接如梳齒相比而攢集大美敞廣而且疎丹青奇異故不常一象也遠而望之若摛朱霞而耀天文迫而察之若仰崇山而戴垂雲羌瓌瑋以壯麗紛或或郁其難分此其大較角也濟曰摛敷也朱霞言殿形赤有似霞也近見如高山之上戴覆繁雲而垂下羌歎美之辭瓌奇瑋美也紛或或文章多皃較略也言奇美壯麗文章多難以分別且述其大略如此也若乃高甍萌崔嵬飛宇承霓綿蠻黮徒感䨴徒會隨雲融泄曳鳥企山峙若翔若滯向曰上言大較此復重述甍屋欄也崔嵬高皃飛宇承霓言其高承於雲霓綿蠻文皃黮䨴黑皃融泄雲動皃言屋高入雲若隨雲而動企鳥立也峙山峻也言高峻之勢如

鳥立而欲翔山峙而且止滯止也峨峨嶫嶫業罔識所屆雖離朱之至精猶眩曜而不能昭晰向曰峨峨嶫嶫高貌罔無屆至也離朱古之明目者則離婁也言此殿高峻人皆無能識其所至者雖離婁目睛尚猶眩曜不能昭晰也眩曜不分明兒昭晰明也爾乃開南端之豁達張筍虡之輪菌華鍾杌兀其高懸悍汗獸仡以儷陳體洪剛之猛毅聲訇宏磤隱其若震音真銑曰南端南門筍虡鍾架也輪菌多貌華鍾鍾有文飾也杌高懸兒也悍獸能虎也鍾架之足刻爲其形仡壯勇兒儷雙也訇磤聲也言華鍾已懸悍獸勇形雙布陳其形體猛毅也鍾聲訇磤如雷震爰有遐狄鐐遼質輪菌坐高門之側堂彰聖主之威神翰曰遐狄長狄也古之長人以銀鑄

選六　二十五

之其形質輪菌然而高皆坐於門側堂上以明帝主威神能臣伏異類鐐銀也芸若充庭槐楓被宸辰綴以萬年綷以紫榛或以嘉名取寵或以美材見珍結實商秋敷華青春藹藹萋萋馥馥芬芬濟曰芸若香草槐楓木名被滿也帝居曰宸言植此草木滿於宸中萬年紫榛木名綴綷皆錯雜也言此草木或以脩幹奇花異葉者則見珍貴皆結子秋時布花春節藹藹萋萋盛兒馥馥芬芬香氣也爾其結構則脩梁彩制下褰上奇桁梧複疊勢合形離赩如蜿虹赫如奔螭南距陽榮北極幽崖宜任重道遠厥用孔多良曰脩長褰舉也高險曰奇言長梁光彩之制自下舉而上險桁梧枓栱也皆重疊而施其勢或合或離赩然如蜿虹赫然如奔螭

螭龍也距至也陽榮南簷也幽崖北邊也言長梁南至陽榮北極幽崖此則任重道遠其用甚多亦如君得賢任而用之於是列髹休彤之繡桷垂琬琰之文璫蝹於云若神龍之登降灼若明月之流光翰曰髹彤丹漆也畫文之色於椽上塗以丹漆琬琰玉也璫椽頭也以玉爲文於上蝹龍兒灼光明也爰有禁楄勒分翼張承以陽馬接以圓方斑間賦白疏密有章向曰禁楄短椽也勒分翼張分布之兒陽馬屋四角引出以承短椽相連接或圓或方斑白相間疏密各有文章也飛昂鳥踊雙轅是荷赴險凌虛獵捷相和銑曰飛昂陽馬也青如鳥之飛踊下有雙轅負之故云是荷雙轅承柱木也衆材交横或赴險而凌虛獵捷相接貌皎皎白間離離列錢晨光

選六　二十六

内照流景外烻延烈若鉤星在漢煥若雲梁承天銑曰皎皎白兒白間也以白塗之畫爲錢文離離分別兒晨光動也日光照之於中餘色出於外動其輝光鉤星星名在河漢中言此中光色烈然似之也雲梁承天言梁高如雲虹狀以承於天之騧瓜徒增錯轉縣成郭茄加蔤密倒植吐被芙蕖繚了以藻井編以綷子疏紅葩韡胡甲韡甲丹綺離婁俱菡胡萏徒敢赩翕纖縟紛敷繁飾累巧不可勝書翰曰林木衆合参差文華如騶虞之徒相畫雜也迴旋相連如郭郭之居相接也茄蔤芙蕖皆水草名並仰畫於屋中如倒生吐被其茵萼蘂花相次比貌離婁顔色相分布貌菡萏赩翕茂葉色也纖縟紛敷彩色亂布言巧妙不可盡書於是蘭栭而積重窶其數

矩設欂櫨，各落以相承。欒栱夭蟜而交結。翰曰蘭香木楠梁上短柱皆重積之婁數衆木橫皃矩規矩也言衆木相橫皆中規非而安設之欂櫨曲短梁也各落危峨皃欒以承栱栱以承枓夭蟜高皃言皆相承而交結

金楹齊列，玉舄承跋。青瑣銀鋪，是為閨闥。良曰金楹金飾柱玉舄玉為礩以承柱下跋柱根也青瑣窻也以青畫為瑣文鋪門飾以銀閨闥門類

雙枚既脩，重桴乃飾。梍毗梠緣邊，周流四極。侯衛之班，藩服之職。濟曰雙枚屋內重梁也重桴在外作兩重牽也梍梠謂連簷木以承瓦也言緣邊周繞四極而徧之如諸侯之班秩五服以守王職也

溫房承其東序，涼室處其西偏。良曰溫房涼室殿名

開建陽則朱炎豔，啓金光則清風臻。良曰建陽東門朱炎日也豔日光言開東門則日光至金光西門也開之則清風至

故冬不淒寒，夏無炎燀。昌延鈞調中適，可以永年。銑曰燀熱氣言冬則居溫房故不淒寒夏則處涼室故無炎氣此則鈞調適志故可以保長年也

墉垣碭徒浪基，其光昭昭。周制白盛，今也惟縹。匹妙反銑曰墉垣牆也碭文石以為牆根其光照照然縹淺碧言周家以白牆為盛今以淺碧為華

落帶金釭，此焉二等。明珠翠羽，往往而在。銑曰金釭金盞也致寶玉於中自上懸下猶如落帶兩重懸之故云二等兼以明月珠翡翠飾焉往往而在言多也

欽先王之允塞，悅重華之無為。銑曰欽敬允信也言敬先王以信塞於天下悅帝舜無為之理也

命共工使作繢，明五采之章施。銑曰共工舜掌工人之官故將

命此官使作繪畫明五采之服各有文章所施用也

圖象古昔，以當箴規。椒房之列，是准是儀。翰曰言畫古者明君暗主賢愚之象以為君王之誡椒房后妃之室亦為之是標准儀範者

觀虞姬之容止，知治國之佞臣。翰曰虞姬齊威王姬也威王即位九年國不治姬乃勸王誅讒臣用賢臣國大治佞侍也言見虞姬之狀則知國待賢臣也

見姜后之解珮，寤前世之所遵。向曰姜后周宣王后也宣王晏起廢朝后乃脫簪珥待罪也言見此事以寤前代之所遵法也

賢鍾離之讜言，懿楚樊之退身。翰曰讜直也鍾離齊醜女有賢德自詣王願一見王王召入而謂王曰今西有橫秦之患南有彊楚之讎作漸臺五層萬人疲極賢者伏匿山林諂諛彊於左右女樂俳優縱橫大笑此王不濟矣王歎曰寡人幾不全拜為無鹽君納以為后故實此直言而畫之楚樊者楚莊王姬也王罷朝晏乃問於王曰何晚王曰與賢人語故晚姬曰賢人為誰王曰虞丘子也姬曰賢則賢矣然未忠也妾在後宮未嘗不私捐衣食以遺人使之鄭衛求美人而進於王所進者九人今賢於妾者三人虞丘子為相于今十年其進用者並其子孫宗族未聞進賢而退不肖比妨賢人之路豈可謂忠乎王不悅曰寡人聞命矣王以姬之言告虞丘子丘子避位而進孫叔敖敖相楚三年而理故此美楚姬之言而虞丘退身也

嘉班妾之辭輦，偉孟母之擇鄰。翰曰漢成帝欲與班婕妤同輦婕妤辭曰妾聞古之帝王與賢臣同乘末聞與婦人同輦帝感乃止故嘉之孟母軻母也軻少與母偏孤居近墓軻乃賞戲為墓母曰此非所居去居市傍軻復戲為商賈母又曰不可居又居學館之傍乃為揖讓進退有禮母曰此真可以居軻遂為大儒故偉之此

故將廣智，必先多聞。向曰將廣益其智必先多聞古

今之道也多聞多雜多雜眩眞向曰人之多聞必有混雜而惑其
眞性不眩焉在在乎擇人翰曰使無眩惑之性何在也在乎擇人故
人君擇賢臣而後用士則擇賢而後交乃無眩也故將立德必先近
仁銑曰仁道柔故先近之欲此禮之不諐去乾是以盡乎
行道之先民翰曰諐違也言欲上下之禮不違則爲上盡行其道以先覺人
爲務也下人和則附於上故上下之禮長不違也朝觀夕覽何與書
紳濟曰與用也言此上事皆朝夕觀覽之足爲明鏡亦何用書之於紳乃可爲識也紳
帶也若乃階除連延蕭曼雲征濟曰此復說宮殿之外除跡亦錯
也連延長皃蕭蔓高遠也征行也言其高峻若行於雲中櫺檻披張鉤錯
矩成向曰櫺檻欄也言大張設之鉤錯矩成言鉤欄中錯爲斜方之文也楯類

騰蛇槢似瓊英向曰楯鉤欄上横木長似騰蛇槢楔也言楔以文飾
光明似瓊英英玉之美者如螭之蟠如虬之停良曰螭虬龍也蟠屈
停止也玄軒交登光藻昭明騶虞承獻素質仁
形彰天瑞之休顯昭遠戒之來庭良曰彰明也軒上下
道也道中深邃故云玄也交登謂道多交手而上藻文也騶虞白虎黑文也天子有至仁
之德則遠方承命而獻之故云有仁形也貌有此瑞今作其形於殿以彰天瑞之休明遠
方之來王庭也陰堂承北方軒九戶右个古賀清宴西
東其宇濟曰堂在北故稱陰方並也軒門上板言陰堂有九門門上並板而作右
个西廂也清宴殿名此側室也故東西爲之連以永寧安昌臨圃
遂及百子後宮彼處向曰求寧安昌臨圃並殿名與大殿相連百子

亦殿名安女所處處之斯何窈窕淑女思齊徽音聿
求其祜向曰言處百子殿者何人乃窈窕淑女窈窕美皃淑善也詩云思齊大任
文王之母此善其美音也徽美聿循祜福也言循順以求其多福其祜伊何
宜爾孫子克明克哲克聰克敏音美叶韻永錫難
老兆民賴止銑曰伊惟克能哲智敏達求長錫賜也言能明能智能聰能達
則上天長賜其福而難老保壽子孫有德以御天下故兆民慶賴矣止語詞也於南
則有承光前殿賦政之宮納賢用能詢道求
中疆理宇宙甄陶國風雲行雨施品物咸融
翰曰承光殿名賦政宮名納用賢能詢謨臣下求大中之道定封疆以理天下甄陶謂變
土爲器言欲政化純厚亦如甄陶乃成咸皆融通也言天子惠化於人如雲雨潤萬物皆

以通之也及其西則有左城七得右平講肆之場二
六對陳殿翼相當濟曰左城右平蹬講屋名肆習戲也言此爲講戲之
場二六對陳十二人也殿翼相當謂屋勢如鳥翼僻脫承便蓋象
戎兵察解言歸譬諸政刑將以行令豈惟娛
情濟曰言蹵鞠之徒便捷之輕跳承敵人之便以求其勝此乃如戎兵之事考察勝否相
辭而歸也蹵鞠以行狂法律多也皆因戲以教法故譬諸政刑亦將以行令也非所娛
樂其情矣鎮以崇臺寔曰永始複閣重闈猖狂是
侯良曰寔是也永始臺名鎮在宮南闈門也猖狂賊也侯備也此臺下有倉廩使人守
備也京庾之儲無所不有不虞之戒於焉是取
手口反向曰京大庾倉也言倉中備積衆物不有以戒慎戎馬不測度之事此則取給也

虞度也爾乃建凌雲之層盤浚虞淵之靈沼清
露瀼瀼而羊渌水浩浩銑曰凌雲臺名層高也上有盤以承甘露也虞
淵沼名靈者美言之瀼瀼露兒浩浩泉兒樹以嘉木植以芳草翰
曰樹植於虞淵之側悠悠玄魚曜曜鶴白鳥沈浮翱翔
樂我皇道翰曰皇大也悠悠魚浮兒在深泉故云玄也曜曜白兒言魚鳥沈浮
翱翔自得天性樂我大道若乃虯龍灌注溝洫交流陸設
殿館水方輕舟向曰方並也言刻虯龍形使吐水注以成溝洫交流於宮
中故陸地則有殿館之舍水則並輕舟而遊篁棲鶤鷺瀨戲鰋鮋
紬豐侔淮海富賑山丘叢集委積爲可殫籌
雖咸池之壯觀夫何足以比讎向曰篁叢竹鶤鷺鳥名瀨

選六　三十一

波也鰋紬魚名侔齊賑益殫盡籌筭讎匹也言萬物之豐富齊於淮海益於山丘集積不
可盡筭也咸池日出處今雖咸池之廣何足匹於此也於是揭以高
昌崇觀表以建城峻廬向曰揭特高兒表出羣而見也高昌建城
二觀名觀樓也崇峻皆高也臺觀舍之通稱岧徒聊嶢岑立崔嵬巒
居飛閣于雲浮階乘虛良曰岑巒並山名岧嶢崔嵬危高兒飛閣
浮階言高如鳥飛干雲入於雲乘其虛空也遙目九野遠覽長圖
俯看三市孰有誰無翰曰遙遠也九野九州也言登高樓遠視九州
之野覽爲國之長圖俯看三市之貨有何物無所之物此憂人之至觀農人之
耘耔亮稼穡之艱難惟饗年之豐寡思無逸
之所歎平聲銑曰耘除草耔養苗也亮信也種曰稼收曰穡言復見農夫之作勞

信知種收之艱難豐多寡少也尚書無逸篇周公曰嗚呼君子所無逸先知稼穡之艱難
昔在殷王中宗饗國七十有五年高宗饗國五十有九年自是厥後王生則爲逸故或饗
國五六年或三四年故此饗年多少乃思無逸之爲歎此成懼之詞感物衆而
思深因居高而慮危惟天德之不易懼世俗
之難知翰曰天德謂君也言登高樓見天下至賢萬物至衆須安而治之則然思
深慮見危亂則知爲君不易亦懼知人之難也觀器械之良窳以主察
俗化之誠偽瞻貴賤之所在悟政刑之夷陂
彼義反銑曰器械器用之物窳鑑也誠信夷平也陂險而不平也言觀人器用之物鑑者
去之審察風俗有誠信有僞薄者勸之瞻時物之貴與賤者令其均等省悟政刑平否而
正之亦所以省風助教豈惟盤樂而崇侈靡向曰

選六　三十二

言此高樓殿觀亦以觀省是非以助風教豈徒遊樂而尚其奢侈乎屯方列署
三十有二星居宿陳綺錯鱗比毗志反濟曰屯方屯營也
列署百官諸曹有三十二星居言如星宿之陳布室宇錯雜若鱗之相比次辛壬
癸甲爲之名秩房室齊均堂庭如一出此入
彼欲反忘術濟曰秩次也言以甲乙爲名次也術道也言房室皆門牖相類
出入欲反舊所乃迷忘其道也惟工匠之多端固萬變之不
窮物無難而不知乃與造化乎比隆銑曰言匠人竒
巧萬變不窮而物難爲者亦以成之實可與造化比成功也讎天地以開
基並列宿而作制制無細而不協於規景作
無微而不違於水臬五結反銑曰讎比協合也言比天地上圓下方

並列宿紫微星也無細不協言合也無微不違言不違也水臬水平也言壘南北上下之
正以木度日影以水平觀之言無細微差矣皆合於規景不違於水平故其增
構如積植木如林區連域絕葉比枝分離背
別趣騈塡胥附向曰騈塡多兒胥相也植木以材木相挿如林之多區陔
域檻也書院皆相連鶴爲隔絕如葉相此如枝相分堂室正背雖殊各有異趣騈塡以相
附著縱橫踰延各有攸注公輸荒其規矩匠石
不知其所斵濟曰縱橫踰延言多也攸所注合也言材木雖多各有所合而
不虛設公輸匠石之工巧若言其皆廢方圓之制不知其斤斵之道言不及此之工匠也
旣窮巧於規摹何彩章之未殫濟曰何歎詞也彩彰文飾
也殫盡也翰文飾之未盡將更爲也爾乃文以朱綠飾以碧丹
點以銀黃爍以琅玕光明煟爚文彩璘
㻞音斌濟曰黃黃金也爍亦飾也琅玕美王煟爚璘㻞光明文彩皃清風萃
而成響朝日曜而增鮮雖崐崘之靈宮將何
以乎侈旃向曰萃集侈美旃之也言朱綠碧丹銀黃琅玕之屬風集則有聲日
照則增光雖崐崘山天帝之居何以美之天帝神居故云靈宮規矩旣應乎
天地舉措又順乎四時是以六合元亨九有
雍熙家懷克讓之風人詠康哉之詩翰曰措置也言
宮殿方圓應天地之所舉置又順於四時所謂溫室在東涼室在西陰堂在北承光在南
也元大亨通雍和熙廣也六合九有並天下也言天下大通和平德化實被家懷能讓之
風人誦康哉之詩書云庶事康哉此爲詩也莫不優遊以自得故

淡泊而無所思銑曰謂和平無憂歷列辟而論功無
今日之所治直之反銑曰辟君也言歷觀書記列古之賢君而論功德亦無
加魏之所治也彼吳蜀之湮滅故可翹足而待之銑曰
湮沒也翹一足立言不久也以魏之德如此而吳蜀沒滅固不久也然而聖上
猶孜孜靡忒求天下之所以自悟招忠正之
士開公直之路濟曰靡不忒差也言明帝尚孜孜勤苦覓差失求天下忠
正公直之人以自開悟于心也想周公之昔戒慕咎繇之典
謨向曰周公昔戒即上所述無逸篇也今復想之戒禮之至咎繇謨謂水火金木土穀
今將循而行之除無用之官省所耿生事之故絕流遁
之繁禮反人情於太素濟曰生事之故謂國家創立法令者省而
滅之太素質樸之始也流遁繁禮謂積習以相流傳者姤奢華之類是將絕去之反之於
質樸故能翔岐陽之鳴鳳納虞氏之白環翰曰周室
將興有鸑鷟鳴於岐山之陽鸑鷟鳳也西王母獻白環於舜今雖無之過美之言也蒼
龍覿於陂唐龜書出於河源醴泉涌於池圃
靈芝生於丘園向曰時有蒼龍見蒼則青也陂唐水也龜書出於河源者
河圖也當寶不出美而言之時有醴泉芝草生苑中故云池圃丘園總神明之
貺祐集中夏之至歡四三皇而六五帝曾何
周夏之足言良曰貺惠祐福也言總集神明之惠福在於中夏以爲至歡也
曾別也時方明帝齊於三皇是爲四齊於五帝是爲六帝則周文王夏禹何足言於今也

海賦

木玄虛

銑曰今書七志云木華字玄虛廣川人也文章傳曰為楊駿府主簿

昔在帝媯古為臣唐之世天綱浡蒲沒潏聿為凋瘵側界洪濤瀾去汗萬里無際長波涾徒合㴞徒迆弋爾延八裔翰曰帝媯舜也為堯臣舉禹以理水也水之賁大上圭可為天下之綱紀浡潏急流皃凋瘵病也言堯遭洪水人傷而病之洪大濤波瀾汗大皃諸迆延長皃言大則萬里無際畔長迆於八裔八裔乃八方也於是乎禹也乃鏟楚產臨崖之阜陸決陂潢而相沃良曰鏟鑿也臨崖謂崖水不通處陂蓄水也潢[illegible]也舜既舉禹禹乃鑿水崖阜陸使通流決其蓄水之蓄滌使浚蕩而通達啟龍門之岝士格㟧五格墾陵巒而嶄士咸鑿羣山既略百川潛渫息列泱烏朗漭莫廣澹徒敢濘騰傾赴勢銑曰啟開也龍門山名岝㟧高皃墾闢也陵巒亦山也嶄鑿攻擊之略既盡也言水潛流漸已渫理也決溝澮汀通流皃羣山盡為川皆疏暢百川皆安理而通流騰湧傾注以赴下勢江河既導萬穴俱流掎居蟻拔五嶽竭涸九州瀝滴滲七林淫薈烏外蔚雲霧涓流泱瀼乃朗莫不來注翰曰導理也萬穴水道也掎亦拔也言江河既理水道俱流五嶽如拔出九州皆竭涸涸乾也瀝滴滲淫小水也薈蔚雲霧津潤氣也涓流亦小水泱瀼流皃言此諸水莫不皆來注入于海於廓靈海長為委輸去聲良曰於廓美大也靈者言其神靈多怪異也長為委輸言衆水皆委輸送而入于海其為廣也其為怪也宜其為大也爾其為狀也銑曰此豫說其皃則乃浟由湙亦瀲力冉灩以冉

選六　三十五

六臣汾渭作㶁濆

浮天無岸銑曰皆漫波狀皃廣大無岸若天浮於上浺沖瀜滉胡廣瀁餘兩渺眇瀰彌湠漫翰曰平遠皃波如連山作合作散翰曰風起波高如山之連合散不定噓噏許急百川洗滌淮漢襄陵廣斥昌亦膠交盭浩汗翰曰噓吹噏飲也言潮起則百川逆流若吹之也潮落則如噏之而入也洗滌謂潮注來於中也襄上陵越也廣斥海畔地言潮水上起於畔也膠盭浩汗廣大皃若乃大明鑣轡於金樞之穴翔陽逸駭於扶桑之津濟曰大明月也月有御故云鑣轡摭拂昧也金樞西方月之沒處月有窟故云穴也翔陽日也日中有烏故云翔也逸駭日出皃扶桑之津日出之處彯匹遙沙礐苦角石蕩颺島濱良曰言月將沒時日初出時風急激動海水水激波涌乃飄沙擊石相擊聲[illegible]急疾海中山曰島[illegible]也於是鼓怒溢浪揚浮更相觸搏飛沫起濤狀如天輪膠戾而激轉又似地軸挺拔而爭回向曰言風急鼓擊怒溢浪飛揚浮涌於空相騰搏為沫起其波濤也膠戾環旋皃波濤相連如輪環旋而不絕也又似地軸挻出於地而波浪爭為迴復也呂氏春秋云天如車輪[illegible]而覆於以運萬物春秋括地象云地有三千六百之軸岑嶺飛騰而反覆五岳鼓舞而相磓都迴反銑曰岑嶺山也言波浪如山飛騰上下反覆其高大猶動似五嶽鼓舞而相磓擊也汾渭淪而滀丑六漯他荅鬱沏切迭而隆頹向曰皆起伏磓渠急疾皃盤盓于乙激而成窟㴔滐而為魁翰曰言波浪盤盓曲折相激怒成深窟㴔滐皆浪卒起皃魁大峻皃

選六　三十六

浪辛起則大峻潤舟泊白洦陌而迆以颺余詠磊洛罪匒
荅匌苦合而相豗呼迴反翰曰潤疾也泊洦小波也迆颺小波邪起皃磊大
石匒匌重疊皃豗擊也言小波疾而聚起猶大波而重疊相擊驚浪雷奔駭
水迸集開合解會瀼瀼傷濕濕葩華踧子沑
女六澒頂濘奴頂潗子立㴴女立反銑曰驚聲如雷奔也駭亦驚也迸奔也
言驚浪如雷而奔集如開而復合或散而復會瀼瀼濕濕開合皃葩華分散皃沑澒濘
潗㴴並蹙聚沸騰之皃若乃霾莫排曀一計潛銷莫振莫竦
輕塵不飛纖羅不動猶尚呀呼加呷餘波獨湧
澎匹宏濞灪於勿礧石理碨烏罪磊山壟向曰霾曀昏氣也潛消昏
氣盡也呀呷餘波相吞吐皃澎濞灪礧碨磊皆高峻不平皃言昏氣盡消風不振竦塵羅

不動尚見吞吐餘波所為騰湧高峻不平如山壟之形也壟小堆也爾其枝岐
潭以審瀹藥渤湧成汜似乖蠻隔夷迴互萬里
翰曰枝岐小浦也潭瀹動皃渤湧鼓潮也汜曲渚也迴迴互迴轉也言小浦曲渚所以乖隔
蠻夷之國也迴轉即見之萬里言遠也若乃偏荒速告王命急
宣飛迅鼓楫汎海淩山於是候勁風揭桀百
尺維長綃所交挂帆席望濤遠決冏九永然鳥逝
鷸聿如驚鳧之失侶倏如六龍之所掣一越
三千不終朝而濟所屆銑曰鼓動楫棹揭舉維連也綃連帆繩也
遠方之國有急來告將宣君命則飛迅流動輕棹浮帆於海淩歷於山則伺候長風舉百
尺之檣連綃繩挂帆席乘長風望波濤決列而去如鳥飛之疾如驚鳧失侶而相求逐也

冏鳥飛皃鷸倏疾也六龍駕日車言舟得風勢疾又如六龍之所掣日車也故一日三千
里則不終夜而及於所至之處若乃負穢臨深虛誓愆祈則
有海童邀路馬銜當蹊向曰負穢者謂言不忠信虛為誓約祈神
不荅者則為海童馬銜邀其路將必害之蹊亦道也馬銜海童並海中神怪天吳
作見而髣髴蝄像暫曉而閃屍群妖遘迕眇
䀮余沼冶夷向曰天吳蝄像並海神也髣髴不分明皃暫曉謂暫見即沒也閃屍
疾見皃羣妖言多也眇䀮冶夷言妖媚皃決帆摧橦江直戕牆風起
惡去廓然靈變惚怳幽暮氣似天霄靉愛靆
費雲布翰曰言有風起也乃決破帆席摧折橦木也橦檣也戕風暴風也言風忽
起舟人惡之廓然急疾靈物變化惚怳不明以作幽暗其氣如天雲也靉靆雲氣皃霄天

也曄炎昱絕電百色妖露呵火嗽許勿掩忽矆居縛
睒失冉無度良曰曄昱絕電言赤光疾出又沒有如雷電光絕百色見矣呵嗽又掩
忽謂吞吐光色疾也矆睒無度眩惑於人亦無節度飛澇相磢楚兩激勢
相沏楚崩雲屑雨浤浤宏汩汩于筆反良曰澇大波也磢
錯也沏浪相拂也言大波之飛相磨激勢相拂如雲之崩如雨之屑屑紛散也浤浤汩
汩騰湧勑急激皃甚踔丑角湛以甚濼藥沸渭渝溢濟曰沒前
瀖呼郭泋諱濩渭蕩雲沃日濟曰瀖泋渭眾波聲水
畔生雲故蕩之日光浮於中故沃之於是舟人漁子徂南極東
或屑沒於黿鼉之穴或挂罥於巖嶅敖之峯
或掣充制掣洩余制洩於裸人之國或汎汎悠悠

於黑齒之邦（翰曰漁子取魚人言風波之辭壯舟人不制故東南不定屑碎也言舟碎人沒於黿鼉之穴也潮水起則漂凌上山舟人亦隨而上故挂於山岑也巖山也掣掣洩洩汎汎悠悠任風皃裸人黑齒並海外國名）或乃萍流而浮轉，或因歸風以自反。徒識觀怪之多駭，乃不悟所歷之近遠。（翰曰言不主還者多故云或乃也言入或不死者如水游之流或因迴風以自歸也其行入徒見神怪之多驚駭魂氣散失亦不知所行歷之近遠）

爾其大量也，則南澰（斂）朱崖，北灑天墟，東演（去）析木，西薄青徐。經綸瀴（烏冷）溟，萬萬有餘。（良曰此言其大也澰浸也朱崖交州也天墟北陸也澰及也析木天津也青徐二州在海西薄泊也經閣也瀴溟亦闊皃）吐雲霓，含龍魚，隱鯤鱗，潛靈居。（良曰霓紫雲也鯤大魚名大數千里也靈居謂方丈三山神仙之居）豈徒積太顛之寶貝，與隨侯之明珠。（良曰太顛得海中寶貝獻紂以出文王）將世之所收者常聞，其未名者若無。（向曰言海中豈徒多積寶貝明珠而已則世所收用者雖常聞之其有不知名目者若無言不無矣）且希世之所聞，惡審其名。故可仿像其色，靉（於豈）霼（虛豈）其形。（銑曰惡何也且希世所聞之寶不能審詳其名故可仿像其色靉霼其形彷像靉霼不明皃）

爾其水府之內，極深之庭，則有崇島巨鼇，峌（庭結）峴（五結）孤亭。擘洪波，指太清。竭磐石，栖百靈。颺（平）凱風而南逝，廣莫至而北征。（翰曰崇島蓬萊方丈瀛洲三山在海中大鼇負之而浮峌峴孤亭

皃太清天也山在海中若鼇擘洪波而出高峻指天也竭立也言山下磐石竭立也棲百靈謂神仙在中凱風南風颺則南往也廣莫北風也風至則北行大鼇力壯勇常負出山逆風而行也鼇水蟲名）其垠（銀）則有天琛水怪，鮫人之室。瑕石詭暉，鱗甲異質。（銑曰天琛水怪珍寶也鮫人龍屬人狀居於水底瑕石怪石也詭異而有光暉鱗甲皆有奇狀也）

若乃雲錦散文於沙汭之際，綾羅被光於螺蚌之節。（銑曰雲錦朝霞也沙汭之際散其文章如此色也水曲日汭螺蚌曲節之文若綾羅之光被）繁采揚華，萬色隱鮮。陽冰不冶，陰火潛然。（銑曰揚華甲赫名采色繁麗也萬物皆有鮮明之色而藏在於中也冶銷也言陽處雖有冰而不銷陰處或有火而潛然皆變化使寒暑不均也）熺（許香）炭重燔（煩），吹烱（古永）九泉。朱燉（焰）綠煙，腰眇蟬蜎（一緣反翰曰熺炭謂炭又有光者重燔滅而重然也吹其光色烱然雖於九泉幽暗之處腰眇蟬蜎遠視皃）

魚則橫海之鯨，突杌孤遊，戛巖嶅，偃高濤，茹鱗甲，吞龍舟，噏（虛及）波則洪漣踧（子六）蹜（所六），吹澇（去）則百川倒流。（翰曰鯨魚大魚橫於海中突杌高皃戛磨刮也言行則高刮巖山波濤雖高為之伏茹食也龍舟大船也言其食魚鼇之類吞其大船洪漣浪也踧蹜流不進也澇高浪也言噏波則洪浪不進吹浪則百川逆流）或乃蹭蹬窮波，陸死鹽田，巨鱗插雲，鬐鬣刺天，顱骨成嶽，流膏為淵。（濟曰此說大鯨失浪也蹭蹬失勢皃窮波濤波也陸死鹽田謂死於岸上海畔故云鹽田巨大也顱骨頭骨也膏脂也言大鱗插入雲鬐鬣上刺天頭骨

成山流脂爲淵丘言極大

若乃巖坻之隈，沙石之嶔，毛翼產鷇，剖卵成禽。鳧雛離褷，鶴子淋滲。

所今反　銑曰巖坻小山也隈曲也嶔沙岸之下傍頹者也毛翼鳥族也產生也鷇鳥子剖破其卵子乃出也鳧鳥名雛鳥兒也離褷淋滲毛羽初生皃言海畔山曲之中有此羣物

羣飛侶浴，戲廣浮深，翔鶩連軒，洩洩淫淫。

銑曰侶亦羣也言此羣鳥或戲廣處或浮深處鶩驚飛也言飛翔自得天性連軒飛皃洩洩淫淫沈浮皃

翻動成雷，擾翰爲霖，更相叫嘯，詭色殊音。

銑曰翻飛擾亂也言飛動之聲如雷羽翰擾亂積多如霖雨詭異也

若乃三光既清，天地融朗，不汎陽侯，乘蹻絕往，覿安期於蓬萊，見喬山之帝像。

良曰三光日月星融通朗明也言海氣浮三光清見天地之通明也陽侯波神蹻龍氣也安期仙人也黃帝冢在喬山言不汎風波乘龍氣橫絕往見仙人於蓬萊復見喬山以思黃帝之像也

羣仙縹眇，餐玉清涯，履阜鄉之留舃，被羽翮之襂纚。

所今反　所宜反　向曰縹眇高遠皃言食玉漿於清水之畔秦始皇宴安期先生於阜鄉亭安期留赤玉舃而去舃履也被服也言仙人以毛羽爲衣縿纚羽翮皃

翔天沼，戲窮溟，甄有形於無欲，永悠悠以長生。

翰曰沼池也窮髮之北有溟海天池也羣仙飛戲於此中也甄明也明水有形而無欲故能長生

且其爲器也，包乾之奧，括坤之區。

濟曰言其器廣大包括天地之深要

惟神是宅，亦祇是廬。何奇不有，何怪不儲。

良曰宅居也言神祇之所居處奇怪之所儲積

茫茫積流，含形內虛。曠哉坎德，卑以自居。

銑曰茫茫多貌積衆也言海衆川所入含養羣形也內虛言水平財受不遺巨細也曠大也坎北方坎爲水言大哉美之也居處也言海居卑故爲百川長守卑也故爲人之主

弘往納來，以宗以都。品物類生，何有何無。

翰曰弘大宗尊也都謂聚也大往者潮去而出納來者來則納之不遺細流所以爲百川之尊而所聚萬物集類百生亦何所不有亦何所無之

江賦

郭景純

向曰臧榮緒晉書云郭璞字景純河東人也性披散嗜酒好色不修威儀有奇才璞以中興王居江外爲著江賦後爲大將軍王敦記室參軍敦謀逆爲敦所害

咨五才之並用，寔水德之靈長。

向曰咨歎美之也五才水火金木土寔實也靈長言上善柔德廣大利物也

惟岷山之導江，初發源乎濫觴。

翰曰惟辭也岷山山名導引也濫謂泛濫小流皃觴酒盞謂初發源小妳一盞

聿經始於洛沫，攏萬川乎巴梁。

良曰聿疾也洛沫二水名江初出必經此二水而過巴梁二山名言江水與萬川相攏合於此二山之下

衝巫峽以迅激，躋江津而起漲。

濟曰巫峽山名迅疾躋上津岸漲浪也言江水至此山爲山所交疾激上岸而起波浪

極泓量而海運，狀滔天以淼茫。

烏宏　銑曰泓深滔漫也言以深廣之容量朝宗於海運轉其波瀾狀如漫天也淼茫闊流皃

揔括漢泗，兼包淮湘。幷吞沅澧，汲引沮漳。

禮　七余　翰曰漢泗淮湘沅澧沮漳並水名總

括兼包并吞皆相合爲流也沮漳二水出流入江故云汲引源二分於崌居崍來流九派乎潯陽鼓洪濤於赤岸淪餘波乎柴桑向曰崌崍二山名江水之源至此分爲二也水分流曰派江水自廬江至潯陽分爲九道潯陽郡名鼓激洪大也濤潮水也淪息也言大潮水激浪於赤岸赤岸山名而餘波息於柴桑謂枝流也柴桑縣名綱絡羣流商搉苦角涓古玄澮古外表神委於江都混流宗而東會良曰綱絡羣流猶籠羅衆水也商搉猶都盧也涓澮小流也言都盧攝而納之表見也委者流所聚也言深廣故曰神也江都縣名言見深廣之皃所聚於江都合羣流而爲導乃將東會于海也注五湖以漫漭灌三江而漰普萌沛普會滈胡道汗六州之域經營炎景之外所以作限於華

選六　四十三

裔壯天地之嶮介翰曰江水注入五湖灌于三江太湖水分爲五道故曰五湖三江謂浙江吳松江浦陽江也漫漭寬皃漰沛流聲六州益梁荊江揚徐也域界也滈汗長流皃經營猶積歷也炎景南方也華中國也裔蠻夷也介大也言江所以限中國與蠻夷爲別天地嶮大以益壯也呼吸萬里吐納靈潮自然往復或夕或朝向曰呼吸吐納謂作潮波而納羣流須臾萬里自然往復或夕或朝皆潮水進退在朝夕而自然也激逸勢以前驅乃鼓怒而作濤峨嵋爲泉陽之揭玉壘作東別之標銑曰逸疾也言潮水激疾之勢先於平水而前走則相鼓擊怒而作波濤也峨嵋玉壘二山名江水自縣下流過泉陽東別並江之別名揭亦標也言江水既經二派而流皆可爲標記泝江水之本源也衡霍磊落以連鎮巫廬嵬崛

危勿而比嶠音喬翰曰衡霍巫廬四山名連鎮謂連而作鎮也嶠高也磊落嵬崛皆山高大皃協靈通氣濆忿薄相陶流風蒸雷騰虹揚霄良曰協合也合神靈之變化通山川之氣濆薄氣亂皃相陶猶陶冶所作也流風激鬱蒸之氣如雷聲也騰虹蜺復飄而爲薄雲霄薄雲也出信陽而長邁淙大壑與沃焦良曰信陽縣名江水出此而長行淙集也渤海東有大壑而江水集焉沃焦山名若乃巴東之峽夏后疏鑿絕岸萬丈壁立霞駮翰曰巴東地名有三峽山禹鑿之通江水絕岸高萬丈石壁如立而雲霞斑駮虎牙嵥桀豎以屹魚乙崒慈卹荊門闕竦而盤礡銑曰虎牙荊門二山名夾岸相對而江流於中也嵥立也屹立也高皃闕竦言如樓闕之立竦亦立也盤礡壯皃圓淵九迴

選六　四十四

以懸騰湓普寸流雷呴呼后而電激銑曰峽間江水深急激岸石而成圓淵故云圓淵也九迴者言深而至九泉或懸浪而下或騰波而上湓者奔擊蹙如雷呴之聲疾如電光之激駭浪暴灑驚波飛薄迅澓扶福增澆湧湍疊躍翰曰駭驚暴疾薄止也言波浪疾瀑或飛或止也迅急也澓迴波增高也湧謂急波疾傍也疊重也言波急重起也砯普冰巖鼓作漰普萌湱呼陌澩胡角灂仕角反向曰砯巖江岸坎穴也餘皆水激射聲瀇火宏瀫呼拜濆濩獲泧呼活渹呼郭反向曰皆水擊湧不流貌潏胡決湟皇淴呼骨泱烏朗瀿潤失冉瀾瀹式若日爲並反漩旋澴胡玄滎於營瀯營渨烏回濆瀑逢流旋皃日波浪迴旋欲漩皃溭測淢域濜助㶁龍鱗結絡日翰

六臣潰池作遺沲

溭淢濜溳波參差湖次如龍鱗連絡而交結碧沙瀢胡罪池徒可而往來巨石硉力骨矹五骨以前卻向曰江水色碧故映沙亦爲碧也往來言隨潮水潰池進退貌硉矹石轉動貌謂潮水急雖大石而得前卻潛演之所汨淈胡骨奔溜之所㵟楚錯銑曰潛演岸涘下流而瀵出者汨淈沸出皃㵟磨也言奔溜急而磨錯岸石也厓隒魚撿爲之泐勒嵃魚免碕嶺爲之嵒崿濟曰厓隒岸也碕嶺小山也泐嵃嵒崿皆坎穴言水急激之所爲也幽澗積岨礐力隔硞客犖盧角确苦角反良曰言山島之中幽僻之澗巨石積阻成險爲江浪急故石相叩爲聲礐硞确石聲也若乃曾潭之府靈湖之淵澄澹汪洸烏宏瀇烏廣滉胡廣囦烏玄泫音玄翰曰曾潭重潭也府猶如人之藏府深不可見也湖水深廣多

神靈故云靈湖也澄澹汪洸瀇滉囦泫平漫不流廣深之皃泓汯洞烏盎澋胡涒紆鄰容徽圖圏力難反濟曰水勢慢流曲折皃混澣胡猛灦濩呼流映揚焆音涓翰曰焆光明也混澣灦濩水動清深澄澈映日而有光明也溟莫冷漭莫渺湎汗汗沺沺音田良曰廣大無際皃察之無象尋之無邊翰曰水長廣與天一色故察之無象氣滃烏孔渤蒲足以霧杳時鬱律其如煙翰曰滃渤霧繁多貌鬱律黑盛皃杳深也言江氣忽如霧深時似煙黑類胚音杯渾之未凝象太極之構天翰曰胚渾渾沌也太極生天地者也言江氣類渾沌渾沌氣未凝結象太極欲構立二儀也長波浹子叶渫牒峻湍崔嵬盤渦烏和谷轉凌濤山頹銑曰浹渫連波皃崔嵬端高皃盤渦言水

六臣曲觸涯作觸曲厓

深風壯流急相衝盤旋作深渦如谷之轉陵濤起而上陵空者却下如山之頹陽侯砐五合硪我以岸起洪瀾涴演而雲迴峾音銀淪溛烏華瀤烏懷乍浥烏甲乍堆銑曰陽侯波神砐硪高大貌言波高大如岸起也涴演迴曲貌言洪瀾旋曲文如雲之迴也浥下也堆論溛瀤迴旋不平皃乍平下高如堆阜之高豃呼減如地裂豁若天開向曰豃深穴言水爲烈風所吹四面浪起中爲深穴則豃然如地裂風波既息煙霞盡銷則豁然若天開曲觸涯以縈澆冋駭崩浪而相礧力迴反濟曰縈澆環旋也礧擊也浪觸曲岸則環旋浪驚崩則相擊鼓㟥苦合窟以漰普萌渤乃湓音寸涌而駕隈良曰㟥穴也漰渤水聲也波浪分散曰湓涌言波浪鼓穴窟而有聲或分湧陵駕分山隈隈曲也魚則江豚徒昆海狶

喜叔鮪于軌王鱣邅䱻滑鰊練鰆將鮋直流鯪陵鯮逢鯩鰱音連良曰並魚名或鹿觡格象鼻或虎狀龍顏翰曰觡角也言魚或似此虎龍形也鱗甲𨫒七罪錯煥爛錦斑揚鬐掉尾噴普悶浪飛涎似延反良曰謂魚鱗𨫒錯文彩如錦之斑爛揚舉其鬐鬣搖掉其尾也涎口沫或噴而飛排流呼哈呼合隨波遊延或曝采以晃淵或㸌呼鰓乎巖間向曰排流逆上也遊延隨長波皃曝露出向日也赫開也言魚或出采色以晃中淵或開鰓於巖穴之下介鯨乘濤以出入鯼祖洪鮆此薺順時而往還銑曰介孤也鯨魚孤乘波濤或出或入鯼鮆二魚皆三月八月出故云順時爾其水物怪錯則有潛鵠魚牛虎蛟鉤蛇翰曰錯雜也餘

皆水物名蜦倫蜳團鼊候蝐媚鰿賓鼈郎鳥鼊迷蟨
音蔡濟曰並蟲魚名王珧兆海月土肉石華三蝬子工蜉
江鸚螺戈力蜁旋蝸古花璅蛣詰腹蟹水母目蝦
音遐濟曰並水蟲蚌蛤之類紫蚢如渠洪蚶專車向曰
蚢大貝也如車渠之寶蚶似蛤大者四五丈獨充一車故云專車瓊蚌晞曜
以瑩珠石蜐應節而揚葩銑曰瓊玉也當有光變蚌中出水中君瑩明珠也石蜐龜形春則生花冬則死故云應節以揚葩蜛居蝫諸
森衰以垂翹玄蠣磈苦磥力而碨烏哑迴
反向曰蜛蝫蟲名其腳如蠶也翹足也森衰足多皃玄蠣蟲似馬蹄其形高下不平碨哑不平貌
或泛瀲於潮波或混淪乎泥沙

選六　四十七

翰曰浸淪水上游浮返覆貌言此蟲魚之類或游浮波瀾混沒於泥沙若乃龍
鯉一角奇鶬倉九頭濟曰鯉魚名鶬鳥名有九頭有鼈三
足有龜六眸莫侯反良曰眸目也赬蟞胏必扶廢反躍而吐
璣文魮毗磬鳴以孕璆良曰赬赤也蟞如胏口吐珠璣璆玉也
吐珠文魮魚身鳥首也鳴如磬聲中有玉也儵條鏞庸拂翼而掣充制
耀神蜧戾蝹於云蜦以沈遊翰曰儵鏞有翼出入有聲蛇有翼出入
先故云制耀神蜧蝹蜦也泝潛於水蝹蜦盤屈兒馬蒲沒波以噓
蹀牒水兕似雷咆蒲交乎陽侯翰曰馬騰出於波水獸言
賓水也蹀行也水兕水獸咆聲也出而有聲如雷則波浪起也陽侯波神淵客築
室於巖底鮫人構館于懸流向曰淵客鮫人皆水中居故築

室搆於巖流之下雹布餘糧星離沙鏡向曰餘糧禹餘糧名也
沙鏡雲母也離羅也言多也雹之布星之羅列言多也青綸競糾縟組
爭映良曰青綸縟組二草名皆有文色也糾亂爭交也言多而交亂為暉映也紫
菜熒曄以叢被綠苔鬖所咸髿沙乎研上
紫菜皆草可食熒曄色也鬖髿多皃研石也謂生於石上石帆蒙籠
以蓋嶼序萍實時出而漂泳音詠翰曰石帆草名蒙籠多兒其下則金礦
洲中山曰嶼萍實者楚王渡江得之又言時出者不常有也
丹礫歷雲精爓銀珕麗珋留璿瑰回古水碧潛
琘美巾反鳴石列於陽渚浮磬肆乎陰濱銑曰琘並寶物也
銑曰鳴石以玉撞之聲聞數千里生皆向陽故云列於陽渚浮磬石也可為磬者生

選六　四十八

北岸故云陰濱水南曰陽亦列也或頹彩輕漣或焆燿
崖鄰翰曰頹光色也焆明也崖鄰皆畔也言珍寶之物或光色輕而相連或明曜於
林無不溽岸無不津良曰溽潤也津皆潤也言珠玉之所出林岸皆潤
其羽族也則有晨鵠天雞鵁鶄鷗鶩
鶄音精翰曰羽族鳥也晨鵠天雞皆鳥名陽鳥鴻鴈之屬陽鳥爰翔于以玄
月翰曰陽鳥鴻鴈之屬爰於也玄月九月也鴻鴈以此月南翔也千類萬聲
自相喧聒濯翮疏風鼓翅䎗翻許戒反許月反向曰濯洗也翮羽莖也
毛言鼓動毛羽於風翻䎗動翅兒揮弄灑珠拊拂瀑
沫翰曰言群鳥揮動於水弄灑成珠拊拂於波瀑而為沫也瀑水飛也集若
霞布散如雲霧聳毛他積羽往來勃碣其列反

曰言鼇鳥有文彩而多集則如霞光之布散又如雲氣豁開也能落毛也積羽地名方千里羣鳥產乳解毻毛之處勃碣地名亦鳥之所遊也

橉力刃杞稹之忍薄於潯涘栛力計櫟連森嶺而羅峯良曰橉杞栛櫟四木名稹稠穊也薄叢也潯涘皆岸也森高聳皃此木叢生羅列於岸

桃枝篔筠簹當良曰桃枝篔簹竹名

實繁有叢葭蒲雲蔓纕詩以蘭紅實繁有叢言緣江皆生也葭蒲草名纕謂綠色相映也雲蔓言如雲相連也蘭紅澤蘭也

揚皓毦二擢紫茸蔭潭隩於六被長江翰曰皓白毦花擢出也茸亦花也潭深水也隩曲也言衆草花葉蔭於深水之曲被長江之岸也

繁蔚尉芳蘺隱藹水松涯灌芊千萰見潛薈烏外葱蘢郎公反翰曰繁蔚隱藹多皃芳蘺水松香草名涯岸也水木雜生曰灌薈深闇也芊萰葱蘢青盛皃言滿於涯灌之中

鯪陵鯥六跂巨踞具於垠銀隒魚險獱頻獺睒失冉瞲呼穴乎厱去嚴空向曰鯪鯥二魚名有足跂踞行皃垠隒岸也言二魚行於岸上獱獺水獸捕魚者睒瞲驚視皃厱空坎也言其驚視於坎穴之中

迅蜼羊季臨虛以騁巧孤玃居縛登危而雍容夔巨龜牯口翹踛六於夕陽鴛雛弄翮乎山東翰曰蜼玃獸名迅行疾也言其疾速臨空騁巧玃登危險雍容自得夔牯獸名翹踛一足行也山西曰夕陽鴛雛鳳也翮翅也

因岐成渚觸澗開渠銑曰岐山岸曲處也停水曰渚言江水觸山澗因曲成渚山夾為澗波瀾觸之又為溝渠也

漱所救壑生浦區別方別作湖向曰漱激蕩也壑亦山曲水蕩之則生浦也水小而不流者區分也廣停水曰湖江水分流而爲也

磴丁之以瀿

瀷翼渫息列之以尾閭翰曰磴溢也瀿瀷暴溢滿之水也言此水溢於諸浦湖中之水也渫出水也水從海出曰尾閭矣

標必遙之以翠翳泛之以遊菰孤良曰翠翳草木盛皃菰草名生於水故曰泛水蕩之動故云遊

播匪蓺之芒種挺自然之嘉蔬翰曰播布匪非蓺樹也芒種稻也挺出蔬菜也言稍非人種而樹之自生布於渚浦又生自然嘉菜可食也

鱗被菱陵荷何櫕在丸布水蔌力果翹莖瀵芳問蘂濯穎散裹濟曰菱荷水藻並草名其多如魚鱗之被櫕而布之翹舉瀵散蘂花也濯洗穎穗散開其包裹之子

隨風猗於宜萎於危與波潭徒感淹泛流光潛映景炎羊染霞火銑曰皆言草也猗萎隨風皃潭淹逐波動皃流光光色潛映於水光明矣炎盛於霞火之色

其旁則有雲夢雷池彭蠡青草

具區丘洮姚滆鬲朱滻產丹漅子了反翰曰並湖澤名與江水旁通也

極望數百沆胡朗瀁余兩皛胡了溔羊少反翰曰謂大數百里沆瀁皛溔深廣皃

爰有包山洞庭巴陵地道潛達傍通幽岫窈窕向曰包山山名洞庭湖名巴陵郡名達道也窈窕深邃也巴陵地道從巴山洞庭湖水底潛通諸神仙所不至而幽岫深邃有奇狀也

金精玉英瑱他見其裏瑤珠怪石琗子其表驪虬渠幽摎居內其址止梢雲冠其嶿必胗反良曰瑱飾也綷五彩也表外也地道幽岫之間金精玉英生於內故云飾其裏也瑤珠之寶怪石之珍生其外故云綷其表驪虬龍也摎盤也址底也梢雲瑞雲也冠戴也嶿山頂言龍盤於深泉之底瑞雲戴於山頂

海童之所巡遊琴高之所靈矯翰曰海童海神琴高仙人

也翻舉也言於此中飛舉而遊也水夷倚浪以傲睨五計江妃
含嚬而矊彌延眇撫凌波而鳧躍吸翠霞而夭
矯向曰水夷水仙人也傲睨瞻望也含嚬蹙眉也矊眇遠視也言仙人倚波浪以瞻望
江妃蹙眉而遠視翠霞江上青氣也夭矯飛騰皃言仙人撫凌波浪又似鳧鳥之遊躍而
吸食江上之氣而恣為飛騰也若乃宇宙澄寂八風不翔翰曰
言風波不動舟子於是搦女角棹涉人於是檥魚綺榜
補郎反翰曰舟子善行舟者搦執也涉人濟水者檥榜整理船具而行者也漂飛
雲運艅艎舳艫相屬萬里連檣銑曰漂流運動也飛雲艅
艎皆舟名舳舡傍艫舡尾也屬連也檣桂帆木也泝洄沿流或漁或
商越交益投幽浪平竭南極窮東荒翰曰逆水為泝

順流曰沿漁謂捕魚人也商謂販易人也交益郡名幽州名樂浪郡也竭盡也言流行盡
天地之南竆東荒之外東荒海東也爾乃隷雰紛祲子蔘於清旭
許玉覘勑詹五兩之動靜長風颹于鬼以增扇廣莫
飆而氣整翰曰覘視也霧江氣祲浮也旭日也五兩鳥毛為之置檣竿之
上以候風也言視江氣浮於日光看五兩之動靜則長風增扇北風之氣整而赴也飆大
風兒扇動也廣莫北風也颮急也徐而不颷烏回疾而不猛良曰
徐緩颷遲也言雖緩不遲雖疾不猛和而得所鼓帆平迅越趙陌漲
張截洞古過凌波縱柂徒我電往杳溟覓吟反叶韻良曰迅
疾越度趙過漲闊也截直渡也洞遠也拖舡尾所以正舡也杳溟絕遠之處也電謂疾也
霅徒對如晨霞孤征眇若雲翼絕嶺翰曰劉雲急渡皃孤

者言相連為一言舡行如朝霞急渡而連行若大鵬垂雲之翼掩然絕嶺也倏
數百千里俄頃飛廉無以睎其蹤渠黃不能
企其影向曰倏忽俄頃並謂須臾之間行數百里以及千里也睎見企及也飛廉
風師也渠黃古之善馬日行萬里言此二物雖疾亦不可見船之蹤影也於是蘆
人漁子擯落江山衣則羽褐食惟蔬鱻思延反銑
曰蘆人採江畔蘆草者漁子捕魚者落菴屋之類言其作屋於江濱山側為菴也衣裳則
毛羽所為短褐衣也蔬菜鱻魚也栫寂見澱廷見為涔夾漈在公羅
筌簄灑連鋒罾子僧罶比船翰曰潏澱戚求奧也小水入大
求曰澱言夾此水羅列取魚之物也筌筒灑取魚器物及鉤名鋒鉤鉤罾罾網比船下網
之船而相比行也或揮輪於懸碕奇或中瀨而橫旋

忽忘夕而宵歸詠採菱以叩舷良曰輪則鉤輪也碕岸瀨
波也言釣魚者或坐於懸岸之上或行於中波而船瀁旋也貪利忘夕尋夜方歸歌以叩
擊其舷也採菱歌名舷船脣也傲自足於一嘔尋風波以窮
年向曰嘯傲也軀身也言嘯傲自足樂一身常尋風波以終百年矣爾乃
之以盤巖豁之以洞壑疏之以沲汜鼓
之以朝夕良曰域界也盤巖大山也言江以大山為限界也洞深壑海也言江流
啓入于海沲汜謂江水分流故也鼓之以朝夕謂潮水往來也川流之所歸
湊雲霧之所蒸液珎怪之所化產瑰奇之所
窟宅銑曰湊聚也江海下故川流皆歸聚之江氣潤液蒸為雲霧珎怪瑰奇謂珠玉
謂魚之類也化變化也產生也窟穴宅居也納隱淪之列真挺異

人乎精魄。播靈潤於千里，越岱宗之觸石。翰曰挺生也應論謂賢人應時漁鈞者列真仙人也挺異人乎精魄者言異人生於時皆得江漢之英靈也布潤千里言水德廣遠也岱山雲觸石而起不崇朝而徧天下言江中起雲霧疾速乃起越也及其譎決變儵叔怳，符祥非一。動應無方，感事而出。向曰儵怳疾速也方常也言譎詭變化離合疾速有如符契而為災祥蓋非一狀也感事謂致感風雲也經紀天地，錯綜人術。妙不可盡之於言，事不可窮之於筆。銑曰經紀天地謂廣大利育萬物也人術謂禦道法水而為政言其妙理不可窮盡也若乃岷精垂曜於東井，陽侯遞徒形乎大波。翰曰岷山之精上為東井星陽侯波神遊走也奇相得道而宅神，乃協

靈爽於湘娥。良曰宅居協合也奇相者人也得道於江故居江為神乃合其精爽與湘娥俱為神也駭黃龍之負舟，識伯禹之仰嗟。翰曰駭驚也禹濟江有黃龍負舟舟人大驚禹乃仰天而嘆曰余受命於天竭力養人生死命也何憂龍乃弭去之焉壯荊飛之擒蛟，終成氣乎太阿。良曰荊飛得太阿寶劍從楚王渡江神將奪之風波大起兩蛟挾舟佽飛以劍斬蛟風乃止故思而壯之終能成劍之神氣悍要離之圖慶，在中流而推戈。翰曰悍勇也要離吳之勇人也吳王欲殺慶忌慶忌走捷三以六馬逐之不及要離乃與慶忌俱渡江江中拔劍殺慶忌故云在中流而推戈戈與劍皆刃器故叶韻而言戈悲靈均之任石，歎漁父之擢歌。銑曰靈均屈原字也任懷也漁父常隱於江見屈原笑而歌曰滄浪之水清可以濯吾纓愍屈原至

忠遭遇放逐而懷石自投於江漢漁父賢人不為時所用想周穆之濟師，驅八駿於黿鼉。向曰周穆王起師東至九江乘八駿馬以黿鼉為橋梁以其勞人費財不補國故復想而歎之於感交甫之喪珮，愍神使之嬰羅。翰曰鄭交甫遭二女於江濱言曰願請子之珮二女解珮與之交甫受而去十步迴顧二女失矣所珮亦忘故此感神也嬰羅挂網也昔宋元君夢人被髮而窺門曰臣為江神所使至西海為豫且所網以王有德故來訴耳王使占之曰此神龜也元君問豫且果得龜元君刳之以十七十鑽無遺筴故愍其雖神終挂網以腸身煥大塊之流形，混萬盡於一科。向曰煥美也大塊元氣也言美元氣之流形使萬物至於窮盡同歸一科保不虧而永固，稟元氣於靈和。良曰水柔弱澹然無欲利育於物故保道不虧而長堅固此乃稟和之氣所以

為也靈和和之氣也考川瀆而妙觀，實莫著於江河。翰曰四瀆江為長河次之故考其妙觀不過此也

文選卷第六

文選卷第七　賦庚

梁昭明太子撰　五臣注

物色

宋玉風賦一首

潘安仁秋興賦一首

謝惠連雪賦一首

謝希逸月賦一首

鳥獸

賈誼鵩鳥賦一首

禰正平鸚鵡賦一首

張茂先鷦鷯賦一首

顔延年赭白馬賦一首

選七　一

鮑明遠舞鶴賦一首

志上

班孟堅幽通賦一首

風賦　宋玉

向曰史記云宋玉郢人也爲楚大夫時襄王驕奢故宋玉作此賦以諷之

楚襄王遊於蘭臺之宮宋玉景差侍有風颯然而至者 翰曰蘭臺臺名宋玉景差皆楚大夫侍者侍於王也颯然風聲也至於王之宮也 王乃披襟而當之曰快哉此風寡人所與庶人共者邪 銑曰披衣當風快風之涼因言此風我與衆人共有之邪 宋玉對曰此獨大王之風耳庶人安得而共之 王曰夫風者天地之氣溥暢而至不擇貴賤高下而加焉 濟曰溥徧暢通也言風乃天地普暢之氣徧通而至貴賤皆及也以宋玉獨爲王風故以此言而折之 今子獨以爲寡人之風豈有說乎宋玉對曰臣聞於師枳句來巢空穴來風 翰曰枳木名句謂多句曲空穴謂門戶之穴言木之句曲者其多巢鳥門戶之穴風多從也 其所託者因也然則氣與風殊焉 向曰雖同託戶穴其於清濁亦殊矣 王曰夫風始安生哉 銑曰問風之所由生也 宋玉對曰夫風生於地起於青蘋之末侵淫谿谷盛怒於土囊之口 良曰蘋水草也侵淫風流散皃土囊谷口也言風自地生起於蘋末流衍谿壑盛於谷之口也 緣於太山之阿舞於松栢之下飄忽淜普冰滂普茫激颺熛摽怒 銑曰言於山木之間激物爲聲 耾耾宏雷聲迴穴錯迕礰石伐木梢殺林莽 濟曰耾耾聲也迴穴遒急也錯迕交錯也礰頻梢擊也言風聲如雷急而交錯頻擊木石林莽 至其將衰也被麗披離衝孔動楗件眴絢渙粲爛離散轉移 翰曰衰微也被麗披離輕舉皃楗門也言風之將微輕舉衝穴動門而已 眴渙粲爛鮮明皃謂無塵昏四散轉微也移猶微也 故其清涼雄風則飄忽升降乘淩高城入于深宮邸萼葉而振氣徘徊於桂椒之間翱翔於激水之上將擊芙蓉之精獵蕙草離秦衡槩新夷被稊楊 向曰挂振新夷稊楊皆木名蕙草芙蓉秦蘅皆草名邸觸激急也離獵槩皆經歷也言雄風之

選七　二

正　宗

凌越翔翔於城水之上而即觸香木芳草也 迴穴衝陵蕭條衆芳

良曰歷諸芳草忽上衝彼陵蕭條然散衆芳之氣也 然後倘佯中

庭北上玉堂躋于羅帷經于洞房乃得為大

王之風 翰曰倘佯猶盤旋不定也躋升也言能上升於此者即大王之風也 故

其風中人狀直憯悽惏慄 慄 清涼增欷 銑曰增欷

凉 惏慄寒皃言風之吹人甚有以至於歔欷 清清泠泠愈病析 先歷

酲 濟曰愈差也析解也言風可以差病而解酒醒 發明耳目寧

體便人此所謂大王之雄風 濟曰發開寧安便利也言能開耳目之明安利人之身體者 乃

大王之雄風謂雄駿之風也 王曰善哉論

事夫庶人之風豈可聞乎宋玉對曰夫庶人

選七　三

之風塕然起於窮巷之間堀堁揚塵 孔 窟 課

銑曰塕忽起皃堀堁塵閭皃言庶人之風忽然起於窮巷當閭而揚塵也 勃鬱煩

冤衝孔襲門 良曰襲入也言亂起衝孔入門 動沙堁吹死

灰駭溷濁揚腐餘 翰曰堀沙堆也言振動沙堆吹其死灰驚亂溷濁之氣揚腐臭也

邪薄入甕牖至於室廬 向曰言所入者甕牖室廬而已

故其風中人狀直憞溷鬱邑毆溫 徒 困 胡 驅

致濕 良曰憞溷惡亂也鬱邑憂也言惡風吹人令人惡亂而憂毆溫氣來令人致濕病

心中慘怛生病造熱 濟曰令人悲慘而生熱病 中脣

為胗得目為蔑 音戚 銑曰胗脣瘡蔑目疾也言能為脣目之疾 啗

齰嗽獲死生不卒 咋 林 角 所 獲 濟曰啗齰嗽獲中風人口動皃差

山　洞

死皆不可卒然而致也 此所謂庶人之雌風也 良曰雌風卑惡之風

秋興賦 并序　潘安仁

晉十有四年余春秋三十有二始見

二毛 翰曰二毛謂髮始有二白毛 以大尉掾兼虎

賁中郎將寓直于散騎之省 向曰寓寄也 岳任中郎將故云寄直

高閣連雲陽景罕

曜珥蟬冕而襲紈綺之士此焉遊處

銑曰閣高故稱連雲深故日罕曜珥插也蟬以金為之數蟬也皆侍中散騎之冠冕也紈綺貴戚子弟之服也言此皆貴人之遊處也 僕野

選七　四

人也偃息不過茅屋茂林之下談話

不過農夫田父之客攝官承乏猥厠

朝列 翰曰攝官謂承其闕也厠次也言承乏闕得曲次朝士之列

夙興晏寢匪遑底寧譬猶池魚

籠鳥而有江湖山藪之思於是染翰

操紙慨然而賦于時秋也故以秋興

命篇 翰曰夙早興起晏晚寢臥匪非遑暇底致寧安翰筆操執也慨然不得志皃命名也 其辭曰

四運忽其代序兮萬物紛以迴薄 音博 向曰薄迫也言四時代為節序萬物遞相遷迫也

覽花蒔之時育兮察盛 蒔 寔吏

春

衰之所託濟曰觀花蒔可明盛衰之理也感冬索而春敷嗟
夏茂而秋落雖末事之榮悴兮伊人情之美
惡濟曰草木榮悴誠爲末事且猶有感況惟人情善惡乎善乎宋生之
言曰悲哉秋之爲氣蕭瑟兮草木搖落而變
衰憀聊慄栗兮若在遠行登山臨水送將歸
濟曰宋玉九辯辭也蕭瑟秋聲衰皃謂草木變而枯槁也憀慄傷念之皃夫送歸
懷慕徒之戀兮遠行有羇旅之憤臨川感流
而歎逝兮登山懷遠以悼近銑曰慕徒侶也憤怨悼傷也
彼四感之疚心兮遭一塗其難忍嗟秋日之
可哀兮良無愁兮不盡翰曰四感謂遠行登山臨水送將歸感憂

選七　五

禪

疾病也言四憂可以驚心病也一途難忍謂愁也言秋時悲哀故云無愁不盡野有
歸鴈隰有翔隼遊氛朝興槁葉夕隕良曰隼鷹也秋
則搏擊氛秋氣弛興起凿落池於時乃屏輕箑所甲釋纖絺藉
莞桓蒻君御袷衣向曰箑扇也絺葛也秋氣既寒棄而不用藉鋪也莞
蒻蒲席也言將鋪而處之御服之也庭樹槭所華以灑落勁風戾
而吹帷蟬嘒嘒呼惠以寒吟鴈飄飄而南飛濟曰
槭葉落皃戾至也謂葉以灑落勁急之風王而吹帷帳也嘒嘒蟬聲也飄飄飛皃天
晃朗以彌高日悠陽而浸微何微陽之短晷
覺涼夜之方永銑曰晃朗天高皃悠陽謂日寒而微也短晷謂日景已短
覺其夜長月朣朧以含光兮露淒清以凝冷熠燿

寺

粲於階闥兮蟋蟀鳴乎軒屏良曰朣朧月初出皃淒清寒露
皃熠燿螢也粲明也蟋蟀秋蟲至秋寒故就軒屏言鳴軒階壁也聽離鴻之
晨吟望流火之餘景宵耿介而不寐兮獨展
轉於華省翰曰流火心星也秋心星西下將沒故有餘景也宵夜也耿介執節
守度也展轉反側也悟時歲之遒盡兮慨俛首而自省
斑鬢彪以承弁兮素髮颯以垂領濟曰遒終也斑謂黑
白雜言悟歲之終慨然自省乃見斑白之髮或承皃或垂領也俛髮下垂皃素白也仰
群儁之逸軌兮攀雲漢以遊騁登春臺之熙
熙珥金貂之熲熲古迥反翰曰羣儁謂輝晃綺貌之人也仰其逸迹自
謂攀於雲漢也老子云衆人熙熙如登春臺志有欲也如此皆謂珥金貂之徒熲熲光明

選七　六

住

皃苟趣捨之殊塗兮庸詎識其躁靜閑至人
之休風兮齊天地於一指銑曰苟且也趣謂求榮利之人也捨
謂不取者也言此二者趣途也庸詎猶何識識其動靜哉至人謂至德之人常有休美之
風齊猶等也一指謂以我指喻彼人指以人指喻我指其理固齊矣以天喻地萬理亦
同故云一指彼知安而忘危兮固出生而入死良曰
彼謂榮利人也言以榮利爲安而忘危也生謂積聚也言貪欲出積聚是入死也貪欲之
人固兆而入死也行投趾於容跡兮殆不踐而獲底
闕側足以及泉兮雖猴猨而不履濟曰富貴之人
如投足於一跡之地爲危殆也且不踐其位是得安全之處言留側足之地掘而及泉
雖猴猨之捷豈能履哉言其危也龜祀骨於宗祧兮思反身

物

於綠水向曰神龜見殺致骨宗廟而祀之貴則貴矣思反綠水不可得也喻貴者遇患思反於貧賤亦難矣且斂衽如甚以歸來兮忽投紱以高厲耕東皐之沃壤兮輸黍稷之餘稅向曰衽衣襟也紱綬也言斂衣綬棄繫利以自激厲也皐澤也言耕於沃壤之地得輸稅餘自供也泉涌湍於石間兮菊揚芳乎崖澨翰曰湍流菊草也揚芳謂揚香氣也澨亦水崖也澡秋水之涓涓兮玩游鯈長流之潎潎匹裔反良曰澡浴也涓涓水流兒游鯈小魚也潎潎游行兒逍遙乎山川之阿放曠乎人間之世濟曰逍遙散逸兒阿山曲也放曠謂無拘束也人間代謂在人間而絲代事優哉游哉聊以卒歲銑曰優游自樂可以終其天年而已

雪賦　謝惠連

銑曰沈約宋書云謝惠連陳郡陽夏人也幼而聰敏年十歲能屬文族兄靈運加賞之爲司徒彭城王法曹作此賦以高麗見奇之

歲將暮時既昏寒風積愁雲繁向曰暮盡昏冥積厚也愁雲陰雲也梁王不悅遊於兔園向曰假設主客以爲辭兔園則梁孝王名茂乃置旨酒命賓友召鄒生延枚叟翰曰言置酒命賓朋也鄒鄒陽枚枚皐召延皆招屈之辭相如末至居客之右良曰司馬相如也末至謂後至也言文章之高故居賓客之右俄而微霰零密雪下良曰俄而猶少間也霰霰雪也王乃歌北風於衛詩詠南山於周雅銑曰北風衛詩皆歌雨雪也王乃感事以歌也授簡

於司馬大夫曰抽子祕思騁子妍辭侔色揣初委稱爲寡人賦之銑曰簡牘也所以書之者授謂與相如稱大夫者美之曰梁王語辭也言抽子深秘之思妍美之辭齊其容色量其所稱爲寡人賦之作齊揣量也相如於是避席而起逡巡而揖翰曰逡巡而揖敬王命也曰臣聞雪宮建於東國雪山峙於西域濟曰雪宮在齊故云建東國雪山在西域冬夏有雪詩發也岐昌發詠於來思姬滿申歌於黃竹良曰岐周所居也文王名昌發詠謂詩云今我來思雨雪霏霏姬周姓滿穆王名時國中大雪人凍作黃竹歌二章以哀之曹風以麻衣比色楚謠以幽蘭儷曲銑曰詩曹風云麻衣如雪儷偶也郢人能歌白雪之曲郢楚邑名盈尺則呈瑞於豐年袤

丈則表沴於陰德向曰僖公之時大雪平地一尺是歲大熟爲豐年也桓公之時平地一丈以爲陽陰盛之徵沴不和之氣雪之時義遠矣哉請言其始若乃玄律窮嚴氣升濟曰美雪之德請言其初也玄律窮十二月也嚴氣寒氣也升上也焦溪涸護湯谷凝火井滅溫泉冰銑曰焦溪溪名暘谷日所出也蜀郡有火井中常自出火溫泉溫湯也涸凝冰皆水凍也滅謂寒而火滅也沸潭無涌炎風不興北戶墐覲扉裸壤垂繒翰曰季子廟前有沸潭北戶向北之戶也墐泥也裸壤不衣國也至是寒切沸潭不能爲涌北戶加泥以避寒不衣之俗亦垂繒帛也於是河海生雲朔漠飛沙連氛累靄掩日韜霞向曰朔漠北方流沙也言風飛沙連積氛靄韜掩霞日也霰

蔱見淅瀝而先集雪紛糅而遂多良曰霰微雪也
淅瀝細下皃糅雜也細者淅先下後遂紛雜而多其為狀也散漫交錯
氛氳蕭索藹藹浮浮瀌瀌華笛奕奕濟曰皆雪流往來繁
密皃之聯翩飛灑徘徊委積始緣甍而冒棟終
開簾而入隙翰曰開猶度也隙壁穴也言雪之飛散委積於甍棟而經過於
壁穴初便娟於墀廡末縈盈於帷席既因方而
為珪亦遇圓而成璧銑曰便娟縈盈雪輕迴之貌廡屋帷幔也珪方
玉璧圜玉眄隰則萬頃同縞杲瞻山則千巖俱白
於是臺如重璧逵似連璐音路向曰縞白也璐美玉也逵道也
言雪冒臺道如累璧連玉庭列瑤階林挺瓊樹良曰階樹盡如瓊瑤

選七　九

矣瓊瑤玉名皓鶴奪鮮白鷴閑失素紈袖慙冶玉
顏掩嫭戶故反濟曰白鷴鳥名銑素練也玉顏謂美人顏如玉也嫭美也言此等
雖白對雪故皆慙失其鮮美也若乃積雪未虧白日朝鮮爛
兮若燭龍銜耀照崐山翰曰崐山玉山也燭龍崐山神也常銜燭
以照其中言積雪未銷白日鮮明光色爛然燿燿崐山之玉也爾其流滴垂
冰緣霤承隅粲兮若馮夷剖蚌列明珠向曰馮夷
河伯也蚌水蟲也內含明珠河伯剖而列之光明粲然流滴垂冰有如此矣至夫
繽紛繁騖之貌皓汗皦絜之儀迴散縈積之
勢飛聚凝曜之奇固展轉而無窮羌難得而
備知銑曰勢狀既多歎其不能具述若乃申娛玩之無已夜

五臣解作褫

幽靜而多懷風觸楹而轉響月承幌而通暉
良曰觸擊楹柱也幌窓簾也酌湘吳之醇酎御狐貉之兼
衣濟曰湘吳出酎酒也御著也狐貉皮衣也謂兼衣著之酎三釀酒也對庭鵾
之雙舞瞻雲鴈之孤飛翰曰鵾雞也雙舞謂時鳥見也雲鴈孤飛
飛謂惠連仕彭城王離其家親以喻也折園中之萱草擿階上
之芳薇踐霜雪之交積憐枝葉之相違馳遙
思於千里願接手而同歸向曰枝葉喻兄弟也惠連累踐霜雪
與兄弟相違馳念千里願與之同歸鄒陽聞之懣莫本然心服有
懷妍唱敬接末曲於是乃作而賦積雪之歌
銑曰懣悶也鄒陽聞其辭悶然心服之思其妍美以為唱和接賦之末而起歌積雪焉

選七　十

歌曰攜佳人兮披重幄援綺衾兮坐芳縟燎
薰鑪兮炳明燭酌桂酒兮揚清曲翰曰披開幄帳援引
燎燒薰香也桂酒以桂投酒中取香也清曲妙音也又續而為白雪之
歌歌曰曲既揚兮酒既陳朱顏酡兮思自親
濟曰酡著也謂佳人醉而著赤色也願低帷以昵枕念褫直紙珮
而解紳怨年歲之易暮傷後會之無因君寧
見階上之白雪豈鮮耀於陽春銑曰辭寡也言雪之光輝
豈寡於陽春歌卒王乃尋繹吟翫撫覽扼腕顧謂
枚叔起而為亂銑曰繹理扼把也言王尋繹吟翫把腕以美其詞使枚叔
為亂繼之以亂曰白羽雖白質以輕兮白玉雖白

空守貞兮未若兹雪因時興滅 向曰羽玉雖白或輕或貞
不如此雪能與時盛衰 玄陰凝不昧其潔太陽曜不固
其節 翰曰不隨玄陰而昧者貞正也日既曜不守節者知退也 節豈我名
潔豈我貞憑雲升降從風飄零 良曰此言貞節之道亦因
時行息也憑依也謂上下飄落皆依從風雲而已 值物賦像任地班
形素因遇立汙隨染成縱心皓然何慮何營
銑曰任物像形因事成立皓然與天地合德何思慮營為之有焉

月賦　謝希逸

向曰沈約宋書云謝莊字希逸陳郡陽夏人年七歲能屬文仕至光祿大
夫所著文章四百餘首行於代也

陳王初喪應劉端憂多暇 翰曰陳王曹植也應瑒劉楨並有才
子言二子初喪亡植借其才端然憂愁以多閑暇此皆假設以爲辭 綠苔生閣
芳塵凝榭 良曰不遊從故苔生於閣塵凝於榭 悄焉疚懷不怡
中夜 銑曰悄憂也言心憂病其懷不悅至於半夜 乃清蘭路肅桂
苑騰吹寒山弭蓋秋坂 向曰路有蘭苑有桂者也清肅皆靜也寒
山秋坂並苑中山坂也車騰風吹弭蓋而上也謂 臨濬壑而怨遙登
崇岫而傷遠于時斜漢左界北陸南躔 翰曰濬深
崇高也秋時天漢西南斜遠於左界陸道也謂月在北道接虛危之次躔次也 白露
曖空素月流天沈吟齊章殷勤陳篇 良曰曖翳藹也
沈吟殷勤習思之深也齊章陳篇謂將作文章也 抽毫進牘以命仲

宣 翰曰毫筆牘書板假言仲宣以序情 仲宣跪而稱曰臣東鄙
幽介長自丘樊 良曰跪拜鄙邊也自言東邊幽賤孤介之人長自丘園藩
籬之中樊藩也 昧道懵學孤奉明恩 銑曰昧闇也言闇於道不明於
學虛奉明王之恩 臣聞沈潛既義高明既經 濟曰沈潛地故
緯義高明天故緯經 日以陽德月以陰靈擅扶桑於東
沼嗣若英於西冥 翰曰日月陰陽之精也扶桑日出處若木日沒處月
盛於東可代日之明故云擅也月生於西可繼於日之曜故云嗣也英木花也實闇也
引玄兔於帝臺集素娥於后庭 翰曰玄兔月也中有兔象
故以名焉娥羿妻常娥也竊藥奔月因以為名月色白故云素娥言選擧帝王之臺后妃
之庭 朒 尼竹 朓 了挑 警闕 朏 斐 魄示沖 向曰月朔見東方曰朒晦

見西方曰朓言觀此警闕君王之開德也朒盛明也朏初出地明生得宜以示人君謙沖
也 順辰通燭從星澤風增華台室揚彩軒宮
銑曰月順十二辰而行以通照天下星謂箕畢也澤雨也月行失道行從箕則風從畢則
雨台三台星軒宮軒轅之宮也言增華彩於此 委照而吳業昌淪精
而漢道融 翰曰吳謂孫堅夫人夢月入懷而生策漢李夫人夢月入懷而生
元帝謂淪委其精以昌吳業融亦昌也 若夫氣霽地表雲斂天
末 濟曰霽止也氣止雲斂言晴也 洞庭始波木葉微脫菊散
芳於山椒鴈流哀於江瀨升清質之悠悠降
澄暉之藹藹 良曰楚詞云洞庭波兮木葉下山頂曰椒瀨水石之急也言秋
天清道月光益明 列宿掩縟長河韜映 向曰縟繁彩也月盛明時

列星天河皆韜掩光彩也柔祇雪凝圓靈水鏡連觀霜縞高周除冰淨銑曰柔祇地也圓靈天也言月之光彩照地如凝雪照天如水鏡觀宇庭除皆如霜冰之絜也縞白也君王乃厭晨歡樂宵宴收妙舞弛清縣濟曰弛廢也縣懸也厭晝日之賞樂其夜宴去妙舞廢軒懸之樂去燭房即月殿芳酒登鳴琴薦良曰去燈燭之所就於月殿進琴酒若乃涼夜自淒風篁成韻濟曰秋涼之夜心自悽傷風吹叢篁自成音韻親懿莫從羈孤遞進聆皐禽之夕聞聽朔管之秋引向曰聆聽也皐禽鶴也朔管謂北胡之笛也言親近懿戚皆不相從羈客孤子迭爲進見而聽皐鶴胡笛之聲於是絲桐練響音容選和徘徊房露惆悵陽阿翰曰絲桐琴也

練擇也言擇妙響選音和也房露陽阿皆曲名徘徊反側兒惆悵悲哀兒恨此曲不與知音同聞也聲林虛籟淪池滅波濟曰謂風止林籟虛而不鳴淪文也池水波文皆滅也情紆軫其何託愬素皓月而長歌良曰愬向也言情紆曲軫痛無所依託但向皓月而長歌歌曰美人邁兮音塵闕隔千里兮共明月銑曰美人以喻君子也邁行也君子行去音信復闕隔絕千里共此明月而已千里蓋言君子遠也臨風歎兮將焉歇川路長兮不可越向曰臨風歎息不止以思見君子但川路長遠不可踰越歌響未終餘景就畢滿堂變容迴遑如失又稱歌曰月既沒兮露欲晞歲方晏兮無與歸佳期可以還微霜霑人衣翰曰晞乾也言明月既沒露澤將晞歲晚未知所從歸也佳期喻君子微霜喻讒人言君子可還退不仕恐讒言害及人也陳王曰善乃命執事獻壽羞璧敬佩玉音復之無斁濟曰言王善其詞賦故命執事令獻壽進璧於仲宣也恭敬佩帶反覆無厭斁厭也

鵩鳥賦　并序

賈誼

向曰漢書云賈誼洛陽人年十八以誦詩屬文漢文帝召爲博士爲絳灌之屬害之天子疏誼爲長沙王傅時有鵩鳥入室巢其承塵而鳴俗云此鳥入人家主人當死作此賦齊死生以自寬也

誼爲長沙王傅三年有鵩鳥飛入誼舍止於坐隅鵩似鴞不祥鳥也濟曰祥善也鵩鴞皆不善之鳥誼既以謫居長沙卑濕誼自傷悼以爲壽不得長乃爲賦以自廣良曰謫責也天子責之使居長沙卑濕之地廣猶寛也其辭

曰

單閼烏葛之歲四月孟夏翰曰太歲在卯爲單閼庚子日斜鵩集余舍向曰斜謂日昳止于坐隅甚閑暇異物來萃兮私怪其故銑曰隅坐角也貌鵩鳥容貌閑暇不驚也異物則鵩也萃集也私心怪其何故也發書占之讖言其度曰野鳥入室主人將去請問於鵩余去何之向曰發讖書言怪異之文于鵩謂問鵩焉吉乎告我凶言其災淹速

之度兮語余其期濟曰問鵩鳥有吉事當告我有凶事當言其災咎也淹遲速疾也言遲速之度語我長短之期鵩乃歎息舉首奮翼口不能言請對以臆良曰以歎息請對以臆中之事曰萬物變化兮固無休息斡烏活流而遷兮或推而還翰曰言萬物變化遷轉反覆無定形氣轉續兮變化而嬗音蟬銑曰嬗授也言形氣相授與如蟬之蛻皮沕勿穆無窮兮胡可勝言向曰沕穆深微也勝舉也言深微之理不可盡能備舉其言也禍兮福所倚福兮禍所伏銑曰倚因也禍因福生是禍伏匿於福中憂喜聚門兮吉凶同域濟曰有喜明必有憂憂喜吉凶如身影之相隨故云聚門同域彼吳彊大兮夫差以敗越棲會稽兮句古侯踐

霸世良曰吳王夫差破越越王句踐棲於會稽山吳自謂彊盛後卒為越王句踐敗而滅之成霸業以斯遊遂成兮卒被五刑翰曰李斯西遊秦取相位是成功後為趙高所讒卒被五刑而死傳說胥靡兮乃相武丁濟曰胥靡刑名傳說代人為刑也武丁殷王名求之以為相夫禍之與福兮何以糾纆向曰糾纆纚索也兩股相纏言禍福相糾纆亦如之命不可說兮孰知其極銑曰人之命終則有始善能知其極水激則悍兮矢激則遠萬物回薄兮震盪相轉翰曰水矢以飛流不閡為通利若觸物激怒勁速更增悍遠言人因禍之激而至於福因福之激而至於禍同薄震盪相轉無常雲蒸雨降兮糾錯相紛大鈞播物兮坱烏朗圠烏八無垠良曰禍福相生如雲起雨降紛錯不

止鈞輪也言天地輪轉萬物生死之理坱圠無涯際也天不可預慮兮道不可預謀濟曰言天之與道其理深妙不可預為思慮謀度也遲速有命兮焉識其時翰曰言命有遲速何能知其時哉且夫天地為鑪兮造化為工陰陽為炭兮萬物為銅合散消息兮安有常則向曰以鑄冶為窬鑪也工巧人也言以天地造化陶鑄萬物合而成形散而歸無形自無生無自形出消息之理安有常哉千變萬化兮未始有極銑曰變化反覆無終無始忽然為人兮何足控摶音團濟曰變化遷轉偶而為人何足引持以自矜惜控引摶持也化為異物兮又何足患小智自私兮賤彼貴我良曰言人死化為異物此造化之常何足以為患小智惠之人自私愛其己賤於萬

物獨貴我之為人也達人大觀兮物無不可翰曰通達之人以理觀之萬物不殊於已故云物無不可貪夫徇財烈士徇名向曰以身從物曰徇夸者死權兮品庶每生銑曰自矜夸其名著死於權利也每貪也眾品皆貪生惡死怵迫之徒兮或趨西東濟曰俗人怵惕而迫利或趨西東而不自安也大人不曲兮意變齊同愚士繫俗兮窘若囚拘良曰言至人不曲私於身意與變化齊同窘困也愚者繫縛俗累困如囚人之拘束也至人遺物兮獨與道俱翰曰至人能遺去物累與道俱行眾人或或兮好惡積億向曰或或猶東西也眾人趨利東西有好惡積億言多也真人恬漠兮猶與道息釋智遺形兮超然自喪平聲叶韻銑曰至眞之人其注

不以生故自寶兮養空而浮此十一字有

翛漢緫去人事與道遊息離背遺形體超然遠喪忘其形體耳寥廓忽荒兮與道翺翔乘流則逝兮得坻運則止良曰寥廓忽荒言空無著也言眞人無著與道翺翔而已亦猶木之浮水行止隨流也坻小洲也縱軀委命兮不私與己翰曰委身命與萬物同不私愛也其生兮若浮其死兮若休向曰生爲浮寄死乃休息澹乎若深淵之靜泛乎若不繫之舟銑曰深淵無波散舟任運眞人用心不搖動無向亦似之也德人無累兮知命不憂良曰有德之人無災累又知天命何優患哉細故蔕芥兮何足以疑良曰細故小狹之人也蔕芥怵惕也言小狹之人怵惕於災變何足與言疑懼之事乎

鸚鵡賦 并序

禰正平

銑曰范曄後漢書曰禰衡字正平平原人也少有才辯曹操欲見之衡初不肯往操怨以才名不忍殺送與劉表後侮慢表表不能容以江夏太守黃祖性急故送衡與之祖長子射尤善之後竟爲祖所殺時年二十有六時黃祖太子射亦賓客大會有獻鸚鵡者舉酒於衡前曰禰處士銑曰舉酒勸酒也處士隱者之稱今日無用娛賓良曰無諸戲弄以用娛樂賓客竊以此鳥自遠而至明惠聰善羽族之可貴願先生爲之賦使四坐咸共榮觀不亦可乎向曰使四坐之人觀衡之文詞以爲榮也衡因爲賦筆不停綴文不加點

選七　十七

其辭曰

惟西域之靈鳥兮挺自然之奇姿體金精之妙質兮合火德之明輝翰曰鸚鵡出西域黃山也靈異也挺特也出自然靈異之姿容西方金也質寄於西故云體金精也朱鳥南方火也鳥皆稟之故云合火德也性辯惠而能言兮才聰明以識機故其嬉許其遊高峻棲跱幽深飛不妄集翔必擇林紺趾丹觜綠衣翠衿采采麗容咬咬好音良曰嬉戲峙立也紺青色趾足也綠衣謂毛綠色胷前翠色故云翠衿咬咬鳥聲雖同族於羽毛故殊智而異心配鸞皇之等美焉比德於衆禽向曰心智異於衆鳥也可以匹鸞鳥鳳皇之美於是羨芳聲之遠暢偉靈表之可嘉命虞人於隴坻丁禮詔伯益於流沙銑曰偉美也謂美其聲音儀表可以嘉善乃命山澤之官求之於隴坻流沙也虞人伯益山澤之官隴坂名流沙地名跨崐崙而播弋冠雲霓而張羅雖綱維之備設終一目之所羈翰曰跨度也言度越崐崙雲霓之高以張羅也網維雖廣所中者不過網之一目且其容止閑暇守植安停迫之不懼撫之不驚能順從以遠害不違忤以喪生向曰植生也言能守生故安停於手順從遠害不違逆於人以喪其生故獻全者受賞而傷肌者被刑爾乃歸窮委命離羣喪侶閉以彫籠翦其翅羽良曰傷肌謂傷鳥肌肉者則被刑戮歸窮言此鳥迫委性

選七　十八

命於人也籠閉鳥器也雕飾也流飄萬里崎嶇重阻踰岷
越障載罹寒暑濟曰崎嶇傾側皃言飄流遠來涉越岷山邊障載經冬夏
女辭家而適人臣出身而事主彼賢哲之逢
患猶棲遲以羈旅翰曰比衡爲曹操所迫故寄詞遠情女適人臣事主
君逢禍患亦棲遲羈旅也矧禽鳥之微物能馴擾以安處
眷西路而長懷望故鄉而延佇忖陋體之腥
臊亦何勞於鼎俎銑曰矧況擾柔也況鳥微賤能順柔安處也自度體
陋而又腥臊不堪鼎俎之器應不至被害嗟祿命之衰薄奚遭時
之險戲平聲良曰祿命天命也其天命衰薄奚何也何期如此遭時險難豈
言語以階亂將不密以致危濟曰豈自發問也豈爲言語以

階禍亂邪將復爲事不密以致危邪痛母子之永隔哀伉儷之無
生離翰曰伉儷夫婦也匪餘年之足惜慜衆雛之無
知背蠻夷之下國侍君子之光儀懼名實之
不副恥才能之無奇向曰言此餘命不足惜慜其衆雛未有所識也
名聲名也實所能也恥其才能無異不副聲名羨西都之沃壤識苦
樂之異宜懷代越之悠思故每言而稱斯銑曰
西都西京也今於此愛西京沃壤是知苦樂異宜也代代馬依北風越鳥巢南枝言感彼鳥
馬之懷代越而鸚鵡思西歸故每言長安樂是也若乃少昊司辰蓐
收整轡良曰少昊西方帝也蓐收典秋之神整轡御秋也嚴霜初降
涼風蕭瑟長吟遠慕哀鳴感類音聲悽以激

揚容貌慘以顦顇濟曰言秋風動長吟哀鳴思彼羣遊其聲激切容皃
顦顇聞之者悲傷見之者隕淚放臣爲之屢歎
弃妻爲之歔欷翰曰放臣謂得罪見逐遠國者弃妻謂夫放之歔欷悲也
感平生之遊處若壎宣篪持之相須何今
日之兩絕若胡越之異區向曰感平生雌雄遊處如壎篪相須
何今日兩相隔絕各在一方若胡越異域矣壎篪並樂器相和者也胡在北越在南言遠
也順籠檻以俯仰闚戶牖以踟蹰銑曰順從於籠檻之
中窺視人之戶牖思其形也踟蹰將飛皃想崐山之高峻思鄧林
之扶踈顧六翮之殘毀雖奮迅其焉如心懷
歸而弗果徒怨毒於一隅翰曰思遊山林顧其羽翼殘毀而所

懷不遂徒怨痛一隅而已隅方也苟竭心於所事敢背惠而
忘初託輕鄙之微命委陋賤之薄軀期守死
以報德甘盡辭以效愚恃隆恩於既往庶彌
久而不渝良曰且盡心所事豈敢背惠忘其初始也託命委身當守死報德盡
辭效愚恃其盛恩既過庶其遠久而不變也渝變也

鷦鷯賦　并序

張茂先

先曰晉書云張華字茂先太原范陽人也好六義博覽墳典爲太常博士兼中書郎雖棲雲閣慨然有感作鷦鷯賦以此鳥小而能安也後遷司空爲趙王倫所害

鷦鷯小鳥生於蒿萊之間長於藩籬

之下翔集尋常之內而生生之理足矣良曰八尺曰尋倍尋曰常生養也言翔集於此養生之理足也色淺體陋不為人用形微處卑物莫之害濟曰言毛色淺惡形體醜陋既居處卑下故物無害也繁滋族類乘居匹遊向曰四馬曰乘言族類繁滋故居必乘遊匹也乃翾翾然有以自樂彼鷲就鶚鵾昆鴻孔雀翡翠或陵赤霄之際或託絕垠之外翰舉足以沖天觜距足以自衛翰曰赤霄至高也絕垠至遠也言大鳥等或生絕遠或能沖天觜距之利足以自衛護也然皆負矰嬰繳羽毛

入貢何者用於人也夫言有淺而可以託深類有微而可以喻大銑曰鷲鶚可以贄而鵾鴻可以食孔雀翡翠可以飾皆以有用於人而負矰繳以為鷦鷯無患也喻大謂以人可以退身守愚以保其生故賦之云爾

何造化之多端兮播羣形於萬類濟曰播布類種也惟鷦鷯之微禽兮亦攝生而受氣翰曰攝養也育翩翾許緣之陋體兮無玄黃以自貴良曰育養也翩翾小飛皃陋小也言毛羽無玄黃之色可貴毛弗施於器用兮肉不登乎俎味向曰毛不可飾器肉不為俎豆之實鷹鸇過猶俄翼

兮尚何懼於罿衝罻音尉銑曰俄傾也鷹鸇鷲鳥以其小傾翼而過罿罻小網翳薈烏會蒙籠是焉遊集飛不飄颺翔不翕習翰曰翳薈蒙蘢蒿草密皃飄颺高飛皃翕習急疾皃言遊集不過蒿草飛翔不高不疾也其居易容其求易給巢林不過一枝每食不過數粒濟曰粒米也言小而易容給也棲無所滯遊無所盤匪陋荊棘匪榮茝蘭良曰盤樂也是處可棲故無滯閡是處可樂故無常所不以荊棘惡而陋之不以蘭茝香而榮之也動翼而逸投足而安委命順理與物無患平伊茲禽之無知兮何處身之似智不懷寶以賈古害兮不飾表以招累向曰不擇處故易安逸任命順道故不為物患也懷寶者人必

害而取之如以寶買人之害也言此鳥不懷寶買害不以毛彩自飾故不招其累也靜守性而不矜動因循以簡易任自然以為資無誘慕於世偽濟曰言能守性不自矜持動不煩擾任自然資用不為人所誘慕雕鶡曷介其觜距鵠鷺逸於雲際良曰雕鶡二鳥以觜距之大肌肉之充皆為人所取鶤雞竄於幽險孔翠生乎遐裔彼晨鳧與歸鴈又矯翼而增逝翰曰孔雀翡翠晨鳧皆鳥名言其藏竄幽險遠裔之處咸美羽而豐肌故無罪而皆斃徒銜蘆以避繳終為戮於此世銑曰咸以肌肉羽毛可用無罪為人所斃斃死也鴈自南向北以體充不能高飛常銜蘆以避繳然終為時人所殺蒼鷹鷙而受紲薛鸚鵡惠而入籠

屈猛志以服養塊幽縶於九重 濟曰鷙猛也絏係也猛志謂鷹性也言屈志從服養也塊獨也言獨幽縶九重謂君門也 變音聲以順旨思摧翮而為庸戀鍾岱之林野慕隴坻 丁禮 之高松 向曰鷦鷯變音聲以順人之旨趣摧羽翮以為人用也鍾岱二山名出鷹隴坻出鷙鳥言戀慕所遊之林松也 雖蒙幸於今日未若疇昔之從容海鳥鶢 袁 鶋 居 避風而至 翰曰鶢鶋避風於魯門臧文仲祭以鍾鼓 條支巨雀踰嶺自致 良曰條支國名國時貢大雀 提挈萬里飄颻逼畏 銑曰提挈萬里謂大雀也飄颻逼畏謂懼 鶋畏鍾鼓聲也 夫唯體大妨物而形瓌足瑋 韋 陰陽陶烝萬品一區 濟曰體大鶢鶋也形瓌謂巨雀也 巨細舛錯種

選七　二十三

繁類殊鷦螟巢於蚊睫 接 大鵬彌乎天隅 翰曰舛錯不齊也言大小不齊種類雖繁其類各殊也鷦螟微蟲也巢於蚊子之睫鵬大鵬其翼蒲於天之一隅也 將以上方不足而下比有餘普天壤以遐觀吾又安知其小大之所如 銑曰上方鵬鳥下比鷦螟也傷天壤遠觀之大小者惡竟不知其所從也

赭 者 白馬賦 并序

顏延年

向曰沈約宋書云顏延之字延年琅邪人少好讀書無所不覽文章之美冠絕當時後為祕書監宋文帝為中郎將受武帝赭白馬之錫及文帝受禪其馬乃死帝命羣臣賦之而延之同有此作

驥不稱力馬以龍名 翰曰子曰驥良馬不稱力而稱德馬之大者名之為龍 豈不以國上威容軍駙 付 趫 去妖 迅而已 濟曰駙馬名趫壯迅疾也言國之所尚威儀容止軍之所重壯疾而已 實有騰光吐圖疇德瑞 王 聖之符焉 良曰堯時河洛出榮光神馬銜赤文甲圖臨堯祭壇而吐之疇昔也言昔帝之德有此瑞聖之符焉 是以語崇其靈世榮其至 銑曰語謂入之語端也堯有此神馬故人之所語崇美其聖靈代代崇其至德 我高祖之造宋也五方率職四隩入貢 向曰五方中國蠻夷戎狄隩遠也言五方四遠並來貢獻 秘寶盈於王府文駟列乎華廄 翰曰秘寶異寶文駟良馬華廄馬舍 乃有乘輿赭

選七　二十四

白特稟逸異之姿妙簡帝心用錫聖皁 濟曰乘輿天子也逸異簡當錫賜也皁馬櫪也言自天子櫪而賜焉 服御順志馳驟合度 良曰服御乘驚也言乘駕順心志也合度合節度也 齒歷雖衰而藝美不忒襲養兼年恩隱周渥 銑曰齒歷年也襲受隱私也言年雖衰老而藝能不差忒受養兼於暮年是帝之恩私周厚也 歲老氣殫斃于內棧 向曰殫盡斃死也棧以板為櫪而承馬足也 少盡其力有惻上仁 翰曰少壯盡力惻怛天子之仁心 乃詔陪侍奉述中旨末臣庸蔽同獻賦 濟曰命陪侍之臣述天子之辭末臣延之自謙也同獻謂

同諸侍臣其辭曰

維宋十有四載盛烈光乎重葉良曰烈業也武帝文帝相承故曰重葉言盛大之業光明於此武義粵其肅陳文教迄已優洽銑曰言宋帝武事文教被於遠方粵於迄盡也武事肅然陳列文化盡已優洽泰階之平可升興王之軌既接向曰泰階三台星也上下皆平謂太平軌迹也言太平可升興國之迹可接於古也訪國美於舊史考方載於往牒翰曰訪古先帝王爲國之美者於書史之中考興王之則於往昔圖牒之上良馬之瑞者以比今也方當載則也牒亦書史之流昔帝軒陟位飛黃服皁良曰黃帝登位有神馬見也飛黃神馬也皁櫪也言服養於皁櫪之中后唐膺籙赤文候日濟曰龍馬銜赤文綠字圖候日昊以應堯也

漢道亨而天驥呈才濟曰亨通也言漢德通遠方天馬見魏德楙而澤馬效質銑曰楙盛也魏有澤馬見伊逸倫之妙足自前代而間出並榮光於瑞典登郊歌乎司律向曰伊推也漢並有安言間出以光榮瑞應圖也漢得天馬作歌云天馬來龍之媒此皆入於律呂登於郊廟所以崇衛威神扶護警蹕翰曰威神謂天子也得神馬可以扶衛天子警蹕也警蹕出入清道也是用精曜協從靈物咸秩濟曰精曜天駟星也謂星叶從而爲神馬靈物謂天馬也言皆有次序暨明命之初基罄九區而率順良曰暨至罄盡也九區九州也至明命之初盡九州皆率而順從有肆險以稟朔或踰遠而納賮銑曰肆奔也言九區之人皆奔險踰遠稟正朔納賮貨也閔王會之阜昌知函夏之充牣音仞翰曰王會謂會諸侯四夷也阜大昌盛也函夏中夏也言閔王此會大盛乃知中夏納萬國之獻充滿於王庭總六服以收賢掩七戎而得駿向曰六服謂侯甸采男蠻衛也七戎六蠻謂之四海駿良馬言掩摠諸國而收得之蓋乘風之淑類實先景之洪胤濟曰乘風先景言迅疾也淑美洪大也種類美大而迅疾也故能代驂象輿歷配鉤陳去聲叶韻良曰象輿象車也鉤陳天子衛也此馬武帝賜文帝故云代驂歷配也齒筭延長聲價隆振信聖祖之蕃錫留皇情而驟進銑曰言長命而聲價盛振此駿帝爲蕃王高祖賜之故云留皇情而驟進徒觀其附筋樹骨垂梢植髮雙瞳夾鏡兩權協月翰曰瞳目

權頰也蘭筋勁骨毛髮長植也異體峯生殊相逸發超攄絕夫塵轍驅騖迅於滅沒濟曰峯生言多異體與他馬不同也超攄驅騖行走皃絕夫塵轍謂塵不及馬輪不踐轍滅沒言疾也簡偉塞去門獻狀絳闕旦刷幽燕晝秣荊越良曰偉美也塞門在北出馬獻也絳闕天子門也言簡於塞門獻於絳闕刷刮也秣飼也幽燕北地名荊越南地名朝日未出時晝日出後言馬疾也教敬不易之典訓人必書之舉去聲叶韻銑曰教習此馬敬依不易之法也君之舉動必書以訓人言此恐君遊逸無度故發此端也惟帝惟祖爰游爰豫翰曰文帝高祖皆經乘此馬而游豫也游豫謂天子巡幸飛轡軒以戒道環轂騎而清路勒五營使按部聲八鑾以節步向曰輈軒輕車

也鑾鈴也穀騎弓騎也五營天子出薄也言戒道清路按部伍則裝八鈴以節行步具
服金組兼飾丹雘音矸叶韻寶鉸星纏鏤章霞布
濟曰言以金組丹青飾其裝具如星霞之文進迫遮列却屬輦輅
良曰迫速也遮播衛也列行也言馬進速於前行者則遮備天子以爲行列也却後者則
充屬徒之車也輦輅車也欻聳擢以鴻驚時濩略而龍翥
翰曰皆奔鶩之皃弭雄姿以奉引婉柔心而待御銑曰
弭雄猛之姿奉引塗路婉順其心待天子之駕御也至于露滋月肅霜
戾秋登王于興言闌肆威稜濟曰戾至肆也言天子候秋
時殺氣以縱威稜也臨廣望坐百層料平武藝品驍古堯
騰良曰廣望百層皆臺名料擇也言簡擇武藝之士品類驍騰之馬也流藻周

施和鈴重設向曰藻畫文言周帀畫文重設鈴於上睨影高鳴
將超中折翰曰睨視也馬有視影高鳴者良馬也超走折住也分馳迴
場角壯永埒銑曰分走競壯於地長埒也角競也迴別輦越羣
絢練夐絕捷趫夫之敏手促華鼓之繁節濟曰
絢練疾皃夐迴絕遠也言越於羣輩疾而迴遠也射必搴鼓以節馬步令馬疾故使趫捷
之夫促手而擊之經玄蹄而雹散歷素支而冰裂良曰
此謂騎射也玄蹄素支皆射帖名經歷著也雹散冰裂皆中帖之聲膺門沫赭
汗溝走血向曰膺胸也擁馬膺門欲闊汗溝欲深赭血皆馬汗也踠跡
迴唐畜怒未渫乾心降而微怡都人仰而朋
悅翰曰唐道也渫散也踠跡畜怒謂馳驟之勢未散也乾天也言天子微悅都人羣悅

而歡也朋猶羣聚也妍變之態既畢陵遽之氣方屬跼
衢玉鑣轡之牽制隘通都之圈求免束眷西極而
驤首望朔雲而蹀足銑曰言變態既畢勇急之氣增以連屬而牽制
銜鑣國都之隘窄故眷望西極朔雲冀中奔逸也陵遽勇皃驤舉也西極天馬所出也
朔雲朔方雲中二郡也蹀足謂疾行也將使紫燕駢衡綠虵衛
轂纖驪接趾秀騏齊亍丑錄反向曰紫燕綠虵纖驪秀騏皆駿馬
名也駢並也衛車衛也亍行皃覲王母於崐墟要帝臺於宣
嶽濟曰覲見也帝臺神名宣山名嶽山之通稱言駕此馬經過王母帝臺所居跨
中州之轍跡窮神行之軌躅良曰跨徧也言車轍徧中州盡
人神所行之迹軌躅皆迹也然而盤于遊畋作鏡前王肆

於人上取悔義方向曰前王太康也盤遊喪國思太康之事可以作鏡
於今日豈縱於人上取悔責於道義之方天子乃輟駕迴慮息徒
解裝覽穆武憲文光翰曰輟止也天子止遊迴慮解息徒御裝具以
穆主漢武帝爲鑒戒文帝光武爲憲法也振民隱脩國章戒出豕
之敗御惕飛鳥之跱衡濟曰人有隱痛不濟者發倉廩以濟之國
章謂國之禮儀也王子期爲趙簡子主御車有豕突出溝中馬驚敗駕也後漢朱勃上書
云飛鳥跱衡而驚馬也跱立也衡車軛也言今戒懼此豕突鳥立恐驚馬也故祗
慎乎所常忽警備乎所未防良曰祗敬忽輕也言敬慎常日輕
所輕之事謂首出入也備其所未防以爲警戒輿有重輪之安馬無
泛方奉駕之佚音逸翰曰天子車輪取其安也泛覂佚過也處以濯

龍之奧委以紅粟之秩銑曰𩃬龍內廄名奧深委與也紅粟多年
色紅秩祿秩也服養知仁從老得年加弊帷收仆質
濟曰知有恩也弊帷破帷也孔子云弊帷不棄用以埋馬仆倒也天情周皇
恩畢亂曰惟德動天神物儀兮良曰言龍動天故神物呈
其容儀於時駔駿充階街兮向曰駔駿神馬也充滿也
階庭也待備也稟靈月駟祖雲螭兮翰曰馬稟月精及天駟星也馬
有龍種故言祖雲螭言以龍為相也雄志倜儻精權奇兮銑曰
言雄壯之志倜儻絕羣也權奇善行皃既剛且淑服鞿羈兮
濟曰剛壯淑善也鞿羈韁也言壯而善服於韁控也控効足中黃徇驅
馳兮良曰中黃中營也以身從物徇言効天子之營以從驅馳願終惠

選七　二十九

養蔭本枝兮良曰願終惠養以及後世養蔭也竟先朝露長
委離兮翰曰竟終也言終先朝露而死委棄恩惠離別服御

舞鶴賦　鮑明遠

散幽經以驗物偉胎化之仙禽銑曰幽經相鶴經也偉美
也鶴一千六百年即胎產鍾浮曠之藻質抱清迥之明心
濟曰鍾聚也美其輕舉故賓文藻之質清遠之心也指蓬壺而翻翰望
崑閬而揚音向曰蓬壺崑閬皆仙山名帀日域以迴騖窮
天步而高尋良曰日域天步言至遠也言能窮極天下而為遊焉踐神
區其既遠積靈祀而方多精含丹而星曜頂
凝紫而烟華濟曰神祀神明之區域祀年也蹤歷既遠年壽又多目赤如星

頂色如紫烟之華引圓吭之纖婉頓脩趾之洪姱
若華銑曰吭頸也姱美也引頸細而曲足趾高疏大多姱美也疊霜毛而弄
影振玉羽而臨霞翰曰霜毛玉羽言其色白而臨於霞也朝戲
於芝田夕飲乎瑤池向曰鍾山之北有芝田瑤池而鶴朝夕遊戲飲
家於中也厭江海而遊澤掩雲羅而見羈濟曰厭棄江海
遊山澤掩遭羅網故為人所羈束縲羅言羅高及雲去帝鄉之岑寂歸
人寰之喧卑良曰帝鄉天帝之鄉也岑高寂靜也人寰人之寰宇喧卑之處
也歲崢嶸而催暮心惆惕而哀離於是窮陰
殺節急景凋年涼沙振野箕風動天銑曰崢嶸零悴
皃惆悵悲傷皃箕星名主風故云箕風嚴嚴苦霧皎皎悲泉冰

選七　三十

塞長河雪滿羣山翰曰嚴嚴慘列皃霧殺物故云苦也寒既而
氛昏夜歇景物澄廓星翻漢迴曉月將落感
寒雞之早晨憐霜鴈之違漠臨清風之蕭條
對流光之照灼唳清響於丹墀舞飛容於金
閣向曰氛昏陰氣也歇止也違漠鴈背沙漠以就溫也蕭條風聲流光謂月光流下也
唳鶴鳴也丹墀天子階庭也金閣以金飾閣也始連軒以鳳蹌七良終
宛轉而龍躍濟曰鶴舞之皃躑躅徘徊振迅騰摧鶩
身蓬集矯翅雲飛良曰跳躑騰舉如飄蓬飛雲也離綱別赴
合緒相依銑曰舞之列離合皃行將興中止若往而歸
颯沓矜顧遷延遲暮逸翮後塵翱翥先路翰曰

將起復止如去復還颯沓矜顧謂自憐顧眄也遷延遲暮謂徐緩逸翮之急塵在鶴後翔
翥飛也先路高路也指會規翔臨岐矩步向曰指會凌矩皆舞之節
臨指其節翔步皆中規矩態有遺妍貌無停趣濟曰姿態餘言多也
皃之我轉亦不停其趣向奔機逗節角睞分形良曰機會逗止也睞
斜視也言奔會止節以眼角斜視各分退一邊也長揚緩騖並翼連
聲輕迹凌亂浮影交横銑曰言長舉頭緩行相並連聲而鳴也
衆變繁姿參差洊密翰曰洊重也言鶴變態羽翼參差相重而
密也烟交霧凝若無毛質風去雨還不可談悉向曰悉盡也言烟霧相交與鶴同色如不見毛質如風雨之去來非說可盡其美既
散魂而盪目迷不知其所之忽星離而雲羅

整神容而自持仰天居之崇絶更惆悵以驚
思銑曰言觀者魂散目盪迷不知所從星離雲羅謂鶴散立皃整神容鶴將飛皃天居
鶴之舊崇絶高遠言仰望舊居高遠惆悵然驚其所思當是時也燕姬
色沮巴童心恥巾拂兩停丸劍雙止良曰巴童舞姬
並善歌舞者沮敗恥慙也巾拂舞人所執者丸弄鈴者劍弄刀者言對此鶴舞皆色敗慙
而停止也雖邯鄲其敢倫豈陽阿之能擬銑曰邯鄲善爲
歌曲陽阿雅曲對此亦不敢倫擬也入衛國而乘軒出吳都而
傾市翰曰衛懿公好鶴鶴有乘軒者吳王闔閭女死葬於西昌門積土爲墳有雙白
鶴舞於吳市乃令萬人隨觀與鶴俱入墓門因塞之以送死也守馴養於千
齡結長悲於萬里向曰馴順齡年也

幽通賦　班孟堅

銑曰是時多用不肖而賢良路塞固賦幽通述古者得失神明之理以爲精誠信惠是所爲政也
系高頊之玄胄兮濟曰系連胄緒也高頊謂帝顓頊高陽氏班氏顓頊
之後故云系也玄北方水色高陽氏水德故云氏中葉之炳靈良曰班本
與楚同姓至令尹子文生而弃於雲夢虎乳之楚人以虎班因爲氏焉故云中葉炳靈
明也靈胄謂虎乳也飖凱風而蟬蛻兮雄朔野以颺
聲銑曰飖颻也凱風南風也秦末班氏蘃自楚避難於地如沛如隨風飄去故
鉏也至惠帝時以財雄聞於北邊如蟬蛻其殼復爲雄傑故云朔野颺聲颺振也皇
十紀而鴻漸兮有羽儀於上京翰曰皇漢也紀代也鴻

水鳥漸進也言先人至漢十代始如鴻鳥之進有冠冕羽儀於上京巨滔天而
泯夏兮考遘愍以行謠向曰王莽字巨君爲滔天之虐泯滅中夏
也遘遇也言父遇王莽亂愍於生人行爲歌謠者救亂之志終保己而貽
則兮里上仁之所廬濟曰貽遺則法也言終保愛我父之所遺法則
爲我擇仁者之居爲廬舍懿前烈之純淑兮窮與達其必
濟音躋叶韻良曰懿美也前烈先祖也美我先祖有純淑文德身處窮厄也亦有濟時
之志身得榮達必有經國之義咨孤蒙之眇眇兮將圮平鄙絶
而罔階銑曰咨嗟蒙闇眇微圮毀也嗟我閭微將毀絶先人之迹無階路以自成
也豈余身之足殉兮違世業之可懷翰曰殉營違恨
也言我身不足營先人之事恨此代業毀絶誠可懷也靖潛處以永思

兮經日月而彌遠向曰言安靖潛處長思先人之業欲以經緯之日月
不居忽復大遠匪黨人之敢拾涉業兮庶斯言之不玷
濟曰黨鄉拾更也言先人教我謙恭之道令我不敢與鄉人更進自矜已善庶奉先人謙
道而無瑕玷魂煢煢求營與神交兮精誠發於宵寐
良曰煢煢孤兒言魂魄孤飛若與神靈交遊發我精誠於夜寐之中夢登山而
迴眺兮覿幽人之髣髴銑曰眺望覿見也幽人神也言登山遠望
見神人髣髴而求也髣髴不分明兒攬葛藟而授余兮眷峻谷
曰勿墜翰曰葛藟蔓草也言夢臨深峻之谷見神人援我蔓草而謂我曰勿墜落
也曰語辭昒昧昕欣寤而仰思兮心朦朦猶未察
向曰昒昕初明時也至初明仰思所夢心朦朦然未察其善惡黃神邈而靡

選七　三十三

質兮儀遺讖以臆對濟曰黃神黃帝也作占夢書質猶見也言邈遠
無見依其遺讖以胷臆自對曰乘高而遌迕神兮道遐通
而不迷良曰遌遇也言乘高遇神微道遠通漸不迷惑葛緜緜於樛
木兮詠南風以為綏銑曰樛木高木也緜緜葛緣木之兒南風國風
之詩綏安也言詠此所以安於下也蓋惴惴之臨深兮乃二
雅之所祇翰曰惴惴小心兒臨深喻戒懼也二雅大雅小雅皆詩篇名所以美
敬慎也祗敬也既訊爾以吉象兮又申之以烱戒向曰
訊告也烱明也謂前日夢登山為吉象深谷為明戒也盍孟晉以迨徒改
羣兮辰儵忽其不再濟曰盍何不也孟勉晉進迨及辰時也何不勉
進以及其羣輩所仕儵忽疾過時不再來承靈訓其虛徐兮佇盤

桓而且俟良曰靈神靈也虛徐狐疑也俟待也言承神靈訓戒故狐疑佇立盤
桓且待而不進之也惟天地之無窮兮鮮生民之晦在
銑曰鮮少也晦無幾也言天地之運無極也人生之時少無幾何在於代也紛屯
邅與蹇連兮何數多而知寡翰曰紛亂屯邅與蹇連皆
艱難之多而識知者寡上聖寤而後拔兮豈羣黎之所
御向曰上聖謂湯文王也寤觸御止也湯因夏臺文王拘羑里皆觸艱難而後自拔豈
羣衆之人而頑防止也昔衛叔之御訝昆兮昆為寇而
喪予濟曰衛成公會盟於楚成公弟衛叔守國有人譖叔於公云將欲自立成公倍
道而歸國衛叔方沐握髮迎之成公疑之令前驅射而殺之御迎也管彎弧欲
斃讎兮讎作后而成已良曰管仲嘗讎齊桓射之中鉤桓公後立

選七　三十四

為君以管仲為相是成已也變化故而相詭兮孰云預其
終始銑曰詭反也言變化之相反如此誰能預知終始吉凶也雍造怨而
先賞兮丁因惠而被戮翰曰雍齒也與高祖有怨天下既定先
封之為什邡侯丁公也嘗為項王逐高祖高祖謂曰兩賢豈相阨哉丁公捨之是謂惠
也天下既定丁公謁之高祖以公為不忠遂斬之栗取弔于由吉兮
王膺慶於所慼向曰栗謂漢景帝栗皇后也戚傷也言初寵見愛驕傜無
禮後遂愁恚而死是由吉而致愁也王謂宣帝王皇后也初為婕妤屬許皇后薨上以
太子早失母乃選後宮無子者養之因立為皇后慶善慼憂也王后初憂無子竟以無子
之善而尊貴也叛回穴其若茲兮北叟頗識其倚伏
濟曰叛亂也迴穴邪僻也言禍福紛亂反側如此北叟塞上翁也馬無故亡入胡人弔之

翁曰安知非福乎後其馬將駿馬而歸人賀之翁曰安知非禍乎後其子騎墮而折髀人弔之翁曰安知非福乎後胡兵大出丁壯者戰而死唯子以跛故得父子相保故以北叟知禍福相因倚而生也

單善治裏而外凋兮張修襮普而內逼良曰單豹導氣於內巖居飲水與人無患而爲餓虎所食故云外凋也襮表也張毅富而高門懸薄修表也後以內熱而死故云內逼也

聿中和爲庶幾兮顏與冉又不得銑曰聿惟也惟以優中和爲庶幾則顏回早夭冉伯牛被疾俱不壽終凡死不壽終而死曰不得也

溺招路以從己兮謂孔氏猶未可翰曰溺桀溺也路子路也言桀溺招子路令從己隱謂孔子不可隨從也

安慆慆滔而不萉肥兮卒隕身乎世禍向曰慆慆亂皃萉避也言子路仕於衛不能避衛亂終見殺而爲醢也

遊聖門而靡救兮雖覆醢其何補濟曰聖門孔子也言子路遊孔子之門不能以聖道救禍身猶被醢雖夫子令覆醢不食何所補益也謂孔子聞子路爲衛人所醢而當食之醢皆命覆棄之不忍食也

固行行胡朗其必凶兮免盜亂爲賴道良曰行行剛彊皃言子路用剛毅之德竟至凶殘依義而免爲盜亂者賴聞仲尼之道也

形氣發于根柢兮柯葉彙而零茂銑曰言物之生氣皆發根柢也柯葉之類零落茂盛皆由本根言人吉凶衰盛亦在於先祖

恐魍魎之責影兮羌未得其云已翰曰責問也魍魎影外微陰也魍魎問於影曰曩子行今子止曩子坐今子起何其無特操歟影曰吾有待而然也言顏淵季路逢災蹤害或疑其身或非其師亦由魍魎問影未得其已

黎淳耀于高辛兮芊弭彊大於南氾音似向曰黎高

辛氏火正也本居楚也芊楚姓也言黎有淳和耀明之德以事于高辛故楚得彊大於江汜之涯也氾涯也

嬴取威於百儀兮姜本支乎三趾濟曰嬴秦姓伯益之後其先伯益爲虞官典鳥獸蕃得其儀秦由是興姜姓伯夷之後其先伯夷典天地人之三禮齊由是興趾禮也

既仁得其信然兮仰天路而同軌良曰人道既然仰視天道固亦同法

東隣虐而殲子廉仁兮王合位乎三五翰曰東隣紂也殲殺也言暴虐殺仁賢之士也武王合得天心地義人事五行之正運故曰之也

戎女列而喪孝兮伯徂歸於龍虎銑曰戎女驪姬也列酷也孝子謂太子申生也言驪姬爲酷列之行以喪申生也伯文公也徂往也將歸於晉問於董因曰吾其濟乎對曰公以辰出以參入皆晉祥也必伯諸侯也辰星龍也往必應之參星虎也歸則應之

發還師以成命兮重醉行而自耦向曰發武王名也武王觀兵盟津乃還終成天命也重耳晉文公名時在齊齊姜與子犯醉而遣歸辛爲天時會而立爲文公耦會也

震鱗漦助緇于夏庭兮帀三正而滅姬良曰震爲龍龍鱗蟲之長也漦沫也姬周姓也三正夏殷周也夏之衰有三龍止於庭以策告之龍去而漦在因櫝而藏之三代莫敢發至厲王發之漦流於庭化爲黿以觸童女既笄生一女弃之有人收之奔褒褒人有罪入所收子以贖罪幽王愛之而廢申后后父怒攻幽王遂殺之自此宗周滅也

巽羽化乎宣宮兮彌五辟而成災濟曰巽爲雞雞爲羽蟲故云巽羽宣帝時雌雞化爲雄至平帝時歷五君而王莽篡焉

道脩長而世短兮夐冥默而不周銑曰夐遠周至也言天道長遠人代短促當時冥默不能周備知徵應也

胥仍物而

鬼諏子侯兮乃窮宙而達幽向日胥仍因諏謀也往古來今日
宙言相因之物使鬼神爲謀乃可窮古今通幽微也
嬀巢姜於孺筮兮
旦筭祀于契龜翰日嬀陳姓巢居也姜齊姓孺小筮占也陳敬仲小時周
史有易見陳侯使卜之遇觀之否日是觀國之光利用賓于王此其代陳有國乎祀年也
謂公卜年七百契合於龜也宣曹興敗於下夢兮魯衛名
諡於銘謠向日周宣王時牧人夢衆維魚矣大人占之日豐年曹人或夢衆君
子立於社而謀亡曹後宋人執曹伯而殺之司牧下夢而興敗殊也魯昭公時有謠日禍
父喪勞宋父以驕發昭公死於野井定公即位而驕也衛靈公死卜葬沙丘掘之得石槨
其銘日靈公遂以爲諡妣聆呱孤而劾石兮許相理
而鞫條濟日妣母聆聽劾刻也呱啼聲也叔向生子石伯其母聞石伯啼聲日豺

選七　三十七

狼聲也劾之日滅羊舌氏者必此子也鞫告也亞夫封條侯許負告云縱理入口當餓死
後果下獄不食而死道混成而自然兮術同原而分流
良日言人骨肉四支聲音五藏相爲表裏合成一體此自然之道也至于術學論其得失
考其貴賤頗同一原至于聽察聲色規度骨體占視威儀考聚言行其流各異神先
心以定命兮命隨行以消息翰日言神之微可見先心定命
然命亦在人隨事消息而行也斡流遷其不濟兮故遭罹而
贏縮銑日斡轉遭遇罹憂贏過也縮不及也言人受先祖善惡之延轉徙流行故有
遭遇禍福相及也三樂同于一體兮雖移易而不忒
良日欒書生黶黶生盈書賢黶惡害盈也秦伯問士鞅晉大夫誰先亡乎對日欒氏
乎何知之日盈之善未能及人書之施已滅矣而黶之惡實彰後果晉滅欒氏父子雖爲

一體拒稚然滅亡之道竟不差忒洞參差其紛錯兮斯衆兆
之所惑銑日洞幽也言天道幽微不齊紛錯亂使衆人所惑周賈盪
而貢憤兮齊死生與禍福向日莊周賈誼也貢讀憤亂也言莊
周賈誼皆讀亂不知所守故齊生死禍福以爲放盪之辭抗爽言以矯情
兮信畏犧許宜而忌鵩翰日抗極爽差也言莊周賈誼極爽差之言以
矯其情者信畏爲犧牲而忌鵩鳥之患或聘莊子云犧牛乎衣以文繡食以芻菽牽入廟
門欲爲孤犢不可得也所貴聖人之至論兮順天性而
斷誼良日至論謂五經六藝所以貴之者順天性也亦避以義不可貪生而失名也
物有欲而不居兮亦有惡而不避銑日富貴人所欲不
以道而得之者不居貧賤人所惡不以道得之者不避守孔約而不貳

選七　三十八

兮乃輶德而無累翰日孔甚輶輕也言聖人所守甚約而無二端乃輕
用思慮之德而無累害也三仁殊於一致兮夷惠舁而齊
聲向日三仁微子箕子比干也言所趣各異俱至於仁也夷伯夷以高蹈爲賢惠柳下
惠以降志辱身爲賢去留各殊爲賢齊等也木偃息以蕃魏兮申
重繭以存荊濟日木段干木也偃息以安魏國也申申包胥也荊楚也吳伐
楚申包胥七日七夜重繭而行告急於秦王發兵擊吳大敗之以存楚也紀焚身
以衛上兮皓頤志而弗傾良日紀紀信也項羽圍漢王於滎陽
紀信乘王車詐爲漢王以降羽羽急焚之漢王因此得遁四皓謂綺里季夏黃公東園公
甪里先生當秦之代避亂而入商洛山養志不見傾變順養也侯草木之區
別兮苟能實其必榮銑日侯惟也惟此草木而猶區分人豈能一貫

六臣躬

哉識能實行仁義之道必有榮名要沒世而不朽兮乃先民之所程翰曰程法也要此沒世不朽之名乃為來世人所法式也覩天網之紘覆兮實匪諶而相訓向曰紘大匪輔諶誠也言天網大覆人之上弗不信也能有誠實於丗者亦當相輔而訓教謨先聖之大猷兮亦鄰德而助信濟曰鄰近謨謀也言謨先聖之大道使人皆近我德而助信也虞韶美而儀鳳兮孔忘味於千載良曰虞舜也韶舜樂名言舜樂之聲美感鳳皇來儀後孔子過齊聞韶樂之聲音忘其肉味思之深也千載言云遠也素文信而底麟兮漢賓祚于異代翰曰底致也孔子作春秋素王之文以明示禮度之信故能致麟見也至漢封孔子後為紹嘉公也賓祚謂禮其後祚也異代謂漢也精通靈而感物兮神動

漢七　三十九

氣而入微良曰言人能致精誠則通於神靈而感於物神之運動氣志入於幽微也養流睇而猿號兮李虎發而石開濟曰養由基善射通神王命射猿猿流睇視之其猿則號李廣獵於中草見石以為虎而射之中石沒羽視之石也他日射之終不能入也非精誠其焉通兮苟無實其孰信良曰非精誠所感焉能通達猿石且無實誰肯信也操末伎猶必然兮矧耽躬於道真銑曰矧況也言由廣執此射之末伎猶感猿號石開況能以至誠耽身於道真哉登孔昊而上下兮緯群龍之所經翰曰孔子太昊以來群聖上下經緯天道備矣群龍群聖也朝貞觀而夕化兮猶諠已而遺形向曰貞正諠忘也言朝聞正道之道夕則亡矣猶忘已而遺形骸也若胤彭而偕老兮訴來而通情濟曰胤續訴告也若得續彭祖之年俱老聃之壽當告之來智與之通精

亂曰天造草昧立性命兮良曰言天始造萬物草創於冥昧之中以立性命也復心弘道惟賢聖兮銑曰復心弘道者惟賢聖能也渾元運物流不處兮翰曰渾元天地也言天地運物流轉無常也保身遺名民之表兮向曰言能保其身遺令名於後亦為人之師表舍生取誼亦道用兮濟曰孟子曰生我所欲義亦我所欲二者不可得兼寧舍生而取義也憂傷夭物忝莫痛兮銑曰忝辱也言生為憂傷身為物夭者辱莫痛於是皓爾太素曷渝色兮銑曰皓白也太素天也曷何渝變也言天之白何有者變色人能原於信義不染邪流是與天同也尚越其幾淪神域兮翰曰尚庶幾也越於也言人能同太素不變易者乃庶幾遊於神明之域也

漢七　四十

文選卷第七

長　門

文選卷第八　賦辛

梁昭明太子撰　五臣注

志下

張平子思玄賦一首
歸田賦一首
潘安仁閑居賦一首

哀傷

司馬長卿長門賦一首
向子期思舊賦一首
陸士衡歎逝賦一首
潘安仁懷舊賦一首
寡婦賦一首
江文通恨賦一首
別賦一首

選八　一

思玄賦　張平子

翰曰衡時爲侍中諸常侍皆惡直醜正衡故作是賦以非時俗思玄者思玄遠之德而已

仰先哲之玄訓兮雖彌高而弗違銑曰哲智玄遠訓教違避也言志求遠教故無所違匪仁里其焉宅兮匪義跡其焉追濟曰宅居也言非仁里義跡不可追而居之潛服膺以永靖兮綿日月而不衰良曰靖思綿連衰歇也伊中情之信脩兮慕古人之貞節向曰伊維脩善也竦余身而順

秋　府

止兮遵繩墨而不跌徒結翰曰竦立止禮也言順禮義之繩墨不差跌也志摶摶徒端以應去懸兮誠心固其如結銑曰言我慕古人之志摶摶然如懸旋旋究轉不已此心堅固其若結縛旋性行以製佩兮佩夜光與瓊枝纗户圭幽蘭之秋華兮又綴之以江離向曰雄明纗繫也夜光珠也瓊枝玉也幽蘭香草也言明我性行而嬰佩用珠賣爲之又繫香草喻已脩仁義美行以立身美襞必積積以酷烈兮允塵邈而難虧良曰襞積重疊也酷烈香氣也允信也塵久邈遠虧歇也言我仁義美行重疊芬芳信久遠難歇也既姱麗而鮮上雙兮非是時之攸珍濟曰姱大麗美鮮少攸所也雖大美少雙非時所重奮余榮而莫見兮播余香而莫聞銑曰播布奮振也布振節行無人見聞也幽獨守此側陋兮敢怠遑而舍勤翰曰言抱此道居僻側之處終不敢怠暇捨此勤勞之事怠璧遑暇也韋二八之遌梧虞兮喜傅說之生殷向曰遌遇也二八八元八凱也幸慶此人得遇虞舜喜傅說生殷高宗之化而相之尚前良之遺風兮恫通後辰而無及濟曰恫痛也言尚二八傳說之餘風痛我後其時將無及也何孤行之煢煢瓊兮子不羣而介立良曰煢煢獨也介亦獨也感鸞鷖之特栖兮悲淑人之希合銑曰鸞鷖皆鳥名以喻君子特獨懷善也善人亦希與人合彼無合其何傷兮患衆偽之冒眞向曰既不與人合者何傷也患衆爲偽所冒冒也旦獲讟讀於羣弟兮啓金縢而後

選八　二

正　宗

信音申協韻翰曰讒謗也周公尚爲羣弟所疵言成王啓金縢之書知周公之德而後信
覽蒸民之多僻兮畏立辟以危身濟曰蒸衆辟法也覽
衆人多行邪僻若獨立則被讒以危其身曾煩毒以迷惑兮羌
孰可以爲言已私沈憂而深懷兮思繽紛而
不理良曰曾則毒憂也羌發詞孰誰也已助句也繽紛亂也願竭力以
守義兮雖貧窮而不改執雕虎而試象兮阽
鹽焦原而跟古思止翰曰雕虎象皆猛大之獸名阽臨跟踵也中黃伯曰
余左執太行之獿而右搏雕虎唯象未試焉夫貧窮太行之獿也號賊義之雕虎而吾曰
遇之亦足以試矣莒國有焦原臨百仞之谿有以勇見莒子卻行齊踵焉所以服莒國也
夫義之爲焦原亦高矣賢者之於義豈獨況國所以服一時言執義不改亦亡此也
庶斯奉信以周旋兮要既死而後已向曰言我奉此信義
以自周旋至死而後止也俗遷渝而事化兮泯規矩之圓
方銑曰規圓而矩方言俗遷變滅規矩之法寶蕭艾於重笥息吏兮
謂蕙芷之不香濟曰蕭艾臭草也寶之於重笥蕙芷香草也以爲不香言
國以邪佞爲賢忠讒受弃斥西施而弗御兮縶中立騕烏皎褭
奴了以服箱良曰箱大車也縶繫也西施美女斥而不御騕褭善馬而繫以駕大
車賢才之人斥逐不用或在下位也行頗僻而獲志兮循法度
而離殃翰曰頗僻邪佞也離罹也惟天地之無窮兮何遭
遇之無常銑曰言我何遭逢此無常道之代也不抑操而苟容
兮譬臨河而無航向曰不抑操行而且容於世如臨河而無舟可渡也

山　洞

欲巧笑以干媚兮非余心之所嘗濟曰嘗行也欲巧笑
求媚於時非我心所行之事襲溫恭之黻衣兮被禮義之
繡裳蒲典貞亮以爲鞶兮雜伎藝以爲珩音行
良曰襲因縛結也言用溫恭禮義貞亮伎藝之美摠集其德以飾冠帶昭綵藻
以彫琢兮璜聲遠而彌長銑曰言冠帶之上綵藻彫琢既明潔
玉聲甚長遠也淹棲遲以恣欲兮曜靈忽其西藏
翰曰淹遲遊息也曜靈日也言我服此美服遊息自恣欲以臣時而年忽以過故云日之
西藏恃已知而華予兮鶗帝鴂決鳴而不芳向曰
將恃己之華盛莫時如我而鶗鴂之鳴使衆草不芳茂猶讒邪所蔽不得進也鶗鴂[illegible]鳥
鳴則草木凋傷也冀一年之三秀兮遒白露之爲霜
濟曰三秀芝草也言以才藝之美而不見用爲邪佞所奪如靈芝一年三度秀茂而乃迫
於霜露不得茂盛也時亹亹而代序兮疇可與乎比伉
音康叶韻咨姤嫮回故之難並兮想依韓以流亡良曰
亹亹進皃疇誰伉偶姤惡嫮好也言歲漸進四序代謝正道不行誰可與我爲偶嗟好惡
之勢而得並居韓終獲仙道輕擧故思依之相與流亡遠遊也恐漸冉而無
成兮留則蔽而不彰銑曰恐學仙道漸冉不成留於此又被讒邪所
蔽而不彰明心猶豫而狐疑兮即岐阯而臚閭情
翰曰阯足臚陳也岐山之足文王所居也言心疑不決故就文王陳情文王善易因以決
疑矣衡實不行蓋以神挂其下遊適遐方皆假言之而與比類文君爲我端
蓍兮欲飛遯以保名向曰文君文王也文王爲我端蓍而筮遇遯卦

春

上九飛遯無不利謂去代而遯遁也故云欲使我用飛遯以保其名也歷衆山
以周流兮翼迅風以揚聲濟曰遯卦從初至三爲艮艮爲山故
歷衆山從二至四爲巽巽爲風故云翼迅風以揚聲二女感於崇嶽兮
或冰折而不營濟曰崇高嶽山也上九變爲咸咸感也巽爲長女兌爲少
女故云二女第四爻至第六爻變爲兌兌爲少女故云咸高山從三至五爲乾乾爲水故
云冰折不營天蓋高而爲澤兮誰云路之不平銑曰
天體乾變而爲兌兌爲澤言天高尚爲澤誰言其路不平者乎言欲行也勔緬自
彊而不息兮蹈玉階之嶢堯崢仕耕反翰曰勔勉也乾爲
五故云路玉階嶢崢高皃懼筮氏之長短兮鑽東龜以觀
禎向曰言得此吉猶懼筮有長短不定更鑽龜以卜之觀其祥周禮有東龜之龜禎

選八　五

禪

祥也遇九皐之介鳥兮怨素意之不逞濟曰介大也言
卜兆遇九皐大鳥謂鶴也亦終其意不得申呈遊塵外而瞥匹列天兮
據冥翳而哀鳴良曰言鶴遊塵埃之外哀鳴於冥翳之中喻孤絜也瞥暫
見也雕鶚競於貪婪兮我脩絜以益榮銑曰雕鶚皆鳥
名喻在仕小人我鶴也衡以自脩子有故於玄鳥兮歸母氏
而後寧向曰此假卜著辭也玄鳥謂鶴也母氏喻道也言己之守有類此鳥惟歸
於道而後獲安占既吉而無悔兮簡元辰而俶裝翰曰
元善辰時俶始也始裝而行旦余沐於清源兮晞余髮於
朝陽濟曰晞沐髮於清源而乾髮於山東矣朝陽山東也漱飛泉之瀝
液兮咀慈與石蘭之流英良曰瀝液津潤也咀嚼也石蘭芝草也英

寺

翾許緣也鳥舉而魚躍兮將往走去乎八荒銑曰
翾輕飛也八荒八方之外也過少昊之窮野兮問三丘乎
句芒向曰少昊金天氏都於窮野三丘蓬萊方丈瀛洲羣仙所居也句芒東方神言
遊東方故問也何道真之淳粹兮去穢累而票匹遙輕
翰曰謂三山上仙者登蓬萊而容與兮鼇雖抃而不傾
濟曰巨鼇負蓬萊山雖抃擊而不傾側也留瀛洲而採芝兮聊且
以乎長生良曰留此採芝草服之以取長生憑歸雲而遐逝
兮夕余宿乎扶桑銑曰憑依遐遠也扶桑日出處飲青岑之
玉醴兮餐沆胡朗瀣胡介以爲粻音張向曰岑山峯也玉醴玉泉
也沆瀣露氣也粻糧也發昔夢於木禾兮穀崑崙之高

選八　六

什

岡濟曰崐崙山上有木禾我今至此見穀是發昔夢朝吾行於暘谷
兮從伯禹乎稽山良曰暘谷日出處伯禹夏禹也稽山會稽山言自東
而南行也嘉群臣之執玉兮疾防風之食言銑曰禹會
諸侯於塗山執玉帛者萬國又會於會稽之山防風後至禹戮之也指長沙以
邪徑兮存重華乎南鄰向曰長沙地名重華舜名舜葬於蒼梧故
訪於南方也南鄰南方也哀二妃之未從兮翩繽處彼湘
濱翰曰二妃堯二女也舜之妃也舜死蒼梧二妃奔之死於江湘之間其神處於此故
哀之翩繽美皃流目眺夫阿衡兮觀有黎之圮平鄙墳
痛火正之無懷兮託山陂以孤魂翰曰眺視圮毀懷歸
也有黎高辛氏之火正謂祝融也楚靈王時衡山崩祝融之墓壞其魂託於山坡愁

朝鮮版五臣注文選　卷第八　賦辛　志下　張平子

欝蔚之茂遝兮越卭州而遊遨銑曰卭州南洲名
躋日中于昆吾兮憩炎火之所陶揚芒熛
而絳天兮水泫沄而涌濤濟曰躋度憩息也日出暘谷至于昆吾是謂正中度昆吾息炎火所陶之地芒熛火之芒角絳赤也言南方火氣盛芒角天為赤色也水沸而涌波濤也溫風翕其增熱兮惄鬱
悒其難聊良曰翕熱皃惄憂顇苦思也鬱悒煩冤也羈旅而無
友兮余安能乎留茲銑曰獨也顧金天而歎息
兮吾欲往乎西嬉向曰金天西方少昊所王也將西嬉遊故顧歎息也
前祝融而使舉麾兮纚朱鳥以承旗翰曰顓頊至重黎為火正有功命曰祝融纚聯也朱鳥南方星鳥之於旗欲往西方故使南方舉麾

選八　七

引道躔建木於廣都兮摭之石若華而躊傳躇音除良曰躔息摭拾也廣都地名建木木名言至廣都息建木之下若華樹名拾其枝而不進
超軒轅於西海兮跨汪氏之龍魚聞此國之
千歲兮曾焉足以娛余銑曰軒轅汪氏龍魚皆國名人皆壽千歲然不足以娛我也
思九土之殊風兮從蓐收而遂徂銑曰九土九州之土也蓐收西方神名徂往也言從西方而往中野歘神化而
蟬蛻兮朋精粹而為徒向曰自西方而來歘然若神之化也蟬之蛻以精粹為朋友徒侶也蹶厥白門而東馳兮云台怡行
乎西野翰曰蹶履也白門西方之門也台我也亂弱水之潺士連
湲秀兮逗華陰之湍渚濟曰正絕流曰亂弱水水名逗止也華陰

大華之陰號馮夷俾清津兮棹龍舟以濟予音與協韻
良曰號呼也馮夷河伯也言使河伯清津持棹理舟以濟渡我歸中土也會帝軒
之未歸兮悵倘常佯而延佇銑曰帝軒黃帝也葬於西海齊
山神未歸故悵然思之而延佇也倘佯思皃怬許利河林之蓁蓁側中
兮偉關雎之戒女向曰怬息也蓁蓁茂盛皃偉美也詩云關關雎鳩在
河之洲窈窕淑女君子好仇黃帝之神既未至乃息於河林之中美關雎之詩以戒女也
黃靈詹而訪命兮樛居虯天道其焉如翰曰黃靈黃帝
也詹至訪謀樛求如之也言黃帝既至為我訪謀吉凶之命求天道何之也曰近
信而遠疑兮六籍闕而不書濟曰日黃帝詞也黃帝言天道
不可知若近而信之與遠而疑之此兩者六經所不書也六籍六經也神逵昧

選八　八

其難覆兮疇克謨而從諸良曰逵道昧闇覆審謨察也言神道
昧暗難審誰能察而從也牛哀病而成虎兮雖逢昆其必
噬音逝銑曰魯哀公時有牛哀者病七日化為虎其兄啓戶而入哀搏而殺之噬齧也
鼈令殪而尸亡兮取蜀禪而引世向曰荊人
鼈令死其尸於江逆流而上至成都而生見蜀帝杜宇宇以為相宇自以德不及令乃
委國授之而去殪死也死生錯而不齊兮雖司命其不
晰音制協韻翰曰晰明也言死生若此外錯不齊雖司命不能明之竇號行
於代路兮後膺祚而繁廡音武良曰漢文帝竇皇后景帝母也
呂太后出宮人以賜諸王竇姬與在行中家在清河如趙近家請其主宦者必置籍趙之
伍中宦者忘之誤置代籍伍中當行竇姬怨其宦者不欲往相彊乃行至代代王獨幸竇

一七九

姬生景帝後立為皇后故云膺祚繁蕪茂盛也王肆侈於漢庭兮卒
銜恤而絕緒濟曰漢平帝王皇后王莽女也初以法駕迎於莽篡後其父篡位后常銜憂稱疾不朝莽誅自投火而死卹憂也故云絕緒
尉尨眉而郎
潛兮逮三葉而遘武良曰尨蒼也郎尉皆官名也顏駟漢文帝時為郎至武帝輦過郎署見駟尨眉皓髮問曰叟何時為郎何其老也荅曰臣文帝時為郎文帝好文而臣好武景帝好美而臣貌醜陛下好壯臣已老矣是以三不遇故老於郎署帝感其言擢拜會稽都尉故云逮三葉也
董弱冠而司袞兮設王
隧而弗處銑曰董賢年二十二為漢三公故云弱冠司袞哀帝崩賢自殺家惶恐夜葬疑其詐死有司奏賢造冢墓不異王制賢見發掘埋獄中故云設王隧而不處隧墓中道也
夫吉凶之相仍兮恆反側而靡所向曰此數者是吉凶相因反側無所定也
穆屆天以悅牛兮豎亂叔而
幽主翰曰穆子去叔孫氏及庚宗遇婦人適齊夢天壓己不勝顧而見人黑而上僂深目豭喙號之曰牛助余乃勝之魯人召之及所宿庚宗婦人曰余子長召而見之則所憂也未問其名號之曰牛雉至魯使為內豎豎官名牛欲亂其室叔孫有疾牛不進食而餓死屆至也謂天至穆子之上而壓之也從牛謂以牛為豎也幽主謂不進叔孫之食
文斷袪而忌伯兮閹奄謁賊而寧后濟曰初晉獻公使寺人勃鞮伐文公於蒲城文公踰垣勃鞮斬其袪反文公入勃鞮求見公恨之欲不見鞮以呂郤之謀告公也伯楚勃鞮字也忌畏也閹則勃鞮也謁告寧安后君也
通人
闇於好惡兮豈昏惑而能剖良曰通人撻子文公也剖明也
嬴擿他歷讒楚咸而戒胡兮備諸外而發內銑曰嬴秦

姓也盧生奏圖書曰亡秦者胡也乃使北築長城以備之而胡亥之禍正發於內讖即圖書也揞也摘
或輦賄而違車兮孕在產而為對向曰違避也周犨家貧夫妻夜作因遇天帝矜之問司命曰可使富乎曰不可然有張車子財可借之三十年後車子生當還之犨此後大富及其期年滿夫妻輦其財物以逃避之路逢夫妻寄在車下宿其夜產子問名於夫曰生車間可名車子犨從是後貧故云孕行而為對
慎竈顯以言天兮占水火而妄訏音信濟曰會昭公二十二年夏五月日有蝕之梓慎曰將水八月大雩旱也昭十八年夏五月火始昏見丙子風裨竈曰不用吾言鄭將又火鄭人請用之子產曰天道遠人道邇非所及也何以知之竈焉知天道遂不用亦不復火訏猶說也占水火皆不中故云妄說
夫黎丘兮丁厥子而傳吏側刃濟曰良北黎丘部有奇鬼善效人之子姪昆弟黎丘丈人有市醉而歸者黎丘之鬼效其子之狀扶而道苦之丈人醒而譙其子其子泣觸地曰孽無告也其父信之曰必是奇鬼也我固聞之明早復飲於市欲遇而刺殺之其真子恐其父不能返遂往迎丈人拔劍刺殺之丁當也傳補也
親所
視而弗識兮矧幽冥之可信良曰良叟視其子尚不識而殺之況此數者幽冥之事豈可定信
無緜攣全力以倖胡冷已兮思
百憂以自疹銑曰緜攣繫著也倖引疹病也言不可繫著於世事引己多憂使為病也
彼天監之孔明兮用棐匪忱林市而祐仁向曰孔甚棐輔忱誠也言天監視甚明用輔祐誠信仁德矣
湯蠲涓體以
禱祈兮蒙厖褫以拯民翰曰蠲潔厖大褫福拯濟也湯既克夏大旱乃以身為犧牲祈福於天而雨大至此言潔體而蒙大福以濟於人
景

三慮以營國兮熒惑次於他辰濟日宋景公有疾司馬子
韋日熒惑守心心宋分野君當可移於相公日相股肱也除心腹之疾置之股肱無乃不
可爭日可移於人公日人可爲國無人何以爲君日可移於歲公日歲所以養人歲不登
向以畜人子韋日君善言三熒惑必退三舍延命二十一年視之果已次止他辰也魏
顆亮以從治兮鬼亢回以斃秦良日魏武子有嬖妾武子
疾命顆日必嫁是妾疾甚則日必爲殉及卒顆嫁之顆與秦戰於輔氏顆見老人結草以
亢杜回杜回躓而顛因獲之夜夢日余所嫁婦人之父也杜回秦之力士故云亢回斃秦
亮信也此由顆信而從治命也咎繇邁而種德兮樹德懋于
英六銑日邁行種布其德禹封咎繇之後於英六之國其德懋於此地楚末乃滅
桑末寄夫根生兮卉既凋而已育有無言而

選八　十一

不酬兮又何往而不復向日桑樹之末而有寄生也衆草皆凋此
獨育茂猶衆園既滅咎繇之後尚存無言不酬何往不復此所以答咎繇之德也盍
遠跡以飛聲兮孰謂時之可蓄翰日此皆假黃帝之詞也
言吉凶不定唯在道德而已何不遠以飛英聲時之易逝不可蓄而止也遊仰矯
首以遙望兮魂惘罔懺而無儔濟日矯舉也惘懺不平皃
無儔言無儔匹偪區中之隘陋兮將北度而宣遊良日
宣徧也謂中國隘陋將北度徧遊域中行積冰之皚皚兮清泉
冱而不流銑日皚皚冰厚皃冱凍也言北地寒也寒風淒其永
至兮拂穹岫之騷騷向日穹岫山峯也騷騷風聲玄武縮
于殼中兮騰蛇蜿而自糾平聲協韻翰日龜與蛇交日玄武北

方神獸也殼甲也騰蛇似龍亦北方獸也或縮於甲中殼自宛而糾繞皆苦寒也魚
矜鱗而并凌去兮鳥登木而失條濟日矜竦其鱗也并
凌凍皃鳥登木失柯條寒也坐太陰之屏室兮慨含欷虛義
而增愁良日太陰北方幽蔽也坐於此令我歔欷增憂也怨高陽之
相寓兮伷顓頊而宅幽銑日高陽顓頊号相視寓居也伷小
皃愁顓頊居此小陋之地北稱幽也庸織路於四垠銀兮斯與
彼其何瘳音抽向日庸用也織往來於道如織也垠際瘳愈也言我往來道路
於四遠之際皆不足留言與此無相愈也望寒門之絕垠兮縱余
緤薛乎不周翰日言寒門北極門也緤馬轡也言縱轡於不周山也迅
飈潚肅其媵以證我兮騖翩飄而不禁越谽含

選八　十二

閜火加呼之洞穴兮漂通川之磷磷力全經重陰
乎寂寞兮愍墳羊之潛深濟日迅飆疾皃媵送也翩飄輕皃不
禁言輕疾也谽閜空大皃漂浮也磷磷廣皃重陰地下也寂寞幽靜皃墳羊土精也言
風送我其行輕疾越空大之穴浮廣深之淵經地下幽靜之界念土精於此潛處追
荒上忽於地底兮軼逸無形而上浮良日追馳也荒
忽無形皃出此而上浮行出石密之闇野兮不識蹊之所
由銑日路出石密野不知路徑所從之速燭龍令執炬兮過
鍾山而中休向日速徵也燭龍鍾山神也亦火炬也休息也至鍾山而神息
也瞰瑤谿之赤岸兮弔祖江之見劉翰日瞰瞻也
谿赤岸鍾山東欽鵄殺祖江于崑崙之陽帝乃戮於鍾山之東故於此弔也聘王

毋於銀臺兮羞玉芝以療饑濟曰既至嶓冢山聘西王母於
銀臺之中羞進也玉芝白芝草也進白芝以療其饑也戴勝慭其既
歡兮又誚余之行遲良曰戴勝西王毋冠也誚笑也載太
華之玉女兮召洛浦之宓妃良曰玉女太華神女乘車而來
也宓妃洛神也使召致之咸姣麗以蠱媚兮增嫮眼
而蛾眉舒眇婧之纖腰兮揚雜錯之袿
徽銑曰姣麗蠱媚皆美皃嫮好也眇婧纖腰皃袿徽皆婦人服也離朱脣
而微笑兮顔的礫以遺光向曰離猶開也的礫明皃獻
環琨與琛縭兮申歌好之玄黃良曰環琨皆玉珮琛
玉也縭帶以玉飾又以玄黃之縚申其好也雖色豔而賂美兮志

浩蕩而不嘉濟曰雖二女色豔環琨玄黃之賂甚美而我志浩蕩不以爲嘉
善雙材悲於不納兮並詠詩而清歌銑曰雙材即二
神女也悲我不納而詠歌詩也歌曰天地烟熅百卉含葩向曰
烟熅美氣也卉草葩華也鳴鶴交頸雎鳩相和處子懷春
精魂回移翰曰雎鳩鳥名處子處女也懷春有所思如何淑明忘
我實多濟曰淑明謂衛也忘我實多二女恨詞將答賦而不暇
爰整駕而亟行良曰將答二女所賦之詩而不暇於是整駕疾
行亟疾也瞻崐崘之巍巍兮臨縈河之洋洋銑曰巍巍
高皃縈河之曲也洋洋流皃伏靈龜以負坻兮亘螭
龍之飛梁向曰坻洲也可以止舟亘横也飛梁浮橋也皆使神物爲之登

閬風之層城兮構不死而爲牀翰曰閬風層城皆山名崐
崙山有不死樹構之以爲牀屑瓊蘂以爲糧兮𣂺白水
以爲漿濟曰瓊蘂玉英也屑以爲糧𣂺酌也白水水名抨巫咸使
占夢兮乃貞吉之元符銑曰抨使也巫咸古神巫咸昔夢木禾今
使巫咸占之乃得貞吉之善符滋令德於正中兮含嘉秀以
爲敷濟曰滋盛嘉善秀美敷布也言木禾之夢當宜盛發令德爲正中之道含善美
以布於人既垂穎而顧本兮亦要思乎故居良曰穎穗
也既垂而顧本要思於故鄉安和靜而隨時兮姑純懿之
所廬銑曰宜以和靜自安隨時順俗且是純美之所居也懿美廬居也戒庶
僚以夙會兮僉供職而來迓向曰僚官迓迎僉諧也古憂宜

迓故戒衆神之官早集皆供其職迎我而歸也豐隆軯其震霆兮
列缺爗其照夜翰曰豐隆雷公軯聲也霆霹靂列缺雷師爗光皃雲
師䨥以交集兮涷雨沛其灑塗音度協韻濟曰
䨥陰皃涷雨暴雨也沛雨皃言將歸雷電雲雨之神並以從行轙琱輿
而樹葩兮擾應龍以服輅良曰轙正車也琱輿車也葩蓋
擾馴也應龍有翼者輅車也百神森其備從兮屯騎羅而
星布銑曰森衆皃屯聚也振余袂而就車兮修劍揭以
低昂向曰揭劍動皃冠咢咢其映蓋兮佩綝纚
以煇煌翰曰咢咢高貌綝纚盛飾貌煇煌光皃僕夫儼其正
策兮八乘騰而超驤濟曰儼敬也八乘以八馬駕車驤舉也

氛旄溶以天旋兮蜺旌飄以飛揚良曰旌麾以氛氣爲之溶兖轉皃布天之回旋以蜺爲旌而飛揚也撫軨零軹紙而還睨兮心灼爍其若湯銑曰軨軹車轄間橫木也睨視也灼爍熱皃羨上都之赫戲平兮何迷故而不忘向曰羨慕也上都天帝居也赫戲先盛皃言從崐崙而歸猶思慕天上之遊何迷棄故鄉不忘遊從也左青琱以揵巨偃芝兮右素威以司鉦音征翰曰青琱青文龍素威白虎言左使青龍豎芝蓋右使白虎主鉦鼓前長離使拂羽兮委水衡乎玄冥濟曰長離南方朱鳥鳳也使拂羽毛水衡掌山澤之官玄冥北方之神委以此職屬箕伯以函含風兮澂澳他典涊奴典而爲清良曰箕伯謂箕星主風也澳涊淈濁也言函懷其風又澄淈濁

之氣使清泠也曳雲旗之離離兮鳴玉鸞之嚶嚶烏庚反銑曰離離飛皃鑾鈴也嚶嚶聲也涉清霄而升遐兮浮蔑矇莫孔而上征向曰清霄天邊微雲也遐遠也蔑矇遊氣也征行也紛翼翼以徐戾兮焱必遙回回其揚靈翰曰紛盛皃翼翼行皃矣焱光也回回光皃靈神靈也叫帝閽使闢扉兮覿天皇于瓊宮濟曰叫呼帝天也閽守門人闢開扉門也覿見也天皇天帝也瓊宮天帝之宮也聆廣樂之九奏兮展洩洩曳以彤彤融音良曰聆聽也廣樂大樂也樂成九故九奏洩洩彤彤和樂皃也考治亂於律均兮意逮始而思終銑曰律十二律均五均也言考治亂之聲於此自始及終意而思之惟盤逸之無斁亦兮懼樂往而哀來

向曰惟亦思也盤樂斁厭也言思樂逸無厭懼樂盡而哀至也素女撫絃而餘音兮太容吟曰念哉銑曰素女神女也絃琴瑟也太容黄帝樂師吟歎也樂師歎曰念哉使我戒慎逸樂也既防溢而靖志兮迨我暇以翱翔向曰既將防其逸樂以安其志及我閑暇以翱翔也出紫宮之肅肅兮集太微之閬閬音郎翰曰紫微宮太微宮皆星名肅肅閬閬二宮室宇皃天帝居紫微宮我出於此入于太微命王良掌策駟四兮踰高閣之將將七將反濟曰王良古善御者上爲星主天馬也駟天駟星也踰越也高閣星名將將高皃建罔車之幕幕兮獵青林之芒芒良曰罔車畢星也幕幕盛也青林天花星也芒芒實木也言驅獵於此彎威弧之拔蒲割剌力割射嶓波冢之封狼銑曰

威弧星拔剌彎引皃嶓冢山上爲封狼星封大也觀壁壘於北落兮伐河鼓之磅普郎硠音郎向曰壁壘北落皆星名伐擊也河鼓星名磅硠鼓聲乘天潢之汎汎兮浮雲漢之湯湯式羊反翰曰天潢天津也汎汎浮皃雲漢天河也湯湯流皃倚招搖攝提以低佪剹渠幽流兮察二紀五緯之綢繆遹聿皇濟曰招搖攝提皆星名低佪剹流環繞也二紀日月也五緯五星也綢繆連續也遹皇行皃偃蹇夭矯娩芳萬連卷權兮良曰皆二紀五緯運行也雜沓叢顡颯以方驤銑曰乍合乍離皃戫域汨于筆飂聊戾沛普貝以罔象兮向曰或疾或遲皃爛漫麗靡藐以迭逿音唐翰曰光彩疾過越也凌驚雷之砊苦郎磕苦盍兮弄

狂電之淫裔濟曰言我既遊涉星辰更凌雷弄電驚狂硠磕淫裔皆雷電皃
踰濛鴻上於宕冥兮貫倒景而高厲良曰
濛鴻元氣也宕冥猶窈冥也倒景日在下其光上照踰越貫度於此矣高舉也廓
盪其無涯兮乃今窺乎天外據開陽而俯視
兮臨舊鄉之諳上藹鳥蓋反銑曰開陽星北斗中一星名也既至天
乃下據此星俯視舊鄉暗藹然幾似見也悲離居之勞心兮情悁
悁於玄而思歸向曰悁悁憂心魂眷眷而屢顧兮馬倚
輈張充而徘徊雖遊遨以媮俞樂兮豈愁慕之
可懷出閶闔兮降天途乘焱必遙忽兮馳虛無
翰曰輈車轅也媮樂也閶闔天門言雖遨遊媮樂豈可得我長懷愁慕舊居而已遂出天

選八　十七

門從空而下故忽虛無皆空也雲霏霏兮繞余輪風眑眑兮
震余旟余繽匹鄰連翩兮紛暗上曖愛儵眩縣
眃兮反常閭濟曰霏霏雲皃輪車輪眑眑風皃旟旗類也繽連翩盛下
來皃紛暗曖猶恍忽也儵眩眃疾皃反常閭歸舊居也收疇昔之逸豫
兮卷淫放之遐心修初服之娑娑兮長余佩
之參參向曰我既心遠遊念代不可棄去故服歸之於此脩其道德乃收卷放
逸之心脩我初之服娑娑參參皆盛皃文章奐以粲爛兮美紛
紜以從風翰曰煥光粲爛明皃言衣服光明從風也御六藝之珍
駕兮遊道德之平林濟曰六藝禮樂射御書數也以駕而御之道德
爲林而於此遊也結典籍而為罟古兮驅儒墨而為

禽良曰結典籍之義爲網驅儒墨之道爲禽而獨取之玩陰陽之變化
兮詠雅頌之徽音嘉曾氏之歸耕兮慕歷阪
之欽崟音吟銑曰玩習徽美也曾參耕于太山廩舜耕于歷山慕慕此道而將爲
之欽崟高皃恭夙夜而不貳兮固終始之所服向曰
服行恭承也夙夜無二心固終始之所行也夕惕若厲以省愆兮
懼余身之未勑翰曰惕警厲危愆過也言我夕警若有危事以自戒慎將
寡省其過懼余身之未整苟中情之端直兮莫吾知而不
恧女六反濟曰且中情正直人雖不知吾吾亦不愧也恧愧也默無為以
凝志兮與仁義乎逍遙不出戶而知天下兮
何必歷遠以劬勞向曰術言行道義翫篇籍不出於戶天下可知何必

選八　十八

劬勞以遠遊系曰翰曰系繫也繫一賦之意也重天長地遠歲不
留俟河之清祇支懷憂良曰黃河千年一清以喻明時也言天地
長久而人易老明時如何清難待祇令我懷愁也願得遠度以自娛
上下無常窮六區銑曰願遊娛徧於六合超踰騰躍絕
世俗飄飄神舉逞所欲向曰既與世絕而天神遊逞我所欲也
天不可階仙夫稀翰曰階升稀少也言天不可升仙者復稀少何能去也
柏舟悄悄吝不飛濟曰柏舟詩篇名其詩云憂心悄悄慍于羣小靜言
思之不能奮飛悄悄憂皃吝恨也言怨小人在朝恨不如鳥奮翼而去松喬高
跱孰能離良曰時立離附也言仙人赤松子王子喬高立物外誰能仕而附之
結精遠遊使心攜銑曰攜離也言結束精神遠從仙遊徒使我心攜離

迴志朅來從玄謀獲我所求夫何思向曰迴其志情以從玄聖之道而復行之亦可謂獲我所求之事夫復何思慮也

歸田賦　張平子

翰曰衡遊京師四十不仕順帝時閹官用事欲歸田里故作是賦

遊都邑以永久無明略以佐時徒臨川以羨魚俟河清乎未期濟曰無明略衡謙詞也河清喻明時臨川羨魚不如退而結網衡言徒羨榮祿不如退其德矣將待明時固未期也感蔡子之慷慨從唐生以決疑良曰蔡澤聞唐舉善相往問之曰富貴吾自有吾所不知者壽也願聞之舉曰先生從今壽四十二歲澤曰躍馬肉食四十二年亦足矣果如其言故感之諒天道之微昧追漁父以同嬉銑曰諒信嬉樂也天道微昧不可知且與漁釣之父同樂於川澤

超埃塵以遐逝與世事乎長辭於是仲春令月時和氣清原隰習鬱茂百草滋榮王雎鼓翼倉庚哀鳴向曰王雎倉庚皆鳥也交頸頡頏平關關嚶嚶烏耕反翰曰拥與交其頸而為聲自得其性也於焉逍遙聊以娛情濟曰與鳥同樂爾乃龍吟方澤虎嘯山丘良曰方澤大澤也雲從龍風從虎故龍虎吟嘯以召風雲仰飛纖繳酌俯釣長流觸矢而斃貪餌吞鉤落雲間之逸禽懸淵沈之魦沙鰡留翰曰纖繳弋射也鳥飛高所以仰射魚沈深所以俯釣鳥致斃由觸矢魚吞鉤由貪餌逸禽鴻鴈也魦鰡魚也鳥在上故云落魚在下故云懸于時曜靈俄景繼以望舒向曰曜靈日也俄邪也望舒月也極盤遊之至樂雖日夕而忘劬感老氏之遺誡且迴駕乎蓬廬翰曰劬勞也老子曰馳騁田獵令人心發狂感此誡而歸於蓬廬彈五絃之妙指詠周孔之圖書濟曰五絃琴舜所作圖書周公孔子所脩之書言慕古人之道故彈此琴而詠此書也揮翰墨以奮藻陳三皇之軌模良曰翰筆也奮藻謂著文章陳述伏羲神農黃帝之道德苟縱心於域外焉知榮辱之所如向曰衡苦於時政故以此辭自解苟且如往也

閑居賦幷序　潘安仁

翰曰禮記有閑居篇岳取以爲賦名言將不涉世事自取閑逸

岳嘗讀汲黯傳至司馬安四至九卿而良史題之以巧宦之目未曾不慨然廢書而歎銑曰漢書曰汲黯姊子司馬安巧善宦官四至九卿良史則班固也慨然歎息也曰嗟乎巧誠有之拙亦宜然向曰宜然宜有之也顧常以為士之生也非至聖無軌微妙玄通者則必立功立事效當年之用向曰軌迹也非至聖及微之人必效當時之用也是以資忠履信以進德脩辭立誠以居業翰曰資用也脩令詞立誠節以為常業僕少竊鄉曲之譽濟曰譽美稱也言竊忝謙詞也忝

司空太尉之命所奉之主即太尉魯
武公其人也舉秀才為郎良曰賈充為司空轉
太尉薨諡曰武公岳弱冠太尉舉秀才也遂事世祖武皇
帝為河陽懷令向曰遂及也河陽懷二縣也尚書
郎遷廷尉平音病翰曰岳既宰二邑補尚書郎廷尉平為公事免
也今天子諒闇之際濟曰晉武帝崩惠皇居喪故曰
今天子諒闇也領太傅主簿府主誅除名為
民良曰楊駿為太傅岳為駿府主簿駿誅岳除名為民俄而復
官除長安令良曰俄頃也除者除故官就新官也遷博
士未召拜親疾輒去官免向曰召拜謂謝而上

也免解也自弱冠涉于知命之年翰曰弱冠年五
十也孔子云五十而知天命八徙官而一進階再
免一除名一不拜職遷者三而已矣
雖通塞有遇抑亦拙者之效也濟曰岳以
司馬安為巧自以為拙效力也昔通人和長輿之論
余曰固謂拙於用多良曰和嶠字長輿曾為岳論此
也謂岳拙於用多者言岳長於用以短於用多稱多則吾豈
敢言拙信而有徵濟曰岳言稱用多誠不敢當言拙則
嚚說有驗也方今俊乂在官百工惟時向曰
方當乂理工官時是也言皆在於是拙者可以絕意乎

寵榮之事矣翰曰岳自為拙者將絕意榮祿焉太夫
人在堂有羸老之疾濟曰太夫人謂岳母尚何
能違膝下色養而屑屑從斗筲之
役乎良曰尚猶復也屑屑猶驅驅也筲竹器容二升言我復何能違
所親膝下顏色敬養而反驅驅從斗升之祿目為役乎言不能也於
是覽止足之分庶浮雲之志銑曰老子云知
足不辱知止不殆孔子曰不義而富且貴於我如浮雲非己所務也庶近
也築室種樹逍遙自得池沼足以漁
釣春稅足以代耕灌園鬻蔬以供朝
夕之膳向曰稅謂舂粟為米稅其利以代耕也鬻賣蔬菜膳食也

牧羊酤酪以俟伏臘之費翰曰牧養也酪乳酪
伏臘謂夏有伏冬有臘費用也孝乎惟孝友于兄弟
此亦拙者之為政也濟曰既為此章而孝父母友兄
弟是亦我之為政於家何必在於國也拙者岳復謙也乃作閑
居之賦以歌事遂情焉向曰岳以閑居為遂情故
歌詠其事其辭曰
傲墳素之長圃步先哲之高衢銑曰三墳之書素王之法
以為長圃嘗傲於中矣哲智衢道也將步遊先古聖智之道以為業也雖吾顏
之云厚猶內愧於甯蘧向曰甯武子邦有道則智邦無道則愚蘧
伯玉邦有道則仕邦無道則卷而懷之言我見先哲之迹雖以厚顏懷甯蘧之事益復內

愧有道吾不仕無道吾不愚何巧智之不足
而拙艱之有餘也翰曰艱難也天下有道吾不能進仕無道吾不能佯
愚是巧智之不足拙艱之有餘也此岳疾時而自責於是退而閑居于
洛之涘濟曰涘岸也身齊逸人名綴下士良曰逸人敵
之人下士卿士之下者岳常退居故云濟曰逸人岳常從官故云綴下士也倍京泝
伊面郊後市銑曰泝向也面前也郭外曰郊浮梁黝於糾以經
度靈臺傑其高跱向曰浮梁橋也黝橋兒徑直也靈臺臺名天子占候
之所傑猶拔也跱立也岳家近此窺天文之祕奧究拘人事
之終始濟曰窺觀也天文日月星也祕奧精其微也觀其運行遲速于犯得其精
微人事與亡盡以知之其西則有元戎禁營玄幙綠徼

翰曰岳宅西也元戎大兵也禁營掌禁兵也徽幟旗名玄綠皆色也溪子巨黍
異蘂卷同機良曰溪子巨黍皆弩名言弩背雖異而同一機也蘂發前處也
礮普兒石雷駭激矢蝱盲飛銑曰礮石以石激物也其聲如雷之
駭箭去如蝱蟲之飛以先啓行曜我皇威向曰此在陣之先以曜我
天子兵威其東則明堂辟雍清穆敞閑翰曰岳宅東也明堂
天子布政之宮辟雍養國老之所清穆開敞言清美高大也環林縈映圓
海迴淵濟曰環林圓海明堂辟雍水木周繞聿追孝以嚴父宗
文考以配天良曰聿述也文考晉文帝之祖也言述追文考之道尊嚴其父
武帝故以文主配於上天祗聖敬以明順養更老以崇年
銑曰祗亦敬也聖敬言聖人之道也黎先祖所以明敬順養三老五更所以崇年也耆

乃背冬涉春陰謝陽施去天子有事于柴燎
以郊祖而展義向曰言春時陰氣退陽氣升也有事祭事也柴燎焚柴也
郊祀也展禮義之事其張鈞天之廣樂備千乘之萬騎
翰曰鈞天廣樂天樂也千乘萬騎言多也服振振以齊玄管啾啾
而並吹去聲濟曰振振衆兒啾啾吹聲玄黑也煌煌乎隱隱
乎茲禮容之壯觀而王制之巨麗也良曰煌煌隱隱
盛兒巨大也兩學齊列雙宇如一右延國冑左納
良逸銑曰兩學國學太學教冑子招賢良雙宇如一言整齊也良逸則賢良也祁
祁生徒濟濟儒術向曰祁祁濟禮義得中兒生徒儒術則冑子賢良
或升之堂或入之室翰曰孔子門徒三千升堂入室者七十餘人故

以比教無常師道在則是濟曰道在者則以為師故無常故
之髦士投紱名王懷璽銑曰髦俊卿士投其紱紱名譽之王懷藏璽紱
而來學也訓若風行應如草靡向曰應此教訓如風靡草此里
仁所以為美孟母所以三徙也翰曰孔子云里仁為美此
則里仁也孟軻母與軻少居近墓軻乃戲為墓軻母曰此非所居也去居市傍軻復戲為
商賈又曰不可居也又居學館之傍遂為大儒此言近仁里與近學之美也爰定
我居築室穿池濟曰於此定居長楊映沼芳枳支爾樹
籬良曰楊柳樹也枳亦也枳果樹也以為藩籬遊鱗瀺仕咸灂仕角菡
萏敷披銑曰鱗魚瀺灂出沒兒菡萏荷華也敷披開也竹木蓊烏孔藹
於害靈果參差張公大谷之梨梁侯烏椑之柿

助理反。良曰：莽蒻參差，欝茂皃。洛陽有張公居大谷，有夏梨，海內唯此二樹，衆國侯有鳥椑柿試代傳之。周文弱枝之棗，房陵朱仲之李，靡不畢植。翰曰：靡，無；植，種也。周文王時有弱枝棗樹，味甚美。房陵有朱仲者，家有縹李，代所希有。若此果木，無不種之也。三桃表櫻胡之別，二柰曜丹白之色。翰曰：三桃，侯桃、櫻桃、胡桃。二柰則丹白二色也。石榴蒲桃之珍，磊落蔓衍弋戰乎其側。梅李郁棣之屬，繁榮藻麗之飾。濟曰：石榴、蒲桃、梅、李、郁、棣，皆果木名。言珍美之也。磊落蔓衍，繁多皃。繁榮藻麗，果花光色可以飾林園也。華實照爛，言所不能極也。良曰：照爛，先明也。菜則葱韭蒜筭芋遇句，青荀昔尹紫薑，堇謹薺甘旨，蓼了荾綏芬芳。銑曰：皆菜名，味甘而氣香也。蘘而羊荷依陰，時藿向陽。向曰：蘘荷，菜，生於陰地；藿，菜，側葉而向陽。綠葵含露，白薤負霜。翰曰：當秋節也。於是凜秋暑退，熙春寒往。濟曰：重言春秋，暑退寒往之時。微雨新晴，六合清朗。太夫人乃御板輿，升輕軒，遠覽王畿，近周家園。體以行和，藥以勞宣，嘗膳載加，舊痾有痊。七全反。良曰：板輿，以板為輿；輕軒，輕車。王畿近都城之地。言岳母乘車覽聽郊野，遊行家園以和其體，以宣其藥。是時稍加膳食，舊疾有瘳，岳所以為樂也。席長筵，列孫子，柳垂陰，車結軌。濟曰：孫子，子孫也；結軌，並迹也。陸摘紫房，水挂頳鯉。向曰：紫房，謂果木房實有紫色。頳鯉，鯉魚赤也。或宴于林，或禊胡計于氾。音似。翰曰：禊，祓除汸疾也；氾，水岸也。昆弟

斑白兒童稚齒，濟曰：斑白者，老也；稚，幼；齒，小也。稱萬壽以獻觴，咸一懼而一喜。良曰：萬壽，萬歲也。獻觴，酒也。見親衰老而懼，見親壽考而喜。壽觴舉，慈顏和，向曰：慈顏，謂母之顏色。浮杯樂飲，絲竹駢羅。向曰：浮杯，流杯也；絲竹，絃管也；駢，並；羅，列也。頓足起舞，抗音高歌。人生安樂，孰知其他。翰曰：抗，舉；孰，誰也；他，他事也。退求己而自省，信用薄而才劣。奉周任之格言，敢陳力而就列。濟曰：省，察也。用薄才劣，謙詞也。周任有言曰：陳力就列。格，至也。幾陋身之不保，而奚擬於明哲。良曰：陋身，岳自謂也。言身幾將不保，何敢比於明哲。明哲，謂周任也。言遭楊駿之事，殆不全也。仰衆妙而絕思，終優遊以養拙。銑曰：衆妙，則老子云衆妙之門也。絕思者，盡心於此，以養其拙，無復謙詞也。

長門賦　并序　司馬長卿

孝武皇帝陳皇后，時得幸，頗妬，別在長門宮，愁悶悲思。聞蜀郡成都司馬相如天下工為文，奉黃金百斤，善無黃字為相如、文君取酒，向曰：工，善也。卓氏女文君奔相如，相如與俱之臨邛。貰，酒舍也。事不宜斥言，與相如金，故託為相如文君取酒。因于解悲愁之辭。翰曰：欲因此辭解悲愁。而相如為文以悟主上，皇后復得幸。濟曰：陳皇后復得親幸，案諸史傳並無此文，恐叙書之誤。其辭曰：

夫何一佳人兮步逍遙以自虞良日佳人謂陳皇后也逍進行皃虞度也自度量己事魂踰佚逸而不返形枯槁考而獨居銑日言憂思顦顇之甚也言我朝往而暮來兮飲食樂而忘人向日我謂武帝也言武帝嘗許朝往暮來幸於此矣而樂其飲食與寵衛子夫而忘人人后自稀也心慊廉移而不省故兮交得意而相親翰日慊絶也言君心絶我不省察我故舊新交得意者而與相親也伊予志之慢愚兮懷貞慤苦角之歡心濟日伊推也慢愚后自謂也望帝之來故常懷貞慤以自歡也願賜問而自進兮得尚君之玉音良日願得聞君問己之音而重之因復自進也言玉者貴之也奉虛言而望誠兮期城南之離宮銑日離宮

長門宮也在城南言奉君虛言期幸長門我望此以為誠信修薄具而自設兮君不肯乎幸臨向日薄具清絜之饌廓獨潛而專精兮天飄飄而疾風翰日廓然潛專一其精神也登蘭臺而遙望兮神怳怳尺往而外淫濟日蘭臺名登以望君怳怳思君也外淫遙遊也浮雲鬱而四塞兮天窈窈而晝陰雷隱隱而響起兮聲象君之車音良日聞此謂君之來也窈窈暗也隱雷聲也飄風迴而起閨兮舉帷幄之襜襜昌廉反銑日赴至也襜襜動皃桂樹交而相紛兮芳酷烈之誾誾魚巾反向日相紛相盤也酷烈誾誾香氣盛也孔雀集而相存兮玄猿嘯而長吟翡翠脅翼而來萃兮鸞鳳

飛而北南尼心心憑噫依而不舒兮邪氣壯而攻中翰日存猶並也萃聚脅歛也憑噫懷歎邪氣恨恨氣也言鳥獸飛翔吟嘯與偶相集故心懷歎不得舒洩憂恨之氣壯盛攻於中緒也下蘭臺而周覽兮步從容於深宮正殿塊以造操天兮鬱並起而穹立崇閒徙倚於東廂兮觀夫靡靡而無窮擠濟玉戶以撼胡感金鋪平兮聲噌側耕吰胡耕而似鍾音濟日擠排撼搖也金鋪扉上有金花花中作鈕鐶以貫鎖故擠撼有聲似鍾音也刻木蘭以為榱衰兮飾文杏以為梁羅丰峯茸如恭之游樹兮離樓梧五故而相撐丑耕反良日木蘭文

杏木名榱椽也游樹邪柱也丰茸衆柱皃離樓攢衆木皃梧逆也撐倚也施瑰木之欂貧碧櫨盧兮委參差以槺康梁銑日瑰大槺虛也欂櫨斗栱之屬參差以承虛架時髣髴以物類兮象積石之將將向日積石山名也髣髴象類於此五色炫縣以相曜兮煥爛耀而成光致錯石之瓴零甓蒲覓兮象瑇瑁之文章翰日錯石衆石也瓴甓甎也言累甎石似瑇瑁之文張羅綺之幔滿帷兮垂楚組之連綱濟日組綬類楚人善為之故用以連繫帷幔也撫柱楣以從容七容兮覽曲臺之央央白鶴噭叫以哀號兮孤雌跱於枯楊銑日白鶴孤雌哀鳴跱立於枯楊無滋潤之樹自喻獨悲於深宮日黃昏而望絕兮悵

獨託於空堂懸明月以自照兮徂清夜於洞房（向曰黃昏不來望君之心絶矣 月在空如懸也徂盡洞深也）援雅琴以變調兮奏愁思之不可長（翰曰援持也調謂變常調以奏愁思之曲不可長者言愁思常難堪）案流徵（張里）以却轉兮聲幼（要）妙而復揚（良曰案徵絃而却轉之使其聲抑而復揚也幼以細聲故曰抑也）貫歷覽其中操兮意慷慨而自卬（音昻濟曰貫猶次第也操曲也慷慨歎息自卬自激厲也言次第歷其聲至於中曲歎息自激厲也）左右悲而垂淚兮涕流離而從横（良曰流離涕淚皃）舒息悒而增欷（虚義）兮蹝（所綺）履起而彷（步郎）徨（音黃銑曰舒息長舒氣也欷歔哀也蹝躧也彷徨猶徘徊也）投長袂以自翳兮數

昔日之諐殃（良曰袂袖翳蔽也自數己之過咎）無面目之可顯兮遂頹思而就床（良曰懷其思慮就床而寢）摶（徒丸）芬若以爲枕兮席荃（銓）蘭而茝（昌待）香（濟曰摶持也芬若荃蘭並皆香草持以爲枕席以禽脩稼其行）忽寢寐而夢想兮魄若君之在傍惕寤覺而無見兮魂廷廷（匡往）若有亡（銑曰惕驚也廷廷驚皃覺而不見於君若有所失也）衆雞鳴而愁予兮起視月之精光觀衆星之行列兮畢昴出於東方（向曰予陳后自稱也畢昴星晨見東方正秋時也）望中庭之藹藹（於害）兮若季秋之降霜（翰曰藹藹月色如季秋之霜白也）夜漫漫（莫半）其若歲懷鬱鬱其不可再更（濟曰漫漫若歲言夜長也更易也言懷愁鬱鬱不可重易歡樂之時而爲之也）澹去偃蹇而待曙兮荒亭亭而復明（良曰偃蹇佇立也曙曉也亭亭漸明也澹然佇立待曉荒然漸及明也）妾人竊自悲兮究年歲而不敢忘（銑曰妾人陳后自謂也究盡也雖盡年歲終不忘君也）

思舊賦　并序　　向子期

（向曰臧榮緒晉書云向秀字子期河內懷人也始有不羈之志與嵇康爲竹林之遊蹤其流者向秀劉靈之徒也康既被誅秀應本州計入洛太祖謂之曰聞子有箕山之志何以在此秀曰以爲巢許未達堯心是以來見及反役作思舊賦後爲黃門郎思舊者思其故舊也）

余少與嵇康呂安居止接近其人並有不羈之才（翰曰不羈言不可羈束也）然嵇意遠而踈呂心曠而放其後各以事見法（翰曰康意高遠於人事踈略安心曠大於俗表放逸安妻甚美兄巽使婦人醉而報之巽內慙誣安不孝啓太祖徙安遠郡即路與康書太祖見而惡之收廷尉與康俱刑故云以事見法也）嵇博綜技藝於絲竹特妙臨當就命顧視日影索琴而彈之（濟曰綜集也就命就戮也臨刑顏色不變取琴鼓之也廣陵散於今絶也）逝將西邁經其舊廬于時日薄虞淵寒冰凄然（良曰逝往也西邁者謂秀西行之京也言往日西行今還而過其舊居舊居即山陽竹林也虞淵日入處）

也鄰人有吹笛者發聲寥亮追想曩昔遊讌之好感音而歎故作賦云

將命適於遠京兮遂旋反而北徂銑曰秀爲郡計掾吏故云將命北徂言北歸也濟黃河以汎舟兮經山陽之舊居瞻曠野之蕭條兮息余駕乎城隅踐二子之遺跡兮歷窮巷之空廬向曰二子嵇康呂安歎黍離之愍周兮悲麥秀於殷墟翰曰詩云彼黍離離傷周宗廟毀壞也箕子從周過殷故宗廟作詩云麥秀漸漸兮謂過舊居故引此詩惟古昔以懷人兮心徘徊以躊傳躇音除濟曰惟思也徘徊心不安躊躇行不進也棟宇存而弗毀兮形神逝其焉如良曰謂嵇呂二子之形神也焉何如之也昔李斯之受戮兮歎黃犬而長吟銑曰李斯將刑謂其子曰吾與爾牽黃犬出上蔡東門不可得也吟歎聲也悼嵇生之永辭兮顧日影而彈琴向曰悼傷也託運命於領會兮寄餘命於寸陰翰曰領理會合也言康之刑是運遇會合當終之秋索琴而彈是寄命於分寸之陰耳此向生思舊之際故再言也聽鳴笛之慷慨兮妙聲絕而復尋停駕言其將邁兮遂援翰而寫心良曰尋續邁行援持也寫心寫思舊之心也

選八　三十一

歎逝賦并序

陸士衡

濟曰臧榮緒晉書云陸機字士衡吳人也年二十閉門勤學流譽京邑聲溢四表爲吳牙門將軍吳平揚駿辟機爲太子洗馬爲司空張華所重後爲江都王穎司馬遂爲穎所害逝往也言日月流邁人世易往傷數是事因而賦焉

昔每聞長老追計平生同時親故或凋落已盡或僅有存者銑曰皆長老之所談者也余年方四十而懿平生少時也凋落死亡也僅纔也親戚屬亡多存寡暱交密友亦不半在或所曾共遊一塗同宴一室十年之內索然已盡以是思哀哀可知矣向曰言哀之甚也懿美暱近也乃賦曰

選八　三十二

伊天地之運流紛升降而相襲翰曰伊推也運流行也升降上下也襲因也四時上下相因代謝紛然無極日望空以駿驅節循虛而警立濟曰日行于空虛如駿馬之驅馳四節謂日所迫曾不得少息常自警策而立其節矣此謂歲月之速嗟人生之短期孰長年之能執良曰守也時飄忽其不再老晼遠於晚而將及良曰飄忽疾皃不再不可再來也晚晚日暮也比人年老也懟直遂瓊蘂之無徵恨朝霞之難挹一入反銑曰懟怨也瓊蘂朝霞皆仙者服之以取長年今我將老是瓊蘂無驗朝霞不可挹酌也望暘谷之企遣智予惜此景之屢戢向曰暘谷日所出也景亦日也戢藏也企予言我企立而望之歎惜此日屢爲藏役使人代謝不居也悲夫川閱水以成

川閱水以成川水滔滔而日度濟曰閱捴也滔滔水流皃捴衆水而成其川終日流去而後水相續世閱人而為世人冉冉而行暮濟曰冉冉人老皃言捴衆人而成于世終日老謝而後人相繼人何世而弗新世何人之能故銑曰以新代故是以不能故也野每春其必華草無朝而遺露良曰無朝遺露無一朝而不有露也經終古而常然率品物其如素向曰素舊也言人世至新雖及終古而常若此至於物類亦如舊日譬日及之在條恒雖盡而不悟翰曰悟覺也日及木槿華也朝榮夕落漸至於盡不即覺也雖不寤其可悲心惆焉而自傷亮造化之若茲吾安取夫久長濟曰惆悵也亮信安何也痛靈根之夙隕怨具爾之多喪平聲協韻良曰靈根靈木之根喻祖考也夙早殞沒也具爾謂兄弟也詩云戚戚兄弟莫遠具爾悼堂構之頹瘁萃愍城闕之丘荒銑曰堂構祖考所構之堂皆崩頹毀瘁城闕亦丘墟荒蕪此慜情多傷具亡矣親彌懿其已逝交何戚而不亡咨余命之方殆何視天之茫茫向曰懿美戚近咨嗟殆困也茫茫不明也傷懷悽其多念感貌瘁而鮮歡翰曰感憂瘁病鮮少也幽情發而成緒滯思叩而興端良曰言我懷傷叩發自多端緒慘此世之無樂詠在昔而為言居充堂而衍宇行連駕而比軒銑曰言昔時賓族衆盛若此也充滿衍溢也彌年時其詎幾夫何往而不殘向曰彌終也詎幾無多也言思昔雖已終年時亦無多日也而親戚舊人無不殘滅

或冥邈而既盡或寥廓而僅半平聲協韻信松茂而栢悅嗟芝焚而蕙歎平聲協韻翰曰同類相感也寞邈久遠也僅纔也芝蕙香草也言親友既逝其情無聊苟性命之不殊豈同波而異瀾濟曰性命波瀾既同賓族盡殁自思將復同此瞻前軌之既覆知此路之良難良曰軌車也言覩前車之覆覆重跛其路固以難也啓四體而深悼懼茲形之將然銑曰懼己將復化也毒娛情而寡方怨感目之多顏向曰毒病寡少也言觸目皆感多在顏面亮多顏之感目神何適而獲怡翰曰亮善怡悅也顏之憂猶感於目其神何往而獲其怡悅矣言不可得也尋平生於響像覽前物而懷之步寒林以悽惻翫春翹而有思觸萬類以生悲歎同節而異時濟曰尋思親故音響形像見昔時器物而為增懷也翹英也言節序雖同而時人各異也年彌往而念廣塗薄暮而意迮音責良曰加行者塗路尚遠而日已暮以喻天甚長而人已老是以意迫迮也親落落而日稀友靡靡而愈索顧舊要於遺存得十一於千百銑曰落落稀皃靡靡少皃索盡要妙遺餘也舊十今得其一舊千今得其百蓋失其九分矣樂隤心其如亡哀緣情而來宅向曰隤落亡失宅居也言樂易失而哀易居也託末契於後生余將老而為客翰曰言後生見我老不與我交以客禮相待復增其憂耳末契下交也然後弭節安懷妙思天造濟曰弭低也以為理不可改

低志節安懷抱妙思天之遊物精浮神淪忽在世表寤大暮之同寐何矜晚以怨早銑曰大暮長夜也乃寐古今爲長夜天下同寢寐復何有早晚而矜怨於其閒邪此機自解之詞指彼日之方除豈茲情之足攪音彼向曰除去也言彼日之去乃常事耳何足攪亂我情而使憂也感秋華於衰木瘁零露於豐草在殷憂而弗違夫何云乎識道翰曰至如感痾於秋華衰木零露茂草之節是不避深憂之人豈得云識道士也瘁病豐茂殺深違避也將頤天地之大德遺聖人之洪寶濟曰洪大也孔子曰天地之大德曰生聖人之大寶曰位言將養生而道榮也解心累於末迹聊優游以娛老良曰言游道德以解中心憂累下末之迹優游自娛以終老也

懷舊賦 并序

潘安仁

余十二而獲見於父友東武戴侯楊君始見知名遂申之以昏姻向曰岳父與東武伯楊肇晉同爲官故曰友戴諡也肇以女妻岳余自謂也申重也而道元公嗣亦隆世親之愛銑曰肇子道元公嗣二子名也東武侯亦與岳崇代親而相愛也謂子父各相友代代相親愛不幸短命父子凋殞翰曰言肇與道元公嗣皆短命逝沒也余既有私艱且尋役于外濟曰岳自遭父憂後徙官外郡不歷嵩丘之山者九年于茲矣今而經焉慨然懷舊而賦之

良曰楊肇塋葬嵩山岳塋之而念舊也啓開陽而朝邁濟清洛以徑度銑曰開陽陽門名邁行徑直皆開也晨風淒以激冷夕雪暠以掩路向曰晨風朝風也暠白色也轍含冰以滅軌水漸子兼軔刃以凝冱胡故反翰曰車轍冰合而滅軌迹水漸入軔輪冱凍也塗艱屯其難進日晼紆遠晚而將暮翰曰艱險阻也晼晚日落皃仰睎歸雲俯鏡泉流濟曰睎視鏡鑑也前瞻太室傍眺嵩丘良曰太室嵩丘皆中岳名今云前瞻傍眺似是此山恐傳寫之誤太室山名在南多以爲此前瞻矣東武託焉建塋啓疇銑曰即楊肇塋葬疇隴也巖巖雙表列列行胡郎楸音秋向曰表華表也巖巖高皃楸木名列列行皃望彼楸矣感于予思去既興慕

於戴侯亦悼元而哀嗣翰曰戴侯即楊肇元即道元嗣即公嗣也墳壘壘力追以接隴柏森森以橫植直利反良曰壘壘墳隴連皃森森茂盛皃植生也何逝沒之相尋曾舊草之未異銑曰言肇與道元相尋而逝舊草未及變異也余總角而獲見承戴侯之清塵名余以國士眷余以嘉姻向曰總角童子髻也岳是時見楊肇肇以岳爲國士故與昏姻也清塵猶清風皆美言也祖考而隆好逮二子而世親歡攜手以偕老庶報德之有鄰翰曰偕俱也逮及也二子謂道元與公嗣也恨不得與二子俱老相與爲鄰而我得報國士之德今九載而來歸空館閴

其無人（濟曰館宅也闕空也）陳荄被于堂除舊圃化而為薪（良曰陳荄宿草也除階道也圃園也薪樵也室宇無人故生草木也）步庭廡以徘徊涕泫流而霑巾（翰曰廡長屋也流泫泫下皃巾衣襟）宵展轉而不寐驟長歎以達晨（銑曰宵夜也展轉反側也驟數也晨明也）獨鬱結其誰語聊擬思於斯文（濟曰鬱結意不申皃言我將與誰語但擬採餘恩於此文矣）

寡婦賦（并序）　潘安仁

樂安任子咸者有韜世之量（向曰任子咸樂安郡人也韜藏也言度量之廣包藏一代也）與余少而歡焉雖兄弟之愛無以加也（良曰歡愛加過也）

選八　三十七

不幸弱冠而終（良曰禮二十而冠故云弱冠）良友既沒何痛如之其妻又吾姨也（翰曰妻之姊妹曰姨歲妻則岳妻之姊妹吾岳自稱）少喪父母適人而所天又殞（向曰父者子之天夫者妻之天也言咸妻少喪其父母以之適咸而咸又斃也）孤女藐（遊）焉始孩（向曰藐孤兒孩嬰兒）斯亦生人之至艱而荼（徒）毒之極哀也（翰曰艱難也荼毒苦也）昔阮瑀既沒魏文悼之並命知舊作寡婦之賦（濟曰魏文帝也悼傷也）余遂擬之以作敘其孤寡之心焉其辭曰

嗟余生之不造兮哀天難（去）之匪忱（市林反　良曰余爲咸妻稱也造成也諶誠也言我生遭家不成而喪父是天降禍難雖有誠信不能攘却）少伶（寧）俜（匹成）而偏孤兮痛忉（刀）怛（丁達）以切心（銑曰伶俜單孑皃母在故云偏孤忉怛悲傷也忉切割其心也）覽寒泉之遺歎兮詠蓼（六）莪（俄）之餘音（向曰詩云爰有寒泉在浚之下有子七人母氏勞苦又蓼蓼者莪匪莪伊蒿哀哀父母生我劬勞此皆孝子思養其親故覽詠是篇而有遺歎餘音也）情長感以永慕兮思彌遠而逾深（翰曰言思親之際也感委永長逾過也）伊女子之有行（去）兮爰奉嬪於高族（濟曰伊推也女子謂咸妻稱也去行謂自修德行也高族謂咸族望高也奉嬪謂孝行婦道於咸家）承慶雲之光覆荷君子

選八　三十八

之惠渥（良曰慶雲喻父母言承父母餘陰之覆君子謂夫也渥厚也又荷咸恩惠厚）顧葛藟（力水）之蔓延（去）兮託微莖於樛（居幽）木（銑曰葛藟之莖附於樛木而上喻婦人依於其夫而居蔓延柔弱皃）施（去）重兮若履冰而臨谷（向曰施恩也履冰臨谷戒慎墮陷）遵義方之明訓兮憲女史之典戒（翰曰石碏云教子以義方言遵奉我家德義之方以爲明訓古者后妃皆有女史我取以爲法則與戒也）奉蒸嘗以效順兮供灑埽以彌載（濟曰蒸嘗祭祀也言供奉祭祀灑掃之禮效順之道以彌年載）彼詩人之攸歎兮從願言而心痗（音妹　銑曰願言思伯使我心痗病也攸所也願言借若而不遂使我心痛爲下文張本）何遭命之奇薄兮遘天禍之未悔

向曰言自我命天不悔禍而遘此凶變榮華曄其始茂兮良人
忽以捐背翰曰言己容色始茂而良人忽然弃捐我而逝夫婦人稱夫曰良人
捐弃也静闔門以窮居兮塊煢獨而靡依濟曰
闔閉也塊獨居皃靡無也易錦茵以苫席兮代羅幬
以素帷良曰茵褥也居喪者寢苫蓆素帷言居夫喪故以苫席易錦褥以素帷代
羅幬帳也命阿保而就列兮覽巾箑以舒悲
銑曰阿保傅姆也就列就哭泣之行列箑扇也巾箑感平生服翫者故覽之以寄洩悲哀
之痛也口嗚噎以失聲兮淚橫迸而霑衣向曰
嗚噎哭泣皃迸散也愁煩寃其誰告兮提孤孩於坐側
翰曰誰告告誰時曖曖而向昏兮日杳杳而西匿

選八 三十九

濟曰曖曖不明皃昏黄昏也杳杳遠皃匿藏也雀羣飛而赴楹兮雞
登棲而斂翼良曰楹柱登上也雀夜宿於柱歸空館而自憐
兮撫衾幬以歎息銑曰館宅也自憐失其偶也衾被幬帳也思纏
緜以瞀亂兮心摧傷以愴惻向曰昏亂迷惑也愴惻悲
傷也曜靈曄而遄邁兮四節運而推移翰曰曜靈日也
曄馳遄疾邁行也四節四時也運流也推移不停也天凝露而降霜兮木
落葉而殞枝濟曰言秋時霜降而萬霜殞落也木葉落於枝仰神
宇之寥寥兮瞻靈衣之披披退幽悲於堂隅兮
進獨拜於牀垂良曰神宇靈室也寥寥空也靈衣夫平生衣披披動皃隅
深也隅角也牀靈座也垂邊也耳傾想於疇昔兮目髣髴乎

平素銑曰髣髴青平生之形儀念雖冥冥而罔覿猶依依
以憑附向曰罔無覿見也猶以為可憑附也痛存亡之殊制兮
將遷神而安措翰曰遷神安措謂遷柩歸葬也與生者異故云殊制也
龍轜而儼以星駕兮飛旐翩以啓路轜而喪車
車也轜以龍形儼儼端皃星駕早駕也旐引柩車也翩飛皃啓路謂先路而行也
軌以徐進馬悲鳴而跼顧良曰軌迹也跼頓踞跼顧眄不前也
潛靈邈其不反兮殷憂結而靡訴銑曰潛靈謂潛不復
還也殷深也靡訴無所告訴睎形影於几筵兮馳精爽於
丘墓向曰睎視也自視形影雖在几筵之前而魂魄精爽以馳入於丘墓也
仲秋而在疚兮踰履霜以踐冰翰曰在疚居喪也履霜踐

選八 四十

冰經秋冬之節雪霏霏而驟落兮風瀏瀏而夙興
濟曰驟數也瀏瀏風聲夙早興起也霤泠泠而夜下兮冰溓
溓以微凝[illegible]曰雪夜消而霤于簷下也泠泠霤聲溓溓薄冰皃言霤下及地
積凝為冰意忽怳以遷越兮神一夕而九升銑曰
言意迷亂遷越不定其神一夕九度飛揚庶浸遠而哀降兮情惻
惻而彌甚向曰浸漸也以爲時序漸遠哀情降歇而酸惻之懷日以甚也頓
假夢以通靈兮目炯炯而不寢翰曰假借也通靈通夫之
神靈也炯炯目不閉而光也寢寐也憂思多故無寐也夜漫漫以悠悠
兮寒淒淒以凜凜氣憤薄而乘胸兮涕交橫
而流枕濟曰漫漫悠悠長皃淒淒凜凜冷皃憤懣鬱結也乘胸上胸也亡魂

逝而永遠兮時歲忽其遒盡良曰永長遒終也容貌
儡洛罪以頓悴兮左右悽其相愍銑曰儡毀也頓悴憔悴也
左右見我如此悽然相愍也感三良之殉秦兮甘捐生而
自引向曰秦穆公死奄息仲行鍼虎皆自殺而殉焉言我感此三賢且欲捐弃主命
自死從於咸以鞠稚子於懷抱兮羌低徊而不忍翰曰
鞠養也稚子則謂孤女也顧此低徊復不忍弃此而死也羌歎也獨指景而
心誓兮雖形存而志殞翰曰指日心誓歎以自明也其形雖存志
已與咸俱亡重曰仰皇穹兮歎息私自憐兮何極
省微身兮孤弱顧稚子兮未識良曰穹天省察也女子幼
稚未能識咸也如涉川兮無梁若陵虚兮失翼銑曰涉川

無梁不可濟也陵虚失翼不可飛也皆喻喪耦難以為生上瞻兮遺象下
臨兮泉壤向曰遺象咸之形象窈冥兮潛翳心存兮目
想翰曰窈冥幽深也翳滅也奉靈坐兮肅清愬空宇兮曠
朗濟曰靈坐虚座也愬向宇室也曠朗虚寂皃廓孤立兮顧影塊
獨言而聽響良曰廓空也塊獨皃顧影聽響者欲一覩聞咸之影響顧影
兮傷摧聽響兮增哀遥逝兮逾遠緬邈兮長
乖濟曰緬邈長遠皃乖離也四節流兮忽代序歲云暮兮
日西頹霜被庭兮風入室夜既分兮星漢回
向曰四節四時也被覆也夜分夜半也夢良人兮來遊若閶闔
兮洞開翰曰良人謂夫閶闔天門今以為室門蓋亦通言矣怛驚悟兮

無聞超惝昌兩怳况往兮慟懷良曰怛驚皃悟覺也慟者哀之極也
慟懷兮奈何言陟兮山阿濟曰陟山阿望咸之墓墓門
兮蕭蕭脩隴兮峨峨銑曰蕭蕭靜皃脩長隴墳也峨峨高皃孤
鳥嚶嚶兮悲鳴長松萋萋兮振柯向曰嚶鳥聲萋茂皃
風來振其柯條哀鬱結兮交集淚橫流兮滂沱翰曰鬱結
積聚也滂沱淚多皃蹈恭姜兮明誓詠柏舟兮清歌終
歸骨兮山足存憑託兮餘華要吾君兮同穴
之死矢兮靡他良曰蹈履也詩序曰柏舟恭姜自誓也衛太子恭伯早死
其妻守義父母欲奪而嫁之誓而不許詩曰之死矢靡他之至矢誓靡無也言至死誓無
他心自言守志而詠是詩餘華餘年也吾君謂夫也言終當歸骨同於墓穴

恨賦一首　江文通

翰曰劉璠梁典曰江淹字文通濟陽人六歲能屬文及長愛奇尚異宋桂
陽王舉秀才與為豫章王記室後為金紫光祿大夫骨謂古人遭時否
塞有志不申而作是賦也

試望平原蔓草縈骨拱木斂魂向曰淹望見平原陵墓蔓
延之草合拱之木縈繞人骸骨有如聚斂魂魄於是中也人生到此天道
寧論翰曰人生至於此誰復論其天道於是僕本恨人心驚
不已直念古者伏恨而死濟曰僕自稱也恨人恨志不就也
復念古人有如我恨而至死者將遂之至如秦帝按劍諸侯西
馳良曰秦帝始皇也按劍而怒則六國諸侯西馳朝秦此言始皇彊盛若此削平

天下同文共規銑曰規法也既平天下同文共法也華山為城紫淵為池向曰紫淵水名在西河遠取山水以為城池明其大也雄圖既溢武力未畢方駕黿鼉以為梁巡海右以送日翰曰吞一宇內心猶未已方將駕黿鼉以為橋梁度西海而送日入一旦魂斷宮車晚出濟曰一朝逝往魂神斷絕天子崩謂宮車晏駕晚出晏駕也志未滿而身邊終不其恨邪若乃趙王既虜遷於房陵良曰秦滅趙虜其王遷之漢中房陵房陵地名薄暮心動昧旦神興銑曰憂恚相積故心動神興豔姬美女金輿玉乘皆王者翫服於此喪別矣別豔姬與美女喪金輿及玉乘置酒欲飲悲來填膺千秋萬歲為怨難勝向曰膺胷也胷為君王遷逐若此其恨固不可勝矣至如李君降北名辱身冤翰曰漢將李陵與匈奴戰力窮不勝降匈奴是名之辱身之冤也拔劍擊柱弔影慙魂濟曰其心不平故拔劍擊柱朝行弔其影夜寐慙其魂以思已敗情往上郡心留鴈門良曰上郡鴈門皆漢之塞也陵常思歸漢故心情存於此裂帛繫書誓還漢恩銑曰裂帛為書繫以歸鴈誓將報舊恩朝露溘至握手何言向曰溘奄也人如朝露豈可久也奄然至此握手何言陵圖報漢德終而不成為恨固已多也然此皆隨淹賦意而言事不如此且陵自降匈奴漢誅其於便慭於漢沒身匈奴中非有報恩之意按此乃淹文之誤矣若夫明妃去時仰天太息翰曰王昭君齊國王襄女也年十七獻漢元帝會匈奴遣使請一女子帝謂後宮欲至單于者起昭君喟然而歎趨帝而起乃賜單于後為避晉文帝諱改為

明妃君者貴人通稱紫臺稍遠關山無極濟曰紫臺宮也天子所居處明妃適單于故云稍遠極窮也搖風忽起白日西匿良曰搖風飄風也匿藏也隴鴈少飛代雲寡色銑曰鴈南飛將盡明妃見而懷鄉仰視雲氣皆無色隴代並山名望君王兮何期終無絕兮異域向曰域國也無猶變也明妃既適異域望漢無期有以斯恨也至如敬通見抵罷歸田里翰曰馮衍字敬通漢明帝以敬通才過其實抑而不用故歸田里抵拒也閉關却掃塞門不仕濟曰閉關塞門却掃家庭不出求仕左對孺人右顧稚子良曰大夫之妻曰孺人稚子嬰兒也脫略公卿跌徒結宕徒浪文史銑曰脫略輕易跌宕放逸也齎子兮志沒地長懷無已向曰齎持也受抑之志死沒於地恨情無已及夫中散下獄神氣激揚翰曰嵆康為中散大夫呂安事收下獄而戮之康神氣自若濁醪夕引素琴晨張秋日蕭索浮雲無光鬱青霞之奇意入脩夜之不暘濟曰濁醪濁酒青霞奇意志高也脩長暘明也琴酒康平生所服御者言康臨刑雲日為之蕭索無晶光負高奇之志入長夜而不明豈不恨歟已上恨者凡六人已下雜論其狀淹以為今古之情皆類於此或有孤臣危涕孽子墜心遷客海上流戍隴陰此人但聞悲風汨于筆起血下霑襟良曰泣皆易為恨者也孽子庶子也海上隴陰皆邊鄙也汨起風疾見血下泣血也亦復含酸茹歎銷落湮沈銑曰茹食也酸鼻酸也銷落湮沈滅亡也言抱此酸歎至滅亡而不已故有餘恨若乃騎疊跡車

屯軌黃塵而地，歌吹四起。向曰：屯，聚；軌，跡也。四起，四面起也。無不煙斷火絕，閉骨泉裏。濟曰：去車騎歌吹之歡，如煙火斷絕，而葬骨於泉裏，由是恨也。已矣哉！春草暮兮秋風驚，秋風罷兮春草生。翰曰：榮枯相待也。綺羅畢兮池館盡，琴瑟滅兮丘隴平。銑曰：綺羅琴瑟既已歇絕，而他館丘隴亦復何有。自古皆有死，莫不飲恨而吞聲。

別賦　江文通

黯然銷魂者，唯別而已矣。向曰：黯然，失色皃。況秦吳兮絕國，復燕宋兮千里。良曰：絕，遠也。言秦吳燕宋四國相去遼遠，人多遊焉，而有別離也。或春苔兮始生，乍秋風兮蹔起。是以行子腸斷，百感悽惻。濟曰：行者多以此時感物悽傷矣務百言多也。風蕭蕭而異響，雲漫漫而奇色。銑曰：悵為離別，覺風雲改於常。舟凝滯於水濱，車逶遲於山側。向曰：凝滯、逶遲，少留皃，將為水陸之別。棹容與而詎前，馬寒鳴而不息。翰曰：棹，楫也。容與，不進皃，皆惜別之意。掩金觴而誰御，橫玉柱而霑軾。濟曰：掩，覆也。觴，酒杯也，以金為之。琴瑟有柱，以玉為之。言行子覆杯捨琴，登車而去，涕淚霑軾也。居人愁臥，怳若有亡。銑曰：初別親友，怳然若有所失。日下壁而沈彩，月上軒而飛光。向曰：落日下隱於壁，升月上照於軒，月之十五日夜。見紅蘭之受露，望青楸之離霜。翰曰：蘭至秋色紅。楸，木名。離，罹也。巡層楹而空揜涕，

撫錦幙而虛涼。濟曰：巡，歷；層，高；楹，柱也。歷高楹者，掩泣也。錦幙，錦帳也。虛涼，悲涼也。知離夢之躑躅，意別魂之飛揚。良曰：居人既別，涕泣相思，則意知行子離憂躑躅不進，別魂飛揚不安。故別雖一緒，事有萬族。銑曰：言多也。至若龍馬金鞍，朱軒繡軸，帳飲東都，送客金谷。向曰：東都，長安門名。疏廣老歸，朝廷設供帳送之於東都門。王詡還長安，石崇送之於金谷澗，然東都金谷送客處也。琴羽張兮簫鼓陳，燕趙歌兮傷美人。翰曰：琴而奏羽聲，與簫鼓雜陳。燕趙美人清歌以和之，覩別離之事，亦為悲傷也。珠與玉兮豔暮秋，羅與綺兮嬌上春。濟曰：盛飾伎樂，著秋之月，珠玉照之生光色也；上春之時，綺羅對之增容姿也。驚駟馬之仰秣，聳淵魚之赤鱗。良曰：伯牙彈琴，潭魚出聽；瓠巴鼓瑟，駟馬仰秣，皆聽樂之所致也。鱗亦魚也。造分手而銜涕，感寂寞而傷神。銑曰：造，至也。雖樂聲之妙，宴緒之樂，至於分手為別，皆銜涕傷神。乃有劒客慚恩，少年報士。向曰：感恩報仇之志。韓國趙廁，吳宮燕市。向曰：聶政為嚴仲子杖劒至韓，直入上階，刺殺韓相俠累。豫讓為智伯變姓名，為宮塗廁，欲刺趙襄子。專諸為公子光以匕首刺殺吳王僚。荊軻與高漸離飲於燕市，後為太子刺秦王。割慈忍愛，離邦去里。濟曰：謂別父母去鄉里也。瀝泣共訣，抆血相視。良曰：抆，拭也。言泣血為別。驅征馬而不顧，見行塵之時起。銑曰：志士事一去不反顧，但見馬行塵起。方銜感於一劒，非買價於泉裏。向曰：以劒刺人而自死者，此感國士之義，豈求價於黃泉哉。金石震而色

變骨肉悲而心死翰曰荊軻與武陽入秦刺秦王鍾鼓並發武陽色變
聶政既殺俠累韓取政尸暴於市政姊聞之曰是吾弟也伏其尸盡哀而哭哀莫大
於心死謂政姊之心死矣或乃邊郡未和負羽從軍濟曰箭有
羽從軍負之於背而行遼水無極鴈山參雲良曰遼水水名鴈山
山名無極言廣深也參雲言高也閨中風暖陌上草薰銑曰謂春
時也閨房陌路薰香也日出天而耀景露下地而騰文
向曰耀景耀光景也騰文依於草樹騰其文章鏡朱塵之照爛襲青
氣之煙因煴翰曰朱塵朱莛塵也青氣薰爐中香青煙也言日景鏡照閨中
華莛草薰襲香代爐中香氣也照爛明皃煙煴香氣也攀桃李兮不忍
別送愛子兮霑羅裙濟曰桃李喻夫妻也霑裙謂淚霑於裙也至

如一去絕國詎相見期良曰絕遠詎無也視喬木兮
故里訣北梁兮永辭銑曰故里有喬木故視而識之北梁分別之地
訣別永長也左右兮魂動親賓兮淚滋向曰滋多也可
班荊兮贈恨惟樽酒兮敘悲翰曰班布也贈猶展也於路側
許荊布地坐而置酒以展敘別離之恨值秋鴈兮飛日當白露
兮下時怨復怨兮遠山曲去復去兮長河湄
濟曰湄際也又若君居淄右妾家河陽良曰淄右河陽二地
名婦人自稱曰妾謂夫曰君同瓊珮之晨照共金爐之夕
香銑曰言新香也晨照謂晨興珮光照耀君結綬兮千里惜瑤
草之徒芳向曰結綬從官也瑤草香草以自喻也言君去千里徒為芬芳

幽宮之琴瑟晦高臺之流黃翰曰幽深宮室也琴瑟不張故
塵焉流黃素名言愁多視之不識春閨閟此青苔色秋帳含
茲明月光夏簟青兮晝不暮冬釭凝兮夜何
長濟曰言四時相思也閟閉也不暮言其日長也釭凝謂燈明也織錦曲兮
泣已盡迴文詩兮影獨傷良曰織錦迴文詩使成章句以寄
於夫思念別離故泣盡影傷也儻有華陰上士服食還仙術
既妙而猶學道已寂而未傳守丹竈而不顧
鍊金鼎而方堅銑曰丹竈鍊丹竈也不顧不歸也黃帝採首山銅鑄鼎鼎
成龍下迎黃帝方堅力為之無退歸之意駕鶴上漢驂鸞騰天向曰
御鸞鶴而升天漢蹔游萬里少別千年惟世閒兮重

別謝主人兮依然翰曰主人之平生遊處謝別也依然不能無情下
有芍藥之詩佳人之歌濟曰詩曰惟士與女伊其相謔贈之以芍
藥李延年歌曰北方有佳人絕世而獨立桑中衛女上宮陳娥良曰
桑中上宮二地名衛陳二國名美皃曰娥美色曰豔春草碧色春水淥
波送君南浦傷如之何銑曰送君送夫也南浦送別之處至
乃秋露如珠秋月如珪向曰露垂於草其狀如珠夏禹得玉珪碧
色圓如日月言秋月類之明月白露光陰往來與子之別
思心徘徊是以別方不定別理千名有別必
怨有怨必盈翰曰盈多也使人意奪神駭心折骨
驚濟曰言別離之所致雖淵雲之墨妙嚴樂之筆精

良曰王襃字子淵揚雄字子雲嚴安徐樂皆文章之士故云墨妙筆精金闈之諸彥蘭臺之羣英銑曰金闈金馬門羣賢待詔處漢明帝好文之人並徵於蘭臺英彥皆美士賦有淩雲之稱辯有雕龍之聲向曰司馬相如奏大人賦天子大悅曰飄飄有淩雲之氣鄒奭子脩鄒衍之術文飾之若雕鏤而成龍文二人皆有此聲稱也詎能摹蹔離之狀寫永訣之情者乎翰曰雖此數賢之才不能摹寫別離情狀者言苦危之志不可述也

文選卷第八

選八

長　州

文選卷第九　賦壬

梁昭明太子撰　五臣注

論文　陸士衡文賦一首

音樂　王子淵洞簫賦一首

傅武仲舞賦一首

馬季長長笛賦一首

嵇叔夜琴賦一首

潘安仁笙賦一首

成公子安嘯賦一首

文賦并序　陸士衡

選九

余每觀才士之作竊有以得其心夫其放言遣辭良多變矣濟曰遣發良實也妍五賢蚩好惡可得而言良曰妍美也蚩惡也每自屬文尤見其情銑曰尤甚也恒患意不稱物文不逮意蓋非知之難能之難也翰曰逮及也體屬於物患意不似物文出於意患詞不及意蓋非知之爲難能爲者實難也故作文賦以述先士之盛藻因論作文之利害所由他日殆可謂曲盡其妙向曰謂賦成之後異日觀之乃委曲盡其妙道矣殆近也至於操錯高斧伐柯雖取則不遠

萩　府

若夫隨手之變良難以辭逐蓋所能
言者具於此云爾翰曰操持也持斧伐柯雖得柯不遠
而文章隨手變易則難以卒辭究逐蓋述之者其以後文也
佇中區以玄覽頤怡情志於典墳銑曰佇立也中區區中
都也玄遠頤養也立志中都遠覽文章養情於典墳也遵四時以歎逝
瞻萬物而思紛濟曰逝往紛多也悲落葉於勁秋喜
柔條於芳春良曰秋氣殺萬物故云勁秋也心懍懍以懷霜
志眇眇而臨雲詠世德之駿烈誦先人之清
芬銑曰眇眇長貌謂雲勢長遠故臨之志亦長也烈美也詠當時俊美之述作誦先賢
詞賦之芬芳也游文章之林府嘉麗藻之彬彬翰曰林府

選九　二

謂多如林木當如府庫也彬彬文質相雜慨投篇而援筆聊宣之
乎斯文向曰慨歎詞援引也其始也皆收視反聽耽思
傍訊精鶩八極心游萬仞濟曰謂思文之始也訊求也收視不
視反聽不聽也謂專思傍求遷轉擯絹所以精騖八極心游萬仞也其致也情
曈曨而彌鮮物昭晣熟之而互進傾羣言之瀝
液漱所瀝六藝之芳潤翰曰曈曨不明貌昭晣明貌文情出自不明而
至鮮明也情既鮮明物亦明而互進其文乃成也羣言羣書也瀝液涓滴也且羣書皆析
如海之波瀾不極人爲文章但傾寫其涓滴而已六藝禮樂射御書數也文章亦經漱蕩
其芳香潤澤以成之也浮天淵以安流濯下泉而潛侵
浸音岔向曰謂浮心思於天泉及濯下泉者務入深遠以求文意耳潛浸流貌於

正　宗

是沈辭怫扶勿悅若游魚銜鉤而出重淵之深
銑曰沈辭謂沈於深邃也怫謂思未出也悅謂思微來也則若游魚銜鉤而出於重泉之
深也浮藻聯翩若翰鳥纓繳諸皆而墜曾雲之峻
翰曰藻文也聯翩鳥飛皃謂文思將來聯翩然君翰鳥纓繳而墜自高雲之峻言速也纓
繳也繳射也曾高也收百代之闕文採千載之遺韻銑曰
遺韻謂古人闕而未述遺而未用者取而採之謝朝華於已披啓夕
秀於未振銑曰朝華已披謂古人已用之意謝而去之夕秀未振謂古人未述
之旨開而用之啓開也觀古今於須臾撫四海於一瞬
音舜向曰馳思速也瞬謂開目之間然後選義按部考辭就班
濟曰選擇義理皆按而用之以爲部次考擇清麗之詞以就班類而綴之抱景者

選九　三

咸叩懷響者必彈濟曰謂物有抱光景者必以思叩觸之而求文理物
有懷皆響者必以思彈擊之以發文意或因枝以振葉或沿波
而討源或本隱以末顯或求易而得難翰曰或賦
詠於枝乃思發於葉或流情於波而求討其源也或本探於隱而末至於明也或求思於
易得詞於難物理相推有此迴轉也振發沿流也或虎變而獸擾或
龍見而鳥瀾良曰擾亂也思壯如虎之變其文彩炳然或猶未致如獸之擾
亂不知所之或得其妙則龍見而有先如水鳥游於波瀾也或妥土果帖而
易施或岨仕舉峿語而不安罄澄心以凝思眇
衆慮而爲言向曰罄盡眇深也深源其衆慮而爲言也籠天地於
形內挫作過萬物於筆端銑曰形文章之形也挫折挫折謂天地華

山　　涧

大可籠於文章形内萬物雖衆可折挫取其形以書於筆之端端筆鋒也始躑躅進綠於燥吻亡粉終流離於濡翰音寒翰曰躑躅不進皃亦如文詞難出於口也燥乾也吻脣也謂神思馳逐皆得乾脣也則雖初難出於乾脣終留離於濡翰謂書於紙也流離水墨淋於紙皃濡淋也翰筆也理扶質以立幹文垂條而結繁濟曰質猶本根也爲文之理必先扶持本根乃立其榦謂先樹理次擇詞也故如垂條而結葉繁茂也信情貌之不差故每變而在顏思涉樂必其笑方言哀而以歎平聲向曰差失也文之情深必見人皃故此理不失變之在顏故思樂必笑言哀則歎矣或操觚孤以率爾或含毫而邈然銑曰觚木也古人用之以爲筆毫筆也率爾謂文速成邈然謂文遲成也伊茲事之可樂固聖

選九　四

賢之所欽翰曰伊維也茲事謂文章也欽敬也課虛無以責有叩寂寞而求音翰曰課率也責求也文章率自虛無之中以求其象叩擊無聲之外而求音韻寂寞無聲也函含緜邈於尺素吐滂浦皁沛乎寸心良曰綿邈遠也滂沛大也雖遠者含文於尺素之上雖大者吐辭於寸心之間也素帛也古人用以書也言恢之而彌廣思按之而愈深銑曰恢大按下也以言大之則彌增其廣以思下之則愈益其深也播芳蕤之馥馥發清條之森森粲風飛而飈豎鬱雲起乎翰林向曰文美如芳蕤之馥馥似清條之森森粲然如風飛飈立鬱然如雲起翰林芳蕤香飈疾風豎立也翰筆也言林者華盛貌體有萬殊物無一量紛紜揮霍形難為狀翰曰文體有變故曰萬殊

春　　禅

物類既衆故曰紛紜揮霍也氣色運動難說其形狀也辭程才以效伎忌意司契而為匠在有無而僶泯俛當淺深而不讓良曰程見效致伎巧司理契要匠宗也僶仰首也俛俯首也文辭見才以致巧立意以理要為宗思在有無之中或俯或仰或深或淺意務得於妙來必不讓雖離方而遯圓期窮形而盡相向曰文之未見在於無故雖不見方圓之形終期盡物之象也相象也故夫誇苦華目者尚奢愜苦頰心者貴當去聲良曰誇目謂相誇眩也尚奢謂浮豔之詞貴當者在於合理故愜心也言窮者無隘烏介論達者唯曠銑曰言窮事者無隘狹論通達者唯尚故曠此作者之用思也詩緣情而綺靡賦體物而瀏留亮翰曰詩言志故緣情賦象事故體物綺靡精好也瀏亮清明也

選九　五

碑披文以相質誄纏綿而悽愴濟曰碑以敘德故文質相半誄敘哀情故纏綿意密而悽愴悲心也銘博約而溫潤箴頓挫而清壯銑曰博謂意深約謂文省箴所以刺前事之失者故須抑折前人之心使文清理壯也頓挫猶抑折也頌優游以彬蔚欝論精微而朗暢向曰頌以歌頌功德故須優游縱逸而華盛也彬蔚華盛貌論者論事得失必須精審微密明郎而通暢於情奏平徹以閑雅說施納煒于鬼燁于劫而譎古穴誑狂況反翰曰奏事帝庭所以陳敘情理故和平其詞通徹其意雍容閑雅此焉可觀說者辯詞也辯口之詞明曉前事詭譎虛誑務感人心煒燁明曉也雖區分之在茲亦禁邪似嗟而制放要辭達而理舉故無取乎冗如勇長丁亮反良曰詩賦碑誄銘箴頌論奏說其

體各殊故區分在茲禁邪謂禁淫濫制放謂制抑淫遺必須詞達其意理以舉事不在煩
多冗長謂煩多也其為物也多姿其為體也屢遷向曰
文體非一故云多姿姿貧也未安帖故屢遷也其會意也尚巧其遣
言也貴妍銑曰出言衆美也妍美也暨其器音聲之迭代若
五色之相宣翰曰暨至也音聲謂宮商合韻也至於宮商合韻遞相間錯猶
如五色文彩以相宣明也雖逝止之無常固崎綺錡擬之
難便濟曰逝往也崎錡不安皃謂思雖難往止上下無常固知安之難爲便也便宜
也苟達變而相次猶開流以納泉銑曰思之通變相次
而至如泉入水泯然相合也如失機而後會恒操末以續
巔謬玄黃之秩序故淟他見涊奴見而不鮮良曰如思

慮失機而後會合則常持尾續首莫能見成錯謬玄黃之次序也淟涊不鮮明也操持也
末尾巔首也秩次也淟涊若濁也或仰偪於先條或俯侵於
後章向曰謂思之俯仰前後不定故或偪換先成之條例或侵改後次之章句謂未
安也或辭害而理比毗寳或言順而義妨翰曰辭害謂音
韻不便也然於理次比亦合於宜言雖順美於義理復有妨也離之則雙美
合之則兩傷銑曰謂語各有所宜考殿當練最於錙銖殊
定去留於毫芒音亡濟曰下功曰殿上功曰最錙銖稱兩也毫細毛也芒
稍芒也皆至微小者也謂作文之時考練辭句之上下稱兩捨之取之在於細小之間然
後著於文之苟銓衡之所裁固應繩其必當翰曰銓所
以稱物者衡平也若稱平辭句裁制文章則應繩墨而相當也而或文繁理

富而意不指適極無兩致盡不可益立片言
以居要乃一篇之警策雖衆辭之有條必待
茲而效勣亮功多而累寡故取足而不易良曰
適中也謂文意不中於所指之事但繁文富理而已至於窮極之際竟不能便於指適矣
文之終篇又不可增益其辭但立片善之言以居要節乃能爲警策而雖衆辭已有條序
也必待此警策而效功勣也信功多而累句亦少故可自取足於一篇亦不可改易也警
驅動皃策可以擊馬者謂片善之言光益一篇亦猶以策擊馬得其警動也或藻
思綺合清麗芊眠炳若縟蓐繡悽若繁絃必
所擬之不殊乃闇合乎曩篇雖杼除思軸於予
懷怵他人之我先苟傷廉而愆義亦雖愛而

必捐濟曰綺合如綺綵之合文章也芊眠盛皃五色備曰縟音韻合和故若繁絃之
聲所作篇目或不殊古人之則辭句闇合於古篇者雖經杼軸懼他人先我而爲此乃易
且之道有傷廉恥復違於義心故雖愛之必須損弃也或苕發穎豎離
衆絕致形不可逐響難爲係塊孤立而特峙
非常音之所緯心牢落而無偶意徘徊而不
能揥音雖向曰謂思得妙音辭若苕草華發穎禾秀豎與衆辭離絕致於精理形響
難爲追係塊孤皃特峙峻也緯經也緯非平常之言所能經緯然有此一句之妙而心失
次第求偶對未[illegible]所心意之徘徊不能禠捨其妙若草華也穎禾秀也牢落心失次貌
石韞玉而山輝水懷珠而川媚彼榛仕巾楛戶
之勿翦亦蒙榮於集翠綴下俚於白雪吾亦

以濟夫所偉于貴反銑曰謂上佳句美辭無耦對在衆辭之中如石藏美玉山必有光水含明珠川則有媚如榛楛不翦亦有榮色積集成叢鬱然之青也猶下里之詞綴白雪之曲知其美惡雖殊亦足齊其所美也榛楛皆木名翠青也下里鄙辭也白雪高曲也偉美也或託言於短韻對窮迹而孤興俯寂寞而無友仰寥廓而莫承譬偏絃之獨張含清唱而靡應翰曰窮迹謂幽窮之處思慮特起俯入於寂寞仰遊於寥廓尋求文辭辭無遂志志無所承如偏絃獨張清曲無應也辭友志也唱曲之適辭也靡無也或寄辭於瘁音言徒靡而弗華混妍蚩而成體累去良質而為瑕象下管之偏疾故雖應而不和向曰瘁音謂託詠於鄙物也言徒後靡而不華麗混同美惡貫累風雅之

道如玉之有瑕也堂上歌鹿鳴堂下吹下管管聲疾與鹿鳴雅聲不相和叶故此文象之良質謂風雅也瑕謂玉病也或遺理以存異徒尋虛而逐微言寡情而鮮上愛辭浮漂而不歸猶絃么於遶而徽急故雖和而不悲翰曰託思於物必有至情變好之者然後形之於言也君遺其理要存於小異務為虛飾以逐微細言而寡情情復少變則浮辭漂蕩不歸於事實矣亦由絃小而調急聲和諧則躁烈而不悲也豈如緩調靜雅而悲聲可聞乎么音小也徽調也或奔放以諧合務嘈曹囋才曷而妖冶徒悅目而偶俗固聲高而曲下寤防露與桑間又雖悲而不雅濟曰嘈囋浮聲或有奔馳放縱其思以求和合務成嘈囋之聲以為美麗悅目偶俗而已此聲之雖高而曲下者乃覺防露

之雅樂桑間濮上亡國之音雖悲而不雅也謂為文不可苟徒悅目偶俗而已須窮妙理者也諧和也妖冶美麗也寤覺也或清虛以婉約每除煩以去濫闕大羹之遺味同朱絃之清氾汎雖一唱而三歎固既雅而不豔良曰文有事尚清約而質樸者則如大羹不和五味同朱絃之清音也大羹肉汁清廟之瑟朱絃而聲淡雅奏於清廟一人唱之三人從而歎之此雅而不豔也若夫豐約之裁去俯仰之形因宜適變曲有微情銑曰豐約文質也裁制也俯仰謂上下也因其所宜遂便而變則委曲而有微情謂文質相兼也或言拙而喻巧或理樸而辭輕或襲故而彌新或沿濁而更清向曰皆謂文質今古相半也樸質也沿也有襲故事而意乃新者有因言之濁而

更清也或覽之而必察或研之而後精翰曰謂或初覽拙察見其妙有研味久而後知精美譬猶舞者赴節以投袂歌者應絃而遣聲銑曰文入妙理譬如舞者赴節舉袖善歌者與絃相應遣合其聲如一也投舉袂袖也是蓋輪扁所不得言故亦華說之所能精良曰輪扁古之善斵輪者齊桓公堂上讀書扁曰讀此者何為唯得古人之糟粕耳且臣斵輪今七十載矣徐則甘而不固疾則苦而不入各得之於心應之於手而口不能傳之於子於今不古人之言而云達者未之有也凡發言不能成功者謂之華說也文章之妙故非此華所能精察而言也普辭條與文律良予膺之所服濟曰普見文章之條流及與音律實我心之所服也膺當也練世情之常尤識前脩之所淑翰曰尤過也前

脩者前賢也淑美也練簡時人之常過乃識前賢之所美也雖濬發於巧心或受嗤於拙目向曰濬深嗤笑也謂作文者雖深發巧思或與拙者見而笑之言其不知音也彼瓊敷與玉藻若中原之有菽叔同槖籥之罔窮與天地乎並育銑曰瓊敷玉藻謂文章妙句其為無限若中原有菽來之則有同天地之氣無窮並育於中也菽豆藥也槖籥天地間氣也罔猶無也雖紛藹於此世嗟不盈於手掬翰曰紛藹謂繁多也文華之詞雖繁多於人世嗟攬之不滿於手掬也患挈苦結缾之屢空病昌言之難屬之欲故踸勑錦踔勑角於短韻放庸音以足子喻曲濟曰挈缾小器也謂小智之人才思屢空也昌當屬綴也踸踔遲滯也短韻小篇也庸常也言遲滯於小篇放情常音務添足曲聲也文有音韻故通稱曲也恒遺恨以終篇豈懷盈而自足向曰謂不工文者終篇常有遺恨恨未盡往境豈有知盈滿之分而以為自足也懼蒙塵於叩缶方負顧取笑乎鳴玉良曰缶謂瓦器玉謂玉磬謂不工文者若蒙塵之中以叩擊瓦器必取笑於鳴玉之人耳若夫應感之會通塞之紀來不可遏去不可止藏若景滅行猶響起方天機之駿利夫何紛而不理翰曰用情有應感於會合之地者通塞於綱紀之所者則思來不可遏而旋之思去不可止而留之非人力所致也思之將藏若形影之滅沒也將行如音響之動也比之天機駿利何亂不理也天機自然之性也紛亂也思風發於胷臆言泉流於脣齒紛葳威蕤而隹以馺素合遝徒合唯毫素之

選九 十

所擬文徽徽而溢目音泠泠而盈耳向曰思之發也如風起激於胷臆言之出也如泉之涌動於脣齒矣紛葳蕤盛美皃馺遝並皃皆著於毫素之上徽徽溢目文章盛也泠泠盈耳音韻清也毫筆也素帛也及其六情底滯志往神留兀若枯木豁若涸流覽營魂以探賾頓精爽而自求理翳翳而逾伏思軋烏八其若抽濟曰六情謂好惡喜怒哀樂也志往神留謂志思往而神留也兀若枯木思不動也豁若涸流思之竭也謂豁然空虛涸而無水營謂心府中也觀覽心腑爽魂魄探賾文理頓舍精爽而求之思逾伏而不發精若抽而不出翳翳暗皃軋軋難進也是故或竭情而多悔或率意而寡尤雖茲物之在我非余力之所勠音留協韻故時撫空懷而自惋腕吾未識夫開塞之所由也翰曰或鬱竭情思而猶不佳故多悔或率意而理亦通故少過雖文在我心實難勠力所致惋悠也故時撫懷自悠我亦未識文章開塞之所由言至難也伊茲文之為用固眾理之所因恢苦回萬里使無閡通億載而為津俯貽則於來葉仰觀象于古人濟文武於將墜宣風聲於不泯彌鄰反良曰伊惟也惟此文之為用固乃考眾妙之理所因而成使廣大萬里以為一也通文章之律梁使得達也遺法則於來世是見古人之象也濟文武之道使不墜於地宣暢風俗申於頌聲至於不泯滅也恢大億遠貽遺也塗無遠而不彌理無微而不綸配霑潤於雲雨象變化乎鬼神被金石而德廣流管絃

選九 十一

而日新翰曰文經天地故無遠不彌無微不綸文德可以養人故配霑偶於雲雨
出幽入風故象變化乎鬼神辭韻流於金石音絃之聲君王德齊而不衰故日日新

洞簫賦一首　王子淵

濟曰漢書云王褒字子淵蜀人也益州刺史王襄薦於宣帝仕爲諫議大
夫褒以簫音響清簫故爲此賦洞者通也言其無底上下相通故曰洞簫
原夫簫幹之所生兮于江南之丘墟洞條暢
而罕節兮摽敷紛以扶疏向曰洞通條長暢達罕希摽立也敷
紛莖多貌扶疏華盛貌謂作簫之竹幹生於江南之山而通長暢達而希節立莖敷紛而
葉蔘扶疏也徒觀其傍去山側兮則嶇區嶔欽巋
丘軌崎倚巇丘蟻迤以此⿰山靡音靡向曰言竹傍山側而生也餘皆山勢嶮峻
長連兒誠可悲乎其不安也良曰悲其生於危地常不安也彌
望儻莽聯延曠蕩銑曰皆竹相連廣大兒又足樂乎其
敞閑也翰曰樂其枝葉相蔭其山高敞其地幽閑託身軀於厚土
兮經萬載而不遷銑曰謂其自然生故久不遷滅吸至精之
滋熙兮稟蒼色之潤堅濟曰謂竹吸含天地至精之氣滋熙有光
色也稟青光有鮮潤貞堅之色感陰陽之變化兮附性命乎
皇天翔風蕭蕭而逕其末兮迴江流川而溉
其山翰曰蕭蕭竹聲兒風之逕路翔於竹梢上迴流之水溉灌其山下也末梢頭也
揚素波而揮連珠兮聲礚礚苦蓋而注淵向曰素白
揮動也礚礚水激石聲淵深也江水流於山下飛揚白波而動浪沫如連珠聲激石而注

深處也朝露清泠而隕其側兮玉液浸侵潭淫
而承其根濟曰清泠露兒隕墜也玉液清泉也浸潭流兒孤雌寡鶴
娛優乎其下兮春禽群嬉翱翔乎其巔銑曰其下
謂水中嬉游也其巔謂竹上也秋蜩條不食抱樸而長吟兮
玄猨悲嘯搜索乎其間良曰蜩蟬也處幽隱而奧
屏兮密漠備百泊白陌以徹勅鮮猭勅緣反向曰奧深屏僻也簫竹
處於幽深隱僻之處嗼泊徹猭密而相連兒惟詳察其素體兮宜
清靜而弗諠幸得謚爲洞簫兮蒙聖主之渥
恩可謂惠而不費兮因天性之自然翰曰詳審也素
謂幽素之體處清靜之地而宜其不諠也謚號也聖主君也渥澤也謂君王採而用之因
天性之質而爲聲韻則惠而不費也於是般班匠施巧夔襄准
法銑曰般匠古之巧匠令施巧而依簫也夔樂官也襄師襄也善音律謂准度簫之法
則也帶以象牙掍胡本其會合濟曰帶飾掍同也節之象牙同於會
合之處鎪色鄒鏤離灑所宜絳脣錯雜向曰鎪鏤彫之爲文離灑
文兒絳朱也脣口也以朱飾其吹口而錯雜其文彩鄒菌去筠繚糾鱗羅
捷獵良曰竝竹管相連繞兒如魚鱗羅列捷獵參差兒膠緻直吏理比
鼻挹邑抐女立擫於頰捻奴叶反翰曰膠緻理比謂竹細密相次兒挹抐
擫捻手執之兒於是乃使夫性昧之宕徒浪冥生不覩
天地之體勢闇於白黒之貌形憤伊鬱而酷
⿰面忍奴谷愍眸子之喪精寡所舒其思慮兮專發

憤乎音聲銑曰性眛之宕冥謂盲人也眛冥暗也宕大也目不見天地白黑之
體色憤懣憂積惜瞳子之無精光而舒展其思慮乃專心音聲乃至妙理也伊鬱憤懣皃
酷醜憂積皃愍惜也眸子眼瞳子也故吻無紛吮辭兖值夫宮商兮
和紛離其匹溢形猗倚抳女綺以順吹去兮瞋
勑眞唈合喇胡以紆鬱銑曰吻口吮吸也盲者專心故以口吸皆值合
聲韻而有和樂紛離匹溢聲四散皃猗抳曲身皃唈喇紆鬱愁皃盲者丞曲其形隨順吹
勢聲而其皃如含瞋愁焉也氣旁迕以飛射兮馳散渙以
逫知律律向曰迕觸也吹者之氣音聲觸飛射而閒於遠也散渙聲分布皃逫律和
皃也趨縱容其勿述兮騖合遝徒合以詭譎翰曰述逆
騖走也謂聲趨走縱容而和無所乘逆合遝繁被而多奇異也詭譎奇異或渾沌

而潺湲兮擸力合若枚折或漫衍而駱驛兮沛
浦貝焉競軼音逸良曰聲或有渾沌繁雜而不分而潺湲如清流之聲者又擸然
如木披擸折或漫衍駱驛而不絕沛然聲軼而度也擸木折聲枝木枝也沛多皃軼度也
惏凜慄密率掩以絕滅㗀吸霵助立燁于輒捷跳
徒鄙然復出翰曰惏慄聲清爽皃密率安靜皃清爽安靜聲掩然如將絕滅而衆
聲復起跳躍而復出也㗀霵衆聲也燁捷聲復起也若乃徐聽其曲度
兮廉察其賦歌啾咇必喞子逸而將吟兮行鍖
勑錦銋昵凜以和囉向曰縷聽節度謹察曲之名目則繁多而將吟且舒緩以
相應也和囉相雜皃徐緩廉謹也賦歌依曲之通稱也啾咇喞聲繁多皃行且也鍖銋舒
緩也風洪胡貢洞而不絕兮優嬈嬈繞以婆娑素何

反翰曰風吹其聲相連不絕而優遊衆雅分散也洪洞相連皃嬈嬈衆雅皃婆娑分散也
翩綿聯以牢落兮漂乍弃而為他良曰聲飛揚而相連
或牢落希疎也漂然盡散了弃舊曲將爲異聲他異也要復遮其蹊徑
兮與謳謠乎相和銑曰要復猶伺候也謂篇曲伺候謳者發聲如遮其
道路而與之相和合其音律也蹊徑道路謳謠謌也故聽其巨音則周
流泛濫并包吐含乎暗若慈父之畜子也向曰聞其
大音周流泛濫而廣遠并包衆聲吐含和樂乃如慈父之於子也包含仁愛以養之吐義
方以教之巨大畜養也其妙聲則清靜厭瘱翳順敘卑
迖池淚若孝子之事父也翰曰其妙聲則清和安暢節度無違豫然
如孝子之事親也迖滑也科條譬類誠應義理濟曰科條名目也謂

其聲曲所以比類至誠必有感應於義理者謂下文壯士君子之事澎普萌濞普袂
沆胡朗瀣胡界一何壯士優柔溫潤又似君子兮銑曰
澎濞沆瀣勇烈聲也故其武聲則若雷霆輘力耕輷呼萌佚
豫以沸渭良曰輘輷大聲也佚豫聲疾皃沸渭聲勇躍不定皃
則若凱風紛披容與而施惠向曰凱風南風也溫和而養萬
物故云施惠紛披容與和緩皃或雜遝以聚斂兮或拔蒲末摋
蘇末以奮弃翰曰聲或衆多如相聚或分散奮迅如弃棵也雜遝衆多皃拔摋分
散皃悲愴怳以惻惐域兮時恬淡以綏肆濟曰悲聲
聞則愴怳惻惐而傷感也時或恬淡而安縱也綏安肆縱也被淋林灑離
其靡靡兮時橫潰以陽遂銑曰忽如水流之蹤橫潰亂復有清

暢之音以通達也淋灑水流聲㾦㾦流皃遂達也哀悁悁烏玄之可懷
兮良醰醰徒南而有味良曰哀聲則若頹悒在懷醰醰而有味也悁悁
頹悒也醰醰醇濃也故貪饕土刀者聽之而廉隅狼戾者
聞之而不懟音墜向曰貪財之人聞此和雅之聲則去貪而知清廉之分惡
性之人聞之則去惡遷善而不怨蓋樂感人情也貪財曰饕隅分也狼戾惡性也懟怨也
剛毅彊暴反仁恩兮嘽歎唌誕逸豫戒其失
向曰殺敵為果致果為毅此人聞和雅之音乃反為仁恩之情也舒緩之聲戒人之過失
嘽唌逸豫舒緩皃鍾期牙曠悵然而愕立兮杞梁之
妻不能為其氣濟曰鍾期善聽音律伯牙善鼓琴師曠樂官也謂其聞簫
皆悵然而驚杞梁殖之妻殖死歎而鼓琴言此簫聲雖杞妻之感深亦不能為其氣調也

愕驚也師襄嚴春不敢竄其巧兮浸侵淫叔子
兮遠去其類銑曰竄措也師襄嚴春皆古之善鼓琴者聞簫皆不敢措其巧
妙浸淫叔子古之知音人聞洞簫之妙聲亦去而遠之莫能比類於古之也
朱均惕復慧兮桀跖之石鬻博儡盧罪以頓悴翰曰
嚚舜毋也頑舜父也朱堯子丹朱也均舜子商均也桀帝桀也跖盜跖也鬻鬻拳楚之彊
勇人也侍朱博漢之俠士也惕鷙倡敗壞也謂簫之妙音感此嚚頑不肖彊俠之類皆驚
復得明慧敗壞惡性頓折而困悴矣吹參差而入道德兮故永
御而可貴良曰參差簫曲名感化之道廣故云入道德也求長也御猶服用也
時奏狡弄則彷徨翱翔或留而不行或行而
不留銑曰奏者作樂之總号奏勇曲乃迴旋飛聲去留不常也狡勇也弄曲也愺

草恅老瀾漫亡偶失疇薄索合遝徒合罔象相
求銑曰愺恅寂靜貌瀾漫分散貌薄迫索求也合遝聲多也罔象餘聲也謂聲或寂靜
分散亡偶失疇而希踈則迫求而聽之時分散餘聲以相集也相求謂相集也故知
音者樂而悲之不知音者怪而偉之濟曰知音識悲
樂之聲不知者但怪其清美而已偉美也故其為悲聲則莫不愴
然累欷許意撇匹結涕抆無粉淚良曰欷悲也撇揮也抆拭也其
奏歡娛則莫不憚漫衎苦旰凱阿烏可那乃可腲一罪
腇乃罪者已翰曰憚漫衎凱和樂皃阿那腲腇舒遲皃是以蟋蟀尺
蠖烏郭跂祇行喘昌兗息螻婁蟻魚几蝘烏典蜓徒典蠅
蠅翊翊遷延徙迆以魚瞰雞睨垂喙虛穢宛轉

瞪遲證瞢莫亘忘食況感陰陽之和而化風俗之
倫哉翰曰蟋蟀尺蠖螻蟻蝘蜒皆蟲名迆跂行舉首行也蠅蠅翊翊衆行皃迆徙
迆進而復退皃睨皆視也此蟲類聞樂尚由感而動之皆垂口盤旋直視瞢然遺忘其
食以聽之況乎感和陰陽之氣遷化風俗之理豈不致也究轉盤旋也瞪直視瞢昏也
亂曰狀若捷武超騰踰跇余滯迅漂巧兮向曰簫聲
狀如捷武之人超騰於空也踰跇高擲皃又似流波泡薄交溲所交泛
之淒趨巇許宜道兮翰曰又似流波趨走嶮巇之道也泡溲泛建波
急聲嘐呼交呷呼甲呟呼縣喚躋祖雞蹟致連絕淈苦骨殄
電沌徒本兮銑曰嘐呷呟喚大聲也躋蹟連絕謂或上或下或連或絕淈殄地聲
雜不分皃躋上蹟下也攪胡巧搜所卯㶑學捎所學逍遙踊躍

若瓌頹兮濟曰攬捘浮捎風振竹木聲也遒遠聲遠也嘲噍聲高也聲烈又如物之崩壞頹墜也優游流離躊躇稽詣亦足耽兮良曰優游流離和緩分散聲也躊躇稽詣聲或稽留不散皃言亦足耽翫也隤唐遂往長辭遠逝漂不還兮向曰隤唐聲微也言聲微遠往長辭而遠去漂逝而不反也賴蒙聖化從容中道樂不淫兮翰曰賴君王聖化采於幽山以成此器徒容和樂中於大道雖樂而不荒淫也條暢洞達中節操兮終詩卒曲尚餘音兮向曰洞通詩志也終志卒曲尚有餘音言聲清遠也吟氣遺往聯綿飄撇生微風兮聯延駱驛變無窮兮銑曰聯綿不絶也飄撇聲相擊而隨於微風也連延駱驛亦不絶皃

選九　十八

舞賦并序　傅武仲

良曰范曄後漢書云傅毅字武仲扶風人也少博學中宗召文學之士以武仲爲蘭臺令史遷竇憲府司馬

楚襄王既遊於雲夢使宋玉賦高唐之事翰曰此假設楚襄王宋玉之事以爲賦端也雲夢楚澤名高唐觀名將置酒宴飲謂宋玉曰寡人欲觴羣臣何以娛之向曰觴酒器也娛樂也觴羣臣謂欲與羣臣飲酒問宋玉曰何以樂也玉曰臣聞歌以詠言舞以盡意是以論其詩不如聽其聲聽其聲不如察其形濟曰形謂舞也激楚結

風陽阿之舞良曰激急也楚謂楚舞也舞急繁結其風陽阿亦楚人曲也材人之窮觀天下之至妙噫

王曰其如鄭何七六字六臣有

衣可進乎也翰曰窮極也噫歎聲謂上楚曲材人極觀天下至妙數其美可進爲羣臣之樂王曰小大殊用鄭雅異宜弛張之度聖哲所施翰曰小謂小雅大謂大雅鄭謂淫聲也弛廢張用度法也謂雅鄭之樂廢用之法聖人所施也故用雅廢鄭者昌用鄭去雅者亡也是以樂記干戚之容雅美蹲蹲之舞七句禮設三爵之制頌有醉歸之歌銑曰干戚紾也武舞所執容飾也小雅蹲蹲舞武者雅曲也禮云凡臣君禮有三爵一所以示慈惠二所以宴訓恭儉三所以行恭敬蓋不取其荒淫也魯頌云鼓咽咽醉言歸醉酒盈

選九　十九

夫咸池六英所以陳清廟叶神人也向曰咸池黃帝樂六英帝嚳樂皆雅音陳於清廟以叶和神人也清廟天子祖廟也叶和也鄭衛之樂所以娛密坐接驩欣也餘日怡蕩非以風民也其何害哉翰曰密坐相從而坐也接引也餘日謂常日也鄭衛之音於密坐時可用之若常爲怡悅放蕩心志非爲風化下人今日用之其何害也王曰試爲寡人賦之玉曰唯唯夫何皦皦之閑夜兮明月爛以舒光朱火爗其延寅踐起兮曜華屋而熺虛宜洞房向曰皦皦謂見朱火

燭也燭盛燿光延散曜然燿明也黼帳祛而結組兮鋪首炳
以焜煌陳茵席而設坐兮溢金罍而列
玉觴銑曰黼繡祛帳裾也組纓也言繡為帳褶結綵為帳帶也鋪首門鋪以金為之炳
以焜煌謂月色與燭光相合於門首也茵也金罍樽也以金飾之玉觴玉盃也言布陳
得席所設坐位溢滿也置酒於金樽而行列玉盃也騰觚孤爵之斟酌
兮漫既醉其樂康濟曰觴行疾也酒爵二升曰觚斟謂量性多少以
酌與之漫多康安也嚴顏和而怡懌兮幽情形而外揚
良曰嚴顏君王嚴整之顏怡懌和色也幽深之情皆揚於外蓋言醉也文人不
能懷其藻兮武毅不能隱其剛翰曰皆酒酣也懷藏藻辭
藻也文人之酣不能藏其辭藻也武毅之人醉則不能隱其剛勇謂密坐去君臣之禮也

選九　二十

簡惰跳狄聊踃消般紛挐女加兮淵塞沉蕩改恒
常兮向曰此言醉而失度跳簡意惰也跳踃動足皃盤樂也紛挐相著皃言樂而手
足相加著也淵深塞滿也謂君王樂情深而且滿沈醉放蕩改恒常性也於是鄭
女出進二八徐侍姣絞服極麗姁于許媮俞致
態銑曰鄭國出女樂也二八者謂十六人也徐徐謂緩步謂侍君王之宴也姣好也姁媮
和悅皃態貌也貌嫽了妙以妖冶紅顏曄其揚華良曰
嫽好也妖冶美艷也謂鄭女皃妙好美艷而紅顏曄發揚其光華也眉連
娟伊緣以增繞目流睇而横波翰曰連娟細長貌流睇邪視也
言眉細長如繞於額也目邪視如水波之横流謂明而利疾也珠翠的皪歷
而照燿兮華袿珪飛髾所交而雜纖羅銑曰翠謂畫翡

翠羽也的皪照曜珠翠之光色也袿袖也髾髾飾也言華麗之袖飛於髾上雜之纖細綺
羅也顧形影自整裝順微風揮若芳動朱脣紆
清陽翰曰裝服也揮動若芳香也動朱脣謂歌也清陽眉目之間也言舞乃紆低也
抗音高歌為樂之方向曰抗舉也方猶常也言舉音高歌為樂之常
道也歌曰濟曰此代舞者作歌攄予意以弘覿兮繹精靈
之所束弛緊急之絃張兮慢末事之委曲翰曰
攄散也弘大繹發弛廢也散意深觀歌舞之事則欲發其精神心監云此迫束絃弛之音
將發而慢之蓋以為鄭聲末事也而委曲順君之好無益於君也舒恢炱之
廣度兮闊細體之苛何縟嘉關雎之不淫哀
蟋蟀之局促濟曰恢炱廣大貌苛煩縟密也奇廣大之度則細體煩密之事

選九　二十一

不利於德者蹂而闕之關雎之樂后妃之德樂而不淫也故嘉之蟋蟀詩篇名刺儉不中
禮故哀其局促促局小皃啟泰真之否隔兮超遺物而度
俗揚激徵騁清角贊舞操奏均曲良曰開太極之貞氣
有所否閉隔絕者使通之遺物謂物有失所者超擢而使濟於俗也故陶唐之時陰多滯
伏陽道壅隔乃作舞以宣導之激徵清角皆雅曲名以此清曲乃可贊揚舞之節操均雅
曲之名也形態和神意叶從容得志不劫銑曰此皆謂雍
容閑雅得其大體也叶合也不劫謂不迫而安靜也於是躡節鼓陳舒
意自廣游心無垠遠思長想其始興也若俯
若仰若來若往雍容惆悵不可為象翰曰躡節鼓陳
謂足躡節與鼓合應也舞曲清雅其志不撓故舒意廣也垠際也俯仰來往雍容皆舞遷

轉不定也惆悵謂停節之間形態頓乏故如
惆悵失志也然變態不可盡能寫述其形象
也其少進也若翔若行若竦若傾兀動赴度
指顧應聲向日翔飛竦勇也兀然而動以赴節度手指目顧皆應曲聲也羅
衣從風長袖交橫駱驛飛散颯蘇合沓從合合并
銑曰駱驛相連不絕颯沓盤旋皃合并謂與曲度相合也鶣篇𪀚飄燕居
拉力合揩徒合鵠驚婥齒樂約閑靡機迅體輕良曰鶣𪀚
輕皃拉揩舉翅皃言輕如燕鳥之居又如鵠羽之驚舉婥約美皃閑靡閑緩而柔靡赴曲
機疾體自輕妙姿絕倫之妙態懷愨素之絜情脩儀
操以顯志兮獨馳思乎杳冥翰曰皆舞者姿皃也絕倫妙態
謂美色也懷貞含絜情脩整儀容端理節操以明其志乃馳思於其杳冥寂寞之外以

選九　二十二

稱其舞也愨貞也在山峨峨在水湯湯傷與志遷化
容不虛生向曰伯牙鼓琴志在高山子期曰善哉峩峩志在水則曰善哉湯湯
言舞人與志遷化亦如此者故乃容不虛生也明詩表指喟丘謂息激
昂氣若浮雲志如秋霜觀者增歎諸工莫當
濟曰明詩表指謂歌中有詩舞人表而明之指而合節歎息激厲昂藏其異狀氣若浮雲
謂其志高也志如秋霜謂其凜然清絜也觀之者以為諸工妓盖不可當也於是
合場遞進案次而俟良曰謂互遞進舞案比次第而相待也俟待也
埒材角妙夸容乃理銑曰埒校材伎角鬬巧妙夸美也理謂整粧飾
也軼態橫出瓌姿譎起翰曰瓌美譎異也眄盤鼓則
騰清眸牟吐哇烏佳咬烏交則發皓齒翰曰盤鼓謂聲急而

將終曲者眄看也騰舉也眸眼中瞳子也哇咬謡豔聲也皓白也摘齊行列
經營切擬魚紀反向曰指摘排次齊其行列經營猶往來也有相磨切而寫比
擬也彷徨神動迴翔竦峙向曰彷徨心不安也迴迴顧也翔謂身輕
如飛也竦勇峙立也擊不致策蹈不頓趾翼爾悠往闇
復輟已濟曰謂相連擊動以相夸鬭不待驅策也身輕便捷足蹈於地不聞頻足
聲也趾足也輕然遠往疲倦於樂闇而輟已已止也翼輕悠遠也及至迴身
還入迫於急節浮騰累跪渠毀跗方無蹋徒臘摩跌
徒結反翰曰闇復輟止復迴身還入舞場逼迫於曲之急節也浮騰輕舉也累跪以膝至
地累多也跗蹋足蹋地也摩跌謂並足而舉後也皆舞之勢也紆形赴遠漼
七罪以摧折向曰紆曲其形以勇其身也赴遠謂勇身也漼迴也謂迴身摧折其

選九　二十三

體以爲舞態纖縠蛾飛紛猋必遙若絕銑曰纖縠細綺羅之類也
如蛾蟲之輕飛也超踰俞鳥集縱弛武氏殟烏骨歿沒蜲
紆爲蛇移姌冉嫋若雲轉飄忽良曰舞勢超踰疾速如鳥之飛
集縱捨舒緩邪步行長如雲轉之疾也弛捨也殟歿舒緩皃蜲蛇邪步貌姌嫋長行皃躧
忽輕疾皃也體如游龍袖如素蜺五結反叶韻黎力帝汝
收而拜曲度究畢翰曰翰龍輕也素蜺明也斂容態而拜曲度盡畢也
素白也蜺謂虹蜺也黎收斂容也遷延微笑退復次列觀者
稱麗莫不怡悅向曰舞畢遷延退而微笑復次行列也怡悅愛樂也於
是歡洽讌夜命遣諸客翰曰夜久樂疲命去諸客也遣去也擾
而沼攘就駕僕夫正策銑曰擾攘爭皃僕夫執駕者策鞭也車騎

並狎巃力孔嵸則孔逼迫向曰狎謂多而相排也巃嵸衆多貌良駿
逸足蹌七良捍汗凌越翰曰駿馬逸疾也蹌捍勇躍也凌越急如飛也
此以盛述馬者謂良馬亦比人材也龍驤橫舉揚鑣飛沫翰曰龍驤
橫舉謂舉首而橫走也鑣謂馬銜拂沫也揚動之則飛馬口之沫也之馬材不
同各相傾奪良曰傾奪謂馳競也或有踰埃赴轍霆駭
雷滅跡之地遠羣闇絛獨絕濟曰此馬踰越於塵埃之前以
赴車轍如雷霆之聲忽驚忽滅也而擢奇踊地遠出於羣言速之甚也駭驚也跡蹈也闇
絛獨絕謂行急無比方也或有踠於遠足鬱怒盤桓不發後
往先至遂為逐末翰曰案足頓步鬱如怒氣遲留未發在於衆後而先
至前所逐衆之後故云逐末此馬之逸材也踠足謂緩步盤桓遲留也或有矜

容愛儀洋洋羊習習遲速承意控御緩急車
音若雷騖驟相及駱驛而歸雲散城邑銑曰此長
者之車也矜遲儀容遲速任意車聲殷殷然調緩如遠雷之音行驟皆相連及不先不後
也駱驛不絕皃中夜車馬皆歸邑之中寂然而空有如雲散也天王燕宴
胥思與樂而不泆娛神遺老永年之術優哉柔
哉聊以永日向曰胥樂也遺猶不知也永長術道也謂天王宴樂而不泆娛
其神性不知老之將至此長年之道優游柔和且以為長久之日

長笛賦并序　馬季長

翰曰范曄後漢書云馬融字季長扶風人有俊才好吹笛為校書郎累遷
南郡太守免官復拜朝議郎

融既博覽典雅精覈胡隔數術又性好
音律能鼓琴吹笛向曰博廣也典謂墳典雅謂雅頌精謂
考陰陽度數律歷之道數考術道也而為督郵無留事
獨臥郿縣平陽鄔古溫中銑曰督郵漢官号時季長
為此官事無留滯而多暇故臥郿縣平陽里中也鄔里也有洛客
舍逆旅吹笛為氣出精列相和濟曰有洛
客謂時有洛陽客止於客舍也逆旅客舍也氣出精列二古曲名相和謂
更遞吹也融去京師踰年暫聞甚悲而樂
之良曰踰過也暫聞謂笛聲也追慕王子淵枚乘
劉伯康傅武仲等簫琴笙頌唯笛獨
無故聊復備數作長笛頌翰曰唯笛獨無謂未
有賦須備數謂備古人之數也賦之言須者須亦賦之通稱也其辭

曰

惟籦鍾籠龍之奇生兮于終南之陰崖音宜向曰
籦籠竹名終南山名奇生謂生音賛也山北曰陰崖畔也託九成之孤岑
臨萬仞之石谿去奚反協韻銑曰託附成重奚也謂山有九重孤高也竹附
之而生下臨萬仞深谿也特箭槀而莖立獨聆零風於極
危良曰箭竹也篠謂之槀立猶生也謂特美竹篠攢莖而生謂竹生於高險之山清風
搖之故聞風聲極危也聆聞也於秋潦老漱瘦其下趾兮冬
雪揣圖封乎其枝翰曰秋雨水漱流於根冬雪擁附其上潦雨水也趾

根也揣封猶擁附也巔根跱之槷五結刖五刮感迴颷疾而將
頹濟曰巔山上也跱立也槷刖危也迴颷疾風也感激觸也謂竹生山上其根立危激
觸疾風將欲頹墜而下也夫其面旁則重巘魚偃增石簡積
頵丘隕砡牛六反翰曰面正面也傍側傍也此竹之面旁則有重巘高石大積於中
巘者山之下小上闊也六也皺砠石齊頭皃也簡兀嶁力尹狋助謡觺魚飢
傾昃側倚伏向曰嶮峻傾側倚伏也庨苦交窌交良巧老港
項貢洞坑谷銑曰深空相通於坑谷之皃嶰古買壑呼各澮古外㟯
徒外峪坎窞徒感巖苦咸覆良曰嶰壑澮㟯寬大而相連皃峪窞巖覆山下
深闇穴也窊運裛於業穿安都洝遏岡連嶺屬向曰謂竹爲陰
陽運氣裛之有潤濕之色岡嶺之上皆相連屬穿洝潤濕皃也林簫蔓荊森

選九　二十六

槮所闇柞依樸音卜翰曰謂竹與諸物雜生也林蕭小竹也蔓荊森槮柞樸皆
木名於是山水猥至渟亭涔岑漳潰音會濟曰猥聚也渟
涔池也漳隄也潰壞也謂山水聚至池水隄岸潰壞也頷胡感淡徒感滂普郎
流碓丁迴投瀺仕感穴翰曰頷淡滂流水搖蕩廣大皃謂水碓擊瀺汪山成
穴也投擊也爭湍士官苹普萌縈汩古沒活澎普萌濞普秘波
瀾鱗淪倫窊烏瓜隆詭戾盧結反銑曰爭湍急浪也苹縈水迴旋皃
汩活澎濞水聲騰廣大皃鱗淪相次不絕皃窊隆詭戾謂水流下上奇勢迴戾不常之皃
澩爭角瀑蒲角噴普悶沫奔遁碭徒郎突向曰澩瀑噴沫水之勇急
噴蹴生沫奔走碭突於山石之間遁走也搖演以緬其山動杌兀其
根者歲五六而至焉翰曰謂風水搖引動杌竹根一歲五六度如此

而至也演引也是以閒介無蹊人迹罕到良曰竹間介然幽深
無蹊徑人迹希至也猨蜼弋季晝吟鼯吾鼠夜叫銑曰猨蜼鼯鼠
並輕捷之獸皆晝夜棲游於竹上吟叫皆聲也寒熊振頷胡敢特麚加
昏昌夷髟必妙反濟曰熊麚獸名振頷皆動口也昏髟謂迴顧而起髻鬣寒謂山寒
特牡也昏視也髟髻鬣也山雞晨羣野雉朝雊求偶鳴命
子悲號長嘯由衍識道噍噍子由讙呼桓譟蘇誥經
涉其左右哤武江聒其前後者無晝夜而息焉
向曰由衍行皃鳥獸行識其道鳥聲噍噍讙譟皆行歷竹之左右亂聲聒於前後無朝夕
而休息也經涉猶行歷也哤亂聲夫固危殆險巇之所迫也
翰曰謂在山也眾哀集悲之所積也翰曰謂鳥獸之聲也故其

選九　二十七

應清風也纖末奏䉶所交錚士耕鐄侯萌營呼宏嗃呼交
反銑曰纖末竹上也謂清風來則纖末竹之上奮迅而動錚鐄營嗃聲也竹頭也若
絚古鄧琴促柱號鐘高調良曰絚急絃也號鐘琴名言竹聲如急瑟
促柱鳴琴高調也於是放臣逐子棄妻離友彭胥伯
奇哀姜孝己攢乎下風收精注耳雷歎頹息
搯苦合膺擗避亦摽避沼泣血泫胡犬流交橫而下通
旦忘寐不能自禦翰曰放臣謂遷於遐荒若逐子謂逐出之者棄妻謂
夫之棄者離友友朋離別者彭咸殷賢臣諫紂不從而出奔也伍子胥吳賢臣諫吳王
不從而賜劒死今此爲放臣文之失也尹吉甫子伯奇吉甫用後妻言而奇見逐也投水
而死哀姜謂魯文公夫人也文公死其子不得立而故殺夫人然而還齊過市而哭故號

哀姜也孝己殷王中宗之子事親一夜五起中宗用後妻言逐之而此放逐弃離別之流聞此竹聲皆攢集於竹風之下收其精思傾注其耳同爲歎息魂神摧墜叩胷撫心泣血泫然而流交頤而下達晨不寐不能自止搯叩膺胷也擗摽撫心也泫言流多也通達也擗止也

於是乃使魯班宋翟構雲梯抗浮柱銑曰魯班魯公班魯人宋翟墨翟宋人也皆古之巧智人矣構陵雲之梯立浮空之柱將取竹以爲笛也抗立也

蹉七何纖根跋蒲末蔑莫結縷力矩膺峭阤雉腹陘形阻向曰蹉躡其根拔其細縷也縷竹根茹也跋拔蔑細也又以胷腹磨約於峭峻險阻之所也阤連山也陘斷山也

逮乎其上匍匐伐取挑他堯截本末規摹彠於縛矩翰曰逮及也匍匐以手足行也本根也末莖也規摹謂之量度也彠飾也歷于險阻及於山上猶峻阻乃以手足行而伐取之

選九　二十八

挑撥截其根莖以量度之乃飾其規矩也

夔襄比律子野協呂向曰協合也夔舜樂官也襄妙鼓琴子野師曠字善鼓琴今將爲笛與之比合律呂之音聲

十二畢具黃鍾爲主翰曰六律六呂爲十二黃鍾律宮聲也宮爲君故爲主也

撟矯揉而酉斤械胡介剸團劀余冊度擬銑曰撟揉者以火端之斤械者以斧理之裁劀猶度以比擬之剸裁刻割也

鍃蘇董硐徒董頹墜程表朱裏翰曰鍃硐謂以刀通節中也墜落也言竹節之骨額落也程表謂外不加節但見其竹也朱裏以朱漆塗內程當爲呈字之誤也

定名曰笛以觀賢士良曰採竹於山制之於匠人然後定名曰笛也謂有清之音故可觀賢士之志

陳於東階八音俱起食舉雍徹倣于君子向曰陳列也八音俱起謂笛聲清美如八音雜奏食舉雍徹謂歌雍詩以徹食謂畢而去食也言笛中亦有此詩曲故也此以勸君子周禮王者以樂侑食侑勸也

然後退理乎黃門之高廊銑曰黃門署名習樂處也高廊署中之廊也

重丘宋灌名師郭張濟曰重丘縣名宋灌郭張四姓漢朝善樂人重丘縣之出也

工人巧士肄異業脩聲濟曰工人巧士並妙樂者習翫於業脩理於音聲也肄習也

於是游閑公子暇豫王孫心樂五聲之和耳比避八音之調徒弔反良曰比猶便也

乃相與集于其庭翰曰奏笛之庭詳觀夫曲胤之繁會叢雜何其富也濟曰詳審也曲長曰胤也繁會叢雜聲喧也富多也

紛葩爛漫誠可喜也向曰紛葩爛漫聲亂而多也

波散廣衍實可異也銑曰波散廣衍聲散而遠也

選九　二十九

掌吐耕距劫遻迕又足怪也良曰掌距劫遻聲烈而繁若相凌踔以相擊觸可謂奇怪者也掌凌劫擊遻觸也

啾咋助白嘈啐慈役似華羽兮絞灼激以轉切翰曰啾咋聲之大也鶤冠子云南方萬物華羽焉故樂有南方之音則聲烈謂南方火也絞灼激聲大皃切急也

震䜧怫扶勿以憑怒兮耾呼宏碭徒浪駭以奮肆銑曰繁壯之聲

氣噴普悶勃以布覆兮乍跱蹠之石以狼戾向曰氣噴勃謂氣結於笛中而聲不散也或通則分布而四覆入於聽也跱蹠謂聲乍起於地也狼戾壯勇也

靁雷叩鍛都亂之岌叶峇苦合正瀏流溧以風冽翰曰靁聲也叩鍛摧鐵也岌峇摧鐵聲言笛聲如之也瀏溧風冽謂聲隨風而清也瀏溧隨風皃冽清也

薄湊會而凌節馳趣促期而赴躓之日反齊

曰謂聲相集湊而會合雖以摯節而聲猶溢出故曰淩節馳疾也期亦節也躓下也節言疾而趣節聲勢乃散而赴於下也爾乃聽聲類形狀似流水又象飛鴻氾濫溥普各漠莫浩浩洋洋音祥向曰溥漠拂水飛聲餘皆水皃長矞莫于遠引旋復迴皇翰曰矞披也言水聲鴻聲相被遠引不絕旋復迴皇皆聲去住不定高下不常皃充屈鬱律瞋勢隣菌去倫碨烏回柍烏郎反濟曰皆聲鬱結不散皃酆普萠琅力耕磊落駢田磅唐翰曰聲布多皃四取予頭時適去就有方良曰取謂取聲也予謂沒曲時之謂哀樂有時也去就謂節度也洪殺所戒衰楚危序希數所角必當向曰洪猶增也殺減衰次也謂增減次序曲度希數必當其理也微風纖妙若存若亡銑曰聲隨微風而輕

妙則若存若亡纖輕也蓋蘙衛滯抗絕中息更裝奄忽滅沒爗然復揚翰曰蓋餘也抗極也謂餘聲沈滯極絕則中道息曲而復調氣緩吹則奄忽而微妙滅沒然也厲氣而激則爗然復起爗繁盛皃揚舉也此笛聲也而言更裝者謂中道息聲更調理而吹之亦如人之將裝結而出也或乃聊慮固護專美擅工濟曰聊慮精心也固護堅志也言精心堅志專美此器擅此一工也漂淩絲簧覆冒鼓鐘向曰絲琴瑟也簧笙也漂淩謂過之覆冒猶掩蔽也或乃植持縼徐戀纆墨佁勑吏儗寬容良曰植立也縼纆繩也佁儗閑緩皃謂聲或乃立而相持如繩結之不散又閑緩而寬容也簫管備舉金石並隆無相奪倫以宣八風銑曰簫管金石不可與笛爭爲奪倫也笛將宣通八方之風奪猶爭也律呂既

和哀聲五降戶江反向曰降疲退也左傳曰先王之樂中聲以降五降之後不容彈矣言將止也曲終闋盡餘絃更興繁手累發密櫛疊重濟曰闋亦終也餘絃謂笛聲漸微復起亦如擊絃之餘響將更起聲也手指繁捻而累舉如櫛齒也蹈方伏踧子六攢仄側蜂聚蟻同衆音俍積以送厥終翰曰謂笛將終聲急而繁多激烈以送其終曲也蹈踧攢仄蜂聚蟻同並聲相摶多皃俍多也然後少息暫怠雜弄閒諫奏向曰少息而更爲也怠懈息也弄曲也易聽駭耳有所搖演銑曰揆易簧聽驚策其耳將聞雜曲之奏搖演心神清皃安翔駘徒改蕩從容闡昌善緩惆悵怨懟墜窊烏瓜圜於給寘聊輩赧女長反濟曰安翔駘蕩從容闡緩皆聲初發或起或伏寬容閑緩貌惆悵怨懟窊圜寘赧

皆繁悠淡然下聲皃聿皇求索乍近乍遠臨危自放若頹復反紛扶雲縕文放蟠盤紆經因宛蜿宛蟺音善向曰聿皇疾皃索求相合擊也危高也言聲如臨高自放縱頹下而復反上紛縕蟠紆經宛蜿蟺聲相亂亂之皃䛁既芴亡粉抑隱行入諸變絞槃汨于筆湟皇五音代轉翰曰䛁芴抑隱手指循孔皃行疾也言疾入諸聲以變調絞槃汨湟聲相切牽皃五音相代易而運轉也挼奴向拏女家挼子回摵遞相乘邅女長反商下徵每各異善向曰挼拏挼摵遞相乘邅謂聲相擊連會合皃反商下徵謂變調也每各異善聲無不妙也故聆曲引上者觀法於節奏察度於句投徒鬭以知禮制之不可踰越焉銑曰引亦曲也句投猶章句也謂曲中之章句

有禮制聲韻不相踰越也聽簉楚救弄者遝思於古昔虞志

於怛丁惕天歷以知長感之不能閑居焉翰曰

簉弄曲遝遠也虞度也怛惕惻愴之聲感憂也言聞簉曲則遠思古人也度志於則愴

之聲則長憂而不能閑居獨憂故論記其義協比脾至其象彷

徨縱肆曠苦廣瀁余兩敞罔老莊之槩也良曰協合也言

論記笛之義理合此其象以則其聲寬大閑幽老聃莊周之節槩也彷徨縱肆曠瀁敞罔

寬大閑幽皃也温直優毅孔孟之方也濟曰方比也温柔正直優

游弘毅之聲則孔丘孟軻之德比也激朗清厲隨光之介也銑曰

湯伐桀因卞隨而謀之隨曰非吾事也湯又因務光光又曰非吾事也湯伐桀既克之湯

以責卞隨日再来以辱我行也乃投桐水而死又責務光光日無道之代不踐其土乃負

選九　三十二

石自投於廬水故笛之激朗清厲之音則卞隨務光耿介之道也牢剌力達拂

戾諸賁奔之氣也翰曰諸專諸也賁孟賁也二人皆勇士故牢剌拂戾

之聲則專諸孟賁之勇氣也節解句斷管商之制也向曰

管仲商鞅二人皆有斷決之材笛聲節曲相解句度斷決則管仲商鞅之制度也條

決繽匹隣理申韓之察也翰曰申申不害也學黄老術主刑獄韓非

善刑名法術之學也繽亂也言笛聲有條貫而疏決亂而能理則如申不害韓非之學明

察也繁縟駱驛范蔡之說也銑曰范范雎也說秦而爲秦相也蔡

蔡澤也說范雎而代其相位皆辯士也笛聲繁多相連不絶如范雎蔡澤之說辭也犛

黎櫟歷銚他堯𢢽火麥析先歷龍之惠也良曰析鄧析龍公孫

龍皆辯士惠明也笛聲分別節制如鄧析公孫龍之惠明犛櫟分別銚𢢽節制也匕

擬法於韶箾蕭南籥音藥向曰韶箾南籥並雅樂名笛擬而法之

中取度於白雪渌水翰曰白雪渌水雅曲名笛取其法度也下

采制於延露巴人銑曰延露巴人小曲名采其節度也是以尊

卑都鄙賢愚勇懼翰曰尊卑都鄙謂定尊卑於都鄙也夫樂者在於閭

門之內父子兄弟同聽之則莫不和親故所以合和父子君臣也故賢者聞之勇愚者聞

之懼都謂天子所都鄙邊邑也魚鼈禽獸聞之者莫不張耳

鹿駭熊經鳥伸鴟視狼顧拊譟先到踊躍濟曰魚鼈

禽獸聞笛之聲皆張耳驚舉伸視聽之樂感之故也鹿性多驚熊經謂以前足攀木而立

鳥伸謂引頸也鴟視謂舉首而視狼顧反顧也拊譟踊躍言鳴而舞之各得其

齊前細人盈所欲皆反中和以美風俗良曰聞笛者皆

選九　三十三

遷善故各得分齊而不相踰也人之情欲於此盈滿不復更欲皆反於中和之道美天子

之風俗也屈平適樂國介推還受祿向曰屈平楚大夫逃竄於

外言其聞此笛音而改節復之於楚介之推晉臣也高尚不仕亡於山林聞笛聲乃還受

晉文公之祿適之也樂國楚國也澹臺載尸歸皐魚節其哭

銑曰澹臺滅明孔子弟子也滅明子溺死弟子欲收之滅明止之曰螻蟻何親魚鼈何踈

終不收葬言其聞此笛聲乃易舊性載尸而歸也皐魚賢人也孔子行聞其哭聲甚悲孔

子曰此必賢人也使人視之果皐魚也令遂節不渠也長萬綴逆謀渠

彌不復惡翰曰南宮長萬宋人也弑其君閔公聞此笛聲乃輟逆謀之心也鄭

高渠彌亦弑其君昭公今亦不復有惡性也蒯聵五怪能退敵不占

成節鄭向曰蒯聵衛太子也靈公逐之而立蒯聵子輒後靈公薨蒯聵帥師將伐

其子以取其位今聞笛聲有讓德而退敵也不占陳不占也聞崔杼弑君將往救君餐則失哺上車失軾聞鬪戰之聲遂驚而死今聞笛音亦能成節而增勇矣鄂節也王孫保其位翰曰守忠貞也隱處安林薄翰曰堅志也隱處隱居之人林薄草木雜生也宦夫樂其業良曰業職也謂人和易理也士子世其宅向曰世安宅居也鱏似深魚喁魚恭於水裔仰駟馬而舞玄鶴銑曰鱏魚名喁出口於水裔外也魚聞笛聲出口於水外馬聞之仰首玄鶴聞之而舞也于斯也綿駒吞聲伯牙毀絃瓠戶巴聑丁挾柱磬襄弛懸翰曰綿駒善歌人也伯牙瓠巴並善鼓琴磬襄樂師謂聞笛音皆吞聲毀絃去柱廢架也聑去弛廢也懸鐘架也留視瞟丑斠眙勑吏累稱屢讚失容墜席搏補莫拊撫雷抃濟曰

綿駒之徒皆失據直視稱讚笛美失其容儀坐不安席也搏拊擊手也雷抃同拊手也留視瞟眙直視皃墜席猶不安也僬子小眇睢許維涕他禮洟他計流漫向曰僬眇睢維目開合皃涕洟也言綿駒之徒聞笛音目之開合涕洟交下流漫漫言多是故可以通靈感物寫神喻意致誠效志率作興事良曰寫謂舒也喻出效立也率作興事謂率勸下人以起風俗之美事也溉盥汙濊澡雪垢滓矣翰曰溉盥澡雪皆洗滌也昔庖羲作琴神農造瑟女媧制簧暴辛為塤音喧向曰庖羲伏羲也簧笙也暴辛公作塤塤土樂也倕之和鐘叔之離磬或鑠金礱力東石華睆患切錯銑曰倕造鐘者叔理磬者離理也鑠銷也金謂銅鐵之類礱磨斲也華睆切錯皆理器之名也丸挻舒延彫琢

選九　三十四

刻鏤鑽笮音鑿翰曰丸折挻擊也皆謂理器也窮妙極巧曠以日月濟曰曠希也謂日月間希有也然後成器其音如彼銑曰言皆經磨鑠郎理然後成琴簧鐘磬之器其音各如彼常聞也唯笛因其天姿不變其材伐而吹之其聲如此翰曰謂不加郎錯也蓋亦簡易之義賢人之業也翰曰爲國之體尚其簡易故賢人不爲繁華以儉素爲業志將爲國愛人謝物若然六器者猶以二皇聖哲黈他斗益銑曰六器謂上琴瑟簧塤鐘磬二皇伏羲神農也聖哲謂女媧倕叔也黈猶增益也況笛生乎大漢而學者不識其可以裨助盛美忽而不讚悲夫向曰大漢朝也笛生乎大漢之朝而當時學士不識其可益助天子之盛美輕忽而不爲讚頌之亦可悲也裨益也夫辭也有庶士丘仲言其所由出而不知其弘妙濟曰丘仲漢武時笛人庶士謂無祿位也弘大也言學者忽而不讚有丘仲言其所由出處尚亦不知其大妙矣其辭曰翰曰此立仲所言之辭也近世雙笛從羌起羌人伐竹未及已龍鳴水中不見胡練已截竹吹之聲相似銑曰羌西戎也起謂首作也其人伐竹未畢之間有龍鳴水中不見其身羌人旋即截竹吹之聲與龍相似也剡其上孔通洞之裁以當去簻竹瓜使易持良曰剡削也上孔吹處也羌人裁截之以當馬簻使其易執持而復吹之也簻馬鞭也易京君明識音律故本四孔加以一君明所加孔後出是謂商聲五音畢翰曰京房字君明脩易尤好音律故曰易京君明也笛本

選七　三十五

四孔少商聲君明復加一孔於下爲商音故云從宮至商則五音畢備也

琴賦 并序

嵇叔夜

善曰臧榮緒晉書云嵇康字叔夜譙國人也少有奇才博覽經籍拜中散大夫與呂安友善後與安俱斬東市也

余少好音聲長而翫之以爲物有盛衰而此無變滋味有厭而此不勸可以導養神氣宣和情志翰曰導引宣通也處窮獨而不悶者莫近於音聲也翰曰近猶過也謂解窮獨之悶莫過於音聲也是故復之而不足則吟詠以肆志銑曰復謂反復而爲之也肆縱也吟

詠之不足則寄言以廣意向曰謂作賦頌然八音之氣歌舞之象歷代才士並爲之賦頌其體制風流莫不相襲良曰才士謂才人也襲近也稱其材幹則以危苦爲上濟曰危苦謂攀於高峻也賦其聲音則以悲哀爲主美其感化則以垂涕爲貴麗則麗矣然未盡其理也翰曰麗麗好也言歷代才人好則好矣皆未盡理也推其所由似元不解聲音覽其旨趣亦未達禮樂之情也衆器之中琴德最優故綴敘所懷以爲之賦翰曰康謂歷代才人似元不解聲音禮樂之情又以琴德爲最優故爲之賦爲其辭曰

惟椅梧之所生兮託峻嶽之崇岡向曰椅梧桐也峻岳高山也岡山上也披重壤以誕載兮參辰極而高驤向曰披出也重壤厚地也誕生參近也辰極北斗也驤舉也言出厚地而生以載於地近北斗而高舉謂高也含天地之醇和兮吸日月之休光良曰醇和陰陽精氣吸合含也休美也鬱紛紜以獨茂兮飛英蕤於昊蒼濟曰鬱紛紜枝葉繁茂盛也英蕤花也昊蒼天也夕納景于虞淵兮旦晞幹於九陽翰曰虞淵日入處言桐樹至高夕納其光景九陽數也陽日也言夜休天露早朝則乾其枝幹於日中也經千載以

待價兮寂神跱而永康銑曰價求也待價謂待入來采也寂幽閑也跱立永長康安也寂然生於幽若神靈所樹立而長安本枝於此且其山川形勢則盤紆隱深向曰盤紆曲也桐生於中也崔祖回嵬五回岑嵒亘嶺巉助咸巖岞助各崿額嶇丘愚崟音欽良曰並山峻而不齊皃丹崖嶮巇許宜青壁萬尋良曰丹青並山色壁石壁也嶮巇傾側皃也若乃重巘魚偃增起偃蹇雲覆翰曰山上闊下小曰巘偃蹇上闊皃雲覆謂上闊如雲之覆邈隆崇以極壯崛虞屈嵬嵬而特秀銑曰邈遠也隆崇高大皃崛嵬嵬直上皃孤起曰特秀蒸靈液以播雲據神泉而吐溜濟曰靈液天地潤氣上蒸以布雲氣下據泉水而吐溜也爾乃顛波奔突狂赴爭流

翰曰並水急也觸巖觝丁禮隈鬱怒彪華尤休向曰隈巖曲也水相
觸鬱然如怒彪休波前却皃洶許拱涌騰薄奮沫揚濤瀄側乙
汩于筆澎蒲萌湃普拜蜿於遠蟺善相糾放肆大川濟
乎中州銑曰洶涌躍皃騰上薄下奮起也濤亦波也瀄汩澎湃水聲也蜿蟺盤旋
皃相糾亂而合也放縱於大川江河之中濟渡乎中州中州帝都也安迴徐邁
寂爾長浮澹乎洋洋縈抱山丘翰曰謂入大川之中安而
迴旋緩流而進寂然長流也澹乎洋洋平漫流皃縈抱山立謂水繞山立也徐緩邁進縈
繞也詳觀其區土之所產毓育奧宇之所寶殖
珍怪琅玕瑤瑾翕赩許力反向曰區宇之中深奧產毓萬寶琅玕瑤
瑾皆玉名翕赩光色也謂山有玉則草木滋潤此可以益於桐故述之叢集累

積奐衍於其側良曰先寶玉委累積生於桐木之側奐衍多皃若乃
春蘭被其東沙棠植其西音先叶韻翰曰春蘭香草沙棠仙果
木名涓子宅其陽玉醴涌其前濟曰涓子隱逸人居於木南南
日陽也玉醴玉漿味如酒涌流於桐前也玄雲蔭其上翔鸞集其
巔清露潤其膚惠風流其間銑曰巔謂木杪上也膚謂木皮
也惠風南風也溫和所以養物竦肅肅以靜謐密微微其清
閑翰曰竦高也肅肅深也謐安也密枝葉密也微微幽遠也夫所以經營
其左右者固以自然神麗而足思願愛樂矣
向曰經營猶優游也言人能優游其左右皆以自然之神以此為美足幽遠之思願愛此
事於是遯俗之士榮期綺季之疇乃相與登

飛梁越幽壑援瓊枝陟峻崿以游乎其下翰曰
遯逃也謂逃去其俗事歸於山丘也榮期啓期也綺季綺里季也並隱逸人也乃相與
者言隱者相與俱行也飛梁危峯也幽壑深谷也援攀也瓊玉也言玉枝者美言之非王
樹也陟上也峻高也崿山頂也經此登越攀上乃得游於椅桐之下周旋永望
邈若凌飛銑曰邈遠也邪睨崑崙俯闞海湄指蒼
梧之迢遞臨迥江之威夷向曰睨視也闞下見也崑崙山名海
湄海畔也指以手指之臨謂下臨之也蒼梧謂蒼梧之野迥遠也言山高邪視下見山海
手指大野目臨遠江也迢遞威夷長皃寤時俗之多累仰箕山
之餘輝羨斯嶽之弘敞心慷慨以忘歸翰曰寤覺
也許由隱於箕山叔夜慕仰其餘光羨慕也弘大敞高也其慕此山高大心乃忘歸慷慨

歎聲情舒放而遠覽接軒轅之遺音濟曰舒展也軒
也黃帝姓也昔黃帝使伶倫入嶰谷取竹調律令遠覽思接其遺音欲取椅桐為琴也
慕老童於隗五罪隅欽泰容之高吟良曰老童顓頊子也
隱居隗山之隅泰容黃帝樂師故慕而欽之以為高吟而引清志也顧茲桐而
興慮思假物以託心翰曰康見此梧桐而起慮也託心於桐以自喻
有良材大器不為時用乃斲孫枝準量所任銑曰孫枝側生枝也
唯度其材也長短隨而用之任用也至人攄思制為雅琴向曰至人
謂君子也攄舒也乃使離子督墨匠石奮斤夔襄薦
法班倕騁神良曰離子離婁目明者督正也墨繩也所以正木者匠石巧人也
也奮起斤斧也夔樂官襄師襄善鼓琴薦進法則也班倕亦工人也鏤所流會裛

厠朗密調均華繪彫琢布藻垂文銑曰鎪謂斤去木之中也會合縫也裛厠謂相比密緻也朗密謂大小也華繪彫琢布藻垂文皆謂文采飾也錯以犀象藉以翠綠絃以園客之絲徽以鍾山之玉翰曰錯雜也言雜以象牙犀角布以翠綠之色園客濟陰人也養蠶百頭蠒皆大如甕繰蠒之絲六十日乃盡言取此絲爲絃以玉爲徽鍾山出玉處爰有龍鳳之象古人之形伯牙揮手鍾期聽聲向曰琴有龍脣鳳足古人有伯牙善琴鍾期妙聽華容灼爚發采揚明何其麗也良曰謂上飾以文采灼爍光色皃何其麗也者歎美之也伶倫比律田連操平張去進御君子新聲憀亮何其偉也濟曰伶倫吹律者琴聲與之比妙田連善鼓琴將操而張之御用也

言進用於君子則新聲憀亮也清新之聲何其偉也者歎美之也偉美也及其初調則角羽俱起宮徵相證參發並趣上下累應踸勅凜踔勅角磥盧罪硌洛美聲將興固以和昶而足耽矣翰曰角羽俱起宮徵相證謂調擬取聲韻中適也參發並趣以指俱歷七絃參而審之也上下累應謂聲調合韻也踸踔初聲布散皃磥硌大聲皃調絃既畢將奏雅曲故美聲是興旋乃和通情性此足耽樂也爾乃理正聲奏妙曲揚白雪發清角向曰正聲雅聲也白雪清角並弄名紛淋林浪以流離奐淫衍而優渥銑曰聲長皃也粲奕奕而高逝馳岌岌以相屬良曰聲高急而相連皃沛騰遌諤而競趣翕韡曄而繁縟濟曰聲飛騰繁盛皃狀若崇山

又象流波浩兮湯湯傷鬱兮峩峩翰曰伯牙鼓琴志在山鍾期聽之則曰美哉峩峩志在水則曰美哉湯湯故此亦狀而象之怫扶未㥜胃煩冤向曰聲多而不散皃紆餘婆娑向曰曲旋而亂繁或散之聲也凌縱播逸霍濩胡郭紛葩銑曰凌縱播逸聲高而分布也霍濩波浪聲紛葩繁亂之音撿容授節應變合度競名擅業安軌徐步洋洋習習聲烈遐布合顯媚以送終飄餘響於泰素翰曰授付也競懼擅事軌法徐緩烈美也謂曲節將至則當緩而分布故須端撿其容以定其聲乃付手指以成其節則應合於度懼其善名此失其事擅功業安其法則緩用其指猶行而緩步者也洋洋習習聲美遠布舍其明美之音以送初終曲餘響飄然已盡皆歸於自然也太素曰自然也洋洋習習清雅皃若乃

高軒飛觀廣廈閑房冬夜肅清朗月垂光新衣翠粲纓徽流芳翰曰高軒高堂也飛觀高樓也廣廈連屋也肅寒也翠粲鮮色也纓衣領也徽美芳香也於是器泠絃調心手閑敏觸攙如志惟意所擬濟曰器琴也敏疾也攙動也言觸動皆隨志意所爲也初涉淥水中奏清徵雅昶唐堯終詠微子向曰淥水清徵曲名唐堯微子操名也涉謂志在撰曲若涉於水中也昶通也詠歌詠也琴中所奏皆是歌詠之曲也寬明弘潤優游躇跱向曰雅曲弘明也躇跱也言曲妬躇立閑緩不散也拊絃安歌新聲代起良曰代更代也歌曰凌扶搖兮憩瀛洲要列子兮爲好仇向曰陵上也扶搖風也憩息也瀛洲海中仙山也列子乘風得道者要之以爲仇友

也餐沆胡朗瀣胡界兮帶朝霞眇翩翩兮薄天遊銑曰沆瀣清露也將餐而飲之朝霞赤雲將帶而佩之翩翩飛皃薄迫也齊萬物兮超自得委性命兮任去留良曰齊萬物謂心無是非也超然自得天性委付性命任時去留也激清響以赴會何絃歌之綢繆濟曰以此歌奏於琴曲而相赴會絃與歌音混合而綢繆密合皃於是曲引向闌衆音將歇改韻易調奇弄乃發揚和顏攘皓腕向曰攘袖而出皓腕飛纖指以馳騖紛㵾蘇合譶徒合以流漫翰曰纖細也馳騖走也紛亂也㵾譶以流漫亂急長遠聲也或徘徊顧慕擁鬱抑按盤桓毓養從容祕翫向曰徘徊聲旋繞也顧慕擁鬱抑按聲止而下不發皃盤桓謂以指轉歷於絃上也毓養從容謂安息其聲也祕翫謂閑緩而弄也闥爾奮逸風駭雲亂牢落凌厲布濩互半散豐融披離斐韡奐爛銑曰闥爾猶豁然也奮逸騰起也駭驚也牢落凌厲希疎皃布濩長多皃半散殺散而還聚也豐融披離聲通暢而清也斐韡奐爛聲繁盛皃英聲發越采采粲粲向曰采采粲粲英聲皃或間聲錯糅女又狀若詭赴雙美並進駢馳翼驅丘遇反濟曰糅雜詭疾駢並也言間聲錯雜狀如奔而相避並走如鳥翼之相驅逐也初若將乖後卒同趣或曲而不屈直而不倨音據翰曰凡彈琴初繚其聲乍似相乖曲度相調終同歸趣會也其聲雖曲而志不屈其聲直而志不倨傲也或相凌而不亂或相離而不殊時劫掎几以慨慷或

怨沮慈預而躊躇銑曰其聲雖相凌而志不亂其聲雖相離而志不殊皆謂不易其志也劫掎慷慨如高志氣之聲怨沮躊躇怨而不散聲也忽飄颻以輕邁乍留聯而扶疎濟曰應風輕行之聲也留聯相連聲也扶疎四散聲也或參譚繁促複疊攢仄從橫駱驛奔遯相逼良曰皆聲繁急重疊從橫相連皃拊嗟累讚間不容息向曰拊迫自嗟累讚其美雖鼓曲之間亦無容息也瓌豔奇偉殫不可識翰曰偉美殫盡也言琴聲之美不可盡識若乃閑舒都雅洪纖有宜濟曰舒緩也都美也洪大纖小也言聲閑緩雅大小有宜也清和條昶案衍陸離銑曰和通也案衍長也陸離相連貌言琴聲清和有調序而通平長而相連矣穆溫柔以怡懌婉順敘而委威蛇音移向曰穆和此皆和樂順序之聲也委蛇長遠之貌或乘險投會邀隙趨危良曰險空也邀入也隙穴趨向也言聲或乘空以相投會或入穴而向危也嚶若離鵾鳴清池翼若游鴻翔增崖音宜翰曰嚶聲翼疾也增長崖岸也琴有鵾鷄鴻鴈之曲紛文斐尾慊林縿所令離纚師微風餘音靡靡猗猗音衣良曰紛文斐尾鵾鴻文縿貌縿離纚游鴻羽毛皃微風餘音鳥音靡靡猗猗鳥游皃皆琴中聲似此鳥鳴而游也或摟批蒲結擽歷捋力活縹匹妙繚了潎普冽輕行浮彈明嫿獲睽砌惠疾而不速留而不滯翰曰摟批擽捋皆手撫絃皃縹繚潎冽相糾亂皃輕行謂輕歷之浮彈謂浮絃上而彈之嫿好睽視惠美也言手指分明相傳雅曲浮視而美之疾而不速留而不滯謂聲調緩也

翩緜飄邈，微音迅逝。向曰翩綿飄邈聲飛而遠也迅疾逝往也遠而聽之，若鸞鳳和鳴戲雲中。向曰聲清和而高也迫而察之，若衆葩敷榮曜春風。向曰聲柔順嫵媚也葩花敷布也既豐贍以多姿，又善始而令終。銑曰豐贍謂聲繁也姿皃也善始令終謂終始皆美也嗟姣古卯妙以弘麗，何變態之無窮。濟曰姣好弘大麗美也變態謂變聲也若夫三春之初，麗服以時，乃攜友生，以遨以嬉。翰曰友生朋友也遨游嬉樂也涉蘭圃，登重基，背長林，翳華芝，臨清流，賦新詩。翰曰涉行也蘭香草重基高山也翳蔭也華芝蓋也言長林之蔭如蓋也嘉魚龍之逸豫，樂百卉之榮滋。銑曰謂臨清流見魚龍之游得性而樂也卉草也理重華之遺操，慨遠慕而長思。良曰重華舜也遺操舜操書理其遺操思其聖德也若乃華堂曲宴，密友近賓，蘭肴兼御，旨酒清醇。濟曰賓親蘭香肴饌御食旨美醇醲也進南荊，發西秦，紹陵陽，度巴人。向曰南荊西秦陵陽巴人並曲名發鼓紹繼度法也變用雜而並起，竦衆聽而駭神。翰曰變用謂變曲用聲相雜而起竦勇也駭驚也料殊功而比操，豈笙籥之能倫。銑曰料計也殊功謂殊好之曲也以之比其節操則笙籥之氣不可與其相次也若次其曲引所宜，良曰引亦曲也則廣陵、止息、東武、太山、飛龍、鹿鳴、鵾雞、游絃。濟曰八者並曲名更唱迭奏，聲若自然，流楚窈窕，懲躁雪煩。翰曰唱和迭遞也謂上諸曲更和而遞奏其聲至妙若自然而流楚悽聲也窈窕深皃懲戒也躁喧也雪洗也此聲可以戒人心之喧洗人心之煩也下逮謠俗，蔡氏五曲，王昭、楚妃、千里別鶴，猶有一切。此結承閒簉初救乏，亦有可觀者焉。翰曰逮及也謠俗歌風俗之聲也蔡氏五曲謂游春綠水坐愁秋思幽居王昭楚妃千里別鶴三者曲名也一切謂權時也簉雜也言此諸曲權時以承古雅之間以雜於頓乏之際亦有可觀也然非夫曠遠者不能與之嬉遊。向曰言人非曠遠之志者不能與琴爲樂游嬉樂也非夫淵靜者不能與之閑止。向曰淵深也非深靜之志不能與琴閑居止居也非放達者不能與之無吝。良曰吝捨也非放達之志不能與琴無捨矣吝戀之無已也非至精者不能與之析理也。良曰非至精之人不能與琴分析條理也若論其體勢，詳其風聲，濟曰詳審也器和故響逸，張去急故聲清，濟曰琴之爲器和雅故聲閑逸也張急謂絃急也間閑遼故音庳，婢絃長故徽鳴。良曰遼遠庳下也言聲閑緩而相去遠故音下也絃長其應響清高故沈放徽聲乃鳴於常也性絜靜以端理，含至德之和平。向曰端理猶正直也謂感於人物之情故云含至德也和謂聲柔也平謂調中也誠可以感盪心志而發洩幽情矣。翰曰渫除也幽情憂情也是故懷慼者聞之，莫不憯七炎懍慘悽，愀七小愴傷心，含哀懊郁咿伊，不能自禁。音今翰曰慼憂也憯懍慘悽愀愴皆悲傷之心也含哀懊咿內悲也言憂

選九　四十四

選九　四十五

者聞琴則若此不自禁矣 其康樂者聞之則歙 干怳 愉懽釋
抃舞踊溢留連瀾漫嗢 烏骨 噱 巨略 終日 銑曰康安也歙
愉喜悅皃釋縱也兩手相擊曰抃踊溢言跳踊也留連瀾漫歡情多也噱笑也 若和
平者聽之則怡養悅悆淑穆玄真恬虛樂古
弃事遺身 向日平和者謂平常人也怡通淑美穆和玄大恬閑也遺身猶忘懷
也言其聽琴可以通養悅悆之志美和太真無爲之道閑虛自守樂古人之義弃其俗事
而忘懷一時也 於是以伯夷以之廉顏回以之仁比
干以之忠尾生以之信 銑曰伯夷殺人不食周粟至飢也顏回孔
子弟子有仁行也比干諫紂而死至忠也尾生與女子期死於梁下至信也言此廉仁忠
信之士聞琴復加其道也 惠施以之辯給萬石以之訥慎

濟曰惠施古之辯士萬石謂石奮父子五人各位至二千石故號萬石父子皆謹慎自述
故聞琴則辯給者益其辯給訥慎者益其訥慎謂琴以養志而進德也 其餘觸
類而長之所致非一同歸殊塗或文或質 翰曰
其餘不述者觸類皆是聞琴雖同感事則別憂樂之類是也文質之道交轉無定文聲婉
轉而豔媚質聲淡薄而疏散也 總中和以統物咸日用而不
失其感人動物蓋亦弘矣 良曰總合中和謂大道也統理也言
琴合於大道以理萬物皆可以終日用之感人動物蓋亦大矣 于時也金石
寢聲匏 庖 竹屏氣王豹輟謳狄牙喪味 銑曰金石
匏竹皆樂也今聞琴皆寢聲屏氣王豹古之善謳歌人狄牙古之知味者今聞琴聲皆輟
止其謳喪失其味者也 天吳踊躍於重淵王喬披雲而

下隆 向日天吳水神王喬仙人皆聞琴踊躍出於深淵披雲而下來聽之也隆落也
舞鸑 岳 鷟 仕角 於庭階游女飄焉而來萃 翰曰鸑鷟
鳳皇也游女仙女飄焉乘虛皃萃集也 感天地以致和況蚑 巨支
行之衆類 濟曰蚑行蟲獸也言琴能感天地以致和平況蟲獸之類乎 嘉
斯器之懿茂詠茲文以自慰 銑曰懿美也茂盛也詠茲文謂
作賦也 永服御而不厭信古今之所貴 向日御用也
亂曰愔愔琴德不可測兮 翰曰愔愔深靜也 體清心
遠邈難極兮 翰曰邈遠也言體清心遠難說其美 良質美手遇
今世兮 濟曰良質琴之善質也美手人之妙手也 紛綸翕響冠衆
藝兮 向日紛綸翕響繁美皃冠首也衆藝謂衆樂也言首出諸樂也 識音

者希誰能珍兮能盡雅琴唯至人兮 翰曰康自託於
琴言識音者希謂知我者少誰慎重我也能盡知者君子也至人君子也

笙賦

潘安仁

河汾之寶有曲沃之懸匏 步交 焉 濟曰河汾二水名曲沃地
名匏瓠瓜之類可以爲器者曲沃之地在河汾間其中所寶者懸匏可爲笙底匏有蔓生
皆附木故其實懸垂而下 鄒魯之珍有汶陽之孤篠 小 焉
翰曰魯國有鄒縣故云鄒魯汶水名言魯國鄒縣汶水之陽所殊者有美竹堪爲笙管孤
者言於衆竹之間獨美也篠小竹也 若乃綿蔓 萬 紛敷之麗浸
潤靈液之滋隅隈夷險之勢禽鳥翔集之嬉
固衆作者之所詳余可得而略之也 向日此上者皆

說貌竹生苗皃霑雨露謂之浸潤靈液滋亦潤也隅山角隈山曲夷平嬉游也衆依謂王
褒洞簫馬融長笛嵇康琴賦皆述山川之勢禽獸所游於竹木之上故此略而不云也略
輕也徒觀其制器也則審洪纖面短長剡生
簳幹裁熟簧銑曰供大纖小也剡揉也剡使直也簳竹莖新竹故云生也簧
以熟銅為之故云熟簧設宮分羽經徵列商渫之反謐
密厭頦焉乃揚良曰宮羽徵商皆聲也渫舉其指也謐靜也厭指擫之也
言舉其指聲反至靜擫其孔而聲乃發也管橫羅而表列音要妙
而含清各守一以司應統大魁以為笙翰曰管竹
也橫羅謂以竹叢比於外而行列之也司主也統都合也大魁謂匏中也言竹管各守一
聲以主相應都合於匏中乃名為笙焉基黄鍾以舉韻望儀鳳

以擢形銑曰基本也擢起也謂本黄鍾之律以舉其韻望來儀之鳳以起其形也
寫皇翼以插羽摹鸞音以厲聲濟曰笙之吹比竹管學鳳
皇羽翼參差插之其音亦如鳳皇之激聲也鸞鳳類故通言之厲激也如鳥斯
企翾許緣翾岐岐良曰企立也翾翾岐岐飛行皃言笙之形似如此明
珠在咮晝若銜若垂翰曰咮笙觜也飾以明珠如口銜之又如垂之
也脩揭都瓜內辟闢餘簫外逶音威向曰脩長也揭大辟開也
餘簫衆竹也言竹之最長大者則內開之竅孔也衆竹皆外逶迤漸邪布也駢田
獵纚歷鉀押鰈雪參差銑曰駢田竹竅皃餘皆衆多不齊皃於
是乃有始泰終約前榮後悴激憤於今賤永
懷乎故貴衆滿堂而飲酒獨向隅而掩淚濟曰

謂人有初遇申泰之時終逢否約之理或前為榮官後則困瘁乃積怨之貧賤想舊之富
貴雖衆滿堂而樂獨向一隅掩淚而已隅角也援鳴笙而將吹先嗢
烏沒噦紆月以理氣翰曰援引也嗢噦吐飲之皃初雍容以安
暇中佛鬱以怫扶味悱位終嵬五罪峨我以蹇愕
五各又颯素合遝徒合而繁沸良曰佛鬱怫悁聲繁皃嵬峨蹇愕聲高直
皃颯遝緐沸聲勇起貌罔浪孟以惆悵若欲絕而復肆
懰留憿激糴以奔邀似將放而中匱銑曰罔無也浪
孟大聲也惆悵聲慢而愁也肆縱懰烈也懰糴奔邀言疾也放逸匱盡也言聲似將放逸
而中道復盡也愀七小愴惻淢洫虺毀韡偉煜育熠以入
汎逢淫氾泛豔霅素合燁岌岌魚立反翰曰愀愴惻淢悲傷皃

虺韡煜熠多盛皃汎淫氾豔恣縱皃霅燁岌岌急疾皃或案衍夷靡或
竦勇剽匹妙急濟曰案下衍長也夷靡平也言聲或下而長平也或竦立勇起
剽猛而急也或既往不返或已出復入良曰皆謂聲不定皃
徘徊布護渙衍葺子入襲舞既蹈而中輟節將
撫而不及良曰徘徊布護聲迴旋不散皃渙衍葺襲聲慢緩也言笙聲緩慢故
舞蹈中輟聲急則撫節者不及也樂聲發而盡室歡悲音奏
而列坐泣銑曰笙聲之感攜捻纖翮以震幽簧越上
筩同而通下管向曰笙翮謂笙之管也言其象鳳翮也震動也簧在內故
云幽簧謂簧聲通越上筩之孔而通下管之背應吹噏虛立以往來隨
抑揚以虛滿翰曰噏欲也隨聲抑揚而氣或虛或滿也勃慷慨以

憀亮顧躊躇以舒緩濟曰勃慷慨慘聲也憀亮清也顧躊躇以舒緩聲僁復而不散也輟張女之哀彈去流廣陵之名散詠園桃之夭夭歌棗下之纂纂祖管反銑曰張女彈曲名也其聲哀言且輟之廣陵散曲名將流行其音園桃棗下古曲名夭夭桃絕纂纂棗花也歌曰棗下纂纂朱實離離宛其落矣化為枯枝翰曰棗之纂纂盛皃實之離離將衰也宛萎也人生不能行樂死何以虛謚為翰曰言人生死如此棗之華茂以至枯抆若生不能為樂死雖垂名不朽何以為也謚名也爾乃引去飛龍鳴鵾雞雙鴻翔白鶴飛向曰並古曲名也引鳴皆作曲之辭也翔飛皆言吹聲所似之子喬輕舉明君懷歸荊王喟其長吟楚妃歎而增悲濟曰子喬仙人也言其飛故云輕舉明君曲名本懷歸作荊王長吟曲名也喟歎聲也楚妃歎亦曲名笙中吹之則增悲也夫其悽唳戾辛酸嚶嚶關關若離鴻之鳴子也命銑曰悽唳辛酸聲也嚶嚶關關並鴻聲言辛酸之聲如離鴻呼其子也含胡胡嘽昌諧雍雍喈喈皆若群雛之從母也翰曰皆和樂之聲如鳥雛隨其母也郁捋力活劫悟泓烏宏宏融裔哇烏佳咬烏交嘲竹交哳竹戞壹何察惠向曰郁捋聲屈申皃劫悟聲分明皃泓宏融裔聲寬長皃哇咬嘲哳聲繁細貌察明惠美也訣厲悄小七切又何磬折銑曰訣厲悄切聲高皃磬折盡曲也若夫時陽初煖臨川送離良曰時陽春時也送離謂送別也酒酣徒擾樂闋日移濟曰徒徒侶也擾亂

闋終也日移謂將夕賓客始陳主人微疲弛始絃韜籥撤塤喧屏篪音池翰曰弛廢韜藏撤去屏捨也籥亦管類塤篪樂器也爾乃促中進攜友生向曰促近膝坐也進席也解嚴顏擢幽情披黃苞以授甘傾縹匹妙瓷以酌醽音零銑曰解去擢起也言各去其嚴肅之顏起其幽寂之情以為歡樂甘橘也縹淺碧色醽酒也甘皮黃故云披黃苞言剝之也授取也傾碧瓷之器以酌酒也光妓儼其階列雙鳳嘈曹以和鳴良曰光妓謂舞人也階列言列於階也儼行皃吹笙感雙鳳而至嘈嘈鳴也晉野悚而投琴況齊瑟與秦箏翰曰師曠晉人故云晉野言見吹笙悚懼而投弃其琴也齊國出善鼓瑟人秦多善箏者言師曠尚弃其琴況其餘乎新聲變曲奇韻橫逸縈纏歌鼓網羅鍾律銑曰縈纏網羅謂包括含容也言笙極妙故能包括歌鼓含容音律之聲爛熠入以爚藥以放豔蓬勃以氣出向曰爛熠爚以放豔聲如光明而豔者鬱蓬勃氣出皃秋風詠於燕路天光重於朝日濟曰魏文帝作燕歌行詞云秋風蕭瑟天氣涼故曰秋風詠於燕路吹之於笙故此言之天光朝日並篇名二曲俱吹故云重也大不踰宮細不過羽翰曰宮於五音為人故大不踰也羽於五音為物故細不過也唱發章夏導揚韶武協和陳宋混一齊楚向曰大章堯樂名大夏禹樂名韶舜樂名武武王樂名導引揚起也陳宋齊楚皆有國風今皆含和混同之邇不逼而遠無攜聲成文而節有敘良曰言聲雖相近者不至逼迫聲雖相遠不至攜離而音聲成其文章而節度各有次序彼政

有失得而化以醇薄銑曰謂政有失得而風化有醇厚有澆薄也
樂所以移風於善亦所以易俗於惡故絲竹
之氣未改而桑濮之流已作翰曰所以救風於善者謂爲雅
正之聲以防其淫也所以易俗於惡者謂淫雅之聲同出於絲竹之氣終不改易而桑間
濮上之流忽已作也惟簧也能研羣聲之清惟笙也能
總衆清之林衛無所措其邪鄭無所容其淫
向曰簧笙中銅也研擊總合措置也言笙簧能擊衆聲而有清雅則笙竹又合衆清之林
矣林之言多也故鄭衛邪淫之聲無所容置於此也非天下之和樂不
易之德音其孰能與於此乎良曰言笙非天下至和之樂百
王不易之德音若其孰能如此不容邪淫之聲也孰誰也

嘯賦一首　成公子安
翰曰臧榮緒晉書曰成公綏字子安東郡白馬人也少有俊才而口吃張
華一見甚善之時人以其貧賤不重其文仕爲中臺郎作嘯賦義見於文
也
逸羣公子體奇好異傲世忘榮絶弃人事希
高慕古長想遠思將登箕山以抗節浮滄海
以游志向曰假言逸羣公子以爲賦端其實無之希望也箕山山名滄海海名也
於是延友生集同好良曰同志爲友言同好好善也故精性
命之至幾研道德之玄奧愍流俗之未悟獨
超然而先覺音教翰曰至幾猶幾微也玄奧遠愍念也言精審其幾微所
味其大遠念流俗之人未悟於道故將超然先知妙理狹世路之阨於界
僻仰天衢而高蹈銑曰見人世之間物理阨僻心以爲狹小之事將仰
視天路而高蹈也衢路也蹈以足履之也邈跨俗而遺身乃慷慨
而長嘯濟曰邈遠跨越也言遠越時俗遺忘其身不爲拘束慷慨猶激揚也言激
揚其氣而長嘯也于時曜靈俄景流光濛汜音似良曰曜靈
日也俄景言疾而將夕濛汜日入處也逍遙攜手踟蹰步趾發
妙聲於丹脣激哀音於皓齒翰曰踟蹰緩行皃趾足也妙聲
哀音謂嘯聲也響抑揚而潛轉氣衝鬱而熛必遙起向曰
嚼轉於脣齒之間激氣衝口而出其聲鬱然如熖起也熛火燃也協黃宮於
清角雜商羽於流徵銑曰協合也謂五音合雜而起黃鍾飄游

雲於泰清集長風乎萬里濟曰太清天也言聲之清遠踰於雲
雲而上於天集於長風而通萬里曲既終而響絶遺餘玩而
未已良曰謂欲更爲也良自然之至音非絲竹之所
擬翰曰非管絃之以能比擬也浪實也是故聲不假器用不借
物近取諸身役心御氣翰曰此自然之音不假借於器物自取於
身役使御用也動脣有曲發口成音觸類感物因歌
隨吟大而不誇烏細而不沈向曰觸類感物謂逐目所見則
嘯而詠之因歌隨吟謂因歌於物隨則吟之大聲則不諠細聲又不沈而清亮自可樂也
誇諠也清激切於竽笙優潤和於瑟琴玄妙足
以通神悟靈精微足以窮幽測深銑曰切要也竽笙之

類也和柔和也瑟與琴通言之神謂人之神思靈謂人之精靈此足以通而悟之也
收激楚之哀荒節北里之奢淫濟曰激楚楚聲哀而荒也北里紂之淫聲也此收而去之節而制之濟洪災於炎旱反亢陽於重陰翰曰洪大也雲雨謂之重陰也言嘯之生風風生則雲起雲起則降雨故濟大災於炎旱故反亢陽而為雲雨也亢陽亦旱也唱引去萬變曲用無方和樂怡懌悲傷摧藏良曰引曲也用猶度也方比也怡懌喜悅也摧藏謂悲傷之聲聞之可摧折於府藏也時幽散而將絕中矯厲而慨慷向曰矯舉厲高也謂聲幽遠似欲絕也中道又舉高而慨慨焉慨慷抑揚意氣也徐婉約而優游紛繁騖而激揚銑曰徐緩也婉約婉轉也紛亂騖走揚起也言緩婉轉而優游亂繁疾走而激起也聲情既

思而能反心雖哀而不傷翰曰言將嘯之初情必思物然後為之則曲終而復不思故曰能反也心哀於物則為之嘯則曲終而復不哀故云不傷也總八音之至和故極樂而無荒濟曰總合也言其至和之音雖樂而無荒淫之道若乃登高臺以臨遠披文軒而騁望良曰披謂出戶也文軒鉤闌言出戶臨軒而馳騁其遠望喟仰抃而抗首嘈長引而憀留亮向曰喟歎也兩手相撫曰抃抗舉也言臨軒遠望喟然發歎仰抃而舉首也嘈嘈然長引聲也憀亮聲清也或舒肆而自反或徘徊而復放翰曰舒申肆逸也言聲或申逆而復息故曰自反也徘徊聲不散也言不散而復放縱之或冉弱而柔撓或澎烹濞普秘而奔壯濟曰冉弱和聲繞也柔撓柔順聲滔濞奔壯勇厲聲橫鬱鳴

而滔涸洌縹眇而清昶銑曰橫鬱鳴謂聲直度而繁盛滔涸謂大聲出則如長流滔吸聲則如涸水也洌盛也縹眇清和聲長而清也逸氣奮涌繽紛交錯列列颷必遙揚啾啾響作翰曰奮起也繽紛交錯繁亂交雜也隨風而揚啾啾響也列列風皃颷疾風也走胡馬之長嘶迴寒風乎北朔又似鴻鴈之將雛羣鳴號乎沙漠良曰言嘯聲似此聲也北朔沙漠皆北塞地名故能因形創聲隨事造曲應物無窮機發響速怫佛鬱衝流參譚雲屬濟曰因物形以創制其聲故應於萬物無窮盡也機發也怫鬱衝流參譚雲屬皆謂聲多而相連皃若離若合將絕復續翰曰謂聲緩則如離聲急又如合聲小則如絕聲大又如續也飛廉鼓於幽

隧猛虎應於中谷向曰飛廉風師鼓動隧風所出也虎嘯則風生中谷謂谷中也故人嘯亦有風感得此二物相動應也南箕動於穹蒼清飆必遙振乎喬木向曰南方箕星好風故感嘯生風則星動於上天風振乎喬木穹蒼上天也也颷風喬高也散滯積而播揚蕩埃藹之溷混濁良曰風能散滯積之氣播揚而通之流埃藹溷濁之物言風無所不振也變陰陽之至和移淫風之穢俗濟曰謂聲因自然而氣調清雅必感天地故變陰陽之和氣移其淫風易其穢俗也若乃游崇岡陵景山臨巖側望流川坐盤石漱清泉藉皐蘭之猗靡蔭脩竹之蟬蜎翰曰景大也盤石大石也藉坐也皐蘭香草也言采皐澤之蘭藉而坐之猗靡蘭美皃脩長也蟬蜎竹美皃言此處將復為嘯下文

是也乃吟詠而發散聲驛驛而響連舒蓄思之
悱憤奮久結之纏緜向曰發散謂發散其志驛驛聲連皃舒申蓄積
也悱憤心憂也奮起也久結纏綿謂久憂相纏綿也心滌蕩而無累志
離俗而飄然良曰以嘯之清音滌蕩而無煩累飄然高遠皃若夫假
象金革擬則陶匏音庖濟曰假借象法也借象比於嘯也金革陶匏並
樂器也衆聲繁奏若笳加若簫銑曰謂嘯之衆聲繁奏也笳簫
皆管器磞烹硠郎震隱訇轟磕苦代𥕢聊嘈向曰皆聲
也發徵則隆冬熙蒸騁羽則嚴霜夏凋動商
則秋霖春降奏角則谷風鳴條翰曰熙美也徵夏音也故
冬發此聲感炎蒸至羽冬音也夏騁此聲感嚴霜至商秋音也春動此聲則秋霖降角春

音也秋奏此聲感溫風鳴條也谷風則春風也皆音律至妙感應有如此者音韻
不恒曲無定制良曰隨心而改行而不流止而不滯
向曰遲速有度隨口吻而發揚假芳氣而遠逝濟曰吻脣
也假借芳美逝往也言嘯聲借人美氣而飄然遠往也音要妙而流響
聲激嚁狄而清厲銑曰激嚁聲遠也信自然之極麗
羌去良殊尤而絶世越韶夏與咸池何徒取異
乎鄭衛翰曰麗美也不假於物故曰自然羌詞也尤勝絶厚也歎其殊勝以取
衆樂可令絶厚之韶舜樂也夏禹樂也咸池堯樂也言嘯聲越舜禹堯之妙樂何但
取異於鄭衛之音聲而已于時緜駒結舌而喪精王豹杜
口而失色虞公輟聲而止歌甯子歛手而歎

息良曰綿駒王豹虞公並古之善歌人比之於嘯此皆結舌而不言喪其精神閉口止
聲甯子甯戚飯牛擊角而歌聞嘯之妙亦歛手歎息不復歌也杜閉輟止也鍾期
弃琴而改聽尼父忘味而不食向曰鍾期聽琴至妙今乃
弃琴而改聽於嘯也尼父孔子也孔子在齊聞韶樂三月不知肉味美其雅聲比之清嘯
孔子聞之故亦當忘味而不食也百獸率舞而抃足鳳皇來
儀而拊撫翼乃知長嘯之奇妙蓋亦音聲之
至極翰曰音律至妙遂感百獸相率而舞鳳皇美其光儀而拊弄羽翼抃足以足相
拊也至極謂極妙也

文選卷第九

長　門

文選卷第十　賦癸

梁昭明太子撰　五臣注

情

宋玉高唐賦一首

神女賦一首

登徒子好色賦一首

曹子建洛神賦一首

詩甲

補亡　束廣微補亡詩六首

述德　謝靈運述祖德詩二首

勸勵　韋孟諷諫詩一首

張茂先勵志詩一首

獻詩　曹子建上責躬詩一首

應詔詩一首

潘安仁關中詩一首

公讌　曹子建公讌詩一首

王仲宣公讌詩一首

劉公幹公讌詩一首

應德璉侍五官中郎將建章臺集

一首

陸士衡皇太子讌玄圃宣猷堂有

荻　府

令賦詩一首

陸士龍大將軍讌會被命作詩一

首

應吉甫晉武帝華林集一首

謝宣遠九日從宋公戲馬臺送孔

令一首

范蔚宗樂游應詔一首

謝靈運九日從宋公戲馬臺送孔

令一首

顏延年應詔曲水讌一首

皇太子釋奠會一首

丘希範侍讌樂游苑送徐州應詔

一首

沈休文應詔樂游餞呂僧珍一首

祖餞　曹子建送應氏二首

孫子荊征西官屬送於陟陽侯作

一首

潘安仁金谷集作一首

謝宣遠王撫軍庾西陽集別作一

首

正　宗

謝靈運隣里相送方山一首
謝玄暉新亭渚別范零陵一首
沈休文別范安成一首

高唐賦一首 并序　宋玉

昔者楚襄王與宋玉游雲夢之臺望高唐之觀其上獨有雲氣崪慈聿兮直上忽兮改容須臾之間變化無窮 高唐觀名襄王時游雲夢見神女自稱巫山神女乃於山下置此觀焉 崪高舉皃言雲之高舉變轉容色 王問玉曰此何氣也玉對曰所謂朝雲者也王曰何謂朝雲玉曰昔者先王嘗游高唐怠而晝寢夢見一婦人曰妾巫山之女也為高唐之客聞君游高唐願薦枕席王因幸之去而辭曰妾在巫山之陽高丘之岨 阻 旦為朝雲暮為行雨朝朝暮暮陽臺之下 音戶良曰朝行雲暮行雨皆神女自稱陽臺神自言之實無有也 旦朝視之如言故為立廟號曰朝雲 向曰至朝視之如見雲雨之象故為立廟號朝雲之廟 王曰朝雲始出狀若何也玉對曰其始出也䨴 音隊 兮若松榯 音時 翰曰

山　洞

䨴茂盛皃言朝雲茂盛如松栽也 其少進也晣 折 兮若姣 絞 姬揚袂鄣日而望所思忽兮改容偈 桀 兮若駕駟馬建羽旗 翰曰晣白 姣美袂袖也偈挺舉也此言雲之勢色變化如此 湫 子小 兮如風淒兮如雨風止雨霽 才細 雲無處所 濟曰湫淒皆涼也言雲氣風雨之涼也霽晴也 王曰寡人方今可以游乎玉曰可王曰其何如矣玉曰高矣顯矣臨望遠矣廣矣普矣萬物祖矣上屬於天下見於淵 泉 珍怪奇偉不可稱論王曰試為寡人賦之玉曰唯唯 良曰言神之所居高敞廣遠可為萬物之祖至於怪異奇美不可具論說也

惟高唐之大體兮殊無物類之可儀比巫山赫其無疇兮道互折而曾累登巉巖而下望兮臨大阺 比 之稸 音蓄 水 翰曰疇匹也言不可比匹也互曲也其道曲折登高下望臨大陵稸水之上阺陵也 遇天雨之新霽兮觀百谷之俱集濞 普秘 洶洶 許拱 其無聲兮潰 胡罪 淡淡而並入 向曰天雨初晴百谷之水皆騰涌淡淡並入蓄水之所 滂洋洋而四施兮蓊 烏孔 湛湛而不止長風至而波起兮若麗山之孤畝 銑曰麗著畝隴也言風起吹波如孤隴之勢似著於

尚書曰夾右碣石入于河孔安国曰海畔山也

春　禪

山勢薄岸而相擊兮隘交引而却會濟曰會合也言水觸岸相擊波濤自相迫隘交引而却合崪萃中怒而特高兮若浮海而望碣石良曰碣石海畔山半在水中言此水波濤崪然而起亦如望碣石以浮海也礫歷碨烏罪磥盧罪而相摩兮巆轟震天之礚礚康蓋翰曰巆礚皆石相擊之聲震天言聲大也巨石溺溺之瀺仕咸灂仕角兮沫末潼潼同而高厲向曰水觸大石溺溺而止瀺灂而下處沫潼潼然聚於危厲之處水澹澹徒濫而般步干紆兮洪波淫淫之溶㶡音曳銑曰水之迴屈縈流之皃奔揚踊而相擊兮雲興聲之霈霈普蓋反濟曰水相擊踊波如雲起也霈霈水聲也猛獸驚而跳條駭兮妄奔走而

選十　王

馳邁虎豹豺兕失氣恐喙許穢鵰鶚鷹鷂飛揚伏竄良曰禽獸聞水聲皆驚駭奔竄股戰脅息安敢妄摯翰曰摯執也言獸股戰鳥翕氣皆不敢攫執於是水蟲盡暴乘渚之陽銑曰水族驚出塵處皆為日暴於渚之陽黿鼉鱣張連鮪于美交積縱橫皇振鱗奮翼蜲蜲於危蜿蜿於表中阪遙望銑曰皆失勢去水相望於中阪之上玄木冬榮煌煌熒熒奪人目精爛兮若列星曾不可殫形榛士巾林鬱盛葩葉覆蓋雙椅於奇垂房糾渠幽枝還會濟曰雙椅合枝也房實也糾枝交枝也徙靡澹徒濫淡隨波闇上藹愛東西施翼猗倚狔女倚豐沛普蓋良曰言林木繁茂隨風波而動如羽

寺　什

翼之布猗狔柔弱皃豐霈言多也綠葉紫裹古丹莖白蔕音帝翰曰裹實皮也蔕花根也纖條悲鳴聲似竽籟音賴向曰纖細也風吹細條似竽籟之聲竽笙屬籟簫也清濁相和五變四會銑曰清濁六小也三變五音之變轉也四會謂四方之聲與之相會合也感心動耳迴腸傷氣孤子寡婦寒心酸鼻翰曰音聲感傷人之心使孤子寡婦增其悲怨酸鼻將泣皃長吏隳許規官賢人失志向曰長吏賢士聞此聲皆廢官而失其本志愁思無已歎息垂淚登高遠望使人心瘁秦醉反良曰瘁病也盤岸巑在官岏五官振陳磑磑五哀反銑曰盤繞其岸也巑岏磑磑皆山之峻大皃振陳謂陳列於其傍磐石險峻傾崎欺崖隤徒回巖山嶇驅參差縱

選十　太

橫相追濟曰皆山勢嶔秀之皃陬子侯互橫啎五故背穴偃蹠音隻良曰陬山角也啎逆也穴深也蹠徑也言山角橫逆臨危背深假塞人徑也交加累積重疊增益狀似砥止柱在巫山之下仰視山巔肅何芊芊千炫縣燿羊照虹蜺翰曰言山峻嶮如砥柱也砥柱山名芊芊山色也言山色可以照耀虹蜺也俯視崝嶸窐呼交寥力交窈冥不見其底虛聞松聲向曰言谷之深邃不見底但聞松聲傾岸洋洋立而熊經銑曰洋洋流聲岸傾水急觀者恐懼皃如熊經也熊經如熊攀樹而立其身傳向久而不去足盡汗出悠悠忽忽怊超悵自失濟曰久立其傍恐懼皆流汗至足使人心動無故自恐賁奔育之斷不能為勇

物

爾雅曰雎鳩王雎也 郭璞曰雕類也 又曰鶌鳩

良曰賁謂孟賁育謂夏育皆秦武士對此皆懼不能爲其勇斷卒愕異物
不知所出縱縱史倚莘莘所巾若生於鬼若生於神
翰曰愕驚也言其異物卒然而出令人驚怪不知從來縱縱莘莘然如鬼神出入矣
狀似走獸或象飛禽譎詭奇偉不可究陳向曰
言異物之狀不可盡陳說也上至觀側地蓋底止平箕踵
漫莫半衍以戰芳草羅生銑曰山之形如箕踵之掌而寬大其上芳草羅
列而生秋蘭茝蕙江離載菁精青荃全七射夜干
揭起竭車居苞并濟曰皆香草名薄草靡靡聯延夭夭
越香掩掩衆雀嗷嗷雌雄相失哀鳴相號
良曰薄草叢也夭夭美皃越香謂香氣遠越掩掩香氣皃雀鳥之適號下欲論鳥故先言
其聲也王雎鸝離黃正冥楚鳩姊歸思婦垂雞
高巢其鳴喈喈皆當年遨遊翰曰皆鳥名也喈喈聲也遨遊
戲也更唱迭和赴曲隨流向曰言鳥之唱和與流水合度有方
之士羨門高谿上成鬱林公樂聚穀銑曰皆古之名
術士進純犧禱璇室濟曰純犧謂純色犧牲也禱祈神也璇室以玉飾室
也醮諸神禮太一良曰醮祭也諸神百神也太一天神也天神尊敬稱
禮也傳祝已具言辭已畢翰曰祝告祭辭也王乃乘玉
輿駟四蒼螭垂旒旌旆合諧翰曰駟蒼螭謂以龍爲駟也合諧
旌旆相和之皃紬抽大弦而雅聲流冽風過而增悲
哀向曰紬抽也言抽大樂之弦雅聲合清冽冽風增其悲哀也於是調謳

王乘—以下玉字作王

令人惏凜悷隸憯七感悽脅息增欷銑曰謳謌也餘皆哀
慘皃於是乃縱獵者基阯如星傳言羽獵銜枚
梅無聲濟曰言布士卒如星之羅列也枚削竹著銜之止語也弓弩不
發罘伏罕侯不傾涉漭漭莫朗馳苹苹平良曰罘罕網也
傾猶施也苹苹草聚生皃飛鳥未及起走獸未及發弭節
奄忽蹄足灑血翰曰弭節猶少時也言鳥獸未及遠飛走少時之間蹄足
之上皆以灑血舉功先得獲車已實向曰獲車載獸車也舉其先得
者其車已滿矣王將欲往見之必先齋戒差時擇日
銑曰言王將往觀必齋戒擇其時日而後往也差亦擇也簡輿玄服建雲
旆方蜺爲旌翠爲蓋濟曰玄服法服也簡擇輿車脩法服以雲蜺爲旌旆
翠羽爲蓋風起雨止千里而逝蓋發蒙往自會良曰
言如風雨之疾王至廟如發其蒙自暗與神會思萬方憂國害開賢
聖輔不逮翰曰思萬方之事憂國之利害開賢聖之路以補思慮之不及九
竅通鬱精神察延年益壽千萬歲向曰九竅精神戶牖
也鬱滯也言今與神會九竅通暢精神得以伺察故延年益壽

神女賦并序○濟曰神女即巫山神女也　宋玉

楚襄王與宋玉游於雲夢之浦使玉
賦高唐之事其夜王寢夢與神女遇
其狀甚麗王異之明日以白玉玉曰
其夢若何王對曰晡夕之後精神怳

忽兮有所喜紛紛擾擾未知何意銑曰
晡夕晚夕也紛紛擾擾神志褻亂皃目色髣髴乍若有
記見一婦人狀甚奇異寐而夢之寤
不自識罔兮不樂悵爾失志於是撫
心定氣復見所夢王曰狀如何也王
曰茂矣美矣諸好備矣盛矣麗矣難
測究矣上古既無世所未見瓌姿瑋
態不可勝讚濟曰瓌美之態不可盡舉而讚也其始
來也耀乎若白日初出照屋梁其少
進也皎若明月舒其光須臾之間美
貌橫生曄乎如花溫乎如瑩榮良曰瑩玉也
言神女之皃光色如華溫潤如玉五色並馳不可殫
丹形詳而視之奪人目精其盛飾也
則羅紈綺繢盛文章翰曰綺繢羅繡也言衣服盛多
文彩也極服妙綵照萬方振繡衣被袿
主裳穠不短纖不長向曰袿婦人上服穠肥纖細也
言長短合度步裔裔兮曜殿堂忽兮改容
婉若游龍乘雲翔嫷唾被服侻他外薄
裝銑曰裔裔行皃婉若游龍乘雲翔謂輕妙婉弱也嫷美侻宜也沐
蘭澤含若芳性和適宜侍旁順序卑

調心腸濟曰言性靈和適心腸調順宜侍君旁王曰若
此盛矣試為寡人賦之玉曰唯唯
夫何神女之妖麗兮含陰陽之渥飾被華藻
之可好兮翡翠之奮翼其象無雙其美無極
毛嬙嬙鄣袂不足程式西施掩面比之無色
良曰渥飾謂含天地渥厚之美飾也毛嬙西施皆古之美女也若對此神女則必鄣袂掩
面不敢程比姿式近之既妖遠之有望骨法多奇應
君之相視之盈目孰者克尚翰曰既妖美又有姿望骨法殊
異正合侍君也孰誰也言誰能尚也私心獨悅樂之無量交希
恩疎不可盡暢他人莫覩王覽其狀其狀峩
峩何可極言貌豐盈以莊姝兮苞溫潤之玉
顏向曰莊敬姝美也言豐盈敬美顏色溫潤如玉眸子炯古迥其精朗
兮瞭了多美而可觀銑曰眸子瞳子也炯朗也瞭目明皃眉聯
娟以蛾揚兮朱脣的其若丹濟曰聯娟微曲皃素質
幹之醲女龍實兮志解泰而體閑既姽居委嫿獲
於幽靜兮又婆娑乎人間良曰姽閑嫿靜也言習閑靜於幽隱
之處婆娑放逸皃宜高殿以廣意兮翼放縱而綽寬
動霧縠以徐步兮拂墀聲之珊珊翰曰宜置高殿之上
翼然使放縱自寬也珊珊玉聲也望余帷而延視兮若流波
之將瀾向曰流波目視皃言如流水欲為波瀾奮長袖以正衽

而審兮立躑躅而不安銑曰言奮去長袖以正衣衿也衽衣衿躑躅反
側皃澹清靜其愔淫嫕一計兮性沈詳而不煩濟日
嫕閑雅也言澹然閑雅沈默詳審不煩亂也時容與以微動兮志
未可乎得愿元意似近而既遠兮若將來而
復旋褰余幬儔而請御兮願盡心之惓惓音權
良曰懷惟也惓惓盡心皃懷貞亮之絜清兮卒與我乎相
難翰曰卒終也終與我相難而不相近陳嘉辭而云對兮吐芬
芳其若蘭精交接以來往兮心凱康以樂歡
神獨亨而未結兮魂煢煢以無端向曰亨通也言神雖
許通竟未結愛也含然諾其不分兮喟揚音而哀歎

平頩普并薄怒以自持兮曾不可乎犯干銑曰頩色
干求也言顏色薄怒自守持則不可犯觸而求之於是搖珮飾鳴玉
鸞整衣服斂容顏顧女師命太傅翰曰言神女搖鸞珮
整容顏命女師女傅將歸也歡情未接將辭而去遷延引
身不可親附似逝未行中若相首音狩向曰首向也言
將去未行之間又迴顧相向目略微眄精采相授志態橫
出不可勝記意離未絕神心怖覆副禮不遑
訖辭不及究願假須臾神女稱遽銑曰訖究皆盡也遽
急也徊腸傷氣顛倒失據闇上然而冥忽不知
處情獨私懷誰者可語惆悵垂涕求之至曙

濟曰徊腸傷氣惜離別也闇然冥忽失所處形象也言此懷抱誰人可言惆悵至明而求
之也

登徒子好色賦并序　宋玉

大夫登徒子侍於楚襄王短宋玉曰
翰曰宋玉假設登徒子之詞以為諷也
良曰登徒姓也子美稱也短謂言其罪闕玉為人體貌閑
麗口多微詞又性好色翰曰言玉容貌美麗能為
微微之詞願王勿與出入後宮王以登徒
子之言問於宋玉玉曰體貌閑麗所
受於天也口多微詞所學於師也至

於好色臣無有也王曰子不好色亦
有說乎有說則止無說則退玉曰天
下之佳人莫若楚國楚國之麗者莫
若臣里臣里之美者莫若臣東家之
子臣東家之子增之一分則太長減
之一分則太短著粉則太白施朱則
太赤眉如翠羽肌如白雪向曰眉色如翡翠之
羽肌膚之白如雪也腰如束素齒如含貝銑曰素白
貝玉也嫣許延然一笑惑陽城迷下蔡濟曰
嫣笑皃陽城下蔡楚之二郡名蓋貴人所居中多美人故以為喻然

此女登牆闚臣三年至今未許也登徒子則不然其妻蓬頭攣力全耳齞牛善脣歷齒良曰齞脣謂語而露齒也歷齒謂齒稀疎旁行踽央矩僂縷又疥且痔雉翰曰旁行行不正也踽僂身曲也疥瘡也痔後病也登徒子悅之使有五子王孰察之誰為好色者矣是時秦章華大夫在側因進而稱曰今夫宋玉盛稱隣之女以為美色愚亂之邪臣自以為守德謂不如彼矣向曰章華大夫亦假言之也大夫言王稱此自謂守德不如此且夫南楚窮巷之

妾焉足為大王言乎若臣之陋目所曾覩者未敢云也王曰試為寡人說之大夫曰唯唯

臣少曾遠游周覽九土足歷五都銑曰九土九州也五都五方之都出咸陽熙邯寒鄲丹從容鄭衛溱臻洧于美之閒濟曰熙猶嬉游也溱洧二水名其中鄭人游觀之地是時向春之末迎夏之陽鶬倉鶊庚喈喈皆羣女出桑良曰鶬鶊鳥名喈喈鳥聲言羣女出游於桑也此郊之姝華色含光體美容冶不待飾裝翰曰姝美女也臣觀其麗者因稱詩曰遵大路兮攬子袪音墟向曰大夫自稱觀麗者稱詩以贈大路詩篇名也言逢美者攬衣袖欲與同歸也袪袖也贈以芳花辭甚妙銑曰芳花芳草也折芳誦詩以贈游女於是處子怳況若有望而不來忽若有來而不見意密體疏俯仰異觀含喜微笑竊視流眄濟曰處子女子也言若有相望而又守禮不來情意已密而形體疎也復稱詩曰寤春風兮發鮮榮絜齋俟兮惠音聲贈我如此兮不如無生良曰處子稱詩以荅大夫也寤見也言是春發萬物之榮乃絜齋戒以待惠和之音而今贈我大路之詩我則不如無贈因遷延而辭避蓋徒以微詞相感動精神相依憑目欲其顏心顧其義揚詩守禮終不過差楚佳故足稱也翰曰雖以微詞精神

相感而已執義守禮終不差失如此故足稱於王也於是楚王稱善宋玉遂不退

洛神賦并序　　曹子建

魏志云曹植字子建魏武帝第三子也初封東阿王後改封雍丘王死謚曰陳思王洛神謂伏羲氏之女溺於洛水爲神也植有所感託而賦焉

黃初三年余朝京師還濟洛川古人有言斯水之神名曰宓妃翰曰黃初大帝年号京師洛陽也還還雍丘也斯水洛水也宓妃伏羲氏女溺洛水而死遂爲河神感宋玉對楚王說神女之事遂作斯賦其詞曰

余從京師言歸東藩銑曰京師洛陽也東藩雍立也藩者猶爲國之藩籬背伊闕越轘還轅袁經通谷陵景山濟曰背違也伊闕龍門山越踰也轘轅坂名通谷谷名景山山名經謂涉歷也日既西傾車殆馬煩爾乃稅駕乎蘅胡庚皋秣駟乎芝田良曰殆危煩疲也馬疲故車殆也稅舍也蘅皋香草之澤也秣飼馬也芝田地名也容與乎陽林流眄乎洛川於是精移神駭忽焉思散翰曰言精神思緒忽然移散俯則未察仰以殊觀覩一麗人于巖之畔爾迺援御者而告之曰爾有覿於彼者乎彼何人斯若此之豔也向曰覿見豔美也御者對曰臣聞河洛之神名曰宓妃

選十　十五

則君主之所見也無迺是乎其狀若何臣願聞之余告之曰其形也翩若驚鴻婉若游龍向曰神女之體翩輕如驚鴻婉媚如游龍也榮曜秋菊華茂春松銑曰秋菊春松甚盛而神女榮茂過之髣髴兮若輕雲之蔽月飄颻兮若流風之迴雪遠而望之皎若太陽升朝霞濟曰言輕妙光彩似之太陽日也迫而察之灼若芙蕖出淥波良曰迫近視之灼然如蓮花出淥波也穠纖得中脩短合度翰曰穠肥纖細也言肥細長短正合體度肩若削成腰如約素向曰言肩腰如刻削而成也約束素延頸秀項皓質呈露白也延秀皆長也頸亦項也皓白也言長項質白皆露之也芳澤無加鉛

華不御銑曰芳澤香油鉛華粉也言不施於首面也雲髻峩峩脩眉聯娟丹脣外朗皓齒內鮮濟曰雲髻美髮如雲也詩云鬒髮如雲脩長也聯娟微曲皃明眸善睞靨叶於輔承權良曰眸目也善睞謂美瞻視也權頰也言靨文之生輔承其頰瓌姿豔逸儀靜體閑翰曰言姿態美逸儀體德皆閑雅也柔情綽態媚於語言奇服曠世骨像應圖向曰言情志寬和妙於言辭骨法人像皆應圖祖披羅衣之璀粲兮珥二瑤碧之華琚居銑曰璀粲明淨皃珥猶服也瑤碧皆玉也琚珮也戴金翠之首飾綴明珠以耀軀翰曰首飾謂釵冠之屬言翠羽裝其釵冠綴明珠於上以光耀其身也踐遠游之文履曳霧綃之輕裾向曰遠游

選十　十六

履名文謂文飾也霧綃薄縑也裾裾也微幽蘭之芳藹兮步踟躕於山隅銑曰微猶映也踟躕徘徊皃言於映幽蘭徐步徘徊於山之隅是忽焉縱體以遨以嬉左倚采旄右蔭桂旗濟曰縱體輕舉之皃嬉遊也旄旌屬舉以號令桂旗謂以桂爲旗竿也攘皓腕於神滸兮采湍瀨之玄芝良曰滸水涯也洛神游之故云神滸玄芝黑芝靈草也余情悅其淑美兮心振蕩而不怡無良媒以接歡兮託微波而通辭翰曰悅其美恐不見眷故心振動不樂既無良媒通接歡情故假託風波以達言辭願誠素之先達兮解玉珮而要之平嗟佳人之信脩羌習禮而明詩抗瓊珶徒帝以和予兮指潛川而為

期向日願逹心素故解所珮玉乃將要而與之歎神女脩信習禮抗舉瓊玉以應和我
指所居之川爲期會珶玉也水居曰潛執眷眷之款實兮懼斯
靈之我欺感交甫之棄言兮悵猶豫而狐疑
銑曰靈神也言我持款誠於神恐此神詭我也鄭交甫游於江邊見神女贈交甫玉珮行
數步珮亦失女亦不見感此事恐復如之故悵然狐疑收和顏而靜志
兮申禮防以自持濟曰言收靜容志以禮自持約也於是洛
靈感焉徙倚彷徨良曰洛靈神也感謂其中禮自持神光離
合乍陰乍陽竦輕軀以鶴立若將飛而未翔
翰曰言神之光彩或明或闇如鶴之立似將飛矣而未翔舉踐椒塗之郁
烈步蘅蘅薄而流芳向日椒塗以椒泥飾道也郁烈香有盛也蘅香

文選十　十七

草也薄聚生也言神步蘅以流芳也超長吟以永慕兮聲哀厲
而彌長爾迺衆靈雜遝徒合命儔嘯侶或戲清
流或翔神渚或采明珠或拾翠羽從南湘之
二妃攜漢濱之游女歎匏瓜之無匹詠牽牛
之獨處銑曰衆靈衆神也雜遝言多也南湘二妃湘水神也謂舜妻娥皇女英游
女漢水神也皆相攜遊戲匏瓜星名獨在河鼓東故云無匹牽牛星名在河之傍與織女
相隔故云獨處此懸無伉儷之期故歎詠之以感陳王揚輕袿圭之綺
靡翳脩袖以延佇體迅飛鳧飄忽若神淩波
微步羅韈武月生塵向日袿婦人之上服也迅疾也言疾如鳬鳥之飛也
微步輕步也步於水波之上如塵生也動無常則若危若安進

止難期若往若還轉眄流精光潤玉顏良曰觀其
顏眄精光顏色如玉之溫潤也含辭未吐氣若幽蘭翰曰謂含言辭
未吐芳香之氣如幽蘭也華容婀烏可娜奴可令我忘餐良曰言此
之美遂忘其餐於是屏并翳收風川后靜波向曰屏翳風師
也川后河伯也言使收靜其風波也馮夷鳴鼓女媧清歌銑曰馮夷
水神女媧造笙簧者使之擊鼓唱歌騰文魚以警乘鳴玉鸞以
偕逝濟曰既是水神故文魚爲之警乘也偕俱遊往也六龍儼其齊
首載雲車之容裔良曰神以雲爲車而駕龍也容裔行皃鯨鯢
踊而夾轂小禽翔而為衛於是越北沚止過
南岡紆素領迴清陽翰曰以鯨鯢水禽爲侍衛也沚小水也領頸也

文選十　十八

清陽眉目之間也紆迴也言迴首相視也動朱脣以徐言陳交接
之大綱恨人神之道殊怨盛年之莫當抗羅
袂以掩涕兮淚流襟之浪浪音郎良曰神動脣陳交會之意
言幽明道殊怨此盛年不得與君相當因舉袖掩涕淚浪浪然流於衣襟悼良會
之永絕兮哀一逝而異鄉無微情以效愛獻
江南之明璫銑曰悼傷也傷此會永絕各往異鄉空此微情不足效愛故脫
明璫獻之璫耳珠也雖潛處於太陰長寄心於君王忽
不悟其所舍悵神宵而蔽光濟曰太陰鬼神道悟見也宵闇
冥也音忽不見所舍止悵然暗冥隱其光彩於是背下陵高足往
心留遺情想象顧望懷愁良曰足雖往矣心留在神所想其形

晉紀泰始六年十二月帝辟雍行鄉飲酒之礼魏太常博士学生帛牛酒各有差武帝泰始六年十二月帝臨辟雍行鄉飲礼詔曰礼儀之廢久矣乃今復講太常絹百匹丞博士学生酒咸寧三年惠帝元康九年復行

狀顔望生愁焉冀靈體之復形御輕舟而上泝素浮長川而忘反思綿綿而增慕夜耿耿而不寐霑繁霜而至曙翰曰靈體神也形見也言冀望此神復見浮舟上水以候之既不能見思慕耿耿霑霜不寐而至明也命僕夫而就駕吾將歸乎東路向曰僕夫馭人東路東藩路攬騑轡以抗策悵盤桓而不能去銑曰抗舉也盤桓不進也

補亡詩六首　束廣微

翰曰王隱晉書曰束晳字廣微陽平人也賈謐請爲著作嘗覽周成王詩有其義亡其辭惜其不備故作辭以補之

南陔古來孝子相戒以養也向曰陔隴也言南者南方養萬物方此以戒養故取之爲名也

循彼南陔言採其蘭銑曰循順也蘭以香孝子採之以養也眷戀庭闈心不遑安彼居之子罔或游盤濟曰庭闈父母所居也眷戀之甚心不暇安也彼居之子謂未仕之兄弟也罔或游盤言相戒無爲游樂也馨爾夕膳潔爾晨餐良曰相戒馨潔其朝夕之食也循彼南陔厥草油油翰曰厥其也油油柔順也彼居之子色思其柔眷戀庭闈心不遑留馨爾夕膳潔爾晨羞向曰色謂顔色柔順也羞食也有獺有獺在河之涘俟淩波赴汨誓噬魴方捕鯉防銑曰獺水獸捕魚以祭先也喩孝子求珍異以養也涘水涯也汨急流也噬齧捕執魴鯉美魚名嗷嗷五高

林烏受哺于子濟曰嗷嗷聲也言烏烏之微亦聲鳴受哺於子養隆敬薄惟禽之似濟曰養厚敬薄者則與鳥相似也禽者鳥獸總名勗增爾虔以介丕祉翰曰勗勉虔敬介助丕大祉福也言勉增爾敬以助大福

白華孝子之潔白也銑曰白華美廉恥也言孝子事父母亦復潔己如白華也

白華朱萼被於幽薄濟曰萼承花也喩孝子事父母潔白如朱萼承白花於幽薄之中而鮮潔也粲粲門子如磨如錯良曰粲粲鮮貌門子謂嫡子代父當門者如磨如錯自砥礪也終晨三省匪惰其恪翰曰盡一日三度省察已之所行事非敢惰其勤恪也匪非也白華絳趺

在陵之陬子備向曰絳赤色也趺花足也陬陵角也倩倩千士子涅而不渝銑曰倩倩鮮明皃涅涂渝變也言孝子之鮮明雖涂不變也竭誠盡敬亹亹忘劬濟曰竭盡也亹亹勉勉也言盡其誠敬勉勉忘其劬勞白華玄足在丘之曲堂堂處子無營無欲良曰堂堂出衆皃處子處士也言孝子不得有所營欲鮮侔晨葩莫之點辱良曰侔法點汙也言鮮潔法於晨葩無所汙辱

華黍時和歲豐宜黍稷也向曰華黍美時和歲豐也

黮黮徒感重雲輯輯和風銑曰黮黮黑皃輯輯風和皃言風雨以時黍華陵巔麥秀丘中濟曰陵巔丘中各以地所宜也華秀皆茂盛也靡田不播九穀斯豐良曰靡無也言無地不播種九穀從此豐稔也

九穀黍稷稻秫麻大豆小豆大麥小麥奕奕玄霄濛濛甘霤
蕤稠華禾挺其秀翰曰玄霄和氣也甘霤雨也稠概也挺出也靡
田不殖九穀斯茂無高不播無下不植芒芒
其稼參參其穡向曰芒芒寬廣皃參參長盛皃所今稸許六我王
委充我民食銑曰委積也言爲王之穡稸以充人食玉燭陽明
顯猷翼翼濟曰四時和謂之玉燭猷道也言王道明盛
由庚萬物得由其道也良曰庚道也言萬物由道而不
失
蕩蕩夷庚物則由之翰曰夷平也蕩蕩平道萬物從之而生蠢
蠢庶類王亦柔之向曰蠢蠢衆多也言庶物之類王者以道安之道

選十　二十一

之既由化之既柔木以秋零草以春抽獸在
于草魚躍順流四時遞謝八風代扇銑曰言王從道
而化萬物各得其所故時和八風不失節八風八方之風也纖阿案晷星
躔直連其變翰曰纖阿月御也躔星次也言星月各案其晷次不失常也五
緯不愆六氣無易良曰五緯日雨日暘日燠日寒日風日時六氣謂陰
陽風雨晦明也言無錯逆變易愔愔我王紹文之跡翰曰愔愔安和
皃我王成王也言成王作此詩以繼文王之迹也
崇丘萬物得極其高大也向曰美萬物生於高丘皆
得極其高大
瞻彼崇丘其林藹藹愛植物斯高動類斯大

銑曰藹藹茂盛皃植物草木也動類禽獸也言各得所宜而高大周風既洽
王猷允泰濟曰泰通也言周室風化既洽王道信通上下漫漫莫干方
輿迴迴洪覆翰曰方輿地也洪覆天也漫漫迴迴大皃何類不煩
何生不茂物極其性民永其壽翰曰言生類茂盛各盡性
命之壽恢恢大圓茫茫九壤向曰恢恢茫茫皆大也大圓天也九
壤九州之地資生仰化于何不養人無道夭物極
則長銑曰言天地養萬物皆極其性而無夭傷
由儀萬物之生各得其儀也濟曰言萬物各得其
理儀
肅肅君子由儀率性良曰君子敬其容儀以從道禮云率性之謂道

選十　二十二

明明后辟仁以爲政魚游清沼鳥萃于林翰曰
后辟皆君也言明君以仁愛爲政則魚鳥各得其性濯鱗鼓翼振振其
音賓寫爾誠主竭其心時之和矣何思何脩
文化內輯武功外悠向曰遠賓皆寫其誠信明主盡心撫之時既和
矣何所思慮何所脩理也言文化和內武功及外而遠也輯和悠遠也

述祖德詩二首 五言　謝靈運

銑曰沈約宋書云謝靈運陳郡人也博覽羣書文章之美江左莫及初爲
琅邪王大司馬行參軍後爲臨川郡太守述其祖謝安謝玄之德後爲有
司所糾徙廣州有詔斬於廣州市
達人貴自我高情屬天雲濟曰達人賢達之人謂祖玄也貴我

段干木事見魏都賦
蕃魏是爲遇賦

謂輕物重身也言情之高厲及於天雲兼抱濟物性而不纓垢
氛良曰言兼有濟物之心不爲塵垢所纓纏段生藩魏國展季救
魯人翰曰段干木不仕爲魏國藩屏展季柳下惠也既死其妻誄之曰蒙恥救人德
彌大也弦高犒晉師仲連却秦軍向曰鄭商人弦高驅牛將
犒於周遇秦師襲鄭因矯鄭伯之命以牛犒諸秦軍秦軍以爲有備遂退此文云犒晉師
謝生之誤也魏王使將軍辛垣衍說趙尊秦昭王爲帝魯仲連責而歸之秦將聞之而退
臨組作不緤對珪寧肯分銑曰組綬緤繫也言魯仲連有
功趙將封之不肯受其珪綬也惠物辭所賞勵志故絕人濟曰
言惠賜及物而不受賞勵勉也能勉其志故絕人也苕苕條歷千載遙
遙播清塵清塵竟誰嗣明哲時經綸良曰苕苕遙遙

音遠也謂高讓之德清塵遠播千載也言我祖有明智經綸之才能繼魯仲連委講
綴道論改服康世屯翰曰康安屯難也言玄委弃講藝與王義之謀
於會稽之山以綴道論後出爲將軍破苻堅故云安世難也屯難既云康
尊主隆斯民向曰謂敗苻堅以尊晉主能盛於國人也
中原昔喪亂喪亂豈解已銑曰言中夏喪亂未解散也已止也
崩騰永嘉末逼迫太元始濟曰永嘉太元並西晉年號崩騰破
壞兒逼迫言爲胡虜等奔逐也河外無反正江介有蹶圯
平鄙反良曰河外洛陽也言爲賊所破不得反洛陽之正介間也蹶於江間迫促挾小屢
有毀敗也圯毀也萬邦咸振懾橫流賴君子翰曰言萬國恐
懼得免橫流之禍者家君子之力拯溺由道情龕暴資神理

善曰漢書曰楚元王交字游高祖同父少弟也高祖即位交爲楚王薨子郢客嗣是爲夷王薨子戊嗣

向曰拯濟龕勝也言拯橫流之溺由據道情勝暴亂資神妙之理秦趙欣來
蘇燕魏遲去文軌銑曰遲待也秦趙四國言皆欣其來蘇息以待魏文
軌同也賢相謝世運遠圖因事止濟曰賢相即太傅謝安也
謝世運謂死也遠圖謂謀也深遠之謀因此而止高揖七州外拂衣
五湖裏良曰七州謂東晉之七州揖辭也言辭七州之命隱於五湖湖有王道故
云五湖隨山疏濬潭傍巖藝枌梓翰曰疏鑿濬深藝種也枌
榆梓木名遺情捨塵物貞觀丘壑美向曰遺其冠見之情是捨
塵物也貞正觀見也言亦此正見丘壑之美
諷諫詩一首并序四言
韋孟銑曰漢書曰韋孟彭城人也爲楚元王傅也

孟爲元王傅子夷王及孫王戊戊荒
淫不遵道作詩諷諫濟曰元王高祖少弟也薨子郢
客嗣是爲夷王薨子戊嗣戊與七國同反故無謚號
肅肅我祖國自豕韋良曰肅肅敬也我祖孟祖也在殷封東郡韋城
故曰豕韋氏也黼衣朱黻四牡龍旂翰曰謂封爲諸侯故得服黼黻
建旂彤弓斯征撫寧遐荒向曰古者諸侯錫彤弓則得專征伐
撫寧遠方總齊羣邦以翼大商迭彼大彭勳績惟
光銑曰言能總齊諸侯以翼佐大殷也迭更也大彭亦殷之霸國也言更至於此其功
光大至于有周歷世會同濟曰言歷世爲諸侯預會同禮王赧
聽譖寔絕我邦良曰赧王周末之王也聽讒言乃絕我豕韋之後我

邦既絕厥政斯逸翰曰逸放也言絕我國之後王政放逸遂至微弱賞罰之行非由王室向曰言賞罰自諸侯出也庶尹羣后靡扶靡衛銑曰尹正也言衆正羣后無有扶持之者五服崩離宗周以隆濟曰五服甸服綏要荒等服言崩離散周之宗社從此而墜我祖斯微遷于彭城良曰從此微弱始遷居彭城在予小子勤唉呼來厥生翰曰予小子孟自稱也唉歎也勤歎其生之艱也阸此嫚慢秦耒盧會耜似斯耕向曰因阸於秦家嫚毒之法而耕於野悠悠嫚秦上天不寧乃眷南顧授漢于京銑曰天不安秦而授之於漢也於烏赫有漢四方是征靡適不懷萬國攸平濟曰漢征四方所往必來萬國所以平也乃命厥弟建

侯于楚良曰厥弟元王也建立也謂立爲侯於楚俾我小臣惟傅是輔矜矜元王恭儉靜一翰曰俾使也小臣韋孟也矜矜戒慎也言元王戒慎恭儉有沈靜守一之德惠此黎人納彼輔弼享國漸世垂烈於後向曰言能惠愛衆庶納用輔佐之言漸代役也烈業也言已及上代乃垂業於夷王乃及夷王尅奉厥緒咨命不永惟王統祀左右陪臣斯惟皇士銑曰惟王謂王戊也言夷王亦能奉其緒然命不長而至王戊祀也左右陪從之臣皆美士也如何我王不思守保不惟履冰以繼祖考濟曰言王不思守保統緒不畏履冰之戒以繼祖考邦事是廢逸游是娛犬馬悠悠田獵是驅務此鳥獸忽此稼苗蒸民以

匱我王以媮俞所弘匪德所親匪俊唯囿是恢唯諛是信良曰言王廢政事以田獵輕忽苗稼匱乏生人以自媮樂所大所親者皆非賢德美俊但恢大苑囿而信讒諛焉睮睮俞諂夫諤諤黃髮如何我王曾不是察既藐邈下臣追欲樂逸翰曰睮睮目媚皃諤諤中正皃黃髮老人也言王不察諂媚之夫中正之老也藐遠也君之大夫曰下臣也謂號遠君之大夫追情欲縱逸樂也嫚慢彼顯祖輕此削黜向曰謂嫚先王之業無德而被削黜也嗟嗟我王漢之睦親曾不夙夜以休令聞銑曰睦亦親也令善也言王不能早起夜卧以美善聞也穆穆天子臨照下土濟曰穆穆明王也下土猶天下之土明明羣司執憲靡顧正遐由近殆

其怙戶茲良曰言王不顧羣司之法正遠之道必由於近也怙親也言危殆親近於此也嗟嗟我王曷不斯思匪思匪監嗣其罔則彌彌其逸岌岌其國翰曰曷何也彌彌稍益也岌岌危也言我王何不思此危殆不自視己之事而嗣位無法則稍益其放逸國將危亡也致冰匪霜致隆匪慢瞻惟我王時靡不練向曰謂積霜成冰積慢成敗言我王亦不受教練前事興國救顛孰違悔過追思黃髮秦穆以霸銑曰能興國救顛危者誰肯違遠悔過之事追思老人之言秦穆公所以成霸業也歲月其徂年其逮耇耇於烏赫君子庶顯于後翰曰逮及也耇老也於赫美也言歲月將邁以及於老何不美君子之道庶先明於後代我王如何曾不斯覽黃髮

不近。胡不時鑒。向曰：我王不覽此美，不近君人，何不以此時爲鑑戒。

勵志詩一首　四言　張茂先

銑曰：勵，勉也。謂勉志以修德業。

大儀斡烏括運，天迴地游。濟曰：大儀，大道也。言大道迴運，使天左旋，地右旋。旋，猶轉也。四氣鱗次，寒暑環周。良曰：四時寒暑如魚鱗之相次，循環而無極。星火既夕，忽焉素秋。翰曰：星火，流火也。西方色白，故曰素秋。涼風振落，熠以入燿羊照宵流。其一。向曰：振落也，謂振其落葉。熠燿，螢也。宵流，謂夜飛。吉士思秋，寔感物化。銑曰：吉士至秋而哀思，是感物遷化也。日歟月歟，荏苒代謝。濟曰：夏盡秋來，故曰代；秋來夏退，故曰謝。荏苒，猶漸進也。言日月相推漸進，至此代謝也。逝者如斯，曾無日夜。向曰：逝，往也。言性命之往，日夜不息。嗟爾庶士，胡寧自舍。其二。翰曰：何寧自舍，止不修德業。仁道不遐，德輶由如羽。求焉斯至，衆鮮克舉。向曰：輶，輕。鮮，少。克，能也。言仁德之道，其求不遠，其輕如羽，求之則至，然衆人少能舉之。大猷玄漠，將抽厥緒。銑曰：猷，道也。言大道玄漠，猶將抽其端緒。先人有作，貽我高矩。其三。濟曰：言先聖作法度，遺我爲高大之規矩。雖有淑姿，放心縱逸。出般于游，居多暇日。良曰：言有淑美之姿，放心盤遊，居有閑暇，不修道業。如彼梓材，弗勤丹漆。雖勞朴斲卓，終負素質。其四。翰曰：梓匠理材，不勤以丹漆飾之，雖勞於理削，終不成器也。丹漆，喻人學也。

養由矯矢，獸號乎刀于林。蒲盧縈繳，神感飛禽。向曰：王游於林中，猨緣木，射之不中，命養由射之。矯矢，猨抱木而號也。蒲盧，即蒲且也。繳，矯射也。蒲且射雙鳬，中一而一不中者亦隨之下。言皆至妙之感。末伎之妙，動物應心。研精耽道，安有幽深。其五。銑曰：末伎，謂繳射也。言末伎用心，尚感如此，況窮精樂道，豈有幽深而不通焉。安心恬蕩，棲志浮雲。濟曰：言清其思慮，棲志於浮雲之上。體之以質，彪之以文。體其質素，以文德飾其身也。彪，文也。如彼南畝，力耒既勤。藨彼苗蓘古本，致功必有豐殷。其六。良曰：藨，耘草；蓘，壅苗也。言農夫勤耘草壅苗，則穀豐。喻學者勤於道德，亦致光大。水積成川，載瀾載清。土積成山，歊許喬蒸鬱冥。翰曰：川山皆水土所成，及其大也，則生波濤，起雲霧。人能積德業至於廣大，亦賢聲發焉。歊蒸，雲霧氣皃。山不讓塵，川不辭盈。勉志含弘，以隆德聲。其七。向曰：言山川不辭讓其塵盈，故能高深。言人亦當含弘光大，以崇德聲。高以下基，洪由纖起。銑曰：言從小至大。川廣其源，成人在始。濟曰：川之廣大，在於泉源；人之成德，在於初始。累微以著，乃物之理。良曰：積微以至於著，是物之通理也。纆墨牽之長，實累去千里。其八。翰曰：纆，索也，以御馬也。王良御子駕千里馬，驚，父曰：纆牽長，爲馬之累，不可及千里也。言人禮皃雖美，無才學，亦纆牽之累。復禮終朝，天下歸仁。向曰：言能一復於禮教以終一日，則天下之人皆歸於己。若金受礪，若泥在鈞。銑曰：金受磨礪以利，泥從鈞以成器，人亦因學以就其德。鈞，作瓦輪者。進德脩業，暉光日新。濟曰：進德脩業，則日新之道。隰習朋仰慕，予亦何人。其九。

魏志列傳十九植黄初二年監國謁者灌均希指奏植醉酒悖慢劫脅使者有司請治罪帝以太后故貶爵安鄉侯其年改封鄄城侯四年徙封雍丘

坊本傳作洿

良曰、隰朋齊大夫、猶慕管仲之德、言我何人而不慕賢者乎

上責躬應詔詩表　曹子建

翰曰、植嘗與楊脩應瑒等飲酒醉走馬於司馬門、文帝即位、念其舊事、從封鄄城侯、後求見帝、帝責之、置西館、未許朝、故子建獻此詩也

臣植言、臣自抱釁歸藩、刻肌刻骨、向曰、釁罪也、藩鄄城也、刻肌刻骨、深自誡也追思罪戾、晝分扶問而食、夜分而寢、銑曰、戾惡也、晝分日中時也、夜分夜半時也、寢臥也誠以天網不可重罹、離聖恩難可再恃、竊感相鼠之篇、無禮遄死之義、濟曰、罹羅、羅相視、遄速也、視鼠之有身體、人甚憎之、人之無禮、亦如鼠矣、故不如速死、篇詩篇也、言植感此篇之義形影相弔、五情愧赧、女簡反、良曰、弔問、赧愧也、五情喜怒哀樂怨也、言形影相問於五情、更相愧赧以罪弃生、則違古賢夕改之勸、翰曰、古君子朝有過而夕改、今欲以罪弃生、則違此義忍垢苟全、則犯詩人胡顏之譏、向曰、胡何也、言何顏居代也、若忍譏且全其生、則犯當時之譏也、詩無此句、今言詩者誤也伏惟陛下德象天地、恩隆父母、銑曰、德象天地、言廣恩隆父母、言深施暢春風、澤如時雨、濟曰、春風養物也、時雨潤物也、言天子施惠潤澤通深如此是以不別荊棘者、慶雲之惠也、良曰、慶雲瑞雲也、言慶雲蔭物不分別荊棘蘭桂而覆之七子均養者、鳲鳩之仁也、翰曰、鳲鳩之鳥、育七子、朝從上向下、暮從下向上、言均平之道者同於仁有舍罪責功者、明君之舉也、矜愚愛

能者、慈父之恩也、是以愚臣徘徊於恩澤而不敢自弃者也、前奉詔書、臣等絕朝、心離志絕、自分黃耈、苟永無執珪之望、向曰、先有詔不許蕃王朝、故云絕朝、耈老也、先至者無執珪朝會之望不圖聖詔猥垂齒名、至止之日、馳心輦轂、銑曰、不圖不意也、猥曲也、言不意聖詔曲垂齒召至止住之日、馳心於輦轂之下不敢指斥、故託輦轂以言之僻處西館、未奉闕庭、踊躍之懷、瞻望反側、不勝犬馬戀主之情、謹拜表并獻詩二首、詞旨淺末、不足採覽、貴露下情、冒顏以聞、濟曰、貴呈露其情臣植誠惶誠恐、頓首頓首、死罪死罪

責躬詩一首　四言

於穆顯考、時惟武皇、良曰、於穆美也、明考即武皇也、植是子、故云明考受命于天、寧濟四方、翰曰、受命謂受天子之命、寧安也朱旗所拂、九土披攘、如羊反、向曰、朱旗漢旗、漢火德故建之、九土九州之土也、披攘猶披靡也玄化滂流、荒服來王、銑曰、言玄遠之化滂沱而流、荒遠之服、皆來歸化超商越周、與唐比蹤、篤生我皇、奕世載聰、濟曰、超越殷周、與唐堯比蹤也、篤生謂稟淳厚之德而生、言武皇既聰、而文帝又聰、故云載聰武則肅烈、文則時雍、受禪于漢、君臨萬邦、良曰、武定禍亂、文經天地、肅烈威猛也、時雍時和也、謂受漢禪位為人君以臨萬國萬邦既化、率由舊則、廣命懿親、以

或作朱紱光大使

藩王國。翰曰言脩藩法命覩以爲王國藩屏懿帝曰爾侯君茲
青土奄有海濱方周于魯。向曰植初封臨菑侯舊齊州之境奄同也謂同有海濱之地亦猶周公封伯禽於魯也車服有輝旗章有
敘。翰曰言車服旗章各有秩敘濟濟俊乂我弼我輔伊爾
小子恃寵驕盈舉挂時網動亂國經作藩作
屏上先軌是墮許規傲我皇使犯我朝儀。濟曰墮廢也謂廢先帝之軌則也皇使謂監國使灌鈞也奏植醉酒劫脅使者謂欺使犯朝儀也
國有典刑我削我黜將寘于理元凶是率。良曰削黜謂黜其爵土將寘于理殺我於大理推罪爲元凶之率明明天子時
惟篤類。翰曰惟思篤厚也類謂兄弟也言我順天子思厚兄弟不忍我

爾作予

選十　三十一

刑暴之朝肆違彼執憲哀予小子。向曰言天子不忍刑我暴尸於朝市故違執法者哀矜我也改封兗邑于河之濱。銑曰植改封鄄城侯鄄城舊兗州之壤近濟河故云于河之濱股肱弗置有君
無臣荒淫之闕誰弼余身煢煢僕夫于彼冀
方。濟曰煢煢獨也僕夫御者于往也冀方冀州也時鄄城屬冀州境也嗟予小
子乃罹斯殃赫赫天子恩不遺物冠我玄
冕要平我朱紱。良曰恩不遺物謂蒙恩得還玄冕朱紱諸侯之儀服光
光大使我榮我華剖符授玉王爵是加。翰曰謂壽有使封鄄城王也故云剖符授玉仰齒金璽徙俯執聖策皇
恩過隆祗承怵惕咨我小子頑凶是嬰逝慙

陵墓存愧闕庭匪敢傲德寔恩是恃威靈改
加足以沒齒。向曰怵惕戒懼也逝死也慙先帝陵墓存愧闕庭傲德言不敢愧也沒盡萬年也昊天罔極生命不圖常懼顛沛貝
抱罪黃壚。音盧銑曰昊大罔無極盡也言報德之心如天之大亦無盡況生命何足圖也顛沛猶死也常恐不能酬德抱罪於墳墓中黃壚墳墓也願蒙矢石
建旗東嶽庶立毫氂微功自贖。濟曰願蒙使當矢石建旗東嶽以鎮吳立微功自贖往罪危軀授命知足免戾歷結反良曰言危軀授命知足立功以免罪也甘赴江湘奮戈吳越天啓其
衷得會京畿。翰曰天子開中心眷我故得會於京畿遲去奉聖
顏如渴如飢。向曰遲待也言待奉聖顏如飢渴也心之云慕愴

選十　二十二

矣其悲天高聽卑皇肯照微。銑曰言心遲慕於君也天之高所聽者卑何暇明我微誠也皇暇照明也

應詔詩一首四言○翰曰言應詔命而來於道路所見對詔而作

也

肅承明詔應會皇都星陳夙駕秣馬脂車。銑曰肅敬應命也詩曰星言夙駕秣飼也脂車脂轄也命彼掌徒肅我征
旅朝發鸞臺夕宿蘭渚。向曰掌徒掌徒御也鸞臺蘭渚並路邊地名美言之也芒芒原隰祁祁士女經彼公田樂我
稷黍。良曰芒芒廣也祁祁衆也公田天子之田也樂謂樂其繁盛爰有樛
居幽木重陰匪息雖有糇糧飢不遑食。濟曰雖有高林

木重陰不暇息也雖有楙塗亂不暇食謂趣君命望城不過面邑不
遊僕夫警策平路是由玄駟鶬鶬揚鑣漂
沫昧叶韻銑曰由從也鶬鶬壯盛皃鑣馬銜也漂沫謂行急馬口中沫出也流風
翼衡輕雲承蓋渉澗之濱緣山之隈遵彼河
滸虎黃坂是階西濟關谷或降或升騑霏驂
倦路載寢載興向曰翼衡衡也車軛也滸水涯也黃坂坂名載寢載興言
也將朝聖皇匪敢晏寧弭節長騖務指日遄
征前驅舉燧後乘抗旌輪不輟運鸞無廢聲
爰暨帝室稅此西墉濟曰騖走遄速也舉燧謂龍火夜行也暨至稅
舍也西墉西館也嘉詔未賜朝覲莫從仰瞻城闕俯

選十　三十三

惟闕庭長懷永慕憂心如酲呈良曰嘉詔未賜謂未召時也
不得預朝禮也酲酒病也言懷慕君王憂心如病酒也

關中詩一首 四言

潘安仁

翰曰晉惠帝元康六年氐賊齊萬年興揚氐於關中反亂人多被殺既定
帝命諸臣作關中詩

於烏皇乃晉受命既固銑曰言受天命已堅固也三祖在
天聖皇紹祚向曰三祖宣帝號高祖文帝號太祖武帝號世祖在天謂列宗
廟也聖皇惠帝也紹繼祚福也言繼其國福德博化光刑簡枉錯
七故反濟曰錯投也言德化光大刑法簡要枉曲者必投棄之微火不戒延
我寶庫其一良曰寶庫武庫也惠帝延康五年武庫火戒慎也蠢爾戎

狄狡古卯焉思肆翰曰蠢動也戎狄謂北地胡馬蘭羌推氐賊齊萬年爲盟
主而作亂也役亂肆縱也虔我國眚所幸窺我利器銑曰虔度也言
氐賊度我武庫之災窺我機變也嶽牧慮殊威懷理二向曰嶽牧
謂梁王解系也慮殊謂梁王欲戰以威服解系欲守以懷撫故云理二將無專
策兵不素肄音異其二濟曰將無事策戰守不定肄習也言兵素不練習
翹翹趙王請徒三萬朝議惟疑未逞斯願良曰
翹翹出羣皃趙王名倫請兵三萬往平氐羌朝議疑不遣故此願不逞桓桓梁
征高牙乃建翰曰桓桓武皃梁王彤爲征西將軍以討氐賊牙大旗也建立
也旗蓋相望偏師作援音院其三銑曰以偏師爲梁王援者旗蓋
相望於路虎視眈眈都南威彼好畤音止濟曰眈眈田深視皃好畤地

選十　三十四

名梁王出兵屯於此地素甲日耀玄幕雲起良曰素甲明光甲也
玄幕軍幕也誰其繼之夏侯卿士良曰夏侯駿從梁王後領兵西
討羌氐惟系兮惟處別營棊其跱音雉其四向曰系雍州刺
史亦爲偏師處周處爲楚建威將軍皆充偏將以討氐羌跱立也言營壘如棊之跱立
夫豈無謀戎士承平銑曰言豈無謀策但以士卒承平不經練習故
敗也守有完郛孚戰無全兵翰曰完全郛城也守者且全其城戰
兵盡爲賊敗無全也鋒交卒子忽奔孰免孟明向曰言鋒刃始交士
卒奔北軍將誰免孟明之敗者孟明氏秦將嘗爲晉所敗以爲喻也飛檄刑狄秦
郊告敗上京其五濟曰檄軍書插羽於上以徵兵取其象鳥飛之疾也告敗
上京請兵救也周徇師令身膏氐低斧良曰垂身從物曰徇師令

軍令也周處與賊戰不勝乃曰將有進無退
我爲大臣以身徇國不亦可乎遂戰死是從
軍令也爲氏所殺故云
身齊氏斧也齊潤也人之云亡貞節克舉
翰曰周處身雖亡貞
固之節能揚舉於代盧播違命投畀朔土
向曰盧播倫將伐萬年詠功免爲庶
人徙北平北平在北故云朔上畀與也爲法
受惡誰謂荼苦其六銑曰言播爲矯詐之法
以受惡甘心從之不以爲苦
詩曰誰謂荼
苦其甘如薺哀此黎元無罪無辜肝腦塗地
白骨交衢濟曰哀憐此衆人無罪爲
氏賊所殺白骨交於衢路夫行妻
寡父出子抓俾我晉人化爲狄俘音孚其七
良曰俾使
也言使我晉人皆
爲戎狄所俘虜也亂離斯瘼莫日月其稔翰曰
瘼病稔熟也言亂離爲病
既久日月已經一熟矣天子是矜旰食晏

寢銑曰矜憐旰晚也天子憐
衆人遭禍故晚寢旰食主憂臣勞孰不
祗懍力錦愧無獻納尸素以甚其八向曰誰
也言天子既憂
誰不敬懼愧無謀策獻納於君但尸祿素餐
而已尸謂不言善惡如尸也素謂貧樸無理
人之
封皇赫斯怒爰整精銳濟曰謂天子發怒
整精銳之卒將討
之
也命彼上谷指日遄逝良曰孟觀封上谷郡
公時天子見諸將敗
乃拜觀爲建威將軍
令速往擊氐羌也新奉成規精威遐厲翰曰
成規謂受天子策規
也威稜遐遠厲激也首陷中亭揚聲萬計其九
兵固詭道先聲後實銑曰中亭地名孟觀首
陷氐羌於此地揚聲稱
斬獲萬計此乃兵家譎詭之道
故先爲聲援後當稱其實也聞之有司以人
萬爲一濟曰孟觀其誅萬
而有司以爲一也紂之不善我未之

必良曰人稱紂之不善者
亦大甚我未必信之虛皛胡皎湳奴感德繆
彰甲吉其十翰曰皛明也湳德甲吉氐羌
師也言孟觀虛明此二人有功也雍
門不啓陳汧牽危偪銑曰雍雍縣陳陳倉汧
汧城也危偪賊所圍也
覿遂虎奮感恩輸力濟曰觀孟觀也遂如虎
之奮擊感天子之恩輸
力而
擊之重圍克解蟹危城載邑向曰圍賊圍汧
城也孟觀擊敵
危城得載安
也邑安也豈曰無過功亦不測其十一翰
曰觀雖有
虛稱之過至解陳
汧之功亦爲不測情固萬端于何不有紛紜
齊萬亦孔之醜銑曰言人情萬端何種不有
此齊萬年之徒亦甚爲醜惡
之
行曰納其降曰梟澆其首向曰觀稱納賊之
降夏侯駿稱梟賊
首曰
辭也疇真可掩孰偽可久其十二濟曰疇誰
也革觀功真不可

掩夏侯駿功
爲亦不可久既徵爾辭既蔽爾訟音松叶韻
翰曰徵驗
蔽斷也言驗辭以
斷觀駿之爭訟也當乃明實否則證空好爵
自縻眉顯戮亦從銑曰縻繫也有功者繫以
好爵虛妄者加以明戮
不見竇林伏尸漢邦其十三濟曰漢校尉竇
林討氐羌妄賞爵祿漢
主責之遂見殺
言以此戒也周人之詩寔曰采薇微北難
玁險狁允西患昆夷良曰文王之時西有昆
夷之患北有玁狁之難
故作采薇之
詩以遣征役以古況今何足曜威徒愍斯民
我心傷悲其十四翰曰言小患不足曜我國
家威武但愍人之苦使我心傷悲
斯民如何荼毒于秦師旅既加饑饉是因銑曰
荼毒苦也言秦人因
師旅之苦而加饑饉疫癘淫行荊棘成榛仕巾

反。向曰：癘，病；瘠，瘦也。言變病瘦人，然喪亡荊棘荒穢而成蓁也。行絳陽之粟，浮于渭濱。其十五。濟曰：絳陽，絳縣也。秦人饑，運絳縣之粟於渭水以濟秦人。明明天子視，人如傷。良曰：言天子視人如傷於己。申命羣司，保爾封疆。翰曰：申命有司，命保守封疆，無以衆而行暴，無以彊而凌人。靡暴于衆，無凌于彊。惴惴之寡弱，如熙春陽。其十六。銑曰：惴惴，懼也。熙猶煦也。言危懼寡弱之人，被天子之惠，如草木之煦於春陽。

公讌詩一首　五言　曹子建

濟曰：公讌詩者，臣下在公家侍讌也。此讌在鄴宮，與兄丕讌飲。

公子敬愛客，終宴不知疲。良曰：時武帝在，故稱丕爲公子。清夜游西園，飛蓋相追隨。明月澄清景，列宿正參差。秋蘭被長坂，朱華冒綠池。潛魚躍清波，好鳥鳴高枝。神飇必遙接丹轂，輕輦隨風移。翰曰：冒，覆也。魚鳥自喻也。清波、高枝，喻公子也。謂得躍於公子側也。飇，疾風也。言其疾如神以接。丹轂，謂朱飾也。飄颻放志意，千秋長若斯。

公讌詩一首　五言　王仲宣

銑曰：此侍曹操讌時，操未爲天子，故云公讌。

昊天降豐澤，百卉挺葳蕤。向曰：夏曰昊天。豐澤，時雨也。卉，草木總名。葳蕤，初生之皃。涼風徹蒸暑，清雲却炎暉。高會君子堂，並坐蔭華榱。良曰：徹，去也。蒸，熱氣也。君子，曹操也。華榱，屋也。嘉肴充圓方，旨酒盈金罍。濟曰：嘉，美也。肉曰肴。充，滿也。圓豆也。方，俎也。旨，美也。罍，罇屬。管絃發徽音，曲度清且悲。合坐同所樂，但愬素杯行遲。常聞詩人語，不醉且無歸。翰曰：徽，美；愬，告也。詩人謂厭厭夜飲，不醉無歸。今日不極歡，含情欲待誰。見眷良不翅，守分豈能違。銑曰：不翅，猶過多也。言見眷過多，守分不敢違迕。古人有遺言，君子福所綏。向曰：古人言，謂詩云樂只君子，福履綏之。言君子履福以安人。願我賢主人，與天享巍巍。克符周公業，奕世不可追。濟曰：主人謂曹公也。言與天同享其高。克，能也。言能符周公輔佐之業，奕遠也。言遠代不可追及。

公讌詩一首　五言　劉公幹

良曰：魏志云，劉楨字公幹，東平人也，魏太子文學，著詩賦數十篇。此宴與王粲同於鄴宮作也。

永日行游戲，歡樂猶未央。遺思在玄夜，相與復翺翔。翰曰：言盡日歡樂未央，餘思在夜，復與夜游戲也。輦居飛素蓋，從者盈路傍。月出照園中，珍木鬱蒼蒼。清川過石渠，流波爲魚防。銑曰：珍木，謂珍異之木。石渠，觀名，講論之處，流水環之。防，猶堰也。言爲堰以防魚逸。芙蓉散其華，菡胡感萏徒感溢金塘。濟曰：芙蓉，蓮也。菡萏，花也。溢，滿也。金塘，金堤也。靈鳥宿水裔，仁獸游飛梁。華館寄流波，豁達來風涼。生平未始聞，歌之安能詳。投翰長歎息，綺麗不可

忘良曰靈鳥鳳也水裔水畔也仁獸麟也飛梁橋也華館寄流波謂在水中豁然猶通達而凉風凉也

侍五官中郎將建章臺集一首 四言

應德璉

翰曰魏志云應瑒字德璉汝南人也太祖辟為丞相掾屬後文帝為五官中郎將瑒為文學

朝鴈鳴雲中音響一何哀問子游何鄉戢迴立翼正徘徊言我塞門來將就衡陽棲銑曰戢斂也塞門北極山名衡陽衡山之南也瑒自喻卑微不蒙恩澤往春翔北土今冬客南淮遠行蒙霜雪毛羽日摧頹向曰傷命舛也常恐傷肌骨身隕沈黃泥簡珠墮沙石何能中自諧濟曰隕落也恐身落沈泥不能振羽翼也簡珠喻羣小也言不見用與羣小相隨也言如此何能中塗自與君子諧和欲因雲雨會濯翼陵高梯良遇不可值申眉路何階良曰雲雨喻五官也謂願因之以陵高梯也言若不值此會無申眉之地公子敬愛客樂飲不知疲和顏既以暢乃肯顧細微贈詩見存慰小子非所宜為且極歡情不醉其無歸翰曰細微瑒自謂也言見存慰非小子所當敢宜凡百敬爾位以副饑渴懷銑曰相戒敬職位以副主人渴賢之懷

皇太子宴玄圃宣猷堂有令賦詩一首

四言

陸士衡

濟曰皇太子晉惠帝愍懷太子也玄圃園名宣猷堂名在園中衡時為太子洗馬應令作此詩

三正迭紹洪聖啓運良曰三正夏殷周也正朔不同故云迭紹洪大運錄也謂大聖受天錄大聖天也自昔哲王先天而順翰曰自昔哲王謂堯舜禹湯稱代言皆先天而行事天不違而順從羣辟崇替降及近古銑曰崇終替變也言前代衆君有終替變下及近古亦如之黃暉既渝素靈承祜向曰魏土德故云黃暉晉金德故云素靈渝變也謂魏變而晉承祜乃眷斯顧祚之宅土濟曰天顧我晉降之以福所使居此土也三后始基世武丕承良曰三后宣景文也言始崇根趾武帝大承其業協風傍駭天晷仰澄翰曰協和駭散也言和風傍散晷日也仰澄謂無薄蝕也淳曜六合皇慶攸興銑曰晉之先有黎者為高辛氏火官有淳美光耀之德於六合故得皇慶所興自彼河汾奄齊七政向曰河汾水名晉所封境也言從彼河汾奄有天下以齊七政也七政謂日月五星之政也爲時文惟晉世篤其聖欽翼昊天對揚成命濟曰言晉盛文化代厚其聖能敬輔上天對明以成休命也翼輔揚明也九區克咸謳歌以詠良曰咸和也言九州能和謳歌以詠我王之德皇上纂隆經教弘道翰曰皇上惠帝也繼武皇盛德以經教天之大道也纂繼弘大也于化既豐在工載考銑曰工官載則考成也言化豐而官成俯釐庶績仰荒大造向曰釐理績功造成也荒猶法也言俯理

衆功仰法天之大成儀刑祖宗妥綏天保濟曰儀則刑法綏安保位
也言法祖宗於是以安天位篤生我后克明克秀良曰我后謂太
子也能有明秀之德機爲親臣體輝重光承規景數翰曰言體光之
德承明聖之嗣故曰重光景大也數歷數也謂承規法於天歷數茂德淵沖
天姿玉裕銑曰沖深裕容也言茂盛之德如淵之深天然之姿如王之美蕞
在外爾小臣邈彼荒遐濟曰蕞小也小臣機自謂也邈彼荒遐言從吳
來也弛厥負擔振纓承華良曰弛廢也承華太子門也言
廢負擔之役振纓綏於太子門也匪願伊始惟命之嘉翰曰言今
日榮寵乗初始所敢願匪君命之善得至於此

大將軍宴會被命作詩一首四言

陸士龍

銑曰王隱晉書曰陸雲字士龍少與兄機齊名爲吳王郎中令出宰浚儀
甚有惠政後與機同被誅也大將軍謂成都王穎也
皇皇帝祜誕隆駿命向曰皇皇美也祜福也誕大隆大也美帝之福
能大盛天命也四祖正家天祿安定濟曰四祖宣景文武帝也言四
祖能正其家天之福祿長安定也叡哲惟晉世有明聖良曰叡哲
智也言晉代代有聖主如彼日月萬景攸正其一翰曰聖德如日
月之明則萬景之表正巍巍明聖道隆自天銑曰言明聖之道德
天然也則明分爽觀象洞玄凌風協極絕輝照
淵向曰則法爽明也象玄象也洞通也言法天之明以分之觀象之玄以通之風散上

升合於宸極光曜絕遠下照深淵肅雍往播福祿來臻其二濟曰
言和睦之道往布於人故天地福祿來至在晉姦臣稱亂紫微良曰
姦謂趙王倫也紫微帝居也神風潛駭有赫茲威翰曰神風神兵
也謂齊冏河間王顒舉兵十萬四面攻倫迎惠帝反正故言有赫此威靈旗樹
旆如電斯揮銑曰言旗旆如電之揮霍也致天之届于河
之沂向曰届極也致天子之極于河之沂沂岸也有命再集皇輿
凱歸其三濟曰言天子之命載集於惠帝凱歸凱樂而歸洛陽頹綱既振
品物咸秩神道見素遺華反質良曰振整也言頹落綱紀
既整品物皆有次序遺其浮華體神道爲質素辰晷重光協風應律
翰曰辰晷喻天子也重猶載也協和也天子之道載光和風應於律呂函夏無

塵海外有謐音蜜其四銑曰函夏華夏也謐靜也言内清外靜芒芒
忙宇宙天地交泰王在華堂式宴嘉會向曰王謂
成都王也言上下通泰王於華堂用崇宴禮以會賓客玄暉峻朗翠雲
崇靄於蓋冕弁振纓藻服垂帶其五濟曰玄天暉日峻高朗明
也冕纓藻服皆卿大夫法服祁祁臣僚有來雍雍良曰祁祁衆皃
僚官也雍雍和悅皃言衆官有來者皆和悅也薄言載考承顏下風
翰曰薄言雲謙也載則考成也謂薄德爲言則成此詩承王之顏色於下風也俯覲
嘉客仰瞻玉容銑曰嘉客賓客也玉容謂容如玉也俯仰隨尊卑之理
施己唯約于禮斯豐天錫難老如岳之崇其六
向曰約薄豐厚也言我施用甚薄遇禮且厚是天賜我難老之惠如山岳之崇高

論語堯曰咨爾舜天之厤數在爾躬

晉武帝華林集詩一首 四言 應吉甫

濟曰文章志云應禎字吉甫少以才聞能談論晉武爲撫軍將軍以禎爲參軍晉室踐祚遷太子中庶子華林園名當晉武帝與羣臣射於此園賦詩觀志

悠悠太上，人之厥初。良曰悠悠遠也太上太古也言太上生人之始

皇極肇建，彝倫攸敷。翰曰皇大極中彝常倫理也言大中之道始立常理從是所布也

五德更運，膺籙受符。濟曰五德謂金木水火土也更遞也言五德之君遞相膺運以受符籙

陶唐既謝，天歷在虞。其一濟曰言堯去位歷數歸舜也謝去也

於是上帝，乃顧惟眷。光我先祚，應期納禪。去聲良曰言上天眷我晉德故應期運而納於魏禪

位以龍飛，文以虎變。翰曰龍飛喻天子起升位也言天子既即位文章蔚然如虎之變也

玄澤滂流，仁風潛扇。銑曰玄天也言天澤滂沛而流仁惠之風潛動也扇動也

區內宅心，方隅回面。其二向曰區宇之內方隅之外皆宅心歸化回面向風也方隅夷狄之國也

天垂其象，地耀其文。鳳鳴朝陽，龍翔景雲。濟曰天象日月星也地文嶽瀆也山東曰朝陽梧桐生焉景雲瑞雲也言日月嶽瀆含垂光潤也龍鳳皆美瑞也或翔於雲或鳴於梧

嘉禾重穎，蓂莢載芬。良曰穎禾穗也蓂莢瑞草也載則芬盛也

率土咸序，人胥悅欣。其三翰曰咸皆胥相也

恢恢苦回皇度，穆穆聖容。言思其順，貌思其恭。在視斯明，在聽斯聰。銑曰恢恢大也穆穆美也言天子大量度美容貌而有恭順聰明之德

登庸以德，明試以功。其四向曰庸用也言以德登用爲天子明試謂先帝明試其功

其恭惟何，昧旦丕顯。無理不經，無義不踐。行捨其華，言去其辯。游心至虛，同規易簡。濟曰丕大也言我君恭勤夙夜未明而思政理之事而行之至虛太素也謂游情太素之道同法於易簡也

六府孔修，九有斯靖。其五良曰孔甚也六府水火土木金穀也九有九州也

澤靡不被，化罔不加。聲教南暨，西漸尖流沙。翰曰暨至漸入也言惠化聲教無所不至無不入也流沙遠國名

幽人肄異險，遠國忘遐。銑曰肄習遐遠也言幽隱者習險而來遠國皆忘其路遠而至

越裳重譯，充我皇家。其六向曰越裳國名重譯謂傳揚其言宣之於天下充滿也言貢聘滿我國家也

峩峩列辟，赫赫虎臣。濟曰列辟諸侯也虎臣言猛也峩峩赫赫衆盛皃

內和五品，外威四賓。良曰五品是五等諸侯四賓謂四夷之賓諸侯在內故云和夷狄外國故云威

循時貢職，入覲天人。翰曰循因覲見也言各因朝見之時脩職貢於天子

備言錫命，羽蓋朱輪。其七翰曰諸侯來朝天子皆周備輿言而賜其命羽蓋朱輪諸侯之車飾

貽宴好會，不常厥數。神心所授，不言而喻。向曰貽遺喻曉也言天子遺其宴會諸不常其數但聖心所與者不言而自曉

於時肆射，弓矢斯御。銑曰肆放也御猶陳也

發彼五的，有酒斯飫。其八良曰五的射的也飫飽宴也

文武之道，厥猷未墜。翰曰言文武之道未墜落於地

在昔先王，躬御茲器。示武懼荒，過亦為

善曰蕭子顯齊書曰宋武帝為宋公在彭城九日出項羽戲馬臺至今相承以為舊準沈約宋書曰孔靖字季恭宋臺初建以為尚書令讓不受辭事東歸高祖餞之戲馬臺百僚咸賦詩以述其美

矣（音試）凡厥羣后無懈于位（銑曰茲器射禮也荒廢也言其先王崇射以示武崇禮以懼廢過耽之者亦失矣戒懼羣后無為此懈怠於位）

九日從宋公戲馬臺送孔令一首（五言）

謝宣遠

（向曰宋書七志云謝瞻字宣遠陳郡人也幼能為文章豫章太守劉裕為宋公時九月九日出游項羽戲馬臺送尚書令孔靖辭位歸鄉宋公與百寮賦詩以述志美焉）

風至授寒服霜降休百工（濟曰季秋九月涼風至始授衣也霜降膠漆堅不可為器故美百工之功）繁林收揚綵密苑解華叢巢幕無留鷰遵渚有歸鴻（良曰吳季札謂孫文子曰君之在晉猶鷰之巢於軍幕也詩云鴻飛遵渚遵依也）輕霞冠秋日迅商薄清穹（翰曰霞在日上故日冠也商風疾而高故云薄清穹穹天也）聖心眷嘉節揚鑾戾行宮（銑曰嘉節謂九月九日戾至也行宮謂馬臺）四筵霑芳醴中堂起絲桐（向曰四筵四坐也絲桐琴也）扶光迫西汜（似）歡餘宴有窮（濟曰扶光日也迫薄也西汜日入處也言日沒歡宴將極）逝矣將歸客養素克有終（良曰逝往也歸客孔令也言能養淳素以終事）臨流怨莫從歡心歎飛蓬（翰曰宣遠自言臨流相送然不得與之相從迴我歡樂之心歎君與飛蓬同飄轉也）

樂遊應詔詩一首（五言）

范蔚宗

（銑曰沈約宋書云范曄字蔚宗順陽人也少好學為高祖相國掾稍遷太子詹事坐謀反誅樂游苑名應宋文帝詔）

崇盛歸朝闕虛寂在川岑山陽協孔性黃屋非堯心（向曰崇盛謂崇業之人朝闕朝庭也虛寂謂空靜之士川岑山澤也山梁雌雉飲啄自得是合孔丘之性黃屋天子車也堯為天下但憂萬人而心不在黃屋）軒駕時來肅文囿降照臨（濟曰軒駕言時游此以就清肅之人文囿謂文學之士照明也言下明德而臨之也）流雲起行蓋晨風引鑾音原薄信平蔚臺澗備曾深（良曰草木叢生曰薄蔚繁茂也備盡曾高也言臺澗盡高深也）蘭池清夏氣脩帳含秋陰遵渚攀蒙密隨山上嶇（區）嶔（欽）（翰曰遵依也嶇嶔不平皃）睇目有極覽游情無近尋閒道雖已積年力互頹侵（銑曰積久也言目覽既極游情自遠聞道謂聞人之道已久而年力老弱不能行之）探己謝丹雘（烏郭）感事懷長林（向曰丹雘喻榮祿也言謝己年已老慙榮祿之節感此事思歸於長林）

九日從宋公戲馬臺集送孔令一首（五言）

謝靈運

季秋邊朔苦旅鴈違霜雪淒淒陽卉腓（肥）皎寒潭絜（濟曰腓病也風霜慘悽草木色皆病此言以喻已老愚也）良辰感聖心雲旗興暮節（良曰良辰謂九月九日感聖心謂感天子之心也雲旗畫雲飾旗也興起也）鳴葭戾朱宮蘭巵（之）獻時哲（翰曰葭笛也天子行鳴笛引路也戾至也朱宮謂戲馬臺有宮觀也蘭巵酒盃也時哲謂

曹植應詔詩日指日　道遊

孔令也餞宴光有孚和樂信所歆銑曰光明孚信也言餞宴之理明朝廷有信也和樂之義信有所終缺終也在宥天下理吹萬羣方悅向曰在察宥寬也言察寬則天下之理也吹萬謂天氣養萬物雖形氣不同各得其性而悅也歸客遂海隅脫冠謝朝列弭棹薄枉渚指景待樂闋音缺濟曰歸客孔令也海隅謂會稽山陰也脫冠謝中書令也薄止枉曲也言指日影以待有司奏徹膳之樂終也闋終也河流有急瀾浮驂無緩轍豈伊川途念宿心愧將別良曰伊惟也言我豈獨惟此別路之念而已言宿心之事自此將隔彼美丘園道嗜焉傷薄劣翰曰美孔令往丘園之道數傷已之薄劣不如也

應詔讌曲水作一首四言　顔延年

選十　四十七

銑曰曲水謂引水行酒盃

道隱未形治彰既亂向曰形見也言大道隱而未見謂宋公未爲天子時也彰明謂延晉之亂以明宋之理帝迹懸衡皇流共貫濟曰帝五帝皇三皇言可與齊衡共貫惟王創物永錫洪筭良曰王大帝也創物謂創造萬物也洪大也言天賜大筭使長久也仁固開周義高登漢其一翰曰言仁義之道高尚於周漢也祚融世哲業光列聖銑曰祚福也言福德豐盛代生哲智德業光於往列之聖也太上正位天臨海鏡向曰太上謂文帝也言臨人如天鏡之照海也制以化裁樹之形性濟曰言法制以風化裁形性以寬和樹也惠浸萌生信及翔泳其二良曰萌生謂萬物也言恩惠浸養萬物蓄信及魚鳥也翔泳謂魚鳥

蘇君雅詩章句曰送行飲酒曰餞

也崇虛非徵積實莫尚豈伊人和寔靈所貺翰曰豈惟人和而已實上天神靈所賜其福也貺賜也日完其朔月不掩望向曰完全也日蝕在朔月蝕在望言今日月朔望皆全也航琛越水輦賮慈亂踰嶂其三濟曰航舟也輦車也言諸方貢獻琛賮或浮水或踰山而來至矣帝儷麗明儀辰作貳良曰帝體謂太子也言帝之體亂也儷耦也儀四也耦君之明匹辰極以爲副貳也君彼東朝金昭玉粹音邃翰曰東朝太子朝也言太子德如金玉之明美也昭明粹美也德有潤身禮不愆器銑曰言富德業以潤其身制度文章不愆失禮樂之器柔中淵映芳猷蘭祕其四向曰柔和也言中心和明如淵之映也其道如蘭之芳香而積於身祕積也昔在文昭今惟武穆濟曰言以高祖比文王文帝比武王韶穆謂繼次也

選十　四十八

於烏赫王宰方旦居叔良曰於赫美也王宰謂宋彭城王義也言方之周公居伯叔之次也有睟邃叡鋭蕃爰履奠牧翰曰睟溫潤也言有溫明德優於蕃服以定牧守寧極和鈞屏必領京維服其五銑曰寧安極理也和鈞謂斤兩斛斗也謂安理其斤兩斛斗爲京室之蕃屏維持五服之諸侯也朏匪魄雙交月氣參七男變向曰朏魄日月也雙交謂日月交會也二十四氣與日月相參而變也開榮灑澤舒虹爍電濟曰開榮開發萬物之榮灑其渥澤也爍光也言德惣萬化之美如虹電奇光化際無間皇情爰眷良曰際至也言風化之設入於無間也皇情謂天子之情也爰眷謂眷下人也伊思鎬皓飲每惟洛宴其六翰曰詩云在鎬飲酒故云惟思鎬飲也周公卜洛邑引流以泛酒故

云每惟洛宴惟亦思也郊餞有疆君舉有禮銑曰郊餞謂祭祖也有疆謂作壇以祭也君之舉措必依於禮幕帷蘭甸畫流高陛向曰蘭甸謂野田有蘭者蓋以其香俯德馨也言張帷幕於蘭甸畫地通水於高陛之側也陛階也分庭薦樂析波浮醴濟曰分庭謂東西廂俱作樂也析波謂分水以流杯也醴酒也豫同夏喭事兼出濟子禮其七良曰夏喭云吾王不游吾何以休出濟詩曰出宿于濟言歡豫之事兼同於古仰閣豐施降惟微物三妨儲隸五塵朝黻音弗翰曰閣視也言我仰視天子豐厚之施下思於已誠爲微物三妨儲隸謂三任東宮官五塵朝黻謂五任朝官也妨妨賢人之路塵汙也途泰命屯恩充報屈有悔可悛七全滯瑕難拂其八銑曰悛改也謂王道泰而已命屯也王恩充滿而已報猶屈也有過悔之事可自改猶滯之瑕難可除拂

皇太子釋奠會作一首　四言　顔延年

向曰宋文帝太子親釋奠於國學

國尚師位家崇儒門濟曰師位謂太子少師位也儒門謂專門教授也稟道毓育德講藝立言良曰稟受道藝以養德立言也毓養也浚明爽曙達義兹昏濟曰浚大爽差也言大明自暗而生且不差其曙達義從昏情而發明亦猶是焉永瞻先覺顧惟後昆其一銑曰永長也言長瞻先覺之人義有舛者顧思後昆以正之也昆猶生也大人長物繼天接聖向曰大人謂太子也長物謂長育萬物也繼天接天子之聖緒也時屯必亨運蒙則正濟曰言遭時屯蒙必能正也亨通也

偃閉武術闡揚文令良曰術道也言偃武道開舉文學之政令庶士傾風萬流仰鏡其二翰曰言衆士萬人皆傾慕其風仰之以爲鑑鏡虞庠飾館睿圖炳音丙睟音邃銑曰虞氏養國老於上庠今飾館以象之睿聖也聖圖畫孔子圖象於其中炳然溫潤睟溫潤見深仁憬九永集抱智麕俱隕至向曰憬遠也麕羣也言懷仁鞱者之士皆自遠而羣至踵門陳書躡屩脚獻器濟曰踵至屩屨也言至王門陳政理之書躡屨獻其禮器澡身玄淵宅心道祕其三良曰玄淵道祕皆道德深遠之處言沐浴居心於此伊昔周儲聿光往記翰曰周儲謂文王爲太子時信恭孝事上一日三朝也聿言述也言述光前史思皇世哲體元作嗣銑曰皇美也世哲謂太子也元大也謂體居大而爲嗣繼之貞此夙知降從

繼志向曰夙早降下也言太子資於儒學早知之人下從伏膺以學經典爲之志也逷天歷彼前文矩周規值其四濟曰逷遠也前文謂古文也值當也言古文經典相去雖遠學其規矩亦與之相當正殿虛筵司分簡日良曰正殿太子正殿虛席以待賢也司分主曆之官也簡日謂擇吉日也筵席也尚席函含丈承疑奉帙翰曰尚席儒席也函容也席容一丈分地使得指揮也承疑輔弼之官帙書帙也侍言稱辭惇敦史秉筆銑曰侍言稱辭傳太子言語之官也惇史直辭之官也秉執也妙識幾平音王載有述其五向曰言侍從之官皆妙識幾微之音載則也言帝王法則有所述作肄異議芳訊信大教克明濟曰肄習訊問也言習議者以芳美之道相問故大道能明敬躬祀典告奠聖靈禮屬觀與

樂薦歌笙之良曰言其恭敬行祀典奠酌先聖神靈也觀興謂禮之盛也興謂貯水器所以淨洗手也薦進也歌笙雅樂也

昭事是肅俎實非馨其六翰曰昭事神紙祟肅敬之德也俎謂祭器也實謂祭物也言俎實非足稱馨蓋德爲馨也

獻終襲吉郎宮廣讌堂設象逵庭宿金縣如字協韻銑曰襲重也即就也言獻禮既重得其吉祥還就於宮以廣讌樂也象謂象牙爲席也金縣謂鐘鼓之樂也宿謂夜列於庭

台保兼徽皇戚比彥向曰台謂三公位也保太保也皇戚皇之親戚也徽美也比彥謂比有皆是俊彥

肴乾酒澄端服整弁其七濟曰肴乾酒澄祭畢也整服謂去祭服就常服也

六官視命九賓㨾儀銑曰九賓謂九卿也言視王命助行禮儀

纓笏匝序巾卷充街翰曰巾盛書也言垂纓巾卷者帀於庠序滿於街衢

莊都雲動野馗遠風馳銑曰莊馗皆道也言觀禮之人於道路有如雲動以馳

倫周伍漢超哉邈猗於宜其八向曰倫七云參也言比周漢之德超然遠美

清暉在天容光必照濟曰清暉日也

物任其情理宣其奧良曰萬物各任其情明理以宣深奧之義

安先國冑側聞邦教翰曰冑長也國學以教長子延年時爲國子博士故謙云妄居國冑之先而側聞國之教義也

徒愧微冥終謝智效銑曰自愧微賤而暗昧也莊子云智效一官言此無智而效故云謝也

侍宴樂游苑送徐州應詔一首　五言

丘希範　翰曰梁典云丘遲字希範吳興人時爲中郎武帝弟宏爲徐州刺史應詔

善曰史曰丘遲字希範吳興人八歲能屬文及長辟徐州從事高祖踐祚拜中書郎遷司徒從事中郎卒集題曰蕭中書侍郎丘遲上

送王

詰丘吉旦閶闔開馳道聞鳳吹去濟曰閶闔天門也鳳吹笙也笙體鳳故也

輕荑啼承玉輦細草籍龍騎良曰荑草之初生藉猶鋪也言鋪此荑草輦從上行

風遲山尚響雨息雲猶積翰曰言風雖緣山尚爲聲

慫巢空初鳥飛荇杏亂新魚戲銑曰徐州梁之北門也荇水草也

寔惟北門重匪親孰爲寄向曰孰誰也言非親王誰者可寄

參差別念舉蕭穆恩波被別念謂武帝別弟也蕭穆謂和穆也言天子恩波和睦而被及

小臣信多幸

投生豈酬義濟曰小臣遲自謂也言雖投捨此命不足荅其義也

應詔樂游苑餞呂僧珍一首　五言

沈休文　良曰梁典云沈約字休文吳興人少爲蔡興宗所知引爲安西記室謂興稍遷丹徒尹僧珍爲左衛將軍北伐魏故命作詩餞也

丹浦非樂戰負重切君臨良曰堯時丹水國不服堯征而克之此非樂戰但切君臨之重懼百姓不安

我皇秉至德忘己用堯心翰曰我皇則梁武帝也孰至聖之德忘其身用帝堯之心以安人也

懸茲區宇內魚鳥失飛沈銑曰懸憐也憐此區宇之內萬物失所也言苦魏侵

掠推土雷轂二崤山交道揚旆九河陰向曰古之遣將天子親推車轂送之二崤山名旆旗也水南曰陰

超乘盡三屬選士皆百金濟曰超乘謂跳躍上車也三屬甲也選擇也百金言立百金以招士也

戎

車出細柳餞席樽上林良曰細柳漢將周亞夫屯營也言兵車出營作餞席樽酒於上林也上林即樂漢苑也取象於漢家上林苑也命師誅後服授律綏前禽翰曰言後者報前降者綏捨也函轘還方解帶嶢武稍披襟銑曰函函谷關也轘轘轅路東坂名嶢武二關名盡爲水國之襟帶言今披解而出也伐罪芒山曲弔民伊水潯音尋向曰洛陽魏所都也芒山伊水名也故王伐罪弔人於此弔問也問人勞苦也將陪告成禮待此未抽簪濟曰言魏平四方必將燔柴以告武成約自云將陪此禮故未解簪纓而歸

送應氏二首　五言　曹子建

良曰送應璩瑒兄弟也時董卓遷獻帝於西京洛陽被燒故多言荒蕪之

選十　五十三

事

步登北芒阪遙望洛陽山洛陽何寂寞宮室盡燒焚音煩翰曰洛陽山洛之南山也漢遭董卓燒宮室垣牆皆頓擗闢荊棘上參天不見舊耆老但覩新少年側足不行徑荒疇不復田銑曰頓擗崩倒也不見耆老者言皆遭亂見殺游子久不歸不識陌與阡向曰阡陌皆道也言我久不歸此皆不識其道徑也中野何蕭條千里無人煙念我平生居氣結不能言濟曰言思念平生游居之處所盡成丘墟清時難屢得嘉會不可常良曰屢數也言清平之時嘉會之賞不可數得而常有天地無終極人命若朝霜翰曰無終極言

長久也翰霜言易消也願得展嬿婉我友之朔方銑曰嬿婉歡樂也言我願得舒此歡樂也我友謂應璩也朔北也親暱並集送置酒此河陽中饋豈獨薄賓飲不盡觴愛至望苦深豈不愧中腸向曰暱近也中饋食也言情愛至極相望苦深今爲離別豈不各愧於中腸山川阻且遠別促會日長願爲比翼鳥施翮起高翔濟曰北方有比翼鳥今我願爲此鳥施翼於身輿之高飛

征西官屬送於陟陽候作一首　五言　孫子荊

向曰臧榮緒晉書云孫楚字子荊太原人也仕爲馮翊太守時司馬駿爲

選十　五十四

征西將軍俊下官屬住者送至陟陽候故於此作也陟陽亭名候亭也

晨風飄歧路零雨被秋草傾城遠追送餞我千里道三命皆有極咄嗟安可保翰曰三命謂上壽中壽下壽言皆有終極嗟我此身安可長保莫夭於殤子彭聃猶爲夭銑曰七歲已下亡日下殤彭祖老聃皆壽者若達自然之分者殤者亦足爲壽違理而求者雖彭聃猶以爲夭吉凶如糾纆墨憂喜相紛擾濟曰糾纆索也吉凶相繞如索兩股纆也紛擾猶互起也天地爲我鑪萬物一何小濟曰言以天地爲鑪陶鑄萬物故宜齊同何有大小達人垂大觀誠此苦不早翰曰達人不賤物貴我通爲一觀我覺此道苦其不早乖離即長衢惆悵盈懷抱孰能察其心鑒

之以蒼昊向曰誰能察我別離之心言當取鑒於天齊契在今朝
守之與偕老濟曰偕俱也言齊死生契在於今朝守此與之俱者

金谷集作一首　五言　潘安仁

向曰金谷水名流經石崇之居時崇出爲城陽太守潘安仁送之

王生和鼎實石子鎮海沂翰曰征西將軍祭酒王翊當還長安祭酒助三公和鼎也崇出守城陽在海畔故云鎮海涯沂水名也親友各言
邁中心悵有違何以叙離思攜手游郊畿朝
發晉京陽夕次金谷湄音眉向曰國外曰畿晉都洛陽故云晉京湄水岸也迴谿縈曲阻峻阪路威夷濟曰縈繞也曲阻曲山也峻高也威夷長皃綠池泛淡淡青柳何依依濫泉龍

鱗瀾激波連珠揮良曰金谷之水變爲文如龍鱗激水歎石如珠之揮散前庭樹沙棠後園植烏椑卑靈囿繁石榴
茂林列芳梨翰曰皆果木名囿園也言靈美也飲至臨華沼
遷坐登隆坻池玄醴染朱顏但愬杯行遲銑曰坻岸愬告也玄醴黑黍酒也揚桴撫靈鼓簫管清且悲向曰揚舉也桴打鼓杖也言擊鼓吹管之聲清而悲春榮誰不耀歲寒良
獨希投分寄石友白首同所歸濟曰春草俱耀歲寒不凋落者亦少也翰平常之時誰不相親至於急難而在者良亦希也言我投分義寄於爾與金石比堅白首與爾同歸於終也

王撫軍庾西陽集別作一首　五言

謝宣遠

良曰王弘爲撫軍將軍江州刺史庾登之爲西陽太守後庾被徵還撫軍送至盆口瞻時爲豫章太守亦將赴豫章三人於此序別故賦是詩

祗召旋北京守官及南服翰曰祗敬也謂庾西陽召還也守官謂宣遠南赴職也服諸侯之國也方舟析舊知對筵曠明牧
舉觴矜飲餞指途念出宿銑曰方並析別曠遠也明牧謂王庾也出宿此郊也來晨無定端別晷有成速向曰晨時晷影也言來時未期離別日影急速頹陽照通津夕陰曖平陸榜迸
人理行艫盧輶軒命歸僕濟曰頹陽落日也言日暮去者理舟還者命駕將辭也艫舟也輶軒輕車也分手東城闉因發櫂直教

西江澳音郁良曰閩城曲澳亦曲也離會雖相雜逝川豈
往復誰謂情可書盡言非尺牘翰曰庾與王離宣遠與王會故云相雜也逝川豈往復喻時不留也牘版也言一尺之版不可盡其情也

鄰里相送方山一首　五言　謝靈運

銑曰方山在江寧縣靈運爲求嘉太守故鄰里相送於此作詩

祗役出皇邑相期憩甌越向曰皇邑京都也憩止也甌越越之別名解纜及流潮懷舊不能發銑曰纜繫船索也潮江潮也言解纜及潮將去懷其故人不能即發析析就衰林皎皎明秋月
含情易爲盈遇物難可歇積痾謝生慮寡欲
罕所闕良曰析析風吹木聲也含情謂含別離之情言含別離情已多感歎遇此

風物更益歎歎病病也言積病是歎攝生之慮但能寡欲則希有其闕失資此永幽棲豈伊年歲別各勉日新志音塵慰寂蔑翰曰伊惟惟思也資寡欲之理爲幽棲之道豈須思年歲之別各勉日新之德時附音塵慰我寂蔑之懷也蔑無也

新亭渚別范零陵一首　五言　謝玄暉

銑曰蕭子顯齊書曰謝朓字玄暉陳郡人也少有美名稍遷尚書吏部郎時江祏等謀立始安王遙光朓不肯後遙光收付獄死新亭亭名范雲代爲零陵郡內史

洞庭張樂地瀟湘帝子遊向曰洞庭山名黃帝奏咸池之樂於上瀟湘江之別名帝女游之即楚辭所謂湘夫人是也雲去蒼梧野水還江漢流停驂我悵望輟棹子夷猶濟曰驂馬輟上也夷猶悵望皃謝在陸故云停驂范在舟故云止棹廣平聽方籍茂陵將見求良曰周處爲廣平太守三十年滯訟一朝斷決籍籍甚也司馬相如謝病居茂陵言今求爲此心事俱已矣江上徒離憂翰曰上未能及周處之籍甚下未果同相如之謝病故事俱已矣對此江波之上空懷離憂

選十　五十七

別范安成一首　五言　沈休文

銑曰范岫爲安成內史

平生少年日分手易前期向曰言少年之時別離以前期易也及爾同衰暮非復別離時濟曰言今同其衰老矣是別離時恐不復相見勿言一樽酒明日難重持良曰勿以此樽酒爲輕至死無期明日恐不得與之重持也持執也夢中不識路何以慰相思翰曰楚王夢與朋友相尋迷不識路納云同此兼以慰我相思之心

文選卷第十

選十　五十八

長　只

文選卷第十一　詩乙

梁昭明太子撰　五臣注

萩　府

正宗

宿東園一首
沈道士館一首
徐敬業古意酬到長史溉登琅邪城詩一首
詠懷 阮嗣宗詠懷詩十七首
謝惠連秋懷詩一首
臨終 歐陽堅石臨終詩一首

詠史詩一首 五言　王仲宣

向曰謂覽史書詠其行事得失或自寄情焉曹公好以己事誅殺賢良故託言秦穆公殺三良自殞以諷之

自古無殉死達人所共知 翰曰從死曰殉古無此事人所知之
秦穆殺三良惜哉空爾爲 濟曰秦穆公卒以子車氏三子奄息仲行鍼虎爲殉皆秦之良臣故云空爾爲無益徒彰非禮
結髮事明君受恩良不訾 平 音資良曰凡仕曰結髮訾量也言無量也
臨沒要之死焉得不相隨妻子當門泣兄弟哭路垂
臨穴呼蒼天涕下如綆縻 古杏 銑曰穴墓門人綆縻皆繩索
生各有志終不爲此移 向曰甘爲殉而不退
同知埋身劇心亦有所施 翰曰劇甚也有所施者爲人用也
生爲百夫雄死爲壯士規黃鳥作悲詩至今聲不虧 濟曰詩序曰黃鳥哀三良也不虧不虧歇也

山洞

三良詩一首 五言　曹子建
良曰亦詠史也義與前詩同植被文帝責黜意者是時不蹈武帝死而託是詩
功名不可爲忠義我所安 銑曰植自言功名不可強爲而致也惟忠義我安可之
秦穆先下世三臣皆自殘 向曰殘殺也
生時等榮樂既沒同憂患 平 誰言捐軀易殺身誠獨難
攬涕登君墓臨穴仰天歎 平 長夜何冥冥一往不復還 翰曰墓中不明是謂長夜冥冥暗皃
黃鳥爲悲鳴哀哉傷肺肝 濟曰黃鳥哀三良詩一傷肺肝悲之至也

詠史詩八首 五言　左太沖

向曰是詩之意多以喻己

弱冠弄柔翰卓犖觀羣書 良曰蓋思自蜀矣弱冠年二十也柔翰筆也卓犖特達也
著論准過秦作賦擬子虛 翰曰賈誼作過秦論司馬相如作子虛賦准擬此以爲法則也
邊城苦鳴鏑羽檄飛京都 銑曰鳴鏑矢名羽檄徵兵之書
雖非甲冑士疇昔覽穰苴 子余反 向曰齊將田穰苴有兵法我乃雖非甲冑之士疇昔嘗覽穰苴之術
長嘯激清風志若無東吳 翰曰時吳未平臨風長嘯若無東吳者志高而氣勇也
鉛刀貴一割夢想騁良圖 濟曰以鉛刀爲刀只可一割不可再用言願當一割之任奮策於敵國也
左眄澄江湘右盼 音莧 定羌胡 良曰眄盼皆視也左澄江湘謂取吳右定羌胡謂取蜀蜀在西

春

故云兒胡功成不受爵長揖歸田廬銑曰此思文志也爵五等爵也
鬱鬱澗底松離離山上苗銑曰鬱鬱茂美皃離離輕細皃以彼徑寸莖蔭此百尺條世冑躡高位英俊沈下僚濟曰彼謂山苗喻世冑此謂澗松喻英俊地勢使之然由來非一朝金張藉舊業七葉珥漢貂良曰金日磾漢庭七葉為內侍張湯子孫為侍中常侍十餘人珥插也侍中常侍冠武弁貂尾為飾馮公豈不偉白首不見招銑曰馮唐白首屈於郎署故云不見招偉奇也思歎小人在位而君子在野
吾希段干木偃息藩魏君向曰吾思自稱也希美也段干木偃

選一一

禪

息德義文侯過廬而軾之諸聞之而畏魏是謂魏之藩屏也吾慕魯仲連談笑却秦軍翰曰魯仲連適游趙秦將白起圍邯鄲魏將辛垣衍往說趙尊秦為帝仲連謂平原君曰魏客辛垣衍安在為君責而歸之及見垣衍垣衍再拜謝曰吾請出不復敢言也秦將聞之為却五十里此謂談笑之間也當世貴不羈遭難能解紛功成恥受賞高節卓不羣濟曰秦軍引去平原君欲封仲連仲連辭謝曰所貴於天下之士者為人排患釋難解紛而不取賞也即有取者是謂賈人之事矣乃辭而去謂不為貴者所羈而能解紛又不受所賞卓然與天下不羣也臨組不肯緤對珪寧肯分連璽曜前庭比之猶浮雲良曰組綬緤繫分受璽印也言仲連視此猶浮雲之遠己也思以干木仲連絜己利物以刺貪夫也

寺

濟濟京城內赫赫王侯居冠蓋蔭四術朱輪竟長衢銑曰濟濟赫赫美盛皃術衢皆道也竟盡也貴人所乘車朱其輪也朝集金張館暮宿許史廬向曰金日磾張湯之家許皇后父廣漢為平恩侯史良娣兄恭為樂陵侯此皆貴盛用事游士皆集宿其館廬也南鄰擊鐘磬北里吹笙竽翰曰鄰里皆貴族故常聞奏樂寂寂楊子宅門無卿相輿寥寥空宇內所講在玄虛濟曰寂寥虛靜也揚雄素嗜酒人希至其門故云無卿相車輿也雄方草太玄經以自守故云所講在玄虛也言論準宣尼辭賦擬相如良曰有人問雄雄答法應之撰為法言以象論語故云准宣尼宣尼孔子也司馬相如作賦甚弘麗雄心慕之每作賦常以為式故云擬相如悠悠百世後英名擅八區銑曰

選十一　六

什

雄王百代尚獨擅名於八方也以雄儉約折以金張者甚以激於當代也
皓天舒白日靈景耀神州向曰皓大也靈景日景也神州京都也列宅紫宮裏飛宇若雲浮翰曰紫宮天子所居處雲浮高皃也峨峨高門內藹藹皆王侯濟曰峨峨高皃藹藹盛皃自非攀龍客何為欻來遊良曰言我非攀龍附鳳趍競之人何為忽遊於此欻忽也被褐出閶闔高步追許由銑曰褐短敝之衣閶闔門也許由堯時隱居之士惡世人趍競勢利將被褐出國門追許由之迹而履之也振衣千仞岡濯足萬里流向曰振衣濯足欲去世塵也
荊軻飲燕市酒酣氣益震平聲協韻哀歌和漸離

物　十六兩為一斤　三十斤為一鈞

謂若傍無人。翰曰荆軻與高漸離及狗屠者飲於燕市酒酣漸離擊筑荆軻和而歌以相樂也已而相泣傍若無人雖無壯士節與世亦殊倫高眄邈四海豪右何足陳良曰荆軻與漸離後刺擊秦王不成故云無壯士節觀其志氣亦與代殊此人高觀越四海之外豪右之人何足可陳也貴者雖自貴視之若埃塵賤者雖自賤重之若千鈞濟曰言埃塵輕細也千鈞至重也三十斤曰鈞言君王雖貴軻將刺之狗屠雖賤軻乃與飲事雖屬軻實思自謂也思疾當時貴者盡是小人故輕之賤者雖賤則有君子故重之

主父宦不達骨肉還相薄良曰主父偃曰臣結髮游學三十餘年身不得遂親不以為孝子昆弟不收此由名宦不達而非肉之親相薄也買臣

困樵采伉儷不安宅銑曰朱買臣家貧常刈薪賣以給食擔束薪行且誦書其妻數止臣無誦歌道中買臣愈益疾歌妻羞之求去買臣不能留伉儷謂妻也伉敵儷匹宅居也陳平無產業歸來翳負郭向曰東平家貧好讀書其家負郭窮巷以席為門然門外多長者車轍翳依也長卿還成都壁立何寥廓翰曰卓文君既奔司馬相如相如與馳歸成都居徒四壁立寥虛廓空也四賢豈不偉遺烈光篇籍向曰言此上四賢豈謂不奇偉而遺美業光於篇籍當其未遇時憂其塡溝壑英雄有迍邅由來自古昔何世無奇才遺之在草澤良曰自傷沈淪於此見志

習習籠中鳥舉翮觸四隅落落窮巷士抱影守空廬銑曰士居窮巷猶鳥之在籠皆不得志也習習象飛皃落落疎寂皃抱影猶獨身也出門無通路枳棘塞中塗向曰無通路謂時無道也枳棘有刺之木喻讒佞也計策弃不收塊若枯池魚翰曰言計不見用塊然若涸池之魚外望無寸祿內顧無斗儲濟曰寸祿斗儲雖至少此皆無之親戚還相蔑朋友日夜疎良曰蔑輕也思疾時弃賢賤貧以自喻蘇秦北游說李斯西上書俛仰生榮華咄嗟復彫枯銑曰蘇秦自趙說六國使約從而并相之後為齊客卿齊大夫與秦爭寵使人刺殺秦李斯入秦說秦王秦王拜斯為客卿後為丞相趙高譖殺之此者素皆貧賤之士俯仰之間而取榮寵寵而復見戮殺也言人不可無位及其有位不欲過分咄嗟嘆詞也飲河期滿腹貴足不願餘

巢林栖一枝可為達士模向曰偃鼠飲河不過滿腹鷦鷯巢林不過一枝取足而已不願餘也此則達士之模思言位過其才必為其咎

詠史一首　五言

張景陽　翰曰臧榮緒晉書云張協字景陽載之弟也兄載並守道不競以屬詠自娛少時公府後為黃門侍郎因託疾遂絕人事協見朝廷貪祿位者衆故作此詩以刺之

昔在西京時朝野多歡娛藹藹東都門羣公祖二疎翰曰疎廣為漢太子太傅兄子受為太子少傅廣謂受曰吾聞知足不辱知止不殆豈如父子相隨出關歸老不亦善乎遂上疏乞骸骨以為年篤乃許之加賜黃金二十斤皇太子贈以五十斤公卿大夫故人邑子設祖道供張東都門外送者車數百

爾辭訣而去藹藹盛皃東都門長安東門也祖祭也凡送行而飲酒者假祭道爲名朱軒曜金城供帳臨長衢良曰朱軒公卿車也金城長安城也衢道也達人知止足遺榮忽如無抽簪解朝衣散髮歸海隅銑曰簪冠簪也凡束髮爲從官散髮爲罷官行人爲隕涕賢哉此丈夫向曰此丈夫即廣受也揮金樂當年歲暮不留儲顧謂四座賓多財爲累愚向曰廣既歸日令家具酒食請族人故舊賓客與相娛樂居歲餘廣子孫竊謂廣所愛信老人曰子孫欲及君時頗立產業今日飲食費且盡願丈人勸說買田宅老人以閒爲廣言此計廣曰吾豈老悖不念子孫哉使賢而多財則損其志愚而多財則益其過又此金者聖主所以惠養老臣也宗族共饗其賜盡吾餘日不亦可乎故樂揮散儲積也清風激萬代名與天壤俱咄此蟬冕客君紳宜見書翰曰蟬冕客謂貴盛者紳大帶也宜書二疏之事於此而常佩服矣褒地也咄嘆也

選十一　九

覽古詩一首　五言

盧子諒

濟曰徐廣晉紀云盧諶字子諒范陽人也有才理去爲文西晉之末天下喪亂北投劉琨琨以爲從事中郎後爲段匹磾別駕著覽史籍至藺相如偉視其志忌其人故詠之

趙氏有和璧天下無不傳秦人來求市厥價徒空言良曰和氏璧天下所傳寶趙惠文得之秦昭遣趙王書願以十五城易璧而實不欲與城故云其實是空言也與之將見賣不與恐致患簡才備行李圖令國命全銑曰[illegible]而不[illegible]城是

見賣也不[illegible]秦璧則短在趙是致患也故簡才使秦以全國命藺生在下位繆子稱其賢向曰宦者令繆賢曰臣舍人藺相如可使王召而使之奉辭馳出境伏軾徑入關翰曰軾車上橫木入關入秦也秦王御殿坐趙使擁節前揮袂睨金柱身玉要俱捐良曰趙使相如也秦王坐章臺見相如相如奉璧秦王大喜相如視秦王無意償趙城乃曰璧有瑕請指示王王授璧相如持璧卻立倚柱曰臣觀大王無意與趙城故臣復取璧大王必欲急臣臣頭與璧俱碎於柱矣乃持璧睨柱欲以擊之秦王恐其毀璧乃辭謝請以十五城與趙而使相如就館揮奮睨視也捐棄也連城既偽往荊玉亦真還銑曰相如度秦詐偽與趙城寶不可得乃使從者衣褐懷其璧亡歸于趙連城謂十五城荊玉謂和氏璧也爰在澠池會二主克

選十一　十

交歡昭襄欲負力相如折其端向曰秦趙會於澠池秦昭主欲恃其彊相如折挫其端眥血下霑襟怒髮上衝冠翰曰相如怒而目眥血下髮上衝冠西缶終雙擊東琴不隻彈濟曰酒酣秦王謂趙王曰寡人聞趙王好音請奏瑟趙王爲之鼓瑟相如前進曰趙王聞秦王善爲秦聲請奏秦王秦王怒不許相如前進曰五步之內請以頸血濺大王矣左右欲刃相如相如張目叱之左右皆靡秦王不懌爲之擊缶賓鼓瑟而言琴者文秦之王失矣豈不易處死誠獨難捨生良曰捨生而死者蓋易也處死地而能立事難也而相如能矣稜威章臺顛彊禦亦不干銑曰謂相如奉璧入秦時也稜猶威也彊禦謂秦也屈節邯鄲中俛首忍迴軒向曰王以相如功大拜爲上卿位在廉頗之右頗曰相如素賤人吾羞不忍爲之下我見相如

說文曰歎吟也謂情有所悅吟歎而歌詠

礼記曰苛政猛於虎

必辱之相如聞之不肯與會望見頗引車避匿沈為丞範也邯鄲都也俛低軒車也

廉公何為者，負荊謝厥愆。音愆翰曰舍人諫相如曰君與廉君同位廉君多置惡言而君畏匿且庸人尚羞之況將相乎對曰吾不畏秦王豈畏廉將軍哉顧獨念彊秦之不敢加兵於趙者以吾兩人在也今兩虎鬪之勢不俱生所以為此者以先國家之急而後私讎也廉頗聞之肉袒負荊至相如門謝罪曰鄙人不知將軍之至此厥其愆過也

智勇冠當世，弛張使我歎。平濟曰相如智勇蓋於當世弛解也下廉頗為解折秦王為張也誠可歎美之我謂自稱也

張子房詩一首　五言

謝宣遠

良曰晉末宋高祖北伐見張良廟毀乃脩之并命諸人為詩瞻時為豫章太守遣以和此雖是和詩而實詠史

王風哀以思，周道蕩無章。銑曰亡國之音哀以思謂周之將亡蕩然無綱紀文章也

卜洛易去隆替，興亂罔不亡。向曰隆盛替廢也周公卜洛而都之以為有德易以盛無德易以廢至復興於亂道無不亡之者而周子孫有之是以亡也

力政吞九鼎，苛慝暴三殤。翰曰力政謂彊以力為政也吞取九鼎而伐周也橫死曰殤孔子過太山有婦人哭於墓者使子貢問之曰吾舅死於虎吾夫又死焉今吾子又死焉曰何不去也曰無苛政孔子曰小子志之苛政猛於虎也秦之苛法天下然之其暴甚於此三殤也

息肩纏民思，靈鑒集朱光。濟曰天下苦秦猶終日擔重而行思息其肩者也故神靈下鑒漢高之德而集之漢火德故云朱光纏結也

伊人感代工，聿來扶興王。良曰伊人謂子房興王謂漢高也言人代天理官子房感此而扶翼興王使成

帝業工官事疾也

婉婉幙中畫，暉暉天業昌。銑曰言子房運籌於帷幙之中使漢高帝業昌盛也婉婉美皃暉暉明皃

鴻門銷薄博蝕，垓下隕攙搶。七將協韻向曰薄蝕攙搶皆喻項羽至鴻門急擊沛公伯夜馳告良良與伯見沛公公曰早自來謝沛公早從百餘騎見羽羽因留沛公飲范增數目羽使擊沛公沛公從間道還軍使良留謝後漢王追羽至陽夏漢王謂良曰諸侯不從奈何用良計諸侯皆會圍羽垓下遂滅之皆良之力也凡日蝕於晦朔者名薄彗星為攙搶攙搶皆錯亂不順之事隕猶落也

爵仇建蕭宰，定都護儲皇。翰曰高祖居洛陽宮諸將爭功不定以問良良曰陛下所與爲仇者爲誰曰雍齒良曰先封雍齒上從其計諸將聞之皆曰雍齒且侯吾屬無患此謂爵仇也又勸上立蕭相國故云建蕭宰婁敬說曰陛下都洛陽不如入關良因勸上入長安是日車駕西都長安是

謂定都又上欲廢太子立戚夫人子趙王如意呂后恐以問良良為畫計得不易太子故云護儲皇也

肇允契幽叟，翻飛指帝鄉。濟曰良甞游下邳圯上有一老父衣褐謂良曰孺子可教矣後日與我期是夜半老父至甚喜出一編書曰讀是則為王者師及明視其書乃太公兵法天下既定良曰願棄人間事從赤松子遊耳乃學道欲輕舉肇始允信幽神也老父言良始信契合神交為王者師乃其功成是欲輕舉將乘雲翻飛指于帝鄉帝鄉謂崑崙山天帝居處

惠心奮千祀，清埃播無疆。良曰以明惠之心為漢畫計奮於千載之上清塵布於後代有無窮之美埃塵也彊窮也

神武睦三正，裁成被八荒。銑曰神武謂宋高祖睦親也三正天地人之政言宋高祖睦親三正之道裁制成理德被八方

明兩燭河陰，慶霄薄汾陽。向曰易云明兩作離大人以繼明照于四方慶霄

雲也皆以喻宋高祖舜避丹朱於南河之南即河陰也堯見四子汾水之陽窅然喪其天下焉謂高祖之德可以照舜河陰覆堯汾陽言皆過之燭照薄覆也鑾旌歷頹寢飾徽薦嘉嘗翰曰鑾旌車駕旌旗也言宋高祖歷良廟見頹毀寢廢更使飾其形像而祭之薦進也嘗設祭名也聖心豈徒甄惟德在無忘濟曰言宋高祖之意豈徒表節此廟而已乃思良輔冀蹤祖故復爲之是不忘祖德矣宋祖高蹤後也甄表也逝者如可作揆予慕周行良曰逝死作起揆度也子謂子房也周行宋也言死者可起之而今仕度良之意亦慕我宗廟濟濟屬車士粲粲翰墨場銑曰濟濟美皃粲粲盛皃屬車後車也言宋祖後車之士皆文章之士是翰墨之場故能詠良也瞽夫違盛觀竦踊企一方向曰瞻自謂盲瞽之夫不得覩此盛觀但竦踊企望而已瞻時

選十一　十三

在豫章故云一方四達雖平直蹇步愧無良翰曰四達謂衢也言天下有道衢路平直瞻自愧蹇跛無良才以游此瞻之謙詞餐和忘微遠遁首詠太康濟曰瞻自謂微人而守遠邪由餐和氣遂復亡此但以舉目延首詠太康之道

秋胡詩一首　五言　顏延年

良曰魯秋胡子納妻五日而去官於陳五年乃歸未至其家見路旁有美婦人方采桑秋胡子悅之下車謂曰吾有金願以贈婦人婦人曰害妾采桑奉二親不願受人之金秋胡子遂去至家奉金遺母婦晩而至乃向來采桑者婦曰子辭親往仕五年乃還而悅路旁之婦人解子裝金以與之而忘其母是不孝也妾不忍見不孝之人遂去走投於河而死延年詠此以刺爲君之義不固也

椅梧傾高鳳寒谷待鳴律影響豈不懷自遠每相匹銑曰椅亦梧類鳳皇常棲之燕有寒谷不生五穀鄒衍吹律而溫氣至遂生黍也言椅梧之樹常傾枝以候鳳寒谷之地待人以吹律亦猶影之與響物而應之雖自遠而至因相匹偶此言夫婦之義相感而合懷猶傾也婉彼幽閑女作嬪君子室向曰婉美皃幽閑柔順皃謂秋胡妻也嬪婦也君子謂秋胡也峻節貫秋霜明豔侔朝日翰曰志節高峻過於霜之厲明豔敵等朝日之美侔等也嘉運既我從欣願自此畢濟曰其一偶此嘉會故欣欣喜也願畢矣欣喜也燕居未及歡良人顧有違良曰燕安也秋胡娶後五日而行故云安居未及歡婦謂夫曰良人違別也脫巾千

選十一　十四

里外結綬登王畿銑曰布衣之服綬職事所服千里謂陳國王者所起故曰王畿戒徒在昧旦左右來相依向曰昧未明也言未明而戒徒者早起使左右相依而行驅車出郊郭行路正威遲翰曰威遲歷遠之皃存爲久離別沒爲長不歸二其嗟余怨行役三陟窮晨暮濟曰余謂秋胡也怨歎此行役也三陟謂詩云陟彼崔嵬又云陟彼高岡又云陟彼砠矣言爲登山陟險窮盡晨暮嚴駕越風寒解鞶犯霜露良曰嚴駕整駕也解鞶息駕也原隰多悲涼迴飇卷高樹離獸起荒蹊驚鳥從橫去悲哉游宦子勞此山川路三其超遙行人遠宛轉年運徂良人爲此別日月方向除銑曰徂往除盡也

孰知寒暑積，僶俛見榮枯。向曰：僶俛猶須臾也。春榮秋枯也。
歲暮臨空房，涼風起坐隅。寢興日已寒，白露
生庭蕪。其四　翰曰：蕪，草也。勤役從歸願，反路遵山河。
濟曰：役謂入仕，歸願謂復還也。遵，從也。昔辭秋未素，今也歲載
華。良曰：未素謂木未落，載華謂草已榮。蠶月觀時暇，桑野多經
過。佳人從所務，窈窕援高柯。銑曰：佳人即秋胡妻也。窈窕，美
皃。援，攀也。傾城誰不顧，弭節停中阿。其五　向曰：傾城之皃，人誰
不顧，故秋胡停駕而觀。弭，按也。中阿，路之曲也。年往誠思勞，路遠闊
音形。雖為五載別，相與昧平生。翰曰：闊猶異也。昧平生言
不相識也。捨車遵往路，鳧藻馳目成。濟曰：秋胡望其妻而前，如

選十一　十五

鳧鳥得水草，歡躍而進，將以目摯異，成其心。捨，弃；遵，從也。藻，水草也。南金豈不
重，聊自意所輕。義心多苦調，密此金玉聲。其六
濟曰：南金雖重，執義不受，密絕之義也。高節難久淹，朅來空
復辭。良曰：婦既志高，故難之留。朅，去也。空復辭，無所得也。遲遲前途盡，
依依造門基。銑曰：遲遲，行皃。造，至也。至門基謂及家也。上堂拜嘉
慶，入室問何之。向曰：見母，故云拜嘉慶。妻未還，所以問何之。日暮
行采歸，物色桑榆時。翰曰：妻自采桑而歸。桑榆時言日暮也。美
人望昏至，慙歎前相持。其七　濟曰：美人亦妻也。秋胡慙歎已過前
持其妻。有懷誰能已，聊用申苦難。良曰：妻既恨之，聊述其情。
離居殊年載，一別阻河關。春來無時豫，秋至

恆早寒。銑曰：豫，悅也。明發動愁心，閨中起長歎。平
慘悽歲方晏，日落游子顏。其八　向曰：每及歲暮，常悽慘煩憂，恐
秋胡顏皃日就衰，奈何來歸，失義如此，皆秋胡子妻恨詞。高張生絕絃，
聲急由調起。翰曰：以琴瑟為喻也。高張必致絕絃立斷，有以盡命；聲急自於
調起，詞苦由乎恨深。自昔枉光塵，結言固終始。如何久
為別，百行愆諸己。濟曰：愆猶失也。君子失明義，誰與
偕沒齒。良曰：偕，俱；沒，盡；齒，年也。言愆其失義，不俱盡年。愧彼行露詩，
甘之長川汜。其九　銑曰：詩序云：彊暴之男，不能侵凌貞女也。詩曰：厭浥行露。
言不可以無禮干有禮也。妻愧於此詩，甘赴水而死。汜，水涯也。

五君詠五首　五言

選十一　十六

向曰：延年領步兵，好酒疏誕，不能斟酌當時，劉湛言於彭城王，出為永嘉
太守。延年甚怨憤，乃作五君詠，述竹林七賢，以自喻。山濤、王戎由貴盛也，
遂黜而不收。

阮步兵　翰曰：阮籍為步兵校尉。

阮公雖淪跡，識密鑒亦洞。銑曰：淪，沈也。洞，深也。沈醉似
埋照，寓辭類託諷。良曰：照，光也。籍沈醉終日，率爾屬文，初不苦思，詞皆
託喻。寓，寄也。長嘯若懷人，越禮自驚眾。濟曰：籍游蘇門，蘇門
山有隱者，籍對之長嘯清風，寥亮，故謂懷人。籍嫂常歸，相見與別，忽以譏之，籍曰：禮豈為
我設邪，所以驚眾也。物故不可論，途窮能無慟。銑曰：籍雖放誕，
不拘禮，曰終日不評論臧否人物，嘗率意獨駕，不由徑路，車跡所窮，輒慟哭而反，此蓋

自託以爲塗窮者

嵇中散 良曰嵇康爲中散大夫

中散不偶世，本自餐霞人。翰曰餐霞仙者之流 形解驗默仙，吐論知凝神。濟曰南海太守鮑靚通靈之士東海徐寧師之寧夜聞靚室有琴聲而問焉靚曰嵇叔夜寧曰叔夜臨命東市何得在茲靚曰叔夜示人有終而實尸解則形解也驗此則康默然而仙矣又康著養生論則可謂知凝神之道也 立俗迕流議，尋山洽隱淪。良曰康非湯武薄周孔所以犯俗而罹流議王烈二百三十八歲康甚愛之數共入山游戲是則洽隱淪也 鸞翮有時鎩，所拜龍性誰能馴。銑曰鎩殘馴擾也皆以喻康康亦復自謂

劉參軍 向曰劉伶爲建威參軍

劉伶善閑關，懷情滅聞見。翰曰言伶懷情不發以滅聞見猶閉關却掃而無事也 鼓鍾不足歡，榮色豈能眩。濟曰眩惑也謂聲色不入 韜精日沈飲，誰知非荒宴。銑曰韜藏精光也沈飲耽飲也荒宴謂荒廢之宴言人不知伶非爲此宴宴亦有以也 頌酒雖短章，深衷自此見。向曰嘗作酒德頌雖曰短章情此見謂伶好飲爲居亂代欲晦其才延年自解將同此美

阮始平 翰曰阮咸爲始平太守

仲容青雲器，實稟生人秀。翰曰咸字仲容青雲器高大者也秀美也 達音何用深，識微在金奏。濟曰咸唱議荀勖所造樂聲高則悲亡國之音哀以思金聲不合雅頌非德政中和之善必今古[illegible]有長短所致後[illegible]得古銅尺度之今尺短四分此謂識微也金奏謂鍾聲也 郭奕已心醉，山公非虛覯。良曰咸哀樂至則過絕於人太原郡郭奕見之心醉不覺歎服山濤曰咸若官人之職必妙絕於時覯見也 屢薦不入官，一麾乃出守。銑曰山濤薦咸爲吏部郎三上武帝不能用荀勖性自矜因事左遷咸爲始平太守麾指麾也此亦延年自喻

向常侍 向曰向秀爲散騎常侍

向秀甘淡薄，深心託毫素。翰曰甘好也淡薄清靜也託寄毫筆素紙也謂秀志於著述延年自喻好文也 探道好淵玄，觀書鄙章句。濟曰好玄謂秀讀書鄙賤人所解說章句 交呂既鴻軒，攀嵇亦鳳舉。向曰秀嘗與嵇康偶鍛於洛邑與呂安灌園於山陽鴻鳳鳥之美者故以喻焉 流

連河裏遊，惻愴山陽賦。良曰秀嘗與嵇康寓居河內山陽後經山陽舊居因聞笛作思舊賦流連淚流皃河裏河內也惻愴悲傷也山陽賦則思舊賦也

詠史詩一首 五言

鮑明遠

五都矜財雄，三川養聲利。銑曰五都洛陽邯鄲臨淄宛成都也三川河洛伊也皆邑居豪華 百金不市死，明經有高位。向曰此有百金之子不死於市者明經術而取高位 京城十二衢，飛甍各鱗次。翰曰甍屋脊也若魚鱗之相次 仕子彯華纓，游客竦輕轡。明星晨未稀，軒蓋已雲至。濟曰未稀尚多也雲至若雲之至也 賓御紛颯沓，鞍馬光照地。良曰颯衆盛皃 寒暑在一時，繁華及春媚。君平獨寂寞，身世兩相

弃。銑曰：嚴君平卜於成都市，日閱數人，得百錢足以自養，則閉肆下簾而授老子。是身與世相弃也。此詩獨美嚴公，以誚當時者歟。

詠霍將軍北伐詩一首　五言　虞子陽

向曰：廣義集曰：羲字子陽，會稽人。七歲能屬文。始安王引爲侍郎，後遷征虜府記室參軍。霍去病爲漢驃騎將軍，以破匈奴。羲慕之，是以詠矣。

擁旄爲漢將，汗馬出長城。翰曰：旄，旌旄也。汗馬，謂馬出汗，有功勞也。長城，秦所築，在北地。長城地勢險，萬里與雲平。窮秋八九月，虜騎入幽并。濟曰：虜，匈奴也。幽并，二郡名。飛狐白日晚，瀚海愁雲生。良曰：飛狐，地名。瀚海，北海名。羽書時斷絕，刁斗晝夜驚。銑曰：羽書，徵兵檄也。斷絕，謂路有寇不通也。刁斗，以銅作鐎，受一斗，晝炊飲食，夜擊持行，故謂晝夜驚。

乘墉揮寶劒，蔽日引高旌。向曰：墉，城牆也。蔽日，言高也。雲屯七萃士，魚麗离六郡兵。翰曰：雲屯，如雲之屯。萃，聚也。以智力之士七萃聚之，爲爪牙。魚麗，陣名。六郡：金城、隴西、天水、安定、北地、上郡也。胡笳關下思，羌笛隴頭鳴。濟曰：笳，簫也，起於胡；笛起於羌。思者，其聲悲思。隴，山名。骨都先自讋，讋之涉日逐次亡精。良曰：骨都、日逐，皆匈奴侯王名。自讋，讋伏也。亡精，失魂皃。玉門罷斥候，甲第始脩營。銑曰：玉門，關名。匈奴既破，故斥候皆罷也。未有功而賜之甲第。甲第，謂第一之宅也。位登萬庾積，功立百行成。翰曰：登，升也。十六升曰庾，言粟多也。天長地自久，人道有虧盈。向曰：不恒盛也。未窮激楚樂，已見高臺傾。良曰：激楚，歌舞也。人既歿化，故云高臺傾。當今麒麟閣上，千載有雄名。銑曰：天子思其功德，圖形象於麟閣上，雖千載後，猶有雄名，當今者羨慕之。

百一詩一首　五言　應休璉

向曰：文章錄曰：應璩字休璉，汝陰人。博學好屬文，明帝時歷官散騎侍郎。曹爽多違法度，璩爲是詩以諷焉，以刺在位者，莫不恠愕，獨何晏無恠也。意者以爲百分有一補於時政。

下流不可處，君子慎厥初。翰曰：璩自恨居下流也。名高不宿著，易用受侵誣。濟曰：宿，久也。誣，謂欺也。前者隳許規官去，有人適我閭。良曰：隳官，罷官也。閭，里門也。田家無所有，酌醴焚枯魚。問我何功德，三入承明廬。銑曰：承明，謂天子待制處也。

所以占此土，是謂仁智居。向曰：此土，謂璩之閭里。仁智，謂有山水也。文章不經國，筐篋無尺書。用等稱才學，往往見歎譽。翰曰：問璩何等用而稱才學，往往爲人所歎譽也。皆有人問詞也。避席跪自陳，賤子實空虛。濟曰：避席，離席也。賤子，璩謙辭。空虛，無也。宋人遇周客，慙愧靡所知。良曰：宋有愚人，得燕石於梧臺之東，以爲大寶而藏之。周客聞而觀焉，掩口盧胡而笑：此燕石也，與瓦甓不殊。言周客知宋人來實而觀之，有人知我無德而問之，其於愧也，不亦多矣。皆諷朝廷之士，有其位無其才，能不愧乎。

游仙詩一首　五言　何敬祖

銑曰：臧榮緒晉書云：何劭字敬祖，陳國人也。博學多聞，善屬篇章，初爲相

國掾稍遷尚書左僕射以處亂朝思游仙去世故為是詩

青青陵上松亭亭高山栢向曰亭亭高皃光色冬夏茂根柢無彫落吉士懷貞心悟物思遠託翰曰吉士謂白楡也物謂松栢揚志玄雲際流目矚巖石濟曰玄雲取其高也巖石取其固矚視也羨昔王子喬友道發伊洛迢遞陵峻岳連翩御飛鶴良曰王子喬者周靈王太子也好吹笙作鳳鳴游伊洛之間道人浮丘公接以上嵩山後於緱山乘白鶴駐山頭舉手謝時人數日而去抗跡遺萬里豈戀生人樂長懷慕仙類眇然心綿邈銑曰抗舉也綿邈遠皃

游仙詩七首五言　郭景純

選十一　二十一

向曰璞詩雖游仙意雜傲誕上下道德信遠乎哉

京華游俠窟山林隱遯棲朱門何足榮未若託蓬萊濟曰朱門貴門蓬萊仙山名若如也臨源挹清波陵岡掇丹荑良曰陵上掇拾荑草也靈谿可潛盤安事登雲梯銑曰靈谿名盤樂安何也仙人登天因雲而上故曰雲梯也漆園有傲吏萊氏有逸妻向曰莊周為蒙漆園吏楚威王聞周賢使厚幣迎許之為相周笑謂使者曰亟去無汙我故云傲吏老萊子耕於蒙山之陽楚王遂駕至老萊之門曰守國之孤願變先生老萊曰諾妻曰妾聞之居亂世為人所制能免於患乎投其畚而去老萊乃隨而去是曰逸妻進則保龍見退則觸藩羝翰曰易云九二見龍在田龍德正中也又云羝羊觸藩羸其角言退而受困也將進於道德以

保中正之義不可歸於俗務故羸角之困者高蹈風塵外長揖謝夷齊濟曰夷齊伯夷叔齊二人恥武王伐君之事不食周粟隱於首陽山璞將蹈於風塵之外不為夷齊守此小節故長揖謝之而去

青谿千餘仞中有一道士向曰青谿山名道士有道者雲生梁棟間風出窻戶裏借問此何誰云是鬼谷子銑曰蘇秦學於鬼谷子今所言者璞假稱翹跡企潁陽臨河思洗耳銑曰昔堯朝許由於沛澤之中請屬天下許由逃之潁水之陽由以其言不善乃臨河洗其耳翹高也企舉踵也言思慕此事閶闔西南來潛波渙鱗起翰曰西為閶闔風水波渙然如魚鱗之起靈妃顧我笑粲然啓玉齒蹇脩時不存要之將誰使良曰蹇脩古之

選十一　二十二

賢媒也存在也

翡翠戲蘭苕容色更相鮮銑曰翡翠鳥名苕枝鮮明也綠蘿結高林蒙籠蓋一山向曰綠蘿松蘿也中有冥寂士靜嘯撫清絃放情凌霄外嚼蘂挹飛泉翰曰冥幽霄天也蘂藥蘂挹酌也赤松臨上游駕鴻乘紫煙濟曰赤松古仙人鴻鳥也左挹浮丘袖右拍洪崖肩良曰浮丘洪崖並仙人借問蜉蝣輩寧知龜鶴年銑曰蜉蝣朝生夕死以比世人龜鶴之壽皆千歲以比仙人也六龍安可頓運流有代謝向曰六龍日駕也不可頓而止之時變感人思已秋復願夏淮海變微禽吾生

獨不化 翰曰雉入淮爲蜃雀入海爲蛤言此微禽尚自變化吾獨不能羨服詞也
雖欲騰丹谿雲螭非我駕 濟曰丹谿仙者所居騰升也雲螭龍
也 愧無魯陽德迴日向三舍 良曰魯陽公與韓搆難戰酣日
暮援戈而麾之日爲之反三舍二十八宿一宿爲一舍羨無此德定日使反得延其壽
也 臨川哀年邁撫心獨悲吒 銑曰吒歎聲
逸翮思拂霄迅足羨遠遊 向曰逸輕霄天迅疾也言有仙者之
資必好仙者之道 清源無增瀾安得運吞舟 翰曰清源水增
也增高也瀾大波也吞舟大魚也言小水不能運吞舟之魚俗人不足知游仙之事
珪璋雖特達明月難闇投 濟曰特達美兒珪璋明月雖寶也以闇投
人又恐懼不受今以仙道示俗亦猶此也 潛穎怨青陽陵苕哀素

選十一　二十三

秋 翰曰穎苕皆草木也生蔭隱之處則青陽之不至生陵阜之上則哀素秋之早及言
仙俗殊事異宜與此相類 悲來惻丹心零淚緣纓流
雜縣平寓魯門風煖將爲災 良曰海鳥曰爰居止於魯東門
之外展禽曰今茲海其有災乎夫廣川之鳥獸恒知避其災是歲海多大風雜縣則爰居
是也 吞舟浮海底高浪駕蓬萊神仙排雲出但
見金銀臺 銑曰此中神仙爲之不安而排雲上出但見其金銀臺闕而已 陵
陽挹丹溜容成揮玉杯 濟曰陵陽子明容成公皆仙人也挹酌也
丹溜石脂流出也揮以手揮也 姮娥揚妙音洪崖頷其頤 良曰
姮娥仙女也妙音謂善歌也洪崖古仙人也頷動也聽合律故點其頤 升降隨
長煙飄颻戲九垓 銑曰升降上下也九垓九天也 奇齡邁五

龍千歲方嬰孩 銑曰五龍皇后君兄弟四人昔人面而龍身長曰角龍次
曰徵龍次曰商龍次曰羽龍父曰宮龍父與諸子同仙在五方言此諸仙奇齡過此矣嬰
孩小兒也 燕昭無靈氣漢武非仙才 良曰燕昭王使入海往蓬
萊山求不死之藥終不能得故云無靈氣西王母曰劉徹好道然形慢神穢雖語之以至
道殆恐非仙才也
晦朔如循環月盈已復魄 翰曰循環若循連環而無窮也魄暗
也 蓐收清西陸朱羲將由白 濟曰孟秋之月其神蓐收西陸
秋也朱羲日也立秋日從白道由從也 寒露拂陵苕女蘿辭松
柏 良曰陵苕即陵上草女蘿兎絲也緣於松柏爲寒所拂將以萎死故辭而去
蕣榮不終朝蜉蝣豈見夕 銑曰蕣槿花也朝榮暮落蜉蝣小蟲名朝

選十一　二十四

生夕死此皆比人生之短也 圓丘有奇草鍾山出靈液 向曰
圓丘山名奇草芝草靈液玉膏也 王孫列八珍安期鍊五石
翰曰王孫王公子孫貴者也安期先生仙者言貴者饌八珍之味仙者服五石之藥五石
者丹砂雄黃白礬曾青礠石 長揖當塗人去來山林客 濟曰
當塗人謂執事也揖謂也

招隱詩二首 五言　左太沖

良曰思苦天下溷濁故將招尋隱者欲以退不仕
杖策招隱士荒塗橫古今 向曰荒廢之道橫絕古今以喻時也
巖穴無結構丘中有鳴琴白雪停陰岡丹葩
曜陽林石泉漱瓊瑤纖鱗或浮沉 向曰瓊瑤皆玉言水

有之纖鱗小魚也 非必絲與竹山水有清音何事待嘯歌灌木自悲吟 濟曰木叢生曰灌 秋菊兼糇糧幽蘭間重襟 良曰菊可以養故云糇糧也蘭可以佩故云間重襟也 躊躇足力煩聊欲投吾簪 翰曰躊躇周行皃煩勞也欲投弃冠簪而隱於此中也 經始東山廬果下自成榛 任臻向曰經始經營之始東山思所吾之東山也木叢生曰榛 前有寒泉井聊可瑩心神 銑曰瑩清也 悄蒨青蔥間竹栢得其真 濟曰悄蒨青蔥茂盛美皃真謂不彫也 弱葉栖霜雪飛榮流餘津 良曰言竹栢之美 爵服無常玩好惡有屈伸 翰曰爵五等之爵服五等之服皆不可以常翫必有好惡屈伸於其間 結綬生纏牽彈冠去埃塵 銑曰結綬謂入仕也由此而生纏牽彈冠[illegible]亦多累 惠連非吾屈首陽非吾仁 向曰謂柳下惠少連降志辱身吾亦不以為屈如夷齊不仕周居於首陽山吾亦不以為仁擯思靜退自得中道 相與觀所尚逍遥極良辰

招隱詩一首 五言 陸士衡

明發心不夷振衣聊躑躅 翰曰夷平也躑躅行皃 欲安之幽人在浚谷 濟曰幽人隱者浚深也 朝采南澗藻夕息西山足 良曰藻水草也 輕條象雲構密葉成翠幄 銑曰雲構大廈也幄帳也 結風佇蘭林回芳薄秀木 向曰結積佇留也蘭香草也蘭氣迴轉薄迫於秀茂之木 山溜何泠泠飛泉漱鳴玉 翰曰言飛泉漱蕩玉石而有聲也 哀音附靈波頹響赴曾曲 濟曰言靈者美之也又以崩頹至之響赴於幽深之曲曾猶深也 樂非有假安事澆淳樸 良曰此皆自然而成故云非有假也言實此則可謂至樂何事澆於榮利而淳樸之風由茲而薄 富貴苟難圖稅駕從所欲 銑曰苟且稅捨也從所欲謂隱居也

反招隱詩一首 五言 王康琚

向曰古詩英趣云晉王康琚而不述其爵里才行也康琚以為混俗自遠足以免患何必山林然後為道故作反招隱之詩其情與隱者相反

小隱隱陵藪大隱隱朝市伯夷竄首陽老聃伏柱史 翰曰伯夷叔齊自竄首陽之山老聃為周柱下史伯夷之德不如老聃則小隱劣矣大隱明矣 昔在太平時亦有巢居子 濟曰謂堯有隱人常以樹為巢而居其間時人号曰巢父 今雖盛明世能無中林士 良曰今謂晉上稱盛明世之也云能無言亦有也 放神青雲外絕迹窮山裏鵾雞先晨鳴哀風中夜起凝霜凋朱顏寒泉傷玉趾 銑曰言山中鳥音風聲足益愁思霜降冰結足傷肌膚信不足好也鵾雞鳥名趾足也 周才信眾人偏智任諸己 良曰從俗為周才索居為偏智 推分得天和矯性失至理 翰曰隨時而行曰推分去人自苦曰矯性 歸來安所期與物齊終始 濟曰歸來呼隱者使歸於代也朔望安何也

芙蓉池作一首 五言 魏文帝

良曰魏姓曹氏魏志云文帝諱丕字子桓太祖之子爲五官中郎將太祖薨嗣位爲丞相魏受漢禪即皇帝位此詩未即位時作謂文帝者後人題之芙蓉池名

乘輦夜行游逍遥步西園銑曰鄴都之西園雙渠相溉灌嘉木繞通川卑枝拂羽蓋脩條摩蒼天向曰卑低脩長也摩天言高也蒼青色驚風扶輪轂飛鳥翔我前丹霞夾明月華星出雲間翰曰丹赤華光也上天垂光采五色一何鮮濟曰謂有五色雲鮮明也此皆美皃壽命非松喬誰能得神仙良曰赤松子王子喬皆古仙人也遨游快心意保己終百年

南州桓公九井作一首五言　殷仲文

銑曰檀道鸞晉陽秋曰殷仲文陳郡人也爲驃騎行參軍以桓玄之姊夫玄僭立爲長史帝反正出爲東陽太守愈益憤怒後照鏡不見其面數日而禍及姑孰桓玄所出大槧府埶於此圖南故曰南州其界九井山丹文從玄於此游故作是詩叙其進退危懼之情也

四運雖鱗次理化各有准向曰四運四時也准平也言四時其運行若魚鱗之相次其物理變化亦各均平若一也獨有清秋日能使高興盡翰曰清秋感人與喻之情可盡於此景氣多明遠風物自凄緊濟曰凄寒緊急也爽籟驚幽律哀壑叩虛牝良曰爽清也籟風激物之聲也驚起也清風激於幽深之處起其音律也牝亦谿谷也風入

有來豈不疾良遊常蹉跎　此句六臣有之

其中戚其哀也歲寒無早秀浮榮甘夙隕銑曰言歲既寒草木無復秀者仲文言我無實乃浮榮之人自甘早隕墜也何以標貞脆薄言寄松菌向曰言己貞正其猶松栢而性危晚同於朝菌謂被桓玄所制憂懼至斯哲匠感蕭辰肅此塵外軫翰曰哲智也匠謂善宰萬物者謂桓玄也蕭辰謂秋風蕭瑟之辰言玄此時進篤於高山出於塵外也肅猶清也軫車也曠逸散之愛遠藹紆勝引濟曰泛謂玄大設宴席泛博愛士逸爵猶飛柸也妙勝之人相引而飲伊余樂好仁惑袪吝亦泯良曰伊推也余仲文自稱也言樂桓玄好仁之懷使我疑惑鄙吝袪除泯絕也猥首阿衡朝將貽匈奴哂銑曰言我猥以不才之身爲冠首於阿衡之朝恐匈奴聞之而笑我矣此仲文自謙而美桓玄也玄爲大司馬以比伊尹爲阿衡也

游西池一首五言　謝叔源

向曰臧榮緒晉書云謝混字叔源少有美譽善屬文爲尚書左僕射以黨劉毅被誅西池丹陽西也混思與友朋相與爲樂

悟彼蟋蟀唱信此勞者歌翰曰蟋蟀在堂歲聿云暮今我不樂日月其除韓詩云伐木廢朋友之道缺矣勞者歌其事皆思友之詩也逍遙越城肆願言屢經過迴阡被陵闕高臺眺飛霞銑曰阡道也陵山陵闕城闕也惠風蕩繁囿白雲屯曾阿向曰惠風謂春風施惠萬物也蕩動也繁囿謂園囿繁茂也屯聚曾重也阿大陵也景昃鳴禽集水木湛清華翰曰景昃日斜也湛澄華麗也褰裳順

蘭沚徙倚引芳柯濟曰蘭沚水渚有蘭也芳柯蘭枝也徙倚時行也
美人愆歲月遲暮獨如何良曰美人謂友人也愆過也言友人遲晚不至將如之何我
無為牽所思南榮誡其多銑曰莊庚桑子誡南榮趎曰全爾形抱爾生無使汝思營營謂相思不已自誡之詞

泛湖歸出樓中翫月一首五言　謝惠連

向曰樓即所居之樓
日落泛澄瀛星羅遊輕橈音饒翰曰澤中日瀛星羅謂夜也橈檝也
憩榭面曲汜臨流對迴潮濟曰憩息也臺上有木曰榭水決復入曰汜迴潮潮落之名
輟策共駢筵并坐相招要哀鴻鳴沙渚悲猿響山椒銑曰山椒山頂也
亭亭映江

月飂飂留出谷飆音標向曰亭亭月明皃飂飂風聲飆風也斐斐
氣羃岫泫泫露盈條翰曰斐斐山氣皃羃覆也岫山峯也泫泫露光盈滿也條細枝
近矚袪幽蘊遠視盪諠囂銑曰矚望袪除幽靜蘊積盪滌諠聒囂氣也
晤言不知罷從夕至清朝向曰晤對也

從游京口北固應詔一首五言　謝靈運

濟曰京口江口北固山名靈運從宋高祖上此山樓望江而應制也凡私天子曰應詔
玉璽戒誠信黃屋示崇高良曰玉璽謂天子傳國璽此者戒人誠信使敬於上黃屋謂人君以黃繒爲蓋此者示人崇高有異於下也
事為名
敎用道以神理超銑曰此二事蓋為名敎而用之至於大道化人在神理超遠而已
昔聞汾水游今見塵外鑣銑曰堯見四子藐姑射之山汾水之陽窅然喪其天下故云昔聞也今見者謂宋高祖登北固山若飃然出於塵外正與堯意相合也鑣衘也
鳴笳發春渚稅鑾登山椒翰曰笳簫也大駕行必吹簫稅捨鑾駕也山椒山頂也
張組眺倒景列筵矚歸潮濟曰組帷也山臨水而影閣謂之倒景筵席也
遠巖映蘭薄白日麗江皐良曰薄叢也麗美也江皐江曲也
原隰荑啼綠柳墟囿散紅桃銑曰高平曰原下濕曰隰美軟枝也墟丘圃園也
皇心美陽澤萬象咸光昭向曰皇宋高祖也言宋高美此陽春而布德澤故萬象皆光昭也
顧己枉維縶撫志慙塲苗翰曰

詩云皎皎白駒食我塲苗縶之維之以永今朝白駒喻賢人有絜白之德食塲苗喻食祿維縶皆繫也喻爵賢人使入仕也靈運自謙顧己非賢枉見縶繫而仕循撫其志實慙食祿而已
工拙各所宜終以反林巢濟曰工巧也巧拙各有所宜靈運謙以為宜在放逸終將歸於山林而巢居也
曾是縈舊想覽物奏長謠良曰曾則謠歌也靈運云素願自退今覩山水樂之則是縈於舊想故覽物色而奏長歌也

晚出西射堂一首五言○銑曰射堂在永嘉西靈運獨處常不得意作是詩也然此以下皆永嘉所作

步出西掖門遙望城西岑連障疊巘魚偃崿五各
青翠杳深沈向曰岑山峯也山橫曰障巘崿崖之別名青翠山色杳冥也

曉霜楓葉丹夕曛嵐氣陰翰曰楓木名曛黄昏時嵐山風也節往感不淺感來念已深濟曰節時感憂也羈雌戀舊侶迷鳥懷故林含情尚勞愛如何離賞心良曰羈雌無耦也萬物含情尚愛儔類如何使我離賞心之人乎撫鏡華緇鬢攬帶緩促衿銑曰華白緇黑也言老瘦帶緩故促其衣衿也安排徒空言幽獨賴鳴琴向曰安排之理空有其言幽獨不聞是賴鳴琴而已靈運以此自解

登池上樓一首五言○翰曰靈運被譖出時有疾起而作是

潛虬媚幽姿飛鴻響遠音薄霄愧雲浮棲川怍淵沈濟曰虬龍怍慙也虬以潛處而自保鴻以遠飛而去患靈運既羈世網故有愧慙虬鴻之義進德智所拙退耕力不任良曰言進德濟世智則昧拙退耕自給力不堪任徇祿反窮海臥痾對空林銑曰徇求也求嘉海畔故云窮海痾病也衾枕昧節候褰開暫窺臨向曰臥病於衾枕暗於節候故云褰開帷簾窺臨景物也傾耳聆波瀾舉目眺嶇嶔音欽翰曰聆聽眺望也嶇嶔山高皃初景革緒風新陽改故陰濟曰初景初春也革改緒餘也春爲陽冬爲陰也池塘生春草園柳變鳴禽良曰塘隄也鳴禽鶯也祁祁傷豳歌萋萋感楚吟銑曰詩豳風云春日遲遲采蘩祁祁楚詞云王孫游兮不歸春草生兮萋萋言感傷此歌吟也索居易永久離羣難處心向曰離羣索居歲月久而難處其心也持操豈獨古無悶徵

在今翰曰執持雅操豈獨於古無悶也道驗之於我將爲之矣易云遯世無悶

游南亭一首五言○銑曰靈運所居之南亭　謝靈運

時竟夕澄霽雲歸日西馳濟曰時竟謂日暮之時竟盡一日也澄清也霽雨止也密林含餘清遠峯隱半規良曰含餘清謂雨後氣尚清涼也隱半規謂日落峯外隱半見規圓日之形也久痗昏墊丁念苦旅館眺郊歧銑曰痗病也昏墊溺言病此霖雨之苦也旅館客舍也眺視也郭外曰郊歧道也澤蘭漸被徑芙蓉始發池向曰被覆也未厭青春好已覩朱明移翰曰夏爲朱明戚戚感物歎星星白髮垂翰曰戚戚憂思皃感此節物也星星白髮之皃藥餌情所止衰疾忽在斯良曰餌食也言不能違藥食故衰疾忽然在此逝將候秋水息景偃舊崖銑曰言將俟秋水至隨流而歸息形影於舊居之山崖我志誰與亮賞心惟良知向曰亮信良美知交也

游赤石進帆海一首五言○翰曰赤石山抗海靈運於此進也　謝靈運

首夏猶清和芳草亦未歇水宿淹晨暮陰霞屢興沒濟曰水宿宿於舟中也淹久興起也周覽倦瀛壖而緣況乃陵窮髮良曰瀛海壖岸也周覽於此尚以勞倦況若昔人陵窮髮之地哉窮髮無毛之地在北海之北也川后時安流天吳靜不發銑曰川后波神天吳水伯揚帆采石華挂席拾海月向曰石華附石

生海月如鏡皆中食故采拾之挂席則揚帆也溟漲無端倪虛舟有
超越翰曰溟漲皆海也端倪猶涯際也輕舟而進曰虛舟超越輕疾皃仲連
輕齊組子牟眷魏闕濟曰齊相田單攻聊城不下魯仲連乃為書遺
燕將燕將得乃自殺聊城歸而言於王欲爵仲連仲連逃於海上故云輕組組綬也
仲山公子牟謂詹子曰身在江海之上心居魏闕之下故云眷也矜名道不
足適已物可忽良曰忽忘也矜名則必危身故於道未足適己則不齊於
代故於物有忘請附任公言終然謝天伐銑曰孔子困於陳太
公任往弔之曰直木先伐甘泉先竭子其意者飾智以驚愚故不免言可用於物則傷於
已靈運將依太公任之言不為人用謝去天伐以存其生

石壁精舍還湖中作一首五言○向曰言靈運游山

選十一　三十三

手也

昏旦變氣候山水含清暉清暉能娛人游子
憺忘歸向曰憺然安意也出谷日尚早入舟陽已微
翰曰陽微日落也林壑斂暝色雲霞收夕霏濟曰霏日氣也
時既暮故收斂氣也芰荷迭映蔚蒲稗相因依良曰芰荷
蒲稗皆水草迭遞也映蔚其色鬱茂蔭映也披拂趨南徑愉悅偃
東扉銑曰南徑東扉即所居也趨疾行偃臥也慮澹物自輕意愜
理無違向曰思慮澹然志意愜當則外物自輕於至理無違也寄言攝
生客試用此道推翰曰言養生不出此道也攝養也

登石門最高頂一首五言○濟曰言靈運登石門山也

晨策尋絕壁夕息在山棲良曰策策杖也絕懸絕也
抗高館對嶺臨迴溪銑曰疏鑿也迴溪谿曲迴也長林羅
戶庭積石擁基階連巖覺路塞密竹使徑迷
來人忘新術去子惑故蹊翰曰術蹊皆山路活活夕
流駛色吏噭噭夜猿啼濟曰活活水聲駛疾也噭噭猿聲沉
冥豈別理守道自不攜良曰自言沉冥默豈復別理但欲守道
使不攜離心契九秋榦目翫三春荑銑曰九秋榦松之類三春
荑草之類言心契堅貞自游於道翫色亦同於俗也居常以待終處順
故安排向曰居常道以待終天年處順理而安排依事將使憂樂不能入於我也
惜無同懷客共登青雲梯良曰同懷謂友人也仙者因雲而升
故曰雲梯

選十一　三十四

於南山往北山經湖中瞻眺一首五言○銑曰則靈運所居南山北山

朝旦發陽崖景落憩陰峯良曰山南曰陽也景日憩息也
舍舟眺迴渚停策倚茂松側徑既窈窕環洲亦
玲瓏翰曰迴遠策杖徑路也窈窕長遠皃玲瓏明暗皃俛視喬木杪
仰聆大壑淙在冬良曰俛下喬高杪末聆聽也淙水聲言登於山半下視高
木之末仰聽流水之聲石橫水分流林密蹊絕蹤良曰蹊徑
蹤迹也解作竟何感升長皆丰峯容銑曰丰茸盛也言雷
雨作解竟何感動而令草木升長皆得盛容初篁苞綠籜

含紫茸向曰竹叢生曰篁苞裹也籜竹皮紫茸蒲花也海鷗戲春
岸天雞弄和風翰曰海鷗天雞鳥名和風春風撫化心無厭
覽物眷彌重良曰撫萬物變化雖無厭倦覽春物則媚眷視重疊不惜
去人遠但恨莫與同向曰去人謂隱人也但恨不與友人游處於此
孤游非情歎賞廢理誰通濟曰言非我情獨為歎息且賞
也
此廢此是理誰能通矣

從斤竹澗越嶺溪行一首五言○銑曰越度也

猿鳴誠知曙谷幽光未顯向曰曙曉也光日光也巖下
雲方合花上露猶泫胡犬翰曰泫露垂皃逶迤傍隈隩
烏到迢遞陟陘刑峴刑典良曰隈曲隩涯也山中斷曰陘山嶺曰峴過

選十一　二十五

澗既厲急登棧亦陵緬濟曰厲涉也急急流也山行險處以板棧
路緬遠也川渚屢逕復乘流翫迴轉銑曰徑復往來也乘隨流
蘋萍泛沉深菰蒲冒清淺向曰蘋萍菰蒲皆水草泛浮冒覆也
企石挹飛泉攀林摘葉卷翰曰企舉踵也挹酌也葉卷謂初生
未展想見山阿人薜蘿若在眼良曰楚詞云若有人兮山之阿
披薜荔兮帶女蘿運想也其猶眼見也握蘭勤徒結折麻心莫
展濟曰蘭麻皆芳草可以投贈者言事君勤苦空結於懷相知之心無由申展
情用賞為美事昧竟誰辨銑曰言賞樂忠誠以為美此事深昧誰
能辨也觀此遺物慮一悟得所遣向曰觀此山水使人遺忘
物慮一悟乎遺自此而遣

應詔觀北湖田收一首五言　顔延年

翰曰延年從宋文帝游曲阿北湖觀收田勤苦應詔作此詩也
周御窮轍跡夏載歷山川濟曰周穆王周行天下使有車轍馬
跡夏禹曰予乘四載隨山刊木故云窮轍跡歷山川也蓄軫豈明懋善
游皆聖仙良曰軫車懋勉也言蓄車不行豈曰明德勉勵之君善為巡游者皆
是聖智靈仙之主帝暉膺順動清蹕巡廣壥文銑曰帝暉帝
光膺當也順時而動天子輦動出則傳蹕止人清道也壥田也樓觀眺豐穎
金駕映松山向曰樓觀曲阿城上樓觀豐茂穎穗也金駕金車也飛奔
互流綴緹轂代迴環翰曰飛奔車也或流散或連綴緹轂騎也迴環
周行也神行埒浮景交映溢中天良曰埒等也言天子與神

選十一　三十六

明俱行等於浮景與日爭光盈溢於中天開冬眷徂物殘悴盈化
先濟曰開冬十月也此時徂落之物雖復殘悴而盈於始春初化之先言其足觀也
陽陸團精氣陰谷曳寒煙良曰陽陸天道也精氣謂太陽精也
陰谷之氣如寒煙也攢素既森藹積翠亦蔥芊銑曰言木葉既
落霜封其枝故云攢素森藹霜盛皃松栢重布故云積翠蔥芊鬱茂皃息饗報
嘉歲通急戒無年向曰嘉歲豐歲也戒備也無年饑年也息人宴饗以
報豐歲通人之急以備饑年溫渥浹輿隸和惠屬後進翰曰
渥厚也輿隸至賤者言天子溫厚之德布於至賤及後進延年自謂觀風久有
作陳詩愧未妍濟曰言從帝以觀土風而作陳詩既愧不妍美疲
弱謝凌遽取累非纆墨牽良曰纆牽馬繮也太長則累於馬行

延年自言疲弱不能捷速非經牽所累淩遽捷速也
車駕幸京口侍游蒜山作一首五言○銑曰此
題延年侍游蒜山題其詩意乃不得從駕恐題之誤
元天高北列日觀云臨東溟向曰元天山名北列北方也日
觀太山東南京溟謂東海入河起陽峽踐華因削成翰曰秦築
長城洩河據陽山峽山側也又躡華山爲城華山四面峻如削成巖險去漢
宇襟衛徙吳京濟曰漢水秦之關塞而居之乃漢末有吳開國巖谷之險
襟衛之衛皆遷徙江外就吳之京流池自化造山關固神營
銑曰因流爲池據山爲城告化造神營非人力能致園縣極方望邑社
總地靈向曰園縣山陵也方望謂祭四方羣神地靈地祇也言總盡總括於此宋

都其地故美言也宅道炳星緯誕曜應辰明翰曰宅居道界
炳光也言帝所居之界實先星紀之緯辰北方星宋以水德故云誕曜應辰明睿思
纏故里巡駕市舊坰濟曰睿聖也聖謂文帝也晉之東遷劉氏來居
晉陵丹徒之京也故云故舊坰纏猶懷也市猶徧也里陟峯騰輦路尋
雲抗瑤甍音萌向曰鑿山峯以通輦路尋雲言高也抗舉也以瑤玉飾屋甍屋
脊也春江壯風濤蘭野茂美啼英銑曰蘭野美言之美英初
生草也宣游弘下濟窮遠凝聖情向曰宣徧弘大凝成也言
徧游窮遠大爲下濟之道以成聖人之情岳濆有和會祥習在卜
征濟曰齊桓公時岳濆諸侯莫不來服故云有和會先王卜征王年歲卜其祥祥習則周南悲昔老留滯感遺氓向曰漢武封太
行言我天亦然

山司馬談使南陽至周南之地逢子遷謂曰我不登封者命也昔老則談也遺氓延年自
謂也言我不得從登蒜山感慕之情亦與談類空食疲廊肆反稅事
巖耕翰曰言己素餐疲倦於廊廟之列今欲反輸園稅事耕巖石之下此延年之謙
詞也

車駕幸京口三月三日侍游曲阿後湖
作一首五言

虞風載帝狩夏諺頌王游良曰虞書云歲二月東巡狩夏諺曰
吾王不游吾何以休載記也春方動宸駕望幸傾五州濟曰
春東方也宸駕天子駕言天子巡狩自東方起也九州之地宋得其五州之人傾心望
帝臨幸山祇蹕嶠路水若警滄流銑曰山祇山神水若水神

也言威山水之神衛警蹕於川路神御出瑤軫天儀降藻舟
向曰神天皆謂帝也御幸也儀容儀也瑤軫玉車也藻舟畫船也言自車入船萬軸
胤行衛千翼泛飛浮翰曰翼艘也萬軸言多也胤繼也行衛宿衛也
千艘言舟多也泛兒飛浮舟行兒雕雲麗琁蓋祥颷被綵斿
濟曰麗附也琁蓋以玉飾蓋彫鏤雲氣附其上被猶吹也綵斿旗名祥颷瑞風吹使飛
揚江南進荊豔河激獻趙謳良曰江南地名荊豔楚歌河激
中流也昔女涓者津吏之女趙簡子渡河於中流奏河激之歌簡子悅之趙女所奏故云
趙謳言今天子之行亦復有此金練照海浦笳鼓震溟洲銑曰
金練金甲也笳簫溟海也藐邈盼覯青崖衍漾觀綠疇向曰
藐盼迴顧皃覯見衍漾廣大也疇田也民靈翕都野鱗翰聳

丘翰曰民靈人神也鱗翰魚鳥也都野人神所居淵立魚鳥所處見天子兵甲鼓吹之盛皆審聲驚懼德禮既普洽川岳徧懷柔濟曰道德禮儀普徧周洽於川岳之神亦歡欣來居此地矣懷來柔安也

行樂至城東橋一首　五言　鮑明遠

良曰昭因疾服藥行而宜導之遂至建康城東橋見游宦之子而作是詩

鷄鳴關吏起伐鼓早通晨良曰伐擊也通晨以表天明嚴車臨迥陌延瞰歷城闉銑曰嚴整迥遠延長瞰視也闉城曲也蔓草緣高隅脩楊夾廣津向曰隅城角脩長也津橋岸也迅風首旦發平路塞飛塵翰曰迅風喻法令暴急也飛塵喻時代昏闇擾擾游宦子營營市井人濟曰言游宦子同於市井之人

選十一　三十九

擾擾營營皆馳逐皃懷金近從利撫劒遠辭親良曰謂遠仕者金印也利謂利祿爭先萬里途各事百年身開芳及稚節含彩吝驚春銑曰夫人開布芳華之德宜在幼稚之年含其光彩驚惜春序恐時過年謝吝惜也尊賢永照灼孤賤長隱淪向曰尊貴賢大也照灼盛熱勢也隱淪沒也言人貴大則長居盛熱孤賤則長見蔽沒容華坐消歇端為誰苦辛翰曰端正也言已一道德不行容華消歇生苦辛正為誰也歎恨之深

游東田一首　五言　謝玄暉

濟曰則朓所居之東田

戚戚苦無悰在冬携手共行樂良曰戚戚憂歎皃悰亦樂也行樂謂游東田也尋雲陟累榭隨山望菌閣銑曰陟升累重也臺上有木曰榭菌香草也言菌閣美也遠樹曖阡阡生煙紛漠漠向曰曖不明皃阡阡茂美皃紛亂也漠漠布散也魚戲新荷動鳥散餘花落不對芳春酒還望青山郭翰曰古詩云夕宿青山郭旦上青山上青山不可上步步恨惆悵此言不對芳春酒以消憂還如望青山郭之酒悵

從冠軍建平王登廬山香鑪峯一首　五言　江文通

濟曰宋建平王景素為冠軍登廬山東南有香鑪山孤峯秀起游氣籠其上氣氳若香煙也觀淹詩意乃和王詩此不云應教誤矣

選十一　四十

廣成愛神鼎淮南好丹經良曰抱朴子曰九轉丹內神鼎中廣成子上古之仙人當亦愛此神鼎也淮南王劉安好道術之士云是八公授以丹經此山具鸞鶴往古盡仙靈銑曰洪井西有鸞岡云洪崖先生乘鸞所憩之處鸞岡西有鶴嶺王喬控鶴經過之所故云具鸞鶴盡仙靈喻建平王來也瑤草正翕艴許及許力玉樹信葱青向曰瑤草玉樹皆美言之翕艴葱青盛鬱皃絳氣下縈薄白雲上杳冥翰曰絳赤霞氣也縈繞也草木叢生曰薄杳冥深暗皃則謂似香鑪之煙中坐瞰蜿虹俛伏視流星濟曰中坐半山坐也俛下也視蜿虹下視流星言山之高平不尋遐怪極則知耳目驚良曰言人不遠尋異而至此山者則知驚其耳目極盡也日落長沙渚曾陰萬里生銑曰長沙地名

曾重也言山高而陰遠
藉蘭素多意臨風默含情向曰藉蘭
言於山間以蘭藉地而坐此意素多臨風默然含情方學松柏隱羞逐
市井名翰曰隱幽隱也未承光誦末伏思託後旌濟曰
後旌後車也光誦謂建平王首篇也言承此之末伏思託於後車

鍾山詩應西陽王教一首　五言　沈休文

向曰宋西陽王子尚
靈山紀地德地險資岳靈銑曰紀猶表也資猶因也終南
表秦觀少室邇王城向曰終南山爲秦宮觀之儀表少室山近周王
之城翠鳳翔淮海衿帶繞神坰向曰鳳翔喻宋興於淮海之地
衿帶之固乃在建業焉稱神者美言之野外曰坰北阜何其峻林薄

選十一　四十一

杳葱青其一濟曰鍾山在北故云北阜草木叢生曰薄杳深也葱青茂盛皃發
地多奇嶺干雲非一狀良曰發地言起發於地也干雲言高也
言形多也合沓共隱天參差分相望銑曰合沓高大皃
衆峯高大共隱蔽於天參差分布相望而列於地鬱律搆丹巘魚假崚盧
登嶒起青嶂向曰鬱律直上皃山甗形曰巘言搆成此形崚嶒重疊皃山
曰嶂勢隨九疑高氣與三山壯其二翰曰九疑山名三山即海
中蓬萊方丈瀛洲之山即事既多美臨眺殊復奇良曰即
山中之事已多美矣臨眺四外復有奇迹南瞻儲胥觀西望昆明
池濟曰儲胥觀昆明池皆在西京今此擬而作也山中咸可悅賞逐
四時移春光發隴首秋風生桂枝其三銑曰隴首山名

也桂枝者桂樹枝也多值息心侶結架山之足向曰灌頂經
云息心達本源故號爲沙門侶徒侶也架造廬也八解鳴澗流四禪
隱巖曲翰曰維摩經云八解之浴池定水湛然蒲言八解之池與澗水俱流而鳴
大品經云初禪二禪三禪四禪言此四禪之人隱此山巖之曲窈冥終不見
蕭條何所欲向曰窈冥深遠皃言皆深遠不可見使人蕭條然無所可欲而
近於道所願從之游寸心於此足其四君王挺逸
趣羽旆臨崇基濟曰君王則西陽王也羽旆旌類崇基謂鍾山白雲
隨玉趾青霞雜桂旗銑曰玉趾美言王之足也王登于山故曰雲隨
其足桂旗旗名其高與青霞相雜淹留訪五藥顧步佇三芝
向曰五藥草木虫石穀也三芝石芝靈芝肉芝也於焉仰鑣皮苗駕歲

選十一　四十二

暮以終期其五翰曰歲暮喻老也言已於此仰奉王之鑣駕及老終期隱於此
也

宿東園一首　五言○濟曰休文家園

陳王鬬雞道安仁采樵路良曰陳思王曹植詩云鬬雞東郊道
潘安仁詩云采樵往東路東郊豈異昔聊可閑余步銑曰閑緩
也野徑既盤紆荒阡亦交互向曰阡道也盤紆交互屈曲反
覆皃槿籬疏復密荊扉新且故翰曰以槿作園籬以荊爲門扉
樹頂鳴風飈草根積霜露驚麏居雲去不息征
馬時相顧濟曰飈亦風也麏獐也茅棟嘯愁鴟平岡走
寒兎夕陰帶曾阜長煙引輕素良曰曾重阜山也

光忽我遒，豈止歲云暮。銑曰飛光月光也遒迫也日月迫落豈止歲暮而已老將及我不得游於斯也若蒙西山藥，頹齡儻能度。向曰魏文詩云西山一何高高高殊未極上有兩仙童不飲亦不食與我一丸藥光耀有五色服之四五日身體生羽翼言我若蒙此藥而頹毀之年儻或能畢於天地齡年也

游沈道士館一首 五言○翰曰休文游道士沈恭館

秦皇御宇宙，漢帝恢武功。濟曰秦皇始皇也漢帝武帝也恢大也懽娛人事盡，情性猶未充。良曰充滿也銳意三山上，託慕九霄中。銑曰銳盡也三山蓬萊方丈瀛洲也九霄九天仙人所居處也既表祈年觀，復立望仙宮。向曰祈年秦所立望仙漢所立寧為心好道，直由意無窮。翰曰皆謂秦漢之主曰余知止足，是願不須豐。銑曰余約自稱也求豐大也山嶂遠重疊，竹樹近蒙籠。濟曰橫曰嶂開襟濯寒水，解帶臨清風。向曰濯滌也寒水秋水也所累去非外物，為念在玄空。翰曰玄空道也言我游此超然自得不為外物累己所念在於道也朋來握石髓，賓至駕輕鴻。濟曰石髓石之髓也得而服可長生故朋來握此食之鴻鳥名仙者以為駕故賓至則相與乘也都令人徑絕，唯使雲路通。一舉凌倒景，無事適華嵩。良曰倒景在日月之上日月反從下照故謂倒景言我一舉而升於此更何事適嵩華之山而求道也寄言賞心客，歲暮爾來同。銑曰賞心客謂與我賞此之友人歲暮謂年老也言及老與爾同此事

古意酬到長史溉登琅邪城詩一首 五言 徐敬業

向曰何元之梁典曰徐悱字敬業少有才學為晉安內史古意作古詩之意也酬報也溉為司徒長史登此城作詩贈悱故悱報也

甘泉警烽候，上谷抵樓蘭。翰曰甘泉山名匈奴犯塞烽火至甘泉宮上谷郡名近樓蘭之國警猶警策也抵猶拒也此江稱豁險，茲山復鬱盤。濟曰此江即岷江也茲山即鍾山也豁險鬱盤重厚皃言此江山比於甘泉上谷表裏窮形勝，襟帶盡巖巒。良曰巖巒山也言衿帶之固盡是此山脩篁壯下屬之欲，危樓峻上干。銑曰脩長屬及也竹叢曰篁言竹生於山上下及於地益山形之壯矣危高也言城上高樓亦山之峻上干於雲也此城依山而作登陴起遐望，迴首見長安。向曰陴城上女牆也遐遠也長安謂丹陽城金溝朝灞滻產，甬通道入鴛鸞。翰曰金溝之水入灞滻如江河朝宗於海甬道起土為道鴛鸞殿名皆西京之事此擬而作之故望見鮮車騖華轂，汗馬躍銀鞍。良曰鮮新騖奔也華轂謂飾其轂銀鞍用銀以飾鞍言見城中車騎若此少年負壯氣，耿介立衝冠。濟曰負恃也耿介猶志操也壯士之怒髮上衝冠悱自言少年時壯氣志操既立怒天下未平而髮上衝冠懷紀燕山石，思開函谷丸。銑曰漢將竇憲破匈奴於會稽登燕然山刻石記其功德悱言我心懷於此隗囂將王元謂囂曰請以一丸之泥東封函谷關言我思欲開此豈如霸上戲，羞取路傍觀。向曰漢時匈奴入邊遣宗正劉禮軍霸上文帝馳入其軍

教切 所吳 亭居呈切

曰霸上軍兒戲耳俳言我不能如劉禮作兒戲使路傍觀之而取笑寄言封侯

者數奇良可歎翰曰李廣與衛青代匈奴青陰受上旨以爲李廣數奇無

令當單于廣竟失道自殺奇謂無偶也夫將有大功則封爲侯當數奇之時良可歎息也

此皆悱之心事以報於懷善曰漢書李廣與望氣王朔語曰自漢擊匈奴廣未嘗不在其中而諸將校尉以軍功取侯者數 廣不爲人後然終無尺寸之功以得封邑者何也豈吾相不當侯邪又曰大將軍衛青陰受上旨以爲李 數奇孟康曰奇隻不耦也如淳曰數爲匈奴所敗數所吳切奇居宜切

詠懷詩十七首　五言　　阮嗣宗

良曰臧榮緒晉書云阮籍字嗣宗陳留尉氏人容皃瓌傑志氣宏放蔣濟辟爲掾後爲尚書郎步兵校尉籍屬文初不苦思率爾便成作陳留八十餘篇此獨取十七首詠懷者記人情懷籍於魏末晉文之代常慮禍患及已故有此詩多刺時人無故舊之情逐勢利而觀其體趣實謂幽深非夫作者不能探測之

選十一　四十五

夜中不能寐起坐彈鳴琴濟曰夜中喻昏亂不能寐言憂也彈琴欲以自慰其心

薄帷鑒明月清風吹我衿銑曰帷帳鑒照也

孤鴻號外野翔鳥鳴北林向曰孤鴻喻賢臣孤獨在外號痛聲也翔鳥鷙鳥好迴飛以比權臣在近側謂晉文王也

徘徊將何見憂思獨傷心翰曰由此而憂思

二妃遊江濱逍遙順風翔交甫懷環珮婉孌力轉有芬芳濟曰江妃二女遊於江濱解珮以贈鄭交甫也翔行也婉孌美皃

猗於綺靡情歡愛千載不相忘良曰猗靡相思不相忘者情意深也交甫則未如此籍飾成此文

傾城迷下蔡容好結中腸銑曰言美皃傾人之城迷惑下蔡之邑由此容皃美好結人心腸皆謂晉文王初有輔政

心爲美行佐主有如此者

感激生憂思萱草樹蘭房膏沐爲誰施其雨怨朝陽銑曰後遂事權而欲篡位使我感激而生憂思萱草忘憂也蘭香草也言我將忘此憂自脩芳香之行膏沐仁義之道念天下若此將誰爲施之詩云其雨其雨杲杲出日言本望得雨不謂日出亦猶本期輔弼不謂篡奪也

如何金石交一旦更離傷翰曰言臣主初爲金石固交一朝離傷使如此也旦朝也

嘉樹下成蹊東園桃與李秋風吹飛藿零落從此始濟曰嘉美也蹊道也藿猶葉也言及秋風而零落也言晉當魏盛時則盡忠及微弱則陵之使魏室零落自此始也

繁華有憔悴堂上生荊杞銑曰荊杞喻新臣言因魏室陵遲新臣是生新臣則晉文王也

驅馬捨之善本舍

選十一　四十六

去去上西山趾銑曰西山伯夷叔齊隱處也趾山足也言晉無始終不及夷齊故上西山也

一身不自保何況戀妻子向曰言遇此時不可相保

凝霜被野草歲暮亦云已向曰已盡也言霜凝歲暮野草當盡我值今日身亦固然此乃藉憂生之詞也

昔日繁華子安陵與龍陽濟曰繁華喻人美盛如春華之繁安陵君纏得寵於恭王王與獵王曰我萬歲後子誰與爲樂泣曰大王萬歲後臣願得爲殉王封之三百戶龍陽君得幸於魏王王與共船而釣乃泣曰臣釣得大魚而棄前所得小魚今四海美人甚多臣亦不異所得魚也王乃布令敢言美人者誠族

夭夭桃李花灼灼有輝光良曰夭夭美皃灼灼明皃

悅懌若九春磬折似秋霜銑曰懌樂也春陽也陽數九故云九春萬物悅樂之時也磬樂

器其形曲折秋霜能摧折萬物言此二人自屈折曲事君有如此者秋殺也流眄
發姿媚言笑吐芬芳攜手等歡愛宿昔同衾
裳向曰昔夜也願為雙飛鳥比翼共翱翔翰曰此情相得
願為比翼之鳥雙飛而游丹青著明誓千載不相忘濟曰誓約
如丹青之分明雖千載而不相忘也言安陵龍陽以色事楚魏之主尚猶盡心如此而晉
文王蒙厚恩於魏不能竭其股肱而將行篡奪籍恨之甚故以刺也
天馬出西北由來從東道良曰漢代大宛得駿馬乃作天馬歌
曰天馬來兮從西極涉流沙兮九夷服天馬來兮從無草經千里兮循東道言天馬來自
西北從於東道此亦萬事不定春秋非有託富貴焉常保銑曰
春秋相代訖竟之時而富貴者安能長保持也清露被臯蘭凝霜霑

野草向曰春露秋霜互以相代朝為美少年夕暮成醜老
自非王子晉誰能常美好翰曰王子晉古仙人以喻貞正之士
言世人逐時興衰共有長生者也
登高臨四野北望青山阿松柏翳岡岑飛鳥
鳴相過濟曰阿曲翳蔽也但見丘墓松栢飛鳥往來而已感慨懷辛
酸怨毒常苦多良曰由此而悲歎也慨歎息也辛酸鼻也毒病也李
公悲東門蘇子狹三河求仁自得仁豈復歎
咨嗟銑曰李公李斯也本楚上蔡人度楚不足仕乃說秦平六國而為丞相臨刑謂
其子曰吾欲與汝牽黃犬出上蔡東門逐狡兔之樂其可得乎故云悲東門蘇子蘇秦也
本洛陽人洛陽三川之地則三河也蘇秦以其地狹小不足逞其志乃游說六國佩其相

趨後爭寵於齊為刺客所殺言二子豈不知勢利以近禍敗也為而犯之者亦猶求仁
而得仁誰復為之嗟矣籍登高望見丘賁松栢而懷李公蘇子以為世人不知止足後必
悔恨有如此者
開秋兆涼氣蟋蟀鳴牀帷向曰詩云十月蟋蟀入我牀下兮
初秋始涼已鳴牀帷者傷時政迫促感物懷殷憂悄悄令心悲
翰曰感物感時政也悄悄憂心也多言焉所告繁辭將訴誰
良曰言此心無所告訴微風吹羅袂明月耀清暉晨雞
鳴高樹命駕起旋歸濟曰微風喻魏將衰令微也明月喻晉王為
事權臣也雞知時者言我亦知時如此將命駕歸于山林隱居而避此亂代
平生少年時輕薄好絃歌西游咸陽中趙李

相經過良曰漢都咸陽也成帝趙飛鷰武帝李夫人並善歌舞故託以經過也
娛樂未終極白日忽蹉跎驅馬復來歸反顧
望三河向曰晉文王河內人故託稱三河言輕薄之情平生經過游樂於魏都
之中及魏室衰暮而去望晉黃金百鎰盡資用常苦多北
臨太行道失路將如何翰曰季良謂魏王曰臣見人北面持其駕
告臣曰我欲之楚臣曰之楚何為北面此非楚之道曰吾馬良吾用多吾御善此數者雖
其去楚逾遠縱黃金百鎰資用苦多豈可供其失路之費也喻人素有美行於魏今失路
歸晉其於美行盡以喪矣將如之何哉
昔聞東陵瓜近在青門外濟曰故秦時東陵侯邵平種瓜於青
門外其瓜甚美足供其賓客連畛距阡陌子母相鉤帶五

色曜朝日，嘉賓四面會。良曰畛界距至也阡陌皆道也子母瓜之子母也鉤帶猶連綴也瓜有五色其光曜日嘉賓邵平之客
膏火自煎熬，多財爲患害。布衣可終身，寵祿豈足賴。銑曰膏以明而受煎熬人以財而見患害豈如邵平復爲布衣終身不仕至於寵祿何足恃賴顧朝廷若是願以退居故有此詞

步出上東門，北望首陽岑。向曰上東門洛陽東門首陽山伯夷叔齊避周之隱處
下有采薇士，上有嘉樹林。翰曰薇亦藿也可食之采薇士則夷齊也嘉樹謂嘉美之樹
良辰在何許，凝霜霑衣衿。良曰良辰謂和平也凝霜霑衣衿以喻衰代言和平之時今在何處而使衰代及人
寒風振山岡，玄雲起重陰。銑曰風振雲陰喻晉王專權而冐上

鳴鴈飛南征，鶗鴂發哀音。向曰鴻鴈飛征喻賢臣遠去鶗鴂哀音喻邪臣讒佞鶗鴂鳥鳴則百草不香
素質游商聲，悽愴傷我心。翰曰商聲秋之聲也草木凋素猶商聲用事國家衰弱猶姦臣執政是用傷我心矣

昔年十四五，志尚好詩書。被褐懷珠玉，顏閔相與期。濟曰褐布衣珠玉喻道德顏回閔子騫皆孔子弟子言少時學道德與此游從
開都臨四野，登高有所思。良曰開都謂出於都外所思謂思古之君子
丘墓蔽山岡，萬代同一時。銑曰言自古死至於今日故謂同一時也
千秋百歲後，榮名安所之。乃悟羨門子，噭噭今自蚩。向曰羨門子古仙人也乃悟羨門輕舉而我負

累所以自嗤安可嗤笑也籍憂於生理故以此詞自釋
徘徊蓬池上，還顧望大梁。翰曰蓬池池名大梁古梁城名
淥水揚洪波，曠野莽茫茫。濟曰洪大莽草也茫茫廣大貌
走獸交橫馳，飛鳥自隨翔。銑曰喻亂時人怖懼
是時鶉火中，日月正相望。良曰孟冬之月七星中星鶉火次星也日月相望十五十六日也
朔風厲嚴寒，陰氣下微霜。向曰朔北也寒霜喻姦臣之害人者
羈旅無儔匹，俛仰懷哀傷。翰曰代多邪佞故我無儔匹而俯仰悲傷
小人計其功，君子道其常。翰曰小人計邪諂以爲功君子守正直以爲常
豈惜終憔悴，詠言著斯章。良曰言我守以正道豈能憔悴及已所以著此詩以自明也

炎暑惟茲夏，三旬將欲移。銑曰三旬謂六月之旬欲入於秋也喻魏之末權移於晉
芳樹垂綠葉，清雲自逶迤。向曰喻魏尚有餘德逶迤長遠也
四時更代謝，日月遞差馳。翰曰差馳言相次而奔馳也
徘徊空堂上，忉怛莫我知。濟曰忉怛憂傷也莫我知莫知我也
願覩卒歡好，不見悲別離。良曰卒終也不見言不欲見別離喻晉篡魏而別離也
灼灼西頹日，餘光照我衣。迴風吹四壁，寒鳥相因依。銑曰頹日喻魏也尚有餘德及人迴風喻晉武四壁喻大臣寒鳥喻小臣也
周周尚銜羽，蛩蛩亦念飢。向曰周周鳥名重頭屈尾飲於河則沒留頸常銜鳥羽然後得飲有比肩獸曰蛩蛩能擧蟨草距虛負之而走以喻君臣

揖須而濟有晋不然於此如何當路子磬折忘所歸翰曰當路
子喻大臣也皆磬折曲以媚晋氏而忘致君之道豈為夸苦瓜與名憔
悴使心悲良曰此人皆夸大與名譽而致身趨附之地使我憔悴而心悲寧
與燕雀翔不隨黃鵠飛黃鵠游四海中路將
安歸濟曰燕雀喻姦佞黃鵠喻賢才言世人寧與姦佞相濟其要安於爵祿不能與
賢才盡力於君而受其黜退也
獨坐空堂上誰可與歡者山門臨永路不見
行車馬銑曰言人皆趨權臣無與己同登高望九州悠悠分
曠野孤鳥西北飛離獸東南下向曰孤鳥離獸東南西北
喻下人值亂代各分散而去日暮思親友晤言用自寫翰曰

言思志者與舒寫其心晤明也
北里多奇舞濮上有微音濟曰紂使師延作北里之舞靡靡之
樂紂亡延投濮水而死衛靈公宿於濮水上聞其音使師涓寫之言時尚其靡淫輕
薄游閑子俯仰作浮沈銑曰代人輕薄遂勢與衰而從之捷
徑從狹路僶俛趨荒淫向曰捷徑狹路非正道僶俛亦俯仰也
焉見王子喬乘雲翔鄧林翰曰王子喬古之仙人也鄧林林名
獨有延年術可用慰我心濟曰藉見時代若此但以全身爲上
故美矣
湛湛長江水上有楓樹林良曰湛湛水平皃楓木名皐蘭
被徑路青驪逝駸駸銑曰澤畔曰皐青驪馬也逝去也駸駸驟皃以

翰曰去之疾遠望令人悲春氣感我心向曰望則知春不
留人生非文故感我心緒三楚多秀士朝雲進荒淫翰曰三楚
謂楚文王都郢昭王都鄀平王都壽春秀士謂秀茂之士宋玉之流也玉爲高唐賦云
朝爲行雲暮爲行雨諷襄王之事進諫於君言朝廷之士隨風從流無能如此朱華
振芬芳高蔡相追尋一爲黃雀哀涕下誰能
禁良曰朱華喻榮盛莊辛諫楚傾襄王曰黃雀仰棲茂林鼓翅奮翼自以爲無患不知
王孫公子飛丸於高林卒爲庖鼎之實蔡聖侯與嬖妾嬖妾馳騁乎高蔡之中不知子發
受命于宣王繫己以朱絲而見之今君王不以國家爲事而騁游雲夢之中豈知穰侯受
命於秦王而投我於澠池之外乎於是王歎然變色泣下數行言觀初榮盛後如高蔡黃
雀之危一念至此泣涕不能禁止

秋懷詩一首　五言　謝惠連

銑曰感秋而述其所懷
平生無志意少小嬰憂患如何秉苦心矧復
值秋晏向曰嬰羅矧況晏晚也皎皎天月明奕奕河宿
爛翰曰奕奕長盛皃爛光皃蕭瑟含風蟬寥戾度雲鴈濟曰
蕭瑟寥戾皆聲也寒商動清閨孤燈曖幽幔良曰寒商秋風
也曖不明也耿介繁慮積展轉長宵半銑曰耿介專獨也繁
慮多憂也展轉反側也宵夜也夷險難預謀倚伏昧前筭銑曰
夷平倚申伏昧闇筭計也雖好相如達不同長卿慢翰曰
司馬相如字長卿嵇康高士傳讚曰長卿慢世越禮自放言我雖好相如明達矣一不欲

同其優世頹悦鄭生偃，惡取白衣宦。濟曰後漢鄭均為尚書乞骸謝病歸帝東巡過任城乃幸均舍勅賜尚書祿以終身時人號為白衣尚書言我頗悦鄭生偃息不欲同其為白衣宦也未知古人心，且從性所翫。賓至可命觴，朋來當染翰。良曰觴酒也翰筆也染筆於墨而制依文章高臺驟登踐，清波時陵亂。銑曰驟數也陵亂謂舟駛驚也頹魄不再圓，傾義無兩旦。向曰魄月義日也言日月既缺月之中無再從圓也日既傾一日之中無更朝也喻人老不可更少金石終銷毀，丹青暫彫煥。翰曰皆不能長久也彫煥光明皃各勉玄髮歡，無貽白首歎。濟曰勉勵也玄髮少年也貽遺也白首衰老皃因歌遂成賦，聊用布親串。古患反向曰串狎也言因歌詠怨賦此詩聊用布貞親狎之人

選十一　五十二

臨終詩一首五言　歐陽堅石

銑曰王隱晉書云歐陽建字堅石渤海人石崇甥也為馮翊太守趙王倫之為征西撓亂關中建每匡政不從欲迹楚王偉立之由是有隙石崇勸淮南王使誅倫未行事覺倫收崇建及母妻無少長皆斬建臨刑而作是詩也

伯陽適西戎，孔子欲居蠻。向曰老子姓李字伯陽見周無道遂入胡即戎也孔子欲居九夷夷蠻通稱也苟懷四方志，所在可游槃。翰曰言平常之人且懷四方之志所在皆可以游樂況乃遭屯蹇，顛沛遇災患。平聲濟曰而況遭亂代屯蹇災患者而不行乎顛沛猶傾覆也古

人達機兆，策馬游近關。銑曰衛大夫孫林父作亂蘧伯玉從行從近關而出言伯玉識機變也策馬遊從也咨余沖且暗，抱責守微官。銑曰咨嗟也沖童也言我猶童蒙暗之人抱負罪責守此微官不知去就致自取害也潛圖密已構，成此禍福端。向曰謂趙王倫謀亂已就彼敗則為禍彼成則為福故云禍福端構就也恢恢六合間，四海一何寬。天網布紘綱，投足不獲安。濟曰恢恢大皃[illegible]上下為六合紘綱索也言趙王倫[illegible]網害忠良將以害之使投足無處也[illegible]隆冬悴，然後知歲寒。銑曰言歲寒[illegible]猶時亂則害忠良[illegible]不涉太行險，誰知斯路難。向曰言世路[illegible]過太行之山真偽因事顯，人情難豫觀。窮達有定分，慷慨復何歎。平良曰引大分欲以抑其情上負慈母恩，痛酷摧心肝。下顧嬌憐女，惻惻心中酸。濟曰酷苦酸痛也二子棄若遺，念皆遘其凶殘。銑曰言母亦不免故云棄二子若遺遘遇殘賊也不惜一身死，惟此如循環。向曰惟思也若循連環而無窮執紙五情塞，揮筆涕汍瀾。翰曰揮奮也汍瀾涕流皃

選十一　十二

文選卷第十一

長州

東京府平民 …（藏書印，印文不清）

文選卷第十二　詩丙

梁昭明太子撰五臣注

哀傷

嵇叔夜幽憤詩一首

曹子建七哀詩一首

王仲宣七哀詩二首

張孟陽七哀詩二首

潘安仁悼亡詩三首

謝靈運廬陵王墓下作一首

顔延年拜陵廟作一首

謝玄暉同謝諮議銅爵臺一首

任彦升出郡傳舍哭范僕射一首

贈答上

王仲宣贈蔡子篤一首

贈士孫文始一首

贈文叔良一首

劉公幹贈五官中郎將四首

贈徐幹一首

贈從弟三首

曹子建贈徐幹一首

贈丁儀一首

贈王粲一首

藏府

又贈丁儀王粲一首

贈白馬王彪一首

贈丁翼一首

嵇叔夜贈秀才入軍五首

司馬紹統贈山濤一首

張茂先荅何劭二首

何敬祖贈張華一首

陸士衡贈馮文羆遷斥丘令一首

荅賈謐一首

於承明作與士龍一首

贈尚書郎顧彦先二首

贈顧交阯公真一首

贈從兄車騎一首

荅張士然一首

為顧彦先贈婦二首

贈馮文羆一首

又贈弟士龍一首

幽憤詩一首　翰曰言　嵇叔夜

向曰叔夜為呂安事連累收繫遂作此詩憤怨也言幽怨者人莫能見明也

正　宗

嗟余薄祜，少遭不造。濟曰祜福造成也叔夜少失父哀煢靡
識，越在襁緥。銑曰煢獨靡無越於也襁緥束褓嬰兒衣也母兄鞠
育，有慈無威。恃愛肆姐，子豫不訓不師。翰曰肆縱姐嬌
也恃母兄之慈縱而放嬌不垂訓教不立師傅爰及冠帶，憑寵自放。
良曰爰於也男年二十則冠冠帶亦冠也依憑母兄之寵自放逸其心也抗心希
古，任其所尚。濟曰抗舉希慕也言舉心慕古人之道任其高尚之志也託
好老莊，賤物貴身。志在守樸，養素全真。銑曰老
老子莊子賤物賤於寶貴之物貴身謂卑下於人以自保也守樸守其實樸養素全
眞謂養其質以全眞性曰余不敏，好善闇人。向曰不敏猶不達也
常好善道而闇於人事子玉之敗，屢增惟塵。翰曰鍾會有憾於叔

選十二　三

夜詩呂安兄巽姦通安妻巽爲大將軍長史遂誣安害安鍾會爲大將軍所善會因勸
大將軍誅康康與呂安同罪也子玉楚子玉也令尹子文舉之以自代後子玉與晉戰子玉
大敗康此意所以讚呂巽有識衍大將軍用爲長吏是不知人亦如子文之用子玉不當
也惟塵謂詩人刺進舉小人也謂鍾會有言於大將軍將害康比會爲小人也屢增者言
當朝此頻多矣大人含弘，藏垢懷恥。民之多僻，政不
由己。銑曰大人天子也弘大也言天子能含其大道包藏垢穢懷納諸恥謂不察臣
下之過致使左右多邪臣政不由天子之己而使無辜獲罪僻邪也惟此褊
心，顯明臧否。平鄙感悟思愆，怛若創痏。子軌向曰褊心
康自謙也臧善否惡也愆過怛痛創傷痏瘡也言褊小之心明此朝廷善惡感而覺悟以
思其過痛亦創傷欲寡其過，謗議沸騰。良曰康自謂少過而謗議

山　洞

沸起者謂鍾會譖之云嵇康卧龍也騰起也性不傷物，頻致怨憎。
濟曰此自言其性常不傷害於物何乃頻致怨憎之辭也此自歎也昔慚柳惠，
今愧孫登。翰曰柳下惠三黜無怨色康今幽憤故歎也孫登當時人也隱居不
與人事康見之乃謂康曰子才高識寡難免今之代今果羅患故愧之內負宿
心，外恧良朋。向曰宿心謂宿昔本心也謂慕養生之道今則辜負本心
矣恧猶慙也仰慕嚴鄭，樂道閑居。銑曰嚴君平鄭子眞皆樂道閑
居脩身自保也與世無營，神氣晏如。濟曰晏如無事也咨予
不淑，嬰累多虞。翰曰咨嗟淑善嬰繞虞度也言我不善繞此累累之多不
可度也匪降自天，寔由頑疏。良曰匪非降下寔實也言此累非
下自天實由我頑疏之性所致也理弊患結，卒致囹圄。濟曰邪臣

選十二　四

擅用私情擁蔽政理之道遂使患難結成終致無辜繫獄也卒終也囹圄獄也對
荅鄙訊，縶此幽阻。向曰荅對獄吏恥爲其所問縶繫也幽阻與親友不
通鄙恥訊問也實恥訟冤，時不我與。銑曰恥訟之冤濫時不我與
謂不遇明時使我然也雖曰義直，神辱志沮。翰曰沮亂也言雖義
理平直而自明無辜而爲獄吏辱其神氣志亦亂也澡身滄浪，平豈云
能補。良曰澡洗也言神辱志沮雖將洗身於滄浪清水豈能補之也嗈嗈鳴
鴈，奮翼北遊。順時而動，得意忘憂。嗟我憤歎，
曾莫能儔。事與願違，遘茲淹留。窮達有命，亦
又何求。濟曰嗈嗈和聲也鴈春則北遊故云順時而動憤怨曾不儔比也康見此
鴈得意忘憂乃自嗟歎則莫能比之矣遘及也知窮達在命不求苟免古人有

春 禪

言善莫近名奉時恭默咎悔不生向曰古人有言謂孝子云爲善無近名也奉時謂隨時恭默也言諸絜如此則咎責悔禍不生於身也萬石周愼安親保榮翰曰石奮父子五人各二千石天子号爲萬石君皆周愼謹密親字榮也安世務紛紜祇攪予情安樂必誠乃終利貞濟曰紛紜亂也祇語助也攪動也雖安樂之時必誠危亡之理乃終其利貞煌煌靈芝一年三秀予獨何爲有志不就濟曰煌煌光也靈芝草藥一年三開花秀服之長生康志尚養生今志不就也懲難思復心爲內疚庶勗將來無馨無臭良曰見此患難方欲懲誡而反復心內病之誡勗將來無爲患皆害身之本也聲譽於時無使馨香也采薇山阿散髮巖岫永嘯長吟頤性養壽

翰曰使將來之人采薇山曲散髮巖岫之間順養年壽也采拾也薇草藥也散髮謂不爲冠冕所拘束

七哀詩一首 五言 曹子建

向曰七哀謂痛而哀義而哀感而哀怨而哀耳目聞見而哀口歎而哀鼻酸而哀也子建爲漢末征役別離婦人哀歎故賦此詩

明月照高樓流光正徘徊向曰明月行疾其光如流也正謂當其時也徘徊謂終夜月光迴轉四時而遷照故云徘徊也上有愁思婦悲歎有餘哀借問歎者誰言是宕子妻君行踰十年孤妾常獨栖良曰踰過也君謂夫也君若清路塵妾若濁水泥浮沈各異勢會合何時諧濟曰清路

寺 什

塵謂風上塵也妾婦人之謙稱也言塵隨風之飄揚比夫從征不息泥在濁水之下以自比濁思不通浮沈既異會合何時諧和也願爲西南風長逝入君懷翰曰西南坤地坤妻道故願爲此風飛入夫懷君懷良不開賤妾當何依銑曰言夫行十年復恐志改故云君懷不開我當何所依據也

七哀詩二首 五言 王仲宣

翰曰此詩哀漢亂也

西京亂無象豺虎方遘患音還協韻良曰象道也豺虎喻羣賊貪暴害人也遘及患難也復棄中國去遠身適荊蠻翰曰荊蠻喻荊州仲宣避難在其中也親戚對我悲朋友相追攀向曰謂初去帝都之時出門無所見白骨蔽平原良曰國亂殺戮

人多路有飢婦人抱子棄草間顧聞號泣聲揮涕獨不還濟曰婦人迴顧聞子泣聲但揮涕而去不復還也未知身死處何能兩相完驅馬棄之去不忍聽此言銑曰此說婦人爲言時遭亂夫從征役既無生皆相攻劫故奔走飢荒未知身死之處弃子草中不能相全棄驅馬而去不忍聽之南登霸陵岸迴首望長安悟彼下泉人喟然傷心肝翰曰下泉人謂戰死人喟然歎聲也荊蠻非我鄉何爲久滯淫向曰淫猶留也方舟泝大江日暮愁我心濟曰方並也泝流逆流行也山岡有餘映巖阿增重陰銑曰謂日將沒山脊之上猶映餘光而巖曲本陰今復日暮是增爲重陰狐狸馳赴穴飛鳥翔故林良曰

狐貍歎名翔歸也流波激清響猴猿臨岸吟迅風拂
裳袂白露霑衣襟獨夜不能寐攝衣起撫琴
翰曰攝衣去寢衣也絲桐感人情為我發悲音向曰絲絃也琴
以桐為之羈旅無終極憂思壯難任濟曰壯益也此聚自
哀之言

七哀詩二首　五言　　張孟陽

翰曰臧榮緒晉書云張載字孟陽武邑人也有才華起家拜著作郎後為中書郎稱疾告歸此詩哀人事遷化後詩哀帝室衰

北邙何壘壘平高陵有四五向曰北邙山名壘壘重也陵即
墓也借問誰家墳皆云漢世主恭文遙相望原
陵鬱膴膴音舞銑曰漢世主謂後漢諸帝墳陵恭文原皆陵号鬱膴膴草木多
皃季葉喪亂起賊盜如豺虎良曰葉猶世也毀壞過
一抔蒲侯便平房啟幽戶翰曰壞土也漢武帝時有盜高廟玉環者
廷尉罪之當棄市帝怒其輕當族釋之諫曰假令有取長陵一抔土陛下何以罪之遂止
抔謂一掬矣言漢家諸陵既遭季世喪亂毀其陵土已過一掬矣便旁冢中室也言其幽
暗之戶已開之矣珠柙匣離玉體珎寶見剽匹妙虜濟曰
珠柙漢家送死之物珠玉為柙言遭發虜掠已離玉體玉體者貴美之言剽劫虜獲也
園寢化為墟周墉無遺堵向曰園寢陵旁廟也墟丘也墉牆也
言廟牆皆摧無遺一堵者五板曰堵蒙蘢荊棘生蹊徑登童豎
良曰樵童汲豎也狐兔窟其中蕪穢不復掃先古濟曰蕪穢

選十二　七

莽草之穢皆無人掃除之頹隴並墾發萌隸營農圃銑曰
頹隴也萌隸下人也言頹墳之處並為耕墾開發下人所營農業園圃之事
萬乘君今為丘山土翰曰萬乘君天子也感彼雍門言
悽愴哀往古向曰雍門周謂孟嘗君曰百歲之後高臺既傾曲池又平豈
不悲乎孟嘗君淚下承睫感思其言故悽愴也
秋風吐商氣蕭瑟掃前林良曰商秋氣陽鳥收
響寒蟬無餘音濟曰陽鳥春鳥也收息其和聲而秋已深故蟬亦無矣
帝室之喻衰白露朝夜結木落柯條森銑曰露結為霜也森
寒風振聲朱光馳北陸浮景忽西沈翰曰朱光日也天道游北日
故云馳北陸道也浮行也忽西沈言其疾沒也顧望無所見唯覩

選十二　八

松栢陰向曰松栢墓立所生蕭蕭高桐枝翩翩栖孤禽
銑曰此喻帝室政衰雖在名位若孤鳥栖於高桐也蕭蕭謂寒風著枝聲也翩翩孤鳥皃
仰聽離鴻鳴俯聞蜻精蛚列吟良曰蜻蛚蟲名哀人
易感傷觸物增悲心丘隴日已遠纏綿思彌
深銑曰丘隴謂其先人也霜露既降君子履之必有悽愴之心哀於國故亦思親纏綿
謂憂思多也憂來令髮白誰云愁可任徘徊向長
風淚下霑衣衿翰曰徘徊心不安皃向長風見時物衰歇復感時風衰薄
故淚下矣

悼亡詩三首　五言　　潘安仁

銑曰悼痛也安仁痛妻亡故賦詩以自寬

荏苒冬春謝寒暑忽流易良曰荏苒漸盡皃謝去忽疾易
改也之子歸窮泉重壤永幽隔向曰之子謂亡者也人死曰歸
窮深也壤土也永長也幽隔謂幽冥之道長爲阻隔私懷誰克從淹留
亦何益僶俛恭朝命迴心反初役濟曰言此哀傷私情
欲就仕誰復剋從此情淹留無益僶仰之問且恭朝命迴私心反初於公役也僶俛僶
仲也望廬思其人入室想所歷翰曰廬宅也想亡者所行歷也
幃屏無髣髴翰墨有餘迹銑曰其妻善屬文髣髴謂不見形象
也翰墨餘迹平生所作之文尚有餘迹也流芳未及歇遺挂猶在
壁濟曰芳謂衣餘香今猶未歇遺挂謂平生玩用之物尚在於壁悵怳如或
存周惶忡直良曰悵怳失志也周章惶中懼憂心驚惕然忡憂惕懼

選十二 九

也如彼翰林鳥雙棲一朝隻翰曰翰林鳥栖之林潘安仁自
比失耦亦如此也如彼游川魚比目中路析先歷向日比目
魚名隻即行隻即不行又如魚中路分析也春風緣隙來晨霤力救
承簷滴濟曰隙門隙也霤雨水注引於屋簷垂滴而下寢息何時忘
沈憂日盈積銑曰盈積多也庶幾有時衰莊缶方有猶
可擊翰曰莊子妻死惠子弔之莊子擊盆而歌惠子怪之莊子曰其本無生無形今
歸無形何哭爲也故安仁庶幾於情知有時衰故云莊缶可擊吾器曰缶
皎皎窗中月照我室南端良曰月光入窗又發思也南端者室
之正南清商應秋至溽暑隨節闌向曰清商涼風也溽濕也
言溼暑之氣遂節而微也闌猶微也凜凜涼風升始覺夏衾單

銑曰凜凜涼皃升起衾被也涼風起止又思人始覺夏被單也豈曰無重纊
誰與同歲寒翰曰纊綿也言豈無重綿人已亡矣誰同歲寒歲寒無
與同朗月何朧朧銑曰言此時無人見與同處也朗明也朧朧月光臨
牖也輾轉眄枕席長簟竟牀空良曰輾轉志不安也簟亦席也
竟盡也牀空委清塵室虛來悲風向曰委積也清輕也獨
無李氏靈髣髴覩爾容翰曰漢武帝李夫人死帝甚思之乃令方
士致神力遂得見其形故安仁嗟其妻無此靈可見其容皃撫衿長歎息
不覺涕沾胷沾胷安能已悲懷從中起銑曰已止
也中謂衷心寢興自存形遺音猶在耳良曰寢臥興起也言
臥起之間自想亡者如存也遺音謂平生所言聲也上慙東門吳下愧

選十二 十

蒙莊子濟曰東門吳子死恬然不哭莊子蒙縣人故云蒙莊子妻死不哭此二人
妻子死而不哭安仁有故上慙下愧不如古人哀賦詩欲言志此志
難具紀向曰悲情不可具紀者言多也命也可奈何長戚自
令鄙翰曰死生命也長憂亦是鄙事戚者憂也
曜靈運天機四節代遷逝銑曰曜靈日也天機者言天運動有
機關也四節春夏秋冬也逝猶往也淒淒朝露凝烈烈夕風厲
良曰列列風急皃厲嚴也奈何悼淑儷儀容永潛翳向曰淑美
儷耦也潛不可見也念此如昨日誰知已卒歲濟曰念其
妻存如昨日之事誰知忽已終歲改服從朝政哀心寄私制
茵幬籌張故房朔望臨爾祭翰曰改凶服從朝政之吉服哀

心不易私存朞禮也制禮也酉禫幬帳也朔月初望十五日皆哭臨而祭也爾祭
詎幾時朔望忽復盡衾裳一毀撤千載不復
張銑曰祭不幾時月日已盡矣衾被毀除撤去也引陳設也言靈筵被裳一已除去不
復重陳設服制終也亹亹朞月周戚戚彌想䀌良曰亹亹漸進
也戚戚憂心也䀌痛也漸進歲月已復年周憂心相痛矣悲懷感物來泣
涕應情隕向曰感物謂見平生衣服涕泣應其悲情而落落矣隕猶落也駕
言陟東阜望墳思紆軫翰曰駕言謂駕馬言出上於東山望其妻
墳其思縈紆隱軫而多也徘徊墟墓間欲去復不忍濟曰徘徊
心不安定也墟亦墓之通名徘徊不忍去徙倚歩踟躕銑曰
遷移而立時步而不進也徙遷移也倚立也踟躕不進皃落葉委埏延側

枯荄古來帶墳隅翰曰委積也埏墓道荄草名隅角也孤魂獨煢
煢安知靈與無向曰煢煢孤皃安何也亡者孤魂不見其象何知其有靈
與無靈也投心遵朝命揮涕強就車誰謂帝宮遠
路極悲有餘良曰投致也遵奉也悲哀之情不能自已致心奉於朝命哉其
涕淚勉強就車以歸帝宮也帝宮帝城也帝城雖則不遠然行盡此路之上悲情不止也

廬陵王墓下作一首　五言　謝靈運

翰曰宋武帝子義眞封廬陵王宋之藩而高祖崩廬陵聰敏好文常與靈
運周旋屬帝失德朝廷謀廢立之事次在廬陵言靈陵輕訬不任社稷與
少帝不協徐羨之等奏廢廬陵爲庶人徙新安郡羨之等使使殺廬陵也
後有謗靈運欲立廬陵王遂遷出之後知其無罪追還至曲阿過丹陽文

帝問曰自南行來何所制作對曰過廬陵王墓下作一篇
曉月發雲陽落日次朱方向曰曉月發乘夜行雲陽朱方並地
名含悽泛廣川灑淚眺連岡濟曰悽悲也泛舟行也廣大也
古者天子葬高山諸侯葬連岡連岡平山也眷言懷君子沈痛切
中腸良曰君子謂廬陵王沈深切割也道消結憤懣運開申
悲涼翰曰君子道消謂被在朝也憤懣氣結者謂少帝時王見廢也今屬大運已開
得申積日悲愁謂文帝即位追崇王爲侍中王知故也涼愁也神期恒若存
德音初不忘銑曰心於神明期恒如存也思接德音之初于今不忘徂
謝易永久松栢森已行向曰徂往謝去也來久猶陳積也言往去
之事且速易爲陳跡而立陵之間松栢森然已成行延州協心許楚老

惜蘭芳良曰延州地名延陵季子封於此邑季子將過徐徐君欲季子所佩劒口
不言而色欲之季子以有上國之事未獻心已許之季子還而徐君死矣遂挂劒於墓樹
焉協和也龔勝楚人王莽徵之不食而死有老父弔之曰嗟乎薰以香自燒膏生竟夭天
年非吾徒也蘭芳即與薰同也解劒竟何及撫墳徒自傷翰曰
解劒則延陵也謂人已死矣解劒何及於事撫墳楚老也謂人已夭矣哀傷徒爲也平
生疑若人通蔽互相妨向曰疑言若此也人謂王也通言聰明
好古蔽謂與羣邪不協自見滅亡也此兩者互有其相妨理感深情慟定
非識所將濟曰老其物理感慟深情定其是非識其所以將亡之端也脃
促良可哀夭枉特兼常一隨往化滅安用空
名揚翰曰特兼言甚於常者爲枉見殺戮山今已化滅無形何用追崇爵位空揚言

名也舉聲泣已瀝長歎不成章向曰舉聲嗟歎泣已下瀝心志銷鑠不成文章言悲之深也

拜陵廟一首 五言 顏延年

良曰延之從文帝拜高祖陵作此詩於陵置廟故兼言矣

周德恭明祀漢道尊光靈濟曰祀祭祀也光靈祖宗之靈光盛也哀敬隆祖廟崇樹加園塋銑曰樹立也園塋皆墓閒道也逮事休命始投迹階王庭翰曰逮及休美也謂及高祖即位美命之始延年仕於王庭故云投迹階王庭階者循進也陪廁迴天顧朝讌流聖情向曰延年陪廁朝廷之間爲帝顧遇朝讌之時皆流聖情優也早服身義重晚達生戒輕良曰服事也言早服事委身於君方知君臣義重生命之戒可謂輕也

否來王澤竭泰往人悔形翰曰否來泰往謂少帝失德之時小人在位王澤竭盡悔吝形生上下不同勑躬慙積素復與昌運并銑曰勑誡素故并合也言雖經帝室多難而戒慎其身慙高祖積故之恩不易志節復與文帝昌運相合爲君臣也恩合非漸漬榮會在逢迎翰曰恩惠將合非由漸漬而迎榮華會遇在於君王以禮相逢夙御嚴清制朝駕守禁城濟曰夙早也御迎則雲霄可致也猶使也守待也言早使宣嚴備清道之制而羣臣朝駕皆入待曙駐禁城之間以入朝也東紳入西寢伏軾出東坰向曰紳帶也西寢寢殿也延年自述東帶入於寢殿伏於帝車之軾出於東坰則陵所也於外曰坰天子乘車車中有侍臣故延年得伏軾於帝車之上伏之言者其敬甚也衣冠終冥漠陵邑轉葱青良曰衣冠謂先帝衣冠終虛無不見也冥寞虛無也葱青草木之色松風遵路急山煙冒壟生銑曰遵繞也路陵中路隴陵也皇心憑容物民思被歌聲翰曰文帝憑視陵廟之容見御之物哀敬於心而下人思慕被歌頌之聲萬紀載絃吹千歲託旒旌濟曰二年曰紀載行也絃吹絃管也有功者銘書於旒旌之上言高祖德音萬紀行於絃管之上千歲託銘於旌旒之中未殊帝世遠已同倫化萌向曰倫猶大也言先帝之德歌謳不歇向殊古先帝道年代能遠而芬芳不息矣同大化流行之萌始也幼壯困孤介末暮謝幽貞翰曰幼壯謂少年日也末暮謂衰老時也延年自言少時困於孤介之事不能居少帝亂朝也老時復謝幽靜貞吉之道亦不能就爲戀文帝之明德也發軏喪夷易歸軫慎崎傾良曰軏跡夷平喪失也軏車也言發迹入仕在於高祖平易之時高祖既沒遭少帝之難是發跡而失平易之道令老矣如車之將歸宜慎崎傾之險也

同謝諮議銅雀臺詩一首 五言 謝玄暉

翰曰魏武帝作銅雀臺遺令施繐帳朝晡設脯糒之屬向帳作妓望吾西陵

繐歲帷飄井幹寒罇酒若平生翰曰繐細布之踈者帷印帳也風飄動於摟上銅雀臺一名井幹摟言致罇酒於帷帳前若平生存時也鬱鬱西陵樹詎聞歌吹聲向曰詎猶不也芳襟染淚跡嬋媛空復情銑曰芳香也妓人悲泣淚濕香襟而多痕牽引哀襟空有哀情終不見君王也嬋媛者牽引也玉座猶寂寞況乃妾身輕良曰王座

運阻衡言革，時泰玉階平。本有此二句 善曰曾子曰天下有道則君子訢然以交同天下無道則衡言不革孔安國尚書傳曰衡平也言平常之言也訢言不革此言革亂之甚也長楊賦曰玉衡正而泰階平

玉牀也寂寞虛無也言君王玉座尚自虛無若此況羣妾身至輕微何以爲久長也

出郡傳舍哭范僕射一首 五言　任彦昇

濟曰劉璠梁典云任昉字彦昇樂安人也年四歲誦古詩十篇十六舉秀才甲科文章之美冠絕當時昉與傳舍哭范僕射雲遂作此詩傳舍義客舍也

平生禮數絕，式瞻在國楨。翰曰禮數絕謂交道相得雖品命有異不爲禮數式法也范雲之德天下以爲法則而瞻仰之實爲國家楨幹一朝萬化盡，猶我故人情。向曰一朝死矣萬事人道化盡然我故人之情何時忘也待時屬興運，王佐俟民英。良曰待時謂不仕於齊也屬興運謂梁也言范雲爲人之英王佐之任故可待而任也結懽三十載，生

死一交情。銑曰結交之情生死如一不復變也攜手遁衰孽，接景事休明。濟曰遁避孽災也謂避齊朝衰災攜手同去之接景事休明謂逢事梁武帝也景者美稱前人比於光景也濬沖得茂彦，夫子值狂生。向曰王戎字濬沖爲吏部尚書得李重彦爲吏部郎戎以禮待之范雲時爲吏部尚書彦昇亦爲吏部郎與濬沖茂彦相類故云夫子值狂生自比謙也夫子謂雲也伊人有涇渭，非余揚濁清。銑曰伊人范雲也涇渭二水名涇濁渭清吏部之職本以激濁揚清爲務言雲自有分別殊其源流非我所能揚也將乖不忍別，欲以遣離情。濟曰平生歡欲分別不忍速去常少留言笑以遣離情也不忍一晨，意千齡萬恨生。其一翰曰一晨分別之意猶不忍去奈何千年永阻萬恨是生已矣平生事，詠歌盈篋笥。良

曰詠歌謂平生所述文章也盈滿也篋笥盛書器兼復相嘲謔，常與虛舟值。向曰方舟濟河有虛舟來觸雖有褊心之人不怒也言平生相謂嘲謔雖有相陵亦如虛舟值觸謂嘲謔之類也何時見范侯，還敘平生意。其二銑曰范侯則雲也與子別幾辰，經塗不盈旬。翰曰別後經行塗路不盈一旬弗覩朱顏改，徒想平生人。濟曰不見疾病顏色改易之時但追想平生安樂之事也徒但也寧知安歌日，非君撤瑟晨。良曰君子有疾撤琴瑟寧知安然歌樂之日非君疾病之晨也已矣余何歎，輟舂哀國均。翰曰已矣哀歎之甚也秦五羖大夫死秦人輟舂不食以思之均平也哀國家失平正之道

贈蔡子篤詩一首 四言　王仲宣

向曰蔡子篤爲尚書仲宣與之爲友同避難荊州子篤還會稽仲宣故贈之

翼翼飛鸞，載飛載東。良曰翼翼飛皃鸞鳥以喻子篤也載則也東行也我友云徂，言戾舊邦。銑曰徂往戾至也舊國謂子篤本居會稽也舫舟翩翩，以泝大江。濟曰舫船也翩翩船行皃逆水上行曰泝流也蔚矣荒塗，時行靡通。翰曰蔚草荒蕪皃荒塗以喻時亂言行既荒亂時行無通也靡無也故慨我懷慕，君子所同。良曰慨歎也言我歎而思慕與子篤同君子謂子篤也悠悠世路，亂離多阻。向曰時亂人苦別離相阻隔也悠悠遠皃濟岱江衡，邈焉異處。銑曰濟水名岱山名子篤所居於此衡山名謂荊州仲宣客在於中邈遠也言兩鄉相遠而異

處也

風流雲散，一別如雨。濟曰言此別離各恨時亂如風流雲散無所定止如雨之降不還雲中也

人生實難，願其弗與。良曰言人事甚難願則不遂弗與不遂也

瞻望遐路，允企伊佇。翰曰遐遠允信企舉踵望也伊猶惟也

烈烈冬日，肅肅淒風。向曰烈烈冬甚也肅肅風急皃

潛鱗在淵，歸鴈載軒。銑曰潛鱗魚也冬寒故潛於泉軒飛皃

苟非鴻鵰，孰能飛翻。濟曰苟且也鵰猛鳥也言且非此鴻鵰誰能飛翻離此亂時之險

雖則追慕，子思罔宣。良曰雖則心之進慕顧欲高飛我思終不見其通宣通也

瞻望東路，慘愴增歎。平聲翰曰東路謂陽

濟

率彼江流，爰逝靡期。銑曰率循爰引逝往靡無也言任其波流引往亦無期止

君子信誓，不遷于時。翰曰誓約也言君子當信約宿心無以時險遂有遷移

及子同寮，生死固之。向曰及與也同官爲寮當須堅固生死如一

何以贈行，言授斯詩。良曰授與也

忠心孔悼，涕淚漣洏。濟曰孔甚悼痛也涕如波漣也洏亦淚流也

嗟爾君子，如何勿思。銑曰君子謂子篤如何勿思言當思此贈之意

贈士孫文始一首 四言○翰曰士孫文始少有賢學年十五

能屬文董卓作亂文始知京師不可居將家屬至荊州後功封澹津亭侯

與粲友善文始將就國故贈以此詩

天降喪亂，靡國不夷。銑曰靡無也夷猶滅也 我暨其器我

友，自彼京師。良曰暨與也言從京師來此避難也 宗守盪失，越

用遁違。濟曰宗守謂國家宗廟所守今則盪除顛失遠用避違其難也越遠遁世

也 遷于荊楚，在漳之湄。濟曰荊楚荊州漳水在焉湄岸也 在

漳之湄，亦克宴處。翰曰克能宴安也 和通篪塤。喧

比德車輔。銑曰篪竹器塤土器皆樂器吹之者言與文始和通如吹此樂如御

車人爲車輔侍矣 既度禮義，卒獲笑語。良曰度用卒終獲得也

庶茲永日，無愆厥緒。濟曰愆失厥其緒業也 雖曰無愆，

愆 時不我已。翰曰已止也言雖無愆時屬喪亂不裁我此志終見別離也

同心離事，乃有逝止。銑曰言二人同心離事言別也逝往止住也

橫此大江，淹彼南汜。良曰言文始將離橫度此大江淹南汜汜涯也

文始所封澹津在荊州南故也 我思弗及，載坐載起。濟曰我思之既

不能及故則坐則起 惟彼南汜，君子居之。翰曰君子謂文始也 悠

悠我心，薄言慕之。向曰悠悠遠皃薄辭也 人亦有言，靡

哲不愚。銑曰人謂古人靡無哲智也言賢智之人無不思之 矧伊嬿婉，

胡不悽而。良曰矧況伊惟也嬿婉好皃胡何也言天下賢智而無不思況惟情

好也何不悽愴而助辭也 晨風夕逝，託與之期。翰曰離別之後願因

晨風之鳥夕往託附遠情以爲期信也晨風鳥名其飛疾 瞻仰王室，慨其

永歎。平聲濟曰瞻仰王室歎其衰微慨歎聲 良人在外，誰佐天

官。向曰良人謂賢人謂文始也言文始在外誰當任天子之官佐任也 四國方

阻，俾爾歸藩。翰曰四國爲中國也阻限使爾歸國以爲藩屏謂文始之澹津

也俾使也 爾之歸藩，作式下國。銑曰式法也下國謂文始所封之國

也 無曰蠻裔，不虔汝德。良曰無以爲蠻夷荒裔之國不敬汝德虔

敬也慎爾所之，率由嘉則。濟曰所之謂之於潛律也率循由用嘉善
也龍雖勿用，志亦靡忒。翰曰潛龍勿用志不可拔也靡無忒差也
悠悠澹澧，禮鬱彼唐林。向曰悠悠遠也澹澧水名在文始封國唐
林地名鬱深遠皃雖則同域，邈其迥深。良曰同域與荊州同界也
邈遠迥獨也白駒遠志，古人所箴。銑曰白駒詩篇名刺宣王不能
留賢賢者乘白駒而去箴戒也喻時亂不能用其文始也允矣君子，不遐
厥心。既往既來，無密爾音。翰曰允信遐遠厥其也言信矣君子
豈不大其心人之往來無絕爾音耗密絕也

贈文叔良一首四言○銑曰叔良爲劉表從事使聘益州牧劉
璋贈以此詩戒之

翩翩者鴻，率彼江濱。良曰翩翩孤飛皃率循也君子于征
爰聘西隣。向曰君子謂叔良西隣益州也臨此洪渚，伊思梁
岷。翰曰洪渚大江也梁岷蜀二山名爾行孔邈，如何勿勤。向曰
孔甚邈遠勤勞也君子敬始，慎爾所主。濟曰敬慎其所行謀
言必貞，錯七路說稅申甫向曰所謀出之言必車正措詞必申臣輔之
志說詞貞正也延陵有作，僑肸是與。翰曰延陵謂季子僑謂子產肸
叔向也季子聘鄭見子產如舊識戒之以慎終過晉謂叔向曰吾子志直必思免於難也
故挙以此事戒叔良也先民遺跡，來世之矩。良曰則謂延陵之跡
可爲來世之規矩既慎爾主，亦迪知幾。濟曰爾主謂其所主之事
迪蹈也亦須蹈知其幾微也探情以華，覩著知微。向曰華皃著明

微睹也言探其情理形皃見明須知其睹幾也視明聽聰，靡事不懷。
濟曰目視須明耳聽須聰無事不思而後行也靡無推思也董褐荷名，胡
寧不師。翰曰董褐晉大夫也吳王夫差會晉定公吳帶甲三萬欲劫晉求盟晉人
大懼乃令董褐請事於吳吳乃退就幕而會董褐之力也荷重胡何寧安也董褐既有此
重名以解國難何得安然不爲師法也以此事喻叔良使益州後解國難也衆不
可蓋，無尚我言。良曰天下衆事不可蓋藏無高謾我此言也尚猶高也
梧宮致辯，齊楚構患。平聲銑曰楚使聘齊齊王饗之於梧宮而齊王
有言將必伐楚使者有辯說逆齊王自是齊楚擧兵相伐遂構患禍此戒叔良無依辯說
以逆前事成功有要，在衆思歡。向曰要正也成功存正直之節在天
下之衆思懽也則人之多忌，掩之實難。濟曰忌諱言人多忌諱也

其所短而掩蔽之若能不逆其意實爲難也此深戒叔良逆人意也瞻彼黑水，
滔滔其流。翰曰黑水梁州分則益州屬爲滔滔流皃江漢有卷，允
來厥貅。二邦若否，職汝之由。良曰江漢蜀也言彼有席卷天
下之志若彼信服王命而來自是其美若二國否塞不通爲之患逆則由汝職不達所戒
者也緬彼行人，鮮克弗留。尚哉君子，異于他仇。
向曰緬遠鮮少克能也尚庶幾也于猶當也仇類也言遠彼行人使於蜀者皆爲劉璋所
滯少能不見留者言皆被留也庶幾君子當異於他類善自勉也入誰不勤，
無厚我憂。翰曰言入誰不爲國家勤勞當自勗厲無使我爲深憂也厚深也
惟詩作贈，敢詠在舟。銑曰同舟共濟謂所憂同故以此詩作贈以戒
之也

贈五官中郎將四首 五言　劉公幹

濟曰魏文帝初爲五官中郎將副丞相文帝來視楨疾去後楨賦詩以贈之謂未即帝位時也

昔我從元后整駕至南鄉良曰元大后君也謂武帝南鄉譙國帝之舊鄉過彼豐沛都與君共翺翔向曰從武帝至舊鄉如漢高過故國豐沛之都翱翔游也言如鳥翼之同飛四節相推斥季冬風且涼翰曰四節四時之節推斥相推逐也言歲月促而易往也眾賓會廣座明燈熹火其炎光銑曰熹盛皃清歌製妙聲萬舞在中堂濟曰製作萬大也金罍含甘醴禮羽觴行無方向曰罍罇也甘醴美酒也羽觴酒盃爲雀形也無方猶無筭也長夜忘

歸來聊且爲大康翰曰言醉樂忘歸也于時戎馬稍息故云大康康寧也四牡向路馳歡悅誠未央良曰四牡四馬也誠志央罷也余嬰沈痼疾竄身清漳濱翰曰前篇叙昔日游從此述沈疾在鄴都也嬰纏也沈痼疾皆病也竄居也清漳水名濱畔也自夏涉玄冬彌廣十餘旬翰曰冬日其神玄冥故云玄冬言臥疾從夏至冬相與遠踈已十餘旬也彌廣踈也常恐游岱宗不復見故人翰曰岱宗太山也人命屬之臥疾恐死故云恐游岱宗也故人則文帝也所親一何篤步趾慰我身良曰所親謂文帝也篤趾足也言能行步車足來看我疾以慰我身也清談同日夕情盼敘憂勤濟曰言來看疾與之談說同至終夜情相顧盼敘憂勤勞也便復爲別辭游車歸西

隣濟曰清談至於日夕文帝便歸路陽故云西隣游車則帝所乘也素葉隨風起廣路揚埃塵濟曰素葉木葉落也逝者如流水哀此遂離分銑曰人命將往如水之流況此臥疾遂哀分離恐不復相見也追問何時會要我以陽春向曰謂別時相問何時爲會期我春時要期也望慕結不解貽爾新詩文翰曰望慕相思愁結而不解故遺爾此詩也新詩文則此詩也勉哉脩令德北面自寵珍良曰戒文帝自勗勉勤脩令德北面事君以保寵貴是時漢帝尚在秋日多悲懷感慨以長歎平良曰慨謂感歎也終夜不遑寐敘意於濡翰向曰遑暇寐臥濡沾翰筆也叙意沾筆謂作文也明燈曜閨中清風凄已寒向曰凄急也白露塗前

庭應門重其關銑曰應門正南門四節相推斥歲月忽欲殫良曰殫盡也壯士遠出征戎事將獨難翰曰謂文帝將出征戎馬之事將爲難也征行也涕泣灑衣裳能不懷所歡濟曰言別後思懷常日所爲歡會也涼風吹沙礫氣霜何皚皚五來向曰豫思文帝在軍之時也礫小石也氣邊氣皚皚白皃明月照緹幕華燈散炎輝銑曰緹丹黃色賦詩連篇章極夜不知歸良曰連篇章謂與諸文人連詩不知歸謂不知疲也君侯多壯思文雅縱橫飛翰曰君侯文帝也文雅之志縱橫如飛小臣信頑魯僶俛安能追向曰魯鈍也此自謙才不及文帝也僶俛俯仰也追猶及也

贈徐幹一首 五言○濟曰是時徐在西掖劉在禁省故有此詩

誰謂相去遠隔此西掖垣 銑曰有東西掖兩門徐在西故云隔也垣牆也 拘限清切禁中情無由宣 良曰拘拘束限限阻也清切猶巖切也天子所居曰禁言各有拘束阻限在於巖切之所中情無由宣通 思子沈心曲長歎不能言起坐失次第一日三四遷 向曰遷移也 步出北寺門遙望西苑園 向曰寺司也謂樍主司之地 細柳夾道生方塘含清源 濟曰塘池源流也 輕葉隨風轉飛鳥何翻翻 銑曰葉木葉也翻翻孤飛皃 乖人易感動涕下與衿連 良曰乖離也 仰視白日光皦皦高且懸 良曰皦皦日光皃日在天垂照於空若懸也 兼燭八

紘內物類無頗偏我獨抱深感不得與比焉 翰曰言日光照天下無所偏頗而我獨抱此深感失志不得與比於衆物也

贈從弟三首 五言○濟曰公幹從弟蓋尋究無名

汎汎東流水磷磷平水中石 銑曰磷磷水中見石皃 蘋藻生其涯華葉紛擾溺 向曰蘋藻草名涯岸也紛擾溺多皃 采之薦宗廟可以羞嘉客 良曰言采此蘋藻可薦於宗廟進於王公羞進也嘉賓乃王公也 豈無園中葵懿此出深澤 翰曰懿美也深澤謂在水中石也此言豈更無珎美之物以羞進宗廟王公蓋美此出於幽深也

亭亭山上松瑟瑟谷中風 向曰亭亭高皃瑟瑟風聲 風聲一何盛松枝一何勁 向曰勁堅也 冰霜正慘悽終

歲常端正 [illegible]曰慘悽寒皃端謂花色不變 豈不羅凝寒松栢有本性 翰曰人心堅貞亦當如此終世不改易

鳳皇集南嶽徘徊孤竹根 良曰鳳皇生丹穴在南故云南嶽徘徊未安食此竹實也孤竹莖莖根通言也 於心有不厭奮翅凌紫氛 向曰厭足凌上也氛天氣也食此竹實心有不足喻非明時而食祿奮翅羽上出於人也 豈不常勤苦羞與黃雀群 翰曰勤勞也黃雀喻小人言高飛遠游豈不勞苦蓋恥與小人羣於朝廷 何時當來儀將須聖明君 翰曰言鳳皇一去何時當見光儀將待聖明君也須待也

贈徐幹一首 五言

曹子建

良曰子建與徐幹俱不見用有愁刺之意故爲此詩

驚風飄白日忽然歸西山圓景光未滿衆星粲以繁 銑曰白日喻君也驚風飄之忽歸西山喻時去不可逐也圓景月也喻道不明也衆星喻羣小邪人也繁多也謂文帝不明羣小在位不用賢良 志士營世業小人亦不閑聊且夜行游游彼雙闕間 翰曰志士君子也言小人各有所爲我亦聊且於此閒代行游朝闕之間夜行喻君於闇朝也 文昌鬱雲興迎風高中天 銑曰文昌殿名迎風樓名言高如雲起過在天中也 春鳩鳴飛棟流猋激櫺軒 濟曰鳩鳴飛棟喻小人得志處棟梁之地焱風也王者教令也櫺軒階陛鉤欄也喻教令從下起而犯於上也 顧念蓬室士貧賤誠足憐薇藿弗充虛皮褐猶不全 向曰小人得志處棟梁之地蓬宮貧賤之士誠可憐惜謂徐幹也

藿草菜名褐短衣言藿菜之食不充飢盧皮褐短衣不能全其體也忼慨有悲
心興文自成篇寶棄怨何人和氏有其愆翰曰
寶棄謂徐幹也昔者和氏獻玉於楚王王以為石非玉而罪之非和氏之愆言賢才不見用
乃番之過也彈冠俟知己知己誰不然銑曰志所整彈冠者
待知已入仕也而今知已皆見弁致則已與幹同也故云誰不然良田無晚歲
膏澤多豐年良曰良田膏澤皆比有德言良田雖晚無不獲者膏澤屢降必
有豐年言幹有美德必當見用無以晚歲為意亮懷璵璠美積久德
愈宣濟曰亮信也璵璠良玉也宣通也信懷良玉之美彌久之歲道愈通也親
交義在敦申章復何言翰曰敦重也言榮衰不當有才者必達但
保交親義重餘復何言也

贈丁儀一首五言○向曰魏志云丁儀字敬禮有文才武帝辟以
為掾子建贈以此詩有怨刺之意也
初秋涼氣發庭樹微銷落銑曰喻小人道長從微起也凝
霜依玉除清風飄飛閣翰曰依覆除庭也凝霜至於堅冰謂陰
盛漸長也清風飄飛閣喻教令自下而上也朝雲不歸山霖雨成
川澤良曰謂陰陽不和故雲不歸山而霖雨成川澤也雨三日已往為霖黍稷
委疇隴農夫安所獲濟曰霖雨久滯黍稷委死於田中農夫何所得
也在貴多忘賤為恩誰能博向曰在貴謂文帝也賤自謂也
博廣也言為恩不能廣也狐白足禦冬焉念無衣客翰曰齊景
公時雨雪三日公衣狐白之裘謂晏子曰天下不寒何也晏子曰賢君飽知人飢溫知人

寒公曰善遂出裘發粟以與飢寒者意謂文帝衣裘自足而不念下人之無衣也思
慕延陵子寶劍非所惜濟曰言思慕延陵季子心許徐君寶劍我
子其寧爾心親交義不薄銑曰寧安
與爾交亦如之非所愛惜也謂寶云子當安其心交親之義不薄也

贈王粲一首五言
端坐苦愁思攬衣起西遊良曰王粲在西故起西遊樹木
發春華清池激長流中有孤鴛鴦哀鳴求匹
儔我願執此鳥惜哉無輕舟向曰求匹儔謂思王粲無輕舟
言與粲阻越如川廣無舟數惜不可濟也欲歸忘故道顧望但懷
愁悲風鳴我側羲和逝不留翰曰羲和日御也逝往也重

陰潤萬物何懼澤不周誰令君多念遂使懷
百憂濟曰重陰謂雨澤以喻天子也天子潤於萬物何懼恩澤不周誰令多有思念
自懷百憂也君子謂王粲也

又贈丁儀王粲一首五言
從軍度函谷驅馬過西京翰曰函谷關名山岑高無
極涇渭揚濁清向曰涇水濁渭水清壯哉帝王居佳麗
殊百城銑曰謂西京壯麗殊異於天下百郡之城員闕出浮雲承
露槩太清濟曰員闕闕名出浮雲高也承露盤以承露者槩平也太清天也
皇佐揚天惠四海無交兵翰曰皇佐太祖也能闡揚天子之恵
四海皆服故無兵相交也權家雖愛勝全國為令名良曰權家

謂兵法言雖愛戰勝而全國爲上也君子在末位不能歌德聲向曰言人在卑位不能歌詠德聲謂丁王二君丁生怨在朝王子歡自營銑曰丁儀時爲太祖掾王粲爲侍中儀常怨職卑故曰怨在朝也後植不得立爲太子粲亦免官在家故曰歡自營也營謂營生也歡怨非貞則中和誠可經翰曰貞正則法誠信經常也謂二君各爲歡怨非忠正之法中和自保信可常也

贈白馬王彪一首五言○濟曰魏志云白馬王彪字朱虎武帝子黃初中與任城王及植俱會京師到洛陽任城薨後植與白馬王還國有司以二王歸藩在道宜異宿止也意每恨之蓋以大別不在數日乃自剖與白馬王辭植發憤遂賦此詩以贈之

謁帝承明廬逝將歸舊疆翰曰承明門名後宮出入之門逝往也疆謂王所封國清晨發皇邑日夕過首陽向曰清晨日未出時皇邑帝都也首陽山名伊洛廣且深欲濟川無梁銑曰伊洛水名以國命見阻於情如欲濟川無橋梁也汎舟越洪濤怨彼東路長濟曰汎舟越洪濤心危懼也東路所往之東路顧瞻戀城闕引領情內傷其一太谷何寥廓山樹鬱蒼蒼霖雨泥我塗流潦浩縱橫翰曰大谷所謂經行之大谷寥廓廣遠也霖雨泥我塗亦比事阻難如之也雨水曰潦浩縱橫言其多也鬱茂也中逵絕無軌改轍登高岡良曰逵道軌跡也既多泥阻而絕車跡改此轍跡登其高岡而行脩阪造雲日我馬玄以黃其二向曰脩長造至

也言至雲日者阪高也玄黃馬病也玄黃猶能進我思鬱以紆翰曰鬱紆愁思縈也鬱紆將何念親愛在離居銑曰親愛謂兄弟本圖相與偕中更不克俱濟曰本圖相與同往而中間不能俱遂此志偕亦同愁鴟梟鳴衡枙豺狼當路衢銑曰鴟梟惡鳥鳴爲人妖者豺狼惡獸志害物者衡枙車軛也鳥獸喻小人讒佞志在相害若鳴於車上當於路衢也謂在道不許同其宿止之處蒼蠅間白黑讒巧令親踈翰曰蒼蠅能變白爲黑喻佞人能變善爲惡謂文帝信讒遂踈兄弟如此欲還絕無蹊攬轡止踟躕其三向曰言在朝讒人既多欲還無路且攬[illegible]而止[illegible]進也踟躕亦何留相思無終極秋風發微涼寒蟬鳴我側原野何蕭條白日忽西

匿良曰蕭條草木衰落皃匿藏也歸鳥赴喬林翩翩厲羽翼翰曰銑曰喬高也翩翩飛皃厲整也孤獸走索羣銜草不遑食翰曰索求遑暇也感物傷我懷撫心長太息其四濟曰見此歸鳥孤獸皆求羣侶而我獨與兄弟辭隔感此傷懷而爲歎息太息將何爲天命與我違奈何念同生一往形不歸向曰同生謂兄弟一往形不歸謂任城王死也孤魂翔故域靈柩寄京師翰曰翔飛也故域謂任城郡存者忽復過亡沒身自衰良曰存者忽且復過於目前亡沒則身衰沒也人生處一世去若朝露晞向曰晞乾也言人在一世若日照朝露其乾在須臾年在桑榆閒影響不能追銑曰言人年衰老若日在桑榆將沒如影響不可追也自顧

悲金石咄丁兀唶子夜令心悲五濟曰言身非金石之堅咄唶大驚歎聲心悲動我神棄置莫復陳丈夫志四海萬里猶比隣翰曰丈夫志在四海雖別萬里如比隣而居蓋自勉強之辭恩愛苟不虧在遠分日親何必同衾幬疇然後展殷勤良曰苟且虧失也言恩愛情長不虧失雖居遠而分義日親何必共被同帳然後申殷勤衾被幬帳也憂思成疾疢勑陳反無乃兒女仁向曰苦憂思成其疾疢乃兒女之仁心非丈夫之節也倉卒骨肉情能不懷苦辛其六銑曰然而倉卒分離復有死者能不懷苦辛之心苦辛何慮思天命信可疑向曰吉凶壽考不定使人疑之虛無求列仙松子久吾欺翰曰託志虛無求列仙之道赤松子久來詭欺

選十二　二十九

之說變故在須臾百年誰能持濟曰使臣讒邪變故當在須臾百年之生誰能復持離別離別永無會執手將何時良曰吉凶難知執手敘情復將何時也王其愛玉體俱享黃髮期銑曰王謂白馬王也玉體謂身也美言之故曰玉黃髮期謂壽考也收淚即長路援筆從此辭其七向曰即就援引也

贈丁翼一首五言○翰曰丁翼字敬禮少有才姿博學爲黃門郎植贈此詩以勖厲之爲大度之意

嘉賓塡城闕豐膳出中廚銑曰豐美膳食也吾與二三子曲宴此城隅良曰隅即角也秦箏發西氣齊瑟揚東謳濟曰秦女善秦箏秦在西故云西氣齊女善鼓瑟齊在東故云東謳謳歌

也肴來不虛歸觴至反無餘向曰肴膳觴爵也言不虛歸反無餘者盡之也我豈狎異人朋友與我俱翰曰言豈獨親狎貴游之異人而朋交亦與我俱樂矣大國多良材譬海出明珠銑曰言多良材如海中之出明珠甚多矣君子義休偫小人德無儲良曰言君子有義而美則待用於時小人縱有小德則不能儲蓄發於辭色以自爲大也積善有餘慶榮枯立可須濟曰須待也積善之家必有餘慶而能守之榮則立可待也不能守之枯亦立可見也滔蕩固大節時俗多所拘翰曰滔蕩大兒固堅也而時俗之人多所拘束小節君子通大道無願爲世儒向曰言君子當通達大道無爲時儒之教以自局促其志

選十二　三十

贈秀才入軍五首四言　嵇叔夜

銑曰康之從兄秀才入軍贈以此詩不知其名

良馬既閑麗服有暉翰曰閑習也麗服軍戎之服有光暉也左攬繁弱右接忘歸翰曰繁弱弓名忘歸矢名風馳電逝躡影追飛向曰逝往也言士卒如風電之速躡影謂捕影也追飛謂逐飛鳥也此皆言疾也凌厲中原顧盼生姿良曰凌厲超越也上攜我好仇載我輕車濟曰仇匹載乘也好匹則秀才也南凌長阜北厲清渠銑曰阜山厲越也仰落驚鴻俯引淵魚銑曰謂行軍田獵也盤于游田其樂只且子余良曰盤猶樂也只且助辭也輕車迅邁息彼長林良曰迅疾邁行也春木載榮布

葉垂陰 良曰戴則也 習習谷風吹我素琴 濟曰谷風春風習習風和皃 咬咬黃鳥顧疇弄音 向曰咬咬鳥聲疇匹也亦如我之思人也 感悟馳情思我所欽 濟曰欽敬也思我所敬謂秀才也 心之憂矣永嘯長吟 浩浩洪流帶我邦畿 翰曰浩浩水流皃洪大也近國之地曰畿 萋萋綠林奮榮揚暉 向曰萋萋盛皃暉起也 魚龍瀺 士咸 灂 助角 山鳥羣飛 向曰瀺灂魚龍游水聲 駕言游之日夕忘歸 思我良朋如渴如饑 銑曰良朋謂秀才也 願言不獲愴矣其悲 向曰獲得也願言見秀才不得故愴然而悲之 息徒蘭圃秣馬華山 銑曰息師徒於蘭圃圃園秣飼也華山山名

流磻 波 平皐垂綸長川 翰曰流磻箭鏃也綸釣絲也流箭平皐之澤垂釣於長川謂軍息而漁獵也 目送歸鴻手揮五絃 翰曰五絃琴也 俯仰自得游心太玄 良曰太玄大道也 嘉彼釣叟得魚忘筌 濟曰叟老也得魚忘筌謂其得道也言與秀才亦相與得意忘言筌引魚者 郢人逝矣誰與盡言 向曰郢人善塗有匠石善運斤二人自相知其道至妙而郢人以泥漫其鼻使匠石以斤斵去其泥而郢人信其妙道斵之泥盡去而鼻不傷此道之至妙今秀才與我得妙道相信如此今將往矣雖可與盡言也 閑夜肅清朗月照軒微風動袿 闈 組帳高褰 良曰袿衣裾也組所繫帳者褰舉也 旨酒盈罇莫與交歡 翰曰旨美也莫與交歡謂秀才不在此也 鳴琴在御誰與鼓彈 濟曰御用也鼓

亦彈也 仰慕同趣其馨若蘭 向曰仰慕秀才同於此趣則馨美如蘭之馨 佳人不存能不永歎 平 銑曰佳人謂秀才

贈山濤一首 五言

司馬紹統

銑曰臧榮緒晉書云司馬彪字紹統少篤學爲散騎侍郎初山濤爲吏部侍郎而紹統未仕故贈以此詩欲濤薦也

苕苕椅桐樹寄生於南岳 向曰椅桐中爲琴瑟此統自託 上陵清雲霓下臨千仞谷 良曰椅高極上入於雲中霓亦雲也 處身孤且危於何託余足 濟曰孤危謂生在遠無平居寄足之 昔也植朝陽傾枝俟鸞鷟 助角 銑曰也語辭言昔乆巳來育於朝陽之和氣而傾技以待鳳皇謂鳳非梧桐不棲自言育德藏器傾心待時而

事君也鷟鳳也鸞亦鳳類通言之也 今者絕世用倥 口貢 傯 子貢 見迫束 翰曰今絕於代人所用常在孤危之地故倥傯迫束常不安也 王王 匠不我顧牙曠不我錄 向曰匠人不知我材且不相顧牙曠不知我音亦不收錄言堪爲琴瑟雅器 焉得成琴瑟何由揚妙曲 濟曰木不逢匠人牙曠必不成琴瑟不揚妙曲則比我有材不遇時用安得立功立氣也 冉冉三光遲逝者一何速 良曰冉冉漸進皃三光日月星也漸進而馳走時之往者一何速哉歎恐不及時也 中夜不能寐撫劍起躑躅 翰曰劍謂常佩之者夜起撫之而行躑躅不進皃 感彼孔聖歎哀此年命促 銑曰孔子歎逝川云不捨晝夜逝者如斯故感此哀年命短促志願從往 卞和潛幽冥誰能證奇璞 向曰卞和知玉者君潛隱於幽冥雖

有音玉之璞誰謹之也人雖有良才無媒難以進也冀願神龍來揚光
以見燭翰曰假託神龍以喻山濤欲使薦而用之故云願神龍以揚其光暉以相照
燭鍾山有燭龍能照其萬物

荅何劭二首 五言

張茂先

良曰何劭字敬祖贈華詩則此詩之下是也贈荅之體則贈詩當爲先今以荅爲先者蓋依前賢所編不復追改也

吏道何其迫窘然坐自拘向曰吏道謂理人之道也迫逼迫也窘急也自謂拘束無暇也
纓緌爲徽纆文憲焉可踰翰曰纓冠纓也纓所以繼冠者徽纆並糾繩之類憲法踰越也
恬曠苦不足煩促每有餘銑曰恬曠閑暇也煩促急迫也
良朋貽新詩示我

以游娛良曰貽遺娛樂也
穆如灑清風煥若春華敷濟曰穆和敷布也言敬祖之所贈詩恬雅之氣如灑清風煥爛又若春華布色自昔
同寮寀於今比園廬向曰同寮寀同官也比園廬謂並宅也衰
疾近殆辱庶幾並懸輿翰曰衰暮之年近於危辱之事將欲庶幾以就懸車致仕之道也輿車也
散髮重陰下抱杖臨清渠銑曰散髮言不爲冕所束也重陰木林之蔭棠杖相抱於清渠之上
屬耳聽鶯鳴流目翫鯈魚向曰屬傾也鯈小魚也
從容養餘日取樂於桑榆良曰餘日謂殘年也桑榆日晚亦比年老之稱
洪鈞陶萬類大塊稟羣生翰曰洪鈞造化也陶猶作也萬類萬物也大塊自然也言萬物皆造化所作羣生稟自然而成
明闇信異姿靜

躁亦殊形濟曰人性明闇有異緩速各殊靜緩躁速也自予及有
識志不在功名濟曰有識自三十成立之後本謂志不在馳逐功名也
虛恬竊所好文學少所經良曰恬虛謂閑暇也忝荷既
過任白日已西傾翰曰忝辱君祿媿荷天子以才輕位重是以過任又年將衰暮矣故云白日已西傾
道長苦智短責重困才輕向曰道長謂道遠也言國家以我爲任重道遠苦智淺短不當其人心雖求成重事困於才輕常不就也責求也
周任有遺規其言明且清銑曰周任古之賢人也規戒也言其云陳力就列不能者止謂此言明且清也
負乘爲我戒夕惕坐自驚翰曰負負擔也小人之事乘車也君子之事使小人爲君子乘之事難以安之故華自謙比小人居重位爲我戒也惕猶懼也
是用感嘉貺

寫心出中誠發篇雖溫麗無乃違其情向曰貺賜識志也言華感何劭善賜其詩今使華傾寫心事出於中志作此荅篇然何劭所贈是荅茂先則雖章句溫麗而今俱在朝廷尚未即隱遁是違其情也

贈張華一首 五言

何敬祖

良曰臧榮緒晉書云何劭字敬祖姿望甚長者博學多聞善篇章爲太子師與華相善也

四時更代謝懸象迭卷舒向曰謝去也懸象日月也迭遞也卷舒猶往來也
暮春忽復來和風與節俱銑曰與節俱至也
俯臨清泉涌仰觀嘉木敷濟曰敷布也春冰初泮故泉涌正可臨觀嘉木布其華也
周旋我陋圃西瞻廣武廬翰曰周旋謂周

流也胭圃謂敬祖之園華居在西故云西
瞻也華封爵廣武侯故曰廣武廬廬宅也良既
貴不忘儉處有能存無良曰華好儉雖有貴位不傲於人是存無
也鎮俗在簡約樹塞焉足摹向曰理俗在簡約節儉之道焉
摹學管氏樹塞門也鎮理也在昔同班司今者並園墟銑曰
昔嘗連官今復並居也墟庭落之通言私頹偕黃髮逍遙綜琴
書翰曰偕俱也黃髮老壽也逍遙得性也綜猶理也舉爵茂陰下攜
手共躊躇濟曰爵酒盃舉於林木茂陰之下躊躇緩步也奚用遺形
骸忘筌在得魚向曰何用遺忘形骸但自相得意如得魚忘筌也

贈馮文羆遷斥昌夜丘令一首四言

陸士衡

選十二　三十五

翰曰文羆爲太子洗馬遷斥立令故贈以此詩
於皇聖代時文惟晉銑曰於美也言美皇聖代時有文德以和天下
者推我晉道也受命自天奄有黎獻良曰奄大黎衆獻賢也閶
闔既闢承華再建濟曰閶闔天門也闢開也言晉受命自天故天門開也
也承華太子門名言太子經廢復立故云再建建立也明明在上有集
惟彥其一向曰明明美稱在上謂天子能集用俊彥在於左右推辭也弈弈
馮生哲門允迪翰曰弈弈美盛皃馮生則文羆也哲智允信迪道也言智
信之道而爲太子洗馬天保定子靡德不鑠良曰保安靡無鑠盛
也言天之安定子之道無德不盛子則馮生也邁心玄曠矯志崇邈
銑曰邁行玄美曠大矯舉崇高邈遠也言所行心爭美人舉志高遠遵彼承華

其容灼灼其二濟曰遵奉也承華太子所居門言文羆奉太子之容光也灼灼
光皃嗟我人斯戢翼江潭向曰斯謂馮也戢斂也如鳥之斂翼於江
潭文羆吳人故云此有命集止翻飛自南翰曰天子有命集止於帝
京翻飛往南而來出自幽谷及爾同林良曰如鳥出於幽谷之中
相與同林謂士銜亦爲洗馬雙情交映遺物識心其三銑曰交映
謂相明也遺物識心謂得意忘言人亦有言交道實難有頍
立弁者弁千載一彈濟曰頍冠也弁亦冠也千載一聖人出聖人既出是
以彈冠求仕則王陽在位貢禹彈冠言相與交情如此今我與子曠世
齊歡翰曰曠遠也言我與文羆遠齊王貢之歡利斷金石氣惠秋
蘭其四翰曰金石至堅也言交情之堅利又能割斷金石言堅甚也惠美也言相美美

選十二　三十六

氣如秋蘭之香羣黎未綏帝用勤止向曰羣黎百姓也綏安勤勞止
辭也我求明德肆于百里銑曰我謂帝也肆置也帝求明德之人置
於百里之謂縣令也僉曰爾諧俾民是紀濟曰僉皆諧和也爾
謂馮君俾使也言羣臣皆云羆可諧和其政理使斥丘之人是謂紀綱也乃眷北
徂對揚帝祉其五向曰徂往也乃眷北徂謂斥丘在北對荅闡揚天子之美
祉美也疇昔之游好合纏緜良曰纏緜密皃借曰未洽
亦既三年翰曰借假日也洽猶足也言王事無暇常假日而游尚未爲足亦
已三年也居陪華幄出從朱輪銑曰居謂在朝之時陪侍太子華
幄坐帳朝羣臣也太子出則乘朱輪車方驪齊鑣比迹同塵其六
銑曰方並驪馬也鑣馬銜言常相與並驅齊鑣連迹而又同塵也之子既

四牡項領良曰之子謂文熙也既命謂事帝命出於斥立四牡四馬駕車也項
領鬱木項上也遵塗遠謡騰軌高騁翰曰騰疾行也軌跡騁馳也
慶雲扶質清風承景良曰景影也言如慶雲清風望美之也又言殊
也嗟我懷人其邁惟永其七良曰邁行永長也邁否泰有
殊窮達有違良曰時陸公免官居家故云殊達也及子春華後
爾秋暉翰曰與子少壯時同官春華今已俱老亦有光暉故云逝將去
我陟彼朔陲濟曰謐往陟升朔北陲邊也言馮公既往將離去我升彼北邊
謂斥立也非子之念心孰為悲其八向曰永子交親使我思念則我
心誰能悲也

答賈謐一首四言并序

余昔為太子洗馬魯公賈長淵以散
騎常侍侍東宮積年向曰賈謐任散騎常侍侍太子
謐食封於魯余出補吳王郎中令銑曰吳王武帝
子封於吳郎中令王府官名元康六年入為尚書
郎魯公贈詩一篇作此詩答之
伊昔有皇肇濟黎蒸翰曰伊惟肇始也有皇謂三皇黎蒸衆庶也
先天創物景命是膺翰曰先猶尊也創始景大膺當也言尊奉天時
始化萬物大命是當乃為人主也降及羣后迭毀迭興翰曰降下
羣衆后君迭遞毀亡也三皇之下衆君迭有興亡邈矣終古崇替有
徵其一翰曰邈遠也崇替亦猶興亡也在漢之季皇綱幅裂濟曰
季末也皇家綱紀如帛幅分裂謂其羣雄分其土地火辰匿暉金虎曜
質濟曰辰藏也火辰心星也明則天下和平闇則天下喪亂昴西方白虎宿也太白金雄臣馳
[illegible]也太白入昴是金虎相薄則有亂兵故火反藏彈金虎曜質謂漢亂也
騖義夫赴節濟曰英雄之臣馳走天下義勇之夫赴其忠節將救王室也
釋位揮戈言謀王室其二銑曰天子有難則諸侯釋去其守仕動用
干戈以謀匡救王室也揮動也王室之亂靡邦不泯平向曰靡無泯
平也如彼墜景曾不可振平向曰墜落曾則也言漢室衰微如落日
之景則不可振而起也乃眷三哲俾乂斯民向曰皇天乃眷曹操
劉備孫權三哲使理天下之人俾使乂理也啓土雖難改物承天
其三良曰三哲開土宇安患難改漢物制承奉天命爰茲有魏即宮天

邑向曰爰於即就宮居也言於此有魏就居於天中之邑都也吳實龍飛
劉亦岳立良曰吳孫權也龍飛九五位也劉劉備也岳立言如四岳諸侯之立
也云吳實龍飛者士衡吳人故有尊吳之意不忘本也干戈載揚俎豆
載戢良曰載則揚舉戢藏也俎豆禮器也言天下盛舉干戈不暇尚禮也民勞
師興國玩凱入其四銑曰言所玩習但為凱樂之歌而入於國謂但尚戰
勝也天厭霸德黃祖告釁許魏銑曰霸謂魏也魏土德故曰黃祖言
天厭魏主無德乃告其凶釁將有革也獄訟違魏謳歌適晉翰曰
言決獄定訟謳歌道德皆違去於魏而之於晉也適之也陳留歸藩我皇
登禪平濟曰魏帝禪位於晉封魏帝為陳留王故云歸藩庸岷稽顙三
江改獻其五銑曰庸岷蜀也三江吳也稽顙改獻謂歸晉擣為臣赫矣隆

晉奄宅率土向曰赫隆皆盛美皃大宅居也率土天下也對揚天
人有秩斯祜向曰言對答揚舉天人之事有其次於此福矣秩次斯此祜福
也惟公太宰光翼二祖翰曰太宰賈充也謚之父太祖爲大將軍
以充爲右長史及武帝即位復爲太宰云二祖光翼謂充爲輔弼也誕育洪胄
纂戎于魯其六良曰洪胄謂長子即謚也纂繼戎大也武帝封謚爲魯公故云
繼大魯也於東朝既建淑問峩峩良曰太子既立美問甚高也東
朝太子也建立淑美問聞也峩峩高皃我求明德濟同以和向曰
我謂太子也言太子求明德之人以濟王事同心而和協也魯公戾止衮
服委平蛇徒何銑曰言賈謚至止衣冠美蛇委蛇姜皃戾至也衮服謂衣冠也
思媚皇儲高步承華其七翰曰媚愛也言謚思愛太子高步於承華

門也皇儲大子也昔我逮茲時惟下僚翰曰逮及也機爲太子洗
馬故云下僚及子棲遲同林異條銑曰棲遲游息也同林謂同事
太子異條謂謚先貴也年殊志比服殊義禂直留濟曰謚少機老
故曰年殊相與爲交故曰志比爵秩各異故曰服殊志相善故曰義禂游跨三
春情固二秋其八良曰跨越也言同游經越三春情之堅固亦已二秋也
祗承皇命出納無違向曰祗敬也往踐蕃朝來步
紫微向曰出爲吳王郎中令故云往踐蕃朝入爲尚書故云來步紫微紫微天子宮
也升降祕閣我服載暉翰曰祕閣尚書郎所司也載則也暉猶光
也孰云匪懼仰肅明威其九良曰誰云非懼者仰敬天子之明威
也分索則易攜手實難銑曰分別則易集會則難念昔良

遊茲焉永歎平向曰此重述出郎中令在吳時相思也公之云感
貽此音翰平濟曰魯公感此分別之事遺我此詩音翰謂詩筆也蔚彼
高藻如玉如蘭其十翰曰蔚歎美也藻文也魯公高文如玉之美如蘭之
芳惟漢有木曾不踰境惟南有金萬邦作詠
向曰江漢有木謂橘也言度北則爲枳故云不踰境此言物之有變貧人之有變節也金
剛而堅百鍊不銷故萬國作詠也蓋自易如金之堅剛不可變易也謚贈詩戒士術無爲
變志故也故詩云在約辯度北則橙也故以金答也柑民之胥好狷絹
狂厲聖銑曰胥相也猶狂之心厲以作聖翰不善人也言謚之相好贈我以言相
戒使我猶狂之心厲以作聖人之道也儀形在昔予聞子命其十
一翰曰儀形在昔謂以古之相戒喻我聞子之命

於承明作與士龍一首五言○良曰承明亭名機從吳
入洛與弟士龍別於長林亭作詩與士龍述相思之意
牽世嬰時網駕言遠徂征濟曰嬰纏也駕言謂駕車馬出游也
徂往征行也飲餞豈異族親戚弟與兄婉孌力轉居
人思紆鬱游子情良曰婉孌思皃居人謂士龍也紆鬱失志皃明
發遺安寐寤言涕交纓銑曰明發初曉時也言將行遺忘其安寐
乃覺寤而起涕下而交於纓也纓衣領也分塗長林側揮袂萬始
亭翰曰長林萬始並亭名佇眄要遐景傾耳玩餘聲良曰
佇立眄看遐遠景影也言揮袂與士龍爲別猶立看其遠影玩想其餘語之聲南歸
憩永安北遡頫承明銑曰南歸謂弟也北邁自屬也憩息頫止也也

安承明皆亭名永安有昨軌，承明子弃予。與勸韻翰曰言求安亭有兄弟二人昨日之跡至承明則士衡獨止不見其弟故云弃予也軌跡也俯仰悲林薄，慷慨含辛楚。向曰俯仰於林薄之間但有悲悽慷慨爲歎含蓄辛酸痛楚也懷往歡絕端，悼來憂成緒。濟曰言懷思往時之歡絕其端也哀來則憂心成其亂緒也感別慘舒翮，思歸樂遵渚。銑曰言我感別鄉邑慘然不能進行汝將歸樂循其洲渚也慘舒翮謂如鳥分飛慘然不進飛亦如我不能進行

贈尚書郎顧彥先二首　五言○翰曰顧彥先同爲尚書郎遇雨不相見故贈此詩

大火貞朱光，積陽熙自南。向曰大大南大星也貞正也朱光日

選十二　四十一

也此仲夏之月積陽爲日氣也熙盛也自南若則南方爲夏望舒離金虎，屏翳吐重陰。良曰望舒月御也畢星西方宿故云金虎也謂月著于畢畢星好雨故雨師吐重陰而爲滯離著也屏翳雨師也淒風迕時序，苦雨遂成霖。銑曰淒寒迕逆也爲人所患苦故云苦也三日雨爲霖也朝游忘輕羽，夕息憶重衾。濟曰輕羽毛扇也衾被也言寒風逆時人寒故也感物百憂生，纏緜自相尋。翰曰感北風雨逆序遂生百憂也纏緜思亂兒與子隔蕭牆，蕭牆阻且深。良曰蕭牆院落之牆形影曠不接，所託聲與音。向曰託寄也聲音謂信命往來音聲日夜闊，何用慰吾心。

朝游游曾城，夕息旋直廬。濟曰曾重也直廬直宿之廬迅

雷中宵激，驚電光夜舒。翰曰宵夜激震也電光夜中布於目前也玄雲拖朱閣，振風薄綺疏。良曰拖曳也綺疏窗也豐注溢脩霤，潢潦浸階除。銑曰豐多也注雨水也脩高也黃潦雨水流於地者除庭也言雨水溢於高簷之霤黃潦又浸於階庭停陰結不解，通衢化爲渠。向曰結不解言雲不開也衢道也沈稼湮梁潁，流民泝荊徐。翰曰稼謂苗也湮沒也梁穎二郡名言此郡田稼沈沒人之流散泝水上於荊徐二州眷言懷桑梓，無乃將爲魚。濟曰機本吳人其鄉國多水今此尚爲沈渠則懼彼已爲湮沒矣故懷桑梓之人化爲魚也

贈顧交阯公真一首　五言○翰曰晉百官名云顧祕字公真爲交州刺史士衡思之故贈此詩

選十二　四十二

顧侯體明德，清風肅已邁。向曰肅嚴邁遠也發迹翼藩后，改授撫南裔。銑曰公真初爲吳王郎中令故云翼藩后南裔即交阯也伐鼓五嶺表，揚旌萬里外。良曰伐擊也五嶺交阯也旌旗也擊鼓揚旌言彼蠻夷之地有軍矣遠績不辭小，立德不在大。濟曰績功也言遠有功績不辭小位立德成理亦不在大國小亦可爲之高山安足凌，巨海猶縈帶。翰曰交州去帝京雖有高山安足凌於上言雖險如易也大海如繞帶亦言度不難也惆悵瞻飛駕，引領望歸旆。銑曰言惆悵公真之駕引領望其歸旆與相思也此士衡思之甚矣旆亦旌屬

贈從兄車騎一首　五言

孤獸思故藪，離鳥悲舊林。向曰孤獸離鳥尚思故林藪而況人

乎此士衡思歸之意翩翩游宦子辛苦誰為心銑曰翩翩旅游之兒髣髴谷水陽婉孌崐山陰濟曰髣髴似見不明之兒婉孌好兒谷水崐山並吳地山水思之髣髴若見其在於目前也婉孌存思兒水北曰陽山北曰陰營魄懷茲土精爽若飛沈銑曰營心府闇也言心府魂魄懷於吳土而精爽若飛若沈不定也寤寐靡安豫願言思所欽良曰無安豫之志欽敬也所欽謂兄也感彼歸塗艱使我怨慕深翰曰言感彼歸塗艱難謂人事阻難不遂所心使我怨深也安得忘歸草言樹背與襟向曰忘歸草謂忘憂草言以其名忘憂欲樹於前後以忘憂也斯言豈虛作思鳥有悲音翰曰謂此言不虛也思侶之鳥且有悲聲況人豈無之也

荅張士然一首五言○良曰孫盛晉陽秋云張悛字士然少以文章與士衡友善機從駕出游士然贈詩故有此荅

絜身躋秘閣秘閣峻且玄向曰躋升也高玄深也終朝理文案薄暮不遑眠銑曰遑暇也駕言巡明祀致敬在祈年翰曰此機從駕出巡祭祀致敬鬼神祈年豐也逍遙春王圃躑躅千畝田濟曰時晉有春王圃天子游焉逍遙閑樂兒躑躅漸進行兒時天子藉田躬推千畝迴渠繞曲陌通波扶直阡銑曰迴渠曲渠也東西為陌南北為阡扶著言水在阡上若從下扶持而上也嘉穀垂重穎芳樹發華顛銑曰垂穎穀穗顛樹梢也余固水鄉士揔轡臨清泉向曰水鄉吳地也臨其清泉意慕也感戚多遠念行遂成篇良曰感戚憂也

為顧彥先贈婦二首五言

辭家遠行游悠悠三千里翰曰悠悠遠兒京洛多風塵素衣化為緇濟曰緇黑色言塵染衣黑也脩身悼憂苦感念同懷子向曰悼傷也同懷謂同懷抱之子即其婦也隆思亂心曲沈歡滯不起良曰隆繁也心曲謂中心也歡情沈滯而不起歡沈難克興心亂誰為理銑曰克猶可與起也願假歸鴻翼翻飛游江汜翰曰假借也汜水名言歡沈難起心亂難理是願借歸鴻之翼共飛游江水之涯以見所思也

東南有思婦長歎充幽闥向曰此詩代荅前詩也東南謂吳也

充滿也幽闥深閨也借問歎何為佳人眇天末翰曰婦自借問以發詩情佳人則彥先也眇然遙望若在天之末時蓋思遠也游宦久不歸山川脩且闊良曰游宦子仕於中朝脩長也形影參商乖音息曠不達銑曰形影相隨之理夫婦之義今如參辰之相乖音書消息曠絕參商二星常出沒不相見商則辰也離合非有常譬彼絃與筈濟曰人生離合不可常如弓絃與筈暫著絃乃釋遠去也願保金石軀慰妾長饑渴翰曰金石謂堅固也軀身也言相思如飢渴思飲食也

贈馮文羆一首五言○翰曰文羆為斥丘令前已贈詩今此重贈也

昔與二三子游息承華南良曰承華太子所居乃士衡與文羆

同爲洗馬拊翼同枝條，翩飛各異尋。銑曰如鳥拊翼同栖於枝條飛苟無淩風翮，徘徊守故林。向曰故林太子官言尚爲洗馬慷慨誰爲感，願言懷所欽。濟曰慷慨歎也欽敬也懷所欽謂思文麗發軔清洛汭，驅馬大河陰。翰曰軔車也言發車洛陽也水南曰汭驅馬於黃河之南也大河黃河也陰謂河南佇立所在也佇立望朔塗，悠悠迴且深。向曰朔北也悠悠遠皃迴闊也分索古所悲，志士多苦心。悲情臨川結，苦言隨風吟。良曰臨川結謂水聲拊感志節之士多勤苦之言隨風則增氣愧無雜佩贈，良訊代兼金。銑曰雜佩寶重之物詩人所以贈行也今愧無此物而以善戒之以代兼金兼金好金也訊猶戒也夫子茂遠猷，款誠寄惠音。翰曰夫子

謂文麗也茂美猷德也言夫子有美遠之德款誠之志寄惠我音信也

贈弟士龍一首　五言

行矣怨路長，惄焉傷別促。向曰惄憂心也指途悲有餘，臨觴歡不足。我若西流水，子爲東峙岳。翰曰言西入京如西流水行不止弟在家不游如東止之山岳也峙止也慷慨逝言感，徘徊居情育。濟曰慷慨歎息往者之言多感衡自謂也徘徊懷戀居人之志情生謂陸士龍育生也安得攜手俱，契闊成騑服。翰曰俱同也騑服之馬常相隨也願與兄弟雖契闊常同也

文選卷第十二

文選　十三

長　門

文選卷第十三　詩丁
梁昭明太子撰　五臣注
贈荅下　潘安仁爲賈謐作贈陸機詩一首
潘正叔贈陸機出爲吳王郎中令
詩一首
贈河陽詩一首
贈侍御史王元貺詩一首
傅長虞贈何劭王濟詩一首
郭泰機荅傅咸詩一首
陸士龍爲顧彥先贈婦詩二首
荅兄機詩一首
荅張士然詩一首
劉越石荅盧諶詩一首
重贈盧諶詩一首
盧子諒贈劉琨詩一首
贈崔溫詩一首
荅魏子悌詩一首
謝宣遠荅靈運詩一首
於安城荅靈運詩一首
謝惠連西陵遇風獻康樂詩一首

萩　府

謝靈運還舊園作見顏范二中書
詩一首
登臨海嶠與從弟惠連詩一首
酬從弟惠連詩一首
顏延年贈王太常詩一首
夏夜呈從兄散騎車長沙詩一首
直東宮荅鄭尚書詩一首
和謝監靈運詩一首
王僧達荅顏延年詩一首
謝玄暉郡內高齋閑坐荅呂法曹
詩一首
在郡臥病呈沈尚書詩一首
暫使下都夜發新林至京邑贈西
府同僚詩一首
酬王晉安詩一首
陸韓卿奉荅內兄希叔詩一首
范彥龍贈張徐州詩一首
古意贈王中書詩一首
任彥昇贈郭桐廬詩一首
行旅上　潘安仁河陽縣作詩二首

正宗

為賈謐作贈陸機詩一首 四言 潘安仁

山洞

向曰大意述晉平吳得陸生與之同僚兼言離別勸戒之事

肇自初創，二儀絪縕，於云銑曰肇始也初創猶草創也二儀天地也絪縕元氣也粵有生民，伏羲始君，結繩闡化，八象成文。翰曰粵於也伏羲古帝王也八象八卦也言伏羲始為君結繩闡化後畫八卦以成文字茫茫九有，區域以分。其一濟曰茫茫寬廣貌九有九州也區域猶郡邑也言都邑自此分也神農更王，軒轅承紀，良曰神農沒而黃帝承其統紀畫野離疆，爰封衆子。向曰言分別州土疆界以封衆子也衆子謂黃帝有九子各封一國夏殷既襲，宗周繼祀，向曰襲因也言殷因於夏而周繼之商曰祀也緜緜瓜瓞，後結六國互峙。其二翰曰綿綿不絕貌瓜瓞瓜蔓也言六國如瓜蔓之[illegible]交互互也彊秦兼并，吞滅四隅，濟曰[illegible]兼六國四方也子嬰面櫬，漢祖應符。良曰子嬰秦王也縛與櫬降漢祖漢祖乃應符運也櫬棺也降者與而自隨以明必死也靈獻微弱，在涅則渝，向曰靈帝獻帝也言二帝微弱也獻帝遭董卓遷之西京天下亂也三雄鼎足，孫啟南吳。其三銑曰三雄魏曹操蜀劉備吳孫權啟開也南吳伊何，僭號稱王，翰曰孫權僭稱帝號大晉統天，仁風遐揚。濟曰大晉理天下仁惠之風遠揚也偽孫銜璧，奉土歸疆，良曰偽孫謂皓銜璧而降奉國土歸我晉之封疆也璧者國寶降者親奉於君面縛無手以執故用口銜也婉婉長離，凌江而翔。其四向曰長離鳳也以喻君子婉婉美貌陸機自凌江而來亦猶鳳翔也長離誰咨爾陸生，鶴鳴九皋，猶載厥聲，銑曰

春

鶴鳴九皐之上其邑聞天詩人猶記之咸備記也
況廼海隅播名上京爰應旌招撫翼宰庭
其五翰曰海隅吳也播布旌招賢之飾撫奮也宰庭天子之庭也
儲皇之選實簡惟良
濟曰儲皇副主也言擇任賢良以為左右
莫莫朱鸞來自南岡
良曰莫莫鮮明貌朱鸞瑞鳥也亦喻君子岡山也南岡謂機自南來也
曜藻崇正玄冕丹裳
向曰曜藻文華也崇正殿名太子講藝之所機時為太子洗馬故曜文章於此殿玄冕丹裳大夫之儀服
如彼蘭蕙載采其芳
其六翰曰載則采取也言陸機如蘭蕙太子則取其道德之芳也
藩岳作鎮輔我京室
濟曰藩岳謂諸侯也謂惠帝弟吳王晏出為大將軍以鎮吳機為郎中令故云輔我京室也

禪

旋反桑梓帝弟為弼
良曰機吳人與吳王同簡吳故云旋反桑梓為帝弟之弼也
或云國宮遠塗俟矢
向曰或有人云自太子洗馬出為郎中是失其清官塗
吾子洗然恬淡自逸
其七銑曰吾子謂機也洗然肅敬之貌言雖失清官之塗而適肅敬自安逸也
廟廟惟清俊乂是延
向曰乂理延進也廟廟之官惟得其清俊能理之材是進用也
擢應嘉舉自國而遷
濟曰機從吳王郎中令徵入為尚書郎擢拔也國吳國也言拔應此舉從吳國遷為此官
齊轡群龍光讚納言
良曰群龍喻群賢也讚明也謂尚書郎與群賢齊轡以明出納天子之言也
優游省闥珥筆華軒
其八向曰闥門也華軒殿上曲欄也珥執也言於省闥執筆殿上以侍天子也
昔余與子繾綣東朝
濟曰謐昔為散騎常侍侍東宮機亦為太子洗馬繾綣不離散貌
雖禮以賓情同友僚嬉娛絲

寺

竹撫鞞步迷舞韶
良曰賓敬也雖以禮相敬於情不殊友僚常以絲竹鼓樂以自嬉娛也
脩日朗月攜手逍遙
其九向曰脩長朗明也逍遙游徃也
自我離群二周于今
銑曰謐與機別經二年也于今贈詩時也
雖簡其面分著情深
翰曰簡別著明也言雖面別分義之理明于深情
子其超矣實慰我心
濟曰超謂為尚書郎言子超升實歡慰我心
發言為詩俟望好音
其十良曰發言舒志為詩也俟待也言待好音者謂望機荅此詩也
欲崇其高必重其層
向曰將崇高大之德必須重其增益之事言此以誡機也
立德之柄莫匪安恒
銑曰言立德權柄當安守其恒常也
在南稱柑度北則橙
音澄協韻翰曰柑果木名生之於江南則芳香種於北地則為橙枳言以移而變心人亦同是而易節故引為戒
崇子鋒穎不頽不崩
良曰崇道德鋒穎勿使崩頽也

什

贈陸機出為吳王郎中令一首 四言

潘正叔

良曰文章志云潘尼字正叔少有清才初應州辟後以父老歸養及父終出仕位至太常卿

東南之美曩惟延州
濟曰延州謂延陵季子也曩昔也延陵為東南昔時之美也
顯允陸生於今鮮儔
銑曰鮮少儔匹也言機有明信之德於今少匹也
振鱗南海濯翼清流
翰曰南海謂吳也清流謂晉也凡言鱗翼者皆龍鳳也君子此之故作者單以鱗翼隨事宜以用之
婆娑翰林容與墳丘
其一濟曰翰筆也林謂儒林也墳三墳丘九丘皆古書也婆娑

客與皆游故之貝玉以瑜潤隨以光融良曰瑜玉之美者隨隨候
珠也玉以喻而溫潤珠以光色而明明言人加學亦如之也乃漸上京羽
儀儲宮玩爾清藻味爾芳風向曰漸進也羽儀儲宮謂機為
東宮洗馬為太子羽儀也玩習味義也清藻芳風言機之文章也泳之彌廣
挹之彌沖其二銑曰泳游廣遠挹冲深也言游道德之源彌覺深遠崐
山何有有瑤有珉翰曰崐山喻省閣也瑤珉喻君子也言省閣之內所
有者皆君子也及爾同僚具惟近臣濟曰僚官也正叔嘗為太子舍
人言與機同官俱為近臣予涉素秋子登青春良曰素秋喻老也青
春喻少年也愧無老成厠彼日新其三向曰正叔自云愧無老成
之風而厠列日新之德日新者謂機也祁祁大邦惟桑惟梓良曰
祁祁眾多皃大邦戰吳矣謂是機之桑梓機出為吳王郎中令故云爾穆穆伊
人南國之紀銑曰穆穆美也伊是也謂美是人為吳綱紀也帝曰爾
諧惟王卿士銑曰諧和也惟王謂帝弟吳王也卿士即機也俯僂從
命奚恤奚喜其四翰曰俯僂屈身也言屈身從於王命無憂喜於懷也我
車既巾我馬既秣濟曰巾車衣也秣飼也言飾車馬而行也星
陳夙駕載脂載轄良曰星陳夙駕言早發也脂膏也以滑車也轄車
也婉孌二宮徘徊殷闥醪澄莫饗孰慰饑渴
其五向曰婉孌徘徊皆顧慕皃二宮謂帝及太子宮也任之故正叔春慕二宮之內
醪酒之澄人饗宴慰我饑渴之情也昔予忝私貽我蕙蘭銑曰
陸先贈潘詩故云忝私情於我而遺我蕙蘭也蕙蘭香草以喻文章之義今子徂

東何以贈旃翰曰徂往旃之也寸晷惟寶豈無璵璠
濟曰璵璠寶玉也言豈無寶玉不足貴以寸陰為寶也彼美陸生可與
晤言良曰言佳機之美可與申明晤之言

贈河陽一首五言○向曰潘岳為河陽令是尼從父故不言名

宓生化單父子奇淮東阿銑曰宓子賤子奇並古良宰也單父
東阿二邑名二君以風化臨之其邑稱理也桐鄉建遺烈武城播
絃歌翰曰桐鄉朱仲鄉為桐鄉大夫主稱之邑武城子游所理邑武以遺愛為業
武以絃歌見美以岳喻此四賢逸驥騰夷路潛龍躍洪波濟曰
驥良馬也夷平也織良馬於平路躍潛龍於大波喻得塗也弱冠步鼎鉉
既立寄三河良曰年二十曰弱冠也鼎三公象也鉉鼎耳環也岳二十為貢
充府掾故云步鼎鉉也年三十曰立三河河東河內河陽也宰理也流聲馥秋
蘭播藻鬱春華向云馥香播發也流其芳香逾秋蘭發其文藻於春
華也徒羨天姿茂豈謂人爵多銑曰仁義忠信天、爵公卿大
夫人爵所羨者聰敏仁義天姿之茂豈言此人爵之多也

贈侍御史王元貺一首五言○向曰周禮太宗伯御史
掌書之官至秦以為理獄之官

崐山積瓊玉廣廈構眾材濟曰廣大構合也崐山大廈以喻國
也瓊玉眾材以喻羣賢合成於國也游鱗萃靈沼撫翼希天階
良曰萃聚希望也靈沼天階喻左右有閣也鱗翼謂龍鳳況君子也言君子皆撫仁義之
道聚望天子之左右膏蘭孰為消濟治由賢能向曰膏蘭

為物以明燭暗以香囊臭自致銷爍不辭其勞賢絃濟理亦猶是也孰誰也王侯
厭崇禮迴迹清憲臺銑曰王侯謂既也崇禮門名王前為尚書郎朝
奏皆在此門言今厭之迴迹清肅憲臺憲臺即御史署蠖鳥縛屈固小往
龍翔廼大來銑曰蠖屈喻聖人潛隱也龍翔聖人即位也言蠖屈之時喻賢
人在外故云小往竜翔之來服喻君子入用故云大來協心毗聖世畢力
讚康哉濟曰協合毗輔畢盡讚佐也合心輔於聖代盡力以佐康哉之風

贈何劭王濟一首五言并序　傅長虞

良曰王隱晉書云傅咸字長虞北地泥陽人也孝廉太子洗馬後為
司隸校尉

朗陵公何敬祖咸之從內向曰劭襲朗
陵郡公國子　酒王武子咸從姑之外
孫也並以明德見重於世咸親之重
之情猶同生義則師友何公既登侍
中武子俄而亦作銑曰俄頃也有頃武子亦遷侍中
二賢相得甚歡咸亦慶之然自恨闇
劣雖願其繾綣而從之未由翰曰二賢謂何
劭王濟也慶善也繾綣猶親密也咸自言恨闇劣願與親密而官爵去遠
從之未由權隋也歷試無效且有家艱濟曰歷試
謂歷職言歷無六也家艱謂父母憂也心存目替賦詩
中懷以貽之云爾良曰替廢也心常在於何王而目不

相見故申懷以贈二君

日月光太清列宿曜紫微向曰太清天也列宿二十八宿也紫
微天帝宮也謂列宿曜之赫赫大晉朝明明闢皇闈銑曰赫赫
盛貌謂晉朝之盛闢開闈門也謂開門以待賢也吾兄既鳳翔王子
亦龍飛翰曰吾兄謂劭也王子也鳳翔竜飛喻君子得用濟雙鸞游
蘭渚二離揚清暉濟曰離之精為鸞鳳喻君子也蘭渚比中書省揚謂
揚舉清風生光暉也以攜手升玉階並坐侍丹墀良曰玉階
丹墀皆天子之庭金璫綴惠文煌煌發令姿向曰璫珠也
惠文冠名煌煌光也言冠文彩增發於令善之姿容也斯榮非攸庶繾
綣情所希豈不企高蹤麟趾邈難追銑曰此衆非庶
幾所能及但親密之情是所希望豈不慕高軌但踪跡遼遠難可追攀也臨川靡
芳餌何為守空坻翰曰餌釣肉也坻岸也言釣者無餌守於空岸終
非待魚言此以喻於己也槁葉待風飄逝將與君違濟曰咸時
出為冀州刺史將發如枯槁之葉待風之飄也逝往違離也違君能無戀
尸素當言歸良曰離君豈能無眷戀但自恨尸祿素當歸也歸身
蓬華廬樂道以忘饑向曰蓬華廬草菴也言歸此以樂先王之道將
忘其機也進則無云補退則恤其私濟曰云補謂以言補闕恤
私謂憂其家私但願隆弘美王度日清夷良曰但願二子盛大
美之道為王之法度日益清平夷平也

答傅咸一首五言　郭泰機

向曰傳咸集序云河南郭泰機寒素後門之士教作詩與咸咸報詩恒傲切戲之後因感贈詩故作此荅之

皦皦白素絲織為寒女衣銑曰皎皎絜白也素絲喻才也寒女衣者謂己賤而負義才寒女雖妍巧不得秉杼機向曰秉執也言雖巧不得機杼執之備有才而不見用也天寒知運速況復鴈南飛濟曰言天寒日月速而鴈南飛遂所以多感也衣工秉刀尺弃我忽若遺良曰衣工謂傳咸也刀尺謂執政吏也執其刀尺弃人之寒如遺者也人不取諸身世事焉所希向曰言人不能及身自敵當代之事焉所希異也況復已朝餐曷由知我饑銑曰朝餐謂咸先食祿也曷何也何由知我饑咸不庶已及人也

為顧彥先贈婦二首 五言 陸士龍

向曰云為顧彥先贈婦二首為婦二首此是婦荅而云贈婦集者

悠悠君行邁煢煢妾獨止山河安可踰永路隔萬里京室多妖冶繁繁都人子濟曰煢煢孤也妖冶美皃繁繁衣服鮮明皃都亦美也人子士女也將步擢纖腰巧笑發皓齒佳麗良可義良曰京室纖麗良可義也衰賤焉足紀衰賤何足紀錄妻自謂也遠蒙眷顧言銜恩非望始翰曰遠蒙眷顧言謂夫先寄詩也銜恩謂銜此恩德不敢冀望如此者也浮海難為水游林難為觀銑曰言夫在京所見既廣難為容態

也容色貴及時朝華忌日晏皎皎彼姝子灼灼懷春粲向曰忌畏晏晚也言容色貴及其時朝華木槿也木槿花暮落故云畏日晚也皎皎明淨皃彼姝謂彼都義人也灼灼盛皃懷春如春華之義西城善雅舞總章饒清彈濟曰西城總章皆出伎樂鳴簧發丹脣朱絃繞素腕良曰簧笙也朱絃謂箏琴也素腕在上彈故云繞也輕裾猶電揮雙袂如霧散華容溢藻幄哀音入雲漢向曰輕裾双袂運轉微速猶電霧矣藻幄謂飾之以文也入雲漢言哀響之速也知音世所希非君誰能讚銑曰希少讚義也弃置北辰星問此玄龍煥向曰北辰星不移動矜已也玄龍喻義色言弃不移之心而問義豔之色時暮復何言華落理必賤濟曰時暮謂老也復何言自歎也言華衰落於理當賤也

荅兄機一首五言○向曰機自吳王郎中寄詩與雲故有此荅

悠遠塗可極別怨會長良曰悠行極至也言行遠塗路可至別則在遐所會之時則長也銜思戀行邁興言在臨觴翰曰邁行也興此思之言在臨觴也南津有絕濟北渚無河梁銑曰南津北渚謂當時送別處絕濟無梁皆無也神往同逝感形留悲參商向曰魂神隨兄往而形留此如參辰之不相見也商辰星也衡軌若殊迹牽牛非服箱濟曰衡軌也軌車後木也牽牛星也箱亦車也兄弟相依當如衡軌而今殊迹牽牛有名不堪服車亦猶有兄弟之名而不得同聚

荅張士然一首五言○良曰張士然平吳後入洛有贈雲雲故

荅之

行邁越長川飄颻風塵通波激枉渚悲風薄丘榛翰曰颷急也枉渚曲渚也丘墓榛棘也脩路無窮迹井邑自相循銑曰脩長窮極循順也百城各異俗千室非良隣向曰百城郡也千室謂千室之邑言風俗各異無善之隣謂異濱之異歡舊難假合風土豈虛親感念桑梓域髣髴眼中人濟曰歡舊既異風土又異不可假合虛親也感此憶桑梓而見親識也眼中人謂親識也靡靡日夜遠眷眷懷苦良曰靡靡行皃眷眷顧之深也

荅盧諶一首四言并序　劉越石

良曰晉書云劉琨字越石漢中山靖王之後初為博士永嘉中為并州刺史子盧志親善志子諶琨先辟之後中郎既匹磾領幽州為匹磾諶有勝及詩與琨故有琨為匹磾所也

琨頓首頓首　書及詩備辛酸之苦言暢經通之遠旨　反覆不能釋手慨然以喜向曰思則悲則喜昔在少壯未嘗檢　遠慕老莊之齊物近嘉阮生之放曠怪厚薄何從而生哀樂所由而至銑曰老子莊周之書以大小是非為一貫阮生阮籍也執性以法俗自拘責少小縱誕慕此齊物放曠之交以為厚薄哀樂不關

於必自頃輈知由張困於逆乱家國破亡親友彫殘塊然獨坐則哀憤兩集負杖行吟則百憂俱至濟曰塊然獨居皃哀謂哀其國家殘喪憤謂憤其賊臣危亂也時復相與舉觴對膝破涕為　排終身之積慘求數刻之暫　譬由疾　彌年而欲一　銷之其可得乎良曰排推慘憂也謂刻之數也一旦一夜一百刻數刻謂少時也銷除也言舉酒破悲涕以為笑推一世之憂少時之樂亦猶以一之藥而欲銷彌之疾豈可得也夫才生於世世實須才和氏之璧焉得獨曜於郢夜光之珠　得專玩於隨掌天下之寶固當與天下共之但分析之日不能不悵恨爾良曰郢楚也隨侯也知璧明珠雖出隨楚寶玩亦不專在於隨楚此喻諶不得獨留於琨處也然後知聃周之為虛誕嗣宗之為妄作也銑曰聃老子名周莊子名也我慕齊物縱誕之事遣此逆乱至於分析始知彼為虛妄也昔騄驥倚輈於吳阪鳴於良樂知與不知也翰曰騄驥古之良馬也輈轅也良樂孫陽也昔有人以驥馬駕鹽車馬倚轅而不肯行遇孫陽以已馬易得竟為天下駿此喻琨不能知諶而匹磾知之也百里奚非愚於虞

而智於秦遇與不遇也今君過之矣
勗之而已濟曰百里奚仕虞虞公不用其計而亡後仕秦為大夫而秦國霸皇在虞時則愚於秦則智用與不用也今君過之謂見用謂於匡碑也勗勉也成令勉力無二心也不復屬意於文
二十餘年矣久廢則無次良曰次次序也琨自言文章久廢無次序也想必欲其一反故稱指
送一篇適足以彰來詩之益美耳琨
頓首頓首向曰謂寄詩於琨故示琨一反報指意也琨故稱誌意報此一篇言已詩酬但足益明來詩之美
厄運初遘陽爻在六銑曰遘遇也在六謂卦第六畫是爻之上九也辭云龍有悔喻天子運極而有窮厄之災乾象棟傾坤儀舟覆
翰曰棟屋也天覆如屋地載如舟天地傾覆喻晉之崩乱橫厲糾紛羣妖
競逐火燎神州洪流華域濟曰厲危也羣妖謂劉聰等為乱也
神州華域皆帝鄉也洪流大水也喻羣賊橫乱競相奔逐如大水燎火之漂焚而為患於其中國也彼黍離離彼稷育育哀我皇晉痛在心
目其一良曰離離長大皃育育生長皃皇大也良我大晉宗廟皆生黍稷故痛心在於目前也天地無心萬物同塗禍淫莫驗福善則
虛向曰塗道淫過也天地萬物同歸一道為禍過者亦無驗為福善者亦無徵數今盜賊為禍受福而晉室為福受殃也逆有全邑義無完都英蘂
夏落毒卉冬敷如彼龜玉韞匱毀諸銑曰逆者全其邑境為義者亡其都英蘂喻賢良也毒卉喻乱賊也夏落謂賢者犬狂今數謂寇賊橫盛龜玉謂國寶也韞藏匱匱也國寶在天子以賢為匱匣而今毀之者輔佐之過也
芻狗之談其最得乎其二翰曰芻狗草狗也解者於地祈福其始也敗文繡齊戒以將之及其已陳行者首樵者取爨亦猶晉盛人所貴及衰人所弃故云此談最得其理咨余軟奴乱弱弗克負荷濟曰咨嗟也自歎軟弱不能負荷家國之事使存興也
愆釁仍彰榮寵屢加威之
不逮禍延凶播音協韻良曰愆過釁仍重彰明也謂忠不能存國孝不能存家是殿過重明也榮寵數加謂為太尉并州刺史也威之不立謂被劉聰所敗遺凶禍而播遷也忠隕于國孝愆于家斯罪之積如彼
山河向曰言喪國亡家之罪其積如山河之高深也斯釁之深終莫
能磨其三銑曰此殲至深不可能磨滅也郤穆舊姻嬿伊典婉新
婚濟曰郤穆嬿婉和美皃姻親也旧姻謂與諶父旧相親也新婚與諶如兄弟也詩云嬿婉新婚如兄如弟也不慮其敗唯義是敦裹糧攜弱
匍匐星奔良曰慮憂敦勉也謂諶昔不憂敗乱勉力於義提攜父母投於琨星奔匍匐言困而急也未輟爾駕已墮我門二族偕覆三
孽並根向曰輟止墮壞也爾之來駕未止乱賊已壞我家也二族謂琨諶兩家俱破滅亡也三孽謂劉聰劉曜劉粲等作乱同是一宗故云並根也長慼舊孤
永負冤魂其四銑曰旧久也長恥久者為孤未能復父之讎也是負冤魂亭
亭孤幹獨生無伴綠葉繁縟柔條脩罕翰曰亭亭孤直皃以喻諶幹謂桐竹也綠葉柔條言才能茂盛也
朝採爾實夕捋

零括爾竿竿翠豐尋逸珠盈椀濟曰珠持管取也豈尋長遠
置也珠桐竹實也言諶道德之多採取盈椀椀小器琨自喻也寔消我憂憂
急用緩逝將去矣庭虛憤滿其五良曰言我急憂是用兩道
消之令緩往將去我矣使憤懣之情滿於虛庭也虛滿伊何蘭桂移
植茂彼春林此秋棘向曰蘭桂喻君子也春林喻段匹磾也秋
棘自喻也言諶為匹磾右是茂琨而去是病也有鳥翻飛不遑休
息匪桐不棲匪竹不食銑曰有鳥喻諶也言不休息此桐
竹喻賢明之君也棲食喻食祿也永戢東羽撫西翼翰曰戢斂
也東謂幽州也翰高飛也撫拳也言并州也我之敬之廢歡輟
職其六濟曰輟止也廢歡止職也音以賞奏味以殊珍
文以明言言以暢神之子之往四義不臻良曰
暢達臻至也音聲為賞識者所奏滋味以殊異而珍重文章之作以明其言其言之作以
達於神之子謂諶四義音味言也自諶之往無相知不復至此四蟲也澄醪覆
觴絲竹生塵素卷莫啓幄無談賓既孤我德
又闕我隣其七向曰醪酒也生塵不執玩也啓開也幄帷幄也談賓辯論之賓
自諶之去更不為酒樂書談之事是孤闕我隣近之德也光光段生出幽
遷喬資忠履信武烈文昭銑曰段生匹磾也出幽出於幽谷
遷于喬木也言能資履忠信明盛文武之道也烈盛也昭明也旌弓騂騂輿
馬翹翹翰曰旌旗也騂騂謂弓皃輿車也翹翹遠皃也乃奮長縻是
轡是鑣何以贈子竭心公朝何以叙懷引領

長謠其八濟曰奮振也長縻喻厚祿也以厚祿縻諶使控鑣轡而往也贈子謂贈諶
言也竭盡也令盡心公朝也叙懷己懷也引領謂延頸望諶而長歌也

重贈盧諶一首

五言○良曰前詩未盡復有此贈勸諶欲共輔
晉室也
握中有玄璧本自荊山璆惟彼太公望共在
渭濱叟平協韻向曰玄璧瑞玉也荊山出玉之山璆美玉也以喻諶也望太公名
也叟老也太公隱釣於渭水之濱水際也鄧生何感激千里来
相求銑曰鄧生鄧禹也激亦感也光武襲河北禹聞之北渡河追上至鄴比禹感光
武千里来相求白登幸曲逆鴻門賴留侯翰曰白登平城傍高
地名漢高祖遭冒頓圍於此用陳平計得出曲逆平所封也名項羽入關與高祖會鴻門
羽將圖高祖用張良計謝羽得免留良所封地名重耳任五賢小白
相射鉤濟曰重耳晉文公名任用也五賢謂狐偃趙衰顛頡魏武子司空季子小
白齊桓公名也管仲射桓公中鉤即任管仲為相苟能隆二伯安問
黨與讎良曰伯長也謂文公桓公也黨朋也謂五賢讎仇也謂管仲中夜
撫枕歎想與數子游吾衰久矣夫何其不夢
周向曰撫持也數子謂上太公已下也此數子皆能陳謀以靜亂故中夜撫枕歎息想
得與之同游言我衰矣不能聖人周公之徒為我陳策以匡晉室誰云聖達
節知命故不憂宣尼悲獲麟西狩涕孔丘銑曰
誰言聖達之人知命無憂若則孔丘亦抱麟而泣麟瑞獸魯哀公時西狩獲之狩獵也宣
孔子謚尼字丘名也功業未及建夕陽忽西流時哉不

我與去乎若雲浮翰曰琨思復晉室故云功業未立也夕陽謂暁景喻
己之耄也數時節易度如雲浮也浮過也朱實隕勁風繁英落素
秋狹路傾華蓋駭駟摧雙輈何意百鍊剛化
為繞指柔濟曰隕落也秋西方白也故曰素秋朱實繁花待就而為勁風素秋
摧落也喻已事欲立而遭邑賊破敗傾倒也華蓋車蓋也駭驚摧折也轅車轅也百鍊之
鐵堅剛而今可自喻經破敗而至柔弱也

贈劉琨一首四言并序　盧子諒

良曰諶在路破劉聰破遂將妻子往并州投琨後在段匹磾處憶琨前恩
故贈此詩也
故吏從事中郎盧諶死罪死罪向曰琨嘗
辟諶故稱故吏從事中郎昔嘗任此官也諶稟性短弱當
世罕任因其自然用安靜退銑曰短弱劣
罕希任用也言受性劣當世希用故任自然以退靜在木闕
不材之資處鴈之善鳴之分翰曰山木以不
材而壽鴈以能鳴而全方之於木則闕其不材出之於鴈則乏其善鳴退
不如木不如鴈也雖卷異蘧子愚殊甯生濟曰蘧伯
玉有道則仕無道則卷而懷之甯武子云邦有道則智邦無道則愚也
匪者時暱不免饑賔良曰木既不能全不材故時為
匪者顧暱鴈既不能鳴則不免充饑以饗賔喻己為匹磾時暱恐不免充
饑也嘗自思惟因緣運會得蒙接事自

奉清塵于今五稔謨明之效不著候
人之識已彰向曰得蒙接會謂從事中郎也奉清塵者言得
從後塵也稔熟也五稔五年也候人荷戈於道路之人言我謨明之功不
能昭著道路識譽早已彰露也大雅含弘量苞山藪
銑曰大雅君子謂琨也含弘所容加大也言量度廣遠可以苞括山藪
人以待接彌優款眷逾昵與去運籌之
謀廁讌私之歡翰曰優厚款愛昵近也言待接益厚愛眷
逾近參預帷幄之謀得偶私宴之樂綢繆之旨有同骨
肉濟曰綢繆相親也旨也同骨肉者謂琨以諶為兄弟也其為
知己古人罔喻良曰言知己之道古人無有比也昔
聶政徇嚴遂之顧荊軻慕燕丹之義
意氣之間靡軀不悔雖微達節謂之
可度良曰聶政者刺客也嚴遂求之以殺韓相俠累荊軻為燕太子
丹報讎於秦王二人皆以意氣相感靡爛其身亦不悔矣雖無上聖達節
可謂不失法度然苟曰有情孰能不懷故委
身之日夷險已之銑曰苟且也言且曰有情之人誰能
不思恩也委身之日謂事琨時也夷平已興也言平險之同也事
興願違當忝外役遂去左右收跡府
朝蓋本同末異楊朱興哀始素終玄
墨翟垂涕翰曰忝辱也外役謂事匹磾去琨之左右也收跡府

朝謂琨爲司空三公有府朝也楊朱見岐路乃歎曰本同末異人亦當然故興哀也墨翟見素絲而泣曰入玄則玄豈直絲涤人亦有焉諒言不然遂婚初之情而變也公乖之際感可歎慨致感之途戚迫于茲亦奚必臨路而後長號覩絲而後歔欷哉濟曰歎息也言自古分離莫皆然至於感傷之道有逼迫於此者何必覩岐路覩素絲而後悲哭也奚何也歔欷悲也是以仰惟先情俯覽今遇感存念亡觸物增眷良曰先情謂亡者今遇謂見遇者感念二途逢物則重心增戀也易曰書不盡言言不盡意然則書非盡言之器言非盡意之具況言有不得至於盡意書有不得至於盡言邪向曰書本非能盡言言本不能盡意況有不得至於盡者言有深心於琨也不勝猥濾本謹貢詩一篇抑不足以揄揚弘美亦以攄其所抱而已銑曰猥濾猶悲也貢獻揄引揚說攄舒也言不勝悲敬獻此詩不足引說大義之事但舒其所抱結而已弘大也若公肆大惠遂其厚恩錫以咳唾之音慰其違離之意翰曰肆展遂行錫賜也咳唾之音謂琨答詩慰此離之意則所謂咸池酬於北里夜光報於魚目濟曰咸池堯樂北里紂樂夜光寶珠也言琨能酬詩是以雅樂寶珠而報其淫哇魚目也諶之願也非所敢望也諶死罪死罪良曰雖有所願不敢望其益也

濬哲惟皇紹熙有晉廞弛維光闡遠韻有來斯雍至止伊順向曰濬深哲智熙舉弛解雍和伊是順從也惟皇謂懷帝也言懷帝有深智德之能紹興晉統舉其已解之聞先帝之遠風有來至者皆和順而從之三台摛朗四岳增峻其一銑曰三台星名也其色齊明則君臣和四岳諸侯也峻高也言琨爲刺史得人故云高也伊陟佐商山甫翼周翰曰伊陟殷賢臣也仲山甫周賢臣也佐翼謂輔弼也弘濟艱難對揚王休濟曰對荅休美也賢者能大濟艱難之事荅揚王之美命也

苟非異德曠世同流加其忠貞宣其徽猷其二良曰曠遠徽美猷也且非異德謂琨與伊陟山甫不異雖遠代若同一流又加忠正宣揚帝王之美道也伊諶陋宗昔遘嘉惠申以婚姻著以累世義等休戚好同興廢孰云匹諧如樂之契其三向曰陋宗謂卑陋之姓遘遇也婚姻諶妹嫁琨弟也著明也累世從至子也義善戚憂也言相爲好憂義興廢同之諧和契合也雖謂不絃如樂琴之和合也王室喪師私門播遷銑曰王室晉室也喪師劉聰破洛陽也播遷移也謂諶移奔琨也敢望公歸之視險忽艱茲願不遂中路阻顛仰悲先意俯思身愆其四翰曰謂望琨歸之也將輕忽其艱險中路阻顛謂賊害父母也仰悲父母遇害之事乃身之過也大鈞

載運良辰遂徃睹彼日月迅過俯仰濟曰大鈞造化也載則運移也言造化則移良時日月之度迅疾如俯仰之間也感今惟昔口存心想借日如昨忽爲疇曩其五良曰感傷今時思昔在緄處不離心口也借假也疇曩昔遠也言日月假借忽成昔遠疇曩伊何逝者彌疎良曰伊是逝徃也疇曩是何自閒也言已逝之事大理益疎也曩昔也溫溫恭人慎終如初銑曰溫溫寬柔皃恭人謂緄也終始如初不變易也覽彼遺音恤彼窮孤譬彼樛吉留木蔓葛人以數其六翰曰遺音謂緄先遺誥詩有憂恤之意窮孤謂自謂也樛木横下曲者蔓葛依此數也謠自言附緄而起也妙哉蔓葛得託樛木葉不雲布華不星燭義侔卞和質非荊璞濟曰妙哉歎義蔓葛得託樛木之上不雲布謂殊薄也不星燭謂不光明也侔齊也卞和獻玉之人因以爲玉名言緄奉義齊卞和之玉而我之質非荊山之璞也眷同尤良用乏驥騄其七良曰尤良王良也衛太子所親之臣驥騄駿馬也言我眷顧同王良用之於駿馬也義亦旣篤眷亦旣親飾獎駑猥方駕駿珎向曰駑猥惡馬也以喻已也駿珎喻賢良也方齊也言奉眷親厚得方駕賢良同游也弼諧靡成良謨莫陳無覿莫狐趙有與五臣其八銑曰弼輔諧和也輔和之道不成良謀妨策無可陳述覿望也非敢望同狐趙之立大功有志與彼五臣履危厄也狐趙晉文公臣也五臣則謂狐偃趙衰等也五臣奚與契闊百罹翰曰奚何也百罹謂百憂也言五臣與文公同契濶憂苦亦同我與緄身經危難也身經險阻足蹈崄巇

義由恩深分隨昵加綢繆委心自同匪他其九濟曰分節昵近也綢繆纏綿也言蒙親愛委心於緄同於兄弟故云匪他昔在暇日妙尋通理尤彼意氣狹是節士良曰尤非也昔在閒暇之日尋其通達之理方知以意氣而忘宗足節而陷命皆非正道故非而挾之也理道也情以體生感以情起趣舍同要窮達斯已其十向曰體親也情緣親生感激之理自情而起趣進舍止也言進止之理不能激射而取也但任窮通於此而止謂止於匹磾处也由余片言秦人是憚銑曰由余戎王臣也使秦怪穆公宮室壯大也憚難也而穆公難之以脩德也日磾效忠飛聲有漢翰曰日磾休屠王子姓金氏效呈也飛忠孝之聲於漢此謂匹磾也桓桓撫軍古賢作冠來牧幽都濟厥塗炭其十一濟曰桓桓武皃撫軍謂匹磾爲撫軍將軍幽州牧冠謂在衆賢上也塗泥也炭火也百姓遭亂如陷墜於泥火之中而匹磾能濟彼塗炭也塗炭旣濟寇挫民阜良曰挫擁也阜盛也謬其疲隷授之朝右向曰謬誤也右上也疲隷惡賤謙自比也言誤以我爲劣駑授任在衆人之上上懼任大下愧施厚實祗高明敢忘所守其十二銑曰祗敬也高明謂匹磾也言實敬之不敢忘其職守相彼反哺尚在翔禽孰是人斯而忍斯心每憑山海庶覿高深翰曰桐視也視鳥烏猶能反哺誰是人而能忍此父母之離而無心者憑依觀見也高深謂緄也言每依山海庶得相見也邂逅存亡緬成飛沈其十三濟曰眺視也緬遠也言觀存亡之理遠緣成其飛沈眺望也長徽已纓逝將徙舉去

收跡西踐衡哀東顧 良曰微索也纓謂匠碑所辟也踐往也言往將
移舉杖西踐之跡衡悲哀在東而顧也 曷云途遼曾不咫步豈
不夙夜謂行多露 其十四向曰曷何遼遠也言何云途路之遠我心為
咫尺寸步之間也豈不能早夜而行恐彼多露濡己畏匠碑疑其二心也 緜緜女
蘿施于松標 銑曰緜緜長貌女蘿喻己弱而附於匠碑也松標喻匠碑也
稟澤洪榦晞陽豐條根淺難固莖弱易彫操
彼纖質承此衡飈 其十五翰曰稟受也晞乾豐茂操執也纖質謂微能
也衡飈謂機要之事也言持己微能恐不堪衡機要之事也 纖質寔微衡
飈斯值誰謂言精致在賞意 濟曰寔是值逢致至賞識也言
誰謂我精至在識意也 不見得魚亦忘厥餌 良曰餌釣上食以引
魚也 遺其形骸寄之深識 其十六向曰言我遺喪形骸投之遠識深
識謂琨之意也 先人頤意潛山隱几仰熙丹崖俯濯
綠水無求於和自附衆義慷慨遐蹤有愧高
旨 其十七良曰先人謂古人也頤養也潛山巢許之徒也隱几謂南郭子綦也熙也
濯洛也言如此之人不知於人而人自和不附於義而義自附慷慨歎也歎此遐遠之蹤
不能追之也故有愧高人之意旨意也 爰造異論肝膽楚越惟
同大觀萬塗一轍 良曰異論謂有譏琨於匠碑肝膽喻近楚越兩國名
脩遠也言平生親通之心遂為阻遠琨常懷大觀之理萬端為一轍也 死生既
齊榮辱奚別 銑曰以大觀之道則榮辱死生齊而無別 處其玄根
廓焉靡結 其十八翰曰玄根無形類自然之根廓空也處此玄根體空無結

也 福為禍始禍作福階 濟曰禍福相生為階始 天地盈
虛寒暑周迴 良曰萬物滋繁為盈枯槁為虛寒盡則暑來終而後始故言周
迴也 夫差不祀 在勝齊句踐作伯祚自會稽
其十九向曰吳王夫差敗齊於艾陵而驕為句踐所滅故云不祀兆也亡國之兆在於
勝齊句踐先為夫差所敗于會稽而今之滅吳也是會稽謂滅吳之福也祚福也言
琨亦當興復晉室也 邈矣達度唯道是杖形有未泰神
無不暢如川之流如淵之量 銑曰邈遠也遠矣義琨也杖據
也言據道而行形體雖謂人所屈神智則上無不通矣川流謂不也淵量喻其深也
弘棟隆下塞民望 其二十翰曰琨能興復晉室上大夫國家梁棟下滿
萬人之望也塞滿也

贈崔溫一首 五言

逍遙步城隅暇日聊游豫北眺沙漠垂南望
舊京路 良曰隅城角也眺遠視也沙漠流沙也垂邊也舊京洛陽也洛陽被燒破
故云舊京 平陸引長流岡巒挺茂樹中原厲迅飈
山阿起雲霧 向曰陸平地岡巒山也挺拔厲作迅疾也飈風也山阿山曲也
游子恒悲懷舉目增永慕良儔不獲偕舒情
將焉訴 銑曰諶旅幽州故云游子偕俱也恨不得與嶠怳等俱游也 遠念
賢士風遂存往古務朔鄙多俠氣豈唯地所
固 翰曰賢士風謂古之良將之風也務取也稱朔也鄙邊也言朔邊非但有游俠之
氣亦地之堅固 李牧鎮邊城荒夷懷南懼趙奢正疆

場亦秦人折北慮濟曰李牧趙將嘗屯鴈門故云鎮邊城荒夷匈奴也
趙奢亦趙將疆場趙之邊界奢守趙界秦軍自摧無侵北之慮也羇旅及寬
政委質與時遇良曰諶自云寄客於匹磾蒙寬容之故得委身事之是與
時遇也恨以駑蹇姿徒煩非子御向曰非子家造父之後善
御者諶自言我鈍駑之姿徒勞善御者御之御者以蹶其匹磾也亦既弛負
捲忝位寧黜庶苟云免罪戾何暇收民譽銑曰
弛廢也黜庶人也譽壹義也言廢負捲之後忝職理人且免罪至身而已何有容暇以收
人之義聲也俛寬以厥黜終乃最衆賦翰曰俛寬為左內史
愛人不忍急切相在後當兄宦人閒恐失之乃勉力相牽或載或捲都為衆賦之先也嚴
後最先也何武不赫赫遺愛常在去濟曰何武字君公為楚內
史仁厚居官無赫赫之名去後常有遺愛為人思之赫赫盛貌古人非所希
短弱自有素何以敷斯辭惟以二子故良曰古人
謂俛寬何武希望也短弱諶自謂也有素謂素有仁厚之性數布也二子崔溫也以知我
情故有此辭也

荅魏子悌一首五言○向曰魏子悌亦為劉琨從事與諶同官
也
崇臺非一榦珍裘非一腋銑曰崇高榦枝也為高臺非一木之
枝而就狐腋下皮白甚為裘然為裘非一狐腋之能成猶為國亦資衆賢之力多士
成大業羣賢濟弘績遇蒙時來會聊齊朝彥
跡顧此腠皆羽愧彼排虛翮翰曰成大業者資衆賢以成大
功朝謂琨府朝也彥謂悌也言我蒙遇其時得與悌同跡事琨也舟人固桑對晉平公曰
夫鴻鵠一舉千里所恃者六翮也腹背之毳增之不能高減之不能下諶自言我腹背之
毛愧對悌六翮之用也寄身蔭四岳託好憑三益濟曰四岳
諸侯謂劉琨匹磾也友直友諒友多聞為三益友謂悌也言我寄身於琨得託於悌也
傾蓋雖終朝大分邁疇昔良曰昔孔子遇程子於途雖傾蓋而
語終朝至於大論分義我于悌過於昔人在危每同險處安不異
易俱涉晉昌艱共飛狐厄更向曰晉昌郡名為石勒所攻飛
狐塞名嘗為賊所得劉琨與諶悌往伐之為賊所敗奔安次故云同險易厄難也恩
由契闊生義隨周旋積銑曰契闊厄難也周旋相逐逐言恩義之
道自此深厚豈謂鄉曲譽謬充本州役翰曰言我不曰鄉曲
之義譽而謬充此幽州別駕也諶涿郡人涿郡屬幽州故云本州役也乖離令
我感悲欣使情惕理以精神通匪曰形骸隔
濟曰悲今別離欣昔同歡令我情之驚懼也然理迹相通不以形遠而為隔也妙詩
申篤好清義貫幽賾恨無隨侯珠以酬荊文
璧良曰篤厚賾深也悌之贈詩申其厚好義貫幽賾言我恨無美才如隨侯珠以酬悌
之妙詩如荊文之璧也下和獻璞至楚文王始剖得良玉故云荊文璧荊楚也

荅靈運一首五言　謝宣遠
向曰靈運先寄愁霖詩於瞻故有此荅
夕霽風氣涼閑房有餘清開軒滅華燭月露
浩已盈獨夜無物役寢者亦云寧銑曰霽晴也軒門

也盈滿也言月露之色大盛盈滿內外也無物役謂無事役已也寧安也忽獲愁
霖唱懷勞奏所誠翰曰愁霖謂靈運所寄也懷勞謂思劬勞書其懇誠
也歎彼行旅艱深茲眷言情濟曰靈運既歎行旅後深眷戀
於瞻伊余雖寡慰殷憂暫為輕牽率酬嘉藻長
揖愧吾生良曰慰安也言我情雖少安為得靈運詩殷憂之情暫為輕也生有
德之稱也言雖牽率酬其所贈然揖靈運之德而自愧也
於安城荅靈運一首五言○向曰瞻為安城守靈運見贈
故有此荅
條繁林彌蔚波清源逾濬華宗誕吾秀之子
紹前胤銑曰蔚盛濬深誕生紹繼胤緒也之子謂靈運也言子孫之賢益宗族深
盛也謂靈運能繼其緒綢繆結風徽烟熅吐芳訊鴻漸
隨事變靈臺與年峻其一翰曰綢繆纏綿也徽善也謂風雅相善也
烟熅和氣也芳訊芳言也謂贈詩也漸進也隨事變祿秩進變也靈臺喻德也言靈運之
德年益高峻也華萼相光飾嚶鳴悅同響濟曰華萼喻兄弟也
嚶鳴鳥之聲也言我與爾文章相和亦猶鳥之嚶嚶鳴而悅其同聲響也光明也華飾也
親親子敦余賢賢吾爾賞良曰子以親而厚我賞識也我識爾
之賢才也比景後鮮輝方年一日長向曰此光景與安則在後
鮮明方年我則一月長於汝也萋葉愛榮條涸流好河廣其二
銑曰萋葉涸流自喻也榮條河廣喻靈運之德茂深也徇業謝成操復
禮愧貧樂翰曰徇營也言營事業無成遂本志不克已復禮居貧樂道故云愧

也幸會果代耕符守南江曲濟曰幸會得此祿割符守於安
城安城臨江故云江曲也履運傷荏苒遵塗歎緬邈良曰荏苒
流易也緬邈長遠也言所履之運流易遵塗之道長遠也布懷存所欽我
勞一何篤其三向曰布懷抱所敬於靈運也言我相思為勞於爾厚也肇
允雖同規翩飛各異槩銑曰肇始允信槩節也言我初始信與爾節
同規舉及騰舉之節各異也迢遞封畿外窈窕承明內翰曰
承明殿名宣守安城故云封畿外靈運為秘書監故云承明內迢遞遠貌窈窕深也尋
塗塗既睽即理理亦對濟曰內外殊我故云塗睽賢者處內不賢
者居外亦理之相對也絲路有恆悲矧迺在吾愛其四良曰
揚朱墨翟感於素絲岐路尚猶有悲況在我愛而乖別也跬行安步武
鍛翮周數仞向曰跬一舉足也言我舉足而行安於一迹之內鍛翮而起
不過數仞之上言志之小也豈不識高遠違方往有吝歲
寒霜雪嚴過半路逾峻銑曰言我豈不知高遠之義材德不及達
常而經恐有悔吝歲寒喻也半路謂五十已上也適益峻難也年老至是其情益難也
量已畏友朋勇退不敢進銑曰量其己材薄劣畏其友朋故難
進而勇於退也行矣勵令猷寫誠酬來訊其五向曰勵勉也言
勉汝善道寫我誠心以酬其來問也言此以相誠酬對也
西陵遇風獻康樂一首五言謝惠連
濟曰靈運襲封康樂公惠連是靈運弟尊之故云獻也西陵蓋所居之西
我行指孟春春仲尚未發趣途遠有期念離

情無歇成裝候良辰漾舟陶嘉月翰曰指㑚趣向也成
裝謂裝束成就也候時也良辰安靜無風時也漾舟泛舟也陶樂也嘉月謂其春月也
睽塗意少悰還顧情多闕其一良曰悰樂也闕謂闕常情也
哲兄感仳匹婢別相送越坰林銑曰哲兄謂靈運也仳亦別也
越度也林外謂之坰飲餞野亭館分袂澄湖陰懷懷留
子言眷眷浮客心迴塘隱艫枻曳遠望絕形
音其二濟曰袂袖也湖水曲也水南曰陰留子謂靈運住也浮行也行客惠連自謂也
懷懷眷眷戀貌迴塘曲岸也艫舟也枻楫也言舟隱曲岸望聽不見其形音也靡
靡即長路戚戚抱遙悲悲遙但自弭路長當
問誰濟曰靡靡行貌戚戚憂傷也既就長路憂傷而抱遠悲弭上也言悲久但自止

無人可語之也行行道轉遠去去情彌遲翰曰行道雖遠想戀
之情遲遲然不能絕也昨發浦陽汭今宿浙江湄其三良曰
浦陽浙江皆江名也汭水之交入也湄水岸也屯雲蔽曾嶺驚風涌
飛流零雨潤墳澤落雪灑林丘銑曰蔽障也曾嶺高山也
飛流謂浪起也落雪言二月半時尚有餘雪灑謂散灑於林木之上也浮氛晦
崖巘積素惑原疇曲汜薄停依通川絕行舟
其四向曰巘山之險積素謂雪也惑亂也積雪之色亂於原野曲汜窮瀆也謂窮瀆之中
舟皆停止通流之處絕而不行臨津不得濟佇楫阻風波蕭
條洲渚際氣色少諧和西瞻興游歎東睇起
淒歌翰曰津濟渡處佇久立也蕭條空寂貌也氣色少諧和謂風雲錯逆也西瞻思
樂兄游故起歎息睇視也淒歌即此詩也積憤成疢痗晦無萱將
如何其五良曰言累積憤悲戚其疢病也萱草可以忘憂也

還舊園作見顏范二中書一首五言

謝靈運

銑曰顏延之范泰俱為中書侍郎歸園即會稽始寧之園也宋太祖遣范
泰樂靈運書獎令仕故有此作也
辭滿豈多秩謝病不待年偶與張邴合久欲
還東山向曰張良貴極願弃人事邴曼容免官養志自脩言我辭滿不謂多祿謝
病不待老年偶然樂二賢合意輒自免官歸會稽山也聖靈昔迴眷微
尚不及宣何意衝飈激烈火縱炎烟焚玉發
崐峯餘燎遂見遷濟曰聖靈謂宋太祖也迴眷謂眷顧於已也微小也
謂已小為高尚之志不及宣用也衝飈謂徐羨之等為亂被廬陵王并及賢良故云焚玉
發崐峯也靈運時為廬陵王司馬初被遷永嘉守故云餘燎遂見遷也投沙理
既迫如邛願亦愆翰曰賈誼被出為長沙王傅司馬相如謝病皈臨邛
言我被近既逼迫也願亦失也愆失也皈長與歡愛別永絕平生
緣浮舟千仞壑揔轡萬尋巔銑曰親愛緣為從頭斷絕也千
仞壑謂江也萬尋巔謂山也言所歷危險流沫不足險石林豈為
艱銑曰呂之水流沫三十里石林之險山名也以此比所經涉之處此未足為艱難
也閩中安可處日夜念歸旋向曰閩中東越之名言彼邊不
可安處而日夜思歸事躓陟利兩如直心惬三避賢濟曰躓頓

也西直謂邦無道如矢邦有道如矢三避賢謂太祖三徵不就也言我遭困頓亦猶抱二直所以避三賢之路
託身青雲上栖巖挹飛泉翰曰託寄也青雲上言所居高也挹酌也飛泉石上泉也
盛明盪氛昏貞休康屯
遭殊方感成貸微物豫采甄良曰盛明謂太祖也盪氛昏謂平條義之也貞正休美也言用正義之道以安屯難也殊異之方皆咸恩施故我微細之物豫及采錄也甄錄也
感深操不固質弱易板百壁纏銑曰言我感慮之深然執操不能堅固體質旁易為板纏也言就微也
曾是反昔園語往實款然曩基即先築故池不更穿向曰曾則也則是還其故園語往謂昔有此語數然謂數其所欲曩昔也言昔隱居之處不加其穿築也
果木有舊行壞石無遠延濟曰所取土石不勞遠引
雖非休憩地聊取永日閑衛生自有經息陰
謝所牽翰曰言此故園雖非休憩之地聊取永日閑暇而攝衛自有其常也亦猶畏影之人背之而走不知就陰而止影也所牽謂俗務所牽也
夫子照情素探懷授佳篇良曰夫子謂顏範也言二人明我情之本故探已懷抱寫誠授所往之篇

登臨海嶠初發彊中作與從弟惠連可見羊何共和之一首五言○銑曰臨海郡名嶠山頂也彊中地名羊羊璿何何長瑜此詩與惠連今見羊何二人可共和之也

杪秋尋遠山山遠行不近與子別山阿含酸
赴脩畛中流袂就判欲去情不忍向曰脩長也畛田間陌也袂判也言於中流執袂就別欲去而情不忍也
顧望脰豆未悄汀曲舟已隱於云濟曰脰頸也悄正也汀水岸也言相望之頸未正而舟已隱於曲岸也
隱汀絕望舟騖棹逐驚流欲抑一生歡并奔千里遊翰曰驚疾也抑止也并共也言欲止一生之歡共汝奔千里游也
日落當棲薄繫纜臨江樓良曰纜舡索也日暮栖薄纜舡於江樓之上
豈惟夕情斂憶爾共淹留銑曰言久色至斂憶汝之情轉增淹留也
淹留昔日歡後增今日歎茲情已分慮況乃恨悲端向曰追念昔歡更增悲歎以分思慮況合秋序手悲端謂秋序也
秋泉鳴北澗哀猿響南巒戚戚新別心悽悽久念攢銑曰猿鳴泉響感動人使其憂傷久念皆聚於心也
攢念攻別心旦發青谿陰暝投剡時冉中宿
明登天姥岑濟曰聚念鋭攻激別離之心也青谿谿名水南曰陰暝猶也剡中縣名有天姥山皆行歷處也
高高入雲霓還期那可尋翰曰入雲霓言高也那可尋謂迷舊路也
儻遇浮丘公長絕子徽音良曰浮丘公古仙人徽美也言我儻遇此仙公長絕子徽音信

酬從弟惠連一首五言○銑曰酬報也報前西陵遇風獻詩也

寢瘵謝人徒滅跡入雲峯向曰瘵病也徒衆也言我臥病謝時人之衆滅迹入於雲峯也峯山也
巖壑寓耳目歡愛隔音容濟曰岩壑山水也歡愛謂惠連也寄情山水乐爾隔音容也
永絕賞心望

長懷莫與同末路值令弟開顏披心胷其一翰曰
言無敎望有識我心者長懷代人無有堪與同事未衰也衰老始得逢令弟開解我心胷
也令弟謂惠連心胷既云披意得咸在斯陵淵尋我
室散帙問所知夕慮曉月流朝忌曛日馳良曰
散帙謂開書帙也相聞古今所知之事欣然相樂朝夕不疲畏日月之流馳忌畏也曛日
脫也悟對無厭歡聚散成分離其二銑曰以言悟相對無厭息
也然人理有聚散遂成分離也分離別西川迴景歸東山別
時悲已甚別後情更延傾想遲去嘉音果枉
濟江篇向曰西川即惠連別處也東山靈運所居也言迴別之光景歸於東山也
遲待也傾心待爾音信果然與我詩也濟江篇則惠連與靈運詩也辛勤風波
事款曲洲渚言其三洲渚既淹時風波子行遲
務協華京想詎存空谷期猶復惠來章祗足
攪余思儻若果歸言共陶暮春時其四濟曰務趣也言
觀詩之趣但合遊宦之路不存意山谷也惠我之詩秪足亂我之志果歸言惠連別時有
歸言也此言如果當共揚樂暮春之時也暮春雖未交仲春善遊
遨山桃發紅蕚野蕨漸紫苞翰曰蕨山菜也漸進長也苞叢
生紫謂紫色也嚶鳴已悅豫幽居猶鬱陶良曰鬱陶哀思也此
時山鳥鳴悅我幽居懷汝之情猶哀思也夢寐佇歸舟釋我吝與
勞其五向曰佇待也夢寐待之還解我吝恨與憂勞也

贈王太常一首 五言 顏延年

向曰太常王僧達也
玉水記方流　源載圓折濟曰凡水方折者有玉圓折者有珠
折也　曲　蓄寶每希聲雖秘猶彰徹翰曰水之蓄珠常有寄聲
雖然秘蜜光明亦通於上喻君子之道闇而彰也聆龍睬九淵聞
鳳窺丹穴良曰聆聽也睬察也九重之淵龍所居也丹穴山名也鳳鳥所從中
出也歷聽豈多士唯然覯時哲舒文廣國華敷
言遠朝烈銑曰覯見敷布烈義也言歷聽豈有多士然獨見僧達可為時哲矣
舒其文章布其言語可以廣國朝之義也德輝灼邦懋芳風被鄉
耋向曰懋盛被加耋老也言德輝可以盛邦國之義芳風可以加鄉老之化側同
幽人居郊扉常晝閉濟曰側不敢正謙詞也邑外曰郊扉門扉也
言我僧達幽居於邑外門常晝閑言無事也林閭時晏開亟迴
長者轍翰曰林閭里門晏晚亟也林中之門雖晚閑而迴長者之車轍庭
昏見野陰山明望松雪靜惟淡　化徂生入
窮節良曰惟思淡及徂往也靜思及於萬物變化之理傷我既往之年入此窮暮之
節喻已年老也豫往誠歡歇悲來非樂闋銑曰豫逸歇息也逸
樂之往信歡之息也凡奏樂而喜樂闋而悲言今悲來自傷不因樂闋屬義謝
繁翰遙懷具短札向曰愧我無繁辭之翰綴屬君之義事然遠寫懷抱
具短札之中札囊也

夏夜呈從兄散騎車長沙一首 五言○濟曰顏延年從兄顏敬宗也車長沙字仲遠

炎天方埃鬱暑晏闋塵紛翰曰言正炎熱時氛煩鬱至夜撓乃息也闋猶息也獨靜闋偶坐臨堂對星分良曰闋偶猶無對也側聽風薄木遙睇月開雲夜蟬當夏急陰蟲先秋聞銑曰薄迫也視也言聞風聲迫林木視月從雲而開也陰蛬蛩也先秋謂秋前聞也歲候初過半荃蕙豈久芬向曰雖在夏中聞蟋蟀鳴則知時候過半荃蕙香草也豈能久芬者亦自傷也屏居則物變慕類抱情殷濟曰屏退也類朋類也敬宗仲遠也退居痛物之變化思慕朋類而情殷憂也九逝非空思七襄無成文翰曰言我一夕九往豈空有思思所思者君也久也但恨七及而不成文章也詩云彼終日七襄雖則七襄不成報章

直東宮荅鄭尚書一首五言　○良曰鄭鮮之為都官尚書延年特為太子舍人故有此贈荅

皇居體環極設險祇天子銑曰皇居天子居也體象也象星之環北極設險謂禁衛也祇猶也工官也言守衛敬天子宮也兩闈阻通軌對禁限清風向曰兩闈謂皇宮皇太子宮也俱在禁省故云對禁也限清風謂不見鄭致子旅東館徒歌屬南墉濟曰致奉墉也旅客也東館謂東宮舍人居之徒室也言思鄉室為歌謠墉牆也尚書省在南故云南墉也寢興鬱無已起觀辰漢中翰曰鬱思也或病或起思君之深也辰大火也漢河也中正南也流雲藹青闕皓月鑒丹宮銑曰獨清防密徙倚恒漏窮良曰流雲行雲也藹暗也闕門樓也鑒照也銑曰獨不安臾清防謂屏風也密靜也徙倚猶徘徊也漏刻漏也漏盡謂至曉不寐君子吐芳訊感物惻余惜無丘園秀景行彼高松銑曰君子謂鄭也芳訊謂所贈詩也言感物痛我之中心也惜傷也高松喻鄭公言我傷無丘園之美徽学彼高松貞堅之節知言有誠貫美價難克充向曰謂鄭所贈詩有知言誠信之貫我之才薄不能克所贈詩之美價也何以銘嘉貺言樹絲與桐濟曰何以銘記嘉善之賜將樹絲桐為琴瑟之樂章

和謝監靈運一首五言　○翰曰監秘書監也和前靈運贈顏范二中書也

弱植慕端操窘步懼先迹良曰植立端直窘急也言少小立身慕端直之操急步進之常恐先迹失其正道也寡立非擇方刻意藉窮棲銑曰寡於立身不能擇方正之道以佐時常剋其志意假借窮棲以成其節伊昔遘多幸秉筆侍兩闈向曰伊遘遇秉執也兩闈謂中書侍郎及太子舍人也雖慙丹施未謂玄素睽濟曰丹丹喻采祿也睽別也言雖蒙榮祿之施終不同素絲之變而別也徒遭良時詖彼義王道奄昏霾音埋翰曰良時明時也詖傾奄久霾暗也言我但遭良時之覆而王道久已昏暗謂少帝之日人神幽明絕朋好雲雨乖良曰謂謝晦等作乱絕其条祀朋好各出如雲雨乖離也吊屈汀洲浦謌帝蒼山蹊銑曰吊間也屈原忠而被逐自投水而死我今被出同之故問於洲渚之間也謌帝帝舜蒼梧山名舜葬處蹊往也倚巖聽緒風攀林

結留萸音帶向曰結風相續不斷之風留萸香草結結以贈遠人跂企子
閒衡嶠曷月瞻秦稽濟曰跂舉踵也衡山名嶠山頂也言我閒隔此
山謂出為始安守曷何也瞻秦稽謂秦望會稽山也言何月望此山也謂謝公隱此山也
皇聖昭天德豐澤振沈泥翰曰皇太祖也昭上天之德而降豐
霈之澤振起也起沈泥謂誅謝而徵己也惜無雀雉化何用充海
淮良曰惜傷也雀入海為蛤雉入淮為自傷不同能此之化將何用以充淮海去
國還故里幽門樹蓬藜采茨葺昔宇翦棘開
舊畦銑曰去國謂去職仕也幽門謂幽隱之門樹種也蓬藜草也茨茅葺脩也言來
茅脩昔時之屋翦伐荒棘理其舊田五十畝曰畦物謝時既晏年往
志不偕向曰萬物退落歲時既晚年已往矣而志不能俱親仁敷情
昵興玩究辭悽濟曰親仁謂靈運也數布昵近究盡也言靈運之詩布情
相近而我興玩可謂盡辭之悽切也芬馥歇蘭若清越奪琳珪
翰曰蘭若香草琳珪美玉也言靈運之詩芬芳清越可以奪美玉香草之音氣盡言
非報章聊用布所懷良曰盡我之言非所能報其文章聊且布懷抱
之所有也

荅顏延年一首 五言 王僧達

銑曰沈約宋書云王僧達琅邪人也少好學善屬文為始興王行府參軍
稍遷至中書令以屢犯上顏於獄中賜死也
長卿冠華陽仲連擅海陰向曰司馬相如字長卿冠謂在人上
也華陽益州縣名仲連魯仲連也擅專也海陰海西碑珪璋既文府精
理亦道心濟曰珪璋玉也喻長卿文府謂文章為府庫之富精理謂精微之理
至道之心謂魯仲連也君子聳高駕塵軌為林銑曰君子
喻延年言高駕之軌精塵可並二賢為林與崇情浮遠迹清氣溢
素襟翰曰崇高同素本也高情同徃賢之遠迹清淑之氣自盈於本心結游
略年義篤顧弃浮沈寒榮共偃暴春醞時獻
斟良曰結游謂結交游略謂簡略取年德道義之人也篤厚也相顧日為亦去浮薄取
沈深榮屋也偃臥也暴向日以背也醞酒也獻斟謂相獻而斟酌叅幸來歲
序暄輕雲出東岑銑曰幸遂也言遂來及此歲序之暄暖東岑東山也
麥隴多秀色楊園流好音向曰秀美也麥初秀而色美楊柳也
流好音謂春鳥聲也歡此乘日暇忽忘逝景侵濟曰言歡樂乘
此暇日之美其光景忽忘逝日之侵我年也幽何用慰翰墨久
謠吟翰曰言我之深何足可慰但歌吟君之文章以安我心也棲鳳難
爲條淑貺非所臨良曰鳳非梧桐不棲言君文章如鳳而我非梧桐難
為待鳳之條淑善貺賜也言不堪當所賜詩也誦以詠周旋匣以代
兼金銑曰兼金最好金也善誦詠周旋之於匣以當好金也

郡內高齋閑坐荅呂法曹一首 五言 謝玄暉

向曰在宣城郡內高齋謂安坐以靜心也呂僧珍齊王法曹也先有贈故荅之
結構何迢遞曠望極高深濟曰結構作齋屋也迢遞高也何者

自問也曠遠也言遠盡見高深也窓中列遠岫庭際俯喬林日出衆鳥散山暝孤猨吟已有池上酌復此風中琴翰曰言所居高窓中平對遠山臨庭下視高樹池上酌謂酒池上酌也風中琴謂致琴風中令自鳴聽之以為樂也非君義無度孰為勞寸心良曰無度謂不可量也言朕君不可量之義誰能勞寸心謂詩以贈我也惠而能好我問以瑤華音銑曰問也瑤華玉也言能以恩惠好我故遺我玉音玉音謂詩也若遺金門步見就此山岑向曰金門謂金馬門也言若能遺金門步當見就我山中也

在郡卧病呈沈尚書一首五言○濟曰沈尚書沈約也

淮陽股肱守高卧猶在茲翰曰漢淮陽太守汲黯上書云病上曰淮陽吾股肱地御為我卧理之在茲謂在淮陽也況復南山曲何異幽棲時連陰盛農節籉苔笠聚東菑良曰南山曲謂宣城郡在山曲言淮陽猶理況此山曲与幽棲何異乎連陰久雨也盛農則盛農時籉以禦暑也笠以禦雨也東東皐也菑耕田也高閣常晝掩荒階少諍辭珍簟清夏室輕扇動涼颸楚緇嘉魴聊可薦綠蟻方獨持銑曰諍訟也簟竹席也颸風也魴魚名綠蟻酒也言郡內無事但為飲宴而已夏李沈朱實秋藕折輕絲向曰朱李果名沈者沈之於水中使其涼也良辰竟何許夙昔夢佳期濟曰許處也言我平生良時竟在何處但夙昔思夢好期而已坐嘯徒可積為邦歲已朞翰曰後漢成為南陽太守但坐嘯而已為邦謂為郡守也言我坐嘯室為已經一年而無德化及人也絃歌終莫取撫枕今自嗤良曰子游為武城宰以絃歌化言我於絃歌之化亦無所取唯知卧病持枕今我自輕笑

暫使下都夜發新林至京邑贈西府同僚一首五言○銑曰朓為隨王文學帝徵朓還都道中為詩寄西府同僚即陳新安王記室

大江流日夜客心悲未央向曰言客悲与江流俱未央息徒念關山近終知返路長秋河曙耿耿寒渚夜蒼蒼濟曰耿耿明淨也蒼蒼秋色也引領見京室宮雉正相望平翰曰京室謂齊郡毋陽也三倣曰雉宮雉宮牆也言与己正相望也金波麗鳷支鵲玉繩低建章良曰金波月也玉繩星名鳷鵲名麗猶明也建章宮名低謂星下於宮也驅車鼎門外思見昭丘陽銑曰鼎門毋陽郡門也荊州有楚昭王冢南曰陽言我驅車至郡門外及思見荊州也馳暉不可接何況隔兩鄉向曰旦至暮光馳度尚不可保交接何況隔兩鄉也風煙有鳥路江漢限無梁濟曰風烟之中有飛鳥來往江漢之水限無橋梁也常恐鷹隼擊時菊委嚴霜翰曰秋殺氣至鷹隼擊搏菊秋華也委謂零落也言此恐讒邪之臣致害賢良寄言罻羅者寥廓已高翔良曰罻羅者捕鳥之人寥廓空也高翔言遠去也此喻讒人將害於己

酬王晉安一首 五言○銑曰晉安郡守王德元也酬者言先贈詩今有荅也

梢梢枝早勁塗塗露晚晞向曰梢梢樹枝勁彊無葉之皃塗塗厚也言厚露晞乾晞乾也

南中榮橘柚寧知鴻鴈飛濟曰言晉安知有橘柚而不知有鴻鴈蓋荅所贈詩意也

拂霧朝青閣日旰坐彤闈翰曰拂霧言早也青閣朝堂也旰晚也彤闈宮門謂為尚書處也

悵望一途阻參差百慮依良曰悵望恨也言但恨此一道阻隔之事而參差因百慮来相依也

春草秋更綠公子未西歸銑曰言春草至秋更加綠公子謂元也言歲時已改君猶未歸晉安在國東則西可也

誰能久京洛緇塵染素衣向曰贈詩盡有相与出棲之志故言久京洛使緇黑之塵染污素衣也言此喻讒人將污己之負絜也

奉荅內兄希叔一首 五言 陸韓卿

濟曰蕭子顯齊書云陸厥字韓卿吳人也好屬文州舉秀才後遷至太子太傅此詩為內兄顧肦先贈此詩故有此荅

嘉惠羕帝子躧所綺履奉王孫翰曰帝子太子也言己羕其嘉惠也躧步也履衣冠之履奉侍也王孫者謂太傅王晏也

屬叨金馬署又點銅龍門良曰屬會也金馬署名銅竜太子門名言我無才幸會叨此中之職誠為點污也

出入平津邸一見孟嘗尊銑曰公孫弘封平津侯開東閣待郎國舍也田文封孟嘗君好賓客也謂已事太子亦得出入郎舍為公侯所尊敬也

歸來翳桑柘朝夕異涼溫其一向曰歸來謂歸其私家翳桑柘也涼溫冷熱也言朝去宮暮則冷也

殂落固云是寂蔑終如斯銑曰殂落死也寂蔑猶寂寞也言人之死固亦如是寂寞

杜門清三徑坐檻臨曲池翰曰杜塞清淨也蔣詡門有三徑檻欄楯也言感此涼溫之事塞門絕文

鳧鵠嘯儔侶荷芰始參差雖無田田葉及雨泛漣漪其二濟曰鳧鵠水鳥名荷芰水草名嘯鳴也參差初生不齊也田田蓮葉皃風吹水成文曰漣及雨謂与顧肦汎之也漪水文也

春華與秋實庶子及家臣良曰邢顒為平原侯植家丞防閑以礼与植不合庶子劉有才華而植重之人向之以為采庶子之春華忘家臣之秋實家丞亦家臣也謂肦為邵陵王常侍故有此言也

王門所以貴自古多俊人良曰王門謂邵陵王門也俊賢俊也

離宮收杞梓華屋當徐陳銑曰離宮華屋皆太子宮館也收取也杞梓良木名喻賢才也徐徐幹陳陳琳魏文帝為五官中郎將特並以才華為友善也

平明上林苑日入伊水濱其三翰曰言晨夕侍游不常其所

書記既翩翩賦歌能妙絕濟曰阮瑀善書記翩翩輕舉皃劉公幹善於詩賦歌亦詩之通稱妙絕者謂過人也

相如恧溫羕子雲懃筆札銑曰司馬長卿善為文章恧懃也子雲妙於筆札此人皆王侯賓客對我兄肦則懃恧

駿足思長阪柴車畏危轍向曰駿良馬也良馬思遇長阪以騁其足柴車弱車也畏懼也危轍險路也駿足喻肦柴車喻己也

愧茲山陽讌空此河陽別其四濟曰嵆康与向秀居山陽縣常為竹林之讌石崇河陽有別業言我愧無歡讌空有別業

平原十日飲中散千里游翰曰秦昭王遺平原君趙勝書曰幸君過寡人

與君十日之飲呂安嵇康相思命駕千里游也中散大夫康官也

渤海方淫滯冝城誰獻酬良曰渤海郡文帝與吳質徐幹所游處冝城出美酒喻兄盱事邵陵王彼為淫滯之樂而此義酒無人相與獻酬也

屏居南山下臨此歲方秋銑曰屏居猶隱居也臨歲方秋喻已之將老也此惜哉時不與日暮無輕舟其五良曰惜傷也傷歲時不相待日將暮矣無輕舟以濟喻己之充不遇濟時之材言此以傷時也

贈張徐州謖所六一首　五言　范彥龍

濟曰范雲字彥竜武興人也事齊為竟陵王子良文学至梁為散騎侍郎張謖為徐州刺史臨去就雲別不雲後作詩贈之

田家樵采去薄博暮方來歸翰曰樵采謂采樵也還聞稚子說有客款柴扉良曰稚子小子也客謂張謖也扉門也儐從皆珠玳裘馬悉輕肥銑曰儐從謂隨謖行者玳玳瑁也裘衣裘也珠玳言裝飾之盛衣輕馬肥也輕蓋照墟落傳瑞生光輝向曰墟居落籬也傳驛馬也瑞節也謂軒蓋瑞節照所居生光輝也信疑是徐方牧既是復疑非思舊昔言有此道今已微

物情弃疵賤何獨顧衡闈濟曰以小子說所以疑也徐徐州也方牧謂刺史也言思舊之道於今已微凡人之心弃於卑賤而君獨眷我於衙門之下

恨不具雞黍得與故人揮翰曰揮散也言我恨不得救雞蒸黍與故人離歡也叙懷情徒悵悵草溪下空霖霖良曰悵悵憂皃霖霖溪下皃寄書雲間鴈為我西北飛銑曰鴈可傳書故言之徐州在西北故云西北飛也

古意贈王中書一首　五言口向曰古意謂象古詩之意也

此贈中書監王融也

攝官青瑣闥遙望鳳皇池濟曰青瑣門名雲為通直郎不敢正言故云攝中書監曰鳳皇也誰云相去遠脈脈陌阻光儀翰曰脈脈不見皃阻隔光景容儀岱山饒靈異淮水富英奇良曰岱山太山也淮水水名二處並出琅邪王氏也吳英並賢俊延翻陵北海摶飛出南皮銑曰徐幹居北海吳質游南皮二子音家魏文帝深眷故言也以明人言延翻摶飛陵出於徐幹吳質者謂王氏多才子也遭逢聖明后來棲桐樹枝向曰以鳳喻賢人也言鳳鳥與賢人皆逢聖君而後出桐樹所棲也竹花何莫莫桐葉何離離濟曰莫莫盛皃離離下垂皃喻明君厚祿養賢可棲復可食此外亦何為翰曰桐樹可棲竹實可食喻中書省宦祿可居食也何為言何所為當止足也豈知鷦鷯者一粒有餘貲良曰鷦鷯小鳥也一粒一未也言食少而易有餘貲以此喻已也

贈郭桐廬出谿口見候余既未至郭仍進村維舟久之郭生方至一首　五言

任彥昇

銑曰昉為新安太守郭峙為桐廬令故伺候也

朝發富春渚蓄意忍相思向曰富春縣名渚水曲也蓄意謂蓄

具爲意以待作相思則郭君也涿令行春返冠蓋溢川坻音濟曰撫爲涿令撫政脩明也行視返還也言峙之德有類於撫故視百姓春田而還也坻岸也溢川岸者言冠蓋盛多也望久分來華悲歡不良持翰曰華聚會也望久則悲聚會則歡應事而感不能自執持也滄江路窮此湍險方自茲疊嶂易成響重以夜猨悲良曰湍險自此而多疊嶂重山也山深易爲音響更增猨啼而益悲也客心幸自弭中道遇心期銑曰言我爲客之心幸而憩止者爲遇心期也心期謂峙也親好自斯絕孤游從此辭向曰親好亦謂峙也孤游自謂也言從此告辭

河陽縣作二首　五言

潘安仁

翰曰旅舍也言行客多憂故作詩自於贈荅也

微身輕蟬翼弱冠忝嘉招濟曰蟬翼輕薄以喻己微細也弱冠謂二十時忝辱辟爲太祖掾也破在疚妨賢路再升上宰朝翰曰疚病也自謙以病敗不才之姿再爲上宰府掾是妨賢明之路也再謂楊駿賈充俱辟爲掾猥荷公叔舉違陪廁王寮良曰廁也魯公叔文子升公朝言我猥荷此時升於公府爲掾而今遠離陪侍列天子之外寮也長嘯歸東山擁耒耨奴豆時苗銑曰耒耕也耨除草也言微歸東山理農業也幽谷茂纖葛峻巖敷榮條落英隕林趾飛莖秀陵喬卑高亦何常升降在一朝銑曰纖細隕落趾根也飛莖直生枝也喬高也纖葛生幽谷中而出於陵榮條數峻巖而落於根言高卑

升降無常在一朝也徒恨良時泰小人道遂消向曰小人自謙也言逢時通泰恨我道之獨消譬如野田蓬斡烏活流隨風飄濟曰皆自謂所似耳斡轉也昔倦都邑游今掌河朔傜翰曰都邑游謂昔爲尚書郎河朔傜謂河陽令也傜役也登城眷南顧凱風揚微綃良曰凱風長養萬物之風綃輕絲也揚微絲謂和而不猛洪流何浩蕩脩芒鬱岹嶢銑曰洪流黃河也浩蕩廣也脩芒芒山也岹嶢高也誰謂晉京遠室邇身實遼向曰京洛陽也邇近也言去京室雖近而身不得往實遼遠也誰謂邑宰輕令名患不紹平協韻向曰恐不能紹繼先賢之令名人生天地間百年孰能要平翰曰百年之分誰能要而得之歘如敲石火瞥匹滅若截道飇良曰敲擊也瞥暫見也言擊石之火截道之風暫見即滅人之在世亦猶是也齊都無遺聲銑曰齊景公有馬千駟死之日人無得而稱焉是無遺聲也朱邑爲桐鄉夫廉平不苛吏人愛而歌焉是有餘謠桐鄉有餘謠福謙在純約害盈由矜驕向曰純專也言天見約而謙者則福之矜驕而盈者則害之雖無君人德視民庶不恌音挑濟曰恌偷也猶苟且也言我雖無良宰之德視人庶幾不爲苟且也日夕陰雲起登城望洪河翰曰洪河黃河也川氣冒山嶺驚湍激巖阿歸鴈映蘭渚止游魚動圓波良曰冒覆也湍急流也激也巖阿山曲也小渚曰渚圓波謂魚動波起而圓也鳴蟬厲寒音時菊耀秋華引領望京室南路

在伐柯銑曰厲急也菊草名至秋始花故云秋華南路謂京道也詩云伐柯伐柯
其則不遠今分南路在近伐柯亦不遠也大夏緬無覲崇芒鬱嵯
峨向曰大夏東京門名緬遠覲視也言大夏門遠而不見也芒山名嵯峨山高皃揔
揔都邑人擾擾俗化訛濟曰揔揔擾擾皆衆也言都邑人衆俗化
訛偽也依水類浮萍寄松似懸蘿翰曰萍之依水隨水去留
蘿之寄松隨松高下人俗与政化遷変亦猶是也朱博糾舒慢楚風
破琅邪良曰朱博迁琅邪太守齊風舒緩博乃勑公曹掾吏衣皆去地三寸視事
數年大政其俗礼節皆如楚趙百姓皆賴之曲蓬何以直託身依
叢麻黔黎竟何常政成在民和銑曰蓬之性曲所以直者
依叢麻也衆庶之所以學者在成也位同單父邑愧無子賤
歌向曰虙子賤理單父常鳴琴而單父理言我任即同之化乃愧其不也豈敢
陋微官但恐忝所荷濟曰豈敢以此官爲微小但恐負荷之任也

在懷縣作二首　五言　潘安仁

翰曰岳自河陽令遷懷令有思京之意
南陸迎脩景朱明送末垂良曰南陸日道也日行南道脩長景
影也謂夏至之後則影長也朱明夏也送末垂謂六月將盡之時也初伏啓新
節隆暑方赫曦銑曰初伏謂三伏之初也此時暑盛故稱赫曦赫曦矣盛
皃朝想慶雲興夕遲去白日移揮汗辭中宇
登城臨清池向曰慶雲瑞雲也遲待也謂若熱思待雲起日移也宇屋也言
出中屋登城臨池以候涼氣也涼飈自遠集輕襟隨風吹靈

囿耀華果通衢列高椅濟曰颸風囿園也華果諸果實也衢道也
列行列也椅類也瓜瓞蔓長苞薑芋紛廣畦翰曰瓞小瓜也
苞生也薑芋菜屬言引蔓於叢草之下薑芋之屬紛濡於廣大之畦也稻栽
肅芊芊黍苗何離離良曰芊芊離離長茂皃虛薄之時
用位微名日早驅役宰兩邑政績竟無施自
我違京輦四載迄于斯銑曰施用虛薄謂無才德之於時用也兩
邑則河陽懷縣也政化績切也京輦謂天子所居輦轂之下也迄至也器非廊
廟姿屢出固其宜向曰廊廟廟堂也言無是材器數出外我固亦宜之
徒懷越鳥志眷戀想南枝濟曰越鳥在北地則巢亦南枝言我
亦同是而戀京室也

春秋代遷　四運紛可喜去寵辱易不驚戀
本難為思去翰曰寵辱之事理當驚我則易之以為不足驚然恋本鄉之深實
難為情思也我來冰未泮時暑忽隆熾良曰泮散熾盛也謂
早春已及於夏感此還期淹歎彼年往駛所吏登城望
郊甸游目歷朝寺銑曰淹滯駛急也感還期之遲傷年速之急乃登城
遠望急歷京邑朝寺也小國寡民務終日寂無事向曰小國
謂懷縣也寂閑也白水過庭激綠槐夾門植值信美
非吾土祗攪懷歸志濟曰攪猶亂也眷然顧鞏洛山
川邈離異翰曰鞏洛濟岳墳瑩所在也眷彼与此山川遠而間殊也顧言
旋舊鄉畏此簡書忌良曰簡書刑書也言我願還鄉而畏忌此刑書

也祗奉社稷守恪居處職司音伺銑曰祗敬恪勤也言我敬奉社稷勤居所處職司也

迎大駕一首　五言　潘正叔

向曰東海王越從大駕討鄴軍敗輕騎奔下邳永康二年越率天下甲士三萬人奉迎大駕還洛尼時預焉故有此詩

南山鬱岑崟洛川迅且急青松蔭脩嶺綠蘩被廣隰濟曰岑崟峻皃迅疾被濡也蘩蒿也下曰隰朝日順長塗夕暮無所集翰曰順集止也晝日從長道而行至夜無所居止此謂時之乱也歸雲乘幰許偃浮凄風尋帷入良曰幰車綱也凄風悲風也帷車幔也道逢深識士舉手對吾揖世故尚未夷崤函方嶮巘銑曰深識士虛設以發下詞也夷平也世乱未平崤谷函闗之路嶮巘未通也尚狐狸夾兩轅豺狼當路立向曰狐狸豺狼皆喻貪乱之臣夾轅當路謂親近執權勢也翔鳳嬰籠檻騏驥見維縶濟曰翔鳳騏驥喻賢人也籠檻維縶言被拘縶不得施其用也俎豆昔常聞軍旅素未習翰曰俎豆礼事也素本也言我礼儀之事昔則聞也軍旅之事本未閑習且少停君駕徐待干戈戢良曰託言深識之士而實尼自謂也言願少停君之車駕待兵戈戢斂而行此假言之其實屬君也

赴洛詩二首　五言　陸士衡

銑曰此詩赴太子洗馬時作也後篇意乃在東宮作蓋撰者合也

希世無高符營道無列心向曰高符瑞命也列猛也言望於世俗富貴則無端命營道藝之術又無猛心靖端肅有命假楫越江潭音尋協韻濟曰靖清端正肅敬也徇命君命也假借舟楫以渡江潭潭江之深也親友贈子邁揮淚廣川陰翰曰邁行揮拭也廣川陰江南岸也言親友贈行拭淚而別於此處撫膺解攜手永歎結遺音良曰膺胸也撫膺解手而離別也言別後長歎鬱結思具所遺之音信也無迹有所匿寂寞聲必沈銑曰謂離別後迹無所見聲無所聞匿沈皆不見之皃肆目眇弗及緬然若雙潛向曰肆縱緬遠也言縱目遠視而不相見故意相思緬然若雙潛也南望泛玄渚北邁涉長林濟曰玄渚江中洲渚也涉歷也言望洲渚而泛北行已歷長林南谷風拂脩薄油雲翳高岑亹亹孤獸騁嚶嚶思鳥吟翰曰草木叢生曰薄翳蔽也亹亹獸行皃嚶嚶鳥聲感物戀堂室離思一何深良曰堂謂母室謂妻佇立慨我歎寤寐涕盈衿惜無懷歸志辛苦誰為心銑曰歎息也言歎息悲涕為仕晋故歎惜不得有懷歸之志辛苦羇旅誰堪為此心也羇旅遠遊宦託身承華側向曰承華東宮門名撫劒遵銅輦振纓盡祗肅濟曰撫持也銅輦太子車振整也言整冠纓盡祗敬也歲月一何易寒暑忽已革載離多悲心感物情悽惻翰曰歲月何易流轉冬夏忽焉已改言離經年歲感物變易而情懷惻懷慨遺安念永歎廢寢食良曰遺猶後也安何永長也

思樂樂難誘，曰歸歸未剋。銑曰誘進剋遂也憂苦欲何為，纏綿胷與膽。向曰言憂苦之事徂纏於胷膽之間仰瞻陵霄鳥，羨爾歸飛翼。濟曰霄空羨願也言瞻望陵空之鳥願假爾翼而歸飛

赴洛道中作二首 五言○翰曰此詩意與前二篇同

揔轡登長路，鳴咽辭密親。良曰揔也鳴咽悲哀也密猶近也借問子何之，世網嬰我身。銑曰世網謂官事嬰也永歎遵北渚，遺思結南津。向曰遵循也北渚向北、渚南津別處也行行遂已遠，野途曠無人。山澤紛紆餘，林薄杳阡眠。濟曰曠空也紛紆餘屈曲皃草木叢生曰薄杳遠也阡眠源野之色虎嘯深谷底，雞鳴高樹巔。哀風中夜流，孤獸更我前。翰曰哀風謂悲哀之風孤獸失羣獸也更徑也悲情觸物感，沈思鬱纏緜。佇立望故鄉，顧影悽自憐。良曰沈深悽悲也遠遊越山川，山川脩且廣。振策陟崇丘，安轡遵平莽。銑曰脩長振舉策鞭陟升也崇丘高山也莽草也夕息抱影寐，朝徂銜思往。向曰徂往也頓轡倚高岩，側聽悲風響。濟曰頓轡駐馬也高岩高山也清露墜素輝，明月一何朗。撫枕不能寐，振衣獨長想。翰曰墜落也輝謂露色也振整也

吳王郎中時從梁陳作一首 五言○良曰梁陳二國名機為吳王郎中令行過之故作此詩也

在昔蒙嘉運，矯迹入崇賢。銑曰矯舉也崇賢太子門名言已昔蒙嘉善之運得舉迹入此門為太子洗馬假翼鳴鳳條，濯足升龍淵。向曰鳳鳴於梧龍升於淵然龍鳳皆喻東宮也假翼濯足之諭詞玄冕無醜士，治服使我妍。翰曰大夫玄冕也治服義服也妍好也言為大夫者無醜惡之人況服鮮美益使我妍好輕劍拂鞶厲，長纓粲且鮮。濟曰鞶大帶厲帶之垂言輕劍拂此垂帶而長纓又鮮明也飾也誰謂伏事淺，契闊踰三年。良曰伏事謂伏事於太子也契闊勤苦也踰越也薄言肅後命，改服就藩臣。銑曰薄辭肅敬也敬天子之後命以就藩臣也言辭天子為吳王郎中令夙駕尋清軌，遠遊越梁陳。向曰夙早也言早駕尋古人軌跡經過於梁陳之國感物多遠念，慷慨懷古人。良曰感我事吳王而遠念古人也古人謂梁孝王臣枚皐馬卿之屬

始作鎮軍參軍經曲阿作一首 五言

陶淵明

濟曰沈約宋書曰陶潛字淵明或云字元亮潯陽柴桑人少有高趣為鎮軍建威參軍後為彭澤令解綬去職曲阿者縣名

弱齡寄事外，委懷在琴書。翰曰齡年也委安也言我少年之時寄心於事物之外以琴書自安而已被褐欣自得，屢空常晏如。良曰褐短衣也屢空謂貧無財也言我雖被短衣家貧無資常晏然欣樂而無憂也時來苟冥會，宛轡憩通衢。銑曰宛蓄也言時命既來且冥与之相會

將行徘徊蓄戀息於道衢投策命晨裝暫與園田踈眇眇
孤舟逝緜緜歸思紆向曰投捨策杖也謂捨所之杖命早行之
將赴職与園斷踈也眇眇遠行緜緜不絶皃紆縈也皃我行豈不遙登
陟千里餘目倦川塗異心念山澤居望雲慚
高鳥臨水愧游魚銑曰言我之勞此長路念山居故慚於
魚鳥之性真想初在襟誰謂形蹟拘聊且憑化
遷終及班生廬翰曰之事言此事謂形之
更聊且終班固里止

辛丑歲七月赴假還江陵夜行塗口作
一首五言良曰潛詩晉所作者皆題年号入宋所作者但題甲子而已
意恥事二姓故以之

閑居三十載遂與塵事冥詩書敦宿好林園
無俗情銑曰閑居靜居也塵事俗之事也好也告隱
之事而無俗塵也如何捨此去遙遙至南荊向曰此謂林園
也南荊荊州遙遙行皃臨流別友生濟曰
叩擊也涼風起將夕夜景湛虛
明昭昭天宇闊皛皛川上平翰曰夜景月也湛澄也月
有盈虛故曰虛明昭昭睛明皃天宇謂天之覆地如屋宇也闊也皛皛謂月光照水上
平淨皃懷役不遑寐中宵尚孤征商歌非吾事
依依在耦耕良曰遑暇宵夜孤獨征行也寧戚商歌事下以桓公言此非

我之事長沮桀溺耦而耕目逸我心依依慕之也投冠旋舊墟不為
好爵縈銑曰投此冠將歸舊居不以好爵為榮華也養真衡茅下
庶以善自名向曰衡茅茅屋也言養無為之道於茅宇之下庶幾以為善名

永初三年七月十六日之郡初發都一
首五言
謝靈運
濟曰謂高祖崩少帝立出靈運為永嘉郡守故有此棲之志也
述職期闌暑理棹變金素翰曰述職述其職事闌暑謂夏末暑
氣闌也金西方行其色白故云金素言期在闌暑比及理棹已變為秋時秋澄
夕陰火旻團朝露良曰夕陰曉景也火心星為秋候旻秋天也團謂露
垂而團辛苦誰為情游子值頹暮銑曰辛苦之情以難堪而

又屬頹暮之時愛以莊念昔久敬曾存故向曰莊舄越人事楚
執往有疾為越吟曹子耕太山下遇而作憂思之歌言我同此二人懷舊故愛敬之也
如何懷土心持此謝遠度濟曰持此懷土之心慙謝古人之遠
度李牧愧長袖郤克慙躧所綺步翰曰趙將李牧臂短故云
愧長袖晉大夫郤克跛故云慙躧步然趙晉不以形陋而皆用之良時不見
遺醜狀不成惡去曰余亦支離依方且有慕
良曰遇時雖醜亦為時所用謂李牧郤克也支離毀瘁也方適也言我形亦褸毀瘁也今
持依常適有暮養形生幸休明世親蒙英達顧銑曰言我生幸
遇明盛之時親蒙賢達所眷顧空班趙氏璧徒乖魏王瓠向曰
班列也子男執璧也趙氏璧天下之寶故此義言之魏王貽惠子瓠大容五碩為大而無

富春渚一首　五言〇濟曰富春渚名在錢塘江也

宵濟漁浦潭，旦及富春郭。翰曰宵夜濟渡也漁浦浦名富春郡名也

定山緬雲霧，赤亭無淹薄。良曰定山赤亭皆江中山名緬遠也言遠若雲霧之間無淹薄謂此中水急而不可停也

遡流觸驚急，臨圻齗阻參錯。銑曰遡向圻岸也向流則懼驚濤急浪臨岸則阻石參錯亮信也伯昏人古有道者臨覆危而不懼也呂梁之險懸流三十仞黿之所不能游言我無伯昏不懼之分而所經之險過於呂梁

亮乏伯昏分，險過呂梁壑。

洊至宜便平習，兼山貴止託。向曰洊仍也言水相仍而至兼有山險也言兼經險阻宜便習於水貴止託於山言其危也

平生協幽期，淪躓困微弱。久露干祿請，翻始果遠諾。濟曰往時已有幽隱之期但以沈頓困於微弱當不能就猶此久露干祿之謂始遂於遠心矣

宿心漸申寫，萬事俱零落。翰曰零落棄捨也宿昔由隱之心漸得舒散而人俗之事俱從棄捨

懷抱既昭曠，外物徒龍蠖。良曰昭明曠遠也言懷抱明遠混齊萬物雖龍騰蠖屈不為殊觀也

七里瀨一首　五言〇濟曰瀨水流沙上也七里者言長七里也山瀨下數里有嚴子陵隱居

羈心積秋晨，晨積展游眺。孤客傷逝湍，徒旅苦奔峭。向曰羈旅之心積於秋晨秋晨游望展適懷抱湍急流峭峻也言旅客奔往皆多傷苦於此

石淺水潺湲，日落山照曜。荒林紛沃若，哀禽相叫嘯。濟曰潺湲水聲沃若茂盛貌叫嘯衆鳥相命聲也

用也言我空列子男之位而無用於時也貽猶遺也

從來漸二紀，始得傍歸路。銑曰目從來漸進得二十四年傍近也言永嘉太守近歸家路十二年曰紀

將窮山海迹，永絕賞心晤。翰曰晤對也言我將尋山水窮盡其迹與賞心之友長絕不可相對同言

過始寧墅一首　五言〇良曰靈運父祖並葬始寧有故宅墅墟也此言自永嘉過故墟也

束髮懷耿介，逐物遂推遷。銑曰束髮謂入仕耿介謂節操言我入仕之時而懷節操及後為世事所迫因而推遷不成宿心也

違志似如昨，二紀及茲年。緇磷謝清曠，疲貞堅。向曰言違我宿志如昨日已經二十四年矣緇黑磷薄也之為體之不黑磨之不脊君子處濁亂不易堅白言我隨物遷變故云慙謝清曠負堅之士也疲困極之負

剖竹守滄海，枉帆過舊山。濟曰凡為太守皆剖竹使符也永嘉郡臨海故云守滄海枉帆謂枉曲舡帆來過舊居

山行窮登頓，水涉盡洄沿。翰曰登頓謂上下也洄沿謂逆順也

巖峭嶺稠疊，洲縈渚連緜。白雲抱幽石，綠篠媚清漣。良曰峭峻也稠疊重疊也連綿不絕貌篠竹箭也漣謂風吹水成文也葺構曾高也言築觀於高山之巔

葺宇臨迴江，築觀基曾巔。揮手告鄉曲，三載期歸旋。銑曰揮舉告辭也言舉手辭鄉人云三載秩滿當朝旋歸也

且為樹枌檟，無令孤願言。向曰枌檟木名謂鄉人云為我樹枌木於墳之上無令孤我所願之言

遭物悼遷斥存其得要妙翰曰遭遇悼傷也遷斥謂貶出也言
過時物則傷貶出存我峕隱之期則為善要妙也既東上皇情豈屑
末代誚良曰東持屑顧誚讓也言我既廿上皇道德之心豈顧末代人所責讓也
目覩嚴子瀨想屬任公釣銑曰瀨灘名世人傳云嚴子陵釣處
任公子有道者以大釣巨綸釣於東海而獲大魚離而之自河以東蒼梧以北皆厭
此魚喻道也以道養人故衆足言經此釣處屬想其人以道濟衆也誰謂古今
殊異代可同調向曰古今不殊自謂能與嚴陵任公同其隱道之調

登江中孤嶼一首五言〇濟曰嶼江中之山

江南倦歷覽江北曠周旋懷新道轉迴尋異
景不延乱流趨孤嶼孤嶼媚中川良曰懷想新知其道
轉遠尋求奇異則光景不長正絕流曰乱趨向媚好也雲日相輝映空
水共澄鮮表靈物莫賞蘊真誰為傳想象崑
山姿緬邈區中緣銑曰言嶼上特神靈藏蘊仙真而世物莫能賞倭
誰復得為傳述也想象崑山上靈仙之姿髣髴然有似緣上此孤嶼之中矣緬邈髣髴也
始信安期術得盡養生年向曰安期先生古仙人也言我見此
山靈異始信神仙之道得盡養生也

初去郡一首五言〇濟曰靈運在永嘉一年稱疾去職作此詩也

彭薛裁知恥貢公未遺榮翰曰裁少也彭宣薛廣德皆御史大
夫上書乞骸骨是少知恥也貢禹與王陽善見陽登用而喜故云未遺榮或可優
貪競豈足稱達生良曰言此貪競之人則為優未足知達生之理伊

遭物悼遷斥存其得要妙翰曰遭遇悼傷也遷斥謂貶出也言
過時物則傷貶出存我峕隱之期則為善要妙也既東上皇情豈屑
末代誚良曰東持屑顧誚讓也言我既廿上皇道德之心豈顧末代人所責讓也
目覩嚴子瀨想屬任公釣銑曰瀨灘名世人傳云嚴子陵釣處
任公子有道者以大釣巨綸釣於東海而獲大魚離而之自河以東蒼梧以北皆厭
此魚喻道也以道養人故衆足言經此釣處屬想其人以道濟衆也誰謂古今
殊異代可同調向曰古今不殊自謂能與嚴陵任公同其隱道之調

登江中孤嶼一首五言〇濟曰嶼江中之山

江南倦歷覽江北曠周旋懷新道轉迴尋異
景不延乱流趨孤嶼孤嶼媚中川良曰懷想新知其道
轉遠尋求奇異則光景不長正絕流曰乱趨向媚好也雲日相輝映空
水共澄鮮表靈物莫賞蘊真誰為傳想象崑
山姿緬邈區中緣銑曰言嶼上特神靈藏蘊仙真而世物莫能賞倭
誰復得為傳述也想象崑山上靈仙之姿髣髴然有似緣上此孤嶼之中矣緬邈髣髴也
始信安期術得盡養生年向曰安期先生古仙人也言我見此
山靈異始信神仙之道得盡養生也

初去郡一首五言〇濟曰靈運在永嘉一年稱疾去職作此詩也

彭薛裁知恥貢公未遺榮翰曰裁少也彭宣薛廣德皆御史大
夫上書乞骸骨是少知恥也貢禹與王陽善見陽登用而喜故云未遺榮或可優
貪競豈足稱達生良曰言此貪競之人則為優未足知達生之理伊

予東徼尚拙納謝浮名銑曰東持徼小浮過也唯我持此小尚山
水之節又加疎拙訥故辭浮過之名廬園當去栖巖卑位代
躬耕向曰廬小屋也顧已雖自許心迹猶未并無庸
妨周任有疾象長卿濟曰情雖在栖隱身尚居官是迹未与心合也
妨害也周任古賢人也言陳力就列不能者止是害周任之言也司馬相如患痟渴之疾
言我有疾之象似也似以畢娶類尚子薄遊似邴生濟曰尚子
平男娶女嫁畢勅斷家事勿復相閑邴萬容養志自薄為游官而已言我皆似類恭
羨古人意做裝返柴荊良曰恭敬羨奉做始也柴荊館亦門荊扉
也言敬奉尚邴之意為裝東還於荊扉柴門牽絲及元興解龜在
景平銑曰牽絲謂牽王如綸之言而仕也元興晉安帝年號解龜謂解去所佩龜印
也景平宋少帝年號言授官於元興謝職於景平負心二十載於今
廢將迎向曰聖人之用心若鏡不將不迎過物則照為宦賢人亦如是皆言我負
違隱之心二十年矣而今始能廢於將迎之道理棹遄還其遵渚騖
脩坰遡谿終水涉登嶺始山行野曠沙岸淨
天高秋月明憩石挹飛泉攀林搴偃居落英戰
勝臞具者肥止鑑流歸停濟曰遄速遵依坰野迴向曠空憩息
挹酌搴取也言去宦還歸酌泉取花自樂也臞勞也去居之道亦欲之富貴之樂亦欲之
二者戰於胸中而去居之道勝故使瘦者肥也夫水為人鑑照以其不流而歸停止亦令
我將體而止之即是羲唐化獲我擊壤情翰曰言無事之後即
是伏羲唐堯之化而我得同擊壤老人之情

初發石首城一首五言○良曰靈運謝病東歸會誓太守孟
觀乃表其異志靈運馳往京都請闕上表太祖知其誣不罪不欲使東歸
以為臨川內史至石頭城故作此詩
白珪尚可磨斯言易為緇銑曰珪玉有鈌可磨而滅言及
人易為汙染不可去也緇汙也雖抱中孚文猶勞貝錦詩向曰
易中孚卦九五文云有孚攣如孚信也詩云萋兮斐兮成是貝錦喻者錯彩以成錦文
誹者構言以作人過言我雖抱忠信之德猶勞此讒人構作此罪寸心若不
亮微命察如絲濟曰言我寸心若不明性命如絲一以絕矣也人同
月垂光景成貸遂無兹翰曰日月喻天子言天子垂照貸借我性
命更得兼此內史出宿薄京畿晨裝摶團曾颸楚持良曰
薄至也晨裝且飾行裝也摶持也曾颸高風也謂張帆持高風而行重經平生
別再與朋知辭故山日已遠風波豈還時銑曰
謂重与始平郡所居處別也故山謂所居舊山也言今隨波而去豈復有還時謂之臨川
郡也迢迢萬里帆茫茫終何之向曰迢迢遠也茫茫廣大貌言
江水廣大不知所之遊當羅浮行息必廬霍期濟曰羅浮廬霍
皆山名言遊息期於此也越海陵三山遊湘歷九疑翰曰三山
蓬萊方丈瀛洲也九疑山名湘江也言越江海遊歷於此也欽聖若旦暮
懷賢亦悽其良曰欽聖謂舜於九疑懷賢謂屈原於沅湘江朝暮言近也悽
悲也其助辭也皎皎明發心不為歲寒欺銑曰言我皎然明發
之心松柏不為歲寒所枯槁損若背離遺落人不能黷辱於已

道路憶山中一首 五言〇向曰徃臨川郡憶始寧山中

采菱調易急江南歌不緩 濟曰采菱江南皆楚越歌曲也 楚人心昔絶越客腸今斷 翰曰楚人謂鍾儀也遺晋囚因而為楚歌 其㐫悲哀越客靈運自謂言聞歌思鄉而心腸斷絶也

斷絶雖殊念俱為歸慮款存鄉爾思積憶山我憤懣 良曰絶謂鍾儀也斷自謂也殊念者鍾儀思鄉靈運憶山雖則殊念然而懷歸曲則同矣憤懣悲𣲖也

追尋栖息時偃臥任縱誕得性非外求自已為誰纂 銑曰言本性好靜非外求学此乃從此而出不知纂継往也

不悲秋夕長恒苦夏日短濯流激浮湍息陰倚密竿 上向曰秋夜可樂故不悲其夕長夏時可遊故苦其日短濯流謂水激洗於湍瀨也竿竹也謂倚密竹以就陰也

故懷叵 普火 新歡含悲忘春暖 濟曰叵不可也言懷故山不可得為新歡常含其悲忘至春暖

悽悽明月吹惻惻廣陵散 翰曰悽惻皆哀聲也月吹廣陵散並琴曲也 殷勤訴危柱慷慨命促管 良曰訴告也危柱促管使其聲急而哀以叙其心

入彭蠡湖口作一首 五言〇銑曰彭蠡太湖名向臨川郡從此適也

客游倦水宿風潮難具論洲島驟廻合圻 祈 岸屢崩奔 向曰驟數也言人隨風潮之急數見洲島廻曲會合水激其岸崩頹奔波也

乘月聽哀狖 以秀 浥 於及 露馥芳蓀 濟曰狖猿類其聲哀也浥濕馥香也芳蓀艸名

春晚綠野秀巖高白雲屯千

念集日夜萬感盈朝昏攀崖照石鏡牽葉入松門 翰曰秀色屯衆也千念萬感言多也石鏡山名松門澗名攀崖照牽葉入各因事而言之

三江事多往九派理空存 良曰我所經三江九派之事已往空有其理沮而存想

靈物吝珍怪異人秘精魂 銑曰此中多靈怪神異之人然皆秘其精魂不可見也

金膏滅明光水碧輟流溫 向曰金膏仙藥也水碧水玉也此江中有之然皆滅其明光止其溫潤而不見

徒作千里曲絃絶念彌敦 濟曰千里曲謂黃鵠一遠別千里顧徘徊也絃絶謂曲終也言曲終而別念彌厚

入華子岡是麻源第三谷一首 五言〇翰曰華子期南里先生弟子居此山頂故称焉麻源山名

南州實炎德桂樹陵寒山 良曰謂南中炎暖冬月樹木栄 銅陵映碧澗石磴瀉紅泉 銑曰銅陵碧澗山澗名石磴阪一紅泉謂水自沙中流出故其色紅也

既枉隱淪客亦棲遁賢 向曰隱淪肥遁皆隱居者枉曲棲止也客暫過故称枉賢久住故云棲也

險徑無測度天路非術阡 濟曰術阡道也言山徑高險不可測度故云天路非術阡謂不知道路

遂登群峯首邈若升雲烟羽人絶髣髴丘徒空筌 翰曰登升筌迹也謂升衆山之高邈而入雲烟也羽人仙人也言仙人不見但唯有飛跡而已

圖牒復摩滅碑版誰聞傳莫辨百代後安知千載前且申獨往意乘月弄潺湲 良曰言仙人圖牒碑版之類皆已摩滅無人傳說且百代之後千載之前

無以驗矣淺淺水邑也恒充儀須用豈為古今然銑曰且充少時為樂之用不是為久長之事

文選卷第十三

長　劢

文選卷第十四　詩戊

梁昭明太子撰　五臣注

行旅下

顏延年北使洛一首

還至梁城作一首

始平郡還都與張湘州登巴陵城樓作一首

鮑明遠還都道中作一首

謝玄暉之宣城出新林浦向版橋一首

敬亭山一首

休沐重還道中一首

晚登三山還望京邑一首

京洛夜發一首

江文通望荊山一首

丘希範旦發漁浦潭一首

沈休文早發定山一首

新安江水至清淺深見底貽京邑游好一首

軍戎

王仲宣從軍詩五首

郊廟

顏延年宋郊祀歌二首

荻　府

樂府

古樂府四首
班婕妤怨詩行一首
魏武帝樂府二首
魏文帝樂府二首
曹子建樂府四首
石季倫王明君辭一首
陸士衡樂府十七首
謝靈運樂府一首
鮑明遠樂府八首
謝玄暉鼓吹曲一首

選十四　二

繆熙伯挽歌一首
陸士衡挽歌三首
陶淵明挽歌一首

雜歌

荊軻歌一首
漢高帝歌一首
劉越石扶風歌一首
陸韓卿中山王孺子妾歌一首

北使洛一首 五言　　　顔延年

銑曰宋高祖北伐府遣一使赴居延延之與府參軍北至洛道中作是詩也

改服飭勑徒旅，首路跼險艱。向曰改服改常服旅行旅也飭

正　宗

整首初跼履艱難也

振楫發吳洲，秣馬陵楚山。翰曰楫棹秣粟也言自水登陸行也吳楚皆國名

塗出梁宋郊，道由周鄭閒。濟曰梁宋周鄭皆國名

前登陽城路，日夕望三川。銑曰陽城縣名三川河洛伊即洛陽也

在昔輟期運，經始闕聖賢。銑曰闕猶無也在昔晉亂期運輟息無聖賢經理

伊穀絕津濟，臺館無尺椽。向曰伊穀皆水名由時亂故津濟斷絕臺館盡毀故無尺椽

宮陛多巢穴，城闕生雲煙。翰曰言其荒蕪如此

王猷升八表，嗟行方暮年。濟曰言宋高祖之德被八方之外嗟我之行值冬時冒寒氣而苦辛

陰風振涼野，飛雲瞀茂窮天。濟曰瞀亂窮終也謂終歲之天時

臨塗未及引，置酒慘無言。銑曰引發也

選十四　二

隱憫百隱徒御悲，威遲良馬煩。向曰隱憫憂歎貌威遲馬行貌煩勞也

游役去芳時，歸來屢徂諐。翰曰游行也芳時春時徂往諐失期也言我以此遊所苦故歸來屢失期也

蓬心既已矣，飛薄殊亦然。濟曰蓬非直達者然成也言已隨俗之心久已除矣而猶被牽制於時尚勞於行役而當此窮歲之節如蓬之性非自直達復為飄迫殊不時成我志也飛飄薄迫也

還至梁城作一首 五言○良曰自洛還也梁國名

眇默軌路長，憔悴征戍勤。銑曰眇默遠軌車跡也征行戍守勤勞也

昔邁先徂師，今來後歸軍。向曰昔邁謂前北使時在北伐之前師也今來盡至後軍也

振策睠東路，傾側不及羣。翰曰言雖揚鞭視歸路而欲疾然道路險阻不能前及其羣

息徒顧將夕

山　洞

極望梁陳分 翰曰徙徙倚也梁陳二國名分分界首也 故國多喬
木空城凝寒雲 良曰故國謂梁城也喬高也 丘隴慎鄒郭
銘誌滅無文木石扃幽闥黍苗延高墳 銑曰謂遺
晉亂也墳墓毀撤銘誌遺失木石交横塞於泉下如有關閉延蔓也 惜彼雍門
子吁嗟孟嘗君愚賤同堙滅尊貴誰獨聞 良曰
雍門周見孟嘗君曰臣竊悲千秋萬歲後墳墓生荆棘行人見之曰孟嘗君尊貴乃如是
乎言貴賤賢愚皆同於死歸思此而歎息也 長為久游客憂念坐
自殷 翰曰曷何殷深也
始安郡還都與張湘州登巴陵城樓作
一首 五言 濟曰延年為始安太守徵為侍郎與湘州刺史張邵登巴陵

郡城樓而作是詩也郡謂建鄴也
江漢分楚望衡巫奠南服 良曰江漢二水名衡巫二山名奠定
也 三湘淪洞庭七澤藹荆牧 銑曰淪猶會也江湘沅水皆會
巴陵下洞庭陂號為三江三淪蓋謂三江也子虛賦云楚有七澤常見其一藹草盛皃荆
亦楚也牧則陶牧地名 經塗延舊軌登閭 伊人 訪川陸 向日
延猶追也迹閭城也 翰 水國周地險河山信重複 翰曰周帀
[illegible]壘也 卻倚雲夢林前瞻京臺囿 于目濟曰雲夢澤名京臺
臺名囿園也此二者皆楚游觀之地 清雰 芳云 霽岳陽曾暉薄瀾
澳 於六向日雰氣也霽雨止也曾暉日光也瀾水波澳水曲也 悽矣自遠
風傷哉千里目 銑曰遠風謂古迹也楚辭云目極千里傷春心 萬古

春　獮

陳秩還百代勞起伏 向曰往還起伏其遠矣懷勞勞悴也 存
沒竟何人炯介在明淑 翰曰炯明介獨淑善也言趣有存沒其道
竟施於何人也其明德獨流於古善之士 請從上世人歸來藝桑
竹 濟曰上世高尚之人也藝種也
還都道中作一首 五言 鮑明遠
良曰照為臨海王參軍從荆州還也都謂揚州也
昨夜宿南陵今旦入蘆洲 銑曰南陵地名蘆洲洲名 客行
惜日月崩波不可留 向曰惜日月勞疾也崩波猶奔波也 還侵
星赴早路畢景逐前儔 翰曰早路早取路也畢景盡日也儔侶
也 鱗鱗夕雲起獵獵晚風遒 疾由濟曰鱗鱗雲皃獵獵風聲

道也 疾 騰沙鬱黃霧翻浪揚白鷗 良曰騰飛也音沙鬱然
若黃霧也翻浪有似白鷗鳥也 登艫眺淮甸掩泣望荆流 銑曰
艫檣軸也眺視也掩泣憶臨海王也荆流楚水也 絕目盡平原時見
遠煙浮 向曰極也 絕 倏悲坐還合俄思甚兼秋 翰曰
倏忽頃之際悲思已合於心若經三秋也此皆言憶臨海王 未嘗違戶庭
安能千里游 向曰照自責己離親遠游之苦 誰令乏古節貽
此越鄉憂 銑曰古節古人高尚之節越違也皆明責己之詞
之宣城出新林浦向版橋一首 五言
謝玄暉
向曰新林浦名眺時為宣城郡太守故出於此

什　寺

江路西南永，歸流東北鶩。天際識歸舟，雲中辨江樹。旅思倦搖搖，孤遊昔已屢。翰曰永長也搖搖不定皃屢數也

既懽懷祿情，復協滄洲趣。濟曰滄洲名隱者所居言我既懽祿得復合此趣矣

囂塵自茲隔，賞心於此遇。向曰囂宣也至此乃與塵滯隔絕而與心事遠會

雖無玄豹姿，終隱南山霧。銑曰陶荅子始不脩儀家富三倍其妻泣曰南山有玄豹霧雨七日不下食將欲以澤其毛衣而成文章也夫豕不擇食故肥而死[illegible]也[illegible]言我[illegible]且終得隱羣養性

遊敬亭山一首　五言

茲山亘百里，合沓與雲齊。向曰亘長也合沓高皃

選十四　六

隱淪既已託，靈異居然棲。翰曰隱淪隱道也靈異仙也居安也

上干蔽白日，下屬帶迴谿。濟曰屬及也谿迴曲也

交藤荒且蔓，樛居虯枝聳復低。向曰聳擧也低[illegible]長

獨鶴方朝唳，飢鼯此夜啼。銑曰方當也鼯鼠名啼鳴也聽

泄雲已漫漫，夕雨亦淒淒。向曰泄猶舒也漫漫雲布皃淒淒雨落皃

我行雖紆組，兼得尋幽蹊。翰曰言我此行雖紆帶郡守組綬然而兼得尋幽蹊之跡

緣源殊未極，歸徑窅鳥皎如迷。良曰緣亦尋也源徑路窅深也

要欲追奇趣，即此陵丹梯。濟曰要約也奇趣謂仙奇也丹梯謂山高峯入雲霞處也

皇恩竟已矣，茲理庶無睽。銑曰若天子之恩於我終竟止矣此登山之理無乖也

物

休沐重還道中一首　五言○良曰休沐謂休假休浴也還歸于丹陽

薄遊第從告，思閑願罷歸。翰曰薄遊薄宦第且也從告休謂之名閑靜也

還卬歌賦似，休汝車騎非。濟曰司馬相如歸家貧素與臨卬令王吉善於是相如往王吉舍臨卬都亭而相如工於文章故賦以自樂也許劭字子將汝南人爲郡功曹同郡袁紹豪侠休濮陽令車騎甚衆入郡界曰吾輿服豈使許子將見之遂以單騎歸家此言我賦有似相如而車騎乃非袁紹也

灞池不可別，伊川難重違。良曰灞池謂西京伊川謂東京言此二京不可違別著以塗冊陽亦不可楚去也

汀葭稍靡靡，江菼吐敢復依依。銑曰汀水際平也葭菼皆長草名靡靡依依隨風皃

田鶴遠相叫，沙鴇保忽爭飛。向曰鴇水鳥

選十四　七

雲端楚山見，林表吳岫微。翰曰表外也岫亦山也

試與征徒望，鄉淚盡霑衣。濟曰征行徒侶也鄉淚望鄉之淚

賴此盈罇酌，含景望芳菲。良曰賴此盈罇酒含光景而望芳菲之節稍得遊其鄉思

問我勞何事，霑沐仰清徽。銑曰徽美也我所以勞心者爲天子之澤霑潤我仰清美之道所致

志狹輕軒冕，恩甚戀閨闈。向曰闈門也閨門天子重門也言我志狹不重軒冕家主恩甚故戀重門

歲華春有酒，初服偃郊扉。翰曰此心終願撤初春酒褫衣以初服偃息於故居之門庭也

晚登三山還望京邑一首　五言

翰曰三山山名京邑謂丹陽

灞涘望長安河陽視京縣良曰霸登山望升陽也涘岸也京縣
洛陽也白日麗飛甍參差皆可見銑曰甍屋棟也參差連絕
皃餘霞散成綺澄江靜如練喧鳥覆春洲雜
英滿芳甸向曰霞甸英華也去矣方滯淫懷哉罷歡
宴翰曰言思歸未果故罷歡宴佳期悵何許淚下如流霰
濟曰佳期謂友朋也悵恨也何許謂不見也霰雨雪相雜也有情知望鄉
誰能鬒不變向曰言人情有望鄉者誰能鬒不變白乎鄉謂丹陽鎮果
也詩云鬒髮如雲鬒黑也稹鬒周義

京路夜發一首五言○銑曰又自丹陽之宣城郡
擾擾整夜裝肅肅戒徂兩向曰擾擾辛迫也肅肅嚴敬也徂往
也兩車也曉星正寥落晨光復泱鳥莽反謝濟曰寥落稀
踈見泱漭不明皃猶霑餘露團稍見朝霞上良曰團垂皃
故鄉邈已夐山川脩且廣濟曰夐遠也脩長也文奏方
盈前懷人去心賞銑曰文奏謂官簿書案人懷友人也勍弱每
跼局蹐脊瞻恩唯震蕩向曰勍識躬身也跼蹐皃懼也瞻恩天子
之恩也震蕩不安也行矣倦路長無由稅歸鞅央翰曰稅息鞅駕
也

文選十四　八

望荊山一首五言　江文通
良曰淹時從建平王景素五經而作是詩
奉義至江漢始知楚塞長濟曰奉素義也南關繞

桐栢西岳出魯陽銑曰南關謂所居之南有關也桐栢山名西岳謂西
有山魯陽縣名寒郊無留影秋日懸清光向曰言秋暮氣寒日
無也悲風繞重林雲霞肅川漲濟曰肅清明皃漲水也歲
晏君如何零淚霑衣裳濟曰歲晏暮年老君者淹自謂也淹懼年
老故霑淚也玉柱空掩露金樽坐含霜良曰玉柱玉徽琴也
掩露含霜謂秋夜一聞苦寒奏再使豔歌傷銑曰言季酒既
無信持當此時若一聞奏苦寒之曲則使美艷之歌亦悲傷也苦寒艷歌皆古歌曲

旦發漁浦潭一首五言　丘希範
向曰遲為新安郡太守經此潭宿明旦早發至中流作此詩也
漁潭霧未開赤亭風已颺翰曰赤亭山名櫂歌發中

文選十四　九

流鳴鞞響沓嶂翰曰櫂歌鼓櫂而歌也鞞小鼓也沓嶂重山也村童
忽相聚野老時一望詭怪石異象嶄絕峯殊
狀良曰詭怪異皃也嶄絕嶮峻皃森森荒樹齊析析寒沙漲
銑曰森森長皃荒樹野樹也析析風聲漲起也藤垂島易陟崖傾
嶼難傍去向曰島嶼皆水中山也陟升傍近也信是永幽棲豈
徒暫清曠翰曰信可長往豈徒暫遊而已坐嘯昔有委臥治
今可尚濟曰後漢岑晊字公孝有幹國之器太守成瑨請為公曹時謡曰南陽太
守岑公孝弘農成瑨但坐嘯又漢武使汲黯臥理淮陽遲言坐嘯之事昔人以委得賢才臥
理之事我今自庶幾也

早發定山一首五言　沈休文

良曰約爲東陽太守宿于定山而早發

夙齡愛遠壑晚蒞見奇山銑曰夙齡謂少年時也晚蒞謂暮年莅職

標峯綵虹外置嶺白雲間傾壁忽斜竪絕頂復孤圓歸海流漫漫出浦水濺濺濺音賤向曰漫漫流兒濺濺流急兒

野棠開未落山櫻發欲然翰曰棠櫻皆果木名而開發其花也花朱色如火欲然也

忘歸屬蘭杜懷祿寄芳荃濟曰蘭杜芳荃皆香草也言吾至此忘歸屬於此荃蓀懷祿而去寄其心

眷言採三秀俳佪望九仙良曰三秀芝草名九仙仙法名言我終當獲此採芝草而服以望九仙之道

新安江水至清淺深見底貽京邑遊好一首五言○銑曰新安郡名京邑丹陽

眷言訪舟客茲川信可珍洞澈隨深淺皎鏡無冬春千仞寫喬樹百丈見遊鱗向曰皎鏡言明如鏡七尺曰仞千仞言高也喬高鱗魚也

滄浪平有時濁清濟涸無津翰曰滄浪之水清可以濯吾纓滄浪之水濁可以濯吾足莫爲竭洛涸濟涯於澤言濟水亦有涸時滄浪水有濁時此江水不曾濁不曾涸

豈若乘斯去俯映石磷磷濟曰斯謂此水磷磷水中石兒

紛吾隔囂滓寧假濯衣巾願以潺湲水霑君纓上塵良曰紛吾紛自謂也君即京邑游好也言我至此已隔喧囂濁塵假浣濯衣巾請以流水霑浣京邑游好纓上塵

從軍詩五首五言　王仲宣

銑曰漢相曹操出師征張魯及孫權時粲作詩以美其事

從軍有苦樂但問所從誰所從神且武焉得久勞師向曰謂曹公神武必不勞師旅也

相公征關右赫怒震天威翰曰關右關西也赫盛也天威天子之威

一舉滅獯虜再舉服羌夷濟曰獯虜羌夷皆遠番名

西收邊地賊忽若俯拾遺良曰遺賊謂殘魯拾遺言易也

陳賞越丘山酒肉踰川坻銑曰陳布賞過也立山川坻言酒肉多也

軍中多飫饒人馬皆溢肥向曰飫厭饒餘也

徒行兼乘還空出有餘資良曰徒步乘騎也

拓地三千里往返速如飛翰曰拓開拓也

歌舞入鄴城所願獲無違濟曰鄴都也獲嘉也

晝日處大朝日暮薄言歸向曰大朝天子朝也

外參時明政內不廢家私禽獸憚爲犧良苗實已揮銑曰賓孟適郊見雄雞自斷其尾問之侍者曰懼其爲犧也曰雞其憚爲人用乎人異於己失晉公子謂秦伯曰重耳之事君也若黍苗之仰膏雨也若君庇蔭膏澤之使成嘉穀薦在宗廟君之力也粲言我雖有雄雞懼犧之情亦欲不爲人用而沐曹公之德如雨之茂黍苗是以復願仕也禽獸鳥獸之通名良苗五穀之通名實謂休恩之實也揮布也

竊慕負鼎翁願厲朽鈍姿不能效沮溺相隨把鋤犂向曰伊尹負鼎以干湯長沮桀溺耦而耕言我竊慕伊尹之負鼎不學沮溺之耦耕厲朽鈍粲自謙也

孰覽夫子詩信知所言非翰曰趙簡子使聘夫子夫

子及何聞鳴犢與竇犨之見殺乃迴車而旋爲操曰翱翔于衛復我舊居從吾所好其樂
只且此謂夫子詩也樂將僞鮏折以求仕夫子翱翔以退居以樂之濟則夫子之言非也
涼風厲秋節司典告詳刑濟曰孟秋之月涼風至言將脩秋氣
而行殺罰故主司告以詳刑之事厲嚴也我君順時發桓桓東南
征向曰我君曹公也桓桓武皃東南征謂征孫權汎舟蓋長川陳卒
被隰坰銑曰被編也征夫懷親戚誰能無此情拊
衿倚舟檣眷眷思鄴城向曰時鄴從軍哀彼東山人
喟然感鸛鳴翰曰詩云我徂東山慆慆不歸我來自東零雨其濛鸛鳴于垤
婦歎于室集自言念室家之意謂歎聲日月不安處人誰獲恒
寧濟曰此集自解之詞獲得恒常寧安也昔人從公旦一徂輒

三齡銑曰詩云周公東征三年而歸齡年徂往也今我神武師暫
往必速平弃余親睦恩輸力竭忠貞銑曰神武謂昔
公也速平謂平孫權也親睦親戚也懼無一夫用報我素餐誠
向曰無能而食祿曰素餐誠猶竪也夙夜自怤性思逝若抽
縈翰曰怤性歎息也逝往也抽索如絲縈也將秉先登羽豈敢聽
金聲良曰漢賈復擊青犢於射犬被羽先登所向皆靡孫卿子曰聞鼓聲而進聞金
聲而退言我將被羽先登而破敵豈敢聽金聲而止
從軍征遐路討彼東南夷濟曰謂孫權爲方夷者務願要敵方
舟順廣川薄暮未安坻銑曰方並也安坻謂繫舟於岸白日
半西山桑梓有餘暉蟋蟀夾岸鳴孤鳥翩翩

飛征夫心兩懷悽愴令吾悲下船登高防草
露霑我衣向曰蟋蟀秋蟲名翩翩飛皃高防謂戍守之地迴身赴牀
寢此愁當告誰身服干戈事豈得念所私即
戎有授命茲理不可違翰曰即就我兵也授命授君命也
朝發鄴都橋暮濟白馬津向曰白馬津河津名逍遙河
隄上左右望我軍連舫踰萬艘帶甲千萬人
良曰言連舫兵甲之多也艘舫船名率彼東南路將定一舉勳
銑曰率猶勳功也將定一舉平權之功也籌策運帷幄一由我聖
君向曰帷帳也聖君謂曹公恨我無時謀譬諸具官臣濟曰
集自恨無應時之謀猶忝才而具官位之臣鞠躬中堅內微畫無

所陳良曰漢光武賜宗以絳衣三百領以衣中堅同心之事然中堅卒伍之名翰
曰數懼皃言我但敬懼於卒伍之中微少畫策亦無能陳設許歷爲完士
一言猶敗秦銑曰趙奢將兵救韓軍士許歷諫曰先據北山上者勝後至敗
奢曰諾即使萬人趨上北山秦軍後至爭山不得上趙縱兵擊之大破秦軍完士猶凡士也
我有素餐責誠愧伐檀人向曰詩云坎坎伐檀兮寘之河之干
兮彼君子兮不素餐兮言我無德受祿有愧於此也雖無鉛刀用庶幾
奮薄身翰曰言我雖無鉛刀一割之用庶幾奮微薄之身願以立功事四望
悠悠涉荒路靡靡我心愁濟曰悠悠長也靡靡愁皃
無煙火但見林與丘城郭生榛棘蹊徑無所
由良曰榛叢由從也萑蒲竟廣澤葭葦夾長流銑曰

蘿蒲葭葦皆水草名日夕涼風發翩翩漂吾舟寒蟬在樹鳴鷤鶘摩天游向曰鷤鶘官鳥名摩天言高也客子多悲傷淚下不可收朝入雝郡界曠然消人憂翰曰曹公讌人故燕美之雖鳴達四境黍稷盈原疇濟曰言村落相次稼穡竟野館宅充鄽里士女滿莊馗音逵協韻良曰充亦滿也郭外曰鄽莊馗皆道也自非賢聖國誰能享斯休銑曰賢聖謂曹公享當也詩人美樂土雖客猶願留向曰詩云逝將去汝適彼樂土樂土謂有德之國也客樂自謂也願留願留於燕也

宋郊祀歌二首 四言 顏延年

翰曰宋文帝時郊祀天地使延年作詞

夤威寶命嚴恭帝祖濟曰夤敬威畏也寶命天命言天子敬畏天命尊敬先祖炳海表岱系唐冑楚良曰炳明也冑猶承也海岱及淮惟徐州彭城東界宋高祖本彭城人故以此明表海岱之地也宗承唐堯及楚元王後故二系承也靈監睿文民屬睿武銑曰靈神監察睿聖也奄受敷錫宅中拓宇向曰敷大錫賜宅居拓言宋高祖奄受天之大賜故居中開拓疆宇亘地稱皇罄天作主翰曰亘徧罄盡也月窟充芮來賓日際奉土濟曰窟窟一月窟西極日際東極言遠國皆來賓王庭奉土物開元首正禮交樂舉良曰元首皆始也正者正月上日言天子布開政教之始起於正月上日也禮交樂舉和之至也六典聯事九官列序銑曰周禮有六典之官以掌萬邦舜命九官以理天下若斯之官皆接聯而事於此羅列皆有次序有牷全在滌有絜在俎向曰犧牲體完曰牷在滌謂在牢中也絜清絜之物也俎祭器也以薦王衷以答神祐翰曰薦進衷善祐福也言進我天子之善以荅神靈之福維聖饗帝維孝饗親濟曰維聖謂天饗祭也帝皇乎備矣有事上春良曰言天子備聖孝之道有事謂有祭祀之事禮行宗祀敬達郊禋銑曰禮行敬達謂備禮也宗祀謂先祭於祖郊禋謂祭祀於郊精意以事謂之禋金枝中樹廣樂四陳向曰金枝謂燈以金爲之廣樂天子樂也陟配在京降德在民翰曰陟升也詩云三后在天王配于京謂大王王季文王既沒精魂在天武王能配行其道於鎬京言天子升祖考以配天下以德及衆庶也奔精照夜高燎煬晨濟曰漢家以正月上辛祠甘泉以昏時祀到明而終也常有流星經於祠壇奔精即流星也燎焚柴爲煙也言焚柴之煙達于辰也陰明浮爍沈禜深淪銑曰宋水德主北方辰星辰星爲陰明浮謂其光上浮也禜水曰流禜祭名深淪謂致誠信於水也淪深求也告成大報受釐元神良曰告其成功以報於天達受福於天神矣釐福元大也月御案節星驅扶輪向曰言天福之降下於國使月御車使星驂乘遙興遠駕曜曜振振翰曰興起也天神起自於天故云遠駕也下至於地故云遠駕也曜曜振振光明盛貌

樂府四首 五言 古辭

濟曰漢武帝定郊祀乃立樂府散採齊楚趙魏之聲以入樂府也名字磨滅不知其作者故稱古辭

飲馬長城窟行銑曰長城秦所築以備胡者其下有泉窟可以

飲馬征人路出於此而傷悲矣言天下征役軍戎未止婦人思夫故作是行行曲也

青青河畔草，綿綿思遠道。銑曰此謂自春而相思也綿綿心不絕皃

遠道不可思，宿昔夢見之。夢見在我傍，忽覺在他鄉。他鄉各異縣，展轉不相見。向曰昔夜也展轉反側也

枯桑知天風，海水知天寒。入門各自媚，誰肯相為言。翰曰知謂豈知也枯桑無枝葉則不知天風海水不凝凍則不知天寒喻婦入在家不知夫之信息雖有親戚之家皆入門而自愛誰肯相為訪問而言者爭亦喻朝廷食祿之士各自保己以為深謀不能薦於賢才

客從遠方來，遺我雙鯉魚。呼兒烹鯉魚，中有尺素書。向曰相思之甚精誠感通若夢寐之間似有所使自夫所來若遺我雙鯉魚者深隱之物不令常俛之意耳命家童殺而開之中遂得夫書也尺素綃也古人為書多書於綃

長跪讀素書，書中竟何如。上有加餐食，下有長相憶。銑曰何如謂何言也夫知婦相思不能下食故書加餐也

君子行　五言○平調　向曰言君子之道宜守謙撝不履見猜之地琴有三調平調清調側調此曲屬於平調

君子防未然，不處嫌疑間。瓜田不納履，李下不正冠。翰曰納取也取履疑盜瓜正冠疑盜李也

嫂叔不親授，長幼不比肩。銑曰行合於禮授謂傳物也

勞謙得其柄，和光甚獨難。濟曰易云勞謙君子謙者德之柄老子云和其光同其塵言此理甚難明

周公下白屋，吐哺不及餐。一沐三握髮，後世稱聖賢。銑曰白屋草屋庶人居也若此之人周公皆謙下之每一食三吐哺一沐三握髮以待天下士故天下士皆歸心焉後世乃稱其聖賢

傷歌行　五言　向曰側調傷日月代謝年命道盡離絕知友傷而為歌

昭昭素明月，輝光燭我牀。憂人不能寐，耿耿夜何長。翰曰燭照也耿耿夜深長皃

微風吹閨闥，羅帷自飄颺。濟曰闥門也

攬衣曳長帶，屣履下高堂。東西安所之，徘徊以彷徨。濟曰安何也徘徊彷徨皆時行不止皃

春鳥翻南飛，翩翩獨翱翔。悲聲命儔匹，哀鳴傷我腸。感物懷所思，泣涕忽霑裳。佇立吐高吟，舒憤訴穹蒼。銑曰穹蒼天也

長歌行　五言平調　良曰長歌短歌言壽命長短有定分不可妄求當早崇樹事業無貽後時之歎

青青園中葵，朝露待日晞。向曰晞乾也

陽春布德澤，萬物生光輝。翰曰為事當及少年之時

常恐秋節至，焜黃華葉衰。濟曰恐至暮年志氣銷歇焜黃華葉色壞

百川東到海，何時復西歸。銑曰言年一過不可再來

少壯不努力，老大徒傷悲。銑曰理罔無益

怨歌行一首　五言　班婕妤

向曰漢書云孝成帝班婕妤帝初即位選入後宮始為小使俄而大幸為

婕妤從趙飛燕寵盛婕妤失寵故有是篇也婕妤后妃之位名也左曹越
騎校尉況之女寵之姑少有才學
新裂齊紈素鮮絜如霜雪翰曰紈素細絹出於齊國裁成
合歡扇團團似明月良曰皆言盛美加之刻飾出入君懷
袖動搖微風發濟曰君愛幸有如此常恐秋節至涼飇
奪炎熱銑曰喻讒之譬棄捐篋笥中恩情中道絕向曰
果見遺擲矣懽笥盛扇之箱

樂府二首　魏武帝

翰曰魏志曰太祖武帝姓曹氏諱操字孟德少機警有權數而任俠舉孝廉而
爲郎遷南頓令後封王創造大業文武並施御軍三十餘年手不舍書則

講軍策夜則思經傳登高必賦及造新詩被之管絃皆成樂章文帝立追謚爲
武皇帝

短歌行四言○濟曰言人壽命不可得長思與知交及時爲樂並自戒
爲之意凡樂府詩古皆有詞此則擬而作之已下盡類此
對酒當歌人生幾何譬如朝露去日苦多銑曰
如朝露言短促也去日過去之日慨當以慷憂思難忘銑曰慷慨
歎也何以解憂唯有杜康向曰杜康古之造酒者在此篇斷以爲酒
名未知號是青青子衿悠悠我心翰曰子衿詩國風也但在學校
之中青衿青領者也其心懸想謂相思也但爲君故沈吟至今良曰
君爲知友也流子賢賢思之意呦呦鹿鳴食野之苹我

有嘉賓鼓瑟吹笙濟曰詩小雅也苹蓱也鹿得苹草呦呦而鳴相呼而
食人有善賓來即舉樂以相樂魏武帝思此事故別是詩也以結義於文之意歸妨害
也明明如月何時可掇丁括銑曰相思之心如明月之光誰能掇
去憂從中來不可斷絕向曰中謂中心越陌度阡枉
用相存翰曰阡陌道也南北曰阡東西曰陌枉曲也存問也契闊談
讌心念舊恩良曰契闊勤苦也言勤苦於談讌者念舊情也月明星
稀烏鵲南飛繞樹三帀何枝可依銑曰以窮大賢出而
小人亂而忘信之士游行當擇其棲託之便矣若不得其所依則患害之必至亦如烏鵲
帀獨求其可託之枝山不厭高海不厭深周公吐哺天
下歸心向曰山海所以不辭土不拒求者是不厭高深周公以聖人之姿一食三

吐哺一沐三握髮以待天下之士使歸其心亦猶此也魏武有慕此因爲戒焉
苦寒行五言○清調翰曰謂因行遇寒而作也古曲有清調
北上太行山艱哉何巍巍羊腸阪詰屈車輪
爲之摧濟曰艱難也巍巍高皃山阪屈盤如羊腸之形登陟此山車輪爲之摧毀
樹木何蕭索北風聲正悲熊羆對我蹲虎豹
夾路啼谿谷少人民雪落何霏霏延頸長歎
息遠行多所懷向曰延頸引領也我心何怫弗鬱思
欲一東歸良曰怫鬱憂思之皃水深橋梁絕中道正徘
徊迷惑失故路薄暮無所宿棲行行日已遠人
馬同時飢擔囊行取薪斧冰持作糜向曰糜謂粥也

薪謂柴也天寒水凍故所咏以作樂張也悲彼東山詩悠悠使我
哀翰曰詩云我徂東山慆慆不歸言行役未還故感此詩而哀也

樂府二首

魏文帝

善哉行四言○銑曰謂山林之人節行危苦欲其入仕以取逸樂

上山采薇薄暮苦饑向曰微草薇名可以食之谿谷多風
霜露霑衣野雉羣雊古豆猴猿相追還望故鄉
鬱何壘壘翰曰壘壘山重皃高山有崖林木有枝憂
來無方人莫之知濟曰言山崖木枝衆皆知之憂自心來人不能知
人生如寄多憂何爲良曰人之一生若寄於世同朝菌蟪蛄山林之
士自取其憂以何爲也今我不樂日月如馳銑曰非文帝自謂也
言我所以不樂者但寓矣日月之速耳湯湯川流中有行舟
隨波轉薄有似客遊向曰湯湯流皃策我良馬被我
輕裘載馳載驅聊以忘憂翰曰言山林之士可以如此行樂忘憂也載則也

燕歌行七言○濟曰燕地名此婦人思夫之意

秋風蕭瑟天氣涼草木搖落露爲霜羣鷰辭
歸鴈南翔念君客遊多思腸良曰援思結恐心腸慊慊
苦章思歸戀故鄉何爲淹留寄他方銑曰慊慊心不足皃
賤妾煢煢守空房憂來思君不敢忘不覺淚
下霑衣裳向曰婦人自謙而稱賤妾煢煢孤獨皃援琴鳴絃發清

商短歌微吟不能長翰曰長引也清商秋聲明月皎皎
照我牀星漢西流夜未央濟曰星漢天河也央極也牽牛
織女遙相望爾獨何辜限河梁銑曰牽牛織女二星名隔
天河相望婦人自恨與夫離絶故問此星何辜復知此矣牽牛星河鼓星是也

樂府詩四首五言

曹子建

箜篌引濟曰箜篌樂器名引曲也此詞亦歎使知友存交情爲善事及時行樂以保其天年

置酒高殿上親友從我遊中廚辦豐膳烹羊
宰肥牛良曰膳食烹煮也秦箏何慷慨齊瑟和且柔
銑曰秦人善彈箏齊人亦善鼓瑟慷慨猶歎聲也陽阿奏奇舞京洛
出名謳向曰漢成帝趙皇后屬陽阿公主家學舞者京洛之人皆善謳歌樂
飲過三爵緩帶傾庶羞翰曰爵酒杯也庶羞衆味也主稱
千金壽賓奉萬年酬濟曰古人之宴有奉金爲壽者或稱萬歲者賓主故以相酬焉
此久要不可忘薄終義所尤良曰久要舊交
也薄終薄行於終義所非也尤非也謙謙君子德磬折欲何求
向曰磬折曲躬也言君子以謙德曲躬於人固無所求驚風飄白日光
景馳西流良曰言白日之奔流如驚風之飄疾也光景日色也盛時不
再來百年忽我遒翰曰遒猶疾也生存華屋處零落
歸山丘濟曰零落謂亡沒也先民誰不死知命復何憂
良曰先民古人也

名都篇 五言○銑曰名都邯鄲臨淄之類也居篇之首故以爲名刺時人騎射之妙游騁之樂而忘憂國之心

名都多妖女京洛出少年寳劒直千金被服麗且鮮 向曰妖美也京洛都也被衣鮮新也 鬬雞東郊道走馬長楸閒 翰曰郭外曰郊古人種楸於道故曰長楸 馳騁未能半雙兔過我前 濟曰未至半路也 攬弓捷鳴鏑長驅上彼南山 銑曰捷引也鳴鏑箭名 左挽因右發一縱兩禽連 良曰縱射也兩禽連謂連中雙兔也禽者鳥獸通稱 餘巧未及展仰手接飛鳶 向曰接射也鳶鵰也 觀者咸稱善衆工歸我妍 翰曰咸言工能妍美也 歸來宴平樂美酒斗十千 濟曰平樂觀名言酒美其價貴 膾鯉臇子兗胎鰕炮鼈炙熊蹯 音煩良曰臇鯉魚名也臇臛也鰕魚名鰕有胎在腹也炮燒也熊蹯熊掌也 鳴儔嘯匹侶列坐竟長筵 濟曰鳴嘯皆命呼也儔匹侶皆友朋也列引竟盡筵席也 連翩擊鞠壤巧捷惟萬端 向曰連翩輕迅皃擊鞠今之打毬捷疾也萬端言多妙也 白日西南馳光景不可攀 良曰攀留也言此者以喻少壯不可留 雲散還城邑清晨復來還 濟曰如雲散也明晨復來於長楸平樂也終日若此其奈國之事何

美女篇 五言○銑曰以美女喻君子言君子既有美行上願明君而事之若不得其人雖見徵求終不能屈

美女妖且閑采桑岐路西 音先協韻向曰妖美閑麗也 柔條紛冉冉葉落何翩翩 翰曰柔條紛披也冉冉動皃翩翩飛皃 攘袖見素手皓腕約金環 銑曰攘宣皓白約結也 頭上金爵釵腰佩翠琅玕 濟曰釵頭施金爵故以名之琅玕石而似玉 明珠交玉體珊瑚閒木難 良曰交絡也珊瑚亦珠也木難碧色珠也 羅衣何飄颻輕裾隨風還顧眄遺光彩長嘯氣若蘭 向曰還轉也言蘭者取其芳香 行徒用息駕休者以忘餐 翰曰休止也 借問女安居乃在城南端青樓臨大路高門結重關 濟曰端隅也重關重門言結閉也 容華耀朝日誰不希令顏 向曰希慕令善也 媒氏何所營玉帛不時安 銑曰言媒氏何所營求而不及此時安定此親以玉帛者乎 佳人慕高義求賢良獨難 濟曰佳人慕義求賢志實艱以喻君子非禮不苟合 衆人徒嗷嗷安知彼所觀 翰曰衆人徒嗷嗷喧譁也安知佳人之所觀采 盛年處房室中夜起長歎 向曰盛年之人既不與偶則中夜起歎息矣言中才之人雖有慕士之心而旁其志則賢者竟不至矣

白馬篇 五言○良曰見乘白馬者故有此曲言人當立功立事盡力爲國不可念私

白馬飾金羈連翩西北馳 銑曰羈勒也連翩馬馳皃 借問誰家子幽并遊俠兒 向曰幽并二州名 少小去鄉邑揚聲沙漠垂 翰曰揚其騎射之聲名沙漠西北地名 宿昔秉良

弓楛矢何參差濟曰秉執也楛矢竹箭也參差者射在手時也控
弦破左的右發摧月支良曰控引也左的射的月支射帖也言妙
皆能摧破仰手接飛猱俯身散馬蹄銑曰猱猨類俯低也散馬
蹄言驚也馳狡捷過猴猿勇剽匹妙若豹螭翰曰狡捷健也
捷疾也剽猛也螭猛獸也邊城多警急虜騎數遷移翰曰謂匈
奴逼邊也羽檄從北來厲馬登高隄濟曰羽檄徵兵之書也厲
策也登高隄望寇也長驅蹈匈奴左顧陵鮮卑銑曰路蹈陵侵
也鮮卑匈奴也棄身鋒刃端性命安可懷向曰端懷惜也
父母且不顧何言子與妻名在壯士籍不得
中顧私捐軀赴國難視死忽如歸良曰捐弃也

選十四　二十四

王明君辭一首五言并序　石季倫
銑曰臧榮緒晉書云石崇字季倫渤海南皮人早有智慧稍遷至衛尉卿
初崇與賈謐善謐既誅趙王倫專任孫秀崇有妓曰綠珠秀使人求之崇
不許於是秀乃勸倫殺崇遂遇害也
王明君者本爲王昭君以觸文帝諱
改之向曰昭君后妃之位也晉文帝諱昭匈奴盛請婚
於漢元帝以後宮良家子明君配焉
昔公主嫁烏孫令琵琶馬上作樂以
慰其道路之思翰曰烏孫國名其王使獻馬於漢願尚公
主乃遣江都王建女爲公主以妻焉琵琶樂名其送明君亦

行
咏世相知歌詞
世古詩氣不
凡合暮不從
野在女無第遊
誰騎但取首句
今題耳。
既入洛羅寓久
或就仕時國中
顏榮勸其還
然此篇之作其
時乎首言難
既遊泉難難不
心本此有志之士
得所處而立立
古有非他人所能
且士衡素負才
存匠世只既七
晉復何之故又

爾也其造新之曲多哀怨之聲濟曰自是
造爲新樂曲也故叙之於紙云爾
我本漢家子將適單于庭向曰我謂明君辭也單于匈奴之君
號也辭訣未及終前驅已抗旌銑曰訣別前驅引路者抗舉
也進旌旗舉之引路則發行也僕御涕流離轅馬悲且鳴良曰
流離涕流皃轅車轅哀鬱傷五內泣淚霑珠纓行行日
已遠遂造七到匈奴城翰曰造至也延我於穹廬加
我閼於氏支名向曰穹廬氊帳也閼氏單于后名殊類非所
安雖貴非所榮父子見陵辱對之慙且驚良曰
羞以父家匈奴故對之慙驚殺身良不易默默以苟生濟曰

選十四　二十五

默隱忍皃苟且也苟生亦何聊積思常憤盈銑曰盈滿也
願假飛鴻翼弃之以遐征翰曰假借也遐遠征行也飛鴻
不我顧佇立以屏營銑曰不我顧不顧我也屏營迴行皃昔爲
匣中玉今爲糞上英良曰玉英皆喻明君匣中喻漢糞上喻匈奴也
英花也朝華不足歡甘與秋草并銑曰其受恩之心見春朝
之華不足與歡甘以其身與草俱凋不願生於匈奴之中故傳語後世
人遠嫁難爲情

樂府詩十七首　陸士衡

猛虎行雜言○古辭猛虎行云飢不從猛虎食但取發首爲名不從
中善義言類此觀其大體是勸人抗其志節義不苟容

渴不飲盜泉水，熱不息惡木陰。惡木豈無枝，志士多苦心。整駕肅時命，杖策將遠尋。翰曰整其車駕，肅敬時君之命，執鞭以將遠適焉。饑食猛虎窟，寒棲野雀林。濟曰言路多彊暴姦邪之人。日歸功未建，時往歲載陰。銑曰由此使日月晏西歸歲時載暮功名不能立矣崦陰猶歲暮也。崇雲臨岸駭，鳴條隨風吟。銑曰崇高眾驚也。靜言幽谷底，長嘯高山岑。向曰經過山谷之閒而靜思長嘯。急絃無懦響，亮節難為音。翰曰絃急則調高故無懦弱之響貞亮之節亦難擬其德音。人生誠未易，曷云開此襟。濟曰涉於世路誠為至難何為開此遠設之心。眷我耿介懷，俯仰愧古今。良曰眷此正直之襟而不得施展故愧於古今之人。

君子行　五言○翰曰前有此篇其意皆相類

天道夷且簡，人道險而難。向曰夷平簡易也天道無私故平易人道多僻故險難。休咎相乘躡，翻覆若波瀾。向曰休咎福禍也瀾大波。去疾苦不遠，疑似實生患。平協韻翰曰疾惡也言美惡相去不遠事疑似則生禍患。近火固宜熱，履冰豈惡寒。銑曰近火必履寒熱之患近讒使亦致禍難。掇蜂滅天道，拾塵惑孔顏。良曰尹吉甫前妻子伯奇後妻子伯封後妻欲其子為太子言於吉甫曰伯奇好妻君不信王上臺觀之後母取蜂除其毒而置於衣領之中使伯奇親而殺之吉甫使讒伯奇使者見袖有死蜂以白吉甫吉甫使追之以殺于河矣掇拾也父子之道天性也

常由此而饑之孔子窮於陳蔡之閒七日不嘗粒食顏回得米而爨之孔子望見回攫其甑中飯而食之飯熟乃進於孔子孔子起曰今夢見先君食潔欲饋回曰不可向者煤入甑中弃食不祥回攫而食之孔子歎曰所信者目目所恃者心今心目不足信而恃矣弟子記之負炊煙塵也因拾煙塵孔子顏回於是疑處。逐臣尚何有，弃友焉足歎。銑曰父子與顏孔天道猶生疑逐臣弃友此之何滅有可恨固不足歎也。福鍾恆有兆，禍集非無端。向曰兆數也。天損未易辭，人益猶可歡。翰曰天損之至非已所招故安之而不辭也人益之來非已所召故受之可為歡也。朗鑒豈遠假，取之在傾冠。濟曰朗明鑒鏡也言鏡之明者豈遠假乎但取之見傾冠也今賢者豈外求乎但歎之在禍福而已也。近情苦自信，君子防未然。良曰淺近之情苦自信是以遠禍君子之心防慮未然長以受福也。

從軍行　五言○資曰苦天下征伐也

苦哉遠征人，飄飄窮四遐。南陟五嶺巔，北戍長城阿。向曰飄飄遠行皃四遐四方也五嶺長城皆地名陟升巔上戍守也阿。谷深無底，崇山鬱嵯峨。翰曰崇高也嵯峨高皃。奮臂攀喬木，振跡涉流沙。濟曰詩曰南有喬木西被流沙振舉也。隆暑固已慘，涼風嚴且苛。夏條焦鮮藻，寒冰結衝波。良曰暑上文也隆暑夏條南方也涼風寒冰北方也慘毒苛酷藻華也焦鮮為花熱也結衝波水結為冰池言寒炎而辛苦。胡馬如雲屯，越旗亦星羅。銑曰胡北方越南方如雲之聚如星之布。飛鋒無絕影，鳴鏑

自相和 向曰鋒謂兵刃也鳴鏑響箭名 朝餐不免胄夕息常負戈 翰曰兕胱也胄兜鍪也 苦哉遠征人拊心悲如何

豫章行 五言○翰曰本以豫章郡而爲之以叙人代苦辛之意

汎舟清川渚遥望高山陰川陸殊途軌懿親將遠尋 向曰懿親謂兄弟逵尋謂遠別也軌迹也 三荊歡同株四鳥悲異林 良曰三荊三枝共本也昔有田廣田真田慶兄弟三人將別議以分明日欲分庭有荊樹經宿萎黃乃相謂曰荊樹尚然況我兄弟乎遂不分荊復茂故云歡同株孔子在衛聞哭者甚哀問顏回曰汝知此何哭回曰此哭者非但爲死而已又爲生離者也昔恒山之鳥生四子焉羽翼成將分四海其母悲鳴而送之爲其往而不返竊以言類知之矣問之果然故云悲異林

選十四　二十八

樂會良自古悼別豈獨今 向曰悼傷也 寄世將幾何日昃無停陰 翰曰昃日暮也無停陰言日月之速 前路既已多後塗隨年侵 濟曰前路謂日月後塗謂性命 促促薄暮景亹亹鮮克禁 良曰促促短身亹亹進皃薄暮喻年老也鮮克禁言少能制也 曷爲復以茲曾是懷苦心 銑曰何爲復用離別之事則是懷愁苦之心 遠節嬰物淺近情能不深 向曰有遠大之節嬰物累必淺有短近之者能不至於際乎 行矣保嘉福景絕繼以音 翰曰行矣謂去也但當自保善福人之一別有如影滅唯繼以音徽矣

苦寒行 五言○良曰前有此作意與是同也

北遊幽朔城涼野多險艱俯入穹谷底仰陟高山盤 向曰北邊也穹谷深谷也陟升也盤者山道盤紆也 凝冰結重磵積雪被長巒 良曰磵澗巒山也 陰雲興巖側悲風鳴樹端不覩白日景但聞寒鳥喧 讙 猛虎憑林嘯玄猿臨岸歎 平銑曰憑依也嘯讙歎聲 夕宿喬木下慘慘恒鮮歡 向曰喬高也慘慘憂皃恒常鮮少也 渴飲堅冰漿飢待零露餐 翰曰言飢渴而飲冰食露也窮求射無露蓋矣之路也 離思固已久寤寐莫與言劇哉行役人慊慊恒苦寒 濟曰莫無劇甚也慊慊憂不足之皃言別離已久遇況苦寒故嗟增悲

十四　二十九

飲馬長城窟行 五言○向曰蓋[illegible]志不異

驅馬陟陰山山高馬不前往問陰山候勁虜在燕然 良曰陟升也陰山山名候伺望者勁强也虜匈奴也燕然山名 戎車無停軌旌旆屢徂遷 銑曰戎車兵車也軌迹也旌旆旗也徂往遷徙也 仰憑積雪巖俯涉堅冰川 向曰憑猶登也 冬來秋未反去家邈以緜 翰曰邈遠緜長也 獫狁亮未夷征人豈徒旋 良曰徒猶空也旋還也獫狁匈奴也亮信也夷平也徒旋者言賊未平 末德爭先鳴凶器無兩全 翰曰戰者德之末也先鳴先登而大呼也兵者凶器舉敗相持必有一傷 師克薄賞行軍沒微軀捐 銑曰克勝捐棄也 將遵甘陳迹收功單于旃 良曰遵率也漢甘延壽爲諫議大夫與副校尉陳湯共斬郅支單于收取也單于匈奴君也旃旗類也 振

蓋槀街四夷邸所以為蠻夷朝宿舍也　傳朱戀反叶此字

衆不足於彼也念君者故爲客詞也

江湘本言涉江湘水也入于江故兼言涯濱以謂經别之氣

佳

凡族寓之士聞有客自故鄉來者其趨迎咸泣訪旧惻愴之情豈得自已況士衡祖父世爲將相著大勲於漢及已亦當顯父在而先識久不敏者所以推驗天道闡思事實允不能不悲也

丘墓於言丘墟

旅勞歸士受爵槀街傳向曰師入曰振旅槀街蠻夷邸門將士受爵賞傳句旅之首於槀街

門有車馬客行五言○翰曰言念舊鄉而有是作雖曰擬古意自爲

按伎錄乃相和歌辭之瑟調曲也

賦也

門有車馬客駕言發故鄉濟曰皆假言之念君久不歸濡跡涉江湘向曰君謂識也濡漬足也涉度也江湘水名投袂赴門塗攬衣不及裳銑曰謂出見於客也投袂袖也不及裳言不暇整衣服也拊膺攜客泣掩淚敘溫涼向曰敘別離之歲月借問邦族間惻愴論存亡翰曰邦族謂鄉親也親友多零落舊齒皆彫喪濟曰舊齒舊老也市朝互遷易城

悲傷切

闕或丘荒銑曰謂吳之都市朝城闕墳壠日月多松柏鬱芒芒向曰謂積家之兒芒芒盛兒天道信崇替人生安得長翰曰崇興替廢也慷慨惟平生俛仰獨悲傷濟曰慷慨歎息也悲恨也

君子有所思行五言○銑曰言登山下見都邑時俗奢泰因思古之賢哲與前君子行有異也

命駕登北山延佇望城郭良曰謂登北邙望晉都廛里一何盛街巷紛漠漠向曰一廛一家之居也五畝爲里漠漠布列兒甲第崇高闥洞房結阿閣翰曰甲第一宅也崇重闥門洞通結連大也阿曲池何湛湛清川帶華薄濟曰湛湛水平兒草木叢生曰薄

遠宇列綺窗蘭室接羅幕銑曰遠深宇屋也綺窗窻爲錦綺之文也蘭室取其香也羅幕羅帳也淑貌色斯升哀音承顏作良曰倚美也言以此美色之女升進於君以亡國之樂承君顏而作剝時以聲色冒於上也意言亡國之音人生誠行過容華隨年落向曰言人生處世實如行過容色隨年歲而凋落也善哉膏粱士營生奧且博翰曰善哉歎美之因以譏膏肉之肥者粱食之精者言富貴食此精肥之士營生深奧且責博矣宴安消靈根酖毒不可恪濟曰黃庭經云玉池清水灌靈根靈根堅固老不衰然靈根前身也傳云宴安酖毒不可懷也以宴安比之酖毒也言懷此二者自取消毀其身今之晝者曾不警懼無以肉食資取笑葵與藿良曰無以肉食而自安是以取笑於食葵藿貧賤之士

齊謳行五言○銑曰此爲齊入謳歌國風也其終篇亦欲使入推分直進不可苟有所營

營丘負海曲沃野爽且平向曰營丘地名太公所封也負背爽明也洪川控河濟崇山入高冥翰曰控引也冥昧極高之處東被姑尤側南界聊攝城濟曰姑尤二水名聊攝二縣名皆齊境也海物錯萬類陸產尚千名銑曰錯雜也萬類千名言所出非一種孟諸吞楚夢百二侔秦京良曰孟諸齊之澤名子虛賦云浮渤澥游孟諸吞若雲夢者八九在於胷中曾不蔕芥故云吞楚夢雲夢楚澤名田肯賀高祖曰陛下得韓信又理秦中若秦齊持戟百萬秦得百二齊得十二焉故云百二侔秦京侔等也惟師恢東表桓后定周傾濟曰詩云惟師尚父

時推鷹揚謂太公也季札觀樂乃爲之歌齊
日美哉泱泱乎大風也哉表東海者其太公
乎厥大也齊桓公九合諸侯一匡天下
故云定周傾也右君也言君者尊之也天道
有迭代人道無久盈翰曰迭遞盈滿也遞鄙哉牛山歎
未及至人情向曰齊景公游牛山北臨其國
曰若何去此而死乎晏子曰使
賢人若常守則太公桓公有之吾君安得此
位也而爲流涕是不仁也鄙之以爲未得至
人之情爽鳩苟已徂吾子安得停良曰齊侯飲
酒樂曰古而
無死其樂若何晏子對曰昔爽鳩氏始居此
季萴逢伯陵蒲姑氏太公因之若古而無死
則爽鳩之樂非君所願也苟且徂往也
吾子謂齊侯也安得停謂不可求長存也行行
將復去長存非所營銑曰行行謂去兒長存
之事非由經營而得也

日出東南隅行　五言　或曰羅敷豔歌　向曰

選十四　三十二

陌上桑出秦氏女也秦氏邯鄲人有
女羅敷爲邑人王仁妻仁後爲趙王
家令羅敷出採桑於陌上趙王登臺
見而悅之因飲酒欲奪焉羅敷巧彈
箏乃作陌上之歌以自明
其言其後轉相擬述也
扶桑升朝暉照此高臺端翰曰扶桑日所出
處暉日也端上也
高臺多妖麗濬房出清顏淑貌耀皎日惠心
清且閑濟曰妖美濬深淑善也清顏
謂美之顏惠好也閑謂舒緩美目揚
玉澤蛾眉象翠翰翰曰目若玉之光澤
眉象翡翠之羽翰也鮮
膚一何潤秀色若可餐窈窕多容儀婉媚巧
笑言良曰窈窕婉
媚皆美皃暮春春服成粲粲綺與紈
向曰服衣也粲粲
鮮明貌綺紈繒類金雀垂藻翹瓊珮結瑤璠

濟曰金雀釵名藻翹謂有文
章之羽瓊玉名瑤璠寶名方駕揚清塵濯
足洛水瀾銑曰方並駕
車也瀾波也藹藹風雲會佳人一
何繁良曰藹藹盛皃佳人
繁多若風雲之會也南崖充羅幕北渚
盈軿蒲田軒銑曰崖岸也
軿軒皆車也清川含藻景高岸被
華丹向曰藻草也藻景日光有
文也被覆也華丹丹華也馥馥芳袖揮
泠泠纖指彈翰曰馥馥香氣也揮
舉也泠泠謂箏聲也悲歌吐清
響雅舞播幽蘭良曰播揚雅美
也幽蘭曲名丹脣含九秋
妍迹陵七盤銑曰九秋曲名七盤
舞妍美陵過也赴曲迅驚
鴻蹈節如集鸞向曰迅急也驚
鴻集鸞舞之狀綺態隨顏變
沈姿無定源向曰綺美之態隨舞容而變沈
深之姿縈繞而出其源不定

選十四　三十三

俯仰紛阿那顧步咸可懽良曰阿那柔
弱皃咸皆也遺芳
結飛飆浮景映清湍銑曰結京隨風也
舞影映於波瀾冶容
不足詠春遊良可歎良曰易云冶容誨淫言
容雖不足以詠然芳春
之游良
可歎美

長安有狹邪行　五言○向曰言長路
狹邪衙正直之士無所
措手
足矣
伊洛有岐路岐路交朱輪翰曰貴者朱其
車輪交於岐路輕
蓋承華景騰步躡飛塵濟曰華景日光也
飛塵言輕疾也鳴
玉豈樸儒憑軾皆俊民濟曰鳴玉之人皆非
樸實儒士乘軒憑軾
者皆輕
俊之子烈心厲勁秋麗服鮮芳春銑曰烈猛
厲嚴也言

謂執守常理變者猶自直

循跡而行也

謂正途与邪趣者

翰曰輕薄之人其心猛烈暴者勁秋其服鮮麗有如芳春者余本倦遊客
豪彥多舊親向曰自謂亦與朝廷之士有舊親也傾蓋承芳訊
欲鳴當及晨良曰傾蓋新相逢者芳訊美言也而有新知之人見我如此以
美言勸我猶早進仕摘難之患及於朝也守一不足矜岐路良可
遵翰曰守貞一之道自取苦辛何足矜也當遵世步中之路委曲從人然後可也規
行無曠迹矩步豈逮人銑曰若行步中規非不可致曠遠之迹
而逮及前人者矩行以正直之道將求仕進亦如此矣皆難知者之詞投足緒
已爾四時不必循向曰言我試投足於雅路其事果然寒暑具在於斯
不待更循四時而後致耳緒事也將遂殊塗軌要子同歸津
翰曰津者會合之所喻新知者詞如言我自試不能復於邪徑理殊擧而同迹竟與子
歸乎會合之地

選十四　三十四

前緩聲歌五言○向曰將前蕤仙游異命長緩故疏聲於歌曲中也
游仙聚靈族高會曾城阿翰曰曾城九重王母所居奥在崐崙
山上也仙靈聚族高會於曾城之曲阿曲也長風萬里舉慶雲鬱
嵯峨良曰慶雲瑞雲也嵯峨雲盛皃宓妃興洛浦王韓起太
華銑曰宓妃洛水之神王子晉與衛叔卿於華山傳劉根於華山見神人謂根曰汝聞
韓終乎根曰聞曰我是也與延也太華即華山也北徵瑤臺女南要
湘川娥良曰楚辭云望瑤臺之偃蹇兮見有娀之佚女故謂瑤臺女也堯之二女娥
皇女英隨舜不及墮淚於湘水而衆仙神皆見徽要會于曾城之曲肅肅霄駕
動翩翩翠蓋羅翰曰肅肅車行皃霄駕謂靡天所行翩翩輕皃似以翡翠

羽為蓋而羅列羽旗栖瓊鸞玉衡吐鳴和濟曰鑾和皆鈴也栖
倚瓊玉衡軾也皆在於車上太容揮高絃洪崖發清歌向曰
太容黃帝樂師也揮彈也高絃謂高張琴瑟絃也洪崖三皇時伎人後皆登仙故得作樂
于曾城獻酬既已周輕舉乘紫霞良曰衆仙會畢乘霞而去
總轡扶桑底濯足暘谷波濟曰總繫也扶桑暘谷皆日出處言
須臾至此鑾轡濯足而清暉溢天門垂慶惠皇家翰曰學仙
飛擧從蒲天門垂降慶福惠賜我皇家
長歌行五言○向曰前有是舊曲其意擬類
逝矣經天日悲哉帶地川良曰逝往也日升經于天川流帶于
也寸陰無停晷尺波豈徒旋銑曰日景不留川流不又謂十

選十四　三十五

尺者少言之年往迅勁矢時來亮急弦向曰年往時來其迅
疾信如急弦之發勁矢也弦弓弦也矢箭也遠期鮮克及盈數固
希全翰曰遠期謂上壽百二十歲及此期者少能有之備盈此數者固希全矣希少
也希全謂無一也容華夙夜零體澤坐自捐濟曰夙早零落
也體澤身之光潤捐弃也茲物苟難停吾壽安得延良曰茲物
謂容華體澤也苟且延長也俛仰逝將過倏忽幾何間銑曰
言歲月俯仰則往將過入命倏忽能幾何時也慷慨亦焉訴天道良
自然向曰慷慨歎息也焉亦何也但恨功名薄竹帛無所
宣翰曰竹帛謂史籍也古人書於竹簡及素帛宣述也迨及歲未暮
長歌承我閑濟曰迨屬也歲未暮喻將老也言屬及我未老以承閑暇之日

停車ー愛楓林ー

長歌定分以自慰也

吳趨行五言○良曰趨步也此曲吳人歌其土風也

楚妃且勿歎齊娥且莫謳良曰楚妃楚姬也歎歎其德齊娥齊后也善爲謳歌人皆稱以爲曲四坐並清聽聽我歌吳趨吳趨自有始請從閶門起向曰吳王闔閭立閶門象天閶闔門閶門何峨峨飛閣跨通波翰曰峨峨高皃飛閣高閣也跨猶帶也帶通波謂連江海也重欒承游極回軒啓曲阿銑曰欒拱游浮極棟也回軒長廊阿角也言閣窓於曲屋之角藹藹慶雲被泠泠鮮風過翰曰藹藹雲皃慶雲瑞雲也泠泠風聲也鮮風清風被霞也過度也山澤多藏育土風清且嘉良曰藏育謂包容生長也嘉善也泰伯導仁風仲雍揚其波向曰太伯仲雍周太王之子季歷之兄也季歷有聖子昌意欲以季歷爲太子二人逃於荊蠻以避之季歷果立故謂導仁風也荊蠻義而歸之立爲吳太伯太伯早卒仲雍有後遂答於吳故云揚其波穆穆延陵子灼灼光諸華翰曰穆穆美也延陵子吳公子季札也季札聘諸華夏觀樂以知盛衰灼灼然有暉光於華夏王跡隤陽九帝功興四遐濟曰謂從來王道積壞由於陽九之厄也九者陽數之極重陽無陰萬物不交理之困極而天下亂矣帝功興於四方謂三國時魏蜀與吳並立也大皇自富春矯手頓世羅向曰吳王孫權謚曰大皇帝富春人也矯舉頓下也謂舉手下羅天下英賢而用邦彥應運興粲若春林葩濟曰國之美士應時運而至粲然如春林之發榮屬城咸有士吳邑最爲多八

族未足侈四姓實名家良曰十縣爲屬城咸皆也八族陳桓呂尚公孫司馬諸葛徐傅也四姓朱張顧陸也言八族猶未足侈大四姓實有華名之家言此者機吳人以皇吳也文德熙淳懿武功侔山河翰曰熙廣淳厚懿美侔等也山河者謂長久也此禮讓何濟濟流化自滂沲濟濟衆盛皃滂沲大盛皃淑美難窮紀商推角爲此歌良曰淑善也商推粗略也

塘上行五言○銑曰言婦人衰老失寵行於塘上爲歌也

江蘺生幽渚微芳不足宣濟曰江蘺香草也宣布也婦人自喻本在父母家居幽閑之室素以德微不足以奉君子被蒙風雲會移居華池邊翰曰喻自嫁適人發藻玉臺下垂影滄浪平泉良曰藻花也玉臺以玉飾臺滄浪取其清以喻婦人貞露潤既已渥結根奧且堅向曰渥厚奧深也自謂沐君子之德音如此也四節逝不處繁華難久鮮淑氣與時隕餘芳隨風捐銑曰淑美隕落捐去也言容顏亦隨歲時而衰天道有遷易人理無常全男懽智傾愚女愛衰避妍向曰美也不惜微軀退但懼蒼蠅前翰曰蒼蠅能變白黑喻讒人也言不惜己身近弃但懼讒人毀我於君前願君廣末光照妾薄暮年翰曰薄暮喻老也欲君子存始終之情也

悲哉行五言○良曰客游感物憂思而作焉

游客芳春林春芳傷客心和風飛清響鮮雲

垂薄陰蕙草饒淑氣時鳥多好音銑曰鮮雲輕雲蕙草香草也淑美也時鳥春鳴之鳥翩翩鳴鳩羽喈喈倉庚吟向曰季春之月鳴鳩拂其羽翩翩飛皃倉庚亦鳥名喈喈鳥聲長引聲曰吟幽蘭盈通谷長秀被高岑翰曰蘭生林幽故云幽蘭盈滿也通谷深谷也長秀謂草木長茂者被覆也岑山也女蘿亦有託蔓葛亦有尋濟曰女蘿託松樹而長蔓葛尋山嶺而生言萬物皆有依附而客遊獨無也傷哉客遊士憂思一何深目感隨氣草耳悲詠時禽良曰草色隨氣序而生故目望而懷感也禽聲亦應時月而變故耳聞其悲詠寤寐多遠念緬然若飛沈銑曰緬邈也其心邈然若魚鳥之飛沈是傷心也願託歸風響寄言遺所欽向曰遺與也所欽者謂知友

宴今宵親 不樂又得以因 然以長夜無荒 遺意奉歡

也

短歌行四言○翰曰前有此詞意旨相類耳

置酒高堂悲歌臨觴向曰觴酒器也人壽幾何逝如朝霜良曰言人壽促也逝徂也朝霜見日而消時無重至華不再陽濟曰言一歲之內時之一落無有再發者以喻一過銑有重來晉生之中年一春老無復少年矣蘋以春暉蘭以秋芳向曰蘋生於春蘭茂於秋榮華有時反覆相代來日苦短去日苦長翰曰將來之日苦少已去之日苦多謂漸老也今我不樂蟋蟀在房良曰詩云蟋蟀在堂歲聿云暮房即堂感此時故不樂也言思深也樂以會興悲以別章向曰歡會則趣其樂別離則明其悲豈曰無感憂與子忘銑曰言我豈不

樂府詩一首　謝靈運

猶言終也

歲年命之從邪但得與子會逢忘其憂也子謂知友我酒既旨我肴既臧向曰旨美肴肉臧善也短歌可詠長夜無荒翰曰相與詠短歌飲長夜也荒廢也言雖歌詠樂飲無得廢於政事

會吟行五言○銑曰會謂會稽也猶詠也意與吳趨行同類吟

六引緩清唱三調佇繁音良曰六引古歌曲名八曲有三調惟所奏之後佇謂猶急列筵皆靜寂咸共聆會吟濟曰列筵謂四坐也咸皆聆聽也會吟自有初請從文命敷向曰文命謂禹也敷布也書曰文命敷于四海祗承于帝禹會諸侯於塗山故首稱也敷績壺冀始刊木至江汜翰曰禹理水之功壺口冀州為始刊木謂斬木通道

至於江之汜也水復流曰汜此言禹迹在於吳也列宿炳天文負海橫地理向曰星紀吳之分野故云列宿炳天文炳明負背也言使背水據鎮於地理連峯競千仞背流各百里良曰山峯連接爭為千仞之高水流貫向動波有百里之曲尤滮池溉粳稻輕雲曖松杞銑曰滮池逯水灌田池也曖猶朧也杞亦木名兩京愧佳麗三都豈能似向曰兩京東西京也三都吳蜀魏也言皆不及會稽之美麗層臺指中天高墉積崇雉翰曰層高也中天半天也墉雉也三丈曰雉積雉言高也飛鷰躍廣途鷁首戲清沚銑曰飛鷰良馬名鷁首舟名沚小渚也肆呈窈窕容路曜嬋娟子向曰肆布也窈窕嬋娟美好皃自來彌世代賢達不可紀濟曰自從彌多紀記也言不能具記

將略述之句踐善廢興越叟識行止良曰吳伐越越王句踐棲於會稽後句踐平吳故云善廢興當越棲會稽之時句踐欲往朝吳有老人勸不許往故云識行止叟老人也范蠡出江湖梅福入城市翰曰范蠡既佐句踐平吳乃乘扁舟浮江湖變名姓適齊爲鴟夷子故云出江湖漢梅福九江人也少學長安王莽篡政一朝棄妻子而去後人有見福於會稽變姓名爲吳市門卒故云入城市東方就旅逸梁鴻去桑梓向曰列仙傳云東方朔楚人漢武帝時爲郎至宣帝時置冠官舍中風飄之去後見會稽賣藥五湖旅獨也言合獨爲隱逸後漢梁鴻平陵人人東出關遂至吳依大家皐伯通居廡下爲人賃舂伯通異之乃舍之鴻著書十餘篇去其桑梓是牽綴書土風辭殫意未已向曰殫盡已止也

選十四　四十

何解題謂東武吟…

樂府詩八首

東武吟五言○銑曰人有少從征伐年老被棄於家武者不敢論功鮑明遠

東武吟行乃相和歌詞之楚調曲也東武本漢縣名在齊地屬琅琊郡今密州諸城縣也

但懲君耳故託遠以言之東武太山下小山名

主人且勿諠賤子歌一言向曰賤子人之謙稱僕本寒鄉士出身蒙漢恩翰曰寒鄉北土也始隨張校尉召募到河源銑曰張騫爲校尉從大將軍擊匈奴召募謂被募也後逐李輕車追虜窮塞垣銑曰李廣爲輕車將軍從大將軍擊左賢王塞垣長城也密塗亘萬里寧歲猶七奔良曰亘近亘長也寧歲無寇賊也言其行近途艱長萬里艱窮亦一歲七度奔命肌力盡鞍甲心思歷涼溫向曰言辛多年歲也將軍既下世部曲亦罕

一言弓矢至秋也積林曰秋…可折弓弩可用

存翰曰下世謂死也大將軍營五部部有校尉一人部下有曲曲有軍候一人言將軍既死其下部曲俱爲希有存也與時事一朝異孤績誰復論濟曰孤績獨有功也時事既異誰復爲論少壯辭家去窮老還入門腰鎌刈葵藿倚杖牧雞豘昔如韝上鷹今似檻中猿良曰言少時如鷹在韝上擬攻會獸既老如猿在檻中無所施巧能以皮手而背寄也徒結千載恨空負百年怨向曰念見棄之深棄席思君幄疲馬戀君軒願垂晉主惠不愧田子魂濟曰晉文公歸至河上令遺且捐之席蓐捐之手足胼胝面目黧黑者後之勇犯哭曰所以食也席蓐所以臥也而君捐之臣目黧黑手足胼胝者有功勞而君後之文公乃止田子方出見老馬於道而問焉其御曰故公家畜也罷而不用出而放之子方曰少盡其力老棄其身仁者不爲也乃以束帛而贖之窮士聞之知所歸心矣言願得同晉主不棄席蓐如田子方更收老馬雖復死沒不愧於魂也惺悵也

選十四　四十一

薊故燕國之地郎秦漢之漁陽郡也樂府解題曰此曲與從軍行同致古詞多言燕薊風物及突騎勇悍之狀彼解以爲難曲歌詞也

出自薊北門行五言○翰曰薊北門名叙征戍苦辛之意羽檄起邊亭烽火入咸陽濟曰羽檄徵兵書也有急則插羽烽火至咸陽謂京都徵騎屯廣武分兵救朔方銑曰屯聚也廣武縣名朔方郡名皆在邊也嚴秋筋竿勁虜陣精且彊良曰嚴秋謂秋氣嚴厲筋謂弓竿謂箭也勁亦堅也虜謂匈奴也天子按劍怒使者遙相望鴈行緣石徑魚貫度飛梁向曰雁行魚貫皆陣勢也石徑山石險處飛梁絕水爲橋以度也簫鼓流漢思

旌甲被胡霜。疾風衝塞起，沙礫自飄揚。翰曰胡奴也礫石也馬毛縮如蝟，角弓不可張。向曰言天寒也蝟蟲名毛如針刺時危見臣節，世亂識忠良。向曰歲寒然後知松柏之後凋也投軀報明主，身死為國殤。良曰殤非命也言以死報國矣豈惡非命

結客少年場行　五言〇翰曰言少年時結任俠之客為遊樂之場終而無成故有斯作也

驄馬金絡頭，錦帶佩吳鈎。失意杯酒閒，白刃起相讎。翰曰以錦為帶吳鈎鈎頭少曲白刃刀劍之屬此皆言豪俠之士追兵一旦至，負劍遠行遊。濟曰追兵即逢難兵也故負劍而行去鄉三十載，復得還舊丘。向曰舊丘謂舊里也升高臨四關，表裏望皇州。良曰凡帝都四面皆有關也九塗平若水，雙闕似雲浮。銑曰大逵可並九軌故云九塗塗道也雲浮言高也扶宮羅將相，夾道列王侯。翰曰扶亦夾也羅亦列也皆王侯將相之宅日中市朝滿，車馬若川流。擊鐘陳鼎食，方駕自相求。翰曰貴者鼎食必擊鐘亦並車而相尋求也今我獨何為，坎苦感壈盧感懷百憂。向曰百憂言多也

〔選十四　四十二〕

東門行　五言〇良曰東都門長安城門帝別離之地故發去留之情焉

傷禽惡弦驚，倦客惡離聲。翰曰傷禽傷於弓彈於聞弦客倦於別聲故離聲斷客情，賓御皆涕零。銑曰賓謂送別之人御御車者涕零心斷絕，將去復還訣。向曰訣亦別也一息言少間也一息不相知，何況異鄉別。遙遙征駕遠，杳杳落日晚。翰曰遙遙行貌杳杳暮貌居人掩閨臥，行子夜中飯。野風吹秋木，行子心腸斷。食梅常苦酸，衣葛常苦寒。良曰梅不可無說葛非寒服言羇客衣服不得其所絲竹徒滿坐，憂人不解顏。向曰不解顏者無歡情也長歌欲自慰，彌起長恨端。

苦熱行　五言〇翰曰謂從南方瘴癘之地盡節征伐而國家賞之太薄

赤阪橫西阻，火山赫南威。銑曰西域有赤土身熱之阪令人身熱無色頭痛嘔血南荒又有火山其中生木晝夜火起阻阪也赫盛貌為南方之威色

〔選十四　四十三〕

身熱頭且痛，鳥墮魂來歸。向曰飛鳥過熱墮水中楚辭云魂兮來歸南方不可以止湯泉發雲潭，焦煙起石圻。翰曰雲潭石圻蕩湧泉焦煙者蓋熱之甚也雲潭山泉也石圻石岸也日月有恒昏，雨露未常晞。濟曰口獻暑之熱上蔽日月而遮燥地有漏天冬夏常雨露不乾晞乾也丹蛇踰百尺，玄蜂盈千圍。銑曰皆南方有之丹亦踰過玄黑盈長也千圍三丈也含沙射流影，吹蠱病行暉。良曰中有物名曰水弩在中流含沙射人之影所中者頭痛發熱劇者至死吹蠱飛蠱也征南有畜蠱者主人行之以殺行人置食飲中人不覺其家絕滅者則飛遊妄逐客中者皆病死此言病行客使無光暉也瘴氣晝熏體，菵露夜沾衣。自曰瘴氣毒熱氣也菵草上露人觸之肉即潰爛饑猿莫下食，晨

飲不敢飛翰曰畏毒氣也毒涇尚多死渡瀘寧具腓濟曰涇瀘二水名晉伐秦秦人毒涇上流師人多死諸葛亮云五月渡瀘深入不毛具腓病也寧止於病其皆至於死言此毒中人甚於彼二處也生軀蹈死地昌志登禍機良曰言使生軀與昌盛之志蹈此死亡之地翻爲禍之機非也登升也戈船榮既薄伏波賞亦微銑曰漢侯嚴爲戈船將軍出零陵下離水竟不得大官後漢馬援擊交趾還師位纔列卿言皆輕此矣方盡忠勤而榮薄賞微者是國家報之輕也爵輕君尚惜士重安可希向曰小臣計倪對越王句踐曰爵祿君之輕也性命士之重也此言君所輕者尚惜不與士所重者安可望乎希望也

白頭吟五言濟曰疾人相知以新間舊不能至於白首故以爲名

選十四　四十四

直如朱絲繩清如玉壺冰翰曰朱絲繩琴瑟之絃也玉壺冰取其絜也何慚宿昔意猜恨坐相仍向曰言我昔時清直不慚昔之意而君疑而相仍人情賤恩舊世議逐衰興毫髮一爲瑕丘山不可勝良曰言人情世薄如毫髮之小則以爲瑕如丘山之大不可勝載食苗實碩鼠點白信蒼蠅翰曰詩云碩鼠碩鼠無食我苗又云營營青蠅止于樊言君子皆喻讒佞也鼠能害田苗蠅能變白爲黑言讒佞易亦由讒佞也鳧鵠遠成美薪芻前見陵濟曰田饒謂魯哀公曰夫雞有五德君猶日瀹而食之者以其所從來近矣夫黃鵠一舉千里止君園池啄君魚鼈君猶貴之者以其所從來遠也今臣將去君高舉矣故謂之遠者成美鳧鵠亦有鳧鵠若遠故言薪芻後來者居上前薪見陵汲黯曰陛下用人如積薪後來者居上

選十四　四十五

君果陵蕩申黜褒女進班去趙姬昇周王日淪惑漢帝益嗟稱銑曰周幽王黜申后而愛褒姒日以淪溺迷惑漢成帝去班婕妤而寵趙飛鷰乃益用嗟歎稱美此由恣欲之心而致然也心賞猶難恃貌恭豈易憑良曰假如心相賞猶難恃美貌外恭豈足憑也古來共如此非君獨撫膺向曰撫膺也

放歌行五言翰曰放歌放臣之心也

蓼蟲避葵堇習苦不言非小人自齷齪安知曠士懷濟曰小人不知曠士之心亦猶蓼蟲不知葵堇之美言京都貴人競相趨以有德者不與己同陰共排弃耳蓼辛菜葵堇甘菜也蟲有好蓼者不能知他菜也齷齪短狹皃雞鳴洛城裏禁門平旦開冠蓋縱橫至車騎四方來素帶曳長飆華纓結遠埃良曰素帶紳也飆風也纓冠纓也結聚埃塵也日中安能止鐘鳴猶未歸銑曰鐘鳴謂暮也夷世不可逢賢君信愛才明慮自天斷不受外嫌猜向曰夷平也天君也一言分珪爵片善辭草萊翰曰時有一言合理則分珪爵與之使辭去草萊公侯所執珪五等爵也豈伊白璧賜將起黃金臺向曰言行合於賢主豈惟一賜白璧而已亦將起黃金之臺以待焉燕昭王置千金於臺上以延天下之士趙孝成王賜白璧一雙今君有何疾臨路獨遲迴銑曰君謂放者疾患也遲迴不行也言逢明時思君則無患當今宜行之有何疾而不行云何

升天行 五言學仙也 銑曰
家世宅關輔勝帶宦王城 向曰宅居也關輔謂關中三輔也勝帶謂勝冠帶時也
備聞十帝事委曲兩都情 翰曰兩漢都兩京各十餘帝其中情事盡已知之
倦見物興衰驟覩俗屯平 濟曰驟頻屯難也
翩翻類迴掌怳惚似朝榮 銑曰翩翻怳惚謂須臾閒也知迴掌之反覆朝榮之開落也榮華也
窮塗悔短計晚至重長生
從師入遠岳結友事仙靈
五圖發金記九籥隱丹經 良曰乘芝之法有五故云五圖出太清金匱記發開也仙經有九轉金依丹法籥可以盛書故云隱丹經
風餐委松宿雲臥恣天行 銑曰風餐風雲臥臥雲也言委任風雲所之或宿於松或行於天
冠霞登

選十四　四十六

綵閣解玉飲椒庭 向曰冠霞冠謂從仙也解王珮謂云仕也綵閣椒庭皆仙居也飲飲玉醴也
蹔遊越萬里近別數千齡 翰曰齡年
鳳臺無還駕簫管有遺聲 翰曰有簫史者吹簫秦穆公有女弄玉好之公遂以妻之教弄玉作鳳鳴鳳皇來止其屋為作鳳臺夫妻上其上一朝隨鳳皇飛去故秦作鳳女祠其上每有簫管之聲
何時與爾曹啄腐共吞腥 良曰一從仙遊永與世隔不可復與俗輩相會也啄腐吞腥謂酒肉之人

鼓吹曲一首 五言
銑曰朓奉隋王教作古入朝曲鼓吹短簫也所謂歌軍樂也
江南佳麗地金陵帝王州 向曰金陵地名
逶迤帶綠水迢遞起朱樓 翰曰逶迤長也迢遞高皃
飛甍夾馳道垂揚蔭御溝 向曰飛甍屋棟也馳道天子出行之道御溝長安有之金陵擬而作也
凝笳翼高蓋疊鼓送華輈 銑曰凝笳其聲咽也疊鼓其聲重疊也笳簫也翼扶也華輈謂刻畫車之轅也
獻納雲臺表功名良可收 向曰華臣有功則圖畫其形於雲臺之上言獻納忠直於君父則功名可收也

挽歌詩一首 五言 繆熙伯
翰曰魏志云繆襲字熙伯東海人有才學多所敘述官至尚書光祿勳漢高祖召田橫至尸鄉自殺從者不敢哭而不勝哀故為悲歌以寄其情後廣之為薤露蒿里歌以送哀也至李延年分為二等薤露送王公貴人蒿里送士大夫庶人使挽柩者歌之因呼為挽歌

選十四　四十七

生時遊國都死沒弃中野朝發高堂上暮宿黃泉下 翰曰高堂生所居黃泉死所葬
白日入虞淵懸車息駟馬 良曰虞淵日入處言人之死如日沒於虞淵矣懸車息馬不復乘之也
造化雖神明安能復存我 銑曰我為亡者自稱也
形容稍歇滅齒髮行當墮
自古皆有然誰能離此者

挽歌詩三首 五言 陸士衡
卜擇考休貞嘉命咸在茲 翰曰卜擇葬地考其貞吉嘉善之命云在此中
夙駕警徒御結轡頓重基 向曰夙駕早為也警戒也徒御車若結連也謂馬轡抑連而駕也頓上下也重基山也謂轜車上下於山阜之間
龍幰被廣柳前驅矯輕旗 濟曰禮記云飾棺君龍帷黼

翰曰慌蒙也在傍曰帷在上曰荒皆所以衣柳也輿柩之車其蓋曰柳前驅舉旗以引柩

將啓殯也殯宮何嘈嘈哀響沸中闈良曰嘈嘈哭聲闈殯宮之門中闈且勿讙聽我薤露詩銑曰薤露蒿里古挽歌者言

歌詩一曰薤上露何易晞露晞明朝更復落人死一去何時歸其二曰蒿里誰家地聚斂魂魄無賢愚鬼伯一何相催促人命不得少踟躕死生各異倫祖載當有時翰曰倫理也祖始也謂將柩車而行之始

舍爵兩楹位啓殯進靈轜音而翰曰舍置也爵酒器也楹柱也位祭位也云啓殯于正柩于兩楹間奠設靈轜喪車也飲餞觴莫舉出宿歸無期濟曰飲餞謂祖也言送者莫能舉酒以出宿無歸期帷衽曠遺影棟宇與子辭向曰言不復見帷席也棟宇此言其辭也周親咸奔湊

選十四　四十八

友朋自遠來良曰皆奔至此相送周王也翼翼飛輕軒向曰親友之車馬也翼翼車輕貌飛駛也駸駸馬奔貌駸駸策素騏茂林騏馬名也按轡遵長薄送子長夜臺翰曰遵循也長薄草木叢生曰薄子謂亡者謂墳墓閉無復見明故云長夜臺

呼子子不聞泣子子不知歎息重櫬側念我疇昔時濟曰疇昔猶往日也言送者詞也念我疇昔遊從之時哀親指也三秋猶足收萬世安可思濟曰詩云一日不見如三秋若此之念猶足可收萬世無期安可思也殉沒身易亡救子非所能良曰言欲以身殉子亡沒甚易獨救子不能致焉含言言哽咽揮涕涕流離向曰含言欲言也哽咽悲哀皃流離淚皃

流離親友思惆悵神不泰翰曰惆悵悲也泰通也素驂佇轜軒玄駟騖飛蓋良曰驂四馬也轜喪車也佇立也騖馳也皆葬之儀注也哀鳴興殯宮迴遲悲野外向曰興起也迴遲轉留也魂輿寂無響但見冠與帶銑曰魂輿魂車也中有平生冠帶也備物象平生長旌誰為旆向曰明器備物而不可用而皆象平生所服御者長旌銘旌也誰為旆者言旆之亡者悲風徽行軌傾雲結流藹翰曰悲風者亡云悲風故擊也軌車也哀響也傾雲有似傾側故曰傾雲結聚流行藹蓋也振策指靈丘駕言從此逝濟曰振舉策鞭也靈丘墓也逝往也言從此一往無復還期也

重阜何崔嵬玄廬竄其間向曰重阜重岡皆崔嵬高皃玄廬謂墓也竄藏也旁薄立四極穹隆放蒼天銑曰旁薄四方之形於墓中象天也穹蒼天之形也四極四方也蒼天青天也側聽陰溝涌臥觀天井懸濟曰墓中又作陰溝天井故亡者側聽臥觀之涌謂泉涌也懸者在上如懸也廣宵何寥廓大暮安可晨翰曰宵暮皆夜謂墳中寥廓空也言夜不可晨不可見明也人往有反歲我行無歸年向曰生人往者皆有返其家死者一去無歸生也昔居四民宅今託萬鬼鄰向曰四民士農工商昔為七尺軀今成灰與塵金玉素所佩鴻毛今不振良曰素昔振舉也言昔所佩金玉之寶今如鴻毛之輕今不能勝舉豐肌饗螻蟻妍骸永夷泯向曰豐肌平生之美妍也言以此美食螻蟻長為夷滅也螻蟻土中蟲名泯

選十四　四十九

壽堂延螭魅，虛無自相賓。翰曰：壽堂，祭祀之處。延引螭魅虛無，自相賓主。螭魅，邪鬼也。螻蟻爾何怨，螭魅我何親。濟曰：言螻蟻何怨而食我，螭魅何親而附於我。拊心痛荼毒，永歎莫為陳。向曰：言假亡者之詞也。荼毒，苦也。

挽歌詩一首　五言　陶淵明

荒草何茫茫，白楊亦蕭蕭。銑曰：茫茫，廣大貌。蕭蕭，風吹聲。嚴霜九月中，送我出遠郊。良曰：我，亡者也。遠郊，百里也。四面無人居，高墳正嶕嶢。翰曰：嶕嶢，高貌。馬為仰天鳴，風為自蕭條。濟曰：言其悲哀也。幽室一已閉，千年不復朝。良曰：幽室，墓也。言千年不復朝也。千年不復朝，賢達無奈何。銑曰：言此皆無奈於此何。向來相送人，各已歸其家。親戚或餘悲，他人亦已歌。翰曰：言他人已忘哀也。死去何所道，託體同山阿。濟曰：山阿，陵也。

選二四　　五十一

歌一首　并序　七言　荊軻

燕太子丹使荊軻刺秦王，銑曰：史記云：荊軻，衛人，好讀書擊劍。燕太子丹怨秦，使荊軻刺秦王。向曰：燕太子名丹。丹祖送於易水上，銑曰：祖者，祭道也。荊軻歌，宋如意和之。翰曰：高漸離擊筑，荊軻和而歌。宋如意亦荊軻之友也。筑，樂器名。歌曰：

風蕭蕭兮易水寒，壯士一去兮不復還。翰曰：蕭蕭，風聲也。易水，水名。壯士，軻自謂也。自言為事成敗，俱不還也。

歌一首　并序　七言　漢高祖

濟曰：漢書云：高祖姓劉氏，諱邦，字季，沛豐邑中陽里人也。項羽封為漢王，後平項羽，立為天子，謚曰高皇帝，為漢之高祖。

高祖還過沛，留置沛宮，銑曰：還，還也。沛，高祖之里，故置宮。悉召故人父老子弟佐酒，佐酒，助酒也。發沛中兒得百二十人，教之歌。酒酣，上擊筑自歌曰：向曰：上謂高祖也。

大風起兮雲飛揚，威加海內兮歸故鄉，安得猛士兮守四方。濟曰：風自喻也。雲喻亂也。言已威加海內，故思得猛士賢才共守之。

選十四　　五十一

扶風歌一首　五言　劉越石

良曰：扶風，地名也。古曲也。琨擬而自為之。集云：扶風歌九首，以兩韻為一首，今合而為一首者誤也。

朝發廣莫門，暮宿丹水山。銑曰：廣莫門，洛陽城門名，謂首發都也。丹水，山谷名，故因言山也。左手彎繁弱，右手揮龍淵。向曰：繁弱，弓名。龍淵，劍名。言欲掃滅胡虜，所以還者。顧瞻望宮闕，俯仰御飛軒。翰曰：俯仰，高下也。御，乘也。軒，車也。據鞍長歎息，淚下如流泉。繫馬長松下，廢鞍高岳頭。向曰：高岳，山也。烈烈悲風起，泠泠澗水流。

泠泠水聲揮手長相謝哽咽不能言濟曰謂別辭也哽咽悲
聲出末也浮雲為我結飛鳥為我旋銑曰雲結鳥旋言助我悲
宮闕也去家日已遠安知存與亡慷慨窮林中
抱膝獨摧藏向曰慨慷歎聲也摧藏憂傷也麋鹿游我前猨
猴戲我側翰曰遊戲得其志資糧既乏盡薇蕨安可
食濟曰薇蕨菜名實有也攬轡命徒侶吟嘯絕巖中君
子道微矣夫子故有窮良曰當君子道消之時孔子猶有窮厄況此
自之詞惟昔李騫期寄在匈奴庭忠信反獲罪
漢武不見明銑曰遇也謂李陵與匈奴戰失利遂降之而實執忠信
之莊欲勒匈奴以報於漢而武帝一明其心乃寄其親族也現皆滅之況故引此歎息

我欲竟此曲此曲悲且長棄置勿重陳重陳
令心傷良曰此曲則出於悲且長言其心不可述也不量之事不可重陳重陳
令人心傷也

中山王孺子妾歌一首　五言　陸韓卿

翰曰漢書云詔賜中山靖王會孔孺子宮人妾并宋央人歌四篇孺子宮人
也良作是歌以寄人情發也

如姬寢臥內班婕坐同車濟曰如姬常出入魏王臥內漢成帝
發與班婕妤同輦此皆謂寵盛之時洪波陪飲帳林光宴秦餘
銑曰洪波臺也林光秦之殿名漢因之故曰餘言相與飲宴於宮觀歲暮
寒飇及秋水落芙蕖向曰歲暮年歲暮也飇及喻年老也芙蕖芙蓉也

喻人之美秋衰而寵歇色子瑕矯後駕安陵泣前魚向曰
子瑕有寵於衛君衛國之法竊駕君車者罪刖子瑕母病聞之矯駕君車以出君聞而賢之
翰曰魏王與龍陽君共船而釣龍陽君得十餘魚而泣王問之曰臣始得魚甚喜後得益大欲棄前所得
魚今以臣之凶惡得為王拂枕席今臣爵至人君四海之內美人甚多聞臣得幸必褰
裳而趨王臣亦曩之所得魚也將弃矣王乃布令敢言美人者族
蓋謂也賤妾恩已畢君子定焉如翰曰言我衰謝失子瑕
龍陽君寵不知君王之意竟如何也

文選卷第十四

選　十五

長　門

文選卷第十五　詩乙　五臣注

梁昭明太子撰

雜詩

古詩十九首

李少卿與蘇武詩三首

蘇子卿詩四首

張平子四愁詩四首

王仲宣雜詩一首

劉公幹雜詩一首

魏文帝雜詩一首

曹子建朔風詩一首

雜詩六首

情詩一首

嵇叔夜雜詩一首

傅休奕雜詩一首

張茂先雜詩一首

情詩二首

陸士衡園葵詩一首

曹顏遠思友人詩一首

感舊詩一首

何敬祖雜詩一首

王正長雜詩一首
棗道彥雜詩一首
左太沖雜詩一首
張季鷹雜詩一首
張景陽雜詩十首
盧子諒時興詩一首
陶淵明雜詩二首
詠貧士詩一首
讀山海經詩一首
謝惠連七月七日夜詠牛女詩一首

擣衣詩一首
謝靈運南樓中望所遲客詩一首
齋中讀書一首
田南樹園激流植援一首
石門雜營所住四面高山迴谿石瀨茂林脩竹詩一首
王景玄雜詩一首
鮑明遠數詩一首
翫月城西門廨中詩一首

謝玄暉始出尚書省詩一首
直中書省詩一首
觀朝雨詩一首
郡內登望詩一首
和伏武昌登孫權故城詩一首
和王著作八公山詩一首
和徐都曹詩一首
和王主簿怨情詩一首
沈休文和謝宣城一首
應王中丞思遠詠月一首

冬節後至丞相第詣世子車一首
直學省愁臥一首
詠湖中鴈詩一首
三月三日率爾成篇一首

古詩十九首 五言○向日不知時代又失姓氏故但云古詩

行行重行行與君生別離 銑曰此詩意爲忠臣遭佞人讒譖見放逐也 相去萬餘里各在天一涯 書宣翰曰涯畔也 道路阻且長會面安可知胡馬依北風越鳥巢南枝 翰曰胡馬出於北越鳥來於南依望北風巢宿南枝皆思舊國 相去日已遠衣帶日已緩浮雲蔽白日遊子不顧返

山

良曰白日喻君也浮雲謂讒佞之臣也言佞臣蔽君之明使忠臣去而不返也思君
令人老歲月忽已晚翰曰思君謂戀主也恐歲月已晚不得效忠於
君棄捐勿復道努力加餐飯濟曰勿復道心不敢望返也努
力加餐飯自勉之辭
青青河畔草鬱鬱園中柳銑曰此喻人有盛才事於暗主故以
婦人事夫之事託言之言草柳當春盛時也盈盈樓上女皎皎當
窗牖向曰盈盈不得志皃皎皎明也樓上言居危苦當窗牖言潛隱伺明時也娥
娥紅粉粧纖纖出素手翰曰娥娥美皃纖纖細皃皆喻賢人盛才
也昔為倡家女今為蕩子婦濟曰昔爲倡家女謂有伎藝未
用時也今爲蕩子婦言今事君好爲人征役也嫁人比夫爲蕩子言夫從征役也臣之事

洞

君亦如女之事夫故比而言之蕩子行不歸空牀難獨守翰曰
言君好爲征役不止雖有忠諫終不見從難以獨守其志
青青陵上柏磊磊澗中石銑曰陵山也磊磊石皃此詩歎人生
促迫多憂將追宴樂之理人生天地間忽如遠行客向曰柏石
皆貞堅之物人生之促若客寄於時其死之速反如逝歸信不如柏石二物也斗酒
相娛樂聊厚不為薄良曰人且以相厚爲本不爲輕薄者也驅
車策駑馬遊戲宛平與洛良曰宛南陽也洛洛陽也時後漢都
此南都也洛中何鬱鬱冠帶自相索所格向曰鬱鬱盛皃索求
也言冠帶之人自相追求也長衢羅夾巷王侯多第宅銑曰
衢四達之道傍羅列小巷中多王侯之宅兩宮遙相望雙闕百

春

餘尺濟曰洛陽有南北兩宮相望七里雙闕闕名極宴娛心意戚
戚何所迫翰曰言於此宮闕之周樂其心意則憂思何所相偪迫哉戚戚憂思
也
今日良宴會歡樂難具陳向曰此詩賢人宴會樂和平之時而
志於仕也彈箏奮逸響新聲妙入神良曰奮起也令德
唱高言識曲聽其真濟曰令德謂妙歌者高言高歌也識曲謂知音
人聽其真妙之聲齊心同所願含意俱未申翰曰齊心同志
願得知音包含此意俱未見申謂未達也人生寄一世奄忽若飆
塵銑曰奄忽疾也風塵之起終歸於滅何不策高足先據要路
津向曰何不省自勉勸之詞也策進於要路津謂仕官居要職者亦如進高足[illegible]於要

禪

津關人出入由之無為守窮賤坎軻苦賀長苦辛翰曰此詩喻君暗
而賢臣之言不用
西北有高樓上與浮雲齊也西北乾地君位也高樓言居高位也浮雲齊言高也交疏結綺窗阿
閣三重階良曰交通而結鏤文綺以爲窗也疏通也阿閣重閣也上有
絃歌聲音響一何悲銑曰言樓上有絃歌亡國之音一何悲也謂不
用賢近不肖而國將危亡故悲之也誰能為此曲無乃杞梁妻
濟曰既不用直臣之諫誰能爲此曲賢臣乃如杞梁妻之悅數矣昔杞梁妻歎曰上無父
中無夫下無子何以更生援琴鼓之赴水而死也清商隨風發中曲
正徘徊翰曰清商秋聲也秋物皆衰以比君德衰隨此風起徘徊志不安也一
彈再三歎慷慨有餘哀不惜歌者苦但傷知

音稀向曰不惜歌者苦謂臣不惜忠諫之苦仍傷君王不知也願為雙鴻鵠奮翅起高飛良曰君既不用計不聽言不忍見此危亡願為此鳥高飛於四海也

涉江采芙蓉蘭澤多芳草采之欲遺誰所思在遠道翰曰此詩懷友之意也芙蓉芳草以為香美比德君子也故將為辭贈遠之美意也還顧望舊鄉長路漫浩浩同心而離居憂傷以終老向曰同心謂友人也憂能傷人故可老矣

明月皎夜光促織鳴東壁濟曰此詩刺友朋貴而易情也述時而後發其志促織虫名言鳴東壁者隨其時所述玉衡指孟冬衆星何歷歷翰曰玉衡斗柄也白露霑野草時節忽復易

秋蟬鳴樹間玄鳥逝安適銑曰上言孟冬此述秋蟬者謂九月已入十月節氣也安何適之也言驚往何之怪數節氣速遷之意也昔我同門友高舉振六翮向曰同志曰友同門曰朋高舉謂登高位六翮鳥羽之飛者言其高舉如鳥也不念攜手好棄我如遺跡翰曰不念攜手同遊之好相棄如遺行足之跡不迴顧也南箕北有斗牽牛不負軛烏格良曰南箕星也雖名箕反不可得以簸揚也北斗星也雖名斗不可量用也牽牛星也雖名牛不可以得負車軛亦如友朋雖貴而不施惠於我良無磐石固虛名復何益濟曰言其心不能固如磐石虛有朋友之名復何益也磐石大石也

冉冉孤生竹結根泰山阿翰曰冉冉漸生進皃此喻婦人貞定如竹也結根泰山謂心託於夫如竹生於山之阿也阿曲也泰山衆山之尊夫者婦之所尊故以喻之與君為新婚兔絲附女蘿濟曰菟絲女蘿並草有蔓而密言結婚情如此兔絲生有時夫婦會有宜千里遠結婚悠悠隔山陂向曰此意謂結婚之後夫將遠行陂水也思君令人老軒車來何遲銑曰夫之車馬來歸何遲也傷彼蕙蘭花含英揚光輝翰曰蕙蘭香草也英潤色也此婦人喻己盛顏之過時而不采將隨秋草萎良曰萎落也言蕙蘭過時不采乃隨秋草落矣喻夫之不來亦恐如此草之衰也君亮執高節賤妾亦何為濟曰亮信也言君執貞高之節其心不移則賤妾亦何為憂也賤妾婦人之謙卑言此以傷時

庭前有奇樹綠葉發華滋攀條折其榮將以遺所思翰曰此詩思友人也美奇樹華滋思友人共賞故將以遺之也馨香盈懷袖路遠莫致之向曰思友人德音如此物馨香滿於懷袖而路遠莫能致相思之意此物何足貴但感別經時翰曰非貴此物但感別離而時物有改也

迢迢牽牛星皎皎河漢女濟曰牽牛織女星夫婦道也常阻河漢不得相親此以夫喻君婦喻臣言臣有才能不得事君而為讒邪所隔亦如織女阻其歡情也迢迢遠皃皎皎明皃纖纖擢素手札札弄機杼銑曰纖纖擢素手喻有禮儀節度也札札弄機杼喻進德脩業也擢舉也札札機杼聲終日不成章泣涕零如雨向曰終日不成章喻臣能進德脩業有

章之學不爲君所見知不用於時與不成何異也泣涕謂悲王室微弱朝多邪臣恐國之亡也

河漢清且淺相去復幾許盈盈一水間脈脈不得語

良曰河漢清且淺喻近也能相去幾何也盈盈端麗皃脈脈自矜持皃喻端麗之女在一水之間而自矜持不得交語亦猶才明之臣與君阻隔不得啓沃也

迴車駕言邁悠悠涉長道四顧何茫茫東風搖百草

濟曰茫茫廣遠也東風春風也

所遇無故物焉得不速老

向曰言物皆去故而就新人何得不速衰老

盛衰各有時立身苦不早

銑曰恐盛時將遷而立身不早立身謂立功立事也

人生非金石豈能長壽考奄忽隨物化榮名以爲寶

翰曰奄忽疾也人非金石將疾隨萬物同爲化滅矣將求榮名以爲寶貴揚名於後世亦爲美也

東城高且長逶迤自相屬

銑曰此詩刺小人在位擁蔽君明賢人不得進也東春也所以養生萬物哉可以居人此君也高且長喻君尊也相屬德寬遠也逶迤長遠也

迴風動地起秋草萋已綠

向曰迴風長風也風爲號令也地臣位也號令自臣而出故云迴風動地起秋草既衰盛草綠謂政化改易疾也萋盛皃

四時更變化歲暮一何速

翰曰此亦寄情於政令數移之速也

晨風懷苦心蟋蟀傷局促

濟曰晨風鷹鷂屬志逐烏也而賢人懷苦心將欲逐小人如鷹之逐烏也蟋蟀詩篇名刺儉不中禮也言君局促不中禮不能去小人使其蔽賢而不知之

蕩滌放情志何爲自結束

良曰我當去讒佞行威惠蕩滌情志也左右置小人使讒不止是自結束也

燕趙多佳人美者顏如玉

翰曰燕趙二國名佳人賢人也如玉謂有美德也所以言燕趙者非獨此二國有賢蓋爲其國出美女故託言之以隱文意

被服羅裳衣當戶理清曲

銑曰羅裳衣喻有禮儀也當戶謂志慕明也理清曲謂脩學業也

音響一何悲絃急知柱促

向曰響悲謂悲君左右小人也絃急謂政令急也知柱促恐君祚將促也

馳情整巾帶沈吟聊躑躅

翰曰整其衣冠將進用復懼邪臣所中故復沈吟也躑躅行不進貌

思爲雙飛鷰銜泥巢君屋

良曰鷰馴善之鳥故人臣自比願得親君

驅車上東門遙望郭北墓

濟曰上東門東都門名

白楊何蕭蕭松柏夾廣路下有陳死人杳杳即長暮

向曰杳杳幽暗也即就也長暮謂墓中長暗也

寐潛黃泉下千載永不寤

銑曰寤覺也

浩浩陰陽移年命如朝露

翰曰浩浩流皃陰陽流轉人命如朝露之易乾

人生忽如寄壽無金石固

良曰忽忽不知所終皆如寄住於時固堅也

萬歲更相送賢聖莫能度

濟曰萬歲謂自古也自古于今而生者送死更遞爲之雖賢聖不能度越此分也

服食救神仙多爲藥所悞不如飲美酒被服紈與素

向曰服藥失性反害生也紈羅素帛也

去者日已疎來者日已親

翰曰去者謂死也來者謂生也不見容皃故疎也歎見日故親也

出郭門直視但見丘與墳古

墓犁為田松柏摧為薪銑曰薪柴樵也謂年代久遠無主矣白
楊多悲風蕭蕭愁殺人思還故里閭欲歸道
無因翰曰或曰人事迫蹙或遭亂國故爾也
生年不滿百常懷千歲憂向曰人生不滿百年而營千歲之計
常以為憂也晝短苦夜長何不秉燭游良曰秉執也為
樂當及時何能待來茲濟曰來茲謂後期也愚者愛惜
費但為後世嗤翰曰嗤笑也至愚之人皆愛惜其財不為費用一朝所滅
為後世所笑仙人王子喬難可以等期向曰王子喬仙人名
難可與之同為不死也

選十五　十

凜凜歲云暮螻婁蛄孤夕鳴悲銑曰凜凜寒也螻蛄寒卒
蟲也此喻婦人思夫也涼風率已厲游子寒無衣良曰厲嚴
也錦衾遺洛浦同袍與我違濟曰遺與也洛浦宓妃喻美人
也同袍謂夫婦也言錦被贈與美人而同袍之情與我相違也獨宿累長夜
夢想見容輝良人惟古歡枉駕惠前綏翰曰婦人
呼夫為良人尊之也惟思古舊惠授也獨宿累夜憂想見夫思我舊歡初合之日也壻為
婦駕車授綏故云惠前綏凡初婚之禮壻御婦車而婦授綏與壻揮綏而上同坐車中而
御車也綏絛繩也願得常巧笑攜手同車歸向曰同車為游
願得常變巧笑同車而歸婦人謂嫁曰歸既來不須臾又不處重
闈銑曰既夢中見與同車不經須臾之間乃去又不處重闈之中也闈閨門也亮
無晨風翼焉能陵風飛良曰亮信也晨風鳥名飛疾也信無此鳥

疾翼何能陵風而飛以睹夫去眄睞以適意引領遙相睎濟曰
眄睞邪視也言邪視以寬適其意引領遠相望也睎望也徙倚懷感傷垂
涕霑雙扉翰曰徙倚於門自懷傷感垂涕以霑雙扉扉門扇也
孟冬寒氣至北風何慘慄力失良曰慘慄寒極也此詩婦人思
夫也愁多知夜長仰觀眾星列向曰愁多不眠故知夜長列羅
列也三五明月滿四五蟾兔缺銑曰三五謂十五日也四五謂
二十日蟾兔月中精形至二十月缺此處時月屢改行人不至當人盛衰不常客從
遠方來遺我一書札銑曰札簡也謂書也上言長相思
下言久離別翰曰上謂書初首下謂書末後置書懷袖中三
歲字不滅向曰言置於懷袖久而不滅敬重之至一心抱區區

選十五　十一

懼君不識察銑曰識知也敬重之心常抱區區懼夫之不知察也
客從遠方來遺我一端綺翰曰綺羅之類相去萬餘
里故人心尚爾良曰相與雖遠故心尚爾然也文綵雙鴛鴦
裁為合歡被濟曰綺上文綵為鴛鴦文合歡被以取同歡之意著以
長相思緣以結不解翰曰言被中著綿謂長相思綿綿之意緣被四
邊綴以絲縷結而不解之意以膠投漆中誰能別離此向曰
以膠和漆堅而不別也
明月何皎皎照我羅牀帷銑曰羅綺為帷故曰羅牀帷憂
愁不能寐攬衣起徘徊濟曰徘徊步於月庭也客行雖
云樂不如早旋歸翰曰夫之客行雖以自樂不如早歸以解我愁出

戶獨彷徨，追思當告誰。良曰彷徨行迴旋心不安皃 引領還入房，淚下霑裳衣。

與蘇武詩三首 五言 李少卿

翰曰漢書云李陵字少卿隴西成紀人也善射愛人謙讓下士甚得名譽時爲騎都尉兵敗降武帝誅其家武使匈奴故贈此詩五言詩自陵始也

良時不再至，離別在須臾。屏營衢路側，執手野踟蹰。翰曰屏營彷徨也 仰視浮雲馳，奄忽互相踰。向曰踰過也 風波一失所，各在天一隅。濟曰言人之離別亦如浮雲爲風波失所各在天之一角相會難遠也 長當從此別，且復立斯須。濟曰言此別當久且復須臾之間以敘言也 欲因晨風發，送子以賤軀。良曰陵自言欲以賤身乘晨風以送子謂武也

嘉會難再遇，三載爲千秋。濟曰言一日不見如三秋此積載言之 臨河濯長纓，念別悵悠悠。向曰纓衣領之也濯之者自絜意遠 遠望悲風至，對酒不能酬。銑曰酬謂酬酢 行人懷往路，何以慰我愁。獨有盈觴酒，與子結綢繆。翰曰行人志急於往路何以相慰乃樽酒相與結綢繆之密情也 攜手上河梁，游子暮何之。良曰河梁橋也假問遊子日云暮矣將何之也 徘徊蹊路側，悢悢不能辭。向曰蹊道也悢悢相戀之貌不能別 行人難久留，各言長相思。銑曰各訣誡以相思 之辛矣 安知非日月，弦望自有時。翰曰我心相思如日月當有時 望無極時也 努力崇明德，皓首以爲期。銑曰陵戒武當崇明友朋之情白首爲期也

詩四首 五言 蘇子卿

銑曰漢書云蘇武字子卿京兆人也爲典屬國此詩別從昆弟

骨肉緣枝葉，結交亦相因。良曰結交爲友情亦相親因親也 四海皆兄弟，誰爲行路人。濟曰天下四海道合即親誰爲行路之人相跡者也 況我連枝樹，與子同一身。向曰兄弟如木連枝而同本 昔爲鴛與鴦，今爲參與辰。翰曰鴛鴦匹鳥常不相離故云昔之也參辰二星常出沒不相見故今將別亦如此星 昔者常相近，邈若胡與秦。銑曰邈遠也胡秦相去遠也 惟念當離別，思

情日已新。良曰念離別之後相思之情日日新也 鹿鳴思野草，可以喻嘉賓。向曰鹿鳴詩篇名食野草以喻會嘉賓鼓瑟吹笙也 我有一罇酒，欲以贈遠人。翰曰遠人即此行人 願子留斟酌，敘此平生親。濟曰願行子少留與斟酌以敘離意也 黃鵠一遠別，千里顧徘徊。翰曰以人喻黃鵠言鳥飛高遠也徘徊不進皃言相思未去 胡馬失其羣，思心常依依。向曰胡馬失羣恒思北風依依然言人之離別亦如之 何況雙飛龍，羽翼臨當乖。銑曰言鳥尚如此何況我之羽翼臨當乖別之情也龍美喻也 幸有絃歌曲，可以喻中懷。請爲游子吟，泠泠一何悲。向曰絃歌可以散憂故以喻釋離懷言請爲吟之泠泠然一何悲也 絲竹厲清

音慷慨有餘哀良曰厲作也餘哀言哀多也長歌正激烈中心愴以摧濟曰激烈聲高也欲展清商曲念子不能歸翰曰展申也清商曲謂秋聲而多悲也故云欲申此曲恐更思念不能歸也俛仰內傷心淚下不可揮銑曰言淚多揮之不禁也願為雙黃鵠送子俱遠飛

結髮為夫妻恩愛兩不疑歡娛在今夕嬿婉及良時向曰此詩意者武將使匈奴之時留別妻也嬿婉歡好皃征夫懷往路起視夜何其良曰武自云懷往路起視夜之早晚何如也其辭也參辰皆已沒去去從此辭行役在戰場相見未有期握手一長歎淚為生別滋翰曰言以淚為生別之後益相思也滋益也努力愛春花莫忘歡樂時濟曰武勗其妻善愛儀容莫忘平生歡樂之時生當復來歸死當長相思銑曰此言入於匈奴死生未知

燭燭晨明月馥馥我蘭芳向曰此詩贈別友人也燭燭月光也謂平曉之際月猶在馥馥香氣也芳馨良夜發隨風聞我堂濟曰蘭芳之香隨風而至於堂中征夫懷遠路游子戀故鄉翰曰見明月與蘭芳征夫游子感於時物寒冬十二月晨起踐凝霜俯觀江漢流仰視浮雲翔翰曰江漢流浮雲翔皆喻客游不止良友遠離別各在天一方山隔海中洲相去悠且長銑曰中洲帝都也悠遠也嘉會難兩遇歡樂殊未央願君崇令德隨時愛景光良曰兩遇遇也此戒友人言嘉會難以再遇歡樂之事殊不可止願君崇令德之美隨其時物貴愛光景勿以我為憂也

四愁詩四首七言并序

張平子

張衡不樂久處機密濟曰時為太史令主天文玄象故稱機密陽嘉中出為河間相向曰陽嘉元年出為河間王相河間王和帝子時國王驕奢不遵法度翰曰謂河間王又多豪右并兼之家濟曰豪謂富家也右謂權勢交者富者取利於貧人曰并兼也衡下車治威嚴能內察屬縣向曰下車謂始至之時齊政理嚴察內明

屬縣也察明也姦猾行巧劫皆密知名銑曰猾亂也行巧詐之人皆自知其名下吏收捕盡服擒向曰下命於獄吏使收取之盡服其罪皆為擒繫諸豪俠游客悉惶懼逃出境銑曰出河間竟也郡中大治爭訟息獄無繫囚時天下漸弊良曰謂政衰禮義薄小人在位君子在野鬱鬱不得志為四愁詩依屈原以美人為君子以珍寶為仁義以水深雪雰為小人濟曰雰氛也思以道術相報貽於時君良曰貽遺也而懼讒邪不得以通銑曰懼不得通此意也其辭

曰
一思曰翰曰題首爲愁而此爲思者愁出於思故也我所思兮在
太山欲往從之梁父艱良曰太山東岳也君有德則封此山
顧輔佐君主致於有德而爲小人讒邪之所阻難也梁父太山下小山名側身東
望涕霑翰濟曰意愁王室志所不安故側身而望也翰衣襟也言如鳥之有
羽翰美人贈我金錯刀何以報之英瓊瑤向曰美人
君也古者諸侯王佩刀以金錯鏤其環英瓊瑤美玉也喻君榮我以爵祿願報以仁義之
道以成君德也下文類此者以此意推之路遠莫致倚逍遙何爲
懷憂心煩勞翰曰小人在位必不容賢者所讒邪執權忠臣莫致故雖欲
報君以仁義讒邪所疾如路遠不可致也倚立而逍遙不得志也煩勞謂憂王室也但以

此意下文皆可知也
二思曰我所思兮在桂林欲往從之湘水深
銑曰桂林南郡舜所遊也託思明君矣湘水江名深不可涉側身南望涕
霑襟美人贈我琴琅玕何以報之雙玉盤良曰
琴雅器也以美玉飾之琅玕美玉也玉盤美器可以致食言雙者美其偶也路遠
莫致倚惆悵何爲懷憂心煩傷
三思曰我所思兮在漢陽欲往從之隴阪長
濟曰漢陽岐西也謂西伯行化之所故思之岐西有隴阪言長不可行也側身西
望涕霑裳美人贈我貂襜褕何以報之
明月珠向曰襜褕衣服之飾路遠莫致倚踟躕何爲懷
憂心煩紆翰曰踟躕行而不進也煩紆思亂也
四思曰我所思兮在鴈門欲往從之雪紛紛
翰曰鴈門郡名在北帝顓頊之位也北方多雪紛紛雨雪貌側身北望涕良曰
霑巾美人贈我錦繡段何以報之青玉案良曰
玉案美器可以致食路遠莫致倚增歎何爲懷憂心煩
惋銑曰惋愁也

雜詩一首五言　王仲宣

翰曰興致不一故云雜詩此意思友人也
日暮游西園冩我憂思情向曰西園鄴都之西園曲池
揚素波列樹敷丹榮銑曰列行敷布也丹榮花也上有特

棲鳥懷春向我鳴良曰特孤也懷春謂盛春而思儔侶喻人亦然褰
袵欲從之路險不得征濟曰褰舉也袵衣襟也言欲舉衣襟以取徘徊不
此鳥飛高遠路乃懸險不可行之喻思友人遭遇亂代故不得行也
能去佇立望爾形風飄揚塵起白日忽已冥
向曰飄舉也風起舉揚塵埃喻兵戈暴起冥暮也迴身入空房託夢
通精誠人欲天不違何懼不合并翰曰何懼不逢聖君
合并其道以忠事之

雜詩一首五言　劉公幹

職事煩填委文墨紛消散銑曰言事煩填積於目前也文墨謂
案牘紛亂而多或見消散謂疏理也馳翰未暇食日昃不知晏

向曰驅翰謂走筆晏息也沈迷簿領書回回自昏亂良曰事繁
令人沈迷昏亂簿領書謂文書也回回心亂皃釋此出西城登高且
游觀翰曰去此煩亂出爲游望也方塘含白水中有鳧與
鴈濟曰塘池也鳧鴈皆水中游鳥安得肅肅羽從游波瀾
去協韻銑曰肅肅飛皃言厭煩亂願得羽翼與此鳥同游波瀾中以爲樂也

雜詩二首　五言　魏文帝

濟曰此詩帝未即位向爲漢行征伐也
漫漫秋夜長烈烈北風涼展轉不能寐披衣
起彷徨良曰展轉臥不安皃嗟時亂有志於天下故也彷徨忽已久
白露霑我裳俯視清水波仰看明月光天漢
迴西流三五正從橫向曰天漢河也詩云嘒彼小星喻小人在朝也
銑橫言多也草蟲鳴何悲孤鴈獨南翔鬱鬱多愁
思緜緜思故鄉良曰感時物思故鄉也願飛安得翼欲
濟河無梁濟曰願飛思歸速也欲濟無梁謂志欲濟時而無人共也向風
長歎息斷絶我中腸翰曰向北而思歸也
西北有浮雲亭亭如車蓋翰曰此意爲漢征吳之時西北浮雲
自喻也亭亭高皃車蓋言雲似也惜哉時不遇適與飄風會
向曰不遇平時征伐不止如雲與風相會吹我東南行行行至吳
會銑曰雲隨風去至於吳會謂伐吳也吳會非我鄉安能久留
滯弃置勿復陳客子常畏人向曰弃置伐吳之役勿復陳說

[illegible]追畏人謂兵運而遲也

朔風詩一首　四言　曹子建

翰曰時爲東阿王在蕃感北風思歸故有此詩朔北也
仰彼朔風用懷魏都願騁代馬倏忽北徂良曰
騁馳也代馬胡馬也倏忽疾也徂往也言馳胡馬疾行而北往也謂胡馬依北風與人同
思也凱風永至思彼蠻方濟曰凱風南風東阿於魏南故自比於蠻
方在蕃感北風懷魏也在魏見南風思蕃也願隨越鳥翻飛南翔
銑曰越鳥思南越故也四氣代謝懸景運周翰曰四時代去日行
已周謂終一歲也謝去也懸景日也運行也別如俯仰脫若三秋
向曰別兄弟俯仰之間忽如三秋也脫猶忽也昔我初遷朱華未希

良曰初遷謂遷出蕃時也朱華未希言未凋落也今我旋止素雪云
飛銑曰旋還止至也俯降千仞仰登天阻濟曰並言向東阿路
險也天阻謂山高若登天也喻時有讒謗身在危險亦如此也風飄蓬飛載
離寒暑翰曰植自云如風飄蓬飛常不定止也千仞易陟天阻
可越昔我同袍今永乖別銑曰言險事亦易爲也而嗟我兄弟
乖別同袍共被之義子好芳草豈忘爾貽繁華將茂秋
霜悴之向曰子謂諸兄弟芳草喻道德也言子好道德豈忘遺汝也而道德已茂君不垂眷豈云
爲讒邪所毀以致離別故云繁華將茂秋霜悴之悴傷也
其誠良曰謂文帝信讒不垂眷兄弟豈可申其誠信也秋蘭可喻桂
樹冬榮翰曰秋蘭香草可喻德馨下歌也桂樹冬榮志不移也絃歌蕩

思誰與銷愁臨川暮思何為泛之舟濟曰兄弟既各分別
雖有絃歌可以蕩洗憂思誰與開之日暮臨川而增思何以能爲泛舟言不能也豈
無和樂游非我鄰銑曰絃歌豈無和樂蓋爲游非我鄰也誰忘
泛之舟愧無榜人翰曰誰忘此泛舟之樂今兄弟別離憂思之情不濟
故以榜人託詞榜人行舟人也

雜詩六首　五首

高臺多悲風朝日照北林之子在萬里江湖
迥且深良曰此意思友人也之子友人也迥遠也方舟安可極離
思故難任向曰方猶行也極至也孤鴈飛南遊過庭長
哀吟翹思慕遠人願欲託遺音形影忽不見
翩翩傷我心銑曰翹舉也見孤鴈南度還其庭而飛舉思慕遠人願託附鴈
之遠音傳示友人謂友人在南鴈飛既速形影忽然不見乃傷心也
轉蓬離本根飄颻隨長風濟曰此詩自喻遺邪諸遂出帝都也
何意迴飆舉吹我入雲中向曰迴遠也我即此轉蓬也高
高上無極天路安可窮翰曰蓬隨風而上下不可窮極謂輕也
類此游客子捐軀遠從戎良曰蓬似客遊遠從戎事心之警亂
不定也毛褐不掩形薇藿常不充翰曰毛皮裘也褐短衣也
薇藿草菜之食也而此衣不掩覆我形此食不充飽說貧窮情理迫窮如此也非植真然
蓋以時去去莫復道沈憂令人老向曰去去莫復道言道之
下去假憂令人老而已

選十五　二十

西北有織婦綺縞何繽紛銑曰綺縞素帛之類繽紛言亂多
明晨秉機杼日昃不成文向曰言愁思多亂故自晨朝執其機
杼至暮猶不成文章太息終長夜悲嘯入青雲濟曰愁愁聲哀
故入青雲妾身守空閨良人行從軍良曰良人夫也自期
三年歸今已歷九春飛鳥繞樹翔嗷嗷鳴
索羣翰曰嗷嗷鳴而索求也鳥且求羣而況於人乎願為南流景馳
光見我君銑曰南流景日也月光遠近皆同人無不見故願託馳光見其夫也
南國有佳人容華若桃李翰曰以佳人喻賢人不見重於時也
朝游江北岸夕宿瀟湘沚向曰瀟亦江水名沚渚也時俗
薄朱顏誰為發皓齒銑曰朱顏皓齒皆喻賢人美才也時俗既薄之
誰爲相起發而用也府仰歲將暮榮耀難久恃翰曰國不理多
將故云將暮君之榮耀在於用賢今既薄而不用難久恃其尊也
僕夫早嚴駕吾將行遠遊遠遊欲何之吳國
為我仇銑曰僕夫御車人也早命嚴整其駕將伐吳也將騁萬里塗
東路安足由向曰爲國家者當馳騁萬里之外以開土宇言吳亦安足所由
於江介多悲風淮泗馳急流良曰介間也願淮泗二水名
心欲一輕濟惜哉無方舟閑居非吾志甘心赴
國憂濟曰若濟此水惜無行舟喻心雖願爲而不見用所以志不閑居者意常憂國
而君不知
飛觀百餘尺臨牖御櫺軒翰曰觀樓也仰憑倚也遠望

選十五　二十一

闃千里朝夕見平原烈士多悲心小人偷自
閑良曰勇士見國未安故多悲心小人狹志苟偷朝夕以自閑樂終無所成也國
讎亮不塞甘心思喪元向曰亮信塞滅元首也言國讎信今未滅
甘為喪亡之首以為國也拊劍西南望思欲赴泰山銑曰太山
東岳也主人魂魄將為國申死力故赴之也而言西南望者謂從吳望乃在西南也絃
急悲聲發聆我慷慨言濟曰絃急以喻情切而聲悲發於此人當
聽我此歎言也聆聽也

情詩一首　五言

微陰翳陽景清風飄我衣翰曰陽景日也微陰翳日者喻臣蔽
君明而設令偏促於下以多征役風為教令也衣者近人之體謂教令偏人也游魚

選十五　二十二

潛綠水翔鳥薄天飛向曰此名得其志眇眇客行士
遥役不得歸良曰言不如魚鳥之得志始出嚴霜結今來
白露晞銑曰始出謂初出征時役久經歷時也晞乾也遊子歎黍
離處者歌式微翰曰游子謂征役者黍離詩閔宗周之衰也式微詩刺不
歸也慷慨對嘉賓悽愴內傷悲良曰嘉賓文人也言與友人慨
歎相對悲閔也

雜詩一首　四言　　嵇叔夜

微風清扇雲氣四除向曰扇除去也颺皎皎亮月麗
于高隅銑曰亮明隅角也興命公子攜手同車翰曰起命
公子將同遊也龍驥翼翼揚鑣踟躕濟曰龍驥馬也翼翼飛也踟躕
踟躕謂緩行也言疾緩自任也肅肅宵征造我友廬良曰肅靜而
獨行皃造至廬宅也光燈吐輝華幔長舒翰曰言宿人之家乃張
燈帳也舒張也鸞觴酌醴神鼎烹魚銑曰鸞觴盃也刻為鸞鳥之文
醴美酒也神鼎鐵器不假自蒲不炊自沸故曰神鼎烹煑也絃超子野歎
過綿駒翰曰絃琴歎歌也子野古之善鼓琴者綿駒古之善歌者今並超而過之
流詠太素俯讚玄虛銑曰太素玄虛皆自然也讚亦詠也孰克
英賢與爾剖符銑曰孰誰克能爾汝也剖符謂合契也言詠讚自然誰能
騁我英賢與汝俗士合契而為仕乎

雜詩一首　五言　　傅休奕

翰曰臧榮緒晉書云傅玄字休奕北地人勤學善屬文州舉秀才遷司隸

選十五　二十三

校尉

志士惜日短愁人知夜長良曰進德脩業故惜日短夜愁不寐
故知夜長攝衣步前庭仰觀南鴈翔濟曰夜攝去寢衣步於前
庭玄景隨形運流響歸空房向曰景影也謂鴈影映於月光
而色玄也影又隨其形而動鴈響逐風歸於空之謂下文述清風與微月故此先言之也
清風何飄颻微月出西方繁星衣青天列
宿自成行翰曰繁星布於天如人身著衣也喻邪佞小人也列宿二十八宿也
喻正直備員也蟬鳴高樹間野鳥號東廂銑曰鳥鵲之類皆曰
野鳥驚於月光而號吟也東廂庭之東也纖雲時髣髴渥露霑我
裳銑曰纖輕也髣髴似有不分明皃渥濃也良時無停景北斗忽

低昂向日時之不停夜忽已久故北斗迴轉而低昂常恐寒節至凝氣結爲霜翰日上文所云繁星謂小人在位者多讒邪之道浸潤如湿露初凝人衣也恐讒積至甚如凝露之結爲霜落葉隨風摧一絕如流光濟日讒邪既成則身危也如霜露木葉隨風而摧則身之滅絕如月光流沒矣流光日也此說夜故云月也

雜詩一首　五言　張茂先

晷度隨天運四時互相承良日晷日也度度數也東壁正昏中涸陰寒節升向日東壁星名孟冬之月日昏東壁中涸陰謂此時有堅冰也升進也繁霜降當夕悲風中夜興朱火青無光蘭膏坐自凝銑日朱火燈也青無光謂寒氣迫之也蘭炷也

寒氣盛故燈夜凝也重衾無暖氣挾纊如懷冰濟日衾被也纊細綿也伏枕終遙昔寤言莫予應翰日遙長昔夜也寤言謂臥而語無人應我也永思慮崇替慨然獨撫膺向日長思人事慮興亡之理慨然有歎而獨撫膺也崇興替廢膺胷也

情詩二首　五言

清風動帷簾晨月燭幽房銑日晨月謂將曉時燭照也此二詩閨情也佳人處遐遠蘭室無容光向日佳人謂夫也蘭香也無容光言寂然也襟懷擁虛景輕衾覆空牀翰日擁抱也言襟懷之中但抱虛影而輕被覆於空牀也居歡惜夜促在慼怨宵長濟日謂夫未行之時居歡愛之情懼其夜促今在憂念慼此夜長慴慄慼憂宵夜也

撫枕獨嘯歎感慨心內傷游目四野外逍遙獨延佇向日逍遙步皃佇立也蘭蕙緣清渠繁華蔭綠渚銑日蘭蕙香草緣清渠而出繁華並葉蔭覆綠渚也佳人不在茲取此欲誰與翰日夫行不在今取賞蘭蕙誰與之同巢居知風寒穴處識陰雨不曾遠別離安知慕儔侶向日巢居鳥也穴處蟲也言蟲鳥豫知風雨由其久處巢穴習性所知喻人若不曾爲遠別何知慕侶之愛甚邪

園葵詩一首　五言　陸士衡

翰日葵之爲物傾心向陽知臣事君以心敬也故託之爲詩也

種葵北園中葵生鬱萋萋向日鬱盛也萋萋茂貌朝榮

東北傾夕穎西南晞銑日葵性衛足朝日出則東榮葉向東傾夕陽在西則傾心向日穎心晞日也零露垂鮮澤朗月耀其輝良日零落也言露垂鮮澤以休之月舒光以照之蓋喻君之恩及臣也時逝柔風戢歲暮商飆飛濟日逝往也柔風春風也戢藏也商飆秋風也曾雲無温液嚴霜有凝威向日曾雲無温液謂重雲無夏雨也此上四向皆喻在吳被破而來也幸蒙高墉德玄景蔭素蕤翰日至晉蒙天子之德以祿我亦如高墉玄陰之影庇蔭素蕤蕤花墉牆也玄謂墉陰之色玄黑景影也豐條並春盛落葉後秋衰慶彼晚彫福忘此孤生悲向日言葵之豐條並於春盛之時落葉後於秋時而衰也心喜晚彫以爲福而且忘孤生之悲也謂從吳來至此孤宦故也

思友人詩一首 五言　曹顏遠

良曰臧榮緒晉書云曹攄字顏遠譙國人也篤志好學參南中郎將遷高密王左司馬流人王逌等侵掠城邑遇戰軍敗死之攄與歐陽建俱以名稱相得故作此詩思之也

密雲翳陽景霖潦浩庭除 銑曰翳掩也陽景日也霖潦雨水也階階也 嚴霜周翠草寒風振纖枯 良曰纖細也枯槁木也 凜凜天氣清落落卉木疏感時歌蟋蟀思賢詠白駒 翰曰蟋蟀詩篇名感歲暮也白駒詩篇名思賢人也 情隨玄陰滯心與迴飆俱 濟曰情隨玄陰閉塞不通為懷人也與迴風俱飛願遠去見友人也 思心何所懷懷我歐陽子 向曰歐陽建也

精義測神奧清機發妙理 銑曰精義之義君測變神之深奧文思清機變動發妙理也 自我別旬朔微言絕于耳 良曰十日為旬月初曰朔微妙之言絕于我耳 褰裳不足難清陽未可俟 翰曰詩云子惠思我褰裳涉溱溱水也故此事不足為難蓋友人眉目不可待而見之請陽人之眉目間也俟待也 延首出階檐佇立增想似 向曰引領出望望想其形似也階庭階也檐屋檐也

感舊詩一首 五言

富貴他人合貧賤親戚離 濟曰富貴者雖不肖人皆附之以有所請求故雖他人亦合也貧賤者雖賢人皆恥之以無所窺望故雖親乃離也 廉藺門易軌田竇相奪移 銑曰廉頗失權而門下賓客皆移於藺相如後位門客復來漢竇太后兄丞相竇嬰勢歸於太尉田蚡蚡去職以太后故言事多效人趨勢利者皆去嬰歸蚡也勢利相奪有如此者 晨風集茂林棲鳥去枯枝 良曰晨風鸇也集於茂林則棲鳥皆懼而去飛就枯枝也 今我唯困家羣士皆背馳 翰曰言我困於家暗而群賢士子皆背我而走 鄉人敦懿義濟濟蔭光儀 向曰敦重懿美也言鄉人重美義齊濟盛多為我所蔭假與我光儀也 對賓頌有客舉觴詠露斯 向曰詩云有客宿宿則為頌美客也湛湛露斯匪陽不晞厭厭夜飲不醉無歸今鄉人情並皆頌詠此詩 臨樂何所歎素絲與路歧 濟曰今臨歡樂何所為歎也蓋恐素絲逐染人心有易也路歧與之多失其所以撼也

雜詩一首 五言　何敬祖

秋風乘夕起明月照高樹閑房來清氣廣庭發暉素 翰曰清氣微風也暉素月色也 靜寂愴然歎惆悵忽遊顧 向曰秋物凋落閑夜無交故愴然發歎出戶游望也顧望也 仰視垣上草俯察階下露 良曰垣牆也俯察下視也 心虛體自輕飄颻若仙步 銑曰感此時物見草露之理心達於虛無而覺體輕故若仙步 瞻彼陵上柏想與神人遇 翰曰柏之耐寒而不凋故想與神仙之人與之遇合求長生也 道深難可期精微非所慕 濟曰大道深遠難可期知精微之理亦非所敢慕也 勤思終遲暮永言寫情慮 向曰勤勞遠長也

雜詩一首 五言　王正長

翰曰臧榮緒晉書云王讚字正長義陽人也博學有才爲司空掾歷散騎
侍郎

朔風動秋草邊馬有歸心向曰處離別也朔北也邊馬胡馬也
胡寧久分析靡靡忽至今濟曰胡何寧安析離也靡靡漸進也
言何能安此分離之情漸進時序忽至今日王事離我志殊隔過
商參良曰國家之事離別我志殊方隔絕過於商參之星下不可相望商則反星也
昔往鶬鶊鳴今來蟋蟀吟翰曰昔往春時相思想已秋矣鶬鶊
春鳥蟋蟀秋蟲人情舊鄉客鳥思栖故林銑曰鳥去巢而戀者
必還栖故所師涓久不奏誰能宣我心向曰師涓古之善鼓
琴者以喻不見所思之人誰復能宣通我心志也

雜詩一首 五言　棗道彥

翰曰晉書云棗據字道彥潁川人美容貌善文辭弱冠辟太將軍府遷尚
書郎中庶子

吳寇未殄滅亂象侵邊疆向曰吳寇孫氏也殄絕象道也言亂
我家國正道勞吾軍旅天子命上宰作蕃于漢陽良曰上宰
賈充也征吳郡督江漢而道彥爲之從事開國建元士玉帛聘賢
良濟曰賈充招聘賢士立於軍旅而用之建立元善也玉帛聘賢之重禮予非
荊山璞謬登和氏場銑曰道彥自謙言非荊山之玉和氏知玉者謂
謬當進用於非王登於玉場羊質服虎文燕翼假鳳翔翰曰
人之非材如羊有虎文色也鷰鳥假爲鳳皇之飛既懼非所任怨彼

南路長向曰謂賈充用我懼不當所任怨望不堪任重致遠故云怨彼南路長
千里既悠邈路次限關梁向曰悠邈遠也限隔梁橋也僕
夫疲遠陟車馬困山岡翰曰僕夫駕車馬人也陟升也深谷
下無底高巖暨穹蒼銑曰暨至也穹蒼天也豐草停滋
潤霧露霑衣裳翰曰豐長也言草上停霧露之滋潤行人霑之乃霑衣裳
玄林結陰氣不風自寒涼銑曰林深而黑故云玄林顧瞻
情感切惻愴心哀傷士生則懸弧有事在四
方翰曰懸弧男子則懸弓於門左示有志在四方也安得恒逍遙
端坐守閨房翰曰人生志在四方何得恒常逍遙閨房之樂引義割
外情內感實難忘翰曰但爲義道相引割情行於外而內之感別難可

忘也

雜詩一首 五言　左太沖

秋風何冽冽白露爲朝霜柔條旦夕勁綠葉
日夜黃良曰柔條木之榮至秋節而成勁也霑於霜露葉復黃也明月
出雲崖皦皦流素光銑曰崖畔也皦皦明皃披軒臨前
庭嗷嗷晨鴈翔濟曰披開軒戶也嗷嗷聲也高志局四海
塊然守空堂翰曰言高志以四海爲局小而終不遂志獨守空堂也塊獨也
壯齒不恒居歲暮常慨慷向曰壯齒謂少年也言少年顏色不
常居任忽即衰老故常爲歎歲暮謂衰暮之年也慨慷歎聲也

雜詩一首 五言　張季鷹

濟曰晉書云張翰字季鷹吳人也有清才而縱任不拘時人號爲江東步兵齊王冏辟爲東曹掾

暮春和氣應白日照園林青條若總翠黃華如散金良曰總集也言木之青條蒙密若集翡翠之鳥也華花也嘉卉亮有觀顧此難久耽良曰雖嘉卉信有幸觀見其榮必有衰難久耽樂感之於心也延頸無良塗頓足託幽深翰曰引頸望榮官之路既已絶矣乃復頓足下流託幽深之居榮與壯俱去賤與老相尋向曰壯少也貧賤衰老之至若故來而相尋歡樂不照顏慘愴發謳吟濟曰既以衰暮貧賤歡樂之色不照於顏故悲而發此歌吟也謳謳歌也謳吟何嗟及古人可慰心翰曰貧賤不遇天之常理亦何謳吟嗟歎所能及也但古人有甘貧賤知天命者可以自慰也

雜詩十首 五言

張景陽

秋夜涼風起清氣蕩暄濁良曰蕩洗也蜻精蛚列吟階下飛蛾拂明燭銑曰蜻蛚秋蟲也燭燈也君子從遠役佳人守煢獨濟曰佳人謂人也煢孤也離居幾何時鑽燧忽改木向曰言夫離別而居幾時也燧火也忽疾也改木謂改其鑽火之木也謂經父時也房櫳無行跡庭草萋已綠翰曰櫳亦房之通稱萋盛貌青苔依空牆蜘蛛網四屋感物多所懷沉憂結心曲良曰感此時物憂氣結之於心也大火流坤維白日馳西陸翰曰大火心星名七月即見西南方

南坤位故曰坤維秋則日行於西道陸道也浮陽映翠林迴飈扇綠竹向曰浮陽日光也飈風爾動也飛雨灑朝蘭輕露栖叢菊銑曰蘭菊並香草而露栖其上如栖止也龍蟄直立暄氣凝天高萬物肅良曰七月龍蛇蟄藏而夏暄之氣凝而爲霜露秋物凋落天地廓然而高萬物皆被肅殺之氣弱條不重結芳蕤豈再馥翰曰木之弱條木堅者已爲霜殺不復重結其勁芳草之華豈能再香也蕤草木華也馥香也入生瀛海內忽如鳥過目濟曰九州外有瀛海以繞人國言人居於此中死生之疾如鳥飛於目前也忽疾也川上之歎逝前脩以自勗向曰孔子在川上云逝者如斯夫不捨晝夜此前賢所以自勗勉也前脩猶前賢也金風扇素節丹霞啓陰期銑曰金風秋風也秋爲白藏故云素

節赤雲起則雨能開陰氣候也啓開期候也騰雲似涌煙密雨如散絲寒花發黃彩秋草含綠滋翰曰寒花菊也彩色也秋草蘭也滋潤也閑居翫萬物離羣念所思銑曰此時感物則離羣之猶想戀所思之人也案無蕭氏牘庭無貢公綦音其良曰蕭育與朱博爲友王陽與貢禹爲密交述此兩事思友人不相往來也牘書也綦行跡也高尚遺王侯道積自成基向曰基本也高尚不仕離去王侯道積於身自成基本也至人不嬰物餘風足染時翰曰至道之人不嬰亂於物其餘風足以染學於此時也朝霞迎白日丹氣臨暘谷濟曰日出之際東方有赤氣若迎日也暘谷日出處朝霞亦丹氣也翳翳結繁雲森森散雨足良曰

翳翳雲初出皃森森雨散皃輕風摧勁草，凝霜竦喬木。銑曰竦猶驚也密葉日夜疎，叢林森如束。翰曰木葉密則枝重葉既疎落漸輕上指森森然如束也疇昔歎時遲，晚節悲年促。向曰疇昔少時歎歲時來遲晚節衰暮悲年華促也歲暮懷百憂，將從季主卜。銑曰百憂言多也將求季主卜之吉凶安在也司馬季主善卜也

昔我資章甫，聊以適諸越。濟曰章甫冠也資貨也言將此冠適越而貨行行入幽荒，甌駱從祝髮。翰曰入行經於幽荒險阻之路而越人之俗皆斷髮而此冠則無用矣甌越名駱越王姓也祝斷也窮年非所用，此貨將安設。向曰冠不用於越將何所設之此疾時君不用賢之甚也瓴零甋的誇璵上余璠下煩魚目笑明月。銑曰瓴甋瓦也璵璠良玉也魚目魚之目精白者也明月寶珠也今越人以斷髮為美時君以小人為賢亦猶以瓦貨夸於良玉翫魚物笑於寶珠不見郢中歌，能否居然別。陽春無和者，巴人皆下節。翰曰郢中之歌有陽春巴人二曲陽春高曲和者甚少巴人下曲和者數千人故知能否斯別亦猶章甫與斷髮之異而賢者與小人不同流俗多昏迷，此理誰能察。翰曰人皆不識賢愚之甚珠也

朝登魯陽關，狹路峭且深。流澗萬餘丈，圍木數千尋。良曰魯陽關名其山峻阻路狹也峭峻也咆虎響窮山，鳴鶴聒空林。濟曰咆號鳴也窮山空山也聒聲多也淒風為我嘯，百籟坐自吟。良曰淒寒也嘯風聲也百籟謂諸孔穴草木風所激而為聲

感物多思情，在險易常心。翰曰感此山藪之物思情多在此險阻復有所懼故易恒常之心朅來戒不虞，挺轡越飛岑。濟曰朅去也見險阻恐有顛墜故戒不虞虞度也險事不可測度恐有非常也挺猶舉也飛岑高山王陽驅九折，周文走岑崟。音吟向曰王陽益州刺史也至九折阪歎曰奉先人遺體奈何乘此周文王行過險阻則走如避風雨也岑崟險阻皃經阻貴勿遲，此理著來今。向曰經阻勿遲恐墜也言思往古王陽文王之事故戒之於今日也

此鄉非吾地，此郭非吾城。羇旅無定心，翩翩如懸旌。銑曰旅心不定如懸旌於風翩翩而飛是時從軍行也出睹軍馬陣，入聞鞞鼓聲。良曰鞞大鼓也常懼羽檄飛，神武一朝征。濟曰羽檄軍書插羽也神武天子也長鋏鳴鞘中，烽火列邊亭。翰曰長鋏神劒名寇敵將至則必舍鳴於鞘中烽火所以警候寇近也

我衡門衣，更被縵胡纓。向曰衡門衣謂野服今將捨而去之縵胡纓軍旅之服更易而被之疇昔懷微志，帷幕竊所經。銑曰有微妙之志運籌帷幄心之所經營也何必操干戈，堂上有奇兵。翰曰何必操干戈乃為用兵坐於廟堂之士以運籌策勍敵必滅可謂奇兵也折衝樽俎間，制勝在兩楹。良曰折若折挫前敵衝者衝突於鋒鋭也制勝謂制謀必勝也晉平公欲伐齊使范昭觀齊國之政景公觴之昭曰請君弃酌公令侍者酌樽進之昭以飲晏子令徹樽而更之昭不悦起舞顧太師曰謂我奏成周之樂太師曰曠不習也范昭歸謂平公曰齊不可伐吾欲慙其君晏子知之吾犯其禮太師識之於是

下齊孔子聞之曰不出樽俎之間折衝千里之外晏子之謂也樽酒樽也俎致肉盤也兩楹謂階間也言爲籌策於此乃可制勝也巧遲不足稱拙速乃垂名翰曰兵權不尚巧遲尚拙速也垂名謂彊也述職投邊城羈束戎旅間濟曰羈束猶拘束也下車如昨日望舒四五圓向曰下車謂始至也望舒月也四五圓謂經四五月也借問此何時胡蝶飛南園銑曰欲明時候故自發問此何時也胡蝶飛謂春時南園謂故鄉宅之南流波戀舊浦行雲思故山閩越衣文蛇胡馬願度燕土風安所習由來有固然翰曰閩越國人告刻鏤其身爲蛇文如人衣服也胡馬本北方故心願度燕也且土風何所習哉蓋由來有之固然也

結宇窮岡曲耦耕幽藪陰濟曰結構屋宇於深山之曲耦謂耕田之器幽藪謂幽遠之藪澤也澤北曰陰窮深岡山也荒庭寂已閑幽岫峭且深良曰荒庭謂草木生於庭也幽遠之處山峯峭峻入之復深也凄風起東谷有渰奄興南岑向曰渰起雲皃言有雲起於南岑也雖無箕畢期膚寸自成霖銑曰箕星主風畢星主雨期會也月與箕會則風畢會則雨言雖無此星月之會但起膚寸之雲以成霖雨也四指曰膚霖三日雨也澤雉登壟雊寒猨擁條吟翰曰雊雉鳴也擁條謂抱樹也磎壑無人跡荒楚鬱蕭森向曰荒草也木叢生曰楚鬱盛多也蕭森條長皃投耒盧會循岸垂時聞樵采音濟曰投弃也耒耕具也言弃耕而循其水邊時聞樵采之人歌音也重基可擬志迴

淵可比心良曰重基山也其高可以擬志迴淵深淵也其清而深可以比心也養真尚無為道勝貴陸沈翰曰養真謂任性縱逸所尚於無爲也道勝謂道之勝者所貴隱身陸沈謂無水而沈淪於山林也游思竹素園寄辭翰墨林銑曰竹素皆乃古人所用書之者言游思古人典籍也言園謂廣也翰筆也謂寄文辭於筆墨之林言林者謂多也異蜧麗躍重淵商羊舞野庭向曰蜧蛇也生於深淵若躍出則致雲雨商羊鳥亦致雨水也皆天將降雨候飛廉應南箕豐隆迎號屏翰曰飛廉風神應於南箕星謂好風故也豐隆雷神號屏雨師故雷神迎之風雷雨相成助也雲根臨八極雨足灑四溟良曰八極四方四角也四溟謂四海也謂天下雲徧起也霖瀝過二旬散漫亞九齡

翰曰言霖雨過二十日也嚴漫水大至欲於堯時洪水九年也階下伏泉涌堂上水衣生良曰伏潛也洪潦浩方割人懷昏墊向曰洪大也潦雨水也割害墊溺也言天水浩浩然方爲患害下人懷昏溺之情也沈液漱陳根綠葉腐父秋莖銑曰沈液雨水也言漱蕩草根皆陳萎也而木葉之莖以水久注亦以腐爛也里無曲突煙路無行輪聲翰曰閭里室宇皆已頹壞則竈之曲突水所奔流故無煙也水深塗泥車輪之行故無聲也環堵自頹毀垣閭不隱形良曰環堵人之小室也垣牆也閭里門也皆頹毀故人室家不復隱形也尺燼重尋桂紅粒貴瑤瓊良曰燼薪也紅粒米也謂有求炊生者失業故一尺之薪價重於一尋之桂而米亦貴於玉也君子守固窮大約不奪貞銑曰君子雖處

儉之代不奕貞正之志雖榮田方贈慙爲溝壑名向曰子思貧居田子方贈狐白裘不受子方曰吾與人物隨而忘之若弃耳子思曰吾聞妄施猶弃物於溝壑吾雖貧不忍以身爲溝壑也君子固窮雖有贈惠之榮慙爲此名也取志於陵子比之黔婁生翰曰於陵子仲隱於陵地楚王聞其賢使持百金聘之不受黔婁先生亦賢人魯公使致禮粟三十鍾將用爲相先生辭而不受故景陽慕也

時興詩一首　五言　盧子諒

翰曰時興感時物而興喻情也亦雜詩之類

亹亹尾圓象運悠悠方儀廓向曰亹亹行進也悠悠遠也圓象天也方儀地也運動廓大也忽忽歲云暮游原采蕭藿銑曰游於原野也蕭香蒿也藿豆苗也惜時逝之意也北踰邙與河南臨伊與洛良曰踰度也邙山名伊洛水也凝霜霑蔓草悲風振林薄摵摵所隔芳葉零蘂蘂芬華落翰曰摵摵蘂落聲零落也蘂蘂垂貌下泉激冽清曠野增遼索向曰下泉流泉也激急冽寒曠寬增益也言流泉至於秋則急流而清澈也寬野之中益以遼遠疎索然也登高眺他吊遐荒極望無崖㟧五各反翰曰遐遠也荒謂野中多草也崖㟧邊畔也形變隨時化神感因物作銑曰萬物形變隨時而化神思感之因此而依也澹乎至人心恬然存玄漠濟曰至人眞性澹乎然無所營爲唯在玄然寂漠而已

雜詩二首　五言　陶淵明

結廬在人境而無車馬喧良曰廬室也問君何能爾心遠地自偏銑曰問君何能如此者自以發問將明下文也遠謂心自幽遠雖處喧境如偏僻也采菊東籬下悠然望南山向曰菊香草黃華可以泛酒悠然遠貌此得性自縱逸也山氣日夕佳飛鳥相與還此還有眞意欲辯已忘言翰曰日暮山氣象翠所謂佳也飛鳥晝游而夕相與歸于山林此得天性自任者也而我欲言此眞意吾亦自入眞意也故遺忘其言而無言也

秋菊有佳色裛於劫露掇其英汎此忘憂物遠我達世情良曰掇采英花也菊有佳色故乘裛露而采之泛之於酒自飲天性故遠達世上之情不君我也忘憂物謂酒也一觴雖獨進盃盡壺自傾良曰獨酌獨進杯也又自傾壺而滿也日入羣動息歸鳥趨林鳴銑曰衆物之羣動者日入皆息故歸鳥趨飛於林而喧鳴也此自合其眞理故之嘯傲東軒下聊復得此生向曰嘯傲超逸皃軒檐也言自超逸於東檐之下聊復得此達生之樂也

詠貧士詩一首　五言

萬族各有託孤雲獨無依翰曰萬類各有所託附而孤雲迴出獨無所依蓋以喻貧士也曖曖虛中滅何時見餘輝良曰曖曖暗皃言暗昧游於虛中終以消滅何復見有光輝也謂貧士無榮富之望朝霞開宿霧衆鳥相與飛銑曰早朝夜氣已開衆鳥皆飛喻衆人各有所營爲遲遲出林翮未夕復來歸向曰也朝霞謂早時消霧謂夜氣也

此謂困鳥遲遲纔舉其羽未夕來歸謂不及衆鳥之次貧士亦不及衆人也量力守故轍豈不寒與饑知音苟不存已矣何所悲濟曰貧士量其微力守其故跡不爲營求常苦饑寒知我者且無矣則爲歎何所悲也轍跡也知音謂知我者也苟且也已矣歎也

讀山海經一首五言○翰曰山海經者所記衆山百川草木禽獸之書潛讀之因而發詠

孟夏草木長繞屋樹扶疏銑曰此先述時候扶疏謂枝葉四布皃衆鳥欣有託吾亦愛吾廬良曰衆鳥皆欣此茂林之扶疏而我亦愛我所居蓋各得其所既耕亦已種且還讀我書窮巷隔深轍頗迴故人車向曰大路車馬行多故轍跡深也頗少也言窮巷之曲隔此大路少能迴故人之車以過我也謂所居幽僻歡言酌春酒摘我園中蔬濟曰蔬菜也微雨從東來好風與之俱翰曰夏之暑熱風雨俱來清滌煩氣故曰好風汎覽周王傳流觀山海圖銑曰從傳也周王傳謂周穆王傳也穆王車轍馬跡徧於天下故先博覽之然後流目於山海經也圖象也俛仰終宇宙不樂復何如向曰讀此書俛仰之間終見天下之事可謂樂也

七月七日夜詠牛女一首五言　謝惠連

落日隱櫚楹升月照簾櫳翰曰楹柱櫳窓也團團滿葉露析析先歷振條風良曰團團露皃析析風聲蹀牒足循廣除瞬舜目矖力帝曾穹向曰蹀足謂案步也除庭也瞬目謂動目也矖視也曾穹天也案步循行於庭動目以視高天也雲漢有靈匹彌年闕相從銑曰雲漢天河也靈匹謂牛女相匹耦也彌終也謂終年闕於相從會合也遐川阻暱愛脩渚曠清容翰曰遐長暱親脩遠曠隔也謂長川阻其親愛長隔於清容容儀也長川遠渚皆天河也弄杼不成藻聳轡騖前蹤濟曰弄杼謂織也藻文聳踴也言憂此久曠故織不成文聳踴龍轡馳赴前蹤也昔離秋已兩今聚夕無雙良曰今夕一聚明晨復離故云今聚夕無雙也傾河易迴斡款情難久悰音琮向曰傾邪斡轉款愛悰樂也天河將斜易爲迴轉謂向曉也故愛情難爲久樂即見分離沃若靈駕旋寂寥雲幄空翰曰沃若龍行皃靈駕旋謂牛女龍駕各還歸也寂寥空虛皃雲幄帳也此會合於天而言雲者故其宜也言別離之後雲幄已空也留情顧華寢遙心逐奔龍翰曰謂牛星留情顧戀華寢之處遠心逐織女之龍車也沈吟爲爾感情深意彌重向曰此感連沈吟之感生故情深而意彌多也重猶多也

擣衣詩一首五言○良曰婦人擣帛裁衣將以寄遠也

衡紀無淹度晷運倏如催銑曰衡紀玉衡星也度數遷轉無復淹待日行倏忽之疾有如相催白露滋園菊秋風落庭槐濟曰滋潤也肅肅莎雞羽烈烈寒螿子良啼翰曰肅肅羽動聲莎雞促織蟲烈烈聲多皃寒螿蟬也夕陰結空幕宵月皓中閨良曰夜陰之氣結集空帷月照於閨房之中也暮帷夕晚宵夜皓照也美人戒裳服端飾相招攜向曰戒備端整也謂美人之徒相與備整裳服裝飾

以招摘也簪玉出北房鳴金步南階濟曰簪玉首飾也鳴金佩飾也步南庭將擣衣也櫚高砧響發楹長杵聲哀銑曰櫚室之高梁動聲響切也楹柱也重長故櫚高也微芳起兩袖輕汗染雙題翰曰芳香也運用力故有微汗題額也言雙者兩人對爲之紈素既已成君子行未歸向曰紈素謂帛也君子謂夫也裁用笥中刀縫爲萬里衣良曰笥箱也夫在遠方故云萬里衣盈篋自余手幽緘俟君開濟曰篋亦箱也盈滿也自猶出也幽密緘封俟詩也腰帶准疇昔不知今是非翰曰衣腰與帶尺度長短准舊所裁不知今是與非也疇昔謂舊日

南樓中望所遲客一首 五言一 謝靈運

翰曰靈運登樓望所待客未至故作是詩遲待也

杳杳日西頹漫漫長路迫登樓爲誰思臨江遲來客銑曰杳杳遠皃漫漫長皃迫近也脩衰老而長逝之路近也故云登樓爲誰思但臨江待客以寫憂思與我別所期期在三五夕圓景早已滿佳人猶未適向曰客與我別時所期十五日也今已至期猶夜未至也三五十五日也圓景已滿謂至期也佳人謂君子也適謂適所意也即事怨睽苦圭攜感物方悽戚孟夏非長夜晦明如歲隔良曰即事謂此事也睽攜乘離也感物謂上積日長路也悽戚憂也心有所待時必易久故自夜至明若隔於一歲也瑤華未堪折蘭苕已摘翰曰瑤華麻花也其色白故比於瑤此花香服食可致長壽故以爲美將以贈遠未堪折謂孟夏時未花也蘭苕亦香草也君子故屢摘以相思欲贈遠君英也路阻莫贈問云何慰離析先歷擧首訪行人引領冀良覿濟曰雖蘭苕屢摘而道路遠阻莫能贈而問之何以慰分離之情也登樓望遠訪於行路之人引領之閒冀良友之可見也

齋中讀書一首 五言○銑曰齋靜室也

昔余遊京華未嘗廢丘壑向曰京華帝都也言昔遊帝都丘壑之情不忘也丘山壑水也矧乃歸山川心跡雙寂漠良曰矧況跡事也寂漠閑靜也言心乃所爲事跡皆歸閑靜也虛館絕諍訟空庭來鳥雀翰曰無俗理喧諍訟言之事但見鳥雀來遊臥疾豐暇豫翰墨時間作濟曰臥疾養疾也豐多也翰墨文章也懷抱觀古

今寢食展戲謔良曰觀古今謂讀書也戲謔樂也既笑沮溺苦又哂子雲閣向曰讀書見長沮桀溺之耕笑其苦也見揚子雲校書天祿閣又哂其勞也哂亦笑也執戟亦已疲耕稼豈云樂向曰執戟即子雲爲郎執戟宿衛耕稼即桀溺也萬事難並歡達生幸可託翰曰萬事有分不可並得歡樂凡達生理自守真性乃可託於時也

田南樹園激流植援一首 五言○銑曰田南靈運所居之南也樹立植種也引流水種木爲援如牆院也援衛也

樵隱俱在山由來事不同不同非一事養痾丘園中向曰樵採隱逸之人俱在於山所爲不同亦有養病園中者也痾病也園中屛氛雜清曠招遠風濟曰屛去氛穢喧雜招求幽遠之風

上室倚北阜 啓扉面南江 良曰卜度倚背阜山啓開扉門也 激澗代汲井 插槿當列墉 翰曰激澗纔水上高纔用之代汲水於井哉插槿木以爲周牆也列周墉牆也 尋木既羅戶 衆山亦當窻 向曰尋木大羅列於門衆山當窻而見也 靡迆趨下田 迢遞瞰高峯 銑曰靡迆細走皃迢遞高遠皃趨走瞰視也 寡欲不期勞 即事罕人功 濟曰思之少欲不期爲勞就此山事希用人力也即就罕希功力也 唯開蔣生徑 永懷求羊蹤 良曰蔣詡隱於杜陵唯開三徑唯故人求仲羊仲從之游故將開此徑長懷此蹤也 賞心不可忘 妙善冀皆同 翰曰賞心之樂不可忘者則妙善之道所望同於古人也

石門新營所住四面高山迴溪石瀨茂林脩竹一首 五言○向曰新營所住則前驀巖流植援之處也

躋險築幽居 披雲臥石門 銑曰躋升也築謂築土爲室 苔滑誰能步 葛弱豈可捫 濟曰苔石上青苔雜以泉水故滑也誰能步者言不可行於上葛之條蔓細弱上高下深恐有顛墜也捫攀也 嫋嫋秋風過 萋萋春草繁 翰曰嫋嫋風吹皃萋萋草盛皃 美人游不還 佳期何由敦 翰曰美人友也敦厚也言友人遠游不還而佳期何時復得敦厚而相叙也覽此故思友人也 芳塵凝瑤席 清醑滿金罇 向曰芳塵輕塵謂人不在輕塵徧席如凝瑤美言之也醑酒也 洞庭空波瀾 桂枝徒攀翻 銑曰洞庭空波瀾謂秋時至也故楚詞云洞庭波兮木葉下洞庭闕名也桂擲貞芳可以翫游今友人不還故徒爲攀援誰與共之翻援也 結念

屬霄漢 孤景莫與諼 音喧 銑曰結念近於高霄故云屬霄漢漢天屬近也我之孤影無友人可與之言也景影莫無諼言也 俯濯石下潭 仰看條上猿 良曰俯則洗心神於石水仰則看猿猨於木條也濯洗也潭水暴華 早聞夕飈急 晩見朝日暾 土輪反 翰曰山林深暗故雖早風如夜也雖晩見日如朝時初出光也暾日初出貌 崖傾光難留 林深響易奔 向曰山崖欹傾蔽日光難久留也林木深遠振動風響易奔急也 感往慮有復 理來情無存 翰曰感往昔之事而思慮有所反復恐物理之失也至於眞理來合得喪同也故情無所存繫 庶持乘日用 得以慰營魂 向曰庶近也日出而游日入而息活濟無爲不知所用於心謂之日用此道可以近持於身乘而行之以慰心腑魂神也 匪爲衆人說 冀與智者論 銑曰此道不可與俗人說之當與智者談也

雜詩一首 五言 王景玄

良曰沈約宋書云王微字景玄少好學無不通覽善屬文能書十六舉秀才除右軍諮議微素無宦情徵並不就也

思婦臨高臺 長想憑華軒 翰曰臨高臺憑華軒長想夫也軒樓上鉤欄也華者有華飾文彩也 弄弦不成曲 哀歌送苦言 翰曰相思之苦言也 箕帚留江介 良人處鴈門 翰曰箕所以簸揚物者箒掃除塵者此婦人所執以事夫也今言執此物留居江間夫在北塞相去遠也介間也[illegible]人鴈也 詎憶無衣苦 但知狐白溫 向曰夫不憶無衣之苦但知自服狐白之裘而爲溫也亦喻君之自溫而不知下人之寒苦也狐白謂孤腋之

白毛以爲衰也日暗牛羊下野雀滿空園銑曰日暗收牛羊之
人皆下而歸野鳥皆滿空園咸有匹偶安其栖息而我且孤也孟冬寒宵
東壁正中昏良曰東壁星名十月則日昏時見於南故云中昏傷歲暮也
朱火獨照人抱景自愁怨平濟曰朱火燈也景影也言燈獨照
人抱影多愁也誰知心曲亂所思不可論翰曰所思不見復何
論也

數詩一首　五言　鮑明遠

翰曰數從一爲首累至十以爲文理述其所情也
一身仕關西家族滿山東二年從車駕齋祭
甘泉宮銑曰漢有甘泉宮祈祭之所也三朝國慶畢休沐還

舊邦向曰三朝謂正朝也歲之朝月之朝日之朝是也國慶謂朝會既畢乃止息還
於舊國也休休止息也四牡曜長路輕蓋若飛鴻向曰四牡
四馬也富貴榮華故光曜長路其蓋輕疾如鴻鴈飛五侯相餞送高會
集新豐良曰漢成帝封舅王氏五人謂之五侯新豐邑名六樂陳廣
坐組帳揚春風濟曰六樂謂六代樂也組紹綬之屬以繫帳也七盤
起長袖庭下列歌鍾良曰七盤舞名列行也八珍盈彫
俎綺肴紛錯重翰曰周官食醫掌和八珍之齊盈滿也彫俎器也肴膳也
謂其此色多名如綺文紛飾重言多也九族共瞻遲去賓友仰
徽容濟曰遲待徽美也十載學無就善宦一朝通良曰
學十年曰大成言無就者謙也善猶良也十者小數之極故數詩至此而止

翫月城西門廨中一首　五言○翰曰廨公府也時照爲秣陵令

始出西南樓纖纖如玉鉤向曰月初出於西南纖纖然有似玉
鉤末映東北墀娟娟似蛾眉向日出於西南固宜映東北階
也娟娟明媚皃此月初出光微也蛾眉婦人之眉也蛾眉蔽珠櫳玉鉤
隔瑣窻翰曰蔽隱於欄檻阻於窻牖珠者飾之以珠瑣者畫之以文也三五
二八時千里與君同銑曰謂從微至明也三五十五日二八十六日
也千里與君同者言思友朋遠與同也
夜移衡漢落徘徊入戶中翰曰衡北斗也漢天河也夜久將迴旋入於帷戶之中也歸華先委露
別葉早辭風向曰此言翫月之時見草木華葉皆早委風露而落也歸別皆

落也委著也亦如人從微至著終見衰謝也客遊厭苦辛仕子倦
飄塵休澣自公日宴慰及私辰蜀琴抽白雪
郢曲繞陽春濟曰休息公務之日宴樂私家之辰奏此琴曲以自娛也澣謂
洗濯神思也辰亦日也蜀都司馬相如善鼓琴故云蜀琴抽猶奏也白雪陽春並曲名郢
國名繞猶弄也肴乾酒未闕金壺啟夕淪迴軒駐輕
蓋留酌待情人良曰肴膳已乾而酒情未終金壺之水已開滴漏言夜將
盡矣軒車也言迴車將歸復駐輕蓋而留酌以待情人人情人友人之別離者缺然也金壺
時刻漏水者以銅爲之故曰金壺啟開也淪猶盡也

始出尚書省一首　五言　謝玄暉

翰曰朓爲尚書殿中郎高宗輔政以朓爲諮議領記室故出尚書省

惟昔逢休明十載朝雲陛翰曰惟思也休明謂武帝時雲五雲殿也陛階也既通金閨籍復酌瓊筵醴銑曰金閨金門也謂懸名於門乃通出入所謂禁門也瓊筵謂天子宴羣臣之席言瓊者珍美言之醴酒也

宸景厭照臨昏風淪繼體向曰宸帝居也景日也天子比於日以照臨天下也言厭者謂武帝崩也武帝既崩鬱林王昭業即位昏亂淪溺不紹帝體也

紛虹亂朝日濁河穢清濟濟曰紛虹邪陰之氣亂蔽朝日而濁河之水穢清濟之水皆喻鬱林王之昏濁不紹也

防口猶寬政餐荼更如薺良曰厲王暴虐殺國人以止謗者召穆公諫曰防人之口甚於防川王不聽之國莫敢言道路以目比之於鬱林王則猶為寬政矣人苦其政甚於餐荼方之昔法則餐荼草如薺焉荼苦草薺甘草

英袞暢人謀文明固天啓

向曰袞三公服也暢通也時明帝為丞相輔國政故云英袞也通於人謀謂國人謳謠願明帝即位而明帝文明之德天啓也謂受太后救廢鬱林而明帝立

青精翼紫軑天黃旗映朱邸翰曰青精星也黃旗瑞雲也皆王者將興之符應也翼輔也紫軑天子車也朱邸明帝所居謂青精輔車黃旗映於帝宅此謂明帝將即位之時瑞也

還覲司隸章復見東都禮銑曰章儀也更始將軍以光武為司隸校尉三輔府吏皆東迎光武於洛陽也言明帝自丞相即位下人願之亦如漢光武也故還復見此儀禮也

中區咸已泰輕生諒昭洒音洗良曰中區中國也泰大也言明帝即位聖政流通下人信可昭明洗滌穢濁也輕生謂下人也諒信昭明也

趨事辭宮闕載筆陪旌棨音啓濟曰朓自尚書殿中郎明帝以為諮議領記室故云載筆陪旌棨旌棨門之列戟也筆謂朓以文吏職用筆為務也初隨王子事既見功成將歸邑里故辭宮闕也語令在旌棨之下今在上者遂文之便也戰用也

邑里向疏蕪寒流自清泚向曰朓之邑里人物向疏居處荒蕪謂别離久也諸沘秋水流見也

衰柳尚沈沈

凝露方泥泥上翰曰衰柳自喻也沈沈茂盛也泥泥濡也謂雖衰老尚為君王所顧猶為茂盛恩澤霑濡也

零落悲友朋歡娛宴兄弟銑曰父辭邑里朋友零落故悲也既

秉丹石心寧流素絲涕良曰秉執丹赤石堅也既執忠赤堅貞之心安能為素絲之變而流淚涕也寧安也

因此得蕭散垂竿深澗底翰曰蕭散逸志也垂竿釣魚也

直中書省一首五言○銑曰直謂宿於禁中以備非常

紫殿肅陰陰彤庭赫弘敞向曰紫殿天子居也彤庭謂禁中多赤色肅嚴也陰陰沉皃赫盛也弘敞高大皃

風動萬年枝日華承露掌良曰萬年木名承露掌謂起高臺為仙人形以掌承盤盤承甘露也華謂日光也

玲瓏結綺錢深沈映朱網濟曰綺錢朱網並宮殿之飾也玲瓏明見沈亦深也

紅藥當階翻蒼苔依砌上銑曰紅藥謂所植草色紅者翻亂蒼青也

茲言翔鳳池鳴佩多清響翰曰翔集也鳳池中書省也鳴佩所佩玉也

信美非吾室中園思偃仰向曰中書信為美然非吾室也思立園以自偃仰也

朋情以鬱陶春物方駘蕩良曰不見友朋懷鬱陶心憂之也駘蕩春光色也

安得陵風翰聊恣山泉賞翰曰願如鳥飛恣平生所尚也

觀朝雨一首五言

朔風吹飛雨蕭條江上來既灑百常觀復集
九成臺銑曰朔北也蕭條雨足灑水而臨風百常觀高閣也九成臺謂九層之臺
也言雨灑於水也空濛如薄霧散漫似輕埃濟曰空濛散漫
霧微皃埃塵也平明振衣坐重門猶未開向曰振舉也重門帝
宮門也耳目暫無擾懷古信悠哉向曰未理事也擾煩也思
古人榮衰之理信遠哉也戢翼希驤首乘流畏曝鰓向曰戢斂
希望也龍門之水魚上者則為龍不得上者曝鰓於水次曝露也朓自喻斂翼而退復畏
舉首以求貴盛之思失勢如乘流曝鰓者也動息無兼遂歧路多
徘徊銑曰動息猶出處也出處之道不可兩兼而遂之則歧路甚多不知所從故徘
徊中心不安定也方同戰勝者去翦北山萊向曰子夏肥而

或有問之者子夏曰吾戰勝人門曰何為戰勝曰吾入見夫子之義則榮之出見富貴又
榮之二者戰於胸臆而天子之義勝故肥也朓欲同之以不仕為勝故將去棄北山之草
萊草也明雖草之賤物亦不弃也

郡內登望一首五言○翰曰朓出為宣城太守郡內登望也

借問下車日匪直望舒圓良曰自問下車始至之日非直一月
謂已經時序也望舒月也寒城一以眺平楚正蒼然濟曰秋氣
寒而登城上故云寒城眺望也平楚楚叢也蒼然草木色也山積陵陽阻
谿流春穀泉銑曰陵陽山名阻險也言山之積重者有陵陽之險礙中所流
有春穀之泉春穀水名也威紆距遙甸巉崿帶遠天向曰威紆
長曲皃巉崿高皃謂山几長曲至於遙甸山之勢帶於遠天也距至也甸謂[illegible]

百里也切切陰風暮桑柘起寒煙翰曰桑柘木名遠望煙生
於中也悵望心已極惝怳魂屢遷銑曰惝怳塊神不安皃
結髮倦為旅平生早事邊向曰結髮謂弱冠時也旅客也平生
早事於邊疆戎馬之事也誰規鼎食盛寧要狐白鮮良曰規猶
取也寧無也要猶求也狐白裘也鮮麗也方弃汝南諸言稅遼東
田濟曰後漢宗資為汝南太守事委功曹范滂時謠曰汝南太守范孟博南陽宗資
但畫諾謂宗資委事范滂但唯諾而已今方弃之也管寧至遼東或人有牛暴寧田者寧
牽牛為飼之其人大慚於是禮讓大行海表朓志欲追此事也

和伏武昌登孫權故城一首五言○翰曰伏曼容
為大司馬諮議參軍出為武昌太守孫權都在此郡朓聞曼容作此詩遂

和之

炎靈遺劍璽當塗駭龍戰銑曰炎靈漢也遺劍璽謂失位也當
塗魏也駭龍戰謂用干戈圖天下也聖期缺中壤霸功興寓縣
銑曰千年一聖人出也謂漢末聖期失於中國但有霸功起於區寓郡縣謂吳蜀魏並起
也鵠起登吳山鳳翔陵楚甸翰曰莊子云君子得時則義行
失時則鵠起鳳翔謂飛高故比於帝王之與也陵楚甸謂吳并楚地得之也衿帶
窮巖險帷帟盡謀選向曰吳國以巖險為衿帶帷幄謀人盡其妙選
帷帟謂帷幄也北拒溺驂鑣西龕收組練良曰吳北拒江淮故
溺驂鑣而難度此所以隔限中國也驂馬鑣轡也吳西伐楚戰勝收其組練三千組練皆
甲也龕勝也江海既無波俯仰流英盻濟曰江濤無波謂國

門漸平也將欲圖中原故曰流英盻袞冕類禋郊卜揆崇離殿翰曰袞冕謂衣冠也將肆類禋祭郊廟山川也卜度其事崇其離宮別館宮殿之郗以爲洪業也揆度也釣臺臨講閱樊山開廣讌向曰釣臺臺名臨之講武閱兵車也樊山山名於此廣爲宴樂也文物共葳蕤聲明且蔥蒨銑曰文物聲明謂衣冠禮樂也葳蕤蔥蒨盛皃三光厭分景書軌欲同薦翰曰謂三國厭一分其土地欲使文書軌迹同爲一統以進於晉矣薦進也參差代祀忽寂寞市朝變濟曰參差時不停皃忽疾也寂寞空虛也舞館識餘基歌梁想遺囀良曰妙歌者發聲繞梁而塵起故皃梁則想其餘聲故林衰木平荒池秋草徧雄圖悵若茲茂宰深遐睠翰曰吳國英雄之圖謀悵然若此而

選十五　五十

曼容深思遠有懷志爲之發詠也幽客滯江皐從賞乖纓弁良曰幽客朓自謂也纓弁屬曼容言我留滯於江畔而相從賞樂乖於衣冠之列也皐澤畔也纓弁衣冠也清卮阻獻酬良書限聞見濟曰清卮酒卮言相阻不得爲獻酬之禮而良書不同披讀也良書謂先王典籍也幸藉芳音多承風采餘絢良曰芳音謂曼容言也言承其雅風采詩餘美絢美也于役儻有期鄂渚同游衍翰曰言行役若期至於武昌則當同爲游樂也于役行役也鄂渚武昌諸名也衍樂也

和王著作八公山詩一首　五言○翰曰王著作融也

八公山名也王融登是山有作朓和之述王導謝玄破符堅事也

二別阻漢坻直尼雙崤望河澳於六銑曰二別大別小別二山

也爲漢水所阻鎮已雙崤二山名爲標望於河曲以爲固也澳曲也茲嶺復巑在丸岏五丸分區奠淮服良曰茲嶺八公山也上說二別雙崤之阻此述八公之險也巑岏高峻皃分其區域以定此淮服之地也奠定也東限琅邪臺西距孟諸陸向曰渤海間有琅邪臺孟諸澤名距至陸澤也仟眠起雜樹檀欒蔭脩竹濟曰仟眠遠望皃檀欒竹美皃登此遙望諸山川而生雜樹復蔭脩竹也起猶生也日隱澗疑空雲聚岫如複翰曰山林幽邃日光隱蔽澗暗如空也雲氣聚積峯岫若重複也出沒眺樓雉遠近送春目銑曰雉城也山之曲直下不一日行陟出入以見樓雉遠近皆送目則以望之也戎州昔亂華素景淪伊穀良曰戎州謂秦符堅也亂華謂亂其華夏也言符堅伐晉時見八公山上草木皆是兵符堅乃敗登

選十五　五十一

此山故述堅事也素景晉也晉金德王故云素景淪沒也晉道淪沒去洛陽而渡江也伊穀洛三水名也阽危賴宗衮微管寄明牧翰曰阽臨也宗衮謂導爲三公宗謂王融同宗和融詩故云宗也衮三公服也言晉國臨危賴王導而破符堅也謝玄爲兗州刺史亦同破符堅微樂也謂樂王導謝玄齊之無管仲則國不理故云微管也長蛇固能翦奔鯨自此曝蒲卜向曰長蛇害人因能翦滅之也奔鯨大魚吞食小物喻不義人也而此魚亦已殺而暴曬之皆謂已破符堅也道峻芳塵流業遙年運倏翰曰峻高遙遠倏疾也謂王導謝玄道高而芳塵流於後世功業遠大而年運倏疾也平生仰令圖吁嗟命不淑向曰朓自言平生之志仰王謝美謀將爲國效功以清海內矣命不善遇未能致也謂不居要職也令美圖謀淑善也浩蕩別親知連

翩戒征軸濟曰浩蕩不得志也別親知謂任宣城太守也征軸行車也連翩如
鳥飛貌言已似之再遠館娃宮兩去河陽谷良曰館娃
宮名河陽谷皆謂朓行歷處也風煙四時犯霜雨朝夜沐濟曰
朓四出外職而四時皆犯風煙晝夜皆露霜雨也沐露也春秀良已凋秋
場庶能築翰曰謂年已衰老故云春秀已凋秋場庶能築謂告老將歸田也詩
云九月築場圃故言之也

和徐都曹一首五言○銑曰都曹郎徐勉也
宛洛佳遨遊春色滿皇州銑曰宛南陽也洛洛陽也皇州帝都
也時都在江東而言宛洛者舉名都以言之也結軫青郊路迴瞰蒼
江流向曰軫車也車馬相從如結迴遠瞰視也日華川上動風光

選十五　五十二

草際浮翰曰風本無光草上有光風吹動之如風之有光也色桃李成
蹊徑桑榆陰道周濟曰人皆好桃李之色游其下故成蹊桑榆茂盛蔭
於道路皆巿也周巿也東都已俶載言歸望綠疇良曰俶始
載駕也東都門名謂二疎告老歸田所別處也朓將欲襲古人之跡故云已始駕也將歸
田里以望綠疇疇田也

和王主簿怨情一首五言○翰曰王主簿名季哲此詩言婦人怨曠以自託也
掖庭聘絕國長門失歡宴向曰掖庭長門二宮名聘絕國謂昭
君嫁於匈奴失歡宴謂陳皇后失寵幽閉長門宮此自喻失位也相逢詠蘼
蕪辭寵悲團扇良曰古詩云上山採蘼蕪下山逢故夫失寵者相逢各詠

此詩也班婕妤失寵後作團扇詩言秋至則扇見棄猶故也臣之失位亦然也花
叢亂數蝶風簾入飛鷰銑曰蝶鷰皆比小人在位也婦人之意則
數蝶雙鷰皆有耦而我獨失儔匹小人尚且在位而我獨見弃置也喻徒使春
帶賒坐惜紅妝變濟曰徒懷憂憤使衣帶已緩年逝顏衰坐自惜也何
時復用於時也平生一顧重宿昔千金賤翰曰平生謂少年日
宿昔衰老時也少年日顧顏色以相重衰老恩移則千金之軀忽見猶弃亦猶時君不顧
舊臣有功不錄也故人心尚爾故心人不見向曰故人心尚
爾謂君心不迴也故心人不見謂婦人之心戀於夫也忠臣之志戀於君也

和謝宣城一首五言　沈休文
翰曰謝朓為宣城太守作卧疾詩約今和之

選十五　五十三

王喬飛鳧舃東方金馬門從宦非宦侶避世
非避喧翰曰王喬為葉令每月朔望嘗詣臺朝帝怪其來數而不見車騎使人密
候之言其臨至乃有雙鳧鳥東南飛來至則舉網張之但得二隻舃舃履也此則從宦非
宦侶也東方朔酒酣據地歌曰陸沈於俗避世金馬門此則避世非避喧也揆余
發皇鑒短翮屢飛翻濟曰揆度也皇鑒天子鑒也言天子度我才器
以發明鑒而短才屢見備用如鳥之短翮屢爲飛翻也晨趨游建禮晚
沐卧郊園濟曰建禮門名晚節休沐歸卧於郊園也賓至下塵榻
憂來命綠罇銑曰徐稺字孺子豫章人也時陳蕃爲太守而不接賓客唯稺
來特致一榻去則懸之來則下之言塵者榻上有塵也昔賢侔時雨今
守馥蘭蓀良曰孟子云君子之化如時雨侔齊也今守朓也馥香也蘭蓀香草

也神交疲夢寐路遠隔思存向日夢有六候皆魂神所交也與謝朓相去既遠但神交而已故夜夜於夢寐而思慮所存也牽拙謬東汜浮惰反西岷翰日東汜日所出處比少壯也西岷日入處比衰老也謂少壯之時牽拙才謬入王事而浮惰踈懶歸於衰老也反歸也顧循良菲薄何以儷璵璠濟曰菲輕儷偶也約謙言自顧循揣良為輕薄之才何以偶於良玉之美也璵璠良王也將隨渤澥去刷羽汎清源向日願如鳥游渤澥之水薄刷羽毛汎弄清波以自取性

應王中丞思遠詠月一首五言○良曰王思遠為御史中丞有詠月之作約和之

月華臨靜夜夜靜滅氣埃翰曰氣埃塵也方暉竟戶

入闈影隙中來翰曰光照逆門方故云方暉竟盡也隙穴圓故影亦圓也高樓切思婦西園游上才向日高樓思婦見月而思切也西園謂魏氏鄴都之西園也文帝每以月夜集文人才子共游於西園網軒映珠綴應門照綠苔銑曰軒屋檐也以網及珠綴而飾之應門門名幽閑之所故多綠苔月光照之增其思也洞房殊未曉清光信悠哉良曰洞深悠遠也

冬節後至丞相第詣世子車中作一首五言○翰曰冬節冬至日也齊豫章王嶷太祖第二子也薨贈丞相嶷子廉嗣為世子約往弔之適其聞家還於車中作是詩也第宅也

廉公失權勢門館有虛盈向曰廉頗失權門下客皆去是虛也及復位賓客復來是盈也貴賤猶如此況乃曲池平良曰且生者時貴賤猶復如此而況役死者矣曲池已平謂無人游也高車塵未滅珠履故無聲濟曰高蓋車上蓋也珠履謂門客皆以珠飾履也車行則塵起履步則有聲今塵未滅者思昔日之車行若在目故也餘聲昔思昔時之履步若在耳故也寶階綠錢滿客位紫苔生銑曰綠錢者青苔也紫苔亦同也無人行故此物皆生也寶階相揖而上者客位客所居處誰當九原上鬱鬱望佳城翰曰九原卿大夫葬地也鬱鬱松柏盛皃佳城墓之塋域也

直學省愁臥一首五言○良曰齊帝即位遷約為國子祭酒故謂國子為學省

秋風吹廣陌蕭瑟入南闈向曰陌道也蕭瑟清風皃闈門也

愁人掩軒臥高窗時動扉濟曰軒門也扉窗扉也虛館清陰滿神宇曖微微銑曰室宇深高清陰之氣自滿神宇謂其華飾如神也曖微微不明皃網蟲垂戶織夕鳥傍檐飛纓佩空為忝江海事多違良曰纓佩官服飾也忝叨忝也江海事謂隱逸不仕山中有桂樹歲暮可言歸銑曰桂樹芳香而貞堅故君子尚之年將衰老可以歸休

詠湖中鴈詩一首五言

白水滿春塘旅鴈每迴翔銑曰塘池也翔飛也唼流牽弱藻斂翮帶餘霜向日唼入水鳥食皃牽以口牽之弱藻草蔓也藻水草也鴈不巢而宿故帶霜也羣浮動輕浪單汎逐孤光

銑日日照平湖洸洸有光故鴈之單者逐儔侶浮行於遠光也孤猶遠也懸飛竟
不下亂起未成行向日懸高也亂起驚起也刷羽同搖漾
一舉還故鄉濟日刷理也搖漾飛皃故鄉鴈門山也

三月三日率爾成篇一首五言○良日率爾云疾也

麗日屬元巳年芳具在斯銑日元巳上巳也具備斯此也開
花日市樹流鶯復滿枝洛陽繁華子長安輕
薄兒翰日遂勢背義志在矜夸日輕薄也東出千金堰西臨鴈
鶩莫卜陂向日千金堰名在洛陽東鴈鶩陂在長安西游絲映空轉
高楊拂地垂綠幘責文照曜紫鷩光陸離濟日
幘寵臣冠其文照曜於日紫鷩良鸞裴飾有光色也陸離光色皃清晨戲

伊水薄暮宿蘭池良日蘭池宮名在長安象筵鳴寶琴
金瓶汎羽危銑日數筵簟也金瓶貯酒器也羽危盃也上飾以鳥羽文也
寧憶春蠶起日暮桑欲萎向日謂婦人翫遊不憶蠶之事蠶食
已起死也萎長袂屢以拂彫胡方自炊翰日楚詞云長袂拂
面善留客也言屢以拂者美人留客之義彫胡草名其實㨿味美人自為客炊之愛
而不可見宿昔減容儀且當忘情至歎息獨
何為濟日事有所阻各據其分故雖情甚愛之有不可見者而宿昔之愛可損人保
容且遺忘於情愛違面去之亦何歎息也

文選卷第十五

文選

十六

長　門

文選卷第十六　詩庚　五臣注

梁昭明太子撰

雜擬

雜擬〔良曰雜謂非一類擬比也比古志以明今情〕　陸士衡

擬古詩十二首

擬行行重行行〔濟曰此明閨婦之思〕

悠悠行邁遠戚戚憂思深〔向曰悠悠遠皃邁亦行也戚戚憂也言懷其行人憂思之深也〕此思亦何思思君徽與音〔銑曰徽美也言思君美德及音信也〕音徽日夜離緬邈若飛沈〔翰曰緬邈遠也飛沈喻高下懸隔也〕王鮪懷河岫晨風思北林〔良曰王鮪魚名晨風鷂屬言魚鳥猶思所居而君何不思歸〕遊子眇天末遠期不可尋〔濟曰遊子謂行人也眇遠也言眇在天末久遠之期不堪尋理於心〕驚飆褰反信歸雲難寄音〔向曰褰絕也驚風之來絕其反信歸雲之去難以寄音〕佇立想萬里沈憂萃我心〔銑曰佇久立也想謂思遠方君所居也沈深萃聚也謂深憂聚於我心也〕攬衣有餘帶循形不盈衿〔良曰帶長衿寬言思君而消瘦〕去去遺情累安處撫清琴〔濟曰去去遺情累謂弃所思之累安居而撫琴言自寬也〕

荻　府

擬今日良宴會〔向曰此蓋勸人仕進以趨歡樂〕

閑夜命懽友置酒迎風館〔銑曰迎風館名言閑夜無事置酒命賓友歡宴於此〕齊僮梁甫吟秦娥張女彈〔翰曰齊僮秦娥皆古善歌者梁甫吟張女彈皆樂府曲名〕哀音繞棟宇遺響入雲漢〔良曰棟梁也韓娥之歌餘聲繞梁薛譚之歌聲遏行雲言清遠之妙〕四坐咸同志羽觴不可筭〔濟曰同志謂得意也羽觴置鳥羽於杯以急飲也不可筭言多〕高譚一何綺蔚若朝霞爛〔向曰爛明也言豈獨譚話綺美人物繁盛如朝霞之明也〕人生無幾何為樂常苦晏〔銑曰晏晚也言人生在世苦知為樂之道晚〕譬彼伺晨鳥揚聲當及旦〔翰曰譬如鷄之伺晨當及早人之為樂須及少也〕曷為恒憂苦

正 宗

守此貧與賤 良曰曷何也何須憂苦守道以居貧賤

擬迢迢牽牛星 濟曰此迷思婦之情託牽牛以明之也

昭昭清漢暉粲粲光天步 良曰昭昭明皃清漢天河也粲粲衣服鮮絜皃行於天上故云光天步

牽牛西北迴織女東南顧 濟曰牽牛在西北織女自然依東南乃星之常分此喻隔闊

華容一何冶揮手如振素 向曰冶媚也素練也華態既多姿媚奮舉其手如練之白

怨彼河無梁悲此年歲暮跂 企 彼無良緣睆 户板 焉不得度 向曰梁橋睆視也歲暮謂秋也跂舉踵也謂舉踵望彼牽牛無其良緣但相視而不得度河也

引領望大川雙涕如霑露 翰曰大川天河也霑霑零露也

擬涉江采芙蓉 良曰芙蓉水草其花美此言思婦盛年其夫遠遊采此以自傷也

上山采瓊蘂穹谷饒芳蘭 濟曰瓊蘂玉英也芳蘭香草也上山采王英欲以自高絜下入谷見香草處幽而美感而采之

采采不盈掬悠悠懷所歡 向曰掬把也言采之未及盈把悠然懷遠人思與之同歡也

故鄉一何曠山川阻且難沈思鍾萬里躑躅獨吟歎 平 銑曰曠遠鍾注也躑躅不安貌感此阻闊汪思萬里情之不安獨爲吟歎

擬青青河畔草 翰曰此篇情人感時思遠行也

靡靡江蘺草熠 入以 燿生河側 良曰靡靡細弱貌江蘺香草也

山 洞

熠燿光色盛也

皎皎彼姝女阿 上 那 上 當軒織 向曰皎皎明絜皃姝美也阿那柔順皃當軒當門也織織素也

粲粲妖容姿灼灼美顏色良人遊不歸偏棲獨隻翼空房來悲風中夜起歎息 銑曰良人夫也偏獨也空房謂獨居無人也風入空房令人悲故曰悲風中夜半夜也

擬明月何皎皎 翰曰此謂閨人對月思行人之意

安寢北堂上明月入我牖照之有餘暉攬之不盈手 濟曰寢臥也安臥之時月入於我牖之中照則光暉有餘攬而取之不盈於手喻夫空有名而不能見

涼風繞曲房寒蟬鳴高柳踟躕感節物我行永已久 良曰涼風寒蟬七月時候也踟躕志感此節物而夫壻行久不歸悲之深矣

遊宦會無成離思難常守 向曰言遠遊仕宦不得成名抱此離別之思常難守之

擬蘭若生朝陽 銑曰蘭若皆香草古詩取與閨中芳香之氣以待遠人機以松栢堅貞取之爲比

嘉樹生朝陽凝霜封其條 翰曰嘉樹松栢也山東曰朝陽封著也

執心守時信歲寒終不彫美人何其曠灼灼在雲霄 濟曰言我執持其心同松栢經寒而不彫落也美人謂夫也曠遠也灼灼中心明憶之皃在雲霄言所憶遠也

隆想彌年月長嘯入飛飈引領望天末譬彼向陽翹 良曰彌終也天末遠也謂思想之盛終於年月長爲嘯聲入於飛風與達遠情也翹英之秀者賚遠之心亦猶葵藿傾翹

春　禪

以向日也

擬青青陵上栢向曰栢生於高陵而色青青言得性而不可攀仰蘋靈草生於高山亦猶是焉故擬取以爲比

冉冉高陵蘋習習隨風翰平銑曰冉冉進長皃習習數飛皃翰羽也人生當幾時譬彼濁水瀾戚戚多滯念置酒宴所歡翰曰濁水謂濆漾水也戚戚憂也所歡朋友也言人生如濁水之易竭何多憂滯而不置酒與朋友爲歡方駕振飛轡遠遊入長安名都一何綺城闕鬱盤桓飛閣纓虹帶曾臺冒雲冠濟曰方駕並駕也名都即長安也綺美也闕樓觀也鬱積也盤桓廣大皃飛閣閣道曾臺高臺也纓繞冒覆也言虹雲之依臺閣如冠帶焉高門羅北

選十六　五

闕甲第椒與蘭良曰高門王公之宅羅列闕門也第謂第一宅也椒蘭皆以塗室取其溫香俠客控絕景都人驂玉軒向曰俠客遊人也絕景馬名驂駕也玉軒以玉飾車遨遊放情願慷慨爲誰歎平銑曰感彼遊樂各稱所願慷慨之志誰歎息也

擬東城一何高翰曰言高城常存而人易老不如早爲行樂

西山何其峻曾曲鬱崔嵬零露彌天墜蕙葉憑林衰濟曰峻高曾重也崔嵬高大皃彌徧也蕙香草也憑依也言零露徧天而下香草皆依林而衰悴寒暑相因襲時逝忽如遺三閭結飛轡大耋大結嗟落暉良曰襲重也言寒暑相重時節之往忽如遺落也三閭大夫謂屈原也結飛轡言將遠遊以求長生耋老也言大老之人嗟歎日暮

寺　什

而惜其時曷爲牽世務中心若有違向曰曷何也言何爲牽於時事而違歡賞之心京洛多妖麗玉顏侔瓊蕤銑曰侔齊也瓊蕤玉花也言妖麗之顏齊於玉花閑夜撫鳴琴惠音清且悲長歌赴促節哀響逐高徽翰曰惠順也言琴聲順和也調急曰高言歌之哀響逐琴調而急也一唱萬夫歎再唱梁塵飛濟曰萬夫歎言稱美者衆也再重也重發其聲清韻繞梁動於飛塵也思爲河曲鳥雙遊澧水湄良曰河曲鳥謂鴛鴦此鳥常雙遊澧水名湄水次也言我思與美人同遊如河曲之鳥

擬西北有高樓向曰此明賢才不見用也

高樓一何峻迢迢峻而安綺窓出塵冥飛陛

選十六　六

躡雲端銑曰峻高也迢迢遠皃綺窓結綺爲窓網也飛陛閣道也塵冥昏塵外也躡履也雲端雲上也佳人撫琴瑟纖手清且閑芳氣隨風結哀響馥若蘭翰曰佳人喻君子撫琴瑟喻有才德也清閑芳氣言德之美也蘭香草也言雖不見用哀歎之音猶馥於若蘭玉容誰能顧傾城在一彈濟曰玉容喻美才也言誰能眷顧我之才爲一彈撫當傾於城國而視也佇立望日昃躑躅再三歎平不怨佇立久但願歌者歡良曰佇立久立也日昃喻年老也言少壯既不被用故再三歎也歌者謂唱和之人言我不怨待時之久但願知已之人歡也思駕歸鴻羽比翼雙飛翰平向曰鳴鳥一舉千里言我將駕之與同其心者俱去

擬庭中有奇樹銑曰此言交朋離索相思之情

歡友蘭時往，迢迢匿音徽。翰曰蘭時春時也匿亡也音徽言文章書信

虞淵引絕景，四節逝若飛。濟曰虞淵日入處也言虞淵引日使四節之往如飛

芳草久已茂，佳人竟不歸。躑躅遵林渚，惠風入我懷。良曰言芳草久已茂盛而友人竟未歸也躑躅思念循於林渚之上惠和之風入我襟懷

感物戀所歡，采此欲貽誰。向曰感此春物思戀所歡所歡未至采此芳草知將貽誰貽遺也

擬明月皎夜光　濟曰此喻權臣用事時氣迅速人情漸壞在貴忘賤之意

歲暮涼風發，昊天肅明明。良曰涼風七月時也發起昊大也言大天之氣嚴而至明

招搖西北指，天漢東南傾。向曰招搖斗柄前星天漢天河也東南西北各當時所轉

朗月照閑房，蟋蟀吟戶庭。銑曰蟋蟀蟲名秋則鳴於戶庭

翩翩歸鴈集，嘒呼桂嘒寒蟬鳴。

疇昔同宴友，翰飛戾高冥。翰曰嘒嘒鳴也戾至翰羽也飛至高冥喻友朋名位高也冥天邊也

服美改聲聽，君愉遺舊情。

織女無機杼，大梁不架楹。濟曰位高則衣服美改昔時聲聽安於愉樂弃友人故情也織女星名大梁昴星也言皆空有梁織之名不堪操杼架楹喻人空有相知之名不爲相知之用

擬四愁詩一首　七言　張孟陽

良曰四愁凡四首今一首入此

我所思兮在營州，欲往從之路阻脩。向曰分幽州爲營州阻隔脩長也

登崖遠望涕泗流，我之懷矣心傷憂。銑曰崖岸也在目曰涕在鼻曰泗言登高遠懷思望聖君故傷憂之也

佳人遺我綠綺琴，何以贈之雙南金。翰曰佳人喻賢德也綠綺琴名喻要術也南金喻忠義也言賢德之人遺我要術我將忠義贈之

願因流波超重深，終然莫致增永吟。濟曰流波喻信也重深阻險喻讒佞也言我願以忠信超度讒佞之代終不能致故增長歎也

擬古詩一首　五言　陶淵明

良曰此言榮樂不常

日暮天無雲，春風扇微和。佳人美清夜，達曙酣且歌。向曰佳人謂賢人也美猶愛也樂酒日酣言天清風和賢人愛此良夜至明酣歌也

歌竟長歎息，持此感人多。銑曰樂極悲來故歌竟歎息言是事多感於人心也

明明雲間月，灼灼葉中花。豈無一時好，不久當如何。翰曰灼灼明也言月滿則缺花盛則落好惡暫時此安能久當如何言不可奈何

擬魏太子鄴中集詩八首　并序　謝靈運

濟曰魏太子曹丕也鄴魏都也此代當時諸賢之意

建安末，余時在鄴宮，朝遊夕讌，究歡愉之極。良曰余代丕自謂也究盡也言朝夕讌樂盡歡娛之極

天下良辰美景賞心樂事四者難并。向曰四者謂上良辰等事

今昆弟友朋二三諸彥

備盡之矣古來此娛書籍未見何者銑曰昆弟謂子建友朋謂王粲陳琳等美士曰彥盡謂盡其娛樂言古來君臣未有相得如此者也楚襄王時有宋玉唐景翰曰宋玉唐勒景差皆楚大夫並以辭賦見美梁孝王時有鄒枚嚴馬游者義矣而其主不文濟曰梁孝王漢景帝弟封於梁鄒陽枚乘嚴忌司馬相如皆梁王賓客爲遊者美之其主不文謂梁王無文學漢武帝時徐樂諸才備應對之能良曰徐樂東方朔枚皐皆武帝文章應對之臣而雄猜多忌豈獲晤言之適向曰武帝剛彊疑忌亦不得明言對之善不誣方將庶必賢於今日爾銑曰我所述不作誣詐庶使後代以我今日爲賢矣歲月如流零落將盡翰曰零落謂應瑒劉楨等死也撰文懷人感往增愴其辭曰濟曰言丕撰定其文思其人而悽感

魏太子

百川赴巨海衆星環北辰向曰環繞也北辰北極星也百川以海爲尊故赴之衆星以北辰爲主故繞之萬民歸君亦猶是焉照灼爛霄漢遙裔起長津天地中橫潰家皇拯生民銑曰爛文皃遙裔遠也天地中橫潰以水喻亂也家皇謂魏武也潰亂生民皆如此焉而武帝拯拔之區宇既滌蕩羣英必來臻翰曰滌蕩謂清淨也羣英則王粲陳琳之類臻至也忝此欽賢性由來常懷仁濟曰忝辱欽敬也言我事此欽賢之性常思見仁德之人況值衆君子傾心隆日新良曰報君子謂王陳等傾心謂傾己之心以盛日新之德論物靡浮說析理實敷陳羅縷豈闕辭窈窕究天人向曰言著論析理必布陳其實不爲浮說也羅縷述也謂列述文章無有闕遺皆盡天人之理澄觴滿金罍連榻設華茵銑曰澄觴清酒也金罍樽也榻牀茵褥也急絃動飛聽清歌拂梁塵翰曰急絃謂急調也飛聽謂感飛鳥來聽清歌言倩夢歌聲動於梁上塵也莫言相遇易此歡信可珍濟曰言歡賞可珍重也

王粲家本秦川貴公子孫遭亂流寓自傷情多

幽厲昔崩亂桓靈今板蕩良曰幽厲周二王也桓靈漢二帝也崩亂板蕩皆喪敗皃伊洛既燎煙函崤沒無象向曰燎焚也伊洛二水名謂東都也言東都宮室遭董卓所燒也崤山名謂秦地象道也言陷沒無政理之道整裝辭秦川秣馬赴楚壤銑曰整齊秣飼也楚壤荊州也謂粲避西京之亂投荊州也沮七余漳自可美客心非外奬翰曰沮漳二水名奬勸也言粲中心懷歸非外物所能留勸常歎詩人言式微何由往濟曰式微式微胡不歸言粲常歎此而無由得歸往上宰奉皇靈侯伯咸宗長良曰上宰謂曹操皇靈謂獻帝咸皆宗尊也言曹公奉獻帝威以征諸侯皆尊而爲長雲騎亂漢南宛郢皆歸

盪向曰雲騎言多如雲也漢南謂漢江之南也紀郢楚二縣名掃盪猶平定也排
霧屬盛明披雲對清朗良曰雲霧喻昏亂盛明清朗喻曹公也言
我披排昏亂得見曹公亦猶青天白日也慶泰欲重疊公子特先
賞翰曰慶善泰通欲猶欣也重疊謂遇曹公及太子丕也公子謂曹植也特獨賞識也
不謂息肩願一旦值明兩濟曰武帝既明而太子又明故謂太
子爲明兩也言初遭喪亂但願息肩不謂今日遇太子恩厚也並載遊鄴京
方舟汎河廣良曰言太子同車船而遊樂綢繆清讌娛寂
寥梁棟響向曰綢繆親重皃寂靜寥深言清讌娛樂於靜深之宇歌聲響於梁
棟既作長夜飲豈顧乘日養銑曰顧惟養樂也言常爲長夜
之賞豈惟乘日而樂

陳琳袁本初書記之士故敘喪亂事多
良曰袁紹字本初陳琳先事之以學書記
皇漢逢屯邅天下遭氛慝翰曰屯邅難也氛不祥氣慝惡也皆
喻亂賊董氏淪關西袁家擁河北濟曰長安爲董卓所役袁
紹起兵據河北擁持也單人易周章窘身就羈勒向曰單人
獨人謂琳也周章惶懼皃窘束也言我孤獨易爲惶懼故束身就羈勒豈意事
乖已永懷戀故國向曰豈直所事乖離於己身而亦長思戀故鄉相
公實勤王信能定蝥牟賊銑曰相公謂曹公也勤王謂勤於王
事也蝥賊蟲名食苗曰蝥食節曰賊言紹卓之徒毒害百姓亦猶是焉故以爲比言曹公
能平定之復覩東都輝重見漢朝則翰曰言我今歸曹公得再

見洛陽輝光漢朝法則餘生幸已多矧廼值明德濟曰言己
遭亂當死今蒙遺餘之命其幸已深況值太子明德之遇愛客不告疲飲
讌遺景刻良曰疲倦遺忘也景刻謂漏刻也晝夜一百刻言太子愛客無倦相
與歡讌忘其日夜夜聽極星闌朝遊窮曛黑向曰聽謂聽音
樂也極至闌稀窮盡也曛黑黃昏時哀哇烏佳動梁埃急觴盪幽
默銑曰哇淫聲也埃塵盪滌也言哀淫之聲動於梁塵促觴滌其深默之趣且盡
一日娛莫知古來惑翰曰古人以酒色爲惑我今以極一日歡娛爲安
知古人爲惑義也

徐幹少無宦情有箕潁之心事故仕世
多素辭向曰箕山名潁水名許由巢父隱處言幹無仕宦情慕古人隱

逸之事故入仕於時多有貧素之言也
伊昔家臨淄提攜弄秦瑟濟曰伊惟也臨淄齊所都幹舊居也
提攜謂與朋友攜手而弄秦瑟瑟箏類出於秦置酒飲膠東淹留憩
高密良曰膠東高密皆齊郡國名憩息也置酒淹留敘平生之道此歡謂
可終外物始難畢向曰外物世事也謂此處歡樂可終年爲牽於世事
不畢所願也搖蕩箕濮情窮年迫憂慄銑曰蕩動也箕山名
許由隱處濮水名莊周隱處言本心將隱至末年逢亂爲憂懼所迫末塗幸休
明棲集建薄質已免負薪苦乃遊椒蘭室翰曰
言臨幸太子休明延及我薄陋之質以同棲集負薪賤役也椒蘭室貴人之居也清
論事究萬義話信非一濟曰清雅讜論究盡萬端美善之譚信非

一理行觴奏悲歌永夜繼白日良曰觴酒也本無官情故有悲
歌悲歎交集於懷長夜繼日而不歡也華屋非蓬居時髦豈余
匹向曰華屋謂飾畫也髦俊也言我當居蓬廬與野人為偶中飲顧昔心
悵焉若有失銑曰中飲謂半酣也言至半酣顧昔隱逸之心悵然若有所
失

劉楨卓犖偏人而文最有氣所得頗經
奇翰曰卓犖高絕皃偏人謂文才偏美於人
貧居晏里閈少小長東平濟曰晏安也里閈鄉曲也東平所居
縣名河兖當衝要淪漂薄許京良曰河濟河也衝通薄至也獻
帝遷許州故稱許京言我因通津淪漂至於許都廣川無逆流招納

選十六　十三

廁羣英向曰廣川喻魏公細流喻己也言曹公不逆我之微細招納間廁於羣英
之中北度黎陽津南登宛郢城銑曰黎陽津名北度者謂從太
祖征袁紹宛郢二縣名南登謂從征劉表既覽古今事頗識治亂
情歡友相解達歎奏究平生翰曰究盡也言我知古今治亂
之體歡變之情相為解說進達為官得充陳奏之事盡平生之才矧荷明哲
顧知深覺命輕濟曰矧況哲智也明哲謂曹公也言我蒙曹公顧眄知恩重
深覺身命日輕也朝遊牛羊下暮坐括楬桀鳴良曰牛羊
下來謂日暮時也楬雞棲木括揭鳴謂雞鳴時也言朝遊至暮暮坐至明終歲非
一日傳巵弄新聲辰事既難諧歡願如今并
唯羨肅肅翰繽紛戾高冥向曰言歡宴之樂終歲為之非一日

也巵酒盃也新聲妙曲也辰時謂和也言明時難遇而今得并合也肅肅羽聲也繽紛飛
皃戾至冥遠也歡遇既備之唯願整其羽翰飛至高遠喻將求貴仕

應瑒汝潁之士流離世故頗有飄薄之
歎
嗷嗷雲中鴈舉翮自委羽銑曰嗷嗷哀鳴之聲自從也委羽北
方山求涼弱水湄違寒長沙渚翰曰弱水名在北方湄水
水次也違避也長沙國名在南方也渚水曲也言鴈春則向北以求涼也冬則向南以就
陽喻瑒逢亂遷移也顧我涼川時緩步集潁許濟曰大梁許潁
皆魏分郡國名顧惟也言我於大梁遇其明時從容於許潁之地一旦逢世
難淪薄恒羈旅良曰世難謂漢末遭亂漂淪薄迫也言我逢亂漂迫為害

選十六　十四

於荊州也天下昔未定託身早得所向曰言喪亂未定時而我
先託身於曹公故言得所官渡廁一卒烏林預艱阻銑曰官渡
烏林皆謂曹公戰爭之所言我亦充士卒參預其艱阻晚節值眾賢會
同庇天宇翰曰晚節猶暮年也眾賢謂應劉等庇蔭也天宇謂武帝之德能蔭
于天下列坐蔭華榱金樽盈清醑思與良曰蔭庇也華
榱華屋也醑酒也始奏延露曲繼以闌夕語良曰延露曲名
闌闌也謂繼夜而語調笑輒酬荅嘲謔非憖沮憖與向曰沮止
也言調笑嘲戲輒相酬荅非有憖恥而止之也傾軀無遺慮在心良
已敘銑曰軀身也言我委公無遺思慮在心之事皆已申敘
阮瑀管書記之任故有優渥之言

河洲多沙塵風悲黃雲起翰曰洲水灘也風悲謂風急而悲也
黃雲謂兼埃塵之色黃此喻亂也金羈相馳逐聯翩何窮已
濟曰羈馬絡頭以金裝之馳逐聯翩皆馬奔走之皃慶雲惠優渥微薄
攀多士良曰慶雲瑞雲也喻太祖也惠恩也優渥厚也微薄自謂言蒙恩厚得攀
衆賢念昔渤海時南皮戲清沚今復河曲遊鳴
葭泛蘭池似向曰渤海郡名南皮縣名沚渚諸也坻近河故云河曲葭笛也氾
濆也植蘭於傍謂之蘭氾躧步陵丹梯並坐侍君子銑曰躧履
丹赤梯階也謂階陛赤色並坐謂與諸賢並侍太子妍譚既愉心哀音
信睦耳翰曰妍美倫樂睦和也言諧之美足可樂心哀弄之音信可和耳傾
酤姑係芳醑思與酌言豈終始濟曰酤醑皆酒也係續也酌言

選十六　十五

豈終始謂宴樂無休息也自從食萍來唯見今日美良曰萍苹
也食萍之詩天子宴諸侯而歌之言我自預嘉賓以來唯今日之美
平原侯植公子不及世事但美遨遊然
頗有憂生之嗟
朝遊登鳳閣日暮集華沼向曰鳳閣內省也華沼謂宴樂之處
沼也也傾柯引弱枝攀條摘蕙草徙倚窮騁
望目極盡所討銑曰弱枝柳也蕙香草也徙倚移行皃騁平也討尋也言
平望盡皃折付西顧太行山北眺邯鄲道平衢脩且
直白楊信裊裊奴了翰曰邯鄲郡縣名裊裊弱皃副君命飲
讌歡娛寫懷抱濟曰副君謂太子也言爲天子之副良遊匪晝

夜豈云晩與早衆賓悉精妙清辭蘭蒲藻良曰
遊樂無日夜早晩也衆賓謂徐陳之屬言辭之清雅如藻之麗如蘭之芳蒲水草而有文
蘭香草也哀音下迴鵠餘哇烏佳徹青昊向曰師曠奏清徵之
聲而玄鵠下舞哇淫歌也徹通也清昊天也中山不知醉飲德方
覺飽銑曰中山出美酒言飲宴不知其醉但覺飽於道德願以黃髮期
養生念將老翰曰黃髮老人也言我願及此期存養生之理以念將老
擬曹子建樂府白馬篇一首五言
袁陽源
濟曰沈約宋書曰袁淑字陽源陳郡陽夏人也好屬文彭城王邦爲祭酒
後遷至左衛率及劭行簒逆淑諫見害白馬篇述遊俠分義之事做衆
也

選十六　十六

劒騎何翩翩長安五陵間良曰遊俠之人佩劒結騎遊於五陵
之間翩翩輕捷皃五陵漢帝陵豪傑所居秦地天下樞八方湊才
賢向曰樞要湊會也言秦地乃八方賢才之要會荊魏多壯士宛洛
富少年銑曰荊魏二國名宛洛二都名富亦多也壯士少年皆遊俠之類意
氣深自負肯事郡邑權翰曰負恃也言各恃意氣不肯事郡邑勢
權之人藉藉關外來車徒傾國鄽濟曰藉藉諠盛皃關外來
謂外郡俠客來也言車徒之衆傾於國鄽五侯競書幣羣公亟爲
言良曰古人相問必爲書及幣以送之王氏一門五侯婁護皆與之通五侯競致書幣
以贈也郭解將徙茂陵衛將軍言於帝曰解家貧不堪徙上曰布衣能使將軍爲言此其

家不貧也義分明於霜信行直如絃交歡池陽下留宴汾陰西音先叶韻銑曰池陽汾陰二縣名遊俠歡宴之處一朝許人諾何能坐相捐翰曰遊俠之人一許諾終不坐相捐棄也彯飄節去函谷投珮出甘泉濟曰彯死節信也投珮謂去官也言分義之人或以死信去國或以憤怨而出甘泉宮名嗟此務遠圖心為四海懸良曰嗟歎務趣也遠圖志也言趣忠義之心懸於四海使人明知但營身意遂豈校耳目前向曰校見也言但行我身意得成已志豈見目前榮望俠烈良有聞古來共知然銑曰楚田仲以俠聞言俠道之善古今共知如此

傚古一首翰曰象古人征行辛苦之意

選十六　十七

許訊又息辭此倦遊士本家自遼東翰曰許問也遼東郡名無此古人假而為言也昔隸李將軍十載事西戎良曰李將軍謂李廣利隸附也西戎即大宛國結車高闕下極望見雲中向日結聚也高闕山名雲中郡名俱在邊遠四面各千里從橫起嚴風寒燠豈如節霜雨多異同銑曰嚴風寒風也燠暖也言地偏節氣與中夏不同夕寐北河陰夢還甘泉宮翰曰北何謂我地之何陰也言夕臥彼憂還甘泉宮歸見君也勤役未云已壯年徒為空遲知古時人所以悲轉蓬濟曰言勞役不已空度壯盛之年古人悲轉蓬飄流我今乃知之也

擬古二首　劉休玄

良曰沈約宋書云南平穆王鑠字休玄文帝第四子少好學有文才後進侍中司空為藥所毒時年二十三

擬行行重行行銑曰此篇敘閨人思遠之意

眇眇陵長道遙遙行遠之向曰眇眇遠也遙遙心不安皃迴車背京里揮手從此辭銑曰京里謂都里也揮手舉手辭別也堂上流塵生庭中綠草滋翰曰流游滋茂也言堂庭無人而塵草生寒螿將翔水曲秋兔依山基濟曰寒螿水鳥也言寒螿依水秋兔依山皆得其所而人不歸芳年有華月佳人無還期日夕涼飆起對酒長相思良曰芳年華月喻盛時也佳人謂夫也涼風起謂漸及秋感時衰暮悲發江南調憂委子衿詩向日江南調采蓮曲也子衿詩數無音信也言悠憂之心但妾此歌詩而已

選十六　十八

卧覺明燈晦坐見輕紈緇銑曰晦暗也夜久則燈暗紈緇帛之黑色言晝夜坐卧唯見此而已淚容不可飾幽鏡難復治翰曰言泣涕之容不可借飾幽匣之鏡誰復重理願垂薄暮景照妾桑榆時濟日薄暮謂微光也桑榆時喻老也言願垂微光照妾老年

擬明月何皎皎良曰此篇為遠人未還中閨感月而歎

落宿半遙城浮雲藹曾闕玉宇來清風羅帳延秋月向日宿謂星也浮雲薄雲也藹蓋也曾闕高闕玉宇以玉飾臺也延引也結思想伊人沈憂懷明發銑曰伊人謂夫也沈深也言深憂遠懷至於曙色之發誰謂客行久屢見流芳歇河廣川

無梁山高路難越翰曰言誰知行者之久數見芳春消歇也思欲就君河廣山高不可逾越而至

和琅邪王依古詩一首　王僧達

濟曰依亦擬也

少年好馳使旅宦遊關源既踐終古跡聊訏興亡言良曰宦學踐歷訏問也關源謂關中河源也言少好遊俠旅學關源歷遠古之跡問興亡之事隆周爲藪澤皇漢成山樊向曰言周漢之居盡成藪澤山樊樊林也久沒離宮地安識壽陵園銑曰離宮宮名壽陵漢園陵名皆言蕪沒不識其處仲秋邊風起孤蓬卷霜根白日無精景黃沙千里昏顯軌莫殊轍幽塗豈異魂翰曰風起蓬斷黃沙亂昏日無精景此喻時也軌法也明則有禮樂幽則有鬼神生死之理不殊聖賢良已矣抱命復何怨濟曰自古聖賢皆正此生死之理況我抱此區區之命能爲怨嗟乎

選十六　十九

擬古三首五言　鮑明遠

良曰此篇刺有德不仕安於幽棲

幽并重騎射少年好馳逐向曰幽并二州名其中少年多好騎射逐獵氈帶佩雙鞬居言象弧插楚洽彫服銑曰氈帶以氈爲帽頭佩帶也鞬盛弓者象弧象不飾弓也插亦帶也服盛箭器彫畫也獸肥春草短飛鞚控越平陸翰曰飛鞚走馬也越度也平陸平道也朝遊鴈門上暮還樓煩宿濟曰鴈門郡名樓煩縣名石梁有

餘勁驚雀無全目良曰宋景公使弓人造弓成公登武圍之臺射之逾於彭城矢有餘勁飲羽於石梁也吳賀與羿北遊有一雀賀使羿射左目而誤中右目羿終身恨之漢虜方未和邊城屢翻覆留我一白羽將以分符竹向曰漢武已前凶奴數背故云翻覆白羽箭也言我留一隻之箭以定四方銅虎符竹使符並國家發兵遣使之符謂能立功以分取之魯客事楚王懷金襲丹素銑曰魯客謂魯人也金印也衣禪複具曰襲丹素中衣既荷主人恩又蒙令尹顧翰曰荷負也主人謂君也諸侯之卿稚稱令尹顧眷也日晏罷朝歸輿馬塞衢路宗黨生光華賓僕遠傾慕富貴人所欲道得亦何懼濟曰宗族鄉黨皆恃其勢而生光榮賓僕遠慕也言我以道得此富貴何所懼也

選十六　二十

南國有儒生迷方獨淪誤良曰南國鮑昭自謂儒生謂有道術士迷方謂惑於所向而自沉淪爲誤也伐木清江湄設罝守毚仕咸兔向曰伐木詩謂燕朋友故舊也湄岸也罝網也毚兔狡兔也設網守兔喻懷德待祿十五諷詩書篇翰靡不通銑曰背文曰諷言文章篇翰無不通曉弱冠參多士飛步遊秦宮翰曰弱冠謂年二十也多士朝臣也飛步高步也秦宮西都之宮也側覩君子論預見古人風濟曰見君子古人道德之風兩說窮舌端五車摧筆鋒良曰兩說謂本末之說舌端君子有三端舌端一也惠子多方其書五車言其博聞舌端能摧折文士之筆端羞當白璧貺恥受聊城功向曰貺賜也楚襄王

以金璧聘莊周為相莊周不受仲連為齊以書與燕將下燕之聊城欲以功爵仲連仲
連不受之曉節從時務乘障遠和戎銑曰曉節末年也務事障
邊也言末年從時事乘邊遠撫戎欲解佩襲犀渠卷袠奉盧弓
翰曰佩文服也犀渠甲也袠書衣也盧弓征伐之弓謂弃筆從戎也始願力不
及安知今所終濟曰始願為文力已不及今為武士未知其終竟
學劉公幹體一首良曰此詩言正直被邪佞所損雖行贊素
而衰盛相陵
胡風吹朔雪千里度龍山向曰胡在北朔亦北也龍山山名言
風雪自北來度於龍山集君瑤臺裏飛舞兩楹前銑曰瑤王
也以王飾臺也兩楹之間人君聽政之處茲辰自為美當避豔陽

選十六　二十一

年豔陽桃李節皎潔不成妍銑曰茲辰謂冬時喻亂代也豔
陽春也喻明君也風雪比佞人也桃李比忠直也言未遇至明之時雖忠直之人為佞者
所亂不成其美
代君子有所思一首五言○翰曰此言降歠忌蒲之戒
西出登雀臺東下望雲闕濟曰鄴西有銅雀臺望雲闕言闕高
至雲層閣肅天居馳道直如髮良曰層高也言高閣肅然天帝
之居馳走之道端直如髮繡甍結飛霞璇題納行月向曰甍棟
也以五彩飾之似繡連結於飛霞也璇王也題椽頭也言月過簷頭璇題納引其光也
築山擬蓬壺穿池類溟渤選色遍齊代徵聲
帀邛越銑曰蓬壺仙山溟渤海也色美女也齊國多美女故進之邛越中國名其

中人善聲故徵之
陳鍾陪夕讌笙歌待明發翰曰言陳鍾樂
笙歌陪夜讌至於明發也年貌不可還身意會盈歇蟻壤
漏山阿絲淚毀金骨濟曰見容也謂年容一謝不可重少身意歡會
亦有盈歇蟻蚍蜉也壤蟻穴土也漏謂西穴漏水山阿猶大隄也言大隄之敗在蟻穴之
漏金骨之銷亦在如絲之疾言之積微至著器惡含滿欹物忌厚生
沒良曰器欹器也滿則覆是以惡滿也忌恐也厚生謂厚於生理也言人養生恐其不
厚養既厚生理減焉矣智哉眾多士服理辨昭昧未叶韻向
曰智哉歎美之辭多士謂羣官也服習理道也言習道可以辨物情之明暗
效古一首五言　范彥龍
銑曰此言從征之義

選十六　二十二

寒沙四面平飛雪千里驚翰曰寒沙風吹故四方之面皆平也
飛雪千里言自遠而下風斷陰山樹霧失交河城濟曰陰山
匈奴山名交河邊城各斷折也失迷也言風勁霧重折樹迷城朝驅左賢陣
夜薄休屠營良曰驅逐薄迫也左賢休屠皆戎狄之王號昔事前
軍幕今逐嫖姚兵向曰李廣為前將軍霍去病為嫖姚校尉也事逐皆
從行也失道刑既重遲留法未輕銑曰失道謂失行軍之道
遲留謂稽遲不應期會言此刑法皆至死也所賴今天子漢道日
休明翰曰賴蒙也言蒙我天子同漢王之道日日休明也
雜體詩三十首并序五言　江文通
夫楚謠漢風既非一骨魏製晉造固

亦二體譬猶藍朱成彩雜錯之變無
窮宮商為音靡曼之態不極故蛾眉
詎同貌而俱動於魄芳草寧共氣而
皆悅於魂不其然歟至於世之諸賢
各滯所迷莫不論甘而忌辛好丹而
非素豈謂通方廣恕好遠兼愛者哉
及公幹仲宣之論家有曲直安仁士
衡之評人立矯抗況復殊於此者乎
又貴遠賤近人之常情重耳輕目俗
之恒蔽是以邯鄲託曲於李奇士季

假論於嗣宗此其效也然五言之興
諒非夐古但關西鄴下既已罕同河
外江南頗為異法故玄黄經緯之辨
金碧沉浮之殊僕以為亦合其美並
善而已今作三十首詩斆其文體雖
不足品藻淵流庶亦無乖商榷云爾

古別離

遠與君別者乃至鴈門關濟曰鴈門山名其上置關黄雲
蔽千里遊子何時還良曰黄雲謂埃塵與雲相連而黄也蔽暗也何
時還言未還也送君如昨日簷前露已團向日我零下垂而團

言時節遷變不惜蕙草晚所悲道里寒銑曰蕙香草晚謂衰
落也言不惜此草衰落悲歲莫行人道路寒也君行在天涯妾身長
別離願一見顏色不異瓊樹枝翰曰天涯言遠也瓊樹玉
樹也在崐崘山故難見言君行之遠思見之難不異瓊樹枝也兔絲及水萍
所寄終不移濟曰兔絲草名蔵茯苓而生萍草依水而長亦猶婦人之附於
夫言此心終不移易

李都尉從軍陵良曰此擬携手上河梁

樽酒送征人踟躕在親宴日暮浮雲滋握手
淚如霰向日踟躕徘徊皃滋多也霰細雨也悠悠清川水嘉魴
得所薦向日悠悠流水皃魴魚名得所薦謂得其所處也而我在萬

里結友不相見銑曰結友同心之友言相去萬里不得相見袖中
有短書願寄雙飛鷰翰曰短書謂小書也鷰春南飛就暖巢於人家
故願以書寄之

班婕妤詠扇○良曰此擬新裂齊紈素

紈扇如圓月出自機中素濟曰紈綺類也圓月陰象取興婦人
機織作之具以喻父母畫作秦王女乘鸞向煙霧良曰秦穆
公女弄玉能吹簫作鳳鳴聲後隨鳳乘仙言畫此於扇上以慕之鸞亦鳳也彩色
世所重雖新不代故竊愁涼風至吹我玉階
樹向日言彩色雖可重不可以新而代故涼風至謂秋也言恐秋而輕弃不用也君
子恩未畢零落在中路銑曰言君子所愛未畢而時已涼故零落

於路中西出登雀臺（西出……五字六臣無）

魏文帝 遊宴　曹丕　濟曰此擬芙蓉池作

置酒坐飛閣，逍遙臨華池。銑曰飛閣高閣　神飈自遠至，左右芙蓉披。向曰飈風也言天子所處則起神靈之風披開芙蓉之花　綠竹夾清水，秋蘭被幽崖。月出照園中，冠珮相追隨。翰曰幽崖深崖也冠珮謂近臣服飾也　客從南楚來，為我吹參差。淵魚猶伏浦，聽者未云疲。濟曰客席之所尊也南楚者謂遠言也參差簫也言深淵之魚聞吹簫之聲亦偏而出況聽者能疲殆乎　高文一何綺，小儒安足為。良曰高文綺靡通達之才非一經小儒之所為　肅肅廣殿陰，雀聲愁北林。向曰肅肅靜也廣殿陰謂日暮也雀鳥之棲名愁北林將棲之時　眾賓還城邑，何以慰吾心。銑曰言歡宴之賓既散將何以安慰我心

陳思王 贈友　曹植　翰曰擬贈丁儀王粲等詩

君王禮英賢，不恡千金璧。良曰君王謂曹公也英賢謂丁儀王粲等　恪惰也　雙闕指馳道，朱宮羅第宅。向曰闕門也馳道大道也朱宮謂朱樓也羅列也第宅王侯之宅　從容冰井臺，清池映華薄。銑曰魏有冰井臺下有清池言從容於上見華薄於池中華花也草木叢生曰薄　涼風盪芳氣，碧樹先秋落。翰曰盪搖也碧樹謂芳樹也先秋初秋也　朝與佳人期，日夕望青閣。濟曰朝夕望於青閣之上思其來也　褰裳摘明珠，徙倚拾蕙若。良曰褰舉摘取徙倚徘行說蕙若香草也　眷我二三子，辭義麗金雘。烏郭　向曰二三子謂丁儀王粲等金雘彫飾也言此子皆以辭義自相彫飾而為美麗　延陵輕寶劍，季布重然諾。銑曰延陵聘上國過徐君徐君心許徐君所佩劍使還徐君已死乃挂劍於墓樹而去季布名義之士楚人諺重之皆相謂曰得黃金百兩不如季布一諾　處富不忘貧，有道在葵藿。翰曰言此二人義信以實二三子言處富貴不可忘於貧者有道之士非不在葵藿言以此為戒

劉文學 感遇　楨　濟曰感思也思其有幸遭遇

蒼蒼山中桂，團團霜露色。良曰蒼蒼茂色團團霜露凝貌　霜露一何緊，桂枝生自直。向曰緊急也言霜露雖急不能損桂枝勁直之性　橘柚在南國，因君為羽翼。銑曰大曰橘小曰柚皆果

名生於南國此自喻君謂曹植也羽翼謂聲譽因植為已聲譽　私　託身文墨職，謬蒙聖主。翰曰謬誤也聖主謂文帝也言誤蒙聖恩私及於己得為文墨之職謂為平原侯庶子　丹彩既已過，敢不自彫飾。濟曰丹彩猶恩遇既過敢不勉勵自彫飾也　華月照方池，列坐金殿側。良曰言良辰月夜蒙提携坐於金殿之側　微臣固受賜，鴻恩良未測。良曰微小也言我小臣受君之大恩不可測度

王侍中 懷德　粲　銑曰懷德謂懷魏武帝之德

伊昔值世亂，秣馬辭帝京。翰曰值亂謂董卓作亂辭帝京謂避亂荊州也　既傷蔓草別，方知杕杜情。濟曰蔓草杕杜詩篇名優時行旅也　崤函復丘墟，冀闕緬縱橫。良曰崤山函谷

關及秦所造異闕皆化爲立墟緬邈也縱横謂亂也倚棹汎涇渭日暮山河清蟋蟀依桑野嚴風吹枯莖向日倚棹悵望之意涇渭二水名蟋蟀秋之蟲也嚴風急風枯莖枯木之莖脅危脆也鸛音貫鵠鶴亦在幽草客子淚已零銑日鸛鵠水鳥名幽草深草也客子謂粲也淚已零悲亂也去鄉二十載幸遭天下平翰日載年也遭逢也賢主降嘉賞金貂服玄纓濟日賢主謂魏武也嘉賞與之遊宴金貂玄纓侍中之服飾也侍宴出河曲飛蓋遊鄴城良日飛蓋車蓋也朝露竟幾何忽如水上萍向日朝露日出則乾人命短促亦猶是焉忽疾皃水萍喻無依託君子篤惠義柯葉終不傾銑日篤厚惠恩也言君子厚其恩義覆其禮度則如松栢之有心不改柯葉傾落福履既所綏千載垂令名翰日言能福履自安故得後世垂令名

嵇中散言志　康

濟日言志言本有高尚之志而横遭讒言曰余不師訓潛志去俗塵良日言不受師敎訓而深遠於俗事遠想出宏域高步超常倫靈鳳振羽儀戢景西海濱朝食琅玕實夕飲玉池津向日宏大倫輩戢匿也琅玕瓊實也言得出大域越常輩同靈鳳匿光景食瓊樹之實飲玉池之水者喻高潔處順故無累養德乃入神銑日有形時也無形瀕也安時處順憂樂不及故日無累養德謂以道德自養道德至妙乃通神明曠哉宇宙惠雲羅更四陳翰日言天地之惠如雲之羅列陳布於四方哲人貴識義大雅明庇身濟日哲智也言智者貴識義理大雅詩篇名言明知可庇蔭其身莊生悟無爲老氏守其眞良日悟明也莊周老聃皆道者之流無爲任物自爲守眞不枉本性天下皆得一名實久相賓向日天得一以清地得一以寧故云皆得一名者實之賓言名實久相爲賓主矣咸池饗爰居鐘鼓或愁辛銑日咸池黃帝樂爰居海鳥也昔臧文仲奏咸池擊鐘鼓具太牢以饗海鳥禮樂雖美鳥聞之悲愁辛酸此言榮祿信美而康視之亦猶鳥聞鐘鼓之聲柳惠善直道孫登庶知人翰日柳下惠以直道事人而三黜孫登隱者登謂康日子才高識寡難免今之世矣言康以直道而被幽繫故以登爲知人也寫懷良未遠感贈以書紳濟日謂孫登幽憤之懷未能遠及眞理故感此以贈當代書紳以爲戒也紳大帶也

阮步兵詠懷　籍

青鳥海上遊鸒音預斯蒿下飛良日青鳥海鳥也鸒斯小鳥也海上蒿下寬隘不同適性逍遥其致一也沈浮不相宜羽翼各有歸向日沈謂蒿下浮謂海上各是所游故云不相宜然同得其所故云羽翼各有歸飄颻可終年沆胡朗瀁安是非銑日飄颻輕飛皃可終年謂鸒斯也沆瀁廣大皃言鳥遊於廣大之處亦安知其是非朝雲乘變化光耀世所希翰日朝雲高唐神也言高唐神乘雲變化爲其光色當代所希有精衛銜木石誰能測幽微濟日炎帝之女游於東海溺而不返因化爲精衛鳥常銜西山木石以塡東海言此幽微之事難知也

張司空離情　華

秋月映簾櫳懸光入丹墀良曰櫳檻墀階也言月映簾櫳垂光入於丹墀

佳人撫鳴琴清夜守空帷蘭逕少行迹玉臺生網絲向曰帷幔也蘭逕謂之逕植蘭也網絲謂蜘蛛網也言無人行而致此

庭樹發紅彩閨草含碧滋銑曰紅彩花也碧滋謂草色翠而滋繁

延佇整綾綺萬里贈所思翰曰延頸佇立整理綾綺遠寄於夫所思則夫也

願垂湛露惠信我皎日期翰曰湛露能潤澤於物喻夫之恩惠皎日謂言誓也願垂恩惠信我此心

潘黃門述哀岳良曰謂悼婦詩

青春速天機素秋馳白日良曰天機璇璣運時之急速忽及素秋

美人歸重泉悽愴無終畢銑曰美人謂岳妻重泉深泉也悽愴悲傷也無終畢言不極也

殯宮已肅清松柏轉蕭瑟翰曰肅清猶寂寞也蕭瑟風吹松栢聲

俯仰未能弭尋念非但一濟曰弭止也言尋思哀念非但一塗

撫衿悼寂寞怳然若有失良曰悼傷也怳驚視見言傷此寂寞驚視左右有所失也

明月入綺窗髣髴想蕙質向曰髣髴想見見蕙質言體質芬芳如蘭蕙也

銷憂非萱草永懷寄夢寐銑曰萱草名可忘憂也言岳之此憂非萱草所能消但懷憂寐而已

夢寐復冥冥何由覿爾形翰曰冥冥昏闇也言憂寐之中又昏闇何從得見爾之形容

我慙北海術爾無帝女靈濟曰北海營陵縣有道人能令與死者者相見同郡有人喪婦已數年乃教見之言語悲喜恩情如生平楚懷王遊高唐夢見婦人自云我帝之季女名瑤姬未嫁而亡聞王遊高唐願薦枕席自歎無見死之術婦無見夢之靈

駕言出遠山徘徊泣松銘良曰山資銘碑

兩絕無還雲花落豈留英也兩絕花落喻死而不還

日月方代序寢興何時平向曰言日月雖遠起臥思意情猶未平

陸平原官稱機

儲后降嘉命恩紀被微身銑曰儲后太子也機為太子洗馬言太子之恩被於己

明發眷桑梓永歎懷密親翰曰明發言發夕至曙數息懷密友近親

流念辭南澨音逝銜怨別西津濟曰澨水涯津渡口

驅馬遵淮泗旦夕見梁陳良曰遵依也淮泗二水名梁漢景帝弟所封國陳曹植所封國

服義追上列矯迹廁宮臣良曰服義服古人道義上列謂枚乘相如劉楨應瑒等言我舉迹厠於數人之間

朱黻咸髦士長纓皆俊人銑曰朱黻長纓皆侍臣之服髦亦俊也

契闊承華內綢繆踰歲年翰曰契闊勤苦也承華太子門名綢繆纏綿也踰越也言見顧遇越於歲年

日暮聊揔駕逍遙觀洛川濟曰揔駕停車也洛川洛水也

徂役多拱木宿草陵寒煙良曰徂往也拱木合手之木宿草陳根也行役在路但見墳墓拱木宿草犯寒煙而已

遊子易感慨躑躅還自憐向曰遊客感此拱木宿草易為慨歎躑躅不安息自憐自哀憐也

願言寄三鳥離思非徒然銑曰三鳥者裴辭本屬當時所見無定名也言我寄言此鳥中其離思豈空然哉

左記室詠史思

韓公淪賣藥梅生隱市門翰曰韓伯休立貞操隱長安市賣藥梅子眞為南昌尉後王莽執政乃變姓名為吳市門卒百年信荏苒何為苦心魂濟曰荏苒少時也言人百年如少時之間何苦心魂自為淪隱學衛霍將建功在河源良曰衛青霍去病皆漢將立功於西域河源即西域也珪組賢君眄青紫明主恩向曰珪組綬也青紫綬色賢君明主皆天子也眄顧恩惠也終軍才始達賈誼位方尊銑曰終軍武帝拜為謁者賈誼文帝拜為博士尊達謂見任用金張服貂冕許史乘華軒翰曰金日磾張安世並累世仕漢故云貂冕許皇后史良娣之家並盛為奢侈故云乘華軒王侯貴片議公卿重一言大平多歡娛飛蓋東都門濟曰片議謂婁護譏都而封李春君一言謂田千秋一言而登卿相歡宴娛樂也飛蓋東都門謂供帳以送疏廣疏受也念張仲蔚蓬蒿滿中園良曰張仲蔚隱身不仕所居蓬蒿沒人顧念念其遺才也

張黃門協 苦雨

丹霞蔽陽景綠泉涌陰渚良曰陽景日也丹霞赤雲也蔽障也綠水色也陰氣盛故泉涌水鸛巢層甍山雲潤柱礎銑曰鸛水鳥也將陰即鳴層一向也甍屋棟木也礎礩也石雲起則石潤亦陰氣相感也有渰興春節愁霖貫秋序翰曰有渰雨師也貫達也言雨起春節而達秋不歇燮燮涼葉奪戾戾颸風舉高譚玩四時索居慕儔侶濟曰燮燮猶漸也奪落戾急慕思也言秋葉漸落急風斯起譚玩四

時之事思散侶之儔侶也青苕日夜黃芳蕤成宿楚良曰苕苕[illegible]也蕤蘂也宿楚叢木也言青苕漸黃蘂成叢木歎歲月將盡歲暮百慮交無以慰延佇向曰慮思也百思言不一交謂交於心也延久佇待也言友人不來無以慰我久待之情

劉太尉琨 傷亂

良曰此擬琨贈盧諶詩

皇晉遘陽九天下橫氛霧銑曰皇大也九陽數之極有災橫氣霧喻亂賊也言大晉遭陽九之災而亂賊橫叛此秦趙值薄蝕幽并逢虎據翰曰秦姚弘所據趙石勒所據幽州段匹磾所據并州劉琨所領值亦逢也薄蝕喻亂賊侵晉虎據喻威武之盛伊余荷寵靈感激徇馳也鶩濟曰言我蒙天子神靈寵愛故感動激發循此驅馳於軍戎雖無六奇

術冀與張韓遇良曰陳平有六奇之策張良韓信言我雖無此六奇之術冀同三賢遇漢高也甯戚扣角歌桓公遭乃舉向曰甯戚扣角歌商聲於齊門桓公遇而舉之以為田官荀息冒險難實以忠貞故銑曰晉獻公使荀息傅太子奚齊荀息曰臣請竭其股肱之力加之以忠貞不濟則以死繼之此是冒觸險難空令日月逝愧無古人度翰曰逝往也言我愧無荀甯之度量飲馬出城濠北望沙漠路濟曰濠城池沙漠北方也言蕩晉亂意欲平定天下千里何蕭條白日隱寒樹投袂既憤懣撫枕懷百慮良曰蕭條遠也白日隱寒樹喻年老也投袂猶奮袂憤懣愁也撫枕百慮言不安臥功名惜未立玄髮已改素向曰謂未能匡復晉室而髮已白時哉苟有會治

亂惟冥數銑曰言太平之時且當有運會治亂之道冥昧亦有定數然非我所知

盧郎中諶 感交

大廈須異材廊廟非庸器翰曰廈大屋也構此大屋必須異之材廊廟喻宰臣也言宰臣不可以任庸常之器英俊著世功多士濟斯位濟曰英俊之人著立濟世之功衆多之士共在天子之位眷顧成綢繆迺與時髦匹良曰諶言蒙琨眷以成親密得與當時髦俊爲匹偶姻媾久不虧契闊豈但一向曰姻媾謂諶妹嫁琨弟契闊謂同遭亂殺其父母豈但一言非一事也逢厄既已同處危非所恤銑曰言處厄情同是以不憂常慕先達槩觀古論得失翰曰槩節槩也言我慕先達節槩之人以觀得失則馬服信陵馬服爲趙將疆場得清謐濟曰謐靜也趙奢號曰馬服君爲趙守邊疆界清靜秦兵不敢東闚信陵佩魏印秦兵不敢出良曰魏公子無忌號信陵君秦聞公子在趙伐魏魏王使使持上將軍印往請公子公子遂遍告諸侯各遣兵救魏率五國之兵破秦軍乘勝逐之至函谷秦兵不敢出慨無幄中策徒慙素絲質向曰慨歎也幄中謂帷中陳謀策素絲體潔而變人臨善惡而遷言歎無帷幄之謀而能從善遷變故云慙也羈旅去舊京感遇喻琴瑟銑曰言諶羈旅并州感琨恩遇過於琴瑟之和自顧非杞梓勉力在無逸翰曰杞梓美材也自顧非美材勉力之戒在無逸裕而已更以畏友朋濫吹乖名實濟曰翹翹車乘招我以弓豈不欲往畏我友朋齊王好吹竽善吹則祿之南郭處士因濫食祿此言無能濫在琨下名過其實也

選十六　三十三

郭弘農 遊仙 璞

崦山多靈草海濱饒奇石良曰崦嵫山名靈草芝草也濱涯也奇石可食而仙謂安期鍊五色石是也偓佺尋青雲隱淪駐精魄向曰偓佺緣高隱淪謂絕迹也駐留也精魄魂魄也不去其身則不死道人讀丹經方士鍊玉液銑曰道人得道人也丹經九轉之法方士術士也玉液謂玉膏也朱霞入窗牖曜靈照空隙翰曰曜靈日也隙穴也言所居之處高也傲睨摘木芝陵波采水碧眇然萬里遊矯掌望煙客永得安期術豈愁濛汜迫濟曰傲睨縱誕貌木芝衆芝別名碧玉也水玉仙藥也矯掌擧手也煙客仙人也安期古仙人術仙方也濛汜日入之處言得此仙方不愁歲月迫於濛汜

選十六　三十四

孫廷尉 雜述 綽

太素既已分吹萬著形兆良曰天地未分曰太素吹萬謂元氣吹煦萬物著形不同使各得其性而正寂動苟有源因謂殤子夭向曰寂靜也二十以下死者曰殤言物之動靜名稟一源其於壽夭亦有定分人達其分因謂彭祖爲壽殤子爲夭道喪涉千載津梁誰能了銑曰涉歷也津梁喻道也了明也言淳朴之喪已歷千載其於至道誰明達也思乘扶搖翰卓然陵風矯翰曰扶搖風之名也卓高矯擧也思乘此風而高擧也翰飛也靜觀尺揰義理足未嘗少濟曰揰杖也言一尺之杖分五寸爲夜五寸爲晝晝陽也主生夜陰也主死晝復夜死復生雖一尺之杖無有窮時

故理足不少
冏冏秋月明憑軒詠堯老
良曰冏冏明也憑倚軒檻也詠歌也歌唐堯君子之道德
浪迹無蚩妍然後君子道
向曰浪放蚩醜妍好也言放迹混然無醜好乃得爲君子之道
領略歸一致
南山有綺皓
銑曰領理略要也言理要之道異塗而歸一致也綺綺里季皓老人貌南山商洛山也四皓隱所
交臂久變化傳火乃薪草
翰曰孔子謂顔回曰吾與汝交一臂而失之可不哀歟今人未輩又此爲哀妾獨哀死耶指窮爲薪而火傳焉言變化之理孰持不倦薪草相繼火傳不滅如人遞求不死則不可得納養之方則命續而不絶
亹亹玄思清胸中去機巧
翰曰亹亹勉也玄遠也言勉力遠思清淨之道去機巧於情府之中則與道相合
物我俱忘懷可以狎鷗鳥
良曰昔有人游於海上與鷗鳥相狎不殊於鷗鳥言彼我忘懷則禽獸不懼於己

許徵君自序詢
向曰序謂述隱居之意
張子闇內機單生蔽外象
向曰象法也張毅行年三十而患內熱病死是闇內治之幾微單豹行年七十而有童兒之色遭餓虎所食是不明外治之法此皆偏而不賓
一時排冥筌泠然空中賞
翰曰冥理筌迹也泠然輕舉皃猶於環之四邊則終始無極若處其環空中則宗然不執言理迹一時排去而擧遊於環中以爲樂也
遣此弱喪情資神任獨往
濟曰弱喪謂少失居而安於他方不知歸故鄉也人之在生惡死亦同弱喪矣資操也言遣此弱喪之情無所不安故操持其神任之獨往
采藥白雲隈聊以肆所養
丹葩曜芳蕤綠竹陰閑敞
良曰藥仙藥芝草屬也隈曲隅恣葩華也閑敞靜廣皃
苕苕寄意勝不覺陵虛上
曲櫺激鮮飆石室有幽響
向曰苕苕遠也寄意謂所寄至道之意勝謂勝於俗情也言至道既勝不覺如乘空而上也櫺屋招也激射也鮮飆鮮絜之風石室石穴也幽響山響也
去矣從所欲得失非外獎
銑曰言去從所欲之至道得失由心非外物所能獎勸
至哉操斤客重明固已朗
翰曰至極也極哉數之也有至人汚漫其鼻匠石操斤斲之汚盡而不傷鼻是二人相明故曰重明固謂固如是朗明也
五難既灑落超迹絕塵網
濟曰養生有五難一曰喜怒二曰聲色三曰滋味四曰神浮五曰精散塵網喻世事言脫落五難超絕去世事

殷東陽興矚仲文

晨游任所萃悠悠蘊眞趣
良曰萃聚絢積也言陵晨覩禁萬物並聚於目中悠悠蘊積至道之眞趣
雲天亦遼亮時與賞心遇
向曰遼亮明也言雲天既高明復與適我心者相遇
青松挺秀萼惠色出喬樹
極眺清波深緬映石壁素
瑩情無餘滓拂衣釋塵務
銑曰青松喻眞性秀美萼惠媚喬高眺視緬遠瑩磨滓穢也言遠視山水瑩磨滓穢而解塵俗之事
求仁既自我玄風豈外慕
翰曰求高仁道則從我身玄遠之風豈在外慕而得
直置忘所宰蕭散得遺慮
濟曰宰主也蕭散空遠也言直置事一忘其所主者道之本也縱心空遠遣其思慮者則近之

謝僕射遊覽混

信矣勞物化憂矜未能整良曰衿心整齊也言信勞天地化生而憂心未能與物齊也薄言遵郊衛揔轡出誓省向曰衛道也以心不能齊物將遵郊外之道而散情慮故持轡出省而往之淒淒節序高寥寥心悟永時菊曜巖阿雲霞冠秋嶺銑曰淒淒寒風也寥寥高淨皃言時既清明中心覺悟亦長遠也巖阿山曲也嶺山也言雲霞如冠戴於山眷然惜良辰徘徊踐落景卷舒雖萬緒動復歸有靜翰曰眷然顧戀皃辰時也落景日暮時也卷息舒散也萬緒言多也言息散動復其理雖多然皆同歸於靜曾是迫桑榆歲暮從所秉濟曰曾則迫近也桑榆日昔落榆年老言我雖老明歸靜之理故任時運所執舟壑不可攀忘懷寄匠郢良曰藏舟於壑謂之固夜半有力者負之而趨攀止也亦知人生於世自以為固四時遷運不可留上郢人以堊塗鼻端使匠石斲之堊盡而鼻不傷此言忘懷於相知

陶徵君 田居 潛

種苗在東皋苗生滿阡陌銑曰苗五穀之苗皋澤也阡陌田之封疆雖有荷鉏倦濁酒聊自適銑曰言雖有荷鉏之勞以酒自樂亦足適散日暮巾柴車路闇光已夕翰曰巾飾也柴車麄車也闇皆夜也歸人望煙火稚子候簷余廉隙濟曰稚子小子也言還晚望火而歸小子候望簷隙之間隙門穴問君亦何為百年會有役但願桑麻成蠶月得紡績良曰問君謂自舉以問以答也何為辛苦答云人生百年皆有勞役素心正如此開逕望三益向曰言我宿素之心但願幽靜同蔣詡開三逕望三益之友而已

謝臨川 遊山 靈運

江海經邅迴山嶠備盈缺銑曰邅轉也嶠亦山也盈謂山缺謂谷也靈境信淹留賞心非徒設平明登雲峯杳與廬霍絕翰曰靈境即會稽也言我賞心此山謂懷仁者之意非空設而已盧霍二山名言所登之山杳然高絕於此二山碧嶂長周流金潭恒澄徹濟曰碧玉也嶂小山也周流長遠皃潭永之深澄徹清也言金者下有金砂因名焉桐林帶晨霞石壁映初晰音析良曰言霞與桐林相映也初晰謂日出之光石壁照之而明乳竇既滴瀝丹井復寥泬音血向曰乳鍾乳也竇穴也滴瀝乳垂皃丹井朱砂井也寥泬深也嵒崿轉奇

秀嵚岑還相蔽赤玉隱瑤溪雲錦被沙汭若拙反銑曰嵒崿嵚岑並山勢不齊皃赤玉寶也瑤溪玉溪也汭岸也言砂石之文五色如雲錦被於岸也夜聞猩猩啼朝見鼯鼠逝常列翰曰狌狌鳥名鼯鼠飛狌也遊狌也南中氣候暖朱華陵白雪濟曰朱華花也陵犯也言花犯白雪而開幸遊建德鄉觀奇經禹穴良曰建德國名在南越禹穴夏禹藏圖書之所言遊觀奇異於此身名竟誰辯圖史終磨滅銑曰辯識也言身名誰人能識遊山所記之圖史終見磨滅且汎桂水潮映月遊海澨銑曰桂水水名海涯曰澨攝生貴處順將為智者說翰曰安時處順憂樂不入是攝生之理言我將為智者陳說此道

顔特進 侍宴 延之

太微凝帝宇，瑤光正神縣。濟曰太微星宮名瑤光北斗柄端星也言匠人上法太微宮以成帝宇觀斗柄以定神州赤縣南北之正

揆日粲書史，相都麗聞見。良曰揆度彖明也度日所揆明書於史相視也都謂丹陽也言此都華於所聞所見者

列漢構仙宮，開天製寶殿。桂棟留夏颷，蘭橑停冬霰。向曰言宮殿高大上至天漢蘭木蘭也榱椽霰雪也

青林結冥濛，丹巘被蔥蒨。山雲備卿靄，池卉具靈變。銑曰青林丹巘謂繞宮殿山樹也冥濛蔥蒨山樹之色卿靄瑞雲也卉草也靈變異狀也

重陽集清氛，下輦降玄宴。翰曰上為陽而清澄亦為陽故云重陽輦車玄幽也言上至天邊就幽邃而宴

鶩望分寰隧，矚目盡都甸。氣生川岳陰，煙滅淮海見。濟曰鶩望謂馳望也且望寰域隧隧也矚遠視也都邑甸郊也

中坐溢朱組，步欄選瓊弁。中坐謂坐中也朱組瓊弁衣冠之飾也溢滿選比也步欄謂長廊也

禮登佇睿情，樂闋延皇眄。良曰登成也禮成樂闋賓客將散故延佇天子之情而顧眄

測息躋愉逸，沿牒憯浮賤。向曰測深躋登愉樂逸懇也言天子賜深恩得登樂逸自顧為隨牒之任懃其淨賤

承榮重兼金，巡華過盈瑱。銑曰瑱璧也言蒙天子賜侍宴其於榮華重於百金過於盈尺之璧

敢飾輿人詠，方慙綠水薦。翰曰晉侯聽輿人之頌言我敢飾舊事而歌此詠後談歌古人綠水之詩綠水古詩也

謝法曹 贈別 惠連

此非為遨遊遊風雪耳雪晴也皐江曲也

解纜候前侶，還望方鬱陶。翰曰纜繫船索鬱陶哀思也言解纜望前行之徒迴顧憶所懷而哀思也

煙景若離遠，末響寄瓊瑤。濟曰言煙景離隔相去既遠後可附音信也投我木桃報之瓊瑤謂書也

王徵君 養疾 微 銑曰此詩被徵不應隱於瀟湘之間

窈藹瀟湘空，翠澗澹無滋。良曰窈藹幽靜兒瀟湘二水名翠澗色言此澗水澹然無滋味

寂歷百草晦，歘吸鵾雞悲。向曰寂歷閑曠兒晦闇也歘吸猶俄頃鵾雞鳥名悲鳴也

清陰往來遠，月華散前墀。鍊藥矚虛幌，汎瑟臥遙帷。銑曰清陰日也墀階矚對幌窗也汎瑟謂撫瑟也遙遠也帷謂山中也

水碧驗未黷，金膏靈詎緇。翰曰水碧水玉也與金膏並仙藥其靈驗未可得而緇黷緇黷染也

北渚有帝子，蕩漾不可期。濟曰北渚謂所居之北也帝子娥皇女英蕩漾言臨波上下可與之結期

悵然山中暮，懷痾屬此詩。良曰悵然失志貌言失志山中抱其痾疾而屬綴此詩

袁太尉 從駕 淑 向曰為御史中丞時從宋高祖拜廟并祭南郊

宮廟禮哀敬，枌邑道嚴玄。銑曰禮祭之法盡哀致敬漢豐邑有枌社玄遠也言漢之子孫故祭枌社之道可敬而遠

恭絜由明祀，肅為在祈年。翰曰恭絜謂敬而祭絜清也祀祭祈求也言郊天求明年之穀

詔從季月，戒鳳藻行川。濟曰部徒謂告衆也季月九月也鳳鳳蓋也藻

昨發赤亭渚，今宿浦陽汭。而揖爾曰赤亭亭名浦陽江口名水涯曰汭方作雲峯異，豈伊千里別。良曰千里別古曲名言異爾雲山異隔豈惟古人有千里之曲乎芳塵未歇席，零淚猶在袂。停艫望極浦，弭棹阻風雪。向曰芳塵謂靈運所行處歇止也袂袖也阻風雪言當時也風雪既經時，夜永豈懷息。汎濫北湖游，苕亭南樓期。銑曰北湖游南樓期謂郤敘前事也苕亭樓高兒點翰詠新賞，開帙望所疑。翰曰翰筆也帙書衣也瑩磨也疑謂有所不決摘芳愛氣馥，拾藥憐色滋。香馥色滋畏沃若人事亦銷鑠。濟曰沃若盛也言草木滋繁則反枯槁人事至盛亦畏銷鑠謂衰散也子衿怨勿往，谷風誚輕薄。良曰子衿谷風皆詩篇名刺風俗輕薄而朋友道絕不相往來共秉延州信，無慙仲路諾。向曰秉執也延州謂吳季札也心許徐君劍迴挂於壟上子路無宿諾言執信不慙此二人靈芝望三秀，孤筠情所託。銑曰靈芝神芝也三秀歲三結實也筠竹也言情志託此芝筠之芳堅所託已殷勤，祇足攪懷人。翰曰攪亂也言託殷勤只亂所思之志今行嶀嵊外，銜思至海濱。濟曰嶀嵊二山名濱涯也覿子杳未僝，款睇在何辰。良曰杳遠僝見睇視也言我觀子遠未能相見款視知在何時雜佩雖可贈，疏華竟無陳。向曰雜結芳草為珮析疏麻之華以贈離居竟無所寄無陳心悄勞，旅人豈遊遨。幸及風雪霽，青春滿江皐。銑曰悄憂也霽藏在

文彩也言鳳蓋散文彩於所行之川雲旆象漢徙，宸網擬星懸。良曰旆旌也言侍從部伍象天漢之迴移也宸網謂天子車上珠網如天星之懸朱櫂麗寒渚，金鍐映秋山。向曰櫂棹也鍐馬飾也麗映謂照曜也寒渚秋山所遊之處羽衛藹流景，綵吹震沉淵。辨詩測京國，履籍鑒都壥。銑曰羽衛羽葆護衛天子也藹映也流景日也綵吹綵衣人吹簫管動深淵也辨陳也謂太師吹諫詩以觀京國之風籍謂聽斷之書鑒視也都壥之究也甿田謠響玉律，邑頌被丹絃。翰曰甿田人言采田人之歌邑老之頌以考玉律宋絃之樂文軫薄桂海，聲教燭冰天。濟曰軫車也薄迫也燭照也桂海南極冰天北極也言文軌聲教之盛迫照遠方和惠頒上笏，恩渥浹下筵。良曰頒布也上笏謂大夫之賢言天子知澤布及大臣而恩遍浹於下席也幸侍觀洛後，豈慕巡河前。向曰湯觀洛得黃魚之瑞堯居河濱神龜負圖而至言我有幸得侍從觀洛豈慕前君之美巡服義方無沫，展歌殊未宣。銑曰已也言未我服天子道義無已雖寄長歌詩未能宣其美化也

謝光祿　莊　遊郊

肅舲出郊際，徙樂逗江陰。翰曰肅敬也舲船也徙樂行樂也逗止也江陰江北岸翠山方藹藹，青浦正沉沉。涼葉照沙嶼，秋榮冒水潯。風散松架險，雲鬱石道深。靜然鏡縣野，四睇亂層岑。濟曰藹藹盛兒沉沉深靜兒嶼水中山也秋葉黃故云照冒覆也潯水畔也松横生曰架風散則松架益危雲繁則山路增幽也鏡

翰曰眥視也綿遠曾高也岑峯也言四面視高岑遠野而亂於目也　氣清知鴈引良曰氣清
露華識猿音雲裝信解黻煙駕可辭金　露華謂秋時則鴈度猿音哀也雲裝仙人以雲霓爲裳也黻冕也金印也言見此仙道
可辭黻辭榮以從之
始黛丹泉術終覿紫芳心　向曰整信也丹
泉丹鄉之泉飲之不死紫芳紫芝也
行光自容裔無使弱思侵　銑曰神不滅日行光容裔自在皃弱思謂俗事言使神之不滅而得自在故不使俗事侵

一　鮑參軍 戎行　昭

豪士枉尺璧宵人重恩光　翰曰豪士權勢之人枉屈尺璧以聘之亦不顧矣宵小也言小人重禮遇之恩光也
徇義非爲利執羈輕去鄉　濟曰丞身從物曰徇節士徇義不求利也執羈謂執羈勒從軍而去鄉也

選十六　四十三

孟冬郊祀月殺氣起嚴霜　良曰十月郊祀以農畢稔也殺氣寒氣也
戎馬粟不溢軍士冰爲漿晨上城皐坂磧
礫皆羊腸　向曰不溢猶不美軍士皆以冰爲漿也城皐坂名磧礫小石也羊腸言坂勢屈曲
寒陰籠白日太谷晦蒼蒼　銑曰寒陰寒雲也籠蔽也大谷谷名晦暗也蒼蒼暗色也
息徒稅征駕倚劍臨八荒　翰曰徒衆稅舍倚佩也言息衆合駕佩劍視八荒也
鷦鵬不能飛玄武伏川梁　濟曰鷦鵬鳥也玄武龜也言寒不能飛伏於川梁之下
鍛翮由時至感物聊自傷竪儒守一經未足識行藏　良曰鍛發也鍛翮自喻也由時謂雪霜之時也言感此雪霜鍛翮自傷結竪小兒稱言孺者

獨守一經所識與小人同安足以達行藏之理

休上人　怨別○向曰沙門惠休姓湯氏上人明沙門之尊稱
西北秋風至楚客心悠哉日暮碧雲合佳人
殊未來　銑曰西北日不周風楚客屈原也悠悠思哉失志皃碧雲青雲也佳人謂所思友
露彩方泛豔月華始徘徊寶書爲君掩瑤
琴詎能開　翰曰泛豔浮光皃寶書謂經書也爲君掩言朋友不至無與披亂也瑤琴玉琴也言無人能開匣而彈
相思巫山渚悵望陽雲臺　濟曰巫山陽臺皆楚地名以神女喻朋友也相思悵望皆憂煩皃
膏鑪絕沉燎
綺席生浮埃　良曰膏燈也鑪香鑪言皆沉寂而不薰燎宴樂之席皆生塵埃
桂水日千里因之平生懷　向曰桂水水名日千里謂流急言因此急流寄平生懷抱

選十六　四十四

離騷經一首　屈平

銑曰史記云屈原字平仕楚爲三閭大夫上官靳尚妬其才能譖毀之王乃流屈原於江南不知所訴乃作離騷經離別也騷愁也言己遭放逐離別愁苦猶陳正道以諷諫也上述唐堯下序桀紂以香草善鳥龍鳳以譬忠貞君子以靈脩美人以喻於君以臭草惡禽飄風雲霓比小人讒佞引聖終不見省遂赴汨淵而死

帝高陽之苗裔兮　翰曰帝顓頊高陽氏言我與楚俱高陽氏之苗裔
朕皇考曰伯庸　濟曰朕我也屈原自稱也古人貴賤同稱朕皇美也父死後稱之曰考伯庸原父名
攝提貞于孟陬兮　良曰歲在寅

日攝提孟始貞正也于猶於也正月爲陬惟庚寅吾以降向日庚寅日辰
也降下也言我以攝提歲正月庚寅日下母之體是得陰陽中正之氣皇覽揆
余初度兮肇錫余以嘉名銑日皇考揆度肇始錫賜嘉善也言
我父鑒度我初生之法度皆合天地中正始賜我善名名余曰正則兮
字余曰靈均翰日禮始生三月父親名之既冠而字之正平則法靈善也均
亦平也言父觀我初生時日法度能正法則善平理故思善應而名之以表其德紛
吾既有此內美兮又重之以脩能濟日紛盛也內美謂
忠貞也脩遠也言內有忠貞外有材藝之遠能扈户江離與辟芷兮
良日扈披也江蘺芷皆香草辟幽也芷幽而香紉秋蘭以爲佩汩于筆
余若將不及兮良日紉結也蘭草名秋而香佩飾也言己脩身清絜故香

選十六 四十五

草以爲服飾也汩疾也言歲月行疾若將追之不及也恐年歲之不吾
與銑日恐年歲不與我相待而年老不得輔於君也朝搴阰毗之木
蘭兮夕攬洲之宿莽翰日搴取也阰山名畢持也洲水中地也草經
冬不死日宿莽言朝升山取木蘭承陽也夕入洲攬莽順陰也木蘭去皮不死宿莽經冬
不凋故屈原取以自諭言讒人因己終不能變易忠直也日月忽其不淹
兮春與秋其代序翰日淹久代改序次[illegible]言日月漂忽不久時節[illegible]
次序歎人之年幾易老惟草木之零落兮恐美人之遲
暮濟日草木零落言歲晚喻年老也美人喻君也言歲暮年老而不見用賢於君無成
功也撫壯而棄穢兮何不改其此度良日撫持也言持盛
壯之年廢棄道德用讒邪之言爲穢惡之行何不早改此法度以從忠正之言乘騏

驥以馳騁兮來吾導夫先路向日騏驥駿馬喻賢人言君能
任賢人我得申展則導引者以先王之道路昔三后之純粹兮固
衆芳之所在銑日三后謂湯禹文王也純美也粹不雜也衆芳喻衆賢也言
三王所以有純美之德以衆賢所在故也雜申椒與菌桂兮豈維
紉夫蕙茝昌攺翰日雜非一也申用也振菌桂皆香木紉結也蕙茝香草也皆
喻賢者言禹湯文王雖聖明難用賢人豈獨任一人而已彼堯舜之耿古迴
介兮既遵道而得路濟日耿光介大遵循路正也言堯舜所以有光
大之稱者能循用大道任其忠良故得萬事之正何桀紂之昌披兮
夫唯捷徑以窘步良日桀紂夏殷失道之君昌披謂亂也捷疾也
徑邪道也窘急也言桀紂苦人使亂用捷疾邪徑急步而理之故身至滅亡惟夫

選十六 四十六

黨人之偷樂兮路幽昧以險隘向日偷苟且也險隘傾危
也言小人共爲朋黨苟且爲樂而不知君道幽闇國將傾危以及其身矣豈余身
之憚殃兮恐皇輿之敗績銑日憚難皇君也敗績崩壞言我所
以不難殃咎諫爭者恐君行事之失崩壞先王之功忽奔走以先後兮
及前王之踵武翰日踵繼武迹也言欲忽然奔走先後以爲輔翼者與及
先王之德纘續先王之迹荃不察余之中情兮反信讒而
齌怒濟日荃香草以喻君齊同也言君不親察我之中誠反信讒人與之同怒於我
余固知謇謇之爲患兮忍而不能舍也良日謇謇
直言兒舍止也言我固知直言之爲患恐君之敗故忍此禍患而不能止指九
天以爲正兮夫唯靈脩之故也向日九陽數謂天也靈由

脩長也言有神明長久之道者君也故以喻君言我指天欲爲君行正平之道而君不
用我故將欲自盡　初既與余成言兮後悔遁而有他
銑曰初始成平悔改遁後也言君始與我平議國政後信讒言因改移本情而有他志
余既不難夫離別兮傷靈脩之數化　翰曰傷惜也言
我不難離別於君但惜君信讒而數變易　余既滋蘭之九畹兮
又樹蕙之百畝　濟曰滋益也三十畝曰畹樹蓺也蘭蕙草喻行也言我雖
放斥遂脩行彌多　畦留夷與揭車兮雜杜衡與
芳芷　良曰五十畝曰畦留夷揭車杜衡芳芷皆香草也言積累衆芳自絜飾其德行
冀枝葉之峻茂兮願竢時乎吾將刈　向曰峻茂盛皃
言我種植衆芳冀枝葉之盛願待成時收刈藏而蓄之喻君養賢以時進用而委其成理

選十六　四十七

雖萎絕其亦何傷兮哀衆芳之蕪穢　銑曰萎絕黃落
也衆芳喻衆賢也言我積行爲讒邪所害見逐亦猶植芳草爲霜露所傷而落雖如是於
我亦何能傷但恐衆賢志士見而是蕪穢不自脩也　衆皆競進以貪婪
力含　兮憑不猒乎求索　翰曰憑滿也言衆在朝者皆競爲進趣貪婪財
利在身雖滿不知猒足復爲求索　羌內恕己以量人兮各興
心而嫉妬　濟曰羌乃也言貪婪之人乃內恕於己以量度他人謂與己同貪若
否則各生嫉妬之心讒譖之使不得進用　忽馳騖以追逐兮非余
心之所急　良曰忽急也言衆人急於勢利而奔走非我所急也我所急者仁義
也　老冉冉其將至兮恐脩名之不立　向曰冉冉漸漸
也立成也言我之年漸漸將至恐脩理名德而不能成　朝飮木蘭之墜

露兮夕餐秋菊之落英　銑曰英花也飮之露食秋菊之花者
取其香絜以合己之德　苟余情其信姱苦瓜以練要兮長
顑呼感頷乎感亦何傷　翰曰苟且姱大練擇也信大擇要道而行雖長顑
苦亦何傷於我顑頷不飽皃　擥木根以結茝兮貫薜荔之
落蘂　濟曰擥持根本貫拾也薜荔香草蘂花心也言我持木之本佩結香草拾其花
心以表己之忠信　矯菌桂以紉蕙兮索胡繩之纚纚
所綺良曰矯舉也胡繩香草纚纚索好皃言舉此香休以自比結索其香草以約束於己
也　謇吾法夫前脩兮非世俗之所服　向曰謇難也前
脩謂前代脩習道德之人服用也言我所以遵難者吾法前脩道德之人故不爲代俗所
用　雖不周於今之人兮願依彭咸之遺則　銑曰

選十六　四十八

周合也彭咸殷之賢臣諫君不從自投水而死遺餘則法也言我忠信雖不合於今世之
人願依古賢人之餘法　長太息以掩涕兮哀民生之多
艱　翰曰艱難也言我自傷忠信不合當代故太息掩涕哀此萬姓遭輕薄之俗而多屯
難　余雖好脩姱苦瓜以鞿居衣羈兮謇朝誶而夕
替　濟曰鞿羈銜勒也誶諫替廢也言我雖習前聖人之大道而爲讒人所銜勒不避難
而諫朝諫而夕暮廢弃　既替余以蕙纕思羊兮又申之以
攬茝　良曰纕佩也言君所以廢弃我者以我佩忠信之心故也申重攬持也然我猶
攬芳草自結束以執貞節　亦余心之所善兮雖九死其猶
未悔　良曰九數之極也言忠信貞潔我心所善以此遇害雖九死無一生未足悔恨
怨靈脩之浩蕩兮終不察夫民心　銑曰浩蕩法度壞皃

[illegible]不察衆人悲苦君法度廢壞
衆女嫉余之蛾眉兮謠
諑謂余之善淫翰曰女喻讒臣也蛾眉美女喻忠直也謠諑謂讒
毀也言讒邪之人妬我忠直譖毀之謂我善爲淫亂固時俗之工巧
兮偭規矩而改錯濟曰偭背也規矩法則也錯置也言工巧
之人背違繩墨妄爲法則改古之道妄置其妙敗材木而不堅固讒佞之人巧爲言語辭
聖人之法亦必敗國危政背繩墨以追曲兮競周容以爲
度良曰周合也言背墨繩之直而從其曲則屋壞苟爲邪佞競合當代以取容媚不依
法度國亡矣忳鬱邑余侘丑加傺丑例兮吾獨窮困
乎此時也向曰忳鬱憂思皃悒不安也侘傺失志皃言我憂思而失志者以不
能隨代求容媚固獨窮困於當時寧溘苦合死以流亡兮余不

選十六　四十九

忍爲此態也銑曰溘奄也言我寧奄然流亡以其形骸終不忍爲邪佞之態以
自全鷙鳥不羣兮自前世而固然翰曰鷙鳥鷹鸇之屬此鳥
執志剛厲不與衆鳥同羣忠正之士者亦守節不隨俗爲諂媚從前代固如是非但於我
何方圜之能周兮夫孰異道而相安濟曰方木圓穴
不可相合邪佞忠正異道誰肯相安哉屈心而抑志兮忍尤而
攘詬呼候以良曰抑案尤過攘除詬恥也我所以屈心案志者將欲忍過除其深恥詬
[illegible]佞濟朝廷也伏清白以死直兮固前聖之所厚向曰
伏清白之節盡死爲直亦固聖人所厚哀也謂武王代紂封比干墓者是也
悔相道之不察兮延佇乎吾將反銑曰悔恨相視察審也言我恨
[illegible]道之不審當若比干伏節死故長立而望將還國死節也迴朕車以復

路兮及行迷之未遠翰曰迴車復路將還也言我及已迷誤欲迴路
尚未遠明同姓無相去義步余馬於蘭皋兮馳椒丘且焉
止息濟曰步徐行也澤曲曰皋[illegible]立上有振也行息依蘭振不忘香以自絜也
言我行蘭澤馳上振立且止息以待君命進不入以離尤兮退將
脩吾初服良曰尤過也言我將進入以相君事恐重離過患故將退去脩吾初
絜清之服製芰荷以爲衣兮集芙蓉以爲裳向曰
製裁集合也芰荷水草芙蓉蓮華也言裁合此物而爲衣裳以自脩絜也不吾知
其亦已兮苟余情其信芳高余冠之岌岌兮
長余佩之陸離銑曰言君不知我我亦將止然我情實美岌岌高皃陸離
參差貌既不見用我將高冠長佩整威儀以異衆芳與澤其雜糅女又

選十六　五十

兮唯昭質其猶未虧翰曰芳香澤潤也言我有香潤之德雜會於己
不得施用唯獨守其明絜之質猶未爲自虧損也忽反顧以遊目兮
將往觀乎四荒濟曰忽疾往去也言己不見明故疾反顧遠視去觀四荒
之外以求知已者佩繽紛其繁飾兮芳菲菲其彌章
良曰繽紛盛皃菲菲香氣也章明也言我雖去四荒亦整其衣服佩忠信芳香之行彌加
明絜人生各有所樂兮余獨好脩以爲常向曰言人
性所樂各自不同或好財利或愛邪佞而我獨以脩正直之道爲常雖體解吾
猶未變兮豈余心之可懲銑曰言我執忠貞之心雖遭支解亦
不能變於我心更何所懼懲懼也女嬃須之嬋媛兮申申其
詈予翰曰女嬃屈原姊也嬋媛牽引也申申重也言我行不合時故牽引古事而詈

詈我曰鮌古本婞作婞直以亡身兮終然夭乎羽山
之野濟曰此女嬃之言也婞很也早死曰夭鮌禹父堯臣也堯使治水鮌很戾不用
堯命終殛於羽山之野而早死焉言原不承君意亦將遇害汝何博謇而
好脩兮紛獨有此姱節向曰數諫原云汝何博采古道於謇難
之世好脩直節獨爲姱大之行薋茲菉綠葹失移以盈室兮判
獨離而不服銑曰薋菉葹皆惡草以喻讒佞判別也類言衆人皆體薋菉之
行盈滿於朝汝獨佩蘭蕙之德判別不同故見弃斥衆不可戶說兮孰
云察余之中情翰曰承原遭嫉之屬用邪佞之惡不可門到戶說於人誰
能察我情之是非乎世並舉而好朋兮夫何煢獨而不
予聽濟曰煢孤也言世俗之人並相進舉以爲朋黨而我忠耿孤獨誰肯聽我而用

選十六　五十一

之依前聖之節中兮喟憑心而歷茲良曰中得也喟
數憑滿歷行也言我依前代聖賢節度而不得用故歎息憤滿而行澤畔矣濟沅
湘以南征兮就重華而陳詞向曰沅湘江水名重華舜也葬
江南言已行聖人之道不容當代故將濟江南行就舜以陳說之啓九辯
九歌兮夏康娛以自縱銑曰啓開也九辯九歌禹樂名言禹開樹
此樂而太康娛樂自縱而喪不顧難以圖後兮五子用失
乎家巷翰曰圖謀也言太康不思先王之業不顧禍難以謀其後故使五弟失尊
位家於閭巷羿淫遊以佚田兮又好射夫封狐濟曰
羿夏之諸侯淫佚田獵又好射大狐犯天之尊以亡其國固亂流其鮮終
兮浞仕角又貪夫厥家良曰浞寒浞羿相也厥其家妻也言羿以夏衰

亂伐而取其政而又爲淫泆之行故爲浞殺其身貪取其妻以亂易亂故其鮮終澆
五弔身被服强圉兮縱欲而不忍向曰澆寒子也强圉多
力見言澆恃多力故肆情縱欲不忍其諫以殺夏后相日康娛而自忘
兮厥首用夫顛隕銑曰康安隕墜也言澆夏后相日安娛樂忘其
惡卒爲相子少康所隕墜地誅死首隕夏桀之常違兮乃遂焉
而逢殃翰曰桀夏亡王也言常背天違道乃遂逢殃爲湯所誅后辛之
菹醢兮殷宗用而不長濟曰辛紂殺之亡也菹醢肉醬也言
無道殺比干醢梅伯武王伐之殺宗遂絕不得久長湯禹儼而祇敬兮
周論道而莫差良曰言湯禹周文皆儼敬論議道德無有差殊故得
求年擧賢而授能兮循繩墨而不頗向曰言文王擧賢用

選十六　五十二

能循先聖法度無有頗僻故能安天下皇天無私阿兮覽民德
焉錯七故輔良曰輔佐也言皇天無私視阿之理但萬民之中有道德者因
以爲君使賢者佐而成之夫維聖哲以茂行兮苟得用此
下土翰曰哲智識也下土天下土也言有聖明之智茂盛之誠得用爲天下
王瞻前而顧後兮相觀民之計極濟曰相視計謀極窮
也言視禹湯之興桀紂之亡偏萬民忠安之謀足以窮其姦邪觀夫孰非義
而可用兮孰非善而可服孰誰服用也言臣誰有不用義不善人
而可任用者乎阽簷余身而危死兮覽余初其猶未
悔向曰阽危也言身危行所以將死今觀我之初志終竟行猶未爲悔不量
鑿而正枘如銳兮固前脩以菹醢銑曰量度也鑿木孔枘入也

孔之不言工不度鑿之正方而安其枘則物不固而不破壞矣臣不審君之賢愚而任則
罘而及其身見菹醢曾歔許居欷許毅余鬱邑兮哀朕時之
不當翰曰言累益歔欷而憂思有哀我不值明聖之君暴昏闇之代擥茹如呂
蕙以掩涕兮霑余襟之浪浪平濟曰茹臭也蕙香草以喻忠
貞之心也言已自傷放在山澤泣下浪浪霑於衣襟引忠貞之心掩我之不以悲放而
失義也跪敷衽以陳辭兮耿吾既得此中正駟
玉虬以乘鷖烏計兮溘苦合埃風余上征良曰敷布耿明
也言我見上桀紂行惡以亡中知龍逢比干孰履忠直以醢乃長跪布衽陳辭於天明
我得此中正之道精合真人神與化遊故得乘龍鳳掩塵而上征虬龍也鷖鳳類溘奄也
朝發軔刃於蒼梧兮夕余至乎縣圃向曰軔車輪也

蒼梧舜所遊縣圃在崐崘山仙人所居言朝夕遠遊神仙之山欲少留此靈
瑣先果兮日忽忽其將暮銑曰靈君也瑣門閭也言我欲少留於君
之省閣日又忽然將夜言年紀衰老吾令羲和弭節兮望崦於廉
嵫兹而勿迫翰曰羲和日御也弭按也崦嵫日所入山言我使羲和按節徐
行望日不使迫於崦嵫山也路漫漫其脩遠兮吾將上下
而求索濟曰漫漫遠皃言天地廣大其路漫漫然長遠不可遊遍吾方上下求索
賢人與已同志飲余馬於咸池兮總余轡乎扶桑良曰
咸池日所浴也總結也扶桑日所拂也飲馬咸也結轡扶桑言遠遊冀得延年也折
若木以拂日兮聊逍遙以相羊向曰若木在西極拂擊也
逍遙相羊皆遊也言我折取若木之拔擊日御使迴且相羊而遊也前望舒使

先驅兮後飛廉使奔屬銑曰望舒月御飛廉風伯也月喻清白之
臣風喻號令言我使清白之人求賢使風伯奉君命以告天下鸞皇為余先
戒兮雷師告余以未具翰曰鸞皇鸞鳥喻仁智之士雷師喻君言
我使仁智之士先戒百官以適道而君怠惰告我以裝束未具也吾令鳳皇
飛騰兮又繼之以日夜濟曰我欲令鳳皇仁智之士飛行天下以
求賢者續以日夜冀逢遇之飄風屯其相離兮帥雲霓而
來御音迓良曰飄風雲霓以喻佞人也御迎言我將求志士欲與共事於君反見邪
惡之人相帥與屯結謀迎我使離舊德變節隨邪佞之徒紛總總其離合
兮斑陸離其上下向曰紛亂也總總猶傳傳也陸離分散也言已遊觀
天下但見俗人競爲讒佞傳傳相聚乍離乍合上下之義紛然散亂而不可知吾令

帝閽開關兮倚閶闔而望予銑曰帝天帝也閽主門人也言
已惡讒佞上訴於天帝使閽人開門閽人又倚天門望而拒我不得入時曖
曖其將疲兮結幽蘭而延佇翰曰曖曖昏闇皃疲極也言時
代昏闇周行疲極不遇賢明故結香草自絜長立而無趣向世溷濁而
不分兮好蔽美而嫉妬濟曰溷亂蔽隱也言時代亂濁不能分別
好惡好隱人美行嫉妬忠良朝吾將濟於白水兮登閬力宕
風而緤息列馬良曰白水神泉也閬風仙山也緤係也言世皆濁亂將濟神泉
升仙山係馬以遠濁世而自絜清忽反顧以流涕兮哀高丘
之無女向曰高丘楚山名女神女喻忠臣也言我將遠去忽反顧楚國無忠臣心
爲之悲而流涕溘吾遊此春宮兮折瓊枝以繼佩銑曰

遠奄也春宮東方青帝舍也見萬物始生乃折取瓊草之枝以續佩帶重其鮮絜及
榮華之未落兮相下女之可貽翰曰相視貽遺也言我脩
行仁義恐得同志及年德未衰之時視天下賢人將以玉帛遺之共爲政理吾令
豐隆乘雲兮求宓妃之所在濟曰豐隆雲師宓妃洛水神以
喻賢臣言相使雲師求賢臣所在聘之與同治也解佩纕相以結言
兮吾令蹇脩以爲理良曰纕佩帶蹇脩伏羲氏之臣言我既見宓妃
解佩帶取玉結言契令蹇脩爲媒以通辭理也紛總總其離合兮忽
緯繣呼陌其難遷向曰紛亂也總總聚也緯繣乖戾也言將通珮王神女謂
一人亂聚散令其意一合離忽爲乖戾而難殺夕歸次於窮石兮
朝濯髮乎洧盤銑曰窮石弱水出處洧盤水名出崦嵫山夕合窮石

選十六 五 十五

朝沐洧盤言遯世之士遠趣清絜保厥美以驕傲兮日康娛
以淫遊翰曰康安娛久也言隱居之人自保其美德以驕傲於世日日安樂久遊
無意以臣君雖信美而無禮兮來違棄而改求濟曰
言隱居之人信有美德而不崇禮敬不與事君當違棄此人改求賢者共同志事君也
覽相觀於四極兮周流天乎余乃下銑曰言觀視四
方之極周遍求賢不得我乃復下來望瑤臺之偃蹇兮見有娀
嵩之佚逸女良曰瑤臺玉臺也偃蹇高貌有娀國名佚美娀女契母簡狄喻
貞賢也呂氏春秋云有娀美女爲高臺而飲食之言我望此高臺見美女思得與之事君
吾令鴆爲媒兮鴆告余以不好向曰鴆惡鳥喻讒佞言我
使讒佞之人往聘忠賢讒佞所疾故云不好雄鳩之鳴逝兮余猶

惡其佻他彫巧銑曰雄鳩多聲逆往佻輕也言我使辯捷之士往聘忠賢我又
惡其輕巧而不信心猶豫而狐疑兮欲自適而不可
翰曰言鴆鳩皆不可信故猶豫狐疑而不能決定欲自往以無媒介不可也鳳皇
既受詒兮恐高辛之先我濟曰詒遺也高辛帝嚳也言我
得賢人如鳳皇者受遣王帛將行就聘恐帝嚳先我而得之帝嚳喻諸國賢君又欲
遠進而無所止兮聊浮遊以逍遙良曰言求忠賢不得
欲往遠方又無所止且浮觀而逍遙及少康之未家兮留有
虞之二姚向曰少康夏后相之子寒浞殺夏后相少康奔虞姚氏也以二
女妻少康有田一城有衆一旅能布其德以取夏衆遂滅澆復禹舊績此言遠遊微隱不
遂求賢不得美少康留止而成功是原不欲遠去之意理弱而媒拙兮

選十六 五十六

恐導言之不固銑曰言我欲留聘二姚又恐道理弱於小康而媒無巧辭
導引不能堅固使君回移世溷濁而嫉賢兮好蔽美而稱
惡翰曰溷亂也言時代亂濁嫉妬賢良藏隱美行揚邪佞閨中既以邃
遠兮哲王又不寤濟曰閨中宮門中也邃深哲智寤覺也言宮中深遠
艱難通故哲智之王不能覺察忠佞懷朕情而不發兮余焉
能忍而與此終古良曰言我懷忠信之情無所啓發安能忍而與闇主
終古居乎復將遠去索所華藑茅以筳廷篿專兮命靈氛
爲余占之向曰索取也藑茅靈草也筳竹也楚人結草折竹卜曰篿靈氛古
之善占者言取草篿命靈氛使卜占去往之理曰兩美其必合兮孰
信脩而慕之銑曰石者靈氛語辭也兩美謂君聖臣忠也言如是則必相合

銑曰誰也楚國誰能信明善惡欲脩行忠正慕己之德者思九州之博大
兮豈唯是其有女翰曰靈氛言天下九州之地甚寬博豈獨是楚國有
君臣可止乎曰勉遠逝而無狐疑兮孰求美而釋
女何所獨無芳草兮爾何懷乎故宇濟曰靈氛曰但
勤力遠去誰有求忠臣而不擇取汝者也何處獨無芳草之君汝獨懷故君不去世
幽昧以眩曜兮孰云察余之美惡良曰眩曜惑亂也言
當代之君皆闇昧惑亂誰能察我之善惡而用之乎原以此荅靈氛難去之辭也民
好去惡烏故其不同兮惟此黨人其獨異向曰好愛
惡憎也黨鄉黨也言人皆有愛憎之性不同惟楚鄉之人更甚異也戶服艾以
盈要平兮謂幽蘭其不可佩銑曰言楚國家門比戶皆服艾

草蒲於腰帶謂蘭不堪佩帶言皆好讒佞謂忠正不可行於身也覽察草木
其猶未得兮豈珵貞美之能當翰曰覽視珵玉也言楚人
視草木猶未知香臭之宜豈能辨玉之美惡否而當之乎玉喻忠貞言忠貞難知也蘇
糞壤以充幃暉兮謂申椒其不芳濟曰蘇取充滿也幃
香囊言取糞壤滿香袋而帶之及謂中椒臭而不帶此喻近邪佞遠忠貞欲從靈
氛之吉占兮心猶豫而狐疑良曰言已欲從靈氛勸去之言
則心中狐疑不忍弃忠直巫咸將夕降兮懷椒糈所而要
之向曰巫咸古神巫也糈米也所以享神言巫夕從天下來我則懷椒米要而享之以
問吉凶也百神翳其備降兮九疑繽其並迎銑曰翳蔽
也九疑舜所葬之山繽衆多皃言巫咸得己椒糈則領百神蔽日而下舜又使九疑之神

衆來相迎言賢聖知己之志皇剡剡琰其揚靈兮告余以
吉故向曰皇天也剡剡光皃言天揚其光靈使神告我去當吉曰勉升降
以上下兮求矩矱紆縛之所同濟曰曰巫咸辭也勉彊也上謂
君下謂臣矩法也矱度也言當自勉彊上求明君下訪賢臣求法度與己同者因共爲治
此巫咸之言湯禹儼而求合兮摯咎繇而能調良曰
儼敬也摯伊尹名調和也言湯禹至聖尚敬承天命求合己之賢臣伊尹咎繇之徒相理
陰陽而安天下苟中情其好脩兮又何必用夫行媒
向曰苟且也媒謂左右也言且宁心好善常自脩絜則明君且當舉任何必須左右之達
說操築於傅巖兮武丁用而不疑銑曰說賢人代胥靡
刑人操築於傅氏之巖武丁殷王名夢得賢相因使刻所夢之形求得說於傅巖委任之

不疑呂望之鼓刀兮遭周文而得舉翰曰遭遇也呂望太
公也避紂之亂鼓刀爲屠文王夢得聖人於是出獵遇而舉之竟立大功甯戚之
謳歌兮齊桓聞以該輔濟曰該備也甯戚備德不用退而飯牛於
齊門扣牛角而歌桓公聞而舉之用以爲卿備輔佐也及年歲之未晏
兮時亦猶而未央良曰晏晚央盡也言我所以求輔於君者冀及年歲
未晚以成德化然時未盡冀同三賢之遭遇也恐鵜弟鴂桂之先鳴
兮使夫百草之不芳向曰鵜鴂鳥名秋分前鳴則草木彫落言我常
恐此鳥之鳴使草木不芳香也喻讒臣爲言以害忠良矣何瓊佩之偃蹇
兮衆薆愛然而蔽之銑曰瓊玉也偃蹇盛皃以喻德也衆小人也薆
亦盛也言我有美德爲小人衆盛而蔽之惟此黨人之不亮兮

嫉妬而折之翰曰此黨謂楚國也言楚國之人不尚忠信之行恐妬我正直而必挫折時繽紛其變易兮又何可以淹留濟曰繽紛亂也淹久也言世亂變易不可住也蘭芷變而不芳兮荃蕙化而為茅良曰茅惡草以喻讒臣也言時代昏亂君子變為小人忠信化成邪佞何昔日之芳草兮今直為此蕭艾向曰昔芳草今為艾言明智之士皆佯愚也豈其有他故兮莫好脩之害也銑曰言明智之士佯愚者豈有他故為君不好脩絜之士而自損害余以蘭為可恃兮羌無實而容長翰曰蘭懷王弟也恃怙羌乃也言我蘭為可怙恃乃無實林但容貌長大而已委厥美以從俗兮苟得列乎衆芳濟曰言子蘭弃其美質隨俗諂佞苟且列於衆賢之位也椒專佞以慢慆吐刀兮榝又欲充其佩幃音揮良曰椒楚大夫子椒也諂佞也榝茱萸似椒而非幃香囊也言子椒專佞而為慢慆似賢而非賢列大夫位在君左右不為忠正之行如茱萸之在香囊妄充佩帶而無芬芳既干進而務入兮又何芳之能祗向曰干求也言子蘭子椒既自求進而務入君之祿何賢人之能敬而舉之固時俗之流從兮又孰能無變化銑曰固此讒佞之俗流行相從誰能不變節隨時以容身乎覽椒蘭其若茲兮又況揭車與江離翰曰子椒子蘭尚變節若此而況衆賢而不從俗以自容身惟茲佩之可貴兮委厥美而歷茲濟曰惟此原自謂也言我內懷忠正外佩衆芳此誠可貴而不遇明君弃其至美而逢此咎也芳菲菲而難虧兮芬芬至今猶未沬

亡貝良曰虧損沬已也言已芳菲之盛誠難損歇雖遭弃逐至今猶未已也和調度以自娛兮聊浮游而求女向曰汝同志人也言我和調法度以自娛樂聊且浮游以求同志及余飾之方壯兮周流觀乎上下銑曰言脩飾及盛壯之時周遍遠觀四方有君臣上下賢明者欲往就之靈氛既告余以吉占兮歷吉日乎吾將行翰曰歷選也言靈氛告我遠去告我今選擇吉辰良日將行訪賢君也折瓊枝以為羞兮精瓊爢靡以為粻音張濟曰羞脯腊擣爢屑粻糧也言我將遠行折取瓊枝以代脯腊擣玉屑以為粻取其請絜而延壽為余駕飛龍兮雜瑤象以為車良曰飛龍喻道瑤玉名象牙也以比君子之德言我遠遊但駕此道德以為車何離心之可同兮吾將遠逝以自疏向曰離別也言忠佞兩心不可同吾將遠去自踈遠也邅吾道夫崑崙兮路脩遠以周流銑曰邅轉也言去楚國轉向崐崙山其路長遠周帀流行以求所安揚雲霓之晻藹兮鳴玉鸞之啾啾翰曰揚舉也雲霓紅也畫之於旌旗晻謂旌旗蔽日皃玉馬珮也鸞車鈴也啾啾鈴珮之聲言我去國亦守節度而行朝發軔於天津兮夕余至乎西極濟曰軔車輪也東極曰天津西極日所入也言朝發東方夕至西極順天道也鳳皇翼其承旂兮高翱翔之翼翼良曰言我行順天道故鳳皇承旂引路飛翔翼翼然扶衛於已忽吾行此流沙兮遵赤水而容與向曰流沙西極赤水出崐崙山容與遊戲貌麾蛟龍使梁津兮詔西皇使涉予銑曰麾招梁橋詔告也西皇少

昊也言我招蛟龍使爲橋告少昊濟度言能感神獸聖帝相接路脩遠以多

艱兮騰衆車使徑待翰曰言遊崐崙山道路長遠而多險難故令衆

車奔騰於邪徑相待言已遊高遠莫能及也路不周以左轉兮指

西海以爲期濟曰不周山名言已使語衆車我所行之道當還不周而左行

俱會西海之上過不周者言道不合於世左轉者君子出左屯余車千乘

兮齊玉軑而並馳良曰屯聚乘車也軑直轄也車所以載已言君

子以德自載亦如車焉衆千乘者言道德之多並運於已所在可馳走駕八龍

之婉婉於阮兮載雲旗之逶迤向曰八龍八節之氣也逶迤長

皃言我所往皆與神遊故可御氣爲載雲爲旗也婉婉美皃抑志而弭節

兮神高馳之邈邈銑曰言我雖御氣乘雲抑志按節徐行以俟世人其

選十六　六十一

邈遠莫能逮及也奏九歌而舞韶兮聊假日以媮樂

翰曰九歌禹湯樂名韶舜樂名言我之德可韓舜禹以致太平然不遇其時欲假借其日

奏此樂以自媮樂而已陟升皇之赫戲平兮忽臨睨五計

夫舊鄉濟曰陟升皇天也赫戲光明皃言我升天庭對光曜忽復下視楚國而愁

思也睨視也舊鄉楚國也僕夫悲余馬懷兮蜷奇負局而不

行方良曰僕御懷歸也蜷局不進皃言我升天下見楚國御者悲泣我馬思歸蜷局迴顧

而不肯行也此終志不去故辭義絹明亂曰已矣哉國無人莫

我知兮又何懷乎故都向曰已矣絕望之辭也言時代無知我之

忠正者又何須歸於楚國既莫足與爲美政兮吾將從彭

咸之所居銑曰言時世之君無道不足共行美政我將自沈於水從彭咸所居

之處

文選卷第十六

選十六　六十二